吕长春诗词盛典系列丛书

诗词盛典Ⅱ

吕长春读写全唐诗五万首（全四册）

第七函～第十函

吕长春 著

中国书籍出版社
China Book Press

图书在版编目（CIP）数据

诗词盛典：吕长春格律诗词六万八千首续集：全唐
诗五万首. Ⅱ / 吕长春著. -- 北京：中国书籍出版社，
2019.9

　ISBN 978-7-5068-7243-0

　Ⅰ. ①诗… Ⅱ. ①吕… Ⅲ. ①诗词—作品集—中国—
当代 Ⅳ. ①I227

中国版本图书馆CIP数据核字(2019)第120994号

诗词盛典：吕长春格律诗词六万八千首续集：全唐诗五万首. Ⅱ

吕长春　著

责任编辑	初　仁　刘　娜
责任印制	孙马飞　马　芝
封面设计	东方美迪
出版发行	中国书籍出版社
地　　址	北京市丰台区三路居路 97 号（邮编：100073）
电　　话	（010）52257143（总编室）　　　　（010）52257140（发行部）
电子邮箱	eo@chinabp.com.cn
经　　销	全国新华书店
印　　厂	三河市顺兴印务有限公司
开　　本	787毫米×1092毫米　　1/16
字　　数	4500千字
印　　张	144
版　　次	2020 年 7 月第 1 版　　2020 年 7 月第 1 次印刷
书　　号	ISBN 978-7-5068-7243-0
定　　价	1286.00 元（全四册）

目 录

5

13

19

51

61

65

73

第十函 第一册

唐·韩滉

五牛图

读写全唐诗五万首

第七函

第七函　第六册
白居易　二十五卷至二十九卷

1. 感悟妄缘题如上人壁

所学经年累，为忙日月同。
堆沙成佛塔，积木盖清宫。
尽以儒书殿，先贤道不穷。
何当何及第，自以自成雄。

2. 思子台有感二首

之一：

江充一子台，罪祸半天裁。
载隙从知度，慈恩以自催。

之二：

户蠹不生虫，机枢已对空。
明皇知武后，不可泛江充。

3. 赋得边城角

战马头皆举，征人手不垂。
通通三鼓罢，逐逐一师为。

4. 琴茶

草木一人中，诗书半不空。
陶公弦尽弃，以此作家翁。
上下乾坤易，沉浮世界隆。
千闻三品异，六欲七情同。

5. 忆洛中所居

忆旧东都宽，逢春洛水涟。
呼莺应送酒，遣鹤去看船。

6. 想归田园

田园久想归，五柳望鸿飞。
是是非非问，官官吏吏微。

7. 赠楚州郭使君

淮东一楚州，水月半江楼。
印绶黄金制，阳春白雪舟。
儿童骑竹马，老子问春秋。

俯首东西见，高歌望逝流。

8. 和郭使君题枸杞

山阳太守明，吏静政安平。
枸杞知灵药，民生狗不鸣。

9. 初到洛下闲游

酒曲绯花旧，青衣底衬新。
东都东洛水，北魏北朝臣。
五马扬头路，三台御气邻。
天高皇帝远，十八女儿亲。

10. 醉赠刘二十八使君

月照停杯酒，歌行把乱间。
蓬蓬间盏醉，明草木日熏。
当朝三百士，独我一浮云。
举令何须醉，吟诗但谢君。

11. 太湖石

积翠三秋色，浮云半入身。
波涛留日月，孔隙寄天濑。
十万年前石，千川水下邻。
成形天地岸，自以五湖津。

12. 秘省后厅

雨润槐花素，风临碧叶悬。
今今无一事，白首枕书眠。

13. 过敷水

欲渡罗敷水，还离玉女邻。
分鸣秦氏间，独见是相亲。
秀色原同似，苏台五马春。
姑娘低首笑，已是过来人。

14. 南院

院苑无情绪，蓬春草木开。

年年依旧是，处处老徘徊。
柳絮杨花落，榆钱换酒来。
吟诗方起句，晓日上窗台。

15. 贫

童时六七岁，夜半有惊鸣。
黄犬鸣呜叫，有盗窃粮声。
祖自胶东来，一路失东行。
由此遇贫者，自是应相迎。
取食先湿暖，携粮陪天明。
田家土地改，互助新结盟。
穷人生所惠，忆作摘群缨。
三更犬半鸣，一盗未惊呼。
夜半难饥忍，逾墙不丈夫。
爷言应请入，以药对家奴。
自饱呈粮米，人间叹有无。
平生相似处，奉与摘缨符。
土地贫民主，三湖胜五湖。

16. 闲咏

早年诗宜苦，晚岁道情深。
夜学禅思坐，晨行作古今。
如来如世界，自在自留心。

17. 初授秘监拜赐金紫阁

书生换紫袍，叶底画波涛。
白首龙城路，朱轮五尺高。
天墀三品秩，御酒半风骚。
玉漏巡趋步，王朝着脂膏。

18. 新昌闲居招杨郎中兄弟

皂盖朱轮客，金章紫绶翁。
纱巾忙已少，共坐与谁同。

19. 松斋偶兴

约俸为生计，冠官耳目闻。

辛夷何不问，细雨几轻云。

20. 和杨郎中贺杨仆射

立建关西业，恩垂洛水东。
门生杨继志，玉树李桃红。

21. 松下琴赠客

龙鳞一直松，夜色半琴封。
曲曲非呈客，悠悠是独宗。

22. 秋斋

阮籍谋身拙，嵇康处事慵。
微之天子路，居易九江容。

23. 涂山寺独游

石径行无伴，僧房问有声。
空空还色色，隐隐复明明。

24. 登观音台望城

观音台上望，户市井中棋。
十二街如畦，三千子弟夷。
围棋围四面，独锁独千芝。

25. 登灵应台北望

北望长安近，南怀暮色遥。
灵应台上见，回首玉云霄。

26. 偶眠

案上有书眠，心中待虑悬。
黄粱非是梦，小女是当然。
老爱寻思事，回头作少年。

27. 闲行

行行一自闲，处处半人间。
吏吏忙忙见，官官虑虑还。

28. 闲出

出出无城入入城，来来去去复行行。
新昌蚨市朝阳路，渭邑长安八水荣。

29. 与僧智如夜话

闲人夜话与新朋，旧事三更已不应。
主治阴晴形自在，忙时日月静如僧。

30. 忆庐山旧隐洛少下新居

旧隐庐山忆，新居洛下城。
恩慈常感得，俸禄已丰盈。
已作诗书客，冠官主客情。
当朝当尽责，处事处民盟。

31. 酬裴相公题兴化小池见招长句

十步清塘一月来，三更玉漏百花开。
含珠欲滴相公请，处处吟诗教楚才。

32. 楼台

序：
华城西北雉堞最高，崔相首创楼台，钱左丞继种花果，合为胜境，题在雅篇，岁暮独游怅然成咏。
诗：
华城雄堞北西高，首创楼台杏李桃。
已是楼空人记忆，崔公导领左丞豪。

33. 晚凉

急水流如箭，深潭累似潮。
风云凉已晚，草木始残凋。

34. 奉使途中戏赠张常侍

奉使途中路，驰驱侍御行。
东都常接驿，白马对京城。

35. 白马

序：
有小白马乘驭多时，奉使东行至稠桑驿，溘然而毙，足可惊伤，不能忘情，题二十韵。
诗：
白马如儿女，骑行百里驰。
长鬃闲似雪，细羽万茶丝。
晓旭朝阳步，中天对地晞。
黄昏勤足履，落暮始知疲。
石径从吾缓，荒山任我迟。
芳林常自伴，草色亦有思。
好客同行止，新邻共语辞。
飞天飞快宇，落足落和时。

十丈檀溪跃，千川玉勒兹。
三军呼日月，一将的卢岐。
似以西天客，如来北土师。
真经真弟子，乐意乐天施。
独步前程近，孤身驿舍姿。
书翁书巧稚，伏枥待明帷。
北北南南去，宽宽狭狭持。
形身由草木，举目对妖姬。
寺上观天地，云中问玉墀。
升迁同进退，主仆不分司。
渭水东西见，潼关内外麾。
稠桑停驿住，以此付情诗。

36. 题喷玉泉（泉在寿安山下，高百尺入潭）

珍珠作玉泉，百尺泻成渊。
色色空空见，秋秋素素绢。
如雷声贯耳，似布挂前川。
一落连天地，千流作雨烟。

37. 酬皇甫宾客

东城略见春，故客浥风尘。
慢使闲官对，心平酒酒人。

38. 种白莲

白藕吴来客，红莲洛水开。
春秋南北色，结子宿蓬莱。

39. 答苏庶子

老去不须愁，年轻以国忧。
功成非酒醉，业就是春秋。

40. 答尉迟少监水阁重宴

一面琉璃镜，三光草木新。
茵茵成翡翠，碧碧作家春。
水阁今应我，明晨属问人。

41. 知刘郎中伤鄂姬

君嗟我亦嗟，白雪作冰花。
汉水留姬影，洲头第几家。
笼中鹦鹉语，月下玉人斜。

42. 赠东邻王十三

共照池中月，同寻水上花。
红莲红胜火，白羽白莲纱。
作伴东邻酒，墙头作晚霞。

43. 早春同刘郎中寄宣武令狐相公

已问梁园路，重闻白首吟。
新篇诗宜好，旧着已知音。
豹尾穿花选，相公卷古今。
刘郎应引导，自是乐天寻。

44. 龙门下作

龙门涧下濯尘缨，洛水云中隐复明。
此去香山香水寺，登高望远久难平。

45. 雪中寄令狐相公兼呈梦得

白雪梁王会，金尊咏邑尘。
相如相日近，宋玉宋时邻。

46. 车马劳顿

序：

出使在途所骑马死，改乘肩舆，将归长安，偶咏旅怀，寄太原李相公。

诗：

驿路崎岖远，前程草木新。
年年应白马，处处尽风尘。
自从青衣始，如今紫服巾。
翁头无发迹，足尾有骑邻。
共以遥遥望，同行步步频。
浑然浑不解，一去一回轮。

47. 鹤唳

序：

有双鹤留在洛中，忽见刘郎中依然鸣顾，刘因为鹤叹二篇寄予，予以二绝句答之。

诗：

之一：

远隔华亭水，曾闻顾鹤鸣。
刘郎刘思志，一叹一思荣。

之二：

徘徊先后见，左右顾知亲。
叹句思朋友，吟诗代主人。

48. 宿窦使君庄水亭

江东窦使君，我作客时云。
且住原庄户，凉亭以水分。
桃花红不艳，小杏过墙芬。

49. 寄太原李相公

二八绮罗色，三千组练沦。
蝉鬓虚贵日，已念太原人。

50. 姚侍御见过戏赠

御史东台坐，金章玉带求。
慵慵由病起，居居易白头。

51. 履道春居

细雨洒园林，微风弄竹音。
潇潇声不止，处处有鸣禽。
鸟鸟虫虫羽，居居易易寻。
春情春履道，白守白监琴。

52. 题洛中第宅

一半东都见，三千弟子惠。
高门当户对，踏石兽形分。
巷静街宽裕，庭深夹道芬。
松胶松琥珀，竹粉竹仁君。

53. 寄殷协律

雪月风花色，吴娘雨夜深。
潇潇郎未见，郁郁觅知音。
一曲由君便，三钟作玉琴。
听声听所抚，择意择人心。

54. 洛下诸客就宅相送偶题西亭

洛下临池坐，轩中对月歌。
西亭西水阁，一酒一行多。

55. 答林泉

一望林泉好，三峰若溢寒。
浮云含暮雨，自足薄衣单。
处处樵渔问，饥贫久不安。

56. 历步

序：

将发洛中，枉令狐相公手札，兼辱二篇宠行，以长句答之。

诗：

尺素无从半泽泉，蓬山有路一君贤。
八行五字四行见，格律音声韵水田。

57. 送陕府王大夫

剑佩铁牛城，金寻白马缨。
甘棠留取赠，陕府谊精英。

58. 喜钱左丞再除华州以诗伸贺

左辖中台委，春开绛台才。
华州除子贺，自是省枢来。

59. 和钱华州题少华清光绝句

雅韵三峰守，清光一寺门。
姑苏曾刺史，不腻素儿孙。

60. 临都驿答梦得六言二首

之一：

别路风花雪月，临都字里行间。
日日年年着就，朝朝暮暮无闲。

之二：

别路升升遣遣，临都去去来来。
吏吏官官几品，青青紫紫何才。

61. 代迎春花迎刘郎中

迎春花色早，不等李桃迟。
百草临茵碧，光明万千枝。

62. 玩迎春花赠杨郎中

迎春花满岭，色色似红绵。
远近山光雨，川川作杜鹃。

63. 闲出

羁束无心理，前程有欲行。
城城当出入，客客主人明。

64. 座上赠卢判官　忆虚白亭

把酒承花序，江南问柳新。
虚亭曾白守，故主乐天尘。

65. 曲江有感

水色曲江西，天光柳叶低。
江南翁又忆，太守白堤题。

66. 杏园花下赠刘郎中

贞元花下见，把酒月中寻。
自得刘郎咏，留诗作古今。

67. 花前有感兼呈崔相公刘郎中

崔相步下一刘郎，月下花中半故香。
不问群芳桃李妒，同年共事老方长。

68. 纸贵

序：

微之就拜尚书，居易续除刑部，因书贺
意兼咏离怀。

诗：

宪部南宫事，君书尚浙东。
平章平所在，处帜处缨红。
白首回头望，原来旧忆中。
同心观日月，异地悟时空。

69. 喜与韦左丞同入南省因叙旧以赠之

磨刀已断锋，舞剑未成容。
共遇陶钧主，同为六部踪。
镕金常误举，淬火久无封。
省惭非肩北，南宫是鼓钟。

70. 伊州

小玉唱伊州，阿车半白头。
无从潘素口，二女教清流。

71. 早朝

妍色隐新昌，鸡鸣过建章。
京城长十里，白马列成行。
玉漏催鸾队，秦王坐未央。

72. 答裴相公乞鹤

白首曾为伴，朱门已幸呼。
相殊应得主，解爱风池湖。

73. 晚从省归

北阙朝回晚，南宫暮去迟。
簪裾重系鹂，野性总相知。
白日江湖影，红裙小小姿。
姑苏同里岸，木渎问西施。

74. 北窗闲坐

窗含两木槿，室纳一炉香。
户外红尘路，门中碧柳杨。
殷殷秋枣落，闪闪锦鳞光。
十万诗词客，三生作草堂。

75. 酬严给事　闻玉蕊花下有游仙绝句

仙游玉蕊花，绝句出诗家。
凤去由嬴女，严郎你我他。

76. 京路

举目秦川雪，行藏洛苑风。
东都连渭邑，独步占晴空。

77. 华州西

不可华州问，华旁一望山。
华山唯此路，北水作华湾。

78. 从陕至东京

自陕至东京，山低路渐平。
黄河时远近，四百里行程。
古往今来去，成王败寇名。
花丛随驻碧，草木任枯荣。

79. 送春

春归兼送老，夏问百花情。
几处阳春曲，三声下里鸣。

80. 宿杜曲花下

月宿银杯酒，人归杜曲花。
春风应得意，屦水百塘蛙。
竹影婆娑问，东墙有豆瓜。
琴声由远近，隔壁曲琵琶。
小面苍头女，红缨簪簧斜。
情情从左右，处处是人家。

81. 逢旧

久别相知见，含情带意容。
超乎三十载，老态已龙钟。

82. 绣妇叹

吴娘双面绣，巧对一鸳鸯。

结线连针绪，波纹碧玉藏。

83. 春词

发顶千丝结，眉心两点愁。
黄昏猜不透，只约七层楼。

84. 恨词

已到七层楼，为何半不休。
迟迟应尽意，恨恨不回头。

85. 山石榴花

旷野石榴花，红裙映石沙。
心田藏白雪，小叶衬明华。
国色天香在，鲜殷艳色霞。
欣欣成碧碧，隐隐不遮遮。

86. 送敏中归幽宁幕

一路分南北，三生各去来。
应知兄弟问，不是暮朝回。
子女何相问，诗书一楚才。

87. 宴散

新秋雁一行，十日到衡阳。
三湘灵鼓瑟，九派到南昌。

88. 人定

谁家鹦鹉舌，月夜有新声。
莫以婵娟问，何言不是情。

89. 池上

草苴满流萤，池塘已暗青。
秋风当已至，十日问浮萍。

90. 池窗

水草莲芳树，池萍逐月平。
开窗闻夜语，处处小虫鸣。

91. 花酒

一盏红花酒，三生祝寿年。
绯衣初换紫，四品易三贤。

92. 题崔常侍济源庄

谷口何人问，秦川一济源。
貂蝉随主色，蜀女自方圆。

不可重相语，唯知隔雨轩。

窗前鹦鹉见，莫向主人言。

93. 认春戏呈冯少尹李郎中陈主簿

处处春风到，年年细雨流。

花花何不语，默默自回头。

94. 魏堤有怀

下水魏王堤，回头草色萋。

风浪曾未止，只似大江西。

95. 柘枝词

袖窄香衫领口低，阳春白雪玉人齐。

柘枝未好人先好，目止红唐问范蠡。

96. 代梦得吟　古今诗

改革三分贵，循规七尺明。

凋零同老少，一路共诗行。

97. 寄答周协律

叙旧新篇在，当今故友寻。

江南千万里，洛邑去来音。

晋豫乡家早，苏杭由水荫。

朝堂随玉漏，旷野自鸣禽。

98. 来诗

序：

太和戊申岁，大有年，诏赐百寮出城观稼，谨书盛世，以俟采诗。

诗：

江河稼穑色，社稷日方晴。

雨顺风调问，丰收硕果明。

桑田阡陌见，里巷纵横城。

岁岁和平见，年年国泰情。

99. 赠悼怀太子挽歌词二首

之一：

竹马书香尽，铜龙已半生。

阳仪年少事，圣诏故人情。

之二：

册命笙歌止，皇銮故国行。

先生先继续，厚世厚人情。

100. 雨中招张司业宿

过夏衣香润，迎秋草木黄。

婵娟无一语，细雨带清凉。

共宿吟新句，同寻作豫章。

101. 和集贤刘学士早朝作

学士吟诗句，当朝付日知。

龙头龙早得，雉尾雉先词。

唤仗参差列，听闻左右时。

纶闱经自许，宛转向天师。

102. 送陕州王司马建赴任　建，善诗者

白首诗成客，公余养静资。

伊川尹料少，二得一人师（仁）。

103. 对琴待月

小院清风早，中庭枣树声。

池鱼常博次，月半有琴鸣。

且见嫦娥问，寒宫独自清。

巡天经射日，后羿似无情。

104. 杨家南亭

一月望亭树，三门各自开。

琴音先自响，故客踏歌来。

105. 早寒

落叶知寒早，秋风已自迟。

当然时令在，十日见霜枝。

106. 斋月静居

斋素应无断，心经自有时。

秋风迟贝叶，月色落繁枝。

107. 宿裴相公兴化池亭　兼蒙借船舫游泛

半入池亭水，三舟并驾行。

千波同一月，九派共流平。

阁上松津公，云中直木荣。

无闲忙不得，有道悟枯荣。

108. 和刘郎中望终南山秋雪

望尽南山雪，身迷北阙云。

高处寒不尽，落地雨难分。

日月秋冬近，阴阳草木雕。

当然先后继，署气去来垠。

109. 广府胡尚书频寄诗因答绝句

水水深流慢，君君子子迟。

唯诗唯玉沏，尚者尚人知。

110. 送鹤与裴相临别赠诗

送鹤司空路，青云羽翩晖。

无须回顾问，只可向相飞。

稻米梁园厚，清吟渭水归。

三公应彼此，一舞可天闱。

111. 易居

序：

令筞相公拜尚书后有喜，从镇归朝之作，刘郎中先和，因以寄之。

诗：

以镇归朝过九泉，梁园佩玉久思干。

尚书首唱郎中寄，白首重和作乐天。

112. 送河南尹冯学士赴任

石径闻金谷，群芳问绿珠。

人名人自主，女误女情奴。

学士河南尹，清音渭邑殊。

文章文日月，玉影玉冰壶。

113. 读郭公傅

不见深居客，何闻浅出人。

清商清月色，古道古风尘。

114. 乌夜啼

月下一鸟啼，云前半不栖。

笼中鹦鹉睡，雨后次寒低。

115. 镜换杯

换取金尊酒，无从白玉杯。

应时当不醉，可见以茶魁。

116. 冬夜闻虫

冬寒雨夜苦闻虫，促织藏身有始终。

白首空闻成老者，三生旧事一心空。

117. 赠朱道士

白皙一仙郎，仪容半尚梁。
清虚方寸场，道士纳朝阳。
一炷真香寄，三天百药尝。

118. 双鹦鹉

笼中鹦鹉鸟，月下学吟诗。
吉了声声直，八哥处处迟。

119. 谢守

序：

昨以拙诗十首，寄西川杜相公相公，亦
以新作十首惠然指示，首数虽等，工拙
不伦，重以一章，用伸答谢。

诗：

诗家格律一清虚，剪接将相字句余。
十斛珍珠成海界，精工镇守作天书。

120. 令狐相公

序：

和汴州令狐相公新于郡内栽竹百竿，折
壁开轩，且夕对玩，偶题七言五韵。

诗：

万卷诗词着豫章，千帆不尽向河舫。
隋炀水调江湖岸，汴水东流问柳杨。
竹在开封须存暖，庭行百步不经霜。
朦胧侵色烟云寄，接武书香一草堂。

121. 吴中

序：

重答汝州李六使君见和，忆吴中旧游五。
首。

之一：

娃宫远虎丘，柳毅五湖舟。
木渎西施路，江村一号楼。

之二：

两岸洞庭山，东西一水环。
江湖依旧色，已成运河湾。

之三：

三年同里客，几度退思园。
水泥船中住，渔村月下眠。

之四：

百里十三盘，千波一半宽。
荒诞无锡路，望里有云端。

之五：

对岸一湖州，乾隆半旧游。
三分无锡水，七十太湖开。

122. 江南忆

序：

见殷尧藩侍御忆江南诗三十首，诗中多
叙苏杭胜事，余堂典二郡，因继和之。

诗：

江南胜郡数苏杭，字入殷家三十章。
一曲吴娘千碧玉，天堂水调一隋炀。

123. 闻新蝉赠刘二十八

新蝉一曲自高枝，不远三秋向远辞。
白首刘郎今已寄，青云于我已知时。

124. 赠王山人

道士玉芝观，龟灵师桂冠。
人间多少问，不必凤凰峦。

125. 观幻

有如知因果，无瞬问异同。
从欢从所惑，转念转成空。
次第花明目，愚思变幻穷。
须臾须不得，隐约隐时终。

126. 和刘郎中学士题集贤阁

万卷图书集，千贤玉阁低。
郎中题数句，大内九歌齐。

127. 病假中庞少尹携鱼酒相过

一酒不甘心，三春已古今。
群芳群独立，老木老成林。

128. 听田顺儿歌

击玉一冰声，行吟八句成。
诗歌诗已就，曲调曲人鸣。

129. 听曹刚琵琶兼示重莲

弦弦意不同，柱柱曲无终。

寸寸曹刚拨，悠悠向太空。
重莲应自得，五段玉袖中。

130. 酬令狐相公春日寻花见寄六韵

已得花时酒，还闻旷日游。
何应随日至，不忘帝王州。
小杏红如火，桃花对面羞。
行吟泾渭水，驻步曲江头。
觅句由君始，寻诗上酒楼。
原来先不饮，百草碧春秋。

131. 和刘郎中曲江春望见示

刘郎步步曲江春，桃花处处作红尘。
宫墙夹道藏秀色，芙蓉月下乐天人。

132. 南园试小乐

十万诗词一老生，春秋不尽半枯荣。
耕耘日月天天着，苦乐甘甜处处鸣。

133. 送东都留守令狐尚书赴任

阳春金谷苑，白雪绿珠人。
水竹风光色，龙门雨润频。
家家花处处，曲曲调新新。
管领东都至，金銮凤阙邻。
桃桃和李李，洛洛与秦秦。

134. 乍题新昌居止因招杨郎中小饮

东城一吕家，木槿半扬斜。
记取南洋色，池鱼望枣花。

135. 和微之春日投简阳明洞天

一简阳明洞，三清半玉奴。
天台天目水，四隐四明孤。
奉化宁波岸，余姚禹庙苏。
曹娥曹上浦，白鹤白苑湖。
不忘兰亭序，夫差勾践吴。
西施溪浣女，范蠡范蠡孤。
甬甬萧萧路，杭州处处都。
丞相丞浙守，刺史刺当芦。
六郡天堂水，千家各玉壶。
枫桥枫叶色，一月一鹧鸪。

迟迟天涯近，飞来佐须臾。
灵山灵隐寺，渡口渡殊途。
白首青山望，高官绶带图。
桑田桑米稻，茧壳茧丝辜。
煮尽蚕丝库，缫终以乃区。
人生人不见，是以是非吴。

136.酬郑侍御多雨春空过

云遮千里目，雨集九回肠。
紫陌黄花采，红蕾二月香。
群芳呼不得，众意各扬长。
草润含心挺，花明带叶妆。
修咸成府典，补垫作天梁。
白日东相顾，青云上下翔。
吴娘蚕茧困，竹笋雨中篁。
绶带齐南北，金章济草堂。

137.和春深十九首

之一：
处处春深好，花花入万家。
纷纷多色彩，楚楚共桑麻。
之二：
处处春深好，宾从酒醉家。
何言何日月，一国一桑麻。
之三：
处处春深好，庭庭织女花。
衣由衣织补，不可不桑麻。
之四：
处处春深好，贫贫自恋家。
官衙官自得，客子客桑麻。
之五：
处处春深好，村村草木花。
长城长久守，许胜许桑麻。
之六：
处处春深好，书生已忘家。
天涯天海角，种豆种桑麻。
之七：
处处春深好，绯衣刺史家。
居心居易政，问土问桑麻。
之八：
处处春深好，铭茶学士家。

书生书外见，有木有桑麻。
之九：
处处春深好，秧苗各发芽。
成时成收获，共缘共桑麻。
之十：
处处春深好，天涯遣客家。
行程行不止，四顾四桑麻。
之十一：
处处春深好，龙门折桂洼。
名声名所在，远近是桑麻。
之十二：
处处春深好，先生隐士家。
樵渔免得客，饱食亦桑麻。
之十三：
处处春深好，侯王帝业家。
连续兵治政，取用自桑麻。
之十四：
处处春深好，江洋大盗家。
财资源所出，补料是桑麻。
之十五：
处处春深好，旗亭酒市家。
天天人不醉，日日话桑麻。
之十六：
处处春深好，梅桃杏李花。
花花成世界，果果有桑麻。
之十七：
处处春深好，笙歌曲舞花。
姬姬争宠乐，品味要桑麻。
之十八：
处处春深好，东风细雨斜。
千家求所用，万户种桑麻。
之十九：
处处春深好，官家税赋衙。
家家成国国，处处待桑麻。

138.咏家酝

自古有灵均，长年自酿酝。
新方和旧法，井水远泉濒。
瓮大原瓷厚，开封口小匀。
良曲良米炒，慢酵慢经纶。
水分应相谊，时光必以陈。

甘甜由舌品，味道雅香醇。
岁月经心养，如今见伯伦。

139.池鹤二首

之一：
一举飞扬半足桥，三声无见几扶摇。
低头乍觉丹砂落，两翼排云上玉霄。
之二：
白鹤辽东半故乡，朱砂点首一扬长。
排云两翼高低影，近在身边有远翔。

140.对酒五首

之一：
一酒见贤愚，三生向拙辞。
先知先觉悟，后得后人时。
之二：
一酒乐忧分，何须醒醉君。
无知无觉悟，土遁是凌云。
之三：
一酒分天地，千杯画足蛇。
文章无醒醉，日月有蒙纱。
之四：
一酒半黄昏，千杯十地门。
何须尊上问，此际忘儿孙。
之五：
一酒已无亲，三杯脱顶巾。
昏昏当醉卧，不管是秋春。

141.僧院花

已得忧天作乐天，精神自取由其然。
经纶日月三千界，社稷江山半亩田。

142.老戒

寺贮千香界，僧开智慧花。
韩公闻白首，老戒故人家。

143.洛桥寒食日作

三年寒食节，一在洛阳城。
上苑风烟好，中桥道路平。
绵绵应不远，晋耳已相倾。
五霸春秋继，千杯一道鸣。

144. 快活

一部清商对老身，三光照旧向秋春。
千山万水行将尽，十万诗词谢世人。

145. 不出

书多不出门，日少望黄昏。
帝誉骄影绪，炎黄好子孙。

146. 送令狐相公赴太原

一路太原长，三生半故乡。
相公今去问，带意到汾阳。
六蠢双旌帜，千军万马扬。
时时天地色，处处紫微光。

147. 惜落花

雨下三分落，园中一寸深。
红泥红色重，玉瓣玉人心。

148. 忆晦叔

弄水成诗卷，游山作远人。
寻花寻草色，问叔问新春。

149. 老病

昼日诗词夜月眠，风云水色积深渊。
长安及第曾居易，制书文章自乐天。

150. 送徐州高仆射赴镇

战将何求觅，书生几度寻。
文成文不止，武勇武人心。
社稷江山见，家家国国音。

151. 琴酒

琴声应悦耳，酒气已藏身。
醒醉何知事，贤愚作故人。

152. 听幽兰

古曲一幽兰，今人半不弹。
唯应唯所品，有水有波澜。

153. 六年秋重题白莲

素房含双露，丰田纳独丰。
阡阡成陌陌，雨雨亦蒙蒙。
本是吴姬女，何人越秀衷。

红莲红水下，白璧白云中。

154. 元相公挽歌词三首

之一：
重谏威仪盛，升迁卤簿长。
三生应驻目，一日下咸阳。

之二：
千秋已一秋，九州已三州。
故语今尤在，金波已不流。

之三：
遗子孤三岁，余诗已九州。
琴声琴自曲，忆旧忆白头。

155. 卧听法曲霓裳

玉磬叮零奏，金钟列阵鸣。
霓裳成法曲，羽驾作三清。
入破惊无语，和觞待有荣。
笙歌弦切切，锡杖亦莺莺。

156. 结之

旧爱今何在，新欢已去踪。
同为同一梦，共步共三封。

157. 五凤楼晚望

晚照晴阳好，烟消五凤楼。
天高云已尽，地阔水东流。
日落龙门里，微之不问秋。
吟诗寄已去，只待共思修。

158. 寄刘苏州

年前八月去微之，你我相闻已见迟。
一去难回何共处，苏州所望是陈词。

159. 送客

醒醉忧心去，枯荣照旧来。
谁言谁送客，老去老徘徊。

160. 秋思

一叶秋先见，三声不可闻。
千山摇落去，万水作衣裙。

161. 酬梦得秋夕不寐见寄

一夜梦长生，三更复故乡。

千杯曾不数，万里可醉行。
月色曾依旧，嫦娥已复明。
婵娟应自问，老者以平荣。

162. 题周家歌者

敲玉声声断，鸣篁处处停。
歌家歌欲止，隔壁隔丹青。

163. 忆梦得　梦得能唱竹枝，听者愁绝

一曲竹枝歌，三巴玉女河。
官高听不得，艳福对青娥。
梦得留兴致，巫云雨水多。
风情随日月，蜀俗影婆娑。

164. 赠同座

日月三秋晚，风华一古今。
年分何所去，老矣不甘心。

165. 失婢

宅院东邻近，京城北巷深。
孤身孤意气，婢女婢人心。
子子妻妻问，儿儿女女寻。
声情声不止，照顾照家荫。
教养西洋去，功成业就箴。
生儿生别路，养老养知音。
暮后三千步，晨前写古今。
何时何所去，一事一衣襟。

166. 夜招晦叔

古草枯荣老，霜池已结冰。
招君因一醉，问雪共香凝。

167. 戏答皇甫监

劝酒君非饮，诗吟七十春。
无因身不暖，老已慕经纶。

168. 和阳师皋伤小姬英英

自以一相依，杨花七度飞。
床前留玳瑁，枕后寄心扉。
解意英英曲，衷情处处归。
明年明月下，草色草微微。

169. 池边事

一把胡琴问，三边牧马声。
辽东辽鹤翼，雁北雁关情。
塞北由心唱，寒光格外明。

170. 闻乐感邻

孟母择邻居，琴声易读书。
东窗王大理，北户故中枢。
俱是当朝重，何人久事余。
田家多已见，日月作耕锄。

171. 白居易为感

长安不易居，纸贵万年书。
乐乐天天见，名名利利余。

172. 戊申岁暮咏怀三首

之一：
冬穷三两日，七八十年成。
十万诗词集，千流入海平。
之二：
女女儿儿教，中中外外行。
华人华世界，子曰子孤平。
之三：
古古今今事，儿儿女女荣。
孤身孤所寄，独立独难平。

173. 赠梦得

桃花巷远一刘郎，十载风波半柳杨。
柳柳杨杨南北树，田田海海是沧桑。

174. 想东游

序：
历历微之在其行，公今已去问何情。
天台虽立寻天目，东西未尽有枯荣。
诗：
病免江南岁，人行梦里游。
生民生乐业，地主地贤侯。
坐以湖山静，行无浪俗优。
谁闻谁养马，带甲逼斗牛。
木渎西施镜，孙公上虎丘。
同人同里富，一水一吴舟。
曲酒兰亭序，余杭禹庙修。

勾吴勾践剑，会饮会稽楼。
古有云兰泽，芳香满草洲。
菡苕菡白蕙，绿浦绿无愁。
六合苏杭汇，钱塘浙水流。
男儿潮上弄，碧玉小桥头。
处处源泉出，平平草木柔。
才人才子见，世俗世殷周。
比目鸳鸯戏，芙蓉独立羞。
官成官已税，米赋米粱稠。
芡实红莲接，溪纱浣女游。
疑神疑女色，却似却云鸥。
足悔婵娟月，还言希业留。
形身形所秒，误得误身谋。
雨雨烟烟重，云云雾雾幽。
何寻何彼此，看在自沉浮。

175. 病免后喜除宾客

病免自由身，除宾作客人。
三杯三影至，一世一秋春。

176. 长乐亭留别

八水一风烟，三光半圣贤。
升迁从此去，自在自朝天。

177. 令狐尚书许过弊居先赠长句

书居挂冕半林泉，许过池边一醉眠。
已遗仙童吴宝扫，苍苔石笋白花莲。

178. 别陕州王司马

一别王司马，三秦问故人。
君诗君所寄，我是我平身。

179. 将至东都先寄令狐留守

三春金谷问，一月拜铜楼。
此寄东都守，壶觞有旧由。

180. 答崔十八见寄

欲见知音半，留心五尺琴。
曹州崔刺史，老马作鸣禽。

181. 赠皇甫宾客

稳马轻衣路，东都慢近城。
风尘多已净，博望少思荣。

182. 归履道宅

前时多暂住，此日已长归。
是是非非去，平平静静扉。

183. 问江南物

摩挲青石笋，检点白莲花。
两鹤装相领，苏杭刺绣纱。

184. 萧庶子相近

一晓停车马，三光自日华。
殷勤萧庶子，爱酒不嫌茶。

185. 答尉迟少尹问所须

乍到频劳问，东都自易居。
何须何所谢，水阁水如书。

186. 咏闲

水月似江滩，东都过玉街。
人听王府路，自着读书斋。

187. 同崔十八寄元浙东王陕州

未隐云林寺，相招禄仕官。
无贤应买药，有月镜湖澜。

188. 答苏庶子月夜闻家童奏乐见赠

一月两家明，家童半寄声。
知音知所以，不敢邀新荣。

189. 偶吟

水水桥桥平，星星月月屏。
邻家邻女问，隔壁隔浮萍。

190. 白莲池泛舟

月落白莲池，花开水早知。
芙蓉红色重，最是见羞时。

191. 池上即事

即事问池泉，行身向故天。
闲时闲不得，望遍望苍天。

192. 酬裴相公见寄二绝

之一：
一半方圆见，三千弟子归。

春秋春自始，日月日无非。

之二：

梦里闻双鹤，人前故独飞。

裴相裴府幸，故忆故人归。

193. 答梦得闻蝉见寄

面貌非前日，蝉声似旧年。

形形何不是，处处像当然。

194. 陕府王大夫相迎偶赠

阁老紫微宫，园公白首弓。

纶巾应不稳，此去发头空。

195. 自题

不可贪杯醉，何言及第名。

前行前所望，后顾后思情。

196. 偶咏

竹杖香山寺，心经白首翁。

吟诗吟百药，客问客秋风。

197. 答崔十八

黄公白叟半书翁，不去商山唱大风。

古古今今由自去，清泉白石一心中。

198. 答苏六

一雨蓑衣重，三春竹杖轻。

香泥香已远，水草水舟平。

199. 秋游

事事古今诗，秋秋举步迟。

伊川伊衣岸，不得不行时。

200. 偶作

张翰偶作鲈莼脍，八月钱塘一线潮。

六合天堂天子路，如今不见运河桥。

201. 游平原赠晦叔

照水容颜老，临流逝者行。

回头回不尽，远见远还荣。

202. 不出门

羽鹤笼开久，裴相赐舞荣。

精神精气在，不入不围城。

203. 叹鹤伤

一貌甚昂扬，三鸣已自伤。

高飞高翼羽，自养自心藏。

204. 临驿送崔十八

路远千口尽，离都五里程。

崔州君子送，已入洛阳城。

205. 对镜二首

之一：

七十年来闲，三千日九年。

苏杭辞刺史，道稳亦归田。

解甲分司客，吟诗过陌阡。

之二：

对镜青丝少，行程白发悬。

东都东洛水，北步北方圆。

206. 景山四望

之一：

百步景春亭，三秋柿子扃。

苍茫非草木，远近是丹青。

之二：

七色半春秋，三年一旧游。

姑苏同里社，不忘太湖舟。

之三：

树下一崇祯，云中半魏秦。

幽州幽白塔，北海北京新。

之四：

一女吴三桂，千军只半春。

明清明不去，自主自由人。

207. 劝酒

一劝一篇诗，三心二意时。

贪杯领酒醉，不醒不知司。

208. 何处难忘酒七首

之一：

一处难忘酒，三生醉不愁。

初登高第后，不问帝王州。

之二：

一处难忘酒，三光照九州。

青云青不紫，白日白行舟。

之三：

一处难忘酒，三台制书由。

南省南阁老，少小少生献。

之四：

一处难忘酒，千川一水流。

西来东去曲，北佩亦南求。

之五：

一处难忘酒，千波半不休。

朱门闻酒肉，老病见翁头。

之六：

一处难忘酒，千山九派浮。

风光依旧是，岁月国家忧。

之七：

一处难忘酒，千秋向帝侯。

江山随易改，草木任沧州。

209. 不如来饮酒六首

之一：

不似来时饮，还寻旧月名。

东都朝士集，洛水已清清。

之二：

不似来时饮，严陵一钓鸣。

湾滩洲水岸，蕙芷向天生。

之三：

不似来时饮，应知去已横。

何须由理醉，尽是一时情。

之四：

不似来时饮，何须醉后鸣。

人生多醒悟，世上步前程。

之五：

不似来时饮，经纶界自生。

思前思后顾，想旧想新盟。

之六：

不似来时饮，官商俱取盈。

胡涂胡醒醉，不酒不难成。

210. 寄两银档与裴侍郎因题两绝句

好物贫难就，双银玉档明。

裴相裴所持，一意一心倾。

211. 和令狐相公寄刘郎中兼见示长句

俯仰桃花半树香，长安进退一刘郎。
空移镇守东都客，赤笔三年作柳杨。

212. 即事

一杖小池前，三光尽夜田。
香罗笼淑气，暖焙暮茶鲜。

213. 期宿客不至

梅花落里已无声，夜半三更已断明。
宿客无来闲冷落，窗灯欲减了琴英。

214. 问移竹

不问君移竹，还离慎水情。
风云风月色，竹影竹清声。

215. 重阳席上赋白菊

九月一黄花，三秋半日斜。
重阳重远照，暮色暮天涯。

216. 偶饮二首

之一：
食食衣衣富，官官吏吏名。
龙门应及第，进士曲江荣。
之二：
柏柏松松色，青青翠翠生。
年年霜雪客，岁岁自枯荣。

217. 何处春先到

一处春先到，三冬腊月梅。
其心应自雪，灯竹以声催。

218. 勉闲游三首

之一：
一处春先到，三杯半玉壶。
红尘红酒醉，碧玉碧江都。
之二：
不似来时饮，当然自在行。
心经心所在，道术道家荣。
阮肇神仙见，王母汉武情。
瑶台千里外，上苑一朝英。

之三：

洗净纯盐器，梅浆米市香。
襄阳多酒液，以此对佳酿。

219. 小桥柳

细水涓涓流，微泉处处幽。
声声声不止，泪泪泪常愁。

220. 哭微之二首

之一：
平生共白头，老九泪先流。
进退微之路，黄泉十一州。
之二：
一骨英灵气，三生直木修。
通州通旧步，此路此封侯。

221. 马上晚吟

马上晚吟诗，都前洛阳迟。
秦王秦自立，渭水渭桥知。

222. 醉中重留梦得

刘郎不醒是刘郎，已忘苏台便忘乡。
再醉方知离别客，钱塘旧忆共钱塘。

223. 从龙潭寺至少林寺题赠同游者

一到龙潭半少林，平生旧步履天荫。
白首三台三品客，有酒无须见醉音。

224. 任老

七十成翁九十翁，三千日月六千工。
诗词十万留天下，有始千年有始终。

225. 劝欢

一劝欢时见，三情忘却闻。
欣欣朝日月，老老问芳芬。

226. 答王尚书问履道池旧桥

新闻新水岸，旧忆旧桥头。
素坂朱栏换，开轩玉柱留。
应闻池已阔，只等尚书游。

227. 晚归府

履道归来晚，东都暮日休。

分司分太子，洛水洛河舟。

228. 雪夜喜李郎中见访兼酬所赠

一夜鹅毛雪，三更暖意来。
明天须冷冻，隔日见春梅。
白玉明红色，经天自在开。

229. 夜从法王寺下归岳寺

岳寺归山静，青云落法澄。
应怜狮子座，净土经诗翁。

230. 宿龙潭寺

夜宿龙潭寺，灯明白首翁。
心经分老幼，一经到天空。

231. 嵩阳观夜奏霓裳

开元天宝曲，玉树碧霓裳。
弟子梨园月，知音羯鼓扬。
公孙娘举剑，禄褒胡旋梁。
子晋闻姨舞，无终已断肠。

232. 过元家履信宅

失主林园寂，重来旧院寻。
微之微已去，乐尽乐天吟。
九九谁归一，居居是旧音。

233. 和杜录事题红叶

树顶自先红，枝头待早风。
黄中殷色浸，绛里异颜同。

234. 题崔常侍济上别墅

求荣争宠意纷纷，却紫忘绯独见君。
白日常巡天日白，青云未了有黄云。

235. 过温尚书旧庄

白石清泉济，红幢玉水流。
河阳人不得，自以是禅楼。

236. 天坛峰晴赠杜录事

天坛峰下路，录事月中丹。
一粒先求得，三生已不寒。

237. 钵塔院大师

八十三年德，三千五百轮。

如来如弟子，净土净红尘。

238. 神照上人

口似悬河静，心如定水频。
西方多宝塔，百药治翁人。

239. 自远禅师

有意西方远，无心自出家。
三思三戒度，一衲一袈裟。

240. 宗实上人

实即司空子，贤妻劝上人。
荣华恩爱寂，一法转朱轮。

241. 清闲上人

軥有菩提树，秦无净水濒。
应寻天地力，处处共芳春。

242. 弹秋思

一曲秋思静，三光净上人。
无须谁共赞，只要自知秦。

243. 自咏

饮食随宜腹，衣裘客暖身。
贤书龟自老，不意不知贫。

244. 分司初到洛中偶题六韵戏呈冯尹

白首林园静，红尘玉树开。
三宫知老病，一楚向无才。
洛水黄河近，分司太子台。
东都东是客，北魏北时恢。
晋豫曾分土，苏杭刺史来。
金园金谷去，绿蚁绿珠回。

245. 春风

春风未暖腊梅开，白雪重衣着绽蕾。
唤起群芳君自立，千竿竹节竹心开。

246. 洛阳春

黄河黄土地，洛水落阳春。
三朝三继续，一武一唐臣。

247. 恨去年

岁岁牡丹华，年年玉树家。
人人谁醒醉，处处洛阳花。

248. 早出晚归

早出多因酒，归来晚月开。
嫦娥保不劝，后羿已无回。

249. 魏王堤

洛水魏王堤，漳河铜雀啼。
花开寒不久，草碧暖东西。

250. 尝黄醅新酹忆微之

最是微之忆，何离白首郎。
居人居不易，乐酒乐天尝。

251. 劝行乐

老小童翁问，江流日月长。
闲时闲自己，乐道乐天尝。

252. 老慵

阮籍当言老，嵇康牵报书。
交慵交不见，处事处人居。

253. 酬别微之

巫山楚水到钱塘，别别连三不故乡。
贰拾年中离一次，千流百转各扬长。
君归北阙南宫事，我去分司太子梁。
博望由来临帝驿，甘泉已过共朝阳。

254. 贺与嘲

序：
予与微之老而无子，发于言叹，着在诗篇，今年冬，各有一子，戏作二什，一以相贺，一以自嘲。
之一：
到老常无子，如今德有来。
文章成百卷，共纪汝吾媒。
之二：
六十年方近，三生你我开。
君心君似我，老子老言来。

255. 自问

自问年年老，何言处处行。
东都东不尽，眼拙眼难明。
伴读弹琴女，时鸣一两声。

256. 晚桃花

白雪梅花早，贫家养女英。
桃红桃色艳，结子结人情。
嫁与东风去，应留子子萌。

257. 夜调琴忆崔少卿

一夜弹琴忆少卿，三秋未了已重鸣。
何人解调中微上，半在商音半角声。

258. 阿崔

已是东都客，非然一丑夫。
孤单曾伯道，暮色过商瞿。
白雪新珠至，香兰慰所孤。
春芽初举手，逗比玉肌肤。
但以琴书调，成为伴玉壶。
初寻含乳气，虽晚胜其无。
谢病知天力，吟诗不付辜。
何时应反哺，供养白头乌。

259. 赠邻里往返

我有三年米，安然半不饥。
东邻西舍桀，往返谊相依。
洛水东都近，黄河北下畿。

260. 王子晋庙

子晋前山庙，笙歌吹远霄。
鸾音嶓风语，散序落花遥。

261. 无梦

老眼昏花见，春风细雨晴。
吟诗吟旧梦，独叹独枯荣。
渭水三千里，长安二日程。

262. 酬皇甫宾客

一夜东风十地春，家中缺米不君贫。
书前月下清风在，我比先生是俗人。

263. 池上赠韦山人

竹夹平流水，云藏白石津。
声声流不止，处处有滩濑。

264. 晚起

晚起怜晨浇，迟归待月晖。
唯吾唯独自，且过且行微。

265. 对小潭寄远上人

水泽心经客，潭清远上人。
深深流不得，以此寄秋春。

266. 闲吟两首

之一：
古寺行客少，僧房住宿多。
闲人闲酒醉，读卷读黄河。
之二：
足见石榴花，红颜一半家。
引身成紫色，著作玉裙华。

267. 独游玉泉寺

有寺清泉水，无人作伴行。
残红残不语，碧玉碧人情。

268. 晚出寻人不遇

晚出寻人去，星明客不来。
无须相见别，有意只徘徊。

269. 池上小宴问程秀才

洛下园林好，东都日月长。
姑苏鲈早脍，芥末晋人尝。
小米呈贫饭，葡萄酒水香。
书生书自好，秀水秀才扬。

270. 销暑

散步庭前竹，端居一院中。
荫凉荫水岸，柳叶柳藏风。

271. 行香归

出是行香客，归非夏雨倾。
僧人僧不语，道法道玄明。

272. 香山龙门

序：
同王干戈庶子李六员外，郑二侍御，同年四人龙门有感。
诗：
同年共步一龙门，社稷江山半子孙。
及第朝堂绯紫服，如今四望曲江村。

273. 苦热

一热三春尽，千川九伏开。
炎风炎属地，暮去暮还来。

274. 桥亭卯饮

桥亭卯饮醉桥亭，竹叶修生竹叶青。
已得妻呼三两语，甘从子唤作刘伶。

275. 舟中夜坐

舟中夜坐一潭边，月下闻风半弄泉。
水色千重波影碧，云光半隐玉婵娟。

276. 戏和微之答窦七行军之作

行军非赎武，饮酒是闲钱。
君心君所见，一代一三边。

277. 闲忙

彼此天机定，阴晴日月悬。
闲忙闲不住，所事所非田。

278. 西风

叶叶天天落，枝枝处处悬。
西风秋日近，贝玉始惊蝉。

279. 题西亭

莫以朱门贵，当知草木贫。
人间人是本，世上世秋春。
得得西亭问，三朝一旧臣。

280. 观游鱼

我已施鱼食，儿童放钓钩。
同行同所异，叭水叭其游。

281. 看采莲

半上采莲船，心同碧叶县。

芙蓉轻出水，玉色带露涓。

282. 看采菱

道唱采菱歌，芙蓉半碧荷。
形形成色色，玉玉作娥娥。

283. 夭老

老老人人去，官官吏吏行。
辛辛成苦苦，碌碌亦名名。

284. 秋池

一镜塘池水，三秋落叶明。
天光垂直下，树影自形清。

285. 登天宫阁

百步天宫阁，三观贝叶经。
凌烟凌所志，洛下洛神灵。
白雪阳春曲，孤鸣水下青。

286. 和微之叹槿花

朝开暮谢自鲜明。白白红红共日生。
别别离离终朝上，枯荣进退总无平。

287. 东西南北

不必闻朱雀，何言对玉梁。
东门东白雪，北巷北冰霜。

288. 日高卧

仰卧高天日，居庸对守关。
谁言谁自得，乐地乐天还。

289. 和微之任校书郎日过三乡

校书郎作尚书郎，拾遗南宫刺史肠。
九派江州驱浙水，长江一折曲江长。

290. 和微之十七与君别，及陇月花枝之咏

及第微之十七行，如今三十半成名。
花花草草还风月，别别离离各不平。

291. 新雪 寄杨舍人

北省烟霞近，南宫玉色多。
杨文杨阁老，白雪白云河。

292. 思往惜今

古古今今事，来来往往人。
观音观所在，易得易秋春。

293. 题平泉薛家雪堆庄

怪石千年结，灵泉百里回。
凌冰青玉积，白雪汇去堆。
翡翠从天去，玲珑日色来。

294. 微之道保生三日

我长微之七岁余，同年共子半知书。
阿崔待我弹琴响，你有家田道保居。

295. 早读

酒性温和补，琴声淡不悲。
荣公三乐尽，小子一书窥。

296. 哭皇甫七郎中　湜

志业玄诩过，华言贝叶城。
聪明聪少寿，一首一公卿。

297. 疑梦二首

之一：
宠辱枯荣继，身名寿禄承。
高低三界水，远近一渔灯。
之二：
已是闻蝴蝶，庄生未是明。
如今何不梦，郑鹿入闱城。

298. 夜宴惜别

一别离声断，三生序旧情。
丝丝因不继，处处可思行。
夜宴千杯少，晨明半欲程。

299. 归来二周岁

一路归来见，三年一岁先。
须臾知少小，老大望桑田。

300. 吾土

一定居安处，长安半洛阳。
琴诗同酒色，活计共家长。
所爱和吾土，心平是故乡。

301. 题岐山旧山池石壁

树老藤萝密，溪清白石凉。
山池深贮日，壁立一峰扬。
不远商绵问，无言已自荒。
千岩临万壑，百草对沧桑。

302. 不准拟

八十一童翁，三千故事同。
人人皆老小，处处有西东。
乐乐天天在，居居易易丰。

303. 早饮醉中除河南尹敕到

雪满衡门白，河南炉暖居。
除书除所易，厚俸已知余。
此酒应何醉，其心可寄如。

304. 除夜

老去年年守，春来处处新。
人人分岁度，夜夜继风尘。

305. 府曲池

柳色西池水，天光北巷晴。
春风应有力，百草自无声。

306. 天津桥

天津桥上望，北斗月中西。
莫以前驱喝，窈娘七步堤。
春波神女浦，玉柳鸟轻啼。

307. 病眼花

两目过千章，三生问柏梁。
南宫南制书，北阙北人装。
小字光难足，中锋运笔璜。
文书文自得，以意以天香。

308. 府中夜赏

月桂池中落，中泱水下明。
婵娟杯酒色，白雪入云轻。

309. 府西池北新葺水斋即事招宾偶题

新葺一水斋，即步半开杯。
叭路吟诗去，三鸣向玉阶。

千波明秀色，八女艳秦滩。
玉树无枝叶，红楼有宝钗。

310. 哭崔儿

几案初攀手，琴书半入头。
三岁谁所见，一去寄春秋。

311. 初丧崔儿报微之晦叔

居官三品后，去子一崔儿。
晦叔微之告，宗荫不得知。

312. 府斋感怀酬梦得

梦得崔儿寄，闻琼紫服迟。
人生开眼日，世俗子承时。
一树朝天去，千章折断枝。
天台三品守，未及一恩慈。

313. 斋居

不得斋居易，何言自乐天。
崔儿三岁去，买雪作梅仙。

314. 与诸道者同游二室至九龙潭作

二室游仙子，三川守土臣。
摩挲潭上石，斗擞府中尘。
日月从心意，风云不笑人。

315. 履道池上作

履道池中色，松松竹竹声。
春深花未老，落步任芳明。
巧妇藏机遇，慈姑近问名。

316. 六十拜河南尹

六十河南尹，三生已可知。
芳菲春已尽，硕果以秋时。

317. 重修府西水亭院

石下疏为沼，庭前着石亭。
云烟连水气，日色足丹青。
后继应人续，官衙陋室铭。

318. 与诸公同出城观稼

老尹观稼穑，新官问近民。
年年交税赋，岁岁共秋春。

厚土苍天序，吾非你是秦。

319. 水堂醉卧问杜三十一
闻君居洛下，几处可留连。
问魏王堤岸，寻同德寺前。
如今常醉卧，不似种桑田。

320. 岁暮言怀
不可负君恩，禅音对寺门。
人生人所欲，世俗世儿孙。

321. 座中戏呈诸少年
禁得无多酒，行寻有少年。
风情应淡泊，老叟可经天。
一步潼关外，黄河半自然。

322. 雪过早过天津桥偶呈诸客
老尹寻吟独，官桥问客孤。
同寻新白雪，共步足踪图。
两两成行去，处处有迹趋。

323. 新帛绫袄成感而有咏
一袄绫棉暖，三冬市井寒。
官家门不出，围坐火炉端。
百姓冰封苦，生途大雪难。
何应天下蔽，久治久平安。

324. 早春雪后赠洛阳李长官，长水郑明府二同年
一职农桑事，三生弟子君。
同年同各异，共事纷纷纭。
白发留天意，青袍着豫文。
长官长水府，洛水洛阳曛。

325. 醉吟
继后河南豫不知，承前府尹不吟诗。
汾阳洛水分乡见，一醉千音俱已迟。

326. 府酒五绝（变法）
浊水作醍醐，清流不可咕。
孤家谁不解，只可问东吴。

327. 招客
十八女儿红，三千日月丰。

春风春色酿，水暖水炉蒙。

328. 辨味
子粒温酿正，甘甜辨以中。
芳香馨自得，久味久无空。

329. 自劝
曲曲酿酿蜜，稠稠淡淡甜，
浓浓无酒气，浊浊是竿泉。

330. 谕伎
户户成芳饮，家家自酿芬。
何言曾不醉，莫染石榴裙。

331. 晚归早出
早出晚归来，官途驿道回。
三生三界勉，一世一心开。

332. 南龙兴寺残雪
南龙兴寺雪，北陌水成冰。
步下如来望，心中大小乘。

333. 天宫阁早春
一入天宫阁，三川日月新。
春莺先不语，只等白翁邻。

334. 履道成三首
之一：
地窄林池小，书房四宝全。
游鱼鳞锦色，日月有余泉。
之二：
利利名名外，贪贪富富中。
书琴书自足，已乐彼仁君。
之三：
识识知知见，来来去去闻。
江南江北岸，彼此彼仁君。

335. 和梦得冬日晨兴
冬晨一吸寒，暖气半身残。
玉漏三更响，鸳趋两笏端。

336. 雪夜对酒招客
不忆来年人，先闻醭蚁陈。
灯花杯不断，对酒问梅新。

337. 赠晦叔忆梦得
一岁年华一载梁，崔公晦叔老书香。
桃花已去刘郎在，十载风流老子狂。

338. 醉后重赠晦叔
老伴知君老伴情，同家不改故家名。
无诗作咏吟诗句，有醉方言有醉盟。

339. 睡觉
耿耿星河岸，幽幽玉水滨。
眠眠如此夜，处处望天津。

340. 咏兴
已罢河南府，重归履道庐。
无营无所欲，有步有兴舒。

341. 解印出公府
解印辞公府，从心自在归。
应知天下路，偶尔望鸿飞。
总政苏联散，天堂地铁微。
伟人伟十载，故道故人晖。

342. 出府归吾庐
出府自归庐，闲庭读白书。
江州司马客，旧忆落音余。
一女琵琶曲，三生不易居。
吾观权势者，苦以物狗舒。

343. 池上有小舟
池中一小舟，牢固两床头。
几案三升酒，醢鱼五味优。
行行听一曲，醉醉误三秋。
洗净红尘垢，风云自在流。

344. 四月池水满
窗含水满一池鱼，榭纳游鳞影不虚。
俯首亲邻头尾问，同生异旗共心舒。

345. 小庭亦有月
日月自公平，乾坤彼此明。
庭前庭后见，有近有遥行。

346. 秋凉闲卧

婷婷玉立一莲塘，翁翁小女半采香。
莲蓬未子空欢喜，人间彼此自羲皇。

347. 酬思黯相公见过敝居戏赠

半亩心思地，三生小玉台。
临池临自在，举目举天才。
汝以金刀送，吾当请再来。
三杯三不醉，一曲一徘徊。

348. 早夏游宴

早夏平池水，风停暖日悬。
山光沉石底，镜面纳深天。
但以遥遥望，唯唯日日渊。

349. 把酒

把酒仰闻天，长空几物悬。
生生今死死，陌陌矣阡阡。
喜喜忧忧见，成成败败田。
由来由自己，所遇所安圆。

350. 首夏

水满池方静，云沉始雨烟。
鸣禽应自待，草木已扬宣。
活计闲官勉，生途博古泉。
渊明弦已弃，阮籍望长天。

351. 代鹤

偶遇江南客，方知共问天。
东都同异旗，洛下共思年。
皎皎轩庭望，吟吟日月悬。
无须笼所困，自在有余田。

352. 立秋夕有怀梦得

新蝉鸣树顶，老马望遥程。
阳关阳自在，草木草枯荣。
鹤立朝天望，人行路地平。
洛水咸阳北，黄河不已鸣。

353. 哭崔常侍晦叔

逶迤三生路，沉浮二十年。
青丝同列帜，白首共桑田。
被褐清明酒，重阳九日迁。

君今君莫去，此路此吾前。

354. 新秋晓兴

之一：

浊暑惊然退，清宵尚未全。
香凝香不止，月色月晖悬。
乍起凉风问，徐行叶独先。
新秋新日暖，已惯已桑田。

之二：

一晓霞光满，三更已望天。
东方东旭至，北巷北楼先。

355. 秋日与张宾客舒著作同游龙门醉中狂歌

洛水东流百里明，东都旧帜一平生。
龙门醉卧香山下，草木秋虫已有声。
暖暖寒寒分不定，兼施独善各难成。
天民未济先清濯，白首儒书亦自倾。

356. 送别

序：

履信池樱桃岛上，醉后走笔，送别舒员外，
兼寄宗正李卿，考功崔郎中。

诗：

一别千流各向东，三生四品向天空。
花开片片樱桃岛，酴蚁杯杯问落红。

357. 秋池独泛

独泛秋泛一水颜，龙门不远是香山。
严滩一钓苏门啸，白首孤舟自闭关。

358. 冬日早起闲咏

履道常邻步，尘琴久不弹。
应以今日起，日日锁池澜。

359. 岁暮

岁暮自生寒，年初雪覆峦。
求温求暖且，待慰待孤单。

360. 南池早春有怀

水水池池暖，冰冰雪雪消。
朝阳朝岸绿，对地对南桥。

361. 古意

思思念念切，衣衣带带宽。
情人情不止，一意一云端。

362. 山游示小伎　半，伴也

四十年中及半行，寒寒暖暖慰三生。
花开月落应知己，白首书翁已自明。

363. 叹杨乃武与小白菜　民难

曾途四品官，体会退休难。
善善谁分辨，良民久持安。

364. 神照禅师同宿

古寺三千夜，梨花一半开。
龙门西水月，密语满天台。

365. 张常侍相访

寂寞西亭晚，蓬蒿两向开。
知君相访遇，举目望君台。
且饮三杯尽，同兄一曲回。

366. 再授宾客分司

四皓樵渔外，千官玉漏东。
三宫三品秩，履道履人同。
我是分司客，无须奉笏弓。
皇俸皇十万，不必不贫穷。

367. 感白莲花

独爱白莲花，吴江碧玉芽。
东都东洛水，履道履人家。
自以姑苏使，孤寻入白衙。
根生根不尽，叶长叶新华。
汉子凉州去，胡孙十代差。
关中关外见，玉锁玉门沙。

368. 咏所乐

兽兽禽禽问，鹰鹰鸟鸟闻。
生生同死死，雨雨复云云。
以乐何知乐，从天对地分。
孤求孤自在，各得各行君。

369. 思旧

微之秋石炼，未老溘身然。

杜子仙丹断，崔公药怯年。
三生多品位，五谷温衣棉。
贯顶寻常过，丹田冷暖全。
其余皆自在，不必所其迁。

370. 寄卢少尹

七十经年少，重回读学时。
相知儿女事，始世未迟姿。
所得青浆济，人生已顺期。
如此如彼是，以见以其师。

371. 池上清晨侯皇甫郎中

水上白莲香，亭中绿柳凉。
清荫清自评，阔泽阔诗章。
此物吴江色，同寻十子尝。

372. 咏怀

不累嵇康日，还闻毕卓闲。
东都名利少，渭水好河湾。
有路天天走，无须处处颜。
从官三品守，了幻一身还。

373. 北窗三友

濑明诗嗜所，古以启期琴。
酒伯伦无醉，知三友尽心。
吟时吟不止，水色水山音。
醒醉皆难返，谁言是古今。

374. 吟四虽　老，薄，病，贫

虽老少年心，何言虽薄今。
行程因虽病，不得虽贫音。
吏吏官官云，新新旧旧寻。
维吾维是酒，一路一诗琴。

375. 府西亭纳凉水归

胸前无俗事，府后纳凉亭。
日落千山远，风停一水青。

376. 裴侍中晋公以集贤林亭集事诗

三江千里去，一角五湖天。
第集平津岸，贤云主觉泉。
琉璃深洞名，滴水已成渊。

就下开张沼，依高着守川。
南溪南白翼，北岭北朱涎。
百步心亭照，千波怪影旋。
瞿泂无滞积，向背有婵娟。
管笛由胡汗，罗绮任舞翩。
勋华曾所现，纸墨已方圆。
主客皋夔赋，恩慈共策研。
山河歌已树，社稷曲云烟。
十授丞相印，三颁实业船。
辛夷功陆贾，秩序铸官回。
莫以夫差问，东吴霸主鞭。
苍薪勾践卧，月下范蠡怜。
虽已经商见，姑苏历自然。
留侯留汉迹，四面楚歌宣。
岘首闻羊祜，钱塘八月巅。
汀洲公所阔，草木系君年。
以此高阳照，文章日月悬。

377. 送吕漳州

今朝酒一壶，不醒过三都。
且望嵩山路，漳流此路孤。

378. 短歌曲

时人求富贵，世俗所疏图。
饮欲成名利，风尘驿路奴。
言何生命事，侍日不须孤。
老矣非今古，回头是玉壶。

379. 咏怀

一士踏波澜，三人务笏冠。
相知相互问，乐道乐天安。
不省荣华禄，辛劳日月残。
回头回不得，望止望难观。

380. 二〇一六年十月二十四日堂内佛光普照而说之

佛祖生辉一日红，秋明果硕半无风。
阳光运命知天意，教化民生向地丰。

381. 晚归香山寺因咏所怀

日近香山寺，人遥洛水泉。
千年流不尽，六祖始修禅。

已老求嵩颖，箕商问古田。
伊终伊瀍渭，魏晋魏秦川。

382. 张常侍池凉夜闲宴赠诸公

啸啸讴讴见，池池月月行。
琴琴笙管奏，曲曲复吟鸣。
一醉朝天去，三更始未明。

383. 和皇甫郎中秋晓同登天宫阁言怀六韵

皇甫郎中晓，天宫阁上寻。
同心思远望，共瞩帝王荫。
日老嵇康嫩，张翰八月琴。
知音知所志，有欲有鸣禽。

384. 老热

一饱三情足，千杯十日昏。
劳心劳苦热，夏日夏田村。

385. 寒食

书生故土不相邻，老少无同白首春。
最忆爷娘行步领，如今我可向何人。

386. 懒放二首呈刘梦得吴方之

之一：
青衣平旦望，布履过丘园。
独问婆娑竹，分司半亩田。
之二：
朝同床日满，暮共夕阳山。
早晚趋中务，琴诗月下闲。

387. 六十六　七十七

吟诗一白翁，八句半朝空。
七十分天地，三千弟子风。

388. 三迁赠道友

暖暖寒寒见，饥饥饱饱求。
心心成力力，止止亦流流。
过度谁何问，分岐几去留。

389. 洛阳春赠刘李二宾客

桥东桃李色，洛下杏梨春。
白白红红隔，花花草草邻。

东风千万绿，白首两三人。

390. 新秋喜凉因寄兵部杨侍郎

西凉沙已静，雨后一天凉。

日对延英殿，风清上未央。

391. 和裴令公一日日一年年杂言见赠

日日裴相步，年年作老翁。

生民功德鉴，自主作群雄。

最忆兵戎策，江东唱大风。

第七函　第七册
白居易　三十卷至三十四卷

---

1. 题裴晋公女儿山刻石诗后

序：

出讨淮西过此山，题诗胜战带兵还。

文成勇武平寇淮，百载桑田自等闲。

诗：

麒麟高阁上，女儿小山前。

讨贼平陈蔡，淮西定戍边。

民安留后世，社酒作天年。

旧将桑田静，裴相已集贤。

2. 洛阳有愚叟

粝粝精精食，余余缺缺全。

寒寒应暖暖，后后亦先先。

饱饱饥饥问，忧忧乐乐弦。

琴琴常不断，愚愚白耕田。

3. 饱食闲坐

老少不知忙，中青已见梁。

光阴同日度，百岁共秦芳。

德德功功问，闲闲望望长。

4. 闲居自题

白首闲居易，红颜自乐天。

门前流水色，屋后引新泉。

稻谷三千粒，耕耘半亩田。

时时数百日，十七叶终年。

5. 和裴侍中南园静兴见示

竹竹风风静，池池馆馆清。

南园南草木，鹤立鹤轻鸣。

不向留侯问，赁廊伯益情。

6. 风雪中作

隐隐明明色，风风雪雪平。

千川衣被厚，万水暗流明。

素素颜颜阔，形形状状清。

深深留足迹，步步独相倾。

7. 对琴酒

西窗明且暖，北岭日遥停。

酒满琴开厘，阳春白雪伶。

诗吟翁觉老，自醉客心铭。

目下三川木，江中一色青。

8. 雪中晏起偶咏所怀兼呈张常侍韦庶子皇甫郎中

穷阴漠漠已无分，旷野纷纷处处云。

大雪飞飞飘不落，形形色色作衣裙。

9. 览镜喜老

老已知兄弟，夫妻问太平。

人中何所见，镜里白头明。

10. 春寒

青黄谁不接，乞火已春寒。

颍水巢由去，匡君伯益观。

11. 菩提寺上方晚望香山寺寄舒员外

晚上菩提寺，禅中望远情。

香山香渺渺，贝叶贝轻轻。

但以其经纪，心心自所明。

12. 二月一日作赠韦七庶子

上苑桃花色，林园小杏红。

丘泉依旧是，有始却无终。

13. 犬鸢

犬饱眠高日，凌风鸢逐天。

人情人咫尺，物性物方圆。

14. 梦刘二十八因诗问之

以月求知友，因诗忆旧情。

居闲居易夜，梦得梦难平。

15. 西行

碛石荒沙道，西凉吐鲁番。

荒荒成古道，漠漠玉门垣。

万里丝绸路，千川草木萱。

家童弦管尽，不知寄轩辕。

16. 闲吟

步步洛阳闲，朝朝不列班。

东都东水逝，洛下洛河湾。

17. 东归

膝上闻诗卷，竿头挂酒壶。

潼关河已去，此路是东途。

18. 途中作

早起平肩路，黄昏驿站晖，

飞鸿飞不落，独步独无归。

19. 小台

小树低如帐，高云去似归。

藤床悬挂处，独仰望鸿飞。

20. 星后茶兴忆杨同州

昨晚同州忆，今辰睡后思。

青苔斑驳地，足迹旧留诗。

步步尘香处，欣欣欲有期。

嫦娥关照久，以醉挂弦枝。

21. 题文集柜

破柏成诗柜，分层十万藏。

箱箱书卷气，匣匣像文章。

不以千年续，吾生日日光。

耕耘耕不止，著作着方长。

22. 早热二首

之一：

夏雨炎炎热，秋风阵阵凉。

农夫田亩上，作业久低昂。

之二：

一路青衫湿，三春六夏炎。

何须行十步，望里碧荷尖。

23. 偶作二首

之一：

战马三边去，耕牛一日来。

东风东洛水，魏晋魏王台。

六十经花甲，童翁已自开。

人生人所欲，久着久文才。

之二：

富富贫贫济，忧忧乐乐生。

中间中主纪，上下上斯名。

24. 池上作

南潭一半举西溪，四围三千玉树齐。

淼淼沉沉空云落，森森远远碧霄低。

千寻咫尺天涯近，万亩风光百草萋。

白鹤华亭因酒榭，朱栏独坐尽辛夷。

25. 何处堪避暑

远近知何路，炎凉避不成。

枯荣随四季，向背逐三生。

一阵清风过，千川谷热轻。

农夫三伏望，硕果一秋行。

26. 诏下

宠辱无平让退平，升迁有欲帝王城。

文章日月书香老，诏下三台诏上行。

27. 七月一日作

七月阴阳一日平，均分两半各枯荣。

高低几度成天地，向背何言已界明。

28. 开襟

未破莲房子，芙蓉吧却裙。

蓬蓬含玉粒，挺挺望功勋。

29. 自宾客迁太子少傅分司

东都经七载，太子老官高。

少傅分司客，金单日比袍。

30. 自在

事事心无了，人终始有终。

观音观自在，独得独由衷。

31. 咏史

五马秦朝一李斯，三齐沸鼎半郦其。

经纶已定天机定，朗朗乾坤少傅知。

32. 因梦有悟

少少年年志，年年老老期。

官官由吏吏，比比任时时。

遣遣升升客，青青紫紫师。

途途因路路，蕙蕙共芝芝。

33. 春游

上马临门望，回头语老妻。

春游春独步，暮对暮辛黄。

八十年年客，三生处处齐。

群芳群所色，我问我香泥。

34. 题天竺南院赠开元旻清四上人

佛图殷勤士，开元四上人。

天竺天净土，地宇地方轮。

四月余春季，三光以日新。

先人先觉悟，与道与心邻。

35. 哭师皋

一醉师皋扫市歌，琵琶小伎曲相和。

愁颜苦月听何去，已过黄泉古道多。

36. 隐几赠客

隐几常情事，书书卷卷多。

金章堆案止，紫绶挂先科。

旦暮相承继，阴晴互几何。

吾应从后羿，客可问嫦娥。

37. 夏日作

夏日一莲茶，深塘半互波。

船空寻采女，叶密露娇娥。

两目蒙眬见，三明玉露多。

38. 晚凉偶咏

易易闲官职，居居独乐天。

西墙西照色，北院北流泉。

俸禄丰优厚，诗词著作贤。

由心由所欲，我去我来船。

39. 酬牛相公宫城早秋寓言见示兼呈梦得

七月中元气，金金火火平。

秋蝉登树顶，四望待清鸣。

白雪清风近，阳春致远情。

宫城宫玉树，碧玉碧长生。

40. 小台晚坐忆梦得

晚坐忆刘郎，黄昏夕照光。
尘埃应已定，日扫小台凉。
记取寻莲子，何时话故乡。

41. 种桃歌

桃三杏四五年梨，一树斤千半会稽。
叶叶花花红复绿，形形色色各高低。

42. 狂言示诸侄　古今诗

识字糊涂始，吟诗日月终。
龙门曾一跃，万籁已无声。
弟弟兄兄问，母母父父衷。
前程前不止，养子养何功。

43. 拙句

序：
偶以拙诗数首呈裴少尹侍郎蒙以盛制
四篇，一时酬和重投长句美而谢之。
诗：
吟诗隔拙半荒芜，一束蔷薇半刺苏。
昨日重闻连五鹿，今君字句似珍珠。
屏风四贯何璀璨，彩凤千金作玉都。
谢女曾扬谁白雪，毛家以此满名儒。

44. 六年冬暮赠崔常侍晦叔时为河南尹

一日河南尹，三生洛水流。
鬓毛霜已久，暮日苦难修。
绿蚁千醇酒，丝绦绵绣裘。
崔君常侍醉，不惧白翁头。

45. 戏招诸客

一煮红炉酒，三杯绿蚁浮。
千章寻玉比，百日入屠苏。

46. 十二月二十三日作兼呈晦叔

日历经冬尽，梅香已上术。
墙头三两朵，枕际暮朝藏。
且以千杯许，君情万举觞。

47. 早春醉吟寄太原令狐相公苏州刘郎中

白雪女儿心，阳春竹笋音。
云云成雨雨，土土可寻寻。
醉倒河南尹，吟诗付古今。

48. 七年元日对酒五首

之一：
对酒迎逢忘，躬身以醉狂。
年年元旦问，夜半不文昌。
之二：
一岁三更始，千杯半夜长。
倾城倾已醉，岁过岁初量。
之三：
晦叔共行觞，微之独豫章。
兄兄和弟弟，栋栋亦梁梁。
之四：
今朝刘梦得，昔日一桃花。
十载应行客，三生一帝家。
之五：
同年同岁异，醉里醉无声。
晦叔崔常侍，河南尹外情。

49. 七年春题府厅

一府七年春，三川五岳人。
因循官职守，岁月常朝秦。

50. 洛下送牛相公出镇淮南

春风下广陵，细雨化芳兴。
杖节丞相阁，千官向玉征。
梅花落里色，处处以香凝。

51. 筝

柱柱弦弦顾，姿姿色色明。
千情倾不语，十指作回城。
赵瑟临中响，胡琴待远鸣。
秦声应顾错，楚女艳精英。
玓瓅工银甲，怀柔手底声。
江流江不断，水色水形平。
白首知音久，红颜始纵横。
春秋春早致，耳目有新萌。

52. 洛中春游呈诸亲友

东风新气足，洛下已先春。
府上三冬腊，云中已五春。
年年观草木，岁岁问天津。
老叟何言悟，悠然步步人。

53. 酬舒王员外见赠长句

不以春秋作丈夫，无须草木自扶苏。
人心只以诗词付，岁月耕耘有似无。

54. 将归一绝

不去公门返，回头带雨归。
醍醐初出瓮，已忘是还非。

55. 罢府归旧居

陋巷多居易，朱门少去来。
腰间抛组绶，挂印拂尘埃。
饮酒无须度，弹琴有可回。
终生终不老，近意近天台。

56. 睡觉偶吟

一觉三更梦，千川关夜声。
归根归不得，落叶落风情。

57. 问支琴石

陨石知音久，高低上下闻。
无尘多拂拭，有理一仁君。

58. 裴常侍以题蔷薇架十八韵见示以和之

晚到春先去，成丛作紫裳。
群居群艳色，独秀院中央。
粉蕊经朝露，柔条小杏娘。
含情三两宝，曲意去来藏。
赤羽扶摇见，红蕾自纳霜。
玲珑穿夕照，密叶秀娇阳。
瑟瑟临风问，尖尖着刺芒。
辞仁东故里，履道好文章。

59. 感旧诗卷

一卷旧诗词，三生已不知。
黄泉行未得，已去已不知辞。

60. 酬李十二侍郎

兰长笋老已成才，叶密枝深久自开。

白首衰翁情自老，芳菲不远近天台。

61. 和梦得

之一：（梦得来诗云）

漫谈图书四十年，年年为郡老天涯，一生不得文章力，百口空为饱暖家。

之一：（和日）

凤阁沉沉无宠命，苏台籍籍有刘郎，

桃花运里桃花在，四十车书四十章。

不恐空闻空世界，天涯海角见汪洋。

宣城谢守知南北，水部东西郡四方。

62. 赠草堂宗密上人

佛道吾师行，宣传十二明。

如来如所教，大小两乘英。

一法菩提树，三生为子平。

观音观已赐，上守上人荣。

63. 喜照密闲实四上人见过

三生旧愿两生丞，一在朝堂半在僧。

互得心经经日月，相通不二玉香凝。

64. 赠皇甫六张十五李二十三宾客

昨日三川罢守悲，今年四皓已分司。

散职居闲居易见，问水寻山不堪迟。

65. 微之敦诗晦叔相次长逝岢然自伤因成二绝

之一：

并失鸳鸯侣，空留鹿鹤人。

文章留得主，日月复秋春。

之二：

君先君已去，我后我相寻。

自定吟诗地，当然作古今。

66. 池上闲咏

月色书楼照，潭中绿藻游。

清商音远近，白首步沧州。

67. 凉风叹

一叶书窗外，千声促织中。

三秋三不语，九派九州风。

68. 喜逐游山水

序：

和高仆射罢节度让尚书授少保分司喜逐游山水之作。

之一：

八座双旌罢，三台独不留。

分司分少保，喜逐喜王侯。

69. 送考功崔郎中赴阙

赴阙郎中路，新官旧足田。

青云青海岸，雁去雁来天。

70. 醉送李二十常侍赴镇浙东

一半花枝路，三千里步遥。

昂头应自去，八月海盐潮。

71. 重修香山寺毕题以记之

阙塞龙门口，关圆鹫岭头。

香山香寺院，古刹古人留。

旧貌新金镀，天颜故地修。

三寻知守界，四望入赡洲。

不尽穷沙戒，嵩岩壁石丘。

禅房方丈静，雪堰大乘酬。

瑟瑟林中路，幽幽月上秋。

重阳重九月，渡口渡君心。

贝叶曾经纪，观音已解忧。

吾言吾自觉，再以再春秋。

72. 送杨八给事赴常州

玉琐无嗟别，朱轮有序行。

常州常凤驾，给事给英名。

73. 闻歌者唱微之诗

一曲留今古，三歌自不平。

微之微自己，乐者乐天鸣。

74. 醉别程秀才

五度龙门客，三朝侍御僚。

吴弦弹楚调，拾遗秀才桥。

75. 自咏

紫袍三品士，白首一观遥。

管管弦弦见，琴琴瑟瑟消。

76. 把酒思闲事二首

之一：

一醉黄金断，三吟字句新。

无成无不得，有序有秋春。

之二：

一酒作知音，三生不古今。

人间人已醉，事后事前心。

77. 衰荷

点点衰荷雨，声声润济鸣。

明年明所见，一岁一枯荣。

78. 池上送考功崔郎中兼别房窦二伎

列宿文昌坐，巡回玉伎情。

郎中房窦色，纪念考功名。

79. 自问

自问仁台废，悲风凤阙兴。

微之和晦叔，洛水已相承。

80. 送陈许高仆射赴镇

重士轻才大丈夫，中军帐令自书儒。

行营仆射今戎镇，塞外沙鸣有酒无。

81. 青毡帐

一顶方圆立，三边日月天。

南移曾逐虏，北制刃因悬。

树帜中央帐，形城土地泉。

牛羊连图养，草木共时迁。

远别关山外，初安甲户前。

胡琴胡玉目，比顾比双肩。

向背交裙舞，盘环独自旋。

沙鸣如万谷，醉便不思田。

带火拥袍睡，和衣妇女眠。

儿孙依旧制，铁槃刈荒园。

自信应从此，徒言共岁年。

茅庵招隐处，旧序继青毡。

82. 答梦得秋日书怀见寄

雪厚山山树，霜沉叶叶枫。
分层红白见，六合一由衷。

83. 同诸客题于家公主旧宅

平阳公主宅，布谷旧声鸣。
杏李桃梨色，莺啼白石晴。
秦楼萧史去，弄玉已无声。
诸客今应问，人间久不平。

84. 答梦得八月十五日应祝月见寄

故苑风云客，分司白叟翁。
南江南柳柳，北国北鸿鸿。
仰望清光里，寒宫独自丰。
知知娃馆影，夜夜各西东。

85. 初冬早起寄梦得

一顶乌纱帽，三生着紫袍，
炉温先热酒，白雪玉峰高。

86. 秋夜听高谳凉州

一曲凉州客，三声问酒泉。
英雄千万里，壮志去来天。

87. 香山寺二绝

之一：
一寺香山静，三光日月安。
如来如自在，佛祖佛心宽。
之二：
不爱风岩久，孤特恋月谭。
心经由此静，古刹鼓钟岚。

88. 送舒著作重授省郎赴阙

旧岁相依酒，今重授省郎。
笙歌多少曲，不似白家庄。

89. 同诸客嘲雪中马上伎

白雪胸前入忆无，成霜马上玉凝酥。
珊瑚弱柳迎蒸气，昭君自得是真图。

90. 喜刘苏州恩赐金紫遥相贺宴以诗庆之

太守姑苏客，三年半太湖。
隋炀杨柳岸，伎唱运河奴。

91. 记与朋饮醉

序：
蓝田刘明府携酌相过，与皇甫郎中卯时同饮，醉后赠之。
诗：
一顶乌纱帽，三生玉漏乡。
兰田明府酒，饮醉见枯肠。

92. 刘苏州以华宁一鹤远寄以诗谢之

老鹤风姿一白翁，扬头顿首半由衷。
丹明玉顶迎风雪，素羽银晖住月宫。

93. 早春忆苏州寄梦得

二月盘门色，三吴草似烟。
茵茵娃馆路，碧碧虎丘泉。
陆羽铭茶久，江湖客雨船。
帆帆留不住，吏吏几归旋。

94. 尝新酒忆晦叔二首

之一：
酒里观无色，杯中见有平。
君知君自去，独我独声鸣。
之二：
世上强欺弱，人间老见成。
知君知此处，醒醉醒难行。

95. 负春

道士三清教，僧家一守圆。
春花春雪月，老少老随年。

96. 池上闲吟二首

之一：
三州轻守已无贫，四皓分章客有频。
若以樵渔山里去，何知有记望天津。
之二：
布布青青就，绯绯紫紫闻。

无为无不问，有道有仁君。

97. 早春招张宾客

早早寻春去，幽幽冷气来。
心知寒已尽，水济暖江开。

98. 营闲事

自笑营闲事，应由正义家。
窗前风已定，雨后有桑麻。
太守由天地，分司太子华。
从邻三盏酒，过客一杯茶。

99. 感春 古今诗 吕翁老于白翁

七十四年人，三千一子身。
春花春草色，古往古今新。

100. 春池上戏赠李郎中

春池风不定，水色李郎中。
遍染榆杨柳，传青杏李红。

101. 玩半开花赠皇甫郎中 八年寒食日池东小楼上作

人怜全盛日，我爱半开时。
碧叶初舒展，红蕾绽未迟。
郡芳分已定，百草画明滋。
短叹三生老，长吟八句诗。

102. 池边

柳碧垂丝久，荷红落色成。
春深春已尽，夏口夏浮明。
采女莲蓬少，芙蓉一两生。
婷婷知玉立，暖暖玉人情。

103. 酿制

序：
家酿初熟每尝辄醉，妻侄等劝，令少饮因成长句以谕之。
诗：
何言怪我朝朝饮，已是知吾醉醉鸣。
只以应闻天地事，平生莫以去来行。

104. 送常秀才下第东归

下第东归去，天台足步登。
三年成气势，一跃带香凝。

105. 且游

手里三杯醉，心中百事忧。
春风春未了，夏雨夏先头。
世上千帆落，人间一且游。

106. 题王家庄临水柳亭

柳岸亭花红，池萍附水中。
风流波不定，蕙草色朝东。

107. 题令狐家木兰花

一树木兰花，初春有叶芽。
花开花落去，叶硕叶天华。
事事人人见，因因果果差。

108. 拜表迴闲游

玉佩金章绶，绸衫紫带春。
纶巾方白首，拜表侍朱轮。
六祖禅音序，三清道士人。
知吾天下事，问我是何身。

109. 西街渠中种莲垒石，颇有幽致，偶题小楼

西街一里渠，石磊半心余。
有水明天地，无风阔太虚。
荷池莲水净，月色落游鱼。
卷卷舒舒见，年年岁岁初。

110. 涧谷

序：

玉泉寺南三里涧下多深红踯躅繁艳殊常感惜题诗以示游者。

诗：

寺南三里涧，泉岸半边花。
艳艳繁繁秀，形形色色华。
从从依惜集，独独自无斜。
不可棰歌舞，由天以地遮。

111. 答谢

序：

晚春闲居杨二部寄诗，常州寄茶，同列因以长句答之。

诗：

寂寞群芳色，春临碧玉家。
诗吟工部句，渴饮毗陵茶。
得意常常水，闲居处处花。

112. 早服云母散

水月云母散，风流草木箴。
丹砂丹已就，出入出家心。

113. 三月晦日，晚闻鸟声

晦日闻啼鸟，风声自不停，
云浮千岭尽，暮落一江青。

114. 早夏游平原回

立夏日初长，芙蓉半水光。
尖尖荷自立，处处草莓香。

115. 宿天竺寺回

野寺三曾宿，心经一日成。
天音天所在，达者达摩行。
面壁嵩山寺，修身十载名。

116. 感念

序：

侍中晋公欲到东洛，先蒙书问期宿龙门，思往感今辄献长句。

诗：

出书破蔡不相纪，列战龙门一晋公。
以此分司分所望，知老聚散聚难平。

117. 送到五司马赴任硖州兼寄崔使君

位下才高不怨天。文章尺寸自渊泉。
无求笔砚心思定，体会夷陵不守贤。

118. 奉和晋公侍中，蒙除留宋，行及洛师感悦发中裴然成咏之作

破蔡文章戌，行营武勇谋。
功名还史册，列汉作留侯。

119. 菩提寺上方晚眺

晚眺菩提寺，高低树木林。
逍遥由自在，鸟兽有其心。
世上何成就，人间是古今。

120. 杨柳枝词八首

之一：

水调家家唱，隋炀处处行。
苏杭南北岸，六合运河情。

之二：

柳岸梅花落，阳春白雪明。
陶公吟五柳，未尽亚夫声。

之三：

细雨东风带，男儿碧玉情。
桥头桥岸柳，水色水云平。

之四：

月问船娘去，寒宫夜色来。
嫦娥常自问，后羿后人才。

之五：

十里苏州巷，千流木渎舟。
吴儿吴越女，馆院馆娃留。

之六：

碧玉姑苏女，吴门五步桥。
烟云烟雨色，一日半阴晴。

之七：

柳柳杨杨岸，山山水水情。
三吴南北色，一越暮朝荣。

之八：

柳叶如眉细，吴腰似曲条。
闻声应起舞，对曲雨云霄。

121. 读老子

言言者也不如知，老子其行以此师。
着五千文玄世界，何当此意是何辞。

122. 读庄子

对立之中统一时，分分合合一疑移。
庄周万物同归一，一里还分百万思。

123. 读禅经

诸诸心经在，相相守一时，
如来如自在，了去了来知。
色色空空易，因因果果司。
观音观世界，有觉是无思。

124. 感兴二首

之一

因因果果有来由，只可深知不可求。
喜喜忧忧天下事，虚虚实实付东流。

之二

鸟鸟鱼鱼各自由，钩钩网网待时收。
相从互克成天地，乾坤自古有春秋。

125. 问鹤

一鹤朝天立，三鸣不足多。
青丝丹顶色，羽翼紫衣和。

126. 代鹤答

一顶青衣挂，三生布服多。
绯衣长易紫，万里一黄河。

127. 闲卧有所思

之一：

向夕黄金落，弹琴唱九歌。
鸿沟分两岸，渭水有千波。

之二：

一步权门路，三生驿站多。
秦王曾逐客，不可渡黄河。

128. 喜闲

鸟鸟鱼鱼见，空空水水求。
黄河南转北，向下自东流。

129. 自咏

序：

诗酒琴人例多薄命，予酷好三事，雅当
此科而所得已多，为幸甚，偶成狂咏，
聊写愧怀。

诗：

琴琴酒酒亦诗诗，乐乐天天已自知。
苦苦辛辛贫属贱，官官吏吏紫衣时。

130. 寄明州于驸马使君三绝句

之一：

酒酒花花醉，琴琴曲曲音。
春风应得意，太守寄书琴。

之二：

且以平阳郡，英雄立羽名。
三朝三自愿，一世一平生。

131. 哭崔二十四常侍　崔喜酒

酒后一崔郎，官前半柳杨。
三千先弟子，十四伯伦乡。

132. 闲卧

十五当斋戒，初三日日诚。
菩提知佛祖，静待曲方明。

133. 春早秋初因时即事兼寄浙东李侍郎

春初始见黄中绿，半入重阳绿里黄。
便可春初秋色见，其黄尚绿绿中黄。

134. 新秋喜凉

气节新秋好，风云半带凉。
相宜衣自取，步步入诗乡。

135. 初夏闲吟兼呈韦宾客

之一：

孟夏清和月，千波一水香。
莲花初溢彩，育子以蓬扬。

之二：

小伎何郎问，严公带意听。
歌喉珠一串，润土雨三城。

136. 奉酬侍中夏中雨后游城南庄见示

雨后南庄夏，云中北水澜。
飞来天竺寺，望去子陵滩。
角直姑苏苑，吴门谢守盘。
高阳高竹节，竹水竹千竿。

137. 送兖州崔大夫驸马赴镇

驸马贤才子，崔州赴镇臣。
年年千景致，岁岁一诗人。

138. 晚上天津桥闲望偶逢庐郎中张员外携酒同倾

天津桥回望，夕照上阳宫。
郎中员外酒，一醉两西东。

139. 问少年

朝朝一卷书，暮暮半樵渔，
十万诗词见，天天笔墨余。

140. 代琵琶弟子谢女师曹供奉寄新调弄谱

琵琶弟子九重城，寄得音书一处声。
散水蕤宾皆新曲，红妆以此作深情。

141. 代林园戏赠　裴侍新修集贤宅池馆，醉归

文人一宰相，宅馆半贤乡。
武勇淮西令，诗人作柳杨。

142. 戏答林园

主宰集贤亭，衡门半未铭。
修修天地客，处处寄丹青。

143. 重戏赠

处处当宾去，年年作主来。
重修方及第，仰慕集贤才。

144. 重戏答

水小藏明月，亭低望远空。
淮西征战胜，晋北有飞熊。

145. 早秋登天宫寺阁赠诸客

日色临流净，天光入早秋。
千杯呼一句，白首问三侯。

146. 少年问

年年见紫衣，岁岁问依稀。
万日从朝政，三年一去归。

147. 集贤池答侍中问

主见集贤池，秦闻凤阁诗。
裴相承日月，醒醉以才知。

148. 对晚开夜合花赠皇甫郎中

秋明夜合花，素色入人家。
以此诗文着，知音你我他。

149. 醉游平泉

目不看人面向天，趋前跬步足后迁。
醍醐贤顶身心醉，此月为何不独悬。

150. 题赠平泉韦征君拾遗

平泉拾遗一征君，颍水千年半白云。
只以青衫天日照，方言直步可耕耘。

151. 酬皇甫郎中对新菊花见忆

爱菊高人逸，吟诗晚色黄。
农夫知节气，社酒醉时香。

152. 夜宴醉后献裴侍中

九烛台前十二姝，千声玉曲两三奴，
人无醉倒人先醉，主客东山以此儒。

153. 和韦庶子远坊赴宴未夜先归之作，兼呈裴员外

工中杨柳曲，月下向相心。
白雪阳春调，梅花落里音。

154. 八月十五日夜同诸客玩月

洛水东西一月明。婵娟上下半倾城。
寒宫桂影风云定，后羿辛勤射日空。

155. 杨柳枝

之一：

洛下一新声，宫中半旧鸣。
情情天地上，句句暮朝情。

之二：

小伎声声曲，新词处处题。
秦淮桃叶渡，洛水女神霓。
绣履花颜俏，轻罗露色稔。
风条腰细细，东带落低低。
醉足从金谷，还姿任玉溪。
巫山云雨见，白帝竹枝啼。
历因珍珠唱，悠悠对范蠡。
商商皆不去，贾贾尽东西。
一首应肠断，三音已纵笄。

余梁从此绕，已是鸟无栖。

156. 答皇甫十郎中秋深酒熟见寄

染指醍醐酒，形成琥珀光。
晶莹明玉理，不忍瓮头香。
色熟秋深晚，闲情逸志尝，
茱萸檐上封，醉里菊花黄。

157. 老去

序：

自许日日十三诗，年年七十余，成章超十万，作卷一生书。

诗：

老去妻儿切，晨来独自尝。
吟诗无趣酒，日日十三章。

158. 送宗宝上人游江南

江南一上人，渡口半天津。
所在禅音应，应轮处处轮。

159. 和同州杨侍郎夸柘枝见寄

柘枝杨柳竹枝情。一半无声一半声。
俱是民意儿女意，目入君诗入俗名。

160. 冬初酒熟二首

之一：

酒熟意如何，汨罗有九歌。
青衫绯紫客，醒醉不须多。

之二：

酒熟无末客，弹琴有独歌。
吟诗吟一世，问道问江河。

161. 送姚杭州赴任因思旧游二首

之一：

细话杭州事，西湖一白堤。
钱塘平此水，度量运河低。

之二：

八月钱塘望，三秋一线潮，
波波非自主，浪浪是天桥。

162. 寄李相公

扶贫不要官，济世以心宽。
造化慈悲路，分明有芝兰。

163. 冬日平泉路晚归

一路难行日易斜，三生旧话是农家。
贫贫富富官人老，夏夏秋秋问菊花。

164. 利仁北街作

草色班班碧，鲜花处处红。
街街通所去，日日向西东。

165. 洛阳堰闲行

七载年年一自然，三生处处半闲天。
黄河不远嵩山近，沽酒琴诗向陌田。

166. 过永宁

桃花一永宁，酒色半丹青。
不醉庐明府，吟诗寄四屏。

167. 白马行

序：

往年稠桑曾失白马，题诗厅壁，今来尚存，又复感怀，更题绝句。

诗：

白马稠桑过去年，多情自古是当然。
经天立地题诗句，古往今来尚此泉。

168. 罗敷水

一水色罗敷，千情半小姑。
群芳连百草，万古有还无。

169. 路逢青州王大夫赴镇立马赠别

立勇金书见，劳军勒令明。
光辉人已见，岁尹士先成。

170. 刺史

序：

和杨同州寒食干坑会后闻杨工部欲到知予与工部有宿醒。

诗：

夜夜归常晚，朝朝醉醒迟。

无知无节制，有酒有诗时。

171. 戏自

序：

和刘汝州酬侍中见寄长句，因书集贤坊胜似事戏而问之。

诗：

刘文履道丞相府，胜事贤才集坊闻。

莫问朱门前后序，文章百步去来君。

172. 池上二绝

之一：

观楂三界问，对奕一僧营。

举手无思索，时所下子声。

之二：

采女白莲蓬，扬头子未丰。

初弯偷不得，十日可如弓。

173. 白羽扇

白羽天然色，园形剪制成。

人间人自主，世上世工营。

造化非常见，精心改革萌。

千年千所易，万里万规行。

174. 饮会

序：

五日斋戒罢宴彻乐闻韦宾客皇甫郎中饮会，亦稀又知携酒馔出斋，先以长句呈谢。

诗：

红颜伎女半红尘，斋戒僧房八戒身。

有酒吟诗琴有语，开封酒后始知醇。

175. 闲园独赏　梦得寄蜂鹤之咏以和之

鹤立空空见，蜂鸣处处花。

相依相慰藉，梦得梦天涯。

176. 种柳三咏

之一：

植木不成林，三年见绿荫。

无须今得力，足见老人心。

之二：

水水山山木，杨杨柳柳亭。

长行长十里，一语一叮咛。

之三：

桥边杨柳折，马上寄离情。

树树由居易，留心此处行。

177. 小宅　北京东城汪魏新巷九号

小宅池鱼枣树高，秋来直职着红袍。

风情落叶黄含绿，胡姬品味玉葡萄。

178. 池上即事

避日依松竹，闻风解带舒。

分司分左右，即事即天书。

179. 南塘暖兴

风荷摇水面，岸柳入池中，

两亩南塘日，黄昏独自红。

180. 偶吟

去去来来进士才，官官吏吏向天台。

绯绯紫紫寻常事，等等闲闲职事来。

181. 谕亲友

去去来来路，安安乐乐园。

闲官琴不止，酒代赋诗船。

一醉方知道，三生未足眠。

182. 龙门送别皇甫泽赴任，韦山人南游

赴任南游去，龙门近泽州。

明朝谁送我，独见白翁留。

183. 苏杭

序：

刘苏州寄酿酒糯米，李浙东寄杨柳枝舞衫，偶因尝酒试衫辄成长句寄谢之。

诗：

苏州酒酿尝三杯，浙水东流第一梅。

赵女丝衫杨柳折，吴姬曲尽醉无催。

184. 诏授同州刺史病不赴任因咏所怀

不去同州任，何求共富贫。

官家多俸禄，苦病少秋春。

劝谏寻思路，江山日月秦。

随身随得事，克已克人身。

185. 寄杨六侍郎　时杨初授户部，予不赴同州

杨君荣所任，我病怯同州。

八月江湖胲，张翰不掉头。

186. 韦七自太子宾客再除秘书监以长句贺而钱之

共贺新恩拜旧官，同朝共事对金銮。

鸳鸯凤阁星云步，姓在名前有贵冠。

187. 酒熟忆皇甫十

一别离金谷，三杯不自开。

今天新酒熟，只待玉山来。

188. 九年十一月二十一日感事而作，此日独游香山寺

独步香山寺，钟声扑面来。

禅音随磬语，白首莫徘徊。

色色空空尽，朝朝暮暮催。

189. 即事重题

香山居士见，洛水紫衣行。

东都分所以，北魏合求明。

190. 将归魏村先寄舍弟

日日知前事，年年觉后身。

非非成是是，魏魏亦秦秦。

舍弟天天碌，愚兄处处轮。

成成何不觉，得得几家春。

191. 看嵩洛有叹

日日看嵩洛，回回问路盘。

山山非直木，水水是波澜。

世上经忙后，人间始见宽。

笼中飞鸟去，两翼一云端。

192. 咏怀

随缘处处一安闲，半入朝廷半入山。

水上分明分彼此，云中远近远难攀。

193. 咏老赠梦得

俱老如何老，同行几度行。

人生人自独，故友故时荣。

194. 从同州刺史改授太子少傅分司，张良授太子少傅

履道三分务，西池七度春。

琴诗酒可济，卒岁探先秦。

爵秩留侯外，生涯谢守均。

朝廷恩二品，紫服寄前身。

195. 奉和奉令公新成午桥庄绿野堂寄事

旧径开桃李，新池落凤凰。

丞相吟八句，竹木已三行。

引水随流势，栽松任土岗。

红花炉待闭，绿野午桥庄。

项羽七秦去，萧曹已无忙。

从官知税赋，以国劝农桑。

196. 自题小草序

池边小草亭，岁岁四时青。

石磊年年色，云烟处处灵。

陶庐如五柳，陌巷似颜丁。

我自今行步，孤吟四面屏。

197. 自咏

细数随缘处，繁枝累叶庭。

慈恩应世道，进退始浮萍。

社稷分南北，江山有渭泾。

居心居日静，乐得乐天宁。

198. 新亭病后独坐招李侍郎公垂

浅把三分酒，闲题四句诗。

公垂公所语，雨静雨霏迟。

199. 闲卧寄刘同州

江东一大风，志士本央宫。

酒后诗琴语，群雄各不空。

如今闲卧日，不必与君同。

200. 残酌晚餐

舞见新翻曲，歌听自作词。

其余赁酒醉，已忘四行诗。

201. 喜见刘同州梦得

紫绶同州梦得君，刘郎共步几诗文。

琴声莫断新翻曲，不必天天忆远去。

202. 裴令公席上赠别梦得

一别刘郎半乐天，三杯不易几经年。

绯衣紫绶红颜老，酒尽梁王驿道前。

203. 寻春题诸家园林

处处园林领袖春，幽幽过日去来人。

家家独秀东风去，草草花花自满秦。

204. 又题一绝

一步群芳色，三春诸彩余。

开门花扑面，且入手中书。

205. 家园三绝

之一：

早向花园觅，新蕾正待阳。

谁言同艳色，总是自家香。

之二：

清流沧浪水，蕙草子陵滩。

小院家池蓄，何须钓玉兰。

之三：

有水鸳鸯去，唯惊过往人。

家禽双白鹤，步步不离身。

206. 老来生计

五柳空弦鼓木琴，千音莫取有杂音。

三生不得三生愿，一岁无须一岁心。

207. 早春题少室东岩

少室东岩石最高，晴岚白雪着红袍。

霜枫扫净题诗壁，三十六峰百里涛。

208. 早春即事

春生先入水，柳色早萌轻。

有有无无见，梅梅雪雪明。

吟诗谁领教，饮酒问枯荣。

以曲翻词老，停琴待鹤鸣。

209. 吧春风兼赠李二十侍郎二绝

之一：

笑叹春风早，梅花昨日开。

冰消初化雪，柳色尚无回。

之二：

道场今斋戒，香炉日日开。

春风行树色，拜敬一如来。

210. 清明日登老君阁望洛城赠韩道士

岁岁清明日，年年乞火寒。

绵绵留不住，道士子推观。

211. 春来频与李二宾客郭外同游因赠长句

琴诗已尽酒颜开，一度春风十地来。

我已东都行洛下，君才未达上天台。

212. 二月三日　古今诗

年年昨日龙抬头，日日今朝望不休。

七十余生生日念，父母兄弟各春秋。

213. 奉和令公绿野堂种花

之一：

绿野庭中一世家，裴公日上半朝霞。

桃桃李李成天下，问问寻寻十地花。

之二：

春风二月家，润土令以衔。

桃李满天下，如今再种花。

214. 三月三日

云沉附榭一庭前，絮贴窗纱半寸棉。

叶密枝疏千细细，弦钩玉指两纤纤。

215. 雨中听琴者弹别鹤操

雨下分离榭，琴弹别鹤操。

行行还顾顾，李李送桃桃。

216. 食日

序：

酬郑二司录与李六郎中，寒食日相过同宴相赠，二人并同年。

诗：

龙门及第曲江滨，司录郎中共宴臣。

已是儒生分十地，同年只此剩三人。

217. 喜杨六侍御同宿

岸帻分南北，冠巾见近遥。

花开花落处，月下月光潮。

举目婵娟问，行身后羿寥。

君情君惟我，共度共良宵。

218. 残春咏怀赠杨慕侍郎

名逾三品（太子太傅三品）秩，位列一都朝。

六十千舟侧，三生一路遥。

官班曾力尽，少壮已同僚。

老得陈王赋，东皇太一消。

219. 闲居春尽

闲居春去尽，独坐夏来云。

细雨应无止，天天自湿裙。

220. 春尽日天津桥醉吟偶成李尹侍郎

天津桥上雨，履道里中云。

有酒吟诗醉，无尘向李君。

221. 池上逐凉二首

之一：

池中含一月，树下纳三凉。

水水风风近，空空旷旷香。

之二：

池中一小亭，月下半清风。

泛泛波波水，轻轻淡淡空。

222. 香山避暑二绝

之一：

六月滩声响，三泉逐水平。

潭深潭不语，不注不流明。

之二：

草履纱中坐，香山古寺钟。

声声声不止，处处处人容。

223. 老夫自述

日月耕耘一老夫，诗词十万半江湖。

阴晴只得山河水，醒醉无须是玉壶。

224. 香山卜居

香山居易卜，老计乐天闻。

涧护云林水，藤遮浣女裙。

深藏深不露，有色有仁君。

225. 无长物

陋巷家居小，书生思尺遥。

心中何远近，世上几濂樵。

莫以天台望，秋风八月潮。

226. 牛李

序：

宿香山寺酬广陵牛相公见寄来诗云，唯无次东都白居士，月明香积问禅师，牛相三表乞退，有诏不许。年五十七。

诗：

三行三子弟，五十七年中。

渭水知天地，江东合大风。

同知秦魏阙，共助未央宫。

有诏何人许，禅师已梦雄。

227. 以诗代书寄户部杨侍郎劝买东邻王家宅

可劝东邻宅，吾门对户开。

诗琴和酒醉，举手望三杯。

228. 赠谈客

上客何清谈，中人对玉观。

瑕明三界石，洛水一波澜。

229. 初入香山院对月

东都居士路，洛下乐天心。

对月香山望，行吟作古今。

230. 题龙门堰西涧

龙门濠濮涧，少傅菊花田。

一水南流色，三生北乐天。

春秋春夏雨，九派九江泉。

直木丛丛立，东流曲曲涟。

231. 秋霖中奉裴令公见招早出赴会马上先寄六韵

雨晦三秋日，泥和一寸多。

吴姬拔顾与，赵女独娇娥。

且见相公帽，衣衫半湿科。

甘霖甘水落，九派九江歌。

醒醉先无得，阴晴已有霙。

三台三举获，一望一黄河。

232. 尝酒扣歌招客

品酒听歌不必愁，家中小伎自声忧。

罗绮素手三两曲，未了余情胜酒酬。

233. 八月三日夜作

促织寒声断，墙头不可藏。

天凉花露白，月照已成霜。

景物分明楚，宵眠已渐长。

时时寻手记，梦梦忆家乡。

234. 病中赔南邻觅酒

婢扶先自病，莫以一空壶。

北舍头生痛，南邻有酒无。

235. 晓眠后寄杨户部

晓梦应温被，东都是睡臣。

闻知君侍漏，边是早朝人。

236. 秋雨夜眠

冷冷三秋夜，潇潇一梦寒。

纷纷知是雨，处处草花残。

237. 喜梦得自冯翊归洛兼呈令公

左辅新从客，高阳一楚才。

声名由四海，甲子等同来。

共老文章主，三春景物开。

梁王同饮酒，不尽郑枚杯。

238. 斋戒满夜戏招梦得

道场纱笼下，禅音宿戒前。
慈恩斋白日，梦得管琴弦。
未能全如佛，由心结世缘。

239. 和会公问刘宾客归来称意无之作

闲尝黄菊酒，醉唱紫芝谣。
称意须劳问，东都不早朝。

240. 酬梦得穷秋夜坐即事夜寄

一酒共君尝，三秋夜见霜。
云消成雨水，夜久薄衣裳。

241. 走筝

序：
偶与维扬牛相公处见得筝，筝未到先寄诗来，走笔戏答。
诗：
玉柱调须品，朱弦拨独音。
秦筝先不语，静里一禅心。

242. 答梦得秋庭独坐见赠

隐映夕阳残，秋庭夜坐寒。
枯虫鸣不尽，宿鸟久盘桓。
莫以枝巢冷，惊飞穴不安。
闲官闲未得，梦得梦时难。

243. 梦得

序：
长斋月满携酒先与梦得对酌，醉中同赴令公之宴，戏赠梦得。
诗：
斋翁前日满，戒定后今天。
戴客应无醒，刘人可酒泉。
平原君子坐，阮肇未成仙。

244. 奉酬淮南牛相公思黯见寄

相公白乐天，五品地天弦。
济世玄机客，才成弃雅贤。
隋炀南下久，但见运河船。
贝叶香山寺，龙门对洛川。
何时红烛照，密簇问陶然。

莫以寻金谷，衡阳去雁怜。

245. 酬梦得

序：
吴秘监每有美酒独酌的独醉，但蒙诗报不以饮招，辄此戏酬兼呈梦得。
诗：
独酌当心独醉眠，群芳已去一芳贤。
三生不以成君饮，一曲蒙诗白乐天。

246. 酬贺得霜夜对月见怀

一夜霜封半夜明，三更独月五味情。
偏偏不是偏偏是，梦得吟诗我已成。

247. 初冬月夜得皇甫泽州手札并诗数篇因遗报书长句

清清玉韵两三章，落落银丝七八行。
雁去衡阳南北路，云来洛水雨方长。

248. 雪中酒热欲携访吴监先寄此诗

独醉无诗醉，同倾有意倾。
纷纷扬白雪，处处覆精英。
小小红炉火，杯杯访载名。
何分天地色，只对玉壶情。

249. 酬令公雪中见赠讶不与梦得同相访

梁王招即至，梦得自先来。
素羽连天地，红炉白雪裁。
应君温酒对，只以醉徘徊。

250. 题酒瓮呈梦得

响马群雄士，凌烟阁上功。
房谋和杜断，李靖尉迟恭。
饮尽东都酒，先生一醉穷。

251. 迂叟

魏阁商宾日，南山一二人。
何言天下事，不了去来春。
隐约樵渔议，分明拾遗臣。
书香书自守，去路去禅身。

252. 洛下闲居寄山南令狐相公

已下园林路，听从草木音。
闲居闲所待，令律令狐心。
以训由君序，吟诗入古今。

253. 惜春赠李尹

日日公门碌，时时篆字忙。
偷闲曾一酒，即事可三强。
太守苏杭此，绯衣作市梁。

254. 平生

老少青中度岁年，经音普渡作源泉。
人心所向如来见，日月风云自在天。

255. 对酒以令公开春游宴

功成名遂自由身，故事新吟魏晋秦。
数数宜须春酒日，有官无职是冠臣。

256. 与梦得偶同致敦诗宅感而题避

不负苍生过，无惊逝水波。
黄昏浮洛水，第宅冷应罗。
履道诗文客，宣城伎曲多。

257. 杨六尚书新授东川节度使代妻戏贺兄嫂二绝

之一：
刘纲与妇仙，弄玉亦升天。
已似沙哥领，东官节度川。
之二：
金花一枕君，玉凿半祒文。
哥哥弟弟雅，嫂嫂兄兄闻。

258. 闲游即事

泔涧伊河水，清明渭邑多。
春风应不语，一夜百花科。

259. 六十六

六十六年生，三千了子名。
诗人诗日记，事属事时耕。

260. 池上早春即事招梦得

老叟惊年改，先生旧日长。

今天应饮聊，聊发醉时狂。
水上池风淡，冰融映旧裳。
桃花庵外路，举酒对刘郎。

261. 因梦得题公垂所寄蜡烛因寄公垂

公垂以此半云端，玉漏余明亦久安。
一宰相公双举烛，千官独一对金銮。

262. 会公南庄花柳正盛欲偷一赏先寄二篇

之一：

楼花千万朵，细柳两三株。
社酒琴音伎，偷来一赏无。

之二：

偷来花一朵，借与伎歌词。
老者曾无顾，吟成四句诗。

263. 春夜宴席上戏赠裴淄州

裴相九十地真仙，四座齐声管竹弦。
七十还须三五载，君前争作少人年。

264. 赠梦得

老已是同年，寻花作马前。
偷船先自得，尽怪后人贤。

265. 晚春欲携酒寻沈四著作

最忆阳关唱，狂言醉里歌。
梅花三弄尽，白雪一青娥。
绿蚁珍珠酒，葡萄玉露多。
胡旋胡比目，赵瑟赵姬和。

266. 三月三日祓禊洛滨　并序十二韵

之一：（序）

舟中十五人，祓禊两三春。
洛水贤才聚，裴相酒令巡。
河南由李尹，梦得少师秦。
可续郎中继，中书尚舍伦。
壶觞分左右，笔砚致天津。
伎乐音琴远，吟诗岸上频。
刘郎居易客，一日半生新。
曲曲歌歌付，朝朝暮暮淳。

之二：（十二韵）

被禊草萋萋，黄莺止复啼。
文章随草木，日色自东西。
已罢羲之笔，兰亭集序题。
津桥头尾顾，饮客斗亭低。
谢守应回首，陶公可望黉。
无须离洛岸，已过魏杨堤。
楚债惊伍子，夫差误范蠡。
舟行留笔迹，簇碧已开笄。
翠羽茵茵铺，荷砂点点齐。
红颜初欲露，曲伎细腰迷。
望见香山寺，杭州问会稽。
吟声传正邑，酒色露端霓。

267. 问梦得暮春寄贺东西川二杨尚书

鲁卫知连气，潘杨问客家。
东西川上日，寄得暮春华。

268. 喜小楼西新柳抽条

三条细柳已成行，二月春风半翠妆。
折断枝头三两寸，离心处处忆家乡。

269. 晚春酒醒寻梦得

花残酒不残，老亦久书安。
醒醉非因事，阴晴是独宽。

270. 感事

晦叔崔常侍，居中烧晓丹。
当期灵羽翼，感事望波澜。
七十诗诗首，人中草木峇。
无忧无喜过，有地有天安。

271. 陶谢

序：

和裴令公南庄绝句，裴曰：野人不识中书令，唤作陶家与谢家。

诗：

一寸天空一寸云，陶家五柳谢家芬。
朝堂始得中书令，世上闲人不必闻。

272. 家宅偶题五首并序

序：

宅西有流水，墙下构小楼，临玩之时颇有幽趣，因命歌酒，聊以自娱，独醉独吟偶题五绝句。

之一：

偏墙一小楼，水色半清幽。
竹影方临酒，疑间已白头。

之二：

水色半波纹，清流不可分。
临风临止止，已醉已醺醺。

之三：

粉壁朱栏色，琴音玉舞花。
阿蛮腰正细，素素醉人家。

之四：

梁州一曲音，魏阙半红法。
但向深池望，天高入浅津。

之五：

一醉闲居客，三春见乐天。
留心留草色，一色一江船。

273. 偶作

十里香山寺，三春草木峇。
芳花芳色艳，故客故禅坛。

274. 节度

序：

因梦得酬牛相公初到洛中小饮见赠，时牛相公辞罢扬州节度就拜东都留守。

诗：

扬州节度一东都，洛水陈王半守儒。
有酒无徒应所量，相公梦得乐天枢。

275. 幽居早秋闲咏

要路无须竟，天险不必争。
条条通彼路，处处可英明。
老向幽居纪，童翁各未名。

276. 和令狐仆射小饮听阮咸

独占阮家名，琴筝瑟以声。
珍珠盘上落，细洒玉中鸣。
乐府听音至，新词配旧情。

弦弦余未了，处处自闲荣。

277. 烧药不成命酒独醉

不可丹砂火，何言土地田。
应当应独醉，莫以莫成仙。

278. 送卢郎中赴河东裴令公慕

别云洛桥东，辞人望太空。
裴公裴令慕，久可久闻风。

279. 送李滁州

一意半禅门，三光十地村。
年睥如此是，处处有黄昏。

280. 长斋月满寄思黯

满寄长斋月，相思短白门。
山河千里隔，日月万年恩。

281. 冬夜对酒寄皇甫十

霜明庭上草，雪素榭中花。
寒光应处处，冷手暖家家。

282. 岁除夜对酒

洛下十年中，东都一岁空。
明朝新日月，旧历似相同。

283. 诸客

序：
分司洛中多暇，数与诸客宴游，醉后狂
吟偶成，因招梦得宾客兼呈思黯奇章公。
诗：
要路风波险，权门日月忙。
闲官闲所事，碌士碌人堂。
酒市旗亭饮，分司意念长。
章公先已醉，梦得乐天狂。

284. 中书门下

中书一吕正人间，值舜三台自等闲。
日月千川从魏晋，风云半落雁门关。
麟袍紫禁封疆吏，御带天冠定葵颜。
晋升东皋天子赐，琵琶曲近谢南山。
萧曹汉将凌烟阁，不让秋毫守列班。
燕雀何知天銮驾，留侯至此可朝还。

285. 和东川杨慕巢尚书府中独坐感戚在怀见寄

紫绶黄金印，中堂白班珂。
云中怀独坐，月下尚书歌。
渭水长安色，香山对洛河。
销磨贪酒醉，不忍问余波。

286. 寄献北都留守裴令公并序

司徒老令公，驻守北都雄。
独坐军营帐，分司唱大风。

287. 小岁日喜谈氏外孙女孩满月

朝辞三十日，且庆女孙儿。
物以稀则贵，怀中可抱司。
因娇多乞讨，过老已尤慈。
洗乞名肌玉，香兰一蕙芝。

288. 闲吟赠皇甫郎中亲家翁

一老成翁婿，三春草木深。
尤佳成彼此，最好是人心。

289. 梦得卧病携酒相寻先此寄

卧病经常事，闲情亦尚闻。
相呼相得见，战地叙天文。
携酒当同饮，同吟共世君。
悠悠何所以，处处溢祥云。

290. 酬思黯戏赠同用狂字

白乳双杯满，吟诗四半行。
闻竿知所酿，以醉可猖狂。

291. 又戏答绝句

双杯心似火，独善尽衷肠。
莫莫猖狂见，倾倾已是狂。

292. 继和

序：
令狐相公与梦得交情素深，春亦分予不
浅，一闻甍逝，相顾泣然，旋由使来，
得前月未殁之前寄，赠林得哀吟悲叹，
寄情于诗，诗成寄予感而继和。
诗：
存没交亲自此分，今朝手扎遗天文。

哀吟不尽诗尤在，尚寄成情居易君。

293. 戏赠梦得兼呈思黯

面对裴相我少年，郎中见得老陶然。
如君共忆同元甲，饮醉千杯是比肩。

294. 洛下雪中频与刘李二宾客宴集，因寄汴州李尚书

为人不必过股勤，有雨天光自有云。
大雪纷纷应是水，南南北北以何分。

295. 看梦得题答李侍郎诗，诗中有文星之句，因戏和之

第一文星客，经三见楚才。
琉琚相报与，始得上天台。

296. 闲适

禄俸微躬厚，冠官紫服裁。
分司三品客，玉酒一人来。

297. 戏答思黯　思黯而善筝者以此戏之

得见十三弦，无云有月天。
寒宫应可见，玉色是婵娟。

298. 酬裴令公赠马相戏

序：
裴诗：君若有心求逸足，我还留意在名
姝。
诗：
风流几奈何，朱骥换娇娥。
仰望天宫里，婵娟夜夜过。

299. 新岁赠梦得

同年同甲子，岁酒岁当先。
汝是何时醉，吾今过酒泉。

300. 早春持斋答皇甫十见赠

和风生正月，岁岁持斋人。
景气平荣过，年年负早春。

301. 白居易

平生白乐天，一病理当然。
刺史苏杭迹，分司紫禁贤。

302. 早春忆游思黯南庄因寄长句

半入南庄春见早，重温水草渐融冰，
阳和柳叶先呈色，白雪梅花已玉凝。

303. 酬皇甫十早春对雪见赠

阳春半处处，白雪一纷纷。
有酒先应醉，留当持戒君。

304. 奉和思黯自题南庄见示兼呈梦得

南庄半谢家，别墅一梅花，
梦得思黯酒，同吟你我他。

305. 送蕲春李十九使君赴郡

职守好文词，专城未郡迟。
春风门外客，愿寄四行诗。
紫绶经天意，青衫著作知。
先生杨柳木，直至洛阳时。

306. 自题酒库

野鹤已辞笼，长天可大风。
经飞方独立，仰首已由衷。
厚俸分司客，高贤已不弓。
虚空君自主，醒醉乐天翁。

307. 春日题千元寺上方最高峰亭

绝顶一危亭，临空半寺铭。
高峰高独立，古刹古心灵。
五百真罗汉，三千世界青。
京都尘望断，渭水半流泾。

308. 醉后听唱醉华曲 诗云：

遥知天上桂华孤，试问嫦娥更要无。
月宫幸有闲田地，何不中央种两株。
此曲寒中应韵怨。
苦苦桂华唱叮咛，嫦娥已醒挂幽灵。
人间已断因情致，只使衷肠带意听。

309. 酬梦得以予五月长斋延僧徒绝宾友见戏韵

三春短日静，五月长斋眠。
修行身已定，梦得乐天年。
事古纱灯颂，从芳古刹烟。

禅房同长老，桂寺共婵娟。

310. 禊洛

序：

奉和裴令公三月上巳日游太原龙泉，忆去岁禊洛见示之作。

诗：

年前上巳洛河游，击水中流逆水舟。
此岁香山登绝顶，丞相府里晋公酬。
风光未老人先老，共步吟诗过并州。
鹤骥承平荣耀比，天龟所寄是春秋。

311. 又和令公新开龙睿晋水二池

污泊相公冶，龙泉晋水池。
天光扬日月，树木八行诗。

312. 早夏晓兴赠梦得

醉是长安醉是吴，非时洛水是时朱。
三心二意半东都，一部清商一酒壶。

313. 寒食日寄杨东川

晨钟兜率寺，旭日满东川。
草色嘉陵水，寒光蜀坝田。
书生收九品，逶迤自重天。

314. 寄李蕲州

诗传鲍谢风，洛下忆车公。
蕲笛知名久，梅花落里翁。

315. 奉和思黯相公雨后林园四韵见示

雨后林园气，人前草木知。
云烟多少水，大势至恩慈。
不忍都人望，当言骑吏时。
赁轩赁所以，举步举风姿。

316. 晚夏闲居，绝无宾客，欲寻梦得先寄此诗

晚夏闲居寂，应寻梦得情。
刘刘和白白，二叟互相迎。
以酒成全事，吟诗对暮平。

317. 太湖石

序：

春和思黯相公以李苏州所寄太湖石奇状绝伦，因题兼呈梦得。

诗：

一石太湖来，千空玉洞开。
盘根依旧树，错落楚人才。
隔岸姑苏女，精神气景梅。
琼瑰棱露透，负处跃潜回。
碣取如人意，灵合蓄水隈。
无须临净土，不忍染尘埃。
水府生尤物，吟诗对此媒。
相公和氏璧，共步久徘徊。

318. 酬思黯相公晚夏雨后感秋见赠

晚夏相公寄，初秋已所诗。
无忧无病好，有酒与琴时。

319. 久雨闲闷对酒偶吟

对酒琴诗易，闲天久雨云。
杯中空复注，榭外几人闻。

320. 雨后秋凉

秋凉秋雨后，气爽气随新。
百物枯荣见，千虫角落邻。
少闻少小去，老得老人亲。

321. 酬梦得早秋夜对月见寄古今诗

胶州创业科，渡海过黄河。
北国桓仁客，东城砧杵多。
同天三世界，共月一嫦娥。
十尤诗今古，汨罗唱九歌。

322. 题谢公东山障子

共世愚贤客，同生贵贱名。
康铭非不病，鹿鹤谷川行。
携酒东山去，休浮伎曲声。
风流风未止，进退进余荣。

323. 谢杨东川寄衣服

东川已远帝王畿，世上珍情信未稀。
老少相依君子在，春茶未断寄秋衣。

324. 咏怀寄皇甫朗之

忘却名名利利还，游僧处处在深山。
调心运气分同异，意守丹田自闭关

325. 东城晚归

步步东城路，区区夜月天。
书书香未了，枣枣待婵娟。

326. 与梦得沽酒闲饮且约后期

清吟胜管弦，浊饮近前川。
壮举英名酒，文英近酒泉。

327. 与牛家伎乐雨后合宴

雨后清新气，牛家伎乐姿。
纤腰轻自舞，细曲洞房迟。
富态方成就，风情已入诗。
无心无左右，有意有兰芝。

328. 章服

序：

和杨六意见书喜雨弟汉公转吴兴鲁士赐
章服，命宾开宴，用庆思荣长句见示。

诗：

客舍纷纷雨雾深，恩荣处处庆知音。
吴兴鲁士分章赐，埙篪平生只古今。

329. 自咏

世外三千士，书中一半翁。
红颜身已醉，故事转头空。

330. 琴命

序：

梦得相过援琴命酒因弹秋思偶咏所怀兼
寄继之待价二相府。

诗：

静侣闲居约，琴诗以酒醺。
秋思怀所寄，以醉作知君。
左右三杯玉，沉浮白日云。
逍遥赁自在，老少是功勋。

331. 九月八日酬皇甫十见赠

隔日重阳日，今斋菊色黄。
吟诗无对酒，静坐有香堂。

332. 言志

序：

慕巢尚书书云，室人欲为置一歌者非所
安也，以诗相报，因而和之。

诗：

东川已治二三春，洛下何求一两人，
老大黄金谁不点，中书玉绶净梁尘。

333. 杪秋独夜

一树凋零半月空，三春锦绣五湖红。
姑苏木渎吴姬曲，却向西施问越衷。

334. 冯李睦州访徐凝山人

访道郎中去，吟诗月下来。
乡人多不钓，郡守有衙台。

335. 苏州故吏

太守东都客，苏州故吏秦。
同为天子路，共事帝王津。

336. 得友书

序：

得杨湖州书颇夸抚民接宾纵酒题诗，因
以绝句戏之。

诗：

但得唯民愿，何须独使君。
山河社稷久，日月去来曛。

337. 天宫阁秋晴晚望

晚望天宫阁，秋晴洛水城。
千黄呈白露，万里已分明。

338. 梦得暮秋晴夜对月相忆

一半黄花菊，三分白露裙。
秋池秋水净，似雾似浮云。

339. 大历

序：

同梦得和思黯见赠，来诗中先叙三人同

宴之欢，次有叹鬓发渐衰嫌孙子催老之
意，因酬妍唱兼吟鄙怀。

诗：

无孙无子叹，有酒有琴忧。
老者应居易，刘郎亦白头。
思黯思所以，共度共春秋。
此去何须问，谁乘普渡舟。

340. 听歌

老去已无闻，今来问有文。
听歌听不尽，不得不浮云。

341. 小堂叹老

序：

三年冬随事铺设小堂寝处，稍事温暖，
因念衰病偶吟所怀。

诗：

蚕蚕生茧茧，茧茧作蚕蚕。
壳壳丝丝束，人人老老眈。
中堂随铺设，暖帐软绸合。
早晚由心处，春秋各色昙。

342. 初冬即事呈梦得

暗暗初冬雪，纷纷素甲悬，
先平枝叶密，后继满前川。
热酒余香味，闻君问八仙。
难分难断处，远近远连天。

343. 易

序：

自罢河南已换七尹，第一入府怅然旧游，
因宿内厅偶题西壁兼呈韦尹常侍。

诗：

一日河南府，三生自我家。
民声豫剧社，洛邑牡丹花。

344. 天寒晚起引酌咏怀寄许州王尚书汝州李常侍

阿蛮樊素在，老得尽王侯。
九鼎言中序，三光酒里求。

345. 四年春

春天先入水，老者后知伦。

踏遍青山好，寻来色五津。

346. 白发

八戒香火印，三光念蕊珠。

青丝多似少，白发有如无。

347. 公垂尚书以白马相寄，光洁稳善，以诗谢之

白马西天使，公垂善解缘。

吴姬应妾换，共饮酒家泉。

踏步应昂首，飞行可宿迁。

骄情千里日，独望一秦川。

348. 西楼独立

独立西楼白首空，孤身素服俯仰同。

黄昏不尽行人望，十一年来是此翁。

349. 追欢偶作

暮色近余年，江流远逐船。

行离知逝别，唱尽竹枝怜。

350. 书事咏怀　古今诗

食宿平生计，衣冠利禄全。

由心由所布，策划策由然。

月月千诗着，年年尤首篇。

平生三十卷，一世度方圆。

351. 酬梦得比萱草见赠

梦得乐天肠，同吟共社康。

今垂萱草色，处处有余香。

比比知心问，天天会意藏。

婵娟应未见，独以玉宫凉。

352. 问皇甫十

一水运河舟，三光自在流。

苏杭商贾客，百年着春秋。

353. 早春独登天宫阙

晓旭由天艳，梅花带雪开。

何门何不锁，最老最先来。

354. 送苏州李使君赴郡二绝句

之一：

印绶辞吴郡，铜鱼换虎丘。

重寻千渎水，再上五湖舟。

之二：

西施已去馆娃宫，碧玉留形一井空。

五霸夫差勾践纪，三吴养马女儿红。

355. 长洲曲新词

十八女儿红，三千日月风。

余杭余禹庙，浙水浙江东。

越越吴吴色，桃桃李李中。

长洲长乐曲，茂苑茂春翁。

356. 忆江南词三首

之一：

江南水，一片镜湖山。

竹笛胡笳三弄曲，阳春白雪一人间。

十八折中颜。

之二：

江南忆，八月运河舟。

一线潮头天上去，钱塘六合月宫流。

浙水在杭州。

之三：

江南女，十八女儿从，碧玉桥头常自顾，

吴宫月色见芙蓉。

几度再重逢。

第七函　第八册
白居易　三十五卷至三十九卷

---

1. 病中诗

六十八年中，平生一念同。

何因除此病，历志望江东。

凡体观音近，禅房苦乐空。

心经心所在，五味五蕴工。

2. 初病风

六十八年翁，青年唱大风。

枯株难免蠹，百疾易弯弓。

柳叶垂枝色，轻身举首功。

经磨经励后，志节志精工。

3. 答闲上人来问因何风疾

但以文殊问，何颜对普贤。

方圆方丈见，一病一天年。

4. 枕上作

往事回思处，前程对日流。

支离重组合，再造自空头。

苦乐均难述，文章可马牛。

待装待玉就，举步举艰修。

5. 病中五绝句

之一：

人间生老疾，世上健身康。

七十知由已，三生自主强。

之二：

假假真真病，虚虚实实行。

优优潜劣劣，就就对成成。

之三：

死死生生客，朝朝暮暮情。

茫茫非自持，郁郁北邙城。

之四：

恢恢昏昏日，松松惺惺身。

群芳春已是，独木并非轮。

之五：

逝水浮舟去，升华落气来。

因由因不足，病体病难裁。

6. 送嵩客

水水山山在，人人事事来。

嵩峰三十六，石木五千台。

7. 罢炙

火炙一浮云，如来自在君。

虚无知渺渺，病体莫成分。

8. 酬梦得贫居咏怀见赠

平生乐得半贫居，历卷心中半有余。

苦久韩康多药债，诗人不负少年书。

9. 别柳枝

明晨别柳枝，已醉不知时。

白首诗翁伴，从今误绿迟。

10. 就暖偶酌戏诸诗酒旧侣

细酌徐吟坐，听琴品伎声。

余音梁上绕，解口酒中香。

11. 岁暮呈思黯相公皇甫郎之及梦得尚书

幡然一老夫，十轰九分殊。

疾病成心力，嫌身有胜无。

12. 自解

三生中一身，九派问三秦。

往世成禅客，今人画五津。

注：房太尉前世为禅客，王右丞前世应画师。

13. 岁暮病怀赠梦得　同时足疾

万里同行共足伤，三生共疾久短长。

堂前旧坐龙头杖，一步低时一步昂。

14. 雪后过集贤裴令公旧宅有感

雪厚梁王馆，人轻旧宅池。

台亭依旧是，只待雁来时。

15. 卖骆马

五载自骑行，三生已卖情。

从今居不易，杜没乐天名。

最是回嘶久，留心夜夜鸣。

16. 酬梦得见喜疾瘳

何言一短长，不误半文章。

举足高低痛，行身左右狂。

17. 夜闻筝中弹潇湘送神曲感旧

潇湘玉指十三弦，竹泪斑斑一半天。

送送迎迎神女曲，思思忆忆洞庭船。

18. 感苏州旧舫

百里五湖舟，三山三水州。

红梁雕栋舫，碧玉小桥头。

19. 感旧石上字

太守苏州客，江湖石上眠。

平生诗可尽，三字白乐天。

20. 登高

序：

见敏中初到邠宁秋日登城楼诗，诗中颇多乡思，因以见寄。

诗：

三年贫御史，八月古邠州。

独步乡思久，风沙向远流。

观书灯若暗，暮日不登楼。

21. 斋戒

每每持斋戒，心心已自由。

劳劳尘断尽，处处念时修。

古古先生继，今今苦乐忧。

何须知彼此，向背是春秋。

22. 戏礼经老僧

烛烛灯灯照，香香火火明。

经僧经有卷，释子释难成。

23. 进退

序：

近见慕巢尚书诗中屡有叹老思退之意，又于洛下新置郊居，然宠寄方深，归心大速，因以长句戏而谕之。

诗：

诗中白发无，月下问东都。

直木由来久，躬身可老夫。

林园新置好，曲榭碧飞凫。

不定闲居客，何须寄画图。

24. 对镜偶吟赠张道士抱元

人中治老有何方，记取秦皇岛上扬。

白塔僧林张道士，多多少少上人房。

25. 病入新正

灯竹惊新岁，梅花焕旧颜。

春风云带雨，紫绶送居闲。

26. 卧疾来早晚

婢妻知本草，犬吠谢医人。

卧病或强志，思心待早春。

27. 强起迎春戏寄思黯

杖策迎春立，行身苦疾人。

群芳群百草，纳病纳三秦。

28. 少年忆

序：

梦得前所酬篇有炼尽美少年之句，因思往事兼咏，今怀重以长句答之。

诗：

谁言炼尽少年人，已是形成半老身。

莫以今朝何老事，终闻白首几经纶。

29. 病后寒食

日近清明饮食寒，风光照旧渭波澜。
青衫已换绯衣紫，九品三公病后官。

30. 残春晚起伴客笑谈

晚起残春伴客尘，旗亭酒市陌阡新。
谈谈笑笑应无止，不恐多余不病人。

31. 老病相仍以诗自解

昨日半贫居，今天一小康。
何因常老病，自解有殊常。

32. 皇甫郎中亲家翁赴任绛州宴送出城赠别

赴任郎中去，亲家定约来。
交婿儿女事，别酒十三杯。
不必多情老，冬春有腊梅。
东都东巷望，洛水洛桥开。

33. 春暖

春莺花下立，疾足石前轻。
鹤近扶吾步，风停任鸟鸣。

34. 送唐州崔使君侍亲赴任

持节使专城，崔侯客侍声。
天朝相接址，四御互依名。
只是三杯酒，何时半向盟。
民生民做主，是世是和平。

35. 春晚咏怀赠皇甫郎之

百岁三生老日多，阳春白雪各分科。
身康体健常无久，喜乐忧愁是几何？

36. 春尽日宴罢感事独吟

陈蛮樊素在，扶将一老夫。
琴声连舞曲，明皇二念奴。

37. 病中辱崔宣城长句见寄兼有觥绮之赠而酬之

之一：
病发刘桢卧，吟诗谢朓兴。
宣城长短句，酤酒以香凝。

之二：
下席苍梧水，归云竹泪生。
三朝联棣萼，两世夏图琼。

38. 池上早夏

夏木春塘岸，荷莲未展平。
风波风不定，碧叶碧方明。
已见繁枝叶，重阳简水莺。
啼时啼未了，未雨未烟晴。

39. 谈氏外孙生三日喜是男偶吟成篇兼戏呈梦得

茉苣盈女手，玉叶早初萌。
浴罢男芽仔，儿孙可着城。
传媒先贺近，喜报已方鸣。
梦得鸾征梦，谈家共道情。

40. 开成大行皇帝挽歌词四首奉敕撰进

变国夷华四顾明，恢皇业迹世晴明。
开成实录贞观政，御宇升平制度英。

41. 杨柳枝

序：
前有别杨柳枝绝句，梦得继和云春尽絮飞留不得，随风好云落谁家，又复戏云。

之一：
杨花柳絮万千家，落落飞飞半雪斜。
不色无香无绮艳，何如别意到天涯。

之二：
七月严恭礼，三秋始数生。
千官垂目待，百鸟已悲鸣。

之三：
地动三宫主，山呼万岁城。
仪辞天子路，玉漏待人倾。
举笏趋鸳步，行身俯仰情。
皇图皇四极，国治国家荣。

42. 时热少客因咏所怀

醉卧池边榻，凉开竹下扉。
云风云不断，客少客来稀。
自便吟诗句，还弹百鸟归。

文长文自村，夏短夏时衣。

43. 所寄

序：
宣州崔大夫阁老忽以近诗数十首见示吟讽之下窃有所喜，因成长句，寄题郡斋。

诗：
曾应记得谢云晖，半水吟声半翠微。
莫以东山先伎曲，脱衣解带弄琴归。

44. 足疾

足疾无长足，牙疼有短牙。
舟车应代步，日月驻吾家。

45. 晚池泛舟遇景成咏赠吕处士

叟叟常相伴，翁翁已始终。
三光三世界，一水一清空。
道士僧人问，来来去去同。
谁知身后事，预见是无逢。

46. 梦微之

夜去同游路，辰来泪不收。
人生人自尽，旧忆旧心头。
不必寻根叶，君知另一头。
黄泉何处是，闭目是终修。

47. 感日

序：
和杨尚书罢相后夏日游永安水亭，兼招本曹杨侍郎同行。

诗：
天天字宇半无头，卷卷舒舒一自由。
进退升迁云雨客，山山水水独周游。

48. 感秋咏意

人间七十老来稀，早晚无知减厚衣。
指指肢肢常冷冻，头头足足苦相依。

49. 老病幽独偶吟怀怀

耳目昏昏见，辛夷处处空。
笙歌听伎散，静坐一诗翁。

50. 在家出家

僧僧侣侣有生家，野野园园处处花。

耳目无闻心已定，妻呼女唤在天涯。

51. 夜凉

无弦琴自在，有木即知音。

五柳陶公曲，文王问古今。

52. 独省

序：

继之尚书自余病来寄遗非一，又蒙览醉吟先生题诗以美之，今以此篇用伸酬谢。

诗：

狂人三两语，酒醉去来舒。

惠好经情与，交亲似旧如。

衣单曾所寄，病病药莼鱼。

妄语诗翁句，知吾是尚书。

53. 五年秋病后独宿香山寺绝句

又到龙门寺，香山已入秋。

禅房明月色，旧宿独东楼。

54. 偶题邓公

之一：

陋巷穷居客，寒光白雪多。

饥荒何烟迫，莫忆旧时斜。

携酒邓公寄，何须问几何。

之二：

清风清水竹，石白石盆泉。

七十谁无病，平生已有眠。

55. 题香山新经堂招僧

之一：

新经堂上月，竹磬寺中声。

白叟曾开念，僧师意所明。

之二：

只是一身来，禅房半不开。

先师先已在，后继后人催。

56. 早入皇城赠王留守仆射

津桥残月晓，白露玉珠沦。

禁署宫城柳，愁悲是凡人。

57. 寄题庐山旧草堂兼呈二林寺道侣

江州司马去，落叶草堂来。

不可庐山上，当应道侣台。

58. 改业

闲居闲不定，苦力苦何如，

半亩田园客，三生一佛书。

59. 山下别佛光和尚

劳师送我行，不忍下山情。

九十禅音寄，东都帝子名。

60. 岭上云

暮暮朝朝散，舒舒卷卷行。

时当行雨露，不可独枯荣。

61. 山中绝句

改革农村半亩田，阴晴草木一方圆。

桑蚕自是人间望，历代朝廷民是天。

62. 林下樗

郁郁陈香木，檀檀以病成。

无材才是木，直取置人明。

63. 涧中鱼

世外涧中鱼，蛟龙海上居。

何言天地界，不止杏坛书。

64. 洞中蝙蝠

千年鼠化成，百暗自无明。

得计何为见，如何寄此生。

65. 自戏绝句

进士方成自得天，中书制书忆桑田。

诗文日日逾十尤，事事功夫五十年。

66. 百日假满，少傅官停，自喜言怀

之一：

官停官少傅，自喜自其忧。

世上人人事，官中处处酬。

求闲求所务，待已待交流。

组绶平无去，头轻足重留。

之二：

诗词老来问方圆，佛祖禅房慧智泉。

代润儒书玄道士，文昌月日以心贤。

67. 会昌元年春五绝句

病后刘家喜遇催，梦得相闻过病回，

黄泉锁定久无开。

何言醒醉三生酒，又向刘家饮酒来。

68. 赠举之仆射　三为寒食之会

乞火宫中烛，清明奉帝王。

三为寒食节，一月共书香。

69. 庐尹贺梦得会中作

共举尚书杯，刘郎梦得来。

翁同川守贺，共老共天台。

70. 题朗之槐亭

统领春风一并来，先疏后密叶枝开。

槐花酿酒呈君友，不住三呼过十杯。

71. 劝梦得酒

梦得麒麟阁，乐天药酒香。

龙蛇其所味，本草入衷肠。

72. 杨柳词

序：

过裴令公宅二绝句　令公在时，常同听杨柳枝歌，每遇雪天无非招宴，二物如故，因成感情。

之一：

杨杨柳柳碧枝生，雪雪霜霜玉酒平。

一曲无须常不醉，今来又忆断肠声。

之二：

柳柳杨杨一曲声，枝枝叶叶半春荣。

如今物在人何处，大雪纷飞叙酒情。

73. 石上苔

漠漠斑斑寄，殷殷湿湿堆。

层层纤厚厚，绿绿水催催。

74. 早热

早热农夫累，池干涸土愁。

青黄还未接，不可入炎州。

75. 题崔少尹上林坊新居

居新峰作壁，坊静着沧州。
本草临塘色，清波洛水流。
三川泉叠落，十里泛渔舟。
有酒同吟醉，田苏日日游。

76. 新涧亭

临流濠濮涧，九叠一泉开。
紫气呈云雾，朝阳满玉台。

77. 对酒有怀寄李十九郎中

月下知桃叶，楼中别柳枝。
郎中吟伎语，旧句是心知。

78. 相就

序：

杨六尚书频寄新诗，诗中多有思闲相就之志，因书鄙意报而谕之。

诗：

一有新诗半有无，三台宿愿一台珠。
闲居老少何闲就，进退升迁大丈夫。
事事人人何未了，因因果果几书图。
丘丘阙下尘封处，不必相寻向洛都。

79. 偶吟自慰兼呈梦得

甲子同龄梦得兄，书明七十乐天情。
交亲海内人间路，事事无平处处平。

80. 寄潮州杨继之

荣荣辱辱觉穷通，遣遣升升领悟空。
事事人人应不定，先先后后可西东。

81. 雪暮偶与梦得同致仕裴宾客王尚书饮

黄昏远远雪霏霏，白首翁翁不是非。
未醉相加三百岁，人间此会四鸿归。

82. 雪朝乘兴欲诣他司徒留守先以五韵戏之

云中作雪生，酒酒自相倾。
热饮三杯问，心中已不平。
天寒封地冻，气冷锁精英。
但以梁园见，闲吟一两声。

83. 赠思黯 履道居有滩，仁宅亦有滩

先滩有似后滩情，一钓严陵两钓声。
蕙茝兰芳兰色正，履道归仁侣道行。

84. 听歌六绝句

（听都子歌 词曰试问嫦娥更要无）

试问嫦娥更要无，樊家旧唱似姑苏。
灵灵性性惊居易，旧忆新声入五湖。

85. 乐世 一名六公

管急弦繁拍，阿蛮玉舞来。
纤腰弯仔细，旧忆乐天开。

86. 水调

水调殷勤第五篇，情肠不断五言传。
隋炀一曲随杨柳，色满江都曲管天。

87. 想夫怜

秦川一半夕阳开，弟子三千玉色来。
竹管丝弦催客问，三分妇妾一分才。

88. 何满子

序：

开元沧州有歌者何满子，临刑进此曲，上竟不免。

诗：

沧州何满子，一曲未开元。
四调保音切，难留八叠喧。

89. 离别难

声声杨柳折，曲曲落梅花。
但愿随君去，何须自有家。

90. 闲乐

居闲居易醒，最好醉时眠。
世上知寻酒，人间自乐天。

91. 开成二年夏闻新蝉赠梦得

新蝉夏末作秋声，梦得同年共一鸣。
木槿花边朝暮见，进学笏下帝王城。

92. 题牛相公归仁里宅新成小滩

天涯六七年，洛水万千情。
不及归仁里，清滩对日明。
新泉伊渭接，滟濒石流横。
柳岸潇湘竹，淞江钓苦平。
相公成此举，举目望天城。
不是严陵意，心中帝业荣。

93. 春日闲居三首

之一：

日日可闲居，时时有读书。
吟诗吟见历，独步独樵渔。
耳目松乔问，知音进退余。
琴声琴纪远，半亩半葆锄。

之二：

鳞鳞羽羽乐天成，老老中中各继行。
鸠占雀巢终不可，先先后后自枯荣。

之三：

劳劳逸逸一平生，次次行行半驿程。
老得樵渔琴继续，只要闲居不要名。

94. 小阁闲坐

同谁共坐轩，旧序万千言。
小阁浮云久，经天草色萱。
花开花落去，老少老人园。
但附阿蛮舞，唯听素口樊。

95. 游平泉浥涧宿香山石楼赠座客

逸少兰亭集，文章被禊生。
何闻金谷水，不见秀伦明。
妙舞清歌尽，人芳酒色情。
平泉君子见，玉碎石楼声。

96. 池上幽境

渺渺水云桥，微微雨露苗。
明明天日里，远远雾难消。
一境幽幽色，三生处处遥。
钱塘惊八月，洛下逸千潮。

97. 夏日闲放

夏日无人访，交亲寄鲤书。

余今余自在，是得是闲居。
梦得吟诗句，平生不钓鱼。
知君知向背，一路一当初。

98. 丽绝

序：

和思黯居守独饮偶醉见示六韵，时梦得
和篇先成，颇为丽绝，因添两韵，继而
美之。

诗：

刘郎思黯唱，一曲半和声。
珏柱朱弦断，金丝弄叠鸣。
朝堂临玉漏，魏阙已东明。
莫以当年步，今音与太平。

99. 和梦得洛中早春见赠

三生三八戒，二月二斋除。
百草临芳色，千花已叶舒。
啼莺应落下，洛水宓妃居。
但待陈王客，吟诗酤酒余。

100. 樱桃花下有感而作

樱桃花下酒，半见水中天。
蔼蔼春繁锦，处处碧流涟。
长成红粉色，慰曲舞歌弦。
日日年华竟，苏苏以酒泉。

101. 洗竹

节节空心竹，青青直意舒。
枝枝成大势，尺尺作云居。
洗净真颜色，观微似读书。
如翁如见历，似志似相如。

102. 新沐浴

沐浴新生气，身轻体活行。
冠巾应已免，顶载可斜倾。
自在无南北，温情半失衡。
唯求多饮醉，会得此余生。

103. 三年除夜　古今诗

三年除夜短，百岁客官长。
养子求名利，图家意暖香。
身前身后见，独影独自光。

各去人生路，何言格律章。

104. 自题小园　古今诗　吾去矣

养子成龙防老名，千年百岁自空城。
枯枝落叶秋冬至，已朽行思别日情。
代代人人家解体，门门户户主难平。
寻寻觅觅庭中见，去去来来百步更。

105. 病中宴坐　古今诗　吾去矣

有酒应难饮，吟诗已不成。
闲琴风未响，坐病莫声鸣。
独向中座步，孤身落叶平。
何时何故去，远地远山行。

106. 戒药　古今诗　吾去矣

六十修行戒药行，三生问道百年明。
诗词格律警人志，日月耕耘八十惊。
十万天书加五万，千章十卷古今名。
巴新不远天涯近，且向兰山独自行。

107. 赠梦得

一酒天天饮，千诗日日吟。
同年邻梦得，共度客知音。
七十成天地，行程作古今。
情情寄愿愿，意意对心心。

108. 吾去也

序：

逸老　庄子曰，劳我以生，逸我以老，
息我以死也。
古今诗　吾去也

诗：

一病当心七十余，三生历路半荷锄。
千章未了名三品，及第书生不易居。
渭水东都东洛色，劳劳逸逸息樵渔。
天涯海角天涯远，自得人间自写书。

109. 遇物感兴因示子弟　古今诗　吾去也

骨尽齿先亡，龟灵处世长。
人行则步健，鹤立久低昂。
女子成名器，经年各自强。
何须由我忆，海角已无疆。

110. 闲题家池寄王屋张道士

希夷造化一玄关，白石家池半等闲。
乐逸无忧知足矣，深山不去在人间。

111. 官俸初罢，新友见忧，以诗谕之，古今诗　下海

俸俸官官罢，亲亲友友忧。
年经轮七载，少傅富薪留。
莫以贫家子，何知不白头。
扬扬应自信，举举上中游。

112. 闲居偶吟招郑庶子皇甫郎中

贫琴有一张，酤酒赋千行。
庶子郎中会，江湖种柳杨。

113. 石击

序：

亭西墙下伊渠水中置石，激流潺湲成韵，
颇有幽趣，以诗记之。

诗：

滟滪中流石，伊汉激浪台。
惊声惊远近，玉碎玉徘徊。
粒粒风扬雨，珠珠定落开。
忽疑严子濑，洛水客人猜。

114. 首夏南池独酌

胜境才思劣，佳人醒醉分。
樊蛮扶自助，尚可望黄云。

115. 远近高低

序：

李庐二中丞各创山居，俱夸胜绝，然去
城稍远，来往颇劳，弊居新泉实在字下
偶题二君。

诗：

百里龙门壁（李），三潭泡涧楼（庐）。
迢遥山隔坐，碧镜照沉浮。
弊宇新泉水，如何向背流。
相同沧浪濯，各自度春秋。

116. 梦上山

黄河过九湾，夜梦上嵩山。

醒后疑新酒，回头健足还。

南来朝北上，曲折望潼关。

渭邑长安木，东都不列班。

117. 饮后戏示弟子

先生如弟子，弟子似先生。

饮酒方知醉，吟诗等客情。

劳劳由弟子，逸逸任先生。

孔府传儒训，何言老病行。

118. 闲坐看书逸诸少年

老老无成少少成，来来有序去难行。

书书可读书书异，路路相通路路横。

119. 北窗竹石

婆娑摇竹影，瑟瑟入窗台。

子女应无见，青光伴侣来。

120. 对酒闲吟赠同老者

仆妾扶持句，婢妻饮食稀。

无肥应至道，有节是如归。

对酒闲吟句，弹琴静定扉。

君行君莫醉，是戒是还非。

121. 晚起闲行

闲目时时叩齿声，拥裘老子尚温情。

劳劳度度辛辛度，早起应身早睡行。

122. 香山居写真诗

之一：

拾遗翰林学士名，书真奉诏集贤成。

藏经阁上重相续，四十年中白士行。

之二：

白衣居士一香山，拾遗翰林半御颜。

四十年中回首顾，三生信念仰天关。

无无有有何言谕，是是非非不等闲。

处处桑田沧海见，心心可印在人间。

123. 二年三月五日斋毕开素当食偶吟赠妻弘农郡君

先生先解放，老字老来香。

俯仰心经在，儒学以道扬。

诗文诗日月，早起早书房。

子女三生继，夫妻半存亡。

124. 不出门

老了潼关去，青牛独自来。

何须宾客至，闭户已持杯。

俯仰朝天望，分司已不催。

诗词兴叹句，醒醉可徘徊。

125. 感旧　并序

之一：

微之李侍郎，晦叔故家梁。

梦得黄泉路，孤身病留强。

唯唯君子见，五位五炎凉。

三十年间尽，生生死死乡。

之二：

朸直归丘尽，微之别故梁。

离性终晦叔，梦得已先亡。

四友长相望，三生共草堂。

徘徊应紫紫，步步已留舻。

126. 送毛仙翁　江州司马作

得道仙翁逝，修心足迹田。

红颜龟鹤岁，白首步虚篇。

四岳巅轩昊，三清草木泉。

人间人役役，世上世悬悬。

利利名名客，生生死死研。

秦皇秦海望，汉武汉长天。

不见今何在，蓬莱有遗川。

江州司马见，进退始思贤。

五老峰前见，千岩一洞牵。

何当怜厄授，见异不寻迁。

莫以黄泉路，谁人可不眠。

阴曹封耳目，地府锁云烟。

各说阴阳界，徒言未了缘。

仙翁仙道处，自是自青莲。

127. 达哉乐天行

达矣东都白光天，分司少傅十三年。

如今七十方圆问，自便谋求养老钱。

一售南园三五亩，还倾洛邑四顷田。

应银买米添衣物，苦计吟诗有酒钱。

128. 春池闲泛

解缆随风去，开襟任意行。

新春新水色，老白老舟轻。

柳絮梨花лет，桃红小杏明。

年年皆此是，岁岁尽平生。

129. 池上寓兴二绝

之一：

有意观鱼跃，无心钓捕情。

行人行世界，问水问风平。

之二：

浅水鱼稀小，人稠鸟雀穷。

居闲居易见，白鹭白诗翁。

130. 宴后题府中水堂赠卢尹中丞，首予为尹日创造之

岁久荒芜一水堂，杨杨柳柳半甘棠。

从予十一如先尹，此照中丞日月光。

131. 和敏中洛下即事　时敏中殿下分司

殿下分司百草平，春中即事万花荣。

人稠雀少江南岸，水暖鱼多向老兄。

132. 送敏中新授户部员外郎西归

百里西京一路天，三年旧事滞东田。

青云直上三千里，主客郎中二十年。

注：二十一年前乐·客郎中知制书中书舍人。

133. 南侍御以石相赠助成水声，因以绝句谢之

磷磷白石作泉声，曲曲和弦似琴鸣。

净净空空色色见，居居易易久生情。

134. 闲居自题戏招宿客

解绶收朝佩，宽衣纵野船。

园林从水畔，直木伴沧田。

制书三千子，闲官七十年，

屏除身外物，谢守种荷莲。

42

135. 泛舟

序：

李留守相公见过，池上泛舟，举酒话及翰林旧事，因成四韵以献之。

诗：

白首诗情在，青云已作空。
翰林名学士，拾遗悟书穷。
引棹寻新竹，移尊唱大风。
重阳重彼此，菊月菊西东。

136. 闰九月九日独饮

九月黄花独饮泉，三生旧忆久无全。
持斋百岁尤余田，不醉重阳十五年。

137. 寒亭留客

寒亭留客晚，温酒待人翁。
冷落从炉火，前程跬步中。

138. 和感

序：

览庐子蒙侍御旧诗，多与微之唱和，感今伤昔，因赠子蒙，题于卷后。

诗：

闻君元九久和诗，已晚承蒙自恨迟。
不见微之坟上木，应抽二丈白杨枝。

139. 新小滩

严陵七里滩，水浅一沙宽。
远远连荒际，明明玉色澜。
江南江岸草，塞北塞洲寒。

140. 和李中丞与李给事居雪夜同宿小酌

宪府龙鳞正，官衙豸角斜。
寒灯山寺宿，对酒访僧家。
谏猎泉林直，登封忆旧臣。
还来寻往事，不必到天涯。

141. 履道西门二首

之一：

履道西门里，池塘岸竹书。
分司分世界，苦役苦多余。

之二：

履道官衙外，臣休病退家。
云中观日色，雪后问梅花。

142. 偶吟

官休七十一诗翁，老退东都半世风。
紫紫绯绯青服久，鲈鱼莼菜脍无穷。

143. 行止

序：

岁暮夜长，病中灯下，闻卢尹夜宴，以诗戏之，且为来日张本也。

诗：

病里灯前问，琴声伎语行。
喧歌予服药，隔日拟车程。

144. 雪上夜小饮赠梦得

懒慢同为客，吟诗共雪天。
三杯成遗老，一醉见桑田。

145. 病中数会张道士见讯以此答之

明知道士病难轻，本草无医异减情。
已换心痒痒别迹，寻当旧步步枯荣。

146. 卯饮

短短屏风对，长长夜饮空。
乌纱乌白发，紫服紫衣风。

147. 寄题余杭郡楼兼呈裴使君

二十年前政，三千弟子酬。
江山风月水，最忆是杭州。
柳岸莺啼草，西湖北郭秋。
三春桃李路，八月满涛楼。

148. 湖石

序：

杨六尚书留太湖石在洛晴借置庭中因对举杯寄赠绝句。

诗：

北是金陵谢守居，南浔木渎范蠡余。
三山二水江湖近，一酒兴来醉尚书。

149. 喜入新年自咏

喜天五朝臣，新年过七旬。
身余多少病，岁尽去来春。
白首难平汉，诗翁自守秦。

150. 滩声

碧玉斑斑色，晴沙历历明。
冷冷应自响，决决比琴声。

151. 题石尔

耳目清明现，泉流石阻声。
殷勤相比誉，顺逆是枯荣。

152. 木兰西院别

序：

送王卿使君赴任苏州，因思花迎新使感旧游，寄题郡中木兰西院一别。

诗：

一别苏州十六年，三吴干将半云烟。
杨澄（孙）费（世城）女何（晓春）田（世国）共，以石生公探访园。

153. 出斋日喜皇甫石早访

静坐三旬日，除斋早步还。
应君知酒欲，对赋作诗还。

154. 会昌二年春　题池西小楼

水水花边色，池池泛小舟。
乔林成已半，直木比肩楼。

155. 酬南洛阳早春见赠

柳叶初临水，桃花次第开。
诗翁关闭久，少小洛阳才。

156. 对新家酝玩自种花

家酝自种花，半载共香华。
独味三品酒，纯浆故客嗟。

157. 结侣

序：

以诗代书酬慕巢尚书见寄　慕巢书中顾且归休，结侣之意。

诗：

万里高山万里河，汨罗唱尽楚人歌。

林泉远近官衙少，草色阴晴直木多。

158. 携酒往朗之庄居同饮

已少慵中趣，何须巷下闻。

庄居同饮酒，携道共真君。

159. 春尽日

雨断消春日，云停四月荣。

丛丛红芍药，处处牡丹城。

160. 招山僧

向入城中乞，还闻四月花。

裂裟连日月，隔壁白翁家。

161. 觉

世世人人去去知，时时界界来来迟。

情情曲曲深深好，直直心心简简宜。

162. 鸢赠鹤

共翼飞天去，同求一食来。

何分何臭味，不可不惊回。

163. 鹤答鸢

大小雌雄似，声音彼此如。

须求非所欲，物类有其书。

164. 鹅赠鹤

我已久离天，时飞亦黍田。

青云吾不欲，白首傲鸭前。

165. 鹤答鹅

我自青云等，何须白首闲，

居中居易止，一越一千山。

166. 送后集往庐山东林寺兼寄云皋上人

后集庐山两卷书，云皋送往几人居。

庐山自在东林在，彼此年中七十余。

167. 谈氏小外孙玉童

三年作玉童，七十白诗翁。

岁岁吟琴酒，孙孙以此同。

168. 客有说

钱塘有客来，海上建蓬莱，

俱是唯居易，天台去不回。

169. 答客说

我学禅音未学仙，庐山道士已沧田。

贫劳世上求居易，俯仰人间作乐天。

170. 哭刘尚书梦得二首

之一：

四海梦得白，三生共品侯。

同贫同病退，一死一生留。

以臂呼天振，吟诗寄九州。

刘郎刘莫去，待我待来舟。

之二：

何言相见易，独自隔天居。

寄我千行笺，从情万日余。

同贫同病易，一死一孤居。

刘刘白白见，去去来来书。

171. 昨日复今表

昨日复今天，除新再入年。

优游辞旧秩，净洁易居眠。

鹤鬃庭前挂，官冠玉顶悬。

重回书及第，布履问先贤。

172. 病疮

是药三分毒，求医五味偏。

疮疗非病主，付用是当然。

有客谁来往，无官可叹天。

唯唯由鹤立，处处要扶牵。

173. 游赵村杏花

十五年来洛下居，两三日上杏花余。

朝中五代王城远，赵地田园可读书。

174. 刑部尚书致仕

道俗何如是，官民几度非。

人间多尚佛，世上以心归。

175. 初致仕后戏酬留守牛相公并呈分司诸寮友

小屋无言大屋寻，分司有度自分音。

弦弦柱柱弹何定，曲曲难平一寸心。

176. 问诸亲友

东西南北路，日月暮朝云。

七十人前问，三千弟子分。

无功名去去，有酒雨纷纷。

白鹤临川立，红颜待乐君。

177. 戏问牛司徒

职解司徒问，车悬可酒无。

狂歌应不醉，洛下是东都。

178. 不与老为期

不与老为期，常言劝少时。

低头思未尽，闭目静无知。

夜梦三更句，应吟一首诗。

179. 开龙门八节石滩诗并序　僧念心经导流

之一：

龙门八节滩，石立尤波涧。

已及舟船破，何言寺子安。

心经僧道共，力力人人攒。

救术由悲智，留诗颂一丹。

之二：

铁凿金锤切，千艘百筏舯。

僧仁挥玉斧，苦力对疏川。

九峭分离合，三公逐海旋。

如今平岸水，自古作方圆。

之三：

自此无倾覆，如何治险滩。

僧家僧自主，救助救人残。

引导心经念，慈悲智觉坛。

仁仁和力力，顺顺亦安安。

180. 闲坐

淡望牛羊括，闲闻犬马分。

居然居易坐，乐意乐天文。

181. 酬寄牛相公同宿话旧劝酒见赠

待政堂中叙，闲心月下逢。

如今何劝酒，不是故人封。

182. 道场独作

道场心经独坐床，三更净寺一炉香。
菩提树下禅音静，不合逍遥自在光。

183. 偶作寄朗之

为官刺史时，饱暖子妻知。
易乐东都客，分司未政迟。
安闲无致仕，问柳探花诗。
不足人生迹，来来去去思。

184. 狂吟

亦是休明世，何非富贵人。
三生官上坐，一退遗时民。
扫净香山寺，龙门草木春。
双林邻作客，独木已知秦。
十六年中过，三千弟子身。
相逢成一友，别去问风尘。
本草庭前绿，丹炉月下频。
殷勤僧磬语，补绽不唯贫。
洛水清清逝，东都日日新。
花开花落下，结果结经纶。
子女妻儿纪，诗章十万珍。
难承难独晚，自以自相亲。

185. 得潮州杨相公继之书并诗以此寄之

潮州万里一诗书，履道三更半读居。
凤阙相公池上坐，殷勤寄我以情余。

186. 宿府池西亭

月落西亭照，人眠水上桥。
年经十五载，桂影独无情。

187. 闲眠

闭目应何见，闲眠旧事中。
辛夷随所遇，百疾已时终

188. 素蛮

序：
杨柳枝词 云溪友议，居易有伎樊素善歌，小蛮善舞，为诗曰：樱桃樊素口，杨柳小蛮腰，而小蛮方丰艳，因杨柳词以托其意。

诗：
一树春枝一树根，黄昏日暮自黄昏。
金色覆照金色在，白老相真白老村。

189. 诏取永丰柳植禁苑感赋

禁苑春风御柳成，枯荣岁月不同萌。
天朝附近多日月，四野无边自可倾。

190. 欢喜二偈

龙门八节滩，石破半波澜。
顺逆船公乐，斯民亦尽欢。

191. 斋居春久感事遗怀

戒日过三旬，斋情向四邻，
春居春易见，举酒举民巾。

192. 古今诗　吾去也

七十四年中，三千弟子同。
诗辞千百卷，一世各西东。

193. 咏怀

序：
每见吕南二郎中新文辄窃有所叹惜，因成长句以咏所怀。

诗：
双金百炼几人知，白雪阳春四句诗。
画饼相公饥不解，回头白日去无迟。

194. 七老八十

序：
胡吉郑刘卢张六贤者多年寿，余亦次焉，偶次弊居，合成尚齿之会，七老相顾，即醉且欢，静而思之，此会稀有，因成七言六韵以纪之，传好事者。

诗：
三杯此会寿相依，饮酒吟诗近帝畿。
五百年加陆拾一，六贤七老故人稀。

注 前怀州司马安定胡杲年八十九，卫魏卿致仕冯翊吉皎年八十六，前右龙武军长史荥阳郑据年八十四，前磁州刺史广平刘真年八十二，前侍御史内供奉官范阳卢真年七十二，前永州刺史清河张浑年七十四，刑部尚书致仕太原白居易年七十四。七人合计五百六十一岁。

195. 喜裴涛使君携诗见访醉中戏赠

之一：
旧醉吟诗句，忽惊扣户声。
裴君诗八句，已是俱千情。

之二：
耳目一听观，心肝半自丹。
金刚经百部，礼佛道儒坛。

196. 闲居贫活计

七十闲居计，三千弟子闻。
官公官独已，老子老重君。

197. 赠诸少年

翁翁自少年，老老对长天。
进退升迁久，朝朝野野连。
关心关稳健，处事处方圆。
吏吏官官事，桑桑海海田。

198. 感所见

智智愚愚见，忧忧喜喜闻。
云云常渺渺，雨雨自纷纷。
独以笼中困，群飞自在勤。
经官经七十，退路寄官君。

199. 寄黔州马常侍

寄信黔州客，吟诗白乐天。
风情多自在，七十胜闲眠。

200. 和李相公留守题漕上新桥同用黎字

一路相公建，千波已向低。
诗题三石水，力及一黔黎。

201. 新秋夜雨

新秋夜雨半萧条，蟋蟀藏身一曲遥。
一叶飘飘垂地落，寻根温透始成消。

202. 闲居

闲居闲不易，乐酒乐天难。
曲舞樊蛮见，琴诗日月残。

203. 春眠

一茧千丝困，三春半碧桑。
蚕蚕千百叶，女女暮朝筐。
我揭朝阳帐，织玉锦被香。
绮罗绸缎服，记得太湖娘。

204. 喜老自嘲

四象双仪对，三生八卦前。
行开应八秋，闭目易千年。
项籍如嫌客，衣装似古贤。
裘轻图一乐，酒咕对琴弦。

205. 能无愧

十两新绵褐，三生退隐官。
苏杭曾刺史，不问紫衣冠。

206. 河阳石尚书破回鹘迎贵主过上党射鹭鸶绘画为图

猥蒙见示，称叹不足以诗美之
白马将军入潞州，乌孙公主问秦楼。
山东破垒留鹭鸟，塞北臣俘入画头。

207. 自咏老身示诸家居　古今诗　吾去矣

所去何知去，从来几度来。
天涯逾海角，耳目在天台。

208. 自问此心呈诸老伴　古今诗　吾去也

少小恩媛爱，中年老伴无。
京中知四品，塞外胜千儒。
格律应常守，诗诗一丈夫。
兰山应不远，独对是黑奴。

209. 六年立春日人日作

自比刘韩不是贫，乡园节岁已经春。
人人日日年人日，洛水东流自洛秦。

210. 斋居偶作

小雪装炉火，行添一炷香。
诗翁尘尾坐，卷幔素斋肠。
日色朝西照，先高屋顶光。
凭心知世界，以静对禅堂。

211. 咏身

遗老周南滞，赢残号半人。
文章传子弟，日月着翁身。
有酒弹琴唱，冬终自入春。

212. 事历

序：
子与山南王仆射起，淮南李仆射绅事历五朝，逾三纪，海内年辈今唯三人，路虽殊，交情不替，聊题长句寄举之公垂二相公。
诗：
交情海内只三人，三坐岩廊五代臣。
老爱吟诗应自足，双兼玉宇将相身。

213. 读《道德经》

玄元皇帝道，遗德值千钧。
鸟角先生教，无虚是我身。

214. 禽虫十二章

之一：
风骚列寓言，世人继明宣。
鸟鸟虫虫寄，人人事事源。
之二：
雀语听公冶，禽声任短长。
飞行由羽翼，百鸟凤求凰。
之三：
青蛙科斗问，白茧束丝城。
各自天机问，飞飞跃跃行。
之四：
江鱼妻妾事，塞雁弟兄名。
落落飞飞路，居居易易行。
之五：
蝶蝶蜂蜂见，蚕蚕茧茧闻。
双双成对对，独独作分分。
之六：
玉漏鸳鸾步，趋趋四品官，

郎中由此路，拾遗待御观。
之七：
屠门只一声，陌巷有三鸣。
不得牛羊见，牛羊羊不耕。
之八：
一水蜗居角，三更促织鸣。
骄阳何似火，日月入秋城。
之九：
一瞬蜉蝣影，三江雾气生。
天光应自起，不得有飞行。
之十：
本草无非药，参茸有是名。
须知分别处，可得益工英。
之十一：
蝙蝠鼠仙成，群巢一洞荣。
同形皆羽翼，各路不求明。
之十二：
有乳可成娘，无悲自故乡。
相思相恋处，一世一离肠。

215. 丙申年立冬

今日初冬立，深秋雁外凉。
庭中枝叶绿，树顶已偷光。
枣枣红如火，干干直似苍。
阳晨何所许，白雪自经霜。

216. 自诲

生来一乐天，此去半婵娟。
桂树无应老，寒宫有缺园。
弦中何所寄，扁尽挂儿船。
乐乐天天问，来来去去悬。

217. 窗中列远岫

叶尽秋深静，霜明水色清。
窗含列岫远，返照顶山明。

218. 玉水纪方流　以流字为韵六十字成。

玉水纪方流，天光照九州。
千川应紫聚，万水纳浮舟。
古调隋炀起，苏杭日月楼。
秦皇留汉垒，苦役几王侯。

战战争争事，成成败败留。
和平应久立，国泰养民修。

219.大社观献捷诗　以功字为韵，四韵成，入集贤院翰林学士

之一：

江东一大风，海内半趋同。
大社知天地，淮秦纪帝功。
天兵天将在，一度一英雄。
不战真君子，兴文作武终。

之二：

虎虎狐狐结，狼狼狈狈盟。
蚊虫知吸血，大象草形生。

220.三谣

庐山一草堂，木杖半藤光。
素几屏风隔，蟠机隐仰扬。

221.蟠木谣

蟠机不是栋梁材，隐器方圆自不回。
椭椭轮轮分质定，形形状状可凿裁。

222.素屏谣

无文不饰一素屏，取自臣庐半丹青。
甲第形成开地界，玲珑宝洁陋室铭。

223.齿落辞

六十六年间，三餐半不闲。
平生何万日，尽在酒诗关。

224.无可奈何歌

荣荣辱辱似无惊，宠宠笞笞以有情。
去去来来来不去，朝朝暮暮难行。
成成败败何分鉴，死死生生几度平。
老老兴衰谁反逆，和和泰泰尚思明。

225.池上篇

之一：

家田十七亩中园，住室三分一乐天。
履道东都西北隅，桥亭水竹有清泉。
杭州刺史天竺石，白鹤华亭粟米边。
有酒吟诗琴自语，姑苏太守五湖莲。

之二：

家田十亩一方圆，白鹤弹琴半酒泉。
刑部郎官三品客，千竿水竹五湖边。
桥船互映蜗居易，太子如宾白乐天。
角羽平生原上草，清商世事望红莲。

226.朱藤谣

嵩山汉水乐天行，手杖朱藤立独荣。
步步相持前进路，何须是止是无平。

227.南阳小将张彦硖口镇税人场射虎歌

最却山中猛虎行，税人场上半平生。
南阳小将张彦射，确保平安甲第荣。

228.不能忘情吟

老病无休一乐天，童翁有继半丰田。
三生月下吟诗句，七十家中作酒泉。
善唱杨枝樊素口，霓裳舞醉小蛮妍。
经年骆马知千里，反顾长鸣复而旋。
素素回头长短叹，惨惨饮罢断丝弦。
成文定句随心下，欲得其全欲不全。

229.白居易

之一：

骆马杨杨柳柳枝，阿蛮素素返无辞。
人生七十四年短，十尤诗词百岁思。
紫绶绯衣三品短，郎中正事五湖池。
姑苏百里方圆尽，太子宾师客未迟。

之二：

骆马声声返久嘶，相行五载互成辞。
杨枝素素三千日，曲舞成诗貌栩知。
陋以衷心同骆马，呈杯待酒醉吟诗。
情情意意何分辨，老老翁翁自是师。

230.劝酒

之一：

一病轩昂白乐天，三生悟道向先贤。
东都太子成宾客，水调歌头作雨烟。
柳柳杨杨柳柳岸，苏杭一水运河船。
长城旦暮高阳色，李广飞将射酒泉。

之二：

唇唇齿齿自相连，老老难全少少全。
此去何来餐饭软，前夫后继望高天。

231.阴雨

青黄不接天，细雨润良田。
绿豆先生荚，榆生一树钱。

232.喜雨

春风带雨来，百草叶先开。
一夜禾苗起，三秋硕果台。

233.过故洛城

荒垣故洛城，野草对天晴。
不见城门废，居人独自行。

234.江南喜逢萧九彻因话长安旧游

一话长安夜，千肠挂肚乡。
幽幽同永乐，寓寓共平康。
世俗风流月，钟情巧语娘。
由诗成曲唱，以酒入黄粱。
坐久衣裳换，扬长散内香。
牵肠何附会，聚散作鸳鸯。
驿路三千里，江河五百泱。
青门流浐水，越秀宿钱塘。
百里巫山峡，十峰白帝旁。
长长流不住，处处向潇湘。
竹泪斑斑落，新声异地妆。
弦弦杨杨柳岸，曲曲凤求凰。

235.赠薛涛

蛾眉山下女，秀笺锦江旁。
八句成天地，行行玉态妆。

236.酬令狐留守尚书见赠

罢免无余俸，闲居有弊庐。
清风明月许，竹水小池鱼。
去计三绯品，归途一尚书。
夔龙和理誉，保厘署宫初。

237. 听芦管　古今诗　吾去矣，寄雅卿

不可听芦管，何言读旧书。
情情常不断，曲曲绕心余。
记得儿时月，婵娟作小姑。
如今成玉影，何必有当初。

238. 送滕庶子致仕归婺州

曾孙骑竹以，饮酒万千杯。
白首三千问，回头八十催。
东城门户小，白雪近春梅。
记得滕郎赋，天元四品魁。

239. 送刘郎中赴任苏州　古今诗

郎中赴任半苏州，不远西湖小小楼。
但取诗吟诗十万，新茶品味二泉流。

240. 雪中饯别刘苏州

访戴吟诗取自还，寻陶问柳各孤颜。
姑苏月下枫桥路，拾得寒山过玉关。

241. 除夜言怀兼赠张常侍

八十年华日，三千弟子册。
天章由此见，玉水纪方流。
曲曲江江岸，秦秦晋晋猷。
明天应不尽，后事是春秋。

242. 送张侍御西归

此去归朝一酒无，龙兴寺侣半东都。
重冠旧镇当天立，但到尊前问老夫。

243. 和河南郑尹新岁对雪

白雪齐天水，红梅染虎丘。
河南郑郑尹，洛下洛河流。
以岁寻春色，听琴待酒休。
铜街金谷苑，玉树石崇留。

244. 吹笙内人出家

雨露君心纪，休声玉管轻。
衷肠衷欲减，戒度戒枯荣。
夜半香花冷，灯前礼佛名。

245. 醉中见微之旧卷有感

微之一醉百思心，墓上青松十丈荫。
旧有才思留遗卷，新无信息到如今。

246. 寿安歇马重吟

山河处处满春风，日月长长草叶同。
水暖云浮杨柳绿，樱桃欲熟草莓红。

247. 赠张处士山人

张君三界外，处士一山人。
俗下何知俗，尘中不染尘。

248. 池畔闲坐兼呈侍中

池边平地少，树下绿荫多。
有石居闲坐，何人唱九歌。

249. 初冬即事忆皇甫十

荒山叶一堆，已落万千回。
只是寻根去，应风不可催。

250. 小庭寒夜寄梦得

小小一蜗居，书书半世作。
吟诗吟梦得，夜寄夜心舒。

251. 西还寿安路西歇马

西还西歇马，柳絮柳衣巾。
百里花丛路，三春玉色秦。

252. 雨中访崔十八

十八君前问，秋云雨不分。
三杯应未可，一醉可诗文。

253. 梦得得新诗

梦得得新诗，笙歌作曲词。
霓裳应舞尽，绝句宜相时。

254. 初见刘二十八郎中有感

未话昆陵客，常言夏口君。
谁知临老见，一见又何分。

255. 夜题玉泉

寺寺僧僧客，泉泉水水濒。
应当参佛祖，最忌问红尘。

256. 拜表早出赠皇甫宾客

同回同拜表，早去早呈明。
已数西京客，朝冠两代英。

257. 赠郑尹

久别难相叙，重逢醉一回。
千杯应不尽，万里可停催。

258. 别杨同州后却寄

驿路中桥酒，倾杯不肯离。
春风应怪我，一醉可相宜。

259. 狐泉店前作

野柳狐泉细，花红草绿低。
如平如自在，不色不东西。

260. 赠庐绩

不是庐明府，当非白舍人。
相逢头似雪，一醉送残春。

261. 与裴华州同过敷水戏赠

不可罗敷问，华州五马闻。
君停听绝句，树叶是其裙。

262. 闲游

自带随情酒，无非醒醉人。
闲游闲自在，有日有秋春。

263. 招韬光禅师

素食应天下，僧衣可佛中。
禅师禅定后，色戒色相容。

264. 和柳公权登齐公楼

俯仰天风半佩声，山川草木两精英。
登高一步兴亡叹，坐定三杯日月行。

265. 毛公坛

毛公坛上月，鹤羽五湖仙。
得道多少路，云闲白乐天。

266. 曲江

玉水纪方流，群芳半草洲。
高朋皆满坐，及第曲江舟。
一叶三光志，千章榜眼留。

同年同有序，探得探花楼。

267. 白云泉

天平百丈白云泉，水色三清照乐天。
越越吴吴曾两霸，如今记得范蠡船。

268. 寄韬光禅师

一寺原从一寺分，南门不断北门云。
韬光在此禅师在，步步玄虚自老君。

269. 和梦得夏至忆苏州呈庐宾客

梦得苏州客，寻来腌肚鲜。
儒香荷米蛋，脸味蟹鲈筵。
水国多船楫，吴门尚管弦。
江南梅雨季，一任足三年。

270. 灵岩寺

越秀灵岩寺，西施木渎吴。
何人娃馆见，八句付东都。

271. 岁夜咏怀兼寄思黯

岁夜思亲友，黎明问立春。
三杯先入口，一纸寄思人。

272. 乞火

序：

寒食日过枣团店，苏州绿苔团子，洛下枣团子，草木着冠。

诗：

绿绿红红一米团，南南北北半春寒。
绵绵有误三两日，到得清明草木冠。

273. 宿张云举院

不以胡麻食，常为酒水仙。

书香诗八句，壁净醉题眠。

274. 惜花

花开花落去，日暮日朝升。
夏夏莲蓬子，冬冬水结冰。
生生应息息，友友亦朋朋。

275. 七夕

仰望一天河，相思半世多，
何言牛女误，但寄两离歌。

276. 宿诚禅师山房题赠

上步孤峰上，三清百岁中。
春秋依旧是，二月各难同。
但与山房近，禅师以念空。

277. 吕家与皇家

十万诗词一吕家，三生自作二月花。
乾隆已尽皇王笔，四万何言谓汉华。

278. 新池

引水作新池，流明慰古枝。
琴声相替代，曲折互吟诗。
白鹤观其色，游鱼展玉姿。
情情依自立，物物可相期。

279. 南池

月影南池色，林荫北木黄。
天长经积累，日久自成溪。

280. 宿池上

欲宿清池上，弹琴水色中。
婵娟成倒影，捞月乱时空。

281. 翻经台

一会灵岩客，重翻贝叶修。
由来天地外，自是去来游。
拾得寒山寺，生公石点头。

282. 寄题上强山精舍寺

水水山山寺，僧僧侣侣游。
天台天目去，浙水浙东流。
木渎三吴路，姑苏一虎丘。
唯唯精舍路，最可上强游。

283. 一字至七字诗

牛，马牛，羊马牛。
辛辛何苦苦，四季不春秋。
岁月桑田已处处，耕耘土地自无休。
南南北北天涯路，去去来来有尽头。
暮暮朝朝行不止，何求一日帝王侯。

284. 九老图诗　并序

胡吉刘郑卢张六老，白居易，履道居之，今又二老年貌绝伦以图诗之，二老为洛中遗老李元爽一百三十六归洛，僧如满年九十五岁。

雪作胡须鹤作邻，辽东洛下以乡秦。
三千弟子行天地，七百年中已万钧。

285. 和裴相公傍水闲行绝句

山山水水不相间，柳柳杨杨作玉关。
拾遗三清中书府，偷闲一日胜长闲。

第七函 第九册

1. 七老会诗

八十九年中，江东唱大风。

重阳重致力，十万十诗翁。

2. 寄吉皎

（七老会诗，皎年八十八）

八十八年前，诗书半亩田。

开元天宝末，九代历唐渊。

3. 寄刘真

（七老会诗 真年八十七岁）

八十七年间，居安不可闲。

神仙神不得，步履步登攀。

4. 寄张彤

（奉和白太守拣桔）

东西两岸洞庭山，太守文章胥口关。

首里缥红光对影，姑苏见得太湖颜。

5. 寄卢真

（七老会诗 真年八十二）

八十二年寻，三生一大君。

先生先自己，后世后诗文。

6. 张晖

（七老会诗 晖年七十七）

七十七年人，清河半赵秦。

冠官南北见，世界去来春。

7. 韦式

一字至七字诗

竹空大古枝节山

心势势势势势

至今叶青水

水水水水

翠直自

立成

荫。

8. 寄郑据

（七老会诗，据年八十五）

八十五年同，三生一力躬。

清虚神已满，日月照当空。

9. 中元日观法事

三元一岁中，四孟半无终。

二序应更宜，凋零问夏虫。

心移霞羽客，步落玉皇宫。

满目槐花去，荷塘有阵风。

10. 繁知一

一归令诗一首，书巫山神女祠

高唐一水自源泉，刺史忠州白乐天。

望尽巫山神女庙，刘郎白帝历山田。

11. 严休复

唐昌观玉蕊花折有仙人游怅然成二绝。

之一：

叶上枝中半色仙，琼瑶少女一娇妍。

花心自有颜如玉，十步回头只见天。

之二：

十步玉龟山，千姿竞玉颜。

阿娜仙子去，楚立不知还。

12. 庐

江亭寓目寒，水气上云端。

木叶初凋尽，阴风欲败兰。

相思乡泪落，读达未成宽。

望远何无见，心中几度桓。

13. 句

随云采枯红颜里，细雨和风岁月中。

14. 句

日月三元序，平生一叶舟。

15. 寄李谅

苏州元日郡斋感怀，寄越州元相公杭州白舍人。

四十九年终，三生一夏虫。

贫居贫不得，吏禄吏何穷。

16. 月生

十五分圆缺，嫦娥后羿观。

离时离别久，合夜合则难。

筴筴成弦日，清清作玉盘。

相思相异苦，有色有人单。

17. 苦雨

竹泪在湘流，汨罗楚客求。

鄱阳三日雨，湿透苦行舟。

18. 晓

朝明一晓妆，夜暗半灯光。

读尽书千卷，何闻一半郎。

19. 尤彤云 献卢尚书

人生处处有门童，寸寸金丝欲不穷。

吏吏官官谁如此，江山社稷几成空。

20. 卢真

之一：

一柳永丰访，三诗白尚书，

皇家移上苑，圣价满京都。

之二：

不敢和声寄，人间自有无。

先生先誉柳，一曲一屠苏。

21. 和刘梦得岁夜怀友

贞元朝士尽，梦得一刘郎。

不免桃花色，年年远近香。

22. 寄王起

宰相王播弟，尚书左仆射。
认知一举之，进士半宏词。
书无闻读止，王播宰弟时。

23. 贡举人谒先师闻雅乐

贡举先生谒，知音雅乐闻。
年年从陌巷，岁岁仰斯文。

24. 访集

序：
和李校书雨中自秘书省见访知早入朝便入集贤不遇诗。直序：
起任集贤书，升迁密阁如。
门当曾户对，学士似儒余。
诗：
台庭才子客，典校帝王书。
陌巷庐相直，朝闻礼禄居。
金门天日月，凤阙奏樵渔。
秘友知先后，瑶华草木疏。

25. 浊水求珠

浊水自因流，珍珠入已歔。
终当终所遇，日月日春秋。
已见黄河水，应闻鹳雀楼。
淘沙风浪尽，玉璧始昂优。

26. 和周侍郎见寄

一举经三典，千夫过九梁。
相知相见得，贡院贡天章。

27. 赠毛仙翁

玉骨一冰霜，丹龟半秘方。
童翁分羽驾，世界扣玄黄。
白日三山照，青天百柳杨。
人言人所见，彼去我来堂。

28. 赋花 并序 约白乐三一至七字诗，以题为韵

之一：
东都一乐天，洛水半花田。
一字吟成七，题诗以韵先。

年年春色许，处处酒人泉。
之二；
岁岁一春花，年年二月斜。
冬梅冬雪色，唤女唤桑麻。
四季应无改，三光你我他。
东都留守缘，洛水问人家。

29. 赋得浊水求珠

一字沉缸底，三声破石生。
珍珠泥土色，浊水自流明。

30. 王炎有感

王家三进士，博士一先炎。
起字播相举，扬州客文潜。

31. 赋得行不由径

径径通天去，人人向背来。
邪心邪取短，正念正规裁。
步步修仁路，行行自在开。
如来如大势，彼此彼徘徊。

32. 及第

赋得经不由经　贞元进士第一人

欲速则无达，从弯可有行。
人心人正取，一经一思衡。
紫陌方圆见，天朝日月明。
一道行三典，千宗德万英。

33. 邵楚苌

题马侍中燧木香亭
燧木香亭一品余，云光水榭半天书。
游鳞锦羽混空宇，借此瑶台对地居。

34. 赋得玉水纪方流

玉水纪方流，源泉已万秋。
经纬南北经，积汇如沧州。
色色由天地，清清自不休。
素羽瑶池问，苍穹润土俦。

35. 赋得玉水纪方流

涵浮铁木舟，映月照天留。
润泽江南岸，云华塞北丘。

源泉千万里，曲折不回头。
浊纳陈泥土，清流入御沟。

36. 赋得玉水纪方流

曲曲一源流，弯弯半九州。
滩滩涵纳水，处处载行舟。
雨雨曾相汇，云云已落酬。
苍天因以序，厚土果春秋。

37. 赋得玉水纪方流

玉水纪东流，方圆自不休。
形形成色色，玉玉复浮浮。
厚土应滋润，高天可雨求。
行行无止境，侧侧有停舟。

38. 白日丽江皋

白日丽江皋，长堤映竹蒿。
人心常举秋，九日察秋客。
彼此分明鉴，阴阳画界刀。

39. 赋得玉水纪方流

玉水纪方流，品茔玉璧猷。
三来成汇聚，一去不重收。
大小方圆见，高低日月修。
天光天宇落，宇春秋。

40. 仪凤

百鸟知朝凤，千翔问玉音。
梧桐荫若木，渭邑净仙禽。
帝泽来宾路，河图作古今。

41. 行不由经

心行一路明，以经志不清。
北北南南见，来来去去横。
由知凭所见，以誉晓枯荣。
乐富安贫道，齐民养众生。

42. 杨嗣复

进士贞元第，平章事诏雄。
中书门下客，吏部尚书终。

43. 丁巳岁八月祭武侯祠堂因题临淮公旧碑

成都一武侯，八阵半江流。
赤壁东风雨，华容小道休。
三人三国志，五色五湖舟。
所去何由此，因来几度留。

44. 太常观阅骠国新乐

未以宫商鉴，常人几度闻。
文身回纥舞，顾目去肩分。
异城听音舞，中原任女君。
胡姬胡月夜，一举一旋裙。

45. 赠毛仙翁

白鹤一仙翁，金壶半玉童。
昆仑来去见，岁月暮朝空。
会酒王侯客，樵渔草木中。
王母知不在，汉武问西东。

46. 谢寄新茶　贬节度使时作

枯枝小叶一新茶，白雪冬寒二月花。
有色余香天下唤，群芳不可故年华。

47. 题李处士山居

处士山居久，江河草木新。
知名知所以，取仕取秋春。

48. 杨衡

山中四友名，月下一匡庐。
隐士居闲久，儒书自有余。

49. 庐十五竹亭送侄偶归山

落叶不归根，寻泉问五蕴。
归山非草木，夕照是黄昏。

50. 旅次江亭

江亭逝者闻，旅次问来君。
不必同行止，何言共别分。

51. 赋得夜雨滴空阶送魏秀才

滴滴作声声，幽幽等未晴。
空阶空石洞，久见久生情。

52. 征人

落叶引思归，排空雁字飞。
人行人见去，一变一行非。

53. 游陆先生故岩居

独壑临岩水，苍烟作古泉。
先生先自得，一木一林天。

54. 题玄和师仙坐室

玄和仙坐室，本草自无名。
自古丹炉在，平生不可轻。

55. 寄赠田舍曹湾

红英陌巷一舒身，暮色芳兰半畅春。
谢羽留情留古老，巫山有雨有云频。

56. 夷陵郡内叙别

夷陵郡内叙离情，渭邑城中待别盟。
淡泊中书门下客，平章事作有纵横。
荆台理辙鸣琴久，皎月沧波鼓瑟声。
百虑人心人石至，千思悟举悟难行。

57. 将之荆州南与张伯刚马上钟陵夜别

刑台别路长，所去远离乡。
马上分南北，冠官作柳杨。

58. 经端溪峡中

孤霞远岫明，独木对天荣。
雨后天光近，溪前一峡平。

59. 南海苦雨寄赠王四侍御

炎风由海气，暑雨自南洋。
远涉知山水，荒途见栋梁。
招寻何不济，岁月久沧桑。

60. 秋夜闲居即事寄庐山郑员外蜀郡符处士

忧思未了少闲居，别领佳音不自余。
一字飞鸿天上见，双鸣落下读湘书。

61. 宿陆氏斋赋得残灯诗

殷勤明永夜，晓旭自当残。

早晚应更替，加油可再观。

62. 咏春色

霭霭云云去，蒙蒙雨雨烟。
如花如雾雾，似草似妍妍。
杜宇声声去，啼莺处处旋。

63. 送春

行人不久停，过客有心经。
暮去东风尽，朝来各渭泾。
春心春雨继，立夏立浮萍。

64. 游峡山寺

翔禽惊古刹，落日避层楼。
殿敞丹扉坐，灵开玉绛旒。
香云香火继，磬语磬荒丘。
景气随山隅，松荫盖所求。

65. 宿陟岵寺云律师院

玉宇风云去，天光岁月还。
参差回首秀，逶迤望天颜。
历律尘缨序，红莲法座班。

66. 秋夜桂州宴送郑十九侍郎

桂水不流连，清明半别船。
兰堂三载问，触物是离弦。

67. 重阳

序：
九日陪樊尚书龙山宴集　黄色　春中一日似秋色，秋中一日似春色。
诗：
老叶飞扬小叶新，秋风一夜似风春。
黄中带绿非生意，却似如秋色似轮。

68. 送郑丞之罗浮中习业

百岁罗浮事，三生达士闻。
天台天日色，浙里浙江粉。
日日阴晴雨，时时起落云。
烟霞随去路，洞府字真文。

69. 江陵送客归河北

远客归乡里，山高水阔流。

长思长不尽，短路短更着。

70. 送王秀才往安南

一海安南近，三潮水雨澜。
椰风香不尽，老树挂花冠。
木槿成朝夕，槟榔直立丹。
人人知早季，日日见云端。

71. 送公孙器自桂林归蜀

水水清清色，山山顶顶园。
淳江风已止，象鼻雨云泉。
挂杖停舟望，行程蜀竹宣。
浮沉飞锡见，日月去来悬。

72. 问赠罗浮易炼师

海上多仙子，人中少见知。
无前应作有，是后可非时。
百岁平生间，千年历练迟。
蓬莱谁达士，汉武已故词。

73. 登紫霄峰赠黄仙师

近处无成远处成，仙师有术道师名。
瑶台本是人心物，但愿长生未了行。

74. 鸟啼曲

柳柳杨杨岸，鸟鸟雀雀啼。
枝枝连叶叶，觅觅复栖栖。
白雪阳春曲，巴人下里霓。
声传吴越女，不到浣纱溪。

75. 白纻歌二首

之一：
余杭十八女儿红，女纻三千玉缕丛。
翠佩轻罗香渍落，丝丝缝缝成功。
之二：
丝丝缕缕一琼英，薄薄绵绵半羽轻。
白雪阳春成色好，笙歌艳舞有情明。

76. 长门怨

长门望断经或湿，金屋藏娇小女情。
不尽相如曾作赋，昭阳展外有人声。

77. 寄彻公

苦苦行行一野僧，山山水水半香凝。
花花草草成天下，去去来来问五陵。

78. 哭李象

李象空留一纸书，黄泉路上半多余。
维君记得生前酒，胜似平生不易居。

79. 宿云溪观赋得秋灯引送客

一路山深草木丛，千虫夏晚自鸣空。
秋灯引送人间道，更易风云四望同。

80. 采莲曲

芡芡菱菱采，荷荷藕藕成。
蓬蓬莲莲结子，水水逐琼英。
不见船边女，深丛有细声。
波波流艳照，曲曲不连行。

81. 他乡七夕

中元在异乡，七夕断衷肠。
乞巧云中问，巫山雨里郎。
瞿塘三峡口，不可问高唐。

82. 春日偶题

春风先问水，白雪共梅花。
处处红香色，池池见野鸭。

83. 题山寺

白露千峰木，层霜一壁川。
云房三界引，曙色海边悬。
石磬经声续，晨钟过日宣。
人当知所悟，不可误天年。

84. 广州石门寺重送李尚书赴朝时兼宗正卿

象阙趋云陛，龙宫息石门。
朝天朝洛水，委地委天根。
客路天涯近，怀珠奉玉尊。

85. 送孔周之南谒王尚书

泛棹作浮萍，飘摇木影形。
波波连岭碧，水水落山青。
拾羽沙岸间，珠母海日灵。

云舒云卷去，尚意尚书庭。

86. 冬夜举公房送崔才归南阳

以羽千军令，出师半表心。
南阳三顾地，蜀主一知音。

87. 送陈房谒抚州周使君

去谒临川守，来从九派蒙。
东林西寺问，鹤主羽无笼。

88. 山斋独树赠晏山人

清泉流已远，独树已千秋。
介意山人静，居心在沃洲。

89. 桂州与陈羽念别

桂水苍梧色，潇湘竹泪斑。
人生知治水，未了二妃颜。

90. 经赵处吉居　古今诗

避世云居客，儒经白首求。
留诗余十万，度日苦行舟。

91. 病中赴袁州次香馆

老在一时休，行心半力愁。
无情无举止，有意有香洲。

92. 送人流雷州

一路天涯去，三生海角留。
回头观世界，四季无分侯。

93. 送彻公

白首度禅林，红颜见古今。
秋墀霜不语，落叶任山深。

94. 赠庐山道士

三生一觉音，百岁半古今。
日日耕耘去，心知步步深。

95. 赋得直如朱丝弦

千音自五弦，两手地加天。
角羽宫商易，征来乐府泉。
朱丝调宜直，玉柱立方圆。
杳杳幽幽曲，清清正正宣。

96. 早春即事

屋后窗前十尺程，梅花雨水半孤行。
冰融日暖晴方好，日雪寒香玉影萌。

97. 题花树

白雪纷纷落，寒香树树梅。
千千蕾不守，一一解愁开。

98. 宿吉祥寺寄庐山隐者

月上丛丛木，云沉处处溪。
流形常不定，隐者意高低。

99. 边思

李陵英雄少，三军解甲多。
多妻苏武寄，子女问干戈。

100. 夜半步次古城

步步临城近，行行减日程，
幽幽明月色，寂寂有余盟。

101. 春梦

细雨花丛露，娇形隐约香。
温馨温梦里，旭日入同床。

102. 宿青牛谷

夜宿青牛谷，玄虚老子来。
随云随日月，取道取川开。

103. 槿

木槿南洋色，朝开暮谢情。
扬扬红自得，郑郑束心萌。

104. 九日

九日望乡情，茱萸岁岁生。
儒文经处处，落菊更分明。

105. 仙女词

历世千年问，平生一路猜。
仙翁仙女梦，百岁百花开。

106. 句　古今诗　青年译文立志日日而作

之一：
日日时时一笔耕，心心力力半文明。

书书字字经天积，万万千千格律城。
之二：
自以青年自立铭，英文译成德文灵。
三年始得千天纪，百万功成到北京。

107. 牛僧孺

进士奇章郡，牛牛李李城。
相承相府第，太子太师名。

108. 享太庙乐章

先先祖祖，业业承承。
武治成天下，文经世代兴。
恢恢继继，创创弘弘，
事就从圣庙，臣忠向五陵。

109. 乐天梦得有岁夜诗聊以奉和

岁岁平安夜，年年草木春。
三更风已响，灯竹作红尘。
老矣多相忆，新则少晋秦。
唯惟天子路，梦得乐天臻。

110. 李苏州遣太湖石奇装绝伦因题奉呈梦得乐天

轻弹有玉鸣，透穴洞天明。
凹凸玲珑态，苍然已带鲸。
南朝曾定品，盖以司空荣。
太守姑苏志，诗仙刘白兄。
淞江龙虎斗，冷热五湖平。
得以钱塘客，公卿即 ?? 程。

111. 席上赠刘梦得

粉署为郎四十春，公卿一辈作文人。
桃花岁岁枯荣见，世代身名日月秦。

112. 句

但望桃花应不怨（梦得）东都寺里问禅师（乐天）

113. 赋得月照冰池

冰池明月落，桂树本无枝。
玉兔嫦娥问，何时不可持。

114. 赋得琢玉成器

自以琼瑶质，先师可识名。
形形由色色，状状可萦萦。
掌握纷纶琢，冰晶积磊荣。
成奇方觉慧，智者始连城。

115. 省试吴宫教美人战

一令虎丘台，三吴玉女来。
挥军听将令，曲舞不王裁。
不向含羞问，施威列阵开。
人人生死见，处处去无回。

116. 题历山司徒右长史祖宅

宋史昆陵守，黄绢丽句闻。
香名传播久，历谷有莺群。

117. 历耕

序：
伏览吕侍郎（渭）丘员外（丹）旧题十三代祖历山草堂诗。
诗：
子子孙孙一代名，官官吏吏半王城。
今今古古何由古，易易迁迁以各生。
虎虎龙龙非晦迹，苍苍粟粟已新荣。
江山自有人才出，社稷无须待旧行。

118. 别慧山书堂

史册何书故草堂，江湖已染慧山光。
司徒结社知音早，不去安邦拾故梁。

119. 暮春自南台丞再除给事中

旧物如归见，新章给事中。
开窗花色满，闭户有香风。

120. 御制段太尉碑

皇心自念勋，太尉已碑文。
石壁应千古，芳名可百闻。

121. 御题国子监门

宸翰国子门，学子帝王孙。
足迹张英露，龙盘沐圣恩。

122. 御箭连中双兔

不负陈王意，应闻乐府篇。
珠连天子箭，玉兔屈穿穿。
急窟无时顾，驰扬有忘弦。
相知相见处，有志有谋贤。

123. 太学创置石经

博学儒林客，乾坤佛道荣。
经书经石壁，一迹一耘耕。

124. 观南郊回仗

路路千门静，窗窗万望工。
南郊回彩仗，上苑玉人来。

125. 闻击壤

野老尧年祝，桑田自作耕。
皇天闻击壤，厚土载民生。

126. 膏泽多丰年

润泽丰田亩，恩膏帝业兴。
农夫农所见，国土国家弘。

127. 东都父老望幸

龙颜銮舆色，洛水过东都，
父老皇天厚，桑田社稷殊。

128. 嵩山望幸

位极何崇志，山高四顾遥。
天光由此见，白日自云霄。

129. 华清宫望幸

不远新丰水，华清故苑红。
芙蓉初出水，太白酒方空。

130. 谒见日将至双阙

步步趋趋进，臣臣颠颠来。
雕虫何竞取，已是冕旒开。
耿耿标文化，全全白玉台。

131. 裴次元

南至日隔仗望含元殿炉香
隔仗含元殿，文华两省官。
炉香游四处，笔墨字千端。

负扆冕旒进，皇明赐谷坛。
芬馨明白日，竹影望朱栏。

132. 律中应钟

大小方圆一笔旋，天机玉律半天年。
晨钟暮鼓神音慧。拾得寒山七寸田。

133. 赋得亚父碎玉斗

一举春冰碎，三生绶带情。
年年何努力，字字一长城。

134. 近无西耗

长城
自上而下一兵戎，历见千年半始终。
彼此人生温饱见，江山社稷是谁雄。

135. 赴香港访

序：
赴香港晤孙宇银行，林南兄，布斯科，
忆叶选宁，赫鲁晓夫雪花呢。
诗：
香江水色仍东西，港澳通行燕赵齐。
复忆苏联今古见，人生自是雪花呢。

注：与叶选宁事赴苏联列宁山吊赫
鲁晓夫里白半身之像于大雪之中，我着
里白雪花昵大衣。

136. 并州路

秋风入并州，落叶作汾流。
射虎孤城见，英风自不休。

137. 句

万里一长城，千年半字英。

138. 曲江亭望慈恩寺杏园花发

空门雪素丰，独卷杏园屋。
但见纷纷下，无须处处红。

139. 除夜书情

岁岁风尘尽，年年灯竹声。
行行辞古驿，止止问梅荣。

140. 曲江亭望慈恩寺杏园花发

望尽杏园红，慈恩寺塔功。

桃源花已绽，上苑已东风。

141. 故乡除夜　忆创关东

平生记取故乡年，自古家人忆祖先。
创业胶东关外路，父母弟兄祖一元。

142. 曲江亭望慈恩寺杏园花发

博学曲江亭，慈恩水渭泾，
梅花桃李色，但见杏园灵。
进士先贤慰，功名玉佩铭。
心中天下路，八水绕京宁。

143. 曹着

曲江亭望慈恩寺杏园花发
进士曲江亭，江山草木蓁。
慈恩天下泽，博学作丹青。

144. 鱼上冰

冰冰簿簿可观鱼，锦锦鳞鳞半影虚。
一路三光千色水，摇头摆尾暮朝居。

145. 张仲方

张家祖九龄，进士仲方铭。
宏词常侍尹，两省秘书宁。

146. 赋得竹箭有筠

一灯分天地，三亮度渭泾。
春风和雨至，隔日已青青。
竹箭穿穿宇，应时节度莲。
从从成大势，独独直商亭。

147. 赠毛仙翁

容颜二八童，阅世一仙翁。
四海三山峙，芝兰半意隆。
龟龟从鹤鹤，竹竹可空空。
节节朝天竞，必必彼此同。

148. 崔玄亮有感

晦叔半湖州，微之一御流。
同年元白客，共事作春秋。

149. 句

登高一目穷，入阁半书生。

150. 和白乐天

太子知宾客，东都洛水清。

分司元白子，独树一诗名。

拭目龙门路，香山寺鼓声。

长洲同里岸，短叹运河情。

151. 临终诗有感

百岁临终问，三生自成空。

元年元寂去，万里万成东。

152. 句

同年同世界，共度共归来。

153. 徐牧

省试临渊羡鱼

以目临渊见，由鱼自在游。

清缨还濯足，远远锦鳞休。

世界分天地，冠官任白头。

文章留日月，渡口作行舟。

154. 王播有感

兄兄弟弟一文名，播播炎炎半起荣。

并摆扬州皆进士，称相独第精英。

155. 淮南游故居感旧酬西川季总局德裕

一日淮南客，三生忆并州。

偷光川上曰，逝者如斯流。

156. 沈传师有感

之一：

楷法贞元一右名，宣歙节度半吴荣。

翰林学士中书令，吏部仙郎有才行。

之二：

惠照兰花寺，书相半白头。

人生三十载，驿路二三楼。

之三：

书生饭后钟，及第近天龙。

官途三十载，不必故途封。

上已清明日，阳春白雪明。

青丝成碧柳，水色不闻莺。

157. 题木兰寺

少小孤贫客，功名惠照留。

僧钟曾不响，复载碧纱游。

158. 次潭州酬唐侍御姚员外，游道林岳麓寺题示

楚国多山水，潇湘有士人。

云含香珥笋，列岫色秋春。

贾谊长沙客，汨罗屈子臣，

鄱阳三守见，岳麓一元秦。

159. 和李德裕观玉蕊花见怀之作

共对金銮直，同寻玉蕊花。

烟光含紫气，素羽纳年华。

独职群芳色，相伋众彩霞。

劳君劳所望，各异各芳葩。

160. 赠毛仙翁

百岁一仙翁，千年十顽童。

青牛方到日，老子已西东。

161. 寄大府兄侍史

万仞冰封积雪山，千年古老雁门关。

更残太府兵书读，铁甲冰封带玉还。

162. 有感

驿路蒙泉见，风尘泡水闻。

劳劳知所务，净净以仁君。

163. 白行简

知文居易弟，友爱性天荣。

进士声名近，郎中念气兄。

164. 春从何处来

大雪一冬梅，含香半影来。

东风应未起，粤香有红蕾。

165. 贡院楼北新栽小松

贡院楼前种小松，根深叶茂问高宗。

清名白作迎风立，闭谷千年仵法龙。

166. 金在镕

一志可镕金，千丹未火临。

167. 归马华山

牧野马华山，秦川对玉颜。

昆仑应所见，洛水向周还。

陇畈黄河浊，幽王日月领。

何言千载久，万里九州湾。

168. 夫子鼓琴得其人

素绶师襄客，冷冷慕德音。

琴殊流水引，妙手仰人心。

促调宫商定，操弦角羽深。

宣言宣父曲，可教可鸣禽。

169. 在巴南望郡南山呈乐天

忠州一乐天，锦绣半南边。

水水山山色，朋朋友友船。

170. 李都尉重阳日得苏属国书

降虏何如意，重阳两地书。

三秋三彼此，五岳五湖余。

大漠烟消远，平沙落雁墟。

衡阳曾未问，隔岁是当初。

171. 春云

刺史苏州客，春云自卷舒，

浮浮无锡去，落落五湖舟。

172. 赋得沽美玉

美玉何为美，名堂以器名。

泥涂侵色泽，琢洁世知荣。

173. 寒食遣怀

日日耕耘字，时时乞火情。

书生寒食遣，只见读三更。

174. 春日山亭

野草山亭色，群芳自在新。

贫时贪是富，读世读人频。

175. 寄周韶州

富富贫贫一有无，三生世界一生儒，

如今直见冠官禄，自古先贤事必殊。

176. 秋夜醉归有感而赋

一半书生似有余，三千弟子侍郎居。
农夫只醉春秋社，忘去年辛得食疏。

177. 寄范使君

冠官妾曲一途遥，利禄声名半君桥。
咫尺漂流成达器，云云雨雨作愁消。

178. 送罗约

进进无成退退成，书书有欲假文明。
官官吏吏多求取，种种收收子女生。
离离别别谁醒醉，不得为之是苟行。

179. 题李昭训山水

云云雨雨一流泉，木木林林半壁田。
谷谷峰峰中已断，天天地地石含烟。

180. 处厚游杭作诗寄之

姑苏可改运河舟，一路钱塘入海流。
独去西湖西子色，三潭印月一春秋。

181. 山中有怀李十二

碧水茅庐满夕阳，苍山直木映峰梁。
黄昏最是茫茫处，远近幽幽郁郁光。

182. 客中作

年年雁影作人来。一一相呼首尾回。
岁岁衡阳青海岸，冬冬未了以春催。

183. 山寺律僧画兰竹图

绝顶望无穷，山僧有画风。
湘江湘水月，竹石竹斑红。
独色芝兰石，群峰直木丛。
成林成世界，画外画中空。

184. 送客之杭

随君一路到杭州，但尽三杯作旧游。
但上天台天目顶，秋春望罢望春秋。

185. 有感二首

之一：
冠官不苦贫，俸禄继秋春。

不接青黄季，农家苦度辛。
之二：
冠官自道贫，利碌不相均。
书生分不定，子弟向秋鞏。

186. 送沈侯之京

韩信已封侯，萧何月下留。
张良歌楚调，项羽不知愁。
莫以人生论，千军一将求。
秦王先自去，不见鸿沟。

187. 寄羽生

凡凡仙仙间，生生死死闻。
思思寻所愿，想想寄其云。
去世谁知处，今人未成君。
心中应合合，意下不言分。

188. 题赵支

鸟影向归巢，林间问世交。
长沙留贾谊，八卦作辞爻。

189. 司马迁墓

先秦百世五车书，诸子三朝半学居。
五百年中天地外，三千弟子客樵渔。
单于李武谁胡汉，落雁平沙大漠余。
子女留成故使，延边一将半家如。

190. 春游

冠官醉醒一春游，不满平生半去舟。
但见农夫辛苦力，桑田岁月待秋收。

191. 水西草堂

池西一草堂，水色半天光。
濯足清缓危，沉云有恐荒。
瑶台应落下，织女可成妆。

192. 送羽衣之京

蓬莱一半似天朝，羽士三千下玉霄。
自是天机谁晓得，江流已见去来消。

193. 题道院壁

道道修心守一成，儒儒读卷积千明。
如来指点观音教，慧觉禅音以信荣。

194. 赠欧阳詹

路有千程选，囊无一酒醒。
留侯留自己，季子季章闻。
感慨应前望，心思可炙芹。

195. 客中作

别路风烟里，离情岁月中。
知前知后问，望去望来聪。
异志经纶想，殊途忘富穷。

196. 邵公母

水色五湖多，汨罗半九歌。
浔阳流一派，汉寿洞庭波。
楚楚吴吴去，思思忆忆何。
知母知怕养，教子教江河。

197. 赠杨处厚

十载深山学道名，三生苦病石边成。
樵渔未见江山客，淡泊天机似自行。

198. 重赠张籍

一醉乐天机，千行过帝畿。
红尘何不断，命运自相依。
不怨人间俗，何须世上稀。

199. 赠殷以道

不作樵渔客，应言岁月齐。
耕耘文官着，乾坤格律低。
璞玉成珠器，沧州白玉霓。

200. 翁母些　母丛润花

五十六年中，儿儿女女同。
翁母辛苦力，教子各西东。
日日爷娘慰，事事以和衷。
温良恭俭让，一一始精工。

201. 题山庄

竹菊东园色，梅兰上苑明。
桑榆行止见，石径可通情。

202. 沈存尚林亭夜宴

幽幽一草堂，落落半书香。
酒酒何须醉，思思作柳杨。

203. 送范启东还京

京中不种田，月下有方圆。
自作书生客，何人问地天。

204. 题孙君山亭

山中处处半无尘，月下清清一路新。
草木繁华繁简直，天云卷曲卷舒陈。
何人可得闲居易，半亩田园七尺身。
莫以樵渔知已误，如来自立自秋春。

205. 楼城叙别

叙别楼城酒，还逢逝水舟。
谁人何处去，只见陌阡留。
土地耕耘客，无求远近游。
书生官场郡，有欲作春秋。

206. 写意二首

之一：

书生有欲着闭门，复以桑榆教子孙。
曲曲肱肱尽所卧，田田亩亩是人根。
相同各异皆粮米，俸禄秋收共五蕴。
吏吏农农分自立，朝阳过后有黄昏。

之二：

五味一书生，三光半日明。
田家粮米税，俸禄始官成。
自古农夫力，如今笔墨英。

207. 赠浙西李相公

长庚一越天，济世半云田。
月上分明药，人中敬政贤。
相公相自举，浙酒浙华筵。

208. 天台

百里天台路，千年草木花。
蓬莱仙岛外，浙水帝王洼。
汉武王母会，留神作彩霞。
神仙由此见，四顾几人家。

209. 送陈卫

暮色苍苍晚，江流曲曲长。
遥遥无短见，逝逝有涛扬。
磊石秦皇治，隋炀水调乡。

青丝天下路，白首尚书郎。

210. 送沈翔

飞鸿不问去来归，一字当空不独依。
凡有才华无达志，千年百岁有求稀。

211. 过蠡湖

记得范蠡湖，西施木渎孤。
经商从此去，有意在东吴。

212. 登环翠楼

位极官商就，名成业绩留。
人中应彼此，月下记春秋。

213. 游兴云寺

沃洲不远以心闲，俗世玄机不独攀。
步履准云僧寺见，徘徊不尽是人间。

214. 游报本寺

之一：

世上源元短，人中彼此长。
山房留净土，古月挂天梁。
隐隐玄机见，幽幽以本扬。

之二：

入学已无边，寻心向觉禅。
知人知自己，作事作桑田。
半亩三千稷，年年百日迁。

215. 题陈侯竹亭

高风亮节一竹亭，四柱三光半丹青。
远眺胸怀千木直，王猷只问弃弦聆。

216. 送报本寺分韵得通字

物物源本，人人觉觉通。
山房留慧远，后经向苍穹。
领悟由先后，平生问始终。
禅音从日久，木叶带霜红。

217. 寄永平友人

之一：

万里过天涯，千年有豆瓜。
三冬封雪色，二月又梅花。

之二：

咫尺一天涯，高天半晓霞。
空空知自满，处处浪淘沙。

218. 陈使君山庄

卜居幽导地，樵渔不是闲。
人生无下次，与世有登攀。

219. 题寺壁

遁迹山中寺，题诗壁上名。
禅房留觉悟，锡杖化枯荣。

220. 送徐浩

渡口潮平岸，行舟步小桥。
飘摇应不定，不必望云霄。

221. 谢惠剑

惠剑莫封侯，行身过九州。
承平承所利，一刃一春秋。

222. 送僧

锡衲衣轻去，慈悲领事来。
东林听虎啸，步足近天台。
且以心中慧，灯明四面开。

223. 题朱庆余闲居四首

之一：

官官不独有闲居，吏吏何言未读书。
隐隐修身修竹节，空空向上以心余。

之二：

日上衡门一白丁，云平竹木半青青。
苍苔过雨径三夏，隔岁行程寸寸停。

之三：

按剑知心一刃余。幽栖独木子云居。
琴书不断红尘断，水色天光半读书。

之四：

十步书声一草堂，三秋落叶半天光。
长空万里应行路，六国行年见栋梁。

224. 寄张源

咫尺天涯问，枯荣岁月闻。
青云天外路，白社地中勤。
少小应知路，童翁可日分。

225. 题竹

叶叶根根见，枝枝节节天。
心心空直直，势势自延延。

226. 有感

阮籍不知贫，相如自得人。
前途前所去，有约有秋春。

227. 题山房壁

一壁山房妙，三光照客心。
玄机玄所遇，古寺古禅音。

228. 送范启东

一酒分离路，三生合旧程。
君行君自得，我住我心明。
你画成天地，吾吟日月情。

229. 客中作

年年江汉客，度度帝京书。
日日无寻酒，时时有逝流。

230. 赠韩翃

细雨孤鸿远，风帆一棹轻。
吟诗分手去，莫醉不知名。

231. 禁烟作

扑面香尘满，迎风玉粉身。
群芳群弃色，禁雨禁烟秦。

232. 闽中回

水路闽中回，云天岸上催。
京都谁已就，积雪玉春开。

233. 刘言史有感

学步邯郸路，行身李贺名。
三离因病弃，半入孟郊行。

234. 苦妇词

苦妇未夫令，肌肤弃北边。
长城无战事，二子有征过。
二月家田种，重阳日旱天。
荒荒成草草，粒粒不经年。

235. 与孟郊洛北野泉上煎茶

石石磨成火，泉泉引曲流。
清清三两盏，煎煎品茗优。
野味由心致，官居不必留。

236. 题茅山仙台寺院

华阳一洞春，寺院半仙人。
有病茅山问，无知驻此身。

237. 立秋日

旱雨南洋合，中原四季分。
黄河秋日立，白社苦辛勤。
谷物丰收望，农夫盼万斤。

238. 七夕歌

渐入三秋序，谁人七夕歌。
轻妆应不久，乞巧可梳头。
只向天河许，心中月色留。

239. 送婆罗门归本国

婆罗门寺客，趺坐刹中闻。
足步龟兹路，行身白马君。
传经天外见，独摄佛家文。
教以心田静，莲花溢觉芬。

240. 放萤怨

少小今时已白头，流萤聚集读春秋。
囊锥自以悬梁志，且向微虫问逝留。
倾日月，问王侯，逍遥不可帝京州。
青云渺渺中书客，两省忧忧四海酬。

241. 观绳伎

不忍观绳伎，垂身似柳风。
姿姿轻自在，态态可由衷。
一笑千金鼓，三声万彩红。
衣衫飞不落，顾目谢西东。

242. 买花谣

春花满杜陵，户户咸阳兴。
不必桑田事，王侯以色凝。
千金求傲骨，万第寄诗朋。
处处红香集，幽幽玉结冰。

243. 潇湘游

竹泪苍梧落，湘灵鼓瑟声。
娥皇从此去，舜作女英情。
雁雁天天唤，人人一一行。

244. 王中丞宅夜观舞胡腾

目顾双肩一曲消，盘身独足半旋摇。
胡衫玉臂姬宜短，白雪阳春女自娇。
木槿花开朝彩艳，琵琶欲响占高潮。
区区架下观丰硕，半在云中半小桥。

245. 竹里梅

船娘唱竹枝，晓色欲行迟。
处处梅花发，幽幽折已迟。

246. 春过赵墟

百步邯郸陌，三春草木墟。
荒原荒槿色，十里十红余。

247. 初下东周赠孟郊

鹤舞一身轻，龟纹半世情。
东周天地阔，北魏拓人城。
返正修文远，桃桃李李倾。
渊明弦已弃，五柳客时荣。

248. 过春秋峡

峭壁春秋峡，临风对宇空。
苍苍花自主，楚楚各由衷。

249. 长门怨

自古长门怨，如今唱大风。
藏娇藏自己，女色女儿红。

250. 春游曲

之一：
一曲自朝天，三春半女妍。
含羞含不住，肆意肆花怜。
之二：
一水映红颜，三春问等闲。
男儿男有意，小女小心间。

251. 广州王园寺伏日即事寄北中亲友

无须四季闻，早雨两时分。
海角天涯路，咸阳渭水云。
羊城羊穗土，粤秀粤人曛。
日日骄炎度，年年苦北君。

252. 立秋

云天收夏雨，落叶对秋风。
不能寻根去，飘摇有始终。

253. 别落花

艳色霏霏去，风光处处来。
花开花落序，草碧草云开。

254. 登甘露台

金山甘露寺，赤壁火连营。
莫以徐庶策，周郎似不成。
东风当所预，一水可纵横。

255. 夜泊润州江口

夜泊船娘少，钟声古寺多。
江流江不止，水雾水连波。

256. 看山木瓜花

紫紫木瓜花，园园果实华。
婀娜形玉树，碧绿作琵琶。

257. 白居易有感

便作庭芳树，无须碧玉坛。
乌纱乌成翠，结果结心宽。

258. 题十三弟竹园

竹竹丛丛立，园园雨雨声。
云云舒卷处，独独去来行。

259. 乐府杂词三首

之一：

梨花飞不尽，小杏过墙涯。
隔院王孙问，东邻作谢家。

之二：

白首一梨花，红颜半玉家。
春来桃李下，意气到天涯。

之三：

白雪阳春客，临风玉树斜。
衣衫曾自取，心中有子芽。

260. 岁暮题杨录事江亭　杨，蜀人

江亭一泊舟，蜀水半东流。
自是经南北，高低作去由。

261. 冬日峡中旅泊

霜霜雪雪半云端，雨雨云云一渚滩。
峡峡舟行停不得，梅花落尽独僧寒。

262. 泊花石浦

旧业丛台纪，新程独向东。
嫦娥应所见，驿树叶空空。

263. 闻崔倚旅葬

平生一日余，旅驿半云居。
共渡三千界，同吟一纸书。

264. 赋蕃子牧马

碛净山高见，孤峰直木闻。
胡风胡牧马，养女养衣裙。

265. 牧马泉

塞外三边客，辽东牧马泉。
天高豪志爽，一曲玉兰天。

266. 越井台望

羊城越井台，夕照暮潮来。
一线推波岸，千涛逐石开。

267. 扶病春亭

弃杖春亭去，回身直木春。
花间花自立，不可如人。

268. 赠童尼

艳质如明玉，轻声似磬音。
心灰无老少，有雨待云寻。

269. 读故友于君集

故友于君集，先贤未似今。
千年千百子，一世一知音。

270. 病僧二首

之一：

竺国乡程问，僧人故病闻。
何须天地别，不可暮朝分。

之二：

病老空门见，禅林直木寻，
千年如此是，百岁有余荫。

271. 右军墨池

天光已满池，地物未成诗。
一日兰亭序，三千弟子知。
如今留遗墨，但问后来时。

272. 送僧归山

楚俗飞花送，吴风递水迎。
寒山曾不寺，拾得可平生。

273. 题源分竹亭

扶疏千万竿，直节暮朝栏。
隐日藏烟色，明青纳碧丹。

274. 伤清江上人

清江一上人，不带半红尘。
此去皆须去，玄扬尽苦身。

275. 山寺看樱桃花题僧壁

一半樱桃一半花，三千弟子二千衙。
孤僧独坐由生问，四海如来四海家。

276. 山寺看海榴花

一寺琉璃树，三春紫色花。
红光红已透，玉影玉含纱。

277. 赠成炼师四首

之一：

世上三千载，人间一百年。
仙人仙万里，一度一生田。

之二：

巫山十二峰，峡口半天容。
炼石成丹处，师名一棵松。

之三：

死死生生异，形形色色同。
吾心应自在，我意可童翁。

之四：
世上三千子，人间一阮郎，
神仙何处见，处处有书香。

278. 上巳日陪襄阳李尚书宴光风亭

襄阳上巳李尚书，岘尾羊公有泪余。
列玉阿母随汉武，樵渔不可子云居。

279. 奉酬

不问一山阴，兰亭半古今。
应知天子鉴，莫以辨才心。

280. 病中客散复言怀

客散春秋病，人留日月时。
吟诗吟万首，与世与君辞。

281. 处州月夜穆中丞席和主人

简舞千情客，繁弦一隐侯，
中丞曾以咏，月夜已成楼。

282. 寻花

一雨丝丝尽，三春处处斜。
流莺飞蝶去，叶茂宿幽花。

283. 赠陈长史伎

一曲朱弦玉，三声史伎春。
侯王应未见，但向世人颦。

284. 题王况故居

陋巷萧条径，贫居古寺门。
风尘应已净，访者是王孙。

285. 偶题

新妆一冶娘，旧径半沉香。
处处无郎语，幽幽有竹塘。

286. 种柳论

种柳一门前，经年半碧先，
成才成异土，养子养桑田。

287. 夜入简子古城

衣襟如汗水，步履似红尘。
简子城门望，余寒肃正巾。

288. 桂江中题香顶台

岩岩香积顶，石石桂江中。
寺寺僧相继，今今古古同。

289. 僧檐前独竹咏

独木已成林，群根有作荫。
袈裟披碧叶，百岁有知音。

290. 送人随姊夫任去安令

才见荆州水，瞿塘一峡光。
巫山神女问，白帝向高唐。

291. 山中喜崔补阙见寻

山中木下一春巾，补阙寻花半晋秦。
白屋清臣知自立，夫妻老人自羞尘。

292. 偶题二首　古今诗

之一：
荣名金榜上，格律赋诗中，
鹿袖青藜领，嫦娥玉影空。
之二：
十万诗词赋，三千弟子头，
年年书日日，处处客修修。

293. 嘉兴社日

已是临邛客，何言寄病身。
嘉兴嘉社日，有酒有秋春。

294. 席上赠李尹

旦以山夫事，黄昏远近寻。
天光从不语，万物覆余荫。

295. 弼公院问病

滴滴芭蕉雨，声声院院闻。
问病由心慰，行僧白日曛。

296. 惜花

袭人袭色碧，惜已惜花香。
莫以红尘论，经年又玉妆。

297. 代胡僧留别

别别留留见，来来去去闻。
生生何死死，语语自纭纭。

298. 葛巾歌

潜夫结葛巾，四季序秋春。
谷鸟巡时继，山花界令新。
清溪南紫竹，草陌北红尘。
步步随心去，平平作晋秦。

299. 桂江逢王使居旅槎归

丹旐一故人，少妇半知春。
旅槎成归客，高原近不秦。

300. 玉京词

绝景一天机，临渊半玉玑。
三生和氏璧，百岁独何依。

301. 北原情三首

之一：
日日营营客，官官吏吏身。
朝朝何暮暮，晋晋复秦秦。
去去来来路，生生死死邻。
神仙神不见，百岁百陵尘。
之二：
土土泥泥世，高高傲傲音。
神仙神以信，上古上人寻。
之三：
草草花花色，林林木木明。
何须求隔世，岁岁自枯荣。

302. 林中独醒

林间独醒望飞虫，月下孤闻草木中。
界外无须无事事，人前有业有东风。

303. 江陵客色留别樊尚书

此别信陵君，平原可着文。
寒灰听湿雨，蕙委对纷纷。
白雪阳春唱，巴人下里闻。

304. 拟古咏河岸枯树

岁岁一枯荣，年年半鳌名。
枝枝经水月，叶叶尽秋情。

305. 别友人

彼此留心迹，阴晴待雨风。
三生三界外，一路一人中。

别去方知忆，归来可叙衷。

306. 伤故人歌伎

曲曲歌歌已作邻，门门户户暂容身。

春春未尽秋秋尽，岁岁谁留落落尘。

307. 南中客色对西送故人归北

猿声已断雁声来，雨露烟云久不开。

水水山山应不尽，朋朋友友共徘徊。

308. 杭州秋日别故友

杭州秋日别，去往两人心。

落叶随流见，轻风作古琴。

309. 代别后梦别

逢前逢臆下，别后别心中。

梦梦情思在，幽幽四壁空。

310. 答边信

一信同心结，三身共死生。

征人征所记，送别送时盟。

311. 对镜吟

破镜重圆觅，人心再度寻。

千年如此见，万里运河音。

312. 山行书事

步步山行鸟鸟回，天台天目浙江开。

童童不尽翁翁尽，去去难承自自来。

313. 古宫怨

六国深宫女女妍，三千粉黛事秦天。

隋炀未及扬州去，柳柳杨杨汴水船。

314. 关山月

万里关山月，长城内外天。

江湖南北水，柳岸运河船。

大漠谁征战，钱塘可种田。

天堂由此见，牧马自垂鞭。

315. 陇西行

朔气陇西行，阴云带雪生。

长城空锁道，白马向天鸣。

远远听鸿雁，遥遥草木萌。

梅花杨柳色，四月牡丹荣。

316. 寻山家

十里山家路，三春草木花。

相逢先问酒，醉后见桑麻。

317. 山居

结宇青山里，观书水色中。

清流清自许，独步独天空。

自力非常力，穷贫可足穷。

神仙神不已，隔世隔雕虫。

318. 楚州盐壋古墙望海

造化水花川泻，混沌八面流。

中原西北落，日色作蜃楼。

望海天涯路，扶桑近九州。

沉浮天地界，历目作春秋。

319. 央视

海角天涯远，中央电视台。

东西南北路，古往向今来。

320. 闻韦驸马使君迁拜台州

一路到台州，三生问九流。

君迁君驸马，德胜德人酬。

有志扬天日，平津客白头。

天涯天子界，咫尺帝王侯。

321. 山行经村径

一径由人迹，三家自足留。

山行因石铺，独去不知愁。

322. 张碧

太白一先生，郊寒半岁荣。

斯文谁扫地，六义已行名。

323. 野田行

步步野田行，驱驱草木轻。

山河由此见，日月可重明。

汉武秦皇去，隋炀二世情。

长城当瞩目，水逝运河生。

324. 贫女

不昧容华色，穷贫织女行。

牛郎应自得，未免是精英。

325. 幽思

竹隙藏明月，婆娑隐约情。

幽幽常不定，客客待孤行。

326. 惜花三首

之一：

二月一梅花，三春半女娃。

芳香芳自得，不去不回家。

之二：

水水知天地，群芳处处花。

官官闲不得，惜惜向天涯。

之三：

小女男儿问，春风细雨斜。

桃红留不住，折取入人家。

327. 游春引三首

之一：

花花草草一前川，雨雨云云半陌阡。

布谷声中耕土地，春莺树下望闲田。

之二：

一日春风半日云，三天细雨两天曛。

桑麻出土分芽叶，种子成根自向芸。

古今诗

之三：

布谷无停布谷鸣，春莺有序曲春莺。

耕耘土地耕耘日，十万诗词十万城。

328. 家父　古今诗

六零年中饿，千家子女情。

三更农夫领，十里种瓜生。

古苦新开亩，勤劳废读名。

恩媛呈考卷，进士始家荣。

329. 古意

二里长门路，三宫紫禁城。

藏娇金屋色，百女舞歌倾。

330. 秋日登岳阳楼望晴

三秋一练洞庭轻，半日千波岳麓情。

点点君山留碧水，江青处处各分明。

331. 黄雀行

螳螂已捕蝉，自得可成先，
未见居黄雀，行行是两全。
人中成你我，世上作方圆。

332. 鸿沟

鸿沟两岸半分秦。逐鹿三光一世尘。
嗫嚅龙蛇争水城，骄横虎豹入天津。
留侯四面吴人曲，亚父千重未定钧。
垓下山河谁力拔，乌江逝水向东沦。

333. 题祖山人池上怪石

姿姿态态一奇形，突突夒夒半隐灵。
骨骨冰冰成玉影，瀛瀛洁洁映丹青。

334. 山居雨霁即事

雨后彩霞红，山前湿润空。
幽居邻沽酒，百日自收丰。
七十童心就，鲜花白首翁。
东皋重友照，路路有神通。

335. 赠琴棋僧歌

阳春白雪一琴中，黑白三军八阵风。
守守攻攻守守，空空色色空空。

336. 妾换马

千姿半态容，万里一骄龙。
妾马无须换，驰驱有独逢。

337. 七夕

月缺天河满，牵牛织女星。
人间留乞巧，七夕寄心灵。

338. 月夜

缺缺园园色满庭，枝枝鹊鹊共丹青。
栖栖寄寄凭红羽，碧碧巢巢任木馨。

339. 仲夏寄江南

酸时一粒梅，夏口半情归。
忘渴三军望，江南有是非。

340. 欲销云

雨雨欲销云，霏霏已不分。
成烟成露水，润土润氤氲。

341. 遇边使　古今诗

辽东儿女志，万里半人生。
使记三边俗，尘封一世情。

342. 移往别居　巴布亚新几内亚

纸贵洛阳城，声鸣一北京。
南洋南海近，赤道赤人生。

343. 埗口逢友人　古今诗

南洋南海外，木直木成荫。
不可新云雨，应余旧日心。

344. 美人梳头

朝云不过半巫山，暮雨何从一玉颜。
对镜梳妆争楚汉，从心问月雁门关。

345. 雨霁登北岸友人

霓虹一彩头，雨润十三州。
沽酒情中醉，平生望水流。

346. 长安新故

月佩作吴钩，长安向并州。
芝兰亲友忆，桂影在城头。

347. 悲秋

落叶寻根处，秋风远近来。
寻根风不止，远近叶难回。

348. 晚蝉

人生作晚蝉，俯仰自鸣天。
但以声声远，高高送旧年。

349. 维扬郡西亭赠友人

西亭杨柳色，北郡暮朝行。
漠漠琼玖洁，团团带露明。

350. 独孤申叔　终南精舍月中闻磬

终南精舍月，宿客寺清闻。
磬语常相问，人生独处君。

351. 题汉州西湖

之一：

创置公心匠，纵横造化工。
昆明池水浅，铁柱立标风。

之二：

兄观玉宇匠，弟付精工诗。
十里江青水，三春草木知。

352. 庄南杰　湘弦曲

浪卷长江暮，云平岳麓寒。
湘灵谁鼓瑟，竹影洞庭澜。

353. 雁门太守行

太守雁门关，衡阳万里间。
君山君岳麓，隔岁隔河湾。
北北南南路，行行止止闲。

354. 阳春曲

白雪阳春曲，巴人下里歌。
高山流水去，蜀女竹枝多。

355. 伤歌行

人生歌一曲，处事路千回。
守一知天下，方圆自可开。

356. 无题

无题无所欲，有意有其闻。
是是非非易，玄玄道道分。

357. 贺兰朋吉

荒居离市远，四顾自无邻。
独以成名晚，何须不见人。
高朋非满坐，故友是诗春。
且得春秋月，当明十丈濑。

358. 诣李侍郎

字字成功底，文文作豫章。
诗诗先后序，日日百年堂。

359. 吊灵均

一日汨罗水，三生楚客心。
离骚离旧谱，九脉九歌音。

360. 吊韩侍郎

韩家一侍郎，绝句半诗章。
莫带黄泉去，余香在四方。

361. 故白岩禅师院

故在禅师院，重闻旧日声。
轮回灵所去，转世序人情。
白塔留名份，云游寄所行。
应知应了了，莫以莫营营。

362. 招玉川子咏新文

一句梦中吟，三行作古今。
留成珍尾句，解译付人心。

363. 雍裕之　五朵组

织锦穿梭去，纵横布线多。
三更人已定，一夜梦交河。

364. 剪彩花

春光桃李色，剪彩杏梅花。
巧集成图画，情心入主家。

365. 春晦送客

送客今春晦，迎宾隔岁时。
常年经久望，不可过人辞。

366. 自君自出矣

出矣君今去，徐来对镜寻。
思君如陇水，自有苦行吟。

367. 四气

中原有四时，海角天涯知。
旱雨成双季，风云各不迟。

368. 四色

雨水春春始，红莲夏夏容。
秋秋黄菊色，白雪作冬冬。
醒醉何分别，阴阳几易封。
诗词应所纪，日月似行踪。

369. 大言

大小言中叙，乾坤力下行。
经纶经所序，宇宙宇人生。

370. 细言

细细粗粗见，针针杵杵闻。
功夫功不见，力道力纷纭。

371. 山中柱

万里山中柱，千年直木霄。
人知擎栋识，不解独成桥。

372. 芦花

芦花应似雪，不作半寒注。
自是深秋客，衡阳作雁家。

373. 江边柳

处处江边柳，垂垂水上烟。
条条应不系，折折断流船。

374. 江上山

群山江上色，孤峰水下平。
千波应不动，百态可同生。

375. 游丝

莫以游丝见，无风映目明。
春心相似见，客意女难情。

376. 柳絮

无风应落地，有意可飞空。
自主难为主，丰收几未丰。

377. 残莺

春莺不语懒含情，夏雨芙蓉百态生。
物物时时分象定，先先后后各循荣。

378. 早蝉

早早一蝉鸣，高高半树情。
幽幽天外响，处处作秋声。

379. 秋蛩

草草虫虫唧，萤萤闪闪明。
秋风秋落叶，隔岁来年生。

380. 两头纤纤

两手纤纤十指弹，千音袅袅七及端。
天天地地加文武，社稷江山日月观。

381. 江上闻猿

闻莺知日暖，逝水付猿鸣。
旅客分时见，思迁各所情。

382. 折柳赠行人

折柳赠行人，枝枝已断春。
条条君带去，叶叶可思秦。

383. 题蒲葵扇

抑抑扬扬扇，摇摇曳曳风。
倾倾还复复，实实又空空。

384. 赠苦行僧

路路苦行僧，禅禅独自承。
人人求慧觉，处处待心凝。

385. 了语

了了应无了，心心是有心。
人人行止见，处处始终寻。

386. 不了语

是是非非由，因因果果成。
先先由所以，后后可新萌。

387. 听弹沉湘

沉湘一曲赋汨罗，贾谊千辞半九歌。
楚客长沙听不厌，骚人爱国上人多。

388. 豪家夏冰咏

自作方圆自作丁，心灵洁净是心灵。
炎凉冷暖无非是，直到消时不易形。

389. 宿棣华馆闻雁

排空一字两三声，寒北江南隔岁行。
草芷衡阳青海岸，年年未了去来情。

390. 农家望晴

春天望雨望秋晴，五谷丰登九日明。
百日田家收社稷，三冬腊月岁年情。

391. 宫人斜

六国未央宫，千妍剩女红。
藏娇藏所见，食绝食成空。
十载秦皇尽，嫔妃后已终。

392. 曲江池上

进士曲江池，龙门八句诗。
风光明水上，自是探花时。

393. 奉陪吕使君楼上夜看花

道州太守吕温家，沽酒题诗水色华。
莫以林中高举烛，枝头月下满繁花。

394. 新居寺院凉夜书情呈上吕和叔温郎中

新居寺院夜书香，上吕郎中梦黄粱。
半以绯衣应紫着，薄意成心客次杨。

395. 塞上闻笛

一曲梅花落，三边大雪飞。
胡姬谁出户，玉笛女儿归。

396. 东邻美人歌

曲臻东邻女，知音未可颜。
三春香月影，一夜满关山。

397. 题李八百洞

八百洞中仙，三生月下莲。
丹炉丹石玉，炼卦炼方圆。
未见长生在，匡庐已万年。
东西林寺外，彼此共前口。

398. 甘州歌

嫦娥不画眉，月色自明垂。
不解罗衣带，清姿莫不窥。

399. 句

碧玉东邻女，姑桥七步家

400. 贞元八年十二月谒先主庙绝句三首

之一：
茅庐三顾去，蜀主半吴来。
一马檀溪跃，千军八阵开。
之二：
白帝三分国，长江一水行。
东风何不语，赤壁有连营。
之三：
关张三结义，但借一荆州。
大势随相继，雄图日月求。

401. 先汪 题安乐山

合江青溪上六七里隋刘珍登上真之地，有祠。

青溪七里已登真，进士三生半问神。
只以心中承万物，生生死死忘其身。

402. 李亦

李亦诗成太白名，同家别句各相倾。
吴门不远江油近，侍奉翰林半帝情。

403. 姑熟溪

白雪浣纱人，红颜半自春。
姑苏常熟水，木渎效施颦。

404. 丹阳湖

一水范蠡舟，三江逐九流。
从商从此见，运命运河楼。

405. 谢公宅

不积清风院，应留足履苔。
经天风雪至，谢女淑云开。

406. 凌歊台

读毕苍台记，移行废井闻。
人间天地照，草木岁年分。

407. 桓公井

五霸桓公井，千流作底源。
如今无竭止，自古有轩辕。

408. 慈姥竹

含烟慈姥竹，纳翠古千株。
凤曲丛林响，龙吟独势凫。

409. 望春山

远远望春山，幽幽去来还。
征人流尽泪，守女废红颜。

410. 将付东都上李相国

百里东都在，高炉不必摧。
何须天下路，自有不燃灰。

411. 牛渚矶

绝壁临川立，浮云上渚矶。

牛声终不止，莫测始灵依。

412. 灵墟山

灵墟一半山，暮色两三颜。
但见西天竺，观音自在还。

413. 天门山

天门山下水，楚客色中天。
欲向荆州去，须寻白帝船。

414. 勒赠康尚书美人

白帝三江雨，巫山一段云，
高唐神女色，宋玉赋冠军。

415. 题昭应温泉

先皇知此色，故客上泉楼。
水是无情物，人心是旧由。

416. 送咸安公主

自古一乌孙，穷庐半玉门。
迟迟知汉国，霍卫谢皇恩。

417. 边城柳

一路边城柳，三春自在新。
东风由不尽，细雨已成茵。
共色同天下，应时度晋秦。
阴晴成日月，序列有经纶。

418. 长门怨三首

之一：
长门长不尽，短见短难扬。
自度何天下，诗书有故乡。
之二：
处处有昭阳，情情有故乡。
丝丝应不断，忆忆梦中长。
之三：
已见情何物，留心日月长。
珍珍应记取，处处菜炎凉。

419. 旅次朔方 我自三边来

幽州数十年，海外已千川。
举手南洋去，回头月下悬。

420. 早起

春莺尚未啼，玉漏已篇低。
暗尽更寒起，行程马已嘶。
晨钟吾已撞，读客可闻鸡。

421. 长门怨

长门路短锁门楼，不到昭阳不到愁。
旧忆君前君不忆，南宫曲舞北宫休。

422. 禁中送任山人　山人送青城石，皇命，献大者

此去非常去，应来要快来。
恩崇求大石，彩色似云开。
矿物同生处，山人共见才。
青城青玉炼，献禁着天台。

423. 府试中元观道流步虚

玄都观里秘，白石玉前明。
上界天光聚，中元楚璧英。
山人曾不见，十里步虚城。
尚有桃花水，刘郎可灌缨。

424. 闽神童

六岁吟诗句，千音秀异缘，
神童生闽地，十七自黄泉。

425. 王仙坛

羽客上仙坛，天炉炼独丹。
千年知不见，时人扫玉残。

426. 乞巧

织女牛郎问，天河有鹊桥。
红丝红线系，乞巧乞心潮。

427. 句　荔枝

紫紫红红一凸袍，清清白白半液涛。

428. 哭林杰

十七年中一代人，才高贾谊半惊秦。
诗成六岁童儿戏，逝水千波总入春。

429. 咏和亲

自古有和亲，如今见战人。
长城分两阵，不及运河春。

430. 鹦鹉词

何须鹦鹉问，已得教人声。
所学经音释，分明是用情。

431. 步虚词

一夜笙歌里，三生玉石中。
千年谁得见，百岁呼西东。

432. 句

扫叶风声紧，冰封白雪松。

433. 责商山四皓

逐鹿中原客，英雄浴血归。
生当豪杰问，隐皓是闻非。

434. 赋得琢玉成器

坚贞一玉成，物器半人明。
不以雕工匠，何言璞石惊。
晶荧由自态，本质可倾城。
莫问精灵品，应闻客主荣。

435. 假节邕交道由吴溪

借问吴溪水，山光入逝中。
何言留影色，不及谢轻风。

436. 咏子规

杜宇声中早入春，农夫陌上子规人。
耕耘未及东风雨，芒种千家魏晋秦。

437. 献蔡京

初僧一蔡京，刺史抚州城。
进士滑台观，官家两不倾。
知书应达理，劝学令狐生。
仍以鱼池纵，吾钩不钓名。

第七函　第十册

1. 李逢吉

吉字以虚舟，丞相宰府谋。
司徒由进士，断玉两朝流。

2. 再赴襄阳辱宣武相公贻诗今用奉酬

不据三公望，何言四皓期。

鸿沟分未止，莫以是非知。
可断就须速，当行莫似迟。
襄阳三国策，岘尾一羊诗。

3. 享惠昭太子庙乐章

清清素素，礼礼铭铭。
典籍从天意，灵章可储宁。
熏馨含惠宇，洁化纳丹青。

地地天天，渭渭泾泾。

4. 望京楼上寄令狐华州

闲上望京楼，成都一锦流。
苍然江水去，隔岸色华州。
岐路云烟断，崇山雨叶收。

5. 奉送李相公重镇襄阳

马跃过檀溪，襄阳向水低。

龙山同隐凿，岘首共碑齐。

不问谁垂泪，何言向朱犀。

风烟秦岭背，尚爱武关西。

6. 和严揆省中宿斋遇令狐员外当直之作

南宫越石虚，北阙直书儒。

已见三边静，还闻六义苏。

庾楼如直宿，职位似芳芜。

可望文昌座，列集故人图。

7. 奉酬忠武李相公见寄

忠忠武武李相公，节节贞贞唱大风。

缚虎淮西安碧水，驱鲸破胆自英雄。

8. 酬致政杨祭酒见寄

初还相印罢，复获守皇居。

紫禁公侯路，深庭自读书。

9. 送令狐秀才赴举

自以雄文藻，灵思射笔名。

金门随驾舆，上苑有书情。

10. 于頔

祖补一千年，湖苏半史州。

郎中襄节度，太子客宾流。

11. 郡斋卧疾赠昼上人

卧疾上人心，穷文达古今。

公然词客晚，顺令白云深。

12. 和丘员外题湛长史旧居

凉州西去玉门关，大舜耕耘未历山。

不朽青史垂治水，荒丘不止几轮环。

13. 寒夜闻霜钟

夜半一霜钟，寒更半肃松。

城头悬远响，月尾落余峰。

梦里难分晓，星中故步封。

14. 南溪诗

之一：

桂水淳山石，南溪洞口边。

玄岩丹室壁，夕照异龙泉。

百步湾滩绿，千岩玉顶园。

清清钟乳水，畅畅注桑田。

之二：

乳石不留踪，丰波有玉容。

层层何不守，曲曲各垂钟。

洞洞阳春少，园园白雪封。

阴晴成紫色，上下见飞龙。

15. 桂林叹雁

南南北北一千山，去去来来半不还。

落叶君来漓水岸，如今我去雁门关。

16. 喜弟叔再至为长歌　古今诗

七十年来半不名，郎中事去十城倾（全国地铁）。绯衣未改红颜紫，苦节文章志士盟。法国中华成特使，东西地域作精英（法国特使）。

兄兄弟弟常相忆，父父母母已别行。

十万诗词严格律，三生日月自耘耕。

时时手迹天天着，不以辛辛知苦情。

17. 留别南溪二首

之一：

南溪无浣女，此岸满山花。

只见江青去，渔人一两家。

之二：

逝水半如云，香花两岸分。

南溪流细影，草木着衣裙。

18. 孟简

享惠昭太子庙乐章

扬扬天下路，肃肃月中程。

羽驾金銮去，黄泉玉勒声。

19. 惜分阴

刺骨知方励，悬梁寄志深。

拳拳心向背，业业步循寻。

五夏曛炎酷，三冬白雪阴。

高山流水曲，下里有知音。

20. 咏欧阳行周事　并序

之一：

文英闽越一欧阳，髻觊詹生半世香。

男钟女爱退之叙，书儒未了自倾肠。

之二：

韩愈一退之，髻觊半垂辞。

究竟情可物，寻根已弃枝。

欧阳生寄已，甲至亡身时。

粪土无声色，官灵有此诗。

21. 拟古

独立剑门关，孤行蜀道山。

川中川水岸，栈道栈江湾。

22. 嘉禾合颖

合颖一嘉禾，川流半逝波。

风光山影逐，日月色穿梭。

茎茎根根主，因因果果多。

甘霖成雨露，江流送九歌。

23. 赋得亚父碎玉斗

楚汉鸿门宴，刘邦项羽闻。

吴庄曾舞剑，亚父诺三军。

玉碎冰机在，人行是别分。

江山成社稷，胜负作仁君。

24. 酬施先生

击鼓梨园教，襄阳古镜歌。

正声三百首，乐府曲娇娥。

25. 王仲舒

郎中知制书，少客历江南。

晋并多才子，文名上杏坛。

26. 寄李十员外

悬泉一卧龙，雨雾半山松。

九派无浮色，匡声有几峰。

27. 访羊尊师

林中松子落，叶下两三声。

采药山深远，浮云久不平。

28. 晚眺

泉声不可寻，叠石隐余音。
隙隙藏阳线，夕照不入林。

29. 亚父碎玉斗

垓下一鸿门，秦中半玉村。
分封天子误，力拔未央根。
亚父成谋久，项庄玉斗魂。
留侯歌楚汉，玉碎满乾坤。

30. 李宗闵

山南西节度，驾部累官乡。
进士平章事，中书一侍郎。

31. 赠毛仙翁

秋春不尽又秋春，客占青春不染尘。
但以经纶巡日月，疑心不测几时人。

32. 韦表微

礼部尚书诗，翰林学士时。
中书知制书，御史子明辞。

33. 池州夫子庙麟台

八卦均匀四象分，千山万水二仪文。
池州孔子麟台庙，世乱人和一统君。
命圣昭符天地界，奸邪雅正济禅云。
周文礼乐春秋继，世治时麇一孔群。

34. 题开元寺牡丹

开元开牡丹，武曌令冬寒。
芍药凭知趣，除春已自残。

35. 送李补阙归朝

驷马入咸秦，双凫出海津。
归朝同玉漏，白阳共阳春。
雅存文章客，江湖草木闻。

36. 送日本使还

绝国扶桑木，东瀛圣日心。
鲸波征水府，夜落泛潮音。
蜃气仙宫水，飞鸿有别吟。

37. 送马向入蜀

一子出咸京，千山入蜀城。
瞿塘三峡始，鸟道半心惊。
世读春秋继，平生万里行。

38. 香炉峰

香炉一绝峰，极顶半青松。
寺径通何去，东林有石钟。

39. 白铜鞮

曲曲应无尽，声声对鸟啼。
婷婷红粉女，素素白铜鞮。

40. 杨叛儿

一女声声细，三男处处骄。
三江曾是海，万水可成潮。

41. 夫寒

白雪半春潮，天姿一柳条。
东风黄绿变，碧玉小苗桥。

42. 庐山独夜

寒空五老峰，白雪九江踪。
独宿三更梦，浔阳一夜钟。

43. 天台独夜

天台天目望，浙雨浙江流。
月色三潭入，星光一楼头。

44. 送寒岩归士

白雪着岩高，寒封铸匕刀。
山深归士晚，寺古问天皋。

45. 送陈司马

不忆陈司马，书生未问家。
三生求自力，一雪半梅花。

46. 武夷山仙城

一木武夷山，千溪十九湾。
层岩层不尽，寺老寺人还。

47. 避暑二首

之一：
避暑临流坐，从心向水闻。

垂钓思不钓，只待雨纷纷。
之二：
山山入水来，色色待云开。
静静应留住，波波去不回。

48. 浙西李尚书游云门寺

浙水云门寺，灵均李尚书，
钱塘千里目，运得运河余。

49. 酬相公再游云门寺

彼此相公路，云门寺刹台。
香烟心上在，远近有天台。

50. 杭州祝涛头二首

之一：
六合红花岸，钱塘白雪潮。
三秋空玉宇，一线上云霄。
之二：
回首一线潮，百里半云霄。
雨雾惊云雪，蛟龙志不消。

51. 问渔叟

儿岁钓竿问，何年钓捕鱼。
童翁相举措，老叟岸边居。

52. 云封庵

独木春春雨，封庵处处云。
江流吴客问，逝水蜀涛勤。

53. 汉宫曲

汉舞赵飞燕，班姬扫玉霜。
应知门路广，不必问昭阳。

54. 和嵩阳宫月夜忆上清人

嵩阳明忆后，三十六峰前。
上下山中寺，阴阳月下田。
曾空星泛落，不断客人泉。

55. 八月望夕雨

八月中秋日，秋风雨雪分。
三边云漠漠，一晋望汾汾。

56. 观浙江涛

钱塘八月浙江涛，一浪相如一浪高。

蔽日遮天云雨瀑，瑶池落下玉葡萄。

57. 庐山瀑布

条条白练九江流，叠叠无休半白头。
瀑瀑涛涛垂绘练，波波浪浪着春秋。

58. 嘉兴寒食

一味青团子，三吴乞火生。
家家门户扫，小小自倾情。

59. 忆扬州

三分月色七分明，二月琼瑶四月清。
小杏萧娘应不误，梨花一树半私情。

60. 八月灯夕寄游越施秀才

八月清辉冷似霜，三更月色水益凉。
西边拓跋鲜卑魏，不问长门问未央。

61. 八月十五夜

十二峰前望，三千弟子闻。
巫山朝暮雨，桂影去来云。

62. 题伍员庙

三吴应是客，一楚可无戈。
伍员扬鞭处，汨罗唱九歌。

63. 员峤先生

借问陶唐主，冰蚕五色丝。
青芝千载采，阮肇一乡迟。
且向员峤见，曾如十代支。
何山君自去，世界已无知。

64. 莫愁曲

夜色惊栖梦，床头挂月钩。
辽西多远路，妾忆少消愁。

65. 寄白司马

万户十连路，三条九陌花。
江城司马白，五载帝王家。

66. 相思林

千林千直木，一树一芳名。
俱是相思曲，风闻作叶声。

67. 寄海峤丈人

海浅风涛涌，人多测岁华。
秦王曾一见，洛邑万千花。

68. 寄潘先生

记姓不知名，同君万里行。
前程何远近，雨后自枯荣。

69. 宫中曲二首

之一：

一步宫中路，三生半客家。
微微从此去，处处到天涯。

之二：

宠尽身轻舞，私恩谢短纱。
香消成白雪，玉色着琼花。

70. 七夕

一道鹊桥边，千星渡口前。
人间如此望，七夕似情缘。

71. 八月九月望夕雨

八月无云九月晴，秋风夕雨菊风清。
嫦娥欲向人间去，一载相思两载情。

72. 喜雪

杨花落尽满梨花，白雪飞扬入谢家。
一句成名儿女色，朝阳未免暮云霞。

73. 春饮

有酒相与饮，无花白玉尊。
乌家浮绿蚁，谢守待芳津。

74. 二月望日

长长短短半平均，二月曾如八月旬，
日日相分同夜夜，春秋互易是秋春。

75. 读远书

中秋若是一中春，有绿无分色有均，
后后先先分序列，朽朽荣荣各生频。

76. 古树

行人已见树先老，古木逢春花正好。
腹浅心深知早晚，春来夏去何秋晓。

77. 独住僧

袈裟一比丘，青丝半云留。
临川流水见，影镜剃光头。

78. 伤画松道芬上人

百法驱驰百岁身，三光照旧一光巡。
如今不见何前世，未得何名此上人。

79. 观钓台画图

一水寥寥寂，千千数数声。
严陵应已去，白芷钓台明。

80. 荆巫梦思

十二峰中半雨云，瞿塘峡里一文君。
相如宋玉应皆去，白帝高唐蜀楚分。

81. 浙东故孟尚书种柳

无心种柳柳成行，有意知书别故乡。
九品三台官位秩，绯绯紫紫运河商。

82. 长洲揽古

木渎横塘未浣纱，商风已入范蠡家。
长洲揽古夫差问，越女西施一夜花。

83. 却归旧山望月有寄

草木云云有雨风，春秋日月各西东。
年年月色应相似，岁岁人情总不同。

84. 再归松溪旧居宿西林

松溪旧步在西林，赣月清辉已古今。
静夜重来听犬吠，邻家独宿待知音。

85. 玩花五首

之一：

一树梨花半雪人，青云不散两厢春。
江潮已满东风雨，只作红颜漫入秦。

之二：

白雪千姿态，梅花一色香。
寒中枝节劲，月下满群芳。

之三：

杜宇声声唤，昭君处处闻。
山山红不止，水水色氤氲。

之四：

大妇轻妆小妇羞，青丝束髻白丝绸。

梅花落尽皆桃李，百草芳明一女留。

之五：

青楼人送客，陌上百花新。

处处深红色，人人已入春。

86. 长庆春

池边水色半含烟，陌上天光一细泉。

脉脉流情山不语，幽幽隐影是青莲。

87. 山鹧鸪词

自有春风作飞兔，山头独立野鹧鸪。

曾为不屈坚贞女，越岭啼时向丈夫。

88. 郑女公参丈人词

婀娜见丈人，碧玉带新春。

步步花无力，纤纤玉树珍。

89. 春雨

二月连绵雨，繁花一半云。

谁言曾作泪，足露未纷纷。

90. 和白使君木兰花

二月木兰花，三春叶始斜。

当言征戍女，早向丈夫家。

91. 正月十五夜呈幕中诸公古今诗

元宵十万五千诗，历史春秋战国时。

大禹家传天下治，鸿沟不分项刘师。

92. 乐府新诗

小女新诗上七弦，心声乐府十三篇。

西凉自有男儿好，只陪江湖不采莲。

93. 春陪相公看花宴会二首

之一：

看花颜色早，逞露绽时娇。

有酒当时醉，来香欲见遥。

之二：

落绽木兰花，春风小叶芽。

三天风不止，五月绿人家。

94. 牡丹

自是洛神花，陈王不在家。

千姿娇万态，带露满朝霞。

95. 过马当

灵灵林秀秀，隐隐石苍苍。

小杏初墙外，方成嫁女妆。

96. 金谷览古

寻寻金谷石，觅觅绿珠台。

祸起争贫富，如来自去回。

97. 上阳红叶

三分红叶落，一半上阳楼。

步步深宫路，幽幽见白头。

98. 洛城秋砧

砧砧三川水，声声五凤楼。

秋衣平展展，寄女意休休。

99. 和川守侍郎缑山题仙庙

缑山石殿明，八句乐天情。

曲散笙歌记，寥天有鹤声。

100. 和夜题玉泉寺

一寺玉泉流，三诗在上头。

冠官谁彼此，品第几春秋。

101. 和秋游洛阳

一读白泉诗，三生悔觉迟。

东都才子好，洛水久相思。

102. 和嘲春风

仰望龙门树，春风自下来。

香山香积寺，一日一天开。

103. 侍郎宅泛池

鸡头米叶一园开，片片铜钱半去回。

已似浮荷菱角生，轻舟欲采刺手摧。

104. 和侍郎邀宿不至

一曲自家诗，三声玉女词。

弹琴弹自得，有酒有才思。

105. 自鄂渚至河南将归江外留辞侍郎

乐乐天天事，元元白白诗。

河南归即去，却忆问琴时。

106. 蛮入西川后

当关见一夫，问事有千儒。

百草川先绿，繁花向小姑。

107. 忆紫溪

春花落紫溪，水泛近红泥。

不尽东华去，风流自向低。

108. 夸红槿

一展成红艳，三枝对并蒂。

妍妍应胜色，暮暮卷朝西。

109. 题缙云山鼎池二首

之一：

绝顶云池四向开，山风不尽一天台。

湖波涌浪鳞鱼跃，散作晴空雨点来。

之二：

天池碧玉一山开，细雨晴光半色催。

渺渺千云从鼎顶，茫茫一片自烟来。

110. 宿冽上人房

宿冽上人房，浮生一炷香。

真修应自在，隔世可谁详。

111. 汴河览古

水调龙舟以此行，三千玉女作宫英。

长城六国妃成万，不及运河富甲名。

112. 柬白丈人

芝兰白丈人，种树作秋春。

叶叶枝枝数，年年岁岁轮。

113. 览镜词

宝镜一生平，双鬓半白英。

诗词由日月，草木任耘耘。

114. 寄玄阳先生

一道几千年，三生两万天。

玄阳玄易辨，步履步虚田。
彼此应相见，轮回可自怜。

115. 白人

冰封冰骨洁，白雪白人身。
塞外含碎玉，梅花不晚春。

116. 奉酬元相公上元

一入成台辅，千行作蜀人。
相公相互问，有醉有秋春。

117. 奉和鹦鹉

学向人间一两言，无须考举万千篇。
笼中剪翼寒喧语，有食朝天不易迁。

118. 将至妙喜寺

妙喜寺边松，人缘独自封。
清风明月老，白首问行踪。

119. 红蕉

红蕉小小鲜，白雪隐心田。
叶叶孙猴伞，风风有火燃。

120. 见少室

少室成孤客，嵩阳老此生。
闻钟天下语，面壁世中行。

121. 语儿见新月

儿童问月名，玉筬弦弦生。
十五方圆见，偏偏后羿情。

122. 回施先辈见寄新诗二首

之一：
读卷深山里，观天日夜中。
樵渔应是客，存活始成终。

之二：
农夫岁岁自耘耕，学士年年取禄荣。
世上樵渔人所寄，书生以此博身名。

123. 送沈亚之赴郢掾

郢掾沈君赴，阳春白雪声，
高山流水色，草木有枯荣。

124. 答白公

高高自古玉神仙，世世清明白乐天。
不取苏杭天下水，诗名日月过四千。

125. 句

青丝家路远，白首醉乡还。

126. 李德裕有感

中书门下事平章，两度身名抑复扬。
李李牛牛吉甫子，翰林学士故人乡。
为文力学东都客，司户崖州九侍郎。
卫国公台当品集，诗编日月着高堂。

127. 奉和圣制南郊祀毕诗

礼毕云仁寿，春昌帝业酬。
三臣皆就日，九鼎祈皇州。
北阙含锦麦，南山纳虎丘。
阊阖天下祝，磬筦帝王侯。

128. 感遇

序：
郊坛回舆中书二相公蒙圣慈召至御马前仰感恩遇辄书是诗，兼呈二相公。

诗：
七萃和銮制，三条葆御回。
龙媒天白马，咫尺宇云开。
学士翰林院，贤人集玉台。
光华无以效，力学苦行来。

129. 寒食日三殿侍宴奉进侍一首

宛转龙歌节，参差凤尾毫。
春风含雨露，百色带烟高。
瑞雪呈银广，祥云带玉膏。
梅花初见叶，已见唤夭桃。
楛矢方来贡，雕弓可载櫜。
阳和民向日，厚土麦苗皋。
绝漠神机算，京都紫气京。
应言天地阔，自在一鸿毛。

130. 集贤院

序：
雨中自秘书省访王侍御知早入朝便入集

贤侍御任集贤校书及升柏台，又与秘阁相对，同院张学士亦余厚故，以诗赠之。

诗：
同怜独鹤上青霞，侍御柏台学士衙。
鲁室金门相对院，文思汇萃帝王家。

131. 奉和太原张尚书山亭书怀

山亭应远眺，古道入云霄。
日月呈朝暮，汪洋早晚潮。

132. 奉和韦侍御陪相公游开义

侍御羊公砚，襄阳胜地遥。
丹青垂泪见，四象玉云霄。
念法成香界，闻经满北朝。
三生应尽力，一步可逍遥。

133. 赠圆明上人

色色空空色，空空色色空。
圆明圆佛顶，上最上人崇。

134. 赠奉律上人

维摩经律教，学地厌多闻。
出世群生继，禅房白日曛。

135. 戏赠慎微寺主道安上坐三僧正

步步游僧路，天下问天云。
空空唯一味，色色独三群。

136. 长安秋夜

诏令戎机间，长安不夜城。
和平分彼此，战伐作声名。

137. 清冷池怀古

清清三百里，冷冷一千波。
燕舞平台昔，莺歌赵将戈。

138. 述梦诗　并序

之一：
寝梦本无期，辛夷已有时，
多思多入境，半记半新诗。
之二：
学士翰林院，高居羽翼惊。

良辰听鹤唳，夕照远山情。
淬火成刀刃，磨雕着练明。
虚楼应实就，驯雉可传声。
禁苑龙韬略，袁丝会萃生。
吴钩曾挂月，粤镇海涛平。
寒外冰封雪，崖州柱石盟。
昆明池水浅，上掖帝王缨。

139. 招隐山观玉蕊树戏书即事奉寄江南沈大夫阁老

吴中无玉蕊，渭水有冰澜。
阁老居门树，回旋落院端。
烟霄曾旧赏，雪舞作英盘。
似得琼花叶，如颜似木兰。

140. 寄题惠林李侍郎旧馆

一世乐长贫，三光照短身。
秦川泾渭水，洛邑暮朝人。
不觉知天地，何言问夏春。
冠官来去见，士子义忠臣。

141. 寄茅山孙炼师

茅山一炼师，古道半心知。
学问华阳客，丹炉玉石期。
人生人自得，俯仰信其斯。

142. 东郡怀古二首

之一：

洛水自西东，东都半古台。
秦川从此去，八百里程开。
但向黄河问，南南北北回。
潼关流不望，自以掉头催。

之二：

石玉丹炉炼，心脑意念成。
当然当此际，以觉以重生。

143. 题奇石

一石半天工，千雕五色空。
奇形多怪状，岁月几含风。

144. 送张中丞入台从事

中丞从事迹，羁旅入台人。
泽国三千里，孤身一半尘。

145. 怀京国

一夜怀京国，三更雪月寒。
梅边梅未落，柳下柳还残。

146. 追和太师颜公同清远道士游虎丘寺

生公石点头，越女剑池愁。
道士茗茶处，姑苏一虎丘。
东吴勾践去，浙水范蠡舟。
古古今今见，和和战战由。

147. 又一绝

水岸溶溶见，溪流处处闻。
声中声不止，石下石云分。

148. 黄河直下向东流

黄河直下向东流，逐鹿中流问九州。
自以东都宾太子，文英处处替天忧。

149. 杨给事

万年一古丘，三生半九流。
滑台杨给事，免胄正中州。
抱定忠贞志，形成力士留。
英雄知自己，事业帝王侯。

150. 秋日登郡楼望赞皇山感而成咏

北见邯郸道，南闻楚郢声。
潘鬓应见力，井邑可归情。

151. 雨后净望河西连山怆然成咏

鸿沟界定霸王风，宿雨连江夜色空。
只恨无功书史笔，英雄顿足蓟门东。

152. 秋日美晴郡楼闲眺寄荆南张书记

荆南千里望，爽气一川来。
旭景随远远，风光向野开。
云光重渭水，日色到天台。

153. 故人寄茶

剑外九华英，山中一雾晴。
芽芽先采嫩，叶叶未初成。

一万枚斤数，三杯泛玉清。
沉浮曾上下，碧绿对书萌。

154. 奉送相公十八丈镇杨州，和王播游故居

鳣庭一旧居，绶印半新余。
鸟落香溪畔，临邛伴读书。
移舟池岸渚，已近武侯庐。

155. 题剑门

嘉陵明月峡，虎跳剑门关。
柏梓苍溪去，江油太白还。

156. 汉州月夕游房太尉西湖

鸣琴面海一丞相，太尉三公半栋梁。
宫商角羽征天地，归声岸上久低昂。

157. 过长江三峡

江流逐折川，峡锁竹枝船。
白帝千潮水，瞿塘一线天。

158. 重题

听琴明月色，问政肃廉明。
渚阔滩湾浅，风波草木平。
弦弦相互奏，柱柱段连声。
上掖鸾趋步，昆池息水情。

159. 房公旧竹亭闻琴缅慕风流神期如在因重题此作

音留天地阔，意断广陵弦。
下里巴人曲，阳春白雪传。

160. 忆金门旧游奉寄江西沈大夫

白首不相逢，青丝可自封。
江东曾自语，垓下已从容。
蜀主荆州借，南阳有卧龙。
西川南海下，步履过千峰。

161. 旱入中书行公主册礼事毕登集贤阁成咏

终南山岫眺，北阙月宫闻。
自集贤才阁，明星简册群。
商山须不见，四皓是非君。

不可樵渔问，农夫有雨云。

162. 题罗浮石

玉石不成峰，罗浮未了踪。
倚天还立地，未见上人封。

163. 惠泉

清清一惠泉，细细半云纤。
见底含虚势，扬明纳玉天。
方圆由滴见，日月可苍烟。
此去流无尽，轻言到石前。

164. 遥伤茅山县孙尊师三首

之一：

听琴一两声，问道去来情。
但以尊师见，茅山久不明。

之二：

经空玉石炉，博士帝王书。
莫以宗荣对，当心可易居。

之三：

白鹤归期早，灵龟向水迟。
门人知甲乙，茅山鹿化余。

165. 旧馆

序：

尊师是桃源黄先生传法弟子，常见尊师称
先生灵迹，今重赋此诗兼题黄先生旧馆。

诗：

桃源黄弟子，足迹一先师，
慧觉灵根在，循园守一时。

166. 偶遇仆射和诗

序：

仆射相公偶话于故集贤张学士厅写得德
裕与仆射唱和诗，其时和者五人，惟
仆射与德裕皆列高位，凄然怀旧。

诗：

冠官独木桥，感志望云霄。
仆射丞相近，三台九品遥。

167. 列子

序：

重过列子庙，追感顷年，自淮服与居守

王仆射同题名于庙壁，仆射已为御史，
余尚布衣，之后俱列紫垣继游内署，两
为夏官，之代复联左揆之荣，荷宠多同
感涕，何极，因书四韵奉寄。

诗：

白首因宠涕，朱轮果故城。
弹冠交不忘，遗迹客精英。
左揆旌绯紫，题诗十载明。
何言天子驿，且记禁垣名。

168. 无题

禽经日月有声鸣，兽历山川见觉生。
水泽桑田农社稷，山丰草木岫林萌。

169. 题冠盖里

应题冠盖里，自喜旧三公，
不术兵营策，襄州上阕宫。

170. 离平泉马上作

十载掌洪钧，三朝一品臣。
文皇深宠信，武帝厚龙津。
未了何明灭，功功过过人。
亲思亲辱事，不彼不由人。

171. 谪岭南道中作

岭水争分路，沙虫入合泥。
潮来惊海岸，雨骤泻成溪。
石柱擎天举，椰林蔽日黎。
田家收火米，木槿放红霓。

172. 到恶溪夜泊芦岛

梅香似北枝，恶水作溪迟。
自是应流去，何言忆李斯。
虑悲闻黄犬，海角有潮兹。
彼此天涯远，孤身可赋诗。

173. 登岸州城作

独上崖州望帝京，平生进退有斯名。
天涯海角书香手，一品洪钧未了情。

174. 夏晚有怀平泉林居

密竹无蹊径，乔林直木疏。
飞泉惊涧石，落鸟滞同居。

稚子呼归跃，衡门作樵渔。
陶公应自得，椒举旅心虚。

175. 南梁行　和二十二兄

南梁路上杜鹃啼，去客心中见鲁齐。
绝艳空山燃色起，红光折涧有高低，
山鸡锦雉飞难远，直木乔林竹柏黄。
学士书房心手上，经年不释过东西。

176. 近于伊川卜居兼寄浙东元相公大夫

弱岁词轮足，怀章浙越行。
吴门应自守，渭水已恩明。
但以黄牛事，须当老历程。
缨荣常化鹤，傍涧望余生。

177. 忆平泉山居赠沈吏部一首中书作

曾闻羊叔子，卜居在东渠。
不念归途远，田园可读书。
鸣皋修竹密，少皇陆川余。
伯玉池莲问，蓬庐向魏舒。

178. 鸳鸯篇

化作同行鸟，夫人共度心。
相依交颈睡，宓妃以君荫。
洛水凌波见，陈王作赋吟。
金塘风水好，少妇寄私音。
夜织鸳鸯被，长洲作古今。
情为何所至，戏水意深深。

179. 早秋龙兴寺江亭闲眺忆龙门山居寄崔张旧同事

伊川北渡过龙门，仲蔚渊明各乃村。
岁国生涯曾践踏，江亭古寺对黄昏。

180. 敬善寺

序：

此闻龙门敬善寺有红桂树独秀伊川，尝
于江南诸山访之莫致陈侍御知予所好，
因访剡溪樵客，偶得数株，移植郊园，
从芳色沮，乃知敬善所有是蜀道兰草徒
得佳名，因赋是诗兼寄陈侍御。

诗：

独秀龙门桂，殷红渭水津。
移人由越叟，此地作奇珍。
异城经天姥，无知可魏秦。
珠英南北易，侍御是天因。

181. 怀山居游松阳子同作

水水山山过，花花草草亲。
梅兰春夏继，月落古潭津。
白雪封田野，秋冬肃晋秦。
年年歆物满，处处器臣钧。

182. 思归赤松醉呈松阳子

但望松阳子，思归向故人。
樵渔非弃政，日月是秋春。
莫以枯荣论，何为进退臣。
寻山寻自己，问水问天津。

183. 近借封雪有怀林居

白雪阳春近，封山问涧深。
平皋烟水处，偶尔有鸣禽。

184. 清明后忆山中

清明春早至，草色尚藏身。
偶尔伸头试，寒烟似欲新。

185. 题寄商山石

皓石商山伴，樵渔是客心。
人间秦汉易，隐遁是待荫。

186. 忆种瓜时

细雨春春润，风云处处惊。
桑田非不得，吏禄是阴晴。

187. 春日独坐思归

自立应长久，冠官可抑扬。
樵渔非久事，独步是归乡。

188. 思登家山林岭

自以家山忆，常惊草木情。
年年相似易，岁岁国家忧。

189. 思乡园老人

只忆乡园旧，从来共日翁。

山光如旧见，返老可还童。

190. 寄龙门僧

足迹龙门外，僧游日月中。
东山寻桂子，北魏问经翁。

191. 忆药苗

一半居心欲，三千日月消。
苗条苗百药，咫尺咫天遥。

192. 忆村中老人春酒

平生由进退，世事可方圆。
一月村中落，三杯到酒泉。

193. 忆葛胜木禅床

葛木禅床忆，清宵觉悟天。
常悬明月色，久驻作心田。

194. 初夏有怀山居

所忆山中夏，林荫覆溪流。
幽花香未减，独自不低头。

195. 张公超谷中石

山中濠濮涧，石壁落泉流。
自得风前雨，何须不点头。

196. 初归平泉过龙门南岭遥望山居即事

龙门过去近平泉，野火薪农社稷烟。
陌上闲冠闲不住，云中有雨有桑田。

197. 伊川晚眺

角里先生一谷中，伊川石壁半秋红。
终南客舍枫林晚，尚忆江东有大风。

198. 潭上喜见新月

十载园庐梦，三生故里乡。
月落深潭望，玉帝十三章。

199. 郊外即事寄侍郎大尹

农夫不退居，社稷有多余。
日月童翁度，耕耘自力锄。

200. 山居遇雪喜道者相访

道者相成佛者成，儒书底着五蕴荣。
人心自得经纶慧，白社青溪各信明。

201. 峡山亭月独宿对樱桃花有怀依川别墅

樱桃花色艳，别墅有清晖。
砌露香浓近，听君问不归。
谁呼金谷女，莫扫忆心扉。

202. 平泉

序：

洛中士君子多以平泉相呼，愧获方外之名，因此诗为报。

诗：

不敢李平泉，呼名自载天。
山河风水岸，日月照桑田。

203. 早春至言禅公法堂忆平泉别业

人依红桂静，鸟傍碧云烟。
别业禅门见，清心向石泉。

204. 雪霁晨起

大雪封山迹，寒风锁古村。
乔林多直木，素色作天根。

205. 望伊川

举目望伊川，低头问酒泉。
淮南云雨济，足见运河船。

206. 潭上紫藤

常惊月色入深潭，后怕云天被水舍。
可以天高成地厚，摇摇曳曳紫藤贪。

207. 书楼晴望

书楼晴望远，细雨纳平泉。
碧玉残红湿，横桥系渡船。
春秋新解释，柳色满伊川。

208. 西岭望明皋山

明皋山上木，直立向云天。
叶落方知本，秋风已肃川。

209. 瀑泉亭

谁如羊叔子，岘尾泪垂碑。
向老知天界，菱潭钓莫夔。

210. 水台

浅渚水双台，应从海上来。
洲湾藏古草，曲折纳苍苔。
恋此天机见，由衷自在回。

211. 金松

本自天台木，苍寒渭水涯。
金枝金叶贵，世物世方华。

212. 山桂

繁英满目鲜，映日万千田。
紫影山中落，奇香不自怜。

213. 月桂

经年霜月夜，桂子向人间。
仰望婵娟色，泪水后羿闲。

214. 柏

未若凌云柏，常如不老松。
龙鳞龙寄首，叶碧叶天踪。

215. 芳荪

芳荪花紫色，楚客遗仙容。
未歇茅山月，东溪故步封。

216. 流杯亭

回环疑古篆，浅慢似流觞。
积水兰亭序，诗书入水香。

217. 东溪

曲曲东溪水，悠悠唱九歌。
清缨还濯足，洗墨作江河。

218. 红桂树

红心着白花，友谊待诗家。
素合瑶林色，移情作玉葩。

219. 西园

石濑流清浅，西园直木多。
清风明月色，水上照嫦娥。

220. 海石楠

海石楠阳秀，孤岚见历山。
攀条寻不见，况值度门关。

221. 双碧潭

古月入潭深，高天不可寻。
一水容天下，三生作古今。

222. 竹径

竹径细幽长，由心到故乡。
书生多所忆，以此作衷肠。

223. 花药栏

蕙草春生碧，兰花水渚新。
灵芝灵所在，百药百家人。

224. 白叙

七十列人班，三生五女山。
桓仁应自在，不必玉门关。

225. 首夏清凉想望山居

首夏尚余春，兰香入水濑。
山居清净望，野旷满天津。

226. 钓台

但似一严滩，垂钩半钓安。
人心留静止，水色上云端。

227. 似鹿石

逐鹿山中石，清缨水下天。
人间何事止，世上半亩田。

228. 海上石笋

海上波涛石笋生，孤孤直直自心萌。
奇峰异树成天地，可慰枯荣作自名。

229. 海鱼骨

只钓深藏水，何寻浅海鱼。
鲲鹏曾所寄，日月作天书。
傲骨重天立，文章独不余。

230. 重台芙蓉

水上芙蓉秀，烟中露水重。
婷婷方玉立，子子入蓬宗。

231. 白鹭鸶

白鹭潭心立，青丝作顶冠。
伊云伊水岸，独立独云端。

232. 磊石　韩给事所遗

漱石多奇状，成形磊退之。
知心知所识，遗此遗文诗。

233. 泛池舟

月下泛池舟，云中待白头。
童翁多不济，自叹力难由。
举步维艰度，行身客不留。
儿心应未立，老痛向肩周。

234. 舴艋舟

有重知波浪，无轻舴艋舟。
应当由自持，不可认波流。

235. 二猿

钓濑富春山，涟漪月色湾。
啼猿啼不住，释子释难闲。

236. 思在山居日偶成此咏邀松阳子同作

时时思旧事，处处念伊川。
别别诗书客，幽幽读世船。
途中惊阅历，梦里向乡连。

237. 平泉源

远谷浮中芥，浪长取细源。
平泉流岸水，草木茂丛繁。
曲曲高低去，清清着紫垣。

238. 泰山石　周之奉送长春泰山石

长春石泰山，独立敢当关。
日月经纶易，文章自列班。

239. 巫山石

玉石自巫山，青光白帝闲。
瞿塘三峡始，十二玉峰间。

240. 罗浮山　番禺连帅所遗

蓬莱一拆作罗浮，海畔三山向独洲。
七十二溪长不止，茅君传里有春秋。

241. 漏潭石

常疑观六合，谢赠漏潭书。
素净应高举，琼瑰自不如。

242. 钓石

严光隐富春，钓石水波均。
伊川应似此，日月已如春。

243. 怀伊春郊居

郊居不掩扉，过客作家归。
自首观微处，伊春雁已飞。

244. 晨起见雪忆山居

白雪山川覆，天衣草木微。
山居山服原，野旷野禽飞。

245. 忆初暖

日色初春暖，山光碧色微。
河前鸭入水，户第女开扉。

246. 忆辛荑　余赴金陵日辛荑花开

秀女辛荑色，金陵八艳诗。
明清明己去，过去过来迟。

247. 忆寒悔

寒梅先独立，白雪送余香。
傲影随天地，郡芳不自量。

248. 忆药栏

白雪兰芽覆，春风忆药栏。
天藏天地色，日储日云端。

249. 忆茗芽

洞庭山上碧螺春，一万枚中八两均。
雨露云中青少女，二泉映月小桥人。
茗芽只采旗枪见，取得还当器皿珍。
井下流中泉尾水，江南地产以时茵。

250. 忆野花

谁知小隐家，处处不名花。
色色香香在，幽幽落落华。

251. 忆春雨

二月梅花色，三光日月斜。
春云春雨夜，润土润人家。

252. 忆晚眺

伊川新雨后，爽气入身来。
举首闻潮气，山河入目开。

253. 忆新藤

已见新藤色，乔林直木荣。
相依相附势，共得共阴晴。

254. 上巳忆江南禊事

黄河直下过潼关，不尽东流去未还。
逐鹿中原谁尚武，兰亭自得一人间。

255. 蒙韦

序：

余所居平泉村舍，近蒙韦常侍大尹，特改嘉名，因寄诗以谢。

诗：

不谢留侯去，常怀仲蔚心。
芝兰应曲赋，黍谷可鸣禽。
北海衡门孔，蓬蒿五柳音。
归情归不得，侍国侍朝荫。

256. 平泉墅

序：

山信至说平泉别墅草木滋长，地转幽深，怅然思归，复此作。

诗：

忽闻家客语，未慰故人心。
石径芳兰野，闲庭草木深。
儒生惊进退，士子不相寻。
但以当今话，归情是古今。

257. 临海太守惠子赤城石报以是诗

闻君奇宝得，剪断石榴花。

粒粒金银紫，晶晶泛玉华。
葡萄成色比，彩影珍珠崖。
侧见红桃李，当空一树葩。

258. 忆春耕

陌上杏花开，田中小女来。
春耕由布谷，杜宇任情催。

259. 北固怀古

借得荆州水，寻来北固亭。
三分天下事，一半蜀吴宁。

260. 汨罗

斩尚图专国，怀王误直臣。
南崖身一病，北渭望三秦。

261. 岭外守岁

已见梅花色，心随斗柄回。
寒香寒未尽，独影独春媒。

262. 访韦楚老不遇

独见琼枝叶，孤身隐士归。
人间依旧是，世上几为非。

263. 题柳郎中故居

柳下郎中影，文中见是非。
书生书不释，去路去斯归。

264. 盘陀岭驿楼

盘陀回首望，十万岭山关。
足下崖州海，前程去不还。

265. 句

之一：

经纶求缘字，醒醉借红颜。

之二：

君不见，春秋日月风云历历古古今今同天地

之三：

何未闻，草木阴晴雨露重重暮暮朝朝共人情

之四：

一楚高苍梦，三吴逝水情。

266. 熊孺登　至日荷李常侍过郊居

草木江河岸，文章里巷荣。
郊居荷日色，自力度田耕。

267. 日暮天无云

仪分天地界，象列去来人。
日暮无云见，山高有晋秦。

268. 新成小亭月夜

一夜婵娟问，三更有柝声。
幽幽孤独坐，处处是思情。

269. 和窦中丞岁酒喜见小男二岁

十载中丞问，三光处处修。
长安知纸贵，可逐凤池头。

270. 寒食

隔日清明路，今晨乞火求。
书生书四海，济世济千舟。

271. 送僧游山

山山寺寺一僧游，道道儒儒半九州。
古古今今又古，修修佛佛修修。

272. 雪中答僧书

如来如佛祖，济世济僧书。
白雪梅花色，红蕾日月余。

273. 题逍遥楼伤故韦大夫

逍遥楼上望，未及大夫垂。
但以雕龙问，羊公堕泪碑。

274. 戏赠费冠卿

红尘虚白首，草木自春秋。
日月东西去，年华彼此流。

275. 与左兴宗溢城别

江逢九派人，沽酒半红尘。
醒醉皆身外，阴晴有晋秦。

276. 八月十五夜卧疾

仰见中秋月，斜观卧疾身。
江楼江水逝，白芷白云濒。

277. 正月十五日

步入元宵夜，灯行万户春。
歌声由彼此，汉室紫姑亲。

278. 曲池陪宴郎事上窦中丞

一曲梅花落，三杯举目寻。
珊瑚台上见，木棉月中深。

279. 董监庙

古庙一枯枫，秋深半肃风。
应观飞叶色，不减一年红。

280. 赠侯山人

已见紫阳君，还裁玉女裙。
泉州湘太守，且赠两三云。

281. 送马判官赴安南

从军交趾去，问世有秋春。
帐令三通鼓，安南一路秦。

282. 送準上人归石经院

刻像旃檀木，雕经玉石根。
如来如所见，译寺译慈恩。

283. 寒食野望

一岁清明半岁尘，三千日月两行濒。
冢头只种无花树，地下黄泉已不春。

284. 祗役遇风谢湘中春色

不作一闲事，何须半问春。
梅香寒影在，唤得百花新。

285. 湘江夜泛

江流似箭月如弓，杜宇声中万岭红。
啼声啼不止，子曰子规同。

286. 蜀江水

瞿塘三峡水，白帝一猿啼。
宋玉高唐赋，襄王夜梦梨。

287. 寄安南马中丞

安南虎将马中丞，塞北龙韬玉臂膺。
海路何须波浪问，驱鲸只以镇鲲鹏。

288. 甘子堂陪宴上韦大夫

堂前花落慢，月下武陵明。
处处听歌舞，时时问曲情。

289. 青溪村居二首

之一：
窗含千个竹，户纳一清溪。
马放南山牧，文成北巷齐。
之二：
黄鹂听不尽，白鹭等鱼来。
一滴方圆水，三春日月开。

290. 奉和兴元郑相公早春送杨侍郎

欲去还留下，何须不醉行。
前程前不止，后顾后难成。

291. 送舍弟孺复往庐山

竹马东西问，庐山两寺闻。
浔阳浔赣水，九派九江云。

292. 野别留少微上人

聚散分还别，相逢客复离。
浮云浮不定，旅社旅人知。

293. 经古墓

人生惊逝水，草落见成根。
古墓藏先智，今人远子孙。

294. 赠灵彻上人

僧家世界春，况忆姓汤人。
不见前朝遗，今闻草木沦。

295. 春郊醉中赠章八元

二月踏青茵，千梅探早秦。
杨花应满地，沽酒对三春。

296. 李涉后感

洛邑清溪子，兄兄弟弟闻。
庐山招隐后，博士作参军。

297. 怀古

文章自古有迷津，日月如今自苦辛。

六国纵横成彼此，三光早晚作秋春。

298. 咏古

霸国无仁将，贤人有义师。
安川劳不济，守渭见泾迟。

299. 题清溪鬼谷先生旧居

鬼谷先生有遗名，青崖点石教兵营。
苏秦不在张仪去，六国谁成一国成。

300. 感兴

尚说隋场柳，何言六国回。
三千饥女死，一半作清梅。
尽斥楼船阔，谁知百战哀。
长城贫石垒，富甲运河开。

301. 鹧鸪词二首

之一：
一水潇流向二妃，苍梧落叶已千归。
湘灵鼓瑟斑斑泪，自古幽幽向少微。
云北去，雁南飞，鹧鸪日日已朝晖。
之二：
楚楚湘湘一是非，三闾两叹半心扉。
汨罗只遗清名在，靳尚怀王智者稀。
千百朝晖终向暮，人人唱得九歌归。
春秋战国春秋去，处处鹧鸪处处飞。

302. 山中

山中一牧牛，水上半林流。
竹笋先吃尽，呼来已白头。

303. 寄荆娘写真

青楼曙色一荆娘，写意图真半存香。
十六西梁胡曲舞，三春玉色向萧郎。
同心结带鸳鸯许，共寄章台作柳杨。
翠叶红莲嫌未子，湘灵竹泪已倾肠。
东飞羽翼月青画，满巷梨花教坊堂。
一片征帆先别去，千呼万唤后知长。
曾骑马上青丝望，月下文昌作豫章。
影影形形交错见，云云雨雨见沅湘。

304. 与弟渤新罗剑歌

暗里精灵语，明中剑刃光。

长河临北斗，水露背青囊。
冤冤应时报，恩恩可助梁。
蛟龙由此断，虎豹任轻狂。

305. 六叹 并序 今存三首

之一：
噫噫愁愁启启歌，山山水水去来多。
云云雨雨巫山峡，韵韵音音格律何。
叹叹兴兴天下事，闻闻感感影婆娑。
诗诗赋赋生佳句，性性情情问玉斜。
之二：
绮罗欲解半香风，桂影婵娟一月宫。
出水芙蓉今作凤，深庭院独女儿红。
之三：
一院梧桐半夏风，三更玉露一鸣虫。
明明互配何知怯，小小相思有异同。
之四：
北海知苏武，单于待李夫。
旌旄知子女，妇意几何凝。
汉使归朝去，人间树缠藤。

306. 春山三碣来

之一：
自得清溪子，康州博士身，
无科共弟渤，太学可称臣。
有隐庐山月，当文钓浅津。
碣来春日暖，避世避人秦。
之二：
碣来白鹤羽，石去玉新英。
未解旗枪小，尖芽未早成。
斤斤枚一万，片片起三明。
但以沉浮色，杯杯自半倾。
之三：
紫云挥山斧，碣来采药苗。
韩康何所谓，旧姓改新潮。
野客朝天去，乔林入碧霄。
浮云停夕照，莫唤近渔樵。

307. 牧童歌

朝牧牛，青青多露草，
暮牧牛，绿绿有滩洲。
一曲芦丝管，千声共春秋。

幽幽阡陌路，懒懒半蒙头。
缓缓哞哞叫，摇摇摆摆游。

308. 醉中赠崔膺

弟弟兄兄问，朝朝暮暮行。
隋炀杨柳岸，汴水运河情。
舞馆歌台毁，香炉古刹城。
湘妃斑竹泪，一赋洛神倾。

309. 岳阳别张佑

蹭蹬一逐臣，岁月半秋春。
白首巴山雨，横眉白帝人。
州符巫峡水，别意霸桥秦。
策马前途里，张生近五津。

310. 寄可阳从事杨潜

天台一石梁，旧忆半河阳。
望尽扶桑路，行程误故乡。
潇湘多少水，岳麓洞庭光。
洛邑心中事，长安巷陌长。
樵渔妻子事，岁月丈夫荒。
织女耕男稚，贫寒老小忙。
开元天宝忆，逐客久低昂。
冷落成门第，兴荣作柳杨。

311. 重登滕王阁

九派滕王阁，三湘汉寿乡。
伊州先后客，十载水浒长。

312. 重到襄阳哭亡友韦寿朋

竹笛襄阳尽，嫦娥月色空。
今来重叙旧，不再问江东。

313. 再致长安

再致长安问，重回过五津。
秦川千百里，渭水几秋春。

314. 赠道器法师

云衣雪作眉，道器法师垂。
佛语应先后，相公可寄诗。

315. 庐山得元侍御书

我命已龙钟，书来侍御封。

匡庐寻古寺，一纸到云峰。

316. 竹枝词

之一：

月落西陵峡，荆门一日行。

听歌寄曲唱，满是竹枝声。

之二：

巫山云雨峡，滟滪石边兹。

号子江涛响，相思唱竹枝。

之三：

处处千云雨，声声一竹枝。

瞿塘三峡去，水水作相思。

之四：

号子呼郎见，声声唱竹枝。

情长如峡水，曲意惹娘知。

317. 京口送朱昼之淮南

姑苏桃叶渡，月色献子来。

一笔淮南夜，千云已自开。

318. 题鹤林寺僧舍　寺在镇江

迢迢京口路，楚楚镇江台。

古寺江流望，东风逝水开。

319. 重过文上人院

三年别远公，一夜近梧桐。

不语心中事，清言半自空。

320. 双峰寺得舍弟书

一纸双峰寺，三年舍弟书。

松门谁太守，惠持作心修。

321. 木半花

二月木兰花，无衣影自斜。

殷红绯紫素，色彩帝王家。

322. 过招隐寺

不向高僧问，何言觉悟禅。

香炉招隐寺，惠持有心田。

323. 酬举生许过山居

月色挂山居，浮云落卷书。

琉璃潭上叶，玉宇水深虚。

324. 春晚游鹤林寺寄使府诸公

野寺寻花径，春岩问涧声。

悬泉从此落，磬语可和平。

325. 题开圣寺

僧归堂院路，寺闭夜灯封，

雨后听泉涨，门前独问松。

326. 奉使淮南

汉使淮南诏，征兵守柳营。

和亲和所战，彼此彼输赢。

327. 登北固山头

北固山头望，南州水色荣。

隋家杨柳岸，已纪运河明。

328. 秋日过员太祝林园

望水三光色，寻山十里余。

林园连野旷，百鸟共禽居。

329. 题武关

已见苍梧舜，湘妃鼓瑟音。

沉浮潇沅水，锁镇武关心。

330. 题温泉宫

和平四十春，圣主五千臣。

半在梨园教，三宫玉液濒。

331. 经涢川馆寄使府群公

涢川水竹十家余，地厚原源一页书。

对岸蓬门径谷壑，当初彼此不当初。

332. 葺夷陵幽居

一径依山深，三泉自石荫。

幽居求竹岭，漫步问鸣禽。

333. 再游头陀寺

暂泊头陀寺，行观白雪人。

山僧依象立，十日入新春。

334. 看射柳枝

百步穿杨箭，三军射石弓。

长城南北望，霸主在江东。

335. 寄峡州韦郎中

七十郎中不问师，三千弟子已知时。

平生日日成今古，十万文华作律诗。

336. 赠田玉卿

鞍山友好柳中居，曲靖云南晏超余。

若以青春家国事，如今七十读天书。

337. 题招隐寺即戴颙旧宅　送子回京

书生少小问榆关，稚子如今握手还。

未解车厢停不得，幽州未到过灵山。

338. 山中送僧

一水山居十丈冰，千花烂漫半香凝。

青溪不断春秋继，白首心中忆五陵。

339. 过襄阳上于司空頔

汉水旧城池，襄阳四句诗。

羊公应未老，但见砚山碑。

340. 送魏简能东游二首　古今诗

之一：

一马过关东，三生运命通。

幽州城上望，四海有无中。

之二：

燕市荆轲诺，齐桓五霸风。

中原知逐鹿，北斗忆乡衷。

341. 读史　大魏安阳王

远远区分取近衷，高低未舍别西东。

平生友好皆由利，最后人中认自同。

342. 硖石遇赦

天开释楚囚，自闭十三州。

进退谁官场，严陵有钓舟。

343. 酬彭伉

已见公孙阁，南归二十年。

中书今日路，屈叹白云前。

344. 中秋夜君山台望月　忆小叶

一月洞庭湖，千波映夜图。

平生灯火处，小叶半姑苏。

345. 赠龙泉洞尘上人

龙泉一上人，洞府半秋春。
八十神仙语，三生不染尘。

346. 题湖台

一寺松门里，三江水色亭。
人生如此见，四海着丹青。

347. 送妻入道

离琴弦未断，入道不经弹。
但以空门见，似月水中观。

348. 遇湖州伎宋态宜二首

之一：
且以仙云色，灯前玉态姿。
高唐曾一见，白帝已三思。

之二：
宋玉经三峡，嫦娥不来年。
芙蓉初出水，解读十三弦。

349. 逢旧二首

之一：
一日辽东问，三生四海逢。
相思相过去，独自独行踪。

之二：
不忍辽东望，空留一故城。
何当寻旧宅，记忆父母情。

350. 润州听暮角

江城暮角水茫茫，一曲润州处处荒。
二水三山留不住，遥闻逝事已苍苍。

351. 头陀寺看竹

笋破已成竿，和衣百叶残。
朝天应不语，直立久云端。

352. 奉使京西　地铁外交

七国风云起，三生特使名。
中华由法国，地铁结新盟。
首辅批书信，东西普解兵。
坚翔名姓赵，玛蒂自称兄。

白朗应来往，长春已力成。
邹家华带队，世上久和平。

353. 题连云堡

此去连云堡，卢龙又战营。
三边烽火点，四海不安耕。

354. 再宿武关

一千年旧事，八百里秦川。
一夜关无锁，三军不渡边。

355. 长安闷作

独坐到天明，孤身自傲清。
庐山曾隐见，介子已声名。

356. 和尚书舅见寄

归云入虎溪，入法问东西。
寂寞生奇觉，江流自向低。

357. 送王六觐巢县叔父二首

之一：
宿鸟分南北，浮云有卷舒。
今来闲一日，不止读千书。

之二：
记得山阴水，王家作弟兄。
鹅池肥瘦问，一叶献之情。

358. 偶怀

南洋南再远，北望北边情。
待送妻儿女，随云了一生。

359. 秋夜题夷陵水馆

夷陵水馆竹枝声，下里巴人一半情。
浦上婵娟明月色，山形树影几春生。

360. 与梧州刘中丞

一代卢龙将，三朝渭邑相。
由来征战地，荳蔻醉花香。

361. 听多美唱歌

黄莺唱遍转秋蝉，一曲凉州五叠泉。
不到高山流水尽，为君白雪自相怜。

362. 题涧饮寺

白首重来一寺行，三生故念半精英。
三千弟子由天地，五百罗汉任不名。

363. 题苏仙宅枯松

千年一宅半枯松，苦涩苍鳞似落龙。
岁月苏仙何弟子，身家子女故人封。

364. 山居

但以居山顶，离天近一身。
经风经雨日，苦乐苦秋春。

365. 听邻女音

小谢风流句，陶公五柳诗。
邻女音不止，应疑是独思。

366. 题宇文秀才樱桃

风光独在少年家，五月樱桃二月花。
唤得群芳群果实，清香玉宇半天涯。

367. 汉上偶题

一曲白铜鞮，三江古自西。
今闻巴里夜，女女竹枝题。

368. 送杨敬之倅湖南

此去长水傅，何言屈子歌。
汨罗须独访，不可问嫦娥。

369. 送孙尧夫赴举

战事轩皇息，文成左掖求。
无藏兵法去，一举九州头。

370. 题水月台

白日经纶色，平流水月台。
桥边杨柳岸，碧玉久徘徊。

371. 早春霁后发头陀寺寄院中

雨雪初收一汉阳，晴光四溢半梅香。
无妨一醉春心动，润气千章古寺堂。

372. 哭田布

临师去未营，动众唤天兵。
伏剑留孙策，田横不将行。

373. 黄葵花

葵花自在自朝阳，万子成张万子娘。

已向秋风先结实，心心可得不轻狂。

374. 再谪夷陵题长乐寺

谪宦向夷陵，身闲玉结冰。

公然天地气，义愤自添膺。

375. 别南溪二首

之一：

南溪不断水流声，北户窗含入梦情。

此去留心留旧序，依稀一意一心萌。

之二：

慢步南溪问去程，经心白石水流清。

高高不止低低色，曲曲无平折折行。

376. 井栏砂宿遇夜客

李涉过九江遇盗，何问人，曰李涉，豪首曰若李博士久闻诗名，以一首可矣。遂云。

好汉应豪爱聚分，疏财仗义自群闻。

人中已是朝天客，世上如今半是君。

377. 谢王连州送海阳图

连州谢送海阳图，郡实风流对楚夫。

一步回头应惜别，三生只作一飞凫。

378. 遣谪康州先寄弟渤

匡庐四十州，社稷帝王侯。

隐世知明理，闻君对九流。

379. 赠廖道士

人生不顺なる三清，问世难成自半明。

道士观中求自己，求来寂寞度心平。

380. 山花

野碧成云落，山花自等闲。

当心红湿粉，结子此中间。

381. 听歌

一曲梁间绕，三声席上闻。

终生由此尽，不得有心芬。

382. 送颜觉赴举

已是荆山玉，无须问卜和。

文章千百句，不必楚人歌。

383. 题五松驿

秦封作大夫，楚客立松株。

直木乔林许，和声有念奴。

384. 湘妃庙

竹影湘妃庙，苍梧叶落声。

人间儿女泪，尽是此由生。

385. 赠长安小主人

桃源自在一心间，弃令三清半等闲。

法术秦皇仙路尽，丹炉玉石有无还。

386. 邠州词献高尚书三首

之一：

自古一分疆，千年半帝王。

单于行敕勒，汉马过河湟。

之二：

诏令一长城，征兵半柳营。

分疆成界守，列阵问和平。

之三：

邠城父子军，老幼共边云。

结友同家室，兵符作别分。

387. 游西林寺

十地初心在，三生寺月寻。

西林僧不忘，白鹿鼓钟音。

388. 题白鹿兰若

十里都门外，三秋野草乡。

乔林多直木，石磊玉溪墙。

389. 寄赵准乞湘川山居

且向班超问，湘川一故居。

山横连水曲，石屹读天书。

390. 晓过函谷关

以魏求燕卫，由韩过赵秦。

春秋函谷去，见我是何人。

391. 奉和九弟渤见寄绝句

一诺匡庐志，三生四句诗。

江东才子社，不可孟津迟。

392. 赠友人孩子

教子读诗书，行程万里余。

原来三界事，卷得白云舒。

393. 奉宣慰使鱼十四郎

二十众知名，三千弟子荣。

仪容天下诏，奉使万家英。

394. 题善光寺

云门一善光，古寺半天香。

不释心经守，如来久吉祥。

395. 题宣化寺道光上人居

二十年前不系身，匡庐月下问苏秦。

宣化寺里光天日，道法为邻上人春。

396. 柳枝词

别去灞桥头，离情过九州。

留心留不住，柳色柳枝愁。

397. 竹枝词

巴人唱竹枝，泪水逐湘思。

隐隐斑斑见，寻寻觅觅时。

398. 竹里　刘力江赠我苦荞茶

蜀客苦荞茶，巴人竹里花。

婆娑留不住，玉影入诗家。

399. 失题

独向空门问，孤妻石磬音。

丹砂归玉土，白鹤作飞禽。

400. 陆畅

吴门一达夫，陆畅半姑苏。

进士书门第，诗书满五湖。

401. 云安公主下降奉诏作催妆诗

二月一梅花，三春半别家。

催妆诗不就，晓日已天华。

402. 山出云

水水山山处处云，天天海海各不分。
形形状状多奇异，卷卷舒舒逐日曛。

403. 对雪

前庭满月晖，却甲乱云飞。
但向天龙问，人间满素围。

404. 闻早蝉

夏末秋初翼，居高退下鸣。
清声求远去，唤得有思情。

405. 别刘端公

一路过都门，三秋向远村。
蝉声鸣不止，落叶已黄昏。

406. 新晴爱月

天空月净带明眠，野性风流半望天。
雨后新晴云已定，纱窗未闭入婵娟。

407. 云安公主出九杂咏催妆二首

之一：
一树琼花细细修，金枝玉叶半春楼。
催妆日色非臣误，织女牵牛有御舟。

之二：
镜里春光一九州，云中雨色半春秋。
瑶台五女催妆束，只向东华玉点头。

408. 坐障

白玉为竿册，黄金着带铭。
琼花颜色好，柳岸有丹青。

409. 帘

素手卷帘珑，婵娟入室中。
高天应不语，处处以心同。

410. 阶

步步华堂近，阶阶自不平。
登攀登所望，次第入人生。

411. 扇

宝扇有方圆，清风夏日前。
秋凉应自取，且以画图全。

412. 解内人嘲 时人以吴音诗入潮

弄玉半秦楼，吴姬白雪羞。
音琴多少色，曲舞暮朝留。

413. 成都赠别席夔

一别分流水，三江各去舟。
同行菲所向，共约是春秋。

414. 游城东王驸马亭

江亭萧史去，弄玉凤凰楼。
驸马城东去，空余一水流。

415. 望毛女峰

峰峰毛女见，处处玉花莲。
云云三千载，来来一半仙。

416. 送李山人归山

且见李山人，归来不问秦。
应知谁百岁，不懂是天神。

417. 长安新晴

一夜城中雨，三更玉漏平。
长安潮湿气，自是有春生。

418. 出蓝田关寄董使君

万户烟萝锦，三关险石盘。
蓝田多美玉，自古作河湾。

419. 题悟空禅堂

禅堂一悟空，世界半由衷。
不见何须见，人生是始终。

420. 陕州逢窦巩同宿寄江陵韦协律

一宿同眠御史床，三秋共醉寄窦觞，
江陵水色青山里，此别丘门作柳杨。

421. 宿陕府北楼奉酬崔大夫二首

之一：
陕府北楼风，黄河直下行。
天涛壶口瀑，浊浪作云惊。

之二：
一别朱门去，千寻浊水西。
黄河流万里，却是取高低。

422. 夜到泗州酬崔使君

月色到淮头，清光向泗州，
山河相似处，小谢使君楼。

423. 送崔员外使回入京，金钩驿逢因赠

金钩近紫微，古驿月明晖。
独自思相别，今宵且不归。

424. 成都送别费冠卿

八月桂花开，三秋送别回。
重新温冷酒，不饮弃云台。

425. 题商山庙

草满商山庙，庭空四皓名。
樵渔非所望，向汉是期荣。

426. 题独取少府园林

青山是四邻，石径逐三秦。
岁岁桃花果，年年泛水津。

427. 送独孤秀才下第归太白山

太白无须买一峰，闻天只有三容。
山中植被乔林少，月下江湖自作踪。

428. 下第后病中

三朝一卞和，璞玉半雕磨。
本是无分别，汨罗有九歌。

429. 送深上人归江南

自得莲花雨，应身古寺人。
萧家王已弃，点石作经纶。

430. 题自然观

剑阁门西第一峰，巴山夜雨水千重。
行人莫上升仙处，自然然立足踪。

431. 疾愈步庭花

桃花结果一生平，百日成仙半玉英。
却疾还愈蹊路在，年年岁岁有枯荣。

432. 筹笔店江亭

九折岩边涧，千声壁下流。

江亭江不止，水色映春秋。

433. 赠贺若少府

十日广陵城，三千弟子声。

偷来新曲谱，此去作歌鸣。

434. 太子刘舍人邀看花

风流七品官，太子舍了坛。

百草千花色，青青碧碧丹。

435. 蔷薇花

枝枝叶叶一丛丛，果果花花半玉中，

独独群群相互碧，形形色色有无风。

436. 句

蜀道难难行不止，易易云处云难成。

江流处处折低下，湾湾来时来积明。

437. 柳公权

进士柳公权，弘文馆学先。

咸通师太子，一笔正书贤。

438. 应制贺边军支春衣

岁岁长城守，年年战事酬。

边衣知圣意，戍卒有皇忧。

439. 应制

序：

应制为宫嫔咏　太平广记云，武宗尝怒，一宫嫔久之，即而复诏公权以一诗当释。公权略不思索诗成圣大悦，赐锦彩二百匹，命宫人拜之。

诗：

已记前时忤主恩，心其寂寞守长门。

今朝复得君王顾，只向苍梧拭泪痕。

440. 题朱审寺壁山水画

朱图一壁岚，墨语半云含。

问水深潭下，看山不向南。

441. 阊门即事

占募耕夫见，栖船汴水舟。

东吴三月始，乞火着春秋。

442. 吴武陵

姓下武陵主武陵，三边太学向书承。

潘州出刺参军卷，客以诗词作玉冰。

443. 题路左佛堂

鸟雀由心到佛堂，翻飞上下受鹰伤。

同生羽翼何相异，但得禅音一炷香。

444. 贡字楼北新栽小松

贡院新移两小松，青青直立自贞容。

繁根缛节生鳞比，雨雪交凌态似龙。

叶叶枝枝朝玉宇，形形色色职垣墉。

寒冬署夏含烟颂，类以山河似远峰。

445. 韦处厚

开州刺史擢贤良，侍讲翰林笔墨香。

户部郎中知制书，中书门下事平章。

446. 隐月岫

岫引月如钩，岩悬一线猷。

明明天不语，隐隐各春秋。

447. 流杯渠

曲曲流觞去，幽幽醉不归。

浮明沉静木，水下一禽飞。

448. 竹岩

节节岩边竹，寒寒志不摧。

朝天朝字势，胜似一丛梅。

449. 绣衣石榻

磊磊标方石，苍苍枕木丘，

扬扬天自得，楚楚有清流。

450. 宿云亭

十里宿云亭，三春一丈青。

窗含千里雪，檐纳万人铭。

451. 梅溪

梅花落下尽，杏李已方明。

唤取群芳至，流溪付旧情。

452. 桃坞

十里桃花落，三春结果成。

王母应采撷，不必武陵情。

453. 胡卢沼

胡卢深浅水，小大自方圆。

沼渚连池秀，明澄纳远天。

454. 茶岭

雾里云中见，丘前岭下生。

明前三两叶，雨后小芽英。

455. 盘石磴

山前一石盘，雨后半云残。

不坐纵横见，阴晴俯仰观。

456. 琵琶台

一石琵琶像，三音草木形。

阴山应不近，蜀女可丹青。

457. 上士瓶泉

清濂方上士，污垢付流泉。

雨润心经色，晴空玉宇天。

458. 客思吟

黍黍禾禾陌，花花草草阡。

蛮姬腰细细，赵女曲连连。

只见男儿去，谁问夜不眠。

459. 赠项斯

逢人说项斯，几度赋新诗。

草木知云雨，阴晴日月迟。

460. 游白鹤山

白鹤山边一半春，张文宅畔二千人。

红尘不断吴姬断，赵女原来越秀邻。

461. 李虞仲

进士李端之，中书事不迟。

元和知制书，吏部侍郎诗。

462. 初日照凤楼

初霞满凤楼，彩照各春秋。
玉漏天津水，灵墀冕紫裘。

463. 张又新

党贬江州客，郎中刺史情。
朝廷朝吏队，列宁列班成。

464. 郡斋三月下旬作

日见春花歇，池明鸟不行。
残红残欲懒，夏雨夏时情。

465. 五月水边柳

五月水边柳，千珠玉露行。
含珍倾欲滴，点点与池平。

466. 三月五日陪大夫泛长沙东湖

上巳长沙泛，东湖贾谊文。
汨罗成楚子，日色岳阳君。

467. 赠广陵伎

求梦不成眠，寻情自粉妍。
纷飞云雨岸，月里作婵娟。

468. 牡丹

牝牡丹华与，成婚日月春。
何闻寻色子，不负采花人。

469. 句

南南北北春来秋去一行雁，
暮暮朝朝草木雨云三界人。

470. 行田诗

前湖白石山，后岸女儿颜。
谢守红尘问，行田日月还。

471. 罗浮山

罗浮山上望，积翠碧中重。
隐隐天空问，瀛洲数几峰。

472. 青障山

不学长生术，攀登古木山，
桃源应足下，草木呆归还。

473. 中界山

不以分疆界，何须列阵求。
人间人自在，世界世春秋。

474. 帆游山

潮头潮尾继，涨海涨涛休。
此岛沧桑纪，扬帆以向游。

475. 谢池

未见灵池月，还寻谢水颜。
婵娟应不避，一曲带情还。

476. 华盖山

江城一百家，碧盖半山花。
水水山山接，鸥鸥鸟鸟涯。

477. 吹台山

木直吹台山，烟云作耳环。
香凝溪水岸，翠积女儿关。

478. 青山

积水泓澄赏，贤心匝翠峰。
云收屏自挂，日落照龙松。

479. 孤屿

独屿孤身立，群鸥碧水开。
蒙蒙云雨里，楚楚玉人来。

480. 春草池

柳柳池塘岸，春春草木萋。
依依成色色，水水自低低。

481. 封敖

学士翰林院，兴元节度侯。
中丞知制书，仆射尚书楼。

482. 春色满皇州

春光处处满皇州，紫气纭纭上御楼。
左掖园中天水岸，芙蓉国里曲江头。
千门碧玉三桥色，万户笙歌一巷流。
社稷江山成玉宇，精英创世着春秋。

483. 题西隐寺

三年未上九华山，一世河图半室间，

只待灵峰心上慧，名名利利不相关。

484. 马植

马植扶风士，安南讨伐梁。
中书门下省，制书圣平章。

485. 圣道和平

序：
奉和白敏中圣道和平致兹休运岁终功就
合咏圣明呈上。
诗：
舜德尧仁化，皇明帝业城。
英风钦日月，圣拓制枯荣。
汗马关山教，征兵将帅营。
乾坤何弃舍，主宰不相倾。

486. 李廓

程之作宰相，稚子以书香。
及第郎中守，宁州节度郎。

487. 夏日途中

树下炎中路，蝉中跬步量。
秋初秋日噪，不必不高扬。

488. 长安少年行

御紫少年郎，侯门异国香。
驱车行不足，踏草泛花光。
歪戴扬州帽，斜帏左掖裳。
金吾金未了，酒市酒方扬。
艳伎男儿舞，红茵玉女香。
吴姬吴语歌，赵秀赵轻狂。
妇好从前占，周公以后旁。
张良张楚汉，项羽项庄王。
醒醉何言尽，江山各柳杨。
童翁原未济，不断少年郎。

489. 鸡鸣曲

暗里鸡鸣曲，明时过五更。
征人留不住，步步向前行。
且以西凉去，从军守魏明。
三边三朔漠，一世一家兵。

490. 镜听词

卜卦镜听词，灵心四象知。

行人何不问，妇好对兵时。

491. 猛士行

战鼓一天惊，千这半过缨。

长城分两岸，几处罢丁兵。

492. 送镇武将军

白雪长城外，阳春渭水城。

旗扬先镇武，守土后精英。

493. 落经

一第龙门外，三生弟子中。

红尘红八面，四象五蕴空。

494. 赠商山东于岭僧

人非人是见，路正路斜闻。

七十知僧佛，心经日月君。

495. 上令狐舍人

利利名名客，功功业业修。

贫贫居闹市，富富远山游。

苦尽山河望，迟间日月头。

邻人酬旧友，自己买书留。

496. 李绅

翰林学士视平章，德裕微之共抑扬。

短李公垂三俊士，中书仆射一诗梁。

497. 南梁行

江城郁郁一春长，汉水幽幽半日光。

锦雉飞飞常落地，桑田处处杜鹃花。

秭归一路瞿塘峡，白帝千波滟滪荒。

断简重书重问事，乔林直木直南梁。

498. 趋翰苑遭诬构

九五当干一瑞符，三千弟子半书儒。

新垂谏令骊珠借，沆瀣恩光济玉都。

坠剑摧枢争日月，鸿毛比贱向蓬壶。

锋鸣口刃摩天羽，掷地声名以傲孤。

舜德尧仁先后继，秦相指鹿始危途。

交封宿草涸鱼色，免首安赢无寺苏。

冉冉云烟曾起落，幽幽日月过桑榆。

苍苍鲁苑寻牛斗，骎骎文人度五湖。

499. 忆春日太液池亭侯对

报晓宫莺起，灵禽御柳来。

桥回桥紫气，殿宇殿蓬莱。

太液池亭彩，虹霞向日开。

王母桃李树，雨露玉皇栽。

500. 忆夜值金銮殿承旨

举目玉绳低，听音玉漏齐。

丹墀趋缓步，诏令布东西。

是以桑田赋，当言贾苑蠡。

和时天自贵，战后自栖栖。

501. 忆春日曲江宴后许至芙蓉园

桃桃李李自成蹊，曲曲江江泛玉霓。

许至芙蓉园里色，烟霞彩树各高低。

502. 药木

序：

新昌宅书堂前有药树一株，今已盈拱，前长庆中于翰林院内西轩药树下移得，才长一寸，仆夫封一泥丸以归植今则长成名之天上树。

诗：

新昌天上树，药木近书堂。

一寸三春碧，千枝万叶芳。

宫中多紫气，舍下有炎凉。

道士偷玄圃，甘霖以御扬。

503. 过荆门

荆江水阔一烟波，背日天门半玉河。

野径棠梨花白羽，晴岚杜宇向汨罗。

思归路上前程远，蜀客常以作九歌。

石上寻夫戏断望，余情不尽少时多。

504. 涉沅潇

汨罗不止入潇湘，沅水无言不断肠。

阔阔沧沧云梦泽，沉沉淼淼洞庭泱。

怀王已记三闾谏，贾谊长沙赋故王。

水府蛟龙惊岛屿，黑山白水自扬长。

505. 逾岭峤止荒陬抵高要

南标铁柱一泷荒，北守长城半柳杨。

衡阳问雁成来去，受降城头作故乡。

贾谊书成才有忌，三闾太一九歌湘。

506. 移九江

匡庐海会九江旁，牯岭南昌一水乡。

白水秋波帆自去，盆城四座是鄱阳。

朱轮谪客西庭客，啜哺天书日异章。

羽鹤无虞悬磬吏，流年阅水纪星樯。

507. 过钟陵

江西观察使，不任诏沙龙。

晚照钟陵水，晨明四边松。

澄波淦浦省，蜀楚客哝封。

欲止盆城步，还须背旧踪。

508. 泛五湖

流叠惊鸿一雪峰，峥嵘已露五湖容。

姑苏旧事黄天荡，甪直昆山汉苑封。

碧玉桥边知碧玉，芙蓉出水满芙蓉。

钱塘八月天堂问，拾得寒山问鼓钟。

509. 泝西江

江帆远去半浮沉，百口无虞一万金。

自以蹭蹬行日月，云蒸地烤不知音。

平生累困知天意，阅历方成向古今。

不尽波澜君子岸，诗词八句作情吟。

510. 早发

月落惊禽起，潮扬击岸声。

吴门连海宇，水驿静前程。

上信龙潭水，离心是宦情。

511. 守滁阳深秋忆登郡城望琅琊

水色一轻波，滁阳半玉河。

琅琊烟日月，阁树隐香萝。

古殿含芳草，荒山纳天磨。

沙洲秋节早，至此有渔歌。

512. 滁阳春日怀果园闲宴

日上寻桃李，春中五色花。

怜芳怜自己，独事独无家。

513. 悲善才

客以琵琶曲，惊心弟子家。
梨园当不尽，教化善才华。

514. 梨园子弟

梨园子弟一秋春，羯鼓胡旋半漠人。
秀女朱丝弹不尽，琵琶教化善才臣。
皇颜静坐听天籁，白雪知音湿渭尘。
供奉趋前回首望，开元已去几留秦。

515. 闾里谣效古歌

朝旅牛，绿草青青过九州。
朝放牛，桑麻处处一春秋。
笛一曲，陌陌阡阡夕阳头。
暮归牛，农夫已似帝王侯。

516. 转寿守

之一：

一守寿春生，三年盗寇平。
人知称恶郡，莫似礼贤名。

之二：

壁上题诗处，官中太守情。
开朝曾七子，俱殁已无行。
恶郡思天荡，邪人想利荣。
平安平所意，了尾了人生。

517. 忆寿春废虎坑 并序

之一：

逐虎霍山行，常修隐阴明。
谋皮点晴示，岁静事人平。

之二：

惩戒人情在，开明讨剁行。
官官衙吏史，正正始荣荣。

之三：

淮阳效理自登攀，岂恋辞荣未列班。
北阙南山谁问客，前程倦鸟八公山。

518. 郡日诗

序：

寿阳罢郡日有诗十首追怀不殊，兼寄瑞物，存八首，肥河维舟阻冻祗特勒命。

诗：

分符罢作不闲官，苦力维舟勒命寒。
阻冻肥肥肥水岸，桑田自古帝王盘。

519. 别连理树

之一：

二树盛唐县，龙泉长乐天。
连根枝互结，一两乡前。

之二：

不慕一甘棠，垂荫两故乡。
龙泉长乐树，瑞木自扬长。

520. 虎不食人

之一：

猛虎斑斓不食人，桑田自力自秋春。
驱虫逐豹行天下，自是皇家一兽臣。

之二：

白额潜山路，同行共虎人，
无伤无所害，有德有斯仁。

521. 发寿阳分司勒到又遇新政感怀书事

分司勒令到东都，令感泚河有似无。
一代千音今古客，三生四载寿阳殊。

522. 初出泚口入淮

泚水冰开一濯缨，东都洛水半初晴。
天津路上分司客，伴虎人中自此行。

523. 入淮至盱眙

翠黛孤峰远，天霞玉宇遥。
仙桃红树艳，去雁到湘桥。
洛水陈王赋，分司久望潮。

524. 忆东湖

洪州志府记东湖，罢唱菱歌大小姑。
不到南昌南未止，飞鸿自落自扶苏。

525. 李绅

七年初到洛阳，寓居宣教里，时已春暮而四老俱在洛中司

已暮洛阳春，分司四老人，
门人门钝拙，愚叟愚文津。

526. 初秋忽奉诏除浙东观察使检校右貂

不问龙楼诏，还知尽力身。
桑田应守纪，世界寄斯人。
水调隋炀寄，扬州柳帛岭。
听由天子令，复以买臣巾。

527. 忆至巩县河宿待家累追怀

巩树翻红叶，长行暮日斜。
妻儿心力累，渭洛满余霞。
北魏西凉漠，秦川野菊花。
黄河东已去，不尽是回家。

528. 宿扬州

金陵潮未尽，苦味满扬州。
楚泽飞鸿晚，吴门夜酒楼。
隋炀曾到此，尚存运河舟。
一水钱塘月，千波泛旧游。

529. 牛李

序：

忆被牛相留醉，州中时无他宾，牛公夜出真珠辈数人。

诗：

严城画角两三声，子夜渔歌一半情。
但以新词和旧曲，淮阳小女雨云萌。
金樽重续酒，玉烛复加明。
处处真珠玉，幽幽醉里行。

530. 早渡扬子江 时王璠在浙西

渡口成银浪，秋江泛雪山。
谁分吴楚界，水调浙江湾。

531. 忆过润州

之一：

镇海军书秦，无从伐乱我。
飞书遭暴怒，务本尚书明。

（李公）

之二：

当年一秦书，伐乱半多余。
聊聊民生志，公公以本居。

532. 忆登楼霞寺峰

岭阔霞峰寺，香烟息法堂。
纱灯晴照色，释子鼓钟扬。
错落云天树，参差草木光。
萧园成旧界，玉宇入回塘。
翠羽珍珠嵌，禅居日月长。
林簇标景致，彩鹳素鱼梁。
顾眺丘塘石，襟怀涉步量。
狂夫当剑立，望尽鲁儒肠。

533. 忆万岁楼望金山

之一：

金山处处有龙盘，志里吴言虎踞桓。
万岁楼台江上矗，浮来夜客梦盘桓。

之二：

雉堞龙盘矗，金山虎踞盘。
楼台浮水面，万岁上云端。
古渡淮阳岸，扬州隔夜寒。

534. 上家山

乡家锡惠山，进士向皇颜。
四十年前学，如今未已还。
余居梅里巷，肄业列朝班。
重游花草色，华冠不等闲。

535. 忆东郭居

稚昧书堂读，徒年利物心。
牛群逢顶挂，自学有知音。
日月由朝暮，经纶作古今。
儒坛儒未止，一路一鸣琴。

536. 忆题惠山寺书堂

一别光阴改，三生岁月藏。
青春多草木，老朽少余光。
少见江湖客，常闻渭洛乡。
干戈由所忆，至此误黄粱。

537. 忆西湖双鹈鹕

比翼莲池水，双飞十里塘。
渔歌渔火色，问月问船娘。
望断夫妻石，寻来日月堂。
吴儿从越女，以此作鸳鸯。

538. 早梅桥

一雪早梅桥，千花玉女消，
三枝权凤尾，十尺有香潮。

539. 翡翠坞

翡翠坞坞鸟，翻飞处处潮。
虞人虞水调，越女越吴桥。
水户千舟近，莲塘百里遥。
寻鱼空自等，比翼入云霄。

540. 忆放鹤

之一：

闲居无夕巷，客寄鹤雏生。
一载飞天去，回翔久不行。

之二：

一举冲天去，千翔自在还。
盘桓良久见，不必望朝班。

541. 过吴门

碧玉吴门水，沧烟五尺舟。
阊阖勾践纪，五霸印春秋。
柳岸姑苏月，夫差过虎丘。
丹楹家户侧，雁羽渚长洲。
已问刘郎郡，桃花竞自由。
音听歌管坐，我镇会稽楼。
木渎西施建，天平水调修。
清明娃馆舞，不俗尚吴钩。
拾得寒山寺，生公石点头。
南泉经陆羽，石壁剑池留。
八月秋风起，莼鲈脍秀眸。
思乡无锡客，进士十三州。
夏晚枇杷果，杨梅自羞怯。
河鲀江水阔，桔柚洞庭侯。
莫以阳澄泽，江湖日月浮。
还应沧海诏，以此布皇猷。

542. 杭州天竺灵隐二寺诗二首

之一：

旧岁布衣游，灵心二寺舟。
猿啼曾不止，此镇会稽楼。

之二：

翠谷高低寺，松风咫尺寒。

霜沉红叶落，涧水久波澜。

543. 渡西陵

之一：

早渡浙江寒，云云雨雨滩。
知人求大禹，收获谢神坛。

之二：

杭州不远二禅林，佛祖钟声一古今。
少小无知僧已渡，人庆俯仰作知音。

之三：

江天云雨湿，谷稷水纵横。
谬履千夫子，询情百史明。
鱼鳞营水误，稻米小芽生。
苍天由大禹，载物万农情。

544. 新楼诗

之一：

微之未语乐天知，隔岸江津两不迟。
我去浔阳知郡外，今来复见故题诗。

之二：

雉堞高山翠，灵龟郡阁明。
仙桃仙子曲，竹叶竹枝声。

545. 海榴亭

树树海榴裙，云云雨不分。
千波藏雾里，万里豫章闻。

546. 望海亭　越最高山上望海亭

越里山高望海亭，云中极顶着丹青。
南洋未尽天涯外，镜镜湖湖水水灵。

547. 杜鹃楼

云云雨雨唤东风，以鸟名楼处处情。
雪雪梅梅先未了，声声不尽满山红。

548. 满桂楼

八月秋香满桂洲，三春对望杜鹃楼。
津平镜水樊杨素，百里云天月似钩。

549. 东武亭

微之自建镜湖亭，我建环廊近水灵。
零丁不以零丁见，人生自古着丹青。

550. 龙宫寺

之一：

少小空游官仕名，僧人附合久枯荣。

天台未尽龙宫寺，谪贬崔公我继成。

修桥铺路多行善，不必言听计必明。

我作江西观察使，门人不解故予情。

之二：

溪边老衲师，寺里渡人时。

殁后生前事，僧言不必知。

得修重善迹，再造再无迟。

继续应自得，何须入俗池。

551. 禹庙

水土穷沧海，东南富会稽。

云霄天宇碧，石壁与心齐。

552. 橘园

黄黄绿绿处处金，素素英英结玉荫。

润润甜甜无苦意，寒寒暑暑有真心。

553. 龟山

龟山自在镜湖中，千波淼淼四面风。

微之手植松枫寺，独得生灵有无中。

554. 重台莲

舒舒卷卷玉台莲，曳曳摇摇半水仙。

夏夏秋秋分未定，蓬蓬子子各方圆。

555. 晏安寺

寺小无尘迹，松青有大风。

玲珑多宝塔，万古自成功。

556. 寒林寺

无须烦恼一青莲，佛祖如来半济天。

只以观音观自己，心经处处是源泉。

557. 北楼樱桃花

叶叶枝枝自力盟，欣欣向上作精英。

开花占得春光子，绿绿红红品味成。

558. 城上蔷薇

繁繁艳艳一丛丛，叶叶枝枝不纳宫。

色色空空空色色，花花草草草风风。

559. 南庭竹

南庭竹影半池塘，雨后无形一笋藏。

隔夜春雨初已止，声声哔驳向书房。

560. 琪树 子一年绿、二年碧、三年红

三年子熟一生长，绿碧经冬二岁光。

待到红时千日去，人间自得一清香。

茯苓琥珀龙鳞着，饮露经风草木王。

涧底峰巅云雨润，心中不语纳低扬。

561. 海棠

树树繁枝满绿茵，根深叶茂早经纶。

红英一半金黄果，委积春秋次第因。

562. 水寺

烟波水寺自秋春，野国荒山少上人。

断续难承香火远，原来俯仰不分津。

563. 灵汜桥

桥边有感伤，汜上见风光。

月色东西就，湖天上下杨。

云浮常不定，鹤落越人乡。

举目天台近，行程跬步量。

564. 宿越州天王寺

分司太子客东都，父老壶觞送越吴。

数万江津相送罢，天王寺里久思儒。

565. 登禹庙回降雪

之一：

登术禹庙尚民居，几月无云雨雾虚。

有眼苍天知子意，三天各雪尺盈余。

之二：

早雨人间济，阴晴世界催。

江河流不尽，日月自常来。

广阔桑田亩，枯荣草木灵。

苍天云雨雪，稻谷米粮开。

566. 题法华寺

慈宫天守一，不二法门缘。

圣境青莲泽，檀林贝叶悬。

千花藏万宝，百药寄三泉。

饮水铜鲸在，梁龙慧觉先。

567. 若耶溪

西施采统若耶溪，结子开花各不齐。

木渎吴门娃馆色，轻纱阔舞剑池题。

568. 却渡西陵别越口父老

生公石点头，浙水半杭州。

父老何相送，西陵一去舟。

人情知足处，布政共春秋。

自学羊公去，朱翁岘尾留。

569. 却到浙西

八载杭州六郡侯，三生布政帝王洲。

如今数万成父母，一别东都自白头。

570. 却望无锡芙蓉湖

山阔山遥远，烟云雨雾潮。

姑苏邻故里，步步五湖桥。

571. 苏州不住遥望武丘报恩两寺

越记微之布政泉，姑苏不忘李绅田。

武丘孙子报恩寺，再忆公名白乐天。

572. 回望馆娃故宫

夫差木渎馆娃宫，不是江东一大风。

五霸春秋田亩废，江湖富贾范蠡功。

573. 姑苏台杂句

之一：

败退东吴献楣情，姑苏台毁尚留名。

天平遗迹灵岩寺，越吴黄金镀古城。

之二：

木渎黄金屋，西施响屧廊。

天平山上馆，越秀范蠡商。

伍胥阊门外，春差问柳杨。

姑苏台已废，野寺客思长。

574. 开元寺 以石称着

之一：

奇形怪状石峰峦，玉宇空空李杏坛。

韩化朱轮成世界，知书达理字青丹。

之二：

芙蓉湖上问，玉女独情娇。

柳柳杨杨态，声声曲曲消。

575. 真娘墓

之一：

小小问真娘，姑苏曲舞娟。

今身留世上，再着虎丘堂。

之二：

嘉兴小小问真娘，曲曲吴中久溢香。

烛灭慈门歌吹在，余音自此满钱塘。

之三：

粜米开仓圣主谋，时人解救度春秋。

王璠合计王涯构，利已公民自不求。

已近姑苏天子济，江湖日月运河舟。

隋炀纵有三千错，可否重观世俗谋。

576. 皋桥

之一：

辞家无锡久，带意过皋桥。

隐姓成名迹，鸿鹄几近遥。

随云三界去，逐雨五湖潮。

白首应相问，绯衣自不消。

之二：

半似曲江桥，三春碧玉潮，

婷婷寻客意，曲曲入云霄。

之三：

水路惠山遥，湖光上柳条。

梅村梅不语，久去久廖廖。

之四：

伊川千里远，故土一心遥。

马迹山前望，江湖日月潮。

577. 鉴玄影堂

寂寞香灯暗，幽然石磬声，

无须禅释手，自以鉴玄明。

法雨径龙钵，空空色色荣。

生公应不去，桂子落精英。

578. 重到惠山　并序

之一：

禅师石上清泉颂，十载重闻不旧年。

之二：

白鹤飞何处，青苔自在留。

禅师名姓客，玉石五湖舟。

579. 别石泉

别去石泉清，今来见底明。

禅房僧自语，竹影有流声。

580. 别双温树

书房在惠山，植树已乔颜，

十载深奶许，千年自闭关。

581. 重别西湖

鸡鹈遥飞翡翠翔，梅花落里散余香。

西湖诸物今皆易，千载重逢只柳杨。

582. 昆陵东山

卜筑东山学谢家，重修郡所植香花。

如今别馆多荒废，不似当年尝月华。

583. 建元寺　并序

兰陵女士一晴川，草木纷纷半古泉。

禁火三天寒食日，王孙自此几相怜。

584. 入扬州郭

瓜州朴席近江都，大历潮头已有无。

井市门津阡陌见，长江一路半书儒。

585. 却到金陵登北固亭

金陵北固亭，曲水一龙形。

虎势金山寺，秦淮紫禁铭。

586. 望鹤林寺

青莲栖鹤寺，杜宇木兰天。

敛月销尘处，相思上别船。

587. 宿瓜州

之一：

十里一瓜州，三山二水流。

经寒萧素改，馆驿酒泉楼。

之二：

野草空门色，梅花落里闻。

书生寒食去，乞火着诗文。

588. 宿扬州水馆

楼船水调夜灯明，五百年中易卜生。

水馆扬州江北岸，参差浅岸远潮声。

589. 州中小饮便别牛相

笙歌一曲鸣，子夜半情生。

便别牛相去，东都太子名。

590. 却过淮阴吊韩信庙

自见鸿沟浅，何言楚汉明。

元臣功所弃，一饭万金荣。

忍辱谁明哲，龙鳞退甲轻。

英贤加虎翼，少贵乏朱缨。

591. 却入泗口

楚泽洪河口，清淮水色中。

芦花浮白雪，夕照向高空。

592. 重入洛阳东门

一咱伊川去，三秋洛水来。

天津桥上过，夕日自然回。

593. 拜三川守

之一：

令拜三川守，河南一尹行。

青龙域云雨，解早付田耕。

之二：

诏宠临伊洛，朝章比闾城。

田园云雨济，市街暮朝荣。

594. 庆云儿

之一：

六月一祥云，河南半尹文。

天皇行老子，五岳少林分。

之二：

五岳陈金册，隐映皇城云，

天光垂玉宇，四海列文君。

595. 山出云

之一：

杳杳祥云起，飘飘落叶横。

归根寻不到，取决一风情。

上液昆仑水，天津近玉京。

阳台应所问，喜鹊自在鸣。

之二：

灵蛇结绶作祥人，玉彩盘环似雨秦。

只以弯环成世纪，东都自在是秋春。

596. 拜宣武军节度使

之一：

百姓成天地，田园是国家。

严元容胥吏，少尹激人哗。

杜牧遮鞭笞，笙旗御史衙。

呼声除祖帐，白马寺天涯。

之二：

非非是是有惊雷，子子民民问诏来。

送送迎迎官不举，青门不可惹尘埃。

597. 到宣武

之一：

一介荣宣武，无云早悴苗。

新官初上任，细雨逐田消。

之二：

郎中丞制书，节度斩长鲸。

七月趋梁苑，三年谢尹京。

红缨惊铁甲，白羽射云轻。

物蠹除风逝，维嵩却日明。

天恩宣泽广，使官任和平。

望宋常怜女，寻凉已远情。

登坛求紫气，列守辨风行。

鼓角应从静，耕耘不姓名。

598. 江南暮春寄家

白雪共春梅，梨花一色催。

余香余不寄，只作只情来。

599. 奉酬乐天立秋夕有怀见寄

我在杭州你在吴，微之越日乐天苏。

阳春白雪和人少，下里巴人间者孤。

五百年中天下易，三千弟子各王侯。

苏秦合纵张仪客，战国春秋以略留。

600. 灵蛇见少林寺

青蛇一少林，紫绶带盘荫。

但以僧家问，原来颂古今。

601. 华山庆云见

五岳高峰见，千山白雪闻。

金柯初自立，玉女已纷纭。

602. 上党奏庆云见

驭宇飞龙制，航天玉女功。

黄河天水落，炼石庆云公。

上党分宁致，中央独聚终。

无依空所欲，有道自苍穹。

603. 欲到西陵寄王行舟

西陵欲到一行舟，渡口萧山半水流。

驿吏催人停靠速，青山子胥楚人修。

604. 华顶

不见丹炉已玉仙，三千岁后复桑田。

银河水下人无见，墓后云林可问天。

605. 莺莺歌

东飞一伯劳，自度两葡萄。

白雪齐心宇，莺啼洛水涛。

黄始萧寺路，玉女淑心高。

只望西厢月，闻红挂寸毫。

606. 赠毛仙翁

修身养性一仙翁，百岁轮回半玉无。

已见秦皇成二世，还寻共济问天终。

云元世界同谁在，隔岸浑沌共几雄。

受术三清分古继，应传燕雀问飞鸿。

607. 题白乐天文集

白氏文集一世书，东都圣善寺中余。

贝叶莲花小乘庐，纸贵长安可易居。

608. 古风二首

之一：

一粒春天种，千斤每亩收。

农夫田楼上，四海自消愁。

之二：

锄禾当日午，汗水滴田苗。

苦苦辛辛力，因因果果昭。

609. 柳二首

之一：

年年一绿丝，处处半春枝。

节令先知道，生明自不迟。

之二：

新枝作笛声，玉柳半人情。

折断留根在，行人寄此萌。

610. 和晋公三首

之一：

三台三自立，一晋一公侯。

两省中书客，十地共春秋。

之二：

举目貂蝉问，行宫绥德楼。

交锋文已着，米脂董卓休。

之三：

三公三界立，一晋一汾流。

记得秦王诺，言从古并州。

611. 答张孝标

一佛镜真金，三光玉树荫。

长安多少日，未了去来心。

612. 朱槿花

叶叶花花色，开开落落中。

朝霞红自得，暮卷碧云空。

613. 至潭州闻猿

肇庆三清客，端州一砚台。

闻猿声自远，寄意以心灰。

614. 江亭

江亭一大风，日月半流中。

两岸峰林落，千波草木荣。

615. 红蕉花

处处红蕉火，殷殷旷野深。

闻猿闻暮色，烧眼烧人心。

616. 忆汉月

汉月临江去，芭蕉带露红。

心中心不止，叶下叶云空。

617. 端州江亭得家书二首

之一：

家书一半已千金，弟子三千问古今。

读尽琴诗天下路，唯心故老是知音。

之二：

家书一半一人心，赤子三千一日寻。

只以诗书知古道，山河草木近亲深。

618. 闻猿

三声巴峡口，一夜自沾巾。

莫作端州客，闻猿月下秦。

619. 赠韦金吾

宝剑金吾子，腰间玉佩明。

宫中行紫禁，月下问清明。

620. 长门怨

未必长门怨，照阳百步遥。

相如知玉赋，一念半云霄。

意短人情在，戎芦不是飘。

621. 龟山寺鱼池

之一：

汲水龟山寺，鱼池百丈莲。

慈悲慈所悟，放物放生船。

之二：

说法无高下，闻天有近遥。

何劳须大觉，以慧作人桥。

622. 赋月并序

东都白乐天，洛下会朝贤。

一字成吟七，题诗赋月圆。

清　问玉，经不明。

后羿嫦娥

寒宫夜女情。

何须桂影婆娑，不见知音不得声。

623. 句

风风月月怀情不误诗书志，

水水山山访问何成社稷名。

624. 和太原张相公山序怀古

相公步上一山亭，足下云中半渭泾。

石磊城楼知进士，汾流晋并吕梁灵。

清晖月近东山问，古木峰光北魏宁。

靖靖应知天子意，然然见启太行星。

625. 杨虞卿

弘农进士一师皋，李李牛牛半步高。

党党魁魁工部侍，绯衣紫带户司曹。

626. 过小伎英英墓

小伎英英墓，荒丘草草疏。

当年歌曲写，四柱侍郎书。

蕙质兰心具，音情自在疏。

孤坟三尽半，独坐忆无余。

627. 句

水势昆仑逝，山形草木成。

628. 和段相公登武担寺西台

武担西台望，清清净净行。

高临风不止，俯就石溪明。

列席云霄里，空依日月城。

遥遥天际处，杳杳暮云平。

629. 和宗人尚书嗣复祠祭武侯毕，题临淮公旧碑

成都一武侯，八阵半江流。

一国三分去，千年两白头。

森森松柏树，异异过春秋。

不问南阳路，歧山北九州。

630. 和段相公夏登张仪楼

鬼谷精英一世心，阳春白雪半知音。

张仪不在苏秦去，但以纵横作古今。

631. 宴杨仆射新昌里第

新昌里第御官居，酒宴红楼尽日余。

杏李桃梨花自许，文章日月作诗书。

632. 杨汝士

以弟虞卿见，牛相进士名。

东川除镇守，吏部尚书名。

633. 建节后偶作

半寺香烟百步开，三生佛祖一心台。

山僧见我衣裳窄，道是新从战地来。

634. 题画山水

水水山山一柳杨，行行止止半家乡。

书生汝士离程远，老大前程万里疆。

635. 贺筵占赠营伎

此去东川镇，当儿及第光。

行营群诸伎，少宴祝杨长。

蜀将无贪奉，人人有帛尝。

636. 句

音日兰亭无艳质留名千古，

今时乞火有高人及第一春。

637. 赋得芙蓉出水

夜夜幽幽色，芙蓉出水明。

婷婷方玉立，楚楚女儿情。

半亩荷塘月，千波一脉平。

莲蓬应结子，细雨点荷声。

638. 荐冰

一水寒穷半结冰，群芳暖尽十香凝。

天公解锁分形见，古刹云中不见僧。

639. 句红楼院

旭日应天庭草碧，红楼已晓院花明。

640. 荐冰

自立寒姿百态生，当轩洁白以凌成。

空空不是虚虚是，玉玉晶晶处处明。

641. 老人星

史占老人星，南山直木莛，

人中知百岁，世上向三灵。

独木成林树，群芳结玉馨。

642. 古意

青松梦女寄，白芷草洲天。

皎日难留影，良辰易逝川。

绵绵花有色，处处并蒂莲。

比翼双飞鸟，鸳鸯戏水前。

人人常向往，意意作流年。

自古乾坤赋，如今彼此田。

643. 萧史图歌

秦楼弄玉凤凰鸣，素女霜绡客子情。
寄处迢迢萧史去，人间未了穆公声。

644. 会仙歌

玉宇瑶台路，王母已会仙。
蟠桃千载果，酿液一杯泉。
饮饮何须尽，鸣鸣曲白莲。
人间皆不见，世外有琼筵。

645. 李夫人歌

男儿不顾李夫人，子夜当空独自秦。
半露芙蓉呈白雪，全心已降入三春。
窈窕淑影花依旧，羽帐丝绸旋玉身。
可望难闻香未语，依情自是有时辇。

646. 水殿采菱歌

水殿采菱歌，芙蓉向碧荷。
舟翻惊浴女，失措色清波。

647. 周先生画洞庭歌

水水湮湮一叶舟，吴吴楚楚半江流。
荆门不断三吴色，帝子潇湘北雁洲。
岳麓长沙沙岸净，鄱阳不远洞庭秋。
丹青一脉轻涂抹，万里江山社稷猷。

648. 霓裳羽衣歌

武帝曾为令，王母已赋光。
天孙机上织，白羽制霓裳。
若燕金针线，银丝素柏梁。
瑶华秦女态，楚子细腰堂。
白鹤庆天舞，红伶对地妆。
乔山因曲醉，碧玉鼎湖傍。
百鸟群朝凤，千音共仰凰。
三清当自洁，九派溢馨香。

649. 怀仙二首

昆仑半上九层台，雨露千重两岸开。
十二楼中琴瑟起，西母白日海天来。

650. 寓兴

有路无穷见，前途上又非，
思中思所问，足下足其归。

651. 游山

云中处处似穷途，石上行行步步朱。
急转登攀高一丈，天机贝叶望河图。

652. 隋宫

之一：
御柳多行碧，姑苏小女红，
楼船知己去，径直向隋宫。
之二：
周灵王太子，李下吹金笙。
十二城中见，西母玉女明。

653. 怀远人

远道扶桑路，浮云久不停。
麻姑青鸟至，倍觉一零丁。

654. 怀尹真人

山中山外见，幕后幕前闻。
十丈伟今古，三生彼此分。
王侯知演易，日月有氤氲。
业就非贫富，功成不必勋。

655. 秋晚铜山道中宿隐者

隐者有高心，流人见古今。
樵渔曲所致，四皓可龙荫。
自力求生者，无须草木深。
如今名利客，处处觅知音。

656. 感怀

不尽青山路，何言草木心。
年年朝日月，处处自成荫。
有食居衣度，无须问古今。

657. 经秦皇墓

一望咸阳四面空，三生独霸五湖功。
春秋战国纵横易，自得经纶日月风。
白虎蛟鲸平六国，青虬毒龙锁千雄。
扶桑不是蓬莱岛，二世丞相不再逢。

658. 将归旧山留别孟郊

择木无锋刃，求鱼弃水滨。
尘心身外问，日月不离亲。
进退侯王事，诗词自在人。

659. 留辞杜员外式方

贫思不尽问归途，欲止还行向旧愚。
屈曲陈弦无柱结，婆娑在本影扶苏。

660. 长城

已筑长城六国亡，谁言汴水一隋炀。
人间只以民心望，不计皇王半短长。

661. 蔡平喜遇河阳马判官宽话别

狡兔翻三窟，妖星上九天。
河阳宽话别，白马自途前。

662. 寄福州从事殷尧藩

入市鲛绡女，登台旷海途。
鹧鸪啼不尽，处处问男夫。

663. 壮士行

呼来一丈夫，诺去半江湖。
太白当空见，班起束异途。

664. 章华宫行

十二峰中碧，三千弟子文。
章华宫里月，宋玉雨前云。
水渚连烟合，娇娥独自分。
巫山神女问，楚国弃衣裙。

665. 倚瑟行

龙旗卷目自参天，鼓瑟湘灵竹泪泉。
世世人间知百岁，君君世上可求仙。
秦皇已去秦皇墓，汉武王母醉后眠。
据说蟠桃千万载，谁言世上可留年。

666. 籍辇行

汉帝闻班女，幽王对诸侯。
辞英辞辇步，自在自春秋。
一殿三千色，三宫六院囚。
阿母何不见，逝水亦分流。

667. 巢鸟行

鸟鸟雀雀各居巢，雨雨风风剩半茅。
子子夫夫分别去，隼隼雉雉逐同胞。

668. 姑苏宫行

灵岩山上馆，木渎水中宫。
子夜西旋舞，辰明曲大风。
姑苏台已废，伍子胥时空。
莫以黄金镀，夫差玉女红。

669. 悲哉行

百岁人生一始终，来来去去半成雄。
陵陵墓墓藏珠璞，促促匆匆几大风。

670. 元日早朝行

一日三元上早朝，金光玉律半云霄。
东方彩礼文章上，太白朱绳武勇谣。

671. 秋怀五首

之一：
营营无限意，促促有生涯。
夏夏巡天道，秋秋满菊花。
虚虚三界事，实实一人家。
道上分南北，门中你我他。
之二：
楚楚秋虫夜，幽幽草木枯。
时时应日下，处处有趋无。
独月空堂色，孤凫落五湖。
黄金因果见，玉树待扶苏。
之三：
镜里青丝少，人前白发多。
秋风回扫叶，暮日落江河。
之四：
白日径天数，青丝对地分。
年年三百六，处处一耕耘。
子子春秋见，因因果果群。
良心由自主，苦意可芳芬。
之五：
北往南来雁，年年岁岁勤。
江边江草雨，塞外塞风云。
驿舍留题处，应知独自文。
前程前不止，后顾后思君。

672. 秋夜对月怀李正封

月对秋堂净，弦轻有抑扬。
怀君同举止，坐忆怅衷肠。

执手书生路，寻音探古香。
无须知进退，不肯入黄粱。

673. 庐山石镜

白日鄱阳上，庐山石镜中。
东林幽怪月，玉兔不闻风。
赤鸟经天落，朱轮转世空。
江河皆社稷，草木尽兴隆。

674. 与峨嵋山道士期近日不至

道士期无至，峨嵋白日光。
幽幽三界曲，夜夜一清商。
此去何言许，清修几度凉。
怀君安所以，处事可扬长。

675. 述德上太原严尚书绶

帝命知和战，人心向本根。
匈奴天马岸，汉女嫁乌孙。

676. 山中怀刘修

蕙蕙兰兰色，松松柏柏香。
山中山下见，月暗月明光。
白鹤含情问，朱轮转世扬。

677. 塞下

塞下蓟门东，云中太守弓。
繁缨军令状，简帅掠苍雄。
战鼓惊生死，天骄自始终。

678. 送僧南游

玉帛隋炀抑，楼船汴水流。
谁闻秦二世，但见运河舟。

679. 行路难

止止临家事，行行上路难。
前程前不定，厚土厚居安。
就业亲人近，身名远客残。
求无求自己，所事所人宽。

680. 白露

白露惊蝉羽，今秋不远鸣。
留声应隔岁，入土蜕身情。

681. 秋夜闻郑山人弹楚妃怨

寥寥含月色，楚楚向天鸣。
子夜山人怨，何须假别名。
容华依旧老，草木自枯荣。
十指婵娟见，三生久不平。

682. 忆旧游

饮水半思源，行程一石垣。
无名无利去，有道有轩辕。
白鹤三清客，青猿十地喧。
人心人所在，意近意方言。

683. 子规

蜀帝林中作子规，啼声日上向慈悲。
春耕夏育秋收获，白雪红梅四季为。

684. 经隐叟

隐叟经人问，平生不入门。
樵渔非所欲，自力自晨昏。

685. 秋暮山中怀李端公益

日暮深山色，黄昏草木光。
还言前事毕，不着绣衣裳。
秉烛千年叙，抚琴百岁伤。
轻金谁买日，重义不还乡。

686. 苦哉远行人

大漠千军尽，谁人问李陵。
和和还战战，水水亦冰冰。
苦哉行人远，河梁望股肱。

687. 寄天台准公

天台一准公，越秀半吴风。
佛垅僧闲寺，心灯一念红。

688. 悼豆卢策先辈

太璞无雕匠，书生作玉英。
纷纭多少色，至简有思名。
大作当如此，鸿图自不平。
黄泉应不远，复得作枯荣。

689. 首夏

半岸红莲色，三春碧叶鲜。

千波浮伏艳，九夏女神仙。

落照心初暖，黄昏下采船。

芙蓉应出水，自足一娇妍。

690. 送僧东游

风流东晋子，苦学渡边舟。

白雪阳春曲，天台向海游。

691. 送僧之宣城

太守宣城谢，孤僧白雪楼。

吟诗吟不得，一女一春秋。

692. 宣城北楼昔从顺阳公会于此

北望敬亭山，宣城太守闲。

红尘应未了，壁上有题颜。

693. 东高峰

东高峰上望，独峙远中求。

但与亲人近，无须取帝侯。

694. 禅定寺经院

不朽莲华寺，难成贝叶修。

天根如此见，佛祖净心留。

695. 山行经樵翁

有路山行去，无缘石径分。

樵翁径所见，什主几纷纭。

欲取名声利，何颜义情君。

同途同异想，各自各文君。

696. 范真传侍御累有寄因奉酬十首

之一：

昨日春花落，今辰一子生。

秋来黄菊见，硕果已成城。

之二：

千里巴人唱，阳春白雪行。

萧郎应所见，玉女尽无声。

之三：

凤凤凰凰对，牛郎织女情。

天河相隔岸，七夕鹊桥横。

之四：

路远长亭近，心遥意隔城。

棠梨棠果硕，野草野花明。

之五：

问道中山路，行吟保定城。

邯郸应学步，洛水向东明。

之六：

不劝三杯酒，还闻一夜情。

无须知醒醉，有道自平生。

之七：

为楞提华醉，应言日月明。

无须寻酒醉，有志独前行。

之八：

有酒三分醉，无书半不成。

萋萋芳草地，阔阔古今盟。

之九：

一峡瞿塘锁，千波逐玉关。

高唐神女问，宋玉赋江湾。

之十：

岁酒屠苏岸，年糕塞北香。

无心求醒醉，只道一扬长。

697. 越女词

婷婷玉立一芙蓉，净净身姿半态封。

只有男儿谁望得，因因果果已相逢。

698. 弄玉词二首

之一：

素女凤求凰，秦楼弄玉香。

箫声天上去，世上穆公尝。

之二：

弄玉三清女，箫声一曲长。

秦楼秦淑女，穆王穆公乡。

699. 途中旅思二首

之一：

目的途中问，前程步下寻。

年年行不止，处处有鸣禽。

昨日樵渔客，今天四皓篯，

原来时日后，指待作知音。

之二：

一字飞鸿去，人形首尾成。

春秋南北示，万事独生平。

自得天机客，从容各不横。

参差何必问，比翼以形明。

700. 旧镜

旧园重圆后，同明一线前。

由心相补救，苛意互径年。

若以因情至，当然守玉田。

光光应反照，处处涌源泉。

701. 秋思

白发生生有，青丝去去无。

天涯天远近，一路一殊途。

早见梅花落，迟闻下里苏。

春秋春不止，日见日须臾。

702. 宿悟空寺赠僧

寺里寻禅净，人间宿悟空。

僧人知佛祖，了了问清风。

703. 感兴

幽人无远迹，别客有东西。

咫尺天涯隔，阳春白雪齐。

704. 客途逢乡人旋楚

一字惊鸿落，人形自在天。

相逢偏问楚，互别向乡田。

共语相邻水，同行取饮泉。

家山攀不足，读学向先贤。

楚楚三千里，皇皇一半年。

705. 隋帝陵下

云亭月馆楚淮东，白雪隋炀水调功。

柳柳杨杨留帛纪，朝朝暮暮运河红。

706. 九日与友人登高

九日茱萸挂屋前，谁言阮肇已成仙。

秦皇海外蓬莱望，不见何人再少年。

707. 始见二毛

秋风一叶归根难，赴海千川不见澜。

本色应当成足下，英雄自是二毛班。

708. 巫山怀古

巫山十二峰，鄂女两三容。

两两云云色，朝朝暮暮封。

瞿塘神女在，白帝楚王踪。
宋玉高唐赋，襄王一峡从。

709. 郊天回

日色云烟水，郊天祈祝回。
青山生草木，石径达人催。
犊武明雕帐，昌文隐映恢。
秦坛金鸟赦，九夜玉人媒。

710. 温泉宫

开元天宝水，玉液沐王明。
地下温泉暖，云中两自成。

711. 寄归

朝来一雏飞，欲落半相依。
羽翼无强势，何从有是非。

712. 赠远

苦苦关西路，辛辛漠北楼。
从官南北去，作吏暮朝侯。

713. 洛阳春望

五凤楼南望，三宫玉苑香。
龙门应一跃，四海可炎凉。

714. 赠杨炼师

石玉一仙丹，珍珠半意悬。
秦皇应得道，目尽一心宽。

715. 玉清坛

女色上阳宫，童男半悟空。
丹炉三沸汞，气势紫霞同。

716. 答客

独入蓬门见，孤身自主闻。
人言人不责，可作可听分。

717. 隋宫

水调楼船去，扬州日夕斜。
长江南北岸，柳岸暮春花。
不以隋炀见，何人你我他。
千年留一迹，可见运河家。

718. 送僧文江

吴王半剑池，越女二曲施。
卧虎藏龙地，生公点石时。
孤高飞羽鹤，独步自吟诗。
落叶琴声续，清泉逝去迟。

719. 古意

裁书一剪刀，未破两葡萄。
莫断相思意，应消驿夜劳。
心遥情意近，见此血来涛。

720. 山中冬思二首

之一：
山深白雪封，野兔有行踪。
足迹房边绕，无须问客松。
之二：
溪流半玉冰，覆水一蒸凝。
厚厚增高度，源源筑乳棱。

721. 读史

春秋战国历枯荣，鬼谷秦仪客所生。
世上无言天地界，文章自得一纵横。

722. 冬夜答客

先生一丈夫，后继半东都。
朔漠辽东近，阳关白日孤。
衡阳青海岸，雁羽北南途。
岁岁年年见，来来去去无。

723. 宿吴兴道中苕村

吴兴山水阔，木渎女儿妍。
草芷莲洲坞，江村月系船。

724. 题吴征君岩居

巢由一日心，达志半知音。
太古城中问，灵芝共野禽。
征君岩舍下，处处见松荫。

725. 沛中怀古

一日大风歌，三生若几何。
鸿沟分界少，霸立项王多。
渺渺翔云迹，芜芜四皓和。

留侯韩信见，不得未央戈。

726. 夏日华山别韩博士愈

别地潼关口，孤亭夏日荫。
浮云行所向，静影见人心。
但记文字句，还闻论古今。
天涯无远近，咫尺有知音。

727. 春日言怀

春风云雨细，碧玉草花新。
后顾无来去，前程有苦辛。

728. 代楚老酬主人

一路何曾尽，千夫自古移。
潇湘多少水，古木万千枝。
楚老行程远，冠官任两仪。
乾坤分四象，日月记三思。

729. 云溪竹园翁

云溪竹涧一园翁，不问江东半大风。
石径幽幽方寸远，清流处处映苍空。

730. 夏夜寓直闻雅琴见寄

因声寓直半含香，玉漏琴诗一柏梁。
上苑灵芝生秀草，昆明水月满天光。

731. 归雁

别别归归雁，南南北北行。
三生无旧怨，两地有乡情。

732. 秋思三首

之一：
九日胡风起，三秋北魏霜。
鸿鹄飞一字，夜雁宿衡阳。
落叶归根远，飞扬几望乡。
之二：
影影留残月，星星不可扬。
长空成巨物，百足久无僵。
缺缺圆圆易，朝朝暮暮忙。
之三：
叶叶残归一柳柳，风风拂落半秋潮。
春春蘸水曾先绿，摆摆摇摇白雪消。

733. 长安言怀

石径通途远，长安八水多。
幽幽天地外，巷巷楚才歌。
北阙南山色，泾泾渭渭波。
文臣文莫党，武将武干戈。

734. 悲湘灵

娥皇玉女英，鼓瑟客湘情。
竹影含斑泪，悲灵已不鸣。
千竿垂自立，万叶肃心明。
但以苍梧寄，当然待舜耕。

735. 闻蝉

吱吱了了一声啼，署署秋秋半不栖。
络络纬纬当所念，凄凄切切自鸣低。

736. 寒夜吟

夜夜寒寒色，霜霜雪雪明。
三边三界外，九派九流生。
楚女纤腰细，胡姬转月平。
肩肩如有语，目目似含情。

737. 思琴高

莫以神仙问，神仙莫以知。
神仙神不见，问莫问知时。

738. 得储道士书

得储春先得，婵娟道士书，
寒宫留桂子，月色可多余。

739. 怀幽期

石砧愁霜夜，幽期寄厚衣。
长城南北雪，宿鸟苦相依。

740. 采莲曲二首

之一：
越女千波浴，吴姬半采莲。
全然何不顾，弃羽已翻船。

之二：
结子莲蓬重，芙蓉出水轻。
秋声难沐浴，夕照一群英。

741. 玉山谣送王隐者

太璞无雕刻，成思有简才。
谣言谣自取，隐者隐何猜。
水玉丁冬问，冰华日月催。
冬寒冬白雪，腊月腊香梅。

742. 岐路

路路岐岐在，途途事事生。
人知人不定，守一守难平。
世界应常读，乾坤可自荣。
时时当所选，处处必思明。

743. 陇头水

一水陇头流，秦川半雁丘。
飞鸿人字去，隔岁向春游。

744. 沙上月

潮来潮去水，月驻月流沙。
白雪收银线，惊涛复浪花。

745. 赠李黯将军

细柳连营寨，岸云两壁刀。
何须烽火战，吹角自雄豪。
寒日三边冷，凝水半世操。
男儿男世界，一诺一声高。

746. 人日陪宣州范中丞傅正与范侍御宴

春风人日绽，白雪覆梅开。
已近吴姬袖，何须赵女来。
知音知彼此，曲舞曲徘徊。
侍御中丞宴，频频举玉杯。

747. 之二

古鉴含灵气，蛟龙自在形。
金波呈涌液，道士颂真经。
负局先生顾，无雕太璞铭。
明珠应百斛，玉质镇三庭。

748. 送王炼师

繁华世道各收藏，法术神仙日月长。
自是丹炉分玉石，何人几处他乡。

749. 寄张十七校书李仁行秀才

步步闲闲去，云云语语寻。
年年经日月，处处向知音。
咫尺人生路，天涯草木禽。
书生书读尽，秀水秀才深。

750. 送王损之秀才赴举

此向青门去，文章举目留。
风流芸阁问，对策帝王州。
月殿期心至，龙津会意游。
芸兰和蕙草，日月共春秋。

751. 旧镜

旧镜幽幽光，新日处处扬。
人期人不改，物鉴物难藏。

752. 忆郊天

忆向郊坛路，天行问武皇。
开元天宝去，不再舞霓裳。
五百梨园子，三生作柳杨。

753. 期尽

一去舟帆怯故乡，谁留玉佩挂身旁。
江流石妇青山在，只向男儿论短长。

754. 晚山蝉

客子山蝉问，秋风扫叶声。
余音应渐远，隔岁似重鸣。

755. 秋暮送裴垍员外刺婺州

婺女星边望，金华太守留。
含香含岁月，静气静瀛洲。

756. 寄薛膺昆季

梦里楚山清，云中日月行。
薛膺昆季问，水月有思情。

757. 杨真人箓中像

画里清虚质，山中白鹤身。
茅盈哀老弟，箓救世人邻。

758. 寄卢给事汀吴员外丹

客向辽东去，云从鲁地来。

关东应此创，道姓指名才。

759. 怀王真秀才

石径通天路，草圃碧云泉。
开门含竹气，闭口不言钱。

760. 赠真公影堂

石壁真僧影，禅堂故始东。
虚空香火在，暮色寄支公。

761. 赠僧戒休

露宿风行独，饥餐饱食孤。
心中怀八戒，足下有千图。

762. 秋夜怀紫阁峰僧

石涧经声远，禅音紫阁闻。
风云风不止，树静树纷纭。

763. 酬江公见寄

只向江公寄，何言月下山。
清心清所欲，雁去雁门关。

764. 送罗侍御归西台

柱史归台府，英髦向故津。
儒书儒所至，致力致西秦。

765. 宿水亭

半壁鱼鳞幕，三更水有城。
清流如细数，遗梦似难平。

766. 寄峨嵋山杨炼师

峨嵋石壁向山翁，不问江东有大风。
道士樵声知自助，仙风只入玉炉中。

767. 寄海陵韩长官

鹤鹤鸾鸾一楚才，官官吏吏半天开。
驱驱使使天下士，雨雨云云海上来。

768. 淮南卧病感路群侍御访别

落木疏篱绕，西台御史来。
青门青琐寄，感路感天开。

769. 题禅定寺集公竹院

支公禅定寺，竹院上人灯。

日日经声续，声声自老僧。

770. 风筝

一线风筝远，三心两意中。
飘浮常不定，起伏亦西东。
取决操人愿，虚虚实实空。
盘旋归雁柱，宝匣自如弓。

771. 经旧游

今天多一日，昨日少当天。
数数三生忆，诗诗十万篇。
游鱼思故水，倦鸟忆家田。
客老思难及，时时旧忆前。

772. 过薛舍人旧隐

一夜荧光逝，三生十地新。
重思寻旧隐，草木自相邻。
不解枯荣易，天机内在均。
枝枝根养济，叶叶对风尘。

773. 山居

直木乔林秀，清溪石涧流。
山深人不语，鸟落共禽游。

774. 暮秋与裴居晦宴因见采菊花之作

九月菊花黄，三秋水果香。
王孙应不去，子弟采家乡。

775. 襄阳怀古

水底鱼龙识字来，襄阳岘尾向碑回。
羊公已去留垂泪，太守天连酒一杯。

776. 望麻姑山

未向麻姑问，先闻世景余。
殊荣青鸟至，不可早山居。

777. 湖上望月

日下东山顶，云中望月湖。
千波千万闪，一水一江都。
钖惠林枝挂，盘门锁玉奴。

778. 秋夜对月寄僧特

一缺半无圆，三秋两地怜。

清光僧不语，贝叶挂寒弦。

779. 望江中金山寺

水上金山寺，云中北固天。
江东三国问，魏蜀一桑田。

780. 宿青牛谷梁炼师山居

步入青牛谷，心从道士游。
玄虚玄所悟，是以是非由。

781. 得僧书

已得僧书读，天机草木心。
花荣含露水，草碧纳鸣禽。

782. 见袁德师侍御说江南有仙坛花因以戏赠

不到南洋不问天，千花百态各方圆。
枝干老树群芳绕，露水沾身雨旱年。

783. 和王璠侍御酬友人赠白角冠

獬豸雄冠一世安，冰姿玉态半青丹。
笙歌白角三清界，洛水伊川两凤鸾。

784. 送僧择栖游天台二首

之一：
步上天台望，蓬莱海里山。
身非居士病，翡翠沃洲还。
之二：
目挂禅衣树，天台海水关。
始丰溪上水，奉化四明山。

785. 上巳日寄樊瑾樊宗宪兼呈上浙东孟中丞简

上巳一兰亭，鹅池半水青。
流觞流曲折，越秀越心灵。

786. 暮春戏赠樊宗宪

羌笛胡琴调，阳春白雪歌。
梅花先自落，夏雨始成河。

787. 酬王侍御

太璞蓝田玉，无雕巨匠镶。
仙郎书笔案，一字以人扬。

788. 寄宋申锡评事时从李少师移军回归

锡逐元戎静虏归，和和战战是还非。
兵强马壮文昌国，北雁南寻两度飞。

789. 夏日怀杜惊骅马

弄玉寻萧史，秦楼问穆公。
回文天地外，曲尽凤凰东。

790. 莺雏

十日莺鹏飞，三春独不依。
声声啼不远，处处自珍稀。

791. 上阳宫月

月在上阳宫，人行唱大风。
瑶房思未定，影静四方空。

792. 感激

序：

淮南卧病闻李相夷简移军山阳以靖东冠感激之下吟长句。

诗：

元臣出将顺天殊，太白文昌一品儒。
立计承相龙虎令，山阳刁斗鲁连符。

793. 读淮南李相行营至楚州诗

已得忠臣鉴，行营楚汉分。
鸿沟何所见，莫以未央熏。
四象沧桑易，双仪半是文。

794. 读李相心中乐

负海鲸蛟静，承恩白马行。
陶唐元老问，利令智英名。
铁甲承南话，戎车向北盟。

795. 闻国家将行封禅聊舒臣情

信念禅封久，萧韶旧鼓钟。
由来随六郡，举首大夫松。
阵舞闻千士，弹琴奏九重。

796. 和淮南李相公夷简喜平淄青回军之作

晓发元戎帐，分程玉宇风。

萧何功第一，兽羽列雕弓。
向背三军阵，相公一甲雄。

797. 秋暮八月十五夜与王璠侍御赏月因怆远离聊以奉寄

桂影婆娑见，婵娟美女行。
东西千万目，上下去来明。
玉水平邻色，寒宫不独荣。

798. 送萧世秀才

别别离离念，朋朋友友情。
无人穷路望，有辙草芽萌。

799. 怀惠明禅师

夜半霜明月，秋中桂子生。
禅房听磬语，世外静人情。

800. 吴中夜别

夜别吴中路，盘门锁外门。
云烟三十里，水雨一江村。

801. 隋家井

一眼隋家井，三吴有水源。
年年曾不尽，处处忆轩辕。

802. 寄王璠侍御求蜀笺

蜀笺王家存，文成贝叶书。
临吟池上赋，得意是相如。

803. 湘妃列女操

苍梧竹泪满潇湘，淑女心灵已自伤。
不住猿声啼昼夜，倾倾落落二妃肠。
云和未尽丝弦断，水调难鸣舜帝乡。
有寄殷勤相鼓瑟，东流自此颂陶唐。

804. 羽林行

都门祖帐羽林行，剑利弓雕十里明。
万马千军龙虎列，三章百策帝王城。
和亲不是高低议，弱剥强求始问兵。
汉以昭君求汉社，单于牧马度单荣。

805. 鸣雁行

横空一字去来飞，易变人行两地归。
岁岁衡阳青海岸，年年羽翼互相依。

806. 织妇词

织妇天河岸，牛郎牧笛声。
鸳鸯双比翼，百鸟凤凰城。
锦绣机杼巧，经律玉线明。
丝丝交结处，意意总难平。

807. 塞上曲

大雪西风烈，冰河朽木扬。
黄河黄不止，土色土方长。

808. 采珠行

海底夜明珠，龙庭有石隅。
余光收敛尽，累积纳殊图。
日月阴晴度，乾坤水府忧。
天晶天所聚，玉载玉人雩。

809. 采葛行

鲛绡取自一鲛人，海府深渊百十钧。
采葛花黄花刺刺，柔肠作茧束春春。
机杼未断纵横织，十指纤纤彼此陈。
玉影乾坤天下物，人间异物贡王臣。

810. 南唐二首

之一：

大小姑山望，婵娟和五湖。
莲花知不睡，露水作珍珠。

之二：

一茎莲蓬子，千波玉叶浮。
花中明碧叶，蕙草色沧洲。

811. 东邻女

明天也许嫁人家，月色难言桂树花。
鼓瑟湘灵流竹泪，苍梧已见二妃遮。

812. 寄李都护

榆关烽火灭，漠北路人行。
战事由人制，和平可罢兵。

813. 长安旅社怀旧山

旅舍长安梦，云眼渭水边。
怀乡怀本位，忆旧忆思年。

814. 汉宫词二首

之一：

月色宸居夜，先生侍诏回。

铜盘承露水，玉漏对新梅。

之二：

月入东窗色，灯明北户清。

槐花风里去，不落向根情。

815. 荐冰

已辨瑶池水，晶莹透洁冰。

凝时寒持久，化解可蒸凌。

有色方圆滴，无形隐约弘。

增客常固体，荐语玉皇征。

816. 送薛补阙入朝

平原门下客，补阙上中朝。

鲁酒王孙醉，长安玉宇霄。

817. 句

主客人间致，乾坤世界遥。

唐·孙位
高逸图

读写全唐诗五万首

第八函

第八函　第一册

1. 荐冰

自立晶莹质，成形水液明。
方圆由器界，大小可精英。
雨露冰霜本，凝姿俎豆城。
浮光棱浩洁，盛气自收荣。

2. 荐冰

启闭春秋鉴，方圆日月城。
炎凉由所致，暑酷可温情。
以物人间易，循规改制明。
华阳辉可积，肃宇持枯荣。

3. 赋得芙蓉出水

芙蓉出水自芬芳，玉立红姿问碧塘。
艳色莲蓬思结子，缨丝壁垒客心黄。
分分合合情中绽，叶叶花花各着光。
采女推舟寻夕昭，黄昏落照女儿妆。

4. 陈彦博　恩赐魏文贞公诸孙旧第以导直臣

就事朝中一直臣，轮人意气半冠巾。
情中激烈何分辨，殁后勋慵誉群身。

5. 花发上林

桃桃李李自无言，杏杏梅梅有简繁。
只见梨花成白雪，诗家八句向轩辕。

6. 唐扶

目尽洞庭舟，人穷属贾求。
云空天下路，水逝岳阳楼。
竹泪荒唐木，湘灵鼓瑟忧。
娥皇英女问，俯仰道林头。

7. 和兵部郑侍郎省中四松诗

抱不应呈语，贞松自手栽。
三年佳俊木，一翠向天开。
细粉龙鳞节，苍枝玉叶催。

无雕成大璞，有色简繁来。

8. 陶雍　和兵部郑侍郎省中四松诗

世借青松色，公呈手力来。
躬身躬所木，直意直枝开。
顶宇承天意，龙鳞对地回。
苍苍由古颂，郁郁任今催。

9. 郭周藩　谭子池

百步澄池水，陵阳老叟知。
开元潭子度，随地能言词。
十五飞行走，深山二十迟。
还乡仙第嘱，掘土自平夷。
冽冽清泉书，黄金陪伴无。
扬长从此去，吉瑞作先师。
道法应由志，玄微可自期。
源泉心上注，世事可相宜。

10. 金谷园花发怀古

旧忆回金谷，新桃艳色妍。
东风花玉树，雨露绿珠泉。
锦帐朱纨曳，春莺落一天。
无暗无所望，有暖有云烟。

11. 金谷园花发怀古

一涧低流水，千声返响回。
花明金谷树，力薄石崇摧。
鸟落寻饥米，云浮远近隈。
何言今古易，不见绿珠来。

12. 高铢　和太原张相公山亭怀古

不谢东山雪，应寻晋水泉。
山亭怀古问，养马自秦川。
一战千骑快，三军万步先。
周公曾以此，六国穆公传。

13. 舒元舆

进士东阳第，兴元表记舒。
郎中曾善训，辅政事情余。
李固知裴度，平章御史居。
中书门下见，不及侍郎初。

14. 八月五日中部官舍读唐历天宝以来追怆故事

武武唐唐吏，杨杨李李权。
梨园留弟子，赤水有温泉。
羯鼓芙蓉舞，霓裳羽翼悬。
方圆今古见，岁月作先贤。

15. 坊州按狱

之一：
秦文汉字一中华，塞北江南二月花。
虎啸龙吟同轨道，平衡度量共人家。
纵横天涯边界定，江河日下浪淘沙。

之一：
世委嗟君志，吾来葬汝身。
无须名姓见，俱是去来人。

16. 留连

序：
坊州按狱苏氏庄纪室二贤自鄜州走马相访，留连数日，发后，独坐寂寞，因成诗寄之。

诗：
按狱桥山下，朝衔凤阙思。
文章惊日月，草木世情时。
羽檄龙骧府，天机臆札知。
十年如一日，旧忆始无迟。
岭阜平川路，阴晴雨旱兹。
山河分彼此，聚散问鹈池。
信宿凌欹倦，阳鸟桂影枝。
陶然题叩寂，且望寄吾诗。

17. 履春冰

投迹履春冰，东风已入层。

应时知令节，跬步试凝凌。

自是人生路，循循以脉承。

18. 赠李翔（并序）

之一：

舞者韦苏州伎也，流落长沙，

朝衣故客，舞后更容而嫁之

落泊长沙似久迟，韦君已去绣衣知。

姑苏太守青娥女，色悴殷尧舞柘枝。

之二：

胡风渐冷不入时，十八拍中咏汉诗。

旧忆姑苏韦太守，曹公念旧嫁文姬。

19. 登长安慈恩寺塔

脚下一长安，慈恩半杏坛。

翔鸾西转日，渭水久波澜。

藻井寒光冷，龙池晓角冠。

金光千百界，玉顶十三盘。

20. 古镜歌

铸镜轩辕始，良良泻聚明。

风云移不定，日月自生情。

粉面涂均色，青丝巧结缨。

红妆红嫁衣，怵别怵新城。

21. 及第谣

水国书窗冷，东风乞火忙。

清明寒食节，谷雨满文章。

凡世龙墀近，仙家进士香。

蓬莱云起落，弟子竞低昂。

22. 及第后谢座主

十度闻莺后，三生净路前。

昆山多瓦砾，旧志少云天。

23. 自题读书堂

一意读书堂，三生问故乡。

冠官天地阔，玉宇着文章。

24. 应举题钱塘公馆

考举方成进士修，榆林锦绣御钱由。

钱塘渡口无钱渡，六合青云一合流。

25. 寥有方题旅槟

落第西征去，闻言隐约身。

呻吟鸣未举，且请葬归人。

26. 桥山怀古

古往今来训，文成武通修。

和平终所贵，战乱始非求。

记事轩辕政，中原逐蚩尤。

长城南北望，去往运河舟。

木渎西施见，夫差伍子愁。

卧薪勾践试，策贾范蠡谋。

以此天堂建，江南十四州。

良弓藏不久，世上帝王侯。

27. 立春日呈宫登时侍郎

晓日微风至春光细物华。

群芳群碧玉，小女小桥家。

28. 赋得玉声如乐

大璞无雕质，繁章有简明。

泠泠金玉落，处处乐音声。

29. 送林刺史简言之漳州

玉树自含文，漳州已待君。

征骖辞荔浦，别袂纳分云。

路窄横柯度，河深石岸闻。

行舟帆起落，跬步去来勤。

30. 忆山中

露气深林重，清泉玉石流。

尘埃皆已定，竹影付山楼。

抱水容妍蕙，循川直木求。

31. 元夕京城和欧阳衮

缀玉阡中落，轻轮陌上回。

星星明月色，草草碧花魁。

32. 送韩将军之雁门

百里烽烟照，三军晓日颜。

弓刀枪棒阵，日月雁门关。

33. 赋得骐骥长鸣

长鸣骐骥望，伯乐一知音。

五达庄前过，三年枥中心。

苍穹何此路，独木可成林。

自此飞天去，成龙作古今。

34. 偶题

处处生春草，年年问古今。

书生书自困，木口木中寻。

35. 春宫曲

十指琴弦曲，三春草木繁。

声声相似处，寂寂玉情源。

36. 采莲曲

荷中半不明，岸上一无声。

但作芙蓉客，莲莲结子情。

37. 踏歌行

夜路踏歌行，星明月？荆。

川流川不去，水色水无惊。

38. 四象

自古闻仙迹，如今待未来。

明天明复日，过去过无猜。

39. 塞下曲

塞下金河雪，云中玉树春。

胡姬胡目顾，汉女汉天津。

40. 送人谪幽州

幽州不尽一春秋，渭水东都半九流。

莫以江南吴越客，辽东朔漠十三州。

41. 西上辞母坟古今诗

东山寂寂一母坟，扫尽心心半不文。

七十年前衣下子，如今已有小儿孙。

曾闻稚幼何远去，不可功名作树根。

读遍诗书乡不见，回头拾遗是慈恩。

42. 送宫人入道

舍宠求仙去，阶墀素面荣。

今来传磬语，此去不求名。

43. 百年应有一人读全唐诗写全唐诗

百岁人中一人名，三生旧迹半书荣。
千家亿历长相继，五万唐诗再写成。

44. 观灯

十万人家百万灯，三街古巷五街绫。
丝丝挂挂楼楼色，秀女罗绮宝玉征。

45. 履春冰

轻轻履薄冰，步步试春层。
细细观界缝，纹纹可结棱。
心心行翼翼，处处以程凝。
只可前程去，何须急切登。

46. 句

秦川八百里云长，晋水三千日月光。

47. 李播

隔岁闻琴醉，今年解字还。
飞天人一雁，落地逐三关。

48. 见志

见志听狂语，知心任岁年。
诗书诗字句，日月日当前。

49. 鱼上冰

向鲤求冰卧，知情待父母。
慈恩生所祖，子女作书儒。

50. 鱼上冰

二月鱼冰水，三春暖气潮。
时时行令令，节节气遥遥。
四季循回律，千章玉树昭。
经纶由自在，日月可天骄。

51. 鱼上冰

冰层间有水，藻底锦鳞游。
暖气分消与，潜鱼似旧留。
逍遥常不得，左右各沉浮。
向以鲲鹏度，春风过九州。

52. 赠柳氏伎

你是庭中柳，吾非驿上杨。
春风同日照，曲舞各低昂。

53. 吉州道中

一道羊肠细，三州曲折旋。
艰难艰置驿，苦事苦前川。

54. 望台

梦里望思台，人中久不回。
微行微路远，不令不心恢。

55. 日南长至

晷度经南斗，流晶尽北堂。
周林光积雪，物节两仪长。

56. 延平天庆观

剑化江边绿，层台不染尘。
延平天庆寺，隐篆简秋春。
一曲笙歌降，三芒伴羽人。
天香标户月，学种作仙臻。

57. 送叶秀才

刻玉骢珑羁，河梁返照衣。
层冰春日尽，独鹤与鸿飞。

58. 送王秀才谒池州吴都督

去去池阳跃，来来日色还。
晴郊晴故里，晓树晓人间。
别岸星郎见，离乡道主颜。
春秋寻所处，朔漠雁门关。

59. 青帝

后羿嫦娥客，韩凭舞羽身。
商弦青帝邀，素女古兰春。

60. 银河

鹊到银河岸，人从七夕萌。
桥头应早渡，一岁女儿心。

61. 书秋

衡阳度塞鸿，雪岭玉寒穷。
隔岁回青海，梅花带意红。

62. 自和书秋

张翰八月秋，蟹脚作吴钩。
岸上莼鲈脍，姑苏木渎舟。

63. 立春后作

半见东君令，三重玉叶明。
先黄先备绿，后觉后衣轻。

64. 梅花首

之一：
未寄梅花色，先傅腊月香。
群芳应自觉，百草已新妆。

之二：
梅花腊月入春天，白雪红蕾自着妍。
六瓣寒中知暖意，繁枝傲骨两时迁。

之三：
白雪齐心色，红蕾玉影萌。
梨花先白首，傲骨以香名。

之四：
白雪寒心傲骨雄，东君暖意百香风。
冬梅未了春梅色，腊月方明二月红。

65. 即夕

酒市门前树，春中落万钱。
榆公榆叶色，百姓百思贤。

66. 送陈校勘入宿

桂子寒宫落，龙城一月明。
银台银烛照，校勘校书荣。

67. 即夕

草色相思树，花红古木枝。
韩凭栖处远，素女去来迟。

68. 早春咏雪

一树琼花满，三春碧玉开。
扬州扬水调，白雪白云催。

69. 望雪

之一：
一树群芳雪，三更白露残。
琼花琼玉色，厚望厚栏杆。

之二：

举止山河望，烟光玉树霏。
云霓云白雪，厚土厚霁微。
不是梅花落，疑如淑气归。
纷纷扬似粉，处处伴香飞。

70. 舟次汴堤

但见运河流，东西不是头。
天堂由此见，水调唱春秋。

71. 玉声如乐

佩玉声如乐，天墀太璞留。
余音余日月，独韵独和酬。

72. 喜陈懿老示新制

此别三年久，天天半忆前。
文如星宿坐，德似玉人泉。
寒使王朝制，仙鸾守一圆。

73. 赠友人古镜

知章一镜湖，水调关江都。
日日多磨励，其光有似无。
年年常拂拭，象象物扶苏。
律令随时进，和和入品儒。

74. 赋得花藤药合寄颍阴故人

赋得花藤药，南洋一蔓长。
孤贞繁叶色，独溢散余芳。
十里人中色，三丛绕中央。
苍苍天望海，木木自欣扬。

75. 春色满皇州

色满青门外，风和紫陌头。
祥烟垂在液，杜宇向皇州。
瑞吉三千子，阳明十二楼。
龙门宪启蛰，水调曲江舟。

76. 杨柳枝词

别别离离折，杨杨柳柳枝。
明年先见此，可是已归时。

77. 久雨

长洲烟雨久，水露柳枝头。

点点方圆滴，丝丝逐逐流。

78. 滕倪　留别吉州太宗宗人迈

故国无家泪，羊公岘尾垂。
前程前不止，太宗太人师。
老怯渔樵记，文身日月迟。
丹霄常自主，别路接差池。

79. 句

一水何深浅，三光几地天。

80. 吴宫

但得西施舞，何须子胥鞭。
春秋应五霸，不尽太湖船。

81. 句

陶令门前色，亚夫月下空。

82. 郊行逢社日

社日江村酒，长洲日色烟。
渔畋稼穑富，白鸟赤芦宣。
已是村村醉，人人不管田。
忙时肥鹭羽，只待再逢年。

83. 过友人幽居

陌巷谁为俗，寒窗不染尘。
书生知自己，日月记秋春。

84. 过雍陶博士邸中饮

一饮半春秋，三杯九教流。
诗书非是酒，莫以误当头。

85. 游王羽士山房

日作神仙侣，梦中父子情。
山横千万谷，鹤带暮朝声。
玉石分应定，丹炉几世明。
峰明云雨近，水逐羽人萌。

86. 署中答武功姚合

自静居宜处，全家守侍平。
深泉成饮井，直木作庭荣。

87. 赠龙阳尉马戴

马戴龙阳尉，全身术学篇。

桑麻耕近土，道路步程前。
细草由纤助，高萝可靠边。
人间先后客，自力暮朝田。

88. 上巳日赠都上人

三月初三日，公卿曲水涯。
兰亭由所序，被禊酒觞斜。
独步香尘事，春莺逐水花。
群芳初绽色，巧见上人葩。

89. 送沈亚之尉南康

迈步南康路，离情逐渐多。
前程应不了，后继问山河。
别泪垂江色，相思自叠波。
猿啼常未止，不听竹枝歌。

90. 奉送刘使君王屋山隐居

得意谁思隐，山居苦事磨。
耕田云雨少，种起草禾多。
记取泊罗赋，无须唱九歌。

91. 寄许浑秀才

字字文文见，词词句句寻。
兴来吟晓月，倦后问知音。

92. 送客游吴

吴门一五湖，小小半江都。
木渎西施问，生公点石儒。

93. 陆丞相故宅

故陆丞相宅，新花共草堂。
残梅欹石经，古玉卧颓墙。

94. 中元日观诸道士步虚

道士中元日，步虚上界明。
玄都开秘篆，白石作先生。
投简惊天地，寻机十卦情。
星辰应所以，世界古今行。

95. 醉赠刘十二

知君过恶溪，别路有猿啼。
一醉闻莺语，春梅作玉泥。

96. 早朝

紫气晨钟上，星朝玉漏中。
衣冠鱼列近，佩笏客身躬。
无夷成律令，甘霖赐殿宫。
官官相护佐，侍侍送春风。

97. 帝京两首

之一：

列郡征子才，天涯取义豪。
京都京孔府，渭水渭君劳。
地入黄图辅，机成独使陶。
瑶池春水阔，五色盛蟠桃。

之二：

帝帝京京路，龙龙虎虎山。
昆明池上水，太液苑中颜。
觅觅寻寻去，人人一一还。
江南湘沅岸，塞外雁门关。

98. 宫词

深宫花月夜，不定一心情。
似有羊车到，龙灯早色明。

99. 郊居作

碧玉郊居萌，轻云水上寻。
新渔初上市，近处有鸣禽。
老老千枝树，榕榕百岁深。
千根垂入土，自此木成林。

100. 闲居

直木闲居问，乔林石水风。
高天高不止，厚土厚无终。

101. 暮春述怀

一客花天里，三春玉石中。
泉溪流谷涧，日色自西东。
二十年前路，如今事后衷。
江湖非好汉，草莽不成雄。

102. 端午日

故舍五重茅，檐前一艾蒿。
端阳端午日，米脂米粽糕。
楚子汨罗去，龙舟振玉涛。

民间风俗好，祭奠敬江皋。

103. 九日

暮掷班超笔，朝怜季子裘。
云烟云雨就，草木草江洲。

104. 九日病起

重阳一菊花，独命半人家。
病起中秋后，行吟落叶华。

105. 寒夜

寒中寒欲尽，月下月空明。
傲影从香色，芳姿向远情。

106. 喜雨

日日霏霏雨，春春细细云。
田耕田亩润，一子一殷勤。

107. 春游

水绿襄阳岸，芳明杜若花。
春游春野草，女色女人华。
步踏青茵铺，心荫慕野家。

108. 夜酌溪楼

夜酌溪楼上，寒光泊水中。
婵娟时隐约，醒醉此生空。

109. 泗行

金陵一石头，野径半溪流。
处处鹧鸪问，幽幽客泗游。
关河依旧日，草木逐春秋。
步步先人迹，云云已不休。

110. 下第东归作

自古官行独木桥，江河日上久波潮。
书生梓取儒名利，看似功成步却遥。

111. 还京口

北府金陵酒，南城陌巷花。
行人行旧迹，白雪白人家。

112. 襄口阻风

浪击云初上，波峰雪示消。

周郎由计取，女误一琴谣。
逝水知王导，留诗庾亮潮。
曹公吴蜀会，十八拍中寥。

113. 潭州独步

鹤发垂肩懒，红颜闭目勤。
仙人仙不语，独步独香启。
物外人心久，云中雨积氛。
潭州应向背，自却采莲裙。

114. 金陵怀古

一步紫金山，三秦八水颜。
江淮王气重，朔漠雁门关。
地接昆仑带，天承玉帝班。
行程泾渭去，止步秣陵还。

115. 登凤凰台二首

之一：

一望凤凰台，三生日月天。
长安泾渭水，白下谢王猜。
小叶秦淮女，文翰献子裁。
离宫经六代，草木易千梅。

之二：

台城梁武见，始信寺人心。
道以玄虚论，儒当佛祖荫。
吴王宫殿草，越主会稽音。
来来应去去，水水可浮浮。

116. 韩信庙

故鸟良弓尽，萧相月下寻。
声名依处处，草木已森森。

117. 访许浑

隐者寻时去，居人问未来。
樵渔温饱客，日月暮朝回。
读尽江湖水，行穷日月恢。
天台天目路，上下上人猜。

118. 李舍人席上感寓

滴水方圆域，微云敛雨城。
溪流常带石，夕照远高明。

119. 和赵相公登鹳雀楼

黄河千里目，鹳雀万声楼。
日色长烟去，天光落地秋。

120. 冬至酬刘使君古今诗

白雪封冬至，清霜复小寒。
家山回不得，道路望云端。
一树红橙柿，三边野枣盘。
冰凌初结冻，五女下江澜。

121. 李节度平虏诗

节度今平虏，阴山作舜田。
单于听牧草，汉将任三边。
大雪渔阳北，冰封冀越泉。
和平和固捷，解甲解兵年。

122. 赠惟俨师

暮尽闻禅磬，灯明护法钟。
江湖身独步，佛寺影孤龙。

123. 金陵上李公垂侍郎

海国微茫散，天云四际扬。
公垂成一统，六国作千章。
圣代长江险，金陵李侍郎。
乾坤寻祖迹，以此问萧梁。

124. 寄许浑秀才

造化玄相易，风云日月归。
今今何古古，是是复非非。
万古曾相似，千年有共回。
同同如异异，历历亦希希。

125. 送白舍人渡江

第一龙江渡，三思共济行。
金陵王夜渡，白下谢玄兵。
短棹轻云雨，长船载玉明。
秦淮桃叶月，笔墨献云情。

126. 送刘禹锡侍御出刺连州

此去连州自独行，桃花隔岁满羊城。
罗浮荔子梅先色，异土同心白雪晴。

127. 送韦侍御报使西蕃

侍御西蕃使，儒臣一丈夫，
阴山连朔漠，匹马静匈奴。
一语惊天地，千情共越吴。
人间人自主，世上世风苏。

128. 送源中丞使新罗（法国特使）

中丞步步使新罗，紫绶微微送玉波。
奉命朝墀阶地铁，金函玉节法天柯。
异域龙城寻利就，殊方碧玉作嫦娥。

129. 寒食城南即事因访蓝田韦明府

路北行云日，城南化雨天。
蓝田明府第，禁火满春烟。
小杏飞红水，梨花落酒泉。
榆钱应换市，漫夸近琴弦。

130. 送景玄上人还山

罢讲经钟近，庭闻锡度空。
还山玄景致，贝叶衲衣中。

131. 宫人入道

卸却宫妆锦，收心绣色陈。
黄冠黄已去，玉影玉红尘。
入道离天远，从观别意邻。
清霄清梦久，别世间秋春。

132. 友人山中梅花

山中故友一梅花，月下清香半傲斜。
翠羽空林寒梦晚，罗浮折断谢人家。

133. 客中有感

客里春秋易，心中日月文。
流年经历见，驿站望风云。

134. 忆家二首

之一：
父父母母子女家，男儿老小半天涯。
书生自是天南北，暮暮朝朝向雪花。
之二：
夫妻子女一人家，地北天南半豆瓜。

事业分成名利客，亲情解析各桑麻。

135. 江行二首

之一：
一路江船尾，两纹白练头。
瞿塘三峡始，白帝一城楼。
之二：
一派长江渡，千夫栈道攀。
瞿塘巫峡水，蜀鄂共巴山。

136. 偶题

但望黄帝庙，香溪入楚流。
西陵官渡口，大峡口归州。

137. 关中伤乱后

去岁干戈乱，今年旱灾秋。
关西关战地，养马养耕牛。

138. 楚江怀古

骚灵一楚才，越秀半天台。
子胥吴门外，汨罗贾谊来。

139. 张飞庙

桃源三结义，蜀帝一英雄。
武通文县令，阆中自屈躬。

140. 生公讲台

生公一讲台，点石半天开。
铸剑池中水，虎寺月中来。

141. 席上听琴

高堂一半明，万籁两三声。
十指无形见，千音绕耳行。

142. 酬雍秀才二首

之一：
暮色含烟暗，归帆带夕云。
舟舟争渡口，子子秀才分。
之二：
雍雍一秀才，客客半天台。
但泊严滩渚，金钩玉勒来。

143. 竹

户纳凌云气，窗含竹节声。

春情春笋见，一雨一云生。

144. 春怨

步步青茵路，幽幽小女情。
东风云雨少，草木早繁荣。

145. 馆娃宫

一女馆娃宫，三吴淑玉红。
姑苏台上问，不解范蠡功。

146. 汉宫词三首

之一：

夫人成帝许，玉貌作尘埃。
翠羽真珠落，君恩几度来。

之二：

霍女成君字，宫中教绣裙。
何须皇后许，汉帝多浮云。

之三：

清歌一曲李延年，羽舞霓裳羯鼓天。
但以梨园留世界，今今古古场中圆。

147. 同州端午

同州端午节，十地屈原乡。
四海龙舟竞，汨罗柳成行。

148. 夜过洞庭

远近笙歌起，低昂入酒泉。
波平湘水岸，载月洞庭船。

149. 潭州席上赠舞柘枝伎

姑苏太守婵娟女，岳麓长沙舞柘枝。
不尽潇湘斑竹泪，中丞记取二妃时。

150. 寄太仆田卿二首

之一：

太仆田卿酒，三更有色空。
霏霏微雨落，醉醉醒醒时同。

之二：

阴阳成万物，草木自千荣。
若喜长生线，欣然对自生。

151. 新昌井

门前一辘园，百转半深泉。

井下沙层水，茗茶碧玉鲜。

152. 经靖安里

巷里无尘净，人中有色行。
黄昏应自取，屋顶久光明。

153. 闻筝歌

切切丝丝断，柔柔指指弹。
声声连楚汉，水水逐波澜。

154. 吹笙歌

气气喧喧语，簧簧孔孔音。
轩辕如未了，曲曲自鸣禽。

155. 赠歌人郭婉二首

之一：

歌人一石家，曲舞半桃花。
莫以声中取，余音月下娃。

之二：

谁言筝篥断，不尽绿珠情。
不必寻金谷，当知遗人鸣。

156. 游山南寺二首

之一：

日近山中暖，风停竹外声。
山南初不雨，露水带红晴。

之二：

俯仰山南寺，阴晴细雨中。
桃花含满露，小杏别样红。

157. 句

梅花岭南二月芳扬秀，
百草半香药千年日月成。

158. 虎丘山真娘墓

金龟落剑池，玉影虎丘枝。
曲度真娘寺，花台细雨时。

159. 答殷尧藩赠罢泾源记室

辕雅殷尧使，泾源记室梁。
从征文笔正，受房勇边疆。
伏节龙骧卧，孤生帐令扬。
空怜星斗射，牧野见牛羊。

160. 五月六日发石头城，步望前船，示舍弟兼寄侯郎

客子石头城，侯郎楚粽情。
前船前水逝，后浪石波倾。
蒲叶吴门锁，秦淮月色明。

161. 别庞子肃

自以丹砂炼，应仙去不回。
瑶台如不远，雨雪去还来。

162. 春色满皇州

渭水春晖早，长安百草明。
南山先绿色，北阙已闻莺。
上苑梅花落，昆池蕙芷英。
三光杨柳岸，一路曲江萌。

163. 宿白马津寄寇立

天高飞白马，地原落梅花。
别路扬长去，何愁不问家。

164. 汴州船行赋岸傍所见

古木苍苍晓，秋风处处凉。
船行分水色，浪叠柳中杨。

165. 送文颖上人游天台

天台天目路，上路上人乡。
别志芳丛木，崎岖独步扬。

166. 宿后自华阳行次昭应寄王直方

宿后华阳路，昭应寄直方。
寒声初落雁，日色已潇湘。
物意分南北，人心向暖凉。

167. 题海榴树呈八叔大人

树树海榴花，红红玉砌瑕。
蓬壶仙不在，一路到人家。

168. 西蕃请谒庙

肃肃层层进，巍巍楚楚行。
西蕃清圣庙，北魏化夷城。
九奏声移帐，千重帝子情。
仪威成祖制，此泽望华缨。

109

169. 勤政楼下观百官献寿

独出心裁见，群英逐冕旒。
黄花重九日，紫陌作千秋。
献寿皆鸳鹭，祥烟四十州。

170. 山出云

地地天天际，云云雨雨生。
恩恩成泽泽，岁岁自荣荣。

171. 曲江亭望慈恩杏花发

小杏墙头色，红桃巷尾明。
慈恩分泽雨，瑞气曲江莺。

172. 送庞子肃

妻妻嫂嫂笑苏秦，纵纵横横鬼谷津。
自得人间真道理，文章政治作秋春。

173. 春词酬元微之

桃桃李李自成蹊，白白元元绝句齐。
未尽红芳花木夏，微之不断乐天句。

174. 题侯仙亭

四面仙亭顾，千波玉水流。
高低曾不见，远近各春秋。
石柱雕梁树，云端醉酒楼。

175. 村居

有树巢栖止，无风夜梦深。
婵娟同睡去，月色待空寻。

176. 梦挽秦弄玉

之一：

邸舍秦公一梦空，沈郎弄玉翠微宫。
题门字字经函谷，尚主廖家以此红。

之二：

弄玉一枝红，输名半穆公。
人间由不得，此去凤凰逢。

177. 梦别秦穆公

秦楼一穆公，弄玉半心空。
莫以箫声寄，人间小女红。

178. 梦游秦宫

九望祖龙居，三秦二世余。
春秋分六国，一统帝王墟。

179. 湘中怨

之一：

本怪媚娇态，文人曲客肠。
湘流三石浅，氾女一真娘。

之二：

百态凄凄一女怆，三湘楚楚半真娘。
从君此幸随心伴，九辨诗名逐柏梁。
淑韶幽幽成紫气，章台处处氾人香。
风涛岳麓楼中曲，所去无踪几念量。

180. 施肩吾　代征妇怨

之一：

不恨长城守，何言作帝王。
三宫寻六院，一世九香堂。
独有征人妇，孤身望月乡。
嫦娥空照取，不响上空床。

之二：

耆蠹神生一世乡，幽凝吉日半天光。
候临本末贞盟许，闽祝铜铙僻佑梁。
民所国，国家扬，君荫巷野作苏杭。
和音咒载知相与，豆舜无虚览遂康。

181. 及第后过扬子江

抱志流边望，波涛起落船。
江中江岸水，自涌自云天。

182. 夜宴曲

昼夜无分晓，青娥醒醉前。
桃花桃李度，杏眼杏娇妍。
酒入肢肠软，相依独半眠。

183. 效古兴

夜色虫虫促，灯明处处微。
飞蛾常扑火，落雀几回归。
旧物新情寄，江南塞北非。
相思夫万里，独叹自无依。

184. 古别离二首

之一：

别别离离久，思思绪绪长。
年来儿女小，老得妇夫梁。

之二：

岸隔一牛郎，星流半故乡。
年年桥鹊搭，岁岁独思狂。

185. 壮士行

斗胆荆轲诺，雄心壮士行。
风云家国事，剑戟笔和平。

186. 文祝延二阕

本质闽人歌，延公气祭何。
人间应所记，世上欲求多。

187. 送人南游

不断泉州路，分歧陌野头。
东南方向定，海国取航舟。
闽越山魈语，中途百水流。
频书频信息，寄语寄江楼。

188. 赠边将

日上龙城帅，云中受降兵。
边疆常守将，国土镇红缨。
大雪封山野，残冰冻柳营。
和平方上策，战尽李陵名。

189. 上礼部侍郎陈情

礼部九重城，陈情一甲名。
寒枝青律早，独傲一施荣。

190. 早春残雪

日照朝阳暖，溪流白雪残。
冰封滑石岸，草色浅洲滩。

191. 送端上人游天台

欲向天台去，应知奉化开。
默林宁海望，古刹国清来。

192. 惜花

记取一花红，难回半梦中。
欣欣成此意，处处可西东。

193. 冲夜行

远远流萤照，幽幽起落行。
天边天际际，夜色夜无明。

194. 夜愁曲

夜夜愁歌曲，灯灯无影重。
琅玕空把持，处处见行踪。

195. 杂古词五首

之一：
江南江北女，十二十三明。
曲曲传传唱，竹影竹竿情。
之二：
树上衣衫挂，池中碧叶藏。
鸳鸯同对水，织女问牛郎。
之三：
近近声声细，遥遥语语长。
相思想念切，梦里梦黄粱。
之四：
怜时鱼得水，怨罢梦衷肠。
独自凭欢喜，鸳鸣是唤鸯。
之五：
一夜一同心，三更两地音。
君行君不语，妾守妾弦琴。

196. 幼女词

幼女天机问，思心尚未明。
何因朝月拜，是学故人情。

197. 买地词

冠官多买地，退老有余钱。
六十知耕种，三生入自然。

198. 弋阳访古

竹杖青青咒，从芳处处幽。
仙人仙不在，道法道家修。

199. 幽居乐

万籁何须耳，千般待目明。
幽居幽所境，取意取斯情。

200. 湘川怀古

湘川湘水少，竹泪竹情多。

莫以空心见，汨罗唱九歌。

201. 秋山吟

八月重阳近，黄花映叶稀。
秋山香满树，桂子落人衣。

202. 寒夜

一夜明明月，三更冷冷身。
何时人可暖，老少取心邻。

203. 湘竹词

竹泪湘灵色，苍梧日月多。
千年千雨夜，二女二妃歌。

204. 观花后游慈恩寺

世事观花后，慈恩寺塔前。
观音观所在，佛祖佛心田。

205. 乞巧词

乞巧星河望，桥边织女回。
牛郎知足夜，世上玉情开。

206. 不见来词

独约黄昏后，期期不见来。
红妆方谢盒，闭了又重开。

207. 夜起来

香消心已近，玉枕几徘徊。
桂影遮还去，婵娟夜起来。

208. 笑卿卿词

笑向卿卿道，倾闻夜夜台。
婵娟扬桂影，玉兔过河来。

209. 感遇词

不见罗敷意，还思小小缘。
何愁天水岸，自向曲江边。

210. 及第后夜访月仙子

及第新当夜，寻幽醉里仙。
婵娟何不露，桂影半遮怜。

211. 定情乐

自是夫君命，条裙妾女宽。

双钗连玉颊，独月两波澜。

212. 宿南一上人山房

山房山不语，上一上人言。
静夜禅音继，尘消气定轩。

213. 兰芷泊

芷芷兰兰泊，洲洲渚渚船。
云烟云水岸，草木草花田。

214. 经吴真君旧宅

旧宅真君炼，三清玉石丹。
千山林木界，五色土云端。

215. 古相思

暮见西林色，昏从旧约斜。
嫦娥今已向，本夜到吾家。

216. 瀑布

一落三千丈，惊涛五百泉。
经天经日月，素布素云悬。

217. 金尺石

顽石丹炉炼，黄金玉石沙。
无分无所见，有合有人家。

218. 秋洞宿

秋深秋洞宿，地暖地台寻。
已得阴阳合，方知日月心。

219. 效古词古今诗

姊妹和兄弟，爹娘祖父荫。
关东由一创，日月可千寻。

220. 山中得刘秀才京书

自足家贫客，难平一寸心。
刘京青鸟至，古木已成林。

221. 望夫词

织锦机杼问，回文字里寻。
天官天子见，玉女玉人心。

222. 忆四明山泉

天台不远四明山，雪窦曹娥大堰关。

奉化桑州华顶木，默林白鹤殿前颜。

223. 西山静中吟

道气重重结，三清日日分。
西山心已静，自得老君文。

224. 天柱山赠峨嵋田道士

一道山山炼，三清处处田。
青芒心上种，白鹤度中船。

225. 夜岩谣

夜上幽岩望，云中注耳听。
松林翻碧浪，得道是丹青。

226. 岛夷行

岛岛礁礁海上洲，风风雨雨望中求。
方方面面皆无际，涌涌涛涛不尽头。

227. 帝宫词

自是青娥女，君王宠爱知。
羊车来去见，不唱竹枝词。

228. 叹花词

日日何须叹，年年草木生。
芳花圆月夜，隔岁亦光荣。

229. 杜鹃花词

山前满杜鹃，月下始争妍。
一片殷红色，三春自笑天。

230. 晓光词

但与羲和早，红红黑黑分。
光明成一线，瞬刻万千云。

231. 望晓词

晓色初扬起，云霞映日多。
轻罗红白羽，一线分天河。

232. 海边远望

远远扶桑望，层层雨雾多。
中间涛浪涌，四面接连波。

233. 听南僧说谒词

净净清清水，僧僧偈偈言。

南洋南海岸，佛祖佛陀源。

234. 春日美新绿词

小绿初成粒，中黄已自萌。
芽颜分不定，隔日自生荣。

235. 对月忆嵩阳故人

三十六峰前，千林一羽田。
嵩阳谁面壁，闭谷向青莲。

236. 赠莎地道士

眉丝垂地久，目秀已朝天。
贝叶如来遣，青牛老子篇。

237. 效古词

十六学笙簧，梨园有莫愁。
霓裳曾不尽，自得羽衣留。

238. 冬日观早朝

捧日炉香动，趋墀玉漏明。
佳人尤自梦，佩玉有轻声。

239. 观英偓画松

自古松林望，如今见叶青。
扬扬枝叶竞，处处有天灵。

240. 题山僧水阁

水阁山房净，行僧住持城。
传禅知觉悟，打坐慧心明。

241. 登岘亭怀孟生

文章一鹿门，岘尾半黄昏。
泪水垂无止，襄阳好子孙。

242. 吴中代蜀客吟

一曲吴门客，三声蜀杜鹃。
春春依旧色，处处锦江天。

243. 戏咏榆荚

一地榆钱色，三春入酒家。
应呼流落客，醒醉见黄花。

244. 寄李补阙

三十六峰中，千林九脉同。

苍生来去问，白雪入梅红。

245. 贫客吟

富者不居贫，书人净自身。
耕农耕土地，得谊得乡邻。

246. 诮山中叟

隔岁三生叟，今年八十余。
耕田三五亩，自在去来居。

247. 闻山中步虚声

远远步虚声，遥遥道士情。
山中山不语，世外世人明。

248. 题龙池山人

步落龙池侧，心行草木中。
鳞鳞鱼不食，色色亦空空。

249. 玩新桃花

雨雨云云后，桃桃李李蹊。
红颜红结子，玉色玉因低。

250. 山石榴花

一树石榴花，三春似女娃。
红颜红不色，百子百人家。

251. 玩友人庭竹

竹竹丛丛碧，竿竿节节生。
清风听自在，玉叶任纵横。

252. 秋夜山居二首

之一：

月间烟霞客，居寻白石声。
溪流溪曲折，鹤无鹤清鸣。

之二：

去雁飞人字，来人落一情。
谁家棋子落，落叶久寻行。

253. 秋夜山中别友人

独鹤孤云对，乔林直木分。
东西何远近，日月已知君。

254. 赠别王炼师往罗浮

道士罗浮近，仙人不住留。

音书何不寄，羽鹤去来舟。

255. 春日餐霞阁

洒水初晴日，烟霞复石根。
山花轻落下，锦绣满农村。

256. 喜友再相逢

相逢三十载，旧忆小儿孙。
一石惊行止，千音伴鸟村。

257. 候仙词

问子西天去，经心古刹来。
何时南岳路，玉石满青苔。

258. 修仙词

意守丹田气，心经色色空。
修仙修世界，主持主天宫。

259. 夏日题方师院

夏日方师院，清风淑气来。
婆娑多竹影，水火少人才。

260. 春游乐

时时三百日，处处五千年。
步步迎春回，行行问八仙。

261. 仙客归乡词二首

之一：

阮肇山中问，天机舍下闻。
村前杨柳树，井外去来分。
五百年人后，三千岁老君。

之二：

洞里才天日，人间已百年。
山河应未改，草木已移迁。
故宅成先祖，童书已断篇。
衣衫衣易久，丢却古时钱。

262. 云州饮席

一席云州客，三光各不同。
何时朝暮共，主次已当空。

263. 戏赠李主簿

瘦怯西湖一水消，隋炀曲调半人潮。
箫声不断秦楼远，但问扬州有几桥。

264. 春词

百草殷殷色，群芳郁郁萌。
青娥寻旧处，梅花落里行。

265. 题景上人山门

寺里香烟一古今，门前竹木半余荫。
山无退步河无止，水有青莲沙有金。

266. 伎人残妆词

昨晚歌新曲，今晨舞旧身。
残妆应未谢，白雪已临春。

267. 临水亭

黛色临亭入，溪烟逐水来。
源头花落下，曲处已重开。

268. 听范玄长吟

一句长吟落，三兴向远行。
声声曾未止，处处以山盟。

269. 观叶先生画花

一笔千花半纸成，三春百草两阴晴。
心中有蕊含金粉，结子无形有子生。

270. 洗丹砂词

千淘万洗净丹砂，百炼成金你我他。
紫气香炉沉玉液，日月山河是晶华。

271. 长安春夜吟

长春长夜色，渭水涓泾分。
细细霏霏雨，烟烟雾雾云。

272. 自述

采葛罗浮日，成仙炼玉丹。
灵砂炉火木，换骨易胎难。

273. 少年行

白马少年行，晴空玉宇横。
长安京广路，紫陌向人生。

274. 越中遇寒食

越女青团子，吴儿木渎城。
灵岩山上客，玉笛镜湖英。

275. 赠采药叟

无家无累挂，有叶有山行。
老见人参果，临峰对月明。

276. 清夜忆仙宫子

夜忆仙宫子，门深月浅明。
袖仙孤独坐，日日向三清。

277. 江南怨

碧玉桥边色，莲塘采月情。
衣衫船上挂，织女水中明。

278. 送绝尘子归旧隐二首

之一：

已绝红尘子，还闻草木声。
棋琴书画界，一半女儿情。

之二：

人间一子孙，世上半空门。
父父母母问，命命自恩恩。

279. 送裴秀才归淮南

十二楼中见，三千弟子流。
淮南才子送，玉笛满扬州。

280. 钱塘渡口

八月风潮涌，钱塘渡口开。
天堂由此去，一线运河来。

281. 春日宴徐君池亭

醉在青山里，行成伎曲颜。
空门君莫锁，有月始知还。

282. 山中送友人

月下婵娟至，山中玉色开。
啼莺啼已尽，友醉友无催。

283. 赠女道士郑玉华二首

之一：

道士男儿志，三清郑玉华。
官身官不就，妇女妇人家。

之二：

不向刘郎问，还寻帝子家。
玄虚云女客，未解未丹霞。

284. 寄西台李侍御

柱史一西台，朝云半绣裁。
琼瑶花色好，侍御已知回。

285. 赠凌仙姥

六合凌仙姥，阿母半寄香。
仙桃三熟取，汉武一回尝。

286. 晚春送王秀才游剡川

山花一半春，女色两三人。
不可怜心少，江南不是秦。

287. 冯上人院

一路红尘断，三清玉石亲。
幽幽循石径，处处问谁邻。

288. 金吾词

只望仙门外，无闻玉殿中。
金吾金勒口，禁苑禁云风。

289. 观舞女

只望仙门外，无闻玉殿中。
金吾金勒口，禁苑禁云风。

290. 鄠县村居

后补鄠县路，先驱紫阁峰。
村居村百世，日色日封慵。

291. 酬周秀才

蜀篓平平展，羊毫笔笔横。
行行藏愚意，字字蓄文情。

292. 施次文水县喜遇李少府

为君三日路，一醉半行程。
少府奇相遇，襄阳旧忆生。

293. 夏雨后题青荷兰若

细雨净红尘，微风浥木春。
青荷兰若处，四壁客心邻。

294. 途中逢少女

两目东西望，三春左右寻。
何言相欲问，不得女儿心。

295. 山中玩白鹿

白鹿桃花洞，清泉玉石明。
仙人仙打坐，步骤步虚行。

296. 山居乐

每问松林鹤，常闻白鹿门。
笙歌长寿曲，历篆步虚纯。

297. 襄阳曲

十六女儿郎，三春半水乡。
船波摇不定，对镜贴花黄。

298. 望夫词二首

之一：

北雁南飞落，征夫妾女思。
同心同日月，共梦共相知。

之二：

事事经年问，人人历远离。
夫妻夫妇忆，别地别时姿。

299. 少妇游春

少妇游春去，男儿储玉钩。
情姿争左右，艳色竞风流。

300. 折柳枝

处处知新树，年年折柳枝。
相思相见处，隔岁隔离时。

301. 归将吟

百战成归老，三边作历程。
英雄当此见，岁月已精名。

302. 惜花词

三春成一统，十地作千红。
岁岁花如此，年年草不同。

303. 抛缠头词

一曲山歌唱，三春杜宇情。
何须儿发隔，草木已无声。

304. 望骑马郎

养马秦川里，知音汉水中。
春情春意早，一女一心衷。

305. 春日钱塘杂兴二首

之一：

酒姥钱塘水，吴姬六合钩。
邻家船不在，柳叶碧枝头。

之二：

浙水入海，富春钱塘，
潮平潮起，潮起潮平。
一诺苏杭四十州，三声水调运河舟。
隋炀已去钱塘在，确定潮头向海流。

306. 寄隐者

有隐无行止，寻山问水情。
经心经足下，造路造枯荣。

307. 寄四明山子

雪窦四明山，曹娥半水颜。
宁波溪口镇，大隐鄞江还。

308. 观美人

白雪占胸前，丰姿富两边。
眉开衣袖短，自送水中莲。

309. 收妆词

红颜红粉臂，碧玉碧心田。
不结中丝带，偷开上衣边。

310. 仙女词

侍奉王母后，曾言汉武桃。
三千年玉树，五百载风骚。

311. 仙翁词

远近人间路，阴晴世界天。
仙翁名六合，积水作千泉。

312. 遇李山人

游山游水去，李武李山人。
二十年前见，今时又别秦。

313. 同张炼师溪行

道士青溪过，霞巾玉石留。
丹炉童子行，竹杖作龙游。

314. 桃源词二首

之一：

汉汉秦秦问，吴吴蜀蜀闻，

桃源分界雨，世上有天云。

之二：

不得书生欲，还闻隐士心。

秦翁应隔世，汉子可成荫。

315. 送道友游山

寻山寻木直，踏水踏云中。

道友知仙境，桃源隔世风。

316. 赠王尾刘道士

屋外寻常处，心中自主天。

三清三世界，九界九重圆。

317. 谢自然升仙

升仙谢自然，得道入青天。

何处青天见，升仙得道玄。

318. 秋吟献李舍人

白发一思苗，青丝半已消。

乡根瓜豆见，笔墨过文桥。

319. 山中喜静和子见访

绝壁深溪涧，乔林直木桥。

山中和子访，饮酒共云霄。

320. 春日题罗处士山居

已见丹田玉，南华第几篇。

开经开自主，得道得霞烟。

321. 访松岭徐炼师

乱垒千峰石，轻霖百草轩。

松林松经远，道士道墙垣。

322. 送绝粒僧

渴渴饥饥俗，关关闭闭僧。

长年长似此，绝粒绝相应。

323. 宿兰若

听钟兰若宿，问道夜闻禅。

老衲求云解，新经一语全。

324. 题禅僧院

月上禅僧院，云中古寺前。

心平三界路，夜静一灯燃。

325. 江南织绫词

越越吴吴织，丝丝弄弄编。

绫绫还绣绣，帛帛复绵绵。

女女梭梭去，针针线线穿。

春蚕何自锁，夏茧缫难全。

326. 早春游曲江

七彩羲和色，三光自主明。

翰林泾渭客，进士曲江荣。

327. 佳人览镜

玉女台前坐，佳人览镜荣。

桃花红粉粉，笑眼色莺莺。

328. 遇王山人

每每寻君去，峰峰问道来。

相逢应一笑，别意已三回。

329. 遇醉道士

道士山中隐，求仙月下行。

行行还隐隐，醉醉可荣荣。

330. 送人归台州

莫以驱途客，应闻醒醉来。

迷途何不见，瀑布挂天台。

331. 赠施仙姑

晓是仙姑色，婵娟夜月悬。

冰容寒柱影，玉兔几案边。

332. 山院观花

梅花落尽竹枝声，下里巴人一蜀情。

白雪阳春吴女问，渔舟唱晚火渔明。

333. 代农叟吟

瑞雪丰年望，风调雨顺祈。

春前秋后见，女女儿儿依。

334. 经桃花夫人庙

桃花处处一夫人，十万龙骧尽弃秦。

一半江山天下去，三千女子自秋春。

335. 下第春游

下第春游去，寻心待书来。

元龟天子诏，进士曲江开。

336. 送僧游越

不笑闲云远，常闻觉悟闲。

天台天目路，一步一登攀。

337. 遇越州贺仲宣

不向镜湖西，余姚柳色低。

门前山积翠，只与四明齐。

338. 江南积雨叹

云云雨雨一江南，雾雾烟烟半积涔。

滞滞涔涔流又止，霪霪湿湿久霉涵。

339. 云中道上作

云中定远雁门关，受降城前御道闲。

不以沙鸣青鸟信，楼兰未斩不归还。

340. 同诸隐者夜登四明山

约者四明山，天台一半颜。

大隐宁波近，慈溪皎口湾。

341. 戏郑申府

独自经春色，迷途入酒楼。

吴姬应醉舞，解带约温候。

342. 宿千越亭

吴吴越越女儿多，楚客三声唱九歌。

莫以夫差勾践去，谁知一问月如何。

343. 少女词二首

之一：

信物无端视，春风有意闻。

啼莺啼不住，一女一纷纭。

之二：

手上同心带，春中共意游。

牛郎何不见，织女已藏羞。

344. 冬词

锦绣堆中卧，冬眠被下盖。

偷偷惊白玉，巧巧遇低头。

345. 昭君怨

自古宫图一古今，琵琶自制作知音。
恩恩怨怨何时尽，不负单于有汉心。

346. 赠仙子

白雪红梅色，清光玉影中。
先生先子贵，后继后由衷。

347. 越溪怀古

耶溪不浣纱，木渎越吴花。
曲舞西施女，天平作馆娃。

348. 秋夜山中赠别友人

不忍山中别，常闻木叶声。
寒山猿不近，偶尔两三鸣。

349. 大堤新咏

江流一大堤，引导半东西。
北北南南折，高高自海齐。

350. 宿四明山

大禹四明山，隋炀半御颜。
三皇吴越贾，一税运河关。

351. 禁中新柳

柳柳半含烟，云云一雨田。
丝丝垂欲摆，处处系游船。

352. 酬张明府

不醉红楼外，歌人一曲中。
新诗潘令书，处处小桃红。

353. 安吉天宁寺闻磬

玉磬婵娟间，金钟后羿闻。
同寻同是夜，共语共天文。

354. 句

日日穿梭见，年年著作行。

355. 费冠卿

登名及第费冠卿，得禄亡母养奉倾。
隐去池州长庆殿，修行孝节九华城。

356. 不赴拾遗诏

孝节冠卿拾遗名，池州及第九华荣。
君亲奉养知天地，老少同修不赴情。

357. 闲居即事

五尺僮生计，三光奉养明。
孤寻韩信将，独宿卧龙情。

358. 酬范中丞见

柳陌花光色，金銮紫气生。
侯嬴方束帛，邑客玉泥轻。

359. 秋日与冷然上人寺庄观稼

世世人人搅，清清净净闻。
观稼观稿取，问米问粱勤。

360. 题中峰

独立中峰柱，孤行上顶云。
溪泉由此落，瀑布满氤氲。

361. 蒙诏拜拾遗书情二首

之一：
拾遗书情绝，皇颜帝意高。
池州山水近，已结九华茅。
之二：
及第冠卿客，官名故土秦。
亡母天上问，已作九华人。

362. 挂树藤

挂树藤攀比，平生独立难。
长根长缠绕，互得互云端。

363. 枕流石

水水冲流石，山山累细沙。
坚贞终不以，细小远天涯。

364. 久居京师感怀诗

久在京师巷，还闻故土茅。
求名辛苦道，逐得暮朝劳。
十载家书断，三生一念高。
池州归去也，桂树满分毫。

365. 答萧建

涧壁三千尽，悬崖一万重。
青林藏处处，白瀑落淙淙。
古寺层层院，高僧殿殿钟。
山房灯不熄，磬语镇毒龙。

366. 句

无知醒醉梨园客，有见阴晴草木分。

367. 萧建　代书问费征君（冠卿）九华亭

见说九华峰，冠卿一第踪。
书香行古岳，古刹作真容。

368. 献主人

二十年前客，三生一主文。
麻衣知遇久，月夜忆知君。

369. 山出云

木木林林雨，山山水水云。
舒舒重卷卷，合合亦分分。
以此阴晴见，由然日月裙。
凌空临九鼎，羽驾待天君。

370. 山出云

满满重山谷，浮浮落玉根。
扬天飞碧宇，覆地润农村。
湿济成田雨，阳澄净五蕴。
家乡连国土，运载好儿孙。

第八函　第二册
七卷　全唐诗

1. 姚合

姚崇隔代孙，及第有慈根。
刺史荆杭府，诗名正陕村。

2. 送狄尚书镇太原

紫绶开封印，儒冠镇晋阳。
倾朝文武送，礼乐尚书香。
海纳汾河水，云平太谷梁。
身先中外厚，老向故人堂。

3. 送杨尚书祭西岳

诏令明庭下，功严祀典中。
香烟林岭祭，礼乐百神躬。

4. 送李侍御过夏州

侍御河边路，苍茫塞外城。
沙寒无宿雁，受降有闲兵。
对将挥军阵，酬营意气生。

5. 送李起居赴池州

池州十处杏花村，细雨千声酒市门。
醒醉何言桃李色，霏霏不尽入黄昏。

6. 送刘詹事赴寿州

远近殷勤见，阴晴望广狨。
隋堤杨柳岸，楚驿近波涛。

7. 送裴大夫赴亳州

杭人遮道路，水国浙江边。
近海闻潮汐，遥天捕获船。
亳州礁代岸，湿气久周旋。
夕照渔家晚，沧音似管弦。

8. 送徐州韦仅行军

行程函谷外，驿路水云中。
酒色军威壮，夷门唱大风。

9. 送刘禹锡郎中赴苏州

玄都观外志，二十载中名。
一语千金色，三生自在荣。
闾阎门上望，古寺虎丘行。
水国烟花客，姑苏不夜城。

10. 送裴宰君（一桥是南北，走步自西东）

之一：
见说为官道，天桥一度中。
何须非独木，跬步是西东。
之二：
姑苏台上问，木渎月中行。
莫以西施舞，吴宫百女情。
夫差勾践志，子胥范蠡名。
太守诗吟罢，江湖久不声。

11. 送贾谟赴共城营田

上国寻良将，戎装士所从。
营田依法度，水气雨云封。
湿低书文淡，岚烟墨色浓。
应成三箭射，自得一殊客。

12. 送顾非熊下第归越

下第顾非熊，飞天玉宇空。
家山同水秀，步履浙江风。
五霸曾先后，三军一策雄。
当心时日下，始可作飞鸿。

13. 送崔约下第归扬州

相如一物在琴台，帐后文君应不来。
满座诗人弦外见，知音不是故徘徊。

14. 送雍陶游蜀

蜀国雍陶去，巫山一峡开。

瞿塘官渡口，楚客九歌来。

15. 送李廓造物赴西川行营

蜀道西川箭，行营造物还。
谁人酬策令，未解罢官颜。
已是寒弓射，谁知误列班。
烽烟应所止，一马上天山。

16. 送裴中丞赴华州

华州不远凤城边，是是非非近浐川。
事事中丞多少问，人口百药暮朝前。

17. 送杨尚书赴东川

印绶循川路，功无赴梓州。
巴山三峡锁，剑阁一江留。

18. 送杨尚书赴东川

之一：
不可谁良将，何言一臂弓。
燕山应射虎，策制并州雄。
之二：
暮鼓声声度，晨钟远远闻。
新径新立意，佛祖佛仁曛。

19. 送殷尧藩侍御赴同州

侍御同州去，尧藩月色来。
三杯停不得，一路久相猜。

20. 送崔中丞赴郑州

仆射中原路，丹霄凤诏新。
丞相从帝业，独正虎符人。

21. 送丁瑞公赴河阴

此去河阴路，何来北阙朝。
同年同寂寂，共月共寥寥。

22. 送郑尚书赴兴元

日月从儒勇，诗书理汉中。
方知成百战，不可在弯弓。

23. 送田使君赴蔡州

儒生离多久，驿路自难平。
世上三千路，人间一半行。

24. 送无可上人游边

一钵知天下，三衣可渡边。
辽东经创业，塞外有源泉。

25. 送僧

搅搅人间事，行行世上僧。
明明常举步，夜夜点燃灯。

26. 送徐员外赴河中从事

赤府从军策，红缨对帐明。
儒衣方自解，着甲振戎兵。
绶印长安系，河中问事情。
行营多战术，计日立功名。

27. 送宋慎言

少小吟诗赋，神童已至君。
离情如落叶，向晚更纷纷。

28. 送家兄赴任昭义

广陌无花影，遥阡落雨声。
知兄知弟任，向路向人生。

29. 送崔玄亮赴果州冬夜宴韩卿宅

一座孤身见，三杯独立尊。
成吟诗句断，字字到天门。

30. 送喻凫校书归昆陵

阙下科名赋，乡中甲第生。
昆陵昆子度，一步一声鸣。

31. 送董正字武归常州觐亲

世世歧歧路，人间处处情。
唯唯父母见，一子一恩生。

32. 送萧正字往蔡州贺裴相淮西平

已正淮西字，旌旍镇蔡城。
裴相平定后，此去不须兵

33. 送进士田卓入华山

独入华山谷，弹琴读六经。
辞家离俗计，一笔写丹青。

34. 送右司薛员外赴处州

瀑布和云落，荒山挂布芜。
千丝流不断，百丈水潭珠。

35. 送王建秘书往渭南庄

只向深宫见，谁知日月城。
田家闲路近，故寺复题名。

36. 送殷尧藩侍御游山南

侍御山南去，尧藩阙北名。
中书门下客，驿站壁生荣。

37. 送李植侍御

鸟鸟云云沐晓晖，泉泉石石待鸿飞。
风风雨雨依山急，木木林林致翠微。
别别离离见，来来去去归。
三湘闻竹泪，六郡雨霏霏。

38. 送王澹

十里高峰路，三尘獬豸官。
云泉源不断，鸟语寄天端。

39. 送崔之仁

步步前行路，时时各易迁。
禅房多少夜，驿站柳榆钱。

40. 送孙山人

以别山人去，从温故步言
山山文化浅，水水胜长垣。
代代谁征战，时时草木萱。

41. 送费骧

少小同居止，今朝共别离。
山中多雨露，月下少相思。

42. 送河中杨少府宴崔驸马宅

三更天静静，一酒醉醺醺。
弄玉求凰凤，秦楼有史云。

43. 送文着上人游越

水石随缘计，山巅锡杖行。
为官应易老，释子已先生。
五百前朝寺，三千岁月明。

44. 送无可上人游越

竹履方袍去，仙踪道长还。
芳香溪径细，涧谷入深山。

45. 送洛阳张员外

洛水朝阳色，秦川楚汉风。
鸿沟何以界，独忆未央宫。

46. 送少府田中丞入西蕃

主战忠诚子，和亲重使臣。
凉州多汉客，洛水少胡人。

47. 送王龟处士

塞雁和云度，川风带雨临。
萧关修处士，古寺待僧心。

48. 送崔郎中赴常州

已领黄扉贵，荣逢事紫微。
何承昆剑贵，不却老莱衣。

49. 送林使君赴邵州

诏令邵州使，分符不等闲。
州图天地远，事事已相关。

50. 送别友人

送别山中友，归来月下闲。
吟诗留四句，再续待三关。

51. 送李琼归灵州觐省

别席离人起，贪程不醉行。
风沙尘路远，野草碧连晴。

52. 送任畹评事赴沂海

霍卫戎衣客，嫖姚凯甲装。
龙泉天下剑，李广阵中扬。

53. 送李余及第归蜀

李白无成蜀，同家有第才。
文章天下客，日月共天台。

54. 送饶州张使君

九派中流石，鄱阳胜事君。
临川临寺见，饶水饶州闻。

55. 送张宗原

一日分别去，三秋落叶深。
归根非此木，有迹是森林。

56. 送王求

昧昧耕耘事，愚愚留易闻。
书书君子教，路路百歧分。

57. 送朱庆余及第后归越

新婚问小姑，及第过姑苏。
木渎西施女，天台一玉奴。

58. 送朱庆余越州归觐

太守亲荣拜，乡书及第初。
朱门同越庆，镜水运河余。

59. 送任尊师归蜀觐亲

玉简通仙籍，金丹化蜀缘。
声名由远近，步履锦江前。

60. 送友人游蜀

酒色云烟淡，行人日月田。
前程前不止，蜀道蜀源泉。

61. 送杜立游蜀

蜀客巫山望，东吴白帝盟。
巴江三峡口，杜立锦官城。

62. 送韩湘赴江西从事

一少登科第，三军诏令名。
浔阳应足雁，梦泽可枯荣。
竹木韩湘子，仙人獬豸城。
君心听鼓瑟，但陪二妃情。

63. 送潘传秀才归宣州

李白当涂醉，宣州一敬亭。

空山连故里，古月照丹青。

64. 送僧默然

行僧一默然，住持半香烟。
贝叶书经卷，禅房日月天。

65. 送陟遐上人游天台

独步一天台，行云半壁开。
天梁连玉宇，屹石逐溪裁。

66. 送盛秀才赴举

读客知吴越，龙门向九州。
书生皆上第，赴举可登楼。

67. 题店名

一店阴晴在，千人日月家。
三光三世界，四女四支花。

68. 送僧贞实归杭州天竺

杭州天竺寺，咫尺隐轮藏。
九陌禅林寂，三生玉殿香。

69. 害卢二弟茂才罢举游洛谒新相

守命贫难止，忧心日月光。
今朝知己见，不咏苦辛凉。

70. 送任晼及第归蜀中觐亲

阙下声名第，云中霍卫行。
先辞归故觐，俯仰见人生。

71. 送杜观罢举东游

不是求名苦，当知举世难。
三阡量子粒，九陌寸心宽。

72. 送狄兼谟下第归故山

昨日垂成下，慈恩塔上名。
闲游三五月，再入岁年耕。

73. 送源中丞赴新罗

新罗不远一扶桑，御使中丞半渡洋。
赐对殊方金紫绶，和平玉节久思疆。

74. 送陈偘赴江陵从事

江陵白帝一江云，蜀楚瞿塘三峡分。
栈道陈仓谁问鼎，男儿自古建功勋。

75. 送张郎中付使赴泽潞

晓陌戎装改，风流粉署郎。
机筹天子策，变易早生光。

76. 送陆下侍御归扬州

秦川南北路，汴水运河船。
月色丞相府，清光咫尺天。

77. 送韦瑶校书赴越

禹庙余姚座，东流始建成。
秦关秦养马，越水越桑情。
一茧千丝束，三春半日情。
无男无主仆，有女有枯荣。

78. 送陶雍及第归觐

一召题名处，三生及第居。
离家千尺外，觐省路情余。

79. 送薛二十三中赴婺州

江西不见问江东，一片朝霞浙水红。
晓旭新安江口色，黄山半得婺源风。

80. 送李秀才赴举

一诺三生短，千书十地长。
心中题所字，日上举人乡。

81. 送李傅秀才归宣州

谢守青山宅，宣州蕙草乡。
池塘杨柳岸，读得秀才堂。

82. 送元绪上人游商山

乃法空门度，千章古寺堂。
商山元绪去，四皓上人乡。

83. 送僧栖真归杭州天竺寺

咫尺天涯见，栖真宁一寻。
杭州天竺寺，独木可成林。

84. 送敬法师归福州

自以禅房觉，应传不二关。

千循千护法，一地一乡山。

85. 送清敬阇黎归浙西

海纳潮头近，舟含浙水湾。
杭州灵隐寺，诸暨会稽山。

86. 送贾岛及钟浑

贾岛钟浑别，诗书友谊离。
年年攻不止，字字韵声司。

87. 送僧游边

步向边头路，僧游问五台。
行程三界去，佛祖与心来。

88. 送澄江上人赴兴元郑尚书招

佛在心中觉，心经贝叶留。
澄江澄日月，尚慧尚书楼。

89. 送马载下第客游

弟子三千士，人生各不同。
春秋春草色，六国六骧游。

90. 送独孤焕评事赴丰州 古今诗

结束从军塞上行，辽东创业苦中荣。
三生不及胶州客，父父母母祖祖萌。

91. 送张齐物主簿赴内乡

得乐长生箓，仙翁济世堂。
年年山下事，处处与君梁。

92. 送王嗣之典仪城

不必思朝位，求闲问水城。
船中船外月，近水近中明。

93. 别贾岛

未了山人愿，还寻草木荣。
溪泉流曲折，磊石作纵横。

94. 别李余

野寺僧相送，河桥带水行。
舟停舟未定，上岸上人情。

95. 别胡逸

相逢相别去，互道互人生。
隔岁重阳日，黄花叙此情。

96. 惜别

别意谁裁剪，分开两断愁。
君行君带去，我止我还留。

97. 欲别

欲别先忧问，情思已问留，
眉开眉锁定，闭目闭心头。

98. 别杭州

浙水向东流，天台立顶楼。
杭州湾里水，漱浦海春秋。

99. 寄贾岛

贾岛诗诗卷，春榆处处钱。
中间曾无孔，落下有天然。

100. 寄王度居士

聊倒王居士，身名度百书。
应知寻阮籍，不必问相如。

101. 寄杨茂卿校书

年前一别宿黎阳，欲解黄河问冻梁。
省试龙门谁及第，滑州惭辱久书香。
还家路狭风尘色，一败三顿九曲肠。
白日如舟重渡口，江山只向丈夫扬。

102. 寄杜师义

同城同不见，异路异难当。
日下忽惊遇，云中叙故乡。

103. 寄陆浑县尉李景先

地僻还微俸，居闲驿路无。
源泉惊四谷，药贱问仙奴。
饮酒同天日，吟诗不在乎。
三光如彼此，四象共皇都。

104. 寄酬卢侍御

得意新诗作，挥手力有余。
终朝回首处，只读圣贤书。

105. 寄主客张郎中

故国难归去，诗情已拙来。
郎中方长老，悟道此生才。
朴静高人智，闻风待日开。
山前多草木，月影独徘徊。

106. 寄鄠县尉李廓少府

一日诗书志，三生织女郎。
诗情留草木，岁月着文章。

107. 寄紫阁隐者

大隐朝堂上，高名帝业墟。
樵渔天子路，紫阁读闲书。

108. 寄国子杨巨源祭酒

日日新诗作，情情已有余。
儿童争诵咏，胜似古今书。

109. 寄永乐长官殷尧藩

隐吏公堂上，严风雪满关。
游僧游日月，故国故人闲。

110. 冬夜书事寄两省阁老

玉漏当临海，朝墀可待书。
余年余两省，阁老阁贫居。

111. 寄灵一律师

护法灵光照，风调雨顺天。
人间人所愿，世上世经年。

112. 郡中书事寄默然上人

自爱东林子，安禅百事休。
江楼江水问，九派九州流。

113. 寄张徯

处处知书坐，时时着理寻。
诗诗今古迹，字字去来深。

114. 寄李频

开门常不出，守户只诗书。
少有朋宾至，多科甲乙余。

115. 寄李群玉

鼓瑟湘灵问，苍梧竹泪闻。

闲人闲不住，道远道天君。
洛水如春许，群芳似日勋。

116. 病中书事寄友人

百事人生有，三身一病无。
中书门下问，日月帝王都。

117. 九日寄钱可复

三杯黄菊酒，万里白云天。
上国重阳日，戎州别几年。

118. 春日早朝寄刘起居

莫笑冯唐老，还知日月春。
香烟无五仗，曙色满三秦。

119. 秋日寄李支使

晓色重阳早，朝霞久不消。
秋风秋肃晚，一日一云潮。

120. 寄汴州令狐楚相公

汴水新诗一古村，梁园故馆半云根。
功成五郡朝丹阙，带领千官入阁门。

121. 寄东都分司白宾客

北阙高眠过，南宫印绶邻。
诗中贫老许，月下隐东臣。
任步龙门寺，随心草药频。
分司宾客去，竹鹤慰三秦。

122. 寄裴起居

玉漏催鸳鹭，丹墀作起居。
千官明诏意，一卷太平书。

123. 寄狄拾遗时为魏州从事

少以兵戎职，中成拾遗篇。
当州从事魏，足智可应天。
问道何言炯，知君不苟全。
勋功何所以，不惧百年前。

124. 金州书事寄山中旧友

自好安康郡，愚憨读书翁。
吟诗吟不尽，饮酒饮无空。
政拙公心惠，民心刺史同。
帆舟通海陆，井邑着勋功。

125. 寄紫阁无名头陀

彼此谁分圣，乾坤已合成。
皇城皇土地，紫阁紫无明。
凡界高天远，深山草木荣。
无名陀不语，有道寺言盟。

126. 寄郁上人

鹤立飞天远，鸡鸣羽翼丰。
鹰隼何不语，鸟雀几天空。

127. 寄孙路秀才

里巷幽古久，江河独步量。
蝉声和鹤语，甲乙逐科扬。

128. 寄岁陆友人

别路春花色，离心驿道明。
三言成两语，一失换千荣。

129. 寄马戴

我是皆非是，君来尽不来。
相思相未了，独步独徘徊。

130. 寄贾岛时任普州司仓

事以长沙尽，人行普掾归。
谁知天不尽，齿落望鸿飞。

131. 寄杨工部闻昆陵舍弟自罨溪入茶山

罨溪曲曲入茶山，雾水蒙蒙半晓湾。
叶叶芽芽分不定，碧碧螺螺女儿还。

132. 寄陕州王司马

一望秦川远，三春蕙草深。
官家官自许，以情以民心。

133. 寄贾岛

齿落吟诗去，家贫与我知。
荒原荒土地，垦植垦无时。

134. 寄崔之仁山人

石屋山人宿，妻儿米药田。
樵渔求米饭，自食自源泉。

135. 寄嵩岳程光范

向别何容易，求逢便来年。
支公支遁去，得话得诗篇。

136. 洛下夜会寄贾岛

洛下攻诗客，京中御道宽。
沧江沧水岸，草木草云端。

137. 寄华州李中丞

郡气分灵掌，衙烟化义庭。
公卿常酒醉，子弟已题屏。

138. 病中辱谏议惠甘菊药苗因以诗赠

种菊三秋色，收花一味香。
成茶成解药，寄子寄翁堂。

139. 舟行书事寄杭州崔员外

晚泊缆依桥，舟行百里遥。
归心归不得，去路去云霄。

140. 寄元绪上人

消冰消石渚，逝水逝清凉。
已暖还寒冷，青青尚见黄。

141. 寄白阁默然

白阁峰头雪，红楼月色寒。
高僧多默作，隔世自然宽。

142. 夏日书事寄丘亢处士

树上鸣蝉短，宫中玉漏长。
红尘南北见，夏末始秋香。

143. 秋中寄崔道士

雀噪贫居米，蝉鸣柳叶残。
登高登不得，老树老秋寒。

144. 寄华州崔中丞

莲花峰下郡，石洞水中冰。
瀑布成流挂，秋香向此凝。

145. 秋日书事寄秘书窦少监

日气骚骚落，云光处处消。
高林高直木，独立独招摇。

146. 友人南游不回因寄

潇湘多竹泪，渭水少南风。
一字飞三次，衡阳隔岁同。

147. 早春山居寄城中知己

春秋相似处，不尽各枯荣。
润雨知生意，西风告隔情。

148. 辞白宾客归来寄

白帛诚应树，红缨独可攀。
分司分大简，笔下笔中间。

149. 寄右史李定言

玉漏阊阖静，鸡啼里巷官。
东方天欲晓，紫禁凤凰坛。

150. 寄绛州李使君

晋晋汾汾水，清清净净云。
黎庶深事感，拙政向民勤。

151. 寄无可上人

十二门中寺，三千弟子楼。
诗僧诗独具，无可上人幽。

152. 寄送庐拱秘书游魏州

下路太行山，黄河十八湾。
长城长万里，一阙一千艰。
蓟越燕幽北，东京朔漠还。
边情边北塞，玉璞玉门关。

153. 秋晚夜坐寄院中诸曹长

腰间系印囊，老了未归乡。
互责相朝暮，同行作柳杨。
成荫方寸里，泽润税田梁。
苦旱龙王祭，丰年意气扬。

154. 书怀寄友人

北阙精心致，南宫细策工。
皇城临四野，九陌夜千空。
岁月春秋改，阴晴彼此同。
吟诗成僻性，驿路总西东。

155. 寄晖上人

寺寺上人多，流流十万波。

声声皆不止，处处以先科。

156. 寄李干古今诗

自觉诗无味，常寻楚有歌。
怀王怀所意，屈子屈心多。

157. 寄贾岛浪仙

縶世前途味，开门曲折多。
人言常不定，秉性已斯磨。
井邑开扉事，贫穷唱九歌。
汨罗汨水浅，竹泪竹枝河。

158. 寄九华费冠卿

拾遗费冠卿，修文石洞明。
人空四海老，木直九华荣。
宿鸟何闻翼，潜鱼不见行。
唯君唯品韵，自得自生名。

159. 寄不疑上人

是法修行路，方栖不二门。
居心知守一，见性付慈恩。

160. 寄主客刘郎中

洛水寒光色，嵩山晓日明。
长沙怀旧主，贾谊赋生平。

161. 寄周十七起居

百辞朝天鼓，三声向宇齐。
霜明霜世界，不见不东西。

162. 秋夜寄默然上人

胜得三生历，寻来一贝书。
应非应所见，不是不真如。

163. 寄王玄伯

晚暮衣尘满，才名帝景身。
何须知醒醉，自得见秋春。

164. 寄山中友人

日没长生木，山行步履人。
谁言因果论，自做善慈身。

165. 寄陕府内兄郭圆端公

一日轻金山，三生重古名。

文章惊自己，骞纯无闻荣。
酷嗜吟诗句，专精大计情。
终须天子策，气逸骚人行。

166. 寄题蔡州蒋亭兼简田使君

木直山禽静，溪清白石明。
蒋亭兼大简，几净蔡州城。

167. 山居寄友人

独独山阿里，孤孤水石中。
清流南北去，树影各西东。

168. 寄崔之仁山人

不得之仁间，常闻暮鼓声。
山人知咫尺，幽居不声名。

169. 寄主客刘员外禹锡

十载一刘郎，三生半故乡。
蝉稀虫自响，柳碧各低昂。

170. 山中寄友

山中无路去，月下有光来。
足下行前石，鸿飞自不猜。

171. 寄友人

日暮黄昏尽，云晴落幕霏。
应当求异见，不必问同归。

172. 寄李余卧疾

苦口非良药，元臣是祖荆。
无须惊二代，有道自枯荣。

173. 寄白石师

白石禅师问，清流觉悟行。
空空无有见，色色暮朝情

174. 寄贾岛

贾岛寒山笔，贫僧拾得名。
穷吟穷自得，过路过身行。

175. 寄默然上人

草木天天见，禅师默默然。
人间谁自主，世上苦耕田。

176. 寄不出僧院

不出僧门院，何知世外情。

无尘无净土，有路有人行。

177. 万年县中雨夜会宿寄皇甫甸

一酒两三杯，千情一半来。

无情无意问，有月有徘徊。

178. 寄归山隐者

大隐在朝堂，中庸问水光。

方圆由约界，日月久低昂。

179. 新居秋夕寄李廓

共想山中月，同思桂下年。

婵娟应已解，李廓饮秋泉。

180. 赠卢大夫将军

碣石临山海，三边朔漠天。

将军身在汉，一诺举龙泉。

射虎幽燕守，征兵敕勒川。

榆关南北战，意气书生还。

181. 赠供奉僧次融

会解如来意，吟诗供奉心。

开经天子读，点石向观音。

182. 赠王尊师

后步先生路，青松白石间。

天台深处去，羽鹤远云环。

但以尊师问，黄河几道弯。

弯弯何不尽，处处积湾湾。

183. 赠常州院僧

一寺常州院，三师住持僧。

昆陵听古磬，夜月启明灯。

184. 赠卢沙弥小师

寺古卢弥小，如来作老师。

戎夷曾彼此，所历各知慈。

185. 赠张籍太祝

一曲江南籍，三吴太祝词。

胡姬初学会，比目玉肩司。

186. 赠丘郎中

自古长生术，秦皇二世闻。

郎中由此是，是合不须分。

187. 赠王建司马

空空当不隐，古意已成文。

莫向深宫问，何须换衣裙。

188. 赠任士曹

浮生年月日，今事去来行。

不计沧江路，何言利禄名。

189. 赠刘义

独宿空堂月，闲行旧路尘。

轮回轮不止，故忆故乡亲。

190. 赠僧绍明

莫问西方路，从来佛不言。

今生多不顺，彼路少人喧。

191. 赠张质山人

好酒无须价，君诗有意闻。

山人山自得，见日见浮云。

192. 赠少室山麻襦僧

少室山麻衲，襦僧草木真。

三峰从法指，一誉过迷津。

193. 赠王山人

觉印成因果，贤明慧悟身。

三光同普照，六度共秋春。

194. 赠终南山傅山人　古今诗

七十方成事，三生已蛰身。

终南山上木，渭水月中秦。

白马西天竺，音龙北五津。

唐家诗五万，八百二千人。

195. 使两浙赠罗隐

天闻夷貊问，地泽屈诗楼。

世祖从人望，公台命卓侯。

196. 闲居遣怀十首　古今诗

之一：

百事开门静，三生闭锁闻。

天云常济济，细雨自纷纷。

之二：

日日吟诗句，时时意念新。

唐诗三百首，独木万成秦。

之三：

步步寻诗句，行行问古今。

中庭明月色，此屋客弹琴。

之四：

枣树池中影，星明月下深。

幽幽天落下，处处玉皇吟。

之五：

老得逍遥趣，经年着古今。

年年多写作，事事少关心。

之六：

十万诗词作，三千弟子闻。

唐家新格律，陕语越吴分。

之七：

李白华清赋，知章镜水滨。

同吟唐乐府，共作忆乡音。

之八：

路路风尘重，人人足跬轻。

诗诗成日历，事事客枯荣。

之九：

一性无疏情，三生有日程。

尤当知岁晚，十万律诗成。

之十：

抽直难和洽，孤思望月弦。

幽栖楼上着，野性自朝天。

197. 武功县中作三十首一名武功闲居

之一：

此去京城远，为官小隐余。

枯荣同世纪，草木共栖居。

之二：

日历从年数，人生以岁书。

微行微自度，世故世玄虚。

之三：

世向心经句，人闻独木林。
南洋南北见，万树万根森。

之四：

客去诗文继，辰来日色开。
相题元白句，互勉孟贾才。

之五：

谢守宣城故，陶公五柳堂。
琴弦由此弃，教子不成方。

之六：

一亩三斤种，六千五百株。
高粱多子粒，四十万珍珠。

之七：

枣树三干立，分枝十万余。
枝枝一万叶，十亿叶成诗。

之八：

生生三万日，步步一书香。
每每径天写，岁岁万十行。

之九：

自幼辽东远，幽燕读学乡。
榆关分内外，故土有沧桑。

之十：

祖上创关东，人中立苦工。
行医修路善，自幼教飞熊。

　　注：飞熊，子牙熊身，求学不成，百年以志求师，终成。

之十一：

耕田三十亩，种子百斤生。
十亿珍珠粒，年年此收成。

之十二：

屋上三重茅，门前六同胞。
为乡修一井，十步架葡萄。

之十三：

洪尊一祖名，治病以医行。
传德劳辛父，润花教母明。
方圆三百里，漏女（结核病）两人生。

之十四：

禄禄长成兄，青青老二名。
春春三子学，义义四兵荣。
茂茂排行五，燕滨六女情。
桓仁同子女，五队共生成。

之十五：

父父母母孝，孙孙子子荣。
迟归回故里，老大立身名。

之十六：

老二空军士，津津贴贴情。
卓刀泉所助，八十老星明。

之十七：

青春义茂滨，老得早秋春。
故土家乡望，东山望去人。

之十八：

五女群山水，桓仁八卦城。
何当重忆取，已是老人情。

之十九：

曲曲浑江水，巍巍五女山。
胶州来此地，老吕在西关。

之二十：

五八初中读，三年灾害生。
人民公社化，大锅饭同荣。
打柴凉泉树，勤工俭学名。
张恩媛淑德，夕照助吾行。
不解多辛苦，常思有约盟。
开荒术所济，种豆养家英。
考取京城士，青春不自平。
山呼倾伐木，最忆故人情。

之二十一：

少小求知书，牛群挂角余。
桓仁中学读，进士寄天舒。

之二十二：

汉语都匀教，冠君满守城。
师名师不意，书一第人生。

之二十三：

五队西关社，三生进士名。
全县高第一，读学北京荣。
四弟呼田里，谁疑范进生。
诗书诗以此，治日治方平。

之二十四：（北京钢铁学院）

一步北京城，三生从此名。
摇篮钢铁院，学子译文生。
清法英俄日，天天昼夜衡。
两十文字译，十载百万成。

之二十五：

一暮潘琪语，三朝伯乐行。
先生香港去，教学助袁庚。
建设开蛇口，招商弟子城。
工商知信息，电脑现时兴。

之二十六：（国务院经济研究中心）

苏联一马宾，读学半冠秦，
国务知经济，中央自主钧。
恒康欧亚路，世界心翻新。
三角江东亚，四方改革频。

之二十七：

援藏援新疆，支蒙用电乡。
荷兰风电站，起死又生扬。

之二十八：

牧主曾相间，谁言向紫阳。
飞机（鸡）书记出，肚子大蓬乡。

之二十九：（国务院编制局）

制上应编制，官中可柳杨。
朝朝迁代代，帝帝复王王。

之三十：（中共中央精减办公室）

一讲习仲勋，三光不可分。
多多官不少，代代有风云。

198. 罢武功县将入城

之一：

青衣学道名，野老借牛耕。
解笏轻身去，临行却不成。

之二：

官贫静对民，路久待三秦。
独步方思酒，孤身苦意辛。

199. 秋日宋居士二首

之一：

落叶浮衣上，闲云落酒中。
门扉曾不锁，不见一丝风。

之二：

九陌金黄色，三秦米梁川。
秋收秋处处，社稷社年年。

200. 闲居晚夏

落日鸣蝉响，闲居旧病多。
诗中知夏晚，岭后映江河。

201. 闲居

奋奋勤勤始，疏疏鄜鄜终。

休官休所待，一宅一鸣虫。

202. 街西居二首

之一：

清清一井泉，泛泛半云天。

共汲家家水，同明处处田。

之二：

日色无贫富，天光有去来。

穷人穷巷济，客吏客心猜。

203. 闲居遣兴

巷浅庭深处，门当户对邻。

城中城外路，石径石云濑。

204. 庄居即事

小小行书大大名，云云雨雨草木荣。

辛辛苦苦耕耘力，果果因因日月成。

205. 亲仁里居

三载新仁里，何曾似在城。

闲行门户外，野草四方晴。

自别青山后，长寻落叶声。

206. 庄居野行

吏役收农赋，官家不统商。

人人争贵富，处处有田荒。

采玉山巅石，寻珠下海洋。

相衡相克守，厚济互嘉良。

207. 春日闲居

居居止止一肃茶，水水津津半小桥。

药药禾禾粱黍黍，衙衙近处望遥遥。

208. 独居

闲户深深不出门，功夫课课作儿孙。

诗诗日日成书卷，大大成林老树根。

209. 早春闲居

日日成诗句，时时笔字间。

书书常不误，苦苦自耕田。

210. 原上新居

叶落收瓜果，云开向夕阳。

田家新社日，酒醉老翁狂。

211. 将归山

惯见山中色，常闻月下僧。

清溪流去速，古木寄香凝。

212. 山中述怀

直大山中见，乔林月上晖。

高峰多照取，谷口少天机。

213. 偶然书怀

十载金门籍，三生獬豸低。

丹砂求不得，二世已东西。

214. 客舍有怀

想后思前路，功成业继身。

长途应短见，小晋大愚秦。

215. 及第后夜中书事

及第书中事，前途路上知。

青衣徘紫色，六郡一生诗。

216. 偶题

年年九陌半春秋，处处三光一九州。

归隐空劳空日月，江楼有酒有风流。

217. 感时

路上满风尘，书中半不邻。

人前天命活，雨后泽新春。

218. 忆山

草木山中老，溪泉石上行。

他峰高且远，白日自清明。

219. 客游施怀

旧业嵩阳下，新程汴水间。

前途前万里，后顾后千山。

220. 迎春

岭上迎春色，云中化雨斜。

红山红谷口，杜宇杜鹃花。

221. 游春十二首

之一：

正月寻春去，梅花白雪来。

群芳知傲骨，但学玉香开。

之二：

二月桃雪动，春莺一两声。

春风寒未尽，百草已茵荣。

之三：

三春桃李路，结子自成蹊。

夏雨初临水，青莲与岸齐。

之四：

一树梨花覆，三秦晋水开。

知音知草色，女夜女儿台。

之五：

芳明分已定，翠羽已惊天。

踏草应人后，游春贵在先。

之六：

云轻杨柳絮，雨细薄人衣。

不定阴晴路，人间暖冻依。

之七：

大小官中间，阴晴叶上观。

莺啼春已远，独木见身宽。

之八：

独独一鸣禽，幽幽半有心。

求生求伴侣，有答有知音。

之九：

木下偷情女，林中一闪来。

红衣三寸守，白雪半心开。

之十：

折柳分枝送，攀花向子斜。

应知心所想，月上到人家。

之十一：

竹粉沾衣满，春光落草间。

花红花自在，小女小心还。

之十二：

一酒尝先醉，千姿百态羞。

三春三自己，一夜一风流。

222. 赏春

百事不思量，三春百草长。

风流云雨日，水月夜来香。

223. 春日即事

芝兰吴女色，杜若楚人花。
故步邯郸路，新衣在老家。

224. 扬州春词三首

之一：
乞火广陵寒，冰消渭水澜。
琼花明处处，玉笛曲珊珊。
之二：
隋炀一国亡，汴水半流畅。
水调成杨柳，楼船作贾商。
之三
隋炀一运河，响马半干戈。
水调天堂曲，汨罗唱九歌。

225. 寒食二首

之一：
平生文弱守，乞火读人城。
日有诗书着，应无酪客名。
之二：
不食花烟酒，还寻草木情。
寒窗寒食问，介子介推名。

226. 暮春书事

七十人间少，三秋世上多。
芳菲春野早，翠色向阳坡。
陌巷书生老，深山谷涧河。

227. 春晚雨中

晚雨春中细，浮云夜下归。
如烟如雾锁，似露似沾霏。

228. 送春

春来春去见，日暮日朝行。
草草花花色，云云雨雨平。

229. 别春

别别离离客，春春夏夏天。
青莲初出水，叶叶作浮船。

230. 夏夜

夏夜多相问，星空少独明。
求官求利禄，学道学人生。

231. 秋日有怀

秋来多振作，肃气少开怀。
但觉天津路，行程上玉阶。

232. 秋秋遣怀

避酒无狂欲，寻途有士名。
知音知所见，学术学师生。

233. 秋中夜坐

白露径宵夜，轻霜覆木明。
秋中寒色照，桂影木孤情。

234. 同卫尉崔少卿九月六日饮

一饮三秋尽，千山万叶扬。
茱萸三日采，以醉半家乡。

235. 九日忆砚山旧居

砚笔篱边菊，吟诗几度开。
秋风应扫叶，晓角无泪来。

236. 秋晚江次

晚景萧萧落，江风处处催。
孤舟停水泊，返照半边来。

237. 除夜二首

之一：
旧国当千里，新年已五更。
寒窗含白雪，夜烛尽无声。
之二：
晓色初当直，霞光已满天。
儿童贪睡懒，灯竹偶如鞭。

238. 晦日送穷三首

之一：
年年逢此日，酒酒布街中。
万户千家聚，无人不送穷。
之二：
不可送官穷，当心治吏风。
贪人私欲重，有晦始成功。
之三：
自古多廉洁，如今小污风。
穷则思变去，努力可繁丰。

239. 咏云

巫山十二峰，白帝一江容。
霭霭纷纷聚，朝朝暮暮封。

240. 咏雪

白雪高山顶，银冠近日寒。
三光同素色，一脉入云端。

241. 郡中对雪

草树寒衣着，楼台隔素天。
微微重百物，处处覆方圆。

242. 对月

后羿天边竟，嫦娥桂影留。
人间应望尽，世上已寻求。

243. 八月十五夜看月

八月中秋十五明，重阳渐近世方晴。
团团已见圆圆望，玉玉婷婷独独行。

244. 赋月华临静夜

谁人问玉轮，桂树不秋春。
独将清光许，儒官独步亲。

245. 酬任畴协律夏中苦雨见寄

水已波澜阔，云当自不浮。
听声闻苦雨，见色晦无休。
一闪行天下，千光照九州。
儿童惊雷掣，石木见藏牛。
路溢贫居侧，山倾土石流。
阳精阳不见，影暗影何酬。
未了龙边问，应知入户舟。
琴书何以断，事事上心头。

246. 和庄主相公雨中作

雨细花低久，烟浓草露深。
丛丛皆萎弱，木木自垂霖。

247. 恶神行雨

骤雨雷声震，横流里巷惊。
山倾泥石滚，井冒老龙精。
闪闪千光远，隆隆万里行。
黄河壶口哮，已是象吞鲸。

248. 苦雨

秋收秋雨苦，夏末夏枯荣。
年年时节令，吏吏不心平。

249. 题凤翔西郭新亭

十里尘埃静，三光日色奇。
亭间亭纳宇，树下树含芝。
结构方殊绝，高低杏下枝。
琴棋齐鲁士，曲舞越吴姬。
向野鱼龙影，临川逐两仪。
苍苍天地色，荡荡柳杨丝。

250. 江榭

俯仰临江榭，阴晴望水流。
高低连远近，日月作春秋。

251. 药堂

主仆双扉路，田园百药修。
人人知本草，户户自相谋。

252. 蓂径

石径通前后，官修本草行。
天机常隐约，直木久枯荣。
药药成心态，身身自主平。
人人应努力，路路事难盟。

253. 草阁

草阁开扉望，明轩守四方。
藤编连竹织，役后逐炎凉。

254. 松坛

四坐松坛上，千闻海浪中。
波涛惊直木，乔林纳大风。

255. 垣竹

青青一竹垣，石石半泉源。
土土连邻里，枝枝各简繁。

256. 石庭

磊石成庭趣，行流作酒泉。
清吟诗句久，以此笔翰缘。

257. 莓苔

岸石莓苔绿，阴晴夏雨多。
园边经不至，远近唱家歌。

258. 芭蕉屏

隐隐芭蕉影，高高大大形。
参差肥大叶，积翠向湘灵。

259. 杏溪

红流一杏溪，古木半高低。
结子心中苦，秋收月下齐。

260. 莲塘

白石荷塘岸，青莲玉未央。
方圆由此见，日月可承当。

261. 架水藤

藤藤相木属，叶叶独天荣。
但苦根根见，长长曲曲生。

262. 石潭

中天落石潭，木叶纳翠含。
日没云沉下，苍茫似海涵。

263. 溪路

曲曲清溪路，幽幽古木修。
公卿无迹步，仗策过春秋。

264. 望江峰

百丈望江峰，千波映户容。
层林层石木，草药草云封。

265. 杏水

杏水穿林外，含香向石中。
泱泱天色浅，处处女儿红。

266. 渚上行

日日幽幽影，天天碧碧形。
空空心俱节，仰仰向天庭。

267. 枫林堰

二月枫林色，三秋木叶红。
年年当此堰，处处已流中。

268. 石濑

石濑滩滩浅，天光处处明。
严陵何不钓，俱是慕鱼情。

269. 濯缨溪

寻寻觅觅濯缨溪，处处人人净水泥。
摘摘冠冠同意气，君君子子可高低。

270. 垂钓亭

坐此同渔父，观音共水平。
如来如所见，自得自枯荣。

271. 泛酒泉

三春尽日女儿羞，一曲流觞不到头。
我在池头君在尾，千杯共济醉沧州。

272. 吟诗岛

一岛水中央，三诗树下扬。
春秋题字处，日月作天堂。

273. 竹里径

竹簪婵娟影，婆娑隐约情。
邻溪清白石，共向玉宫明。

274. 题僧院引泉

叠落山僧院，流声阻石鸣。
琴音依曲折，木影有阴晴。

275. 题家园新池

日日穿泉引，清清细水来。
幽声明月色，夜静影徘徊。

276. 咏盆池

静静盆池水，鱼鱼各不平。
求行求止去，自得自纵横。

277. 买太湖石

水水以和柔，年年向石修。
千穿成百孔，一洞五湖洲。
孔孔皆天意，婷婷似女流。
题诗题小篆，刻字刻书楼。

278. 天竺寺殿前立石

炼石倾天补，残丹落地星。

禅门天竺寺，咫尺女娲灵。

279. 杭州观潮

六合钱塘外，千波八月中。
章亭观一线，万水结三风。
气壮惊雷散，云倾化雨穷。
盐官知伍子，沥海作英雄。

280. 题李频新居

山僧尝药酒，故友部新居。
世上求何物，人生一本书。

281. 寄题纵上人院

世上营营利，人间苦苦名。
禅门禅守一，上下上天成。

282. 题山寺

石径寻僧院，山门见石碑。
千重山界秀，一寺水溪规。
古塔清泉绕，香炉向日葵。
晨钟和暮鼓，月色与慈悲。

283. 题刑部马员外修行里南街新居

帝界修行里，南街竹木荫。
高堂明镜照，户对石溪林。

284. 题郭侍御亲仁里幽居

侍御亲仁里，幽居远四邻。
门前经百药，雨后翠三秦。
石铺皇城路，云净净日春。
吟诗常仗策，羽鹤作文臣。

285. 题宣义池亭

自计无钱买，何言有玉亭。
池中天地满，竹下有丹青。
古篆题诗石，新溪曲折冷。
幽禽鸣不止，似语二妃灵。

286. 题薛十二池亭

鸟落寻花草，云浮向水萍。
池边多草木，渚岸寄湘灵。
竹叶苍梧碧，池亭四面青。

官心如此见，吏俸取天星。

287. 题大理崔少卿驸马林亭

驸马林亭远，山光竹木深。
清溪流石上，月色对鸣禽。
木榭栖双鹭，池萍释孤荫。
轻风随日月，落叶可弹琴。

288. 题贞女祠

松杉无病叶，竹菊有秋晖。
水石贞名淑，精灵月色归。

289. 题杭州南亭

步步寻寻石子岑，天堂已见运河临。
南京旧隐杭州路，古石云林水月浔。

290. 题郑驸马林亭

驸马林亭色，花园草木香。
鸣禽知独往，石径作幽梁。
本草心期许，莺啼两竹篁。
春风春水碧，贝叶贝天章。

291. 题厉玄侍御所居

官居官俸禄，侍御侍天阶。
买水林山带，修亭视顾怀。
题诗毫寸墨，篆字满书斋。

292. 题田将军宅

三军径受降，上马石前回。
磊石长城赋，穿泉一水来。
山河依旧制，日月运河开。
百战曾金甲，千金一掷才。

293. 题崔驸马宅

水水山山效赐明，花花草草染皇荣。
溪溪石石清清曲，直直弯弯处处情。

294. 题河上亭

河亭一望水流平，四顾千波榭志明。
远远无声灵近近，云云有势雨晴晴。

295. 题长安薛员外水阁

石尽太湖光，云成渭水塘。
长安员外筑，水阁玉含香。

曲径幽幽远，青莲采女忙。
回身羞自顾，独却女儿妆。

296. 题梁国公主池亭

平阳公主馆，敕赐玉池亭。
玳瑁檀香木，龙泉佩剑灵。
南山含一带，北阙纵千玲。
曲舞秦楼上，歌琴祝国宁。

297. 寄题尉迟少卿郊居

故国一关东，林居半宇空。
春初花色晚，腊末雪冰宫。
岁岁春秋半，年年凛冽终。
飞鸿分两度，去去来来红。

298. 题永城驿

朝衣墙上挂，布履驿中行。
自古由来地，如今问去情。

299. 邯郸庄

邯郸学步庄，驿病读书堂。
自得逢佳友，何言遇醉乡。
长亭长路远，五里五蕴黄。
九日重阳菊，三秋鲈脍尝。

300. 过杨处士幽居

引水幽志至，依山直木乡。
弹琴禽自舞，养鸟望飞翔。

301. 过李处士山居

处士山居精，晨晖上羽衣。
朝阳朝露重，草叶草花依。
已病当收药，灵僧始见稀。
皇城皇路驿，帝业帝王畿。

302. 过无可僧院

下界先知院，曾当作楚才。
无为无可以，有寺有如来。

303. 过稠上人院

诏令常翻译，修心问是非。
疏钟长自响，远志与鸿飞。

304. 过不疑上人院

一世今生见，三光不共明。

途穷来日待，举步所知行。

305. 过昙花宝上人院

九陌霞优寺，三光独异新。

清赢幽目静，竹鸟自相邻。

306. 过杜氏江亭

杜氏望江亭，逢春远木青。

苍梧常鼓瑟，上国寄湘灵。

307. 过张云峰院宿

但以胡麻食，凭杯自得仙。

时新里异果，好客隔篱筵。

308. 过钦上人院

鸟雀凭空去，猿猴向果来。

相无相有问，始假始真台。

309. 过无可上人院

十二门中寺，三千弟子身。

清凉山下别，了了去来频。

310. 过城南僧院

夕照枫林寺，黄昏古刹门。

斜阳高处见，老树石山根。

311. 过灵泉寺

月满灵泉寺，烟浮释子门。

穿山幽径远，举步待慈恩。

312. 过天津桥晴望

皇宫嵩顶对，洛水渭泾分。

北阙昆明水，南山白日曛。

313. 春日游慈恩寺

白塔慈恩寺，朱轮日月家。

循日循玉草，翠羽翠琼花。

314. 游天台上方

天台一上方，古寺半炎凉。

起落浮云近，霓虹白日乡。

315. 游终南山

策杖溪桥渡，寻心始向遥。

终南山上望，渭水逐中潮。

316. 游杏溪兰若

白鹤松间立，青猿古木啼。

清溪兰若草，独峙顶峰齐。

317. 游谢公亭

但坐谢公亭，还闻草木灵。

年年吟咏地，处处有丹青。

318. 游阳河岸

日上阳河岸，云沉渚石洲。

山光浮未及，隐约大江流。

319. 游河桥晓望

晓色河桥断，晨钟向远鸣。

天涯应咫尺，一意以心情。

320. 秋夜月中登天坛

玉树寒宫影，嫦娥厌远星。

天坛登不得，独自苦零丁。

321. 夏日登楼晚望

一带长河去，千山草木风。

无须回首顾，有意事胡穷。

322. 同裴起居厉侍御放朝游曲江

进士曲江边，朝臣问酒泉。

芙蓉园里水，不是陌阡田。

323. 晓望华清宫

蓬莱草木一重茅，玉石仙丹半寸毫。

武帝何如身不死，王母至此有蟠桃。

324. 游昊天玄都观

紫府红桃问，玄都白石寻。

年年寻不尽，岁岁问成荫。

暮鼓由僧响，晨钟处士琴。

随风随所欲，有性有知音。

325. 霁后登楼

雨后青山净，云中白日晴。

霓虹多七彩，洁僻玉三生。

326. 早夏郡楼宴集

聚散闲情致，诗词雅颂风。

人声和市井，李广见英雄。

327. 夜宴太仆田卿宅

邀我三更晚，田卿九寺长。

中年方起步，故国已离觞。

328. 春日同会卫尉崔少卿宅

诗家诗客会，卫尉卫卿名。

鸟尽良弓在，琴兴石壁鸣。

329. 军城夜会

夜酒军城禁，题石令帐行。

燕山曾射虎，李广酒泉名。

330. 晦日宴刘值录事宅

花开花落问，晦日晦中荣。

向背相依见，阴阳向背明。

331. 宴光禄田卿宅

竹下开华馆，云中次第诗。

笙歌当夜直，曲舞可相知。

332. 会将作崔监东园

一半红尘色，三杯玉影循。

东国崔会酒，醒醉过千巡。

333. 同诸公会太储韩卿宅

九寺名卿六街雄，丁丁玉漏一御宫。

天门欲晓平章事，北阙才思太府中。

334. 乞酒

美酒闻君有，相宜我且无。

应求知一醉，旧病却三吴。

335. 寄魏拾遗乞酒

不醉已经年，三杯竟自眠。

须应传制法，日日酒泉边。

336. 乞新茶

晓见蕾芽色，微黄带绿萌。

青蛾初采撷，取水远泉茗。

337. 西掖寓直春晓闻残漏

春晓闻残漏，丁丁作玉鸣。
银河初隐隐，禁苑已清清。

338. 杭州郡斋南亭

虎印龙符系，西湖寺塔城。
南亭飞白鹭，北岭落红莺。

339. 陕城即事

黄河一曲过潼关，北下东行晋豫间。
两郡流中千百渡，三门峡外仰韶山。

340. 杭州官舍偶书三吴江村一号别墅

钱塘太守八行诗，六合郎中一望迟。
但以江村同里客，阳澄湖上石船司。

注：我在苏州，四品郎中，修阳澄湖渔民村，渔民从水泥船上移居陆上渔民村，一九九八年。

341. 省直书事

默默沧江老，官官独吏迟。
朝朝承代代，善善续和诗。

342. 杭州官舍即事

官官一事为，世世半公垂。
道道玄玄易，僧僧佛佛规。
生生由信念，处处可斯维。

343. 假日书事呈院中司徒

寒蝉登顶柳，古木似高人。
学佛求仙道，儒书贯客身。

344. 书县丞旧厅

新厅曾面壁，老吏语多虚。
旧秩县丞府，人家莫苦居。

345. 县中秋宿

鼓绝门方闭，钟鸣始邑开。
县中秋宿老，井下远泉来。

346. 夏夜宿江驿

竹屋临江驿，清宵待夜潮。
晨明初露水，旭晓满虹桥。

347. 郡中西园

古石潮纹显，新花带露痕。
西园幽鸟宿，独木已群根。

348. 东都令狐留守相公

东都一故宫，旧迹半皇隆。
拜表三公宇，题诗百集中。

349. 和高谏议蒙兼宾客时入翰苑

秩得寻仙路，恩成第一流。
青宫天阙色，紫殿客瀛洲。

350. 和卢给事酬裴员外

南山雪色半皇州，北阙花明一御楼。
玉漏丁丁从紫气，钟声楚楚渭泾流。

351. 和裴结端公早朝

玉漏千门启，钟声百笏行。
鸡人传晓柝，柱吏早朝名。

352. 和门下李相饯西蜀相公

舜日同朝圣，尧年共蜀城。
夔龙三峡水，管豹一黎明。
武勇登庸所，文儒六义荣。
凌云情已洽，凤阁御恩荆。

353. 和座主相公西庭秋日即事

微风红叶下，爽气向天升。
桂子应天落，秋香逐日凝。

354. 和秘书崔少监春日游青龙寺僧院

九陌城中问，千峰寺里闻。
青龙僧院药，白日已云熏。

355. 和李绅助教不赴看花

长书门似闭，不问牡丹花。
太学清宫品，高人第一家。

356. 和李十二舍人冬至日

白雪半心中，朱轮一意东。
从长多计日，不远是春风。

357. 和裴令公新成绿野堂即事

阔水龟潜静，深池木影泉。
相连相独立，鹤语鹤乐天。
绿野堂中望，方圆百药田。
轩窗含紫气，石玉纳云烟。

358. 和厉玄侍御题户部李相公庐山西林草堂

百草枯荣半草堂，千川日色月星光。
东林不远西林寺，九派浔阳一派长。

359. 和郑相演杨尚书蜀中唱和诗

三江青海水，九派一鄱阳。
牯岭庐山色，荏港渚南昌。
六义风骚远，千诗品格尝。
文星才智宠，雨露胜雕梁。

360. 和户部侍郎省中晚归

日色南宫晚，天光北阙长。
黄昏高远见，夕照久文章。

361. 和元八郎中秋居

圣代一郎中，文思半世穷。
秋居秋扫叶，学术学西东。

362. 和太仆田卿酬殷尧藩侍御见寄

云平天有色，竹静鹤无邻。
旧酒新杯饮，同诗共醉新。

363. 阁老

序：
和李十二舍人装四二舍人两阁老白少傅。
见寄。
诗：
诗成万首语皆新，卷结千年夏口邻。
仰俯峰光天地见，逍遥独得过天津。

364. 和刘禹锡主客冬初拜表怀上都故人

喧喧九陌禁城开，肃肃千官拜表来。
渭水明明云雨色，皇城处处是天台。

365. 和膳部李郎中秋夕

淅淅听秋雨，修修竹叶声。
郎中郎不语，夕照夕无明。

366. 和前吏部韩侍郎夜泛南溪

月满南溪色，船明玉影行。
高人多不语，吏部主身名。

367. 和王郎中题华州李中丞厅

莲华山下郡，瀑布玉中潭。
贮水成浔积，行云作海涵。

368. 和厉玄侍御无可上人会宿见寄

会宿官中小，和诗月上弦。
清贫应自在，一字一方圆。

369. 和令狐六员外直夜即事寄上相公

粉署霜台客，天机玉殿书。
平章门下事，夜直帝王居。

370. 答孟侍御早朝见寄

九陌钟声起，银河月色低。
天边天水岸，玉满玉人齐。

371. 和友人新居园上

新居朝野去，石径向山幽。
百药应无求，三光已自留。

372. 和裴令公游南庄忆白二十书七十宾客

雨润南庄木，云放绿野泉。
相公韦白客，翠竹自声宣。

373. 和李舍人秋日卧疾言怀

秋思十地霜，扫叶半寒凉。
步步行难得，因因果果尝。

374. 和李十二舍人直日放朝对雪

草木层层雪，江河处处宽。
中流融两岸，曲水溢千寒。
步步回头见，云云足迹单。

375. 答李频秀才

物外诗情近，人中友谊长。
三千三百日，一世一书香。

376. 答胡遇

会会分分路，离离别别情。
相逢相到问，独步独心行。

377. 答友人抬游

闻啼惊林怨，看花怕语愁。
推辞推不断，是水是山忧。

378. 答窦知言

北魏沙尘暴，南江草木深。
黄河翻浊浪，汉口蜀知音。

379. 酬田就

不可闲居久，当开日月扉。
经天南北雁，一字换人飞。

380. 酬礼部李员外见寄

本事求仙郡，郎官有玉溪。
书香随日月，字迹献之齐。

381. 酬令狐郎中见寄

五十年前一小童，如今十月半西东。
沧江不似层楼月，忆世无同老小翁。

382. 酬李廓精舍南台望月见寄

莫以空门望，当知月色余。
知僧知所事，一道一玄虚。

383. 酬光禄田卿末伏见寄

末伏微风至，秋初暑日迟。
炎炎如火火，肃肃似时时。

384. 酬薛奉礼见赠之作　古今诗

日月一耕人，诗词半字新。
情同连手足，意共古今邻。

十万无知了，三生有汉秦。

385. 酬卢汀谏议

粟粟梁梁置帛田，诗诗酒酒运河船。
无衙有吏从今古，管教山河社稷前。

386. 酬万年张郎中见寄

贡籍当同府，郎中正万年。
周行今古见，此酒可方圆。

387. 酬光禄田卿六韵见寄

种药田卿寄，神农本草生。
鱼虫池水月，木蕙芷芝荣。
鼓角兵戎诏，关山士子名。
才微才尽致，力足力精英。
遗理边风静，行卿朔漠横。
京城天子路，世道要和平。

388. 酬杨汝士尚书喜人移居

一接沧江水，三循草木居。
书香成上秋，日色可情余。

389. 酬田卿书斋即事见寄

旧隐随溪远，新居有水鱼。
琴声相互答，静里读诗书。

390. 酬张籍司业见寄

旧业曾无定，新途各有同。
归朝归故里，老退老居中。

391. 谢汾州田大人寄茸毡葡萄　古今诗

架上紫葡萄，行前志气豪。
榆关南北去，筒卷白毡毛。
学射幽州虎，妻儿太谷皋。
平生留此忆，仗节作旌旄。

自注：一九六一考取北京钢铁学院，故土门前一架葡萄正紫，家父母送我毛毡欲解所寒。

392. 牧杭州谢李太尉德裕

特许拜杭坛，皇恩太尉观。
西湖西子问，白乐白天端。

393. 谢秦校书与无可上人见访

有道无相约，同吟共觅行。
晨钟和暮鼓，折柳复闻莺。

394. 杏园宴上谢坐主

芳丛桃李色，雨露草林中。
翠羽当云里，春情一阵风。

395. 谢韬光上人

隔界韬光处，今人住持才。
无生无我去，有世有君来。

396. 喜胡遇至

老去闲人少，诗来密友才。
惊时三两句，回味一半梅。

397. 喜贾岛至

饮酒贫居客，吟诗八句余。
骑驴看唱本，省事问荷锄。

398. 喜喻凫至

贝叶喻凫至，鸣虫向酒杯。
回云春笋露，绕树拣香梅。

399. 喜雍陶秋夜访宿

雍陶秋夜访，菊影月方开。
流萤飞远近，贝叶上书台。

400. 喜贾岛雨中访宿

贾岛雨中来，千言一酒杯。
秋虫藏屋角，且望故人回。

401. 喜马戴冬夜见过期无可上人不至

之一：
客至初冬夜，寒从北极生。
三杯肠已热，一路欲期明。
之二：
无期一上人，有约半秋春。
贝叶曾相似，黄中绿色频。

402. 访僧法通不遇

寻师师不遇，拜佛佛香烟。

黄昏烦恼尽，夜色寺灯燃。

403. 夜期友生不至

月色停温酒，塘明一叶浮。
沉思良久见，只似去来舟。

404. 寻僧不遇

独立山门外，孤行月色中。
寻僧寻不得，一觉一无穷。

405. 过友人山庄

水竹一庄书，莲荷半蕙余。
南山留白雪，以此罢官居。

406. 给事

序：
奉和前司封苏郎中喜严常侍萧给事见访
惊斑鬓之什。
诗：
饮酒微微变，因年渐渐生。
吟诗惊月下，罢笔问枯荣。

407. 奉和门下相公雨中寄裴给事

闲观垂叶雨，未满玉枝开。
瑟瑟当琴韵，沙沙问酒来。

408. 答韩湘

一世韩湘子，三生自所明。
无知无界域，有止有行程。
前途难浩测，叹息已相倾。
蟠桃应过海，隔壁可精英。

409. 四松

序：
奉和四松：兵部郑侍郎手植后中书相公，
合与唐扶刘禹锡和。
诗：
苍苍见四松，郁郁有千容。
造化凌空势，龙鳞两省钟。

410. 咏新菊

重阳天下子，九日女儿花，待到黄花发，
诗名万万家。

待到黄花发，声名达帝畿。

411. 和王郎中召看牡丹

郎中问牡丹，艳色向云端。
萼片层层垒，红心处处冠。
风流临砌止，彩霞待妍盘。
弄玉和箫语，婵娟上夜坛。

412. 咏南池嘉莲

芙蓉出水叶圆圆，玉立婷婷水碧鲜。
并蒂莲花祯吉色，莲莲结子女儿船。

413. 种苇

渚渚洲洲水，苇苇蕙蕙田。
芦花扬不定，落下见方圆。

414. 采松花

道士松花采，三清玉子多。
高枝高日照，学鹤学先科。

415. 和李补阙曲江看莲花

露露青荷叶，珠珠碧药悬。
晨中临水望，夜下傍船眠。
灼灼金丝线，蓬蓬结子田。
婷婷莲玉立，楚楚自方圆。

416. 杨柳枝词五首

之一：
去去来来问，杨杨柳柳枝。
郎郎知所意，女女问时迟。
之二：
小杏过墙头，红颜不怯羞。
由郎观仔细，暮色女儿留。
之三：
得见谢家楼，还闻粉色忧。
梅花依旧傲，白雪净心头。
之四：
十月梅花落，三春草木催。
月下徘徊久，心中白雪开。
之五：
曲曲江流去，湾湾玉水留。
洲洲明月夜，处处女儿舟。

417. 郡中冬夜闻蛩

切切声声问，幽幽夜夜来。
冬梅心早动，白雪带花开。

418. 闻新蝉寄李余

六月新蝉响，三秋不再鸣。
应知天水岸，李广久无平。

419. 闻蝉寄贾岛

秋蝉应更响，树顶可长鸣。
远近皆闻见，因因果果荣。

420. 题鹤雏

小鹤大如鸡，朝天对地啼。
生来无比拟，物化有云齐。

421. 咏莺

春来花草色，莺啼一半情。
唯唯儿女问，此鸟向心荣。

422. 老马

伏枥朝天望，平明对地嘶。
扬程千百里，俯首暮朝迟。

423. 咏镜

一镜勤人鉴，时时拂拭来，
灰尘应不见，识得古今回。

424. 古碑

一片荒野石，三行古篆诗。
留当作旧董，不可读时知。

425. 咏破屏

古老旧屏风，残残破破红。
时人寻现代，古物序飞鸿。
屋角浮云落，床头木架空。
绢花丝鸟绣，水石各西东。

426. 拾得古砚

石砚黄河岸，书家故道居。
今人藏不得，僻性独修余。

427. 裴大夫见过

见过郡阳水，潇湘汉寿波。

阴晴三鼓怨，大小两姑娥。

428. 谢韬光上人赠百龄藤杖

老小无难独步艰，阴晴有路自孤攀。
青藤百岁韬光杖，只向游僧柱持还。

429. 咏贵游

三春一贵游，百草半幽留。
玉女从中醉，香凝日下头。

430. 穷边词二首

之一：

山山水水一辽东，草草花花半色空。
木木林林长白岭，秦秦晋晋有飞鸿。

之二：

桓仁五女半山城，八卦三清一世荣。
十万诗词留天下，中央政府作精英。

431. 剑器词三首

之一：

一把龙泉剑，三光玉宇寒。
千军挥斥令，八阵在云端。

之二：

射虎幽州箭，飞将李广弓。
回头天水岸，未了一英雄。

之三：

两节霸王鞭，鸿沟楚汉天。
秦宫从此去，不作未央贤。

432. 从军乐二首

之一：

军营边外雪，酒市漠中无。
已见三兵痞，依然一丈夫。

之二：

十指朝朝墨，三生处处奴。
寒风冰雪夜，鼓角震江都。

433. 敬宗皇帝挽词三首

之一：

以谏停柬幸，垂文宝历昌。
昭登周代卜，万国柏松冈。

之二：

每日三清问，平时半不知。

何为承露待，但向故时期。

之三：

万国灵輴护，三朝紫陌闻。
长安从此去，世界两边分。

434. 文宗皇帝挽词三首

之一：

千官方就日，四海已无天。
石象垂皇拱，青松卜涌泉。

之二：

国法天王继，笳箫颂代传。
开成文化日，雅乐颂诗年。

之三：

旦以朝堂敬，西南大陆边。
声声从此去，日日以天悬。

435. 庄恪太子挽词二首

之一：

晓漏皇城启，宫臣素布明。
灵仪先卤簿，苑晦后笳声。

之二：

太子垂千古，青宫锁百年。
皇家皇土地，一界一方圆。

436. 哭费拾遗征君

空山流水远，直木别乔林。
拾遗征君纪，儒书道诣深。
先生先自去，后继后鸣禽。

437. 哭砚山孙道士

自古是行人，如今已弃身。
长长成短短，夏夏近春春。

438. 哭贾岛二首

之一：

白日西天落，沧江大陆流。
文章成子粒，字句自春秋。

之二：

杳杳黄泉路，人人日月头。
蓬莱应是梦，不及一诗留。

439. 吊

序：

杨给事师皋哭亡爱姬英，英窃闻诗人多赋，因而继和。

诗：

形形色色各秋春，玉玉瑛瑛有晋秦。

世上无成终憾事，心中不得完佳人。

珍珠常易碎，丽质弱风尘。

白雪经心雨，红颜素淑巾。

440. 喜览泾州卢侍御诗卷古今诗

十二万新诗，三千弟子知。

平生分日月，格律合成时。

441. 喜览裴中丞诗卷

新诗道路长，乐府字句乡。

格律成关键，知音品韵梁。

442. 心怀霜

秋深一夜霜，净世半朝纲。

足迹留天地，诗词作故乡。

443. 听僧云端讲经

生公石点头，造诣运河流。

远近三清界，春秋一虎丘。

444. 腊日猎

天空无射雁，一字有春秋。

共济同生死，山盟海誓留。

445. 闻魏州破贼

历代邪邪正，经年直直留。

人心遮不得，众议作先头。

士举文成志，炊烟自在浮。

生灵苏息养，草木易春秋。

446. 下第

下第乡家路，成名弟子书。

春秋相继续，自主自知余。

447. 得舍弟书

苦读贫居巷，深思草木荣。

知春云雨水，入夏待秋成。

舍弟言乡里，母母父父情。

回头相顾望，举步念兄盟。

448. 病僧

三年一病僧，百步半灵藤。

足履留三界，方圆见一灯。

449. 佛舍见胡子有嘲

年年胡子长，岁岁白眉生。

本性应无改，天涯咫尺平。

450. 成名后留别从兄六二赴北京钢铁学院上大学

桓仁五女一乡城，父父母母困苦生。

创业关东爷奶事，归寻弟妹问仁兄。

451. 白鼻

七色胡姬酒，双肩左右摇。

弦琴翁不止，手鼓似云桥。

碧眼身如雪，旋裙玉未消。

翻身成白马，坐势似桑苗。

452. 崔少卿鹤

一鹤扬天问，三年志不移。

苍天飞不尽，厚土落相宜。

453. 新昌里

旧宅咸泉苦，童生已自然。

新居甜水色，忍饮不如前。

正性非邪念，旁言是见天。

人生人世久，岁月岁方圆。

454. 塞下曲

碛石飞沙望，胡风受降城。

幽州天水将，尉卒不功名。

455. 从军行

从军进士名，一日半平生。

塞下辽东近，云中受降城。

儒书知事理，百战待诗荣。

斩将惊天下，和营不杀兵。

456. 杏园

江头一望杏花园，马下三川日月天。

远近黄昏涂色满，高低玉叶半藏妍。

457. 闲居

一片形形色色花，三春处处种桑麻。

东风带雨春云落，药草含香作女娃。

458. 句

八月雁门关，重阳白雪山。

第八函　第三册

1. 周贺

杭州姚太守，改贺作新名。
索句南卿字，因诗洛水城。

2. 留辞杭州姚合郎中

万里波涛隔，千章日月平。
相寻霖雨露，积纳古今英。
独木成林叙，孤身跻世名。
知音邻省阁，一烛照书生。

3. 酬吴之问见赠

户落残枫叶，风流甲片红。
寻根寻不得，有土有天空。
月下吴之问，云中米脂童。
临潼临逝水，永定永成雄。

4. 送分定归灵夏

草断黄河岸，沙平四面流。
关城空自锁，草木满湾洲。
映日归灵夏，鸣蝉上柳头。
东营东海见，万里万情忧。

5. 与崔弇话别

不得韩翃语，常闻太白名。
幽斋今古见，客舍去来行。
建业秦淮水，干戈朔漠平。
三边胡汉界，一顾石头城。

6. 题何氏池亭

处处池亭水，时时日月留。
光明何氏注，玉石四边周。

7. 送表兄东南游

水水山山色，层层叠叠明。
僧僧游寺寺，念念付清清。

8. 送康绍归建业

帝业空城在，民田故墓多。
南朝三百寺，二水万千波。

9. 再过王辂原居纳凉

秋分明后日，夏末两成云。
细草龟行慢，从容不似君。

10. 送耿山人归湖南

南行一越僧，别业半荷菱。
去去应无事，来来夜有灯。
衡阳青雁雁，向背问江陵。
竹泪斑斑落，湘灵鼓瑟征。

11. 送省己上人归太原

黄袍回绝塞，白雪自冰封。
鼓角休兵日，江河寺院冬。
晨收松子落，暮去并州钟。

12. 宿甄山南溪昼公院

细雨南禅路，轻云下院宫。
孤灯明四面，独照壁千红。

13. 相次寻举客寄住人

一寺禅翁主，三名老叟居。
临川临谷问，住持住书余。

14. 出关寄贾岛

潼关一子孙，老道半天根。
莫以青牛见，玄虚日月门。

15. 暮冬长安寓舍

旧识长安巷，新闻渭水人。
南山南白雪，北阙北三秦。
失计空知命，还寻日月新。

16. 赠胡僧

瘦瘦形形血色无，枯枯萎萎似扶苏。

黑黑黄黄分不定，径径典典满皇都。

17. 赠李主簿

吟诗常饮酒，坐待纳税归。
只以收王赋，何须辨是非。

18. 同朱庆余宿翊西上人房

重来一来年，对榻半听泉。
旧话方难止，山茶彻夜眠。

19. 寄姚合郎中

刺史郎中郡，吟诗别省曹。
蝉声知止了，独占柳枝高。

20. 休粮僧

闻钟不止堂，静坐闭关粮。
面壁吟经卷，生公点石忙。

21. 怀西峰隐者

万木藏岑色，千年隐洞幽。
残灯明晦夜，独木立山头。

22. 赠柏岸禅师　古今诗

野寺应依念，灵山必遍行。
禅师禅觉慧，世俗世精英。

23. 潜怀　古今诗

不读诗文近老娘，榆关过后是离肠。
年年泽雁归南北，处处书生作故乡。

24. 緱氏韦明府厅

清风明月邑，同知上宰心。
僧寻禅觉静，客问百虫吟。

25. 送朱庆余

平生居不定，步履向前行。
一别三千日，相逢一半荣。

135

26. 宿开元寺楼

日落开元寺，僧知向古今。
寒扉关湿雨，风叶启钟音。

27. 送僧还南岳

游僧南岳去，演易故人踪。
自说深居后，由心作鼓钟。

28. 秋思

淼淼洞庭波，幽幽唱九歌。
长沙知贾谊，百里一汨罗。

29. 秋情

叶叶秋风扫，徐徐客病寻。
衡阳归雁落，冷水带寒音。

30. 送灵应禅师

寒山应远去，古寺作乡心。
补衲灯烟望，知微落叶音。

31. 春日重到王依村居

又向王依去，村居未种禾。
春耕三亩半，雨水一田多。
世代儿孙过，无须唱九歌。

32. 山居秋思

水水云云近，山山木木亲。
秋思成定所，落叶可同邻。

33. 赠皎然上人

讲罢收黄叶，诗成寄旧邻。
轮回径百日，草色入三春。

34. 春日山居寄友人

山居无俗语，立涧有流声。
逝水曾穿石，谁知草木惊。

35. 留别南徐故人

别日南徐路，逢君北客程。
三年曾见待，一夕顾前程。

36. 送僧归江南

竹杖麻衣路，江南故日僧。
潇湘收沅水，又点洞庭灯。

37. 早春越如留故人

野渡诗人过，严家有钓台。
行径离别短，竹杖带云来。

38. 送友人

斫磨如蠹木，雨水似枯荣。
别意临流问，思君寄此行。

39. 送陆判官防秋

一马三边去，千程半古今。
胡笳鸣草地，汉客几知音。

40. 入静隐寺途中作

秦川泾上水，静隐寺前松。
一路樵人作，三山有远钟。

41. 送杨岳归巴陵

此去巴陵雨，帆悬向背船。
应知天下水，不忘岳阳年。

42. 赠朱庆余校书

寺阁石桥僧，官房玉结冰。
寒光寒暖继，日色日香凝。

43. 逢播公

暮色钟声晚，禅房话旧来。
三光巡世界，一语到天台。

44. 寻北冈韩处士

贝叶千行字，微书万语长。
三经三世界，处士处珍藏。

45. 哭闲霄上人

闲霄一上人，苦度半秋春。
自以无中有，还从有去尘。

46. 城中秋作古今诗

未落辽东叶，还寻本草根。
幽幽天外去，念念是儿孙。

47. 玉芝观王道士

道至心机尽，人成曲解烟。
松萝云雨继，日月水桑田。

48. 出关后寄贾岛

青牛不出关，贾岛问天山。
九曲黄河水，三生苦别颜。

49. 题昼公院

直木乔林色，清流世界源。
禅心多释子，静坐鸟雀喧。

50. 京口赠崔固

积雨秋风近，浮云夏日闲。
相逢嵩岳客，别路渭泾还。

51. 书石上人

绝顶无相伴，群峰远自低。
秋霜应素木，独峙上人栖。

52. 送张湮之睦州

不忆新安旧，还闻浙水深。
天台天目望，大禹大人心。

53. 赠王道士

道士仙丹药，真人石玉邻。
云根云所寄，灌木灌山均。

54. 冬日山居思乡

宿鸟寒栖木，贫居暖近邻。
书生离别久，只读不思亲。

55. 如空上人移居大云寺

菊色重阳久，黄花九日寻。
如空如世界，上宰上人心。

56. 送幻群法师

吴吴连楚楚，曲曲兼音音。
普渡禅师客，何人问此心。

57. 春喜友人至山舍

石径高岩去，山居古道来。
门扉开两扇，阔步友人催。

58. 春日重至南徐旧居

野水群芳色，荒庭百草开。
空空无鹤语，独独宿云来。

59. 早秋过郭涯书堂

堆堆积积一堂书，垒垒层层半壁余。
白雪阳春流水去，知音不可作相如。

60. 寄宁海李明府

海口风流地，公门水石清。
天台应不远，浙水可扬明。
白雪梅花早，新诗玉影萌。
归心归不得，记忆记耕耘。

61. 长安送人

处处长安巷，年年渭水滨。
行人排一字，问雁几回春。

62. 投江州张郎中

江州要地一郎中，无闲有谒半大风。
方泉净土贫书就，梅花二月已先红。

63. 晚题江馆　晚秋江馆书事寄姚郎中

临江自得一涛声，隔岸惊云半自鸣。
越岛孤山由自在，秋潮水色自无平。

64. 秋晚归庐山留别道友

道友陵阳采翠微，行思石玉向晨晖。
孤僧补衲樵人望，独月吟诗不闭扉。

65. 同徐处士秋怀少室旧居

嵩山少室一林泉，处士秋怀半陌阡。
一夜秋风千万叶，惊云上下两三年。

66. 赠神遘上人

草履蒲团一上人，行吟罢讲半秋春。
禅音此去钟声远，万木轻霜付五津。

67. 宿隐静寺上人

一宿五峰前，三更半月天。
流泉分涧濮，白石上人田。

68. 赠厉玄侍御

山松石径一泉声，叶落溪流两不惊。
寒雁回归湘水岸，衡阳积翠洞庭明。

69. 送韩评事

一枕平湖半岛平，千山万水百年行。
波澜不起无惊屿，旧隐深源有竹声。

70. 赠道人

土布纱巾一道人，摇头说易半秋春。
天年甲子书机付，不以呻吟乞药银。

71. 寄新头陀

竹里相逢未半天，林中别路五湖年。
苔溪石岸园头渚，坐想澄江忆浩然。

72. 湘汉旅杯翁杰

一夜空江月白流，千波起落范蠡舟。
巴陵胜状潇湘沅，鼓瑟清音处处愁。

73. 寄韩司兵

曾闻岁月独司丁，不见沧州乱后兵。
别意难平文武轶，逢君又去向诗兄。

74. 寺居寄杨侍御

闲人不可望斜阳，半壁黄昏作直光。
影暗山根山水石，空林落照落苍苍。

75. 上陕府姚中丞

领郡登封独着书，诗文造极客心余。
经纶谏诤中丞议，不向樵渔自隐居。

76. 赠僧

云泉有语作邻人，白石无声补水津。
寺寺烟烟香积久，僧僧客客共秋春。

77. 送石协律归吴

僧辞古刹意归耕，协律归吴石不平。
水涉纱巾浮净渚，长洲未了五湖情。

78. 寄金陵僧

自古一金陵，秦淮半寺僧。
无情山水易，已结石头冰。

79. 送忍禅师归庐岳

度雪禅师问忍僧，东林不远点残灯。
身知已事非吾道，浪水溢城一半冰。

80. 赠姚合郎中

青衣十载一郎中，刺史三年未已衷。
且以绯袍官成四品，干戈玉帛紫袍红。

81. 宿李主簿

主簿新亭月，明光已过墙。
邻家呼不得，只有女儿郎。

82. 寄潘纬

一寸银丝五寸田，三生积翠半生泉。
人间有路常来往，世上无人久少年。

83. 浔阳与孙郎中宴回

别别离离一酒垒，渔渔火火两无眼。
浔阳渡口南昌岸，一派匡庐九日田。

84. 送宗禅师

衡阳已过十三春，别后谁闻一两人。
老大今来寻旧迹，禅师此去问天津。

85. 送僧

一树清鸣百寺蝉，游僧八戒半天边。
深潭积水连东海，浅渚浮云有钓船。

86. 送蜀僧

吴中水色蜀江田，独步陈仓过剑川。
万里孤行无弟子，三清树立有经年。

87. 过僧竹院

竹院僧房外，清灯独月中。
寒宫寒玉树，桂子桂霜红。

88. 忆浔阳旧居兼感长孙郎中

浔阳旧居一郎中，未了江东半大风。
自以英雄成宿志，深秋玉叶带霜红。

89. 送郭秀才归金陵

南徐旧叶几时多，半闭虚门积翠萝。
夏后何闻黄叶落，金陵犹唱石头歌。

90. 宿李枢书斋

书斋朝暮雨，扑火向灯虫。
远近飞难去，残光作始终。

91. 杪秋登江楼

步步岳阳楼，遥遥一望秋。
无言西照水，不尽洞庭舟。

92. 秋宿洞庭

雨雨云云水，烟烟雾雾楼。
巴陵斑竹泪，独见二妃流。

93. 重阳

采得茱萸草，还闻九日香。
雄黄佳节酒，旧醉是重阳。

94. 送李亿东归

柳叶青青别断情，桥桥路路竹枝声。
东归渭水波涛去，北魏秦川一路行。

95. 泊灵溪馆

水泊灵溪馆，人闻驿吏关。
相期寻不得，此路自无还。

96. 送姚郎中罢郡游越

天台隋寺旧，六合东瓯新。
建德浮安水，钱塘澉浦濒。
杭州萧甬路，诸暨会稽邻。
步履云门径，逍遥北望秦。

97. 寄贞法师

不得幽人见，还闻瀑布泉。
千岩流水色，一谷满云烟。

98. 送灵溪李侍郎

貂裘离阙下，初佐汉元勋。
下括牛羊见，边情入古文。

99. 瀑布寺贞上人院

瀑布火烟落，平川自涌泉。
相期相遇晚，月缺月明园。

100. 送魏校书赴夏口从事

驿路向天边，长亭挂月弦。
湘灵因鼓瑟，楚客九歌贤。
夏口知音问，江陵一日船。

101. 送称许薛从事

塞雁衡州渚，孤猿不可听。
湘灵因鼓瑟，楚客觉零丁。

102. 送边使

北上辽东，燕山半大风。
英雄由此路，白雪向枫红。

103. 送人赴举

千章一玉京，百草半精英。
万木成林去，三生作古名。

104. 送袁肇归山阴

河帆因渚落，鹭鸟背潮飞。
细细山阴雨，鹅池有瘦肥。
集序兰亭咫尺扉，沙鸥两翼向潮飞。
杭州湾外天涯水，不尽波涛去又归。

105. 送李式

一望满满路，三湘处处船。
观山应远见，问月可当泉。

106. 送韦弇

家山半在吴，水色一姑苏。
海角无三鼎，天涯有五湖。

107. 送人南游

秦淮金石在，五马秣陵前。
有共心经问，无同隐者眠。

108. 送省空上人归南岳

步步衡山路，行行一上人。
禅衣寒衲旧，石磬卷径新。

109. 送象上人还山中

隐者何须见，行僧已觉空。
寻回明月下，只在此山中。

110. 送僧归富春

归僧向富春，建德旧相邻。
八月钱塘水，杭州咫尺人。

111. 送琇上人

古殿香山上，潮痕玉石中。

灵岩云水洞，白鹤羽衣翁。

112. 哭虚海上人

一化西风去，三生北陆来。
留魂留自在，不见不徘徊。

113. 和姚郎中赴凝公字

一步凝公院，三生砚墨泉。
灵岩山上字，贝叶玉中禅。

114. 赠丘先生

砚取前溪水，图成后岭烟。
先生三五柳，足迹一清泉。

115. 赠蛮僧

水水山山路，南南北北僧。
天涯无远近，咫尺有传承。

116. 秋思

一字排空去，人形过九州。
衡山青海水，岁月是春秋。

117. 楚城秋夕

寒江浸雾月，晓角化林霜。
水在天门断，云从石首扬。

118. 秋日陪孙氏郎中登郡中南亭

高天高不尽，落叶落益深。
谷地川流水，高亭望远心。

119. 宿天竺寺

孤身潭上寺，独宿白云间。
抱瑟寻琴语，问径向磬还。

120. 陈氏园林

门含千竹碧，户纳一鱼池。
彼此沉浮问，阴晴日月知。

121. 题崔中丞北斋

千书一字成，万巷半心明。
砚水应知浅，文房可见英。

122. 题崔行先石室别墅

石室行光壁，题诗别墅情。

同寻幽洞里，共话有谁行。

123. 题灵隐寺皖公院

咫尺天涯意，千年贝叶心。
西天灵隐寺，北客拜观音。

124. 吕群

元和进士一诗人，御下苛严半魏秦。
不问关中应是客，经心莫醉是童珍。

125. 题寺壁二首

之一：

行行三蜀路，问问五湖舟。
寺壁留千古，题诗作一楼。

之二：

暗渡陈仓路，明修栈道城。
瞿塘三峡谷，白帝一流倾。

126. 黄蜀葵

黄黄一蜀葵，日日半相随。
嫩碧姿姿望，幽香处处窥。

127. 咏春风

断送杨花尽日狂，经天问地自扶桑。
孤云虽是无心雨，一日三湘有女肠。

128. 竹

引领溪风回，招摇玉影开。
婆婆常不定，约会久徘徊。

129. 侠士诗

白雪太行山，红颜别去还。
三生知己见，一诺玉门关。

130. 别妻　古今诗

太谷云泉晋并流，辽东雨水北平舟。
妻妻女女儿儿见，法国中华是两头。

131. 杂嘲二首　古今诗

之一：

三年不似故家邻，十载长安客五津。
僻巷阿母羞向问，琴弦已断续无人。

之二：

一望无边是有无，隋炀水调运河苏。

秦皇六国饥寒女，莫以楼船作首都。

132. 悼伎

已断丁香崔，还闻杜宇啼。
桥边沙女去，故地落红溪。

133. 自苏州至望亭驿有作

目芷唯亭驿，长洲舟直门。
江村同里富，水调运河昆。

134. 郧中行

金陵金紫禁，白下白家邻。
只有西陵在，还闻故曲人。

135. 公无渡河

止止行行兮不可图，生生死死兮别娘姑。
洋洋浊浪兮公无渡，念念相思兮妾有奴。

136. 松

秦王特许老龙鳞，羽士扶苏挺拔钧。
色色空空根自定，枝枝叶叶向天茵。

137. 春雪

散漫霏微色，茫茫素素形。
波波连彼此，玉玉逐心灵。
带雨成云下，因风入渭泾。
天公天下覆，地主地和宁。

138. 解昭君怨

工人画丑身，汉主遣和新。
不嫁单于去，宫中一舞人。

139. 祠渔山神女歌二首

之一：

岸芷船边影，杨花柳叶裙。
渔山神女见，月色雨邻云。

之二：

木槿朝阳色，渔山杜若花。
无声神女在，有意女儿家。

140. 牡丹

艳艳妖妖色，家家国国华。
春春桃李下，处处女儿家。

141. 秋

夏末蝉声起，秋风扫叶行。
潘鬓银几许，弄玉误箫声。

142. 燕

海燕吴宫寄，鹰隼玉树行。
高低谁远近，大小有灵精。

143. 白云向空尽

始始终终见，舒舒卷卷空。
沉浮天地上，大小有无中。

144. 竹

玉质湘灵寄，空心筚节根。
婆娑形影见，彼此二妃魂。

145. 赠去婢

罗巾却下入候门，百态千姿草木根。
石石崇崇珠绿绿，萧郎不似玉王孙。

146. 江西投谒所知为典客所阻因赋

万卷九江童，千书一谒翁。
平生知马力，典客白苍穹。

147. 玉清行

玉玉清清问，虚虚步步行。
真皇居白日，北阙问精英。
绶节仙郎寄，王母上造萌。
千年曾一举，万岁可三明。

148. 琼台

遥遥何所见，近近几琼台。
尽是人心在，应知欲望来。

149. 操莲曲

采女花间沐，红颜玉水中。
荷裙荷叶碧，结子结莲蓬。

150. 一枝花

丛丛碧玉一枝花，楚楚婷婷半女娃。
水水明流藏石阻，溪溪曲曲向小桥家。

151. 柳枝词

隋堤杨柳岸，贾客运河船。

北北南南去，贫贫富富传。

152. 海棠

自有黄金屋，阿娇不锁藏。

红颜三两色，碧玉独孤香。

153. 上浙东元相

上座越王台，诗人禹迹来。

相承相继续，治水治田埃。

154. 荻塘西庄赠房元垂

水国甘霖主，江村雨雾田。

塘西庄户居，陌北茧蚕船。

俯仰区区近，阴晴处处泉。

田家多社日，楚汉有方圆。

155. 天门街西观荣王聘妃　荣王宪宗幼子　古今诗

序：

读学高中课，青年进士名。

仙媛心不语，宪义共春城。

自误榆关过，还思少小行。

刘家沟外水，五女枕中情。

注：入北京钢铁学院，张恩媛入吉林长春环保学院，孔宪义入吉林大学，共会长春

诗：

长春一市半长春，共忆恩媛两地人。

七十年中常惦记，人生不忘去来邻。

156. 天门街西观荣王聘妃

郑国通梁苑，天门向地荣。

街西荣王聘，北阙凤凰名。

百两归言遂，三周展义行。

皇城皇紫禁，帝子帝畿盟。

157. 章孝标

龙门登进士，正字省门荣。

大理曾评事，新诗一卷名。

158. 遣临平监吏

钱塘酒袋唱九歌，誓诺鲸鲵误三河。

遣吏临平自己，无非旧是旧人多。

159. 赠茅山高拾遗

拾遗茅山客，无为自己生。

营营名利取，苦苦国家荣。

好药深园种，幽禽野苑声。

青衣青水色，白首白山盟。

160. 次韵和光禄钱卿二首

之一：

大隐严城内，闲门第树中。

池台鱼影静，石壁水鳞红。

之二：

自是忧家国，还言苦日情。

耕耘应不止，步趾可前行。

161. 赠庐山钱卿

一室匡庐间，三湘沅水潮。

鄱阳何处望，但见洞庭遥。

162. 山中送进士刘蟾赴举

进士刘蟾举，山中草木荣。

书儒文字见，爱憎暮朝行。

莫以功名界，爷娘始故情。

回生回织锦，日见日平生。

163. 送进士陈峣往睦州谒冯郎中

向裴刺史一郎中，未忘当年半大风。

自古英雄来后者，秋霜始见玉枫红。

164. 思越州山水寄朱庆余

户纳潮头半雪云，窗含白鹭一衣裙。

千帆出海张扬起，一片波涛日日分。

165. 咏弓

射虎幽州客，阴山石没空。

杯中形所惧，醉后各西东。

166. 送无相禅师入关

了了空空问，虚虚实实明。

无相无不见，入见入关行。

一语禅师界，三生日月城。

167. 赠匡山道者

尝闻一粒功，足得半生逢。

反岁童颜少，人间没老翁。

168. 道者与金丹开合已失因为二首再有投掷

之一：

以木求星火，因绵砧石成。

丹炉丹易物，玉液玉深惊。

之二：

作物阴阳界，成心日月中。

循规循序理，上道上人穷。

169. 蜀中上五尚书

文韬武略有谋筹，蜀道难行早白头。

自古名高闲不得，吟诗未尽国家忧。

170. 赠陆嚣浙西进诗除官

只都处处有风云，武略儒韬见策文。

浙水天台和气色，烟花泽国雨纷纷。

171. 古行宫

荒烟草没古行宫，铅粉无藏不存红。

互落檐垂多缺口，花残鸟尽水银空。

172. 丰城剑池即事

半城铸剑池，壮士待人知。

指点行人问，阊门不可时。

173. 题上皇观

烟霞步步上皇观，遗粉沉沉百草残。

李部门空休并望，先朝已却七星坛。

174. 鹰

星眸疾展见分毫，秀鸟笼中不欲高。

此物苍空成赏宠，无辞四野一腥臊。

175. 方山寺松下泉

石脉方山寺，松泉细远长。

茯苓根水净，十里自流香。

野客清缨羽，游僧净四洋。

寒声寒白石，秀水草中央。

176. 瀑布

瀑布惊雷响，深潭石底鸣。
鱼龙藏远洞，百汇向沧瀛。

177. 送张使君赴饶州

富饶得州名，农桑别有荣。
江湖鱼水阔，太守寄诗情。

178. 和滕迈先辈伤马

伏枥一长鸣，经年半路程。
前行前不止，驻步驻斯荣。

179. 省试骐骥长鸣

骐骐骥骥有长鸣，万万千千伯乐情。
雨雨风风全不顾，功功业业始君名。

180. 鲤鱼

龙门一鲤鱼，跳水半空虚。
彼岸高低见，功成帝业书。

181. 饥鹰词

旷野有饥鹰，滩湾半结冰。
明眸寻玉兔，不顾有游僧。

182. 归燕词辞工部侍郎

旧垒未相倾，新途已互荣。
更因何处去，筑造几声名。

183. 归海上旧居

海上一人家，洋底玉石花。
天涯应不远，咫尺补天娲。

184. 答友人惠牙簪

纤纤细细一锥囊，竹竹银银半不伤。
发发牙牙常助与，时时代代有牵强。

185. 日者

十指中央了五行，乾坤八卦两仪生。
金银四象生天地，占卜人间旧序明。

186. 送金可纪归新罗

登唐甲第汉人音，海市蜃楼共古今。
晓泊安东鱼向背，蟠桃月下醉人参。

187. 闻角

鼓鼓相连角角闻，千兵一将作三军。
胡云未落关头日，早日还朝报塞勋。

188. 梦乡

旧宅吴宫近，江村越女邻。
西施知木渎，八月钓乡人。

189. 织绫词

经经纬纬织丝绫，纵纵横横帛女征。
日日穿梭无昼夜，窗花白雪带香凝。

190. 诸葛武侯庙

木马流牛八阵图，擒擒纵纵七丈夫。
岐山路尽闻天水，魏蜀谁成暂借吴。

191. 长安秋夜　一夜田家

田家秋社早，水旱有蛙鸣。
户户香醪熟，村村有送迎。

192. 钱塘赠武翊黄

聚汇钱塘水，庚幺未上楼。
云中浮恶浪，月上挂潮头。

193. 风不鸣条

微风弱弱不鸣条，柳色青青半玉霄。
十亩桑田雨顺致，千村社日酒天桥。

194. 贻美人

欲透一轻妆，披纱半媚娘。
千姿成百态，两点乱三肠。

195. 上太皇先生

瑞气精神贯，阳和草木荣。
围棋看局势，黑白两分明。
对镜知妖女，闻天舜禹声。
衣裳疑羽翼，有姓不无名。

196. 闻云中唳鹤

唳鹤幽幽曲，浮云处处闻。
青田应不远，独木可成群。

197. 柘枝

鼓点声声出，罗衫细细腰。

鸾身形向背，凤影半云霄。

198. 破山水屏风

古画床头断，山光落九州。
残云飞不去，滴水尽无流。
鸟鸟花花在，形形色色留。
风前何雨后，到此不回头。

199. 览杨校书文卷

卷卷云母殿，书书太子宫。
轩辕曾教化，舜禹待民丰。
北越钱塘岸，东吴木渎空。
三千年月色，十八女儿红。

200. 送陈校书赴蔡州幕

已假先生入幕筹，东南自理减方忧。
天街日色明天下，不拜君侯颂蔡州。

201. 少年行

不问少年行，薰香古道倾。
雕弓惊野兔，羽箭簇红缨。

202. 蜀中赠广上人

猿声一剑门，白雪半天根。
蜀道齐云雨，巫山峡口村。

203. 赠杭州严使君

鸳鸳鹭鹭自成群，漏漏钟钟不已分。
井邑家家闻所以，风骚处处尽知君。

204. 游云际寺

周游云际寺，独峙丈人楼。
大梦初方醒，心径在上头。

205. 赠刘宽夫昆季　一作刘侍郎兄弟三人同及第

及得文星第，刘门昆季名。
参差琼玉叶，晋汉足儒荣。

206. 和顾校书新开井

杜宇霜钟问，西川蜀道闻。
巫山云雨渡，楚客九歌君。

207. 题朱秀城南亭子

巷北闻朱雀，城南水月亭。

书琴无壁挂，驿路有叮咛。

208. 上西川王尚书

入蜀谒文翁，闻吴向大风。

诗川分日月，杜宇作英雄。

209. 骆谷行

一谷长幽路，三声两壁鸣。

山花知织锦，涧水沿川行。

210. 初及第归酬孟元翊见赠

及第无新见，封官有旧循。

乡音径久改，四顾已闻邻。

211. 淮南李相公绅席上赋新雪

处处飞飘絮，粘粘上柳条。

淮南春日早，白雪外衣消。

212. 宫词

短路深宫四壁空，灯明对坐两由衷。

千枝玉叶三更月，万里花开一夜红。

213. 及第后寄广陵故人　一作寄淮南相公李绅

及第淮南报，公门十政官。

三生江北近，一路广陵宽。

214. 小松

小小松松树，朝朝仰仰天。

龙鳞由萃类，叶叶守云田。

215. 题杭州樟亭驿

驿壁题诗客，行吟远近同。

杭州风水好，后路已惊鸿。

216. 刘侍中宅盘花紫蔷薇

富饶盘花锦，从深带刺荣。

红尘红主宰，紫色紫闻名。

217. 题东林寺寄江州李员外

九派清流水，浔阳太守厅。

莲花应主教，贝叶着心经。

218. 玄都观栽桃十韵

宝帐重遮日，桃花又别红。

青牛关不出，道法步虚宫。

白鹤三清客，朱轮五昧空。

玄都观不已，无须唱大风。

219. 僧院小松

僧僧一小松，寺寺半云龙。

叶叶尖尖立，枝枝仰仰封。

220. 春原早望

白雪齐云色，春原早望天。

长安泾渭水，共是解冰船。

221. 冬至日祥风应候

入律承时日，天长夜短行。

从回辛苦力，再度二寒明。

六十天前后，耕牛杜宇鸣。

222. 游地肺

壑壑峰峰势，山山谷谷川。

江流江不住，逝水逝云烟。

223. 八月

八月钱塘水，三秋一线潮。

江天连不断，日月隐形消。

224. 题紫微山上方见杭州府旧志

旧府半明晖，山名一紫微。

杭州灵隐寺，咫尺不思归。

225. 蒋防

司封制书一郎中，短李翰林半吉逢。

刺史汀州分阆越，新诗一卷蒋防翁。

226. 题杜宾客新丰里幽居　古今诗自许

不就白云居，还求半亩锄。

耕耘知自力，苦事可多余。

退迹应儿女，行程可着书。

龙楼龙主仆，解印解如相。

227. 望禁苑祥光

梁园一日满祥光，草木千荣照玉堂。

侧殿临仙云雾散，微臣祝寿圣爷娘。

228. 春风扇微和

春风带雨扇微和，玉树迎春喜气多。

丽日催人情不禁，花开叶茂满山河。

229. 西山广福院

广福西山院，行僧北寺灯。

香烟应不断，不似玉壶冰。

230. 秋月悬清晖

月月半弦晖，明明一女归。

嫦娥何不问，后羿已开扉。

231. 日暖万年枝

新春归上苑，日暖万年枝。

入律阴阳易，乾坤各自司。

232. 八风从律

四象窥元化，千因感八风。

天空从万籁，玉树影三宫。

泽惠慈恩久，群芳日照红。

233. 藩臣恋魏阙

政奉南风顺，心依北极尊。

王明三教义，帝制九重门。

魏阙朱轩舆，南山白雪恩。

荣荣知日月，序序是乾坤。

234. 和稼如云

漫野如云许，和稼似露筹。

秋成秋果粟，九月九重收。

235. 玉卮无当

美玉应为器，佳人可著名。

天工应得道，大璞不雕荣。

236. 至人无梦

哲哲微微辨辨明，争争退退向和平。

愚愚智智思思解，至至无梦达达成。

237. 玄都楼桃

一载蟠桃种，三年有果香。
玄都楼上客，白首忆刘郎。

238. 题李宾客旧居

未得逢时误，留君李姓名。
今来回首望，隔日向先生。

239. 裴潾

前相国赞皇公早茸平泉山居，暂还憩，
旋起赴诏命作镇浙右，辄抒怀赋四言诗
十四首奉寄。

之一：

进退知微，升迁向归。
人情厚土，亦上天机。

之二：

根深蒂固，诏命抒杯。
山居早碧，镇浙天街。

之三：

历历难求，行行不休。
威仪正愎，纳义封侯。

之四：

宾宾主主，辱辱荣荣。
繁繁简简，止止行行。

之五：

律吕中鸣，和声有情。
含章数典，海誓山盟。

之六：

经起夏口，渭洛秦川。
古奔伊泾，夏木秋浅。

之七：

南溪北漠，五女东山。
玉玉华华，去去还还。

之八：

飞泉直挂，瀑布成潭。
云烟涤荡，水雾家淦。

之九：

鸟鸟居巢，君君祭郊。
息息相通，根根互爻。

之十：

田田土土，籽籽苗苗。

耕耕种种，水水桥桥。

之十一：

风风火火，木木金金。
相生互刻，同盟共荫。

之十二：

相公劲迈，力主宸年。
离安驿??，骞邸成贤。

之十三：

刘卢叙归，举世成言。
山稔世莫，四顾临轩。

之十四：

迢迢望望，远远天天。
兵兵图图，欣欣园园。

240. 白牡丹

长安五月牡丹红，绿绿珍珍白白中。
紫紫先成黄色杂，皇都不少雨云风。

241. 刘三复

及第弘文馆，文章学士风。
宾宾准甸幕，诣阙侍郎公。

242. 送黄明府晔赴岳州湘阴任

及士汨罗赋，名扬第一科。
龙门风雨骤，上苑凤凰歌。
护塞从戎去，平荒意气多。
花县时墨贵，贝叶致民和。

243. 留题桂州碧浔亭

邻郡三湘客，中书一舍人。
无劳思桂水，有洛可归邻。

244. 崔郾

三升谏议大夫名，九策千章进士生。
虢浙观观察察使，中书礼部侍郎行。

245. 赠毛仙翁

生生死死一壶中，去去来来不老翁。
造化仪容灵暗合，安期已约会黄公。

246. 鸟散余花落

年年时节换，日日夕阳斜。
鸟散重相聚，风来雨去花。

春秋冬夏见，宇宙暮朝霞。
驿站留离字，书生向背家。

247. 鸟散余花落

之一：

鸟散余花落，春云夏雨生。
池塘方满水，玉叶已浮平。
继以和风至，青莲对露明。
珍珠随欲闪，结子以心盟。

之二：

芙蓉初出水，夏雨带云来。
鸟散飞还聚，余花落复开。
年年相继续，处处互承催。
但见莲蓬子，明春作楚才。

248. 公无渡河

相公无渡去，姜妇有天河。
织女牛郎望，离时日月多。
千波千浪涌，半水半干戈。
月夜惊心待，闻声自揣磨。

249. 秦王卷衣

秦王宫阙外，洛水碧波前。
不必窥明镜，贞观对日年。
馨香苏合启，御气慰方圆。
宛转绞绡舞，三军八阵旋。

250. 婕妤怨

只见班家女，文华玉彩英。
恩移天子着，主帐竹箫鸣。
不要相如赋，应书画匠情。
琵琶留塞外，战战有和声。

251. 饮马长城窟

饮马长城窟，经商汴水舟。
楼船留水调，但以运河流。

252. 江南行

冬梅未尽百花鲜，岸柳春莺半酒泉。
夏雨芙蓉千滴水，秋兴不尽五湖船。

253. 长安秋思秋（一作白纻歌）

越秀秋机织，蚕丝隔月香。
银金经纬度，白雪近胸膛。
左右穿梭紧，身姿俯仰忙。
偷偷寻月老，织女待牛郎。

254. 焦树桐

伯乐知相马，知音见子期。
焦桐琴自许，取火制良时。

255. 赠元和十三年登第进士

约字一千重，成文半国容。
春宫南院试，粉署北王封。
故步先科比，新云带两龙。
年年同玉漏，岁岁曲江踪。

256. 寄友人

始会麻姑意，天涯织女人。
丝丝连线线，布布衣衣秦。

257. 啄木谣

啄木叮叮颂，飞空处处寻。
无须呼所致，有事自来临。

258. 僧院牡丹

处处年年一牡丹，僧僧院院半云端。
莲花寺里禅房夜，普渡群生有窄宽。

259. 蜀葵

处处蜀葵扬，年年不故乡。
成因成饱满，结子结心肠。
粒粒皆辛苦，颗颗尽向阳。

260. 离家

顺立有心恩，横行不入门。
人人从此过，处处有天尊。

261. 送人至岭南

冬梅早岭南，北国晚冰岚。
不必闻啼鸟，天涯海角函。

262. 长安夜游

皇城一夜九门通，帝女三宫半孳红。

箔卷珍珠莲彩堕，晨惊遗珥满街中。

263. 病宫人

只作病宫人，何须不复秦。
佳人思旧序，有幸是新春。

264. 句

贝叶心经空空色色悟，
僧房月色实实虚虚禅。

265. 临卭

问曲相如雨，知音向路云。
薰炉三市赋，酒色半文君。

266. 寒食

玉女柳花裙，排空马尾云。
青青由草色，处处可文君。

267. 句

渭水东流潼关去，黄河北下晋豫来。

268. 白敏中

及第龙门使凤翔，翰林学士久书堂。
中书门下平章事，太傅宣宗致仕梁。

269. 至日上公献寿酒

魏阙天门一寿宫，三台节度半英宫。
双仪至日乾坤律，八卦南山北极翁。

270. 贺收复秦原诸州诗

四海蛮夷一线天，千山九鼎半方圆。
英雄自得秦原路，牧野皇风到四边。

271. 句

江南花水月，寒北雪霜冰。

272. 遣兴

云归无定所，日落有西东。
鸟翼空留影，人生白首翁。

273. 劝酒

英雄何劝酒，壮士诺天成。
醉醒皆无懒，耕耘社日明。

274. 近无西耗

东临环渤海，北望黑龙江。
闽粤天涯岸，昆仑白雪邦。
和平天下事，好事自成双。
举策无耗损，天街映御窗。

275. 天台晴望

天台天目望，四君四明山。
岁岁云云雨，烟烟雾雾颜。

276. 闻高侍御卒贬所

飞声惊玉漏，直木立江苏。
事列人间口，名垂野史无。

277. 题黄山汤院

之一：
中虔李敬方，以疾瘅温汤。
再往头风沼，黄山浴沐塘。
之二：
黄山率水一屯溪，细雨清泉半雾齐。
白际山头分楚浙，新安杜井海阳堤。
头风顽疾温汤沐，痒闷钻心欲望低。
浴室华池缨足涣，明夷象济润天霓。

278. 太和公主还宫

胡笳知蔡琰，汉使致明妃。
免战和平愿，年年有雁飞。

279. 汴河直进船

汴水东南润，秦淮利最多，
民膏民脂税，不战不如和。

280. 李回

御史中丞进，西川节度梁。
中书门下事，李德裕平章。

281. 享太庙乐章

天明敷佑佐，土化武文多。
亿万斯年久，行于律吕和。

282. 天长路别朱大庆余山路却寄

上路半寻君，山中一雨云。

应知同不远，却隔此岭分。

283. 寄酬朱大庆余后亭夜坐留别

此夜何须去，无言可望天。
寒宫疑后羿，世界共婵娟。

284. 祖龙行

腐肉祖龙行，扶苏赐死名。
丞相谁指鹿，楚汉未央城。

285. 江上蚊子

贪婪一点心，满腹半居荫。
越女如花宿，绞绡怯此音。

286. 白马寺上薛仆射

白马披鬃练，今朝被绊难。
空归留足迹，不惜四边寒。
自在知毛骨，排空不系冠。

287. 九成宫

梨园曲舞九成宫，此去骊山一场空。
羯鼓霓裳衣羽色，胡旋却使女儿红。

288. 平曾

十恶举人堂，三诗两赋荒。
鲩鱼山雪见，傲物恃才伤。

289. 谒李相公不遇

一谒李相公，三天不遇空。
书囊名利外，独得有无中。

290. 留别薛仆射

海上几崎岖，金陵一大夫。
衣冠薛仆射，剑影作钩吴。
两袖非金玉，三光是五湖。
经年齐鲁去，隔日谢扶苏。

291. 句

桥山黄帝葬，天水女娲炉。

292. 题所书黄庭经后

旧许右军书，新金上彩余。
黄庭径后见，体例向鹅居。

293. 句

昏鸟不止旋飞树，宿鸟无寻已落栖。

294. 顾非熊

顾况顾非熊，知爹知弃风。
龙门三十载，及第隐长空。
不必茅山问，樵渔自力穷。
何须南北路，莫以辨西东。

295. 秋日陕州道中作

已做长洲客，今车共陕天。
何须名姓问，一路过秦川。

296. 经杭州

但问天台路，杭州入海湾。
凭谁知我意，自隐上茅山。

297. 经河中

日月三千里，关河一始终。
无须寻古迹，已见舜祠风。

298. 送僧归洞庭

僧归一洞庭，草见半丹青。
鼓瑟湘娄晚，娥皇竹泪泠。

299. 题觉真上人院

作偈一诗成，僧游半寺情。
禅房花月夜，促织上人声。

300. 寄太白无能禅师

太白山中寺，禅师月下篇。
行云经佛土，布法可西天。

301. 舒州酬别侍御

执手同残日，分襟共话英。
匡庐匡九派，守一守三明。

302. 姚岩寺路怀友

路向姚岩寺，云平洞壑间。
鸣禽鸣鹤舞，一影一天关。

303. 天河阁到啼猿阁即事

万壑天河水，啼猿草木声。
云云和雨雨，阁阁有荣荣。

304. 夏日会修行段将军宅

不谓朱门阔，还闻白鹤鸣。
禽音雏护己，野径向君行。

305. 送杭州姚员外

八月浙江边，三秋六合田。
丰收丰社日，一醉一婵娟。

306. 送朴处士归新罗

少小来东土，今归已白翁。
新罗新世界，一钵一西东。

307. 送马戴入山

古木重重路，溪流处处风。
谁应多采药，马戴未成翁。

308. 送喻凫春归江南

去岁登科第，今春返故乡。
爷娘莺影喜，里巷共莲香。
独我门前望，钩垂水上梁。

309. 送友人及第归苏州

已见君先得，吾心自成章。
经年三十载，鼓案一文王。

310. 送皇甫司录赴黔南幕

举步黔南幕，移家一路遥。
猿声啼不断，水色桂江桥。
利禄冠官少，声名主客消。
人生人特此，事业事渔樵。

311. 寄九华山费拾遗

隐入九华山，神仙一玉颜。
先生先自主，雁望雁门关。

312. 雁

一雁春飞北，三秋再向南。
衡阳天下水，漠北满山岚。

313. 铜雀伎

婵娟铜雀伎，淑女色来风。
但作曹公赋，身形与世同。
红尘应有尽，且去漳河东。

314. 早秋雨夕

官官相护几贫居，细雨秋风数结余。
处处何言民乐事，年年不尽是诗书。

315. 天津桥晚望

天津桥上望，八水绕长安。
紫气东来色，昆明太液丹。
官趋鸳鹭步，日照映金銮。
北阙中书省，南山万寿坛。

316. 甘罗

日出谁先轿石砣，丞相觉悟是甘罗。
同行不比心思少，智慧原来故事多。

注：民间故事，王问谁先见日出，众皆朝东，甘罗朝西，八岁成相，轿夫笑轻，甘罗以石砣作轿底。

317. 月夜登王屋仙坛

风风雨雨百花残，雪雪霜霜万叶丹。
自古心中神存继，王公石上着仙坛。

318. 下第后晓坐

一第龙门路，三关弟子名。
书生书不止，跬步跬人生。
不止无休去，前行有日程。

319. 下第后送友人不及

龙门不过是平庸，万卷诗书已自封。
去去来来三十载，迎迎送送半无踪。

320. 与无可宿辉公院

月上辉公院，池中古寺明。
玄心玄自悟，世路世枯荣。

321. 题平陆县亭

孤亭临绝壁，独水涧川流。
远近中条路，黄河不到头。

322. 题马儒义石门山居

石石门门隐，山山水水居。
人间多不见，自力有樵渔。

323. 题春明门外镇国禅院

空门临石径，镇国待王宫。
不解禅房悟，何言是色空。

324. 夏夜汉渚归舟即事

惊空雷电暗，海市蜃楼明。
汉渚归舟泊，天公造化生。

325. 酬均州郑使君见送归茅山

步步茅山路，人人梦里仙。
黄粱应所见，自力苦辛怜。

326. 成名后将归茅山酬群公见送

龙门三十载，及第一生关。
此去茅山路，诗书在世间。

327. 酬陈标评事喜及第与段何共贴

得意公平试，忘形着坛。
金门应自入，玉案始辛寒。
贝叶心经刻，松根石上盘。

328. 赠友人

未可无名许，应成弟子名。
何言三明照，不计一归耕。

329. 关试后嘉会里闻蝉感怀呈主司

节令蝉声远，居高羽翼关。
江南多少水，塞北暮朝山。
草木波澜见，江河日月还。

330. 落第后赠同居友人

自是书生客，诗文各一天。
龙门龙泽岸，弟子弟兄肩。

331. 冬日寄蔡先辈校书京

茅山一弱冠，道法半无端。
旧友中年误，新兴白发残。
思风飘落叶，望雁渭泾澜。
世俗惟君解，松根石下盘。

332. 行经襄城寄兴元姚从事

往岁龟城客，今听白鹿鸣。
青莲君得意，桂叶玉人明。
续酒成行路，倾杯是别情。

333. 下第后寄高山人

堂前流水早，屋后自耕田。
有树径生长，无名又一年。

334. 寄紫阁无名新罗头院僧

有志当然志，无名自是名。
新罗分海陆，剃度始枯荣。

335. 送信州卢员外兼寄薛员外

五马弋阳行，千忧志国情。
三光衣上带，九鼎日中明。

336. 送于中丞入回鹘

沙鸣不到玉门关，大漠胡杨水草间。
手鼓旋姬裙起落，葡萄始得月芽湾。

337. 送李廓侍御赴剑南

虎跳剑门关，嘉陵宝轮山。
江声传鼓角，栈道递悬湾。
胜战狼烟息，元戎镇蜀班。
同朝天下事，共问去何还。

338. 送友人归汉阳

楚客樽前别，秦川月下闻。
江楼江水问，杜宇杜鹃分。

339. 送造微上人归怀南觐兄

弟弟兄兄共，来来去去同。
长亭长短续，一步一心中。
最是儿童课，应知直立工。
人生人所忆，不得不西东。
自注：兄吕长禄，教务学长，常抚背曰学生，当直背而立学也。终生记不忘，七十而见慧。颜真卿是也，直木生乔林。

340. 赠得江边柳送陈许郭员外

水岸柳含烟，江边解泊船。

由君行所去，远处是青天。

341. 武宗挽歌词二首

之一：

举目望仙台，行身帝业开。

英风今古在，睿略玉皇裁。

之二：

北阙西陵路，昆明上苑行。

唐标闻铁柱，世代续精英。

342. 长安清明言怀

帝里一清明，山中半水平。

芳菲连九陌，落鸟逐三声。

草木茵茵见，飞鸿处处横。

书儒书不止，继世继人生。

343. 斜谷邮亭见海棠花

一树海棠花，三春带色华。

繁繁拥共笑，处处作人家。

344. 万年厍员外宅残菊

十月秋霜厚，三冬白雪扬。

残花残色在，不觉不知香。

345. 题永福寺临淮亭（亭即司马复明府所置）

路上前朝寺，淮中间水情。

春潮曾带月，夏雨去还生。

隔岸秋霜肃，临冬竹叶轻。

梅花先报信，继而已芳荣。

346. 陈情上郑主司

及第无缘久，书生有远田。

长洲多子弟，渭水少云烟。

岁月虚逢别，年华草木悬。

受恩忧六郡，望业继三川。

但以遥心寄，何须问陌阡。

茅山茅草屋，论语论天年。

不是笙歌夜，应知自立贤。

樵渔饥满处，塞雁望归泉。

347. 会中赋得新年

新年新气象，故侣故人心。

雨水逢春立，耕牛土地寻。

348. 出塞即事二首

之一：

楚汉一秦前，隋唐半酒泉。

长城南北见，守将点狼烟。

国界应知国，边疆可事边。

千年儿女见，万里共桑田。

之二：

昭君蔡琰女儿声，苏武北海李陵生。

不要人情人不在，英雄独战独难鸣。

349. 送李相公昭义平复起彼宣慰员外副行

楼兰寇未平，渭水已流清。

促战王程路，宣言力主明。

星郎行带刀，诏令与君兵。

已故阴山将，从来有大名。

350. 送从叔尉渑池

白首登科第，青衫误酒泉。

宗宗何党党，缺缺亦圆圆。

351. 哭韩将军

笑语随风去，仪形已不来。

三军曾举剑，一世作英才。

352. 崔卿双白鹭

崔卿双白鹭，俯首独红鳞。

刷羽飞无远，文心落晋秦。

353. 子夜夏秋二曲

之一：

一夜池平岸，三星已上扬。

鸣蛙初不响，有曲送黄粱。

之二：

一叶初飘落，千声已着荒。

乡根风未起，此处作家乡。

354. 关山月

望尽关山月，听来战伐终。

三更同入梦，一月共辽东。

355. 采莲词

叶叶罗衫落，婷婷玉立红。

芙蓉分不得，已在女儿中。

356. 题王使君片石

孤峰一势使君明，片石重观似玉生。

只以殷勤常把玩，江湖旧有隐时情。

357. 秋月夜

婵娟色五湖，水月映三吴。

偶尔西施误，扬州作帝都。

358. 阊门书感

十里斜塘近，唯亭一水芜。

周庄同里客，汴水运河苏。

359. 送内乡张主簿赴任

江村张主簿，赴任有天书。

利禄分官吏，声名界定居。

360. 瓜洲送朱万言

晚叶频飞落，瓜洲北固船。

离家何不顾，去路有方圆。

361. 秋夜长安病后作

秋风带雨来，落叶久徘徊。

夜晚寒霜下，明朝上玉台。

362. 登楼

登楼南一望，塞雁已三吴、

有信长洲晚，无书向念奴。

363. 暮春早起

朝朝暮暮浥红尘，细雾霏霏不似秦。

柳叶垂垂含雨露，园林处处有残春。

364. 途次怀归

次驿怀归望柴扉，吴门挂取老莱衣。

江南正值新酿熟，社日无容有雀飞。

365. 寄陆隐君

石上泉声响，山中有隐情。

樵渔饥饱问，自力有生平。

366. 宁吴山净上人

闭目蒲团坐，闻钟举步行。

身名从不问，隐遁入泉声。

367. 送徐五纶南行过吴

去路三千里，阊门一半船。

留心明月落，宿鸟夜惊天。

第八函　第四册

1. 张祜

十隐丹阳筑，宫词一世名。

清河承吉客，不报令狐行。

2. 游天台山

天台百里四明山，补石仙娲一女颜。

二室崔嵬神洞窟，三茅化石国清关。

千生取象坤齐辅，浙水彭蠡海水湾。

乐道仙坛留归迹，尘埃足数石梁攀。

3. 送蜀客

白首方知世，平生晚达名。

长江三峡问，宋玉一诗成。

饮酒文君去，相如醒醉行。

高唐神女见，不语暮朝情。

4. 团扇郎

白白团团扇，郎郎女女情。

明明夫夫曲，夜夜竹枝声。

5. 西江行

日下雾西塞，云浮雨洞庭。

西江行不去，北陆客丹青。

6. 浈川寺路

寺路游僧老，川流一水行。

山山连连谷，木木结林盟。

7. 夜雨

渐渐如丝沥沥微，幽幽滴滴半霏霏。

林林不语森森响，蜀蜀吴吴久不归。

8. 秋晚途中作

路路途途近，行行止止遥。

前程前足下，一步一心桥。

9. 拔蒲歌

情郎在镜湖，妾女自姑苏。

采得红莲子，蓬心有是无。

10. 连遥遥

君心若若似车轮，妾女身身作辙亲。

进进方成深浅路，冬冬夏夏共秋春。

11. 捉搦歌

暮见男儿志，朝闻女子香。

夫成夫自娶，妾守妾婚良。

妇妇夫夫见，衣衣枕枕床。

心心依所靠，处处问炎凉。

12. 雁门太守行

太守雁门关，衡阳一万山。

从来征战地，白骨满河湾。

13. 雉朝飞操

七十人生一老翁，三千弟子半诗中。

朝朝暮暮飞飞落，雉雉隼隼翼翼同。

14. 思归引

孔府三千子，焦桐一两声。

归思归不得，一月一私情。

15. 司马相如琴歌

曲曲凰求凤，音音淑女乡。

琴琴弦外望，处处作牛郎。

16. 观徐州李司空猎

向背驱驰去，高低俯仰声。

弯弓应射虎，举箭雁无惊。

此物双双诺，南南北北行。

17. 猎

一箭未英雄，三军已始终，

秦王曾布阵，汉武忆江东。

18. 鹦鹉

敛翅雕笼里，言声学语中。

关心关自己，有顶有冠红。

19. 再吟鹦鹉

越女知鹦鹉，深宫学语迟。

笼中多富贵，世上少饥时。

20. 酬郑模司直见寄

前途终日薄，世事始无平。

只赖书千卷，心随一棹行。

21. 送苏少之归岭南

独傲梅花赋，孤舟越客吟。

无知天海远，不解岭南音。

22. 送沈下贤谪尉南康

莫怪南康路，应知北陆心。

相思无远近，日月有知音。

23. 晚次荆溪馆呈崔明府

一政三生界，千家万亩荣。
长桥溪馆望，社日有余声。

24. 送卢弘本浙东观省

日没吴宫水，江流伍子涛。
长沙应别赋，不必续离骚。
白首知何贵，儿儿女女操。

25. 寄朗州徐员外

关西今孔子，市北旧徐公。
不及江东问，如今唱大风。

26. 旅次上饶溪

角断孤城闭，楼深隙月斜。
曾知称上饶，富贵作人家。

27. 送徐彦夫南迁

万里闻江海，千夫对日年。
知君知自洁，不必不南迁。

28. 送韦正尉长沙

长沙沙水净，竹泪泪无干。
舜治苍梧在，潇湘水路宽。

29. 送外甥（于宁、于跃、妹燕斌生）

生母兄妹见，养父画家名。
历世知书理，中华美国英。
家中应教子，路上可平生。
达者心思重，成人彼此荣。

30. 赠薛鼎臣侍御（事事从零开始）

一路前途水，三生八日潮。
年年惊所愿，处处上云霄。

31. 走笔赠许玖赴桂州命

水到满江半桂州，山成玉秀一圆丘。
钟凌乳白千峰石，象鼻溪鱼自在游。

32. 送李长史归涪州

暮雨满高唐，朝云半故乡。
瞿塘三峡口，一水百苍茫。

33. 赠契衡上人

山门开复闭，静坐守圆情。
送送迎迎，何须记姓名。

34. 送曾黯游甑州

不远夔州路，常闻滟滪堆。
门前排浪涌，落后万枝梅。
未尽长江水，东流去不回。

35. 题上饶亭

临川临水近，上饶上人亲。
不以壶中物，当求静里珍。

36. 题僧壁

一寺门中木，千僧去后人。
曾知曾见得，水月水闲濑。

37. 寄卢载

侏儒心尚比，远客自言迟。
少见双鱼信，多闻八米诗。

38. 送杨秀才游蜀

瞿塘官渡口，白帝大江舟。
滟滪中流砥，书生不低头。

39. 送杨秀才往夔门

夔门半锁一江流，激水千峰半渡舟。
暮以风云惊记忆，朝来旭日自王侯。

40. 途中逢李道实游蔡州

汉水途中见，逢君上蔡游。
桥横经亥市，野路过申州。
虎迹荒林直，山虫隐没休。
猿声啼不住，物涩久难留。

41. 富阳道中送王正夫

叶叶荒原路，霜霜贝叶红。
翻翻朝土地，郁郁向根休。

42. 送韦正字析贯赴制举

一诺千金重，三生半帛田。
登科登捷足，举步举先贤。
路路知文武，营营去来天。
官当官本位，自主自思然。

43. 赠贞固上人

路见披僧士，闻香一道林。
同行非所悟，共处是知音。

44. 题赠志凝上人

色色空空悟，非非是是闻。
虚虚还实实，合合亦分分。

45. 送琼贞发述怀

送出南溪日，迎来独木单。
遥遥何所见，近近有盘桓。

46. 寄灵澈上人

曲曲沧州路，遥遥士子心。
灵人灵澈净，老衲老知音。

47. 溪行寄京师故人道侣

云归溪水阔，月落桂林深。
坐问天涯客，当须咫尺寻。

48. 赠僧云栖

但见云栖处，禅林旭日邻。
衡阳堂上雁，北去已长春。

49. 送魏尚书赴镇州行营

伍员忠非士，夫差五霸名。
荆轲曾一诺，吕布可千情。
帐令行营止，军功将卒兵。
相公相策略，国法国家荣。

50. 寄迁客

苦苦南迁客，辛辛北陆城。
溪行防水蛭，野宿慎蚊嘤。
瘴雾须求药，迷云毒两营。
三年应不继，百日已重名。

51. 题苏小小墓

曲似乾坤半，歌由问子孙。
姑苏苏小小，月色色昏昏。
可见栖身处，谁同独自温。

52. 江南作

九派流中水，滕王阁上诗。
浔阳楼外望，不必洞庭期。

53. 题王右丞山水障二首

之一：
咫尺心难匠，精华在笔端。
江湖临日月，草木久无残。
之二：
一幅江湖水，千山远近天。
天机沧海纳，日月作心田。

54. 将之衡阳道中作

远道孤身寄，船娘不可邻。
衡阳舟已近，独与雁为宾。

55. 读狄梁公传

失得庐陵狱，由来武后闻。
泥泥和水水，李武亦分分。
莫以周唐论，依然树旧勋。
王孙王子女，帝业帝风云。

56. 题真娘墓（在虎丘西寺内）

佛地宿罗衣，真娘曲已稀。
姑苏西寺内，日落伯劳飞。

57. 洞庭南馆

山盘云梦角，水绕洞庭舟。
大小姑娘色，阴晴带雨楼。

58. 题赠仲仪上人院

夜夜星霜落，迟迟觉悟闻。
还听师坐讲，好自上人文。

59. 题圣女庙

圣女无人问，男儿有近邻。
生生同志理，处处有秋春。

60. 题山水障子

不见秋山色，方知碧玉身。
高风应亮节，肃目向霜钧。

61. 咏风

柳柳杨杨见，枝枝叶叶闻。
波波连逝水，羽羽送天裙。

62. 奉和令狐相公送陈肱侍御

雨露常常细，甘霖处处微。
衡阳青海见，羽翼自然飞。
似以生生问，相如阔阔归。

63. 陪沈宣城北楼夜宴

太守宣城谢，庚楼白雪飞。
微微形色里，处处伎歌闻。

64. 宪宗皇帝挽歌词

文王曾好道，武帝已登封。
寿域无千载，泉门有九重。
秦皇徐福去，汉诏上人容。
只以神仙客，心中记鼓钟。

65. 发蜀客

鲁国行人早，江流蜀客昏。
三门三峡水，一似一王孙。

66. 江城晚眺

逝水如斯去，江流似此来。
山光连雨色，雁影一人开。

67. 题樟亭

水榭三光木，江亭四面风。
年年依旧是，历历白头翁。

68. 乐静

一乐千愁去，三生半静忧。
儒心书读早，济世问春秋。

69. 登广武原

文武原西北，华夷楚界天。
千山连远树，万水逐江船。
耳目千章计，心胸一浩然。

70. 观宋州田大夫打球

白马红缨顿，黄袍紫袖扬。
竿竿绵入址，跃跃比征强。
莫以相思纪，当雄欲战疆。

71. 题丹阳永奉寺练湖亭

丹阳天下客，永奉练湖亭。
水调江都色，楼船帝子铃。

72. 题程氏书斋

小巷连城水，中园接虎丘。
青莲鱼自静，白鹤望书楼。
太守吟诗尽，庚公带意留。
逢君弹小院，雨燕落池洲。

73. 毁浮图年逢东林寺旧

隔代东林寺，浮图道法休。
儒书儒所至，佛祖以心留。

74. 贵池道中作

不得行行止，何言进进前。
盘盘无所望，曲曲水流川。

75. 喜王子载话旧

欢娱非老大，长壮是儿童。
话旧成先后，言行不一衷。

76. 秋日病中

步拾车前子，人从白芷寻。
先煎甘草剂，再序野人参。

77. 访许用晦

一水小桥通，三家一老翁。
听君乡语问，用晦槿花红。

78. 题海盐南馆

八月潮头上，三秋海液中。
澉浦黄湾水，临山沥海风。

79. 晚秋江上作

叶落秋江上，云飞逝水中。
烟霞沉不语，落日满西东。

80. 吴宫曲

日落故吴宫，香飘石径红。
柔姿曾尽舞，艳色已惊空。

81. 赋昭君冢

汉女关山外，明妃汉画中。
阴山因此去，不必忘深宫。

82. 哭汴州陆大夫

楚国昭关锁，姑苏伍员涛。
谁当青史上，利刃断旌旄。

83. 晚夏归别业

别业归舟晚，田园去误荒。
天机应不继，米黍有黄粱。

84. 公子行

草草花花色，云云雨雨生。
王孙公子客，手足举轻行。

85. 题曾氏园林

十亩长堤守，三春细雨来。
田家时节好，白米笑颜开。

86. 读始兴公传

乱世英雄客，升平道几论。
封禅明草木，泰岳有真人。

87. 中秋月

桂影婵娟望，人间共此时。
幽幽明月色，处处有相思。

88. 江西道中作三首

之一：
日落江村远，人行急切中。
霜林山影暗，夜雾已蒙蒙。
之二：
西江西月落，驿舍驿人空。
水寺钟声起，东方一点红。
之三：
秋滩平山望，故泽有无声。
旧日曾游此，桑田已变更。

89. 题常州水西馆

柳柳杨杨岸，壶壶酒酒泉。
无风舟不度，有水自耕田。

90. 题李渎山居玉潭

问树千年木，山居一玉潭。
天空垂可纳，日色寄深含。

91. 题陆墉金沙洞居

道道王孙佛佛皇，周周武武李家唐。
时时代代分天子，废废兴兴任帝王。

92. 题陆敦礼山居伏牛潭

敦礼伏牛潭，高天向海涵。
深深观不得，处处有云岚。

93. 次石头岸

行程一石头，岸口半江流。
旧国思无尽，前途有去舟。

94. 观宋州于使君家乐琵琶

竖竖均均拨四弦，音音曲曲奏三川。
昭君只教单于弄，十指轻轻楚汉年。

95. 筝

下里巴人曲，阳春白雪情。
筝筝音不止，去去酒泉行。

96. 歌

向月婵娟色，闻歌曲阜城。
齐人应蜀问，桂影竹枝声。

97. 笙

曲曲声声合，民民乐乐情。
音音清鹤语，历历孔篁鸣。
杳杳余今韵，悠悠意念生。
渔舟渔火晚，月挂月倾城。

98. 五弦

丝丝邻故里，小小月轮空。
柱柱弦弦度，音音曲曲工。

99. 筚篥

抑抑肖商孔，扬扬角羽鸣。
胡笳知蔡琰，尽在故人声。

100. 笛

一曲作边英，三光自向荣。
沙鸣埋大漠，日落酒泉城。

101. 舞

柔姿分向背，足迹合西东。
罗衣旋不止，白雪女儿红。

102. 箜篌

音流公不度，别引子无遥。
处处爷娘问，年年望柳条。

103. 箫

武玉秦楼上，箫声问穆公。
成仙儿女别，不见凤凰翁。

104. 夕次桐庐

毕浦桐庐夏禹邦，瑶琳洞口富春江。
朝辞夕次前程远，独步天台也不双。

105. 入潼关

秦皇曾虎视，汉祖已龙盘。
但见黄河水，潼关一折澜。

106. 南宫叹亦述玄宗追恨太真妃事

玄宗去后一梨园，十尺坛台半地天。
古古今今何不止，方圆之上有方圆。

107. 题平望驿

一水江南岸，三吴半雨云。
隋场平望驿，柳色自氛氲。

108. 偶苏求至话别

几载沧桑别，谁人问古今。
千年寻旧寺，万里白头吟。
月色平流阔，云光草木深。
唯知离路远，只有去人心。

109. 隋宫怀古

往事余江色，流年是水声。
杨杨成柳柳，未了运河情。

110. 秋霁

秋霁虹一片，细雾色千寒。
云行天下去，日落水中丹。

111. 咏史二首

之一：

楚汉张良计，江东项羽闻。
鸿沟分垓下，不作未央宫。

之二：

汉代一良臣，萧何半代人。
韩信何定论，吕后似知秦。

112. 洞房燕

晓日洞房开，佳人喜燕来。
新妆含暗语，可替文人猜。

113. 答僧赠柱杖

柱杖方知路，行僧尺寸情。
前程无远近，跬步有阴晴。
若以崎岖见，登峰俯仰平。

114. 鹭鸶

一举深窥目，三思水月风。
无疑无所欲，有得有时空。

115. 塞下

塞下雁门关，云中府谷滩。
黄河河曲望，岳五五台山。

116. 忆云阳宅

别忆云阳宅，曾径作我家，
三年思不得，十载浪淘沙。

117. 题造微禅师院

竹色婆婆影，灯光远近微。
唯心成尺寸，向世去时归。

118. 酬武蕴之，乙丑之岁始见华发，余自悲遂成继和

乙丑武蕴之，年华共始迟。
流光方不止，遗憾未了时。

119. 题万道人禅房

风云过虎溪，日月自栖息。
几度东西路，无言草木低。

120. 病后访山客

山光依直木，日色出溪云。
步步闻禅语，欣欣去病君。

121. 题松汀驿

水色松汀驿，山光泽国中。
高原知鸟道，小径五湖东。

122. 处士隐居

处士何求隐，居山唱大风。
秦皇应早去，不主未央宫。

123. 早春钱塘湖晚眺

水自富春江，云来沥海泽。
潮头应落尽，夕照入东窗。

124. 濠州水馆

濠州一水乡，净土半寒光。
桂影婆娑见，婵娟有隐藏。

125. 石头城寺

一寺石头城，千岩半壁倾。
禅房临顶望，远处日方明。

126. 伤迁客殁南中

地远情难寄，途穷事果然。
平生平不得，独步独难迁。

127. 乌夜啼

乌乌半夜啼，自自一东西。
独宿非栖止，星空一月底。

128. 题润州金山寺

一夜金山寺，三生北固文。
荆州今不借，鼎立蜀相分。

129. 题润州甘露寺

诸葛周邮问，东吴蜀汉闻。
三生曾备雨，两国尚香云。

130. 题杭州孤山寺

水色孤山寺，云光日月潭。
三生游塞北，一梦在江南。

131. 题余杭县龙泉观

余杭一运河，富甲半春螺。
大禹隋炀帝，何须唱九歌。

132. 题钟山大觉禅师影堂

大觉禅师影，空门智慧堂。
观身应彼岸，忘性是非相。

133. 题濠州钟离寺

不慕空门叟，何须问百年。
禅房归鸟树，醒睡各方圆。

134. 秋夜宿灵隐寺师上人

咫尺余杭镇，天涯野寺乡。
钱塘含海阔，六合纳天堂。

135. 题苏州灵岩寺

世事如来几柳杨，西陵古刹问吴王。
苏州木渎灵岩寺，馆馆娃娃作故乡。

136. 题苏州楞伽寺

树隔夫差苑色明，溪连木渎水云城。
生公不语西峰石，五霸勾吴一践名。

137. 题苏州思益寺

寺寺僧僧路，南南北北吴。
通天通自己，一步一姑苏。
十里作方圆，三吴一五湖。
南朝三百刹，无时有是无。

138. 题重居寺

日色重居寺，浮图竹经僧。
松门松柏路，古刹古明灯。

139. 赠庐山僧

东林有止西林行，一室匡庐两室明。

九派云中成一派，仙人洞口满人情。

140. 题善权寺

一寺仙源胜，千泉已皈依。
金函崇宝刹，玉树碧天机。
四壁灵根石，三光照翠微。
香林香水岸，白鹭白云归。

141. 题南际隐静寺

一谷回声久，三光满寺悬。
南陵南北见，隐静隐云天。
石径登攀远，泉源有竹烟。
闲僧常面壁，自语已知禅。

142. 题丘山寺

一步丘山寺，三生误不归。
儒书儒省悟，顿觉顿鸿飞。
故国人常觉，空门世久违。
如来如所去，此路此倾微。

143. 题道光上人山院

山香草不凡，布履着青衫。
白菌三光水，真僧四面岩。
泉微流石上，月色静方嵌。
似止如行去，还呢又复喃。

144. 西安大雁塔

雁塔十三层，西安五百僧。
慈恩慈世界，济世济香凝。

145. 题惠山寺

旧宅?? 头近，空门一惠关。
梅园花已落，马迹太湖湾。
面对姑苏岸，临流洛社还。
中桥东降水，日色洞庭山。

146. 题虎丘寺

真娘在虎丘，伍员楚人侯。
五霸谁天子，夫差一剑留。
同行勾践去，未解范蠡舟。
绕水耶溪在，西施木渎州。

147. 题普贤寺

大势如来佛，文殊共普贤。
何人知寺路，一世一生天。
暮鼓黄昏色，晨钟旭日悬。
同闲同语问，以古以今禅。

148. 题虎丘东寺

生公石点头，一水剑池留。
嬉女知孙子，和平一战休。
桃源秦汉尽，古寺古今流。
世外人中继，观音不白头。

149. 题虎丘西寺

吴人吴士少，楚国楚才多。
陆墓横塘水，汨罗唱九歌。
灵岩山上望，木渎太湖荷。
日落千桥影，春来一碧螺。

150. 题招隐寺

竹影风光使，高僧日月游。
樵渔招隐寺，草木何春秋。
向背人生客，神仙彼此求。
留名千百载，去世帝一侯。

151. 塞下曲

李广幽州箭，昭君敕勒川。
阴山留汉画，赐女作和田。

152. 宿淮阴水馆

积水成潭雾，浮云作雨烟。
漂母淮柳岸，胯下有方圆。

153. 题小松

翠色从冬爱，青姿作玉冠。
朝天从小起，羽盖任风寒。

154. 夏日梅溪馆寄庞舍人

夏日梅花落，溪边下里歌。
巴人三峡曲，后羿一嫦娥。

155. 感河上兵

水水流流响，沧沧浪浪声。
元戎征朔漠，守将夜行兵。

四望长城北，三边有柳营。
河南河北见，不得沐红缨。

156. 赠淮南将

少小好风情，淮南一将营。
三军由剑指，八阵任殊荣。
独战英雄在，单于有援兵。
当知当问道，李广李陵情。

157. 题惠昌上人

一室岩开半，安禅面壁空。
川流川不息，上顶上人风。
独崎天工外，丛林玉树中。
氤氲来紫气，律历惠昌公。

158. 塞上曲

独立三边塞，风云一宇空。
天涯同日月，海角共西东。
牧草荒原色，牛羊社稷丰。
家庭和是贵，战场作英雄。

159. 折杨柳

柳柳杨杨折，枝枝叶叶青。
青楼红粉色，塞上砧衣丁。
玉笛连横曲，胡弦合纵听。
幽幽南北客，处处暮朝翎。

160. 采桑

自古多征战，由来尚甲兵。
长城秦再筑，汉武复军营。
玉树文成主，昭君敕勒行。
三边烽火点，万里作功名。

161. 禅智寺

故土三生老树根，乡思一梦到吴门。
依山傍水多禅智，不见先人见子孙。

162. 寄题商洛王隐居

草草堂堂隐，商商洛洛居。
春来云不定，夏去水平庐。
桂子悬中落，松花石坐余。
南塘修木阁，静气论玄虚。

163. 送客归湘楚

江陵一水洞庭湖，半入三湘半入吴。
半在鄱阳明牯岭，还同竹泪向苍梧。

164. 登金山寺

金山北固望瓜洲，北北南南两半流。
只以江山分不定，吴吴蜀蜀尚香楼。

165. 洛阳感遇

名名利利洛阳城，舞舞歌歌渭水明。
只遗黄金堆是客，尘埃甲第醉时倾。

166. 从军行

直指边城虎翼飞，黄云断塞纵鹰归。
朱轮受降云中郡，白首王城满翠微。

167. 爱妾换马

白马轻骑手，红桃坐底戎。
翻身飞将在，射箭以雕弓。

168. 观杨媛柘枝

一展齐放百带扬，千声鼓点半清香。
襄王梦里期神女，敛眉轻身拜玉郎。

169. 病宫人

佳人一病半宫深，画眉三声两地音。
不见羊车还有意，珍珠一斛故时心。

170. 观杭州柘伎

杭州柘伎细腰身，曲曲歌歌舞舞频。
百态柔情姿色里，三声未了已阳春。

171. 周员外席上观柘枝

之一：
一鼓方兴半溢香，千姿百态两情扬。
衣衫露雪柔姿曲，化作红蕾玉带长。
之二：
一马秦川养，三边两地风。
阳春云雨落，白雪有无中。

172. 感王将军柘枝伎殁

寂寞春风忆柘枝，鸳鸯钿带似前时。
罗衫孔雀开屏幕，只与相思不与期。

173. 扬州法云寺双桧

浮图朱顶鹤，白眉字法僧。
两桧成双对，三光作独承。
枝枝荣叶叶，木木以香凝。

174. 忆游天台寄道流

步步天台近海湾，兰亭一序四明山。
余姚大禹慈溪水，奉化仙居老道还。

175. 寄王尊师

刘刘阮阮两神仙，实实虚虚一酒泉。
古古今今谁细解，无人不问守丹田。

176. 公子行

何人只读圣贤诗，鸟散花开总有时。
少小无忧天下去，闲行傍水曲江池。

177. 寓怀寄苏州刘郎中

徘衣半着一郎中，字句三宫半女红。
孟浩然诗行客笔，知章贺句镜湖翁。

178. 和杜牧之齐山登高

两岸秋溪一酒风，三声俯仰各无同。
池州杜牧齐山问，半笑王弘独自躬。

179. 题于越亭外甥于越游学美国

二十年前一外甥，三千弟子半美名。
中华社稷知秦汉，早忆桓仁后北京。

180. 秋夜登润州慈和寺上方

侣侣慈和寺，僧僧剃度门。
云云香界众，处处上方尊。

181. 寄献萧相公

江山已胜游，日月鼎湖舟。
一箭分明射，三生不肯休。

182. 哭京兆庞尹

随云行不远，故友已西迷。
稚齿应无咀，庄周物未齐。

183. 送周尚书赴滑台

三年喉舌楚，一路九雄都。
鼓角龙蛇舞，楼船不向吴。

昆河兵在岸，旧国客思儒。
已顾鄢陵外，千骑驭虎符。

184. 送人归蜀

荆王留暮雨，蜀酒醉相如。
问卓王孙客，江流日月书。

185. 和杜使君九华楼见寄

孤城高柳晓，独帜日东霞。
宿翠珍珠露，光晖满九华。
春应啼鸟树，莫庆谢朓家。

186. 酬答柳宗言秀才见寄

此路柳宗言，春风草木萱。
书生多自得，獬豸秀才源。
野鹿山中迹，江鸥水上翻。
天台天目水，渭邑渭辕轩。

187. 题杭州天竺寺

群峰独步一青莲，日照云环半字天。
咫尺天涯知普渡，如来静坐百花缘。

188. 题杭州灵隐寺

峰峦叠垒满溪泉，佛地芬芳一线天。
竹翠僧房禅坐觉，西岩后塔寄云烟。

189. 中秋夜杭州玩月

后羿嫦娥误，三潭印月明。
西湖西子问，白首白堤情。
自古寒宫影，中秋格外清。
人间人尽望，小女小儿声。

190. 高闲上人

座上曾安郡，禅房已沃州。
朝廷书已就，内库钱函修。
智永殷勤使，羲之一束留。
高闲高所得，上偈上人楼。

191. 题灵隐寺师一上人

百岁空门子，三生日月田。
慈根灵隐寺，佛性注龙泉。
上院浮屠界，中书草木萱。
阴晴三世界，彼此一方圆。

192. 投常州从兄中丞

所往善人邦，鹏飞虎渡江。
吟诗新格律，素履静山降。
玉润冰容近，文香水墨缸。
洪钟洪构广，草木草无双。

193. 送王昌涉侍御

郎中绯服晚，御史紫衣荣。
十里东平指，三军一战征。
齐城号令下，受降不须兵。
策划从天意，功勋自立名。

194. 少年乐　古今诗

七十不封侯，三千弟子休。
成名成万古，济世济春秋。
一日人生志，双飞未到头。
吟诗吟自己，逝水逝江流。

195. 华清宫和杜舍人

五十年天子，华清一炷香。
开元天宝世，羯舞对霓裳。
上位周先易，中兴事宪章，
立元称帝道，孔子亦封疆。
一路登齐鲁，三光历泰扬。
眇思知吕望，谏祇事周昌。
十丈梨园场，方圆帝子乡。
如今如所是，已策已成唐。
玉笛胡旋舞，门扉锁月堂，
何称谁节度，不断禄儿肠。
力士杨相劝，江山有柳杨。
笙歌汤水暖，角鼓震渔阳。
大虏三边下，牛羊一弃桑。
无情天地易，有色荔枝香。
守吏耕田渡，星晖雀画梁。
人明成泡影，社稷继炎凉。
北阙良明问，南宫逊上皇。
戎轻逢甲胄，地重作河湟。
只有长生殿，虫鸣辇路荒。
平生平所欲，度世不称王。

196. 穆护沙

玉笛声声曲，胡琴处处邻。

何寻泾渭水，不问陇头人。

197. 思归乐二首

之一：

已是杏花红，还闻玉叶风。
轻轻传蕊粉，落落向童翁。

之二：

贝叶寻根落，无风只向亲。
思归思自足，易主易无邻。

198. 金殿乐

皇家金殿乐，玉女寄人亲。
不见三边守，应知一意沦。

199. 墙头花二首

之一：

蟋蟀洞房鸣，梧桐落叶轻。
墙头花未落，只可向天明。

之二：

妾着罗衫薄，儿闻促织声。
应知先约定，已向寄心情。

200. 胡渭州

柳色千寻绿，桃红一苑芳。
春风吹暖意，玉女满衣香。

201. 白鼻

莫饮胡姬酒，还寻白雪扬。
旋衣旋步履，比目比猖狂。

202. 戎浑

鼓角连边色，将军宿战荣。
胡姬肩不重，白雪马蹄轻。

203. 杨下采桑

杨边独采桑，柳下已扬花。
水上多云雨，田中少客家。

204. 宫词二首

之一：

鼓瑟湘灵问，弹琴竹泪斑。
声声河满子，处处女儿颜。

之二：

故曲三千首，新声二十年。
公孙娘子剑，唱断李延年。

205. 昭君怨二首

之一：

阴山行路远，敕勒一川寒。
但见黄河水，潼关渭水澜。

之二：

汉画私心在，单于客意丹。
琵琶今复曲，不必问长安。

206. 夕次竟陵

南风吹十里，暮叶落千声。
夕次荒陵久，何须寄旧情。

207. 信州水亭

花明花逐日，水色水亭香。
处处芳芬落，幽幽彼此扬。

208. 苏小小歌三首

之一：

小小红颜露，郎郎不等闲。
欣欣情管去，尽尽不归还。

之二：

约约郎心问，情情不着边。
音音由意点，曲曲任朝天。

之三：

一半姑苏问，三千月月城。
江村同里富，小小运河名。

209. 树中草

树草青青色，年年处处生。
根根深浅见，岁岁自枯荣。

210. 读曲歌五首

之一：

蜘蛛成纲织，四顾一方圆。
不可临天阵，恢恢向角悬。

之二：

络络丝丝织，经经纬纬传。
梭梭穿往复，布布有缠绵。

之三：
田间半陌阡，世上一方圆。
尺寸人人有，经纶处处边。
之四：
纺织天机线，衣衫羽翼歌。
游僧游子问，日上日中荷。
之五：
一载庭红枣，三秋落叶多。
因因成果果，水水汇河河。

211. 玉树后庭花

玉树后庭花，张家一丽华。
南朝三百寺，至此半人家。

212. 莫愁乐

十里石头城，三吴半精英。
秦淮秦晋女，莫以莫愁行。

213. 襄阳乐

日短襄阳乐，天长岘首横。
三春云雨夜，一片竹枝声。

214. 自君之出矣

知君之出矣，闭户不心开。
但等更夫桥，相思入梦来。

215. 梦江南

一叶洞庭舟，千波沉水流。
潇湘斑竹泪，不上岳阳楼。

216. 将离岳州留献徐员外

四顾吟诗客，三吴不到头。
潇湘径逝水，日日向东流。

217. 题彭泽卢明府新楼

新楼彭泽令，五柳弃琴弦。
不是知音问，何须七色天。

218. 赠禅师

坐以三生事，心从一衲因。
无知无继续，有见有东邻。

219. 江南逢故人

江南逢故友，塞北雁门关。

未了平生路，应知去复还。

220. 松江怀古

白直黄天荡，松江问古君。
苏州河上海，白鹤港边云。

221. 书愤

七十不封侯，三千弟子州。
诗词逾十万，日月半书楼。

222. 题孟处士宅

高才何必贵，下位有方贤。
李白三清客，襄阳一浩然。

223. 首阳竹

下路首阳山，中途竹杖还。
天机天不语，四顾不登攀。

224. 题僧影堂

日月僧相继，阴晴寺影凉。
生前无事业，去后有空堂。

225. 边思

二十年中尽，三生北海羊。
谁知苏武问，子女李陵乡。

226. 题弋阳馆

勾践夫差五霸乡，卧薪尝胆虎丘扬。
吴溪漫淬千秋剑，一路姑苏半越肠。

227. 题秀师影堂

面壁三生影，行身一世屏。
心思临面对，炼石成精灵。

228. 赠李修源

此去苍梧访，还闻二女凉。
长沙思贾谊，一夜不回乡。

229. 瓜洲闻晓角

瓜洲江北岸，晓角带南阳。
旭日丹徒色，金陵北固扬。

230. 元日仗

千官岁仗兵，一日元除名。

万里车同轨，三台度量城。

231. 连昌宫

连昌雨露到华清，虢国风云一色荣。
莫问杨家三女子，梨园自在太真名。

232. 正月十五夜灯

千门不锁万灯红，一月中旬白雪丰。
处处流光成世界，明明火火满天空。

233. 上巳乐

七彩千红绣，三宫六院招。
刀裁剪巧手，织女着天桥。

234. 千秋乐

八月千秋岁，三宫六院香。
南山从此寿，北阙任衷肠。

235. 春莺啭

兴庆池头柳，太真十束梅。
春莺先起调，孔雀一屏开。

236. 大酺乐二首

之一：
皇城天子祝，朵要洛阳城。
顶瓮骑轮舞，传呼万岁声。
之二：
紫陌归云日，红尘属帝家。
楼前民艺要，礼乐着梅花。

237. 邠王小管

虢国邠王管，宜春上苑琴。
知音知世界，艺曲艺人心。

238. 李谟笛

李谟私吹谱，梨园一叶情。
皇城非旧曲，渭邑是新声。

239. 宁哥来

宁哥一马来，羯鼓半胡才。
日映宫墙柳，霓裳欲展开。

240. 丁巳年仲冬月江上作

南来舟不渡，竹泪二妃流。

以事苍梧见，平生逝水楼。

241. 邺中怀古

邺下漳河水，云中豫鲁流。
邯郸应是客，望海陆边头。

242. 读池州杜员外秋娘诗

多情杜牧之，少女已迟知。
只得秋娘句，难怀十日诗。

243. 杭州开元寺牡丹

红尘一牡丹，艳紫半波澜。
本是风流种，开元一寺观。

244. 招徐宗偃画松石

咫尺云山外，天涯雨雾中，
青林松柏色，白石磊峰崇。

245. 平阴夏日作

渐觉春风细，平阴夏日红。
山前明月色，雨后似凉风。

246. 赠元道处士

二十年来已是玄，三千处士不思边。
僧游万里天台问，住持平生莫敬贤。

247. 邠娘羯鼓

大酺元初日，邠娘羯鼓声。
胡旋胡曲歌，玉带玉儿情。

248. 晚秋潼关西门作二道

之一：
渭水东来已不扬，黄河自此作家乡。
潼门不锁西门路，一路青牛向四方。
之二：
初除人间五方衣，未换上苑七彩稀。
细向宫闱私下问，开元已了是天机。

249. 耍娘歌

宜春院黑红花枝，玉女偷情半不迟。
最是春云和雨下，红娘月下已相知。

250. 悖拏儿舞

一曲梁州短，三生上苑长。

应声姿玉舞，悖拏小儿娘。

251. 题灵彻上人旧房

寂寞空门道，丛林一炷香。
秋霜归叶早，切莫对风扬。

252. 退宫人

承安门上宴，上苑玉中旋。
十步金钱撒，三年半月弦。

253. 赠内人

紫禁宫门内，驱行上苑中。
唯唯知女己，诺诺玉人红。

254. 洛中作

叶落上阳宫，残枫下未红。
元和天子问，不必有余衷。

255. 折杨柳二首

这一：
别别离离折，杨杨柳柳枝。
玄宗留此曲，驿路着青迟。
之二：
敛敛情情水，凝凝碧碧池。
梨园传教唱，李谟已相知。

256. 华清宫四首

之一：
半夜霓裳羯鼓声，梨园尺尺一华清。
王侯子弟公卿演，武将文臣俱是兵。
之二：
北阙沉沉半未央，南山雪雪天天堂。
华清处处温汤水，玉笛声声李谟扬。
之三：
不远骊山一路开，无情最是太真来。
皇家也有情儿女，未了长生殿上回。
之四：
十二空楼一月明，三千日后半皇城。
霖铃雨里成都寄，白首骊山已复生。

257. 赠窦家小女

绿绿衣衫小小人，歌歌舞舞似太真。
天生丽质惊儿女，已是红尘有近邻。

258. 听崔莒侍御叶家歌

舞舞人间意，歌歌世上情。
无人和一曲，尽是上天声。

259. 长门怨

金屋藏娇女，长门怨妾声。
相如相可赋，不可不知情。

260. 读老庄

诸子百争鸣，千家十地声。
江山多少客，社稷久枯荣。

261. 偶题

李白颠狂客，知章退镜湖。
金龟曾换酒，自古谪仙无。

262. 京城寓怀

三生书读尽，一志到长安。
白雪梅花见，逢春问牡丹。
皇都多子弟，渭水满波澜。
谢守宣城赋，严滩有钓竿。

263. 汴上送客

江流东去水，羽雁北南飞。
切记张翰脍，莼鲈八月肥。

264. 邮亭残花

花开花落去，日落日朝霞。
夏立春先老，时时不在家。

265. 秋时送郑侍御

塞雁衡阳宿，秋时侍御归。
南山连北水，日月共同晖。

266. 宿武牢关

夜宿武牢关，英雄去不还。
征人同此地，一望共天山。

267. 夜宿溢浦逢崔升

江流月不移，雁落草洲陂。
浦口相逢望，星河一约期。

268. 别玉华仙侣

白石寒泉水，烟霞草木邻。

谁知仙侣客，二世并非秦。

269. 集灵台二首

之一：

日上集灵台，云开玉树催。

无声三斗斛，有笑太真来。

之二：

虢国夫人色，阳春白雪恩。

宫前无脂粉，圣上有心门。

270. 感归

却去江南雨，还从塞北回。

梅园梅已谢，退步退思来。

271. 偶作

饮尽江南雨，青霄路上人。

烟云烟雾色，不见不相亲。

272. 劝饮酒

当涂涝月去，蜀道步难开。

力士华清墨，江油再不来。

273. 阿汤

月照宫城树，灯明碧舆台。

长生皇上殿，窃窃盗汤来。

274. 马嵬坡

一马荔枝来，三军去不回。

人稀南北路，只是上皇埃。

275. 太真香囊子

胸前只系小香囊，只作长生殿上杨。

此物离心离白雪，柔情似水待君王。

276. 雨霖铃

幸蜀雨霖铃，闻秦各渭泾。

张征新曲尽，隔夜别人听。

277. 听歌二首

之一：

高山流水曲，不似竹枝声。

苕以人情见，儿郎有意鸣。

之二：

五十年前曲，人心第一声。

恩媛留可住，记忆至今情。

不解双儿女，原来是学生。

278. 听筝

筝筝一曲鸣，处处半无声。

不可长城问，三边已有情。

279. 楚州韦中丞箜篌

中丞未了一箜篌，玉树金铃半自由。

十指纤纤钩锁撼，长江已去短河流。

280. 王家琵琶

琵琶汉女情，朔北碛沙平。

拍尽凉州破，胡旋已落平。

281. 李家柘枝

柳柳小苗条，姿姿止玉霄。

情情摇摆曲，楚楚有细腰。

282. 边上逢歌者

一曲三边远，千音半水平。

波涛由此去，日月自无声。

283. 马嵬归

一曲马嵬归，三生问贵妃。

华清池水见，玉树映春晖。

284. 塞上闻笛

一曲梅花落，三声下里扬。

人间多少事，尽在去来长。

285. 经旧游

去岁行人送，今年客主留。

平生何事事，故旧自幽幽。

286. 东山寺

月色茫茫远，匡庐寺寺修。

浔阳天下水，九派一东流。

287. 峰顶寺

独峙山峰顶，孤云四望寒。

天光由此落，日色彩霞丹。

288. 题润州鹤林寺

古寺名僧会，晨钟暮鼓和。

禅房应旧序，净土鹤林多。

289. 题胜上人山房

山房一上人，直木半相邻。

一片乔林许，三清作浥尘。

290. 李夫人词

一语甘泉宫，三星太上空。

图形看不足，草木可由衷。

291. 题金陵渡

渡口金陵水，栖霞远作丘。

丹徒南岸望，浦北是瓜洲。

292. 过阴陵

不见何人问，阴陵壮士修。

无名无利去，作古作小丘。

293. 纵游淮南

十里长街市，千声玉笛喧。

香楼箫未止，弄玉凤凰源。

294. 登乐游原

步上乐游原，云中草木萱。

春秋相继续，日月向轩辕。

295. 过石头城

磊磊石头城，幽幽紫禁名。

秦淮秦已去，二水二流清。

六代梁朝寺，三吴佛道荣。

儒生天下事，草木顺枯荣。

296. 黄蜀葵花

八叶蜀葵花，三黄作水洼。

长天长照映，近色近人家。

297. 杨花

杨花落尽子规啼，半亩耕田一老妻。

子女平生知土地，前程未了向高低。

298. 蔷薇花

束束蔷薇刺，丛丛碧叶扉。

何须倾地水，不是买臣归。

299. 戏颜郎中猎

射猎出军城，扬弓自不倾。
千兵如北去，不尽李陵情。

300. 江上旅泊呈杜员外

金陵燕子矶，一水两仪沂。
士荐非毛遂，君人孟尝归。

301. 容儿钵头

容儿弄钵头，角子问三秋。
未解羊门外，何闻是马牛。

302. 热戏乐

不喜宁王笑，温汤帝子留。
梨园分外见，十丈有春秋。

303. 玉环琵琶

一曲琵琶秦，千姿百态生。
巫山皆是雨，白帝尽生情。

304. 题酸枣驿前碑

古驿苍苔满，前碑故字城。
何须文字辨，尽去来情。

305. 题朱兵曹山居

山居自读书，旷野草香余。
至此心何止，樵声不得鱼。

306. 题画僧二首

之一：
清高彼岸人，简笔挡风尘。
勒勒勾勾见，平平易易新。
之二：
禅心大小乘，慧觉暮朝兴。
以简成繁意，无花带玉凝。

307. 送走马使

足迹山川路，行程日月头。
君王喉舌到，特使作春秋。

308. 题御沟

半向皇宫半向民，四方八面一天津。

连连断断应成守，隔隔离离不可邻。

309. 题青龙寺

海阔青龙寺，天高白鹤观。
山山连谷谷，水水逐澜澜。

310. 硫黄

一粒硫黄见，三清入道门。
丹炉丹学法，养子养儿孙。

311. 散花楼

花楼花散尾，锦水锦江头。
渭混秦川望，落叶已初秋。

312. 王家五弦

千音不尽五条弦，一曲方成半地天。
自古清鸣文武继，风骚太守序先贤。

313. 听薛阳陶吹芦管

塞外吹芦管，云中一曲高。
牛羊原上草，大漠野葡萄。

314. 过汾水关

南来背日行，北去向天鸣。
晋并汾流水，应闻塞外情。

315. 樱桃

小麦金金色，樱桃玉玉红。
甜甜儿女乐，美美世人衷。

316. 酬凌秀才惠枕

八寸黄杨惠，三关镇虎头。
清空文惠枕，拔剑玉符留。

317. 感春申君

薄俗问心议，容恩感赖全。
无人成劣迹，有恐李园迁。

318. 孟才人叹

之一：
武宗河满子，艺曲孟才人。
泪下笙囊尽，身温脉断邻。
唯唯上殁槟，重重不须轮。
义簿心思共，皇诚事太真。

之二：
回歌一曲娇，仪态半云霄。
已断阳春路，何言彼此消。
声情河满子，曲断共天朝。
不断宫中路，黄泉共木桥。

319. 听简上人吹芦管三首

之一：
一曲吹芦管，三边已不知。
游僧南北路，大漠暮朝时。
之二：
越鸟僧芦管，胡姬曲舞迟，
巴猿啼不尽，牧马对天嘶。
之三：
月落江城水，云归大漠沙。
胡风胡管响，简意简人家。

320. 听岳州徐员外弹琴

玉律潜符韵，金钟竹影斜。
高山流水见，曲问客人家。

321. 钩弋夫人词

怅怅云陵事，悠悠古往来。
夫人天上望，以此作仙台。

322. 鸿沟

百战龙蛇斗，三军日月争。
如今秦已去，不以未央行。

323. 悲纳钱

纳钱屯兵作诸侯，山高海阔帝王州，
桑田柴米油盐醋，妾女男儿志不休。

324. 胡渭州

水水源源土，胡胡渭渭州。
张家何处是，十代不封侯。

325. 破阵乐

破阵秦王乐，英雄百战兵。
连年征讨处，草木也难生。

326. 枫桥

寒山寺外一枫桥，拾得人中半路遥。

不尽长洲三百岸，钟声月下入云霄。

327. 句

万国文章路，千年字句诗。
令狐相子曰，子美浣溪知。
兴兴盛盛界，辱辱荣荣迟。
春秋当不止，日月自相同。

328. 答李昌期

人人不得一神仙，处处无求半地天。
想入非非终未是，空空似此梦中眠。

329. 宫词

甘泉向御沟，水色上皇留。
本是无情物，相连不到头。

330. 卢求　和于中丞登越王楼见寄

海角越王楼，天涯镇将留。
晴江如送日，阔宇似封侯。

331. 雨

细雨余寒带春萌，乔林直木有津浮。
遥遥旷野鸣琴客，处处山河自古今。

332. 田家桓仁锁天后村

牛羊村外牧，杏李后园栽。
一架葡萄树，三秋玉粒开。
田家多子女，果果四时来。
弟弟兄兄继，母母父父陪。

333. 神光寺

古刹神光寺，青山一片松。
飞鸿由此落，贝叶不惊钟。
暮鼓行天际，安禅制毒龙。

334. 和项斯游头陀寺上方

步入头陀寺，桃源世外来。
三清空世界，慧觉上方台。

335. 秦原道中

春原一道中，养马半苍穹。
汉血胡姬曲，飞天一穆公。

336. 月峰寺忆理公

同来江海上，共度去来中。
日月相辉映，阴阳互色空。

337. 寄陈去疾进士

敛迹辞疑垢，清心涴旧尘。
吟诗听鸟语，作画上方邻。
进士无言疾，前程雨后新。

338. 听郢客歌阳春白雪

下里巴人曲，阳春白雪歌。
周郎惊赤壁，郢蜀竹枝河。

339. 南涧寺

涧寺临空壁，溪流逝水音。
如来如所见，净土净人心。

340. 裴夷直

河东一礼卿，进士半儒名。
以刺杭州去，中书一舍荣。

341. 献岁书情

未了双鬓白，当承一血红。
明年明历治，独自独成风。

342. 奉和大梁相公重九日军中宴会之什

谢守苍生赋，陶公五柳琴。
无弦方自在，有意已成音。

343. 同乐天中秋夜洛河玩月二首

之一：
洛水含明月，清光任碧波。
婵娟偷侧目，已过乐天河。
之二：
一水粼粼色，三潭印月空。
杭州同太守，八月共潮东。

344. 和邢郎中病中重阳日游乐游原

九日乐游原，三秋草木萱。
黄花黄自重，易简易由繁。

345. 亚父碎玉斗

雄谋何不决，玉斗亚父为。
独有丹青史，英风处处垂。

346. 春色满皇州

皇州春色满，渭水带明流。
北阙晴光照，南山白雪浮。
红妆新树染，碧玉小桥头。
自立偷情去，花开一半羞。

347. 观淬龙泉剑

百炼成钢器，千锤铸刃锋。
红光欧冶色，淬火见兰踪。
幸以风胡见，干将化白龙。
秋霜由此断，斩铁诸侯封。

348. 水亭

水水亭亭影，亭亭水水形。
亭亭亭静静，水水水泠泠。
日日连江海，潮潮汐汐灵。
方方还面面，柱柱写丹青。

349. 扬州寄诸子

扬州一运河，柳岸半清波。
莫以楼船问，长城比奈何。

350. 酬卢郎中游寺见招不遇

独作游山客，同行唱大风。
何言天下事，不问一仙翁。

351. 寓言

柏柏松松树，枫枫桧桧期。
红林千落叶，白雪一青枝。

352. 唁人丧侍儿

已去侍儿心，嫦娥总不音。
空空明月色，处处向松林。

353. 和周侍御洛城雪

潇潇洒洒一群英，降降飞飞半带明。
已入长安成玉絮，谁言洛邑有殊荣。

354. 方丈泉

十步方丈泉，三生一线天。
遥遥从此去，处处有云烟。

355. 晚望

一望到天边，千光早落泉。
王母应所向，汉武不耕田。

356. 前山

只望前山近，云来峰自多。
溪流穿谷涧，日落入清波。

357. 发交州日留题解炼师房

一日交州客，三生不同家。
明朝回首处，此地是天涯。

358. 令和州买松

买得千年翠，冬初百子花。
风霜层覆盖，始见互相遮。

359. 题断金集后

一集断金书，千诗继日余。
先生先自得，后续后相如。

360. 晚凉

早晚凉风至，黄昏日色升。
移床观几案，却是玉书台。

361. 席上夜别张主簿

只得今宵短，无言非夜深。
谁观红烛泪，一滴一人心。

362. 奉和大梁相公送人二首

之一：
日日伤离别，行行草木斜。
垂垂回首望，洛洛不还家。
之二：
天津桥上望，渭水洛中家。
只见长流水，何时二月花。

363. 酬唐人烈相别后喜阻风未发见寄

别后天留住，离情已八州。

风知前路远，特此先回头。

364. 秦中卧病思归

索索凉风至，幽幽卧病思。
吴江吴水色，一意一行迟。

365. 送王绩

青松问旧枝，一色共根期。
雪雪霜霜复，风风雨雨时。

366. 赠美人琴弦

纤纤一美人，指指半弦春。
万态怜怜见，千姿处处邻。

367. 寄王绩

青塔连约已相赊，隔日红光向我华。
水上风情千万种，心中不尽清荷花。

368. 戏唐仁烈

岁日屠苏酒，新春爆竹声。
男儿恭祝福，小女懒香荣。

369. 上下七盘二首

之一：
路路向皇州，盘盘自仰头。
长岁多少巷，渭水暮朝流。
之二：
细雨商山外，朝廷四皓中。
如何如此问，一半一江东。

370. 八月十五日夜

去岁商州月，今年八水城。
清光相似照，异想互然生。

371. 南诏朱藤杖

六节朱藤杖，三生白发翁。
山山行不尽，处处助身躬。

372. 夜意

夜意径心远，胡思乱想空。
遥遥知黑洞，处处问深宫。

373. 漫作

月落孤床上，人思玉枕中。

嫦娥如有意，不必在寒宫。

374. 访刘君

刘君访后种桑麻，已是群芳十地花。
细雨应知吾苑草，春风不向别人家。

375. 杨柳枝词

碧玉桥边织女家，楼船靠岸运河斜。
隋家只教栽杨柳，水路苏杭二月花。

376. 寄杭州崔使君

二世秦皇九鼎休，长城不可比扬州。
杭州一半钱塘水，八月潮头六合楼。

377. 穷冬曲江散步

穷冬散步曲江头，进士书生四十州。
已是龙门天子客，边疆李广未封侯。

378. 省中题新植双松

双松已不入山风，独木成林已色空。
只伴南宫灯影下，平章策略御批红。

379. 崇山郡

万里天涯有遗风，心中咫尺客情同。
交州已在南天外，一郡崇山半水中。

380. 临水

一睡江涛作雪山，沙鸣已过玉门关。
心思百断江南岸，只见杭州半海湾。

381. 题江上柳寄李使君

杨杨柳柳半江都，水水津津一落凫。
桂桂林林漓水岸，君君守守女儿奴。

382. 江上见月怀古

江江月月几流平，古古今今自有声。
处处难寻心上事，依依未了许多情。

383. 鹦鹉

囚笼只教两三声，学说无名逗唱情。
只得人间鹦鹉客，人前只可作殊荣。

384. 寄婺州李给事二首

之一：

楚汉相争两不休，分麾垓下一鸿沟。

隋炀只合栽杨柳，不似秦皇九鼎求。

之二：

长城万里不封疆，自古三边有柳杨。

雨雨云云黄土地，天天地地米粮仓。

385. 秋日

一叶随风半叶黄，三秋缩水九重阳。

茱萸已尽风霜雪，故意难平是故乡。

386. 遣意

梧桐一叶已归根，世上人间问子孙。

有欲人生非幸事，无忧岁月是黄昏。

387. 戏酬惟赏上人

自是浮云四野身，无言落日一秋春。

平生处处何成就，日日文章作世人。

388. 寓言

日日东流去不休，江江水色见春秋。

无情岁月无情逝，有愿平生有愿酬。

389. 忆家　古今诗，吾去也。

天天海海已相连，远远遥遥一客船。

妇妇夫夫曾与共，儿儿女女望四边。

390. 留客

东西对立洞庭山，木渎西施子胥关。

未已夫差成五霸，姑苏一半太湖湾。

391. 别蕲春王判官

七十年来十万诗，风尘仆仆暮朝知。

平生不断天天继，二万五千五五司。

392. 将发循州社日于所居馆宴送

江花似雪两山波，碧玉如峰一水河。

岸草双分纹来了，天高地厚落嫦娥。

第八函　第五册

1. 朱庆余

知于张籍爱，可久越州居。

进士成名志，朱生有庆余。

2. 泛溪

曲渚滩溪泛，芝兰草色香。

无须成隐约，有器自扬长。

3. 宿陈处士书斋

结社当茅草，居家一室书。

高情应未了，远望隔山余。

4. 上宣州沈大夫

科名继世古来稀，旧友登朝入帝畿。

并望贤人知世界，宣州谢守赋人稀。

5. 杭州送萧宝校书

青山一路草花明，绿水千波渚岸清。

女唱男歌情四溢，吟诗未了事难成。

6. 送盛长史

独立中军帐，三更一灯明。

寒光同不闷，造饭共兵营。

自古谁征战，如今有长城。

南南分北北，败败亦成成。

7. 宿道士观

闭谷仙人洞，开光道士观。

灵书先读毕，宿定一云端。

8. 湖州韩使君置宴

半在湖州望近吴，天光已见问姑苏。

何须饮酒观时醉，只借青山尽独图。

9. 题仙游寺

江流白日寺门边，木直青林雁塔田。

坐化方成天地色，僧游鹤在有山泉。

10. 宫词

寂寂宫中见，偷偷月下寻。

何须鹦鹉问，只教不多音。

11. 公子行

一叶寒塘晚，三秋白石流。

溪平多少夜，草落已知秋。

12. 送陈标

一送陈标路，三春百草荣。

铜鞭呈白色，处处是红城。

13. 寻古观

何方处处有仙观，白鹿天坛向故丹。

日月东西东不尽，江流逝水逝波澜。

14. 南岭路

越岭梅花落，长安百凤鸣。

南山多白雪，北阙众书生。

15. 陪江州李使君重阳宴百花亭

重阳千菊色，九日百花亭。

不饮雄黄酒，当书一字青。

16. 上张水部

水部红妆罢，门闱有姓名。

恩深常自语，进士抱分明。

17. 凤翔西池与贾岛纳凉

四面无炎气，三秋有肃来。

天公知贾岛，共上赋诗台。

18. 上汴州令狐相公

淮南处静一相公，汴水东流半折弓。

自命成书诗作集，边疆作序是英雄。

19. 送于中丞入蕃册立

册立中丞路，边思特使遥。

双旌衔命重，独警未还朝。

20. 送淮阴丁明府

之官方入境，已有爱人心。

假日公门掩，草木是知音。

21. 送韦校书佐灵州幕

策佐灵州幕，行名职守官。

寒城分远际，贝叶校书坛。

22. 上江州李使君

得在朝廷少，还因谏净多。

长沙曾有赋，不少楚人歌。

23. 发凤翔后涂中怀田少府

知君春已半，问路未成千。

九百前程数，临流渡渡边。

24. 雪夜与真上人宿韩协律宅

雪夜风霜紧，僧房烛火明。

天空三寺界，世贵一人名。

25. 与贾岛顾非熊无可上人宿万年姚少府宅

促膝通宵话，忽然独立吟。

谁听惊玉漏，夜月是知音。

26. 震为苍筤竹

擢秀苍筤竹，修然异众筠。

春含微雨色，乍觉是新春。

27. 题青龙寺

大势青龙寺，如来一上人。

观音三界主，普渡九天真。

28. 送滕庶子致仕归江南

常行常去意，独往独来情。

四望江南路，三秦塞北城。

29. 夏日题式功姚主簿

公门公事尽，印吏印空闲。

只可吟诗句，方知夏日间。

30. 望萧关

已入风沙路，萧关欲到时。

林多麋带箭，涧绝白鹿期。

探火儿童见，封山妇女知。

风霜冰两手，不可苦吟诗。

31. 送顾非熊下第归

七十一书生，三千弟子名。

诗诗天子读，苦苦始知荣。

32. 送韦繇校书赴浙东幕

水驿迎船火，江村向五更。

丞相芸阁路，幕客校书吴。

33. 寻贾岛所居

独在钟声外，相逢树色中。

寒居寒素水，苦读苦吟穷。

34. 题毗陵上人院

隔岸钟声早，邻僧磬语迟。

毗陵霜叶薄，月冷上人知。

35. 送李侍御入蕃

序：

悼北京钢院师孙恭宽，共以总政治部武官赴苏联。

诗：

戎装非好武，着甲赴苏联。

总政连军部，孙师共雪光。

中华儿女种，克格勃家园。

广场红星落，分家裂社田。

36. 送张景宣下第东归

下第东归去，行程唱大风。

英雄从起步，十载小西东。

37. 送韩校书赴江西幕

半落山桥叶，三秋水馆寒。

诗人诗未尽，玉树玉枝残。

38. 题寄王秘书

以病看红叶，由身问白松。

应知官本位，不可久闻钟。

39. 山居

已见篱霜满，旧来石壁红。

山枫山叶落，涧水涧风空。

40. 重过惟真上人院

老去难求着，无闲对日生。

诗成诗世界，学得学生名。

41. 与石昼秀才过普照寺

经年为客倦，待日与僧闲。

普照钟声寺，巢空白鹤还。

42. 题任处士幽居

不与幽人别，山居故水邻。

溪清流石浅，以悟读书身。

43. 送僧往太原谒李司空

已到僧房外，无吟磬语中。

司空司晋水，一静一心同。

44. 将之上京别淮南书记李侍御

淮南书记别，待御上京离。

去雁长安路，留心作共期。

45. 韩协律相送精舍读书四韵奉寄陆补阙

白鹤西山别，朱轮北陆秦。
遥知寻寺路，不问老僧贫。
咫尺三台阁，天涯一谏臣。
无闲无所谓，有渡有经纶。

46. 过苏州晓上人院

只问苏州晓，何须见上人。
辛僧辛苦路，五味五湖珍。
对岸寻头绪，灵岩苜里津。
东河飘渺岛，镇夏泡吴尘。

47. 赠道者

山中一处与谁邻，月下三清共草春。
但以樵渔成隐士，长安望尽久书秦。

48. 送僧游缙云

但向空门去，何须捧日回。
禅房多戒律，有寺有缘催。

49. 杭州卢录士山亭

山亭四顾一山中，水馆千波映日风。
止止行行何不见，来来去去久成空。

50. 送品上人入秦

石室芭蕉叶，秦园碧柳条。
林塘林水阔，觉路觉声寥。
道法由天地，三清玉品潮。
香炉香杳远，自主自逍遥。

51. 题蔷薇花

入夏丛香郁，蔷薇带刺红。
君心应细品，一物可由衷。

52. 题胡氏溪亭

亭亭西面一溪溪，雨雨云云半逐低。
水水风风流不止，吟吟咏咏韵声齐。

53. 看涛

白雪上云霄，青天近雨桥。
王母由此请，汉武可琼瑶。

54. 和刘补阙秋园寓兴之什十一首

之一：

官贫亦等闲，吏碌不随班。
独见农夫事，生生是苦颜。

之二：

吏苦非为苦，官贫不是贫。
青黄相不接，未免误三春。

之三：

逍遥人员外，杖履野山中。
但见农夫事，春耕待岁丰。

之四：

官情清宴会，俗妇苦耕田。
始得长城役，何诗上下弦。

之五：

窗前明月色，镜后女儿声。
一线穿梭织，吟诗共妇鸣。

之六：

自古长城着，如今战伐深。
农夫从役死，绝句一知音。

之七：

陋巷寒窗市，门当户对邻。
书生书所欲，人世俗风尘。

之八：

小女嫁衣单，男儿驿道宽。
何从何去见，与世与人观。

之九：

自古王侯改，毛家一泽东。
农夫天下主，餐餐有余丰。
塞北龙江始，江南海角终。
人人平等见，党内四清风。
革命从文化，平生可大同。
唐尧行户里，舜禹水云功。
国国家家补，衣衣裤裤工。
大河无水滴，只以小河空。
事事人人见，臣臣吏吏翁。
成勋成者范，久治久兴隆。
百岁重回首，千年一落鸿。
东方初日照，万里满天红。

之十：

自是郎中宫，何言布旧衫。

青衣朝土地，紫服向天函。

之十一：

社稷江山易，风尘自古同。
农夫温饱济，记得泽民东。

55. 上翰林蒋防舍人

内制翰林院，文风御主臣。
看花随圣上，宴席任秋春。
进士文章好，中书两省钧。
知君知得意，向远向天津。

56. 上翰林李舍人

拜职文章客，孤闻日月巾。
天光承密旨，独进作冠臣。
玉漏应同步，先先后后邻。
从由年举场，记得凤池滨。

57. 题章正字道正新居

三千弟子共秋春，一半花厅属别人。
步履生涯同陋巷，新居旧隐是秦臣。

58. 送李余及第归蜀

已见高科第，回归故土情。
乡人求喜庆，再得寄诗声。

59. 送唐中丞开淘西湖夏日游泛因书示郡人

夏日西湖水，天光北塔书。
鲥鲥明泛影，色色碧波余。

60. 过旧宅

旧宅心中在，新居日上虚。
明年春雨后，又是去当初。

61. 鄂渚送白舍人赴杭州

隋炀未到半杭州，汴水江都一玉楼。
不上长城非好汉，谁人不见运河舟。

62. 题崔驸马林亭

林亭含直木，水馆纳池风。
月色寒明处，天光草木丰。

63. 赠韩协律

一病如无买药钱，三春举步饮寒泉。

居官向背民间苦，挂杖行僧世俗田。

64. 自萧关望临洮

龙城泾水北，出路玉关西。
寺寺无青木，家家有战泥。
萧关临洮问，甲胄士人齐。
自古刀枪棍，豪言各不低。

65. 送崔约下第归淮南觐省

小小书书读，科科第第生。
童翁原一似，远近有千盟。
旦暮归乡里，阴晴共叙情。
相违家土省，却向曲江城。

66. 羽林郎

二十羽林郎，三生挂袴裆。
围原从射猎，独举在金枪。
御后皇家语，臣前五趾扬。
儒书应一笑，百战已千张。

67. 归故园

半亩家田一玉颜，三朝故土自归还。
人中事业何为贵，世外浮名总是闲。

68. 同友人看花

不问寻花去，何须季节来。
年年花木色，处处有心开。

69. 种花

种种栽栽早，花花草草期。
应知生百日，碧叶对红时。

70. 早发庐江途中遇雪寄李侍御

庐江大雪满前途，已自楼兰半到吴。
海角天涯成一统，江大草木正扶苏。

71. 登望云亭招友

向友望云亭，闻香四际青。
江流风自与，息息似叮咛。

72. 刘补阙西亭晚宴

已静虫声少，寒宫夜色多。
西亭应已冷，不约醉嫦娥。

73. 送长安罗少府

长安罗少府，又上故乡船。
大雪成云涌，江潮近棹舷。

74. 林下招胡长官

白石径溪净，朱衣入草堂。
长官胡不语，品貌向家乡。

75. 与真上人一二禅师题汾寺主院

杖履相随去，禅音独自回。
汾流汾寺色，慧觉慧方开。

76. 自述

诗人甘寂寞，寓客望阴晴。
日月应时记，耕耘可寄生。

77. 寻僧

天晴紫阁一相期，向背知音半独时。
叶叶枝枝连接处，非非是是叶还枝。

78. 题王丘长史宅

碣石当然有遗篇，秦皇岛外打渔船。
王母汉武应多梦，不似居官似学仙。

79. 寄刘少府

古器图书架，琴诗瑟笛悬。
文房闻四宝，赋曲已千篇。
不饱知文著，求生有地天。
书生多觉悟，不必问神仙。

80. 哭胡遇

一去应知见，三分楚汉时。
隋唐相继世，日月互无迟。
不识黄客意，生生死死离。
神仙神不语，所望所人期。

81. 省试晦日与同志昆明池泛舟

昆明池上水，日色镜中明。
泛泛周游去，舟舟互祝声。
年青多意气，鱼鳞对棹平。
如何观省子，以此自由情。

82. 送崔拾遗赴阙

拾遗凌寒玉，清风月色明。
文章由此化，诏令可传情。

83. 酬李处士见赠

处士天津问，人生上苑邻。
无行由日月，不作老风尘。

84. 送僧游温州

夏满江湖岸，云沉草木洲。
温州温岭海，永乐永嘉游。

85. 梦谢亭

临亭四面风，谢宁一诗穷。
不可常相望，江流逝水空。

86. 河亭

河亭一逝流，细水半千秋。
咫尺天涯路，浮浮落落舟。

87. 送吴秀才之山西

问路西边水，行舟北去人。
官贫官比富，子秀子闻秦。

88. 和处州严郎中游南溪

不问南溪水，郎中一日游。
非人非入境，四望四方休。
水水山山处，停停步步留。
君先三五句，续赋去来舟。

89. 秋宵别卢侍御

读尽王侯史，闻知子俗民。
清班无意恋，素业有心贫。

90. 酬于诉校书见贻

拥官不可语家贫，日月耕耘见子民。
但以农夫田亩累，乐宴音琴古今频。

91. 送石协律归吴兴别业

一步朝客近，三宫日色疏。
吴兴归别业，读得帝王书。

92. 同庐校书游新兴寺

自古衙官少，如今子弟多。

新兴新寺庙，九派九江河。
普渡诗僧老，还知唱九歌。

93. 送马秀才

一貌清清见，三才处处新。
风尘归省日，岛鸟侍家邻。

94. 赠律师院

粉壁通莲水，轻舟采女人。
相邻相怯望，夏晚夏荷濒。

95. 送僧往台岳

路远游僧近，心遥苦度深。
如来如所见，是此是人心。

96. 送惠雁上人西游

已欲求千水，何须上五湖。
禅房应自在，柳色向江都。

97. 将之上京留别淮南书记李侍御

文兴春不老，武策帝王栽。
半似无名份，三朝九鼎台。

98. 过孟浩然旧居

平生只是一王维，面见玄宗半憾垂。
本是三湘云水阔，襄阳岘首望羊碑。

99. 送虚上人游天台

天台天目望，浙水浙东来。
石垒桥梁岸，江流草木开。
隋家修寺庙，老树上清台。
水色经时日，山光久不催。

100. 孔尚书致仕因而有寄赠

高人心易足，自得可情闲。
处处人生路，时时有去还。
随安随遇止，可进可天颜。
咫尺天涯见，黄河十八湾。

101. 送祝秀才归衢州

旧隐衢州水，新寻草木山。
繁花繁似锦，简意简诗还。

102. 和处州韦使君新开南溪

俯仰潭深见，风云石底临。
南溪新貌色，可伴谢公吟。

103. 送罗先辈书记归后却还闽中留别

共事三台近，同乡一别遥。
知君先辈路，越闽上云霄。

104. 送浙东陆中丞

父业辉煌乐土诗，母情意厚养天时。
无贤不是朱门客，有子皆成玉树枝。

105. 送元处士游天台

处士天台近，僧游上国清。
隋朝南寺久，瀑布作流明。

106. 吴兴新堤

金鳞跳跃落时斜，划破平湖作浪花。
草岸生兰香芷色，汀洲有富是渔家。

107. 酬萧员外见寄

麦麦收收场，梅梅杏杏来。
农夫天望远，入夜尽千杯。

108. 台州郑员外郡斋双鹤

不可惊双鹤，轻声自独来。
分明丹顶色，正巧羽毛开。

109. 送饶州张使君

雁落一芦花，湖平半苇斜。
从丛栖所止，楚楚问人家。

110. 送窦秀才

江南少有秀才文，塞北长城守将勋。
已是黄梅云雨日，回头一笑自从军

111. 送邵州林使君

三年一守未为迟，一载千程已见诗。
鼓瑟湘灵湘竹泪，苍梧有此有相思。

112. 题开元寺

粉壁开元寺，依然武帝名。
不慕皇家土，如来世界荣。

玄宗留道场，虎迹广舒平。
若以东林见，臣庐自有情。

113. 与庞复言携酒望洞庭

东西互对洞庭山，木渎西施玉女颜。
远上巴陵湖水问，潇湘不是五湖湾。

114. 送浙东周判官

历尽无官也白头，江楼有曲问江流。
蝉鸣远驿秋风起，鹭嘴衔阳上暮舟。

115. 塞下曲

鲁水成灾易，关东创业难。
兴安长白岭，采药呈参冠。

116. 行路难

世世家家易，行行路路难。
周围常不见，彼此觉孤单。
不熟人生面，流深沼泽悬。
多思多自得，有步有心宽。

117. 望早日

西山明早日，旭彩近东方。
互对相承秋，升迁作员凉。

118. 中秋月有怀

久客未还乡，天涯不柳杨。
南洋非故土，羽雁落蒲湘。

119. 十六夜月

月月星星远，明明暗暗同。
嫦娥无所谓，十六始弦空。

120. 送僧

坐化方成塔，形身已上人。
清泉流未了，日月有秋春。

121. 闲居冬末寄友人　古今诗

先生先塞北，退后退三吴。
共有男儿事，何须怯帝都。
行程行海角，下海下江苏。
五载南洋路，三年念黑奴。

122. 望九疑

白日如无路，青山似有云。
浔阳浔九派，雨雾雨千分。

123. 赠陈逸人

乐道随荣禄，安居任利名。
长生长自得，短见短人情。

124. 湖中闲夜遣兴

独月湖中散，良宵向背来。
婵娟相陪色，一饮独徘徊。
玉带桥边望，江湖一夜开。

125. 题娥皇庙

蛾皇共女英，念念九疑情。
泪流苍梧望，湘灵竹叶生。

126. 送友人赴举

十载书儒志，三生苦读心。
耕耘天日月，播种地土吟。
处处诗词纪，时时作古今。
人间多子弟，世界是知音。

127. 中秋月

自古分圆定，唯应缺又盈。
弦弦量不尽，皎皎据空明。
十五中秋夜，人间水月清。
家家同聚望，户户共思情。

128. 宿山居

山居山不远，水色水流清。
上国求丹桂，衡门问月明。
樵渔温饱客，四皓汉家声。
顺治谁平天下，康熙已太平。

129. 夏末留别洞庭知己

草木有其名，书生读自荣。
人间知所务，世上向分明。
夏末池塘满，秋初日湖清。
唯余君子意，不尽洞庭情。

130. 过洞庭

轻风过洞庭，旅雁不居青。
但逐千波影，无求万里萍。

131. 旅中过重阳

重阳九日过三湘，旅雁千声已百肠。
岁岁衡州青海路，年年尽力北南翔。

132. 叙吟　古今诗

日月辛勤久，江河逝水平。
山川应自立，草木有枯荣。
跬步前往路，诗词不是名。
三千年见历，一半迹人生。

133. 送人下第归

独步天涯远，孤身咫尺空。
新春新景象，旧日飞熊归。

134. 塞下感怀

塞外成乡土，胶东作故天。
人参多少子，对长两峰前。
日色花香语，云光鸟已怜。
辽东山处处，祖业创田田。
寸尺开荒地，辛劳种播迁。
传宗三代代，向世古今泉。
及第京畿路，诗词自岁年。
如今逾十万，薄土厚情宣。

135. 宿江馆

水馆波波照，空床处处明。
婵娥偏不见，只向榭边生。

136. 早梅

一曲梅花落，三冬自在香。
齐身低白雪，唤取百花扬。

137. 夏日访贞上人院

夏日寻灵境，高僧闭谷堂。
清风明月色，磬语自低扬。

138. 春日旅次

序：
寄禄清兄，义茂弟，燕滨妹，儿吕赢，
女吕今。

诗：
弟弟兄兄忆，儿儿女女思。
生生天下去，路路世中迟。
少小田家早，童翁岁月期。
如今回首处，几日是相知。

139. 赠道者

不见神仙在，谣传海外台。
当今谁去往，后后复前猜。
信念应常主，崇心亦可栽。
唯唯由所见，处处有天开。

140. 闲居即事

一夏苍苔老，千丝细雨生。
闲居闲不得，有道有诗情。

141. 废宅花

废宅芳香久，鲜花自在开。
无因人已去，有土向天来。

142. 寄友人

一代知音少，三生独自寻。
千年难作古，一木可成林。

143. 途中感怀

路路途途见，名名利利牵。
为人民服务，作主自耕田。

144. 赠至寂禅师

寂寂禅师坐，幽幽一语间。
空空何不得，处处有峰山。
草草门常掩，花花玉树颜。
人间难一见，世上共千般。

145. 长安春日野中

长安春日野，渭水两边田。
积翠成桑梓，通渠可青莲。
人间多少路，尽是去来天。

146. 长城

人人如有德，处处可当家。
百岁长城北，挡风十寸沙。

147. 酬李膺侍御

此去雁门关，衡阳西岸山。
潇湘曾驻马，但与二妃还。

148. 别李侍御后亭夜坐寄

已作离亭别，还来望月情。
灯前吟八句，只作去时鸣。

149. 题钱宇别墅

远是草堂开，应闻白鹤来。
林居林色重，日色日徘徊。
水岸鸣禽步，平塘草木催。
晴云天上去，直木影中回。

150. 近试上张籍水部

之一：
新妆未了嫁三吴，不远皇城问丈夫。
宇宇眉眉何样式，深深浅浅入时无。
之二：
京城曲苑半天都，唱遍梨园一念奴。
只以君心知力士，玄宗在此向皇图。
之三：
晓色初行大小姑，三桥过后一东吴。
朝天拜地夫妻见，乐道应知大丈夫。

151. 留别卢玄休归荆门

一水千鱼去，三江白鹭飞。
荆门多少雨，只向洞庭归。

152. 采莲

荷花未落不成莲，有子无心已作妍。
举举蓬蓬丝未断，低低俯首采时船。

153. 登玄都阁

故苑仙成故苑残，官冠未尽有官冠。
玄都阁下玄都院，十里桃花十里观。

154. 舜井

一意为民去，三生主客天。
齐人齐治水，舜井舜耕田。

155. 商州王中丞留吃枳壳

本草商山色，中丞枳壳花。

成名成久药，有道有田家。

156. 都门晚望

柳色御沟边，都门望陌阡。
田家方得雨，社稷正如烟。

157. 赠凤翔柳司录

北寺杏园边，南山白雪田。
生涯官职见，五十凤翔年。

158. 啄木儿

啄木丁丁响，孤身处处寻。
清鸣清自许，静望静知音。

159. 榜曲

荷花隐约水云中，一片红红有雨风。
艳色何须天下妒，身明只向曲江东。

160. 逢山人

水月相逢作此身，山人独去问秋春。
桃源一洞分天地，有足无尘有汉秦。

161. 过耶溪

耶溪一水作母亲，浣洗千衣净驿尘。
两岸春花明少女，三都马渚四明人。

162. 贺张水部员外拜命

中书门下省，不似水曹郎。
代代佳多在，人人是柳杨。

163. 送壁州刘使君自述

洁洁高高许，清清俭俭人。
丝丝应补就，粒粒久思贫。
十万诗词着，三生日月轮。
天天相持续，处处互书频。

164. 赠江夏卢使君

相逢见鄂州，互别向江流。
逝水东西见，留心莫白头。

165. 观涛壶口

壶空一口半潮生，浊浪千惊十地鸣。
落谷径天皆俯仰，黄河以此尽人情。

166. 南湖

水鸟衔波带夕阳，南湖落日色潇湘。
东归未去长亭外，却把衡州作楚乡。

167. 镜湖西岛言事

生涯一半在渔舟，弟子三千只问秋。
枯荣草木天机在，留春可向大江楼。

168. 送刘思复南河从军

一日书生百岁忧，和亲嫁女半天愁。
从军此去凉州曲，斩切楼兰不向侯。

169. 王彦威

彦威自是太原人，力学孤贫曲礼亲。
举甲明径科第子，弘文学士历忠秦。

170. 送崔秀才游江陵

一水江陵色，千流白帝来。
瞿塘三峡口，楚国半天开。

171. 宣武军镇作

男儿旒下策，节度使中军。
赵将廉颇勇，相如完璧勋。
长安应寄语，博士可忠君。
鼓角惊边北，前驱白马云。

172. 春雪映早梅

白雪红梅色，双蕾独树萌。
寒光应积润，傲骨已成精。
薄薄衣衫素，纷纷落玉英。
枝枝开赤闭，只在作香城。

173. 题雁塔

苍天雁塔十三层，白雪梅花一半凝。
阵阵香风天下路，慈恩处处有游僧。

174. 从军行

从军行塞外，列士作郎中。
紫紫绯绯客，禽禽兽兽雄。
阳关三叠去，洛水半清风。
野战龙泉剑，回程再始终。

175. 寄婺州温郎中

积雪邻州望，兰溪白石流。
芦前分雁宿，月下挂星留。
婺女家空守，郎中未携游。
孤猿啼已止，掩寺向封侯。

176. 送顾非熊及第归茅山

龙门三十载，及第一人间。
不必茅山去，书生半亩田。
梅生冬雪后，夏末采莲船。
结子莲蓬碧，方方似塔圆。

177. 送黄晔明府岳州湘阴赴任

半沉千湘水，三湘一洞庭。
扬帆扬赴任，挂职挂丹青。
汉寿孤山对，衡阳旅雁翎。
苍梧先挂足，不忘二妃灵。

178. 缑山月夜闻王子晋吹笙

紫府参差曲，清宵次第笙。
缑山明月色，草木静枯荣。
鹤侣当庭舞，青娥耳目明。
红尘应不定，世上有新声。

179. 和白敏中

复旧萧关路，山川古戍秦。
云中应守土，受降可行臣。
圣德经天子，和平致运钧。
皇威归惠化，帝泽四边新。

180. 贡院题

梧桐叶上凤凰吟，重锁重门贡院深。
此是当年知己处，当须不负少年心。

181. 赋愁

东都白乐天，以字对诗传。
字字文章里，诗诗句句联。

182. 取愁

人愁不尽是心愁，一水难言作直流。
独木成林多根子，江楼日上问江流。

183. 愁，不愁，是国忧，未是国忧。

应知日月向东流，已是风尘多仆仆。
见得枯荣见得由，独木成林百岁修。
只望芙蓉常作树，天街信步有思谋。

184. 登郡中消署寄东川汝士

极目烟波望梓州，江河始见向东流。
高低自己山川造，水向洼处见云浮。

185. 明月楼

吴江处处水云中，五岳峰峰五寺空。
只以盘门行水路，姑苏北面运河东。

186. 何扶　送阆州伎人归老

未忘巴州栈道留，陈仓渡口帝王侯。
芭蕉半卷西池雨，已是秋深半白头。

187. 寄旧同年

归是同年不一人，如今共事各秋春。
三生处处知金楼，六郡行行总是秦。

188. 望九华山

北断吴门水，南接楚国关。
云封天下路，木直九华山。
白石龙池岸，云霓彩日湾。
连空连草木，一剑一人间。

189. 寄妾赵氏

之一：

赵妾一人情，书生半第名。
天官余乃去，以此作离声。

之二：

指日分飞独自求，江楼不见别江流。
三年尽是相思泪，四载何言？白头。

190. 早行

三星一列自东来，月挂西山已半裁。
步迹霜桥留两印，行行自去已无回。

191. 赠成都僧

柏柏松松树，年年岁岁青。
成都僧老院，月色影零丁。

192. 萧傲

进士尚书郎，滑州刺史良。
成军兵部使，节度事平章。

193. 享太庙乐章

圣祚自无疆，金枝庆乐章。
波涛常已静，济世永年昌。

194. 享太庙乐章

铄不嗣维地，天街羽钥光。
神堂之帝舆，上哲石金汤。

195. 答杨尚书

汝士尚书杨，东川御镇堂。
燕台逢厚礼，可否以诗狂。

196. 席上戏东川杨尚书

品品官官序，名名位位酬。
东川杨阁老，靖请向衡州。

197. 缑山月夜闻王子晋吹笙

月满缑山月，笙鸣子晋情。
风扬三界外，曲断一世英。
鹤舞飞天去，云浮四野平。
清宫清御驾，晓色入京城。

198. 杨发

进士冯翊客，苏州刺史乡。
因家杨发字，节度至之梁。

199. 秋晚日少陵原游小泉之什

晚日少陵原，云沉草木萱。
溪流泉所注，一势作山垣。
可许山河水，无须事简繁。

200. 春园醒醉闲卧小斋

闭目送余春，开扉隔世人。
花残应叶暗，隔岸汉中秦。

201. 小园秋兴

独步皇城里，秋兴野客居。
花田三两亩，黍豆百千锄。

202. 与诸公池上待月

待月婵娟至，寒宫久不开。
池平千水暗，玉影半无回。
后羿应相顾，今宵已迟来。

203. 檐雀

弱羽孤飞近，长檐可独依。
衔环知报德，携子带春晖。

204. 残花

黛敛离歌扇，眉开别意催。
花残花自谢，去客去无猜。

205. 山泉

山泉三叠落，瀑布乃声雷。
剑阁惊云散，天台散雨来。

206. 南溪书院

野草成茅屋，逢枯不复苏。
南溪流足下，锦雉落吾图。
据说桃源近，秦衣汉履无。

207. 秋晴独立南亭

独立南亭望，云行北陆寻。
秋情千里目，净水万波深。

208. 宿黄花馆　忆乡

独宿黄花馆，孤身北陆人。
桓仁江水绕，五女抱城津。
白首曾为客，绯衣四品秦。
归来三秩序，此去向何沦。

209. 南野逢田客

独木成林百岁心，榕根上下自连襟。
千年彼此成乡土，万事径天作古今。

210. 东斋夜宴酬绍之起居见赠

白社津游远，青衣自在身。
名成名所就，事业事家人。

211. 玩残花

残花香自在，色淡入人心。
把玩多观嗅，原来有觉深。

212. 杨收

杨收杨发弟，进士善文人，
少小神童誉，平章事东邻。

213. 咏蛙

夏末一池蛙，闻声半不夸。
吹吹还鼓鼓，静静复哗哗。

214. 笔

半笔低昂小大中，书书彼此不相同。
平分黑白成天地，诏令三朝一皇宫。

215. 杨乘

修行杨发子，进士三朝名。
已得诗冠杰，姑苏二代英。

216. 甲子岁书事

甲子一轮回，乾坤半界雷。
兵丁当自勇，帐令可英魁。
白雪梅花岁，无疆御酒杯。
戎衣征战少，铁马戍边摧。
受降城中见，云中有圣裁。

217. 南徐春日怀古

六代南徐问，三春物象新。
梁齐凉宋魏，几度易周陈。
玉石兴亡鉴，山川草木濒。
风流前事尽，百寺主秋秦。

218. 吴中家书

百万人家半在吴，京师十里四姑苏。
西施一笑夫差醉，木渎川流入五湖。

219. 建邺怀古

六代金陵月，三吴建邺邻。
新歌新曲舞，故磊故秋春。

220. 榜句

拙巧两何如，张秦一读书。
胡人胡牧马，汉子汉荷锄。

221. 题杨收相公宅

保卫倾朝此世休，诗家四子各风猷。

杨收一宅相公忆，赐死平章事九流。

222. 明月出高楼

高楼明月照，独影曲中寒。
妇妾含声叹，文人纳不欢。
征夫无信息，小子有饥残。
自小知歌舞，如今以泪观。

223. 酬秘书王丞见寄

进士弘文去，毛诗博士来。
王丞书秘意，自叹楚王才。

224. 赠金河戍客

惯猎金河鹿，曾逢白雪封。
红梅红色引，一度一知容。

225. 孤桐

孤桐已老半根凋，绝壁临流百岁潮。
烂尾金焦音完美，龙门一曲上云霄。

226. 秋露

夏末池溏满，秋寒露水明。
霜成霜叶落，雪覆雪倾英。
一片清光里，千山玉色城。

227. 送徐使君赴岳州

舟行云梦泽，水色岳阳楼。
莫问滕王阁，巴陵半郡秋。

228. 送裴璋还蜀因亦怀归

只是人生路，从官异地营。
思归思故里，待月待家情。

229. 送前鄠县李少府

少府云峰路，客官馆驿家。
行程多寺宿，野外有鲜花。

230. 送宜春裴明府之任

南行南未止，北望北宜春。
水色茫茫阔，天光处处新。

231. 赠宗静上人

积雨成潭水，浮云别上人。
钟声传世上，法语落三秦。

232. 同贾岛宿无可上人院

对月空床枕，行吟不点灯。
毛诗博士在，贾岛不言僧。

233. 和刘补阙秋园寓兴六首

之一：
草下虫声起，风中贝叶多。
砧声初不静，悄悄女儿歌。
之二：
一果先成熟，三秋已早收。
重阳重所获，别业别因由。
之三：
自有家林趣，何言郡守求。
人生人所得，处世处春秋。
之四：
露水珍珠色，秋霜世白头。
山峰先白雪，壑谷已深流。
之五：
一树红红枣，三秋俯俯头。
初生扬不止，以色作丰收。
之六：
世事分庭礼，人生有异谋。
天非终一处，地尽九三流。

234. 岳阳晚景

斜阳半落岳阳楼，竹泪三湘自不休。
且问娥皇英女见，乡情已上洞庭舟。

235. 塞上宿野寺

天寒霜雪晚，月落早行程。
野寺知官客，何须问姓名。

236. 少年行

未建军功有侠名，骄骢狩猎纵豪情。
皇家只喜风云子，隐约儒人不及行。

237. 自述

利利名名客，书书子子时。
无谋常委命，有路可三思。

238. 送契玄上人南游

一叶湘川去，三秋玉水田。

匡庐多古寺，莫忘虎溪泉。

239. 寒食夜池上对月怀友

清明寒食日，喜鹊上高枝。
对月怀朋友，相思祝愿时。

240. 咏双白鹭

江流江海上，白鹭白鸥归。
等等闲闲待，来来去去飞。

241. 晴诗

三千草木已黄昏，一半山川带雨痕。
夕照云虹连玉宇，归舟淑气满江村。

242. 送徐山人归睦州旧隐

旧隐江村岁岁春，桐庐阔别近朝秦。
山人载何四顾，久别渔鸥不避人。

243. 到蜀后记途中经历

重重叠叠剑门关，曲曲流流栈道弯。
谷谷峰峰多蜀堑，云云雨雨满巴山。

244. 哭饶州吴谏议使君

惊闻身谢志，撼觉一鄱阳。
谏议留名久，陈情不朽堂。
宣平皇宅赐，授馆门下香。
几度相思步，高名誉此乡。

245. 忆山寄僧

一谷夏中寒，三山日上峦。
空门空水月，半寺半僧坛。

246. 赠玉芝观王尊师

尊师成药久，白鹤玉芝观。
处处烟霞扩，时时见紫丹。
松苗年岁见，寺刹去来安。
问鼓风尘净，听钟日月宽。

247. 经杜甫旧宅

花溪水色浣花溪，草屋骚人草屋低。
两个黄鹂鸣翠柳，三生杜甫一生栖。

248. 河阴新城

河阴沿谷一新城，虎踞龙盘半玉英。

不锁风烟南北阔，长川草木自枯荣。

249. 秋居病中

秋居多苦病，大药晚来成。
有效方难得，当然自己荣。

250. 罢还边将

受虏边疆塞，云中主将功。
群雄流血尽，不解李陵哀。
少小黄河流，单于塞北风。
何言曾百战，自是汉臣终。

251. 咏莲

莲花玉立向潘郎，水色云光自溢香。
面对丰祥先结子，蓬房粒粒向天扬。

252. 酬李绀岁除送酒

岁尽书生一玉壶，无须醒醉半屠苏。
平生不酒金银散，半作诗词半作奴。

253. 蜀路倦行因有所感

生生未了自生生，倦倦行行倦倦行。
一路斜斜成一路，青云处处有前程。

254. 寄永乐殷尧藩明府

永乐尧藩苦别分，头巾漉酒几纷纭。
三秋五柳君相似，一句佳诗阙下闻。

255. 蜀中战后感事

和前一蜀退，战后百重兴。
四子文章在，五丁道路登。
英精多秀水，坝雨玉香凝。
杜宇曾啼血，臣思向五陵。

256. 答蜀中经蛮后友人马艾见寄

蜀地常征战，家家有死生。
和平和不久，伐乱伐常情。
国社由天意，民生向自荣。
蛮夷惊始旧，未见汉家荣。

257. 卢岳闲居

行人搅远路，入病自闲居。
涧水应流直，云光石上虚。
空还空又去，独去独来余。

258. 送于中丞使北蕃

此去胡原一汉旌，无闻朔朔半使英。
中丞驿次沙鸣月，来年草绿上归程。

259. 和河南白尹西池北新葺水斋招赏

二室峰前水，三川府右亭。
西池亭草秀，北径榭心灵。
狭口江流急，心宽阔地形。
龙门鱼自跃，野客有丹青。

260. 感兴

女贫非丑貌，户对要齐名。
及见昭君画，应闻汉家英。

261. 长安客感

日过千家巷，灯明十五宵。
长安长故里，一驿一思遥。

262. 春怀旧游

花开花露水，草碧草江河。
月夜相逢少，春情入梦多。

263. 离京城宿商山作

商山何四皓，渭水自三秦。
汉祖刘邦土，鸿沟垓下臣。

264. 秋馆雨夜

夜雨幽人馆，长安故客乡。
书生书自始，驿路驿方长。

265. 闻子规

百鸟啼时尽，三春有子规。
声声曾不止，处处唤田思。

266. 放鹤

从今一去不低头，展翅三程向旧游。
但记辽东乡土地，栖栖古寺以诗留。

267. 长安客感

渭水波澜色，长安客感深。
京城京路远，四野四方荫。

268. 送客遥望

远别知离近，高山逝水遥。
潮头潮汐去，海角海云霄。

269. 伤靡草

客去伤靡草，年年早叶凋。
枯荣情自短，岁岁色遥遥。

270. 怀无可上人

一寺秋山上，三僧一上人。
无须无可以，有道有书秦。

271. 早秋月夜

绯衣一夜以风轻，月以三光照日明。
近见衣衫四体阔，诗兴不尽一颂城。

272. 蝉

树顶蝉声响，高鸣后退行。
谁闻谁年逐，落叶落清明。

273. 公子行

风流幺子客，锦绣纟春衣。
步步青云里，行行白马飞。

274. 题情尽桥并序

陶公情尽水，送客典阳桥。
命笔书题柱，从人折柳条。

275. 恨别二首

别别离离见，书书子子田。
农家齐相聚，岁岁共方圆。
吏吏官官驿，求求欲欲悬。
唯以桑梓守，世世父母边。

276. 峡中行

当知三峡水，又见五湖湾。
世路千重险，人心一胜关。

277. 韦处士郊居

处士郊居外，溪泉玉石中。
琴声应已止，未了是余衷。

278. 秋怀

岁岁春秋度，年年半故乡。

三秋行北陆，一字向衡阳。

279. 再下第将归荆楚上白舍人

下第归刑上第山，龙门白羽雁门关。
年年律令飞南北，岁见黄河十八湾。

280. 春行武关作（三道）

之一：
花风香暖路，草碧武关山。
入洞神仙府，闲看学玉颜。
之二：
只有情难尽，无言意气消。
长亭行不止，水水有舟桥。
之三：
书书继续半官商，柳柳隋堤一路长。
但问长亭谁彼此，何须恨别自辞乡。

281. 送人归吴

远见春波一五湖，盘门白雪半三吴。
归途遇水盘桥渡，白石运烟近是儒。

282. 喜梦归

一字飞鸿向北飞，人形变化有光辉。
思乡未了先思定，不到归时且梦归。

283. 路中问程知欲达青云驿

欲达青云驿，行程落日休。
时时天际望，步步不回头。

284. 题君山

君山一带洞庭湖，梦泽三湘楚客孤。
贾谊汨罗曾一赋，长沙记取汉书儒。

285. 离家后作

父父子子误，妻妻女女离。
前程前所望，独步独相期。
欲望何无止，书生苦苦司。
回头回不见，一路一知迟。

286. 寄题岘亭

羊公长泪落，岘尾岘头行。
草木襄阳碧，人生已自明。

287. 病鹤

生来生不久，病鹤病仙人。
但愿民常久，无须百秋春。

288. 状春

碧玉含春上小桥，桃花小杏色妖潮。
轻声细雨吴门女，醉见红颜舞见腰。

289. 春咏

半向金陵半向秦，淮流二月暖鸭濒。
殷勤不是章台柳，泗水波澜早入春。

290. 非酒

是是非非本不休，文文化化水春秋。
消愁饮酒愁更饮，未到忧时也有忧。

291. 苦寒

今年不比去年寒，旧式衣裳袖式宽。
只有阳春白雪色，长安八水久波澜。

292. 送客

送客人人问，迎春处处新。
和平安顺见，四海五湖津。

293. 人问应举

人间应举事，世上有奇文。
贡院成魁首，衡门作苦君。

294. 送客不及

水色江天两不分，行帆渡口一书文。
遥遥已去难回首，半似青云半似君。

295. 闻杜鹃二首

之一：
蚕丛蚕自缚，杜宇杜鹃鸣。
蜀国真王子，五丁兴谢荣。
繁花春似锦，玉女竹枝情。
白帝巫山水，高唐峡口平。
之二：
栈道弯中水正深，巴山处处杜鹃音。
山红水碧瞿塘雨，蜀鸟啼时我正吟。

296. 西归出斜谷

慢步青云下，斜行险峡中。
西归官渡水，栈道带江风。

297. 宿嘉陵驿

十二峰中有月留，巴山半锁独行舟。
朝云暮雨高唐梦，宋玉襄王各一楼。

298. 旅怀

白雪红梅二月家，书生自别向天涯。
官官吏吏衡门客，旅馆僧房半是家。

299. 贫居春怨

贫居自是不贫居，读卷平生已读书。
此路何从何所去，农夫日月苦荷锄。

300. 忆江南旧居

江南旧宅雨云平，石岸苔藓白芷荣。
闭户三更闻渡口，开窗一月带潮声。

301. 夷陵城

半见青陵半是空，红红绿绿已红红。
春来细柳摇摆舞，楚女纤腰入楚宫。

302. 访友人幽居二首

之一：
当今一日不升堂，访友幽居落晚光。
小雀偷尝红枣去，秋风已肃绿枝长。
之二：
当春一日百花香，细雨青云半柳杨。
石径斜斜连竹叶，吟诗处处还荒塘。

303. 宿大彻禅师故院

大彻生前故院香，禅师去后寺余梁。
年年面壁留形影，处处深思满竹堂。

304. 送蜀客

蜀客剑南春，江风半浥尘。
长亭回首望，又见故人亲。

305. 题宝应县

渭水宝应县，梁山万亩田。
德宗曾到此，不敢御诗前。

306. 和孙明府怀旧山

五柳先生不在家，音弦断弃独天华。
声声不尽朝杨柳，有水无山处处花。

307. 城西访友人别墅

澧水桥边小路斜，桃花艳遇友人家。
城西别墅多杨柳，处处清流野水鸭。

308. 题大安池亭

白鹭栖栖静，江鸥夜夜啼。
池亭池水浅，大渚大安低。

309. 送春

春来春去远，日暖日云开。
夏雨青莲色，千声半绿苔。

310. 武侯庙古柏

一柏盘根似卧龙，三吴赤壁孔明踪。
东风不语连营火，曲尽空城让军容。

311. 哀蜀人为南蛮俘虏五章　初出成都哭声

成都汉将守城中，丽女佳人属色空。
共入蛮夷家室北，江流自是自朝东。

312. 过大渡河蛮使许之泣望乡国

蛮愁大渡河，汉将断干戈。
不教回头望，思乡万里波。

313. 出青溪关有迟留之意

欲出乡关步步迟，青溪水水有相思。
征征战战何时了，汉汉蛮蛮已竹枝。

314. 别巂州一时恸哭云日为之变色

离乡处处一民忧，受虏行行半日愁。
此去蛮乡蛮汉语，青山日下日江流。

315. 入蛮界不许有悲泣之声

步步云南路，心心一两州。
蛮城蛮水色，汉子汉包头。
不可悲声尽，中原已布羞。
离家离土地，别国别乡楼。

173

316. 宿石门山居

闪闪萤虫促织女，幽幽抑抑是何情。
眠眠醒醒嫦娥见，一枕溪流久莫名。

317. 过旧宅看花　香港女夜访吾宅

夜里门声有客来，庭中枣树百花开。
移居港澳常思念，五十年前小女栽。

318. 寄襄阳章孝标

朝朝暮暮理桑田，日日空山夜夜泉。
野杏山桃曾自种，芳香来是枳花园。

319. 自蔚州南入真谷有似剑门，因有归思

故土胡山是异村，来来去去共黄昏。
毛诗博士成都客，蜀道难行是剑门。

320. 阴地关见入蕃公主石上手迹

河源玉树一黄昏，战战文成半汉根。
和和独土是皇家女，指指分明作石痕。

321. 美人春风怨

春风三五日，小杏半园来。
美女何心事，愁眉只不开。

322. 过南邻花园

东风三月尽，种植半桑麻。
雨作池溏水，春归作落花。

323. 劝行乐

人人未属身，日日独应珍。
一笑三生客，秋秋不是春。

324. 渡桑干河

不渡桑干水，何言雁北云。
苍茫千万里，雨雪两纷纷。

325. 月下喜吕郎中徐兵部　古今诗

南宫从首辅，北阙豫章田。
历史三千载，参差七十年。
诗词留十万，日月数时园。

326. 天津桥望春

天津桥上望，渭水月不澜。
五月桃花盛，家家有牡丹。

327. 再经天涯地角山

再向天涯地角来，何须远近独徘徊。
南洋北海应长道，日月天天数后开。

328. 洛中感事

乔家似石家，草木比豪华。
碧绿珠珍落，窈娘已去花。

329. 题等界寺二首

之一：
蜀蜀吴吴等界村，蛮蛮汉汉共黄昏。
分分合合同行路，久久长长一寺门。

之二：
平分吴蜀界，共处一村人。
不以英雄见，无言日月均。

330. 洛源驿戏题

草草花花问，虫虫鸟鸟啼。
来来还去去，驿驿几官迷。

331. 遣愁

愁多暗损心，笑少似天荫。
一叹千知少，三生万古今。

332. 送友人弃官归山居

人间紫与绯，世日去无归。
败败成成问，朝朝暮暮飞。
衡阳青海路，是是也非非。
故道新行者，家乡十地微。

333. 山行

野径山行去，群芳草色开。
无须长远望，足入水溪来。

334. 送客二首

之一：
拎剑过咸阳，荆轲一路庄。
何须君击筑，未了少年肠。

之二：
一路长安市，三生驿道长。
英雄南北去，壮士五湖乡。

335. 安国寺赠广宣上人

放生来去见，礼佛上人恩。
向水鱼池静，敲冰净耳根。

336. 初醒

胜败心中净，阴晴日上升。
千声虫鸟远，一醒望天棚。

337. 送客归襄阳旧居

襄阳一处白铜鞮，别楚三更夜月低。
水没行军何北去，曾知马跃过檀溪。

338. 夜闻方响

一夜闻方响，三更向客心。
谁家砧未止，欲待下知音。

339. 路逢有似亡友者恻然赋此

神仙凭想象，已去不相逢。
面貌曹公问，容仪似蔡邕。

340. 望月怀江上旧游

昨夜天连水，今晨水接天。
茫茫何不见，独独一江船。

341. 途中西望

途中西望尽，马上北回头。
渭水波涛逝，南山草木留。

342. 题友人所居（故元少尹宅）

故宅居移主，新花照样开。
唯君情意在，独步带诗来。

343. 蔚州宴内遇新雪

胡庐河畔雪，足迹两行留。
宴内听琴曲，将军一箭酬。

344. 句

官衙三界岸，野水一荒山。

345. 李远

三州刺史一郎中，御史中丞半世隆。
蜀客成名成进士，诗词作客作红枫。

346. 立春日

大雪梅花开，东风腊未来。
红芳红傲影，玉色玉枝媒。

347. 剪彩

剪彩群芳比，裁缝独月明。
鸳鸯从下水，织女鹊桥生。
祝愿君千岁，年年百事平。
双双心意重，处处有思情。

348. 题僧院

未用汤休问，何人不白头。
禅房千古事，寺院万人修。

349. 观廉女真葬（女真善隶书，为内中学士）

隶书书一女真，宫宫殿殿半才人。
花花院落香香气，内内中中处处春。

350. 闲居

牛羊归古巷，燕雀绕田村。
买药经成籍，吟诗向子孙。
闲居闲不得，夕照问黄昏。

351. 及第后送家兄游蜀

巴山何蜀去，白帝有江依。
若过严滩水，当心有钓矶。

352. 送人入蜀

长江三峡水，滟滪一风流。
杜宇呼声在，舟帆自不休。

353. 游故王驸马池亭

玄宗胡羯鼓，水印子猷箫。
驸马皇家近，如今逝水遥。

354. 悲铜雀台

不必悲铜雀，何闻故石台。
人人情不止，曲曲去还来。

树老西陵废，漳河举桨回。
难承今古志，未尽女儿才。

355. 陪新及第赴同年会

及第同年会，群英日月开。
随随桃李路，忆忆杏园来。

356. 咏雁

一一人人变换飞，南南北北岁年归。
乡乡国国分难定，去去来来草木扉。

357. 与碧溪上人别

别向西溪水，重温北陆楼。
歌声余不尽，慧觉上人留。

358. 赠殷山人

旦以山人客，朝云似七弦。
无声无拐带，有去有兰天。

359. 咏壁鱼

壁上河图见，墙中玉水泉。
无声无动静，有色有溪田。

360. 失鹤

失鹤千声泪，闲云万里心。
丹砂头上顶，怅望九皋禽。

361. 听话丛台

漳河不忘旧丛台，逝水同情旧日回。
玉辇金銮山鸟忘，绮罗只作野花开。

362. 赠写御容李长史

玉座龙颜静，天光砚水清。
冠臣分仔细，侍女敬皇声。
供奉三朝御，僧繇不得名。

363. 赠潼关不下山僧

黄河北过潼关，渭水东流永济湾。
不下山僧僧不下，风陵渡口芮城山。

364. 过旧游见双鹤怆然有怀

白鹤怆然一乐天，樊蛮未语泪如泉。
裴相自以珍奇待，谢守居心有岁年。

365. 赠友人

金鸡岁月凤凰年，弄玉箫声向史宣。
奉诣诗歌门巷里，秦楼所以穆公前。

366. 赠南岳僧

僧寻五岳向南行，北陆巴陵去所明。
雁在衡阳青海岸，湘灵鼓瑟二妃情。

367. 赠咸阳李少府

少府咸阳事，雄才美貌知。
书房三简述，舆路八行诗。

368. 听王氏话归州昭君庙

昭君自此一归州，蜀女娥眉汉画羞。
战战和和因女子，单于所向纪风流。

369. 过马嵬山

一袭胡儿羯鼓闲，三军不可过骊山。
长生殿里蓬莱客，月在天边作玉环。

370. 吴越怀古

越秀姑苏满水荷，灵岩草木范蠡歌。
行人欲问西施馆，木渎夫差曲不多。

371. 长安即事寄友人

御柳千条色未空，桃花落尽不余风。
何时更伴刘郎去，不见玄都一路红。

372. 闻明上人逝寄友人

古寺曾是最上方，灵魂已作柳边杨。
归飯坐化留僧塔，不似神仙不曲张。

373. 赠弘文杜校书

步入宸居晓，霞行紫禁书。
趋鹓随鹭去，玉漏笏朝余。
序列排金锁，从容奏子虚。

374. 慈恩寺避暑

心中静是凉，月下色如霜。
但向寒宫问，慈恩寺塔苍。

375. 邻人自金仙观移竹

金仙观上竹，碧色水中明。
世界分神坐，人间列玉英。

心田应有欲，土木可枯荣。
莫以无知者，金钱一掷轻。

376. 读田光传

易水行流已古今，燕丹击筑作知音。
荆轲未了真闲事，已负田光一片心。

377. 友人下第因 nyw 赠之

一志难成日可居，三光落卷意多余。

龙门不尽年年水，布第时时可读书。

378. 咏鸳鸯

双双对对一鸳鸯，别别离离半断肠。
息息栖栖同水草，行行止止共池塘。

379. 赠筝伎伍卿

筝鸣到伍卿，玉腕薄纱明。
蜀女三千月，胡笳十八声。

380. 黄陵庙词

路路川川向汉秦，年年岁岁有秋春。
天高地厚三千界，水短山长一驿人。

381. 句

人人事事三杯酒，岁岁年年一局棋。

第八函　第六册

---

1. 杜牧

杜牧贤良进士身，刚强直正考功臣。
郎中制书中书舍，龌龊休为竹节真。

2. 感怀诗二首（时沧州用兵）

之一：
德泽无为制，文攻武卫明。
沧州兵马立，燕赵蓟门征。
霍卫驱前阵，韩彭列守营。
宣王豪杰去，渭邑弃都京。
北阙争颓顿，南宫野草生。
封疆封不定，射猎射无成。
朔漠三边界，长城内外横。
胡儿应汉女，虏将娶家英。
一箭滹沱北，千军受降城。
征程须国库，战事已难平。
治者应回首，从戎可向情。
开元天宝继，四十九年荣。
鸟往和平落，兽朝战地鸣。
关西男子誓，雁塞壮人盟。
对立须擒取，和时未解缕。
三千年过去，六十万天争。
社稷何长久，江山几度清。

风流观日月，草木向阴晴。
鼓案周天子，长沙有贾生。
秦仪今古论，世上是纵横。
之二：
白雪朱颜少，香凝玉脂明。
眉头清年目，淑气润群英。
佩带长长舞，金衣缕缕情。
幽王因此醉，取笑挂红迎。
以妾深宫里，皇家太婴婴。
四朝三十载，老去见倾城。
赐就扬州路，王荒女亦行。
寒衣同故里，莫问去来声。
魏豹沉浮汉，周公何纵横。
江山田壮士，日月女儿荣。
逐客秦皇令，李斯指鹿惊。
南朝多少寺，且待老人生。

3. 郡斋独酌黄州作

河边一柳杨，日上半官裳。
万世衡门守，千年数栋梁。
龙门进士客，杜牧举贤良。
御史分司去，司勋员外郎。
郎中知制书，直木自刚强。
谏论中书舍，豪英作豫章。

诗吟成文事，举止四方扬。
四顾平天下，三生已彭殇。
标标长七尺，扎扎玉檀枪。
不尽旗亭酒，当炉醉晓娘。
淮西龙虎士，共指石头当。
白羽纷纷射，朱轮处处光。
江南风仆仆，水气润茫茫。
自以耕田计，民应暖食粮。
纷争终止此，阡陌满牛羊。
太守清贫政，官衙莫似狼。
征兵云已毕，国土泽荷塘。
士子图书奋，家人着草堂。
归程知稚子，落足向衷肠。
两广和平雨，三吴百业香。
曲来天子圣，自此富农桑。
五色人间主，千军种米仓。
子民风雨顺，天子寿无疆。
以醉成全忘，居心共故乡。

4. 杜秋娘诗

金陵一杜秋，伎妾半风流。
傅姆为皇子，娇娘半白头。
漳王封未了，用事罪根由。
几度平生易，穷归老故休。

5. 张好好诗

吏部沈公幕，江西好女娘。
歌姿成乐籍，岁自十三方。
善转宣化去，随君纳妾良。
东城重见叙，且以洛阳乡。

6. 有感

已是江西妹，十三陪豫章。
龙沙知玉质，隔日自临芳。
盼盼初无袖，吴娃不隔墙。
宣城随所往，作妾以心尝。
两岁城池易，如今到洛阳。
曾知歌舞者，杜牧久牵强。
白雪阳春赋，蛮腰楚柳肠。
当炉今婵婵，李李作姜姜。

7. 冬至日寄小侄阿宜诗

阿宜小侄名，未及一方荣。
竹马长廊绕，群儿受令行。
随兄同旦夕，共读百章英。
子教成阳市，文成十地盟。
崔云崔昭继，李窟李书生。
日日辛辛读，年年处处耕。
平生三万日，以此作儒城。
后退无回路，前途步步程。

8. 李甘诗

地厚对青天，风云向岁年。
平生奇节立，处世泽方圆。
启闭江门路，操营日月宣。
幽兰民所愿，蕙芷国当贤。
屈子汨罗赋，长沙贾谊怜。
夫差勾践问，五霸坤乾。
北斗闻秦汉，南宫自涌泉。
湘灵应鼓瑟，诸葛蜀相田。

9. 洛中送冀处士游

处士儒生外，非官过九州。
罗浮山里去，未问帝王侯。
不死丹炉荣，还生日月舟。
无心田亩绿，只向越吴游。
八品青衣客，官衙自淹留。

人间谁杜牧，六郡着春秋。
独木成林许，波澜洛水流。
三生维圣主，百代事宗周。

10. 送沈处士赴苏州李中丞招以诗赠行

处士苏州去，吴江多雨烟。
灵岩山寺问，木渎馆娃莲。
苴里峰前岛，金庭缥渺船。
隋炀留水调，柳色运河边。
向汝空山里，知君三十年。
溪桥流水色，碧叶翠微田。
渭水黄河入，南山白雪天。
应君回首望，陌陌复阡阡。

11. 长安送友人游湖南

青梅初熟透，竹泪满苍梧。
鼓瑟湘灵早，鱼人向二姑。
衡阳云里雁，梦泽洞庭湖。
子性弘和简，三天应问吴。

12. 皇风

劝武兴文治，强兵弱吏明。
和平和上策，养国养家荣。
教示民为贵，行修始太平。
宣王周圣代，四海劝躬耕。

13. 雪中书怀

山川大雪中，日月四野风。
草木知衣被，河流从墨隆。
寒明贤者继，灭迹圣人翁。
淑色平心宇，天地以此丰。

14. 雨中作

子本幽懒客，秸刘谢守孤。
夫差吴五霸，伍员楚鞭屠。
羽羽鳞鳞静，田田亩亩苏。
农家农所务，寺院寺钟书。

15. 偶游石盎僧舍宣州作

石盎宣州舍，僧人去不留。
轻烟笼草木，密雨树枝头。
陌陌阡阡见，南南北北游。

丰田丰岸泽，水调水汀洲。

16. 赴京初入汴口晓景即事先寄兵部李郎中

隋漕淮泗水，北陆渭泾秦。
步步长长安，行行日月轮。
部中天地事，汴口去来春。
什伍成先后，天街水月均。

17. 独酌

独酌长天望，孤身官路遥。
农家谁醒醉，四野柳杨条。

18. 惜春

怀亲怀友望，惜日惜秋春。
草碧云烟里，花明日月沦。

19. 题安州浮云寺寄湖州张郎中

浮云寺里一浮云，日色郎中半日君。
一女湖州三载过，纷纷错错雨纷纷。

20. 过骊山作

楚汉鸿沟半向秦，刘邦项羽一天轮。
何言不是霓裳舞，力士杨家各自尘。

21. 池州送孟迟先辈

一诺平生以古期，千呼故友志多奇。
池州送孟迟先辈，昔子陵阳立语知。
太守宣州谢未问，麒麟主宰几吟诗。
商山四皓尧舜禹，日月三明顺序时。

22. 重送二首

之一：
边疆一武夫，社稷半文儒。
弄玉秦楼月，玄宗待念奴。
腰间垂佩语，日上会浮屠。
正好相如问，鄱阳大小姑。
之二：
边疆一丈夫，国土半书儒。
受降城中将，云中月下胡。
英雄由此见，莫向李陵呼。

23. 赠宣州元处士

处士宣州隐，陵阳草木荣。

君心如是见，水调读书声。

24. 村行

点点回塘雨，凫凫指柳风。

柔桑春露水，小女踏青茸。

25. 史将军二首

之一：

河南河北敬，百战百功勋。

老得和平使，青天白日醺。

之二：

一将同都尉，三军塞上闻。

廉颇应不老，赵国独称君。

26. 题池州弄水亭

一望禾苗碧，三光草木苏。

池州亭弄水，镜照古今儒。

雪羽藏心宇，山波入帝都。

风流云雨近，砧杵向秋图。

27. 题宣州开元寺

谢朓南朝守，宣州古刹余。

东吴亡国去，北魏镇江居。

拓拔称王事，间间断断虚。

山河应所谓，读尽帝王书。

28. 大雨行　宣州开元寺作

覆海翻天卷柳杨，三吴六月已茫茫。

宣州大雨开元寺，水上蛟龙胜虎狼。

四顾城头天下墨，千军万马已飞翔。

豪人健客就砂老，羽羽林林保故乡。

29. 自宣州赴官入京路逢裴坦判官归宣州因题赠

江南一去远潼关，记取黄河十八弯。

未满人生三十岁，池州独步敬亭山。

梅花落里香云满，白雪阳春尽玉颜。

小谢吟诗杨柳絮，宣州此日雁门关。

30. 华清宫

碧玉华清水，芙蓉沐浴汤。

梨园天下舞，羯鼓羌衣裳。

赤水莲花寺，骊山渭惠傍。

霓虹先挂彩，曲尽荔枝尝。

花蕊宫中女，层楼庆未央。

开元天宝治，未了太真香。

八月千秋节，重阳万菊黄。

胡旋胡节度，起战起渔阳。

岁序因朝乱，天机寄玉荒。

成都新立国，太子作唐王。

雨落霖铃驿，云归问上皇。

重回何所忆，睹物旧思凉。

月上长生殿，人来短夜伤。

蓬莱应道士，始得女儿肠。

送目龙泉去，寻情忘洛阳。

平生何不许，遗作羽林郎。

31. 长安题长句六首

之一：

八水长安一渭流，高陵下苑灞桥秋。

罗敷赤水高塘见，北岳华山洛惠头。

杜曲终南山上雪，黄河北下筏皮舟。

潼关一曲风陵渡，逐鹿中原已不休。

之二：

百步长安百步楼，一生宿愿半生酬。

知书达理应知趣，日月长城逐九州。

紫陌天光丰泽苑，晴云万里向河流。

功功业业奇人迹，第第轮轮异域求。

之三：

何须一醉向天高，立马三生取葡萄。

自是胡姬胡曲舞，男儿立志不凭刀。

幽州射虎阴山外，李广飞将霍卫旌。

独具轩辕天水岸，弯弓不免酒泉袍。

之四：

束带谬趋一鼓钟，文章晋豫帝王封。

侯家细雨吴钩钓，柳岸隋炀水调农。

莫以严滩谁巧钓，中庸入主士相逢。

封囊目以龙泉剑，寺友琅玡邴曼容。

之五：

太白终南一向东，兰田渭水凤翔宫。

咸阳未了东都客，虢国阳平过武功。

普集阳灵周至路，咸阳甲午问扶风。

高陵鹿苑秦川里，汉帝潼关作御雄。

之六：

洪河紫陌照天宫，锦绣瑶池碧宇空。

白鹿原头回猎箭，朱轮晓日向江东。

佳人细曲琴弦住，但寄余音作玉雄。

记取窈窕君子诺，桃花只在一春红。

32. 河湟

相公元载问，借籍见河湟。

不遗惊胡汉，宗王一宪章。

凉州歌舞曲，十代入咸阳。

牧草耕桑异，生儿育女常。

33. 许七侍御弃官东归潇洒江南颇闻自适，高秋乞望，题诗，寄赠十韵

有着同庚信，东吴自闭居。

盘门应不锁，用事共相如。

结道青囊许，吟诗日月余。

衡门衡自己，不可不知书。

此弃官途去，天台不免锄。

红枫红水月，白雪白芙蕖。

细数芭蕉雨，常闻雀鹊居。

无须无面对，自得自云舒。

小阁藏天下，中庸问步虚。

观音观子弟，历治历樵渔。

34. 李给事中敏二首

之一：

朝廷给事中，缄拜古人风。

士学归元礼，何言白首翁。

之二：

门通君子路，学老自知书。

退伍常勤勉，贤人每自如。

35. 题永崇西平王宅太尉愬园六韵

关西第一雄，剑法白猿翁。

绶带凉州印，行营古道风。

家呼尊太尉，国号大梁公。

白马飞天将，朱旗御策中。

骄骄常射虎，历历塞惊弓。

伏兽云中镇，挥军受降东。

36. 东兵长句

阴山羽箭一雕弓，射虎幽州半世雄。
旦甲东征成旧路，晨兵北上雪霜蒙。
红缨且请边疆去，不必江东唱大风。
上党争为天下士，邯郸学步立军功。

37. 过勤政楼

苦苦唯唯主，勤勤政政楼。
千秋空节令，一代帝王洲。

38. 过魏文贞公宅

贞观半魏征，以镜作文明。
直木乔林许，中流砥柱声。

39. 早春阁下寓直萧九舍人亦直内署，因寄书怀四韵

御水初消冻，梅花已不寒。
南山峰白雪，北阙路边宽。
草色芽尖见，天光暖气兰。
王乔何处在，汉帝正骖鸾。

40. 秋晚与沈十七舍人期游樊川不至

泉流一杜村，野旷半黄昏。
不至樊川约，归夫有子孙。

41. 念昔游三首

之一：
塞北村村社，江南寺寺楼。
人前人后问，有色有春秋。
之二：
猛雨云门寺，斋烟古刹楼。
天惊天不语，路狭路横流。
之三：
李白题诗处，宣州大雨楼。
风流风不止，一寺一天忧。

42. 武功颂

序：
今皇帝陵下一诏征兵，不日功集河湟诸郡次第归降臣获靓圣功辄献歌咏。

诗：
一日天朝半日兵，三军圣战百师营。
皇家土地皆天下，诏集河湟尽请缨。

43. 和白相公

序：
奉和白相公圣德和平，致兹休运，岁终功就，合咏盛明，呈上三相公长句四韵。
诗：
万寿南山对未央，千军北阙向平章。
文思可汗河湟胜，猎取凉州一箭扬。
圣得可汗河湟胜，千秋令节令驰张。
宣王一语明天下，御策三台制帝乡。

44. 过华清宫绝句三首

之一：
红尘妃子笑，自是荔枝来。
出水芙蓉见，偷衣白玉开。
之二：
水色太真人，皇颜坐下春。
渔阳无误问，节度使何臣。
之三：
胡儿胡节度，羯鼓羯人心。
但得渔阳信，长生殿上寻。

45. 登乐游原

独步三回首，荒原四顾中。
无闻千草木，已见五陵风。

46. 闻庆州赵纵使君与党项战中箭身死辄书长句

自古军前大丈夫，榆溪战后见君无。
文章不尽垂青史，已去黄泉斩乱奴。

47. 送容州唐中丞赴镇

同星交战地，共土语非同。
老少金裙短，童翁羽帐红。
村边邻俗异，月下舞人风。
赴镇中丞去，精纶俗世功。

48. 夏州崔常侍自少常亚列出领麾幢十韵

帝命诗书将，登坛礼乐弦。

长城长万里，四望四三边。
一箭云中郡，千军受降川。
榆关南北问，雁北独孤烟。
五缓天台贵，双弓白雪悬。
凉州西不尽，敕勒碧云天。
府谷条条水，河湟处处泉。
江山由所治，日月自经年。
汉汉故故界，男男女女全。
经纶文武见，竹帛是先贤。

49. 街西长句（北京）

十里长街百万家，三宫六部一千衙。
明明建国清清代，二月芝兰半雪花。
大路朝天行不尽，纵横小巷似天涯。
南南北北东西里，觅觅寻寻史迹麻。

50. 春申君

列士春申客，平原草木君。
留名千古事，业绩半天云。

51. 春日言怀寄虢州李常侍

青莲初出水，碧叶已开张。
铺铺平平展，随随仰仰昂。
云连天际阔，草接鼎原芳。
一片阳光里，千波玉海洋。

52. 奉陵宫人

画笔成延寿，相如以赋名。
黄金曾作价，一事守陵情。

53. 读韩杜集

文留韩杜集，士作一荆轲。
读学知书理，汨罗有九歌。

54. 李侍郎于阳羡里富有泉石，牧亦于阳羡粗有薄产叙旧

一寸山河一雨天，公卿紫绶买溪泉。
阳阳羡羡休闻里，塞马归来是偶然。

55. 赠李处士长句四韵

紫洞香风一碧桃，风云北海半波涛。
瑶台一会祥云驾，不与千山试比高。
姹女当窗裁织锦，王母竹帛不须刀。

祥云万里精神在，汉武盘盘正玉袍。

56. 送国棋王逢

野火荒原过小桥，风烟弥漫向云霄。
守道还如周柱史，王逢将兵霍嫖姚。

57. 重送绝句

江山社稷一宏图，日月风云半不儒。
石柱如君擎玉宇，闲人似我世间无。

58. 少年行

自以少年行，无须主宰情。
龙泉由意愿，剑阁四方明。

59. 奉和门下相公送西川相公兼领相印出镇全蜀

蜀道一陈仓，嘉陵半水乡。
西川西主印，射陆射天狼。
剑阁苍溪色，巴中虎跳梁。
蚕丛三世纪，杜宇五丁扬。
玉树蕃天近，巫山楚鄂旁。
瞿塘官渡口，会理向南光。
铁布松藩地，成都待上皇。
东西南北致，自弱已冠唐。
翊戴台阶玉，舜衣出镇裳。
甘棠因武库，栈守已文房。
魏阙昆明岸，南山万寿阳。
伶伦歌曲赋，社庙祝天章。

60. 朱坡

云烟荳蔻单花扬，五月芳苗已自香。
北阙千门红碧色，南山白雪玉奇章。
莲娃不语珍珠水，采女藏身待夕塘。
隐隐还窥衣不见，随心所欲怯牛郎。

61. 早春寄岳州李使君李善棊爱酒情地闲雅

春州谁爱酒，雅客只居闲。
草草衔珠玉，花花带色颜。
原来真世界，水水自源潜，
不必三杯劝，文思一笔间。

62. 送王侍御赴夏口座主幕

布履三千客，青衿七十徒。
高山流水处，夏口两江苏。

63. 自贻

寂寞应无主，经纶可有秦。
乾坤当步量，尺寸自由身。

64. 自遣

人生七十古来稀，弟子三千各不依。
日月东西朝暮纪，诗书自在帝王畿。

65. 题桐叶

彭殇庄叟问，五柳一陶潜。
此弃琴弦世，知音始切蛮。
梧桐年月叶，季令待朝班。
雨雨由天籁，处处是人间。

66. 沈下贤

斯人清唱久，野草一珍珠。
月照方圆见，行程一寸无。

67. 李和鼎

谪谪迁迁路，升升降降奴。
官官和吏吏，道道亦儒儒。

68. 赠沈学士张歌人

官衙税赋自桑田，九教三流一地天。
弟子梨圆方寸比，歌人学士杜陵边。

69. 忆游朱坡四韵

下杜朱坡色，樊川紫陌田。
韩嫣知盎路，碧玉带雨烟。
树直陶公馆，河湾古道边，
如今归不得，自主向云天。

70. 杏园

之一：
函关不远已新春，细雨初来浥旧尘。
一寸皇英天下路，京城尽是赏花人。
之二：
樵渔非所主，隐遁是多余。
道士三清去，游僧以寺居。

之三：
四皓绵山上，三光一水居。
如非知汉事，所见是樵渔。

71. 出宫人二首

之一：
夜夜望窗纱，时时不见家。
平生平不得，一世一天涯。
之二：
朝朝天地水，暮暮向黄昏。
殿里听铜雀，宫中不见根。

72. 长安秋望

渭水东流去，黄河北下来。
东西原不定，只道向低回。

73. 独酌

独酌无才子，孤身日月来。
举心当所觉，尚进尚天台。

74. 醉眠

醒醉何人事，诗文自古田。
江山应不尽，日月可当悬。

75. 不饮赠酒

醒睡半人生，阴晴一世荣。
何知惊草木，饮酒误书平。

76. 昔事文皇帝

昔事文皇帝，中兴谏子孙。
窕槭形亦阵，凤阙影棱恩。
照胆常悬镜，窥天自带盆。
周钟盘晓日，汉口却成吞。
北斗屯光口，西园羽卫尊。
湘魂明主鉴，蚕尾事黄昏。
越角封盐户，吴门水雨痕。
芳洲由杜若，钓濑可严浑。

77. 呈三君上

序：
道一大尹，存之庭美二学士，简于圣明自致霄汉，皆与舍弟昔年还往，牧支离穷悴，窃以一麾书美歌诗兼自言，因成长句四韵呈上三君子。

诗：

鱼符许出玉门关，此去凉州不可还。
记取阳关三叠唱，无须折断柳杨攀。
梅花落里金陵曲，玉树秦淮五佩环。
紫气龙门天岳路，洪炉帝铸旧交颜。

78. 朱坡绝句

故国池塘岸，新桑碧玉田。
耕耘知土地，日月可源泉。

79. 春晚题韦家亭子

皇城一度杏园春，尽是三生日月人。
不得声名应不罢，利禄家亭自惜邻。

80. 过田家宅

不过田家宅，无因板筑高。
门开应已见，只爱种蓬蒿。

81. 扬州

雷塘炀帝去，一颗好头颅。
水调无人忘，运河到越吴。

82. 雪晴访赵嘏街西所居三韵

命代风骚将，和平自问疆。
诗成文武场，李杜去来量。
百首三佳句，余音已口香。

83. 将赴吴兴登乐游原一绝

一步乐游原，三生望简繁。
昭陵应不远，所谓是方圆。

84. 洛阳长句二首

之一：

不受孤云只受僧，心中自主以心承。
东都已有司闾客，洛水东流二月冰。
树锁千门形影色，儒开五寸以香凝。
心中意下山川水，寺外荒原一盏灯。

之二：

东吴十八女儿红，树帜三千弟子隆。
羯鼓霓裳留后世，梨园日月古今风。
连昌绣岭行宫在，至此天台已不空。
十载寒窗应不短，春秋百代始还终。

85. 洛中监察病假满送韦楚老拾遗归朝

病友三秦药，仙官一直声。
朱云随北阙，白羽作荆明。

86. 东都送郑处诲校书归上都

闻蝉第一声，去见上都名。
风云应已静，日月可枯荣。

87. 故洛阳城有感

一片宫墙在，三光照样垂。
周唐曾武李，洛渭已成碑。

88. 见宋拾遗题名处感而成诗

之一：

拾遗题名处，秋风落叶时。
来来何去去，早早复迟迟。

之二：

隋炀留一念，自此运河流。
水调年年唱，江都处处游。

之三：

纤腰长袖舞，水调运河歌。
琼花繁白雪，弄玉笛箫河。

89. 润州二首

之一：

勾吴一润州，水调半青楼。
不觉隋炀帝，桓伊未聚头。
长城修不得，汉界楚河流。

之二：

谢朓诗中丽，梁朝寺里忧。
孙权称铁瓮，点点望瓜州。

90. 题杨州禅智寺

南朝三百寺，魏晋半千楼。
白鸟飞难进，歌吹总不休。
扬州禅智永，雨后满红流。

91. 西江怀古

符坚不解自垂鞭，拓跋缝囊已笑天。
指战何须杨柳岸，从商莫忘范蠡船。

92. 江南怀古

车书一业穷，井邑半飞鸿。
谢守曾相问，庾公已悟空。

93. 江南春绝句

莺啼一两声，水色暮朝明。
只有南朝寺，如今北陆荣。

94. 将赴宣州留题扬州禅智寺

扬州禅智寺，水调运河流。
信得头颅好，苏杭四十州。

95. 题宣州开元寺水（阁下宛溪，爽溪居人）

人情人意在，鸟去鸟来飞。
草色连天树，云光落地晖。
溪流溪水岸，水阁水门扉。
宛夹居人见，樵渔有是非。

96. 宣州送裴坦判官往舒州时牧欲赴官归京

日暖冰融雪半消，黄涂碧绿柳千条。
同来不得同归去，故望山川故望遥。

97. 句溪夏日送卢霈秀才归王屋山将欲赴举

仙仙王屋石，士士步虚名。
夏日多云雨，重阳日月明。
春蚕春未了，夏果已应生。

98. 自宣城赴官上京

江湖十载不贫杯，日月三生有去回。
事事耕耘分创作，人人曲直志无催。
苏州小小门前过，汴水扬扬七色恢。
御史谁言唯御史，平生二月作寒梅。

99. 春末题池州弄水亭

作吏非循吏，为官是属官。
铜銮分左右，渭水见波澜。
直木凭枝叶，人心历练难。
池州池弄水，北阙北天冠。

100. 登池州九峰楼寄张祜

身临境意白翁头，睫在眉前望未休。
百感三台鸣北阙，千诗一首帝王州。

101. 齐安郡晚秋

柳岸齐安郡，云沉赤壁舟。
君家如野渡，旷达水无休。
日日风流去，忧忧四十州。
群雄群已去，独醉独春秋。

102. 九日齐安登高

一望中山上，三秋玉水中。
浮云天际去，逝水带流风。
九日重阳色，千黄落叶空。

103. 池州春送前进士蒯希逸

池州芳草地，进士古今梁。
不以离情叙，何言入夕阳。

104. 齐安郡中偶题二首

之一：
日落溪桥上，烟浮市井中。
黄昏吹牧笛，牛羊下括空。
之二：
梦泽兼葭雨，鄱阳九派云。
齐安齐望日，一郡一溪文。

105. 齐安郡后池绝句

无人看细雨，有路见风云。
草碧池塘水，珍珠小叶勤。

106. 题齐安城楼

家乡七十五长亭，渭水千波两岸汀。
草木人间凭草木，齐安日月久丹青。

107. 归伎

序：
池州李使君没后十一日，处州新命始到，
后见归伎感而成诗。
诗：
由身四载几无鸣，自得人间一夜情。
土地难知新雨露，官家去后自难荆。

108. 见刘秀才与池州伎别

吴姬一唱竹枝歌，楚伎三声落叶多。
此去人间何不见，牛郎织女隔天河。

109. 池州废林泉寺

林泉池水阔，废寺塔难容。
石路寻僧去，应知不可逢。

110. 忆齐安郡

久忆齐安郡，吴姬一夜愁。
先生先自去，一妾一孤求。

111. 池州清溪

池州处处一清溪，弄水幽幽半向低。
逝去云云成雨落，归来细细自轻啼。

112. 游池州林泉寺金碧洞

水阔石高色自凝，溪流渐浅已层冰。
无闻碧洞黄金许，合有文章向茂陵。

113. 即事

竹帛烟消水向低，桑田野草乱耕泥。
因思上党三年战，九月重阳鸟不栖。

114. 赠李秀才

王孙一上公，秀士半才雄。
凤羽临天水，参差自始终。

115. 寄李起居四韵

楚女梅簪着，阳春白雪姿。
齐云含碧水，耳目关人晰。
怯意情途少，孤灯一局棋。
香风香彼此，玉影玉窥知。

116. 题池州池亭

半水池州一水开，千帆万里五湖回。
西江雪浪蜀江序，势比凌歌宋武台。

117. 兰溪

兰花日久入溪流，水色香香作渚洲。
楚客应知循此去，芳云一路到湘楼。

118. 睦州四韵

残春在杜陵，处处有香凝，

未了梅花落，樵渔草木兴。
溪溪清沏底，岸岸刻沙层。
北国新游客，南朝古寺僧。

119. 秋晚早发新定

解印黄花发，长安向路长。
凉风扬满树，晓月带秋霜。
万卷纵横论，千章日月香。
期期由抱负，步步过重阳。

120. 除官归京睦州雨霁

自古一长江，重阳半酒缸。
铜陵船上见，一语贯池腔。
小曲黄梅戏，鸳鸯自是双。

121. 夜泊桐庐先寄苏台卢郎中

夜泊桐庐馆，星明水色根。
苏台何一见，犬吠静江村。

122. 暑退

序：
新转南曹未叙，朝散初秋暑退守，吴兴
书此篇以自见志。
诗：
一向汀洲去，三生已自飞。
朱衣曾许旧，竹杖可相依。
越桔黄中绿，扬澄蟹正肥。
三年应准备，太守五湖归。

123. 题白蘋洲

无多终珪组，未少五湖霞。
水色天光里，云浮二月花。

124. 题茶山在宜兴

已近碧螺村，东吴水雨屯。
烟云成灌木，瑞草作茶根。
雾里成形叶，晨中小女痕。
窈窕溪谷见，影下是乾坤。

125. 茶山下作

三山三岭秀，一谷一川流。
小女梳妆去，旗枪不自留。

126. 早春赠军事薛判官

半岭平台坝，三峰罩下藏。
千株兵马树，万叶彩云乡。
欲展齐心宇，旗枪手下香。
含情含笑撷，散上女儿床。

127. 春日茶山病不饮酒因呈宾客

三吴酒是茶，二月入人家。
只作姑苏问，鸳鸯是草花。

128. 不饮赠官伎

十八女儿红，三官颂雅风。
江南佳丽色，曲无有无中。

129. 入茶山下题水口草市绝句

云烟三界水，草木一人中。
杜宇声声蜀，鸳鸯处处东。

130. 代吴兴伎春初寄薛军事

吴兴一丈夫，大漠半书儒。
诺诺唯唯见，弓弓箭箭虞。
榆钱花不尽，柳色绿姑苏。
世界来还去，人生有是无。

131. 八月十二日得替后移居云溪馆因题长句四韵

闲心作客自闲行，半在东吴半在京。
玉笛声中姬笛玉，云溪馆里曲云英。
楼台且与游僧话，五字珠玑七彩成。
一载官衙千载归，三生故志作生平。

132. 初冬夜饮

淮阳多病月，十五久难圆。
雨雨云云蔽，烟烟雾雾悬。

133. 栽竹

窗含竹万竿，水纳半千澜。
色色形形里，温温玉玉端。

134. 梅

白雪梅花色，寒香腊月开。
梨园如此见，小杏过墙来。
但教群芳至，拥拥雅雅催。

春华春共济，五瓣五徘徊。

135. 山石榴

火火石榴红，枝枝玉叶中。
佳人环上抽，似是蜜蜂丛。

136. 柳长句

绿色春来上柳条，先黄未了暖风消。
摇摇曳曳腰身细，碧玉羞羞疑过小桥。
岸水相迎和煦日，风波掩映入云潮。
桃花坝上玄都色，竹帛隋炀运河遥。

137. 隋堤柳

万里隋堤柳，三春两岸烟。
无闻吕不韦，可见范蠡船。

138. 柳绝句

半掩江舟一掩流，三吴水月两吴楼。
隋炀水调隋炀柳，记得楼船记得留。

　　注：隋炀一颗好颅头，世事三生一物留。

139. 独柳

独柳千千万，隋堤处处栽。
成荫成水调，以色以云开。

140. 早雁

早雁春秋去，人人一一飞。
衡阳青海岸，十地故乡归。

141. 鸰鹊

锦帐经云闭，雄心待日开。
鲲鹏栖止处，羽翼自天来。

142. 鹦鹉

佳人有剪刀，正理尚千毛。
学语应全力，其声不在高。

143. 鹤

西施丹顶颊，四皓玉鬓毛。
白鹭何灵性，孤身唳语骚。

144. 雅

鸦鸦何自语，处处问青天。

喜鹊相争处，应飞独霸旋。

145. 鹭鸶

江前好耐心，水下有知音。
雪发天衣雪，寻鱼举目寻。

146. 村舍燕

天天飞不尽，日日自衔泥。
处处求温饱，巢巢作止栖。

147. 归燕

巢巢有燕归，处处各低飞。
独独知云雨，何何去故扉。

148. 伤猿

千流三峡逝，一谷半猿啼。
宋玉知神女，襄王蜀在西。

149. 还俗老僧

僧门还俗去，法语着云台。
守一心中念，观音自在来。

150. 斫竹

斫竹生新秀，留根待岁春。
东风云雨至，笋笋小芽珍。

151. 将赴湖州留题亭菊

自赴湖州去，还寻竹菊亭。
离心含苦楚，别意寄丹青。

152. 折菊

折菊留芳去，孤吟日月来。
湖州湖水少，腊月腊梅开。

153. 云

此去何从彼处来，舒舒卷卷几时裁。
人生处处应不定，不似天空任自开。

154. 醉后题僧院

醒醒无从醉醉泥，来来去去各东西。
人生日日应珍惜，月月花花鸟鸟啼。

155. 题禅院

一日生平半日风，三春水月两春红。

花花草草应成子，去去来来是色空。

156. 哭李给事中敏

给事阳陵外，从君日月中。

黄泉先莫语，一曲作清风。

157. 黄州竹径斗

小径通连远，黄州接竹楼。

弯弯何曲曲，草草亦洲洲。

158. 送刘秀才归江陵

鲈鱼已熟别江东，采服江陵四品工。

宋玉春亭留赋在，相如曲奏着诗风。

159. 题敬爱寺楼

返照千山雪，回光百尺楼。

黄昏无限意，落日有春秋。

160. 见吴秀才与池伎别因成绝句

百里分飞半路遥，三光共济一光消。

姿姿态态形无尽，曲曲琴琴水月潮。

161. 湖南正初招李郢秀才

行行乐乐是非行，及及时时彼此明。

不作英雄当好汉，江山处处有其名。

162. 赠朱道灵

小篆刘根字，青囊郭璞名。

严滩垂钓处，谢守雪吟清。

大简成繁意，成谋自易平。

163. 屏风绝句

山山水水隔屏流，屋屋娇娇不对头。

别别离离分内外，形形影影各春秋。

164. 哭韩绰

平明送绰过都门，老少无逢各独魂。

已去何须回顾望，归来冷笑向黄昏。

165. 新定途中

人生处处一途中，创业时时半大风。

水远天长亭社路，诗词日月总无空。

166. 题新定八松院小石

雨滴珠玑醉，云沉八棵松。

关河新定路，节节石鳞龙。

167. 伤怀

序：

往年随故府吴兴公夜泊芜湖口，今赴关西去，再宿芜湖，感旧伤怀因成。

诗：

旧泊芜湖口，由公故府联。

关西今又去，忆此是思前。

紫凤讴谣处，青襟朴朴然。

船行流水上，日在夕阳边。

168. 怀钟陵旧游四首

之一：

此去钟陵雨雾天，虞卿共步守方圆。

三军玉帐千营令，一谒征南最少年。

之二：

破浪千帆一势来，排空三军半天开。

青云赤壁东风到，诸葛雕即共火催。

之三：

百顷平湖半芷兰，三军一阵水云端。

英雄但是交河将，受降城中月缺残。

之四：

四顾平江十万家，三军一阵锁天华。

吴绸越绣千丝秀，日落汀洲西岸沙。

169. 台城曲二首

之一：

一首台城曲，三山二水家。

金陵王气尽，玉树后庭花。

之二：

井外韩擒虎，楼前张丽华。

三军三自去，一败一枝花。

170. 江上两寄崔碣

春来江上雨，点滴作江河。

细注成垂线，圆文写玉波。

沉云由杜宇，水雾自汨罗。

蜀道难千栈，何须唱九歌。

171. 罢钟陵幕史十三年来泊溢浦感旧为诗

青梅熟雨中，栈道谷云风。

幕史钟陵故，三年十载工。

孤舟眠一褐，故国忆三公。

日月从天地，乾坤草木隆。

172. 商山麻涧

商山麻涧水，四面柳杨桥。

小女行云雾，男儿牧笛遥。

牛羊三五户，草木万千条。

世外桃源近，田中一半苗。

173. 商山富水驿（驿本名朝阳，谏议重名改为富水驿）

朝阳富水一商山，久久清贫半水湾。

不远湘川名望好，楼兰莫取玉门关。

174. 丹水

岩岩三百尺，近近一陵滩。

有水风云风，无情草木残。

流流何曲曲，止止复澜澜。

已见生生意，重明处处丹。

175. 题武关

一笑怀王迹已穷，三生郑袖武关东。

娇柔自是成千古，屈子汨罗颂雅风。

176. 除官赴阙商山道中绝句

步步长亭路，心心自主催。

行前行后问，欲去欲来回。

177. 汉江

漾漾白鸥飞，溶溶汉水微。

茫茫黄鹤去，处处彩云归。

178. 襄阳雪夜感怀

雪夜襄阳月，明明岘尾碑。

羊公应不问，楚客可相随。

179. 咏歌颂德远怀天宝因题关亭长句四韵

一代君王一代名，千朝国主万人声。

梨园弟子谁优劣，世上和平久用兵。
众口难平天子事，长城未免运河荣。
山山水水分文化，事事人人作玉英。

180. 途中作

榕根笼树帐，独木已成林。
十代枯荣致，三生自古今。

181. 赤壁

东风赤壁一火销，百万连营半江潮。
若以徐庶观宇宙，吴吴蜀蜀不天骄。

182. 重到襄阳哭亡友韦寿朋

拾遗襄阳去，重来故友寻。
黄泉应得寄，伯道已成荫。

183. 云梦泽

鄱阳云梦泽，九派映匡庐。
楚客汨罗去，原来是子儒。

184. 除官行至昭应闻友人出官因寄

古驿经行止，新途向半朝。
冠官听礼部，四载任遥遥。

185. 寄浙东韩八评事

浙水知低已下流，东方近海远洋舟。
无须静气何须问，不入红尘解不休。

186. 泊秦淮

半在秦淮半在金，秦皇汉武几知音。
南朝后主金陵在，玉树临风自古今。

187. 秋浦途中

云云雨雨近江湖，半在安徽半在吴。
一路秋风人字语，来时可到杜陵无。

188. 题桃花夫人庙（即息夫人）

宫中一细腰，息上半苗条。
国破君王去，桃花一庙锁。

189. 初春有感寄歙州邢员外

化雪成溪水，径春草木娇。

梅花无落态，二月不萧条。
早晚春寒在，红芳上小桥。

190. 书怀寄中朝往还

平生自许过尘埃，太白何言彼此才。
但以文章留日月，清诗十万首边来。

191. 寄崔钧　致于宁

子玉于宁事，修行化学才。
当今留世界，粒子粒天开。
所遗何传继，知人未见猜。
微机曾模仿，硅谷不重来。

192. 春雨

序：

初春雨中舟次和州，横江裴使君见迎，李赵二秀才同来，因书四韵，兼寄江南徐浑先辈。

诗：

芳洲渡口两微微，柳柳杨杨自翠微。
步步和州君子路，江南处处敞心扉。
初春雁字应排空，北去行人一字归。
李赵横江裴所次，梅香石径望鸿飞。

193. 和州绝句

江湖渡口十年春，牛渚山边六问津。
此去何来何此问，人间尽是去来人。

194. 题乌江亭

自古乌江四望亭，英雄树帜一丹青。
秦秦汉汉功名在，处处人间有渭泾。
使法同行甘子玉，思农共处岐山宁。
平生已得诗人主，北斗文昌一颗星。

195. 题横江馆　自序同题乌江亭谢卓华朱广清

弟弟兄兄异姓名，肝肝胆胆共枯荣。
非非是是人心见，古古今今待世情。
一诺无须重问定，千言万语一致明。
桃源结义留华汉，到此人间记广清。

196. 寄澧州张舍人笛　寄鞍山卢明月

之一：

大学鞍钢毕业行，赢儿寄此避寒情。
东东北北谁初创，再过榆关向北京。
记得千山明月约，无梁殿上问阴晴。
莲花普渡东山路，旧忆重来万里声。

之二：

青山处处水迢迢，弄玉羞羞教史箫。
莫问秦楼秦穆女，西湖瘦水凤凰遥。

197. 寄扬州韩绰判官　寄鞍山武阿威武继文

阿威远远路迢迢，少小知知意念潮。
地震风风临雪夜，相邻不远是君桥。
人生路上常文继，事业途中万里遥。
记忆年华年已过，常成旧貌旧心寥。

198. 送李群玉赴举

群芳群玉色，独步独青云。
学子朝天子，龙门一帛汉。

199. 送薛种游湖南

苍梧未了二妃肠，鼓瑟心灵一栋梁。
治水东流千万谷，斑斑竹泪是潇湘。

200. 题寿安县甘棠馆御沟

一水甘棠馆，千流不向东。
清清寻香去，曲曲绕花中。

201. 汴河怀古

锦缆龙舟去，平台复道来。
隋朝炀帝水，汉代梁王台。

202. 汴河阻冻

水上无行路，冰中有冻丘。
谁知冰下水，日日作寒流。

203. 酬张祜处士见寄长句四韵

以曲交心以世名，千音只念只闻卿。
宫人故国三千里，脉断灵棺一半轻。
乞火寒窗书正冷，龙门水色自清明。

楼台桂影西江梦，处士诗士作玉英。

204. 寄宣州郑谏议

不必醉江东，名儒有古风。
宣州名谏议，圣主有飞鸿。
韵守严光禄，年军卫武公。
苍生应自取，落叶带霜红。

205. 题元处士高亭

水接西江月，山连草木云。
何人长笛响，不学海时文。

206. 郑瓘协律

遗韵留文楞，图书待读全。
知知知地里，学问学当然。

207. 和野人殷潜之题筹笔驿 古今诗一生草创事

倩丽三吴女，思儿七寸耕。
儒毫筹笔驿，画地作分明。
草创艰难际，平生节俭行。
如来如所以，鼓角鼓声鸣。

208. 重题绝句一首

一世从零始，三生以路明。
筹思筹笔驿，创业创方成。

209. 送陆洿郎中弃官东归

已动少微星，何分一渭泾。
东归东海岸，弃止弃丹青。

210. 春尽途中

书生不忘一田园，缕缕丝丝作茧蚕。
日见桑条成缚困，人间彼此作天年。

211. 寄内兄和州崔员外 吕长禄兄校长教我课堂坐直

弟弟兄兄风，功功业业明。
书生应直立，处世必精英。
七十重回首，三生藉此荣。
中央中政府，赋诗赋京城。

212. 遣兴

国国家家事，夫夫妇妇生。

儿儿还女女，老老复婴婴。
彼此人情在，乾坤自主荣。

213. 早秋

酷暑凌辰去，凉风早晚来。
骄阳成一叶，硕果带千裁。

214. 秋思

一望何无尽，三秋大漠来。
西方西去远，日始日终回。

215. 途中一绝

坐待衣尘静，行程驿舍寻。
途中中途止，一路一人心。

216. 寄珉笛与宇文舍人

一笛有声情，三吴自水清。
盘门盘不锁，一路一枯荣。

217. 题村舍

青黄不接一山村，草木无荣半废屯。
只以辛劳成薄命，谁言落叶可归根。

218. 代人寄远六言二首

之一：
河桥酒市旗亭，驿馆行人匆匆。
腊腊梅梅影影，姿姿态态形形。
之二：
雨雨云云草草，烟烟雾雾花花。
来来去去问问，阴阴日日晴晴。

219. 闺情

悄悄无声半有声，羞羞欲止一羞情。
私私怯怯相如问，窃窃弦中有外鸣。

220. 旧游

含心一旧游，辨路半知差。
两岸偷偷望，鸳鸯隐草洲。

221. 寄远

一人人见，头头尾尾成。
排空排世界，雁字雁纵横。

222. 帘

隐隐无成约约成，垂垂落落亦明明。
多情女子多心意，少见由来不少情。

223. 寄题甘露寺北轩

弄得桓伊笛，听闻子晋笙。
东吴三国去，不尽尚香情。

224. 题青云馆

张仪以地对怀王，有欲无疆是草堂。
四皓芝兰何汉祖，青云馆外自青黄。

225. 送卢秀才一绝

不可约鱼台，严滩久不开。
垂钓鱼不在，只向帝王来。

226. 正初奉酬歙州刺史邢群

悬泉瀑布作潭花，草渚云雷远钓家。
一壑风烟阳羡里，千岩雨雾作溪霞。

227. 江上偶见绝句

不见严光一草滩，垂钩不钓半波澜。
幽香处处和风暖，野渡人人着彩冠。

228. 题木兰庙

花家一木兰，可汗半金冠。
有女家家国，恩恩久杏坛。

229. 入商山

半入商山半是云，千军汉祖万军文。
三宫四皓三宫客，一问风光一见君。

230. 偶题

甘罗已是一秦相，子政曾为汉辇郎。
侍读应逢千载客，开明可道读文章。

231. 醉题

可怕书生醉，还知复又猜。
人间多少酒，世上久徘徊。

232. 题商山四皓庙一绝

四皓商山庙，三光草木荣。
刘家刘子弟，汉祖汉宗成。

233. 送隐者一绝

云泉林处处，草木雨潇潇。

旷野群芳路，天津独木桥。

234. 题张处士山庄一绝

好鸟飞难落，佳人曲无情。

山庄山处士，自古自英名。

235. 有怀重送斛斯判官

一路长长去，三光日日来。

花花常闭谷，草草自然开。

236. 赠别二首

之一：

菁倩十三余，腰姿二月初。

梅花先玉影，白雪傲相如。

之二：

多情不尽是深情，积水无量似海平。

最是春中花月色，相思夜夜待天明。

237. 寄远

白雪阳春唱，梅花落里鸣。

巴人杨柳折，楚女竹枝声。

238. 少年行

一半羽林郎，三千弟子狂。

公卿常退望，读客久思扬。

田窦驱驰箭，苏辛以醉尝。

英雄应老练，首阵少年郎。

239. 盆池

偷来一片天，落下半池田。

四面环丘岭，三光守石泉。

240. 有寄

云烟云雨洞，水浅水亭楼。

美女何名姓，佳人竟不愁。

241. 和严恽秀才落花

年年有落花，处处见人家。

一度三春尽，冬梅岁寒芽。

242. 斑竹筒簟

血泪斑斑竹，苍梧处处流。

湘灵曾鼓瑟，不尽二妃愁。

243. 倡楼戏赠

十丈楼台半帝王，梨园月夜一书香。

将相又见佳人面，露水夫妻不下床。

244. 初上船留寄

轻舟浮水上，一卧半天低。

白鹭飞朝北，红娘站尾西。

245. 秋岸

两岸去舟眠，三秋落叶萱。

船娘何不见，夕阳日当前。

246. 过大梁闻河亭方宴赠孙子端

少赋梁园步，孙端闻水平。

河亭方宴罢，自是读书声。

247. 题吴兴消暑楼

吴兴避暑楼，四面一溪流。

水面荷花映，千红万绿舟。

江南云雨岸，动静锦鳞游。

阵阵轻风致，人人不自求。

248. 奉送中丞姊夫俦自大理卿出镇江西，叙事书怀因成

见此泾桥水，重闻渭岸边。

梅仙调步骤，庚亮拂橐鞬。

大理卿书余，江西玉宇田。

冯唐应已论，玉辇可巡天。

249. 谄劝

序：

中丞业深韬略，志在功名，再奉长句一篇，兼有谄劝。

诗：

赣水邓林九派田，浔阳越色一玉仙。

滕王阁上匡庐望，八部元侯一度年。

塞北河湟今战事，江南梦泽柘枝妍。

纤腰不失英雄汉，贾谊汨罗叹楚天。

250. 和裴杰秀才新樱桃

塞上樱桃熟，云中半寸毫。

江山谁物产，战事属旌旄。

已见胡旋无，谁言一把刀。

251. 春思

不可春中半昼眠，云中细雨草芊芊。

桥头已见青青色，巷尾风筝已断弦。

252. 代人作

白雪齐心梦，阳春向草明。

花香听鸟语，日色得蕾萌。

且巧依依见，胸怀处处情。

东风应早到，小女已知荣。

253. 偶题二首

之一：

远近知谁问，阴晴左右邻。

同街窥不得，共巷见初春。

之二：

见后劳劳念，离时郁郁心。

相邻相不得，以约以知音。

254. 赠张祜

音声三问道，尺寸半裁云。

格律应严守，诗词可作文。

255. 洛下送张曼容赴上党召　古今诗

桓仁上党一辽东，铁岭兴安七色红。

白水黑山多少客，黄河改道去来中。

三边自得中原主，两代何言富又穷。

晋晋秦秦连朔漠，齐齐鲁鲁故家风。

256. 宣州留赠

宣州太守与民穷，四载夫妻一日风。

满面风流红似玉，绯衣跬步向西东。

257. 寄题宣州开元寺

曾同一鹤楼，手足四春秋。

自此应离任，心中可记忧。

258. 冬至日遇京使发寄舍弟

远信双双鲤，乡情独独遥。
阳生冬至短，旅馆客思潮。
雪化春风色，冰融雨水消。

259. 残春独来南亭因寄张祜

五里桃花十里云，三春日色两亭春。
溪溪水水梨花满，落落飞飞杏李分。

260. 宣州开元寺南楼

自得梨园少问候，玄宗羯鼓半风流。
宣州四载开元寺，上帝三生一九州。

261. 寄远人

十卦应人验，苍生可予留。
如今多少事，似古去来修。
对照形成比，相称往事筹。
知知还历历，见见复求求。

262. 别沈处士

处士前程远，人心尺寸量。
行行由自己，止止可方长。

263. 留赠

群芳昨夜已初开，小叶丛丛碧玉台。
细雨东风应不见，蔷薇未谢可归来。

264. 早雪

序：

奉和仆射相公，春泽稍愆，圣君轸虑，嘉雪忽降，品评昭苏即事书成四韵：

玉树凤池边，天光一素田。
丰年丰土地，瑞雪瑞甘泉。
北阙层楼厚，南山素顶宣。
昭阳昭殿下，月色月琼弦。

265. 寄李播评事

七寸江山画，三分入木操。
还成由大小，自净雪霜毫。

266. 送牛相出镇襄州

注意时常见，分明隐约消。
岩廊交谊好，紫殿共云桥。

仰望沈碑会，羊公对月遥。
秦风巡汉水，楚客九歌昭。

267. 送薛封二首

之一：

一手千章去，三心二意回。
山高山有路，水远水流催。

之二：

十指分双手，三长两短情。
时时常写作，处处以新生。

268. 见穆三十宅中庭海榴花谢

中庭玉树海榴花，碧绿鲜红是彩霞。
满地逍遥重铺遍，王孙以此早回家。

269. 留诲曹师等诗

书城书有止，学海学无涯。
一树由根起，枝枝以叶华。

270. 洛阳

山河南北见，洛水有朝阳。
自央千年史，应知记未央。

271. 寄唐州李玭尚书

功勋一代已无双，管领三千过大江。
功功胜胜彭蠡负，成成败败论家邦。

272. 南陵道中

水面南陵落，悠悠不问舟。
红楼红袖见，客有客心愁。

273. 登九峰楼

四望九峰楼，千山半九州。
江流天际水，只寄一沙洲。

274. 雨

轻轻不断问芭蕉，碧玉淋淋上小桥。
十二峰中云不断，人情远近是迢迢。

275. 别家　古今诗

少小离乡去，书生岁月华。
何知听祖系，独建北京家。
创业无夫妇，行程二月花。

东山同父母，五女共天涯。

注：东山乃父母墓，五女乃家乡山。

276. 归家　古今诗

归来何叹息，日去问夫妻。
子女功成绩，童翁草木泥。

277. 送人

日月何年止，关山几万重。
人情人所问，送客送思容。

278. 遣怀

道泰时非泰，来时命已来。
平生平自己，作事作天台。

279. 醉赠薛道封

水水山山隔，云云雨雨连。
阴晴相继续，日月各方圆。

280. 歙州卢中丞见惠名酝

子启穷途见，封浆太守名。
中丞酝酒饮，惠语着姓荣。

281. 咏袜

相连相隔处，独垫独生平。
意纳千情底，心由百里生。

282. 宫词二首

之一：

薄翼轻绡透体红，玉肤双丰半僻宫。
春风已醉多云雨，细柳桃花小杏中。

之二：

百态楚姬腰，千姿越女潮。
宫中歌舞者，乐下彩云霄。

283. 月

独伴陈皇后，长门望幸心。
嫦娥思后羿，桂影作知音。

284. 忍死留别献盐铁裴相公二十叔

辅主贤相在，孤坟寄楚才。
文成留世界，尺寸寄天台。

285. 悲吴王城

小小花香宅,吴王木淓来。
西施娃馆无,美色杜鹃开。

286. 闺情代作

月在小楼中,云行去不同。
窥窥邻左右,阵阵起春风。

287. 赠BOSK刘力楠收亚洲发展招商银行

寒香傲影雪梅花,唤起群芳你我他。
果熟瓜香应蒂落,男儿自主必当家。

288. 赠方成长

邦联董事方成长,总统商人组阁梁。
服务人民人自主,东西世界世球光。
商人总统级联邦,部长无薪治政穷。
世界方圆方有独,重兴国是美无双。

289. 寄沈褒秀才

一秀之才半羽毛,三春宝帐向风骚。
龙门处处天台水,水水云云节节高。

290. 入关

黄河不可到潼关,永济华山互对环。
渭水东流联洛惠,网际渡口芮城湾。

291. 及第后寄长安故人

东都发榜早花开,三十三人白马回。
弟子书生天子路,春风已向过关来。

292. 偶作

一半春青一半衕,门含淑淑满天涯。
飘飘落落还飞去,错以桃花作雪花。

293. 赠终南兰若僧

自住城南杜曲乡,长安引镇姓名香。
休公折桂禅门玉,北阙蓝田杜若梁。

294. 遣怀

载酒江南行,当歌塞上声。
长安长自立,一曲一生名。

295. 题刘秀才新竹

皮皮软软作滕条,骨骨坚坚着小桥。
节节空空心自主,青青玉叶影摇摇。

296. 秋感

秋风红叶扫,玉树落霜英。
白女千情久,青楼半不名。

297. 赠渔父

不见谁渔父,蓑衣斗笠深。
垂钓应不问,一梦钓知音。

298. 叹花

草草花花色,春春夏夏明。
年年常节令,岁岁亦重生。

299. 山行

寒山石径斜,正月腊梅花。
步步行人路,年年你我他。

300. 书怀

读尽书怀事,行成路水舟。
量量无止境,度度有春秋。

301. 紫薇花

丛丛处处紫薇花,叶叶枝枝自不斜。
岁岁年年常带色,针针刺刺满官衙。

302. 醉后呈崔大夫

一醉知何是,三生断所非。
天空人字去,羽雁北南飞。

303. 和宣州沈大夫登北楼书怀

高秋已尽北楼红,白雪连峰玉点头。
曲曲琴琴弹所见,同吟谢守过宣州。

304. 夜雨

夜雨梧桐记,风声草木留。
枯荣和润济,日月是同舟。

305. 方响

丝丝挂挂水珠悬,水水波波半互连。
柳柳枝枝垂欲滴,息息点点又圆圆。

306. 将出关宿层峰驿却寄李谏议

独驿明灯暗,云根暮气深。
东方东道主,谏议谏天音。
吏吏从天子,人人事古今。

307. 郡斋秋夜即事寄斛斯处士许秀才

玉树空来见月多,虚檐淡集晓霜河。
谁人作客怜风景,不问平生有几何。

308. 使回枉唐州崔司马书兼寄四韵因和

使使清晨久,离忧十载回。
多兴时读易,得暂有余杯。
暑雨成泽水,秋霜上石台。
枉忧图自报,计日可相催。

309. 早春题真上人院

古寺清赢百岁身,唯师已是着秋春。
风云草木江山客,社稷重温近上人。

310. 对花微疾不饮呈坐中诸公

花前一玉壶,月色半江都。
二十桥中间,三千日月无。

311. 酬王秀才桃花园见寄

渭渭泾泾水,秦秦晋晋人。
桃花开不败,处处过墙春。

312. 走笔送杜十三归京

送杜声声远,归京步步高。
前年兄六十,且敬一蟠桃。

313. 送王十至褒中因寄尚书

阙下经年别,云中朔漠行。
三边三国界,一月一遥程。

314. 后池泛舟送王十

一水浮舟去,三光带雨来。
离心何不定,去路满青苔。

315. 重送王十

止止行行问,山山水水多。

长沙由贾赋，屈子泪四维。

316. 洛阳秋夕阳

叶带霜风近，云含夕照多。

长安南岸市，渭水入黄河。

317. 赠猎骑

一马飞天云，三雕野雉催。

君应无射雁，已带信情来。

318. 怀吴中冯秀才

雨色长洲苑，云光木渎津。

枫桥连古寺，拾得虎丘新。

319. 寄东塔僧

微明月白烟，晓色彩青天。

早路僧行独，霜桥有迹禅。

320. 秋夕

夜烛秋光冷，轻罗小扇屏。

牛郎河岸问，织女扑流萤。

321. 瑶瑟

竹泪斑斑落，湘灵鼓瑟声。

瑶台仙不语，桂烛二妃情。

322. 送故人归山

已入三清洞，还来五岳峰。

山罗衣目挂，草木有仙容。

323. 闻角

鼓角传声远，林塘晓日遥。

云霞虹自落，草木共红潮。

324. 押兵甲发谷口寄诸公

菜青虫苦色，馨香渚岸荣。

诗成君子赋，雅颂以风名。

325. 偶题

指鹿朝中二世天，秦皇岛外打渔船。

谁言海上瑶池会，已到蓬莱不是仙。

326. 三川驿赴览座至舍人留题

座主三川驿，留题十载秋。

霜天山顶雪，一色共君头。

327. 陕中醉赠裴四同年

不与同年醉，青丝已断生。

相闻相记忆，俱是少年行。

328. 破镜

破镜重圆后，江山社稷前。

杨家杨自得，美玉美人田。

329. 长安雪后

北阙南山色，秦陵汉苑明。

高低分不定，厚薄合难成。

330. 官人冢

只是离宫女，君王四处花。

三年曾一见，百岁此回家。

331. 冬日题智门寺北楼　古今诗

不见功名已白头，禅宗道祖作儒流。

平生读遍三千史，十万诗词笔未休。

332. 别王十后遣京使累路附书

代代朝朝易，人人事事修。

和平和所贵，治理治王侯。

333. 许秀才至辱李蕲州绝句问断酒之情因寄

微身须防酒，重疾必关门。

莫以吟诗故，佳人有子孙。

334. 送张判官归兼谒鄂州大夫

心中书万卷，笔下墨千云。

处士游秦早，终南北阙文。

335. 宿长庆寺

红蕖影落老僧邻，步步南行泹净尘。

独卧禅声长庆寺，何妨不酒作秦人。

336. 望少华三首

之一：

白日红云石径悬，猿啼鸟噪各相宣。

仰望青峰无十里，一路行攀到晚天。

之二：

官衙自有端，是是非非观。

千年相继续，四载逐波澜。

之三：

鹤鹤云云问，儒儒道道闻。

三清三洞府，九鼎九官文。

337. 登澧州驿楼寄京兆韦尹

涔阳旧使君，仰首望青云。

政迹江声在，波涛日夜闻。

338. 长安望晴

八水长安净，三光渭邑开。

潼关分内外，豫洛孟塬来。

339. 岁旦朝回口号

早晚朝衣正，阴晴驿社归。

何真应识假，已是不知非。

340. 骕骦骏

星河近处一天阴，一路春风半古村。

一骏当空千里驹，归来伏枥对乾坤。

341. 龙丘途中二首

之一：

汉苑残花在，吴江水色开。

云烟云雨落，夏夜夏荷来。

之二：

只向龙丘去，长安隔路回。

相逢相别见，互语互难猜。

342. 华清宫

羯鼓霓裳作上皇，长生殿里九回肠。

玄宗已得梨园子，一曲霖铃泪两行。

343. 送杜颛赴润州幕

一步相门近，三闻玳瑁簪。

男儿知业道，谢守共诗吟。

344. 寄杜子二首

之一：

吏在武牢关，官来一日闲。

青云何不问，白日属天山。

之二：

一醉以红扶，三生有似无。

人人非自此，处处是江都。

345. 卢秀才将出王屋，高步名场，江南相逢赠别

八日莼鲈脍，三秋蟹脚肥。

书生谁饮酒，醉后不须归。

346. 送刘三复郎中赴阙

丁丁不断玉珂声，梦梦悠悠梦不明。

漠漠横溪流未尽，鸳鸯白鹭各分洲。

347. 羊栏浦夜陪宴会

营中夜未央，六国女秦皇。

莫道应饥死，谁言有遗芳。

今朝当曲舞，楚客是襄王。

348. 寄浙西李判官

吏得中衙主客居，惊堂起落九多余。

民无追究官无举，自有清闲别有书。

349. 有感

宛宛重杨柳，摇摇不定行。

隋虫分两岸，只作运河泥。

350. 芭蕉

窗前只种绿芭蕉，点点声声滴滴遥。

夜色深深云密密，相思数尽雨潇潇。

351. 贺崔大夫崔正字

向背春秋翼，人行一字飞。

衡阳青海岸，岁岁两分归。

352. 江南送左师

游师古渡头，不见有行舟。

隔岸帆扬起，江南顺水流。

353. 寝夜

帐外流萤闲，门中促织鸣。

三更应已定，一夜满思情。

354. 十九兄郡楼有宴病不赴

病怯庭中月，歌声枕上喧。

层楼层已暗，一烛一孤眠。

355. 愁

病病贫贫老，生生死死愁。

无言应以对，不及国家忧。

356. 汴人舟行答张祜

一水长河共使船，三吴秀水独朝天。

开封汴水苏杭路，不见东风向酒泉。

357. 叙旧

序：

牧陪昭应卢郎中在江西宣州，佐今吏部沈公幕罢府周岁公宰昭应幕在淮南縻职，叙旧成韵因寄。

诗：

凉风上柳陌，燕雁下扬州。

宛水环朱槛，章江敞碧流。

知君吾谊友，治事我贤求。

印组锋芒毕，冠巾映职楼。

功成名制阁，政简十三筹。

绝国分途去，还京叙旧游。

幽幽先已见，历历后生忧。

太笑秦皇墓，炀帝汴水舟。

358. 隋苑

只问隋炀帝，江山属几人。

扬州谁一梦，隔岁有三春。

359. 书怀寄卢州

太守悬金印，佳人已不羞。

中秋中月色，共赏共歌楼。

360. 寓言

江南有暖风，越女见丝绒。

因以春蚕问，心中一小虫。

361. 猿

一谷孤猿啼，三声远近低。

因情因所遇，一路一栖息。

362. 怀归

雁字分南北，乡家两处飞。

年年相隔远，岁岁不停归。

363. 边上晚秋　古今诗

一路兴安岭，三生上白山。

人参由此见，创业过榆关。

364. 伤友人悼吹箫伎　古今诗

书生未解半恩媛，少女先知一情源。

渎入燕京成府院，张家已近李明轩。

注：张恩助我考大学，李明轩同我入北京钢铁学院。

365. 访许颜

弄玉箫声断，悠悠五六州。

无须天下去，只向穆公楼。

366. 春日古道傍作

古道通何去，空空草木萋。

纤纤云雨润，步步有高低。

367. 大梦上人自庐峰回

东林自在一庐峰，一杖禅衣半客容。

满院秋晴空落叶，行僧得意有无踪。

368. 洛中二首

之一：

洛水流声一豫章，中原土地半隋唐。

民心自以民情在，已度风云已柳杨。

之二：

一度东风十品香，千丝细雨百花扬。

珍珠只是天朝露，洛水长安玉带妆。

369. 边上闻笳三首古今诗

之一：

塞上闻笳久，心中草木催。

荒原荒世界，白雪白山梅。

之二：

北海封冰雪，胡笳处处来。

何须苏武问，子女李陵陪。

之三：

胡笳一曲过三边，创业关东已百年。

但见黄河应改道，山东到此拓桑田。

注：祖父吕洪尊自山东胶州闯关东
已百年整。

370. 青冢

青冢陇水头，白石渭泾流。
十里荒山草，三秋扫叶愁。

371. 春日寄徐浑先辈　古今诗

胶州过海一关东，白雪人参半大风。
自以英雄先创业，从零始作是兴隆。

372. 经圌闾城

姑苏十里四方城，自古千年一地盟。
已是阖闾留百代，三吴自是五湖明。

373. 并州道中

红花初绽色，白雪晋阳春。
燕雁重回顾，东风已净尘。

374. 别怀

别路劳生远，离情久忆东。
书成行驿里，信在鲤鱼中。

375. 渔父

草莽寻渔父，蓑衣斗笠低。
知音沧浪客，只意钓东西。

376. 秋梦

孤鸿秋出塞，独影梦中边。
俱是多情女，佳人望酒泉。

377. 早秋客舍　古今诗

望尽长空一雁飞，关东不待半回归。
家乡已是乡家易，只将心扉作柴扉。

378. 逢故人

故地相逢一故人，雄心壮志半秋春。
回头白首回首望，一路行程一路尘。

379. 秋晚江上遣怀　古今诗

孤身天际外，独步浪淘沙。
大马寻余力，南洋掷岁华。

380. 长安月夜

万国同明照，千年共一圆。
无思无各色，有望有婵娟。

381. 云

东西南北见，春夏秋冬飞。
厚厚层层暗，浮浮落落归。
深中常有雨，卷后带光辉。
所见因思见，无为有翠微。

382. 春怀

日月谁为主，江山暗换人。
年光何太急，草木自秋春。

383. 逢故人

一故三生路，千辛万苦盟。
同行同己任，共事共人生。

384. 闲题

千钧立诺浪淘沙，百两黄金二月花。
小女相思应作主，男儿所在即为家。

385. 金谷园

石氏崇儿四壁邻，黄金谷里半园春。
红红绿绿一珠碧，落花不似坠楼人。

386. 重登科

已是重科二月春，梅花唤起百花邻。
婵娟自作寒窗色，再过龙门独一人。

387. 游边

一步三边雪，千山万里林。
年年冬日日，岁岁木森森。

388. 将赴池州道中作

道上池州路，人中志气箴。
南来南去路，北往北臣心。

389. 隋宫春

一度隋炀一有无，三生是颗好头颅。
家家国国皆亡尽，水调楼船已到吴。

390. 蛮中醉

蛮江出洞流，九派一飞舟。

竹屋临山峭，山歌向石头。

391. 寓题

两万九千一世流，书生百岁着春秋。
家家国国国事，半是功名半是忧。

392. 送赵十二赴举

废事曾因省事来，秦人已似楚人才。
春闱一度秋闱度，礼部龙门六部台。

393. 偶呈郑先辈

细语婷婷立，微言薄薄妆。
乔家分大小，两度郁金香。

394. 子规

蜀地曾闻杜宇家，宣城已见子规花。
蚕丛未了鱼凫继，李白唐诗杜牧华。

395. 江楼

江楼江水去，日落日光来。
独以人心见，无须自徘徊。

396. 旅宿

旅馆无良夜，清辉有隙来。
婵娟应闭目，驿路可寻梅。

397. 杜鹃

蜀道蚕丛路，瞿塘峡口风。
巴山巴水碧，杜宇杜鹃红。

398. 闻蝉

秋风临早叶，日色渐分明。
不可闻天地，新蝉已数声。

399. 送友人　自叙

百岁工名香，千年史纪城。
青春留不住，七十有诗情。

400. 旅情　自述

三生一旅情，七十半诗名。
十万应无止，千年格律城。

401. 晓望　自历

南洋一岛浮，北士半神州。

大马巴新客，唐人木槿猷。
吟诗天下望，四海五湖舟。

402. 贻友人

相逢相别去，独上独行成。
岁岁应工尽，年年玉佩英。

403. 书事

自笑红尘路，谁言俗世情。
人间儿女见，世上暮朝行。

404. 别鹤

共济分飞见，同行独所明。
三清三自在，别鹤别人情。

405. 晚泊

晚泊乡思近，朝行叶叶秋。
前途前不尽，后顾后江舟。

406. 早行

未晓光登十里程，秋光似已半分明。
回头足迹成行见，处处人生早早盟。

407. 秋日偶题

秋霜日日度红枫，玉露晨晨硕果隆。
夏日阳和催子粒，沉沉甸甸始弯躬。

408. 忆归

书生去处作家乡，世事来时是柳杨。
父母身边同屋及，冠官帽下共朝堂。

409. 偶见

不必千杯一路云，诗人醉倒误斯文。
周围一步分先后，只在长亭送使君。

410. 山寺

云烟重野寺，独鸟向山头。
隔岸看来水，随风问国忧。

411. 醉倒

诗人一醉不知文，立足三呼送使君。
俗子书中多寄语，红尘不静是风云。

412. 酬许十三秀兼依来韵

冯君怀玉璞，待世向儿孙。
赤兔青龙马，方天画戟门。
英雄非盖保，壮士是天尊。
把卷侵寒苦，慈恩以祖根。

413. 后池泛舟送王十秀才

弦歌沿碧流，泛水四方游。
向背随人愿，前行可任舟。
平生由此见，进退几春秋。

414. 书情

平阳公主见，弄玉问秦楼。
凤凤凰凰裛，鹦鹦鹉鹉洲。
书情儿女小，十四画眉羞。
薄服初身露，红衣白雪浮。

415. 兵部尚书席上作

之一：

待史分移持宪来，人情自主不公开。
司徒伎曲情天下，杜牧骚人一女回。

之二：

持宪何须限酒媒，分司且向紫云开。
十年一觉扬州梦，取得青楼御史才。

416. 骗骊坂

荆州一路三千里，削易双赢五百城。
日月飞行情仰首，伊人自此有余情。

417. 冬日五湖馆水亭怀别

芦花一触飞，燕雁半回归。
百里江南岸，三湘日月晖。
衡阳双渡口，只似五湖霏。
竹泪应千古，苍梧有二妃。

418. 不寝

多无成百岁，少有作三忧。
组事人明国，冠官秋序筹。

419. 泊松江

松江夜泊一横塘，水月南湖半渚光。
隔岸渔夫渔火暗，唯亭驿站运河忙。

420. 题水西寺

暮暮朝朝路，亭亭寺寺游。
何闻陶五柳，莫上粲公楼。

421. 题别宣州崔群相公

相逢同洛水，共在紫微坛。
此别相公去，宣州白木兰。

422. 闻开江相国宋申锡下世二首

之一：

衡门未闭百官来，两省中书一文才。
贾赋汨罗三秦汉，风云半向五湖开。

之二：

进进声名退退身，秦秦汉汉是文津。
机机取取由人处，野野朝朝作屈申。

423. 出关

已解朝缨佐，青牛认道行。
耕耘林木楚，度量是非荆。
浦月移文泽，渔舟岸草平。
劳人劳所事，已望已思明。

424. 晚投云智寺渡溪不得却取沿江路往

驿驿难投寺寺投，溪溪不渡向低流。
行行步步高高举，沿岸应然多石头。

425. 宣天赠萧兵曹

湘灵鼓瑟向苍梧，竹泪清明问大夫。
贾赋三闻端午纪，樵渔十地半东吴。

426. 过鲍溶宅有感

一宅深深半路荒，三秋处处两书堂。
清风扫净庭前叶，暮日黄昏满夕阳。

427. 我的一生

古古今今半太平，朝朝暮暮一经营。
丁丁事事从零始，苦苦辛辛积自耕。

428. 寄兄弟

年年兄弟梦，处处读书堂。
地广人千路，天空雁一行。
冠官三百驿，子女半家乡。

429. 秋日

山居唯种竹，对友只弹琴。

取得心平静，闲情对古今。

430. 卜居招书侣

孤灯夜读书，独目十山居。

待世何观水，临川不慕鱼。

431. 西山草堂

西山一草堂，读卷半书香。

洗药平生问，人间作柳杨。

432. 贻隐者

求人颜色浅，问道性情宽。

隐逸何心欲，花花草草观。

433. 石池

竹径清泉口，林光影自流。

成池成积景，石立石当头。

434. 送苏协律从事振武

振武文昌半古今，和平战乱半知音。

阴山蜀女今何在，嫁女兴兵七纵擒。

435. 怀政禅师院

老衲真乘院，禅师守一门。

清风明月处，水竹寺慈根。

436. 送荔浦蒋明府赴任

步步长长路，人人事事难。

衙门开不闭，任职守时残。

437. 秋夕有怀

露白莲衣浅，潭青水色深。

分明秋日里，叶落直乔林。

438. 秋霁寄远

秋霁半落一澄泓，寄雨还留已不争。

树下风烟飞鸟落，平芜已显夕阳行。

439. 径石行宫

蜀驿霖中草木愁，长生殿上数春秋。

先皇去后华清问，出水芙蓉玉影留。

440. 宣州开元寺赠惟真上人

晨钟讲坐一僧行，暮鼓收云半世情。

月色灯光相辅助，经经卷卷互知明。

441. 秋晚怀茅山石涵村舍

十亩山田一石涵，三秋落叶半清潭。

隙隙间间天独见，俗俗风风已旧谙。

442. 行次白沙馆先寄上河南王侍郎

衡阳青海路，学见雁门僧。

岁岁飞南北，年年草木兴。

443. 遗游

水浅萋萋草，恩深日日低。

天墀知霍卫，斧箭酒泉西。

一曲笙歌尽，三军战鼓鼙。

行人南陌尽，佩玉北阡齐。

444. 留题李侍御书斋

达理知书见，江川逝水舟。

应知由跬步，不学泪空流。

445. 越中

岁岁春秋各不同，天天地地有深宫。

春蚕不尽丝丝束，茧茧还生作蛹虫。

446. 闻范秀才自蜀游江湖

淞江自五湖，木渎水三吴。

马迹龟头渚，黄天荡里图。

英雄由此见，杜士可扬都。

水调隋炀帝，谁闻一好颅。

447. 绿罗

绿绿罗罗见，缠缠绕绕生。

长长由树短，弱弱胜高明。

448. 宿东横山濑

细雨滩声急，飞云远玉霄。

孤舟浮未定，处处柳杨条。

小濑兰芝草，东横一小桥。

449. 贻迁客

狭狭宽宽一半生，官官庶庶各枯荣。

迁迁不似升升见，止止还应自行行。

450. 陵阳送客

陵阳送客望荆门，信步蛮河向古村。

北郭迷蒙烟水色，南楼夕照已黄昏。

451. 寄桐江隐者

潮来潮去渚，汐退汐明沙。

隐隐樵渔客，心心四皓华。

452. 长兴里夏日寄南邻避暑（古今诗）

门前紫绿半葡萄，两色胡姬一曲高。

八月中秋明月下，桓仁五女作英豪。

453. 送太昱禅师

禅房深竹里，石磬玉门中。

结社多诗客，登坛少寺空。

山光知鸟性，单罾有花红。

454. 梁秀才以早春旅次大梁将归郊扉言怀兼别示蒙见赠

献上梁君笔，文皇已见英。

中书门下客，两少不闻名。

玉塞功犹限，金门缀节城。

寻知陶令集，不纳楚王荆。

455. 置第

序：

川守大夫刘公早岁寓居敦行里肆有题壁，今置第乃获旧居之咏而叹和。

诗：

曾吟扬子宅，已赋李膺门。

积学荧光聚，行文誉子孙。

松松还竹竹，节节复根根。

水月清平里，慈恩满五蕴。

456. 中秋

序：

中秋日拜起居表，晨渡天津桥即事，寄居守相国崔公，兼呈工部刘公。

诗：

碧树含凉院，清川积翠楼。
深宫忧国步，广殿侍天筹。
八水长安绕，三光渭灞流。
中良中岳顶，北阙北宸头。

457. 金谷怀古

遗迹怀金谷，香消问洛川。
何闻花水月，不到绿珠前。

458. 题白云楼

举目楼开四望晴，高天已挂一张弓。
江村夜涨浮天水，泽国秋生八面明。

459. 赠别

迎迎送送不曾休，去去来来已白头。
六印苏秦归一国，张仪寸土楚秦州。

460. 秋夜与友人宿

楚水同舟已十霜，黄昏共度共三光。
兼葭露白莲蓬子，采女颜红沐晚塘。

461. 将赴京留赠僧院

人生不到雁门关，漠北黄河积玉湾。
已去三清寻路径，归来未止叩禅关。

462. 寄湘中友人

不到苍梧不独寒，湘灵鼓瑟洞庭澜。
西陵水阔鱼难渡，竹泪痕深二女难。

463. 江上逢友人

故国归人路，相逢两隔秋。
云连三峡渡，夕映九江舟。
扫叶相如赋，陶公五柳留。
还凭殷浩寄，逝水不回头。

464. 分司东都寓居履道叩承川尹刘侍郎大夫恩知

秦川逾八百，弟子过三千。
命世须人瑞，匡君佐岳贤。
郎中应国步，旷纳侍郎筵。
虎兕经文武，蓬莱逐八仙。
飞书泾渭水，禹谟书赐天。

隐豹窥重步，潜虬避浊泉。
婀娜垂手现，六代九门弦。
履道三思道，分司待上年。

465. 寄卢先辈

炀帝一颗好头颅，未及三朝有到无。
记得楼船杨柳岸，千声水调到江都。

466. 南楼夜

玉管金樽夜，年长昼短留。
灯前观曲舞，日后问东流。
利禄功名笏，簪裾已白头。
贫时因见欲，富得果难休。

467. 行经庐山东林寺

夫差修木渎，未见范蠡舟。
步上东林寺，云中九派流。
青山青不尽，古木古难留。
紫陌匡庐色，红枫上国侯。

468. 途中逢故人话西山读书早曾游览

西山步入读书堂，故忆吴洲水墨香。
利禄烟尘如草木，黄天荡里五湖光。

469. 将赴京题陵阳王氏水居

云云雨雨过天河，水水山山度几何。
是是非非闲日少，名名利利苦修多。

470. 送别

送别迎逢处，离情聚意多。
平生平不得，一意一汨罗。

471. 寄远

愁眉愁不得，碧玉碧天台。
燕雁衡阳落，行身隔岁回。

472. 新柳

柳色朝朝暮暮人，胡腰扭扭汉秦秦。
隋堤处处楼船舞，水调声声一半春。

473. 旅怀作

促促行行已不思，亭亭驿驿未相期。
忙忙碌碌程难定，始始终终复守司。

474. 雁

春秋落下是家乡，地北天南两度翔。
遇水人人留念字，临风一一自成行。

475. 惜春

春春夏夏半年流，草草花花一九州。
驿驿亭亭官渡口，行行止止换翁忧。

476. 鸳鸯

两两沙汀戏，双双水色游。
人间争学样，世上共交由。

477. 闻雁

霜来霜去见，一字一春秋。
两度飞南北，三生自去留。

478. 江楼晚望

江楼晚望一江流，日落浮光半月羞。
后羿难为留此箭，弓弦不向月宫留。

479. 补遗

人间驿馆步红尘，暮到禅房净魏秦。
只有青楼轻薄女，虚张白雪唱阳春。

480. 寄牛相公

浊浪相公驭，危楼治政天。
瞿塘官渡口，蜀楚大江连。
众口三公策，讴歌百丈船。

481. 为人题赠二首　古今诗

之一：

少有凌云志，中年买路箴。
翁成诗赋着，一世自知音。
北国浑江岸，桓仁五女襟。
家乡家父母，子女子赢今。

之二：

几度南洋外，何时北国中。
家乡由父母，子女可西东。
老子青牛牧，江东唱大风。
依依依不得，漠漠漠天空。

482. 怀紫阁山

遥遥王子晋，近近谢玄晖。

紫阁青山里，天机向二妃。

483. 中途寄友人

木叶依依落，惊风处处飞。

寻根寻不得，一去一回归。

484. 题孙逸人山居

一树千枝亿叶知，三生半路九州时。

关河客道知乡远，日月成川草木迟。

485. 怅诗

牧佐宣城幕，湖州刺史肠。

寻春知少女，十四岁年长。

结子重回顾，余香彩色扬。

相知相约处，久见久炎凉。

486. 吴宫词二首

之一：

越女吴宫舞，西施木渎红。

耶溪纱不浣，独爱范蠡风。

之二：

小里馆娃宫，三吴曲舞东。

人间知越女，白雪向阳红。

487. 金陵

三山二水一金陵，百寺千僧半御兴。

只以梁朝知戒意，台城二朋五湖凝。

488. 即事

十树榆钱半月飞，三春细雨一云归。

无须携带村头绿，目与诗家满柴扉。

489. 七夕

牛郎应止步，织女过天河。

且莫人间问，男儿已不多。

490. 句

经冬野草青青色，带雪梅花处处香。

491. 蔷薇花

不惧骚人不惧风，婷婷自立自丛丛。

枝枝带刺花花露，叶叶相扶处处红。

第八函　第七册

1. 寄许浑

用晦丹阳进士身，当涂一令太平臣。

双州刺史郎员外，丁卯浑桥别墅津。

2. 陪王尚书泛舟莲池

莲池重玉影，柳岸挂红缨。

水静舟芜动，风清月满城。

3. 赠裴处士

门前沧浪水，柳下小莺鸣。

处士闻溪色，知君欲濯缨。

4. 对雪

一树梨花半不香，三冬腊月百梅扬。

孤芳自赏寒光覆，白雪枝头着玉妆。

5. 王居士

卖卜都城镇，求生市居平。

常人常自得，一士玄虚处。

6. 早秋三首

之一：

一叶先声落，千山早肃来。

溪泉清澈底，石白作明台。

之二：

枫林先自暗，直木已分明。

老叶应无迟，新枝已不生。

之三：

无须听竹叶，已见菊花黄。

若出淮南水，应知塞北霜。

7. 洛东兰若夜归

老衲禅房坐，无须问故乡。

寻求寻远近，守一守炎凉。

8. 送段觉归杜曲闲居

杜曲闲居旧，归来石径新。

清风明月在，四壁故风尘。

扫净苔藓渚，重栽草木蘋。

三天重见色，十日又经纶。

9. 寄天乡寺仲仪上人，富春孙处士

处士天香寺，诗僧字仲仪。

心期荣辱对，意作富春葵。

只一田园问，无须日月期。

10. 寄契盈上人

自古千年万上人，清风朗月半秋春。

功名利禄红尘里，半在玄虚半在秦。

11. 晨起二首

之一：

前行前有路，足迹足霜桥。

独秋先难近，山僧后不遥。

之二：

天边半见红，水上一江风。

带得千霞色，澄明万里空。

12. 洞灵观冬青

冬青处处洞灵观，白雪明明草木宽。
独有梅花香不断，无凋世界淑山峦。

13. 盈上人

不饮玉壶冰，无言远近僧。
修身修所觉，上夜上人灯。

14. 广陵道中

水水牛羊少，山山鸟雀多。
行人行不得，一步一磋砣。

15. 宿开元寺楼

竹色开元寺，笙歌渴鼓楼。
钟声应不住，磬语继春秋。

16. 晓发鄞江北渡寄崔韩二前辈

东西南北路，岁月暮朝霞。
早辈晚行止，先生后豆瓜。
三冬霜雪色，正月腊梅花。
主宰三界事，江流两岸沙。

17. 送友人自荆襄归江东

楚水南流去，湘帆北向东。
凌云凌紫气，举路举天中。

18. 送同年崔先辈

书生同世界，日月共清风。
老少分难界，声名已就翁。
求官求所务，继世继无空。
读遍儒玄道，家乡国杜隆。

19. 山鸡

山鸡长羽翅，七彩尾飞低。
只与人肩比，丛丛碧草栖。

20. 孤雁

孤身入苇塘，独雁似鸳鸯。
冷暖原同路，春秋共列行。

21. 寓怀

素手溪纱浣，轻歌夕照斜。
西施从此去，不是范蠡家。

22. 洛中游眺贻同志

康衢一望洛河东，渭水千波落日红。
韦曲蓝田汤浴口，长安不见未央宫。

23. 夏日戏题郭别驾东堂

竹粉均均密，空心处处寒。
径冬径白雪，逐日逐青丹。

24. 长安旅夜

世上一行程，人生半旅途。
春秋催雁字，两地作乡奴。

25. 鹨鹨

先贤先奉国，自以自天朝。
不是无归处，书生独木桥。

26. 懿安皇太后挽歌词

自此随龙驭，黄泉再建宫。
陵前春有尽，柏下夜无穷。
世界分相见，阴阳合又同。
金銮应早驾，玉辇已由衷。

27. 示弟　四弟吕长义约回家过年

何言一吕家，父母亲幻华。
边边从头始，夫妻各自嘉。
黄泉重膝下，世续眠前花。
五子桓仁女，三生六路涯。

28. 送杨处士叔初卜居曲江

古寺修为客，曹溪处士裟。
童翁同一寄，父母共居家。

29. 题杜居士

隐士谁乐远，何须问姓名。
心猿应意马，草木可枯荣。
世外皆空见，人中自主行。

30. 发灵溪馆

山高无水尽，木少有枝根。
老小童翁见，居生养育恩。
子女相承同父母，家家户户共晨昏。

31. 神女祠

高唐神女见，白帝楚王宫。
滟滪沉舟侧，瞿塘一峡风。

32. 送李定言南游

北陆南游望，书生济世寻。
天台随寺问，汉柏国清荫。

33. 早发中岩寺别契直上人

八十袈沙包一生，三光草木已千缨。
人间送子应收子，老去垂丝向故城。

34. 行次潼关题驿后轩

黄河一去问潼关，渭水东流入水湾。
洛惠渠头风渡口，英雄独步上华山。

35. 晨至南亭呈裴明府

见柳陶彭泽，逢山谢守诗。
秋光池水色，自在我无期。

36. 灞东题司马郊园

青门无信仰，白社有阴晴。
井水三杯醉，商山不同荣。

37. 村舍

兰溪岸柳两三家，夏日群山一半花。
直木乔林相互色，中流曲水浪淘沙。

38. 送从兄归隐兰溪二首

之一：

高名一布衣，陋巷半文稀。
欲隐兰溪去，风云自不低。

之二：

夜水萧关月，行鸣易水风。
谁人须此意，势在有无中。

39. 游维山新兴寺，宿石屏村谢叟家

维山一石屏，鲁肃半书灵。
谢叟诗三国，僧闻已百铭。

40. 思归

月暗支公院，风流谢守窗。

书生书已久，最忆是家邦。

41. 晚泊七里滩

晚泊归舟七里滩，江洲月夜万草漫。
严陵草芷何须钓，浪静风平久不澜。

42. 寄题南山王隐居

草阁南塘岸，商山洛水天。
门关春色入，野蜜树巢悬。
世界庭堂里，乾坤七尺田。

43. 晨装（一作早发洛中次生水一作甘泉）

带月行程路，桥霜足迹单。
塘寒冰欲结，树影已凝峦。

44. 题韦隐居西斋

隐隐居居路，山山水水情。
樵渔生存寄，政治不须鸣。

45. 送李深秀才西行

西行西不止，尽尾尽成东。
物意兴还废，人心有是空。

46. 经马镇西宅

马镇西街宅，人行去不回。
无端径此地，野菊上窗台。

47. 重游郊林寺道玄上人院

情情意意怯玄班，水水山山半等闲。
草草花花临雨月，书书剑剑在人间。

48. 泛溪

迎迎送送半情风，曲曲弯弯水向东。
吏吏官官非草木，恭恭敬敬是兴隆。

49. 送楼烦李别驾

龙韬王粲笔，已佩吕虔刀。
夜度关山月，风流塞马豪。

50. 贻友人

序：
闻两河用兵因贻友人，一作茅山兼寄李丛时两河用兵。

诗：
怯拙难趋世，心孤易感恩。
和时和不久，战乱战无根。

51. 献白尹（即乐天也）

庚公先在郡，谢守后还家。
白尹龙门近，元相乐天华。
东都诗赋寄，洛水满湮霞。

52. 茅山赠梁尊师

江流曲折有东西，日月阴晴各不齐。
白雪阳春应彼此，茅山草木也高低。

53. 闻薛先辈陪大夫看早梅因寄

冬梅腊腊自幽香，傲影寒心着雪妆。
欲嫁乐风风不语，群芳有色色中藏。

54. 送前缑氏韦明府南游

黄昏函谷雨，落叶洞庭波。
客少非贫问，诗多是九歌。
南游登剑阁，日暮望关河。

55. 看雪 古今诗凉水泉

一树半梨花，双枝两白桦。
泉流多少水，自是故人家。

56. 赠僧

三光三世界，一寺一僧经。
去岁天台路，今年向渭泾。

57. 趋慈和寺移宴

平湖水阔入秋荒，古刹慈和忆故乡。
法本径中真假鉴，平生梦里不知忙。

58. 留赠偃师主人

洛北云游去，淮南忆梦田。
江都听水调，跬步跨天台。

59. 送南陵李少府（一作送李公自怀楚之南昌）

九派南昌水，千舟少府流。
滕王滕阁赋，楚客楚才留。

60. 别韦处士

帆平秋水寺，日落夕阳楼。
望尽秦原路，低头泊岸舟。

61. 九日登樟亭驿楼

九日莼鲈脍，三秋蟹未残。
东吴东水阔，北陆北风寒。

62. 再游越中，伤朱庆余协律好直上人

西施吴国去，浣女剡溪中。
拓跋三代尽，梁朝寺不空。

63. 京口津亭送张崔二侍御

水榭三湘路，山通五岭津。
长亭京口望，已是白头人。

64. 江楼夜别

夜别江楼酒，明程一路秦。
离歌听断处，又似去年春。

65. 送怀素上人归新安

山空惊一叶，独自下新安。
锡杖同归渡，劳劳夕照残。

66. 霄上宴别

无心问坝桥，有意水迢迢。
不管东西逝，高低见柳条。

67. 下第别友人杨至之

下第之情又别离，书生总是向阳葵。
龙门有水年年读，九品平平四品司。

68. 寻戴处士

山深无大隐，处士有同心。
闹市城中静，皇宫曲舞音。
随人随取意，客世客衣襟。

69. 放猿

栈道巫山峡，瞿塘滟滪石。
猿声加一曲，故国少阡陌。

70. 将离郊园留示弟侄

少小一荆扉，庭家半杖闱。

东山观日出，北岭祖宗依。
父母迁居此，南头故宅微。
西关新市建，旧路已无归。

71. 夜归丁卯桥村舍

创业关东百亩田，从零起步半先贤。
始始终终又始，方圆小大大方圆。

72. 题青山馆即谢公馆

谢守青山馆，庚诗白水村。
何无行乐处，落井石无根。
野草枯荣色，庭花日月恩。
还思新子弟，不忆旧王孙。

73. 秋日众哲馆对竹

竹泪在三湘，苍梧已万行。
心思千不止，哲馆二妃伤。

74. 春日赴韦曲野老村舍二首

之一：

韦曲半桑麻，长安一老家。
村前村后见，野草野仙花。

之二：

桑蚕妇幼小姑忙，野老兰田旧故乡。
白雪终南山下水，阳春韦曲月中娘。

75. 送无梦道人先归甘露寺

云归甘露寺，雨送道人门。
水色逾江北，灯光近古村。
东吴东蜀魏，一姓一孙根。

76. 途径李翰林墓

学识翰林墓，群芳百草知。
诗词十万首，日月千年迟。

77. 严陵钓台贻行侣

莫钓莫垂钩，严陵贻侣舟。
无须滩上问，只可慕鱼游。

78. 南楼春望

南楼春望去，细雨澹无痕。
草叶珍珠玉，花蕾夜幸恩。

79. 崇圣寺别杨至之

崇崇明圣寄，寺寺转轮藏。
别意离君去，劳劳聚散扬。

80. 闲居孟夏即事

孟夏青苔路，闲居细雨邻。
默林梅早熟，水色水云濒。

81. 题灞西骆隐士

隐士磻溪岸，明流灞水天。
南昌南尉笑，北陆北秦田。

82. 溪亭二首

之一：

柳色三光水，溪亭两面山。
僧来相对坐，鸟去不回还。

之二：

两目行僧闭，千波对日闲。
溪亭留蕙草，逝水自成湾。

83. 东归

序：

秋日赴阙题潼关驿楼，一作行次潼关逢
魏扶东归。

诗：

夜雨过中条，归云上灞桥。
潼关应不远，落叶已萧萧。
一水风陵渡，三秋直北潮。
书生天下任，不可寄渔樵。

84. 吴门送客早发

吴歌知软语，楚舞见苗条。
送客无心赏，留情有意遥。

85. 送太昱禅师

结客多诗赋，行身少寺留。
禅师禅所致，世界世人修。

86. 旅怀

东西南北路，水月客人家。
白雪三克色，梅香二月花。

87. 南亭与首公宴集

（一作与群公南亭宴集）

游龟顶绿萍，鼓瑟问湘灵。
管管弦弦曲，罗罗绮绮形。
妃心何郁郁，竹色泪青青。

88. 早发奉安次永寿度

巩洛风尘路，咸秦草木津。
功名求日月，利禄济安身。
自是诗词客，无为子粒春。
平生衣食取，父母子儿孙。

89. 泊松江渡

月泊松江流，云沉望白头。
离人今又远，更上望乡楼。

90. 送鱼思别处士归有怀

处士鱼思别，江山水月留。
溪舟分两去，草木作沧州。

91. 重经姑苏怀古二首

之一：

姑苏姑细语，越女越吴歌。
呢呢情所望，依依问小河。

之二：

灵岩寺里馆娃空，二月梅花木渎红。
子胥夫差谁楚越，群芳照样满吴宫。

92. 将赴京师留题孙处士山居二首

之一：

处士山居问敬亭，天台月色照丹青。
相如志赋昭阳路，宋玉高唐玉女灵。

之二：

灵龟已见白头翁，野鹤隋唐玉石工。
路僻西岩从跬步，容华似旧主颜红。

93. 下第寓居崇圣寺感事

龙门水浅阔明明，古寺钟声自古惊。
下第逾居崇圣制，居心感事自多鸣。

94. 晓发天井关寄李师晦

燕赵荆轲水，姑苏过小桥。

逢秋多感归，万里去途遥。

95. 喜远书

迁流成远客，寓驿鲤鱼书。
近已三千里，遥思一半余。
冠官多感事，苦役不端居。

96. 怀江南同志

竹泪湘妃庙，江红楚客船。
飞鸿蒲苇岸，岁岁北南迁。

97. 玩残雪寄江南尹刘大夫

高峰半玉容，谷壑一川溶。
白雪阳春暖，由身作流淙。

98. 将赴京师蒜山津送客还荆渚

云平沧浪水，送客逝津楼。
楚塞皇城路，渔歌向小舟。

99. 潼关兰若

莲花寺外一华山，洛惠渠中半渭还。
晋豫东都分陕界，黄河去水过潼关。

100. 洛中秋日

故国无归处，新居有旧愁。
家乡三十载，日月去来舟。
久病先知雨，长贫早觉秋。
回头回不得，已事已然休。

101. 陪赵中侠院诸公镜波馆饯明台裴郑二使君

越暮来华馆，淹留二使君。
楼台江岸接，逝水带船云。

102. 春泊弋阳

白雪三更锁，寒潮半入溪。
东风春不暖，鸟雀向深栖。

103. 晨别儵然上人

吴僧经诵罢，老衲坐思禅。
觉悟方知慧，对立辨源泉。

104. 送客江行

鄂客江行去，舟藏荻苇花。

潇湘无色变，白雪有梅花。

105. 天竺寺题葛洪丹

空留羽客炼丹炉，并在人无玉石孤。
指鹿丞相朝令改，秦皇已去腐鱼途。

106. 将归涂口宿郁林寺道玄上人院二首

之一：
道道玄玄院，清清净净修。
无须无界学，有术有春秋。
之二：
腊月梅花雪，春天采药翁。
人生何自得，有欲是非空。

107. 送李秀才

鄂客南楼别，荆门北水辞。
兰舟轻自便，目寄一行诗。

108. 题倪处士旧居

儒翁七十余，读尽三千书。
手写耕耘日，心明弟子居。

109. 赠梁将军

三军受降城，一将作精英。
三生回首晚，百战姓留名。

110. 春望思归游

举繁谁当酒，人生可几何。
春思多展目，鼓瑟不高歌。

111. 病中二首

之一：
采药人间事，丹炉世上观。
相同相异去，待世待心宽。
之二：
自静丹田气，身行跬步前。
来时三日少，去后一全年。

112. 姑熟官舍寄汝洛友人

印吏公衙役，游僧寺刹灯。
官明官舍度，洛友洛河朋。

113. 恩德寺

僧游恩德寺，月落雪霜钟。
水竹曾相伴，婵娟寄玉容。

114. 题宣州元处士幽居

求人艺术浅，闭谷静人深。
处士幽居问，宣州独木林。

115. 郎上人院晨坐

坐忆江南寺，闻钟待日开。
居心应可惜，道貌礼中来。

116. 送客归湘楚

一望荆门水，千川直北田。
江流低下去，不语几徘徊。

117. 过故友旧居

故国兴亡去，新僧照归来。
丹炉千载炼，继者上人来。

118. 送客归峡中

水水桥桥别，杨杨柳柳无。
何须凭折取，只任去来枝。

119. 题冲沼上人院

自古上人多，无须唱九歌。
谁知何处去，岁尽有新科。

120. 和毕员外雪中见寄

白雪红梅色，清香淑气多。
幽幽重傲影，处处娶嫦娥。

121. 春醉

玉曲卓文君，巫山一段云。
相如弦外见，自此已难分。

122. 题岫上人院

一世上人多，三朝势力何。
丹炉应不炼，弟子已成河。

123. 送客南归有怀

三湘一水洞庭舟，九派鄱阳上阁楼。
客去归人归不得，盘门未锁未长洲。

124. 李生弄官入道因寄

学学儒儒客，名名业业营。
官官何道道，弃弃意扬荣。
有水知鱼钓，无云盼雨生。
如非如所是，似取似枯行。

125. 长兴里夏日南邻避暑

大道侯门外，高蝉顶树中。
秋凉惊一叶，夏暑已成风。

126. 送韩校书

一夜秋风起，三吴脍蟹鲈。
高芸名阁吏，未及问姑苏。

127. 秋晚登城

黄昏空落地，返照入楼深。
漫读相如赋，蹉跎岁月荫。

128. 江西郑常侍赴镇亡日有寄因酬和

布令滕王阁，浔阳酒市楼。
斜阳帆带色，九派一东流。

129. 蒙河南刘大夫见示与吏部张公喜雪辄敢攀和

四顾阳明色，三光象阙沦。
琼花衣玉树，瑞气淑新春。
北苑纷纷落，南山处处匀。
长安丰厚见，渭水富川秦。

130. 下第送宋秀才游岐下杨秀才还江东

书生自以四方来，下第无须一秀才。
岐下江东分异土，龙门上下鲤鱼催。

131. 南亭偶题自叙

白首诗千卷，朱颜步两行。
南洋南海极，北陆北家乡。

132. 与裴三十秀才自越西归望亭阻冻登虎丘山寺精舍

六合钱塘水，三吴上虎丘。
夫差勾践问，五霸一春秋。

陆羽泉茶社，尘公石点头。
南朝多少寺，数尽太湖舟。

133. 太和初靖恭里感事

竹泪苍梧水，汩罗一屈原。
机沉随谤起，楚夏对轩辕。

134. 与侯春时同年南池夜话

侯门近处一同年，夜话南池半叙贤。
契守清言清世界，平生不可不心田。

135. 广陵送剡县薛明府赴任

赴任薛明府，猿啼暮水船。
归袍归带解，试雨试耕田。

136. 游果昼二僧院

不必老林泉，慈根便是禅。
香消云岸暖，渡口有行船。

137. 题官舍

剑剑书书事，儒儒道道归。
官贫官合富，望雁望鸿飞。

138. 酬报先上人登楼见寄上人自峡上来

峡寺非黔鼓，西楼是楚钟。
天台应所寄，六合寄云封。

139. 晓过郁林寺戏呈李明府

驿少南朝寺，官多北渭乡。
寻途随所欲，遇道可扬长。

140. 泛舟寻郁林寺道玄上人遇雨而返因寄

僧僧道道一人间，水水山山半等闲。
鸟落猿啼寻自主，泉声鹤唳几归还。

141. 郁林寺

寺寺观观寄一心，男男女女法二箴。
长生不老秦皇去，玉石丹炉术有音。

142. 题崇圣寺

皇家一九州，御道半王侯。
大殿深宫继，金銮凤驾留。

名山五百楼，秀水十三流。
驿少寻僧道，官多独不收。

143. 题高处士

不作一书生，何人半姓名。
阿弥陀佛敬，处士道三清。

144. 送僧归金山寺

北固金山寺，归僧月色门。
推敲推不得，静坐静乾坤。

145. 送僧归敬亭山寺

一佛三清道，千山万揭家。
官衙官驿少，信仰信成风。
问阮刘郎见，寻仙向祖隆。
人间人自主，一瓶一天空。

146. 忆长洲

莒里穹隆胥口流，新塘爽浦义皋娄。
黄天荡里芦花雨，马迹山头镇夏舟。

147. 寄殷尧藩

常知书卷案，未见武陵春。
五柳陶公色，七弦是弃邻。
蓬莱应理念，海浪漠是濑。

148. 题邹处士隐居

大隐长安市，樵渔渭水根。
无非寻主意，只向作王孙。

149. 金谷桃花

桃花金谷色，岁岁向春红。
女去楼空在，儿来一阵风。

150. 新卜原上居寄袁校书

官贫官不满，处士处难居。
道道僧僧路，修修用用书。
农夫农土地，自力自耕锄。
不问神仙在，年年自有余。

151. 天街晓望

晓望天街远，寻星近似无。
南山南极老，北阙北边都。

152. 江上喜洛中亲友继至

白马经天日，将军引石弓。
阴山应一箭，敕勒已三功。
净战云中路，风尘受降穷。
亲亲和友友，尽在一情中。

153. 下第归朱方寄刘三复

风风雨雨半归人，第第门门一万钧。
去去来来何所继，天天地地自秋春。

154. 送人归吴兴

归日寻金谷，今时忆绿珠。
西施知木浃，送客下三吴。
只道风云观，何言是有无。

155. 月夜期友人不至

独享寒宫色，婵娟向白头。
同诗相互赋，不可共人谋。

156. 白马寺不出院僧

白马禅经一寺开，西天不二半天台。
心心路路行行去，岁岁年年腊月梅。

157. 寄袁校书

广陌尘埃淡，重门日月深。
书香书自得，校步校人心。

158. 赠柳璟冯陶二校书

共日同芸阁，皇城帝桂堂。
千般唯圣事，万古是书香。

159. 王秀才自越见寻不遇题诗而回因以酬寄

莫上木兰舟，应闻水有头。
源泉高自得，逝去向低流。

160. 秋霁潼关驿亭

叶重潼关落，莲花寺太华。
罗敷临渭水，洛惠孟塬霞。
此去风陵渡，黄河浊浪沙。
秦川从此望，跬步不回家。

161. 送客归兰溪

花前无绿叶，傲影有溪明。
从此羞严濑，沈楼赋玉情。

162. 贻终南山隐者

雪顶南山隐，花明北阙香。
唯才真学问，始现帝王州。

163. 送李文明下第鄜州觐兄

下第文明早，清风白露迟。
人生人主见，一路一心期。

164. 送段觉归东阳兼寄使君

白雁潭边碧，乌龙岭上花。
东阳归去路，不远使君家。
水水山山色，沉沉卓卓华。
严州沈约问，借此寄桑麻。

165. 韶州送窦司直北归

客散他乡月，人归故国舟。
帆扬含水势，意切纳风流。

166. 伤冯秀才

已破知人尽，伤冯一秀才。
黄泉中举子，九品始登台。
未道平生路，前途别道来。

167. 送郑寂上人南行

儒生成释子，少小学支公。
是是非非界，形形色色空。

168. 赠王处士

处士天真养，归生渭水津。
西园彭泽曲，北国茂陵春。
不以汨罗客，如来自在秦。

169. 送友人归荆楚

一水西陵峡，千流楚鄂洲。
天门河汉水，武穴九江头。
鼓瑟湘灵曲，汨罗贾赋忧。
同思同渡口，友去友人留。

170. 重伤杨攀处士二首

之一：
处士三生尽，丹炉半世修。
仙人仙未见，有姓有诗留。
之二：
直道从官场，哀情任自流。
方圆方不得，彼此彼难酬。

171. 送友人罢举归东海

罢举归东海，闻天白岛洲。
新罗新土地，故国故人留。
不远扶桑日，云风有尽头。
沧波沧世界，自得自春秋。

172. 西园

西园春已尽，古石带苔纹。
鸟静栖林木，人眠落白云。

173. 苦雨

江昏山色近，龟声夕照情。
秋蝉登树顶，只向远高鸣。

174. 游茅山

茅山步步一山门，石径明明半石村。
道士清清何去向，仙人处处不儿孙。

175. 洛阳道中

江山有语误东流，逝水高低一尽头。
两代兴亡今古事，黄河远过洛阳楼。

176. 江上燕别

且与江流别，还随两岸行。
山川非故土，日月是枯荣。
向背归心晚，平生误姓名。

177. 卜居招书侣

临川每望鱼，涉水卜山居。
独步吟诗赋，孤灯夜读书。

178. 西山草堂

西山一草堂，月色半书香。
洗净溪泉水，飞云向四方。

179. 隐者

求人颜面尽，隐者已当然。
自力更生去，樵渔七尺田。

180. 舟次武陵寄天竺僧无昼

石壁重重立，溪流曲曲长。
人心人所寄，五柳五湖杨。

181. 寄小弟

天空雁一行，此去是衡阳。
隔岁飞青海，春秋更望乡。

182. 秋日

小女寒宫问，秋初晚杵声。
婵娟颜色好，玉影独孤行。

183. 石池

积水山泉细，泓澄玉石池。
云天沉水底，俯仰可深思。

184. 留题李侍御书斋

侍御留题志，平生立足游。
孤心应易感，落叶可多秋。

185. 行次白沙馆先寄上河南王侍御

空堂孤馆闭，四壁一方灯。
昨夜闻庚信，明朝见李膺。
行行心不静，望望玉香凝。

186. 紫藤

一直乔木木，千弯绕紫藤。
长长长许上，曲曲曲高明。

187. 暝投灵智寺渡溪不得却取沿江路往

暮雨寒钟远，无寻渡口船。
沙虚留虎迹，水色历龙年。
独木成桥步，孤行不望天。
溪潮灵智寺，闭谷向师禅。

188. 下第归蒲城墅居

失意知山远，伤情见水深。

牛羊非问道，牧笛是知音。

189. 重赋鹭鸶

东西互对洞庭山，大浦潭西胥口关。
莒里飘纱峰雨露，龟头渚水五湖湾。

190. 途中寒食

途中寒食节，水上已期田。
乞火青团子，清明向介推。

191. 深春

深春花不尽，夏日采荷莲。
步步江南岸，行行是客船。

192. 岁首怀甘露寺自省上人

自省上人心，应闻羽鹤音。
禅房禅语慧，觉悟觉思深。

193. 寻周炼师不遇

铁铁钢钢炼，银银录录分。
人身人不得，道士道无闻。

194. 题瀍西骆隐者

凌云三蜀道，立志五湖心。
八水长安绕，千波一渭音。

195. 旅夜怀远客

旅夜难终远客思，家乡月下共明时。
婵娟有问嫦娥见，万里相思草木知。

196. 秋夜棹舟访李隐君

铺草朝天望，观云对地吟。
应知门不闭，不识野人心。

197. 卧病寄诸公

清吟书万卷，笔记篆千章。
扶病萤光近，嫦娥满石床。

198. 寓崇圣寺怀李校书

河关崇圣寺，水阁溢清凉。
露润南亭草，香浮宝殿堂。

199. 秋日行次

紫陌秦楼月，金风晋魏川。

关西关不住，落叶落桑干。

200. 山居冬夜喜魏扶见访因赠

山居冬至短，露叶带寒霜。
处处芦枫色，殷殷着薄妆。

201. 喜李诩秀才见访因赠

一诺心中剑，三生八句诗。
田夫才子见，一代帝王期。

202. 晚投慈恩寺呈俊上人

沙虚留虎迹，石白印龙泉。
十步禅房里，千祥世界烟。

203. 行次虎头岩酬寄路中丞

樟亭离未远，却上虎头岩。
水急回风岸，潮推一页帆。

204. 送荔浦蒋明府赴任　致刘蔚楚部长

白社莲宫北，绯衣桂水南。
曾知红小鬼，粟裕保生谙。

205. 惜春

春春夏秋尽连，雨雨云云半水烟。
岁岁花开花落去，年年月缺月还圆。

206. 秋夕有怀

夕渚红霞色，滩风蕙带香。
严陵相似处，只钓一船阳。

207. 秋霁寄远

细雨初秋止，西楼有远风。
平芜荒草色，不似早春丰。

208. 秦楼月

三千年故国，八百里秦川。
养马周天子，穆公晋魏田。

209. 闻范秀才自蜀游江湖

蜀栈瞿塘岸，巴山白帝船。
高唐官渡口，楚水信陵川。
滟滪堆边砥，西陵峡草边。
耕门湘沅客，石首洞庭烟。

赤壁知音近，匡庐九派田。
东林钟鼓继，梦泽汉阳泉。
赣抚鄱阳望，孤山皖滁弦。
金陵由此济，自得五湖天。

210. 怀政禅师院

慈恩多日色，苦历上真乘。
跬步应无止，修身已到僧。

211. 题愁

行行止止几长亭，败败成成有渭泾。
及第何言三甲子，龙门未上问湘灵。

212. 鸳鸯

两两沙汀戏，双双草岸荣。
无须无不得，有意有生情。

213. 闻雁

一雁带霜来，三湘苇渚开。
初春青海去，雪化有余梅。

214. 不寝

世事应难尽，人心可白头。
相思相互望，独梦独无休。

215. 宿东横山

东横山下泊，鸂鶒目中休。
本是非鱼客，无争半草洲。

216. 早行

已见启明星，无闻有客形。
鸡鸣三两遍，自约自叮咛。

217. 陪郑史君泛舟晚归

月落滩头水，舟横郑使君。
笙歌多倩女，鼓角已纷纭。

218. 酬殷尧藩

县以琴音作古今，荆钗妇惯向人寻。
当炉侍酒相如问，竹马无猜有外音。

219. 赠迁客

天机何未了，直道已平生。
问水何知足，怜君不灌缨。

220. 征西归卒

一卒征西半旧行，三生历战几精英。
神机妙算军营令，取士封功自不名。

221. 南陵留别段氏兄弟

老大长安市，乌孙酒市狂。
三年留别处，一世作钱塘。

222. 旅中别侄子

平生多在路，历事驿亭深。
别别贫贫见，思思念念心。

223. 松江渡送人

云移江漠漠，水阔草依依。
故国今何在，衡阳隔岁飞。

224. 过鲍溶宅有感

难寻诗句壁，不尽故人心。
草草苔苔石，竹竹溪溪深。
日暮斜阳里，最是忆知音。

225. 金陵怀古

玉树歌残一后庭，苍梧鼓瑟二湘灵。
英雄已去豪华尽，六合秦淮石雁町。

226. 姑苏怀古

伍子东吴客，夫差五霸期。
西施勾践问，木渎范蠡知。

227. 凌歊台（台在当涂县北宗高祖所建）

凌高暮尽一层台，舞曲千人半楚来。
百年何须千年计，三生不可两生回。

228. 骊山

已是先皇醉碧桃，珠帘半卷野葡萄。
云移李白华清水，互落宫墙满野蒿。

229. 咸阳城东楼

咸阳十里渭泾楼，夜雨三秦百草洲。
且向潼关洛惠水，黄河故道向东流。

230. 京口闲居寄京洛友人

不到姑苏已白头，烟烟雨雨共长洲。

三杯酒尽盘门锁，水陆东吴志已休。

231. 冬日登越王台怀归

寒寒白雪越王台，处处归心去复来。
雁雁衡阳半故土，频频只望一枝梅。

232. 对雪

江湖处处半芦花，草木层层一玉纱。
攘攘纷纭争落下，飘飘已满故人家。

233. 送萧处士归缑岭别业

半待乡音半望家，三生别路一乌纱。
朋朋友友归离散，日月东西各自华。

234. 与郑二秀才同舟东下洛中亲朋送至景云寺

一路天光半路船，同舟共济望秦川。
鸿沟楚汉分难断，且望繁华不醉眠。

235. 迁居

序：
李秀才近自涂口迁居新安，适枉缄书，见宽悲戚，因此答。

诗：
陋巷城中静，庚楼月下诗。
新安涂口路，彼此秀才知。
自是田夫子，文章阅历辞。

236. 长安岁暮

平生有路半关河，渭水东流一万波。
已老无须堂上拜，长安岁暮不穿梭。

237. 赠茅山高拾遗

茅山拾遗半清霜，谏猎归来一树扬。
落叶枫红僧不扫，乔林直木更苍苍。

238. 赠萧兵曹先辈

离居昔日广陵堤，暂泊潇湘暮色低。
楚客归思乡不得，飞鸿直不向异乡栖。

239. 题舒女庙

孤舟孤梦尽，独庙独情长。
楚断朝云散，湘开暮雨乡。

240. 姑孰官舍古今诗

吏吏衙衙一半生，官官舍舍各前程。
吾庐自有窥梁燕，早以晨声记日行。

241. 凌歊台送韦秀才

云云日日半高台，茧茧蚕蚕一秀才。
沓沓茫茫天下水，依依度度雪中梅。

242. 送岭南卢判官罢职归华阴山居

少练移山志，中成煮海功。
关前关后问，一武一文风。
已是人间力，何须作钓翁。

243. 将度故城湖阻风夜泊永阳戍

未尽溪行日已低，风云已变木难齐。
红楼美女门前语，一曲琴声鸟不啼。

244. 郑侍御厅玩鹤

高扬丹顶鹤，夜夜唱辽歌。
独步孤身望，居心草木多。

245. 南亭夜坐贻开元禅定二道者

山居无月色，古刹有孤灯。
远远遥遥见，心心印印僧。

246. 朱坡故少保杜公池亭

江山一半五湖风，日月三千各不同。
雨水云烟曾未尺，汀洲草木自无穷。

247. 秋日早朝

趋鸾陛下早朝宫，举笏临墀玉漏空。
陋巷无须青少志，沧州只有老渔翁。

248. 沧浪峡

水水山山谷，沧沧浪浪峡。
流中流外势，阻后阻前法。

249. 故洛城

黍麦离离四野平，田光处处半枯荣。
成成败败非田亩，古古今今是洛城。

250. 闻释子栖玄欲奉道因寄

栖玄欲奉道法明，不憾蟠桃去不成。
释子应当知足下，长生不学证余生。

251. 暮宿东溪

序：
南海府罢，南康阻浅行侣稍稍登陆，而遇主人燕饯至频，暮宿东溪。
诗：
东溪暮宿半南康，水落潮扬一阻墙。
主客千杯先后寄，天涯已晚是离肠。

252. 秋晚云阳驿西亭莲池

之一：
婵娟欲隐色难留，一片莲荷半入秋。
只以声声听不得，残风处处上心头。
之二：
二十知兵在羽林，尊师入道已禅深。
行边战事长城问，不及隋堤汴水荫。

253. 怀旧居自农夫之子也

白屋心期失马翁，绯衣自得已天中。
从零开始行天下，十万唐诗自力工。

254. 高拾遗

兵书拾遗似无功，夜漏声中有始终。
一颗头颅知好坏，隋炀教我运河通。

255. 题勤尊师历阳山居并序

八道萧公府，行边以将名。
思齐孙子济，故国始无情。

256. 伤虞将军桓仁志

白首从军不要名，家家国国一平生。
经营见历先生路，五女浑江八卦城。

257. 晚自朝台津至韦隐居郊园

隐隐明明一世中，形形色色各不同。
身名利禄求何许，老去青来是悟空。

258. 寓居开元精舍酬薛秀才见贻

归云不定一乡心，沓沓虚无半古今。
似是如非如世界，成成败败不知音。

259. 别刘秀才

楚璞无瑕有玉瑕，相如完璧似龙蛇。

行中日月何言路，梦里乡山不是家。

260. 早发天台中岩寺度关岭次天姥岑

天台天姥客，浙水浙云深。
阮阮刘刘见，仙仙寺寺岑。

261. 游钱塘青山李隐居西斋

小隐西亭远，苍萝碧玉深。
严滩相似处，石岸有鸣禽。

262. 春日郊园戏赠杨碫评事

兼葭入薜萝，不可自鸣珂。
石阳清泉落，溪流一曲歌。

263. 晚自东郭回留一二游侣

吏碌官阀半世微，春秋两度一鸿飞。
衡门鼓历钟声少，寺径禅房自去归。

264. 与郑秀才叔侄会送杨秀才昆仲东归

水月如终老，长杨谏猎臣。
书书成剑剑，治侍向秦秦。

265. 送秀才游天台并序

之一：
天台不似一龙门，画里风云不是村。
送去真山真水色，游来几月几王孙。
之二：
见画行心一意真，丹青帛上半秋春。
云中堃里平流去，月下峰前寺闭濒。

266. 送张尊师归洞庭

红枫霜已重，硕果雨来低。
道士归帆远，相思向玉溪。

267. 移摄太平寄前李明府

桃源彭泽令，五柳武陵溪。
已弃琴弦木，知音草木低。

268. 再游姑苏玉芝观

碧玉小桥边，姑苏陆羽泉。
芙蓉偷出水，处处是荷莲。

269. 夜归驿楼

八月鲀鲈脍，三秋蟹脚轻。

子子孙孙见，吴吴越越情。

知时知节令，一日一鲜明。

270. 题灵山寺行坚师院

一迳灵山寺，三生不二桥。

潭清沉日月，木直客渔樵。

悟悟禅禅觉，方方丈丈寥。

形成心绪近，锁定毒龙遥。

271. 湖州韦长史山居

买昼官官举，堂堂作事消。

湖州长史去，八月自观潮。

任远山居水，凭高木槿蕉。

无中无一物，有里有云霄。

272. 赠李一阙

之一：

一去秭归山，三生已不还。

何图求四壁，自在锁千关。

之二：

如飞竹履一人间，放浪琴声半去还。

野渡风流风不定，荒山木直木欣颜。

之三：

渺渺西风月在天，思思旧步不同怜。

鹏鹏鸟鸟何为赋，笛笛箫箫只似泉。

273. 乘月棹舟送大历寺灵聪上人不及

僧禅一念是修行，道法千年莫去成。

古塔成林来世见，云天有路地无情。

274. 重游练湖怀旧

重游一练湖，补阙宋曾图。

永泰同为寺，今来已自孤。

275. 汴河亭

江都一水汴河亭，事在人为教化形。

胜似长城成好汉，杨杨柳柳有丹青。

276. 村舍二首

之一：

自剪青莎织雨衣，何言密结漏时稀。

田村种豆农夫事，胜似文章觅帝畿。

之二：

寺寺僧僧寺寺禅，云云雨雨雨雨云烟。

三生有幸三生种，一日书闲一日田。

277. 郑秀才东归凭达家书

心开心不闲，路上路途多。

遇水应知水，船河可渡河。

登山登古道，问世问干戈。

白首家书少，童翁学九歌。

278. 伤故湖州李郎中

少小求书理，中年自学仙。

毛翁知所以，百岁望青莲。

汉帝藏娇去，秦皇渡海船。

蓬莱谁得道，宝塔寺禅边。

279. 和友人送僧归桂州灵岩寺

桂水灵岩寺，漓江佛影乡。

僧归僧不住，客送客潇湘。

280. 淮阴阻风寄呈楚州韦中丞

刘伶台下晚，韩信сть中秋。

月色空明泛，庚楼渡口舟。

中丞须问叶，白鹭可沧州。

281. 途径敷水

暮雨三秋晚，朝霜一夜凉。

三更三起止，五夜五书香。

282. 和人贺杨仆射致政

之一：

属部杨员外，宾僚仆射堂。

门生申贺饮，致仕解青黄。

之二：

持诏回莲府，公卿向省堂。

山阴书锦帐，渭邑豫文章。

律令成王谢，从军作幕梁。

琴声天地访，瞩目待书香。

283. 题卫将军庙

少学诗书习剑弓，文功武略致无穷。

汾擒建德成唐山，邑着荆溪太宗隆。

284. 鹤林寺中秋夜玩月

月上东林一自圆，云回草树半笼烟。

婵娟桂影偷窥见，不到西岩要来年。

285. 南海府罢归京口经大庾岭赠张明府　古今诗

一剑从军白首回，三生读日自成才。

天天不止年年积，十万诗词格律开。

286. 题四皓庙

之一：

汉储谁兴废，江山社稷裁。

萧何韩信见，四皓莫去回。

之二：

龙旗护驾武牢关，挟檠弯弓马上颜。

父老乡归天子许，乡邻铁甲庙中还。

秦军不忘英雄志，霸主高悬不等闲。

大泽千呼成武勇，江山社稷是人间。

287. 访别韦隐居不值

之一：

双岩浮上访，独步水中寻。

小隐山河远，君心日月深。

之二：

百里溪前买一山，三生月下问双关。

人人事事天天记，不问江山不等闲。

288. 送前东阳子明府由鄂渚归故林

潇潇夜雨茂陵云，肃肃轻风半问君。

结束行兵彭泽宰，东阳鄂渚故林分。

289. 听歌鹧鸪辞

之一：

余今过陕州，伎女曲声留。

贯耳鹧鸪唱，经由到白头。

之二：

曲国多情女，梨园有伎差。

鹧鸪声中忆，字字久回头。

290. 寄题华严韦秀才院

华严四壁秀才封，古树千鳞锁毒龙。
一寺香烟三界鼓，双山月色五更钟。

291. 戏代李协律松江有赠

明珠万斛散天河，织女牛郎唱对歌。
不似人间吴越女，星空暗淡问嫦娥。

292. 送黄隐居归南海

诗：

南洋南不尽，北海北无疆。
世界应多水，乾坤已少梁。
居心峰顶上，举步信天堂。
谷谷多残木，猩猩少故乡。

293. 朝台送客有怀

马援南征士宇宽，廉颇立赵玉临残。
蛮乡已着衣冠汉，印绶唐家拜祭坛。

294. 自楞伽寺晨起泛舟道中有怀

云中云起落，道上道枯荣。
古寺连天地，禅音对路平。

295. 十二月拜起居表回

三章北奏一仙曹，玉首天津半紫袍。
渭水凌池空锁色，南山白雪顶云涛。

296. 观章中丞夜按歌舞

一到巫山处处春，双娃共展比腰身。
三千弟子梨园色，十二峰中不见人。

297. 重游飞泉观题故梁道士宿龙池

飞泉道士宿龙池，镜面菱花唱竹枝。
故步观前水月，秋声落叶是琴诗。

298. 下第贻友人

不在关西向洞庭，君山赤壁汉阳青。
琴台未尽知音曲，已向高山问水泠。

299. 晚登龙门驿楼

龙门驿外百云开，夏禹家中半不回。

一水无成知逝去，东流不止不尘灰。

300. 题故李秀才居

已醉笙哥去逝期，黄泉独步几人思。
离离野草应相伴，漠漠浮云唱竹枝。

301. 韶州韶阳楼夜谯

韶州韶驿外，夜谯夜楼前。
待月星河醉，歌人草木眠。

302. 游江令旧宅

南朝宅已荒，末了旧风光。
画阁山峰占，书堂野草香。
台城台石散，寺古寺无梁。

303. 闻韶州李相公移拜郴州因寄

丞相旨令木兰舟，桂子初圆未问候。
木槿朝阳红胜火，甘棠暖色凤池头。

304. 灞上逢元九处士东归

白雪南山色，阳春灞水颜。
东归元九去，大禹在虞山。

305. 别张秀才

之一：

旧友相如在，新知渭水边。
江东君自去，洛下我南迁。

之二：

万里江山一旧游，千年日月半春秋。
三吴八月莼鲈脍，百粤三光四季留。

之三：

一酒庐陵各去东，三生旧问楚人才。
兄亲只念南征吏，别路还思北上回。

306. 题苏州虎丘寺僧院

铸剑溪池见二泉，生公点石虎丘禅。
人间不是西林客，一卧烟霞九十年。

307. 酬郭少府先奉使巡涝见寄兼呈裴明府

谢脁荒堂草，王离古月城。
江村涝水务，泽国不帆平。
处处烟流水，悠悠泛玉英。

枯荣由此见，治理必工精。

308. 别表兄军倅

余行南海市，遇别表兄来，
已在庐陵见，淮秦此寄回。

309. 出永通门经李氏庄

飞轩已接百花堂，宿鸟成巢半野荒。
日月沉浮阁雨砌，山河不保问汾阳。

310. 汉水伤稼

之一：

汉水伤稼穑，春干夏却涝。
江南江雨患，吏使吏官漕。

之二：

江村夜涨槔苍空，不顾春秋不顾穷。
汉水云光田庙庚，残霞日色作浮红。

311. 送王总下第归丹阳

归乡下第向丹阳，一日升华半豫章。
有水龙门鱼自跃，秦淮不远是钱塘。

312. 南阳道中

南阳一见武侯耕，自此三分蜀国荣。
火烧连营徐庶策，观天政策以风赢。

313. 破北虏太和公主归宫阙

匈奴北走背秦空，贵主西还向汉宫。
战战和和和是战，婚婚嫁嫁非隆。

314. 李定言自殿院衔命归阙拜员外郎迁右史因寄

殿院衔旧右史郎，南征白笔二毛乡。
阊阖瘴海何遥远，旧侣王祥玉漏堂。

315. 早秋韶阳夜雨

夜雨秋来几断肠，瓜瓜果果正朝阳。
农夫有子当才秀，胜似无收问米粱。

316. 将为南行陪尚书崔公宴海榴堂

自早华堂暮未休，西楼谢守海榴头。
当春已是殷红色，百子成心作玉秋。

317. 赠王山人

冬冬夏夏一秋春，暮暮朝朝半晋秦。
月下无言清许士，城中自得有闲人。

318. 宣城崔大夫召联句偶疾不获赴因赋

只慕知音不慕鱼，吹竽四顾待玄虚。
何须罢酒相如赋，宋玉巫山楚客余。

319. 赠郑处士

少小离家种豆瓜，农夫自学务桑麻。
寒云不散千峰雪，腊月枝头一树花。

320. 正元元

正正元元正正，朝朝暮暮朝。
年年除日去，岁岁革新谣。

321. 春节门联自书句

长春节气，十万诗词三万日，
吕尚经纶，千人格律一人家。

注：人生三万日，作诗十二万首。唐诗五万首，诗人二千余，有乐府。我独格律一家。

322. 登尉佗楼

项项刘刘客，秦秦汉汉兵。
长城长未治，运命运河荣。

323. 韶州驿楼宴罢

杨帆向夕阳，驿宴背天长。
海角天涯近，家乡在北方。

324. 和淮南王相公与宾僚同游瓜洲别业旧题书斋

瓜洲江北岸，背靠镇淮南，
别业丹徒水，宾僚栓桔岚。

325. 送卢先辈自衡岳赴复州嘉礼二首

之一：

步近松千尺，闻天鹤一声。
金国金桂子，玉露玉京明。

之二：

柳浪摇溪月，婵娟白石明。
何须歌曲舞，只饮玉壶英。

326. 颍州从事西湖亭宴饯

一曲离歌酒一杯，催人泪下路人催。
相思巩洛分南北，各向乡家未去回。

327. 宿松江驿却寄苏州一二同事

松江一水自姑苏，木渎三吴是太湖。
已见江湖连日月，黄天荡里半知儒。

328. 庐山人自巴蜀由湘潭归茅山因赠

太太灵方炼紫荷，人间自得竹枝歌。
玄虚步里三清曲，水满芝田尽绿莎。

329. 哭杨攀处士

阮籍无诗客，嵇康有古琴。
清贫谁处士，百岁知音。
不向丹炉问，平生是古今。

330. 瓜州留别李诩　古今诗

青衣不可自离群，紫服当然自向君。
举目江南江北望，行程日记日诗文。

331. 余谢病东归王秀才见寄今潘秀才南棹奉酬

谢病东归主，行程只读书。
文昌星不落，鸶鸟白云居。

332. 献韶阳相国崔公

江东刘项起，霸主各呼应。
垓下知军事，鸿沟笑范增。
三军韩信将，四面楚歌兴。
万里知传玺，群雄玉结冰。

333. 贺少师相公致政

相公一少师，致政半天知。
未及悬车岁，恩门以国司。

334. 郡斋夜坐寄旧乡二侄　古今诗

少小离家汴水期，头颅渐好中央司。

无须白帝瞿塘水，自学巫山唱竹枝。

335. 病间寄君中文士　自述

之一：

半作书生半望乡，何从不道去何方。
心同落叶惊秋早，迹共前程作柳杨。

之二：

六十悬车自古稀，三台驻步帝王依。
天机只与君臣议，晋室秦川作玉畿。

336. 题崔处士山居

处士山居久，桑田已落荒。
朝堂无取见，野果有饥肠。
最是儿孙见，樵渔日月量。

337. 疾后与郡中群公宴李秀才

群公李秀才，疾后带兴来。
自是王孙客，刘安致玉杯。

338. 晨起白云楼寄龙兴江淮上人兼呈窦秀才

此是望乡台，龙兴对雁回。
衡阳青海岸，一岁两飞来。
且以灵钧赋，东严尽一杯。

339. 宴饯李员外

之一：

群之员外李，赴阙尚书公。
又罢荆南去，淮南杜相风。

之二：

赴阙荆公岁月催，淮南部曲阻风来。
膺舟辟命虚陈榻，郑履还京旧醉台。

340. 酬饯汝州

之一：

楷模中丞示，恩怜纪汝州。
吾逾今赴郢，且望汉阳楼。

之二：

已却知音不掉头，中丞自在写春秋。
笙歌唱尽年终曲，汉水高山黄鹤楼。

341. 将归姑苏南楼饯送李明府

一水东流半向吴，楼船水调到江都。

隋炀汴水多杨柳，水色姑苏碧玉奴。

342. 和浙西从事刘三复送僧南归

寺守三千载，僧归半佛光。
花明师讲度，水渡浙西阳。
已受儒冠束，心经自在堂。

343. 送上元王明府赴任

隋堤一运河，水调半清波。
赴任知吴越，商船唱九歌。

344. 送沈卓少府任江都

江都记取一隋炀，水月群芳半草荒。
十万人家临曲调，三千债女着轻妆。

345. 酬邢杜二员外

之一：

新安新定见，主事主方扬。
洛下关中路，邢邢杜杜堂。

之二：

雪带东风早，寒归水下冰，
梅花疏影色，腊月暗香凝。
沿岸先漏润，河边已织绫。

346. 年春节对联自书

子夜双鱼梦，雕成两玉石。
三生三璞玉，两世两金鱼。

347. 经故丁补阙郊居

补阙郊居一独船，荒园野草半连天。
姑苏不远寒山寺，暮鼓惊心地下眠。

348. 陪宣城大夫崔公泛后池兼北楼宴三首

之一：

泛泛粼粼不定舟，行行止止入沧州。
三生问事千年尽，一月当空半白头。

之二：

不却宣城上北楼，无言管笛问南州。
王珣作簿公曾喜，且借荆州蜀魏筹。

之三：

罗衫别处上秋江，管笛声中半酒缸。
不醉前程不醉，家邦后顾后家邦。

349. 留别赵端公

一别赵端公，钟陵夜外空。
群言群送客，独步独称翁。

350. 寄杨陵处士

一见清溪半见桥，三重水色二重霄。
高高不上低低上，近近无声处处遥。

351. 与张道士同访李隐君不遇

西邻张仲蔚，道士隐人心。
暮色琴音起，陵阳落野禽。
枯荣天地象，草木作知音。

352. 闻州中有宴寄崔大夫兼简邢群评事

管管琴琴女，萧萧鼓鼓娥。
弦弦连柱柱，指指素丝波。
陌巷知深浅，庾楼鼓瑟歌。

353. 寄殷尧藩先辈

十载功名万里飞，三生日月一心扉。
苍山带雪由松性，羽鹤经天可独归。

354. 赠河东虞押衙二首

之一：

工精鸟篆一翰书，举剑高歌半世居。
已得天机天绶体，还闻羽笔向秦余。

之二：

杨杨柳柳十三行，展展柔柔一半昌。
可识江山河日月，知君见得入黄粱。

355. 陵阳春日寄汝洛旧游

乡人已在大江东，一半亲朋渭洛中。
百岁人生流四海，其余故旧几相逢。

356. 酬杜补阙

江舟沿岸系无横，静水清塘草不荣。
柳滴圆珠生细浪，波波向远已平平。

357. 送张厚浙东谒丁常侍

洛下声名典籍丰，寒山寺外满枫红。
高山白雪青松色，共谓膺门见孔融。

358. 酬副使郑端公见寄

一日诗名满九州，玄虚只向道中求。
青山别墅当涂客，旧句同吟月下楼。

359. 酬绵州于中丞使君见寄

旧约新行一路花，蚕丛杜宇半乡家。
巫山夜隔江陵月，细雨瞿塘鄠郢斜。

360. 春早郡楼书事寄呈府中群公

鸳鸿幕里一襄阳，虎豹营中半晓光。
岘尾羊公垂泪处，行程百里卧龙岗。

361. 送别

旧隐紫霄峰，相如结辙踪。
匡庐常学易，九派已云封。
漠满百江水，潇潇夜雨溶。
山居山草树，宛若宛陵钟。

362. 送元昼上人归苏州兼寄张厚二首　古今诗

之一：

闲居自上老苏州，古寺生公石点头。
木渎西施娃馆舞，盘门不锁任风流。
东吴碧玉春桥水，铸剑泉池问虎丘。
自是江湖由糯见，何言五霸一春秋。

之二：

三年一界客吴乡，万首今诗半柳杨。
我本无心天下事，国家中兴自牵肠。
姑苏碧玉江村色，未是隋炀是今方。
否极泰来否已去，来来去去久低昂。

363. 送陆拾遗东归

拾遗东归去，儒风北陆来。
吴江吴碧玉，小女小桥台。

364. 湖南徐明府余之南邻久不还家因题林馆

常常仙侣伴，久久不还家。
暮鸟回潮岸，浮云落渚沙。

365. 酬杜侍御

之一：

河中知侍御，祗命次钟陵。

汉上知音问，才迎楚士承。

之二：

诗歌已上木兰舟，自以钟陵半举头。

访戴依刘洛渭水，花时旧忆杜陵游。

366. 酬河中杜侍御重寄

河中侍御问钟陵，楚水归程北海兴。

绣服绯红无沾酒，观云且见玉香凝。

367. 寄献三川守刘公

之一：

奉陪三川守，刘公一问候。

行行无止止，路路有筹筹。

之二：

十二楼前客，三川日上秦。

东风寒食节，乞火茂陵春。

不酒斯文见，行吟击筑人。

花明稗献访，自笑玉麒麟。

之三：

季式千金诺，刘公一纸书。

阳春晴白雪，十指半相如。

368. 送段觉之西蜀结婚

志在重霄过蜀山，官衣似锦度函关。

成婚路过黄鹤岭，剑外花归已珊还。

369. 东游留别李丛秀才

风尘仆仆一东游，水色幽幽半逝留。

只以天台天目秀，才人浙北浙南修。

370. 长庆寺遇常州阮秀才

晴轩对一峰，碧叶已千垂。

鸟雀喧斜树，潭深隐玉龙。

今辞长庆寺，再约毗陵逢。

371. 赠闲师（一作送令闲上人）

绝句禅中两约词，高僧日上一闲师。

东林已许三乘学，北国争传五字诗。

372. 竹林寺别友人

骚人未了是乡愁，塞北江南两度游。

羽雁千年南北客，书生自古十三州。

373. 送处士武君归章洪山居 古今诗

独小蜗居雪满山，书生读学过榆关。

幽州李广曾擒虎，一箭云中半不还。

374. 题义女亭

不没兰闺道义明，诗人见得旧池亭。

如今巷里英名册，足以秦川作渭泾。

375. 吴门送振武李从事

离筵醉玉缸，一曲泪成双。

笔吏从新幕，烟霞别旧窗。

胡姬明紫塞，月色满澄江。

但以嫖姚志，云中问受降。

376. 郊居春日有怀府中诸公并柬王兵曹

旦见渔翁钓，郊居已和春。

依刘依是客，访戴访情真。

杏杏梨梨色，桃桃李李尘。

清溪清濯足，影见影瞿新。

377. 同韦少尹伤故卫尉李少卿

故卫山阳笛声终，身名未了自霄空。

应留旧忆君已去，月色沉西水向东。

378. 舟行早发庐陵郡寄滕郎中

早发庐陵郡，舟行太守膺。

郎中滕代远，水上雨云凝。

只以莼鲈脍，东吴访老僧。

379. 闻边将无辜受戮

不得真情受戮魂，临军假使帝王尊。

三千客里宁无义，五百人中必有恩。

380. 送薛秀才南游

寒山寺外一枫桥，碧玉心中半女娇。

三吴竹影婆娑隐，一度春深作水潮。

381. 夜归孤山寺却寄卢郎中

孤山夜宿寄郎中，四品绯衣半御风。

有志琴书琴自在，无念四象有精工。

382. 赠桐庐房明府前辈

世俗总求仙，农夫自种田。

三千年里见，一半是虚传。

德善应常持，恩慈可自宣。

秦皇秦去，汉武汉时迁。

383. 甘露寺感事贻同志

梅花香腊月，白雪瑞天涯。

旧侣勤书剑，新膺苦事家。

384. 泛溪夜回寄道玄上人

一水如泉草木萱，三光似旧简重繁。

玄玄道道成仙子，洞口云深不见源。

385. 客至

客至心田半去回，长亭步履雨云催。

从君一语千人见，大笑三声半世开。

386. 径李给事旧居

儒翁一旧居，几架半诗书。

给事风霜夜，郎中雨雾余。

387. 新兴道中

归舟渔火近，蚌鹬岸边闻。

不似相交合，何声是不分。

388. 下第有怀亲友

之一：

下第无声上第行，闲居不可杜陵名。

三湘羽翼衡阳雁，郯时应尝是友声。

之二：

颜回陋巷读书人，数尽年光日月晨。

暮暮朝朝相继序，辛辛苦苦历秋春。

389. 中秋夕寄大梁刘尚书

刘梁大尚书，中秋寄岁余。

英雄驱铁马，虎豹札边居。

以国知天下，由家向草庐。

风生莲幕盏，射箭向云舒。

390. 卧病

人生大病万千章，度量衡平作短长。

梦里还家无可去，来则不去安之乡。

391. 残雪

粘连自是雪花残，半素寒姿柳叶宽。
偶尔稀疏梅色露，红霞却似在云端。

392. 和常秀才寄简归州郑使君借猿

谢守同猿过侣乡，陶公共柳弃弦扬。
裴相借鹤无闻取，未及三声恐断肠。

393. 送人之任邛州

一去半还家，三生十地衙。
回乡回少小，子女子孙哗。

394. 和河南杨少尹奉陪薛司空石笋诗

司空石笋诗，似玉结恩慈。
白雪成钟乳，春泉故滞迟。

395. 寄当涂李远

知贫当乐事，问道已途遥。
入俗随乡去，还家以念消。

396. 献鄜坊丘常侍

一世三边一世雄，千山万水半天空。
蓬莱每见平安夜，已告班超定远功。

397. 和崔大夫新广北楼登眺

望望思思去，登登眺眺来。
长空长不止，短路短亭开。
自古骚人问，如今几度回。
忧人忧不尽，杞国杞民台。

398. 送客自两河归江南

江南此去路秋长，旧友新程折柳杨。
九月茱萸先采撷，长台魏帝两河梁。

399. 题陆侍御林亭

林亭多水木，远道雨云催。
逝水由波尽，江花次第开。

400. 泊蒜山津闻东林寺光仪上人物故

生生死死断中袍，鼓鼓钟钟作寸毫。
寺寺僧僧留白塔，荣荣辱辱一鸿毛。

401. 春日思旧游寄南徐从事刘三复

日暖曲江来，风吹百草开。
湘洲云梦泽，蜀道向天台。
楚地思京口，金陵向玉催。
三边曾故国，万木蓟门回。

402. 赠所知

潮来风扑岸，夕落浪淘沙。
远望平平海，波涛处处涯。

403. 送杜秀才归桂林

不远三湘五岭中，扬帆一路九溪风。
白雪石笋成钟乳，十万大山桂水空。

404. 寄江南

序：
春雨舟中次和横江裴使君见迎，李赵二秀才同来，因书四韵，兼寄江南。
诗：
江南一日早相知，水绿三吴已色迟。
草木连天昆曲唱，梅花落里竹枝词。
杨春白雪齐天下，碧玉声依雾雨时。
莒里峰中吟不尽，青云十首小桥诗。

405. 赴京道病东归开元寺遇先辈

序：
东陵赴京，道病东归，寓居开元寺，寄卢员外宋魏二先辈。
诗：
病寓开元寺，沧州有约时。
西风催雁翼，有酒不须迟。

406. 闻开江宋相公由锡下世二首

之一：
误向崇山殁，权门隋峡来。
长沙贾谊赋，屈子楚人才。
之二：
不到黄泉有是非，三皇五帝已无归。
湘潭月落天机去，但见开江有翠微。

407. 榕树古今诗

乔林直木草萋萋，阳阳东方影西西。
独木成林由日月，群峰自峙有高低。

408. 郊园秋日寄洛中友人

日见西风上顶楼，何须未问帝王州。
应知宿雁飞人字，不可闲居度白头。

409. 谢人赠鞭

吴门多水色，蜀同有名鞭。
与我谁何意，绯衣自笤先。

410. 早秋寄刘尚书

天涯应望尽，已醉最高楼。
受降城中语，云中塞外侯。
归来和日月，老去作春秋。

411. 及第后春情

春风何得意，百草万花洲。
白马长安市，朱门第一流。
名扬三甲榜，已醉曲江楼。

412. 归长安

瞿塘三峡始，白帝万波终。
逝水曲川尽，如斯可向东。

413. 径古行宫

荒庭平铺草，就是古行宫。
五十年前事，宫娥色有红。

414. 晚秋怀茅山石涵村舍

山田在石涵，旧俗似曾谙。
莫道三清路，无言一月潭。
陵阳仙子在，至此有秋蚕。

415. 贵游

恩深霍卫兵，李广酒泉营。
射虎幽州见，阴山一箭平。

416. 赠别

三军由自主，六印归苏秦。
此路扬长去，何求古是非。

417. 秋夜与友人宿

楚国同山水，吴门共暖凉。

吟诗吟未尽，月色月空床。

418. 将赴京留赠僧院

白首曾无几自闲，群峰独峙可登攀。

书虫缓慢千章卷，只得禅音是叩关。

419. 寄湘中友人

水阔珍珠纲，江平日月流。

荆州鱼自缚，不向洞庭游。

420. 江上逢友人

村连三峡暮，雨送九江寒。

石首华容道，匡庐牯岭滩。

421. 金谷怀古

凄凉金谷苑，遗迹洛川东。

石石珠珠露，崇崇绿绿风。

422. 径行庐山东林寺

紫陌山阳路，匡庐洞府情。

东林东寺鼓，上国上人明。

423. 途中逢故人话西山读书早曾游览

西岩一草堂，北屋半书香。

莫道童翁见，垂垂鲁豫章。

424. 将赴京题陵阳王氏水居

是是非非一远天，荣荣辱辱半无年，

平平水水应如镜，去去来来可见泉。

425. 冬日五浪馆水亭怀别

水水亭亭一镜平，思思鉴鉴半如生。

沧沧浪浪冠缨足，望望观观玉宇衡。

426. 送别

别别逢逢意，离离合合情。

朋朋思友友，念念复盟盟。

427. 寄远

愁眉愁不开，夜梦夜徘徊。

独枕双情忆，婵娟一意来。

428. 新柳

柳柳杨杨树，朝朝暮暮人。

离离杨柳岸，别别暮朝秦。

429. 旅怀作

巴人唱竹枝，楚女细腰期。

妇妇天天望，流流石石知。

430. 雁

北北南南半故乡，来来去去来年长。

衡阳不在知青海，独见冠官十地肠。

431. 出关

黄河以此向东流，曲曲弯弯自不休。

已解朝缨追麋鹿，香花隔雾向高楼。

432. 寄房千里博士

一曲琴音六合长，诗歌不断九衢香。

骚人未必汩罗问，正置蚕眠不采桑。

433. 泛五云溪

潮潮三柳岸，泛泛五云溪。

草碧青山厚，霞红鹭首低。

为衔天下色，不可向东西。

434. 寄郴州李相公

青云伤国器，白首忆乡心。

日月消来去，阴晴逐古今。

无须无彼此，自在自知音。

435. 赠萧炼师

之一：

内伎梨园舞，清观绝柘枝。

颜花肤雪玉，七十似如诗。

之二：

已见昭阳舞，还闻弄玉音。

潜封知女史，附合柘枝琴。

一旦胡尘静，三朝忆古今。

成仙成玉器，作雪作花临。

皓腕明石磬，纤腰对昔钦。

班家宁自许，卓氏已余簪。

络绣红珠翠，神仙百度霖。

人情人所在，自得自清心。

436. 冬日宣城开元寺赠元孚上人

以钵南宗事，成仪似病客。

曹溪花里别，古刹竹前逢。

暮鼓经声远，晨钟故步封。

寒风传远磬，汲涧冽冰锋。

绝道情依鹤，朱窗纳玉龙。

三乘三界象，五觉五芙蓉。

八卦知天地，双仪向夏冬。

身名誉淡淡，水月静溶溶。

437. 维舟秦淮过温州李给事宅

秦淮一去到温州，给事为郎隐水头。

白杖青溪咸井海，王陵蕙带素维舟。

438. 登蒜山观发军

羽檄征兵选将雄，轩门破竹月惊弓。

熊罴自以黄公略，虎豹应从受降空。

宝剑云低分胜负，刀光星沉主元戎。

金河鼓角猖狂虏，玉塞旌旗汉令风。

439. 送从兄别驾归蜀

之一：

从兄别驾一彦昭，共与千牛桂水遥。

一事贞元韦伯达，受辱无因志殁消。

之二：

道直奸臣误，圣主知逝川。

客路黄公庙，乡关白帝船。

重乘鹦鹉赋，复叙鹡鸰传。

辱殁西旋去，苍岑返自然。

440. 金陵阻风登延祚阁

举目金陵迹，披图建邺东。

干戈三国后，顶盖六朝空。

葛蔓交残磊，芒花落井红。

何承吴国太，不断楚江风。

441. 送林处士自闽中道越由霅抵两川

吴中非访戴，剑外是依刘。

蜀道蚕丛问，鱼凫杜宇休。

442. 宣城赠萧兵曹

道犬摇头尾，贫贪醒醉身。
平生平所事，历志历行频。
日日前行步，年年事汉秦。
谁吟渔父钓，不隐作樵人。

443. 秋夕宴李侍御宅

侍御征诗客，秋堂作古今。
婵娟分别坐，醒醉忘知音。

444. 晨自竹径至龙兴寺崇隐上人院

竹径龙兴寺，晨钟万水科。
禅心知觉悟，渡口渭泾河。

445. 岁暮自广江至新兴往复中题峡山寺四首

之一：
落雁不离群，熊罴独自分。
书生书不已，一路一耕耘。
之二：
天台天目望，一道一人开。
法法儒儒佛，朝朝暮暮来。
之三：
夏夏冬冬历，南南北北经。
翁翁童所事，色色亦形形。
之四：
三清坛上净，一片步虚声。
道得玄音辨，钟声远近鸣。
如来如此是，普渡万众生。
共是人心计，同行彼此明。

446. 南海使院对菊怀丁卯别墅

竹菊梅兰四色开，山河日月半天台。
重阳只以茱萸草，一片相思自在来。

447. 和李相国

之一：
群公群上坐，属下属中来。
各以由衷见，分成对楚才。
之二：
古古今今路，先先后后来。

君子君慧觉，楚国楚人才。

448. 陪少师李相国崔宾客宴居守狄仆射池亭

唐周唐李武，去世去炎凉。
正气留芳久，居中立栋梁。
如今池水镜，鉴影短扬长。
只落栖鸿户，飞凫作故乡。
亭亭人所仰，草草亦传芳。
曲榭垂公仆，天边映水光。

449. 和宾客相国咏雪

大雪纷纷落，梨花处处开。
楼台加玉被，不忍覆香梅。
瑞色藏寒气，天光不独催。
应当相隔日，举酒暖天台。

450. 奉和庐大夫新立假山

山山水水一人间，阁阁亭亭半列班。
苑苑园园应所俱，楼楼殿殿可天闲。

451. 奉命和后池十韵

磊石成山趣，通渠作水明。
芳洲连俓径，落鸟两三声。
阁上青云济，楼中雨气晴。
亭前亭榭绿，一带一桥平。
苑苑花花草，园园树树荣。
松林松柏誉，大殿大精英。
竹韵婆娑影，禽啼彼此轻。
文章文化养，日月日升明。
跬步量池路，登高对字鸣。
瑶台随汉武，王母谢国情。

452. 雨后思湖上居

雨后思湖上，寒凉入水中。
芙蓉初退色，近处有香风。

453. 闻歌

处处闻歌声，幽幽向远鸣。
男儿应晓得，细妹在听情。

454. 思天台

天台一国清，水调半准荣。

此颗头颅好，江都万女城。

455. 长安早春怀江南

长安一牡丹，渭水半波澜。
塞北听锣鼓，江南舞狮观。

456. 塞下

不忍桑干问，何闻敕勒归。
寒衣应带足，大雪即时飞。

457. 送客南归（一作寓居崇圣寺送客南归）

古寺钟声早，游僧石磬迟。
南归南路远，北路北人思。

458. 重别（一作伎宴曾主簿）

罗巾红粉湿，劝酒故情深。
但以乡家比，留心作古今。

459. 送曾主簿归楚州省觐，予亦明日归姑执

去路还如旧路归，家乡已远望乡微。
同情不是同情姓，切切起步急急飞。

460. 寄桐江隐者

不钓鲈鱼钓白云，商山四皓汉家闻。
严陵只问滩湾水，莫以樵声向利分。

461. 湖上

舟停湖上静，鹭落岸边寻。
渚草藏鱼跃，波平泼剌音。

462. 夜泊永乐有怀

吴娃已采莲，叶下已藏船。
月色朦胧见，波光似半弦。

463. 宿水阁

一路向丹阳，三更忆故乡。
谁船笙不止，水阁运河长。

464. 谢亭送别

一曲解行舟，三星水急流。
天明行十里，不见谢亭楼。

465. 酬李当

夜里瑶华落，云中素玉来。
山阴应少见，白雪对心开。

466. 蝉

初闻退下鸣，曲曲是高声。
步步登枝顶，幽幽寄远情。

467. 夜遇淞江渡寄友人

月上木兰船，淞江酒市偏。
奇人奇女子，一曲一当然。

468. 守风淮阴

万水一淮阴，千丘半木林。
钟声渔火暗，已是五更音。

469. 学仙

商山寻四皓，访术向三茅。
骨里无仙质，紫阳不待教。

470. 送杨发东归

东归一路花，柳岸半人家。
水调重新唱，江都日已斜。

471. 寄宋邧

水岸满烟霜，轻舟夜纳凉。
身边无子女，自受冷孤床。

472. 题四老庙二首

之一：

不作采芝人，深宫一半春。
从官从政隐，问汉问功臣。

之二：

楚汉一鸿沟，将相半九流。
宫深由吕后，四老作来由。

473. 夏日寄江上亲友

雨过前山木，舟来后渚家。
严陵曾不钓，此地满兰花。

474. 下第怀友人

下第无成上第名，衡门半掩帝门荣。
南宗不二潇湘客，一跃龙门守一情。

475. 客有十居不遂薄游汧陇因题

楼台轻不锁，水月五侯家。
落日荒原上，遥天半是霞。

476. 陈宫怨二首

之一：

玉树后庭花，江城白日斜。
陈宫留遗事，不见丽华家。

之二：

隋兵到石头，再上景阳楼。
已见江流去，投身作莫愁。

477. 经故太尉段公庙

古庙荒碑见，双松独柏闻。
声声应似旧，处处汉垂文。

478. 途经秦始皇墓

丘陵荒土下，草木雨烟中。
六国长城里，秦皇岛外东。

479. 游楞伽寺

一树曼陀罗，三乘日月梭。
琴台秋寺水，印度楞伽歌。

480. 缑山庙

子晋吹箫来，缑山草木开。
春桃花结果，百日八仙台。

481. 送薛先辈入关

一曲敬亭歌，三秦半洛河。
潼关归已近，共度望嫦娥。

482. 鸿沟

一定鸿沟界，三秦楚汉分。
乌江何所见，胜者已称君。

483. 韩信庙

淮阴一介侯，叶落半宫收。
千军成败见，两度两人休。

484. 过湘妃庙

娥皇共女英，竹泪对湘明。
鼓瑟灵应语，苍梧妾女情。

485. 寄云际寺敬上人

紫阁多红叶，天台日月光。
如来如左右，上下上人堂。

486. 秋思

日日年年已白头，春春夏夏作秋收。
耕耕种种农夫累，白雪梅花一岁休。

487. 送宋处士归山（仙人座上不观棋）

写字吟诗一世知，游寻见识半文期。
归山处士禅方定，觉慧心灵不是迟。

488. 听琵琶

阴山敕勒川，蜀女汉宫怜。
且向单于去，琵琶大漠弦。

489. 秦楼曲

一曲天音一曲消，凤凰不在凤凰桥。
秦楼只有秦楼月，弄玉箫声弄玉遥。

490. 旌儒庙（纵横）

独枕坑灰冷，孤寻六国温。
连横今古见，合纵去来门。

491. 览古人题僧院诗

清吟一远公，日色半江东。
古寺成千百，心经以色空。

492. 楚宫怨二首

之一：

十二峰中月，三千水上花。
波澜由楚女，细细玉腰斜。

之二：

雨向高唐落，云从白帝来。
巫山官渡口，女色楚王台。

493. 听唱鹧鸪

不以寻金谷，鹧鸪已到吴。
声声何不尽，处处向农夫。

494. 晨起西楼

留情深处得，待月色中明。

曲尽琴弦在，余音续所情。

495. 酬江西卢端公蓝口阻风见寄之什

笔笔刀刀吏，冠冠服服官。

风风常自阻，驿驿近云端。

496. 赠何处士

茅山一路到秦川，不遇唐生问八仙。

下里巴人多蜀色，阳春白雪是梅园。

497. 鹭

一叶清风一叶舟，点头问水又摇头。

洋洋得意洋洋去，半入天光半入秋。

498. 学仙二首

之一：

仙人坐上莫观棋，汉武王母未可知。

故事应从民俗见，三清自主步虚词。

之二：

青莲信仰一三清，诀术无非五百城。

自古天人千载尽，名名姓姓始仙生。

499. 酬康州韦侍御同年

同年同侍御，共品共郎中。

曲尽佳人舞，歌颜不醉红。

500. 紫縢

乔木缠紫縢，叶叶向天兴。

蔓蔓随高树，欣欣作玉膺。

501. 宿咸宜观

一路步虚声，三清向术明。

桃花桃李下，玉树玉人情。

502. 金谷园

已近绿珠楼，谁言帝子洲。

英雄应悔悟，不断石崇羞。

503. 送崔珦入朝

吏吏官官学，书书剑剑秦。

江南江北客，玉漏玉朝臣。

504. 病中和大夫玩江月

水上悬明天，江中落色流。

心田开阔觉，逝者对斯楼。

505. 读戾太子传

佞佞臣臣自不休，巫巫蛊蛊已成流。

年年百草丛丛见，岁岁群芳不点头。

506. 酬对雪见寄

飘飘半白头，洒洒一沧洲。

草木经衣被，冰封作玉侯。

507. 三十六湾

九曲黄河十八湾，东流处处去无还。

书生自是江山客，不向家乡向玉关。

508. 僧院影堂

香消云散寺，月夜落灯花。

梦里知天地，人中不问家。

何闻知净土，只读妙莲华。

509. 记梦

一九七八年科技大会调入北京。

四上春梦玉山之顶，寺缸有鱼，绕而取之，有钟鼓声，似昆仑。

二零一七年，双玉璞雕大简而名捕双鱼而成之。

似胜百色中小担何公司而成亚洲发展行之举。

并书十二万首格律诗词。

四十年前一梦荣，三生日上半诗情。

五女山中留璞玉，十肆诗词作姓名。

发展银行今主任，基金已由海皇成。

巴新再设瑶台路，海角天涯柱国行。

510. 王可封临终

不负信陵君，难成少子孙。

为儒为所事，作古作京门。

511. 越中

天台一石梁，浙水半清沧。

碧玉桥边问，人间处处芳。

第八函 第八册

1. 李商隐

怀州一义山，拔萃半天颜。
子姓河阳学，工文博士颁。

2. 锦瑟

庄生留晓梦，望帝托鸣鹃。
柱柱无端器，丝文五十弦。
年年垂锦瑟，处处望蓝田。
日暖南山雪，云光渭阙烟。

3. 重过圣女祠

天街一紫芝，谪得半归迟。
白石灵山府，岩扉碧玉期。
华来无定所，杜若有仙知。
不满寻常草，重温圣女思。

4. 记罗劢兴（记寄）

绿野河阳士，黄花以子妻。
荣文奇世古，作卷令狐齐。
旧侣归穷去，东川太学犀。
温廷筠卷式，已自玉人溪。

5. 令狐舍人说昨夜雨西掖玩月因戏赠

夜雨潇潇细，清轮隐隐行。
还知寻后羿，不符子虚名。

6. 崔处士

真人真处士，玉石玉金丹。
传略先生路，莱衣后子观。

7. 自喜

自喜蜗牛社，兼容燕子巢。
三生求始事，八卦着辞爻。

8. 题僧壁

慵慵书剑笔，小小一针锋。
隐隐常无见，尖尖不留踪。

9. 霜月

九月一重阳，秋风半带霜。
寒宫寒桂子，落叶落炎凉。

10. 异俗二首（原注从事岭南）

之一：
朝朝一丈夫，暮暮半东吴。
俗俗风风异，亲亲昧昧奴。
之二：
荔荔枝枝色，梅梅雪雪情。
春来春不晓，夏去夏难晴。

11. 商于

商于朝雨细，落叶已凝香。
再过三旬见，红枫两背霜。

12. 和孙朴韦蟾孔雀咏

孔雀一开屏，云南半彩翎。
啼声啼自得，唤意唤君听。
对偶倾心唱，唯情向草庭。
佳人佳望取，碧野碧溪萍。

13. 人欲

事在方圆里，人居日月中。
乾坤天地色，宇宙暮朝空。
晓以心经卷，如来自始终。

14. 华山题王母祠

莲花寺里问麻姑，北岳山中论五湖。
但以瑶池成世界，王母汉武各殊途。

15. 华清宫

只恐娥眉不胜人，芙蓉出水露珠身。
骊山不驻三军止，幸蜀无端向女尘。

16. 蝉

一树有高枝，千声进退时。
闻秋先语尽，面世已无迟。

17. 楚泽

刘桢元抱病，宋玉赋高唐。
楚泽西陵峡，巫山石首梁。
天门从郢鄂，直下洞庭扬。
再上惊云梦，鄂阳向四方。
江南江北岸，有水有天堂。

18. 江亭散席循柳路吟（回官舍）

自见雪藏梅，春香已早催。
小路通前后，中庸有去回。

19. 潭州

潭州官舍暮，白雪覆梅朝。
贾傅长沙客，陶公五柳桥。
玄虚玄得定，一术一天消。
屈子三闻见，张仪一士遥。

20. 赠刘司户

日落见云根，山平向古村。
牛羊回故里，父母望儿孙。

21. 哭刘司户二首

之一：
雁字一人分，平生半子君。
留名留自得，去后去如云。
一叫三回首，千声半不闻。
之二：
何为秦逐客，指鹿问朝臣。
直木风先折，乔林草木均。
荆州玄德借，赤壁蜀吴沦。

22. 悼伤后赴东蜀辟至散关遇雪

关前三尺雪，路后一鸳机。

已断前行路，留踪不向归。

23. 乐游原

黄昏行古道，落日满河湾。
夕照应无限，残阳向远山。

24. 北齐二首

之一：
幽王曾一笑，胭脂井三梁。
玉体陈香夜，周师入晋阳。
之二：
帝帝王王去，南南北北朝。
兵戎何不见，百姓度难消。

25. 街西池馆

此夜朱门过，他年白阁寻。
街西池馆记，巷北有余琴。

26. 南朝

湖中玄武水，月下莫愁潮。
不及金莲步，何言胭脂消。

27. 后京

昭陵石马来，一战房旗开。
朱泚三军败，天街复御台。

28. 浑河中

九庙无尘净，三边有奉天。
浑河浑水岸，养马养云田。

29. 鄠杜马上念汉书（一作五陵怀古）

世上苍龙在，人间武帝孙。
兴亡谁射猎，九鼎五陵村。
未已英灵问，咸阳渭水门。

30. 柳

水调方兴柳，阳春白雪情。
相思相互折，一寸一心盟。

31. 咸阳

八百里秦川，三千载柘田。
山河相继续，日月互升迁。
养马周天子，箫声弄玉泉。

春秋应日尽，六国寄天边。

32. 巴江柳

不折柳杨条，巴江一小桥。
男儿山顶唱，女色竹枝潮。

33. 同崔八诣药山访云禅师

共以征南次，同当战北谋。
禅师云药访，造诣九州头。

34. 闻着明凶问哭寄飞卿

玉绹苍龙缚，云明碧宇凌。
空余双玉剑，不复一壶冰。

35. 听鼓

已过榆关里，渔阳不太平。
城头听鼓角，巷尾借文英。

36. 送崔珏往西川

西川年少卡，白帝大江流。
问蜀巫山峡，题诗咏玉钩。

37. 代赠

云来云去望，鸟落鸟飞寻。
柳柳杨杨路，行行止止禽。
相思相不定，互寄互知心。

38. 桂林

漓江绕桂林，石乳作知音。
一万三千载，天公十丈金。
青枫遮洞口，白石似鸣禽。

39. 夜雨寄北

归期未有期，夜雨涨秋池。
洛水瞿塘色，巫山妾女知。

40. 陈后宫

阳春情白雪，曲色景阳楼。
群臣皆半醉，后主自无愁。
一箭当弦断，三军不战休。

41. 属疾

一疾何知药，三生问短长。
江山听后玉，日月任炎凉。

代代朝朝尽，辛辛苦苦当。
民生民所纪，土地土粮桑。

42. 石榴

薄薄巢巢隔，红红子子成。
晶晶红白色，粒粒实虚盈。

43. 明日

隔昨今明日，来来去去天。
因因何果果，岁岁复年年。

44. 饮席戏赠同舍

十丈梨园一古今，三千弟子半知音。
胡姬劝饮葡萄酒，大漠沙鸣日月深。

45. 西溪

西溪流曲曲，白石影雏雏。
野鹤随君子，寒松大丈夫。

46. 忆梅

腊月寒香雪，元春竞物华。
无须三界问，只作两年花。

47. 赠柳

隋堤从掩映，蜀道任参差。
水岸风流色，婀娜玉秀遮。

48. 谑柳

已着黄金缕，还扬白玉花。
风流藏碧玉，怯意小桥斜。

49. 楚宫

璞玉成青琐，张仪百亩城。
襄王神女见，杜若自英名。

50. 初起（桓仁）

日上西山顶，云回北故乡。
浑江流不止，五女巧梳妆。
八卦城中路，三生柳外杨。

51. 北禽

杜宇声声望帝文，苍鹰处处向昭君，
银河喜鹊联桥渡，白鹤玄虚亮翅云。

52. 柳

但见章台柳，何闻玉女声。
红楼红紫色，走马走人情。

53. 石城

已到石头城，秦淮一水明。
金陵金紫禁，建邺建吴情。

54. 韩碑

裴度平西第一功，腰悬国印统三雄。
分狼剟武貆罴据，上雪淮秦圣主隆。
入蔡揖斩吴元济，大手笔中序表忠。
五丈高碑文泰斗，千军直战报唐冯。
灵光已负蟠螭付，盛誉之中毁草虫。
以力重书磨未尽，翰林学士再书公。
封禅定典流辞器，自此人间颂乃翁。

55. 离思

只得离思曲，来听子夜歌。
孤心孤不已，独望独天河。

56. 令狐八拾遗见招送裴十四归华州（自述）

六十郎中内侍工，三生日上作飞鸿。
法国特使行万里，天机独步共西东。
安平七国从欧始，地铁外交首辅公。
拾遗文章多补正，诗词十万作家翁。

57. 韩碑

磨平字迹在碑文，剟武唐公不胜总。
只以英雄裴度总，唐家战士莫纷纭。

58. 宿骆氏亭怀崔雍崔衮

石径无尘净，层霜有雪生。
秋阴秋不散，白雪白方明。

59. 风雨

落叶经风雨，青楼有管弦。
骚人骚秀玉，薄俗薄方圆。

60. 梦泽

女作楚王腰，娇姿曲玉条。
红颜云梦泽，杜若在云霄。

61. 七月二十八日夜与王郑二秀才听雨后梦作

雨向湘灵五十弦，云浮竹泪二千年。
冯夷怅望苍梧路，独背孤灯枕手眠。

62. 谢书

笔砚一微毫，文房半佩刀。
王祥何羡慕，柳直以心高。

63. 寄令狐学士

秘殿中书省，曹司制书文。
郎居天下问，学士世中闻。
太液翻黄鹄，陈仓渡暗云。
阊阖墀琐开，御掌开人君。

64. 酬令狐郎中见寄

古郡丹青笔，丘迟玉宅明。
汀封江渺渺，雨注水平平。
紫柱波波影，青萍处处荣。
衔芦衔雁语，一人一生鸣。

65. 赠歌伎二首

之一：
一曲唱阳关，三春纵玉颜。
樱桃含白雪，百态已弯弯。
之二：
白日相思梦，孤身子夜春。
高山流水去，下里有巴人。

66. 寄令狐郎中

嵩云秦树路，渭水洛河泉。
汉苑相如问，梁园信纸悬。

67. 漫成三首（自述）

之一：
一望洛阳花，三生不在家。
南洋翁已老，海角误天涯。
之二：
东西何所界，水月几分霞。
海角无非海，天涯有是涯。
之三：
世上三分陆，云中七海涯。

南洋南不尽，北岛北冰花。

68. 无题（一题阳城）

白道阳城十万家，良田万亩四时花。
班车驿舍三生路，读学无端向世华。

69. 槿花二首

之一：
朝开暮谢玉芙蓉，木槿花开少女踪。
一到南洋高树大，珍藏碧叶自成龙。
之二：
舒舒卷卷有黄红，暮暮朝朝玉蕊中。
杜杜头头藏不住，伸伸展展作天工。

70. 哭刘蕡

上帝深宫问，巫咸不闭门。
文房闲四宝，闭谷向黄昏。

71. 杜司仪（牧）

自得一斯文，差池半及君。
群风群所树，别忆别司勋。

72. 荆门西下

不以人生路，常闻驿舍回。
荆门西下去，楚水向东来。

73. 碧瓦

秦砖汉瓦一王朝，碧玉长城半楚腰。
古巷深宫曾建筑，珍珠翡翠自云霄。

74. 蝶

叶叶春秋色，桥桥渡口村。
芦花飘白雪，落日满黄昏。
蜀女昭君问，西施越秀昆。
何明何物象，几见几王孙。

75. 蝇蝶鸡麝鸾凤等成篇

蝇蝇蝶蝶在人间，麝麝鸡鸡不等闲。
凤凤鸾鸾成世界，时时物物久天颜。

76. 韩翃舍人即事

蜀帝无声杜宇鸣，齐王有怨作蝉生。
荷花结子莲蓬满，玉坊含丹抱绿荣。

77. 公子

去去来来问，成成败败名。
王侯公子客，一代半朝荣。

78. 子初全溪作

鼠鼠猫猫见，龙龙凤凤知。
相传相继续，祖业祖人司。

79. 杨本胜说于长安见小男阿衮

子子孙孙继，家家户户承。
天无天天有德，地主地粮兴。

80. 西溪

暮暮朝朝晓，寻寻觅觅英。
时时迁代代，易易换天衡。
有择成良秋，从民作治平。
西溪应远去，始得最清清。

81. 柳下暗记

人间无上下，世上有阴晴。
但得贤人在，何分彼此名。
隋堤杨柳岸，至此越吴荣。

82. 伎席

兰亭曾一序，乐府有三明。
伎色闻桃叶，官家不可情。

83. 少年

儒家一秀才，举士半天台。
但见农家子，枯荣草木开。
天天应彼此，日日久徘徊。
不见所传继，当然误选来。

84. 无题

大禹家天下，三皇五帝开。
精英精世界，举世举良才。
代代何承序，朝朝几不猜。
贤才贤能得，历治历天来。

85. 立微先生

自以一仙翁，当然半世空。
玄微三百载，带妙半无终。
汉帝王母见，秦皇二世风。

扶桑扶日立，一道一飞鸿。

86. 药转

改昌迁肠易，脱胎换骨工。
神仙神自在，不可不言中。

87. 岳阳楼

君山一见岳阳楼，但以巴陵落叶秋。
羽雁衡湘芦苇宿，人生已上洞庭舟。

88. 寄成都高苗二从事

英名曾隔代，故事已成君。
历治由台陛，功成可豫群。

89. 岳阳楼

潇湘南北岸，岳麓暮朝颜。
有意寻天水，无心入武关。

90. 越燕二首

之一：
卢家文杏色，越燕莫愁归。
以此衔花落，秋乡不再飞。
之二：
命侣添新意，安巢见旧痕。
寻寻寻不见，莫莫莫黄昏。

91. 杜工部蜀中离席

人生处处自离群，纵纵横横一世云。
汉水知音流不尽，当炉不是卓文君。

92. 隋宫

相逢陈后主，不问帝王家。
玉树秦淮岸，江都二月花。

93. 二月二日

回归元亮井，忆事亚夫营。
隔日龙头举，云云雨雨声。

94. 筹笔驿

一驿书香久，三军管乐明。
关张刘蜀问，赤壁火连营。

95. 屏风

四扇连环一叶舟，梅兰竹菊半春秋。

春春夏夏秋冬继，草草花花久不愁。

96. 春日

卢家一莫愁，雨水半春秋。
白玉堂中色，梅花月上头。

97. 武侯庙古柏

古柏半龙踪，三军八阵逢。
连营徐庶去，赤壁火云封。
计取空城对，颁师让智恭。
英雄相惜退，自古有中庸。

98. 风

扬扬应不定，处处自无藏。
有客从声响，偷时入洞房。

99. 即日

昨日曾相继，明天已不留。
因因何果果，子子再筹筹。
后代谁关系，先宗可闻休。
分成三世界，去往一今求。

100. 九成宫

仁仁寿寿一隋宫，暑暑炎炎半日空。
夏日唐宗来此建，周王八骏作雄风。

101. 少将

少将当时戍，临胡白马飞。
阴山曾一箭，立诺已三微。

102. 咏史

作事为民以水舟，三生自言运河流。
楼船美女王侯欲，世有天堂已不休。

103. 赠白道者（一作咏史续）

二世三年一代秦，苏杭水调运河人。
千年以此长城比，不误江都务万民。

104. 无题二首

之一：
一夜星辰一夜空，三更月色五更终。
心无杂念灵犀在，十万诗词作遗风。
之二：
一夜秦楼客，三生弄玉华。

箫声留舍下，已到穆公家。

105. 汉宫词

不问集灵台，相如自未来。
昭阳宫外客，扫叶学班才。

106. 无题四首

之一：
无言只是半心情，有约青楼一玉英。
伎女官衙应止步，颜颜色色不相倾。
之二：
一寸相思两寸灰，三更未约宓妃来。
陈王抱枕凌波去，自此云中有楚才。
之三：
夜枕含情女，星明舞曲来。
由闻声里意，不解以心开。
之四：
一曲隋炀十二楼，天堂越秀运河舟。
樱花水巷垂杨柳，水调楼船六国羞。

107. 赴职梓潼留别畏之员外同年

秋闱桂子共香第，紫禁雕文遇凤凰。
蜀道京华鸟雀别，咸阳一路到南昌。

108. 无题

三春三雨色，一水一心情。
小女江南岸，男儿隔月鸣。

109. 桂林路中作

水水山山一桂林，江晴水暖半鸣禽。
鸟烟瘴气连苗寨，结社欺行乱党谣。
十万深溪钟乳石，三更月落木成荫。
人情自古人情异，是是非非自古今。

110. 蝶三首

之一：
一入群芳里，千寻草木中。
花香花不语，采蕊采西东。
之二：
觅觅寻寻似，飞飞落落同。
群蜂知采蜜，授粉作香虫。
之三：
羽翼分开闭，高低是俯扬。

知花知碧玉，入主入芳香。

111. 无题二首

之一：
上下冬秋摆，高低俯仰摇。
惊心回谷底，动魄向云霄。
之二：
无根上下一花开，有色高低半玉裁。
已是瑶台芳自落，青云直去向天台。

112. 悼亡

序：
王十二兄与畏之员外相访，见招小饮时，
予以悼亡日近，不去因寄。
诗：
歌舞属檀郎，门庭半锁乡。
黄思流水近，日日忆爷娘。
谢守怜家子，嵇康吊广扬。
书生应所事，不可入黄粱。

113. 隋宫（一作隋堤）

江山半壁一楼船，倩女三千五女仙。
舞舞歌歌应未尽，杨杨柳柳运河边。

114. 落花

功成是落花，路远向天涯。
作客知天地，深情是故家。

115. 月（一作秋月）

水上并山边，云中挂草弦。
临终留一箭，后羿错明悬。

116. 赠宗鲁筇竹杖

竹杖相扶助，登山始觉轻。
扬长应自得，闭目可行程。
以此文君问，当炉在蜀城。

117. 垂柳

黄中应带绿，水上已成风。
摆摆摇摇见，烟烟雨雨中。

118. 曲池

山深多直木，水远少长池。

曲曲留明色，扬扬日月知。

119. 代应二首

之一：
一别三千里，无言泪两行。
何须明日许，折柳断心伤。
之二：
昨夜云遮月，今辰石径霜。
经山经草木，受苦受炎凉。

120. 席上作

家公有伎命高唐，席上功夫曲舞扬。
宋玉应声云雨赋，巫山一水楚襄王。

121. 访隐者不遇成二绝

之一：
一树冬青雪，三重玉带衣。
应知藏不住，落色不相依。
之二：
已觉猿声久，还当鹤影稀。
浮云难望尽，且作帝王畿。

122. 破镜

破镜重圆后，清光似旧天。
伤痕归自己，照世属娇妍。

123. 舞题

紫府仙人路，瑶台玉女城。
无须观世界，有意自相倾。

124. 赠庾十二朱版

朱书一诏帝王来，固漆投胶不可开。
未必重回宣玉律，文章治国金科台。

125. 李花

桃桃李李自成蹊，色色形形各不齐。
蝶蝶蜂蜂传粉蜜，因因果果有高低。

126. 柳

一柳随风摆，千枝碧叶摇。
隋堤相见后，已伴运河桥。

127. 为友

一有云屏半有娇，三心养女二心桥。

无端作得金龟婿，不负香衾百事消。

128. 过招国李家南园二首

之一：

无妻潘岳同，有路客难休。

北海知苏武，李陵子女留。

之二：

年年杨柳絮，去去暮朝休。

网商无非事，飘飘上下流。

129. 留赠畏之（一名将赴职梓潼过韩朝回三首）

之一：

不遣当关已早霜，朝回下笔向君郎。

洲头欲止惊鹦鹉，弄玉吹箫引凤凰。

之二：

待郎来鸟未栖，巢中隐约自无啼。

悠悠暗影应相见，草叶高处木叶低。

之三：

且自轻轻唱竹枝，潇湘月色赋新诗。

江陵水色巫山雨，一峡云光宋玉迟。

130. 三月十日流杯亭

日色子规啼，川光向陇西。

流杯亭上见，叶长木兰低。

131. 无题

相见时难别亦难，离心欲断续情残。

春蚕到死丝成茧，烛炬成灰腊作滩。

去去来来随日月，朝朝暮暮有波澜。

生生死死相依惜，岁岁年年自挂冠。

132. 碧城三首

之一：

三千书附鹤，十二玉栏杆。

玉辟犀阶路，栖鸾碧树端。

何须世上问，只向碧城观。

之二：

紫凤潇湘夜，芙蓉楚鄂池。

珠光明月夜，隐影水相知。

只可闻声去，无须指鹿时。

之三：

夜雨马山峡，高唐玉水时。

瞿塘官渡口，蜀女竹枝迟。

133. 对雪二首

之一：

淑气带寒来，梅花纳雪开。

章台多柳絮，玉女久徘徊。

之二：

庐家一玉堂，谢守半寒光。

地上层层絮，云中处处扬。

梨花敷满地，厚厚落层霜。

134. 蜂

凌波一宓妃，越后半轻风。

点点花心取，嗡嗡玉汁红。

传承分紫府，济世作巢丰。

二月成行去，三秋作匠工。

135. 公子

外戚封侯后，中庸御史前。

公当公子问，学道学成仙。

一代承先后，三生继古贤。

平常平不得，自得自源泉。

136. 赋得鸡

公鸡处处鸣，独独不群情。

蛋蛋鹦鹅养，姑姑是母情。

137. 明神

须知石可言，水色自当喧。

一室明神见，三冬客主繁。

138. 辛未七夕

七夕牛郎到，三更织女来。

天河桥欲断，鸟鹊未飞回。

139. 壬申七夕

七夕佳期到，银河两岸寻。

星繁无可渡，喜鹊有知音。

140. 壬申闰秋题赠乌鹊

两度河桥一路遥，三星暗上五更消。

牛郎织女何曾问，此去归来独自寥。

141. 端居

澹澹端居客，悠悠独枕床。

寥寥何所以，寂寂问牛郎。

142. 夜半

夜半三更晚，星明月色空。

遥遥如近近，寂寂似蒙蒙。

143. 玉山

兰田一玉山，楚璞半王颜。

不可随心去，凉州设古关。

144. 张恶子庙

恶子无先见，书生有后明。

当知当此见，去可去知情。

145. 雨

瓜园雨及时，竹木露相知。

万物心中念，千穿一石司。

年年和处处，岁岁已滋滋。

不可狂风暴，当然顺地宜。

146. 菊

菊菊重阳色，欣欣九月黄。

群芳休息后，独占晚秋香。

147. 牡丹

锦帐卫夫人，闺闱素女春。

花枝招展处，富态百姿身。

148. 北楼

曲曲歌歌一北楼，琴琴瑟瑟半无休。

天天日日何如此，去去来来误白头。

149. 拟沈下贤

不可问潘安，河阳带雪寒。

轻鸾衫自薄，玉影彩云端。

150. 蝶

三春蝶自飞，九夏亦无归。

采蜜蜂巢建，问你入何闱。

151. 饮席代官伎赠两从事

隋炀水调半天堂，一伎千姿百态香。
以此官家由所欲，新人旧主易红妆。

152. 代魏宫私赠

漳河一梦思，举檠半相期。
莫以陈王问，宓妃已不知。

153. 问答

序：
代元城吴令暗为答（隋独孤信举止风流，风吹帽沿，侧观塞路）。
诗：
举止风流一独孤，风扬帽沿半殊图。
荆王枕上原无梦，足见高唐一小姑。

154. 牡丹

当窗含紫色，对户纳红流。
不是相倾国，还应四季留。

155. 百果嘲樱桃

樱桃先去子，百果后尝鲜。
早熟丰身味，琼英玉液悬。

156. 樱桃答

自得天生质，何言碧叶高。
诗经投之报，乐府郑樱桃。

157. 晓坐

后阁朝回眠，前墀有酒泉。
红颜无定所，得失忆当年。

158. 咏史

金陵已六朝，后主向隋消。
二百年中事，长江十丈潮。

159. 一片

巫山云一片，白帝两三潮。
宋玉高唐赋，襄王白日遥。

160. 日射

一日金球共翠微，三光以此自成辉。
南南北北东西见，不以公私论是非。

161. 题鹅

肥肥瘦瘦一群鹅，扭扭摇摇半唱歌。
汨罗水上千声过，不解兰亭两字多。

162. 华清宫

北陆有胡尘，华清见太真。
霓裳曾为舞，羯鼓问儿臣。

163. 梓潼望长卿山至巴西复怀谯秀

相如一酒炉，不赋梓潼居。
谯秀巴西问，长卿寄鲤鱼。

164. 齐宫词

永寿兵来夜，金莲秀舞风。
梁台歌管在，尽是有无中，

165. 十一月中旬至扶风界见梅花

梅花带雪开，玉色覆云来。
郁郁芳香去，疏疏傲影催。

166. 青陵台

青陵台上月，万古雨云烟。
莫以韩凭问，寒梅带雪妍。

167. 东还

无心无自得，有意有相思。
二月江东水，三春古月时。
东还东海岸，北陆北梅枝。
十载长亭路，千波一路滋。

168. 酬崔八早梅有赠兼示之作

梅花自领百花妍，碧玉春风一玉仙。
绿满红园成岁月，芳香不语作桑田。

169. 春风

春风春雨水，一月一梅花。
处处呈新意，欣欣对日华。

170. 蜀桐

文王天地举，烂尾以焦凝。
五柳陶公弃，弹琴问广陵。

171. 汉宫

不见李夫人，汉武邻瑶台。
王母方朔问，甲帐未成因。

172. 判春

敢问西施晚，何言木渎留。
陈王思不住，洛水宓妃游。

173. 促漏

鸳鸯一水纹，只只两边分。
促促声声见，人人一一文。

174. 江东

江东一钓船，楚水半连天。
八月钱塘岸，莼鲈蟹脚鲜。

175. 读任彦昇碑

任昉名声好，萧公建业行。
梁台初创立，以此向天鸣。

176. 荷花

荷花叶上一珍珠，欲止还游半似无。
点点方圆风月水，明明闪闪纪姑苏。

177. 五松驿

何时断五松，古驿半留踪。
未是山边虎，疑闻水下龙。
悠悠惮夜客，落落步虚封。
以此相思去，何言不鼓钟。

178. 灞岸

灞岸折杨柳，阳春白雪分。
离人离自去，别意别文君。

179. 送臻师二首

之一：
已上灵山路，无须问白头。
清凉沧海界，主意楞伽修。
之二：
苦海迷途远，莲花一叶舟。
观音观自己，普渡普春秋。

180. 七夕

世上无期别，天河有度来。
牛郎应自道，织女以心开。

181. 谢先辈防记念拙诗甚多异日偶有此寄

一意曾先触，千情已自然。
由人由所欲，待世待方圆。
格律知天地，规则日月天。
三千诗客在，五万首成篇。
吏吏官官写，王王后后研。
文章文自此，有道有千年。

182. 马嵬二首

之一：
玉树后庭花，君王不自家。
应知天下计，但以汝予他。
之二：
后主何天下，先皇历治中。
成为王者范，失作蜀都终。

183. 可叹

陈王半宓妃，洛水千波微。
莫幸东方宴，年华去不归。
秦家梁客人，晋帝魏时非。
是以空相许，何言自在飞。

184. 望喜驿别嘉陵江水二绝

之一：
江流望喜楼，水色对沧州。
诸葛三称蜀，张飞一阆州。
之二：
嘉陵江逝水，栈道蜀临天。
莫以陈仓见，东流雨雾烟。

185. 别薛嵒宾

夜向一窗灯，清规半玉凝。
无言多介意，不必玉壶冰。

186. 富平少侯

家袭承祖代，少小富平侯。
不惜金弹子，还寻玉色楼。

银床空不得，岁月自当流。
错落昭阳女，佳人客莫愁。

187. 肠

九曲黄河十八湾，三光日月万里山。
回肠自以相如见，隔断风云是不关。

188. 赠宇文中丞

只以中天立，当平柱国才。
山公曾不启，且望杜康台。

189. 晓起

晓起征寒镜，梳妆纳线天。
樱桃红一片，彩旭自相连。

190. 闰情

白雪初相覆，梅花已自分。
明明藏玉色，隐隐露春云。

191. 赠刘力男鸭绿江源捕鱼

松花白雪玉湖冰，冻土冰鱼半尺凌。
坐上爬梨飞不住，寒梅欲殿少香凝。

192. 杏花

别意杏花红，含情望大风。
逾墙分不得，野性自西东。
日色鲜新晓，云光映纳隆。
吴王香径满，越女馆娃宫。

193. 灯

暗淡黄茅驿，暄明紫桂楼。
遥遥图所见，独独近时羞。

194. 清河

年华无所事，只柰有伤春。
水性扬花处，芳流色落频。

195. 袜

洛水袜生尘，陈王自以珍。
凌波曾藉此，不惜宓妃春。

196. 追代卢家人嘲堂内

楚水潇湘去，金陵半石头。
卢家人彼此，处处莫愁愁。

197. 代应

卢家白玉堂，只可向王昌。
一对鸳鸯鸟，成双是凤凰。

198. 离亭赋得折杨柳二首（乐府题作杨柳枝）

之一：
灞岸折杨柳，蓝田璞玉烟。
离心离别苦，细叶细腰悬。
之二：
若雾依依拂，如云寂寂垂。
春风吹不得，惹得有心吹。

199. 寄永道士

人间落叶时，世上云山知。
道士经天地，阳台日月诗。

200. 华州周大夫宴席

华州一酒泉，不醉半云烟。
访戴何须问，几得向彭宣。

201. 荆山

荆门一水闲，直北半云间。
向背潇湘竹，东吴作玉颜。

202. 日夕

嫦娥不断肠，处处有余光。
后羿应留箭，黄粱小女房。

203. 次陕州先寄源从事

二水三山半五湖，千流万里一江都。
东周不合西雍路，跬步无量进取途。

204. 过郑广文旧居（郑虔）

宋玉三闻吊，汨罗一九歌。
长沙知贾谊，谢守自江河。

205. 东下三旬，苦于风土，马上戏作

东西东不尽，海水海云平。
远近多相异，彼此少丰盈。

206. 莫愁

金陵一莫愁，建邺半风流。
不以秦皇问，江东见石头。

207. 梦令狐学士

荒凉白竹扉，寂寞碧清晖。
一尺银台雪，衡阳待鸿归。

208. 涉洛川

不向陈王问，凌波洛水闻。
何从风月色，怯似宓妃裙。

209. 有感

一酒无须饮，三生有度量。
文章经日月，草木在天堂。

210. 宫伎

一半腰肢细，三宫曲线长。
千姿回百态，八九艳奇香。

211. 宫辞

藏娇金屋里，曲舞玉人香。
体胖何丰泽，心扉独枕床。

212. 代赠二首

之一：
黄昏已望休，月色半如钩。
不锁心扉帐，开心作莫愁。

之二：
淡抹春山黛，浓涂玉水流。
鸳鸯常戏比，喜鹊作桥头。

213. 楚吟

宋玉无愁赋，襄王有约来。
高唐神女会，一水两云台。

214. 瑶池

八骏飞天去，三宫落玉台。
阿母何不问，只见穆王来。

215. 寄在朝郑曹独孤李四同年

同年同岁月，共事共天台。
一水一山见，万纵万横才。

自古文章见，如今彼此来。

216. 南朝

徐妃半面妆，魏宋六朝亡。
叔宝陈齐去，柔然后主梁。
南朝三百寺，北国一隋乡。
地险天机在，杨家二代炀。

217. 题汉祖庙

自以张良作子房，萧何已是半刘邦。
鸿沟垓下三军界，项羽江东一故乡。

218. 柳

自取一条长，腰身半拂光。
婆娑摇玉影，左右自低昂。

219. 送别

序：
韩冬郎即席为诗相送，一坐尽惊，他日余方追吟，连宵侍坐徘徊久之，句有老成之风，因成二绝寄酬兼呈畏之员外。

之一：
十岁吟诗律，三冬向客家。
寒心春自许，少小问乌纱。

之二：
老凤栖高树，东阳一日名。
沈人佳句在，独约别时情。

220. 评事翁寄赠饧粥走笔为答

白杏花天色，红鹦碧玉泉。
春云春雨润，日上日桑田。

221. 东阿王

陈王赋洛神，魏晋向天均。
北国风云度，西陵半断秦。

222. 圣女祠

黄昏半掩扉，暮鸟一回归。
蕙草松篁里，瑶窗纳翠微。

223. 独居有怀

柔情终是妒，古道始非终。
独步何居独，鸿飞亦落鸿。

224. 过景陵

不异西陵魏，还同北陆秦。
仙升先后汉，岁月武皇均。

225. 野菊

楼前海石榴，子后忆春秋。
谷雨重阳见，黄花共九州。

226. 及第东归次灞上却寄同年

及第同年共事秦，儒书日月再秋春。
南宫旧路东门舍，一世民生半世臣。

227. 临发崇让宅紫微

一树千姿绿紫微，三光半许去来归。
层层落落丛丛色，叶叶枝枝刺刺闱。

228. 板桥晓别

晓步板桥过，霜踪一两行。
前程非故土，水岸是炎凉。

229. 过伊仆射旧宅

方酬力战功，旧榭逝波穷。
小阁凝尘久，莲池故语空。

230. 关门柳

永定河边柳，桑干两岸杨。
居庸关外望，蓟燕赵门梁。

231. 酬别令狐八补阙

夏别留题处，秋逢再问心。
知音知向背，处世处光阴。
鹤羽风蝉望，人生古道吟。

232. 银河吹笙

寒宫桂影半倾城，帐向银河一玉笙。
已得秦箫湘瑟曲，娥皇竹泪女英名。

233. 闻歌

故国三千里，深宫二十年。
藏娇金屋外，扫叶两班宣。

234. 悼诗

序：
彭城公薨后赠，杜二十七胜李十七潘二

君并与愚同出故尚书安平公门下。

诗：

自此分岐路，梁山水约空。

参差多少意，两地岁年终。

235. 与同年李定言曲水闲话戏作

参差岁月久波澜，白雪梅花隔杏坛。

已是同年同起步，冠官共事共冠官。

236. 赠华阳宋真人兼寄清都刘先生

贬谪升迁一路人，玄虚跬步八仙尘。

秦秦汉汉周天子，拣赐刘卢废此身。

237. 楚宫二首

之一：

十二峰中见，三千弟子闻。

梨园留世界，暮雨复朝云。

之二：

楚情细腰条，春风半入潮。

襄王神女会，峡雨向云消。

238. 和友人戏赠二首

之一：

仙人三不问，玉女一轻风。

但作红楼伎，千姿百态中。

之二：

不锁青门掩，轻云自主开。

相闻相待见，一语一心来。

239. 寿安公主出降

自古和亲战，如今假亦真。

乌孙成汉地，渭水作先秦。

240. 有感二首

之一：

九服归元华，三灵叶睿图。

如何初易举，大觉已书殊。

汉苑分相与，符辞密智扶。

天朝天子客，步上步虚途。

之二：

妇好天机卜，商汤向武丁。

三军三自胜，一智一丹青。

世上无成定，人间有渭泾。

何须何界定，有觉有苍灵。

241. 重有感

玉帐牙旗客，天宫地府成。

神仙神自得，帝子帝王名。

已造三清路，千年半玉英。

皇都皇已信，做场做重生。

242. 题二首后重有戏赠任秀才

青云任秀才，白璧可人来。

弄玉箫声去，湘灵鼓瑟回。

243. 夕阳楼

序：

荥阳是所，知今遂宁，萧侍郎牧荥阳日作，萧澣也。

诗：

日下夕阳楼，云中半逝流。

飞鸿南北问，两度一人游。

244. 春雨

春风春雨润，立夏立鹅毛。

但以春秋见，冬梅独不高。

245. 鸳鸯

棒打鸳鸯两地分，金笼玉锁一安群。

何言自在无由在，不可全时不见云。

246. 中元作

中元朝拜去，绛节对清回。

玉镜玄虚照，瀛洲蕙草开。

247. 楚宫

二寸风尘一寸腰，三吴细女半吴条。

西施只是溪纱女，霸主何须志气消。

248. 伎席暗记送同年独孤云之武昌

知音知彼此，汉口汉阳舟。

不见楼中鹤，鹦鹦鹉鹉洲。

高山流水问，子曰子期休。

249. 宿晋昌亭闻惊禽

曲渚临川路路寻，惊禽近驿半知音。

昌亭一木难栖静，远隔天涯一夜心。

250. 深宫

日里皇恩夜里客，羊车有意未留踪。

深宫一枕三千计，不似高唐十二峰。

251. 明禅师院酬从兄见寄

人非三界域，地绝一尘喧。

草木经心本，星河有简繁。

252. 寄裴衡

夏雨浮萍碧，秋风落叶多。

潘仁才易得，沈约唱离歌。

世路无先后，人生有几何。

253. 即日

一日三千字，年年百万多。

平生如此度，万里一长河。

254. 丰收

高粱亩亩六千株，穗穗棵棵四两菰。

亩产平均二万籽，书生累计自登科。

诗词十万乾隆笔，不计巨工数量多。

岁岁年年常继续，前行步步近汨罗。

255. 淮阳路

淞江一五湖，水调半三吴。

自足淮阳府，天堂两岸苏。

256. 崇让宅东醉后沔然而作

一醉不英雄，三生自道穷。

官贫官胜景，吏苦吏贪风。

只有农夫累，粮粮米米中。

257. 晚晴

人间重晚情，世上事难平。

暮暮朝朝路，行行止止程。

258. 迎寄韩鲁州（瞻同年）

积雨青苔路，行程驿舍遥。

当朝同霍卫，柱国主云霄。

共事天街策，文人武勇潮。

259. 武夷山

流霞山顶落，水瀑自成溪。
叠叠深潭里，声声似古犀。

260. 一片

云来群鹤舞，羽翼逐沧烟。
远远连天地，茫茫四海田。

261. 西南行却寄相送者

百里西南路，三人自北来。
重逢无约定，此别有冬梅。

262. 寄成都高苗二从事（时商隐坐主府）

幕下红莲客，湘中日月深。
汨罗曾问水，蜀道共鸣禽。
主府长沙赋，如今久待吟。

263. 郑州献从叔舍人褒

一日华阳洞，千年紫玉红。
茅君从此问，阆苑步虚宫。
奕世仙曹贵，丹炉百岁工。
三官由自许，九脉可清风。

264. 四皓庙

庙后山光近，门前水自流。
先生先不是，有路有人忧。

265. 题白石莲花寄楚公

白石莲花坐，如来度国明。
西天僧磬语，北陆上乘英。

266. 定安城楼

高楼百尺楼，永定一河流。
英雄曾以诺，射箭过幽州。

267. 隋宫守岁

一步金莲步步开，三军不战两军回。
隋炀未得佳人见，再造楼船自渡来。

268. 利州江潭作

雨满空潭蕙叶凋，云浮贝阙水晴潮。

琼苏玉液萍洲碧，旧驿金轮销小桥。

269. 即目

水色青枫驿，鸿归杜若洲。
拥花拥草色，大势大人忧。

270. 相思（一作相思树上）

相思树上合欢枝，独步云中意未迟。
凤凤凰凰凤不在，儿儿女女女当知。

271. 茂陵

阴山草木雨潇潇，汉帝无知李陵遥。
苏卿已老望乡桥，北海男儿三子女。

272. 镜鉴

镜鉴客天地，包含可暮朝。
晴阴分不定，彼此共娇娆。
玉集琼眉凤，香台小阁蕉。
斜阳颜色好，有约向秦箫。

273. 送郑大台文南觐（郑畋）

台文南觐省，不负北君名。
一匹绫绢赐，三吴向背荣。

274. 风

小孔寒窗斗大风，吴天楚水逝江空。
东临赤壁君山岸，火烧连营一气功。

275. 洞庭鱼

已见洞庭鱼，无须汉寿居。
潇湘和沅水，只读岳阳书。

276. 天涯

天涯天欲堕，一柱一擎天。
海角南洋水，椰林北国船。

277. 哀筝

直立翁同鹤，斜弦体共宣。
音音遮面曲，处处抑扬悬。

278. 喜舍弟羲叟及第上礼部魏公

国立斯文本，民营日月源。
江山三世界，社稷一轩辕。
及第朝廷士，天公六省暄。

从君以礼部，直以直臣言。

279. 自南山北归经分水岭

郑驿临南岸，燕台处北山。
归经分水岭，一步两幽潺。

280. 旧顿（顿食处也，天子行幸住处亦称顿）

旧顿东人久，新程四海田。
平时行殿尽，息止客思田。

281. 代董秀才却扇

一幅方圆减，三思尺寸增。
屏含屏夏水，叶纳叶秋凌。

282. 有感

一度襄王梦，三巴宋玉辞。
瞿塘官渡口，楚客蜀山时。

283. 骊山有感

一步骊山路，三军自不行。
男儿男不主，女子女难盟。

284. 别智玄法师

玄虚一法师，别路半无辞。
不向杨朱问，樵渔隐政司。

285. 赠孙绮新及第

遥听上苑钟，故步逐鸳封。
玉漏金銮殿，云间玉士龙。

286. 代秘书赠弘文馆诸校书

上苑儒生路，崇文馆里书，
红黎留贝叶，万载校相如。
鼓案垂钩钓，殊途向背渠。
三皇传五帝，一究一当初。

287. 乱石

山河乱石倾，大小不闻名。
不得何时见，长城万代兵。

288. 独娜临窗

冬深已大寒，白雪半青丹。
静影神思远，咖啡暖玉鸾。

289. 日日（一作春光）

日日春风日日香，梅花落尽梨花扬。
桃桃杏杏枇杷果，以此成茵作嫁妆。

290. 过楚宫

高唐一楚宫，白帝半江风。
不以襄王梦，何言宋玉功。

291. 龙池

龙池龙不在，虎踞虎常行。
若以潜渊见，平川逐不名。

292. 泪

岘首羊公见，苍梧舜帝行。
潇湘斑竹间，草木树碑名。

293. 同次故郭汾阳宅

已问郭汾阳，星光半宅藏。
朱栏临水次，白鹤待伊梁。
向背翻然路，春秋各暖凉。

294. 流莺

流莺无本意，待世有风流。
曲曲难终止，春初夏末愁。

295. 出关宿盘豆馆对丛芦有感

丛芦丛苇岸，有雁有鸿群。
远远何相见，萋萋是雨云。
关东盘豆馆，独见一人文。

296. 和韩录事送宫人入道

三光曾旧路，一道已猖狂。
向北韩郎近，星云半故乡。

297. 即日

不问神仙路，何寻道士行。
人间人未了，杂念杂相倾。

298. 圣女祠（二道）

之一：

独要人间圣女名，乾坤半在世难成。
婵娟夜夜寒宫影，后羿无非独自行。

之二：

宴宴歌歌曲曲情，琴琴瑟瑟笛箫轻。
官官自语贫贫治，子子何言父父名。

299. 赠从兄阆之

人间万世一天机，独向千夫半不依。
做得男儿逐鹿迹，中原燕赵作鸿飞。

300. 嫦娥

一箭无知九日心，三光自此半余荫。
神仙只是人间望，夜夜嫦娥问古今。

301. 吴宫

吴宫水殿明，宴罢醉人声。
侍女皆无醉，鲜花已放行。

302. 残花

残花带露痕，夕照有黄昏。
物象应如此，春秋望子孙。

303. 天津西望

天津西望去，自是故人乡。
永巷应常客，分司作柳杨。

304. 西亭

独鹤从来不独眠，西亭夜色水中天。
相依自古多生命，半在乾坤半在田。

305. 忆往一师

经年别远公，暮鼓始无终。
晓望东林寺，禅房色亦空。

306. 昨夜

昨夜寒宫暖，秋风自不凉。
云沉池上影，桂在月中香。

307. 海客

一水满南洋，三光似北乡。
牛郎应海客，织女寄梭忙。

308. 初食笋呈坐中

凌云一雨心，出土半依林。
嫩箨香苞衮，尖尖作古今。

309. 行至金牛驿寄兴元渤海尚书

已至金牛驿，巴云半蔽天。
王恭杨处处，庚杲柳莲莲。
蜀笺书生赋，陈王白玉篇。

310. 早起

早起四方新，晨迷半懒人。
春风多不力，只入女儿邻。

311. 寄蜀客

临邛一酒垆，不醉半相如。
莫以文君问，琴弦以外余。

312. 深树见一颗樱桃尚在

樱桃小口一玉悬，亮亮殷红半汁泉。
一颗长枝连供养，凹凹却是早成圆。

313. 细雨

飘飘白玉堂，细细带云光。
楚女腰肢见，萧郎越秀娘。

314. 歌舞

白雪霓裳舞，阳春曲调轻。
胡姬胡目顾，一意一相倾。

315. 海上

连天徐福望，海上不成仙。
莫遣麻姑问，蓬莱半岛田。

316. 魏侯第东北楼堂郢叔言别聊用书所见成篇

夜阁黄昏暗，楼堂玉盏灯。
红尘沉不积，曲舞带香凝。
白羽风交扇，朱门映影绫。
知音弦外得，探得玉壶冰。

317. 白云夫旧居

旧识白云夫，新居贝玉奴。
霓裳曾弃去，以带舞扶苏。

318. 同学彭道士参寥

仙家一上真，道士半三春。
桂树寒宫影，人间望尽秦。

319. 到秋

落叶风中不闭门，飘飘洒洒作黄昏。

摇摇摆摆飞不定，欲向归根却过根。

320. 华师

自古浮云不见根，山中草木在五蕴。

西林老衲黄昏寄，白雪阳春似有痕。

321. 华岳下题西王母庙

秦皇曾一念，海外有长生。

以石长城筑，三边国界清。

神仙应世外，道士已多声。

莫以蓬莱问，玄虚以念成。

322. 过华清内廊门

别馆黄昏闭，华清旧日开。

明时巡幸处，不见子孙来。

323. 凤

不向梧桐独自栖，人间记取凤凰题。

崇时敬得多情意，落佩有言未似鸡。

324. 赠荷花

一叶波平一玉花，南天水色北山华。

嗡嘛尼叭咪吽祖，只以心经守一家。

325. 丹丘

丁宁青女结霜回，早待羲和向日催。

万里丹丘消息少，梧桐叶下凤凰媒。

326. 房君珊瑚散

半见嫦娥影，弦中一玉身。

寒宫余桂影，杵臼捣红尘。

327. 小桃园

桃园三结义，蜀国半荆州。

刘家刘表弟，赤壁赤风流。

328. 嘲樱桃

红樱千隐隐，碧叶半微微。

望尽情难止，甜时以只归。

醇醇书本子，汁汁入心扉。

329. 和张秀才落花有感

见放红蕾绽，张扬始奉芳。

风来常不定，欲落最时香。

330. 代越公房伎嘲徐公主

一伎千声尽，三春半舞倾。

无言姿色重，不露浅深情。

331. 代贵公主

无心杨柳态，得意素芳条。

信步折花瓣，回眸上小桥。

332. 乐游原

十里乐游原，三秋自不言。

西阳东照去，一树半荒垣。

333. 昭肃皇帝挽歌辞三首

之一：

叔父周王继，公灵断意文。

无从承旧诣，不复咏横汾。

之二：

龙门咽不止，上阙鼓钟闻。

玉寨惊霄柝，金桥罢晓云。

之三：

挂寝青云断，松扉白露门。

昭华应已验，甲帐已无根。

334. 梓州罢吟寄同舍

楚雨连吴江，湘云落岳阳。

漳台铜雀伎，洛水一陈王。

335. 无题二首

之一：

无题二首二无题，有意东声有意西。

自以深情情自以，红霓七彩彩红霓。

之二：

姑娘望月本无郎，桂影婆娑枕月香。

卧后清宵长细细，相思不入莫愁乡。

336. 病中早访招国李十将军遇挈家游曲江

十顷波澜一远平，千光闪闪半近明。

曲曲流流江岸草，岁岁年年一度荣。

337. 昨日

昨日风云昨日消，今天跬步今天遥。

明辰又是前程路，所积人生渡口桥。

338. 樱桃花下

花开花落去，结子结心来。

子在心中实，皮包玉肉开。

339. 故驿迎吊故桂府常侍有感

征南战北半东西，武勇文谋一玉题。

易水荆轲听击筑，英雄自古未高低。

340. 槿花

暮谢朝开一槿花，南洋北海半客家。

留心自卷成长蕊，自保余香不保华。

341. 暮秋独游曲江

三春玉叶两春明，一叶秋时半雨声。

碧碧黄黄分不定，兴兴落落各难平。

342. 任弘农尉献州刺史乞假还京

负隅无言语，荆山入座轻，

黄昏财印点，月后向京城。

343. 赠司芒种

白雪梅花已立春，清明夏满芒种秦。

桑田十亩应青女，陇上三光向五津。

344. 无愁果有愁曲北齐歌

青龙东旭日，白虎夕阳西。

国国叠家事，男男女女栖。

无愁因果在，有欲达非齐。

个个群群异，朝朝暮暮啼。

345. 房中曲

月色婵娟七尺床，嫦娥后羿半分堂。

经天九日回肠断，一箭留成作曲房。

346. 齐梁晴云

春云带雨一柔条，十里晴云半际霄。

已见齐梁分不定，南朝玉树只藏娇。

347. 效徐陵体赠更衣

密帐藏娇隐，垂帘望约明。

深宫腰渐细，结带舞姿情。

348. 又效江南曲

欲语情先致，行身已细腰。

胡姬丰耳目，越女减肥娇。

349. 月夜重寄宋华阳姊妹

桂子宫中落，嫦娥似不知。

华阳双姊妹，月里有相思。

350. 访人不遇留别馆

门扉常不锁，窃望去来人。

已得仙桃在，偷时一半春。

351. 雨中长乐水馆送赵十五滂不及

水馆一离船，波纹两岸边。

人人分已定，远远阔平天。

352. 汴上送李郢之苏州

白纻梁王问，黄昏子胥闻。

吴门吴韵细，小小一芳云。

353. 赠郑谠处士

陆羽泉中客，张翰脍里寻。

纯鲈应八月，处士可风云。

354. 复至裴明府所居

卜筑半幽深，杉篱四面林。

开扉含旷野，闭户纳鸣禽。

画柱雕梁色，关山守古今。

弹琴和草木，对月问人心。

355. 子初郊墅

举目深山木，行程野旷林。

耕耘田亩绿，隐约水知音。

十里无弦合，三生有直荫。

356. 览古

水逝景阳钟，金汤半玉封。

箕山回首吊，莫持向中庸。

357. 汉南书事

一度兴师二世衰，三军动众百官惟。

天书未已皇城乱，未忘乌孙有微卑。

358. 当句有对

紫府程遥碧，三星启晓霞。

平阳兰芷浦，玉树后庭花。

359. 井络

天彭一掌中，井络半潜风。

杜宇成啼鸟，金牛自向东。

360. 写意

羽雁春秋度，排空一字吟。

衡阳青海驿，起落以人寻。

361. 宋玉

宋玉荆台百万家，骚人楚赋一才华。

高唐已得襄王梦，暮雨朝云栈道斜。

362. 韩同年新居饯韩四迎家室戏赠

潼关一路古弘农，九曲黄河半去踪。

万里征西征万里，千骑扫北扫胡烽。

363. 奉和太原公送别杨秀才戴兼杨正字戎

清风三百里，白日半西东。

代继千家客，司空一晋雄。

364. 池边

细柳池边色，红墙日上明。

流莺啼不住，玉影细腰行。

365. 贾生

长沙一逐臣，渭水半秋春。

汉阙虚前席，苍生是鬼神。

366. 送王十三校书分司

分曹一洛阳，合着半青黄。

已见龙门镇，何言问未央。

367. 寄别韩同年二首

之一：

话别胡僧路，辛夷已盛开。

经风当是雨，莫语楚才来。

之二：

一树石榴花，千红碧玉家。

殷殷成隐隐，叶叶拢纱纱。

368. 谒山

麻姑沧海上，炼石补天中。

后羿升迁晚，嫦娥桂影宫。

369. 约天

知音不是一知音，伎女弹筝半伎心。

但向黄金何不止，弦琴得失抚弦琴。

370. 失猿

南天一祝融，栈道半江风。

暮色猿啼尽，巫山一峡空。

371. 戏题友人壁

金屋藏娇子女音，班姬校史汉家箴。

相如作得长门赋，骗取文君寡妇心。

372. 假日

但向刘伶问，何必陶公寻。

应当应所寄，自得自然心。

373. 寄远

月月弦弦一半圆，朝朝暮暮两居天。

嫦娥捣药无时已，玉女投壶有酒泉。

374. 王昭君

画尽毛延寿，行程敕勒川。

琵琶知蜀女，只隔汉家田。

375. 旧将军

李广阴山一将名，单于汉卒半无生。

陵陵武武分胡汉，女女儿儿是旧情。

376. 曼倩辞

曼倩瑶池梦，蟠桃玉女颜。

人间三百载，未醉一阿环。

377. 所居

竹下一泉居，云中半读书。

琴声应不断，白石作弹渠。

378. 高松

高松一片作风涛，翠色千重似玉袍。
动岭山呼山不动，群峰独峙作旌旄。

379. 访秋

落日江皋色，归帆入港湾。
黄昏红遍水，落叶远根还。
只以风霜见，山林已等闲。
江山随月晚，社稷任天关。

380. 昭州

桂水清清去，湘西匪匪行。
金沙江上虎，乳洞石中鸣。
百色山川外，千流草木生。
无君无孔圣，有盗有枯荣。

381. 哭刘司户蒉

贾谊长沙谪，孙弘不待相。
中兴言未过，冤路事炎凉。
送别黄陵水，如今白雪乡。
天高回首望，未了故人肠。

382. 裴明府居止

闻君茅屋里，洗墨砚池中。
好鸟留飞影，泉音有北东。

383. 陆发荆南始至商洛

荆南商洛去，未向五湖期。
紫见仙芝地，青辞斫竹时。

384. 陈后宫

后主三山色，陈宫一丽华。
龙舟频幸宴，法驾独春花。

385. 乐游原

紫阁连烟色，青门逐步空。
层冰层草芷，薄雪薄原风。

386. 赠子直花下（令狐绹子直）

子直墙花下，吟诗碧玉中。
萧郎三掷笔，小史一书僮。

387. 小园独酌

不饮三杯酒，还闻万卷书。
芳园芳碧玉，小雅小桥余。

388. 思归

平生一路自思归，羽雁三湘两度飞。
驿舍千年多少吏，儒书万里意情扉。

389. 献寄旧府开封公（开封公令狐楚也）

三年幕府一春秋，一字秦书逐客留。
北极天文三赋续，公离楚子九州头。

390. 向晚

花情羞脉脉，柳意拂微微。
北土秋千罢，南朝被褉归。
文心雕著作，向晚背心扉。
日月东西异，春秋草木非。

391. 春游

庚郎年最少，谢守岁华明。
步步春风暖，花花露水瑛。
长川长逝水，白鸟白飞莺。
八宝蹊桃李，三层玉阁行。

392. 离席

一便金尊弃，三声玉帐寻。
千杯千里去，一路一离音。

393. 俳谐

一水依依岸，三光处处明。
连成连彼此，各事各枯荣。
水岸分分合，光明照照倾。
年年相见处，岁岁互孤行。

394. 细雨

细雨和风润土田，阴晴日月运河船。
沧桑世界红尘外，凡俗乾坤见本圆。

395. 商于新开路

商州刺史李西华，驿路新开七十家。
十里长亭家十里，青云望迟是天涯。

396. 题郑大有隐居

独峙群峰一石梁，清溪杂木半山荒。
樵人不到乔林木，乌鹊闻声待客堂。

397. 夜饮

一醉书生过，三生欲达闻。
儒官多不济，独木一桥云。
昼夜分长短，阴阳画漏分。
前程依步量，日月在耕耘。

398. 江上

北陆来时路，江南去已舟。
归途成向背，问道作春秋。

399. 凉思

北斗开口问，南陵锁陆尘。
西风应扫叶，大漠向东邻。

400. 鸾凤

秦楼一穆公，弄玉凤凰宫。
早已知箫史，平生去是空。

401. 李卫公（德裕）

弟子音尘绝，天涯日月多。
佳人姿色在，一柱对天歌。

402. 韦蟾

一别半凄凉，三生十地乡。
当官当百姓，宿驿宿千肠。

403. 自贶

陶公一弃官，五柳半村安。
子弟书生近，琴弦木本宽。

404. 蝶

蜂蜂蝶蝶入花丛，采粉心中各不同。
徘徊盘旋相似处，游移制蜜有天工。

405. 夜意

玉帐方垂定，婵娟已满床。
香风初入枕，独自望天凉。

406. 因书

因书已十章，旧事过三堂。

草草前程路，茫茫不问乡。

407. 奉寄安国大师兼简子蒙

忆奉莲花坐，当闻贝叶经。
应知天地界，佛祖教丹青。

408. 闲游

夕照西阳色，黄昏白塔明。
荷花莲结子，柳叶送蝉声。

409. 县中恼饮席

恼席县中去，河阳以醉来。
官惊官场病，劣性劣根回。

410. 即日

旧说苏杭客，新闻日月乡。
唯亭同里去，始见运河忙。
五霸夫差建，百里水芳塘。
舟船村社共，隔壁嫁姑娘。

411. 江村题壁（自吟）

吴江村上舍，暮色运河船。
百里盘门路，三生共雨泉。
姑苏同里岸，读得五湖烟。

412. 题李上薯壁

嫩剪周颙韭，肥烹鲍照蔡。
思玄南烛酒，旧着北心帏。

413. 漫成五章

之一：
自谓宗师好，何言格律堂。
今诗沈宋客，乐府豫文章。
之二：
杜宇声中见，鱼凫蜀上闻。
蚕丛修蜀道，望帝四川云。
之三：
嫁女生儿女，今无一右军。
三分三不得，一主一昌文。
之四：
举目长城望，渔阳草木催。
居庸烽火石，直致嘉峪台。

之五：
黩武心非战，儒文意是和。
鸟孙传父子，汉帝已先科。

414. 射鱼曲

贝阙朝天不锁洋，龙宫玉液久闻香。
鲲鹏不见鱼鼋见，海水无量日月量。

415. 日高

城中只有一男儿，妇好何须半卜知。
只向香门寻女色，幽王以笑作恩慈。

416. 宫中曲

暮色羊车来，宫门久不开。
藏娇金屋里，赵女掌中回。

417. 海上谣

海上风云涌，云中岛上催。
秦皇徐福间，此处几时回。
汉帝瑶台会，王母玉液开。
仙丹传秘道，道去向谁猜。

418. 李夫人三首

之一：
一曲李夫人，三身半作邻。
春光闲不住，只向帝王频。
之二：
月里婵娟影，宫中白雪身。
青春知一日，结带束三人。
之三：
不尽黄河水，还寻古月房。
真珠真瘦骨，腊雪腊丰光。

419. 灵仙阁晚眺寄郓州韦评事

依山仁者见，靠水智人闻。
楚璞凭雕凿，华莲意气分。
幽人幽自得，自在自文君。
朝朝暮暮雨，去去来来云。

420. 秋日晚思

平生有归游，历日各春秋。
以梦庄生蝶，何归访戴舟。

421. 春宵自遣

夜半月当花，寒光作玉霞。
婵娟多远色，不似到予家。

422. 七夕偶题

乞巧人间事，天河两岸星。
年年繁不断，处处女儿灵。

423. 景阳宫井双桐

一井景阳宫，双桐凤去空。
红缨留不见，禁绽泪成风。
已误天机阔，芳香自始终。

424. 幽居冬暮

幽居冬暮雪，自得腊梅诗。
傲影浮香近，邻家唱竹枝。

425. 过姚孝子庐偶书

野社当庭落，山鸡向户来。
因饥来一食，白雪两三催。

426. 赋得月照冰池（鸭绿江凿冰捕鱼）

凿洞江山喷，群鱼跃跳昏。
冲入冲自得，白雪白无垠。
一月寒宫色，三冬树挂纯。
明光明世界，皓洁皓乾坤。

427. 永乐县所居一草一木无非自裁今春蕙以芳茂因书

草木家居尽自栽，心期瞩目物相催。
寒梅杏李芙蓉水，世外桃源五柳来。
谢守芳蕴鼓泽雪，陶色日色武陵开。
梧桐凤落凰栖止，尚志成蹊向楚才。

428. 南潭上亭宴集以疾后至因而抒情

佳人玉齿半关明，一水芙蓉西岸清。
处处红颜天地色，池池去去有深情。

429. 寒食行次冷泉驿

空庭树下剩寒梅，点点馨中色不回。
再过三天无乞火，清明谷雨有春催。

430. 寄华岳孙逸人

独峙江山岳，松涛草木吟。
唯应逢阮籍，啸啸过长林。

431. 寄王全

序：

戏题赠稷山驿吏王全（全为驿吏五十六年人称有道术诗题）。

诗：

驿吏老风尘，仙人已自珍。
三年成甲子，道术不知秦。

432. .寄李使君

序：

和韦潘前辈七月十二日夜泊池州城下先寄上李使君。

诗：

夜泊池州水，三更鼓浪津。
澄江如练净，不早见诗人。

433. 花下醉

朝朝暮暮不还家，绽绽蕾蕾欲启花。
止止行行寻特异，芳香太久醉日斜。

434. 所居永乐县久旱县宰祈祷得雨因赋诗

桑田日日是人生，久旱时时待雨英。
一宰祈祷民所望，甘霖已至是精诚。

435. 滞雨

滞雨京城路，泥泞永巷门。
归来灯欲暗，续去作心根。

436. 赠赵协律晳（孙谢二公共事两相）

三朝旧路两朝空，一省中书半省工。
客使东山楼伎色，衡阳不断有飞鸿。

437. 摇落

不使书生有远心，阳春白雪作知音。
摇摇落落千山木，抑抑扬扬万古今。

438. 元宵节

灯灯月月已相连，吏吏官官已不全。
隐隐明明街市巷，南南北北各方圆。

439. 偶题二首

之一：

风来一醉消，雨去半云霄。
碧玉姑苏岸，盘门有小桥。

之二：

海柏枝相接，山榴色正红。
三生应不独，半枕不宜空。

440. 月

影影婆婆处处明，空空荡荡意难成。
弦弦久久园园少，隐隐无光约约情。

441. 撰彭阳公志文毕有感

岘首沉碑赋，羊公已志凝。
成文留日月，以表筑延陵。

442. 正月崇让宅

寒梅正月半余香，玉叶千花一放扬。
唤得群芳争艳竟，东风已过玉门梁。

443. 城外

平生共事月亏盈，半在江山半帝城。
路路长亭长短见，人人跬步跬前行。

444. 夜冷

秋风欲响上枯荷，顺带池塘一路波。
冷气由然随水色，幽幽落叶已无多。

445. 北青萝

平生爱与憎，独步几云层。
落叶千根土，残阳一远僧。

446. 戏赠张书记

别馆云遮月，空庭草木苔。
阴晴何不定，逐日水池开。

447. 幽人

一民苍山万岁藤，三生独步探香凝。
吟禽野鹤应千里，不胜幽人问五陵。

448. 念远

赤道南洋海，环球北极冰。
东西分一界，百艳合香凝。
念远怀天下，共图举世兴。
千年留史记，一寺野游僧。

449. 老宅思旧

序：

过故崔衮海宅，与崔明秀才话旧，因寄旧僚仁赵李三掾。

诗：

故帐恩如旧，鸟衣事又思。
黄泉分两界，日月去来知。
足迹留天下，人生悔已迟。

450. 微雨

细雨微微下，轻风处处吹，
杨花沾已重，柳絮已垂垂。
润润和水，农农贾贾窥。
年成年自好，米稻米粮绥。

451. 南山赵行军新诗盛称游宴之洽因寄一绝

遥临莲幕水，近决主人山。
且以梁王客，吴宫不等闲。

452. 曲江

不尽曲江波，汨罗唱九歌。
文章三甲见，进士此登科。
魏阙鸳趋步，南山问几何。

453. 景阳井

井外景阳宫，朝中玉女穷。
藏娇藏不住，共处共其中。
不见西施去，谁闻木渎空。
隋炀隋水岸，只在运河东。

454. 故番禺侯以赃罪致不辜事觉母者他日过其门

饮鸩非君命，兹身亦厚亡。
人皆生欲望，吏宦作官狂。

455. 咏云

岁岁无根见，天天有所源。
沉浮舒卷去，隔断两墙垣。
实实阴晴致，空空可简繁。

456. 夜出西溪

一马千军列，三秋万叶分。
寒光多少日，野草卷沉云。
战后三声鼓，和时一女闻。
乾坤应子女，彼此胜君文。

457. 效长古

曲曲眉毛细细腰，婷婷白雪不藏娇。
长长一线连云雨，汉殿昭阳洛水潮。

458. 柳

江南江北路，浦口浦边桥。
白雪阳春接，东风细雨条。
吴江吴水色，楚女楚姬腰。

459. 九月于东逢雪

九月东逢雪，三秋北魏风。
冰封冰国色，腊月梅腊梅红。

460. 四皓庙

一酒鸿门半酒风，留候四面楚歌穷。
萧何莫以追韩信，四皓虚当落汉宫。

461. 送阿龟归华

松根四面伏苓多，绶带垂腰唱九歌。
贾谊衡阳鸿落地，长沙不远过泪罗。

462. 高花

宋玉临江宅，相如隔帐窥。
人情人不主，月好月花垂。

463. 九日

已共前翁把酒诗，红枫白菊问阶墀。
重阳处处黄花发，九月秋秋碧玉迟。
不采茱萸天下客，空寻旨宿楚才知。
空廊步步曾回首，旧忆纤纤可久思。

464. 僧院牡丹

三支粉色两支红，一叶方成百叶功。
月在花中花似月，僧吟寺上寺如宫。

465. 赠司勋杜十三员外

杜牧司勋字牧之，桃花盛开杏花时。
清明小雨湖州路，约得三年刺史迟。

466. 嘲桃

无懒三分醉，有花半寸倾。
开时开带露，结子结精英。

467. 送丰都李尉

李尉丰都去，张仪楚诺来。
商君商于路，郢客郢人才。

468. 饯席重送从叔余之梓州

水逝江无逝，君还我未还。
何知三郡守，不见百牢关。

469. 僧徒

序：
天平公座中呈令狐公时，蔡京在座，京曾为僧徒故有第五句。
诗：
日月同晖卓木泉，乾坤自古有方圆。
霓光执罢红尘色，役杖呼声上下宣。
白雪阳春僧自许，禅房夜话寺中天。
青袍御史休官易，玉带绯衣问陌阡。

470. 江上忆严五广休

一笔深藏五寸毫，三生浅见一春刀。
裁成草木皆兴缘，激起波澜作玉涛。

471. 访隐

老树依门立，长泉向石来。
晨风三界水，夜话半天台。

472. 寓兴

竟远从知去，寻深任自幽。
乡愁乡不得，遇境遇难休。

473. 东南

羲和一路半金鸟，后羿余弓箭已无。
暮暮迟辞华岳树，朝朝早到向罗敷。

474. 归来

隐隐期期欲，官官吏吏行。
书生书不定，不事不身名。

475. 子直晋昌李花（得分音）

一水两边分，三光半壁文。
秦台吴馆雨，晋李魏川云。
子直皆兄妹，书香自识君。

476. 河清与赵氏昆季宴集得拟杜工部

渭水一秦川，咸阳半逝烟。
周公齐鲁介，赵氏集方圆。

477. 寓目

锦瑟音余一曲工，湘灵雨泪二妃终。
汨罗已有长沙赋，只向苍梧寄舜情。

478. 题道静院

序：
院在中条山，故王颜中丞所置，虢州刺史舍官居此，今写真存焉。
诗：
青松白柏着龙文，紫府金丹和鹤群。
异木灵山山不语，奇云本草草成君。
仙家隐士同行止，不是真时共是闻。

479. 赋得桃李无言

桃桃李李自成蹊，子子花花半不齐。
不以高低知日月，南南北北向东西。

480. 登霍山驿楼

衰荷一阵风，千声半不同。
残云残叶尽，玉水玉人工。

481. 寄和水部马郎中题兴德驿时昭义已平

郑驿登临望，郎中远近心。
和平和是贵，战士战非萌。

233

水色潇湘阔，天光日月深。
芙蓉千百岁，独木一成林。

482. 题小松

庭门植小松，十载自成龙。
白雪经霜后，丹青对祖宗。

483. 送户部李郎中

序：

行次昭应县道上送户部李郎中充昭义攻
讨（昭义节度使刘从谏卒，子稹继位不
从朝廷，合讨之）。

诗：

郎中攻讨去，自以有朝廷。
但以江湖见，丹青有渭泾。
清清流浊浊，色色见形形。
社稷和和守，官民日日宁。

484. 水斋

千年一水斋，五日半尘霾。
大漠荒沙起，中原满市街。

485. 奉同诸公题河中任中丞新创河亭四韵之作

水上一轻舟，云中半色流。
风尘留不住，大道寄春秋。
远目河亭望，鲛鲅上下游。
中丞中砥柱，一省一天楼。

486. 过故府中武威公交城旧庄感事（武威公主茂元也）

南泉晋水祠，北陆六州儿。
大树交城叶，汾河峪口支。
黄绢文自在，燕雀一声知。

487. 赠田叟

在野无贤望，临朝有子声。
吴宫孙武将，女春虎丘兵。
浃洽交亲得，桑田雨露荣。
朝朝辛苦力，暮暮子收成。

488. 赠别前蔚州契苾使君

远祖一功臣，如今半使秦。

阴陵何部落，国史几秋春。
不负青冢女，何年百岁尘。
桑干河水北，魏晋以汾津。

489. 和人题真娘墓（真娘吴姬墓在虎丘寺）

西施已在剑池边，木渎吴宫自不连。
只以真娘留越女，姑苏自以虎丘娟。

490. 人日即事

子晋吹笙日，文王复故人。
周称流火月，舜格有苗春。
采制文章客，经心巧女珍。
宫中才子见，月下许终身。

491. 春日寄怀

雪月风花一日春，浓茶淡酒半天津。
高官厚禄先贤士，吏苦居贫满驿尘。

492. 和刘评事永乐闲居见寄

官贫莫道半官贫，本草何言本草珍。
只有田家交税赋，春秋祭祀是秋春。

493. 和马郎中移白菊见示

杜若知先楚，江淮桎梏分。
郎中移白菊，共土带根耘。
九日重阳见，霜花素女裙。
群芳知退让，独点日香曛。

494. 寄崔侍御

序：

喜闻太原同院崔侍御台拜，兼寄在台
三二同年之会。

诗：

自以南台见，当知两省闻。
应知崔侍御，已得共年君。

495. 喜雪

百亩良田种玉花，千呼万岁一人家。
秦川白雪阳春里，素被皇城作国华。

496. 柳枝六首并序

之一：

声声一柳枝，母母半男儿。

父贾风波殁，吹音玉叶辞。
燕台同格律，赠叔义山诗。
里巷如姑至，明年约不期。
留留尘日尽，但作里娘知。

之二：

杨杨柳柳枝，去去又来迟。
约定难成约，无期是有期。

之三：

一棵丁香树，三春玉色形。
知音知碧叶，曲始曲终听。

之四：

独俱知音叶，吹时似管声。
悠悠天下怨，叔叔世中情。

之五：

柳下燕台诗，云中小女迟。
谁人谁自得，一曲一相知。

之六：

赠叔相思苦，东山寄曲肠。
由情方寸守，不可作鸳鸯。

497. 燕台四首

之一：

八句燕台诗，千情故地辞。
男儿应不解，一女自相思。

之二：

羽客作芳心，风光向古今。
高环应自立，以意向知音。

之三：

无情无意尽，有欲有私情。
以叶吹音曲，由衷赠叔生。

之四：

愿以天牢锁，相思地载从。
幽幽西海岸，处处自情封。

498. 右春

后阁雨幽幽，前庭以线流。
黄河流浊水，万里过中州。
莫问同源出，清清泗泗头。
中堂思不尽，曲曲过春秋。

499. 右夏

相思想怨雨，有念有情云。

玉树婷婷立，明花处处芬。
秦皇倾六国，美女七千群。
一万饥亡去，长城筑武分。
隋炀南一统，只为丽华裙。
水岸垂垂柳，江都白日曛。
天堂由此见，二世未兴文。
只以头颅好，无须圣帝君。

500. 右秋

清溪流不尽，白石阻难成。
竹泪湘灵久，苍梧鼓瑟声。
衡阳青海路，一岁两飞行。
楚璞谁知玉，无从有里生。
廉颇知胜将，赵国以军荣。
复以相如智，纵横完璧情。
何须分左右，正副合公卿。
日月江山在，嫦娥后羿盟。

501. 右冬河内诗二首

之一：
寒宫寒玉树，独影独嫦娥。
欲展清姿色，繁星已渡河。
三秦蛮柱瑟，八桂九芝多。
栀子交香仁，相逢未几何。
之二：
闾门日上一妖姬，木渎河中半女疑。
五霸春秋吴越见，千声曲舞帝王期。
夫差已始修南水，子胥闻应楚国师。
不得范蠡勾践去，公私未济是无私。

502. 赠送前刘五经映

秦皇秦二世，汉武汉三王。
委吏安邦治，承朝业业堂。
书儒安可戏，勇武治牵强。
北伐隋炀继，西迁冀小康。
兴元成国策，尺寸作圆方。
步道玄虚易，如来佛祖祥。
人心知日月，法制去来扬。
白首知天地，绯衣立栋梁。
江山由五岳，草木立三章。
盗跖难今古，维为作短长。
先生之雅教，后继望文昌。

上苑麒麟阙，梧桐一凤凰。

503. 送千牛李将军赴阙

紫绶当年秀，琼英至此荣。
幽求苏武节，弃市仲由缨。
牧御三军将，牧边五柳营。
如无经一战，束有带千兵。
以箭幽州虎，曾威北海鲸。
居邻临异类，别馆正同名。
舍鲁南齐渡，流漓彼此鸣。
星明弦半半，月夜漏丁丁。
庾信多伤感，翙朱去有情。
秦楼箫已断，弄玉凤凰城。
六合江都水，苏杭日月盟。
还须回顾问，致得两心倾。

504. 哭遂州萧侍郎（萧瀚）

初惊逐客书，复骇党人居。
密待荣方少，司刑望切余。
三秦穷四塞，五马六连车。
蜀道知难去，巴猿道栈舒。
汨罗曾问楚，贾谊汉家如。
战伐长城见，和平汴水鱼。
行明儒知未，谏议治当初。
百草辛夷试，千泉引导渠。
清流儒知未，五月记三闾。

505. 咏怀寄秘阁旧僚

秘阁攻文字，衡茅自勘英。
垂堂维刺骨，若木苦雕精。
画饼官疮老，折膺典籍成。
途穷方结舌，静胜管窥情。
异类争先见，同形落后明。
义章义岁月，武勇武大横。
一把龙泉剑，三生拭海平。
鲸鲛龙所欲，雁鹤鹭鹓鸣。

506. 戊辰会静中出贻同志

丹元成玉宇，会越道心邻。
物假虚非本，人真自是神。
观棋观日月，向往向秋春。
目望瑶台会，千年草木濒。

繁花生异类，简叶见珍茵。
念念无知解，思思有故陈。
扶桑先日月，四海共经纶。
托质玄虚胄，形为朔正身。

507. 大卤平后移家到永乐县居，书怀十韵寄刘韦二前辈

一乱三军半挂冠，千官十地两云端。
龙颜虎口谁驱骛，蕙芷芝兰夏畦宽。

508. 忆雪

序：
四年冬以退居蒲之永乐渴然，有农夫望岁之志，遂作忆雪，又作残雪诗，以寄情于游旧。
诗：
白雪丰梅影，含香玉树形。
梨花争早晚，粉素纳邻灵。
访戴无须问，寻蕾有色馨。
农夫由二月，润土向三青。

509. 残雪

春残雪亦残，化雨作江澜。
早以农家乐，耕耘始玉丹。
梁园梁自得，魏壁魏云端。
世上常丰腴，人间久事安。

510. 和郑愚赠汝阳王孙家筝伎

素手筝稳五十弦，扬扬抑抑一方圆。
形形色色纤纤指，俯俯舒舒白雪田。
玉芷双双明隐约，丰丰两度作酒泉。
筝筝欲止余音外，静里声鸣女儿妍。

511. 河阳诗

黄河天水落，万里曲折行。
李广曾飞将，幽州一箭兵。
轩辕乡里巷，炼石补天城。
但向源头见，渊泉自然清。
东流横所势，北上直南倾。
四望惊壶口，潼关永济鸣。
中原同逐鹿，晋豫共枯荣。
浩浩应无止，荡荡寄和平。

512. 自桂林奉使江陵途中感怀寄献尚书

路远心难尽，云低已有荫。
江陵同叔侄，国韶尚书临。
水势初知海，天光自识箴。
陈琳惊席曲，贾谊赋知音。
琐闼酬思客，瑶瑶瑟瑟琴。
门含藏远目，步探古人心。
羽雁相南北，枫丹白露深。
无从三弃水，不取五殁金。

513. 北京东城汪魏新巷九号

江都二世运河荫，水调头颅格律箴。
独步隋炀无日月，皇城巷浅有诗深。

514. 送从翁从东川弘农尚书幕

大镇初更帅，嘉宾已见邀。
骅骝应止路，翡翠佩琼瑶。
一举鸢皇止，三开燕雀潮。
秦楼秦弄玉，凤女凤凰箫。
舜韶嫦娥见，霜侵阮肇消。
巴山巴水峡，楚璞楚王朝。
八阵鱼龙舞，千军烛夜遥。
东城东守止，北斗北弘僚。

515. 戏题枢言草阁

黄金台上望，碣石馆中闻。
海始秦皇岛，扶桑万里云。
燕幽风雨色，晋魏自临汾。
渭水长安邑，枢言草阁君。
青楼谁美女，玉树后庭芬。
曲舞吴姬闪，姑苏木渎文。
良媒无所寄，老大自伤勤。
自弃黄粱梦，细雨得耕耘。

516. 骄儿诗

子子孙孙见，朝朝暮暮昆。
书生分甲乙，弟子列慈恩。
且学春秋笔，灯明论语村。
骄儿文荟萃，器宇剑法魂。
造次张飞笔，樊相邓艾尊。
观书临募笔，帛帖易乾坤。

谢柳梨花早，陶琴客五蕴。
三光先直木，六甲正阳门。

517. 行次西郊作一百韵

（行次西郊作一百一同韵下平七阳）

自古问咸阳，如今待凤翔。
岐山良舍外，绛帐法门乡。
不二修成寺，方圆魏晋墙。
扶风殷至社，七里渭泾长。
太白山中望，终南白雪堂。
兰田书曲会，柞水草坪香。
许庙骊山谷，临潼读像章。
高陵丰镇束，鹿苑灞桥旁。
哑柏连周至，常兴虢国扬。
纵横秦岭界，余下北南量。
永寿羊毛峪，干县户部觞。
长安朝子午，葛牌向高塘。
楚汉分天下，鸿沟定未央。
千年成一统，二世作秦皇。
胜广陈吴起，春秋战国王。
遥遥寻百里，处处尽遭殃。
雨旱非时起，禾苗不自张。
年看成子少，岁岁断儿装。
房降何成败，民生胜负强。
旗旛天日蔽，唾弃善施良。
汉武王母问，人间要暖凉。
轩辕承五帝，百姓几逃荒。
战乱王公致，饥贫子弟肠。
三边分不界，一箭射无疆。
举槊曹操起，东吴久蜀光。
空城空自己，八阵八鱼梁。
董卓貂蝉去，无情吕布棠。
司徒王允客，彼此兴兴亡。
赤壁东风火，连营战舰樯。
英雄徐庶去，世上几桃姜。
逐鹿中原久，田田几断桑。
户户丁兵役，亩亩缺秕糠。
国国家家见，河河水水潢。
和和安久久，富富泰还康。
水在河中淌，河流向水量。
支支成脉脉，汇汇作汪洋。

治政由民主，兴邦可柳杨。
应知男子气，不忘女儿妆。
命从儒臣宰，无为树党狂。
红尘红所见，白露白层霜。
九品青衣卫，平生已入房。
衙门司减赋，士子向爷娘。
五载县丞令，绯衣十岁忙。
高低曾所就，彼此有圆方。
驿路行南北，东西草木庄。
阴晴从跬步，日月问萧郎。
旷野鹰隼翼，梧桐望凤凰。
湘灵知鼓瑟，孔壁守文昌。
故吏官清制，新冠御史倡。
征心民作令，化意志玕琅。
社稷荆榛近，江山远近匡。
农夫秋硕果，委口重编筐。
汉夏酬谋略，经纶策莠良。
纵横天下论，世界运河彰。
却弃长城石，人间是吕商。
张仪嬴政立，不可忘隋炀。
已念头颅好，江都作画廊。
金钱囊探物，水调满苏杭。
大势君图共，春云雨竹篁。
琴声相起伏，玉笛牧牛羊。
饮马长城窟，秦王盛世唐。
贞观初创业，晋使复书芳。
大理封天界，恭标铁柱防。
杨坚明选士，而镜魏征相。
武李曾先后，功功业业荒。
开元天宝问，本末半辉煌。
俯弃从抬举，因循醉酒浆。
梨园留夏苑，树党亦胡伤。
不得前人始，来时后子昂。
悠悠天地上，啸啸独然沧。
画画诗诗继，王维鹿柴冈。
玄宗曾不弃，撼岳向潇湘。
应物姑苏客，昌龄建业裳。
知章乡故水，八十镜湖杭。
杜牧高适曲，岑参过北凉。
韩愈元白着，李贺孟郊襄。
太白成都甫，旗亭酒市娼。

音声商隐曲,十载一刘郎。
一字无功绩,龙门七岁璋。
封侯曾学剑,大业第当忙。
理笏端簪论,林泉六合妙。
烟霞应瞩目,未必久悲吭。
失路青门隐,藏名白社坊。
求仙求不得,佛道以儒缠。
汉武秦皇问,如今在那行。
昆仑非玉石,海外只船航。
五噫梁鸣着,陈辞立慨慷。
张衡凭所誉,不若四愁顽。
富质经冰霰,枫红待雪霜。
之玄同谓子,践迹共无彷。
道士宁其守,书生未止抢。
坑灰知己冷,九曲一河湟。
坐失轩辕后,伶伦格律详。
无心招济泽,有意待天苍。
色色空空晓,庄庄老老殇,
如来如所以,以道以才汪。
赋者诗流水,诗人志管当。
樵渔应不致,足迹影形傍。
阮籍生涯懒,稽康意气狂。
空虚神即定,自以自求裳。

518. 李肱所遗画松诗书两纸

根千枝节子,叶小自迎风。
一树三春见,平生数量工。
孤根干分立,独秀千枝节。
五百节成生百叶,全全十亿叶扬穿。

　　（注:乘20乘1000乘500乘100
得10亿,一棵树约十亿叶）

天云常自在,燕雀筑巢宫。
赤羽何求隐,琼英碧玉空。
伊人伊若木,夏雨夏归鸿。
万粒圆圆枣,秋来隐隐红。
珠桄繁简岁,日月有兴隆。
志得丰收子,诗成望止翁。

519. 偶成转韵赠四同舍

江东一大风,沛泽半长空。
霸主乌江渡,王朝以汉终。

文心蝴蝶梦,核下未央城。
会宰鸿沟界,留侯亚父名。
相门相子女,世代世承宁。
白道长亭路,青莲逐碧萍。
青袍青史记,红颜红玉冰。
赤白红黄墨,宫商角羽征。

520. 献杜七兄

无须温饱致,且记志民生。
晏子行明哲,宣尼壁隐情。
知书天下事,可见谢宣城。
武库雕龙策,芝兰自在荣。
天官须补吏,典籍可清明。
杜宇鹧鸪在,灵台首戴更。
人间多路远,世上苦耘耕。
后顾观踪迹,前程跬步行。

521. 再献杜七兄

治下无双誉,朝居有一功。
春风临四季,八节待千红。
皎杰齐天下,英威待日中。
神农慷慨资,宝瑟始元戎。
物议君恩鼎,宣吴贻税东。
羊公垂道尚,杜母待翡翁。
碣石淮山问,安禅谢导融。
今公三相启,丕祚始无穷。

522. 于成龙

志无须求温饱,行有止向始终。
罗城一任于成龙,治道三生作直松。
节俭为官青菜守,思民救主以疆封。
三颁卓异康熙策,九脉江山制洁客。
吏吏夫夫同彼此,中庸有过作中庸。

523. 井泥

万载方成井下泥,千源有润远由低。
山高处处深三尺,冻土分层有水凄。
感物无须成物见,平生草木不相齐。
縱西沿岸朝东去,一势难平带彩霓。

524. 夜思

春宵长见冷,缺月半弦余。

最是黄粱梦,何言子夜居。

525. 思贤顿（即望贤宫）

百步思贤顿,三台内殿明。
中原鼙鼓绝,下蔡述和平。
独此人间事,儒生武道荣。

526. 无题

甲子年中已九州,儒生已学作春秋。
人生不得常无谓,六十无为已白头。

527. 有怀在蒙飞卿

同庚开府学,共近尚书城。
古待双鱼坐,江清返照明。

528. 春深脱衣

春深自脱衣,老叶已相稀。
不忍随心暖,常怀已旧依。
吴姬曾无罢,白雪落裙玑。

529. 怀求古翁

霜枫知粉署,历练待桑田。
日月求朝暮,江湖莫系船。

530. 五月六日夜忆往岁秋与彻师同宿

蝉声鸣已止,落叶作云荫。
紫阁相逢宿,丹岩互担心。
寻根飘已远,以此作鸣琴。

531. 城上

暮色已登城,云光已自倾。
沙禽寻故草,岸水向流明。

532. 寓怀

素养三清境,追随五帝君。
丹炉烟汲汲,界石玉云云。
物象千奇怪,心思九脉分。
相思应独守,雁字已成群。

533. 如有

如无如有问,似后似先明。
一寸良宵夜,三更挂月情。

534. 朱槿花二首

之一：

红红似锦霞，蕊蕊向阳花。

日夕先封闭，朝来已自斜。

之二：

先开先不落，一树一枝花。

日日循规短，孤孤守自家。

535. 木兰

二月木兰开，三春碧叶来。

风光风雨色，独树独无媒。

杜若寒光楚，梨花半粉才。

536. 细雨成咏献尚书河东公

蝶粉班班落，红芳裛裛低。

河东公步步，玉草已萋萋。

宿鸟巢边湿，荷花翡翠迷。

云云浮欲止，雾雾惹虫啼。

537. 病中闻河东公乐营置酒口占寄上

已见春行止，河东处处花。

芳香芳四面，碧绿碧千字。

一路垂杨柳，三秦处处华。

538. 回中牡丹为雨所败二首

之一：

一雨成流处处红，三春落色牡丹风。

留香不语花天地，岁岁重逢寄意中。

之二：

芳妍未了作红尘，一日三春半日身。

隔岁应知云雨少，人人只向牡丹频。

539. 拟意

一水陈王赋，凌波洛女舟。

荣黄虚玉帐，翡翠挂云头。

月扇遮羞半，灵屏代顾求。

书成藏内秀，语落静箜篌。

凤穴闻香起，裙褶杜若洲。

谁言铜雀在，不可宓妃愁。

怅望张家女，金陵后主囚。

三宫由此色，七夕望牵牛。

540. 谢往桂林至彤庭窃咏

银河万里一波澜，半是繁星半是天。

汉武王母私一会，群仙毕落五千冠。

541. 烧香曲

胡姬一笑作芙蓉，比目三光左右踪。

武曌敦煌形佛祖，宫中彩服女儿龙。

542. 送从翁东川弘农尚书幕

幕府何时致，酬谋已度频。

三思三自己，九纳九真人。

汜水倾天色，秦川百里津。

逡巡多拯溺，步陟少风尘。

决位南征路，蒸黎北战薪。

规为非逐客，劝启莫重纯。

汉谍成私募，中枢帐令陈。

中原中主宰，稔恶不无因。

独道应亲属，行天必得臣。

张绅张建议，莫以莫经纶。

见泰浮生止，斯民尺寸邻。

留图成晋魏，以表作陶钧。

543. 晋昌晚归马上赠

已去朝天路，何言不可归。

年年青海岸，岁岁岳衡飞。

544. 哭虔州故侍郎（虞卿）

奉帝青天阔，辞乡白日孤。

甘心成汉纲，谏议困何图。

礼秩韩非客，恩知赵壁奴。

齐民殊入治，十宅戮城孤。

545. 寄太原卢司空

一棵好头颅，三秦大丈夫。

隋炀杨柳岸，水调运河吴。

祖业龙盘古，师谋闻玉奴。

声声陈后主，历历向江都。

546. 安平公诗

喝吏一衙明，华州半业生。

王名家虎翅，獬豸博陵情。

表柱青云色，恒沙白马行。

常言知己少，贝叶以公荣。

547. 赤壁

赤壁东风一水潮，连营火烧半军消。

以计观天知胜负，踏遍东吴锁二乔。

548. 垂柳

曲岸垂杨柳，江都水调声。

扬州桥月色，弄玉凤凰情。

549. 清夜怨（自咏）

八月青纱帐，三春进士名。

东山应试第，一举已成荣。

玉女红楼议，男儿上苑行。

榆关分内外，此去燕幽城。

少小恩媛客，书生读学精。

刘家沟自去，不与独母盟。

七十惊回首，原来已纳情。

人生人不济，待世待余缨。

550. 定子

家亡国破一何人，后主隋炀半帝频。

定子牛相牛李断，斜阳一抹广陵春。

551. 木兰花

序：

《古今诗话》：义山居长安旅店，客赋木兰花，皆称善，义山后成，客尽惊，问之，始知是义山。

诗：

潇湘不尽洞庭春，一水兰花半水亲。

不可扬帆须慢问，谁知此是寄花人。

552. 游灵伽寺

步入灵伽寺，心随贝叶径。

琴台留旧曲，草木寄丹青。

553. 龙丘途中

汉苑残花一夜无，琼瑶玉液半江苏。

龙丘不尽途中问，不似皇城有念奴。

554. 句（自述）

囊萤苦读悬梁进士连三甲，

六部郎中跬步书生过五湖。

第八函　第九册

1. 送友人归宜春

中书一舍人，送友向宜春。
柳絮杨花伴，莺声自以频。

2. 骢马曲

两日三千里路行，青天白日暮朝鸣。
应知伯乐相求见，步步祥云步步成。

3. 送温庭筠尉方城

八叉尉方城，三生向步荣。
长沙相隔远，楚客九歌轻。
一笔多文彩，千年有志名。
无须鹦鹉赋，记取杏园情。

4. 及第后宿平康里

腊月已梅香，齐登白雪堂。
三元三及第，一世一扬长。

5. 丁酉年三元

三元三淑人，一岁一新春。
共度丁酉甲，儿儿女女亲。

6. 丙申子夜，丁酉元晨，寄淑女

岁岁迎春饺子情，年年除夕有鱼赢。
香香六馅红黄绿，五谷丰登日月荣。
腊月梅花今犹在，三元子夜爆竹声。
东风已到前门外，紫气东来草木萌。

7. 都堂试贡士日庆春雪

都堂试贡入初春，白雪梅花两不匀。
淑淑香香红主色，琼封玉萃咏陶钧。

8. 都堂试贡士日庆春雪

白雪阳春庆日香，祥和瑞曲上东堂。
凝思铺练豪天地，日月东风作像章。

9. 除夜长安作

子夜开扉望，凌晨雪竹鸣。

声声分两岁，处处奉千荣。
旭日霞光照，东来紫气生。
新年新气象，故巷故人情。

10. 都堂试贡士日庆春雪

密雪纷纷作像章，群生楚楚向都堂。
中书粉署惊才子，谢赋长春玉宇香。

11. 登景云寺阁（忆马来西亚）

一寺临河洛，三生别故乡。
离家从此去，读世过南洋。

12. 望终南山

白日长安路，红尘杜曲边。
终南山上雪，玉顶茂陵泉。

13. 省试霓裳羽衣曲

霓裳作羽衣，玉帝太真依。
汉武王母见，瑶台玉宇稀。
梨园天宝色，世上始知玑。
水殿芙蓉影，弹琴曲无妃。

14. 句

滴水成圆明日月，群林纳萃碧枯荣。

15. 永州送侄归宜春

宋玉高唐赋，悲秋楚客辞。
风骚风雅颂，竹蜀竹枝词。
永水含阳色，袁江纳菊时。
宜春宜所向，别去别来知。

16. 秋日零陵与幕下诸宾游河夜饮

月下零陵水，云升竹泪明。
袁安吟不止，宋玉赋秋情。
白练湘流止，红灯一色生。
沙平临渚岸，芷草向天倾。

17. 赠伎行云诗

薄薄衣衫短短妆，红红白雪玉霓裳。
无施粉黛成天色，不醉芙蓉自立塘。

18. 纪梦（一作梦入琼台）

序：
逸史，吏游河中，忽大病，亲友环守三日，浑起，取笔大书于壁，第二句云，坐中唯有许飞琼。明日惊起，又取笔改第二句，兀然如醉，良久渐言曰：昨梦到瑶台，有仙女三百余，一人自云许飞琼，遣赋诗，及成又令改，曰不欲世间人知有我也，即毕，甚被赏叹，若有人导引得回。

诗：
瑶台自在许飞琼，不向人间着玉名。
梦令如回曾不得，蓬莱岛上有私情。

19. 题朝阳岩

牛从以子奉僧儒，及第中书吏部刍。
蹑石攀萝知进退，朝阳自向帝王都。

20. 二〇一七年二月三日立春，生日二月初三

春风今日到，路柳以心萌。
半月重未见，黄中带绿荣。
绵绵垂不语，拂拂总无平。
水调年年唱，隋炀日日情。

21. 咸阳有怀

泾泾渭渭水东流，汉汉秦秦事已休。
自入黄河分不定，潼关不锁十三州。

22. 晴望九华山

清虚望尽九华山，物象方圆半玉颜。
一脉晴阳风水见，千云紫气到人间。

23. 正月

梅花落里香，白雪日中扬。
十五元宵月，三元着正装。
年年今日始，事事向炎黄。

24. 七夕诗

年年一度过天河，胜似人间别岁多。
不解何心何世界，长长短短唱离歌。

25. 曲江上巳

半部玄远一步虚，三清上巳两金书。
香车不在渊明在，五柳先生木有余。

26. 题七夕图

牛郎织女在河边，七夕人间喜鹊迁。
直去成全桥水岸，群星作浪费心田。

27. 登明戍堡

堞垒云空里，峰蛮草木中。
阴山飞将去，一望已无穷。

28. 送陈明府之任

独在天台主，孤情奉化颜。
默林溪口水，大隐四明山。
浙水江连海，宁波白鹭闲。

29. 长安春暮

已在关东半入春，黄河曲折一湾濑。
朝东未了群芳色，路上微云细雨沦。

30. 舟行

两岸晴沙日色明，千光落照一群英。
波扬闪烁连天地，不见渔翁见钓倾。

31. 送僧

僧归山顶寺，日落夕阳红。
不可钟声晚，无言问悟空。

32. 句

之一：
但见阴晴路，无闻主客图。
之二：
谷水常流无止境，山峰独峙有钟声。

之三：
何言世上千成败，不尽人间半是非。

33. 晚秋同友人散步

纤纤小草一枯荣，细细初春半不倾。
岁岁年年同日月，朝朝暮暮共阴晴。

34. 宿仙都观阴王二君修道处

十载别仙峰，三清自足踪。
池心明月色，洞口水云封。

35. 宿东岩寺晚起

野寺朝阳早，峰钟夕照迟。
东岩东古木，一石一僧诗。

36. 秋日湖上

日上秋湖色，云沉带木形。
波摇千岭碧，鸟逝一丁宁。

37. 江山闲望

风涛日日久无平，草木年年自有荣。
逝水波波成逝水，留情处处不留情。

38. 访武陵道者不遇

莫向桃园去，何求草木齐。
潇湘秦汉路，不度武陵溪。

39. 寄旧山隐居

隐隐深山里，沧沧逝水中。
年华年自得，岁月岁难空。

40. 羡僧

一世无牵挂，三生有足行。
人间南北路，日上暮朝平。

41. 锦

织女机中线，穿梭月下明。
纵横经纬见，上下后先行。
世上文章作，人间道法萌。
春秋千百子，万代去来成。

42. 中秋月

十五婵娟不久长，三千月色半弦光。
盈盈缺缺明相继，暖暖寒寒问未央。

43. 句

花留身在晋，月照梦边秦。

44. 赠毛仙翁

半在红尘外，三清玉石中。
丹砂成一念，法术作千翁。

45. 太学创置石经

太学石文经，秦相以篆形。
儒林相望顾，弟子曲江铭。

46. 赠李商隐

恣摇羽翼慰山河，便向汨罗唱九歌。
侧过中书门下省，琉章玉句路途多。

47. 元日即事

敛板惊堂木，巡年逐事多。
从元分善恶，进士静干戈。

48. 送贾岛往金州谒姚员外

水色山光影，花明草碧深。
潇湘终共度，日月始同心。

49. 送友人罢举归蜀

杜宇逢春唤，巴山见雨云。
声声啼已久，处处雾纷纷。

50. 送卫尉之延陵

卫尉延陵去，花香草木枝。
茅君茅乳洞，季子李诗祠。

51. 送越州高录事

浦溆潮头广，江河源水长。
稽山莲越岭，泽国镜湖香。

52. 送潘咸

已是囊锥见，当风望雁行。
茗茶先煮雪，跬步度前程。

53. 送友人下第归宁

紫气东来日，长安过杏园。
微阳初灞上，贡院尚秋宣。

54. 游北山寺

药鹤分边见，钟琴合作音。
禅房何夜语，草木附鸣禽。

55. 冬日题无可上人院

人居草木中，泉流远下穷。
无心无可以，品寺品禅空。

56. 题翠微寺

香门曾举止，老衲禅房垣。
足迹经留处，斯游不易言。

57. 代吕赢书

有父无家也有妈，平生只以汝予他。
燕京寂寂桓仁客，独独春秋望豆瓜。

58. 游云际寺

涧壑风雷远，香门绝顶开。
钟声三界外，老衲一心裁。
伏虎清溪石，降龙直木台。
寒光方正见，一叶以秋摧。

59. 广德宫舍二松

二木龙鳞节，千年竟不凋。
青青风雪里，直直入云霄。

60. 浴马

白马青龙性，前程万里间。
分鬃扬首去，举足待云闲。

61. 和段学士南亭春日对雨

学士方知润，南亭已翠微。
沉思观切切，闭目雨霏霏。

62. 书怀

只守琴诗道，何言颂雅风。
骚人骚草木，一道一书中。

63. 一公房

公房一扇门，暮日半黄昏。
一雨官街净，千音入古村。

64. 晚次临泾

泾泾渭渭入黄河，暮暮朝朝唱逝歌。

曲曲弯弯同土地，清清浊浊作流波。

65. 王母祠前写望

今今古古百花齐，汉汉秦秦各自题。
只寄千年青鸟信，桃桃李李已成蹊。

66. 游暖泉精舍

鸟作晴沙影，云浮古刹形。
山河相合处，意念互丹青。

67. 怀乡

书生书不尽，驿路驿前家。
问道求行止，归心向月斜。

68. 岫禅师南溪兰若

南溪兰若水，锡影入禅心。
树树听钟鼓，云云问古今。

69. 龙翔寺寄李频

上阁云雕印，中峰草木霄。
钟声南北寺，古道往来遥。

70. 送武陵毅之邠宁

戍路行人少，边云日月多。
邠宁常守护，武毅已山河。

71. 夏日题岫禅师房

直日无林影，斜阳有远明。
客身客此老，扫叶扫枯荣。

72. 夏日因怀阳羡旧游寄裴书民

日落太湖容，波涵苜里峰。
东西山上色，镇泽水中龙。

73. 呈薛博士

学子辛勤在，声名日月开。
何期三五句，苟对万千才。

74. 即事

抱杖逢溪口，观云入古村。
无言非是客，不必忆王孙。

75. 龙翔寺阁夜怀渭南张少府

况是神仙史，无非帝子书。

红尘红色近，月照月明余。

76. 夏日龙翔寺居即事寄崔侍御

獬豸儒臣客，书文古刹僧。
龙翔飞去远，树影带香凝。

77. 龙翔寺居喜胡权见访因宿

僧开西阁日，鸟闭北巢明。
水急流无尽，云浮远去行。

78. 宿石窟寺

野鹤飞翔舞，孤僧扫叶寒。
何须山下望，只向此中观。

79. 夏日龙翔寺寄张侍御

夏日龙翔寺，钟声侍御诗。
西林随日月，老衲背天时。

80. 秋日将归长安留别王尚书

有女秋砧问，当儿挽箭行。
三边无战事，九脉有官营。

81. 龙翔寺言怀

读易龙翔寺，闻禅老衲心。
斜阳方丈问，暮鼓作知音。

82. 龙翔寺居夏日寄献王尚书

直木乔林色，龙翔寺远潭。
林深藏虎石，水阔纳青岚。

83. 题弘济寺不出院僧

观天心已定，普济性无头。
坐石身禅觉，云浮自去留。

84. 寄刘录事

城西青岛寺，夏日涌凉泉。
节院源深水，禅房储静田。

85. 酬王檀见寄

秋风入洞庭，橘子半丹青。
十里波光远，千倾一色汀。

86. 寺居秋日对雨有怀

霎霎休休雨，烟烟露露凝。

门中僧坐定，暮后未燃灯。

87. 答刘录事夜月怀湘西友人见寄

朔漠相逢晚，潇湘互别迟。
波涛明月色，隐约寄情思。

88. 上高侍御

关河杨柳路，日月草花风。
足迹天涯远，文章紫阁工。

89. 冬日寄友人

吟声梁甫尽，未得寄知音。
但以沧江棹，乡园是旧心。

90. 冬夜宿余正字静恭里闲居

相思相见少，独步独行多。
正字闲居曲，冬梅白雪歌。

91. 得子侄书

子侄乡音近，辽东五女山。
浑江流不尽，记忆共西关。

92. 献知己

知音知彼此，向学向枯荣。
少小当同步，童翁共月明。

93. 赠张渍处士

白露枫林晚，青峰白雪潮。
霜封村口木，树挂逐云霄。

94. 早秋寺居酬张侍御见寄

步以多冠客，风承落叶僧。
佳音吟早雪，淑气纳秋兴。

95. 和段学士对雪

野素山光一尺余，长眉曲黛半流渠。
层层铺铺层层厚，只见沧流逐白书。

96. 监试夜雨滴空阶

点点如监滴水鸣，声声玉漏自留声。
空阶已净趋鸳鹭，贡院当书已见晴。

97. 春雨如膏

天光天幕幕，雨色雨蒙蒙。

润泽如膏沐，桑麻似已丰。
田家田土地，社稷社兴隆。
岁岁禾苗顺，年年赋税融。

98. 送友人南中访旧知

水逐三巴峡，云分五岭林。
南中当访友，北上作知音。

99. 玄都观李尊师

玄都观上坐，魏阙客中闻。
世上三清帝，人间一老君。

100. 送石贲归吴兴

同年同志幸，共度共天机。
不隐乡关忆，闲言竹泪妃。

101. 感遇

不见玉壶空，还言日月中。
诗词工格律，十万首文翁。

102. 晚思

紫阁轻轻雨，青楼细细云。
孤庄砧杵叹，少女自离群。

103. 赠空禅师

虎石修行路，毒龙制锁邻。
禅师禅定坐，两上两秋春。

104. 西山寒日逢韦御

西山寒日近，獬豸雪霜中。
侍御江山路，龙钟跬步雄。

105. 经刘校书墓

九品如何一品官，千山万水半波澜。
群峰日上高低见，独木桥中步履难。

106. 题禅院

无花一院香，有木半炎凉。
向背林中直，阴晴岭上扬。

107. 惊秋

寻根寻不得，落叶落他乡。
白首应临镜，青丝不见长。

108. 蒋处士宅喜闲公至

闲公酒一杯，处士步千回。
腊月香风至，寻芳一探梅。

109. 绝句

霜封百里净无尘，不锁千生自有邻。
九月黄花黄菊色，三秋白雪白山人。

110. 句

之一：
沧洲千水阔，昆山万木深。
之二：
直木乔林里，狂风旷野中。

111. 听歌

一雨过高唐，千云向水乡。
巫山神女问，楚曲九回肠。

112. 青龙寺僧院

寺对千山木，门含一水流。
清溪幽洞口，玉柱石沧洲。

113. 题吴先生山居

先生山隐半山居，不谢群人一贝书。
读取心经知草木，空空色色已相如。

114. 游崔监丞城南别业

日暮钟声近，溪遥曲折流。
城南城别业，莫女莫人愁。

115. 答韦先辈春雨后见寄

柳色黄中绿，梅花雪外红。
春风初入户，草叶已成戎。

116. 夏夜会同人

岸帻栖禽似，虚空草木如。
无穷无逐鹿，有意有天书。

117. 晚游慈恩寺

雁塔十三重，慈恩一半封。
幽居先作寺，白鹭早行踪。

118. 题王处士山居

溪云常似雨，草色已如天。

处士山居见，茅堂纳石泉。

119. 宿僧院

寂寂无尘月，明明有影弦。

飞萤成北斗，入口作婵娟。

120. 晓别吕山人

晓别吕山人，晨钟已作邻。

晴云初出岫，野鹤已飞巡。

共话丹炉炼，心思静冶尘。

121. 送知全禅师南游

誉正皇城道，言空大小乘。

南行吴越去，北上白山陵。

历历经经地，阳春白雪冰。

天台天目水，运命运河兴。

122. 上张水部

姓氏公卿重，身名别业轻。

冠官冠獬豸，一品一精英。

123. 塞上行作（自云）

背井离乡去，行身读学来。

榆关分内外，月色共徘徊。

五女山中木，千山月下梅。

辽东辽水岸，八卦八仙台。

124. 赠江夏卢使君

公卿自取觅封侯，一半书儒问九州。

健酒诗人诗似酒，官愁未了又乡愁。

125. 冬夜寄白阁僧

营营曾不息，事事有心情。

白阁经音注，禅生未了名。

126. 送姚合郎中任杭州

稽山隔海草初青，诸暨萧山六合宁。

立足天台天目望，行身丽水丽兰亭。

127. 西园

一叶西园落，千枝自向低。

秋来丰硕果，大小各东西。

128. 昊天观新栽竹

移根来竹木，直节影婆娑。

细雨听声近，沉云玉叶多。

129. 晚步曲江因谒慈恩寺恭上人

晚步曲江流，浮波直渡舟。

经音经卷译，孔府孔春秋。

130. 送姚处士归亳州

处士亳州去，芝兰玉影来。

明王明令下，碧木碧峰开。

131. 寄楼子山云栖上人

云栖一上人，石室半秋春。

至客时方到，修为己静尘。

132. 秋夜喜友人宿

北斗常开口，三星带露来。

倾霄天地外，始有丈夫才。

133. 秋日同僧宿西池

同僧池上宿，共月水中寻。

只有婵娟影，秋砧半作琴。

134. 宿韦津山居

韦津一草堂，永夕半书香。

雪月风花路，沉云助竹篁。

135. 夜携酒访崔正字

紫阁云台有作无，良宵子夜醉非奴。

三生十地千家吏，万缕千丝一玉壶。

136. 送蔡京东归迎侍

两别高堂路，三生入出门。

荣荣和辱辱，子子亦孙孙。

遣遣升升见，青青紫紫尊。

儒书儒自己，进退进黄昏。

137. 中秋

却是中秋月，年年一度圆。

阴晴期待久，隐约问婵娟。

138. 池上宿

空池浸月华，老树不知家。

水岸留清影，云边作梦花。

139. 秋夕即事

一叶千微亡，三秋半白霜。

低头寻独影，不恨是牛郎。

140. 晚夏

树叶半翻红，池清一北风。

流光初到此，隔夜夏方穷。

141. 夏日即事（古今诗）

子夜成诗赋，良辰绝句吟。

邻家窥不问，隔阙再林森。

142. 夏日通济里居酬诸先辈见访

君吟三五句，子继木成林。

夏气须无酒，藤荫只有琴。

应联章法盛，不待日西沉。

143. 寄姚谏议

函疏封墨迹，典籍谏垣臣。

起草香前继，千章字句钧。

江山同日月，社稷共秋春。

144. 和历玄侍御题户部相公庐山草堂

庐山一草堂，柱史半天光。

野鹤玄云舞，清溪带雾藏。

潭泉分碧水，草木合芳塘。

再见题松石，留心种柳杨。

145. 题山中故静禅师

寂寞身还在，门人隔世生。

风尘风不定，日色日西行。

146. 砟日游慈恩寺

慈恩精舍静，寺塔夏云空。

步入藏经阁，心随贝叶中。

147. 题终南麻先生寂禅师石室

石室清岩面壁难，心经贝叶字无残。

寻途自返西天竺，入影三分路已宽。

148. 送灵武朱书记

与善灵师在，行明武记闻。
相如相互酒，宋玉宋巫山。

149. 吊草堂禅师

杖履无师四壁空，禅房已闭半书虫。
晨钟暮鼓应时响，后继前人可大同。

150. 早春送湘潭李少府之任

湘潭斑竹泪，少府早春辞。
作尉多时日，书琴可自知。

151. 送越客归

雁荡山峰北，余姚沥海西。
云平天土树，日落若耶溪。
岸渚湖州路，杭州问白堤。

152. 送周铖往江夏

东西南北郡，日月去来明。
楚郢荆门鄂，江流夏口情。
皇都闻汉水，屈子九歌声。
杜若繁花色，龟蛇见雾平。

153. 送河池李明府之任

裁杨杨直木，插柳柳成行。
白首回头望，诗书半草堂。

154. 送蔡京侍御赴大梁幕

梁园飞楚鸟，汴水入淮鱼。
共面稀疏少，同城日有余。
如今相别去，一载不知书。

155. 哭鲍溶有感

共得仙人体，同修日月堂。
秦皇何处去，白塔上人乡。
去去来来见，生生死死昂。
闻君今古在，百岁是文章。

156. 送僧归玉泉寺

乱木鸣蝉断，寒山绝鸟飞。
孤身回古刹，独步望僧归。

157. 宣义池上

雨细西林磬，泉明北寺山。
池泓宣义水，积翠化深湾。

158. 回中夜访独孤从事

边庭风静夜，月访独孤君。
寒角寒冰雪，恩齐十万军。
何言弓箭羽，自立卓功勋。

159. 宿宣义池亭

暮色柯亭满，南山翠竹青。
孤蒲芦苇浅，水渚鹤梳翎。

160. 送智玄首座归蜀中旧山

象教如来道，师因大小乘。
重兴由主持，再度任高僧。
水月观音色，三清道士承。
人生人世见，指日指明灯。

161. 贺顾非熊及第其年内索文章

及第平生晚，文章早入宣。
三生三世界，一步一恩媛。

162. 冬日骆家亭子

腊月亭台雪，梅花独自知。
贞姿松竹色，羽鹤暗窥时。

163. 题邵公禅院

锡杖门边立，禅房月下开。
寒山由瀑布，壁石结冰台。
老鸟无飞去，聆听老衲来。

164. 忆鹤

紫府成仙去，空山向日来。
群林凭水土，独鹤上人回。

165. 听夜夜泉

夜里泉声远，山中月色空。
琴声琴未语，石阻石如弓。
但向幽人寄，泠泠曲不终。

166. 乐游原春望

一望乐游原，三春自简繁。

皇城分五色，帝业已千垣。

167. 赠雍陶博士

腹里群书毕，官中六义师。
清空尘事少，独目向天窥。

168. 夏日感怀寄所知

谷谷爨爨雨，天天地地云。
风风吹不断，水水去难分。
子在山前曰，当知日月寻。

169. 陈情上知己

常官颜亦厚，久拙性何微。
只以耕耘续，当行不是非。

170. 秋夜寄友人二首

之一：
人生不可一浮名，老少难知半性情。
只有耕耘耕不止，文昌后续有前程。
之二：
海岱波涛里，云烟雨水中。
看山看足迹，问水问舟风。

171. 寄春坊顾校书

花开花落去，日暮日朝来。
不得青云志，宁心自在回。
无心舞目的，有意有天台。
自以平常待，当然草木恢。

172. 寄雍陶先辈

久见青云上，常闻白马飞。
天高天广阔，地厚地扉微。
跬步常无止，前行日日晖。

173. 对月寄雍陶

圆明圆水色，广玉广寒宫。
一入荒塘影，千波逐碧红。
相思成彼此，静望与君同。

174. 寄谢观

一别平生尽，三光对地分。
青云青鸟寄，白山白雪文。
得失何无语，兴亡几度闻，

秋风秋寂寂，落叶落纷纷。

175. 送鄂州崔大夫赴镇

魏阙南山木，朝庭谢重臣，
怀王生屈子，杜若四时邻。
有水千舟往，无须半路尘。

176. 送钱给事赴虢州

问日观潮水，南辕北辙人。
钱君闻虢俗，给事致冠臣。

177. 送雍陶侍御赴兖州裴尚书命

幕府孤直客，经纶守一圆。
阶前明月色，策令正朝天。
侍御应军务，中书甲丁连。
龟蒙微动致，北巷几求贤。

178. 四郎探母

木易杨家第四郎，番邦北国曲千肠。
金金宋宋同边界，柳柳桑桑共故乡。

179. 送车涛罢举归山

暮是朝非见，来心去意萌。
书生书不尽，一路一难成。
昨日今天逐，明时再取名。

180. 送王书记归邠州

一别陈琳去，三寻宋玉来。
邠州蝉正噪，旧应可崔嵬。

181. 送谢观之剑南从事

望雁空中过，经天总在前。
陈仓连栈道，剑阁落云泉。
不远嗁猿望，嘉陵逐四川。

182. 送顾非熊作尉盱眙

同年有几人，共事向秋春。
尉尉丞丞客，诗诗句句秦。
非熊非誉举，是守是才真。

183. 送高湘及第后东归觐叔

几度寻科第，文章向日荣。
才人才大觉，一字一城倾。
洛水东都去，长安永巷明。

前程前举步，此树此荫成。

184. 送友人下第觐省

不弃老莱衣，还寻孔壁依。
高堂归梦切，父母不可稀。

185. 送友人下第归扬州觐省

雨断淮山路，帆回觐省期。
扬州扬楚水，北固北人维。

186. 早行

宿雁无思路，行人有早程。
稀星先起路，北斗口开轻。
隐隐观鱼肚，红红一点明。
回头三十里，晓旭向阳城。

187. 送新罗人归本国

之一：
隔岸三千里，随风十日程。
新罗新国本，井巷井边瀛。
不照童翁水，唐家老小名。
之二：
人生自古一爹娘，少小离家半别乡。
海角天涯天下路，回头不见父母堂。
泉台不远谁儿女，弟弟兄兄已断肠。
寂寂留心思往去，宁安膝下度圆方。

188. 通济里居酬庐肇见寻不遇

一步衡门外，千苔半渚中。
池塘蛙正叫，不是待予情。
不负高僧约，何言有始终。

189. 赠王尊师

点土成金后，尊师玉器前。
灵砂丹自药，古素抚琴弦。
有醉行官渡，无吟到酒泉。

190. 冬夜与蔡校书宿无可上人院

书生儒释道，弟子暮朝天。
陌陌阡阡见，今今古古田。
修行成尺寸，日月在门前。

191. 冬日喜同志宿

夜话相逢宿，同程向背行。

人生人不得，路近路遥更。

192. 逢吕上山人

不在红尘外，修行草木中。
长生如有戒，愿逐到蓬瀛。

193. 春暮对雨

暮雨牡丹红，天机不起风。
珍珠初滴水，点点复精工。

194. 长信宫

藏娇未信汉家余，贝叶班姬着旧书。
舞扇团圆人卓异，红尘不断入裙裾。

195. 初夏题段郎中修竹里南园

竹里南园色，云中水石烟。
高风高亮节，碧玉碧青莲。

196. 题景玄禅师院

玄禅师院里，羽鹤榭亭中。
汲井连江海，浮云逐落红。
深山应不住，本草已先丰。

197. 夏日樊川别业即事

无才无所是，有欲有其非。
别业官居止，衡阳羽雁归。

198. 寄无可上人

一别山中客，三非世上人。
宵吟宵月挂，水岸水云新。

199. 和范校书赠造微上人

得性书公论，儒家释道明。
经玄音听止，译法始传成。
只以修心见，禅微守玉情。

200. 访曲江胡处士

处士山中隐隐泉，清心月下半成仙。
处士长生无老地，自谓欺人咫尺田。

201. 慈恩寺塔下避暑

塔上十三层，云中一半僧。
慈恩慈不止，以报以恩呈。
暮鼓应沉静，晨钟可五陵。

莲花莲结子，曙气曙香凝。

202. 秋晚与友人游青龙寺

步入青龙寺，心随草木游。
修修成本立，寂寂忆春秋。
一木阳光满，千林翠碧留。
晨钟晨日色，暮鼓暮天楼。

203. 春日雨后作

自是云中雨，何言笋下根。
兴兴先公士，苗苗后子孙。

204. 别王山人

小居衣似草，别路步如尘。
北阙从无问，南山已过邻。
孤身辛苦独，一月半弦轮。
盛夏红花色，严冬白雪春。

205. 赠陶山人

可炼公卿药，丹炉玉石分。
营营营不止，性性性天云。
子子妻妻事，人人事事君。
孤寻孤日月，自在自耕耘。

206. 刘得仁　禁暑早春晴望，一名题奉和翰林丁侍郎

白雪扬春半见云，梅花点点两芳芬。
宫池节九冰初解，柳色三光日已曛。

207. 山中寻道人不遇

寻来寻去步，自得自心成。
不必求仙径，原应彼此荣。

208. 赠敬晤助教二首

之一：
助教清虚至，玄元七字书。
何须名姓问，见道有当初。
之二：
禁掖人知状，蓬瀛未可居。
千年千万里，一去一来余。

209. 送祖山人归山

山人步步自归山，再炼金丹再炼颜。

哪有长生无老药，修身养性作仙班。

210. 监试莲花峰

玉牌仙家故步封，芙蓉出水玉芙蓉。
莲花寺外罗敷问，万仞华山一路峰。

211. 京兆府试目极千里

一骥长亭外，千鸿万里中。
天涯承一柱，海角待三凤。
魏阙春秋笔，南山日月隆。
三生三远望，一目一无穷。

212. 寻陈处士山堂

水转山回路，群峰诸岭空。
飞云飞鸟尽，直木直云中。
百谷连溪水，千川逐谷风。
山堂含远近，步履度由衷。

213. 题从伯舍人道正里南园

风流才子调，好尚古人心。
帝里亲瑶陛，朱门纳野禽。
轩垣分彼此，草木合林荫。
坐定吟诗句，行身谢古琴。

214. 赋得听松声

十里松涛起，千军万马惊。
高高飞不落，荡荡地无平。
百谷风流响，三川逐木鸣。
殷殷天下去，郁郁日中横。

215. 宿普济寺

莲池莲气远，古寺古僧风。
普济闻钟鼓，心经度色空。
清幽清陌北，曲水曲江东。
与可高僧问，晨钟暮鼓工。

216. 和郑校书夏日游郑泉

清泉清不止，积水积潭深。
滴滴含天意，幽幽纳地荫。
澄时千百木，静止两三林。
濑濑容云落，流流向客心。

217. 和段校书冬夕寄题庐山

牯岭汉阳峰，匡庐海会客。
鄱阳湖上望，隘口九江封。
极目滕王客，江南郡府钟。
希夷空雨雾，异迹逸人踪。
日色连泉下，风光逐水浓。
岩高观独峙，瀑布问层松。
莫以仙人路，由心似鸟龙。
千回成百转，一曲不相逢。

218. 书事寄万年厉员外

拥归行北阙，邑步过南宫。
紫禁黄山翠，崇兰杜若红。
封疆文武治，廨宇柏松隆。
一路华峰岳，三朝岱泰崇。

219. 上姚谏议

圣代多才子，明君有谏臣。
贞观由始治，史镜魏征询。
计短依门馆，修长直木轮。
云封天地界，树立老龙鳞。

220. 上翰林丁学士

之一：
吏以文华取，官由治谏寻。
诗词生智慧，智略以禅箴。
学士翰林院，乾坤玉殿琴。
芝兰和蕙芷，粉署对知音。
之二：
下第唯文二，成名作一成。
青云应独步，草木可枯荣。
雨露甘霖泽，春秋日月明。
相依知老小，独步望亏盈。

221. 山中舒怀寄上丁学士

身边处处有三思，不定成城可再知。
一二重分未尽，截截组组对和诗。

222. 莺出谷

春莺初出谷，羽翮未沾尘。
且得啼声近，当知百物新。

223. 哭翰林丁侍郎

应随先帝去，已作故翰林。
闭宅贤人去，开光入古今。
非亲非共事，独善独同音。
鄙拙身期付，云霄各自阴。

224. 陈情上李景让大夫

经行知远近，历事见人心。
偶约禅房夜，还寻道术箴。
儒家文化课，俯仰是知音。
直直孤孤树，春春夏夏萌。

225. 马上别单于刘评事

（时太和公主还京，评事罢举起职）

自古一和亲，边疆半旧邻。
连年征战起，借此作经纶。

226. 病中晨起即事寄场中往还

白屋今邻里，丹墀昨日情。
文昌应彼此，谏宪退思明。
日月东西路，桑麻雨露生。
春秋行止见，笔墨不停行。

227. 悲老宫人

白发龙蹯去，青丝百态行。
平生平所欲，此见此人情。
老小原无乞，童翁已是名。

228. 村中闲步

村中村外路，野水野人村。
白鸟飞来去，曾翁小子孙。

229. 上巳日

少小分明路，冠官未解衔。
民生民自得，一主一枝花。

230. 省试日上崔侍郎四首

之一：

路上年年步，书中处处家。
乾坤怀抱日，以一作天涯。

之二：

难求难得第，九品九重阳。
以物春秋见，知音日月光。

之三：

何人何相对，一笔一炎凉。
十载寒窗读，三生半去乡。

之四：

方圆方寸尺，上下上书香。
白日青天色，青衣竹履长。

231. 秋夜

西风初向户，落叶入书房。
不可寻根去，相稀问故乡。

232. 长门怨

藏娇藏一赋，舞扇舞情余。
赵女轻身许，班姬着汉书。

233. 贾妇怨

西施问范蠡，木渎运河低。
天堂商贾客，女妇故人栖。

234. 寄友人

步步青云上，声声楚子才。
汨罗何记取，杜若向天开。

235. 晏起（寄晏丹）

未入丁酉巳岁终，东霜魏巷晏丹红。
和钧曲靖同吴燕，铁柱云南七彩虹。
小女纤纤声细细，精工处处待人夷。
三光共待周朝暮，四品郎中格律翁。

236. 和郑先辈谢秩闲居寓书所怀（古今诗）

谢秩闲居日，成诗作卷铭。
平生三万日，著作一心灵。
格律和音韵，唐人客坐形。
孤行今古路，独占佩文庭。

237. 赠从弟谷

不以三闾问，如今一楚辞。
文章文化教，日始日终知。

238. 别山居

一半山居路，三千草木微。
人心人不定，望止望行归。

239. 赠道人

城中无定业，月下有三清。
市井磨明镜，茅山草木荣。

240. 对月寄同志

寒宫寒玉树，冷淡冷乡林。
此处应他处，君心似我心。

241. 忆鹤

朝天丹顶鹤，对地玉鸣吟。
不忍高飞去，常留独自心。

242. 云门寺

夜在云门寺，灯邻石径幽。
僧翁方丈话，彼此一生求。

243. 中秋宿邓逸人居

青衣闲自在，白发贵中秋。
九日重阳节，茱萸插屋头。

244. 句

帝业家家在，功名日日书。

245. 题山院

一寺寒光满，三山贝叶残。
秋霜留足迹，石磬已轻弹。

246. 绝句

得得无成失失成，悲悲有喜喜悲衡。
觞觞酒酒何须醉，莫以身身外外行。

247. 郡中有怀寄上睦州员外杜十三兄牧

一枕溪流半曲斜，三冬白雪百梅花。
寒心腊月春光好，已有东风入我家。

248. 曹汾早发灵芝望九华寄杜员外使君

早发灵芝望九华，披星戴月问莲花。
罗敷不远芙蓉寺，未向临潼未向家。

249. 落花

不第人生一落花，吴兴杜牧半诗家。
为谁别去为谁色，只得平生十丈衢。

250. 题筹笔驿

霸略江东客，宏图建邺期。
中原谁逐鹿，八阵水留师。
后主辞书晚，先皇二世迟。
谁知天下事，百岁已无时。

251. 送高遹赴举

赴举高人路，贤良里巷名。
真才成实学，别送待君荣。

252. 寄道友

道友丹炉火，风霜日月长。
求仙求万岁，得自得千肠。

253. 梦仙谣

神仙求百岁，道士有千肠。
玉石难分辨，生生死死长。

254. 莺出谷

三春今已尽，一谷晚闻莺。
玉律阳和煦，川流逝水鸣。
山深山自冷，鸟隐鸟无声。

255. 句

魏晋班纹水，张为主客图。

256. 贺邓璠使君正拜袁州

六载黎氓惠，三生爱民堂。
天书呈一诏，世禄自书香。

257. 和严恽落花诗

半尽春风半尽花，千红万紫逐年华。
摇摇落落香香色，隔岁相迎作客家。

258. 咏宣律和尚袈裟

和和尚尚一袈裟，少少翁翁半出家。
夜话禅房留世界，江流处处浪淘沙。

259. 莺出谷

一谷寒川水，三春纳薄冰。
繁花香已晚，已见夏莲兴。

260. 刘庄物　莺出谷

出谷春莺晚，乾坤各不空。

江南花落去，塞北牡丹红。
不以同时令，南洋四季同。

261. 题吕食新水阁兼寄南商州郎中

水阁山泉引，朱轩玉石田。
风流炎暑气，不得是今年。

262. 华山南望春

瀑布一川风，华山半壁红。
迎春迎所遇，杜宇杜鹃崇。

263. 水阁

水阁半楼台，灯红一色开。
霓裳摇不定，玉影久徘徊。

264. 迎风亭

欲雨风先到，成云谷早迷。
心开怀不住，爽气自东西。

265. 双楮亭

对立成双树，相联结独枝。
常年风水客，共坐望天时。

266. 莲亭

莲莲莲有子，水浅水无鱼。
夜静人知觉，荷塘不可居。

267. 中峰亭

中峰一翠微，石径半回归。
白雪连春色，乡鸿已北飞。

268. 飞云亭

云飞云落下，日暮日朝中。
卷卷舒舒见，来来去去空。

269. 四望亭

临空四望亭，向远半丹青。
渭渭泾泾水，朝朝暮暮灵。

270. 望莲台

莲苔莲结子，水色水明清。
半是红颜醉，其余立独英。

271. 茶亭

人居草木中，取水远泉冲。
井上江中好，香茗带女工。

272. 宿新安村步

夜半闻砧一两家，平衣女眷万千花。
余香温色身姿忆，细雨轻云种豆瓜。

273. 远闻本郡行春到旧山二首（古今诗，浑江月亮湾）

之一：

知春到旧山，五女换新颜。
八卦城中步，三生月亮湾。

之二：

日望奶头山，江流已折弯。
人随书读远，水向凤鸣还。

274. 和崔使君临发不得观积雪（古今诗）

林中藏雪厚，顶上只凌冰。
树树琼花结，层层雨雾凝。

275. 句

一塞寒烟早，三边直木荣。

276. 别青州伎段东美

之一：

一世无休半世休，三生有路十地流。
孤身冷暖何相取，独曲双琴几度留。

之二：

桃花芳似锦，蕙草碧如茵。
曲曲东流水，处处向秋春。

277. 崔铉

学士中书一舍人，平章御事半权钧。
三台两省翰林使，魏国宣公仆射身。

278. 咏韦皋

之一：

三千三子弟，一路一风尘。
不识韦皋志，当书以后人。
西川以代延赏，延赏曰吾不识人。

注：张延赏妻苗夫人有鉴，特选韦

皋为婿，延赏悔之，不加齿礼，后韦皋
持节西川，以代延赏。

之二：

西川延赏代，已及见夫人。

不以周秦见，邻居胜远亲。

279. 进宣宗收复河湟诗

中原本土一河湟，戍垒边陲半九流。

受降城中飞将在，如今复照李唐光。

三秋瑞气临疆界，六群和祥日月章。

圣子民生应罢战，宁戈自治久文昌。

280. 咏架上鹰

有目巡天上，知机万里飞。

前程由自得，以志作心归。

281. 越亭

一曲宫商韵，三和角羽征。

当知天地切，浙水七弦承。

雾重莲云树，川流逐壑凌。

钱塘由富贵，六合以香凝。

282. 除浙东留题桂郡林亭

一水镜湖平，千川入海荣。

波涛无际远，日月汐潮生。

步出林亭路，前程步履生。

283. 句

千流东入海，百越草中花。

284. 和元常侍晦除浙东留题

与晦同登第，除东问浙潮。

钱塘闻八月，六合上云霄。

致政知民意，从官驿路遥。

285. 郑熏

登坛及第生，太子太师名。

处士居身间，青松以雪荣。

286. 赠巩畴

之一：

玄言一巩畴，老道半春秋。

不解轻儿女，樵童净肇谋。

之二：

日月江洋动，丘山久自平。

缥缈明帙散，几案静书萌。

跬步巡程序，乾坤不可明。

玄虚玄对立，辩解辩枯荣。

287. 薛逢有感

薛逢进士字陶臣，侍御弘文馆学津。

少小何东留不住，巴州刺史少卿钧。

288. 镊白曲

不作京城一片云，何言帝业半知君。

中央政改重知党，首辅平章报告文。

289. 君不见

君不见，已去阿母日月空。

君不见，儿孙各自作英雄。

君不见，平生事业曾今古。

君不见，复复重重又始终。

290. 老去也

老去也，百岁一平生。

老去也，千流半不平。

老去也，三光书弟子。

老去也，万木自枯荣。

291. 追昔行，寄桓仁中学张恩媛

一忆恩媛五十年，三生共学比思迁。

红楼梦里寻知己，伐木勤工俭学钱。

我去京城钢铁院，君行北上环科篇。

长春月下刘家水，不可重回作异天。

292. 醉春风

岁岁春风一百花，年年碧玉十三华。

湖州杜牧难寻得，小女莲蓬结子地。

蝶舞蜂狂飞不去，芬香蕊粉作人家。

佳人欲赠珊瑚佩，暮暮朝朝望彩霞。

293. 邻相反行

南家有子苦耕田，豆豆瓜瓜过酒泉。

北户生儿书笔驿，年年岁岁有升迁。

花花草草春秋易，吏史官官腊伏悬。

若以庭家分所见，同同异异是思贤。

294. 灵台家兄古镜歌

一尺灵台半地天，三光玉匣五湖泉。

百丈寒光含远近，方圆之外有方圆。

环环宇宇由明鉴，自挂高堂四面悬。

295. 观竞渡

一日龙舟半水波，三军罢战各争河。

先闻鼓声惊险状，未罢鸣金勇士多。

逐棹齐呼齐合力，群情呐喊呐穿梭。

曾如毕竟分天下，未晓知公不渡河。

296. 酬牛秀才登楼见示

白驹年光过隙人，经冬岁雪可寻春。

乡关不语寻无得，已作书生可作邻。

297. 夏夜宴明月湖

月落明盘玉，星成水面珠。

琴筋应自许，一曲作疏图。

298. 大水

江分一线两仪开，暴雨千惊万噪雷。

只息风平倾止水，天空处处有云来。

299. 席上酬东川严中丞叙旧见赠

东川一席上中丞，二十余年半野僧。

俱是声名声已是，清弦照旧照香凝。

300. 禁火

长城烽火禁，草木始春生。

不过榆前问，东风塞外荣。

301. 咏柳

一曲折杨柳，三春向别行。

隋炀曾水调，肠帛运河情。

302. 宫词

一路羊车问晚妆，红颜碧玉向君王。

梨园十丈重相见，几度云情几度肠。

303. 长安春日

上苑年年好物华，昆池处处五湖花。

东吴自以依依语，短笛长箫处处家。

304. 开元后乐

邠王玉笛羽衣裳，虢国夫人着薄妆。
已奏开元天宝乐，芙蓉出水照温汤。

305. 潼关河亭

潼关极目上河亭，北下东流取渭泾。
已到东营行万里，江山日月自丹青。

306. 送衢州崔员外

以笑分铜虎，从行岑下师。
知君应约定，已是白云期。
不必严西数，长安有醉时。

307. 韦寿博书斋

先生已白头，不逐鹭鸳鸥。
但立江流外，相思是九州。

308. 汉武宫辞

青童玉女两边天，汉武王母一日仙。
捧露金盘相似见，云烟半在茂陵前。

309. 潼关驿亭

才上潼关日，黄河北下雷。
东流东海岸，逝水逝无回。

310. 五峰隐者

翠木山光色，崖回水转峰。
高高流不断，石石亦淙淙。
隐者樵渔客，衣衣食食供。
知人知所意，向世向秋冬。

311. 上吏部崔相公

共以龙门会，同寻吏部公。
澜惊鱼且跃，递袭向天空。
凭生凭所力，借鉴借东风。

312. 送刘郎中牧杭州

钱塘八月一潮头，六合惊雷半东流。
不忘隋炀留水调，今君此去牧杭州。

313. 贫女吟

贫贫富富女儿红，越越吴吴梦不定。
暮暮朝朝求自己，云云雨雨寄东风。

314. 夜宴观伎

苗苗楚楚一条条，稳稳丰丰半玉箫。
细细纤纤腰寸许，婷婷曲曲入云霄。

315. 送西川杜司空赴镇

金童紫授杜司空，国柄龙符御节隆。
赴镇兵权兵将广，官华七十自西东。

316. 长安夜雨

通宵夜雨到天明，竹笋尖尖破土萌。
心关柱玉知机遇，青云百草处处生。

317. 猎骑

武将文官可一身，童翁共济致三臣。
楼兰未斩阳关道，少小英雄老大秦。

318. 金城宫

不锁梨园十五年，霓裳羯鼓半朝天。
芙蓉胜似胡旋舞，一代明皇幸蜀川。

319. 惊秋

阜俗文章半白头，冠官印杖一东流。
民心几度朝天望，二世丞相鹿马牛。

320. 六街尘

长安不尽六街尘，渭水黄河半路津。
百役平分衣食苦，千钧一发向胡人。
名名利利曾相遂，碌碌为为作晋秦。
色色形形成世界，今今古古有经纶。

321. 悼古

旧旧新新石器时，猿人峥峪资阳知。
黄河上下龙山化，夏夏商商帝纣司。
禹启康皋癸履桀，汤庚甲乙武丁思。
西周发诵平公纪，郑鲁春秋卫出祠。
战国王仁贞定介，亡韩魏楚赵燕垂。
齐人自此称秦主，共量同文六合辞。
始汉刘邦随项羽，东西自成未央移。
延康魏蜀东吴司，两晋兴雄十六支。
南南北北朝中客，二世隋炀不字碑。
魏夏燕凉梁武帝，柔然拓跋后陈麾。

322. 九华观废月池

寒沼一色两婵娟，滴水三光八面圆。
只读庄生篇第一，人间可向九华田。

323. 社日游开元观

半见荒索一见凋，三重院宇半萧条。
浪渍禅堂余旧坐，寂寞烟霞自散消。

324. 九日曲池游眺

海宴河清九日阳，黄花已开半秋香。
修文偃武分天下，四季分明好陌光。

325. 九日郡斋有感

野菊争黄半世香，清河对岸几荒凉。
三生跬步前行久，九日还添鬓角霜。

326. 九日嘉州发军亭即事

却恨浮名有苦涯，秋风起处折黄花。
三分不一江山界，未了云山是我家。

327. 九日雨中言怀

茱萸雨重已垂流，冷席单床苦独修。
事业先前先自创，家乡在是北东州。

328. 题剑门先寄上西蜀杜司徒

峭壁凌空一剑门，江山赐予半子孙。
洪枢百货三江计，但锁蛮屏断楚魂。
犬马兵戎威狄北，南吞大理东吴根。
千年管钥谁客范，开元胜治久慈恩。

329. 八月初一驾幸延嘉楼看冠带降戎

观戎降带静波澜，妾女楼台九致欢。
旭日天光辉陛下，从今赤岭属长安。

330. 送司徒相公赴阙

十载相公赴阙时，三台阁老主人知。
龙媒旧识朝天路，左掖梨花白雪诗。

331. 送灵州田尚书

汉节从戎一尚书，灵州九姓半和居。
霜弓玉寨寒营扎，月上辕门照自如。

332. 座中走笔送前萧使君

笙歌起处舞如烟，老大归思半如弦。
未学苏秦横六印，张仪一纵守朝田。

333. 重送徐州李从事商隐

隐隐无成约约成，秦秦晋晋妙方明。
都门一别谋莲府，自古三生自向荣。

334. 醉中闻甘州

一望黄河九曲流，三声曲叠半甘州。
笙歌不解人心志，已尽春风自近秋。

335. 北亭醉后叙旧赠东川陈书记

二十年中旧事空，三生日上作鸣虫。
韩鸡楚鹊曾分付，静夜惊呼跟大风。

336. 宣政殿前陪臣观册顺宗宪宗皇帝尊号

江山社稷日天开，世上人间圣主台。
鼓鼓笙笙宣政殿，观观册册两宗裁。

337. 元日楼前观仗

之一：
千门曙色上春梅，万里阳和白雪催。
一树梨花分不定，三宫晓旭玉楼台。
之二：
漠漠祥云雉扇开，瞳瞳日色未央来。
山呼万岁三元圣，地载升平百殿台。

338. 醉中看花因思去岁之任

一路前程半已明，耕耘日月苦辛行。
诗词十万千千首，不问红花白发生。

339. 题白马驿（玄应经音译）

西天白马驿真经，洛水之阳译渭泾。
字字音音何不似，莲花只可以心灵。

340. 题筹笔驿

三分魏蜀吴，一代武侯孤。
八阵江流水，千年日月图。
身依豪杰术，目对将军儒。
白帝称君子，岐山作丈夫。

341. 贺杨收作相

一代江山一代人，千年历治百年臣。
人生不已朝金印，自向穷途问学津。

342. 元日田家

白悉尼花白雪梅，形形色色各相催。
红红素素分颜别，暮暮朝朝独自开。

343. 送庆上人归湖州因寄道儒座主

湖州独立五湖楼，醉见归僧半弃舟。
入目儒公渔火出，苕溪水馆读春秋。

344. 早发剡山

兰亭百里半书楼，日暮难闻一旧游。
俯望长流天姥色，耶溪淑气满嵊州。

345. 奉和仆射相公送东川李支使归使府夏侯相公

相公仆射问东川，两地交通布政田。
白日青云歌一曲，千钟白雪腊梅烟。

346. 春晚东园晓思

剑外东园一路香，桃桃李李杏花扬。
啼莺只顾莺啼细，只教留人教九肠。

347. 芙蓉溪送前资州裴使君归京宁拜户部侍郎

芙蓉溪逝水，户部侍郎归。
莫道前程远，衡阳有鸿飞。

348. 伏闻令公疾愈起见延英因有贺诗远封投献

云云朝日去，处处问天边。
寿域通疏岸，方舟济巨川。

349. 题独孤处士村居

男驱耕犊去，女织锦机来。
半亩田园户，三光自在开。
芋肥姜玉脯，米菜豆粮回。
不见风尘静，云云不是猜。

350. 题皇观

长生殿上上皇天，力士芙蓉沐水泉。
一曲霓裳胡旋舞，开元盛世忆方圆。

351. 题春台观

日到中峰失上方，云沉古碣纳炎凉。
精思院里仙坛露，水绕天台自降香。

352. 送封尚书节制兴元

步出都门一丈夫，金封虎节半书儒。
弯弓射月春山翠，玉首回身曲念奴。

353. 送西川梁常侍

序：
送西川梁常侍之新筑龙山城，并锡赉两州刺史及部落酋长等。
诗：
浪吉束钦貂，忧知帝业师。
临天应用命，治世可王期。
眷佑凌苍壁，门梦碧色垂。
川风行剑阁，故磊纳蛮夷。
一国边疆寄，三王部落思。
衣冠今古迹，白玉理符时。
草树须钧化，乔林直木宜。
千浔朝上举，万水渭泾司。

354. 河满子

深宫河满子，玉树后庭花。
一曲随君去，三生作女娃。

355. 题黄花驿

孤行蜀道难，独馆望江澜。
逝水知无断，黄花驿里珊。

356. 凉州词

黄河九曲过凉州，汉武三军都护侯。
报国关前驱铁马，蕃兵昨夜不回头。

357. 嘉陵江

嘉陵江上月，一万里中流。
逝水波澜在，明明誓不休。

358. 观猎

一箭射天山，三军猎晋颜。

何闻绥德汉，米脂雁门关。

359. 侠少年

一曲阳关少侠游，三声永巷过凉州。

登垂玉镫翻身马，倒挂金鞭上玉楼。

360. 狼烟

远望狼烟起，应闻战鼓来。

英雄由此见，自去可无回。

361. 感寒

受降城头一月留，胡姬曲舞半无休。

人生不问哥舒去，胜是王侯败是囚。

362. 听曹刚弹琵琶

但见阴山一女弹，曹刚五指四弦观。

琵琶已是和亲汉，白雪阳春凤尾丹。

363. 越王楼送高梓高梓州入朝

巴歌子夜越王楼，曲舞吴姬色不羞。

渭水东归河日注，长江不尽暮朝流。

364. 送李蕴赴郑州因献卢郎中

经年草诏白云司，仆射旌旗独树时。

系统科学分四组，核心控制合双仪。

高层决策参谋辅，执行过程反馈知。

紫府新华门旧语，中南海里树新辞。

365. 定山寺

一片香云远，三钟古刹遥。

晴山晴水色，碧寺碧林潮。

366. 送裴评事

国国家家一世兴，人民大会法天承。

环环境境从生命，自自然然待业兴。

拟令境加新设宰，文官内阁树相丞。

367. 送沈单作尉江东

江都不忘一隋炀，水调三声半举商。

国父秦皇奇货物，人间自此有苏杭。

368. 送薛耽先辈归汉南

孔府檀郎半墨香，东轩独选一华堂。

风流宋玉高唐赋，不遣颜回入醉乡。

369. 送同年郑祥先辈归汉南

同攀次第枝，共渡暮朝时。

进退文章事，升迁日月知。

平戎听受降，草诏待王辞。

卧辙依仁致，声名笔砚迟。

370. 李先辈擢第东归有赠送

皇家一榜是无非，半在长安半已归。

两度衡阳南北见，春秋早晚向阳飞。

371. 送韩绛归淮南寄韩绰先辈

桃花岛上系江都，不忘隋宫一万奴。

曲舞三千秦晋女，婀娜五百细腰吴。

372. 送卢缄扬州

不问雷塘岸，箫声十二桥。

楼船藏玉女，偶见细蛮腰。

日暮丰姿舞，灯光入水潮。

隋台应百载，处处不藏娇。

373. 送剡客

水石右军余，林塘左子书。

天台天目望，浙水浙山居。

剡客耶溪望，西施遗佩琚。

新纱新柳岸，浣女浣当初。

374. 凉州词

一日凉州客，三年不读书。

沙鸣惊日月，大漠向天虚。

海市蜃楼近，平生有未知。

375. 送萧俛相公归山

轩轩冕冕是鸿毛，辱辱荣荣各自劳。

宦场何言官场势，青云不及白云高。

376. 石膏枕

一枕清凉半石膏，孤身独望半空缥。

群芳二月梅香至，独侠英雄恐不牢。

377. 句

之一：

昨日鸿毛重万钧，今天玉皇盖三秦。

之二：

真心自在真门第，妙理神通妙境天。

唐·卢鸿

草堂十志

读写全唐诗五万首

第九函

第九函 第一册

1. 赵嘏

知音杜牧赵依楼，进士多兴渭尉休。
一曲山阳长笛尽，余情未了十三州。

2. 汾上宴别

山川行步异，日月望乡同。
不断汾河水，前程始未终。

3. 书斋雪后

雪后梅先色，红中白伴生。
浮香凝不住，玉影只朝东。

4. 寄道者

先生一洞庭，道术半丹青。
草尾三仙渚，君山竹泪灵。

5. 虎丘寺赠渔处士

云深兰岩静，白虎卧山丘。
第二南泉水，生云石点头。

6. 春日有怀

诗家多感意，侍御有灵心。
草碧花红处，春风二子襟。
关身分一笑，况置广陵吟。

7. 垂柳覆金堤

年年垂柳色，处处覆金堤。
不折芳菲好，春风过陇西。

8. 蘼芜叶复齐

细柳蘼芜叶，长条各不齐。
风扬寻自主，露重自垂低。

9. 水溢芙蓉沼

柳岸芙蓉沼，婷婷玉立情。
相依相对见，水溢水成英。

10. 花飞桃李溪

柳叶飞花落，桃桃李李溪。
依依相互问，一一各东西。

11. 采桑秦氏女

弱柳春桑细，罗敷采摘忙。
春蚕丝已止，小女望衷肠。

12. 织锦窦家妻

柳下当年许，云中问范蠡。
纵横丝帛锦，不负窦家妻。

13. 关山别荡子

柳外关山路，迢迢万里行。
征西如雁去，一字觅前程。

14. 风月守空闺

万里风沙柳，千年静远征。
男儿边战久，妾守独闺情。

15. 恒敛千金笑

岁岁交河柳，年年敛笑泉。
千金千日月，女秀女儿田。

16. 长垂双玉啼

雁书居延柳，衡阳一半云。
辽东辽海岸，月色月无勋。

17. 蟠龙随镜隐

怯惬红颜柳，随风有古根。
陈情当妾镜，一夜丈夫恩。

18. 彩凤逐帷低

巧绣双飞凤，帷低露羽栖。
相思相柳下，比翼比心齐。

19. 惊魂同夜鹊

一路多杨柳，三边望白头。

辽东年岁久，妇女不知羞。

20. 倦寝听晨鸡

柳下栖巢冷，鸣前已二更。
床空明月照，一遍已生情。

21. 暗牖悬蛛网

角暗悬蛛网，窗明柳影东。
黄昏蛾不至，日日盼中空。

22. 空梁落燕泥

柳影上空梁，巢泥下独床。
私窥生乳燕，只作丈夫娘。

23. 前年过代北

燕山云柳合，蓟水草孤分。
不谓渔阳经，幽州一将军。

24. 今岁往辽西

见是天山柳，今闻大漠齐。
明年移冀北，隔岁到辽西。

25. 一去无还意

岁岁良人战，年年柳叶低。
交河交我少，一去一人栖。

26. 那能惜马蹄

古往今来事，和和战战人。
夫夫还妇妇，别别亦频频。

27. 送韦处士归省朔方

春秋半向雁门关，落落飞飞自不闲。
岁岁衡阳青海岸，杨杨柳柳运河湾。

28. 送权光辈归觐信安

渐近滩声草木扬，排阳案几旧书香。
雨后唯闻千鸟树，门前自是百花塘。

29. 风蝉

秋蝉旦夕送何灵，落叶阴晴已异形。
不得归根归不得，风中向北各飘零。

30. 重寄卢中丞

贱子来还去，何人伴使君。
中丞卢指点，世上立功勋。

31. 晓发

星残萤未宿，路静马车行。
隔浦镜声早，村人炊火生。

32. 洛中逢卢郅石归觐

寒河一路带冰流，失意三光仍九州。
自古常言谁子弟，书生五百误春秋。

33. 送友人郑州归觐

白雪覆梨花，中州落晚霞。
归乡归觐省，故土故人家。

34. 赠越客

观潮六合水，看月五陵秋。
一线江涛去，千人逐白头。

35. 东归道中二首古今诗

之一：

未了专家未了知，冠官常念九歌词。
行行役役平生事，日日文书月月诗。
国务院中知已少，中南海里客无时。
留心创业从零始，自主耕耘自主司。

之二：

法国中华特使行，招商蛇口专家名。
平生不尽零创业，老少辛辛是去情。
地铁邦交应改善，全华主任十三城。
袁庚自以科人组，舍下潘琪共业荣。

36. 经无锡县醉后吟

酒客无名姓，轻舟一醉人。
江南江水月，岸雨岸云春。

37. 旅次商山

旅次商山驿，依依古木津。
春风春色见，洛水洛无尘。

38. 长洲

莫入范蠡湖，吴王木渎苏。
灵岩娃馆舞，五霸不知儒。

39. 江边

戍鼓江边序，津云夕照微。
何由来又去，不及问湘妃。

40. 宿灵岩寺（即古吴宫）

月照灵岩寺，虫鸣向虎丘。
春秋闻两霸，尽在太湖舟。

41. 越中寺居

半寺三生静，千年百事休。
禅音禅世界，一世一春秋。

42. 赠金刚三藏

心心法法半流沙，锡锡禅禅九脉遮。
持持金刚三藏界，方方丈丈一袈裟。

43. 长安晚秋

长吟一首月依楼，短叹三声叶不休。
遍地寻根寻不得，秋风十里十行舟。

44. 齐安早秋

八月莼鲈脍，三秋木叶红。
婵娟砧杵望，塞上可分哀。

45. 东望（一作草堂）

婵娟入草堂，影后作清光。
弄玉箫声断，秦楼向凤凰。

46. 长安月夜与友人话故山

月夜长安冷，家山故话稀。
书生书路远，落叶落难依。
父母声名外，殊途问布衣。

47. 题横水驿双峰院松

独驿青龙树，双峰院寺松。
云中云外雪，暮后暮前睡。
一路连南北，三生故步封。

48. 发剡中（武德中置嵊州）

云晴天姥寺，树色不依官。
日暮南岩峙，溪流北气澜。

49. 登安陆西楼

日日西楼宴，贫贫北巷官。
天涯天共载，海角海共澜。
水绿山青见，人心士子安。
桑田桑是本，吏役吏非繁。

50. 九日陪越州元相燕龟山寺

九日龟山寺，三秋浙越州。
重阳重歌舞，共赏共春秋。
置嵊文章老，丞相日月谋。
臣依臣所治，帝业帝王侯。

51. 经汉武泉

叶落芙蓉苑，途经汉武泉。
三年杨柳路，一世剑中田。

52. 曲江春望怀江南故人

杜若洲边色，荆门水上烟。
江南江逝水，塞北塞门天。
月满风流客，长安渭水田。
黄河黄去晚，曲折曲江边。

53. 上令狐相公

相公一令狐，集裂半皇都。
剑阁王商画，沈庾水月图。
长安长日月，渭水渭城苏。

54. 忆山阳

旧宅枚皋竹，清风一月泉。
芰荷呈叶碧，小女采香莲。

55. 一作寒食遣怀

再食青团子，重温二度春。
三年应职守，一世作官人。
不富无贫事，为民有帝钧。
芙蓉园上日，渭水渭城秦。

56. 送僧归庐山

九派浔阳九派消，匡庐共得五峰霄。
东林不远西林近，一月同山一月遥。

57. 赠天卿寺神亮上人（师不下山已五载）

三千日后半生雕，五百僧言一世消。
只在莲心留路近，天卿寺里上人遥。

58. 降虏

降虏溪头广武城，河湟已入国家声。
狼烟铁马由今去，角羽宫商雪月平。

59. 平戎

武帝难平塞北征，仲舒未尽纵横情。
寒沙莫比温州水，世上人间久待平。

60. 宿楚国寺有怀

碧叶珍珠动，芰荷寂寞香。
娥娥眠不得，后羿独空床。

61. 早发剡中石城寺

一路钟声响，千川返自鸣。
闻香闻寺语，隔岸隔尘生。

62. 寄归（自吟）

三年一任别姑苏，半见皇城半见吴。
下海郎中司令部，回归少小有如无。
经商甲子身由主，再创农夫大丈夫。
曲赋诗词逾十万，耕耘日月着书儒。

63. 献淮南李相公

高天静见一台星，庙略文章半诏铭。
政政经经闻国道，胸怀日月上云庭。

64. 宛陵寓居上沈大夫二首

之一：
两耳歌谣两目天，宛陵日月宛陵田。
人情自在长春在，一醉幽云一醉泉。

之二：
东山半谢家，碧玉一山花。
树上闲云落，风中柳叶斜。

65. 淮信贺滕迈台州

翠羽成天姥，民思太古风。
台州知禹庙，雪窦副宸衷。
溅溅千溪水，离离一望中。

66. 下第寄宣城幕中诸公

宣城李白一墓前，以醉桓彝半宅天。
计吏年年经十载，清溪去去可耕田。

67. 送令狐郎中赴郢州

长江一水几分流，佐幕三分始拜侯。
诸葛千军留八阵，郎中郢树作春秋。

68. 送卢缄归扬州

一半雷塘水，三千日月留。
隋炀隋水调，运气运河舟。

69. 送李裴评事

举剑识兵机，平戎拟不归。
寒沙含白雪，落叶洛征衣。
战表功勋少，征西夕照微。
音书应不断，已见有鸿飞。

70. 别麻氏

晓别鸣鸣动四邻，门前路路东西尘。
珠痕枕席心人去，自此梅花不报春。

71. 代人赠别

一曲悠悠半断肠，难平醉醉穆公觞。
秦楼不可闻箫史，弄玉乘鸾作凤凰。

72. 自遣

树顶蝉声两处忧，秋声不断退声休。
残云一片含霞晚，薄翼轻轻向九州。

73. 寒食新丰别友人

夜半轻轻雨，三更处处云。
寒窗寒食节，乞火乞诗文。

74. 李侍御归山同宿华严寺

侍御归山寺，风流柱史名。
园林亲自缘，草木隐泉声。

75. 今年新先辈以遏密之际每有宴集必资清谈书此奉贺

一月高高半桂丛，三更寂寂一寒宫。
婵娟未了空床客，不向江东问大风。

76. 陪韦中丞宴扈都头花园（一作楚州宴花楼）

之一：
剑舞将军酒，琴诗刺史船。
分明春色里，艳曲度新泉。

之二：
丁酉一月向元明，晏子春来使楚情。
七彩云南云已落，三生古律古诗城。

77. 花园即事呈常中丞

拂拂池塘柳，花花四围边。
中丞中世界，即事即行船。
国税三边赋，民心半亩田。
如今行盛迹，自古作先贤。

78. 宿何书记先辈延福新居

一盏高灯半九州，三台墨迹五湖舟。
琴弦以七分天地，紫阁囊雏不出头。

79. 浙东陪元相公游云门寺

足下千溪路，山前一径通。
云门云雨寺，晓雾晓岩空。

80. 秦中逢王处士

处士分琼白玉杯，春风正好向秦台。
箫声未断云天外，羽卫三清去不回。

81. 江上逢许逸人

是是非非去不回，恩恩怨怨未闲猜。
襟襟带带江山望，逸逸劳劳自在来。

82. 和令狐补阙春日独游西街

左掖初辞令，朝班玉漏声。
西街钟鼓继，柳叶未遮明。

83. 广陵答崔琛

一日梅花一日长，广陵百草广陵扬。
应闻日月常天地，不把心思入醉乡。

84. 答友人

诗家不是酒家仙，五亩农夫十亩田。
子粒精工耕作细，春秋自得各前川。

85. 送滕迈郎中赴睦州

已命郎官赴睦州，秋斋望尽一江流。
依依夕照云帆挂，杳杳浮云带雨游。

86. 送张又新除温州

温州一永嘉，雁荡半山花。
大小溪瓯水，黄田上塘家。
无知天海阔，可醉日西斜。

87. 送剡客

天台洞口葛洪崖，诸谢云中问女娃。
蚊遍千帆长笛晚，烟霞水石右军佳。

88. 李先生擢第东归有赠送

及第题金榜，三元向甲名。
门含天下路，远望路中情。

89. 送同年郑祥先生归汉南（时恩蒙相公镇山南）

共喜同年志，因攀及第枝。
文章多少客，日月暮朝时。

90. 阖家沈单作尉江都

江都作尉纪隋年，处处笙歌处处船。
女色三千炀帝雨，红楼月下不垂鞭。

91. 送李蕴赴郑州因献卢郎中俶

仆射秦川别，中州问马融。
诗吟王粲句，一寺色相空。

92. 送韩绛归淮南寄韩绰先生

岛上花枝繁独船，云中碧玉小桥边。
心怀欲掩心怀素，不问隋炀对逝川。

93. 薛耽先辈归谒汉南

驿路长亭柳柳杨，檀郎白马问华堂。
还闻子路先行止，不遣颜回入醉乡。

94. 送陈煅登第作尉归觐

门生及第旧林塘，细雨春风是故乡。
九品官关初进入，溪县翠羽满书香。

95. 送裴延翰下第归觐滁州

金陵已过问滁州，建邺诗书向第楼。

觐省延翰杨柳岸，春云细雨不回头。

96. 题崇圣寺简云端僧録

古寺简云端，禅关度若安。
风尘多少録，日月去来观。

97. 越中寺居寄上主人

野山初客一客来，荒山已碧半溪开。
东风不雨花香夜，诗词句句是天才。

98. 早出洞仙观

洞口烟萝密，书房日月台。
观仙观世界，问道问心来。

99. 题昭应王明府溪序

何须彭泽令，五柳代琴弦。
宋玉高唐赋，巫山挂楚船。
重重云雨客，处处暮朝田。
白帝知官渡，西陵一峡烟。

100. 赠王先生

太一真人隐，王母派使娃。
乘机偷本草，散落蔡径家。

101. 赠道者

百岁修行一道中，樵渔自度半禅风。
明明隐隐由天地，合合分分二始终。

102. 王先生不别而去

仙翁不别蕊珠宫，素卷经书鹤竹丰。
向路残春阳欲尽，幽云石径半行空。

103. 山阳卢明府以双鹤寄遗白氏以诗回答因寄和

山阳明府寄，两鹤自成双。
共语同天地，轻鸣付大江。

104. 赠李秘书

人间第一人，美玉半无尘。
束带应禽兽，衣冠紫气邻。

105. 回于道中寄舒州李珏相公

李珏相公一楚才，樵渔日子半天开。
丘门命伎尘埃静，感恋真台有曲来。

106. 舒州献李相公

丞相莫下五湖船，泽国年华半雨烟。
一表山河吴越水，三台诏令富商田。

107. 成名年献座主仆射兼呈同年

初辞九陌尘，载月一生人。
四象立珠课，双仪李白邻。
杨乘歌曲艺，贾谊负伶伦。

108. 抒怀上歙州卢中丞宣州杜侍郎

李白宣城客，金龟换酒啼。
王丞千载句，帝送镜湖西。

109. 山阳韦中丞罢郡因献

山河照旧故山河，楚客如今唱九歌。
罢郡中丞因献句，思恩一室泪痕多。

110. 山阳即席献裴中丞

山阳日月半中丞，雪映琼台一治兴。
曲舞笙歌天地合，群芳杳杳以香凝。

111. 西峰即事献沈大夫

行尘一路半衣襟，驿社三更九陌荫。
莫以溪琴寻自己，西峰即事作知音。

112. 杜陵贻杜牧侍御

南溪南酒熟，杜牧杜陵邻。
紫陌青林树，红霞白雪春。
知音知彼此，水石水云津。
路觅安如抱，人须日月新。

113. 下第后上李中丞

落第逢人问，平生志业余。
龙门从再跃，日读曲江书。

114. 潮东赠李副使员外

竹帛烟消尽，朱衣束带开。
鸿沟刘项界，楚汉未央来。
霸主江山外，英雄自主裁。
秦川秦养马，务业务中催。

115. 寄淮南幕中刘员外

郎官不逊数风流，水月无休不下楼。
渺渺茫茫相探望，潇潇洒洒自依刘。

116. 薛廷范从事自宣城至因赠

少小宣城过，嫖姚霍卫来。
风流天地取，社稷暮朝裁。

117. 寄浔阳校校书

落叶因风尽，秋江玉影空。
匡庐匡正义，牯岑牯飞鸿。

118. 赠李从贵

珠帘卷尽欲回头，玉几书平已止休。
鸟暮归林天色晚，南山逝水夕阳流。

119. 赠陈正字

陈儒正字意何如，瑞采春官自读书。
静里风光沉逝水，年年顺序是当初。

120. 代人赠杜牧侍御

性性情情已约迟，东台御史有相思。
湖州少女曾相见，但问楼台舞柘枝。

121. 洞庭寄所思

日落千流彩，泫摇半洞庭。
城倾城镜鉴，翠羽翠丹青。

122. 旅馆闻雁别友人

向背排空一字人，高低列队两寻津。
南南北北春飞见，吏吏官官几度频。

123. 泊凫矶江馆

风风雪雪岁年除，管管弦弦自读书。
雁落衡阳青海忆，孤舟泊晚向何如。

124. 春尽独游慈恩寺南池

玄应玄奘问，佛自佛僧传。
韵韵音音土，词词字字田。
经音经译正，印度印西天。
假假真真鉴，文文化化玄。
慈恩藏古卷，武曌是神仙。

125. 重游楚国寺

楚寺重游四面泉，真经不误一流年。

僧心似老闲如水，往事幽然胜似玄。

126. 三像寺酬元秘书

阁署芸香寺，春风入水声。
清泉流不尽，古树自欣荣。
总总洋洋秀，崇崇落落英。
烟云烟雨色，咏叹咏诗情。

127. 江亭晚望

江亭一丈夫，泊雁半寒吴。
所望随流尽，浮云似有无。

128. 献淮南李仆射

常思一语半生忧，侍国三台一九州。
失鹄当知回首处，淮南仆射御玄侯。

129. 赠曹处士幽居

幽居八石问神仙，一醉中山五百年。
往往来来谁可见，江湖白首钓鱼船。

130. 谢晏丹

花花线线一年除，晏晏丹丹半对书。
老得平生多眷顾，春风送暖有乡余。

131. 重阳日示舍弟（时在吴门）

一半相思在梦中，平生日月有余衷。
回头可忆家乡别，已是无屋一夜空。

132. 客至

遇路逢津久不猜，前行未止向贤才。
应知有始无终止，不必秋风一日来。

133. 岁暮江轩寄卢端公

岸柳随风摆，深根自不移。
春秋从万日，雨露任千枝。
小叶荣枯色，年年早晚时。
生生生不息，岁岁岁成诗。

134. 秋日吴中观贡藕

白玉出泥中，红莲叶落空。
荷蓬多结子，节节以根丰。
说赋年年进，珍奇贡贡丰。
齐竿应充市，仿膳入深宫。
以物无心异，其形命不同。

135. 华清宫和杜舍人

皇宫五十年，上位实名先。
宪典中兴治，开元甲胄天。
登封时正泰，御道治家田。
孔子封王帝，玄虚步履仙。
霓裳汤水暖，善结太真缘。
以此梨园舞，胡儿独自旋。
渔阳天地动，幸蜀不思边。
夜雨霖铃驿，长长殿里宣。
周昌何祗避，吕望未垂贤。
北阙尊明主，南宫易上弦。
隆基天宝岁，十五载方圆。
武曌应相问，无须面首全。
耕民耕土地，劝政劝前川。
谏事皇家治，秦皇汉武烟。

136. 下第

一路自无休，三生晚白头。
南溪南北水，豫土豫章留。

137. 到家

自古问何家，生时父母遮。
夫妻同宿鸟，不共汝予他。

138. 春酿

十八女儿红，六千日月空。
春酿春自许，白首白头翁。

139. 寒塘

一镜寒塘水，三光任自由。
成城分不定，落影向春秋。

140. 寺前黄州窦使君

风流旧使君，碧玉小桥云。
但以笙歌曲，楼中可静闻。

141. 八月廿九日宿怀

十日自重阳，黄花一半香。
秋风秋未冷，木叶木边翔。

142. 泗上奉送相公

泗上相公坐，公卿绝比伦。
随辕留不得，落涕作斯人。

143. 赠桐乡丞

靖节先生见，桐乡半系舟。
亭台亭水照，石岸石方游。

144. 哭李进士

长呼进士文，短叹李家云。
雪路山僧远，人生故合分。

145. 重阳

一木半重阳，三秋两面光。
阴晴分冷暖，向背各温凉。

146. 重阳日即事

向背分阴阳，天光合一堂。
双仪成体统，四象对炎凉。

147. 十无诗寄桂府杨中丞

之一：
怜诗爱酒无，水调满江都。
旦暮中丞寄，楼船在五湖。
之二：
桂府寄诗无，南宫两省儒。
中丞中署界，一语一江苏。
之三：
清秋可狂无，开元有念奴。
梨园多子弟，曲曲似三吴。
之四：
窥客挂账无，隔壁小娇儒。
日暮斜阳里，婵娟独自孤。
之五：
风前月下无，桂子玉中壶。
后羿寒宫望，婵娟独自孤。
之六：
吟诗有得无，子弟静边胡。
曲曲三更冷，幽幽一丈夫。
之七：
已到颍川无，戎疆大漠趋。
秋衣秋叶薄，战士战时扶。
之八：
身名有是无，利禄似鹰枭。
爱物应何望，山川几落兔。

之九：
一道似玄无，三清向故巫。
江河流所见，日月负仙姑。
之十：
佛祖教生无，心经大小姑。
空空还色色，路路亦途途。

148. 寄山僧

万里游僧路，三生半寺堂。
真经心上印，苦渡四方扬。

149. 喜张渍及第

九骑丹果成，三生及第名。
儒家多弟子，此作杏园荣。

150. 赠张渍榜头被驳落

榜上文才见，花前月下逢。
蓬山应已得，不落好名封。

151. 悼亡二首

之一：
一路无来去，三生彼此休。
从此何别离，不再可逢留。
之二：
不见黄泉路，知君向对头。
人言相会处，已是故天楼。

152. 宫鸟栖

宫鸟栖古木，月色向林荫。
不可惊雏鸟，咕咕是睡音。

153. 长信宫

残香在舞衣，月色可相依。
自得轻如燕，君王醉贵妃。

154. 广陵城

隋炀一广陵，水调半宫兴。
柳柳杨杨岸，来来去去僧。

155. 冷日过骊山

一曲梨园锁，千门次第裁。
开元天宝去，冷日冷宫台。

156. 下第后归永乐里自题二首

之一：
归来只一身，去后半床尘。
尽日谁当客，南山独自邻。
之二：
独立长安户，孤身渭水流。
黄河由此去，永远不回头。

157. 出试日独游曲江

自信文章客，当惊日月郎。
三生泾渭水，一路曲江长。

158. 题曹娥庙

上浦曹娥庙，江滨望父乡。
碑文碑有泪，女子女留香。

159. 题段氏中台

碧玉中台水，无尘石径春。
三更惊宿鸟，一马上朝人。

160. 华州座中献卢给事

送送迎迎去，朝朝暮暮来。
华州华草木，给事给人才。

161. 商山道中

道道相连接，官官独自游。
商山商草木，一水一长流。

162. 赠歙州伎

滟滟横波处处舒，花枝静静客知书。
姿身一曲三更晚，不尽千声半夜余。

163. 赠王明府

不向人间问是非，儿儿女女已双飞。
陶潜五柳琴弦弃，弄玉吟箫已不归。

164. 吕校书雨中见访

独得子规声，耕耘细雨行。
夫人回面问，只学校书生。

165. 千秋岭下

四十春溪水，千秋碧岭花。
桃红梨白色，岁岁好人家。

166. 歙州道中仆逃

隔岸曾呼语，随风共旧途。
前程前不止，仕子仕何图。

167. 重阳日寄韦舍人

风流落帽人，酒令作行春。
此日龙山会，重阳净岁尘。

168. 赠薛勋下策

坐被青云引，文随日月行。
龙门龙水色，一掷一书名。

169. 宛陵望月寄沈学士

侍诏敬亭东，闲游处处同。
庾楼天竺寺，夕照宛陵红。

170. 翡翠岩

翡翠岩前秀，芙蓉水上君。
东山千场雨，晋代六朝云。

171. 发新安后途中寄卢中丞二首

之一：
满眼陵阳路，孤身马上寻。
庾楼诗句在，处处问知音。
之二：
碧玉幽幽雨，丛山处处云。
风流君子去，建德满衣裙。

172. 留题兴唐寺

曾攀已七年，又上问三千。
四句兴唐寺，三生半亩田。

173. 淮南丞相坐赠歌者虞姹

曲曲歌歌色，虞虞姹姹春。
梁尘梁已尽，晋水晋声秦。
不以前朝舞，留香寄坐人。

174. 茅山道中

茅山一道中，古树半秋风。
乱水流无尽，荒云不自穷。
神仙常不至，不可问西东。

175. 宛陵馆冬青树（一作汉阴亭树）

处处如烟树，年年似水多。
冬青冬雪中，一色一分科。

176. 江上与兄别

弟弟兄兄别，湘湘楚楚邻。
离程千百里，楚忆两三春。

177. 落第

九陌初晴雨，三生已入春。
云浮云落下，钓水钓花尘。

178. 赠五老韩尊师

当时五老人，不必半知秦。
道术尊师问，丹炉几凡春。

179. 经汾阳旧宅

不改旧山河，汾阳半水波。
门前应驻步，夕照紫阳多。

180. 寄卢中丞

青山向谢公，落叶已飞空。
莫以秋风扫，寻根始不穷。

181. 途中（自述）

全唐五万诗，首首赋新词。
古古今今见，音音韵韵司。

182. 寄裴澜

玉宇亭亭月，清池滟滟波。
婵娟求宋玉，此水有银河。

183. 广陵道

一岁半春秋，三秦十地求。
隋炀留水调，独见运河舟。

184. 酬段侍御

半在莲花岸，三呼玉叶船。
新诗新句出，侍御侍源泉。

185. 寻僧二首

之一：
隋堤先月半，古寺国清闻。

翠柏青松见，荒台本草裙。
之二：
隔岸寻僧渡，心经作石桥。
禅衣禅磬语，济世济钟遥。

186. 发柏梯寺

一步红尘路，三生普渡人。
千竿青竹立，一水映秋春。

187. 西江晚泊

霭霭茫茫水，杨杨柳柳津。
飞禽飞不定，泊渚泊无人。

188. 南池

水水池池岸，多多少少流。
风波风不止，水色水沧州。

189. 江楼旧感

独上江楼望，孤身逝水前。
临川临感悟，月缺月还圆。

190. 南园

雨过南园碧，云浮草木深。
尘衣尘已净，渡口渡人心。

191. 赠女仙

水草浮云近，清宫细雨深。
蓬莱多草木，玉宇半天潮。
道术神仙路，青莲是小桥。

192. 南亭

俯照南亭水，临流望影形。
苍林苍木碧，日月日丹青。

193. 宣州送判官

判策谋宣笔，嫖姚佐治功。
尊前尊自己，日业日精工。

194. 宿僧院

夜宿游僧院，孤闻玉磬声。
禅声禅不止，子夜子心平。

195. 寻僧

竹影花枝色，无僧似有人。

春风留迹去，夕照满红尘。

196. 经王先生故居

弄玉归箫史，秦楼已不声。
先生留故居，只作穆公情。

197. 送从翁中丞奉使黠戛斯六首

之一：
一举扬雄赋，三军万里云。
天闻天汉将，地载地斯文。
之二：
仆射峰西战，旌旗受降城。
归朝公主见，朔漠受宣明。
之三：
属国胡杨木，沙风北海穷。
如今何九姓，一妾向群雄。
之四：
汉节河西使，秦儒北令公。
牟山牟不破，玉守玉关空。
之五：
一片河湟碛，三军朔漠征。
胡尘胡已静，塞事塞边行。
之六：
秦皇无计策，磊石筑长城。
汉守单于道，南南北北横。

198. 东亭柳

拂水成烟一万条，留春作玉半河桥。
东亭驿路常迎送，折断风流胜楚腰。

199. 僧舍二首

之一：
游僧只向十间房，百寺行程半草堂。
涉水翻山天地鉴，心经半在半金刚。
之二：
石磬声声一鸟还，晨钟暮鼓半香烟。
僧僧舍舍平生愿，止止行行自望天。

200. 新月

水月一池塘，春秋半妇荒。
征衣砧杵晚，大漠已寒扬。

201. 赠皇甫垣

一箭养由弓，三关寒食东。
生涯生事事，一度一春风。

202. 四祖寺

一盏明灯万里身，禅堂自觉悟秋春。
心经独得金刚坐，四祖原来一世人。

203. 听蝉

薄翼一清鸣，高枝半远情。
低昂单一调，只待两三声。

204. 寄远

旧约婆娑影，新闻草木深。
迢迢应不问，处处女儿心。

205. 访沈舍人不遇

诗翁不遇紫微郎，暮鼓晨钟一地霜。
足迹留形清楚印，遥遥不却百花香。

206. 池上

一片粼粼水，千波处处平。
纹纹风不定，细细雨生情。

207. 春日书怀

树上一啼莺，心中半不平。
寒宫曾寄梦，不可向窗鸣。

208. 赠别

一别西风早，三秋扫叶鸣。
归根求不得，远近似书生。

209. 灵岩寺

古寺馆娃宫，西施浣水红。
灵岩吴越见，五霸两称雄。

210. 代人听琴二首

之一：
相如弦外意，蜀女卓文君。
酒肆当垆客，琴音几不闻。
之二：
鼓瑟湘灵在，琵琶塞上春。
高山流水去，下里问巴人。

211. 座上献元相公

序：
初龆尝家于浙西，有美姬，惑之，计偕。
会中元鹤林之游，浙帅窥其姬，遂奄有之。
明年，龆及第，因以一绝箴之云。
诗：
寂寞堂前一日夕，阳台曲作半斯文。
来闻长安沙吒利，浙水青娥向使君。

212. 遣兴二首

之一：
途途路路半官居，事事时时一客余。
暮暮朝朝常有忆，兄兄弟弟久无书。
之二：
直直弯弯一水流，花花草草半春秋。
荣荣谢谢人常见，老老难重少少头。

213. 送李给事（一作萧俛相公归山）

轩轩冕冕是鸿毛，雨雨云云客野蒿。
水水山山何境界，胡胡汉汉见葡萄。

214. 宿僧舍

一舍闻天籁，三更望月空。
芙蓉僧漏滴，子夜磬声中。

215. 吴门梦故山

吴门不远一耶溪，未隔家山半雨凄。
木渎灵岩娃馆忆，西施玉树范蠡啼。

216. 别李谱

花枝不断竹枝穷，酒气尘红玉气终。
此去难闻天下路，声容只在楚弦中。

217. 和杜侍郎题禅智寺南楼

相如思已尽，弄玉待箫声。
野寺多禅智，南楼夜烛明。

218. 发青山

青山一路新，雨后半无尘。
草木呈鲜气，官员不可人。

219. 入蓝关

龙门一鲤鱼，旧约半知书。

且向蓝关过，秦川帝业余。

220. 落第寄沈询

力尽独无功，穿杨一箭空。

秦川秦不的，一臂一雕弓。

221. 送韦中丞

年恩作日晖，楚子怯回归。

一箭穿杨去，三弓一鸟飞。

222. 咏端正春树

只合杨妃墓上生，霓裳已挂树中明。

奇花异叶繁荫锦，不远骊山已著名。

223. 叙事献同州侍御三首

之一：

以步青云去，登龙不及回。

三千儒弟子，五百楚人才。

之二：

一半平生欲，三千弟子名。

颜回作陋巷，子路总前行。

之三：

不伴谢公游，何言闭目羞。

襄锥襄不住，一举一由头。

224. 婺州宴上留别

一影双溪客，三星独婺州。

云楼天不语，曲舞不消愁。

225. 别牛郎中门馆

举步别朱门，闻天客日恩。

朝阳朝读学，只可忘黄昏。

226. 寄梁俏兄弟

桃桃李李一春风，月月花花半不同。

色色香香相合处，兄兄弟弟有相逢。

227. 山中寄卢简求

竹下有花开，山中望月来。

边弦边木挂，玉影玉徘徊。

228. 同州南亭陪刘侍郎送刘先辈

晚望随云去，闲愁暮日来。

临川临逝水，洞岳洞庭开。

229. 赠馆驿刘巡官

阔别青山路，栖身驿舍床。

巡官刘自得，一半度春光。

230. 赠解头贾嵩

长沙贾谊似无伦，只以称兄解路尘。

独笑三光鸣不得，空沾一第予人。

231. 题僧壁

晓望前程暮望轮，东都未了又西邻。

高山远近清溪寺，莫笑高僧一路尘。

232. 沙溪馆（又作仙娥驿）

沙溪一曲绕床流，带月千波半白头。

只有仙娥留作伴，婆娑竹影不知羞。

233. 李侍御归炭谷山居同宿华岩寺

半在青山半梦轻，悬泉附壁有流明。

山居炭谷华岩寺，夜宿闻天落叶声。

234. 过喷玉泉

一半生平一半山，千年故事百年还。

官官吏吏衙门守，却似清泉不见湾。

235. 汉阴亭树

引水修渠道，栽苗育种田。

耕人知所乐，学者见其贤。

236. 送王龟拾遗谢官后归浐水山居

八水绕长安，千官渭洛滩。

当年丁鹤羽，拾遗谢云端。

237. 将发循州社日于所居馆宴送

如发似雪一江波，乳燕朱鸥半玉梭。

此去随流留不住，千官万里一天河。

238. 句

六国纵横见，三儒有是非。

239. 卢肇

鄂岳庐商事，袁州及第名。

仓郎员外坐，直学士贤英。

240. 汉堤诗

汉水襄人大溢灾，余民灭岘栋榱台。

庭垣尽废忧楚患，赈谷贫饥溺不开。

败卫狄候疲一祀，齐桓厥曷不心灰。

羊公发同堤赋，粤岛群流禹治来。

241. 宿长水评价

北月白云溪，东林赤竹堤。

幽幽流流尽，处处向途低。

242. 寒食离白沙

清明寒食节，乞火问绵山。

介子推成晋，衡阳雁已还。

243. 治水

帝曰横流一国忧，残丘奸涔洎襄囚。

修堤汉水循规去，涩痍暴洞补脊梁。

峻渚成滩疏水道，南萌惠佑奋茅乡。

形成泽济深明哲，一代勋功百姓汤。

244. 题甘露寺

曙色烟中照，潮声日下来。

金山京口寺，北固晋人台。

雉堞崇千仞，楼台影百回。

应闻仙客酒，不见再蓬莱。

245. 江陵府初试澄心如水

澄心如水静，莫测似江陵。

日月丹青在，朝抽社稷承。

清明非有物，上善本香凝。

浩浩长流远，徐徐侍玉兴。

246. 风不鸣条

习习和风雨，条条自储鸣。

初晴闻节响，拔萃向天萌。

岁岁新生命，年年延续荣。

江河应不止，日月富枯荣。

247. 御沟水（再重叙）

皇城流不尽，咫尺奉天明。
点点朝阳旭，渠渠向导行。

248. 射策后作

序：
吕尚鼓刀于市，文王闻之，举步求贤。
见容斋随笔。

诗：
射猎明经问楚才，殷周太史不韦来。
奇源可据秦皇立，鼓案文王吕尚台。

249. 和主司王起

序：
一作奉和主司王仆射答周侍郎贺发榜作。

诗：
一笔三石造化名，金章玉树柳间营。
青衿风诏东瀛褒，北极骊珠向国倾。

250. 及第送潘图归宜春（自叙）

一路青云半北京，三边学子五年行。
辞乡及第爹娘别，七十回头已怯声。

251. 将归宜春留题新安馆（再叙）

少向龙门老向家，春知细雨夏知花。
耕耘日月平生志，十万诗词作汉华。

252. 竞渡寺

序：
及第后观竞渡江宁，寄袁州刺史成应元，
再再叙。

诗：
平生竞渡半江河，已向长沙唱九歌。
改革开门窗户少，群策群力机会多。
创新不语成果盛，振兴经济市场歌。
但向中华天下问，农村自得向先科。

253. 除歙州途中寄座主王侍郎（重叙）

三年旧忆一姑苏，半在诗词半在吴。
不以平生官场客，郎中四品两基辜。

西施木渎寻难见，且问夫差向一湖。
碧玉三千杨柳岸，隋炀汴水到江都。

254. 别宜春赴举

一向秦关别旧居，三生读学向儒书。
衔芦羽雁飞南北，不忘心经向步虚。

255. 杨柳枝（复叙）

杨杨柳柳枝，处处时时司。
微风微拂摆，细雨细垂时。
白鸟曾栖止，黄云已恋迟。
生涯生润泽，运命运河知。

256. 新植红茶花偶书被人移去以诗索之

处处人人尽爱花，欣欣赏赏已阳斜。
香风共享归来晚，莫道郎君不在家。

257. 戏题（肇初计偕至襄阳，奇章公有真珠之惑）

真珠已色映天街，李李桃桃半入杯。
只道相公怜玉腕，纤纤细手理金钗。

258. 成名后作

一旦成名不可观，行行止止似深潭。
云云雨雨风风色，老老何言小小难。

259. 登祝融寺兰若（一作登南岳月宫兰若）

绝顶祝融峰，临天玉宇客。
蟾宫僧不问，桂影不留踪。

260. 被谪连州

刘郎不在问庐郎，得罪华颠别故乡。
子发袁州原是客，连州尚有荔枝香。

261. 谪后再书一绝

道士丹炉烧，书生读学闻。
升迁知进退，上下卷舒云。

262. 题清远峡观音院二首

之一：
观音观自在，道路道由衷。
峡口风流见，寒宫桂影空。

之二：
窗前百尺藤，雨后一山松。
院纳千云落，门含万丈峰。

263. 喜杨舍人入翰林

昨夜闻金殿，平明玉案堂。
翰林承御笔，下上豫文章。

264. 谪连州书春牛榜子

已解逐民忧，无知对白头。
三秋千获去，一载半书牛。

265. 送弟

苦苦樵渔事，辛辛弟弟忧。
耕田穷白日，读学秉书游。

266. 牧童

但以牧童心，从牛草木寻。
三春三自在，一曲一长音。

267. 嘲小儿

竹马围床止，藏娇不可行。
阿母阿女色，小子小儿情。

268. 金钱花

一棵金钱树，千花自有余。
佳人由此去，不远是相如。

269. 木笔花

繁荣木笔花，简树玉枝叉。
但望芙蓉水，日色满蒹葭。

270. 句

一梦浔阳月，三秋牸艋舟。

271. 塞下曲

三边烽火色，九陌月弦光。
举战惊天地，言和日月长。
征衣征苦役，戍守戍边疆。
过碛闻云路，经沙大漠乡。

272. 和主司王起

再主春闱进士心，丁棱子发鹊姚荫。
德裕宰相同荐篆，贡举门生作古今。

273. 和主司王起

桃桃李李自成蹊，道道途途各不齐。
逊逊英英知谢补，林林木木向高低。

274. 和主司王起

当年贡下点龙成，许教齐和九陌荣。
不愧门生先自奋，徐州刺史作名声。

275. 和主司王起

莲峰太守别知音，紫绶青衿铸古今。
仆射勤劳形入影，周郎大造九皋琴。

276. 和主司王起

公公道道选群生，柳柳杨杨送雨情。
宇宇霄霄天地客，文文柄柄重春名。

277. 和主司王起

鸾朝束发半门生，弟子新承甲乙名。
道路重开天子事，恩光复照振环瀛。

278. 句

醒醒眠眠独自身，行行止止去来人。

279. 和主司王起

三开贡镜主春闱，九陌人才向日晖。
序列金章秦器选，趋鸾紫服自青衣。

280. 和主司王起

国器朝中仆射客，皇家帝子望天龙。
同门上掖三年选，玉漏声中一步从。

281. 句

嫦娥天下色，玉树后宫花。

282. 林滋　望九华山

奇奇怪怪九华山，石石峰峰半壁删。
巨巨灵灵三界域，曲曲流流一河湾。
玉柱擎天天欲堕，金茎扫地地门关。
龙潭虎穴惊猿木，高云已在半人间。

283. 春望

春云带雨来，暮色夕阳开。
散向全天下，明朝草木恢。

284. 蠡泽旅怀（自吟）

老退王程路，由心自主行。
诗词严格律，日月不求名。

285. 宴韦侍御新亭

一月带光明，三杯向水清。
弹琴弹白雪，侍御侍云英。

286. 人日

春晖人日色，剪彩女儿来。
巧对鸳鸯样，聪明草木裁。

287. 和主司王起

龙门一水结蓬莲，贡举三生结子田。
作似芙蓉天下望，声名仆射美臣贤。

288. 听蜀道士琴歌

道士琴歌道士踪，千山万水入颜容。
三生十指弹弦柱，一片黄云一万峰。
至道知音心所付，倾声问世见雕龙。
瀛洲水远秦皇近，汉武王母故步封。
羽客峨嵋山上寄，贞人只得月中逢。
长沙已赋泪罗客，太古谁闻半鼓钟。

289. 和主司王起

恩光贡院选春闱，玄德三朝拔翠微。
造化重化重造化，衡阳岁岁望鸿飞。

290. 杜司空席上赋

红灯不上月轮高，箪簜当承鼓瑟劳。
此向长林公主赋，胡姬送汉玉葡萄。

291. 句

冉冉池中柳，盈盈日上烟。

292. 赋寒食日亥时

绵山寒食火，晋耳乞恩来。
不可成人处，当然一楚才。

293. 闻宜春诸举子陪郡主登河梁玩月

河梁一月圆，玉影半银天。
折桂东堂夜，书生入酒泉。

294. 孟守

三年前后见，一度两声名。
莫以时相退，龙钟再第成。

295. 和主司王起（十道）

之一：
三千弟子是儒生，重德如今入一名。
羽翼飞迁生国力，春兰未毕作鸣莺。

之二：
东堂登甲乙，西试隔三年。
再主文英萃，光宗耀祖贤。
慈恩内署正，共喜群莺田。
复度芳枝客，当心自涌泉。

之三：
颜生鲁卫数名流，紫绶公堂正策酬。
二十三年文教主，三千上士满皇州。

之四：
三升文镜鉴，一世作精英。
白雪阳春客，莲峰落笔荣。
洪波洪得力，玉韵玉雕成。
早陟朱轮贵，金传是榜名。

之五：
不是鸳鸿不得名，簪裾比见故贤荣。
回联步武朱轮馆，旧学寰瀛正道明。

之六：
禁署同登渥泽荣，龙门独跃会书生。
波涛激起千舟竞，一主三朝教德行。

之七：
自古儒生不比肩，龙门只是问文田。
三年已主莲峰选，圣德门前以榜悬。

之八：
仰望莲峰问太清，三开日月作门生。
天书一笔通今古，谬迹云霄比差荣。

之九：
春闱帝念主司行，两赴龙门待鲤情。
喜望儒生长庆志，青云寄与好书生。

之十：
莲峰一曲玉音清，两省中书入署情。
读学宗师成博士，三朝入榜作精英。

296. 风不鸣条（四道）

之一：

春风万里不鸣条，细雨千家过小桥。
物象如今新景气，丰年有待向唐尧。

之二：

冷在衣身暖树心，春先水冷有鸣禽。
杨杨柳柳垂条色，半在黄茸半在荫。

之三：

条条自作离心笛，柳柳杨鸣一两声。
少小折枝春意调，空空管管七孔情。

之四：

文章御史未成烟，第不鸣条有石泉。
莫以宣春洪奥论，蹉跎岁月十三年。

297. 送李潜归绵州觐省

骊珠耀彩衣，朱轮入心扉。
天梁飞白鸟，觐省一男归。

298. 塞外寄张侍御（自叙）

三边疆界问，一马过榆关。
渭邑城中月，相同大漠山。

299. 晓发

早发三星启，晨钟两声鸣。
前程前所望，日色日光明。

300. 题终南山隐者居

路入峰峦里，人行隐约中。
南山山顶雪，绝壑壑邻空。
室闭闻天意，窗开望大风。
枢机枢密切，任独任殊衷。

301. 嘉川楼晚望

晚望嘉川驿，花梁入户扉。
冠官初绶带，未必问回归。

302. 送人归吴

上国东吴客，红尘碧玉分。
潇湘经楚水，直见灵岩云。
八月钱塘望，三秋六合君。

303. 送石贯归湖州

同年同志路，共济共人生。

水落湖州岸，云平震泽城。
邻吴邻越色，洞口洞庭荣。

304. 送刘耕归舒州

舒州独送归，羽雁不离群。
但向归程计，从同再不分。

305. 寄赠徐璋少府

少府君高道，公庭更作如。
琴书风颂雅，不滞北溟鱼。

306. 寄雍陶先辈

渺渺天涯路，幽幽石径蒿。
知音知所望，一曲一雍陶。

307. 寄友人

抱玉终须献，无瑕白未雕。
孤奇归大璞，始得赵相朝。

308. 感怀陈情

何曾分玉石，几未入红尘。
念异幽丛浅，成情独感秦。

309. 送程秀才下第归蜀

十载寒窗一纸城，三生毕业半工精。
儒书不尽龙门客，一日人倾再日行。

310. 旱鱼词上苗相公

无干有水一龙鱼，静卧全鳞半似初。
指日行天云雨下，琴音之外是相如。

311. 野寺寓居即事二首

之一：

色以南山满，空城北寺居。
僧来僧静坐，鹤立鹤当除。
但解禅房卧，人生一部书。

之二：

石石清溪阻，声声不断流。
晨钟先日月，暮鼓后春秋。

312. 襄州上卢尚书

国国家家一远图，兵兵略略半书儒。
和和战战江山驿，都都边边社稷枢。

313. 将归蜀留献恩地仆射二首

之一：

蒿莱直木几知音，犬马龙蛇一古今。
落叶风闻终委地，焦桐古韵自为琴。

之二：

栈道江流一蜀风，巴山夜雨半梧桐。
声声不问长巫峡，白帝瞿塘楚水丰。

314. 随州献李侍御二首

之一：

侍御随州向贤相，端居造化入中堂。
无时不忆鸾鸿路，仰首天津向四方。

之二：

倒履宁微一故人，空怀旧隐半咸秦。
三千子弟三千士，十里长亭十里尘。

315. 虢州献杨柳卿二首

之一：

名科中景日，鼓角不鸣时。
德性昆明水，人情在凤池。
高标由苦节，住守已偏知。

之二：

不学相如赋上林，心疏祇怯对门深。
沉浮上下中流去，逝水风波已古今。

316. 赠边将（自述）

三边不尽半辽东，九陌难行五女宫。
八卦城中分四象，千家月下共一空。

317. 送费炼师供奉赴上都

不慕烟霞有送迎，何心供奉业工精。
三清自得天机近，九鼎无言立足情。

318. 和徐先辈秋日游泾州南亭呈二三同年

同折桂树枝，共渡日秋池。
岛上南亭木，泾州已自知。

319. 送黄颇归袁

此去途程见柳杨，龙门一路是书香。
文章已见蹉跎见，莫问莲峰是别乡。

320. 和陕州参军李通

序：

微首夏书怀，呈同寮张裳段群二先辈。

诗：

邵伯公门仕养闲，参军首夏共寮班。

寻仙郑谷烟霞里，避暑柯亭草木间。

321. 玉真观寻赵尊师不遇

不遇真师去，观来玉客迟。

他人他所欲，自醉自吟诗。

一径通南北，三光照紫空。

修身修静止，举步举相思。

322. 及第后上主司王起

三年及力主春闱，只向龙门断是非。

阻塞浮华真策算，中书两省振朝扉。

323. 送贺知章入道

巢由脱俗向仙扉，却捧玄珠入翠微。

共是开元天宝客，同行太液太真晖。

324. 送友人出塞

白雪上红梅，朱轮下自开。

皇城红白见，塞外素冰台。

隔月东风共，天涯亦不催。

325. 送僧归新罗

白首向时归，朱门背柴扉。

禅房禅自得，人觉大鸿飞。

且向新罗去，留心故翠微。

326. 奉和尊监从翁夏日陕州河亭晚望

洪河一曲直孤烟，日照千波作镜年。

壁垒成堤多导演，长流自得有弯田。

327. 风不鸣条

润物自无声，柔条不述鸣。

低垂心已动，律节潜荣生。

暗度花香入，无私莫以明。

天光方向就，少女正轻盈。

328. 书情献知己

瞿塘三峡始，楚国一江丰。

只以巫山界，鄱阳作鄂终。

英精知伯乐，智士取焦桐。

每每知音者，情情不已穷。

成成反败败，色色亦空空。

吕尚文王会，秦人入汉宫。

329. 和工部杨尚书垂送绝句

何穷天水问，炼石补天闱。

有道求生者，无怀楚橘归。

330. 寄石桥僧

僧行山里路，道筑石桥边。

寺以天台约，泉生白雪田。

331. 山友赠藓花冠

山中野色着花冠，案上书香作杏坛。

未得三清道士许，人生处处向阳看。

332. 古观

观碑观不已，立世立无人。

逐鹿中原望，寻龟日月陈。

星文星不尽，直木直秋春。

333. 题令狐处士溪居

书高一草堂，日远半天香。

处士溪居水，禅音月色扬。

334. 送僧归南岳

到寺一言归，闻天半是非。

禅房禅已定，是路是鸿飞。

335. 宁州春思

白雪寒冰覆，红梅暖自心。

宁州春已近，水上有鸣禽。

336. 送欧阳衮归闽中

归乡莫掩扉，坐日似鸿归。

且以衡阳目，春来再北飞。

337. 蛮家

相逢相别去，不问不知年。

小象知铜柱，长门问涌泉。

天边天不见，月下月难圆。

338. 早春题湖上顾氏新居二首

之一：

水水云云淡，花花草草稠。

新居新世界，客近客芳洲。

之二：

行人行到少，鸟宿鸟鸣稀。

月上春湖水，相邻独自依。

339. 晚春花

深山深草木，晚旷晚春花。

细雨轻云在，芳香一两家。

殷红殷自主，独色独朝霞。

340. 苍梧云气

鼓瑟湘灵晚，苍梧竹泪流。

思归思不得，一叶一知秋。

341. 宿胡氏溪亭

溪亭流水色，暑气半平清。

葛叶垂条碧，藤床向背明。

342. 送华阴隐者

官衙官皂役，隐者隐樵渔。

活计盐粮菜，生途布履居。

华阴华夏士，步落步三虚。

343. 落地后寄江南亲友

已许君门未嫁人，三春少女惜真身。

行行止止应来去，织女牛郎乞巧秦。

344. 欲别

开花人欲别，饮酒日黄昏。

玉指弹琴久，心扉不锁魂。

345. 子规

春闱一子规，杜宇半司仪，

蜀国先鸣尽，京都入柳眉。

田家心早动，驿路亦驰垂。

孟昶新年客，蚕丛不问谁。

346. 小古镜

今明今世界，古字古人留。
一见成明鉴，三光作白头。
留形黄帝问，照此十三州。

347. 鲤鱼

已有龙鳞背，龙门逆跃行。
天街龙岸上，宰试入龙城。
两省龙庭路，龙墀鸳鹭程。
中书龙诏书，仕主向龙生。

348. 题太白山隐者

高居幽岭上，隐者客深山。
种药长安市，经营帝业间。
云飞云太白，雁落雁门关。

349. 病中怀王展先辈在天台

一病相思重，三生向背情。
天台天照旧，四目四明生。
对立成天地，阴阳可共生。

350. 留别张水部籍

水部湘灵问，苍梧竹泪流。
何言天地见，向背洞庭舟。

351. 边州客舍（自述）

祖上胶州姓，桓仁少小生。
关东由创业，读学北京城。
进士当游子，郎中已主名。
丞相相府事，首辅理精英。
七十天机后，诗词向祖行。
中华中地铁，法国法华缨。
什锦花园宅，中南海里营。
如来如退老，自在自纵横。

352. 赠道者

道者经行日，玄元对立思。
仪仪分两部，象象合基司。
养气神仙度，三清日月时。
丹田寒暑练，惠药不予期。

353. 边游

短剑常含智，儒书自带弓。

文中文是武，富贵富非穷。
寒馆边居见，山河日月中。
同游同顶载，共渡共西东。

354. 晓发昭应

乡人已白头，旭水见孤舟。
百里浮云落，前程自不休。

355. 远水

渺渺无际远水长，源源不断海天乡。
山连沼泽由泉涌，水载江河到北洋。

356. 黄州暮愁（一作黄河暮愁）

一水黄河过九州，千波浊浪自无休。
华风遂自东西见，几度春秋几度愁。

357. 夜泊淮阴

夜泊淮阴月半船，吴姬曲尽水千烟。
嵇康琴断广陵散，不问文王已七弦。

358. 赠金州姚合使君

领郡名郎姓，蹉跎半世官。
长安多日月，渭水久波澜。

359. 送殷中丞游边

三边千里草，六郡五湖洼。
本是同天下，何言你我他。

360. 寄坐夏僧

束带多因热，还思剃度凉。
游僧居夏久，静坐入禅堂。

361. 寄卢式

岭日当秋暗，蛮花入腊开。
群芳呼不得，碧色已先来。

362. 日本病僧

扶桑本古墨西哥，日立游僧过九河。
病里禅中禅汉定，艾烟寺塔佛先科。

363. 泛溪

泛水花联影，逢人鸟背飞。
船横鸥已落，斜阳日不归。

364. 送顾少府（一作送顾逢尉永康）

一度镜湖花，三生初向衙。
秋蝉秋越叶，少府少官家。

365. 咸阳别李处士

迢迢古道别咸阳，水水长安问故乡。
处处儒道相似久，天天问路忘炎凉。

366. 寄流人

草草疏疏野，人人处处流。
枯荣如聚散，岁月似春秋。

367. 华顶道者

九度仙人掌，三清别业期。
华阳华顶道，喜鹊喜高枝。

368. 酬从叔听夜泉见寄

梦里方开户，泉中阻石声。
清流清月色，细远细水明。

369. 和李用夫栽小松

移来一小松，换叶半成龙。
寺塔官衙远，相同共鼓钟。

370. 哭南流人

远见南流使，江头向背君。
临终临白雪，去所去官云。
收敛蛮僧处，名人不遗文。

371. 经李白墓

酒问夜郎天，江流未得船。
人知难蜀道，向月莫捞弦。

372. 春夜樊川竹亭陪诸同年宴

樊川春夜晚，幸陪诸同年。
值醉应非客，野火已自燃。

373. 送僧

住持灵山境，游僧静界闻。
空林空色问，一路一禅君。

374. 送苏处士归西山

守道安贫济，行身普渡津。

无心无所欲，有静有其频。

375. 游烂柯山

步上烂柯山，心中古寺还。
坛边坛是戒，玉器玉门关。

376. 送友人之永嘉

楠溪到永嘉，白石港头沙。
柳市翁垟岛，温州瓯海涯。
平生由此望，远见不回家。

377. 已中逢故人

一路分南北，三光各东西。
劳思空积岁，聚散有辛黄。
遇寺行香进，由心见鲁齐。

378. 舜城怀古

舜禹有无同，君王几始终。
皇家龙独据，社稷灭民风。
代代朝朝继，人人类类工。
毛家求极致，世界共天公。

379. 送刘道士之成都严真观

对立两仪分，合成一体闻。
玄元玄互辨，道理道天君。
慧觉心灵至，禅明智性文。
人间人自异，世事世殷勤。

380. 送归江州友人初下第

新春荣草木，旧隐翠芳洲。
可待秋闱后，重书付九州。
知君更待策，举步向中流。

381. 汉南遇友人

上路已无终，相逢自有穷。
时时分不定，处处合则空。

382. 游头陀寺上方

啸啸上南台，幽幽暮色来。
余霞余旧念，静寺静陀回。

383. 送友人游河东

河东一友人，塞雁半天津。
集结衡阳路，干戈已静秦。

384. 送友人游边（自叙）

天王老子定疆边，日月江山几国田。
社稷中原南北阔，唐标铁柱问先贤。

385. 寄富春孙路处士

平生吟不醉，上国一君心。
且以沧江路，黄昏鸟投林。
山溪晖映色，处士问鸣禽。

386. 送客归新罗

新罗半岛接辽东，一水三方玉宇同。
渤海同天曾旧国，来来去去汉家风。

387. 杭州江亭留题登眺

八月钱塘一线潮，千波浪涌半云霄。
耕耘税赋樵渔客，石玉家家有小桥。

388. 荆州夜与友亲相遇（自叙）

平生路路各心中，止止行行日不同。
七十年来何所以，相逢未语望江东。

389. 中秋夜怀

中秋明月见，岁暮向江流。
驿路应无止，穷通不自由。

390. 题赠宣州亢拾遗

高人无避世，圣主有贤才。
所学成良举，诗书作玉台。
宣州知李白，拾遗故人来。

391. 姚氏池亭

诗书不日闲，草木有津湾。
鹤语惊天意，芦风待归还。
春秋南北客，向背雁门关。

392. 送友人之江南

道路行无尽，前程日有新。
长亭长所望，驿社驿风尘。
苦苦辛辛去，人人事事轮。
江南江水阔，塞北塞秋春。

393. 彭蠡湖春望

彭蠡湖水色，草木绿中黄。

玉宇云初落，冬梅有遗香。

394. 闻友人会裴明府县楼

湖中沉万垒，舍上友千文。
翠树分层次，芦州落雁群。
县楼应宴会，处处已青云。

395. 归家山行

策计何才拙，龙泉指剑机。
何闻风雨夜，不计正儒衣。

396. 长安书怀呈知己

知官一半贫，驿道五千津。
九陌观途径，三光日月轮。

397. 闻蝉

闻蝉只向未归人，断续难承不是春。
木叶归根归不得，因循守旧晋又秦。

398. 李处士道院南楼

道院霜沉素，南楼处士修。
僧闲僧步止，望远望归舟。

399. 送顾非熊及第归茅山

及第声名记，生平道士闻。
茅山茅不尽，石径石分出。
五十年中事，三千弟子君。

400. 春日题李中丞樊川别墅

日上中丞院，风流别墅楼。
樊川春已满，百草万花留。

401. 途中逢友人

人人一旅途，事事半江湖。
别别逢逢问，群群独独孤。
长亭逢友客，驿舍聚心苏。
举步行非止，回头有是无。

402. 送友人下第归襄阳

春残非失意，百草碧群芳。
夏雨禾苗长，秋收近故乡。
龙门清水岸，一跃鲤鱼扬。

403. 宿山寺

古寺袈娑独坐稀，天香查查似相依。
禅房未尽行僧语，已得晨钟再着衣。

404. 龙州与韩将军夜会

三边霜素素，四野草纤纤。
龙州千里月，受降万人弦。

405. 病鹤

三光三木色，一鹤一生归。
古刹钟声里，闻天羽翠微。

406. 梦仙

梦里仙家在一方，云中过客自千朔。
蓬莱不远蟠桃会，我在人间是柳杨。

407. 古扇

妒尽秦王女，恩平汉主妃。
藏娇藏旧色，扫叶扫秋归。

408. 泾州听张处士弹琴

泾泾渭渭入黄河，楚楚湘湘唱九歌。
处士高山流水曲，胡沙已静汉干戈。

409. 赠别

游鱼不必入深渊，鸟雀何须万里天。
近处应生天地客，玄元自是对先贤。

410. 忆朝阳峰前居

朝阳最上峰，古木水云空。
月向禅房照，云浮四壁松。
僧游天地寺，不可养疏慵。

411. 暮上瞿塘峡

白帝瞿塘峡，孤舟旦暮程。
巫山官渡口，滟滪不轻生。

履道知无负，云沉雨不惊。

412. 对鲙

合对莼鲈脍，分杯绿蚁去。
江湖江水岸，女色女儿红。

413. 和李中丞醉中期王征君月夜同游浐水旧居

风流千竹色，素浐一流闲。
八水长安绕，三光世界颜。
中丞当户见，处处有河湾。

414. 浊水求珠

魂魂魄魄半天游，浊浊清清一九州。
贝贝珠珠应所得，真真假假不难求。

415. 江村夜泊

一月观渔火，三村对曲闻。
舟平舟接岸，草暗草含云。

416. 落第后归觐喜逢僧再扬

步步人生路，时时世事分。
成功成见历，岁月岁天云。
隔望应窥处，乾坤可问君。

417. 送越僧元瑞

伴侣无中有，同年是外闻。
天台天已近，越客越风云。

418. 旧宫人

百岁人生一世文，金銮辇舆半天云。
阿母汉主藏娇问，退色衣裙白日曛。

419. 梦仙

黄粱一梦半神州，月色寒宫一主钩。
过海仙家闻未了，溪声入耳不回流。

420. 送宫人入道

玉女董双成，王母结伴行。
辞时辞世俗，步入步虚城。

421. 长安退将

塞外胡边静，中原不用兵。
长安长退将，柳浪柳闻莺。

422. 遥装夜

客对灯光夜，随从壁面墙。
残春应入夏，水雨可扬长。

423. 送苗七求职

求职书生半职高，三光共照一光豪。
相逢未得三声笑，别去还言一剪刀。

424. 山行

有路林深去，无门古刹寻。
山行山不止，举步举知音。

425. 题永忻寺影堂

不遇游僧至，还寻寺影堂。
临禅临教诲，有解有书香。

426. 献令孤相公（时相公郊坛行事回）

相公代事う郊坛，鹗在卿云日月安。
秀比王商图画里，荣伊剑履上金銮。

427. 句

之一：
佳人上庾楼，宋玉下襄州。

之一：
水逝无明计，船行有细波。

270

第九函 第二册

1. 马戴

被斥正言名，龙阳尉未荣。
同军太学主，博士以诗情。

2. 校猎曲

浮云浮不尽，校猎校难名。
莫以当家少，山河草木兵。

3. 蛮家

换得一珠钱，蛮家半壁天。
刀耕兴火种，莫问几何年。
岭岭黎苗寨，村村溢雨泉。

4. 春思

意远佳人近，春思草木心。
萌中萌不定，叶下叶成荫。

5. 送从叔赴南海幕

难明一路分，可汉半参军。
以幕知成败，观天向雨云。

6. 江行留别

羽落衡阳苇，应知不故湾。
明年春节令，又去雁门关。

7. 将别寄友人

止止行行问，途途路路求。
霜枫红色重，逝水浅中流。

8. 客行

别馆长亭路，官衙驿舍途。
渔樵谁伴侣，世外是虚无。

9. 过野叟居

山居云起落，野叟苦桑田。
度日樵渔事，平生日月边。
无思天地业，只教见方圆。

10. 答光州王使君

信在秦淮郡，云浮泗水滨。
光州光早日，楚岫楚人津。
自得儒风始，他时别纪秦。

11. 下第再过崔邵池阳居

步步书生路，天天玉宇云。
幽幽舒卷去，落落去来文。
再过池阳宿，前行望邵君。

12. 夕次淮口

风生淮水色，木落故乡关。
暮鸟寻栖树，天涯水不还。

13. 落日怅望

直木乔林里，由根入地深。
朝天朝宇宙，独立独成荫。

14. 早发故山作

独步灵潭侧，时闻岳寺钟。
云深平壑谷，岭阔满青松。
早见书生气，成龙故客封。

15. 下第别郜扶

五十顾非熊，三千弟子风。
穷途穷别志，自路自由衷。

16. 寄终南真空禅师

终南瀑布半成冰，古寺真空一盏灯。
所往浮生多止步，禅师跬步作游僧。

17. 长安寓居赠贾岛

人间逐鹿一心同，世上争名半举空。
你有平生应似故，书生契阔始无终。

18. 秋郊夕望

蔓草西风萎，霜枫日晚红。
秋郊阳远照，彩色满苍空。

19. 赠越客

故国波涛在，诗书日月行。
长江长逝水，越海越王城。
八月钱塘望，三秋一线明。

20. 送顾飞熊下第归江南

想到长洲日，茅山向及云。
无成无别路，有第有明君。
渭水千波浪，秦川一檄文

21. 汧上劝旧友

向背春秋路，阴晴彼此云。
书生书路合，故事故人分。
斗酒斜阳外，文昌玉宇君。

22. 送狄参军赴杭州

杭州送狄一参军，圣主新官半故勋。
两岸钱塘杨柳岸，三湘逝水向东君。

23. 过故人所迁新居

新居迁所寄，细雨带轻云。
百草常呈碧，千花已献殷。
衔天金马诏，以月茂陵分。

24. 落照

落照高山上，残阳逝水中。
殷红殷紫重，散漫散时空。

25. 宿崔邵池阳别墅

柳柳杨杨色，朝朝暮暮低。
池阳池别墅，下第下高低。
水水波纹异，山山草木齐。

26. 楚江怀古三首

之一：
广泽生明月，沧流落叶舟。
啼猿声未了，逝暮洞庭秋。

271

之二：

巫山官渡水，一日到江陵。

宋玉高唐赋，十二碧峰留。

之三：

楚水洞庭波，汨罗泛九歌。

长沙听贾谊，汉帝问荆轲。

27. 远水

怀云荡漾半虚明，逝水中流一色清。

鸟影无踪飞不远，汀洲白雪五湖平。

28. 夕发邵宁寄从弟

一别锁边城，三声告乃兄。

前程前自己，故国故人情。

隔路重逢处，重新着玉英。

29. 赠别北客

易水荆轲誓，鸿沟垓下盟。

军兵王佐弃，战略火牛营。

白雪飞天落，阳春水月生。

三边三北别，一路一人名。

30. 夜下湘中

夜别洞庭人，孤舟带水春。

湘中湘月色，岳上岳阳津。

但以君山势，巴陵莫忘秦。

31. 山行偶作

危石山行暗，前程草木丛。

樵渔村欲宿，旧隐此相同。

竹影修文理，幽思问老翁。

32. 送吕郎中牧东海郡（沈阳）

牧郡吕郎中，沈阳半部同。

民心民自治，富女富儿童。

老少常年问，书生彼此同。

儒书儒子弟，政敏政西东。

33. 巴江夜猿

巴江巴峡月，夜色夜啼猿。

百里瞿塘水，千鸣草木喧。

听音听有续，静待静无言。

34. 送田使君牧蔡州

田君牧蔡州，问政向民斗。

山名和平见，田田马犬牛。

35. 雀台怨

自古一声名，西陵半草平。

铜台铜雀主，魏主魏王情。

记得文姬汉，曹操一世生。

36. 早发故园（自述二十韵）

读别爹娘去，登车背故乡。

京城京学子，进士进书郎。

五载加三岁，同行革命梁。

文名文革史，一世一生良。

不以民维主，当权误柳杨。

江王陈载道，五组有戚张。

钢铁当元帅，书生德语芒。

应明应用武，苦作苦三光。

七八年中举，国家部委堂。

参加科学会，立足有余芳。

讲教招商局，袁庚弟子堂。

潘琪成立组，电脑特才长。

再入中南海，齐身改革章。

农民改革富，吃米有良方。

不以平章事，书文牧甘棠。

如来宗教论，道士法家牧。

九月西欧去，郎中地铁刨。

中华成特使，法国凤求凰。

不忍回头问，孤身几自伤。

诗词规格律，十万首天疆。

37. 赠别江客

湘中流沉水，月别洞庭波。

雨细兼葭广，潮低岛屿多。

生涯何不定，莫唱钓鱼歌。

38. 宿翠微寺

僧人一径通，翠木半成丛。

积色青松久，秋霜点点红。

39. 霁后寄白阁僧

霁后心平白阁僧，山前寺后百香凝。

西峰返照霓虹色，一路泉清大小乘。

40. 送僧归金山寺

一路沧江远，三光草木芬。

金陵山色晚，建邺泛吴云。

逝水僧归寺，洲横岛屿群。

禅林钟磬里，月亮向秋分。

41. 新秋雨霁宿王处士东邻

雨后斜阳色，层林已自新。

江青江自语，木直木秋春。

竹泪三湘外，妃灵一晋秦。

留心留世界，有暮有朝轮。

42. 关山曲二首

之一：

大漠万兜鍪，西凉百战休。

扬眉清叛逆，陷土月中收。

马踏关河碛，戎衣日月猷。

京师京降伏，一下一兰州。

之二：

令下龙山北，军行受降南。

中宵兵策反，不以左贤眈。

雁落胡天碛，风扬大朔岚。

王师王将士，北战北征坛。

43. 塞下曲二首

之一：

夜战龙城北，霜明玉帐寒。

羲轩何世代，箭镞玉关残。

之二：

猛兽回兵见，云凝广漠扬。

胡沙胡草远，汉地汉家乡。

不斗无争静，相离各远方。

44. 广陵曲

隋炀一广陵，汴水半东兴。

白玉阶墀色，江都满寺僧。

45. 送人游蜀

栈道江声吼，烟花玉锦平。

蚕丛留蜀国，杜宇万千声。

46. 宿无可上人房

古刹钟声望，滔生不可期。
稀逢心侣伴，坐卧以禅知。

47. 旅次夏州

郡锁云烟暮，笳鸣夏王台。
霜繁江岸树，碛改故沙来。

48. 同庄秀才宿镇星观

夜宿镇星观，银河已半残。
牛郎乘此过，织女在云端。

49. 鹳雀楼晴望

尧女楼西一望天，黄河下北直东悬。
潼关鹳雀难留客，禹凿龙潭太古边。

50. 赠淮南将

已是淮南将，功高塞北营。
黄云浮度碛，白发逝平生。

51. 寄贾岛

关东同久住，海上共无猜。
志业经行树，归心去未回。
朱颜朱色少，老态老身来。

52. 湘川吊舜

鼓瑟湘灵去，苍梧竹泪来。
天门关太久，古吊九疑回。
雁集年年致，蒹葭处处开。

53. 送僧归闽中旧寺

楚水归僧寺，扬帆落雨潮。
钟声催野饭，旧路汇兰桡。
举步循前迹，回身过石桥。

54. 寄远三首

之一：
乔林多直木，故土少乡遥。
进士龙门跃，皇城子弟遥。
之二：
独木向群林，崇山寄远荫。
儒生儒士老，野旷野鸣禽。

之三：
独木不成林，山乡有远心。
三光千草色，五柳七弦琴。

55. 经咸阳北原

自古咸阳边，称王立世年。
秦川秦水岸，古帧古冠田。
野穴荒禽野，孤陵一半烟。

56. 冬日寄洛中杨少尹

柳叶黄河水，东流已拐弯。
潼关留不住，少尹洛中还。
冬梅香早与，春芳共玉颜。

57. 浙江夜雨

白露满汀洲，孤舟作雨楼。
吴姬吴曲唱，不语不当羞。

58. 寄西岳白石僧

白石中峰上，招提挂锡行。
残阳残向远，积雪积常明。
路径幽幽去，山门处处迎。

59. 同州冬日陪吴常侍闲宴

云舒云散见，客待客心明。
一酒三杯尽，千言半世平。

60. 答郇時友人同宿见示

远去故人稀，邻来可独依。
人生人所俱，一路一所归。

61. 题僧禅院

平生但以一灯明，步进何言半有声。
闭谷寻心寻自主，僧禅问意问天情。

62. 怀故山寄贾岛

当从来阙下，来自去山中。
不慕繁花色，唯求一草丛。
何知刘项诺，楚汉未央宫。

63. 灞上秋居

已问雁门关，秋居灞上山。
西风催落叶，羽翼待飞艰。
现向衡阳苇，明春北陆还。

年年常此路，万里问河湾。

64. 寄崇德里居作

孤蝉杨柳寄，独上顶枝鸣。
玉漏鸳趋步，人生几步荣。

65. 河梁别

河梁谁送别，尽是战征人。
已静胡沙场，垂杨塞上邻。
三边三垒石，白骨白风尘。

66. 留别定襄卢军事

行行君与别，路路雁门关。
戎鼓声无断，边情草木删。
秋风秋叶落，跃马跃天山。
受降城中月，咸阳腊月还。

67. 送杜秀才东游

羁游经年久，函关向草寒。
云藏野渡水，雪覆白云端。
但以黄河水，东游见海宽。

68. 怀黄颜

平生与我同，但向半炎风。
且忘遥思苦，南洋过海空。

69. 陇上独望

汉垒传烽火，胡风向背边。
征人河北路，塞鸟问河船。
陇上秦川路，长安渭邑田。
同生同日月，各自各方圆。

70. 长安书怀

进士长安客，儒书渭水秦。
年年销壮志，老老读书人。

71. 邯郸驿楼作

漠漠丛台草，清清独水流。
漳河漳岸树，落叶落飘游。
驿舍闻铜雀，邯郸学步丘。
雄名雄已去，故事故人留。

72. 别家后次飞狐西即事

归途从此别，去国向天涯。

向背春秋雁，阴晴草木芽。

年年闻受降，处处问龙沙。

73. 别青龙寺镜公房

一别青龙寺，千寒日月开。

青灯临白雪，不必上天台。

74. 边城独望

但见惊危蝶，还闻旧战声。

边疆边不定，剩勇剩身名。

自古长城磊，开封汴水城。

江山江水泽，社稷社家情。

75. 江亭赠别

一水长亭晚，三秋送客行。

寒涛寒白雪，楚峡楚风生。

独泛连江月，山钟逐水鸣。

76. 旅次寄贾岛兼简无可上人

东林回望寄，逝水逐长空。

倘宿林中寺，禅闻向远公。

猿鸣空谷逝，雁落苇塘东。

旅次随程去，相思久不同。

77. 寄剡中友人

暮岭霞云色，回潮水落空。

天台天目问，一寺一西东。

几访闻山姥，三寻向故翁。

如来如意主，沃水沃洲公。

78. 送国子韦丞

云回逢落雨，路转入连山。

独送韦丞去，相期待日还。

79. 题吴发原南君

巷僻闲居静，门含落地云。

林荫幽草色，树影向南君。

80. 寒夜姚侍御宅怀贾岛

已作入心人，常怀字句吟。

关阳城阙寄，最是寄知音。

81. 征妇叹

离家生稚子，今已十三缕。

但见征胡令，无休役甲兵。

长城谁所造，日月不分明。

老少无差异，从新入柳营。

82. 山中寄姚合员外

朝辞城阙路，暮谢紫衣情。

不忍山中静，流星草上明。

松桥连石径，野鹿逐麋行。

举首回身望，求同不共行。

83. 中秋月

浩月半寒明，婵娟一夜情。

圆圆应不缺，望望已重长。

84. 下第寄友人

待问金门令，何须石屋寒。

应承天下路，不免欲云端。

85. 寄广州杨参军

社稷五羊城，南洋半汐平。

参军参策令，念念念归情。

野鸟汀洲戏，椰林日月生。

珠江珠水岸，镇海镇殊荣。

86. 离夜二首

之一：

单于台上望，宝剑碧锋开。

北伐辽东水，南征魏宋恢。

戎衣戎甲戍，战将战胡回。

对烛相明灭，听君纵马来。

之二：

一月戍龙沙，三军不问家。

边疆边日暮，野草野梅花。

87. 答太原从军杨员外送别

返照临歧路，中年未达情。

河梁人送别，海月佩红缨。

雪盖三边外，风吹帐甲鸣。

西游还未止，北上雁门行。

88. 送从叔重赴海南从事

南天南海外，一水一天中。

石柱撑天立，天涯海角东。

孤帆孤自望，陆地陆云穷。

89. 送韩校书江西从事

江西云梦泽，赣北九江流。

莫向匡庐去，滕王阁外楼。

东林钟鼓寺，牯岭汉阳舟。

一半峰光洞，三千弟子休。

90. 隋炀帝运河是世界之最迹

序：

五八四年自长安至东都洛阳板渚为广通渠；

六〇五年板渚至盱眙泗沚为通济渠；

六〇八年板渚至北京为永济渠；

六一〇年泗沚山阳、扬州至余杭为江南运河。

诗：

隋炀一水建天堂，二十年中半国商。

板沚东都渠结网，长安泗到余杭。

广通永济江南岸，匹帛王名作柳杨。

最迹千年今古见，秦皇百世谢隋炀。

91. 送顾少府之永康

寒关云雪覆，古渡雨汀斜。

少府倾舟处，吴江暮静沙。

春生花草色，婺女星边遮。

海碧千波涌，潮回逐浪哗。

92. 幽上留别令狐侍郎

自学书中志，频行路上思。

秘声惊远客，鼓角动边诗。

四顾虚延望，三生跬步迟。

丘田谁隐现，树上理连枝。

93. 襄阳席上呈于司空

襄阳席上一司空，水色清江半始终。

柳岸临堤风不定，东君欲隐暮衣红。

94. 宿裴氏溪居怀厉玄先辈

同人同异路，共望共前程。

独树溪居静，孤山梦泽行。

微霜惊草木，岁月待枯荣。

世上双仪见，人间八卦城。

95. 集宿姚殿中宅期僧无可不至

期僧无可至，大雪掩寒明。
不得钟声响，余尊待晓晴。

96. 宿贾岛原居

北雁南飞尽，寒天动地来。
同怀同故国，共忆共诗才。

97. 赠别空公

石径久无人，云门已锁尘。
空公空世界，百衲百秋春。
寂寂禅房磬，寥寥细水津。
平生相照处，魏晋赵齐秦。

98. 府试观开元皇帝东封图

开元盛世一东封，独峙天街半帝客。
钼岱群峰天日小，儒图诸子误中庸。

99. 府试水始冰

天寒地冻水成冰，北陆南池各玉凝。
已得东君温暖意，重回故熊四时兴。

100. 边馆逢贺秀才

读学应无少，闻君已诸闻。
行当常独步，作事便离群。

101. 宿王屋天坛

沈苍星斗半，翠碧树山全。
大雪寒明色，天坛玉洞烟。
林深人未见，绝顶已连阗。
已与传金箓，仙公自不宣。

102. 岐阳逢曲阳故人话旧

步遗相知在，行当故旧闻。
因官常误已，作事已明云。
异地还逢处，玄虚问老君。

103. 赠禅僧

岁岁禅心路，年年在沃洲。
人生人自灭，道法道常留。
实实虚虚处，来来去去舟。

104. 题庐山寺

一谷回声久不仃，三峰落叶满山青。
东林暮鼓斜阳落，北洞仙音近五陵。

105. 题石瓮寺

石室大王宫，玄门辇路同。
人间分极致，主仆各贫穷。
是是非非倒，驱驱动动通。
成皇成养世，作事作孤充。

106. 谒仙观二首

之一：
羽化成仙去，清虚作念来。
无知无所见，有愿有天台。
之二：
阮肇棋盘外，家乡十世中。
居人居所见，故事故人空。

107. 送朴山人归新罗

新罗入汉一山人，过海云帆半晋秦。
蕙意离舟风向改，三千里路共天津。

108. 题静住寺钦用上人房

鸟息禅音磬，人开慧眼根。
多闻环玉佩，近寺对慈恩。
夏木林荫影，星河曙雾村。
云林云寂寂，静住静黄昏。

109. 赠杨先辈

林中松子落，月下鹤先鸣。
老衲听松鼠，明年可再生。

110. 酬李景章先辈

柳下一啼莺，云中半断鸣。
平生诗句老，奉智学殊荣。
九陌芳菲路，千川谷塹荆。
临关临日照，去路去纵横。

111. 送册东夷王使（自叙）

法国知天意，中华特使行。
欧州欧七主，一意一孤鸣。

112. 赠祠部令狐郎中

主宪官初小，雄才省际名。
天台天子近，静气静人生。
玉殿分宵志，金銮羽扇平。
儒心儒指点，望鹤望精英。

113. 送武陵王将军

艰难长剑缺，立业少年名。
战战功功赫，荣荣誉誉成。
弯弓由白马，举弩立红缨。
过雁衡阳去，春来又回声。

114. 赠鄠县尉李先辈二首

之一：
听蝉高木远，临流逝水平。
同人同鄠杜，背山背水行。
之二：
雨后松花响，春前玉树声。
由天由地主，可见可新荣。

115. 边将

一将三边顾，千军八阵客。
红缨弓箭好，白马剑云峰。
羽镞飞鹰去，倾功受降封。
联兵应战士，北海李陵踪。

116. 下第别令狐员外

一试窗寒苦，三生向第频。
儒香当自足，岁岁有新春。
日月重升落，文章再作人。

117. 送春坊董正字浙右归觐

不是昆陵客，归途建邺东。
余杭炀帝柳，棹带运河风。
正字循山阔，寒樯海陆空。
何当复雠校，是在少阳宫。

118. 酬田卿送西游

一曲鸣蝉序，千声问古今。
情知前路远，莫忘玉壶深。

119. 摅情留别并州从事

学浅龙门客，才疏楚汉昭。
青云何远近，自鄙已渔樵。
碧玉三春晚，姑苏一小桥。

120. 送和北虏使

一代明妃去，三军士未还。
长城修不得，可见运河湾。
莫以贫交战，当知富土颜。

121. 雪中送青州薛评事

带雪梅花见，从戎不自由。
三生南北望，一马过边州。
但向榆关问，长城未尽头。

122. 哭京兆庞尹

关中贤尹去，路上问封侯。
及物功清客，珂声在九州。

123. 路旁树

人前天下步，路旁树中蝉。
古古今今见，来来去去宣。
先荫先见少，后继后方圆。

124. 送客南游

向背知云梦，山河向洞庭。
天均如可问，斑竹寄湘灵。

125. 寄襄阳王公子

泽广荆州北，襄阳岘尾堤。
羊公垂泪处，汉水鹿门西。
不隐非芳草，君家贮玉笄。

126. 赠友人边游回

曾登塞北李陵台，大雪冰封久不开。
受降英雄何自立，鸿鹏向背北南来。

127. 易水怀古

莫以燕丹子，何闻易水流。
秦王秦世界，匕首匕谁忧。

128. 送僧二首

之一：
平阳久忆归，两涨洪河厓。
旧寺香炉熄，松杉老衲闻。
之二：
僧房一主持，古寺半天知。
旦暮经声远，禅床闭谷时。

129. 集宿姚侍御宅怀永乐宰殷侍御

神踪藏倦鸟，禹凿掩私心。
有意何须韵，须留雪夜吟。

130. 山中作

月上山前逝水中，云游寺后玉林东。
松门石室非若是，闭谷禅房见色空。

131. 出塞词

辽边束战袍，白马望临洮。
雪卷单于帐，平生比剑刀。

132. 寄云台观田秀才

孤依玉石窗，独坐鹤飞双。
懒懒仙书读，幽幽翠羽幢。

133. 边上送杨侍御鞫狱回

边庭不免雪成堆，宿冤常成豸角来。
世上人间何举止，冰河久冻久难开。

134. 射雕骑

寒雕一箭不回头，赤面千驱过草州。
界界疆疆何以定，胡胡汉汉共边忧。

135. 高司马移竹

竹叶婆娑影不分，枝枝节节束烟云。
空空实实由心见，十丈径天一帜文。

136. 赠前蔚州崔使君

挂剑铜鱼佩，趋鸳玉带疏。
归来归不得，世俗世风余。

137. 秋思二首

之一：
田夫无世计，妇妾有秋成，
九月重阳日，三光向背明。
之二：
蕙蕙兰兰色，林林木木轻。
归根归不见，叶落叶风惊。

138. 黄神谷纪事

纪事黄神谷，仙踪不可重。

云龙云已远，野鸟野人客。

139. 过亡友墓

折枝风月下，故友墓边情。
旧忆留新迹，重生作独名。

140. 闻瀑布冰折

万仞冰凌一玉成，千云落谷半天晴。
山摇木落珍珠色，瀑布空风点滴轻。

141. 赠道者

三清三自给，一脉一人生。
石穴龙潭岸，玄虚步月城。

142. 华下逢杨侍御

柱史孤云望，华风向背回。
泉灵温玉女，一水映天恢。

143. 新春闻赦（龙阳作）

立世汤尧主，为民社稷人。
仁深仁制政，德济德秋春。

144. 送李侍御福建从事

侯见琴台鹤，沉栖玉树低。
秋猿啼不住，海峡向君西。

145. 酬刑部姚郎中

已见岐人路，还闻别故声。
春生兰杜若，小雅颂风情。

146. 送柳秀才往连州看弟

楚雨湘云??，离人逆旅行。
连州连手足，弟贬弟难明。
最是艰忧客，当然兄弟情。

147. 晚眺有怀

旧岭乔林色，高台远望何。
天延天不尽，地载地山河。
落照归云早，汨罗唱九歌。

148. 山中兴作

幽幽丹桂子，袅袅女罗衣。
柳岸淮阳水，瀑布挂泉旗。

149. 送皇甫协律淮南从事

风花随柳色，水月隔潮生。
两岸隋炀帛，千年永济名。

150. 田氏南楼对月

清光自溢已三杯，落木飘零未半裁。
雁雁人人飞一去，萧萧瑟瑟自千回。

151. 别灵武令狐校书

北国冰封雪，江南腊月花。
梅香梅独影，叶小叶无遮。

152. 送宗密上人

雪尽茗芽露，门生九陌新。
辽天南岳鹤，赵叶北初春。

153. 白鹿原晚望

秦川白鹿原，浐水蕙兰萱。
晚望陵丘市，日色落照轩。

154. 失意书怀呈知己

直道直乔林，刘琨利剑钦。
功勋功剑背，战代战时心。

155. 春日寻浐川王处士

乞火推寒食，寻吟向五津。
孤身孤处士，独采碧螺春。

156. 宿阳台关

阳台观上宿，暮鸟落中林。
寂寂栖枝暖，幽幽一两音。

157. 寄金州姚使君员外

逝水天光近，空林草木乡。
泉清泉有语，石白石无梁。
郡印当明镜，悬平照故芳。
凌寒凌落叶，拂晓拂霞扬。

158. 中秋夜坐有怀

独坐中秋月，孤身下暖凉。
禅房禅述苦，一影一心长。

159. 期王炼师不至

昨日围棋局，今朝未解开。

三军由白黑，八阵上天台。
百子分天地，千思策略才。
从当胡汉路，改易紫阳来。

160. 题女道士居

不饲云溪住，修丹道术生。
青牛青石卧，白鹤白云盟。
只见天仙女，萧郎一日情。

161. 送王道士

道貌真人岸，仙家日月长。
丹炉丹石玉，鹤落鹤飞翔。
一去何时见，三生半异乡。

162. 送友人入天台山作

汉瓦秦砖寺，隋松越槿红。
天台天目望，一海一山风。

163. 题章野人山居

壁上湖光影，云中浙水潮。
门前含翠岭，谷岸搭天桥。
汉履秦衣着，陶公五柳遥。

164. 江中遇客

一客江中遇，前程向背行。
相逢相别过，一箭一平生。

165. 题镜湖野老所居

野老湖边宅，儿孙水上渔。
童翁求自适，泊渚可深居。
苇草争天日，荷风不读书。

166. 秋日送僧志幽归山寺

秋僧一寺半归幽，白雪三山两水流。
玉石秦淮分岸柳，清凉古刹又春秋。

167. 寄浙右旧幕僚

自古无媒谤，由来有恶人。
韩非何问弩，鲍叔几风尘。
立马承相见，三生一逐秦。

168. 句

指鹿秦庭问，将相赵国忧。

169. 寄宜阳兄弟

雁序六年知，皇庭一豫辞。
宜阳兄弟见，卓异再乘诗。
上国阶墀步，中堂若鹜时。
仙才相问处，折取两重枝。

170. 发蕙风馆遇阴不见九华山有作

步上淮阴十里行，千山万水已生平。
青青碧碧相关照。纵纵横横作世英。
太白留诗韵，金陵有石城。
天台不远观天目，店埠巢湖浣水明。
一十三峰林木色，甘棠顶上九华城。

171. 壮士吟

易水荆轲去，谁人击着吟。
秦王秦匕首，燕国燕丹心。
一诺扬长去，何须问古今。

172. 徐波渡

晓月徐波渡，春烟逝水流。
溪泉含紫气，林木系停舟。

173. 乌江

鸿门一宴半无为，百战千军不逝骓。
大业空劳君子见，乌江仰叹未央窥。

174. 怀郑洎

雨后天光净，云中落照明。
佳人来又去，只寄别离情。

175. 长信宫

身轻飞燕至，扇重不藏娇。
未必相如赋，汉史着天朝。

176. 闲情

月上半空床，云中一女郎。
婵娟应似我，夜夜独寒光。

177. 莲塘

莲莲应结子，荷花已落香。
心中留守处，以刺护折刚。

178. 还淮却寄睢阳

草木梁王苑，风流谢守园。
何言三界雪，不及一诗田。

179. 题嘉祥驿

日落入嘉祥，云飞别柳杨。
山根香菊草，树顶晚蝉乡。

180. 新安故关

汉帝江山锁，英雄社稷才。
崇山关口隘，险处向南开。

181. 广陵城

隋炀抑色广陵余，汴水东流永济渠。
涿泗杭州通济去，半主楼船一国书。

182. 罢都统镇华州作

罢解苏秦印，纵横策令间。
候王成九合，六国以秦关。
大业中兴序，功勋十万山。
驱戈操主宰，却望帝皇颜。

183. 吴故宫

越女吴儿见，英姿糯气闻。
西施娃馆舞，木渎范蠡分。

184. 兰昌宫

兰昌宫外草，禁苑满烟云。
草木荒垣盛，阿娇解佩裙。

185. 宫人斜

宫娃一茂陵，暮落半香凝。
守舍还情望，呼天已不应。

186. 句

日月无声多不合，江山有主不难分。

187. 王铎

父子承相客，黄巢乱命营。
咸通咸所务，节度节时名。

188. 和于兴宗登越王楼诗

步上越王楼，心随逝水流。
何须寻谢宋，锦绣帝王洲。

189. 谒梓潼张恶子庙

阴功阴继业，圣主圣唐名。
剑阁重门外，龙泉玉垒平。

190. 过骊山

弟子骊山尽，长生殿上闻。
梨园留一角，帝业有千云。
再造王孙场，霓裳又见君。

191. 郑畋

荥阳进士一台文，学子翰林半诸君。
御上平章同事业，功成仆射凤翔勋。

192. 句

何闻天地水，不认葛溪龙。

193. 中秋月直禁苑

步入中南海，心怀府右华。
人人应自主，处处有繁花。
禁苑清宫久，经纶不役衙。
为民为世界，泽润泽东霞。

194. 麦穗两岐

一穗方兴两穗成，三光共与一光明。
如云似雾连田瑞，史册难逢十地英。

195. 五月一日紫宸候对，时属禁直，穿内而行，因书六韵

长廊三二里，碎步万千思。
直过翰林院，方温紫府时。
中书门下省，玉漏总催迟。
伎女重梳洗，天钩晓色司。
开扉开碧宇，望路望灵芝。
莫以清虚问，心成六韵诗。

196. 题缑山王子晋庙

缑山王子晋，溯道漠吹笙。
昔日灵王后，如今忘国情。
龙蛇分已定，润露始楚英。
石帐阿母宴，琳宫鼓瑟声。
秦郎秦白管，赵女赵姿营。
五岳天台雨，湘灵琬琰明。
乔珠乔木直，宝篆宝垂成。
物外音常满，人中韵味荆。
梁昭梁古殿，汉戾汉家盟。
渚浣纱溪色，香云日暮行。
龙妃龙自舞，凤皇凤尾横。
由由春秋易，期期草木荣。

197. 初秋寓直三首

之一：
隐约伊人见，形姿玉顶楼。
初秋明水色，一曲付东流。
之二：
觅觅寻寻去，形形色色来。
归根归不得，落叶落徘徊。
之三：
叶叶云中气，枝枝岭上风。
飘飘由远近，落落任虚空。

198. 夜景又作

小阁珠宫闭，中庭玉药开。
明光明户外，月色月寒来。

199. 杪秋夜直

制诏中书客，行文两省台。
平章平步去，草拟草云怀。

200. 禁直寄崔员外

月色满银台，珠宫一半开。
文章初落笔，玉漏已相催。

201. 闻号

四处羽林营，三更递号声。
皇家皇帝阙，玉树玉人情。

202. 禁直和人饮酒

绿蚁心中热，清浓月下香。
琼浆琼玉色，不醉不回乡。

203. 下直早公

紫陌云霞起，皇城睡眼低。
晴辉方起步，一日自东西。

204. 酬隐珪舍人寄红烛

殷殷红烛色，蜜蜜墨心余。

短短长长历，明明暗暗居。

205. 金銮坡上南望

金銮驭驾帝王居，玉辇三清半步虚。
箭漏倾光移岁月，云烟杳杳是中书。

206. 马嵬坡

幸蜀成都半上皇，丁酉六载肃宗王。
杨妃只在长生殿，力士春深荠菜黄。

207. 句

苏秦不在张仪在，纵纵横横日月流。

208. 题九华山

旧忆九华山，沈浮半玉田。
云烟封树顶，日月照江湾。
罢职池阳路，因兹草木牵。
玄幽情自远，异情共朱还。

209. 真娘墓

真娘暮色虎丘山，半问姑苏半问关。
女色宜香芳去已，英雄慕玉不归还。

210. 望九华山

步上十王峰，铜陵半翠容。
祈门南北断，玉树暮朝村。
万仞光明顶，千年佛鼓钟。
甘棠东逝水，碧海大通松。

211. 应举日寄兄弟

半亩镜湖田，三生五寸贤。
人名闻紫闼，不敢约林泉。

212. 河书荣光六韵

自出昆山谷，朝宗四野阳。
千年生万物，五色付三光。
紫气函关起，祥云洛水乡。
微茫天汉漫，信义地忠良。
伯道循灵久，晶明富逝长。
尊卑相济泽，六合始舟梁。

213. 薛能

日赋诗章太拙人，汾州水色半秦春。
徐州节度从军政，十卷留编一世陈。

214. 新雪八韵

大雪初辰满，中门后日新。
蛇皮金甲绪，草木被银纶。
万象如花素，千川逐谷陈。
山山呈淑气，处处作天钧。
细末飞尘落，龙鳞挂角巾。
斑斓含铺序，鼎角立纷匀。
成战长城望，商帆汴水津。
余杭天地水，已见运河人。

215. 国学试风化下

前行步步不途穷，品物幽幽状未空。
自溥南曦风化下，高明北极静澄洋。

216. 送马戴书记之太原

塞北胡杨木，汾南鹳雀楼。
心怀天地界，马戴马春秋。
霍岳横桃杏，清徐一水流。
书中书记之，塞上塞边谋。

217. 送冯温往河外

剑剑琴琴事，书书业业程。
关河关内外，晋魏晋秦萌。
野田黎阳照，青苗陇亩荣。
西风西已始，日见日分明。

218. 升平池十首（乐府作升平调）

之一：
紫气东来顺，崇含瑞气幽。
皇居皇帝觉，信上信天游。
之二：
遽虎延英逐，朝班帝业修。
宣传宣未止，圣祚圣人楼。
之三：
无同三尺剑，有共五弦琴。
文王天地上，一物作群音。
之四：
曙质尘埃界，琴书日月闻。
逍遥成韵句，竞尾化青云。
之五：
织尽周天物，形穷地垒群。

长城南北隔，不及运河云。
之六：
已免虫蝗害，重闻四海尧。
唐虞唐祝静，柱国柱天朝。
之七：
一世寄微躯，三生赐历殊。
移关胡境远，立户北边苏。
之八：
无和无战事，有道有知书。
帝业长城北，民生汴水余。
之九：
绪纩清穿日，垂君圣通明。
中堂中令帐，瑞气瑞人平。
之十：
返璞归真见，文章向日明。
三皇和五帝，六合与千情。
主宰升平事，经纶进退衡。
萧曹臣魏邴，社稷东精英。

219. 送从兄之太原副使

莫以琴书误，须知副使勤。
都门都令早，宿馆宿辰闻。
一载风尘路，三生着像文。

220. 送友人出塞

八百榆关外，三边一奉天。
辽东辽海岸，满汉满人怜。
七百幽州路，飞将李广弦。
阴山应不远，以箭作方圆。

221. 送李暝出塞

一望穿庐宿，三边故国秋。
黄沙黄土地，牧马牧羊牛。

222. 寄终南隐者

终南隐者近皇都，半着心思半得无。
不误樵渔温饱见，何言政见帝王儒。

223. 赠隐者

表面高闲性，内心误步虚。
商山知四皓，汴水北南渠。

224. 惜春

花开花落见，日落日升时。
蹭距循规治，年年岁岁司。
童翁相异处，岁月各同知。
凡事随缘觉，平生可予期。

225. 送人自苏州之长沙县官

苏州一路到长沙，贾谊身名向汉家。
屈子汨罗清九客，西阳半被虎丘斜。

226. 早春归山中旧居

冰消水溢寒，雨下客衣单。
山中山外冷，日暖日云端。

227. 麟中寓居寄蒲中友人

早早子规闻，欣欣杜宇君。
麟中居寓寄，自此望归云。

228. 关中送别

北北南南路，山山海海关。
黄河东拐去，永济作津湾。
鹳雀楼前问，浮云几可还。

229. 中秋夜寄李溟

不悔预期君，中秋未见云。
同圆同赏月，共度共离分。

230. 赠禅师

辛辛苦苦自成功，历历经经已色空。
觉觉禅禅心禅慧，生生活活作飞鸿。

231. 送禅僧

独步青山一径中，苍空竹雨半孤桐。
孟夏浮萍萍结子，挂锡听钟远寺东。

232. 早春归山中旧居

无媒花早色，有意碧人来。
绿草常相伴，红颜已自开。
窗前香不定，处处可徘徊。

233. 赠隐者

甘贫原是道，苦隐作游僧。
四皓商山寄，三光自序承。

234. 恭禧皇太后挽歌词三首

之一：

天街应不恨，梦苑太平时。
三星明潇潇，九陌魏秦司。

之二：

烛落寒宫暗，辰明辇路迟。
天颜惊动地，素幌五陵知。

之三：

灵仪民世寄，圣德俗人知。
万姓慈同语，三千恩共期。

235. 送胡澳下第归蒲津

十载寒窗读，三更苦学时。
龙门龙水急，鲤跃鲤云期。
且别春闱去，逢年再会知。
书生书自己，一步一心辞。

236. 题逃户

官官吏吏一收成，贾贾田田半税平。
岁岁征征多不足，去去雨雨少无荣。

237. 郊居答客

虫声渐起已残秋，宿雨方休碧叶流。
夕照黄昏黄夕照，云头向北向云头。

238. 冬日送僧归吴中旧居

日照冬梅暖，吴中碧玉凝。
峰低山竹色，虎涧虎丘应。
扫尽荒林叶，寒山作远僧。
钟声钟鼓继，互致互相承。

239. 春日闲居

一日闲居见，三春草木荣。
风花连雪月，美梦逐鸣莺。

240. 下第后春日长安寓居三首

之一：

下第有书荫，儒风自古今。
流长应识短，学浅未知深。

之二：

暂屈知名榜，春闱隔岁寻。
书香书继世，弟子弟师荫。

之三：

草碧余花落，春闲日月亲。
关东归所云，仰望上都秦。

241. 春早选寓长安二首

之一：

春非闲客寓，润雨五侯门。
若以杨雄荐，天街降圣恩。

之二：

文心已滞秦，报国自书邻。
岁岁年年学，花花草草尘。

242. 送进士许棠下第东归

一笑且东行，三生及第名。
儒书儒所志，向路向群英。

243. 咏岛

石岛江中主，中流两向分。
年年如此见，水水作轻云。

244. 冬日写怀

幕府平蛮客，戎衣困夜心。
留军留戍志，胜会胜君荫。

245. 和杨中丞早春即事

百草斯文色，三台玉树花。
胡姬回汉籍，十八拍中华。

246. 闻官军破吉浪戎小而固虑史氏遗忽因寄为二章

之一：

胜战已抽兵，夷蛮吉浪平。
春农烽火烬，细雨剑南清。

之二：

一拟高楼望，三军破浪云。
空余罗凤曲，苴咩作边闻。

247. 寒食有怀

客路伤寒食，临流见水华。
秦明应已定，晋草似予家。
乞火书窗序，梅香已不遮。

248. 锦楼

一片海棠花，千波玉水涯。
梁王应赋此，少女浣溪纱。

249. 雕堂

丈室千思卷，君心万里忧。
雕堂文字岳，节度使徐州。

250. 赠歌人

向背经心待，罗襦以水侵。
相承知所意，互许可抽簪。

251. 柘枝词三首

之一：
战马飞秋草，征尘没夕阳。
同营同日月，共伐共夷乡。
之二：
拓羯连声起，悬军鼓角扬。
和平和谊贵，战事战黄粱。
之三：
望尽一婵娟，千姿半舞旋。
功成功胜利，去者去难全。
曲曲谁行令，罗衫已弃全。

252. 行路难

一路前无止，分分合合杨。
杨杨还柳柳，两两复晴晴。
见客何寻问，闻君几度荣。
人人谁落落，事事几倾倾。

253. 咏柳花

紫陌飞无绪，京都过诸邻。
轻姿轻色尽，一展一随春。

254. 一叶落

一叶幽幽去，三秋处处来。
寻根寻不见，向树向徘徊。

255. 蔡州蒋亭

水榭临河静，天光待草明。
幽深空碧色，纳远蔡侯情。

256. 戏题

自解罗衫问，闻香半入房。
人情凭所以，白帝向高唐。

257. 酬曹侍御见寄

无言从胜者，不到负花湾。
道术儒家问，禅音守觉还。
西凉传盛教，大漠玉门关。
但见黄河水，东流十八弯。

258. 送赵道士归天目旧山

三清太朴尚公平，自鄙成仙不计行。
乞羽天机天目顶，心临越水越人萌。

259. 桃花

左传桃花社，肥城十里荣。
成蹊成世界，向背向分明。
结子三年树，成才两月盟。
瑶台瑶女付，一度一仙情。

260. 除夜作

一夜分年岁，三更合烛悬。
春风春水暖，谷雨谷耕田。

261. 黄河

清清三百里，浊浊万年津。
海海东去去，源源社稷春。
洋洋天水落，阔阔曲湾频。
瀑落惊壶口，潼关直下秦。
三峰随自转，四渎任由洵。
白日凝云入，黄昏带雨沦。
祥龟曾出没，灏泊已莲循。
一水中原还，千波净鲁尘。

262. 华岳

簇簇图经见，亭亭本末成。
千峰千谷壑，万木万林荣。
六合江山布，三光日月明。
高低高远近，独立独阴晴。
太古朝群揽，如今擎势倾。
相邻相比照，以峙以云平。
北极含冰雪，南溟纳灵英。
昆仑天下碧，五岳世华萌。

263. 秋雨

田家秋雨误，税务上天输。
霖霖无干土，污潴有晦隅。
秦淮鱼旧日，泗汩路难途。
但望明春润，藏蚕向蜀苏。

264. 春色满皇州

春光七色满皇州，太液千花十二楼。
魏阙云明云雨润，南山紫气上林浮。

265. 寄喑张乔喻坦之

事事尽参差，人人可直斜。
黄泉黄道路，望却望无家。

266. 赠僧

行行到四方，见见自三光。
独独僧游路，孤孤可尚香。

267. 春日旅舍书怀

灯花落尽又分明，侧望天光已不清。
莫以门前人影问，同为向北路中行。

268. 秋日将离滑台酬所知二首

之一：
雨湿江南一水寒，秋风漫卷半衣单。
书童汲水清泉冷，洗漱无繁上路宽。
之二：
细雨连衣落叶天，旗亭酒市暖人田。
三杯欲热还重冷，欲止应行复向前。

269. 下第后夷门乘舟至永城驿题

知身是拙求，问道已三秋。
旷海孤舟望，何方有尽头。

270. 秋夜旅舍寓怀

三秋木落一西风，万树枝扬半向空。
雁影衡阳礼不暖，江南湿雨似冬蒙。

271. 题平湖

旷野一平湖，江青半草芜。
天光山色尽，日月复春苏。

272. 洛下寓怀

一路书儒半路田，三清道佛两家天。

胡为际遇胡为进，上国朝堂上国禅。

273. 平阳寓怀

汩川日月流，晋国阴晴洲。
管笛汾河岸，莲花入小舟。

274. 留题汾上旧居

汾州一旧居，别去五年余。
见有邻翁问，离乡一卷书。

275. 怀汾上旧居

久忆清流女浣纱，良田异见自生瓜。
形形色色新成就，夏夏秋秋是永嘉。

276. 送同儒大德归柏梯寺

大德寺中向法兰，同儒灌后柏梯宽。
京尘已净禅初向，我欲无求向极端。

277. 春日使府寓怀二首

之一：
独把风骚破郑声，谁邻后世逐声名。
一度流年百事去，枯枯岁月复荣荣。
之二：
浅浅清清水，明明静静消。
周周多草木，日日有船桥。

278. 许州题德星亭

溴水南流两岸堤，边亭自是武陵溪。
纱巾不戴春先唱，自古人间有鸟啼。

279. 送人归上党

上党辽东近，三边塞上遥。
干戈应已静，冀蓟燕台消。

280. 春日重游平湖

春风送管弦，舞女曲歌妍。
莫作离人问，轻云细雨烟。

281. 并州

扬眉吐气并州头，老气横秋问九州。
日月难平心事旧，山河不尽一汾流。

282. 相国陇西公南征，能以留务独宿府城作

独宿军城负请缨，贤相挂帅已南征。
高墉撼铎思巴栈，暗渡陈仓巧用兵。

283. 早春书事

降伏三秦主，军声半不闻。
勋成天子业，胜读武侯文。

284. 上盐铁尚书

太庙南宫雄，朝臣宿隔尘。
相公盐铁举，富甲尚书钩。
漱晓丹华碧，秋眠静晋秦。
忧民思国务，绝鼓禁钟循。

285. 投杜舍人

新诗床上草，古酒舍人和。
白日闲消夏，青云梦觉多。
风骚应委地，紫漏向天歌。
凤鸟栖息处，梧桐叶满柯。

286. 献仆射相公

仆射相公事，严趋百辟宣。
强闻还博记，纳士复源泉。
致却垂衣迁，平人视履川。
文风曾仰望，咏颂已经年。

287. 春日书怀

已断伯牙琴，何须问古今。
高山流水见，但得子期音。

288. 汉南春望

寻春百步上高台，草色三青鸟不来。
自古浮云常蔽日，东风未尽李桃开。

289. 晚春

已满群芳色，何愁露雨珠。
春秋行日月，草木得扶苏。
去去来来见，功功业业趋。
年年循彼此，岁岁逐书儒。

290. 将赴镇过太康县有题

东郊一太康，赴镇半榆桑。

十万旌旗举，三军日月梁。
秋香黍稷实，辄迹复孤庄。

291. 彭门解嘲二首

之一：
落日身闲笑傲行，城门暮角柳师营。
文章万事千年记，半得同声是异声。
之二：
三军一诺戍彭城，半世千呼十万兵。
乍可无思篸组事，鸣金胜似管弦声。

292. 清河泛舟

清河水泛载浮舟，百姓欢声数白头。
不问凉州今所见，吟诗八句作风流。

293. 新竹

目向山涯取翠裁，连根带理入尘埃。
重生照旧朝天举，十日风云竟自裁。

294. 晚春

征东滞武一军前，短褾春分半两田。
一处秋红千红欲落，红衣未落语曾先。

295. 题彭祖楼

徐州海国一滩声，伎女闻莺半不鸣。
管管弦弦彭祖礼，潦潦倒倒也难行。

296. 汉庙祈雨回阳春亭有怀

乞露承云向日新，阳春日日作农亲。
池中水色前年雨，陌上风声带旧尘。

297. 送李倍秀才

东城枣树见深红，半向秋风问叶公。
项上婵娟明九日，池边月色已如弓。

298. 重游德皇亭盛事

颍水川中石水台，重游旧地德星来。
纱笼未破多尘垢，见历兴亡久不开。

299. 许州题观察判官厅

从戎三载戍，历许一重游。
别后刘郎问，丁铃旧宿忧。
杨雄曾解顾，弟子已无求。

300. 闲题

序：

能镇彭门，时薄刘巨容、周发俱下麾下，
后各领重镇，因诗。

诗：

藩翰八载似侨居，报玉谁知岁月除。
旧将功成三仆射，如身六郡尚书余。

301. 送福建李大夫

已是西垣一谏臣，红旌已胜半贫身。
丝纶闽越秋海近，尹正幽都外国人。

302. 和曹侍御除夜有怀

岁夜新春始，雨水隔心邻。
旧律生阳物，穷尽转日巡。
梅花香已遍，白雪色秾秦。
负辟书儒客，锄田杜宇频。

303. 赠歌者

一曲新声一首诗，三杯旧酒二杯词。
文文化化应无见，韵韵音音格律期。

304. 舞者

琼枝琼树见，玉手玉肤邻。
向近千姿许，朝邻百态春。
何须情至处，却服送迷津。
慢靸轻裾谢，相思以日邻。

305. 送李倍巡官归永乐旧居

羡去五峰前，巡官半亩田。
归居永乐土，饮犊问清泉。

306. 天际识归舟

日落满江楼，红霞不可收。
离船无限意，几去有归舟。
远目随云暗，天涯已入秋。
寥寥迟水注，济济已空流。

307. 华清宫和杜舍人

开元天宝纪，五十岁年长。
仰峻登封泰，中兴立宪章。
戎衣轻正泰，甲胄复河湟。
道降玄元子，王因佛祖乡。

儒家尊孔教，皓腕太真香。
御谏周昌向，敢思吕望尝。
霓裳何以舞，羯鼓作三郎。
月锁千门静，天开夹壁墙。
衣冠从弟子，节度使渔阳。
襁褓胡旋舞，骊山自断肠。
霖铃云雨驿，幸蜀已无方。
北阙尊新主，南宫逊上皇。
梨园留后世，曲舞有余堂。
月上长生殿，仙来玉女光。
王孙公主客，继世作文昌。
古古今今见，长城汴水扬。

308. 送浙东王大夫

爵善文县化，周行历尽清。
天机天甲族，晋使晋秦盟。
玉树成尤物，艅艎到汴城。
隋炀隋帝子，运气运河明。
井邑思源泽，桑田待润耕。
农家农土地，水地水天荣。
指掌微班职，空余颂雅情。
留功留改革，纪世纪民生。

309. 送李殷游京西

京西再远九江源，渭水泾流半坂垣。
万里千丘沙不尽，三皇五帝共轩辕。
岐山向蜀丞相晚，栈道陈仓草木萱。
世故惊人寻进退，黄河九曲作中原。

310. 长安送友人之黔南

贫交无永忘，别路有思泉。
陆上终何处，云中始自然。
长安长所望，短巷短途连。
独步琴书寄，君情已互怜。

311. 寄李频

长安千路径，渭水一波低。
直性身难达，思人久入迷。
南山消积雪，北阙垒香泥。
紫气东来见，桃桃李李蹊。

312. 赠苗端公二首

之一：

繁繁总总半何如，智智慧慧一自余。
默静謦声文若果，沈碑吏写鲁连书。

之二：

至老斯言不务虚，君心共社作邻居。
秋砧未晚边情令，受降城中一月初。

313. 题盐铁李尚书泸州别业

铁铁盐盐李尚书，泉泉麦麦色当余。
林林业业闻雏雉，泸泸亭亭不问鱼。

314. 蒙恩除侍御史行次华州寄蒋相

御史天书至，华州路不遥。
黄河风谷远，旭日蒋相朝。

315. 寄唐州杨郎中

憔憔悴悴一儒生，俸俸贫贫半乍荣。
蜀蜀边边樽俎共，朝朝序序曲江行。

316. 从红海洋走近白海洋，再吊虽选宁

人生百岁半炎凉，十万诗词一豫章。
去去来来天下路，红红白白易沧桑。

317. 寄河南郑侍郎（一日郎中）

嵩高寒木直，洛水细冰潮。
二月春江冷，三光白雪消。
窗含千古志，意纳半云霄。
玉漏声声唤，郎官步步朝。

318. 送刘驾归京

相逢吟一别，未聚问三生。
不宿关亭月，汾流带色行。

319. 夏日寺中有怀

夏日清凉寺，农夫汉雨天。
官贫官俸少，子贵子源泉。
且见田家苦，心思土地川。
成人成自主，叙事作方圆。

320. 塞上蒙汝州任中丞寄书

推贤三省雨，汝水两春苗。
四海东风至，千年禹舜尧。

321. 夏日蒲津寺居二首

之一：

我是一平人，闲居半自身。
禅房多出入，道舍度秋春。
慧觉心经悟，如来净历尘。
观音观所在，法度法玄真。

之二：

三门兼鹤静，四院以僧邻。
故国应留梦，清吟已入秦。

322. 北都题崇福寺（寺即高祖旧宅）

玉宇潜龙寺，天方住持来。
唐家高祖宅，李氏御三台。

323. 题龙兴寺

一役事梁王，三生读子房。
秦皇刘项去，古寺见兴亡。

324. 题大云寺西阁

千帆不尽千帆远，一片浮云一片山。
俯仰无为无俯仰，登高不可望乡关。

325. 航海地至平羌

此去知吴起，还未问鲁连。
舟行离虎远，日落满江船。

326. 题开元寺阁

一阁飞流半郡楼，三朝旧寺六朝休。
开元盛世留天宝，半见胡儿半世愁。

327. 凌云寺

沈黎烽火见，石磊筑城垣。
士以凌云志，僧从守一园。

328. 石堂西

一径石堂西，三泉水雨低。
茶苗形伎女，细弱各东西。

329. 荔枝楼

十步满边忧，三生半国愁。
闻君无止令，却问荔枝楼。

330. 圣冈

圣迹属何王，平身入石房。
千年应未过，一束野花香。

331. 蜀州郑史君寄鸟嘴以赠答

鸟嘴天涯草，君心野味茶。
衔庐齐劲实，啄木聚菁华。
道药成常理，身思作帝芽。
知音寻郑使，慧觉在僧家。

332. 暇日寓怀寄朝中亲友

不着青衣半上楼，郎官布履十三州。
常闻野士乡家气，未必淮阴误拜侯。

333. 春日寓怀

优优拙拙未谋身，历历程程久事秦。
水水山山文化课，南南北北各秋春。

334. 监郡犍为舟中寓题寄同舍（自述）

一觉南柯百事空，三光北国半文翁。
千流转折春秋水，十万诗词颂雅风

335. 江柳

自头垂缕色，轻姿拂荡情。
曾折离别意，日后又重生。

336. 寄吉谏议

学返抽身合，蹉跎不效犟。
千篇斤斧断，万里自贤贫。

337. 江上寄情

半树梅花一故宫，三军佐戍两军戏。
边寒白雪封天地，江天玉色自连空。

338. 平盖观

巨柏玄门盖，松林百亩涛。
青云由木落，白璧逐天高。

339. 春霁

十里春云一雨来，江城百户半窗开。
孤舟雾里扬帆去，却忆瞿塘渡口催。

340. 春居即事

春风带子问单衣，一树榆钱半未稀。
只付人间辛苦客，兰芽小叶自相依。

341. 边城寓题

江南蚕早熟，塞北雪迟踪。
边城寒已淡，越色小芙蓉。

342. 春日江居寓怀

江居春日色，一片净黄花。
旧绵临邛问，当炉是酒家。

343. 边城作

汉习档船去，唐标铁柱来。
江山分不定，日月共徘徊。

344. 闻李夷遇下策东归因以寄赠

及第逢时日，囊锥逐短长。
书中金石玉，步上月星阳。

345. 留题

细雨荔枝深，轻云逐客心。
幽栖幽竹叶，一隐一明禽。

346. 春日北归舟中有怀（自述）

归舟向蜀门，所望问山村。
独得辽东梦，平生日月恩。

347. 初发嘉州寓题

劳劳一犍为，苦苦半枝垂。
北北南南路，花花草草随。

348. 题汉州西湖

西湖以此作西湖，濯足清缨濯足儒。
驿吏新茶龙井客，幽人一家作春苏。

349. 自广汉游三学山

栖贤三学子，访寺一禅田。
鸟落寻诗句，猿啼带远天。

350. 三学山开照寺

一夜灵灯照，三更石磬声。
方圆凭慧剑，尺寸任枯荣。

351. 行次灵龛驿寄西蜀尚书

干阳门外别，北客蜀相来。
感圣封疆吏，汾流晋国才。

352. 雨霁北归留题三学山

一学无成二学生，三光有日自光明。
晴川蜀雨峨嵋谷，远望河山近锦城。

353. 雨霁宿望喜驿

一路山川自不平，三生日月有阴晴。
江青有色峰林影，似古如今作豫名。

354. 筹笔驿

若欲酬三顾，何须独一还。
托孤托白帝，六书六岐山。
马革南阳误，黄河十八湾。

355. 过仙洞

白日通仙洞，青峰玉石台。
瑶池天降水，贾椽去空回。

356. 水帘吟

半路扬程一路潜，千珠瀑布万珠添。
天垂颢气成云雨，水是风流水是帘。

357. 嘉陵驿（自述巴州嘉陵驿）

半谷临天一谷明，千涛碎雨万涛英。
嘉陵水色嘉陵驿，栈道横空栈道行。

358. 嘉陵驿（自述巴州嘉陵驿）

水气嘉陵驿，江声没蜀门。
蚕丛闻栈道，杜宇望山根。
剑阁无干将，巴州有子孙。

359. 西县途中

四野桑榆见，三军日月斜。
从戎从镇守，宰事宰官衙。
白帝刘玄德，巴州三弟夸。
征尘征不止，并络井秦家。

碳路肥竽麦，乡仪今古华。
千兵谁布署，八阵武侯沙。
杞国忧天下，临邛酒不嘉。
官官知海角，路路过天涯。

360. 西县作

三年西蜀路，一水楚江来。
滟滪难留住，瞿塘石峡开。

361. 分水岭望灵宝峰

秦横分水岭，蜀断宝灵峰。
一道贪程去，三生过路重。

362. 嘉陵驿见贾岛旧题

八句五言诗，三生一岛知。
嘉陵江岸驿，栈道水上持。

363. 褒斜道中

十驿江遥道，千亭万里行。
山深常立虎，水恶已繁荣。
鸟径猿鸣止，林风带雨情。
官途官不步，一利一身名。

364. 褒城驿有故元相公旧题诗因仰叹

仰叹相公一路行，官家不主半殊名。
人间自得留元白，且向东都见诸英。

365. 题褒城驿池

池池馆馆学秦庐，草草花花向俗居。
事力无钧川水济，风临有致问樵渔。

366. 送崔学士赴东川

学士东川去，仙人羽籍来。
浮丘临阆阁，激水向天台。

367. 海棠

之一：
独厚孤天蜀海棠，娇明地载杜鹃乡。
诗文子美曾留记，雅颂风骚向四方。
之二：
直直乔乔木，春春夏夏枝。
秋秋成玉垒，蜀蜀作形期。

白白红红色，繁繁茂茂时。
丰姿丰足体，秀绽秀人知。
雾里经露雨，云中嫁佩司。
巴山巴女子，柳巷柳垂迟。
粒粒颗颗实，颜颜味味施。
人间人自得，梦里梦娟姬。

368. 咏夹泾菊

爽径黄英色，相垂对绽生。
勾肩还搭背，簇簇乱华明。

369. 碧鲜亭春题竹

枝多枝叶茂，竹少竹成丛。
节节朝天举，心心对地空。

370. 竹径

天光经处处，竹径自依依。
步步朝程去，时时有钓矶。

371. 新柳

轻轻弱弱似轻轻，性性柔柔叶叶荣。
暮暮朝朝常不定，枝枝权权有新生。

372. 牡丹四首

之一：
一笑千妍色，三春半暖前。
丛丛拥抱紧，蕊蕊直向天。
次次多颜比，深深探少年。
香香谁已得，夜夜作神仙。
之二：
白得庚辛绶，红从甲子传。
精情成伴侣，露水作珠涟。
万朵千姿色，繁华茂盛园。
春莺春已许，一子一英年。
之三：
百绽作群芳，三春向四方。
长安长驻色，渭水渭流香。
贵贵幽幽举，丰丰富富扬。
皇家皇土地，武后武陵王。
之四：
渭水万波澜，长安一牡丹。
经冬春一绽，武后赐年端。

世世成花会，云云作皇冠。
宫宫禽兽见，殿殿百花团。

373. 使院栽苇

戛戛丛丛院，芦芦苇苇根。
无闲光作赋，有意向黄昏。

374. 失鹤二首

之一：
向背无须去，阴晴有院归。
凭空凭力行，羽翼羽微飞。

之二：
已有依人志，当知远近行。
归心归不得，自食自难成。

375. 答贾支使寄鹤

华亭华表见，鹤羽鹤声鸣。
旷野徒生命，中庭是困情。

376. 陈州刺史寄鹤

两翼临风自在鸣，三湘石旧远思盟。
常知俯首千秋问，但望高天万里行。

377. 孔雀

春功名正俗，孔雀已开屏。
一扇千翎羽，三秦百草青。
多情多自得，有意有零丁。

378. 鄜州进白野鹊

野鹊银河岸，牛郎织女桥。
人间相望处，只此渡遥迢。

379. 早蝉

何人无耳鼓，一叶有先闻。
莫以蝉鸣早，秋霜不认君。

380. 申湖

三生三异地，一岁一申湖。
马上终回首，书中有似无。

381. 谢刘相寄天柱茶

偷嫌曼倩散余芳，捣药嫦娥已觉香。
雨雾春闻天柱味，桃桃李李印维扬。

382. 题后集（自述）

七十人间十万诗，平生日记半无迟。
天天不止年年写，儒书心经道史时。

383. 秋晚送吴可上人

夜半松林响，僧灯雨雾荒。
相思相见少，日短日方长。

384. 赠源寂禅师

格自南朝性，禅从北祖明。
心经心所以，慧觉慧根生。

385. 赠禅师

平生智在禅，慧觉只由天。
缺缺圆圆见，方方面面去。

386. 夏日青龙寺寻僧二首

之一：
寻僧寻伴侣，问觉问方圆。
守一应无二，青龙寺法缘。

之二：
笑向权门客，平生不自由。
禅心禅已取，渡口渡人流。

387. 寄题巨源禅师

一石川流此，三光草木知。
裂裟成老衲，早晚着茶诗。

388. 题河中亭子

河中亭子坐，石上水分流。
荡荡空空见，来来去去舟。
无穷无胜迹，有逝有春秋。

389. 逢友人边游回

绝塞清霜早，边疆故友归。
长城分隔久，日月共光晖。

390. 春雨

春风春雨水，一日一新颜。
利后阴晴物，年前草木还。

391. 秋夜山中述事

林林木木半西风，院院庭庭净宇空。

寺寺禅禅霜自洁，僧僧客客在云中。

392. 夏雨

夏雨夏雷惊，风云不见晴。
天涯倾海水，土地饱含情。

393. 长安道

集集无知散散行，成成有道道枯荣。
朝朝暮暮前途途，去去来来各不明。

394. 酬泗州韦中丞埇上日寄赠兼次本韵

儒儒鲁鲁不成空，学学文文已见功。
读子三生天水色，官家一路有西东。

395. 泛觞池

三杯已是旧声鸣，一世无乡故友情。
酒浸波纹波不浅，经心玉液玉难明。

396. 荔枝诗

之一：
一马明皇一荔枝，元元白白半吟诗。
还知子美常题蜀，未到南洋不是知。

之二：
红红绿绿一樱桃，吊吊垂垂半屋高。
玉玉香香心无子，情情意意寄风骚。

397. 丁巳上元日放三雉

不是莫惊飞，婴婴解网归。
回身回所顾，自得自心扉。

398. 寓题

一世繁笼半友鸣，三春雨水两春情。
关关不尽睢睢声，自自由由野态荣。

399. 望蜀亭

一步西川路，千年蜀国门。
烟云烟水雾，竹影竹江村。

400. 游嘉州后溪

诸葛成何事，终身未卧龙。
溪流溪不止，逝水逝人封。

401. 自讽（自述）

十万诗词七八旬，三生日月自秋春。
吟吟咏咏君轻笑，岁岁年年作苦人。

402. 乞假归题候馆

回乡似雁归，上着老莱衣。
塞外经年望，鸿鹄已不飞。

403. 监郡犍为将归使府登楼寓题

监临向蜀春，读学作忧人。
一望西归路，嘉州已负人。

404. 过象耳山二首

之一：

松青象耳山，阔别剑门关。
蜀道潜心愿，风香异土还。

之二：

到处逢山间，行程遇水寻。
孤僧知独径，举步向林深。

405. 圣灯

空山一夜灯，独寺半游僧。
暮鼓晨钟路，禅音向五陵。

406. 过昌利观有怀

云峰八石泉，夜雨一神仙。
翠柏苍松见，山僧不种田。

407. 蜀路

巴山峡斗魁，蜀道水龙媒。
剑阁关门望，嘉陵去不回。

408. 山下偶作

树顶满斜阳，黄昏百草香。
天凉天日在，一水一炎凉。

409. 伏牛山

虎踞伏牛山，峰形万木间。
耕耘耕不得，一路一门关。

410. 老圃堂

瓜田接吾庐，夏雨润荷锄。
蔓细方圆碧，残阳落照余。

411. 春题

雨雨去去落，花花草草开。
春来春又去，隔岁隔时回。

412. 并州寓怀

乡赠一并州，去路半汾流。
草草年年去，花花岁岁忧。

413. 中秋旅社

旅社中秋月，团圆玉树明。
婵娟停捣药，悄悄向人行。

414. 符亭二首

之一：

东三泉逝水，十五里云风。
瀑布符俞治，如今满日空。

之二：

一地符亭水，三农土地泉。
年年应记行，民民取自然。

415. 山田

瀑布挂云烟，悬留落雨泉。
农夫农土地，岁月岁丰年。

416. 秋夜听任郎中琴

四品郎中问，三生进退闻。
功成功未就，紫服此朝君。
始得中年志，三台有豫文。

417. 留别关东归游

君留曾十载，吾去已三关。
岁月经痕印，河东逝水湾。

418. 赠出塞客

塞上茂茂草木开，云中寂寂暮朝来。
胡人养马胡杨在，白雪阳春白雪回。

419. 秋溪独坐

独在秋溪坐，孤身落叶寻。
归根归未得，远逝远无音。

420. 蒲中霁后晚望

七彩黄昏雨，千照玉影蒲。

春风扬水色，佩带到东吴。

421. 宋氏林亭

雨后莎青色，云前七彩篇。
桃花桃带玉，碧绿碧桑田。

422. 云花寺寓居赠海岸上人

空门不是归，过客见云飞。
寺路禅房寺，人心人见微。

423. 关中秋夕

关中秋夕望，月下雁飞高。
一路衡阳去，三湘半息涛。

424. 两县道中有短亭岩穴飞泉隔江洒至因成二首

之一：

翠翠微微一短亭，泉泉雨雨半长青。
灵灵性性相从野，壁壁岩岩互挂星。

之二：

一瀑三泉叠，千声半暑寒。
婵娟争水色，逝月已成滩。

425. 省试夜

承平风雅颂，省试夜书儒。
月照残灯烛，文昌豫上都。

426. 过骊山

直谏闻名一世烟，骊山二字柳公泉。
玄宗立下开元志，十丈梨园弟子宣。

427. 曲江醉题

一醉曲江题，三生玉漏齐。
声名原是误，进退有高低。

428. 参军亭新池

亭中亭外见，柳下柳枝寻。
水水云云色，花花草草深。

429. 太原使院晚出

一路青门外，三朝玉漏中。
同僚同步履，共济共天宫。

430. 寒食日曲江

书香寒食日，乞火曲江回。
但向侯门问，儒生去又来。

431. 鳌屋官舍新竹

青青新竹色，叶叶带光明。
节节朝天举，空空以节荣。

432. 京中客社闻筝

四面楚歌声，三军汉马鸣。
江东埋伏旅，霸主五音情。
十二三弦曲，鸿沟半土平。
英雄谁胜负，一曲自由筝。

433. 铜雀台

台前铜雀去，曲舞已无来。
但见漳流水，曹公魏晋恢。

434. 寿安水馆

天悬星月日，地载草木花。
水色容天下，山光博浪沙。

435. 雨后早发永宁

层层起伏半青松，蜿蜿蜒蜒一玉龙。
独峙高峰怀诸顶，莲花一片玉芙蓉。

436. 宿仙游寺望月生峰

一月山中半月明，千峰木下百峰荣。
官衙似锁儒门客，磬语禅房佛祖声。

437. 秋题

一夜梧桐落满庭，三秋木色半丹青。
钟声不断僧无语，月寂风停客坐宁。

438. 和友人寄怀

六十年是是非非，三千弟子去无归。
公门不与私人事，独立纵横一鸟飞。

439. 子夜

公门行乐近，子夜见吴王。
翠黛嫖姚宴，幽州李广肠。

440. 雁和韦侍御

日日年年岁不作，居安处处是安居。

三生旧迹天天序，一路英雄自读书。

441. 和府帅相公

七步成诗晚，三生就业行。
前程前不止，后顾后身荣。

442. 又和留山鸡

离离百鸟乡，不作羽天王。
自在由山际，飞时任旷翔。

443. 舟中酬杨中丞春早见诗

雨后早闻莺，舟前水色清。
春光春满堂，柳叶柳枝萌。

444. 寒食日题

青青不尽已红红，荡荡鞋鞋处处风。
楚楚佳人还就就，颜颜色色已心空。

445. 杏花

红颜红自得，过目过墙头。
艳性终难改，春风笑不休。

446. 黄蜀葵

娇黄向日葵，子熟自低垂。
早晚含情处，功成有所为。

447. 戏瞻相

赵女吹杨柳，阳春白雪休。
高山流水去，弄玉凤凰洲。

448. 春咏

手把花枝唱竹枝，春来不似去年时。
相思隔岁天天梦，不醒还眠已自痴。

449. 赠欢娘（八岁善吹笙）

幽幽曲曲似龙吟，八岁千音半吹寻。
洞洞笙笙观玉手，瑶池落下一鸣禽。

450. 赠解诗歌人

御史韩筹问，香风带雨寻。
诗情诗八句，合意合千音。

451. 赠韦氏歌人二首

之一：
王母一树桃，玉女半红袍。

曲曲伤心处，情情作海涛。
之二：
但以周郎顾，秦楼弄玉箫。
桃花桃结子，独去独相遥。

452. 加阶

隔岁问稽康，经年向马良。
无功无自取，胜冶胜文章。

453. 戏舸

一水无平半水平，轻舸有路百舸行。
扬扬落落波涛起，也是风情也是争。

454. 郊亭

十里荒园半客居，芙蓉出水色情余。
三生故事心微致，一笑青娥不读书。

455. 老僧

形容八十余，饱读万千书。
不羡人间故，元无免破除。

456. 僧窗

石经由风扫，僧窗自透明。
天光天不尽，慧觉慧常生。

457. 题平等院

城中一院僧，月下半孤灯。
笑我功名客，如来教大乘。

458. 影灯夜二首（一作上元诗）

之一：
盏盏上元灯，明明问寺僧。
年年春又至，处处几香凝。
之二：
十里徐州十里灯，三军节度一香凝。
州官放火州官火，玉宇天畿玉宇升。

459. 许州旌节到作

两地旌旗合，三军一令分。
雕堂生报国，节度受君文。

460. 重游通波台（自述马来西亚和巴布亚新几内亚）

只忆故园花，何言不是家。

沧桑沧海外，未了未中华。

顾问非邻国，黄昏日夕霞。

461. 野园

官衙官锁困，野趣野人心。

柳叶随枝摆，飞天比翼禽。

462. 偶题

梦里钧天乐，宫商独作音。

无端无自己，一路一鸣琴。

463. 柳枝四首

之一：

长生殿上不长生，幸蜀无成幸蜀名。

柳柳枝枝儿女唱，骊山脚下有骊情。

之二：

霓裳一舞太真声，羯鼓千声动地声。

自得梨园千载遗，胡旋自作是风情。

之三：

出水芙蓉步步行，梨园子弟暮朝鸣。

方圆不是方圆界，有国无为自有情。

之四：

皇城帝子一皇城，世俗民家世俗荣。

世界终须成世界，人情自古是人情。

464. 柳枝词五首（并序）

序：

刺史徐州测，干符令部声。

身纤形健舞，女伎寄深情。

诗：之一

朝阳落照柳条烟，一别丰波十二年。

不见双峰山谷色，常怀独夜梦耕田。

之二：

无风细细自然垂，有意纤纤不守规。

隔岸春莺常点水，由根不远作鬓眉。

之三：

一树空悬只点头，三春变色绿黄洲。

由心向客青楼近，逝水清波不住流。

之四：

离情处处有折痕，别意幽幽向露根。

灞水桥头何不见，辞乡不是好儿孙。

之五：

刘刘白白柳杨诗，越越吴吴自去迟。

刺史姑苏留遗句，文章字句久相思。

465. 吴姬十首

之一：

昼以重门锁，春当草色纤。

群芳争不妒，自舞却罗衫。

之二：

弱弱天生态，纤纤细吴腰。

三春杨柳色，十八女儿娇。

之三：

独立盘门外，嫦娥玉梦中。

三桥同里岸，一嫁半春风。

之四：

碧玉姑苏水，春桥月色湾。

江湖江远去，日月洞庭山。

之五：

玉树后庭花，姑苏半女家。

西施西子色，木渎木娇娃。

之六：

半着兰衫玉，三春百草苏。

丝绸丝细细，步举步奴奴。

之七：

未投女儿弦，嫦娥自在天。

红颜红所以，注目注心田。

之八：

素手绘纤巧，红颜注目贪。

蚕丝蚕困顿，上摆上衣蓝。

之九：

月色空闻落，星光挂树明。

偏时偏影暗，有女有人情。

之十：

十步吴门水，三桥渡口风。

听时听不辨，越女越难衷。

466. 题于公花园

月下一花园，心中半草田。

纤纤如少女，处处似丝弦。

467. 登城

都头一队行，节度半登城。

但见英雄见，应言律令成。

468. 好客

好客空庭久，欢欣酒醉行。

三更知你我，五味向阴晴。

469. 赠普恭禅师

一日迢迢半路遥，三生处处五湖潮。

南禅北祖心经在，面壁谁言作玉箫。

470. 赠无表禅师

禅师无表寄，蜀寺有方圆。

守一心经守，秋收日月年。

471. 彭门偶题

彭门西舍固，泗水不见都。

未是儒州问，淮王有是无。

472. 嘲赵璘

望月还登乞巧楼，巡关未济怯挎洲。

娇人伎女牛郎见，影里婵娟不到头。

473. 句

一首如同十万同，三生已是半生名。

第九函　第三册

1. 早春

年华依旧是，岁月拢当归。
碧草分黄绿，啼莺半欲飞。

2. 伤春感怀

莫断柳杨枝，年前已此时。
前行前不止，后顾后应迟。

3. 闰三月（自语）

三年皆一闰，五载九千诗。
十万平生志，双牛日月知。

4. 早秋游湖上亭

危亭秋早至，水气木烟开。
竹叶荷香问，莲蓬碧子来。

5. 宿渔家

竹尾三千草，渔舟四五家。
兼葭流叶露，滴玉带荷花。

6. 旅中早秋

望月一飞鸿，行程半未终。
平生儒气老，步步忘西东。

7. 早秋西归有怀

思归方有计，问道可知穷。
百里长亭数，三生颂雅风。

8. 冬夜旅怀

潼关不锁一黄河，楚客汨罗半九歌。
但愿长沙知贾谊，湘江鼓瑟二娇娥。

9. 塞上作

弯弓弯月射，战士战争功。
塞上风寒早，辽东白雪风。

10. 秋日寄陈景孚秀才

晓日朝阳色，黄心木槿红。

舒舒成卷卷，暮色彩人空。

11. 冬日送友人西归

梅花冬日色，白雪素山光。
夺目天山路，鬼谷教文章。

12. 感遇

不信蓬莱不可寻，谁言万古到如今。
知书达理成心迹，半读儒家半读琴。

13. 七夕

喜鹊桥成七夕情，牛郎织女一年盟。
人间以此谁儿女，莫以相思总不鸣。

14. 晚春陪王员外东塘游宴

酒酒歌歌起，琴琴瑟瑟扬。
东塘东宴会，画角画天梁。
色色香香伎，云云雨雨乡。
随流随日月，玉树玉时光。

15. 游东湖黄处士园林

东湖东野旷，北望北秦园。
尽取江南木，乔林以直宣。

16. 题许子正处士新池

草木自侵堤，风云互不低。
天空应此落，不尽合溪泥。

17. 旅怀

无名无位却，有事有乌纱，
驿驿长亭路，行行忘自家。

18. 早秋归

驿道飘云感，冠官进退行。
儒家儒所谓，守一守前程。

19. 欧阳示新诗因贻

不问前贤不问心，知音后顾有知音。

阳春白雪非天地，下里巴人是古今。

20. 赠欧阳秀才

日上樵渔日下尘，云中太守月中秦。
无须永问沧桑易，只伴山夫一夜贫。

21. 尉迟将军

一箭射阴山，三军向御颜。
明妃明汉画，武将武功还。

22. 赠道者

真仙一步虚，假士半丹余。
不在蓬山住，何言五帝居。

23. 赠道者

开元天宝寄，武曌李家书。
佛道成王后，治政似多余。

24. 遣怀寄欧阳秀才

地上江河天上云，人间不可俗间分。
须臾岁月风华见，晚达何言作晚君。

25. 送元秀才入道

不教天机问，无成地载轮。
入道三清始，行身一路尘。

26. 三闾大夫

三闾一去大夫歌，半壁江山有几何。
莫以张仪城市易，平生遣楚在汨罗。

27. 伤曾秀才马

自得龙媒越，还知玉宇飞。
向前向古道，此去此无归。

28. 喷玉泉四丈夫宴会诗四首

之一：
下第东归是又非，甘棠白叟去还归。
王涯自此流泉记，且向三湘一日飞。

之二：

桃蹊寻李固，杏径问王章。

访旧应心处，为人可奋扬。

之三：

青云凌志去，白首自归田。

岁岁春秋继，年年自缺园。

之四：

半在衡门一在田，三台旧事五台悬。

家家国国同行止，只要前途不要烟。

29. 白衣叟途中吟二首

之一：

春云春雨润，碧草碧泉生。

白叟宫前问，朱轮暗自行。

之二：

弃世逃名客，樵渔自在弓。

生生何死死，鸟鸟亦虫虫。

30. 白衣叟述甘棠馆西楹诗

凌云一志济天荣，大漠三生皮独兵。

已是英雄非战死，何人记述李陵名。

31. 白衣叟喷玉泉感归游书怀

天光地色晚霞明，半寄黄昏半带情。

白骨黄沙应不寐，青龙宝剑寄田横。

32. 四丈夫同赋

一世荣华半梦中，三生苦力万人同。

民间自力枯荣致，日月东西各始终。

33. 下第归宜春酬黄颇饯别

一代相如赋，三春季子文。

钟声钟不止，故国故人君。

34. 裴休

贤良方正异，进士济源人。

御史中书令，平章事业臣。

35. 题浏潭

祖塔烟华浩刼穷，清风朗月满苍空。

谁知到此留寻问，忘却功名见遗风。

36. 赠黄蘖山僧希运

达士心中印，行僧路上频。

圆珠头顶志，不二向咸秦。

37. 令狐绹

补阙郎中刺史情，皇召制书翰林生。

中书门下平章事，赵国英公子真名。

38. 登望京楼赋

登高一步望京楼，万里三光半不休。

守镇山河行节度，咸秦共济作春秋。

39. 夏侯孜

亳州好学名，刺史侍郎兵。

太子平章事，司空少保荣。

40. 享太庙乐章

圣祚重昌致，申明典籍王。

应思先后教，可报应无疆。

41. 魏謩

进士申之继魏乡，征公五世太宗良。

中书门下平章事，检校天官仆射郎。

42. 和重阳锡宴御制诗

八水重阳色，千山木叶苍。

春秋相继续，日月护天光。

43. 周墀

进士周墀学士名，巡官御史书官荣。

中书门下平章事，节度西川久太平。

44. 贺王仆射发榜

三十余年忆旧名，儒师发榜列儒生。

龙门仆射皇家榜，共漏蓬瀛奉御城。

45. 酬李常侍立秋日奉诏祭岳见寄

莲花古柏汉阳台，矗岳灵祠珪币开。

献质三明才子赋，洪农太守主张来。

46. 寄华州周侍郎立秋日奉诏祭岳诗

金阳一片岳灵开，木叶清风太守来。

47. 句

成都十万家，锦水一枝花。

48. 续梦中

之一：

驸马应都尉，长兴殿里留。

休休眠别馆，纳纳句联筹。

十字云门雾，千言子美愁。

无祥无所记，以韵以天酬。

之二：

一梦带祥生，双联致广名。

云亭非异苑，御帐是新荣。

境象非曾至，崇岩昔未行。

长兴麟德义，白玉殿前情。

敛翼飞前势，归轩落舆城。

金滕金色阙，一笔一心平。

寄与从天地，公言任楚盟。

张仪张璧璞，赵将赵军横。

若以相如见，家家国国英。

公私公所济，夜以夜辰明。

49. 杨州送人

落日归帆影，风扬汉口舟。

江鸥飞复返，不附大江流。

50. 置酒

桂楫木兰舟，逢秋对逝流。

周姬公旦酒，已及孔儒立。

51. 重阳宴东观山亭和从事卢顺之

叶落重阳九日红，青林未减半西风。

清霜玉树金英色，爽节凭高远望中。

52. 覆落后呈同年

同年同不济，共岁共难全。

北雁三湘去，南鸿一塞偏。

53. 长门怨

寂寂长门夜，营营汉史班。

何须飞燕问，各主自红颜。

54. 宿日观东房诗

已入桃溪路，东房五绝诗。
秦衣应见短，汉履似无规。

55. 赠副戎

不事须轻宰，无求可望天。
浮云浮不定，逝水逝云烟。

56. 命伎盛小丛歌饯崔侍御还阙

越国佳人弱，丛歌细女声。
姿轻姿色艳，记取记莺鸣。

57. 李尚书讷命歌伎饯友作奉酬

羊公留岘尾，洛浦尚书楼。
五夜梁王赋，三更已白头。

58. 和李尚书命伎歌饯崔侍御

一代英风半代人，千声细雨万秦身。
燕燕赵赵多歌舞，但伴文翁过九春。

59. 独秀山

直入青云势未休，擎天一柱在南州。
山川自得东西向，日月昌平以水流。

60. 送韦觐谪潘州

岭外一潘州，云中半九流。
啼猿啼不住，北鸟北天休。

61. 前望江曲令颂德

一令望江县，三生故宰悬。
成心留日月，作主致民田。

62. 庐顺之　重阳东观席上赠侍郎张固

渡口鱼龙舞，重阳令节明。
茱萸香味远，菊酒醉枯荣。

63. 责汉水辞

之一：
汉水齐桓问楚王，苞茅不入溺南乡。
召陵有约殷之鄂，杜预西周识属疆。
之二：
江河久矣几风波，日月长兮动帛戈。
自古王侯分土地，昭王不唱楚辞歌。

64. 大堤曲

江流顺大堤，逝水自由西。
但以方城见，行人问范蠡。

65. 对酒

冯唐八十忘高车，弟子三千日月遮。
但以扶桑民子问，无须醒醉自参差。

66. 金灯

木叶秋风叶，金灯子夜明。
红光红不远，一步一倾城。

67. 和李尚书命伎饯崔侍御

上客天台酒，中流桂楫风。
天书天子路，尚饯尚书公。

68. 南歌子词三首

之一：
一曲南歌子，三吴半动心。
江东江水岸，一子一知音。
之二：
不可常相忆，应思玉宇空。
寒宫寒桂子，不落不成功。
之三：
且莫为红烛，情长向短流。
心中多少问，日上始终休。

69. 新添声杨柳枝词

之一：
思思问问是因缘，见见迁迁只似烟。
止止行行相望去，春春子子好耕田。
之二：
偷莲折白子，玉立已枝残。
木叶随风落，空塘已自寒。

70. 于兴宗　夏杪登越王楼临涪江望雪山寄朝中知友

巴西又上北西楼，白雪重层玉雪羞。
岭下江川流不尽，烟云已满上轻舟。

71. 马来西亚和巴布亚新几内亚

鸟影入空床，门庭枣叶黄。
春秋相继见，岁月自沧桑。
十万诗词客，儒书作故乡。
南洋南海外，一字一衷肠

72. 东阳涵碧亭

高低松竹木，远近碧含亭。
积翠溪流色，含元草色青。

73. 奉酬绵州中丞以江山小图远垂赐及兼寄诗

巴江倒映雪山晴，一水光明逝去声。
井邑丹青连巷里，江山小雅寄清明。

74. 奉酬于中丞登越王楼见寄之什

庾楼应远望，白雪可冰封。
自以天高计，深渊见白龙。
孤峰孤峙立，逝水逝江客。

75. 赠舍弟

秦云蜀雨两难分，渭弟川兄半独闻。
日月何承知彼此，风光只向丈夫文。

76. 句

天天谁缺月，岁岁有方圆。

77. 和绵州于中丞登越王楼见寄

同州刺史越王楼，地元中丞四十州。
失路虚舟临水渡，绵绵曲曲向东流。

78. 李汶儒　和绵州于中丞登越王楼作

巴西学士一绵州，刺史中丞半越楼。
日照涪川烟水色，烟笼剑阁逝江流。

79. 和于中丞夏杪登越王楼望雪山见寄

望远山高白雪晴，阳春夏杪继相明。
云云雨雨由天鉴，物物农农以富荣。

80. 薛蒙　和绵州于中丞登越王楼作

暑退千山雪，江浮万里舟。
中丞文化教，刺郡越王楼。
力尽三千子，心怀四十州。

81. 李邺　和绵州于中丞登越王楼作

未解巴西水，绵州四面云。
江楼图纳远，雪岭日天兮。

82. 和绵州于中丞登越王楼作二首

之一：
川流不似未依楼，白雪峰天作白头。
壮士忧民忧国向，中丞已向越王愁。
之二：
一水千岩雪，三江万里流。
吴门吴起见，蜀国蜀川酬。

83. 和于中丞登越王楼

不向中丞一布衣，何闻谢守雪浓稀。
西山白雪融天水，渭水东流绕帝畿。

84. 题越王楼寄献中丞使君

朱轩雉堞越王楼，水作巴山四面舟。
昔岁贤王游胜处，山峰剑阁纵东流。

85. 秋日登越王楼献于中丞

秋秋夏夏向中丞，岁岁年年一盏灯。
牧剑南州王越见，江山四望可依刘。

86. 诗越王楼

序：
洋州于中丞顷牧左绵题诗越王楼上朝贤继和辄课四韵。
诗：
刺史绵州继，朝征隔政留。
川流川不息，鸟宿鸟汀洲。
且以农夫步，黄昏细雨酬。
民当民作主，国史国家谋。

87. 牡丹

嫩蕊包金粉，奇葩结绣囊。
香凝云雨露，只见女儿妆。

88. 飞鸿响远音

飞鸿响远音，避月作鸣禽。
渚渚惊弓直，栖栖纳子荫。

南浦多草木，北塞少沙林。
漠漠飞人字，幽幽一古今。

89. 春愁

嫦娥十六作弓弦，缺缺圆圆半月天。
草草花花颜色好，儿儿女女共婵娟。

90. 和于中丞登王楼作

川江万里一渔舟，学士弘文半馆游。
独得衡阳归雁问，中丞意在问春秋。

91. 兴平县野中得落星石移置县斋

天中来一石，地上有三诗。
划线光明至，方圆不定期。
兴平县野阔，预渺作先知。

92. 题商山店

驿路商山店，香娥已不居。
阿母留客问，碧玉不知书。

93. 风

飘飘忽忽意何穷，抑抑扬扬上下中。
实实虚虚千不见，前前后后四方空。

94. 云

不说襄王梦已稀，高唐草木独相依。
巫山暮雨朝阳间，白帝江流向楚矶。

95. 露

花花露水一寸田，暮暮朝朝半问天。
盛泽幽兰珠似玉，明明点滴作方圆。

96. 霞

朝朝暮暮半云霞，彩彩无形色色花。
且入山河城市巷，兴兴旺旺作人家。

97. 颍亭

久负巢由志，难承四皓田。
幽关幽所据，颍上颍流川。

98. 咏马

秦川养马有长鸣，汉血龙媒藉短声。
伯乐相知相借鉴，飞天玉帝赐红缨。

99. 题圭峰下长孙家林亭

苦苦辛辛半亩田，朝朝暮暮一疏泉。
明知富贵非身物，只恐贪寒是岁年。

100. 牡丹

一醉花中作牡丹，三春木上挂皇冠。
桃红杏粉成蹊色，杜若梨园望叶繁。

101. 雨

疏疏密密问农夫，渐渐漓漓似有无。
一瞬倾盆倾沐浴，和风细雨入屠苏。

102. 京西即事

虎令三千帐，金戈十万军。
凉州胡笛曲，受降汉家勋。

103. 公子行

别殿承恩泽，潜龙肠渥洼。
银装银铠甲，紫袖紫衣家。
意气倾歌舞，身名二月花。
群芳群所愿，独占独云霞。

104. 秋晚信州推院亲友或责无书即事寄答

不负鲤鱼封，官安拙政客。
无功何伐魏，有冤树云龙。
晼积秋思暮，湘蒲落雁踪。
千年留汉柏，万里起青松。

105. 晚春江晴寄友人

晚抹一霞红，黄昏半水空。
无知无限好，少不少年中。

106. 凉州词

一路凉州见，三秋大漠风。
沙鸣沙自语，以底以深空。

107. 莫春浐水送别

八水长安绕，三春灞浐行。
相离相别去，互致互枯荣。

108. 和李尚书命伎饯崔侍郎

载酒别贤侯，江南不醉楼。

舟移舟伎曲，玉树后庭游。

109. 二月二日游洛源

二月春初二日游，潜龙冶水一抬头。
东风已到秦川北，洛水知源魏豫流。

110. 柳

九寸方成一尺条，三春色变两春宵。
千姿百态随摇摆，不念先生舞细腰。

111. 杨柳枝

摇摇摆摆自西东，细细条条学似弓。
汴水隋堤梁苑见，江都帛缎出深宫。

112. 杨柳枝词

杨杨柳柳一枝词，细细纤纤半着诗。
运运河河炀帝帛，天天地地已相知。

113. 和襄阳徐相公商贺徐副使加章授

朱朱紫紫两联晖，授授章章一翠微。
郢曲山南观察客，阳春白雪半芳菲。

114. 骆谷晚望

秦川一路柳如丝，渭水三春去已迟。
但见王孙公子意，山花尽是送人枝。

115. 松

雪雪霜霜致，姿姿色色青。
盘根盘错结，举目举新灵。

116. 自谓

七十余年学画图，禅心自在着屠苏。
山河草木瞳瞳日，半在方圆半在无。

117. 崔澹

轻风带异香，未舞却霓裳。
怪得偷桃客，曼倩谢福娘。

118. 答问读书居

床头万卷书，跬步一生余。
井汲寒泉水，阳明共世居。

119. 百官乘月早朝听残漏

朝声漏已残，佩玉带衣宽。
举步趋鸾路，光明正大观。

120. 赋得水怀珠

长句客谷木，底水有珍珠。
素魄生灵气，光明日所趋。
幽幽成夜月，落落锁江湖。

121. 句

一本南山木，三朝北阙书。

122. 和李尚书命伎饯崔侍御

知君已意入咸秦，伎曲由声半成春。
渌水西川西陆去，重温旧忆谢冠臣。

123. 赠释疏言还道林寺诗

之一：
推波助浪一僧人，佛祖心经半政秦。
玄奘不得玄应释，人间始得正秋春。
言辞纸素行官宦，土木枯客误茂身。
可叹南朝三百寺，朝廷过往十娇真。
之二：
释氏湘川寺，真经隐匿心。
求官求利禄，毁教毁林荫。
之三：
怪怪痴痴去，迷迷信信来。
司空司法检，御使御人裁。
之四：
信信心心过，宗宗教教开。
文成文化政，寺毁寺人摧。

124. 和柯古穷居苦日喜雨

汗背何成泽，潜龙去不归。
禾苗求雨水，玉律作真机。
乞祭野户润，行云草木菲。
天公天所在，利物利人微。

125. 岳麓道林寺

一寺圆规一寺方，二妃鼓瑟二妃乡。
迷迷信信成千古，佛佛儒儒道道昌。
心中只有真经在，此处低时彼处扬。

126. 上元三首

之一：
观灯不尽上元天，问盏乾坤下九玄。
佛道儒字知玉律，千明百火见方圆。
之二：
举烛同行止，挥毫共苦辛。
丞相秦不逐，玉石可秋春。
之三：
于方走马灯，四面一行僧。
草木山川过，人禽日月丞。

127. 梅

白雪复红梅，疏香去不回。
群芳群独望，一色一龙媒。

128. 送庐潘尚书之灵武

人前不信一书生，马后方言十万兵。
阁下弓刀飞将在，云中受降朔边城。

129. 题僧壁

举步行僧客，闲名淡利人。
无尘无净水，有术有秋春。

130. 赠商山僧

十里商山客，三生耳目君。
人非人自淡，路正路斜分。

131. 长乐驿谑李阳给事题名

虞姬夫婿见，楚汉只须闻。
霸主乌江上，江东举世云。

132. 句

伎醉倾姿一玉壶，灯明泪落半扶苏。

133. 卢渥

检校司徒子，中书一舍人。
玄文玄所致，范渥范阳真。

134. 赋得寿星见

去去来来半世情，和和自得一平平。
生生寿求无尽，利利名名可一顷。

135. 题嘉祥驿

晴山色映百旗红，一帜争先百将弓。

只着戎装行谷口，嘉祥驿北树军风。

136. 九华山

神仙只在九华山，暮雨秋风半落颜。
陌陌相逢重脉脉，长江不止十三湾。

137. 柳珪送莫仲节状元归省

独步龙门第一名，南天故国数千声。
三湘弟子五岭学，白雪阳春九脉晴。

138. 津阳门诗

之一：

津阳门内阙，直近是华清。
此去明皇迹，曾闻问酒名。
南行南不止，北下北无荣。
但以村翁叙，何知帝业情。

之二：

津阳门内望，百步是华清。
栉比朝元阁，骊山浴水明。
君陈亲卫号，戍列羽林城。
夜月玄宗来，同翁共饮行。
皇宫多夹道，改扮少相倾。
绿蚁青钱愿，胡儿尚未惊。
宫娃应赐浴，小女可冠英。
出水芙蓉见，梨园子弟声。
公孙飞剑舞，曹霸马图情。
绣锦雕梁色，娇娥几复生。
青门遍紫陌，地气热红缨。
不问幽州北，香莲五弟兄。
三郎吹玉笛，酒市念奴荣。
虢国夫人至，韩娟力士迎。
千枝灯照旧，万里上元縈。
术道长生殿，朱墀幻影匄。
王母何未许，意夺舞衣轻。
赐带临轩挂，霓裳带佩鸣。
真妃花白雪，曲步醉弦筝。
幸蜀香囊配，霖铃雨驿黢。
支离张国老，演易鼎湖卿。
武后禅无语，如来自在宏。
开元天宝去，内典法难营。
信仰应常度，心经可持衡。
奇松和怪柏，未必不阴晴。

本本原原是，民民主主耕。
红楼摩诘画，甲第镜湖萌。
已惜知章去，何无太白橄。
桥山烟草渚，御室万千琼。
故国三千里，天朝五百兵。
飞埃尘落定，瞉谷木含泓。
只有江山客，知音日月珩。

139. 春日即事

一半青青两半香，山山水水换新妆。
梅花未了梨花覆，小杏偷情过外墙。

140. 丁酉二月初三生

潜龙海日已抬头，打理银行过亚洲。
事事平生平自主，诗词世界帝王侯。

141. 春晚岳阳言怀二首

之一：

清明云梦泽，岳麓洞庭舟。
二女苍梧晚，湘灵竹泪流。

之二：

江城烟水色，渚岸柳如丝。
不可离舟问，情人欲别时。

142. 过蛮溪渡

人如落魄雨如烟，草色蛮溪柳色川。
渡口船娘渡口问，湘台只到楚台边。

143. 岸梅

含情含白雪，带意带阳春。
若以群芳继，渔洲色满濒。

144. 重阳日次荆南路经武宁驿

茱萸一半带寒香，九月三千弟子忙。
不入秋闱谁不问，重阳日过不重阳。

145. 述怀

空居书不读，懒似少年时。
草木随春绿，人生任路期。

146. 三月晦日送客

三春晦日半春扉，一字排空一字飞。
岁岁衡阳青海岸，明年此日可回归。

147. 华清宫三首

之一：

太白清平乐，杨妃出水明。
霓裳衣羽舞，不胜玉真情。

之二：

羯鼓梨园曲，霓裳一段情。
人间留此去，世上有声鸣。

之三：

朝云三峡口，暮雨半高唐。
出水芙蓉见，华清作帝王。

148. 题云梦亭

何年此日送何人，已是离逢不是春。
又见轻舟云梦泽，东吴路上望咸秦。

149. 有酒失于虔州陆郎中胘以诗谢之

醒时未了醉时羞，太白无眠自白头。
但以穷诗呈失态，书生只可向沧州。

150. 闻笛

银河两岸万星晖，喜鹊千声一笛微。
织女牛郎桥上渡，人间户户自开扉。

151. 山路见花

独立空山野草花，孤行木径向天涯。
回头不见红颜过，一世前程半世家。

152. 句

色色经冬寒里开，枝枝且自雪中来。

153. 暮春对花

半落残香一别枝，三春玉色两春迟。
桃桃李李成蹊径，小杏偷机过路时。

154. 寄李群玉

一上文山而止行，州旷洴水付诗名。
弘文馆里书文校，只谢装相不谢荣。

155. 乌夜啼

梦隔青枫渚，心随月黑高。
鸟啼鸟不止，蜀帝蜀风骚。

156. 升仙操

弄玉秦楼外，箫声作凤鸣。
三清仙子问，百岁自轻成。
紫玉丘公见，瑶珀有盛名。
琼声周太子，汉路晋秦生。

157. 雨夜呈长官

雨夜官长坐，孤吟草木愁。
朱颜芳景过，羽翼宿难休。

158. 小弟艖南游近书来

梦里相逢笑，云中望子书。
三湘帆已落，一意问玄虚。

159. 赠方处士

方圆方处士，守一守人心。
尺素云边鹤，天机日上荫。

160. 秋怨

绿蕙风霜叶，寒松雪露秋。
迁舟迁水月，遗迹遗冬楼。

161. 感春

吴宫新暖日，海燕故风流。
抑抑扬扬见，花花草草柔。

162. 山中秋夕

不与人间别，何言水上舟。
山中秋夕落，夕照四方游。

163. 将游罗浮登广陵楞枷台别羽客

羽客高台上，罗浮贤历中。
波澜收日气，百越纳方穷。
不以玄元问，何为雅颂风。
袈裟玄海色，远目楞枷同。

164. 卢溪道中

巴江如此色，石濑似猿啼。
湲水风篁扫，卢溪向逐低。

165. 湖中古愁三首

之一：
再渡洞庭湖，连天玉泉苏。

东去东浙越，北上北三吴。
木叶随云下，秋声任念奴。
之二：
怨气汩罗尽，长沙贾谊歌。
湘灵湘竹少，女泪女人多。
之三：
二女苍梧问，三湘竹泪闻。
知君知所去，见水见浮云。

166. 别狄佩（梁公玄孙游南国）

久以梁王忆，玄孙向别游。
南方南国水，北地北秦楼。

167. 感兴三首

白凤太玄书，幽微十万余。
扶苏经虎口，婉束子云居。
之二：
一药嫦娥去，千寒旧忆多。
留心天下水，不意过天河。
之三：
相思成竹泪，一别十年余。
断柳枝千壮，折时已心虚。

168. 我思何所在

何思何所在，乃在乃阳台。
望尽良宵月，归心久不开。
湘云湘水岸，竹泪竹妃来。

169. 送萧缙之桂林（时群玉游豫章）

兰芝兰蕙渚，桂水桂林山。
此是湘西路，无因匪盗还。
英人英美籍，澳土澳洲关。
已经人类始，何言未列班。

170. 古镜

破镜重圆见，人情似以前。
轩辕如此作，绝世涌源泉。
凤舞龙吟处，云平雨落田。

171. 将之吴越留别坐中文酒诸侣

水国江湖岸，秋风蟹脚船。

晴沙晴八月，六合六鲈鲜。
浦净知王谢，庚楼问酒泉。
芦洲芦雁宿，独望独婵娟。

172. 大云池泛舟

莲枯九月大云池，水净三清一泛知。
曲尽逍遥渔父问，乌江霸主几何时。

173. 送友人之峡

巫山三峡水，暮雨楚云天。
但向江陵去，扬帆白帝船。

174. 登宜春醉宿景星寺寄郑判官兼简空上人

一马飞扬二尺缰，穿空踏岸九天光。
嘶鸣伏首龙媒见，自在逍遥向四方。

175. 江楼独钓怀从叔

楚水江流见，湘滩草木稠。
西楼云里雾，木落月中钩。

176. 登章华楼

伯业丛荆棘，雄图独古丘。
东流成鼎语，景落作归舟。

177. 骢马

举首长空去，何须伯乐闻。
人间人所欲，万里万飞云。

178. 赠方处士兼以写别

天云方处士，鹤寺水浮舟。
一韵黄钟客，三清自在游。
何须陶谢酒，只醉镜湖秋。

179. 湘西寺霁夜

雨过湘西寺，风临泊月舟。
荷香荷不语，竹影竹枝留。
鹤唳惊心远，寒宫独梦休。

180. 伤思

白露残荷叶，红枫独雪枝。
空垂三两月，又是早春时。

181. 送郑京昭之云安

已见高唐赋，瞿塘带雨流。

巫山官渡岸，楚客已离舟。

182. 送处士自番禺东游便归苏台别业

谢客风流尽，诗名作古今。

羊城应不远，别业可知音。

月落龙川水，心归百越荫。

逍遥思李白，不忘敬亭岑。

183. 法华微上人盛话金山境胜旧游在目吟成此篇

青莲宫外路，梵寺殿中闻。

海日蓬莱境，楼台鹫鹤云。

184. 洞庭入澧江寄巴丘故人

四月桑枝叶，吴蚕已吐丝。

巴丘巴水渡，入澧洞庭知。

185. 自澧浦东游江表途出巴丘投员外从会虞

澧浦东游去，巴丘羽雁翔。

桃花源里探，汉寿洞庭乡。

笔下琳琅赋，云中古道昌。

蒲轮经卷读，立众醉潇湘。

束发雄心见，行明武库铓。

阳春成白雪，鲍市埋兰芳。

短褐衣扬抑，青衣可不彰。

寻来红璞玉，望断白云梁。

186. 洞庭驿楼雪夜宴集奉赠前湘州张员外

湘州员外见，共步岳阳楼。

万里归肠间，三冬逝水流。

衡巫兴表尽，蜀楚作吴头。

郢曲千音断，荆门一木秋。

187. 沧州童儿待郭伋竹马空迟留路指云汉

空留云汉路，竹马任春秋。

子迹安谋命，风云胜战求。

三生三峡水，一路一沧州。

188. 送郑子宽弃官东游便归女几

九女云屏叠，三湘羽异西。

归鸿芦苇渚，只逐客高低。

189. 长沙九日登东楼观舞

轻盈腰细细，束带玉丰丰。

一曲红莲破，千姿百态终。

190. 龙山人惠石廪方及团茶

香余石廪茶，色淡两三花。

采掇云烟里，剗青入客家。

茗泉深水取，皿器古陶砂。

品味人心探，诗兴以探华。

191. 宿鸟远峡化台遇风雨

自自然然去，风风雨雨来。

人居人屋室，鸟宿鸟枝台。

不必相朝暮，无言草木开。

192. 岳阳春晚

岳麓文书院，潇湘楚客楼。

徘徊寻渚岸，寂寞问江洲。

193. 汉阳春晚

汉水琴台问，龟山鹦鹉洲。

楼前黄鹤去，月下不归舟。

194. 将离澧浦置酒野屿奉怀沈正字昆弟三人联登高第

春闱一试三高第，上国良媒一楚才。

各取麒麟兄弟见，黄钟玉笔彩云来。

195. 湘中别成威阁黎

大夜迷行路，湘中别道寻。

玄珠玄不止，赤水赤难林。

浥涨秋渚落，芭蕉旧叶深。

196. 别尹炼师

注入流沙谷，闻师玉石门。

神仙神何在，汉武汉儿孙。

197. 饭僧

逍遥一日作游僧，苦度千门点寺灯。

好读心经天竺卷，江山草木几重兴。

198. 赠回雪

雪雪飞飞舞，回回落落飘。

荥萦盈若谷，素素满云霄。

199. 将之京国赠之薛员外

节物雕灵馆，冠官俯仰周。

薛公薛北斗，主衮圭儒裳。

白石劳箕俎，红枫带雪酬。

夔门夔峡水，去楚去飞舟。

200. 送魏珪觐少

一世江山客，三生父母情。

由来凭赐与，老少忆回生。

子女重新故，慈悲再不平。

人身人所奇，一去一何明。

201. 呈同馆诸公

序：

始至四座奏状闻荐蒙恩授官旋进歌诗延英宣赐言怀纪事。

诗：

天聪龙凤署，地惠桂兰丛。

志气凌云久，明途始不终。

扬文扬大易，敛翼敛行空。

凡祇微征玉，窥横望草蓬。

三台三白雪，四柱四方隆。

只待群贤至，书门夕照红。

声名声不止，上国上飞鸿。

物节由天令，春秋可不穷。

202. 穆天子

穆穆天天子，姿姿态态人。

朝行扬八骏，暮守问千臣。

阗艳三千女，藏宫五百春。

西王母上宴，紫气向咸秦。

帝可轩辕问，琴弦绝迹沦。

空留君逐日，寂寞士应邻。

203. 广州重别方处士之封川

久约罗浮去，清秋士可行。
凌潮回落逝，醉海已倾城。
楚国身声傲，南州谢姓名。
分襟分咫尺，一步一枯荣。

204. 洞庭遇秋

一叶逍遥去，三生自在来。
寻根寻不得，落下落徘徊。

205. 寄短书歌

冷眼无求问，温情有玉寻。
秦川秦养马，穆武穆公荫。

206. 王内人琵琶引

琵琶曲里满风尘，敛黛倾眉少女斜。
不问昭君何意去，胡杨已似汉人家。

207. 醒起独酌怀友

醒醉人生一酒泉，农夫日月半桑田。
逍遥自书儒书误，社日辛劳苦陌阡。

208. 竞渡时在湖外偶为成章

电闪雷奔竞渡骄，三千小子半兴潮。
齐呼共力同天下，冒进回声一棹消。

209. 新荷

玉叶方平水，芳心卷未疏。
浮萍遮欲合，聚散不观鱼。

210. 初月二首

之一：
滟滟流光远，涓涓岸水晴。
停舟停泊久，白鹭白云平。
之二：
脉脉春烟水，轻轻渡口船。
山光成倒影，草色碧云田。

211. 石绪

石绪祝融君，风流阔水纹。
穿湘飞鸟见，过隙落沉云。

212. 云安

树暗荆王馆，云明蜀客舟。
黄牛滩草绪，白帝两高丘。
杜宇惊春叶，瑶姬误九州。
三声夫石望，一曲竹枝流。

213. 石头城

建邺石头城，金陵紫气生。
长空连海色，断岸落潮声。
日暮山河尽，江流自古行。
何言三国代，已见五湖平。

214. 湖阔

秋风扫洞庭，闪闪万波灵。
汉寿君山阔，草尾岳阳青。

215. 长沙陪裴大夫登北楼

贾谊长沙赋，汨罗楚客忧。
丞相丞国策，日照日无休。
若以登楼望，江流过九州。
潇湘从所望，沅水洞庭舟。

216. 寄江陵副使杜中丞

序：
腊夜雪霁月彩交光开阁临轩竟睡不得命
家仆吹笙数曲，独引一壶奉。
诗：
风花雪月寄中丞，浩彩寒波似玉冰。
渭水长安从所去，江陵草木以香凝。

217. 失鹤

失鹤瑶台去，恢心草木来。
孤琴孤语问，独舞独徘徊。

218. 登浦涧寺后二岩三首

之一：
仙羊何代去，大禹接尧来。
浦涧山余寺，风光日月台。
之二：
步步崎岖路，幽幽汗漫宫。
浮丘牛斗问，碧海泛云空。

之三：
山岩临谷立，涧壁对云平。
石磬留天语，惮房寄日明。

219. 早鸿

相差三五日，尽在半空鸣。
此去潇湘宿，明年向背行。
衡阳青海岸，一岁两乡情。

220. 旅泊

细浪潮痕浅，少平宿鸟深。
留心留足迹，逐步逐鸣禽。

221. 晚莲

黄昏色满一荷莲，半是芙蓉半是船。
采伴塘中先织女，牛郎不可近蓬边。

222. 昼寝

误作庄生梦，还寻惠子余。
无惊无乐事，有日有天书。

223. 半醉

世俗常如酒，人情独似舟。
应承应载贮，不弃不离头。

224. 将之番禺留别湖南暮府

不怯炎凉路，湖南暮府云。
官随鸳鹭步，作事稳和君。

225. 宵民

大度无忧怨，中庸有道宽。
宵民知爱憎，子女奉家坛。
世界应天地，乾坤共暖寒。
人生人彼此，逐水逐波澜。

226. 吾道

吾道方圆至，心经彼此田。
如来如自在，术法术源泉。

227. 与三山人夜话

三山人夜话，一寺半袈裟。
月色清风问，梅香白雪花。

228. 春寒

春寒春渐至，暖日暖温泉。

水鸟知江义，东风带雨悬。

229. 广江驿饯筵留别

三杯曾是客，一路海西楼。

水逝三千里，僧游一半舟。

230. 桑落洲

三边三雪色，九脉九江寒。

北国冰封厚，南天草木残。

乔林应碧翠，独木可云端。

晦朔无间隔，昏晨有度盘。

231. 杜门

达者生书卷，行人道路程。

闲居闲不得，待世待生平。

232. 丹顶鹤

成双丹顶鹤，独立项缨红。

十载风云舞，三生历练丰。

233. 经费拾遗所居呈封员外

惟应融北海，只立郑公乡。

旧馆留诗处，新松代柳杨。

234. 送秦炼师

洞口桃花见，溪前竹叶纷。

松轩松别水，紫府紫离君。

235. 湘阴县送迁客北归

须留薏苡米，不却脍莼鲈。

上道长安路，听音问念奴。

236. 九日陪崔大夫宴清河亭

谢朓离都日，殷公出守年。

重阳重故友，玉澧玉山泉。

237. 送房处士闲游

处士闲游远，琴弦半不愁。

君随野鹤去，共以稻粱求。

238. 赠花

桃花金谷落，碧玉绿珠名。

石石崇崇见，贫贫富富成。

239. 洞庭风雨二首

之一：

风风雨雨洞庭舟，晦日巴陵朔夜休。

不见君山君不见，云云暮暮岳阳楼。

之二：

君山已锁洞庭湖，带雨长江赤壁吴。

但以周郎知火问，东风诸葛有琴儒。

240. 临水蔷薇

蔷薇临水色，半向浪花扬。

汉女无妆束，昭君白雪乡。

无情难久持，有舞散芳香。

241. 中秋维舟君山看月二首

之一：

中秋上下月维舟，半在君山半作流。

但在长空何入水，忽然一闪不回头。

之二：

君山一色岳阳楼，八表三秋两叶舟。

桂影连湖波不动，嫦娥误弄女儿头。

242. 桂州经佳人故居琪树

独立佳人树，枝枝叶叶花。

知人知所去，种者种留华。

莫以东风问，天涯海角家。

243. 赠元绂

同心同石玉，共志共前程。

一步三思路，千山万水行。

逢时逢日月，别处别阴晴。

岁岁应无止，年年可有荣。

244. 中秋广江驿示韦益

月在广州城，光晖渭水明。

嫦娟天下问，几处有私情。

夜鹊惊支颐，乡思寂寞生。

245. 九日越台

越越吴吴几故乡，来来去去又重阳。

黄花处处茱萸见，海角天涯共日光。

246. 中秋越台看月

海天天涯月自东，皇城渭水玉清宫。

嫦娟共享人间望，半入身心半已空。

247. 长沙开元寺昔与故长林许侍御题松竹联句

事事人人问，松松竹竹生形。

长沙长短水，拾遗拾丹青。

白雪梅花色，君心玉石庭。

248. 伤友

一半神仙路，三千弟子行。

秦皇秦不在，海外海蓬瀛。

249. 法性寺六祖戒坛

法性禅心寺，菩提六祖更。

青莲青水色，树本树无名。

故钵曹溪在，尘埃已不生。

250. 东湖二首

之一：

落照微云敧，黄昏向远行。

高山高得日，落水落浮荣。

之二：

四野重银境，千波细不平。

嫦娟偷眼见，似以女儿情。

251. 湖阁晓晴寄呈从翁二首

之一：

水水湖湖阁，途途路路亭。

相同相异见，各有各丹青。

之二：

清秋湖水近，暮色彩云遥。

一望连天际，千波玉宇霄。

252. 同张明府游娄水亭

亭中亭下水，目上目中云。

五柳先生问，千桃碧玉分。

253. 七月十五夜看月

一夜圆明见，三更缺影消。

年年弦上下，月月自招摇。

254. 北风

小小北方晴，三风日月明。

江南江水色，北国北山生。

255. 游玉芝观

寻仙步入入芝观，磊石三清木玉坛。

代代朝朝分佛道，玄玄理理着金冠。

256. 中秋夜南楼寄友人

中秋月夜上南楼，酒液重晖曲舞酬。

醒醉人生分不定，东风过夏是中秋。

257. 三月五日陪裴大夫泛长沙东湖

上巳长沙客，兰亭献羲之。

肥肥又瘦瘦，步步问鹅池。

258. 龟

细细微微半步虚，迟迟缓缓一生居。

灵灵性性玄何意，静静天天自在余。

259. 长沙春望寄浔阳故人

半向清明一古今，三春两地九歌心。

长沙不尽浔阳望，贾谊汨罗楚国寻。

260. 金塘路中

黄花黄叶落，木虽木林分。

每日频回首，常年只问君。

秋风秋雨路，一步一浮云。

261. 自遣

前途一半空，立志两三成。

有雨云天济，无心柳自荣。

262. 送于少监自广州还紫逻

无应典籍分金门，水似麻源客寄恩。

谢朓未了王家雁，羊城日色已黄昏。

263. 石门韦明府为致东洋潭石鲫鲙

八月莼鲈鲙，江湖日日鲜。

东洋潭石鲫，烂炖美人筵。

264. 瞻礼

序：

规公业在净名，得甚深意，仆近获顾长康月宫真影，对戴安道所画文殊走笔，此篇以屈瞻礼。

诗：

文殊菩萨在，走笔见真经。

顾氏传神器，须弥白足亭。

居贤非璞玉，用意是心灵。

265. 辱绵州于中丞书信

子路问云林，孙阳念骥心。

川深无及海，木落有山荫。

肇道瑶台远，寻思可古今。

皇城听玉漏，旷野向鸣禽。

266. 玉真观

帝女玉真观，乘鸾玉叶丹。

箫声飞去后，不掩碧瑶坛。

267. 送崔使君萧山祷雨甘泽遽降

一拜敬亭祠，神灵已自知。

龙蛇甘泽降，百姓润天时。

土地禾苗壮，官家税赋司。

天光天所愿，子弟子滋思。

268. 重经巴丘追感

再渡巴丘水，江陵一日船。

巫山巫峡口，白帝白云天。

石首君山岸，荆州郭镇边。

汨罗江水入，汉寿洞庭涎。

269. 湘阴江亭却寄友人

暮落幽花色，黄昏七彩迟。

潇湘亭上望，淑景岳阳知。

270. 哭郴州王使君

北海倾杯逝水空，南天骤雨伎人穷。

银章已弃朱衣改，六换鱼书入夜宫。

271. 九日巴丘杨公台上集

九日巴丘逝水来，杨公酒宴早鸿回。

排空一字人无限，捣练孤城忆旧台。

272. 奉和张舍人送秦炼师归岑公山

金玉丹炉太真人，月峡松门锁早春。

野鹤微岑公所在，闲云紫气到咸秦。

273. 送陶少府补选

碧水青山路，陶君五柳书。

官冠常挂木，少府举茅居。

举案齐眉见，贫穷有玉鱼。

丹砂炉已烬，玉石葛洪余。

274. 寄张祜

闲云独月五湖中，越女吴儿颂雅风。

木渎连江勾践剑，吴王只在馆娃宫。

275. 寄长沙许侍御

郭璞残文许，丘迟与世知。

长沙长逝水，侍御侍癸司。

鼓瑟湘灵寄，苍梧二女期。

276. 望月怀友

浮云卷尽夜朦胧，月色清寒影向东。

欲落斜明邻玉树，婆娑不定半墙空。

277. 和吴中丞悼笙伎

丽质仙姿一去空，操笙玉指半颜红。

阳春白雪留娇色，隔岁难寻锁夜宫。

278. 薛侍御处乞靴

百里奚名贱，三生故里悲。

春秋千日道，甚似五羊皮。

279. 请告南归留别同馆

西风已向帝城开，不上庚楼五柳才。

只见陶公弦弄尽，琴声已断木声来。

280. 凉公从叔春祭广利王庙

伐鼓龙骧雨，驱川直济云。

民生从叔癸，广利帝王君。

玉烛尧年乞，华夷雾水分。

281. 长沙紫极宫雨夜愁作

雨夜听声久，长沙紫极宫。

寒衾寒已冷，独坐独思空。

282. 送人隐居

为何一隐居，割面半樵渔。

治政弯头近，前程万万书。

283. 江楼闲望怀关中亲故

蹉跎楚水头，木叶作吴州。

只向关中望，江楼逝水流。

284. 九子陂闻鹧鸪

三生御道半慈恩，九子坡前是野村。

曲经鹧鸪闻九子，陂前草木纳黄昏。

285. 仙明洲口号

年年此处寻佳句，二度桃花二岁书。

水竹仙明洲渚岸，春明已向夏云居。

286. 送箫十二校书赴郢州婚姻

花花夜夜一箫郎，郢郢书书半凤凰。

但以婚姻成佩属，蓬莱彩服好归乡。

287. 送隐者归罗浮

罗浮一路自难知，隐者三生半不识。

草木溪泉林径远，山川水月作相思。

288. 献王中丞

望绝登仙路，行程跬步知。

苏秦分六国，合纵一张仪。

289. 哭小女痴儿（代父吟）

六女如花堕晓枝，男儿五子逐成时。

孤情小妹知相爱，父母黄泉已可知。

290. 醉后赠冯姬

阳台月色作相思，不见襄王已见迟。

两目横波回慢水，千情一曲忆冯姬。

291. 广州陪凉公从叔越台宴集

宴集白云西，楼高月色低。

江流含旧酒，镇海玉钩齐。

292. 留别马使君

蜀国微才子，专城少小多。

蹉跎应隔旅，海角有烟波。

293. 将欲南行陪崔八宴海榴亭

旦宴华堂暮未休，何人已得谢公留。

笙歌不尽美姬尽，鼓角侵霜海雾稠。

294. 浔阳观水

浔阳一水九江龙，牯岭庐山汉阳峰。

海会都昌湖口外，黄湖济泽小姑客。

鄱南郡，故步封，蛟塘赣水抚河宗。

295. 九日（自遣五兄弟一妹，句）

来来去去一重阳，醒醒眠眠半故乡。

兄兄作圃求丰载，弟弟欢倾向我娘。

早早茱萸檐上插，葵葵对日有炎黄。

公公业业私私户，父父子子各柳杨。

296. 同郑相并歌姬小饮戏赠

玉女千声曲，巫山一段云。

瞿塘官渡口，细雨已纷纷。

297. 秣陵怀古

江流已过石头城，六代还留旧国缨。

虎踞龙盘吴越在，高低落照故人平。

298. 黄陵庙

北浦云边小姑山，客华二女自留颜。

纤纤弱草无碑字，寂寂湘川已成湾。

299. 送唐侍御福建省兄

九脉江川一字来，三湘沅水半天开。

春风闽岭樟溪岸，马祖梅花白犬回。

300. 送秦炼师归岑公山

岑公山上石，紫绶玉中冠。

北省郎官谏，南宫奉署兰。

恩波恩晓步，鹭瑞鹭鸯官。

已是三清界，分明一色丹。

301. 湖寺清明夜遣怀（自遣五兄弟一妹）

榆关一去半朝天，父母当家共团圆。

久向饥寒兄弟妹，平生未了入心田。

京城学子幽州客，八十年中未自然。

302. 谪仙吟赠赵道士

三清道士帝王居，一世精明半世余。

且以明皇观武后，如来自在劝儒书。

303. 长沙陪裴大夫夜宴

桃花已半开，玉女自三催。

六幅湘裙短，千声细曲来。

相如琴柱间，白雪照红梅。

合是胸前佩，当疑月上台。

304. 宝剑

吴城全池水，越疬虎丘人。

五霸春秋见，纵横六一秦。

英雄如此是，历史问天津。

305. 人日梅花病中作

梅花人日色，卧病独闻香。

一落三开放，千枝万影长。

琼瑶琼醉舞，百绽百疏扬。

已是阳春寄，须明日月光。

306. 静夜相思

静夜相思望，清凉浦月光。

云空天籁寂，水榭散荷香。

307. 桂州经佳人故居

暮雨九巍山，朝云半桂颜。

佳人常露面，故水逝无还。

308. 放鱼

饵上钓鱼钩，湖深自在游。

人求人所欲，水净水无流。

309. 莲叶

一叶珍珠滴，千波浪水明。

天光天所在，碧玉黛倾城。

310. 客愁二首

之一：

柳叶枝头绿，梅花玉影红。

年年春夏继，处处去来风。

之二：

客舍看垂柳，行程问日长。
高山流水去，草木故人乡。

311. 洞庭干二首

之一：

见逝云天水，还闻日月迁。
伤心云梦泽，岁岁作桑田。

之二：

见阙蓬莱岸，沙洲八月明。
朱宫朱紫色，洞口洞庭瀛。

312. 病起别主人

一病三生智，千移半世愚。
离情离所得，别路别趋途。

313. 火炉前坐

坑灰一火星，学子半儒灵。
不得山东见，文书夹壁宁。

314. 古词

两点相思泪，三秋落叶风。
何知何所去，白日白云头。

315. 嘲卖药翁

有土连山气，无声卖药翁。
人间求不得，却意向天公。

316. 伤小女痴儿

小女痴儿去，春秋日月来。
孤身孤自望，独步独泉台。

317. 青鹢

共以江湖水，同寻草木鱼。
飞低飞闭翼，过鹭过鸥居。

318. 池塘晚景

千波争碧叶，一月挂芙蓉。
有影方圆近，无心楚汉宗。

319. 投从叔

举首超群步，低声对玉知。
孙阳如可见，八骏向天嘶。

320. 恼自澄

皇宫常所见，玉女散天花。
不叹人间少，红芳一两家。

321. 读贾谊传

长沙半鬼神，贾谊一汉人。
不可王家语，汨罗楚客秦。

322. 寄人

寄意双莲子，须知独苦心。
生生相继续，水水有知音。

323. 寄韦秀才

客坐荆台夜，灯明竹影深。
知书知不止，达理达人心。

324. 春日寄友

闻君三斗酒，举剑半天云。
漫漫飞天雪，纷纷落地文。

325. 题竹

自得千竿君，婆娑万叶声。
朝天朝自立，一笋一根萌。

326. 怀初公

只向初公忆，何言有上人。
禅房禅意语，普渡普天津。

327. 龙安寺佳人阿醉歌八首

婵娟明月色，碧叶付莲心。
鹿女腰枝楚，含情泰寺音。
成全秦弄玉，不守绿珠簪。
素婉轻红约，阿谁附古今。

328. 野鸭

寒塘一野鸭，落尽半梅花。
欲暖春先水，天机在草洼。

329. 题二妃庙

处处子规啼，幽幽二女栖。
湘灵湘竹泪，舜雨舜云低。

330. 寄友二首

之一：

腊月冬梅雪，三元爆竹声。
年年先自得，友友可同情。

之二：

雪覆梨花面，朦胧玉气空容。
分清分不得，暖意暖无踪。

331. 桃源

却弃琴弦不弃声，折腰只寄小儿情。
桃源不在桃源洞，五柳渊明五柳名。

332. 题王侍御宅

王家看竹去，碧色满江来。
岫纳千云闭，山含万水开。
何疑吴木浍，却似越天台。

333. 闻湘南从叔朝觐

上掖心宽去，长沙地窄行。
湘川湘鼓瑟，沅水沅人情。

334. 汉阳太白楼

汉水琴台石，龟山太白楼。
黄昏黄鹤舞，一酒一无休。

335. 送客

北望江陵水，南行靖港云。
君山君子见，赤壁赤湖分。

336. 醴陵道中

别酒离亭醉，长行晚驿寻。
灯明三二尺，只恐月深深。

337. 校书叔遗暑服

湘纱湘自得，楚葛楚难成。
整整齐齐叠，干干净净名。

338. 赠魏三十七

一半杏园花，三千弟子家。
芳名称珪许，玉净字生华。
十丈当然树，千人你我他。

339. 酬崔表仁

昨日朱门见，今天野水临。

高风高亮节，独木独成林。

340. 旅游番禺献凉公

野鹤沧洲米，浮云满草津。

游人游所在，独品独秋春。

341. 长沙元门寺张璪员外壁画

凡凡仙仙各不同，禅禅意意已成空。

长沙步步元门寺，石石松松竹竹丛。

342. 请告出春明门

利利名名去，情情意意来。

荣华何富贵，往往亦回回。

343. 引水行

田中引水渠，草木自扶疏。

不断源源见，天天似读书。

344. 移松竹

苍龙苍甲木，凤尾凤枝形。

且向庭中立，春秋日上青。

345. 叹灵鹫寺山榴

一片香云一阵风，三春百草半春穷。

灵峰水堞山榴寺，暮色无人独自红。

346. 黄陵庙

已近黄陵庙，何闻草木香。

衣裙常隐约，水远已山长。

347. 北亭

未晚荷花照，黄昏水色红。

无分无彩绘，有散有余风。

348. 送客往浔阳

春愁春女色，落日落黄昏。

岁岁人已老，年年律象门。

349. 寄友人鹿胎冠子

疏星紫锦班，别样作仙还。

翠翠微微草，峰峰谷谷山。

350. 答友人寄新茗

品品茗茗器，黄黄碧碧芽。

泉流泉水远，井上井源花。

叶育云烟里，旗生日月华。

诗文诗共赏，古寺古香茶。

351. 江南

水水江南见，山山塞北闻。

西高东向下，一脉九江分。

352. 峡山寺上方

一片金波似海光，三秋水色以泉扬。

山峰独峙凌空立，峡寺钟声在上方。

353. 秋登浔阳城二首

之一：

砧声水国秋，落叶付江流。

望远行人问，清风已系舟。

之二：

织女佳期过，牛郎待来年。

谁人长短笛，不数去来天。

354. 钓鱼

寄老干部王礼明

七尺青竿一丈丝，三生日报礼明词。

鱼漂起落知环保，举手之劳改革时。

355. 酬魏三十七

腊月寒香一岁初，开绒木李二琼琚。

知音已是当然序，只作弘文李校书。

356. 赠人

雨夜梦方长，云游忆故乡。

巫山神女嫁，不是楚襄王。

357. 落帆后赋得二绝

之一：

平湖春日泊，浦口落帆时。

鸟宿沙洲草，人寻岸口迟。

之二：

平帆起落难，渡口水波宽。

处处川风远，摇摇总胜观。

358. 赠琵琶伎

琵琶一曲半相思，两目横波百态姿。

不是昭君知塞外，阳春白雪未归时。

359. 赠伎人

少女一千金，周郎半误琴。

分明花里误，省得满春心。

360. 山榴

红英作绿珠，已堕石家奴。

锦水留金谷，身名有似无。

361. 赋有木断而勾连不垂者

枝钩一断枝，未落半垂时。

有动无风至，离根不可期。

362. 鹨鹨

相呼相锦羽，独曲独江湖。

比翼分明越，双飞惑憾吴。

363. 沅江渔者

水近汀洲晚，鱼遥独木舟。

山河应不问，醒醉所何求。

364. 题金山寺石堂

金山一石堂，谏书半流光。

六圩江北岸，瓜州散水香。

潮声潮绕寺，日照日莲房。

一片红莲色，千波磬语扬。

365. 戏赠魏十四

一曲七弦琴，三生五玉音。

和成天地阔，独翼似鸣禽。

366. 和人赠别

离人不别红，独步自心空。

尽是缠绵意，前程始是终。

367. 宿巫山庙二首

之一：

十二峰中宿，三春半里津。

高唐神女见，宋玉已知秦。

之二：

雨雨云云夜，朝朝暮暮情。

江流江不止，水去水来平。

368. 伤柘枝伎

不见双鸾舞，还思旧曲情。

孤姿留日月，独忆柘枝声。

369. 题樱桃

樱桃花后见，绿子叶中摇。

玉柱长长逐，红黄处处娇。

370. 恼从兄

一日潇湘问翠微，鸿鹄不向武陵飞。

东风已过江南岸，只见桃花未见归。

371. 紫极宫斋后

紫府笙歌早，晨星尚未残。

清宫斋后事，月色上三坛。

372. 题比特日本犬（秋田）

比特居留两脚间，奔波流碌一心闲。

平生不解人情故，只是忠诚作狗颜。

373. 春晚

静得落花声，邻人有客情。

同行天地里，共渡问红英。

374. 喜浑吉见访（斥百色中小担保公司抢占银行）

春衫桂水长，曲意向炎凉。

百色应中小，银行作野狼。

胡儿黄炳君，子路不知章。

五载知天地，三生种柳杨。

375. 索曲送酒

以罪皆私造事来，银行抢占久徘徊。

无知条约巴沙尔，国际公章法律恢。

犬小狂天何啸兽，湘西土匪已自摧。

终须正道人间路，世界中华白雪梅。

376. 山驿梅花

独在幽山里，孤客驿站傍。

群芳呼继续，百草已扬长。

377. 重阳日上渚宫杨尚书

重阳菊半黄，九日酒千香。

已见茱萸草，秋收入帝乡。

378. 书院二小松

两色青青久，三光处处新。

何须今古客，只伴读书人。

379. 劝人庐山读书

万仞汉阳峰，千年草木踪。

无知无日月，有道有禅封。

字字文章里，三生百事客。

高天何问翼，海水不称龙。

380. 言怀

人间一片云，世上半离分。

不得嵇康酒，昭昭鲍鲍文。

381. 闻笛

短短长长曲，扬扬抑抑声。

随之随所去，所见所思情。

382. 晓妆

一点残灯照，三更晓气扬。

红妆先画定，半是女儿肠。

383. 将游荆州投魏中丞

三光三日色，一世一生贫。

但向荆州去，东风带雨春。

384. 二辛夷

红花三界色，白鹤二辛夷。

玉羽朝天放，琼琚对地姿。

385. 题龙潭西斋

寂寂龙潭影，幽幽木色留。

远公兜率去，面见虎溪流。

386. 中秋寄南海梁侍御（自述）

南洋南海岸，北海北人居。

海静风平止，天空对海书。

秦皇寻海外，汉武海母余。

洱海楼船界，巴新过海初。

387. 戏赋姬人

玉见姬人手，天成曲舞身。

纤纤腰细细，色色艳春春。

388. 大庾山岭别友人

莫过大庾山，应闻海角湾。

南洋南不尽，北子北无还。

389. 石门戍

到此不思吴，还须问越都。

潮痕留石岸，日月有还无。

390. 文殊院避暑

一日文殊院，三生静气平。

心经心自主，普渡普贤声。

391. 南庄春晚二首

之一：

南庄春晚色，北客暮难归。

独自临空间，何须嬉子飞。

之二：

沙平岸水浅，渡口泊船深。

昨日巴丘峡，今天郢楚音。

392. 湘妃庙

古古今今见，风风月月闻。

苍梧男儿问，竹泪二妃裙。

393. 寒梅落尽始成春

序：

一生创业者，零的突破，一的收获，买秦皇岛上夜明珠忆北海与雅卿会望中南海。

诗：

南洋一路夜明珠，塞北三生学子儒。

北海龙亭儿女志，中南海岸下东吴。

巴新家国立，独步作天苏。

目力园区事，梅花二月孤。

394. 创业

创业由零起步行，精思细考共枯荣。

从无到有非私立，独自群成苦力营。

记取梅花寒雪色，东风渐至共精英。

梅花落里天光在，白雪阳春在北京。

第九函　第四册

1. 贾岛

浮图一浪仙，贾岛半寒研。
入僻公卿路，终生不第泉。

2. 古意

碌碌为为志，词词句句研。
雕龙雕玉柱，入僻入君年。

3. 望山

南山三十里，北阙半天音。
我欲相邻里，春云夏雨荫。

4. 北岳庙

恒山居北岳，白日近南天。
草木繁荣庙，溪流岁月年。

5. 朝饥

市缺樵渔处，人贫草木川。
寒琴千万日，冻断两三弦。

6. 哭卢仝

哭罢卢仝哭自身，无官不第过秋春。
空悲字句公卿误，不合长沙作去人。

7. 剑客

一剑十年磨，三生半磋砣。
龙泉寒刃照，不惧不平多。

8. 口号

子夜中呼起，明星自在悬。
林泉声不止，岭后有鸣猿。

9. 感秋

一叶随风去，三秋不向根。
儒生天地志，路道路儿孙。

10. 寄远

寄远相思近，知情日月疏。

分离分莫久，合聚合难余。
意短三生路，身遥十地书。

11. 斋中

迟迟晚晚百花摧，雪雪寒寒半树梅。
腊月春心春早动，三元玉色玉冰瑰。

12. 玩月

一月当天下，三生苦道中。
嫦娥知所药，后羿误其空。
九日何炎气，千愕未始终。
寒宫寒不尽，玉树玉西东。
桂影曾无子，蟾蜍已有穷。
婵娟天下意，市井望园丰。
寂寂清思久，幽幽古色同。
衣裳衣渐湿，望里望如弓。

13. 辞二知己

三离三独鹤，一别一孤翔。
两两成知己，千千是豫章。

14. 义雀行和朱评事

雄雌玄鸟去，饱哺子弟居。
叶叶枝枝绪，巢巢宿宿余。
相衔相养育，历练历樵渔。
抱义成仁故，贤禽与众书。

15. 宿悬泉驿

朝辞沥水天，暮宿驿悬泉。
一夜流清气，三更复向前。

16. 辩士

自古纵横见，如今左右分。
朝堂文武列，玉石步虚云。

17. 丁酉二月初三七十六岁生日

十万诗词两万天，耕耘日日豫章田。

今今古古全唐鉴，暮暮朝朝格律研。
情水水，意泉泉，江河日月自方圆。
平生跬步随天地，路路朝前路路前。

18. 不欺

对己不欺人，东风自向春。
诚心诚日月，历路历天津。

19. 绝句

海底月明珠，天空日照图。
无风无草木，有水有沉浮。

20. 寓兴

开门开所望，闭目闭何居。
叔叔前行路，生生意气余。

21. 游仙

游仙游自己，炼石炼他人。
记取秦皇岛，蓬莱是鲁秦。

22. 枕上吟

无闻枕上吟，有路日中寻。
夜夜空床冷，飞飞是野禽。

23. 双鱼谣

天河双鲂落，子夜独乡扬。
玉合金封处，邻人问客肠。

24. 易水怀古

易水清流尽，荆轲浊浪谣。
精工精所致，一事一名消。

25. 早起

早起西京路，辞星待晓期。
天梭由织女，直路对天移。

26. 赠知郎禅师

师承师慧觉，子曰子无成。

白塔青云见，禅房玉磬声。

27. 送沈秀才下第东归

恶语谁言曲，逸人可直陈。
沈生才俊秀，隔岁再闻春。

28. 酬栖上人

栖栖一上人，落落半秋春。
月色无云落，天光有水津。
心经心所觉，悟道悟风尘。
雪雪松松渡，朝朝暮暮轮。

29. 冬月长安雨中见终南山

市井临风炙背芹，高天近宇近寒云。
长安细雨终南雪，北阙中书上掖文。

30. 寄孟协律

窗含王屋石，路向古黄河。
节令风云易，清思日月多。
阴晴成协律，杜若楚人歌。

31. 和刘涵

凌云京未满，白雪在南山。
北阙中书令，长安八水环。
官官官不止，士士士何攀。
只有农夫见，耕田收获艰。

32. 明月山怀独孤崇鱼琢

常常明月路，处处月明心。
只向鞍山照，卢家有子荫。

33. 投张太祝

三春知雨水，二月问梅花。
白芷三千药，琼瑶一木瓜。

34. 咏韩氏二子

千川十丈谷，万水一流长。
总是高低处，同承日月光。

35. 送别

行行大丈夫，路路小知儒。
有约常相会，无书可寄鳧。

36. 携新文诣张籍韩愈途中成

袖有新诗句，身无及第名。
推敲推不定，寺闭寺月明。

37. 上谷送客游江湖

咫尺分南北，阴晴有暮朝。
姑苏心自近，上谷以身遥。
但去黄天荡，淞江太湖消。
无言吴木渎，可见运河潮。

38. 投孟郊

问洛差池去，吟诗日月来。
青云凌水浅，白首上天台。
偈句难倾述，孤灯独自裁。
江南高唱夜，海北久徘徊。
谁君谁不问，寄语寄梅催。
三月春风早，三春百草开。
长途长悦目，短忆短尘埃。
易迹留成语，焦桐作故媒。

39. 代边将

战罢持戈立，弯弓受降城。
兵家何是贵，白骨柳河营。
已渡桑干水，还闻敕勒行。
三军均死尽，不问李陵名。

40. 重酬姚少府

玉月枕旁明，婵娟不可行。
知音姚少府，四象自枯荣。

41. 寄刘栖楚

去就殊分目，趋行各独留。
人生人不已，所向所其求。
仿佛成群类，旋归作白头。
回思回顾处，有草有虫游。

42. 寄丘儒

远远相思近近分，逢逢不得各归云。
鱼书有约天天好，我是君心你是君。

43. 送陈商

同天同日月，共地共乾坤。
晓日东方旭，黄昏草木吞。

44. 送张校书季霞

此路去客州，行船过九流。
江南不养马，野路自思求。
四象由天物，千年不独秋。

45. 寄友人

自古人间一纵横，如今日月自空明。
苏秦不主张仪主，半在枯时半在荣。

46. 答王参

尺寸方圆度，长亭道路程。
人生人不见，友答友闻名。

47. 延康吟

只近延康里，人邻不朽心。
居中居寿老，与世与知音。

48. 戏赠友人

二十始知诗，三生自不迟。
童翁相似处，自在自由时。

49. 寓兴

水自清源胜九歌，浑流万里一黄河。
中原改道扬长去，不到东营逐逝波。

50. 怀郑从志

天涯一故人，海角半秋春。
别路三千里，相逢十二频。

51. 易州登龙兴寺楼望郡北高峰

步上龙兴寺，高峰郡北明。
云浮云不止，易占易州城。
万物皆临下，千般已自倾。
幽人幽趣起，过客过人盟。

52. 送郑山人游江湖

淞江一五湖，水国半三吴。
百里天台路，千年大丈夫。

53. 就峰公宿

鸟宿栖巢晚，人行落足眠。
流莺飞未尽，夜静不听泉。

54. 刘景阳东斋

青松连翠竹，曲水逐东亭。
远近书香至，阴晴笔墨铭。

55. 对菊

九日重阳色，三秋不出门。
当心风不语，暮日落黄昏。

56. 送集文上人游方

游方一上人，逝水半秋春。
白石溪边会，青云落五津。

57. 题岸上人郡内闲居

吏吏官官半上人，天天日日一咸秦。
南山北阙樵渔客，不入红尘入绿尘。

58. 游子

一向谁游子，三生向白头。
前行前不止，少小少无愁。
老大伤悲处，功成父母忧。

59. 寄山中王参

我望岳西云，他看月北君。
山前山路远，你道你天文。
且见银河岸，牛郎织女分。

60. 送汲鹏

姓姓名名问，行行止止忧。
书香书所读，继世继王侯。

61. 寄令狐相公

相公一令狐，竹杖半成都。
客问生愁处，梓州纪集儒。

62. 哭柏岩和尚

足见石床空，碑铭塔院东。
长生长已老，一树一红枫。

63. 山中道士

月下松林寺，山中道士情。
寒泉流尽日，白石屹清明。

64. 赠王将军

除书墨已干，宿卫马长安。

印锁南山望，伤成北阙銮。
阴山千里逐，受降万家欢。
八阵留和战，三军作帅坛。

65. 旅游

人生一世游，立国十三州。
滴水成川石，驰驱向白头。

66. 送邹明府游灵武

灵州听晓角，客馆已开扉。
牧宰西畿政，三年夜不归。
知书常达理，白雪四边飞。

67. 题皇甫荀蓝田厅

县官经一任，七品客三清。
汲水泉溪近，婵娟望远情。
丹阳多久别，浦口渡船平。

68. 就可公宿

雁向衡阳去，僧回古刹来。
行行行不达，久久久徘徊。

69. 下第

上第人中下第多，黄河浊水自天河。
长沙贾谊成三赋，楚子汨罗唱九歌。

70. 寄贺兰朋吉

荒田阡陌路，古驿去来情。
一叶秋风起，千蝉树顶鸣。
重阳重岁月，九月九日明。

71. 忆吴处士

贾岛范阳人，吴中处士身，
天台天水望，一两一云频。
夜半长安月，三更梦效釐。

72. 哭孟郊

一去声名在，三更入梦来。
诗词重序定，日月又徘徊。
故宅妻无子，新吟寄不回。

73. 送崔定

蝉鸣满杜陵，木落结香凝。
月夜秋江问，君心一半僧。

74. 寄白阁默公

知归登白阁，足见问青林。
石室分云列，禅房玉磬音。

75. 雨后宿刘司马池上

兰溪当漱玉，一水作清澄。
雨后流新气，更前待月明。

76. 读写唐诗五万首

独入唐诗独出来，梅花落里百花开。
阳春白雪旗亭客，下里巴人岳麓才。
七十年中逾五十，刘渊半入佩文斋。
汾流不断清平韵，格律方圆国学回。

77. 送朱可久归越中

下泊石头城，中寻北固情。
瓜州南北见，一水两分明。

78. 送田卓入华山

华山田卓入，瀑布百丈泉。
露滴千层雨，风云四壁烟。
君须盘问见，顶上有八仙。

79. 送董正字常州觐省

江流翻白浪，木叶落青枫。
正字东宫见，常州觐省隆。

80. 酬姚少府

诗文姚少府，九月一重阳。
草木分明色，茱萸已散香。

81. 送无可上人

送去草堂人，无言魏晋秦。
天台天已近，独峙独溪邻。

82. 送李骑曹

萧关分碛路，雁羽贺兰山。
朔雪双旌展，凝冰独剑关。

83. 送乌行中石淙别业

蝉鸣初树顶，木落两三声。
石带淙泠语，风含八月情。
西原西雪色，北陆北霜明。

84. 送觉兴上人归中条山兼谒河中李司空

再忆西岩寺，中条草白时。
人寻僧径上，鸟落雪空枝。
译偈潭泉岸，中条日月迟。
无闻无见处，有旧有新知。

85. 寄无可上人

寺僻心经在，禅房四十州。
应寻三界岸，不问一嵩丘。

86. 南池

不望雁门关，南池木落还。
秋声由不住，月影带寒颜。

87. 寄龙池寺贞空二上人

寄请龙池寺，贞空二上人。
终南山上望，魏阙御中春。
且入禅房里，聆听石磬频。
钟声钟不止，鼓语鼓咸秦。

88. 洛阳道中寄弟（自述）

云平埋二室，积雪没三川。
自问边东弟，翁行郑海船。
南洋南再远，北国北乡怜。
学子诗词客，家乡不着边。

89. 送裴校书

秘省从官场，藩维任仕扬。
离程寒泗水，别道近衡阳。

90. 升道精舍南台对月寄姚合

对月南台寄，知秋木叶飞。
禅窗禅烛照，远道远人归。

91. 即事

悲秋秦塞草，忆古汉家陵。
大匠行文处，通人肯待征。

92. 黄子陂上韩吏部

一别石楼云，三春半问君。
东风多细雨，苦士着身文。

93. 投李益

四十归诗客，三千弟子云。
知书知日月，问道问人群。

94. 吊孟协律

逝日唯妻哭，黄泉独自行。
无成无子女，有志有诗中。

95. 送人造越

过客蓬蒿暮，迁人道路长。
平生多少梦，不及问家乡。

96. 送僧游衡岳

少小离家去，无僧不独行。
心经心所在，一寺一人倾。

97. 送路二首

之一：
一路朝前去，三生后顾明。
茫然茫所向，步就步枯荣。
之二：
约定真空去，衡阳彼此知。
殷勤相别去，独步不归期。

98. 登江亭晚望

行踪程有净，逝水浪无痕。
黄昏应远照，落日已平村。

99. 送耿处士

有别沧江路，无言处士名。
由生由所步，向寺向天成。

100. 过唐校书书斋

书斋书不满，校客校无停。
日月江湖易，山河社稷铭。
三生三自得，一路一心经。
切入黄河水，当然断渭泾。

101. 送杜秀才东游

一面青铜镜，三光照自颜。
方圆由此鉴，尺寸可千般。

102. 送天台僧

天台天目路，越水越僧舟。
雁过衡阳去，猿啼白鹿留。

103. 怀紫阁隐者

紫阁常开隐者来，怀才不遇望天开。
樵渔不待无贫富，四皓商山去未回。

104. 雨夜同历玄怀皇甫荀

焦桐焦凤尾，弃柱弃弦情。
鼓案文王至，巢由不举行。
知君知所意，一路一文明。
碛雁飞人字，秋钟向远鸣。

105. 秋暮

赤绿白红黄，林中五彩得。
秋风分向背，草木各低扬。
地载秋收客，天承九日阳。

106. 哭胡遇

野水秋吟断，荒山暮影斜。
边云边木落，朔漠朔人家。
石上题吟句，坟头满雪花。

107. 送丹师归闽中

归林久别寺，过越不离船。
自闽丹师去，身经老海边。
禅房禅鸟落，漱鸟漱明泉。

108. 送安南惟鉴法师

安南大法师，古殿讲经时，
觉远无尘事，生公点石知。

109. 题李凝幽居

鸟宿池边树，僧敲月下门。
幽居幽自得，石在石云根。

110. 送韩湘

海上韩湘子，云中有八仙。
应须泾渭水，只作沃洲田。
百岁分生死，千年作陌阡。

111. 寄董武

孤鸿飞独月，积雪素群峰。
不得相思客，常闻隔岸钟。

112. 宿赞上人房

夜宿上人房，床空半月光。
何余何所见，普渡普炎凉。

113. 访李甘原居

户对一江开，门含一水才。
原西居处静，岁有状元来。

114. 夜喜贺兰三见访

秋分明月色，见访贺兰三。
鹤语松风向，平生作茧蚕。
如来如自在，不束不心甘。

115. 僻居无可上人相访

三生千古问，一访半知音。
月落琴台上，禅心汉水荫。

116. 送李余及第归蜀

书生书学子，及第及身名。
进士应官渡，翰林博士情。
何言天下步，只守曲江行。
锦水成都省，知音问蜀城。

117. 荒斋

本性应无改，良知已有成。
天机天理在，草色草荒荣。

118. 题山寺井

云中春早采，井上水茗茶。
寺里陶砂器，山前二月花。

119. 题青龙寺镜公房

终南远照一孤灯，北阙闻钟半问僧。
上掖宫中多玉树，青龙寺里夜香凝。

120. 送陈判官赴绥德

束带离家路，冠衣塞碛风。
丰州绥德见，百里暮云空。
学子扬程判，梅花白雪红。

121. 送唐环归敷水庄

云倾芳草树，叶带露痕珠。
采药寻参老，川光日色殊。

122. 寄武功姚主簿

月落江沱北，颜停渭水西。
孤村溪隔路，陇色子规啼。
驿舍穿林晚，黄昏久照低。
公关姚主簿，锁印鸟栖息。

123. 送勌法师

遗迹南朝寺，孤烟北国天。
严冬梅雪色，佛道有儒贤。

124. 寄钱庶子

五月有榆钱，三和一线天。
何闻泾渭水，只问曲江船。

125. 原上秋居

秋居原上草，碧色帐前多。
岁月知温暖，牛郎不过河。

126. 夏夜

寄宿林中鸟，波平月下河。
何言情不禁，织女叫阿哥。

127. 冬夜

紧被经冬夜，空床月色多。
婵娟寒暖问，桂影作寒罗。

128. 送厉宗上人

云平千谷雾，月落九江波。
向北清流见，阴晴草木多。

129. 寄李存穆

共道船中病，同情月下闻。
三年书信绝，一展章王文。

130. 赠无怀禅师

不掩玄关路，常开古寺门。
禅师禅语寄，木立木知根。

131. 原东居喜唐温琪频至

草色曲江春，风光日色频。
分明泉水净，问寺老僧邻。
送送迎迎问，兄兄弟弟亲。

132. 送庐秀才游潞府

潞府杏花村，僧家百合根。
红尘红药采，一素一黄昏。

133. 题刘华书斋

白石无尘迹，清溪有曲流。
龙鳞松节杜，羽鹤独翔游。
二室书香在，三山继世忧。
何知何所经，自在自春秋。

134. 送南康姚明府

少小天机半已秦，封疆大吏笑陶钧。
南康一见姚明府，玉树三章两地人。

135. 送友人弃官游江左

书生九品一君臣，学子三生十地人。
父母难平心上志，人间已是自秋春。
当官不得民情主，作事难从自在身。
独木桥中行跬步，群雄月下几经纶。

136. 雨中怀友人

雨雨云云友，君君子子交。
儒家邻古寺，佛道信同胞。

137. 寄远

远远相思近近寻，枝枝业业木成林。
天天积累年年绪，日日书生岁岁金。

138. 南斋

雨水临惊蛰，春分地表干。
耕耘时节至，学步到邯郸。

139. 答王建秘书

人生前跬步，道路后蹉跎。
去意青山近，来心唱九歌。

140. 早春题友人湖上新居二首

之一：
半步云中问，三吴雨上来。
东风东北去，白雪白梅开。
之二：
姑苏一太湖，柳色半江都。
锦帛隋炀岸，玄宗有念奴。

141. 送雍陶入蜀

入蜀问巴山，东临一楚颜。

南流湘水岸，北顾陕西关。

布谷声声里，江河处处湾。

142. 寄顾非熊

茅山多日月，草木有阴晴。

八水长安绕，三吴五霸情。

人生人不止，道路道难明。

但以山河见，儒家以法荣。

143. 中

读书，不多不少，做官，不大不小。

居家，不贫不富，写诗，不荣不朽。

作事，有始有终，为人，有德有义。

求技，有精有工，周游，有国有洲。

外国周游近百家，江河数尽作中华。

中南海里成官史，字句文章二月花。

下里巴人为学子，阳春白雪暮朝霞。

三生创业从零始，一柱撑天在海涯。

144. 送李余往湖南

潇湘半在洞庭湖，沅水三光汉寿苏。

澧资墙涔君沩色，汨罗白马寺边儒。

145. 偶作

是是非非见，先先后后闻。

明明非暗暗，武武是文文。

146. 过雍秀才居

望木鸟巢边，茗茶坐远泉。

同寻芳草色，共约月中眠。

147. 张郎中过原东居

步步原东路，幽幽细水流。

泉泉应曲曲，石石亦洲洲。

对坐临潭色，当知四十州。

148. 送神邈法师

柳絮西州路，春初带雨风。

遥山行尚远，近水杜鹃红。

十八同罗汉，禅心慧觉空。

149. 送慈恩寺霄韵法师谒太原李司空

有故谒司空，无禅品位穷。

冠官权欲异，不奈法师同。

塔院神仙会，僧房普渡风。

唯唯求一一，始始作终终。

150. 送知兴上人

久仰巴兴寺，恭维守一僧。

方圆方土地，抱园抱明灯。

151. 送惠雅法师归玉泉

惠雅师归在玉泉，潇湘一水洞庭烟。

汨罗楚客长沙赋，暮色朝阳古刹莲。

152. 忆江上吴处士

扬帆闽越水，落日向桑田。

渭邑秋风早，三杯到酒泉。

153. 题张博士新居

半岸洞庭湖，三湘博士儒。

诗书床未满，日色月明珠。

154. 石门陂留辞从叔谟

有耻常为客，无成不过关。

黄河流万里，九曲十三湾。

155. 送朱兵曹回越

潮扬潮落水，岸石岸沙风。

向背兵曹问，枯荣玉宇中。

156. 怀博陵故人

易水博陵人，孤城半望秦。

燕丹应不忘，处处有风尘。

157. 夕思

天台天姥月，越女越人情。

落木离根远，相思属近生。

158. 寄河中杨少尹

怅望三秋尽，蹉跎万里行。

前行前未止，旁顾旁人情。

159. 永福湖和杨郑州

嵩山一日半分明，渭水三春两岸荣。

庶子潇湘南北路，湖平堰阔暮朝情。

160. 晚晴见终南诸峰

只爱樵渔不爱官，长安八水久波澜。

终南白雪寒峰顶，胜似人间一贵冠。

161. 宿池上

一岭横分水，千山纵合流。

东方东海岸，已逝已无求。

162. 喜姚中自杭州回

杭州回路短，逝水过深林。

桂子寒宫落，云门已不寻。

163. 送郑长史之岭南

梅花早岭南，汨水作深潭。

苍梧多蟋蟀，白露九嶷岚。

164. 送李溟谒宥州李权使君

月宿骊山木，英雄典宥州。

相逢相别去，灞水灞桥头。

165. 孟融逸人

融融孟逸人，水水近先春。

只有樵渔食，无心魏晋秦。

166. 题长江（长江第一湾，虎跳峡）

万里长江第二名，黄河千古一倾生。

中原逐鹿知天水，虎跳龙翻大理情。

167. 泥阳馆

十里寒城五里汀，三杯四顾两丹青。

秋萤半入泥阳馆，夜雨千声几不停。

168. 送徐员外赴河中

鼓角河关胄甲明，云居受降两相倾。

河中一去徐员外，日下三春润雨生。

169. 送贺兰上人

僧人已忘家，古寺上人华。

水浅明天理，山深踏落花。

170. 送令狐绹相公

无异节梁使，梅花二月春。
群芳群草色，豫陕豫章秦。
苦拟修文卷，重撑献匠人。
成名朝上掖，下第曲江邻。
逶迤山行路，差池有振鳞。
音中音格律，韵里韵经纶。
汉舜陶钧器，龙门弟子津。
珍中珍绝句，一字一人新。

171. 寄沧州李尚书

弋鸟罗夷远，归鸿草木津。
兼葭根玉垒，煦衣色秋春。
水淀封疆界，云浮绝阔秦。
盐田村煮海，世食自经纶。
海角生明月，天涯有振鳞。
萧关鸿寄羽，雪境土边臣。
战伐功成就，纵横字句珍。
留诗吟日月，致意尚冠巾。

172. 逢旧识

一剑又重磨，三生唱九歌。
文章文子气，丈世丈夫多。

173. 崇圣寺斌公房

多年老衲衣，少有掩禅扉。
白石清溪里，经行是息机。

174. 送僧归天台

石涧双流水，山门九里松。
天台天已近，海浪海蛟龙。
越国修千寺，梁朝铸一钟。

175. 别徐明府

口尚袁安节，身无子贱荣。
春寒琴已暖，白雪颂边城。

176. 岐下送友人归襄阳

襄阳朝暮水，草木荣西州。
岘尾无碑字，羊公有泪流。

177. 送友人游蜀

文人多逝羁，蜀客误婵娟。

独有岷江水，流流共月寒。

178. 送郑少府

子夜琴声断，杯流绿蚁横。
吴姬波不解，少府已相倾。

179. 子规

处处子规啼，春春过五溪。
年年耕种事，木木见高低。

180. 送李傅侍郎剑南行营（自述）

一马从边事，三生举剑才。
承晖双节去，向海八蛮来。
改革经蛇口，招商立国开。
香江香港问，举首举天台。
冶冶金金子，交通部里回。
中南中北高，故译故书恢。
著作三千万，身名一半埃。
诗词吟不断，日月去还催。

181. 让纠曹上乐使君

瓶汲南溪水，书来北岳僧。
难言难九鼎，自在自三乘。

182. 送姚杭州

日照白云峰，钱塘六合钟。
盐连盐水岸，澉浦澉青龙。
立此遥遥望，曹娥沥海容。

183. 送雍陶及第归成都宁亲

及第荣名落第生，归途省觐有途萌。
司平遑论春秋对，已过龙门博士城。

184. 谢令狐绹相公赐衣九事

长江流水去，主簿跨驴归。
子厚元戎锦，风霜雪月晖。

185. 送金州鉴周上人

金州一路若耶溪，极浦三吴浣女齐。
海岸潮回天水落，立雪流沙近不低。

186. 送谭远上人

仰视青云落，低头白石流。

方圆由水路，尺寸可春秋。

187. 新年

岁岁年年易，朝朝暮暮更。
龙钟龙守柱，老态老人生。

188. 送僧

玄门玄学子，步就步虚尚。
子夜禅房觉，僧明石磬乡。

189. 赠友人（自述诗词）

七字成诗五字词，长长短短一情知。
音音韵韵明天地，格律方圆有约司。

190. 夜集田卿宅

入夜五陵烟，三更一月弦。
琴姬琴古调，易水易桑干。
宿雀常听止，田卿已自怜。

191. 寄山友长孙栖峤

山深山友见，水逝水云分。
鹊宿人栖近，琴声客问君。

192. 酬厉玄

子省度西陵，云山已共登。
冰融冰逝水，木解木春兴。

193. 送刘式洛中觐省

十二峰中月，三千日上才。
龙门龙虎士，故土故人台。

194. 送空公往金州

金州一路百长亭，百水千山半石铭。
俗姓僧名涂偈语，空公惠能共丹青。

195. 赠绍明上人

一片青林一片云，两衣草木两衣分。
春春子粒秋秋果，寺寺僧炉寺寺君。

196. 赠弘泉上人

濯足兰溪一水情，东林日照半僧荣。
心知太白苔藓石，曙雨秋风序律行。

197. 送宣皎上人游太白

太白首阳山，秦分一岭颜。

终南应不远，渭汉水河湾。

198. 病起

寺里南华卷，人中历事开。

知天知地后，自主自由来。

已见潇湘水，何须问楚才。

199. 送殷侍御赴同州

汾河一水贯山西，北望中条曲沃低。

下峪河津分渡口，同州共处渭泾堤。

200. 送沈鹤

楚婿秦妻送，帆船白马迎。

疏山应夜泊，夜眺广陵营。

一路经今古，三生早姓名。

201. 秋夜仰怀钱孟二公琴客会

左右分双手，倾心十指弦。

文王天地属，武纠已如烟。

羽角宫商奏，征音作古贤。

南山君子树，北阙领秦川。

202. 赠李金州

不以金州路，常闻晓角声。

山程连水陆，主笔立诗行。

203. 酬姚合校书

因贫行不止，见困可交游。

学步邯郸市，吴宫近虎丘。

204. 送独孤马二秀才居明月山读书（寄卢明月）

梦梦卢明月，心心自独留。

千山千不语，一手一方舟。

学子鞍山客，书生四十州。

谁知谁所寄，自得自春秋。

205. 病蝉（再寄武阿威，一九七六年营口地震）

阿威地震武家忧，白雪纷飞老少愁。

五载鞍山交挚友，文章译着继文修。

206. 青门里作（寄卢明月武阿威）

阿威明月近，学子半东山。

结愿人生路，谁闻去后颜。

207. 再投李益常侍

南寻湘水岸，北落雁门关。

隔夕重阳见，径年再去还。

208. 寄李鞱侍郎（再寄卢明月武阿威武继文）

一日三千字，天天译着文。

抄抄成正本，夜夜苦辛勤。

十载曾磨砺，京都已学君。

中央科学会，举国日耕耘。

老九书生见，泾泾渭渭分。

京都由此去，百万字惊闻。

静静池池水，波波细细纹。

痴思陈景润，独步已离群。

有意无行动，情连记所芬。

从图从己欲，误己误朝芹。

白首回头顾，绯衣寄白云。

芳行应有界，苦渡本无垠。

209. 寄令狐绹相公

贾谊长沙赋，汨罗客楚辞。

东川东蜀道，北魏北秦诗。

塞外风云起，云中日月垂。

无须无及政，有第有深思。

驿馆朝天望，星河对地帷。

朱轩闻磬语，白璧见瑕姿。

栈阁陈仓道，蚕丛已早知。

鱼凫听杜宇，俗世去来时。

210. 积雪

腊雪梅花色，梅花腊雪香。

群芳群等待，百草百风光。

211. 卢秀才南台（再寄卢明月武阿威）

寻寻不可一常常，本本千山半鹤乡。

道路茫茫多进退，行行止止误驰张。

212. 过杨道士居

道士先生路，先生道士居。

神仙神不见，补药补玄虚。

213. 赠僧

世外身心寄，山中草木寻。

游移游古刹，向道向居林。

214. 送友人游塞

林泉行夜火，碛石点狼烟。

月满荒沙目，群山野兽边。

215. 思游边友人

一友思疆界，三边可共天。

东西风雨异，足下是田泉。

216. 读写全唐诗五万二千首

耕耘独种独收成，十首诗词十万名。

日日书书从不缀，生科制作已平生。

敬谢使，法国赢。美国里根总统名。

世界行程全世界，中南海里作精英。

217. 秋暮寄友人

落落关河外，幽幽草木中。

风扬风雪末，冷气冷西东。

218. 寄令狐绹相公

一主长江任，三封两省书。

官高多授敕，老将少闲居。

世事经心理，天光自有余。

219. 和孟勉人林下道情

四气陶铸合，三光日月分。

中庸中止息，陌巷陌人君。

220. 宿姚少府北斋

一宿书斋晚，三更月色明。

离心离不定，别道别人情。

221. 雪晴晚望

樵人归白屋，落日下高峰。

皑皑分无定，寒寒合玉封。

222. 送崔峤游潇湘

何言何所去，不可不苍梧。
鼓瑟湘灵在，长沙贾谊儒。
汨罗留意气，揽尽洞庭湖。
立步衡阳望，平生一丈夫。

223. 寄朱锡珪

长江流水月，塞野旷林泉。
四顾苍茫处，三生玉宇田。

224. 马戴居华山因寄

玉女临池照，莲花七彩明。
华山华水色，北岳北人情。

225. 寄胡遇

落叶天书下，重阳菊色中。
人间知易改，世上可飞鸿。

226. 送李戎扶侍往寿安

扶扶侍侍寿安行，水水多余陆陆营。
警以弓刀千里路，波涛出没满荒城。

227. 送孙逸人

是药皆毒性，非心可拜仙。
人当人自属，事可事由然。

228. 寄华山僧

华山唯一路，白石室中僧。
水峡三峰色，山深一夜灯。

229. 送李登少府

嵩山明月色，三十六峰客。
石室经无锁，寒山白雪封。

230. 易州过郝逸人居

逸笑巢由去，樵渔自可人。
闲居君已赋，果见任秋春。

231. 酬鄠县李廓少府见寄（忆桓仁祖父）

北朔凝霜雪，南山水木篱。
农家茅屋里，子女读书期。
创业山东客，桓仁百亩持。

开荒开自得，祖父祖宗芝。

232. 净业寺与前鄠县李郭少府同宿（再忆桓仁祖父）

地主刘秧子，胡为造是非。
县官生病稚，祖父善医归。
夜梦神人教，方圆百里晖。
修桥还铺路，好带好心扉。

233. 送南卓归京（又再忆祖父，父吕传德）

红黄膏药制，远近有医名。
善解知人善，荣身以本荣。
八十西关去，留芳后世情。
胶州胶日子，传家传德生。

234. 卧疾走笔酬韩愈书问

一卧三旬久，千言半自君。
孤情惟走笔，病鹤不离群。

235. 长孙霞李溟自紫阁白阁二峰见访

同来二阁人，共野一秋春。
草木山中问，巢由月下邻。
尧臣尧不得，故事故人亲。
本自樵渔问，生平以所因。

236. 送惟一游清凉寺

独木由云问，荒溪以寺分。
清凉清水净，本意本仁君。

237. 郑尚书新开涪江二首

之一：
凿石疏通水，开流白浪田。
涪江南北岸，四谷四川泉。
带雨谐烟去，农夫贾客宣。
源渊由此物，海日久书贤。
之二：
蜀国蚕丛治，巴人杜宇宣。
勤劳勤所望，一路一丰川。

238. 寄乔侍郎

乔家一侍郎，继世半书香。

紫栗差池见，今朝作柳杨。

239. 送去华法师

秋江清一钵，暮日晒三衣。
一字飞鸿过，人行已见稀。

240. 送蔡京

登封多泰岳，问鲁少书名。
孔府文龙守，山东送蔡京。
梁山闻泽水，左传在肥城。

241. 慈恩寺上座院

上座慈恩寺，嵩山雁塔名。
钟声钟鼓继，世序世枯荣。

242. 题朱庆余所居

屋顶生花草，中庭独步吟。
书生书水部，学子学知音。

243. 送黄知新归安南

但望曲江花，长安八水洼。
安南归去也，竹木共桑麻。

244. 赠胡禅归

不是天机钝，何言草木深。
禅归禅所智，日落日其荫。

245. 元旦女道士受箓

元元女道净衣称，箓箓相除百岁僧。
磬语无声归一问，梅花不似杏花兴。

246. 重与彭兵曹

远近兵曹问，阴晴日月书。
官家官不止，帝业帝王居。
海纳千川水，天机一步虚。

247. 赠庄上人

别业三清语，孤身一世明。
春寒余白雪，草色日疏荣。

248. 雨夜寄马戴

晨扬泾水气，暮落曲江云。
隐隐居居路，君君子子群。
排诗成日月，绝句久芳芬。

249. 皇甫主簿期游山不及赴

不访留山在，孤寻向水临。
休官休主簿，问雨问云林。

250. 宿成湘林下

成湘林下宿，石谷水中来。
月落千山静，云期故客回。

251. 喜雍陶至

又又听笑语，日日以忧声。
鸟度禅门树，霜沉白雪明。

252. 酬胡遇

移心由渚水，买树带巢鸟。
口角科名故，诗书是半儒。

253. 宿慈恩寺郁公房

慈恩不尽是慈恩，独木成林独木根。
一衲当承当一衲，黄昏不是不黄昏。

254. 送褚山人归日本

帆悬秋水净，海客海天边。
日本东瀛去，有意作书田。

255. 寄韩湘

一路潮州远，三生渭水边。
韩湘韩子近，岭外岭臣贤。

256. 落第东归逢僧伯阳

我是书生你是僧，如来自有两明灯。
君知古寺吾知卷，且以观音渡大乘。

257. 喜无可上人游山回

只见龙潭雨，休闻鸟道云。
花开花落去，一载一秋分。

258. 寄昆陵彻公

梦里昆陵寺，云中落叶天。
知公知慧觉，有约有依泉。

259. 送韦琼校书

天光明阙下，水色若耶溪。
佐觐山阴路，黄昏照不低。

260. 寄刘侍御

行衣多旧迹，草履少新踪。
岱鸟巴猿啸，琴声唤独峰。

261. 送穆少府知眉州

举步剑门关，行身蜀国颜。
巴山巴水去，楚峡楚江湾。
栈道瞿塘水，陈仓古道还。

262. 二月晦日留别鄂中友人

晦日无行朔日行，春风不度夏风情。
飞鸿一岁飞南北，隔道闻君彼此营。

263. 送李校书赴吉期

算算重重吉，良良可可期。
牛牛还女女，凤凤亦宜宜。
妇惠夫贤哲，成凰已见知。

264. 宿孤馆

落日投孤馆，辰明上路程。
人生人不止，客步客途行。
学子龙门锁，微官草木荣。
千山千岭去，万水万家情。

265. 哭宗密禅师

死死生生见，魂魂魄魄闻。
人间人不在，世外世真君。
密密禅师向，幽幽岁月分。
平常平所以，极乐极天云。

266. 宿山寺

七十僧年老，三生只向禅。
群峰群草木，独峙独云天。
众岫钟声问，精庐俯仰眠。
人间人不见，寺宿寺心边。

267. 送友人如边

七日重阳煦，三边草菊香。
如边如白雪，落叶落层霜。
恐晚人生过，秋方向四方。

268. 题竹谷上人院

鸟道禅庭近，僧音竹谷遥。

猿声猿已止，暮鼓暮云消。
积雪山溪浅，风留白石桥。

269. 京北原作

已近汉陵前，秦川渭水边。
登原京北望，树顶有鸣蝉。

270. 寄江上人

连年行驿路，隔岁杜陵枫。
一夜成双岁，三冬已两红。

271. 送僧归太白山

独立东西望，终南太白山。
分流秦岭北，合作渭南关。

272. 暮过山村

山村有一邻，古木入三春。
叶叶枝枝茂，欣欣郁郁茵。
前行应不止，踏步已咸秦。

273. 蒋亭和蔡湘州

湘州一蒋亭，蔡牧两丹青。
俱是风流水，秦相已并宁。
潭连天水岸，汉柏立中庭。
此径高斋去，吾心座右铭。

274. 内道场僧弘绍

长安麟绕殿，玉树蕊香宫。
诺诺唯唯见，弘弘绍绍风。
僧闻僧不语，道场道缘中。

275. 鹭鸶

不得求鱼望，孤身只独鸣。
云浮云落下，一啄一波惊。
只要沙洲在，天长有食生。

276. 光州王建使君水亭作

楚水澄澄色，清清净净亭。
沉思沉日月，望止望丹青。

277. 留别光州王使君建

何从量楚地，独步入光州。
木叶临飞尽，林枝已朽留。
风扬清净后，建树立春秋。

278. 宿姚合宅寄张司业籍

闲情因旧话，雅意问先生。
柱史身无事，南斋宿客惊。
人生人不止，去道去难鸣。

279. 哭张籍

一水九江分，三秋半落云。
黄泉多少路，野驿不知君。

280. 灵准上人院

开扉太白山，不锁首阳关。
再向终南望，兰田故道还。

281. 送玄岩上人归西蜀

堂堂司马客，柳柳一宗元。
俱造何人意，英雄主见言。

282. 送玄岩上人归西蜀

玄岩玄所辩，上下上人归。
蜀道西云至，湘潭羽雁飞。
山中山玉磊，月照月开扉。

283. 寄宋州田中丞

中丞一宋州，古郡半南徐。
万里关河见，千年日月余。
相思独月下，立马寄鱼书。

284. 送朱休归剑南

相应应不见，可问卓文君。
酒市临邛少，昭阳以赋闻。
巴州巴山岸，剑阁剑峰群。

285. 寄长武朱尚书

长文长武尚，一路一登坛。
鼓角三军令，枪刀八阵寒。
英雄当此见，日月满云端。
国国家家望，和和战战观。

286. 送皇甫侍御

水泊湘江阔，田收楚泽遥。
君随驾鹭步，我过岳阳桥。

287. 郊居即事

夜野塘中一片蛙，园林月下半如家。

婵娟玉影空床入，寂寂无声你我他。

288. 夜集姚合宅期可公不至

释子期公约，公堂守月明。
更深微烛火，只有独琴声。

289. 喜李余自蜀至

寒涛临栈道，滟滪阻瞿塘。
白鸟飞还落，青猿已抑扬。
三闻吴蜀短，一见锦江长。

290. 寄魏少府

瀑布经天下，烟云作石泉。
来时乘面许，去后望潭边。
少府终难忘，知音是觉禅。

291. 送康秀才

俱是落花前，无非雨水边。
春闱应不锁，十步一桑田。

292. 送僧

身闲身是客，一衲一心田。
日午游山远，春风入酒泉。

293. 王侍御南原庄（丁酉生日送我野人参）

南原庄上问，采药暮中寻。
白芷芝兰辨，人参党细林。
双花相对见，独得互生荫。
尽以长生愿，何须故土音。

294. 原居即事言怀赠孙员外

彩笺抄诗句，书斋寄别情。
秋深秋叶落，已望已途明。
已是无遮当，何言不见兄。

295. 登楼

登楼秋日望，百里一去平。
两目风流叶，三生已不鸣。

296. 上乐使君救康成公

千根池里藕，一朵火中花。
共地行程驿，同天日月家。

297. 昆明池泛舟

昆明池水浅，汉武习楼船。
铁柱唐标志，云南大理边。

298. 送僧

王侯皆护法，古刹只钟声。
大内深宫院，僧房日月荣。

299. 送刘知新往襄阳

日月三层寺，波涛半九流。
襄阳襄水岸，汉口汉江楼。
岘尾羊公问，琴台不见愁。

300. 寄慈恩寺郁上人

北斗开方口，群星各自游。
南山南北雁，有羽有春秋。
一字飞人易，呼声隔岁留。
衡阳青海见，去去十三州。

301. 送饶州张使君

终南一路到饶州，白浪参帆逐日流。
九脉连天农事早，鄱阳水泊上江楼。

302. 观冬设上东川杨尚书

独作军城未晓人，孤身匏革向咸秦。
八座尊罗迁蜀吏，三台贵日始终巡。

303. 巴兴作

九月何曾百草枯，江流十日一东吴。
皇都持节苏卿记，白社星辰诸葛孤。

304. 早蝉

树顶残阳已入秋，蝉鸣渐退未风流。
无非及第争高韵，满腹经纶自不愁。

305. 投元郎中

半在潇湘一未期，三生下第两生知。
文藻议禅音律早，浅水谁客白鹭鸶。

306. 阮籍啸台

阮籍长天一啸台，如闻厚土半龙媒。
人间自以苏门望，故迹重寻自久开。

307. 滕校书使院小池

池中不得锁游鱼，月下流萤可读书。
跃上龙门天下水，浮舟载重不玄虚。

308. 送陕府王建司马

一枕无忧故步封，千川有谷问龙踪。
诗孤未过三门水，卖药应归五老峰。

309. 上谷旅夜

不识天津万户侯，儒书日月十三州。
何须进退常人问，老得龙钟自去留。

310. 寄无得头陀（自语）

步步平生八十余，耕耘日月半诗书。
官官吏吏中庸客，雨雨云云有卷舒。

311. 崔卿池上双白鹭

无连太液玉池中，倒映天光上下同。
白鹭闻声鱼欲云，平生不弃箭如弓。

312. 送胡道士

短褐长裟一念空，山中寄药半心同。
灵溪水色观门外，道士真人在日中。

313. 寄韩潮州愈

风去海口半潮州，日到撑天一石头。
五越羊城羊近视，南洋未及未回眸。

314. 洲张籍王建

未上龙门一线天，诗声太守半联篇。
龙钟不是天官客，欲隐无成坐钓船。

315. 逢博陵故人彭兵曹

窗明几净月人家，促膝兵曹对海夸。
织女应眼开口问，银河未尽斗牛斜。

316. 一生七十五

一路辛辛苦苦忙，三生处处半家乡。
中央政府中南海，四品郎中作柳杨。
创业从零先起步，收成近一远南洋。
巴新又过东南亚，外国新官老侍郎。

317. 赠牛山人

二十年中饵茯苓，三千道士老君经。

桃源世外谁秦汉，欲就先生十丙丁。

318. 访鉴玄师侄

维摩青石讲，已到普贤洲。
不访难承祖，寒清任自流。

319. 送于中丞使回纥册立

序：
地铁外交，春节在巴黎飞机上。
诗：
一岁年华半岁除，三方地铁两方初。
天骄册使欧英法，不尽乡情不尽书。

320. 送刘侍御重使江西

序：
法国、俄国、香港、中国地铁委员会。
诗：
四国联盟主席华，辽东本是故人家。
京都地铁三环路，白雪阳春二月花。

321. 赠圆上人

百八真珠贯彩绳，三千弟子点莲灯。
行经古月禅房药，咒水高坛持尾僧。

322. 处州李使君改任遂州因寄赠

吏吏官官驿路中，民民子子望江东。
风调雨顺桑田富，普渡生平胜大风。

323. 酬慈恩寺文郁上人

慈恩寺里上人经，诵颂金刚下丹青。
未及相从南岳去，由然自得一灵庭。

324. 夜坐

南禅六祖心，草木半鸣禽。
世界非天地，人生是古今。

325. 送别

门前门外去，路上路中扬。
万里江流水，千年日月光。

326. 闻蝉感怀

日上最高枝，临风九月迟。
重阳重远近，一曲一君思。

327. 夏夜上谷宿开元寺

上谷开元寺，诗成宿月中。
婵娟应落下，一曲伴孤鸿。

328. 送于总持归京

总持归京路，冠官向北行。
乌纱呈上国，树木有精英。

329. 崔卿池上鹤

羽鹤作孤云，昂头是独君。
崔卿池上客，白日碧天曛。

330. 登田中丞高亭

高亭高瞻目，四顾四方明。
但向中丞献，草木也精英。

331. 友人婚杨氏催妆

故友催妆色，青铜镜里开。
阳台阳所促，嫁女嫁徘徊。

332. 酬朱侍御望月见寄

望尽孤光水，相思独宿情。
婵娟何在此，织女已无声。

333. 题韦云叟草堂

学子韦云叟，茅堂白草苦。
层书层笔迹，几案几儒瞻。

334. 方镜

漳流铜雀落，古镜色方圆。
建树曹公问，文姬曲七弦。

335. 和韩吏部泛南溪

潮州一月满南溪，布谷三春早晚啼。
草木成山成草木，英雄不论有高低。

336. 训姚合

谷穗垂头问，张扬不见根。
株株成万子，粒粒有慈恩。

337. 归宿

七十人生一柳杨，三千日月半南洋。
巴新海岸丛林色，不可寻根久故乡。

338. 送灵应上人

万岭不知名，千山草自荣。
无从无所欲，有道有精英。

339. 赠丘先生

一路先生见，三光草木新。
黄云从不定，白日上升人。

340. 渡桑干（自述出生处已拆迁建城）

客舍京都东南亚，无端老朽下南洋。
巴新已别东南亚，再问何时有故乡。

  注：巴新，巴布亚新几内亚国，东南亚、马来西亚两国顾问。

341. 北京钢铁学院寄丘亮辉师

丘先生赐教，学院里声明。
钢铁摇篮育，平生日溢精。
青年多志气，白首各枯荣。
童翁再顾事，阳春白雪情。

342. 夜期啸客吕逸人不至

啸客吕天津，开扉故洞滨。
客心容日月，对地对真神。

343. 夜集鸟行中所居

名山名水间，过客过人寻。
暮暮朝朝见，花花草草荫。
无名无所以，有过有青林。

344. 赠梁甫秀才斑竹柱杖

湘灵斑竹杖，泪水已无生。
鼓瑟由妃寄，苍梧任去情。

345. 寻石瓮寺上方

野寺入春时，僧房半未知。
寒衣寒手足，读卷读经诗。

346. 早秋寄题天竺灵隐寺

峰前峰后寺，绝顶绝江流。
六合钱塘见，三经一沃洲。

347. 黎阳寄姚合

紫陌归时路，黄河白草多。

潼关折已尽，鹊雀一楼歌。

348. 送崔约秀才

一寺石头城，千僧白发生。
南朝梁武帝，自古作精名。

349. 咏怀

北巷风云客，南园草木邻。
春云春雨色，世水世成津。

350. 夏日寄高洗马

阳和阳不语，马啸马天飞。
画角鸣新酒，雕弓去不归。

351. 送周判官元范赴越

阔阔江东海，幽幽大禹祠。
相逢相别见，治水治天时。

352. 送罗少府归牛渚

阔别长安市，长离灞水桥，
天台天海望，一尉一逍遥。

353. 题童贞上人

面向三千界，心经一句禅。
天台天水望，彼此彼桑田。
五百金罗汉，三生普渡船。

354. 赠温观主

一入罗浮境，三生主仆观。
冬阳闲炙背，夏雨问波澜。
岁月经纶见，年华作杏坛。
仙来仙去炼，玉石玉丹丸。

355. 贺庞少尹除太常少卿

中峰太白山，绝路木登攀。
谒雨行柔水，烟霞铺铁关。

356. 上邠宁邢司徒

司徒敌将行，鼓角耳边鸣。
镇守书文印，春秋水月情。

357. 欲游嵩岳留别李少尹益

洛水孤禽望，嵩山野雉鸣。
河梁河直下，此去此嵩平。

358. 病鹊吟

高栖病鹊吟，俯见木群林，
岁月年华赋，身名几古今。

359. 赠僧

从来山水客，跬步去来情。
寺里闲情少，游中见识明。

360. 赠翰林

太白一翰林，青衣半古今。
清平行乐调，莫以夜郎吟。

361. 颂德上贾常侍

边臣天子令，十令一边臣。
草木三千界，封疆五百秦。

362. 田将军书院

邻家春笋书，竹影过墙来。
根深根在此，万卷万书才。

363. 投庞少尹

闭户天机卜，开窗地厚生。
中庭泉石影，白首暮朝情。

364. 夏夜登南楼

南楼明月色，北巷玉萤低。
寺外三千界，心中一菩提。

365. 题青龙寺

山人一轴诗，碣石半辛黄。
只在青龙寺，终南有玉溪。

366. 赠李文通

千官不立功，一谏作文通。
东测谁知道，无虚有实风。

367. 题虢州三堂赠吴郎中

草树无穷色，三堂有月来。
郎中郎字画，白石白云台。

368. 送僧

一代成千寺，孤僧独自名。
禅房灯下寄，对坐曲江城。

369. 三月晦日赠刘评事

三春三十日，一月一终天。
晦朔分无界，终终始始悬。

370. 送张道者

道者琴声近，清人意境遥。
高山流水去，旷野渡舟桥。

371. 题无尊师院

老子堂前树，尊师日上花。
梅香梅未了，一女一人家。

372. 宿村家亭子（一作题杜司空东亭）

雨到问司空，云浮待夜穷。
亭留亭石枕，水去水曲衷。

373. 送称上人

瞿塘归蜀水，白帝对巫山。
野寺栽松久，层青世代颜。

374. 杨秘书新居

新居临静寺，木阁上经楼。
曲水流诗句，天光向日浮。

375. 听乐山人弹易水

朱弦挥柱曲，易水调声弹。
已掘秦陵差，何须复挂冠。

376. 经苏秦墓

六国一碑文，三生半世君。
蓬山如所见，不远是浮云。

377. 题戴胜

道士花冠戴，神仙玉女春。
星空星点点，紫气紫阳邻。

378. 题隐者居

开扉久不关，举步向南山。
草木婆娑影，樵渔自在还。

379. 哭孟东野

兰无香气久，路有七尺长。
不能黄泉问，孤行屋缺梁。

380. 过京索先生坟

先生七尺坟，古道一天云。
有恨谁公道，文章不可分。

381. 客思

促织声声问，幽幽跳跳行。
惊心惊入梦，不定不思明。

382. 盐池院观鹿

小鹿盐池院，常惊过客宣。
闻风回避水，只饮白沙泉。

383. 黄鹄下太液池

太液无弓箭，灵禽有落情。
高飞空外鹄，一夜自居行。

384. 代旧将

旧事当如梦，三边老将行。
阴山常射虎，受降帝王城。

385. 老将

阴山飞将去，李广酒泉行。
霍卫深宫许，闻陵断汉名。

386. 春行

岁岁春行处，花花水色荣。
年年云雨见，寞寞去来情。

387. 题郑常侍厅前竹

繁根多积雪，隔壁笋成丛。
共得婆娑影，同观日月风。

388. 早行（自述）

早起早行程，晚止晚明灯。
日日时时继，音音韵韵凝。
耕耘应不息，格律作诗兴。

389. 送人南归

何须闻海角，不必问天涯。
一柱撑天举，三生望日斜。

390. 送人南游

一别天涯近，三生海角边。
南洋南不止，北国北秦田。

391. 送道者

黄鹂应独落，白犬自相随。
不在山中见，谁闻道者为。

392. 风蝉

风蝉高树顶，句句送新声。
不必惊秋问，何言向无鸣。

393. 清明日园林寄友人

岁岁清明日，年年柳絮悬。
云烟初起步，细雨已绵绵。

394. 上杜驸马

妇是当朝天子女，夫为一品令公孙。
朱门继续乾坤志，驻马行宫日月恩。

395. 莲峰歌

一揽莲峰翠，群山万木低。
云烟云起落，日色日东西。
俯就三千界，高崇四伺齐。

396. 壮士吟

起起昂昂路路，十八十三州。
不必回头见，应声壮士游。

397. 题兴化寺园亭

园亭兴化寺，草木有生灵。
咫尺天涯见，溪流各渭泾。

398. 竹

竹竹篱篱垒，排排节节墙。
枝枝连嘻嘻，上上复扬扬。

399. 送友人之南陵

徒劳一宦途，汉赋半相如。
暂掌南陵印，终行贾谊书。
同程同所异，共路共玄虚。
气岸前行马，平生倒跨驴。

400. 题诗后

独行潭底影，数息树边身。
二句三年得，千诗半岁吟。
平生翁八十，一世老知音。

401. 李斯井

上蔡南门外，秦相一井中。
寒源应二世，指鹿作朝风。

402. 寻人不遇

已说到扬州，箫声已莫愁。
桥中分水色，月下女人流。

403. 寻隐者不遇

松前童子问，树下待师还。
采药云深处，山中草木闲。

404. 行次汉上

汉上习家池，湘中沅水知。
白帝托孤去，岐山八阵师。

405. 马嵬

晴川一马嵬，独驿半如灰。
只有梨园在，长生殿上回。

406. 冬夜送人

举步上村桥，观溪雪未消。
梅花应送客，楚路已遥遥。

407. 句

观风吹柳絮，乞火点灯烟。

第九函　第五册

1. 寄温庭筠

相府少敏一飞卿，艳丽才思小赋名。
八叉时成江右事，行无检幅只须情。

2. 鸡鸣埭曲

南朝天子气，晋魏夏齐梁。
漏断铜壶梦，银河西岸昌。
金陵盘踞势，玉树后庭娘。
战鼓惊江水，风驱十六王。
幽鸡鸣埭曲，野火烧原荒。
九鼎中原逐，三山二水乡。
绵芊平绿亩，碧玉草连塘。
朝中朝外事，古色古书香。

3. 织锦词

玉漏丁冬一夜香，鸳鸯织女在空床。
莲房已着新莲子，半待重阳半待郎。

4. 夜宴谣

蜻蜓头上客，孔雀已开屏。
眉敛湘烟碧，鸾翔彩羽玲。
千情凝不语，百态纵心灵。
夜宴谣声起，开门北斗星。

5. 莲浦谣

镜里容颜半白红，塘中玉蕊一轻风。
芙蓉出水婷婷立，采女藏身碧叶中。

6. 郭处士击瓯歌

东风带雨百花乡，石磬含禅一夜长。
佶栗金虬修竹女，湘君有泪二妃肠。

7. 遏水谣

一夜难明一夜空，三军遏水一军穷。
楼中独妇相思望，月下孤夫彼此弓。

8. 晓仙谣

玉女私心唤月归，天宫未掩半开扉。
秦王小苑丛丛碧，闪落珠光入翠微。

9. 锦城曲

白帝巫山一峡空，高唐宋玉半巴风。
文君学种相思树，杜宇啼声杜宇红。

10. 生祺屏风歌

三春百草九州风，一粒樱桃一子红。
朵朵芙蓉婷玉立，白雪梅花面向东。

11. 嘲春风

年年四象一桑田，久久双仪万物全。
不只春风春雨比，农家子女子孙传。

12. 舞衣曲

纤腰雪腕玉蝉衫，楚女偷情只下凡。
半作娇娥回首顾，三更舞醉久呢喃。

13. 张静婉采莲歌

静婉梁朝女，羊姬世偁余。
莲花莲采曲，碧玉碧人居。

14. 莲开莲落采时难

一度香销半夜天，三秋子粒两蓬年。
如云作雨东风晚，似月郎心有缺圆。

15. 湘宫人歌

湘宫人月水，楚子客天王。
夜湿苍梧叶，尧妃竹泪乡。

16. 霹簧歌（李相伎人吹）

万里平沙朔管声，千丘大漠地天晴。
殷勤霹簧长空去，远近洲驼日月行。

17. 照影曲

琼瑶臁暖景阳妆，玉彩香明少女肠。
世色初临初历世，居心不可问红娘。

18. 拂舞词（一名公无渡河）

壶口平流陕晋开，驱风喷雪去非回。
黄河九曲公无渡，直下潼关向海来。

19. 太液池歌

昆明太液一楼船，半定云南一定边。
汉武秦皇分界望，长城五里树狼烟。

20. 雉场歌

长长雉尾不飞高，彩彩斑斑有玉毫。
不向山深人所近，何言岁尽慰旌旄。

21. 雍台歌

太子池南百尺楼，雍台几北一春秋。
钩陈羽葆台帐殿，首画金銮作帝州。

22. 黄昙子歌

昙花应一现，瞬间可三生。
寂寂无言语，融融有客情。

23. 吴苑行

三吴锦雉自双飞，一越西施独不归。
绣户雕楹江水客，朱门卧兽待人依。

24. 常林欢歌

宜城酒熟过花桥，一步天光百步遥。
舍麦阡桑天水落，金鸡白犬可渔樵。

25. 寒寒行

幽州一学过榆关，碣石千年向海山。
朔漠阴晴非彼此，三边上下是河湾。

26. 汉皇迎春词（二首）

之一：

赵女身轻半不妆，藏娇十载一炎凉。
昭阳舞扇相如赋，只在人间断短长。

之二：

一马天河向祖龙，三军抚剑铸疆封。
金煌铠甲高临帝，寸土湖阴寸土钟。

27. 蒋侯神歌

潘妃只结一丁香，古树吴王半斧肠。
铁马金戈曾列壁，湘灵铎语竹丛凉。

28. 湖阴词并序

步举湖阴至，微纾试用兵。
营田王敦曲，乐府继诗名。

29. 兰堂词

漾漾修修半水乡，汪汪水水一兰堂。
圆圆缺缺鸡头米，处处芙蓉暮暮郎。

30. 晚归曲

格格飞禽带水波，微微水色泛吴歌。
丁丁玉漏春烟闪，绿绿莲蓬结子多。

31. 故城曲

漠漠沙堤暖，平平玉草柔。
芜芜斑雉落，角角不知愁。
故故城城望，嫔嫔贵贵舟。
风尘风日月，玉女玉回头。

32. 昆明池水战词

蟠蛟海浦正天戈，白眼鲸鱼对岛驼。
赤弟龙孙鳞甲怒，雕旌兽舰胜凌波。

33. 谢公墅歌

符坚不可过秦淮，十里京都有雾霾。
玉柄金蝉澄宇宙，文楸紫陌谢郎差。

34. 罩鱼歌（杂言）

罩罩流流水，鱼鱼网网城。
朝朝心定向，暮暮取倾倾。
渐沥云中雨，烟波岸上营，
人思难可测，物象有无荣。

35. 春洲曲

苏家小小两眉齐，已过吴门碧玉堤。
日落平桥连翠柳，归来不见有莺啼。

36. 台城晓朝曲

台城晓角石头东，二水三山一片红。
北斗丞相司马势，南朝十六国家中。

37. 走马楼三更曲

暖气江天走马楼，平桥柳叶自垂头。
三更太早姑苏晚，碧玉盘门对水羞。

38. 达摩去曲

香风静气自相邻，不灭红尘不灭人。
李陵胡风苏武老，雄心战士几秋春。

39. 阳春曲

云云雨雨半阳春，暮暮朝朝一忙人。
苦苦辛辛耕种子，花花草草净无尘。

40. 湘东宴曲

楚女娇颦醉玉楼，应承脉脉献春秋。
湘东宴曲苍梧水，鼓瑟湘灵竹泪流。

41. 东郊行

一路风尘半路红，三吴日色五湖中。
枝枝叶叶层层困，蚕蚕茧茧自无终。

42. 水仙谣

玉色芙蓉玉色明，精英碧叶作精英。
兰芝素影芝兰水，未见神仙只见萌。

43. 东峰歌

一朵灵芝半玉容，东峰独峙对西峰。
樵声不断渔声断，已见人参对向踪。

传注：野人参与对山成双而生。

44. 会昌丙寅丰岁歌（杂言）

丙寅年中一岁丰，风调雨顺半成隆。
辛辛苦苦农夫力，妇好夫荣望子童。

45. 碌碌古词

碌碌无为碌碌中，春春草木自丰丰。
男儿不守山村路，老子回头不始终。

46. 春野行（杂言）

浅浅深深一草春，先先后后半相邻。
荣荣朽朽年年见，李李桃桃处处人。

47. 醉歌

瑞锦惊飞作凤凰，灵犀玉鼠向天梁。
琵琶曲里昭君志，只向阴山见酒狂。

莫问卢仝何未醉，怀君自得是文房。
应知太白陈杯见，不学英雄入未央。

48. 江南曲

妾在金陵浦，三山二水吴。
芙蓉先自立，自幼作郎奴。
不避中军将，还迎醉五湖。
金衣金闪亮，玉帐玉流苏。
有织银河岸，无求一丈夫。
人间人所望，不问不飞凫。
轧轧江南载，声声日月图。
归来归已见，作女作娘姑。

49. 堂堂曲（一作钱塘曲）

八月钱塘一线潮，三秋上天作云霄。
飞云瀑布排空下，越水吴波碧玉桥。

50. 惜春词

红愁碧怨误春宵，玉女男儿有路桥。
日日天天平常事，情情意意总逍遥。

51. 春愁曲

春愁不是一春愁，草碧花红半九州。
日日朝阳朝日日，欣欣对己对风流。

52. 苏小小

小小年年月，情情处处舟。
姑苏姑已晓，六合六风流。
但在钱塘岸，吴门自不羞。

53. 春江花月夜词

秦淮有水有无情，玉树花明玉树英。
不向金陵王谢岸，羲之夜问献之声。
杨家二世芙蓉出，未御芝华月不明。
后主宫庭先主木，风尘洗净女儿行。

54. 懊恼曲

懊恼无成懊恼生，前程有路有前程。
人心只以人心立，事事难明事事明。

55. 二洲词

梅花落里不堪折，白雪春中已玉犀。
莫以萧娘知自己，春莺只向别人啼。

56. 春晓曲

一树红颜笑向风，三春碧果面朝东。
桃花有主无窥望，六月瑶台满玉宫。

57. 寓怀

显隐儒书客，樵渔政牧文。
平生平所欲，度日度耕耘。

58. 西州词（吴声）

思夫小妇向西州，只见秦淮一石头。
素手朱弦情切切，含情脉脉意悠悠。
侬心水月开扉问，不锁盘门汉水流。
已向琴台常俯仰，回身怯望五湖舟。

59. 烧歌

桑麻楚越运河潮，不到吴门上小桥。
只以南山山火烧，燃灰作土土禾苗。
离离草木江东色，促促花光税百条。
且以农家丰子粒，天堂不远是云霄。

60. 长安寺

咫尺长安寺，天涯百丈桥。
钟声钟鼓近，石磬石月遥。
羽葆重莲社，青云淑气消。
炉香炉火盛，晓日晓光昭。

61. 和沈参军招友生观芙蓉池

日色潇湘阔，风光楚蜀遥。
吴门知碧玉，越水问江潮。
六合三山路，盘门一小桥。
芙蓉池里见，倒映在云霄。

62. 猎骑词

男儿射猎女儿红，暗牧军姿野牧弓。
雉兔应成身手物，疆边一箭去空空。

63. 遇兰

序：

余昔自西滨得兰数本，移艺于庭，亦即余岁而芃然，蕃植自余游者，未始以芳草为遇矣，因悲夫物有厌长而返，不若混然者，有之焉，寄情于此。

诗：

孤兰四面有连根，自本三生见子孙。
物内成香成质器，心中独树独乾坤。
群芳已有群芳比，百草连城百草村。
子曰斯夫天下事，昙花一现可黄昏。

64. 秋日

气肃龙蛇蛰，神皋旦暮均。
丰穰丰节令，富庶富人邻。
石涧清溪透，天光净九尘。
重阳重日月，一半一经沦。

65. 七夕

札札机声住，梭梭已摆平。
银河南北望，喜鹊去来声。
织女牛郎问，人间七夕情。
芙蓉秋水冷，晚女过人惊。

66. 酬友人

闲云无定止，玉树有成荫。
素尚芰荷色，辞荣寄献吟。

67. 观舞伎

玉树后庭花，琼瑶伎女华。
姿身容貌处，曲舞客人家。

68. 边笳曲（马来西亚和巴布亚新几内亚顾问）

一夜边笳曲，三生作远人。
南洋南海外，北管北思春。

69. 经西川偶题

已过西川路，黄鹂左树啼。
芹芽初出色，蝶翼若蜂栖。

70. 金虎台

皓齿芳尘与，纤腰玉树春。
分身分翠黛，合意合眉颦。
碧草连金虎，青苔蔽石麟。
何言岳阳籁，不是武陵人。

71. 侠客行

一诺龙泉剑，三光利刃明。

秦王秦匕首，晋耳晋人行。

72. 咏晓

郁郁天边一点红，幽幽际线半长空。
惊心动魄喷薄出，万里方扬于宇穹。

73. 芙蓉

芙蓉出水是芙蓉，七色天光七色封。
刺刺茎茎无不可，浓浓艳艳有红踪。

74. 敕勒歌

玉管随风远，胡姬踏雪花。
梅香应自在，白马已回家。

75. 邯郸郭公词

金筑鸣一曲，古道向三秦。
只有漳河柳，年年雪后春。

76. 咏罄

叶叶花花已是春，悲悲切切不须罄。
东施不得西施面，老友应闻故友邻。

77. 齐宫

一步齐宫殿，千层玉树城。
楼台今已去，乐毅不重生。

78. 春日

草色形千意，台城已六朝。
梁公梁武帝，百寺百云霄。

79. 咏春幡

寻花寻柳色，问水问梅香。
不过三春日，群芳四野妆。

80. 陈宫词

彩仗春莺近，陈宫玉树新。
金銮金子色，凤辇凤凰人。

81. 春日野行

春风行野外，日照五行中。
柳色欺芳草，莺啼玉宇空。

82. 古意

一曲梅花落，阳春白雪声。

名人名艺调，古意古人情。

83. 中书令裴公换歌词二首

之一：

上蔡风云首，萧何社稷臣。
张良微子见，借鹤乐天秦。
汉水知音曲，东都进士邻。
中书裴令去，只见故秋春。

之二：

玉玺终无虑，金滕始有思。
贤相贤所寄，古道古闻诗。

84. 西陵道士茶歌

乳窦双开一脉通，西陵道士半经宫。
泉流井下浮重上，春芽已出玉壶中。

85. 唐庄恪太子挽歌词二首

之一：

太子康庄恪，悲筑动地鸣。
商宫秦苑色，邺客魏陵情。

之二：

陌陌阡阡路，来来去去闻。
康庄辞太子，去后十年君。

86. 秘书刘尚书挽歌词二首

之一：

学子应无路，书生可有情。
前行前所见，九脉九泉程。

之二：

知心问柳郎，月色竹枝乡。
唱遍潇湘路，黄泉此曲扬。

87. 太子西辞二首

之一：

莺啼细语柳如时，白悉尼花碧玉枝。
小杏肥城成左传，桃红不在武陵期。

之二：

梅红元月雪，柳绿半分春。
只有黄花片，江南泽水邻。

88. 赠蜀府将

淮阴一食半封侯，剑阁巴山汉节秋。
锦水吴钩边志气，由君漠漠灌婴楼。

89. 送李忆东归

黄山远李忆秦川，不问东归向北宣。
只以春风江水岸，长安久向运河船。

90. 开圣寺

兴兴废废问休公，竹竹泉泉已自空。
寺寺僧僧不见，山山道道仙风。

91. 过西堡塞北

塞北闻西堡，冬风不用刀。
沙鸣沙漠漠，草没草原高。

92. 西江贻钓叟骞生

姑苏一月作吴钩，白雪三冬水不流。
未了秦淮船夜渡，红梅谢楚蜀江头。

93. 寄青源寺僧

清源一寺半天开，戴颙三生两地来。
夜雪惊钟惊白社，无尘石径石成台。

94. 重游圭峰宗密禅师精庐

半世禅师一世容，三千弟子五千宗。
何须戴颙闻去道，白塔层层作圭峰。

95. 题李处士幽居

细雨如烟处士濑，瑶琴寂沥净风尘。
南山水帐浓荫榭，谷口重呼李子真。

96. 寒食日作

山深路短近清明，蓟菜青团乞火情。
已是寒窗寒食节，淞江半在五湖荣。

97. 赠李将军

马上一功勋，云中半日分。
龙骧龙将在，内史内庭文。
此见干桑水，回朝彼此君。

98. 利州南渡

曲鸟苍茫草，利州一半花。
江南江南问，范越范蠡家。

99. 李羽处士寄新酝走笔戏酬

十里林深九脉荒，三春绿叶半春长。
千杯万盏千斤醉，半见花枝一见香。

100. 郊居秋日有怀一二知己

心怀经济?，志短吏官华。
寂廖皋原路，樵渔是客家。

101. 南湖（寄长清兄居沈，副市长亦居沈阳南湖）

南湖弟向吕长清，半牧沈阳武迪生。
候鸟停飞应带水，春秋各自望京城。

102. 赠袁司录

有旧袁司录，丞相犹子情。
淮阳公不语，诸弟已成英。
以醉胡姬酒，无闻管笛鸣。
重新三叙坐，故得一飞卿。

103. 题西明寺僧院

一步新棋半阵客，闲人不访岘山踪。
僧僧院院西明寺，法法师师咫尺峰。

104. 题友人池亭

一镜池亭水，三秋木榭城。
分明分物象，合一合仪萌。

105. 偶题

楚客文姬一马功，朝云暮雨蜀天空。
红垂果熟樱桃重，紫首绯衣不舞风。

106. 寄湘阴阎少府乞钓轮子

寄去湘阴一钓轮，形如月半秋春。
三吴不远淞江水，九脉汨罗对锦鳞。

107. 哭王元裕

王郎逐逝川，骤断伯牙弦。
汉水曾相对，龟山已去船。

108. 法云寺双桧

古寺山深一殿云，前朝内史半晋君。
离群不得寻双松，以世南台向籁闻。

109. 送陈焴之侯官兼简李常侍

国国家家不隔邻，辛辛苦苦度秋春。
殷勤手足同胞报，一世平生共认亲。

110. 春日野行

碧草芊芊半吐芽，梅花淡淡一香涯。
成丛芍药春蕾晚，陌上东风野步斜。

111. 溪上行

张翰蟹脚半秋风，只脍莼鲈一酒空。
二月金鳞晨跳岸，拨刺翻飞志不穷。

112. 投翰林萧舍人

金扉玉几万家明，进士翰林一世名。
学子儒书知佛道，人间鸂鶒是精英。

113. 春日偶作

春风乍起半微波，玉女温柔一水河。
钓渚临流临镜色，风情不多野花多。

114. 春暮宴罢寄宋寿先辈

朱门不掩纵花红，宋寿先贤唱大风。
小小琴声琴有语，临邛沽酒自由衷。

115. 马嵬驿

莫问三军一马嵬，杨妃半念九徘徊。
瑶台有约长生殿，夜雨霖铃蜀幸摧。

116. 和道溪君别业

雪上寒梅半上春，梨花一树两花鼙。
溪君淑气夫人李，白里参红不见身。

117. 奉天西佛寺

僧长紫背对黄道，积润深为弄玉修。
静磬方圆方丈步，闻禅入室入心留。

118. 题望苑驿

序：
东有马嵬驿，西有端正树，亦称相思树。
诗：
弱柳千条不似梅，阳春白雪两相催。
相思树下朝东望，望苑长亭隔马嵬。

119. 寄分司元庶子兼呈元处士

分司元庶子，闭舍向东都。
暮序刘公水，晨明十地儒。

120. 题柳

笛管无声叶自垂，霓裳未卸已描眉。
云消雾散千杯尽，莫道梨园可暗窥。

121. 和友人悼亡

潘郎泪满衣，玉貌不开扉。
俱是黄泉泉，声人不是非。

122. 李羽处士故里

柳已成含碧，心如草带烟。
南华知处士，去鹤问方圆。

123. 池塘七夕

东邻已绣两鸳鸯，北女新成一凤凰。
七夕池塘同观水，桥中织女会牛郎。

124. 偶游

半掩羞客半不关，三春只寄五春还。
红珠碧叶樱桃熟，孔雀开屏七彩斑。

125. 却经商山寄昔同行人

逍遥第一篇，忘象物三年。
北陆知秦苑，东林学坐禅。

126. 寄河南杜少尹

一志凌云一小桥，珠箐玭履半逍遥。
朝辛暮苦河南尹，自以才华作庆霄。

127. 赠知音

下里巴人曲，阳春白雪音。
萧郎知白马，谢女问弦琴。

128. 过陈琳墓

不过陈琳墓，还闻有遗文。
曾知青史载，莫以乱行军。

129. 题崔公池亭归游（一作题怀贞亭旧游）

一半春色一半秋，分开仲夏莫回头。
池亭四面方塘阔，水色三光似酒楼。

130. 回中作

少小不知愁，轻身各自由。
三边三鼎立，一步一春秋。

131. 西江上送渔父

西江渔父问，一夜满停舟。

俱是寻常客，何人作五侯。

132. 经故秘书崔监扬州南塘旧居

三台内阁半家荣，一代三朝醉后轻。

不见南塘居月色，如今向得谢公名。

133. 七夕

繁星不作渡桥舟，织女银河已白头。

小小横塘横目顾，幽幽岁月自幽幽。

134. 题韦筹博士草堂

晨随鸲鹭暮随情，博士翰林学子情。

日月难平辛苦水，诗词俱在草堂生。

135. 和友人题壁

三台臣缺忆严陵，一水千波万里兴。

独钓西洲滩水阔，渔舟只向取香凝。

136. 春日将欲东归寄新及第苗绅先辈

辛辛苦苦十年同，第第门门半及空。

共是三春明月色，离人一语始无终。

137. 经李征君故居

新堤杨柳色，故道李征君。

白马嘶鸣处，碑中已不文。

138. 送崔郎中赴幕

雨散云飞二十年，相逢别去两三缘。

荣城野幕郎中智，大漠凉州一酒泉。

139. 经旧游

真珠亭上望，夜色月中钩。

拾得娇娆影，何须问柳头。

140. 老君庙

紫气经君面，莲峰座上英。

丹炉丹石玉，正坐正声名。

141. 过五丈原

天晴五丈原，蜀就一千言。

借得荆州志，还来赤壁喧。

142. 和友人伤歌姬

缺缺圆圆一月行，歌歌舞舞半娇声。

霓裳半就梨园问，不得人间不得情。

143. 山中与诸道友夜坐闻边防不宁因示同志

战战和和已半边，人人事事久桑田。

疆疆域域分疆界，只定皇家不定贤。

144. 题诗

序：

秘书省有贺监知章草题诗，笔力道健，风尚高远，拂尘寻玩因有此作。

诗：

少小离家老镜湖，金龟换酒醉皇都。

群臣独送中书省，李白应回共念奴。

145. 题裴晋公林亭

风尘已定落云微，紫气莲峰入柴扉。

白首朱轩亭水岸，重阳已近望鸿飞。

146. 赠少年

一叶洞庭波，三湘月色多。

淮阴淮水岸，见问见汨罗。

147. 伤温德彝

一箭阴山定九边，千军万马半桑田。

龙城败战榆关北，李广幽州到酒泉。

148. 车驾西游因而有作

铁马云雕半绝尘，吴军汉阵一相臣。

鞠躬尽瘁岐山去，望蜀无思自帝邻。

149. 赠郑征君家匡山首春与丞相赞皇公游止

江湖识谢公，岁月有无中。

但入匡山去，山青水木红。

150. 夏中病疟作

正气扬威坐，斜阳暮色来。

西窗西望尽，七色七徘徊。

151. 题友人居

松堂挂画图，石径向天途。

不向张翰问，何须上五湖。

152. 题李相公敕赐锦屏风

敕赐锦屏风，相公社稷融。

山川山水润，日月日西东。

153. 蔡中郎坟

中郎坟上草，一载岭中荒。

已负碑文记，三年只柳杨。

154. 弹筝人

弹筝人不语，只忆上皇情。

独是乌江问，疑当是楚声。

鸿沟分未定，四面汉相营。

155. 华阴韦氏林亭

林亭林水岸，叶茂叶藏泉。

石石溪溪见，华阴一路悬。

156. 寄裴生乞钓钩

裴生乞钓钩，日色满沧洲。

不向严陵问，三杯一醉舟。

157. 长安春晚二首

之一：

日在曲江春，风流小杏尘。

花开花落下，只寄只行人。

之二：

雨水春分后，清明禁火前。

绵山寒食雨，小女捣青团。

158. 三月十八日雪中作

白雪阳春色，梨花不似梅。

红颜红已落，素裹素云催。

159. 咸阳值雨

点点咸阳雨，蒙蒙渭水川。

幽幽天地远，处处湿云烟。

160. 元处士池上

秋波似五湖，巷壁学姑苏。

小小桥桥水，花花草草芜。

161. 瑶瑟怨

衡阳归雁落，竹泪向湘生。
十二楼中月，三千日下鸣。

162. 题端正树

玉树荣枯易，繁枝日月留。
扬长三渭驿，寂寞五陵秋。

163. 渭上题三首

之一：
渭水千波邑，秦川百里微。
巢鹰从乳子，羽鸟背人飞。
之二：
渭水入黄河，千年一路歌。
潼关从此见，浊浪对天多。
之三：
共作东流水，同行逝路多。
中原曾此逐，汉夏母亲河。

164. 经故意翰林袁学士居

翰林玉委尘，学士杏坛春。
谢履庚楼问，齐眉举案人。

165. 题城南杜邠公林亭（时公镇淮南，自西蜀移节）

蜀酒相如醉，吴姬小小情。
林亭林所寄，一望一心明。

166. 夜看牡丹

夜入牡丹城，花香满玉英。
倾心倾月色，独照独灯明。

167. 宿城南亡友别墅

城南流水去，月下落花声。
逝者如斯矣，回头似有声。

168. 过分水岭

秦横分水岭，渭汉两人情。
独向河江去，东流入海平。

169. 鄠杜郊居

槿槿篱篱织，桃桃麦麦家。
游人寒食里，只采杏园花。

170. 题河中紫极宫

已伴玉真衷，河中紫极宫。
周游周所望，始见始无终。

171. 四皓

甪里何天意，心中几杜明。
原来原所是，取异取无情。

172. 赠张炼师

一粒金丹在，三生玉石行。
秦皇何不语，汉武戎陵名。

173. 病中书怀呈友人

（并序，自述北京万通公司）

序：
草草人生一病中，慵慵碌碌半行空。
朋朋友友如今寄，第第门门及始终。

诗：
静病常回首，思微日月途。
诗词曾自慰，跬步已书儒。
不坠春秋志，须知草木苏。
亡羊牢自补，牧马不吹竽。
剑阁观巴蜀，姑苏问越吴。
平生经济客，创业以零图。
楚玉曾三璞，英雄上太湖。
隋炀千载后，始得运河珠。
下海天涯远，行藏海角隅。
冯仑潘石屹（王），梓木学班输。
大陆公司草，京城一乃株。
怀柔怀赵玉（和），庙镇万通芜。
白雪阳春调，巴人下里姑。
高山流水势，汉口武昌都。
鼓瑟湘问，娥皇竹泪枯。
人间应所以，不可不萚梧。
角胜非求本，精英是念奴。
寻来寻自己，信得信悲夫。
拙虎藏机处，斯文缘木枢。
平生平爵，老者才人零。
赤鲤求冰去，男儿卧水敷。
心中先父母，子弟妹兄愉。
受业身名立，功成筑室殊。
形形色色，世世人趋。

字里深奸诈，言中有咒符。
机杼非织女，魏晋是隙驹。
以此和商贾，无须信诺扶。
回归天下土，格律净身孤。
凤阙分班立，金銮鸂鹭褥。
绯衣应似紫，地铁国家呼。
已是江山稷，何须帝子巫。
衙官空抱影，酬德未捐躯。
绿蚁知章尽，茅台太白徒。
三清三子立，一诺一单于。
李广成飞将，阴山一箭铢。
如今回首见，已是路崎岖。
草木应春绿，阴晴待日乌。
同舟同道者，各得各书愚。
但学蜘蛛网，了知步步枢。
童翁非本土，八十是桑榆。
蕙芷收天意，心胸纳武粗。
迟迟成后享，早早作先驱。

174. 感旧陈情

序：
献淮南李仆射（自述中国新加坡苏州工业园区领导人，园区设于苏州金鸡湖）。

诗：
感旧陈情述，嵇绍仕子奴。
新加坡上作，李氏显龙殊。
异组成园区，中华作丈夫。
三吴三化有，玉籍玉人无。
十里春秋路，三生五霸苏。
夫差勾践剑，范子范蠡驱。
持造从零始，财团两国衢。
金丹金石玉，立步金鸡湖。
物象千灵始，群名世界图。
云云城上问，雨雨雾烟姝。
小小桥中水，清清月下蒲。
华边书迹旧，自古运河都。
草木荣生茂，鱼龙醉玉壶。
生会由石点，剑水女儿奴。
四令阳澄蟹，民船上岸隅。
冰清临百粤，素白旅居孤。
糯糯男儿气，依依二八珠。

芙蓉初出水，态势正江苏。
白互兰衣色，丝绸学院雏。
东西山外水，木渎效鼙姑。
鹿角曾知汉，张翰只脍鲈。
茅山儿子远，顾况乐天儒。
一百公司入，三千弟子愚。
招商天下见，合建有飞衾。
法国沉香水，英人帝业朱。
欧州欧日本，美国美联枢。
柳柳杨杨见，中中外外区。
兴明兴所建，似火似如荼。

175. 庭筠子试与云英女姬歌

子去龙门女去歌，东流北下渡黄河。
庭筠不及云英误，十载潼关几揣磨。

注：黄河自北下经潼关而东流。

176. 题以微寺

初成邻土寺，虞宾邑让王。
干符谁得位，偃息以人昌。
善举行方寸，乔柯作栋梁。
仙溪流洞籁，野鹤故家乡。
八水长安色，三秦日月光。
吴儿吴越竞，楚女楚才扬。
入画松林晚，听钟向竹篁。
何须何汉祖，不以不秦王。
鹤羽成天盖，鸡人下建章。
生公曾点石，六祖达摩堂。
面壁经禅觉，僧游学檀香。
如来如自在，共济共低昂。

177. 过孔北海墓

珪玉沉英气，山河储孕芳。
碑折无字在，草茂故人乡。
坐事文星在，行明正四方。
言惊翰囿论，四野自行章。
白璧经雕凿，龙媒可砺篁。
丁宁忧国社，舍己取贤良。
北海多辽润，南朝有柏梁。
泉源泉所汇，合水合流长。
持世精英客，东风百花堂。
清风明月色，遍野遍沧桑。

178. 过华清宫

李治高中客，唐家武后忧。
开元天宝代，主仆女人流。
四十六年里，中兴盛世舟。
梨园天下演，羯鼓识冤旒。
异服胡旋舞，霓裳以物尤。
宁王吹玉笛，画马以曹休。
闪剑公孙举，颠疯醉草猷。
知章归老大，自放念奴眸。
向秦封禅路，从儒孔鲁修。
闻臣张说使，五品泰山留。
国富民康久，温汤沐五侯。
人间人所欲，近侍近沉浮。
不以王家事，何言社稷囚。
华清宫里步，镇海五羊楼。
未结单于帐，渔阳贼子头。
重安史乱，落落帝王州。
八水长安在，三秦已白仇。
何感知幸蜀，再论马嵬羞。
亨肃从灵武，霖铃驿里愁。
君王君不语，一世一春秋。

179. 洞户

桥弯桥石拱，碧玉碧人心。
洞户连珠穴，船家渡口浔。
琉璃经素手，玟瑁可悬琴。
易度从歌舞，难求直木荫。
秦楼秦弄玉，凤曲凤凰吟。
白雪萧郎问，空流逝古今。
何成何未了，不误不知音。
赵后昭阳望，相如故扇寻。

180. 送洛南李主簿

主簿三秦外，春庭一洛中。
专经子敬路，独步向飞鸿。

181. 巫山神女庙

巫山神女庙，宋玉赋高唐。
暮雨襄王客，朝云白帝乡。

182. 地脉山春日

山春积子花，地脉玉人家。

俗世芳菲尽，邻窗日月斜。

183. 题陈处士幽居

镜客闲看水，樵人过斧声。
游僧游古寺，处士处幽名。

184. 握柘词

握柘群芳舞，蔷薇处处红。
玫瑰成独树，碧玉牡丹丛。

185. 题卢处士山居

石径过山峰，层林见玉封。
浮云浮已定，一宇一芙蓉。

186. 初秋寄友人

琴音和细雨，落叶逐秋风。
不忍声声误，潇湘处处同。

187. 题丰安里王相林亭二首

之一：

一叶子去台，千波影上来。
粼粼径闪动，处处竹花开。

之二：

十步乌衣巷，三山二水开。
王家知夜度，谢客未寻来。

188. 早秋山居

鹿望山寒远，猿啼木落声。
西风西汉早，一阵一沙鸣。

189. 和友人盘石寺逢旧友

仁兄盘石寺，义弟楚才中。
共遇同逢少，千杯万盏红。
归舟归未得，一醉一西东。

190. 送人南游

举首渡淮船，吟声过楚天。
苍茫苍水色，玉宇玉林川。

191. 赠郑处士

处士天涯望，樵渔海角忧。
撑天成一柱，镇海作千秋。

192. 江岸即事

溶溶侵碧岸，影影落青蘋。
鸟鸟啼声近，鱼鱼向元津。

193. 赠隐者

茅堂八步宽，石尾一三坛。
隐者樵渔去，归来二水观。
溪流分左右，草木合汗漫。
八卦三生静，双仪四象安。

194. 渚宫晚春寄秦地友人

江南春已晚，渭水始花红。
杜宇秦川见，桑蚕筑室中。

195. 碧涧驿晓思

月落子规啼，天明日色西。
行程行所见，木直木高低。

196. 送并州郭书记

汾流汾水客，并晋并州郎。
学士回文寄，天机向四方。

197. 赠越僧岳云二首

之一：

世逝随僧侣，天枢任寺堂。
泉流泉止柳，月落月重扬。

之二：

兰亭兰集序，寺丈寺僧藏。
释子经音注，皇家进士乡。

198. 咏山鸡

石墼山鸡色，长翎翠羽明。
飞来飞去见，与世与人平。

199. 清旦题采药翁草堂

草草堂堂采药翁，辰辰露露雨烟同。
云云水水平生去，老老如今小小工。

200. 商山早行

鸡声茅店月，足迹板桥霜。
俯首回身见，前程一两行。

201. 题竹谷神祠

竹谷神祠晚，东湖古刹归。

烟云千日客，蒋帝一心扉。

202. 途中有怀

驱驱不日闲，搅搅岁年班。
暮驿晨钟启，朝行不可还。

203. 肥城

肥城肥鲁肃，左传左丘明。
四野桃花色，三光白在倾。
山东山不隔，一水一殊荣。
此去寻微子，张良故土情。

204. 登李羽士东楼

高楼危睨涧，立壁一川流。
羽士三清界，余音一世修。

205. 题僧泰恭院二首

其一：

暮寄东林步，晨寻洞口幽。
深公深所见，一路一仙求。

其二：

爽气三秋近，浮生一寺游。
微行微止处，十渡十春秋。

206. 西游怀

一路到桑干，三秦逐渭澜。
高秋西北望，故国满青丹。

207. 寄山中友人

少小情长啸，中年有短叹。
经风经雨路，老者钓严滩。

208. 偶题

碧玉层层绿，樱桃点点红。
花开花落去，子叶子方荣。

209. 经李处士杜城别业

别业心思密，前途日月长。
情人情易老，世事兴衰桑。

210. 赠考功卢郎中

白首无知满，开扉见种田。
龙门鱼水问，学子晋秦川。
陌巷颜回静，春秋子路先。

书生泾渭岸，及第曲江船。

211. 敷水小桃盛开因作

桃红敷水岸，柳碧小桥东。
二月涓涓序，三春落花穷。
飞鸿飞早尽，野雉野草丛。
物象枯荣自，生灵意念中。

212. 春日寄岳州从事李员外二首

之一：

风前风已止，雨后雨滋生。
但望衡阳雁，湘灵鼓瑟情。

之二：

自小宾卿见，王孙寄客情。
还从书豫鲁，祖父宰相名。

213. 和殷小卿柯古

素向门人客，淮南玉木临。
清贫清淡久，举步举音琴。

214. 海榴

开花红胜火，结子密相邻。
处处绵绵隔，甜甜水水津。

215. 李先生别墅望僧舍宝刹因作双韵声

四品郎中冠，三生古刹难。
潭庐潭影漫，柳色柳杨观。

216. 题萧山庙

古庙松杉在，萧山草木荣。
潭深留旧忆，水浅有流明。

217. 寄山中人

石上琴声止，山中月落惊。
栖巢栖鸟望，瀑布瀑倾声。

218. 旅泊新津却寄一二知己

旅泊新津寄，江村古水寻。
源泉源不止，一渎一知音。

219. 送淮阴孙令之官

隋堤杨柳岸，泊渚运河船。
自古淮阴水，先知虑子贤。

思人思百岁，易者易山川。
子记江都市，苏杭已上天。

220. 宿辉公精舍

辉公精舍宿，涧水月明行。
静语禅房话，心音觉路轻。
长思长不止，短问短纵横。
雨雨云云夜，花花草草情。

221. 赠僧云栖

云栖云静定，雨落雨晴雯。
羽雁衡阳去，游僧古刹君。

222. 雪夜与友生同宿晓寄近邻

有客寒方觉，无声夜已深。
栖禽栖不静，积雪积邻音。

223. 题造微禅师院

竹影灯和雪，窗台玉色明。
禅师禅觉现，一色一空城。

224. 正见寺晓别生公

生公石点头，古寺半春秋，
正觉三千界，姑苏一虎长。

225. 旅次盱眙县

天空一雁行，地覆半层霜。
早起前程短，人生后路长。
桥中留足迹，旅次近淮扬。

226. 休澣日西掖谒所知

玉女窗扉报晓钟，朱门上掖漏从容。
趋行鹓鹭天墀步，休风入禁向鱼龙。

227. 京兆公池上作

壁垒公池坐，折莲带子蓬。
观荷观自己，寄语寄西东。

228. 卢氏池上遇雨赠同游者

已见淞江水，何闻自太湖。
三分无锡见，大半在姑苏。

229. 题薛昌之所居

寂寂寥寥住，清清旷旷居。

花花连草草，水水逐鱼鱼。
济世谁知道，薛昌可读书。

230. 东归有怀

一水归舟岸，三秦养马川。
吴门吴韵在，范越范蠡船。

231. 鄠郊别墅寄所知

一夜南塘雨，三更别墅声。
栖巢栖鸟湿，百草百新明。
但以姿客见，风流四面荣。

232. 博山

香香一博山，锦锦半天颜。
七彩机枢织，三秦日月间。

233. 送卢处士游吴越

浅浅深深水，吴吴越越烟。
天堂天所意，运载运河船。

234. 过新丰

自得离家路，相思父母情。
前程前独步，老见老人生。

235. 过潼关

黄河自此掉头东，半向潼关半作弓。
洛渭长安泾灞浐，风陵渡外芮城空。

236. 题西平王旧赐屏风

四扇屏风隔，金扉玉砌来。
樱桃应结子，五月牡丹开。
白雪梅花树，芝兰蕙蕙催。
西平王旧赐，已占故宫台。

237. 河中陪帅游亭

剑戟英雄在，分明是帅才。
沙鸣沙万里，守将守天台。
宋玉相如赋，枚乘未再来。
梅先梅早色，白雪白云堆。

238. 和赵碬题岳寺

水石成泉注，池莲向远公。
高临天水岸，俯就桂寒宫。
涧谷流相聚，川山合峡风。

孤灯孤岳寺，落雁落归鸿。

239. 苏武庙

不向秋波问逝川，胡妻子女李陵怜。
魂消汉使羊归塞，未得封侯十九年。

240. 送客偶作

石路荒凉一路遥，西风野草半云消。
江湖碧玉知同里，独忆姑苏有小桥。

241. 寒食前有怀

十日春分后，明前一两天。
绵山寒食节，捣艾作青团。
故人姑苏问，黄花半子悬。
江南江山岸，雨色雨云烟。

242. 寄岳州李外郎远

独上岳阳楼，孤行不问候。
巴陵云雨色，逝水逐帆舟。

243. 宿云际寺

云微云际寺，一路一松林。
弟子东峰去，先生石径寻。
山深山谷远，水月水鸣禽。
野鹤朝天望，声鸣自在吟。

244. 游南塘寄知音

露水成珠点碧荷，浮游闪烁向清波。
芙蓉自主朝天望，玉立亭亭唱九歌。

245. 寄卢生

白藕成根一念奴，连天碧江半江湖。
文君注意琴音外，寄语相如作酒垆。

246. 春日访李十四处士

甪里先生自闭关，花深水浅已红颜。
无钱不买山川水，有志禅房日月还。

247. 宿松门寺

白石松门寺，青崖碧水溪。
龙泉分世界，玉磬向东西。
面对禅房觉，心从慧密笄。

248. 咏寒宵

寒梅共度一寒宵，雪白同行半雪潮。

俱是心中知冷近，东风不语已逍遥。

249. 寄渚宫遗民弘里生

水巷连天接远潮，汀云接岸上平桥。

何当八月钱塘见，不可离堤去路遥。

250. 春尽与友人入裴氏林探渔竿

裴林一径探渔竿，碧水三春半溢寒。

渚尾浮萍和蕙草，洲头不钓问严滩。

251. 春日

双双青琐燕，独独鹤排空。

不向吴门问，梅花正探红。

252. 洛阳

巩树先春雪，梨花半盖枝。

桓谭西笑便，洽照洛阳时。

253. 春初对暮雨

暮雨悠悠上远天，朝云处处共江船。

晴明隔日风华茂，草木随光润泽妍。

254. 雨中与李先生期垂钓相互先失因作叠韵

雨雨云云乘，鱼鱼水水听。

期期钩不定，约约钓丁宁。

255. 春日雨

蒙蒙细细半如纱，路路人人一雨花。

满目烟云烟湿抑，枝头玉垒玉珠华。

256. 细雨

细雨绵绵客五湖，轻烟淡淡柳千株。

荷塘已满珍珠水，半向姑苏半向奴。

257. 秋雨

飒飒落叶已无明，肃肃烟流自主孤。

木落寻根寻所望，人行后顾后人行。

258. 题贺知章故居叠韵作

三生曾故故，一镜已平平。

满目湖湖水，长箫处处鸣。

259. 雪二首

之一：

冬雪雪冬小大寒，梅开梅落去来观。

梨花不是梨花本，腊月春心两玉冠。

之二：

原原一片白无踪，肃肃三冬故土封。

处处芙蓉明漠漠，丛丛玉垒作银龙。

260. 盘石寺留别成公

成公古刹满枫红，半在禅房半世功。

一叶盘桓盘石寺，三秋岸雪两生同。

261. 原隰萋绿柳

原原本本柳先萋，拂拂垂垂色流溪。

绿绿黄黄分已定，衣衣骨骨带灵犀。

262. 宿秦僧山斋

结室东峰五色空，阳春白雪腊梅红。

山深自得闻支遁，夜梦还思是远公。

263. 赠楚云上人

松根台石满，百岁半苍生。

尽日朝天望，经年独自荣。

264. 宿白盖峰寺寄僧

山房清气淑，一夜遂禅明。

石磬钟声伴，心经自在生。

265. 送僧东游

游僧游古寺，普渡普江船。

若到东林社，人人可问禅。

266. 送人游淮海

故客游淮海，云云雨雨行。

池塘无月夜，一片问荷声。

267. 题中南佛塔寺

明泉流翠微，碧草色云归。

石磬分来往，禅房论是非。

中南经佛塔，木叶满光辉。

寺胜人无欲，山高虎有威。

268. 马嵬佛寺

佛寺战尘深，倾城作古今。

芙蓉应出水，结子本无荫。

269. 清凉寺

步步清凉寺，禅禅自在生。

清溪流木叶，古树带花荣。

雪岭成泉落，林峰作塔城。

云归云草盛，鹤立鹤乡鸣。

270. 赠卢长史（自遣）

平生何进退，七十已多余。

月下应知问，家中只著书。

271. 秋日旅舍寄义山李侍御

八水幽幽绕渭城，三生处处义山兄。

天枢两岸林泉少，试问长卿不问名。

272. 晚坐寄友人

一座临窗半月明，三清独水九江平。

波澜不定风云定，本是无空有弟兄。

273. 寄崔先生

杨杨柳柳一山村，水水山山半木根。

百岁难求千善与，平生可负五侯门。

274. 送北阳袁明府

楚水春乡问，蚕桑各自成。

茶山芽已碧，少女采初荣。

只以杀青品，风光已大明。

275. 送李生归旧居

战战征征后，乡乡故故先。

苗圃荒废久，水草蔓芜天。

旧户重修膳，新门再守弦。

锄荷当日月，籽粒见桑田。

276. 鸿胪寺有开元中锡宴堂，楼台池沼雅为胜绝，荒凉遗址忆北京

楼堂馆所入京城，作牧当家误北京。

李广将军曾征虎，崇祯不误自成名。

明清八百年中志，进士天官不可平。

远望皇宫高九丈，平民以此作房荣。
三农自此安徽主，土地归家自种耕。
镇镇村村繁子女，城城市市足心萌。
区区阜阜连天宇，道道街街尺寸赢。
国贸新华东北旺，三环胜似五环地。
东城内府西城治，海淀朝阳内外明。
延庆怀柔潮白水，丰台永定通州生。
汪汪魏魏连双巷，什锦花园独纵横。
港澳招商蛇口教，中南海里国家英。
三千弟子齐兴国，五百生公道佛情。
六祖禅房今不在，三清日月去来更。
人间自得人间世，汉苑难成汉土更。
改革方圆由自主，再立方圆尺寸缨。
记取开元天宝去，谁闻四海有风评。
唐周李武泥水见，四十六年一路程。
紫气东来东不止，南洋此去此人声。
巴新大马重天下，四海连天有巨鲸。
有道方圆有自力，无尘日月已阴晴。

277. 早春浐水送友人

长安应送客，浐水可留人。
只及梅花落，杨杨柳柳春。

278. 送襄州李中丞赴从事

汉帝一相如，通宵半子虚。
中丞中预立，水山水人居。
岘尾襄阳望，羊公以泪余。

279. 江上别友人

一笑各西东，三生路不同。
相逢相别去，不得不离篷。

280. 与友人别

三生三道路，一醉一都门。
别别离离早，官官吏吏昏。

281. 与桓仁别

二十书生第一名，龙门进士始三生。
榆关过去连千里，燕蓟幽州大半情。
冶部工人行冶部，招商港澳易枯荣。
潘琪美日欧洲去，七十回头海口情。

282. 访知玄上人遇暴经因有赠

惠能无知佛法传，心田有路曲江边。
朝儒弟子书章老，面壁孤生独自天。

283. 送渤海王子归本国

渤海林泉国，中华弟子家。
书儒书共事，道佛道风华。

284. 反生桃花发因题

三春返自二春来，但向瑶池汉帝回。
王母不在千年在，再度桃花半树开。

285. 宿澧曲僧舍

面壁成心境，僧墙映故人。
重新回首望，澧曲净无尘。

286. 宿一公精舍

月宿栖鸟静，星光独自倾。
灯明天姥客，磬语故人情。

287. 月中宿云居寺上方

月下云居寺，房中石磬声。
溪流溪水远，石阳石波鸣。

288. 登卢氏台

日上半卢台，云平一步开。
秋高秋肃肃，落叶落催催。

289. 牡丹二首

之一：
风前非自主，醉后是佳期。
碧碧红红许，丛丛独姿。
之二：
奇葩绿牡丹，带色挂红冠。
翡翠珠珍碧，绵纱细质冠。

290. 敬答李先生

严光七里滩，禹庙半云端。
过户无停步，四海有狂澜。

291. 杏花

叠叠重重小杏花，开开绽绽客人家。
红红粉粉分难度，暮暮朝朝向外斜。

292. 和太常杜少卿东都修竹里有嘉莲

嘉莲映水红，晓露带微风。
竹影东都色，芙蓉玉立中。

293. 题磁岭海棠花

一树海棠花，千枝白雪华。
繁荣繁素色，叶碧叶丛纱。

294. 苦楝花

院里莺歌少，墙头苦楝多。
层层分不尽，处处过年罗。

295. 自有扈至京师已后朱樱之期

碧玉数千枝，朱樱过半时。
明年三日早，再约是繁期。

296. 答段柯古见嘲

彩舞纷纷色，天香处处华。
红云红雨落，一岭一花家。

297. 莲花

一片洛神情，三春寄夏荣。
花开花雨露，碧叶碧珠成。

298. 过吴景帝际

王城帝气消，命妨向虚朝。
木渎西施去，吴门洛水桥。

299. 龙尾驿妇人图

龙头龙尾见，凤羽凤凰寻。
妇妇人人间，家家国国音。

300. 薛氏池垂钓

点点荷珠玉，粼粼闪水光。
池中鱼不见，草下隐池塘。

301. 瑟瑟钗

衡阳乳雁已经霜，不见秦皇上未央。
竹碧苍梧留庙宇，湘灵鼓瑟泪千行。

302. 简同志

留侯功业汉，不韦尚书秦。
一卷兵家子，三军武器轮。

303. 元日

岁末成元日，年初作续程。
平生平直步，向背向分明。
腊月梅花见，阳春白雪行。
东风常带雨，夏水共荷荣。

304. 二月十五日樱桃盛开自所居蹑履吟玩竞名

樱花三二月，一路去来明。
简简繁繁色，朝朝暮暮情。

305. 王泽章洋才

晓色多烟雾，春光有草荣。
何言情我我，不可意卿卿。

306. 寒食节是寄楚望二首

之一：
芝兰芳意近，蕙芷碧色遥。
楚望临湘水，姑苏碧玉桥。
之二：
杜牧有樵苏，丰郎上太湖。
清明寒食雨，柳岸草花芜。

307. 清明日

黄鹂一两声，白雨半阴晴。
不尽黄花际，难平父母缨。

308. 禁火日

介子推身就，绵山背母行。
曾知曾晋耳，一路一生名。

309. 嘲三月十八日雪

大雪连天地，纷纷物象华。
红樱冠素羽，绿柳满梨花。

310. 杨柳九首

之一：
雨雨云云早，杨杨柳柳迟。
隋炀因玉帛，已作运河枝。
之二：
绿绿黄黄色，垂垂拂拂知。
东风东北去，一雨一云迟。

之三：
小小腰肢细，青青羽叶条。
江南江北去，一色一娇娆。
之四：
岁岁作隋堤，常常四令蔓。
形形无彼此，处处有高低。
之五：
半在馆娃宫，三春绿映红。
长亭相伴侣，小驿住平崇。
之六：
一夜半新明，三春十地荣。
先生先碧玉，后见后枯荣。
之七：
昆明池外柳，上掖月中扬。
北北南南长，朝朝暮暮乡。
之八：
日日换新妆，年年早嫁娘。
花开花落尽，一色一头扬。
之九：
征人征所忆，故土故家乡。
月下长城石，心中是柳杨。

311. 客愁

愁看半柳杨，客问一家乡。
莫以春秋过，枝枝各短长。

312. 和周繇

不肯作春蚕，何言望翠岚。
丝丝成锦帛，木木养林潭。
日日书生积，年年日月淦。
虞姬知楚汉，霸主向儿男。

313. 南歌子词二首

之一：
一曲南歌子，千声北地春。
男儿男有路，女事女无邻。
之二：
一夜相思梦，三更独月明。
嫦娥寻桂影，后羿问平生。

314. 光风亭夜宴伎有醉殴者

以醉光风误，知情日月分。

鸳鸯分不得，燕子合时群。

315. 题李卫公诗二首

之一：
此盗朝堂密，引明魏国门。
乾坤干独立，日月日黄昏。
之二：
势欲凌云计，阴谋向背成。
无亲无附合，有背有扶荣。

316. 题谷隐兰若

谷隐芝兰若，山明草木林。
僧家僧寺老，客问客知音。

317. 观棋

将帅两军中，城池半黑红。
兵兵相仕阵，卒卒马车攻。
炮隔山河界，鸿沟楚汉空。
观棋应不语，只在外行通。

318. 句

春江流碧水，一半流碧水，一半是云天。

319. 寄段成式

文昌相一子，苦学尚书郎。
秘阁精研致，襄阳一太常。

320. 观山灯献徐尚书（并序，三首）

序：
民间一举半山灯，百姓丹蛇一再兴。
十里波光龙凤舞，丹枢若谷以香凝。
之一：
一谷长龙半烧红，三千日月共云空。
风风火火扬扬抑，续续连连路路通。
之二：
宝塔层层寺，流流走马灯。
风光惊火色，百姓自知兴。
漫谷连山水，通天大小乘。
何承光焰柱，只系火金绳。
之三：
火树枝柯密，银花草木灯。
无须萤聚取，可见读书僧。

321. 和徐商贺卢员外赐绯

半世绯衣一世闻，金金紫紫尽风云。
新茵立壁阳春日，已是青山四品君。

322. 河出荣光

黄河清德水，万里浊流长。
贝阙澄明色，龙堂九折光。
冯夷吟海若，汉武贲宣房。
已济中原客，符晖逝者乡。

323. 哭李群玉

未对黄陵句，无言白日堂。
君留千万字，有忆二妃湘。

324. 寄温飞卿笺纸（予在九江造云兰纸）

一曲湘灵一竹枝，三生故友一生迟。
飞卿笺纸云兰问，八句诗词四句知。

325. 题石泉兰若

林泉兰若静，竹石引溪流。
不可逍遥误，禅房向白头。

326. 怯酒赠周繇

东西大白飞，玉石腊梅香。
两翼分黄犬，虚情向索郎。

327. 牛尊师宅看牡丹

平生何所求，子女穆公休。
不以闻箫史，秦楼弄玉留。
行当思父母，止步牡丹洲。

328. 观棋

对弈分河界，咸阳楚汉书。
成都成帝业，作霸作天初。

329. 哭房处士

不向人间作养生，无言日月有阴晴。
前行不止前行路，信仰由来始终明。

330. 题僧壁

一壁知年短，三生半寺长。
僧堂僧所念，一世一炉香。

331. 呈轮上人

前溪一远公，虎涧半山风。
水石东林岸，天机顿悟空。

332. 题谷隐兰若三首

之一：
谷隐芝兰若，云浮古寺东。
相寻相互问，一经一天空。
之二：
道士丹成就，僧人面壁生。
天机天不语，主持主人行。
之三：
谷谷川流水，山山草木荣。
峰林峰自得，易化易人生。

333. 不题光风亭夜饮赠周繇

一酒见吴娃，三杯二月花。
姑苏姑不误，小女小桥斜。

334. 嘲元中丞

花前一孟光，月下半箫郎。
案举娇娥素，初狂入酒乡。

335. 知春

序：
北京丁酉北海公园知春，忆叶选宁兄于北海濠濮涧总政联络部。
诗：
南洋一去半天遥，北海千波九乱箫。
十载重寻濠濮涧，三生再问玉河樯。
（大运河桥）

336. 嘲飞卿七首（太湖两岸洞庭山）

其一：
不惑一飞卿，排云半弟兄。
文章文手下，举袂举精英。
之二：
八叉一当垆，三才半世儒。
东西山上望，胜似洞庭湖。
之三：
四句文心绝，千言璞玉雕。

秦楼秦弄玉，一曲一心潮。
之四：
柳柳梅梅问，烟烟雪雪寻。
春初春未满，草木草无荫。
之五：
足见风流句，还闻草木高。
山峰山色在，笔墨笔文毫。
之六：
飞卿一并州，水泽半汾流。
射雉南阳北，燕支向晋侯。
之七：
明铜不必磨，画匠息干戈。
汉女琵琶曲，阴山敕勘歌。

337. 寄周繇求人参　长白山人参

五叶一灵根，三生半子孙。
人参人自老，一世一慈恩。

338. 柔卿解籍，戏呈飞卿三首

之一：
一镜临流色，三春向草明。
群芳群互竞，独木独枯荣。
之二：
春衫半细腰，碧玉一鲛绡。
邺锦长绸色，姿身作柳条。
之三：
一束郁金香，三春纳露凉。
扬扬朝上势，叶叶自中长。

339. 戏高侍御七首

之一：
青琴仙人教，百媚色阿真。
一曲城中去，三光世上春。
之二：
自有三青鸟，还须一鲤鱼。
心收如此见，意意似情书。
之三：
东邻墙已破，小孔纳天机。
玉女偷窥见，如何半着衣。
之四：
腰身六尺疆，杏眼一双长。
月色三更见，空余半枕床。

之五：

人间一柳杨，世上半爹娘。

女姹当婚嫁，男儿向背乡。

之六：

渭水罗敷女，宣城太守春。

阳春和白雪，下里作巴人。

之七：

本是无中有，还知有里无。

人情人所见，一得一屠苏。

340. 姑苏寒食

一粒青团子，三吴碧玉香。

云烟寒食客，细雨小桥旁。

341. 送僧二首

之一：

形神不灭名，骨肉已虚荣。

百岁年中度，三生月下行。

之二：

头陀最上方，白塔日中梁。

寺寄三清界，人心一炷香。

342. 猿

栈道明修建，陈仓暗度成。

猿啼猿不在，一峡一江中。

343. 送穆郎中赴阙

郎中郎赴阙，上掖上人居。

马祖金门客，虞卿久着书。

344. 题商山庙

一处商山庙，千年静国谋。

商山商四老，汉帝汉皇休。

345. 折杨柳七首

之一：

柳影长门外，杨花雨露中。

藏娇藏不久，向赵向西东。

之二：

一见羊车路，三生见柳杨。

风吹风不止，一叶一枝黄。

之三：

沙鸣杨柳色，大漠月芽乡。

但见荒丘远，何闻故国乡。

之四：

灞水桥中柳，长亭路上杨。

从行随古道，守伴运河旁。

之五：

二月同梅雪，三春共柳杨。

生机生盎律，共世共炎凉。

之六：

隋家堤上色，一水北南行。

最后东流去，杨杨柳柳萌。

之七：

陌陌阡阡上，杨杨柳柳中。

常闻常见色，一夏一冬蓬。

346. 哭李群玉

诗中三十载，路上万千天。

此见黄泉去，无耕白日田。

347. 汉宫词二首

之一：

一曲千姿舞，三宫六院归。

春风春不雨，鸟落鸟还飞。

之二：

宠宠藏藏少，妃妃后后多。

三秦皇二世，六国几娇娥。

348. 醉中吟

不饮千杯酒，还闻一刻钟。

吟诗三万日，格律半行踪。

349. 桃源僧舍看花

桃源僧舍里，古寺月明中。

世上芳荣色，人间苦厄空。

350. 和周繇见嘲并序

序：

不就高低四品官，青青紫紫一绯冠。

阳春白雪巴人唱，地厚天高几处寒。

诗：

一曲阳春半曲君，三生白雪两生分。

姬姜不见相如见，羽扇长门羽扇闻。

351. 句

梦里思三路，言中问一灯。

352. 和张希复咏宣律和尚袈裟

一角无风已满山，三光有律日当颜。

袈裟玉钵心经在，只可直行不可弯。

353. 句

羞中含故意，乱里寄余娇。

第九函 第六册

1. 皎皎词

皎皎班姬着，轻轻赵女身。

宫中飞燕舞，掌上落红尘。

2. 长安施舍舒情投先达

先生先达志，少女少人春。

老者知回首，已去已无邻。

3. 送友下第游雁门

下第雁门关，行程朔北还。

衡阳明岁路，岳麓楚才班。

4. 读史

贾谊长沙曲，汨罗楚客来。

三闾三不止，九曲九歌回。

5. 友贾客乐（乐府有贾客乐，今友之）

贾客无言乐，无言贾客行。

声声声不尽，曲曲曲难平。

6. 送李桓先生归嵩少旧居

文章人口满，日月草花多。

灞浐长安水，嵩华五岳河。

先生先生云，问岳问嫦娥。

7. 苦寒吟

腊月苦寒吟，梅花已动心。

芳香疏影立，白雪故相侵。

8. 上巳日

春城元日始，上巳曲江滨。

易觉新情绪，芳明故影邻。

9. 春台

一日春台望，三吴不守家。

梅山梅未落，遍野遍梨花。

10. 钓台怀古

容斋随笔录，万卷半斯文。

鼓案商人市，垂钩百步君。

周朝文武继，吕尚帝王勤。

战国春秋论，纵横日月分。

11. 励志

行程行不止，励志励人生。

跬步前前进，耕耘日日成。

功名何所务，草木自枯荣。

12. 桑妇

春蚕春已尽，一妇一丝工。

织锦机杼响，纵横日月光。

中心中子立，小意小姑尝。

13. 上马叹

二月飞鸿北，三春着布衣。

书儒谁独立，父母可相依。

上马扬长去，龙门不得归。

14. 唐乐府十首并序

始自征夫至贺觞，唐家乐府咏河湟。

虏臣土士中原贡，但以稼渔作柳杨。

15. 送征夫

已造凌烟阁，征夫苦乐多。

江山谁保佑，士子举干戈。

16. 输者讴

一弈有输赢，三秋塞上兵。

王朝王令与，系子系红缨。

17. 吊西人

一战荒田亩，三边到帝城。

和平和不久，土地土难荣。

18. 边军过

塞塞边军过，金金角角鸣。

粮仓皇帝少，万箭税收征。

19. 望归马

河湟争夺战，朔漠到京城。

只以男儿事，家家不太平。

20. 祝河水

塞外流河水，原中土地颜。

南行南帝业，北下到潼关。

21. 田西边

陌陌阡阡籽，牛牛马马田。

中原中土地，塞牧塞河泉。

22. 昆山

自古昆山玉，如今白骨生。

鸣金分胜负，击鼓作输赢。

23. 乐边人

一战分南北，三边血骨平。

封疆由胜负，甲帐可声鸣。

24. 献贺觞

一胜天朝献贺觞，三边戟罢祝封疆。

中原界边中原界，牧马天山牧马扬。

25. 且可怜行

户户门门第，家家国国名。

花花和草草，朽朽复荣荣。

自古江山界，如今日月惊。

输赢成胜负，武定共文明。

朔漠曾边事，云南已汉城。

天山天水近，一箭一精英。

五帝三皇问，河湟半用兵。

夷蛮夷汉化，共土共阴晴。

26. 筑台词（汉武筑通天台，民苦之）

一半春秋一半尘，三千岁月九千沦。
高台不远秦皇墓，以欲难成苦顺民。

27. 邻女

谁言邻女丑，自幼礼儿贤。
织帛纵横见，春秋助作田。
年年三五变，处处有方圆。

28. 山中夜坐

一醉平生醒不成，三山二水石头城。
寒宫桂树应无雨，只见人间已放晴。

29. 秦娥

十四五秦娥，三鬟两目波。
阳春阳白雪，渭水渭城歌。

30. 早行

步步青门路，人人各自行。
归时归不得，去所去无成。
日日由前望，心心各不明。

31. 古出塞

一塞连南北，三边上下行。
秦皇曾问此，汉武向天惊。

32. 寄远

雪花无结子，满树有明枝。
嫁作征夫妇，河湟胜战时。

33. 下第后屏居长安书怀寄太原从事

下第书生后，前程不可知。
强人强所举，弱者弱人欺。
细水长流去，高山石磊姿。
居心居能务，跬步跬成期。

34. 牧童

山边一牧童，采果半林中。
不可鞠恭敬，胸前已满丰。

35. 效古

藏娇藏不住，汉帝汉城空。
燕赵犹生女，羊车不在宫。

36. 战城南

一战城南妇，三生塞北奴。
秋风秋雪早，白草白山孤。

37. 曲江春霁

柳岸曲江堤，杨花已逢低。
书生进士路，九品始东西。

38. 赠先达

织女皆贫罢，公卿不着衣。
人间何是贵，世上物其稀。

39. 姑苏台

姑苏台上望，五霸越吴来。
木渎西施去，灵岩馆舞开。
夫差勾践问，尝胆剑池回。
一代英雄见，三生百姓哀。

40. 有感

上下河湟路，春秋日月行。
兵事兵所去，将帅将军城。

41. 豪家

九陌层林远，千莺各别鸣。
梅桃梨李杏，石玉竹篁琼。
静者知山野，和人一太平。

42. 山中有招

山中知一径，草上见子盟。
百亩耕耘始，更生自力行。
樵渔由所造，静净可心明。
与世无争处，孤高独赏情。

43. 空城雀

不逐空城雀，无声远米粮。
同生同死去，共战共炎凉。

44. 冯叟居

山僧嫌僻远，古木已荒残。

十亩林田种，三生水月寒。

45. 醒后

醒后何知醉，沧桑几海田。
应闻枯句去，复有吏官泉。

46. 弃妇

春蚕成作茧，有得几层丝。
夏雨池塘满，浮萍未去时。

47. 送李殷游边

谁吟魏阙洞庭船，已过长安问酒泉。
孟夏都门都壮志，三秋大漠大无边。

48. 江村（同里小桥村一号）

江村江水岸，碧玉碧逍遥。
同里三吴柳，建功一小桥。

49. 出门

同行同路上，各意各心中。
进退阴晴见，东西日月风。

50. 别道者

死死生生路，头头尾尾君。
行行无不尽，处处有离群。

51. 兰昌宫

兰昌宫里草，上掖水中舯。
汉武昆明界，秦皇六国天。

52. 送友人擢第东归

同宗半楚才，共学一儒回。
及第东归去，分头向故来。

53. 久客

长行行不至，久客久难平。
世上皆如此，人间已不名。

54. 秋夕

促织吟灯下，离人梦枕中。
求名求骨肉，问世问童翁。

55. 效陶

一见北邙山，三秋木叶颜。

335

回归回不得，雁别雁门关。

56. 长门怨

长门须不怨，扫叶可归田。
六国三千女，秦皇半酒泉。

57. 苦寒行

不可言贫士，寒行苦达城。
扶桑扶所路，自达自声名。

58. 琪树下因吟六韵呈先达者

领木嘉琪树，枝枝叶叶萌。
朝天朝玉宇，立地立枯荣。
举世成连理，奇闻结态缨。
尘中孤吸纳，雨下伞方情。
密密疏疏织，青青郁郁荆。
瑶池瑶水岸，玉色玉人萦。

59. 送人登第东归

一路东归去，三生日月悬。
高情行乐少，独步暮朝田。
学古从今古，求贤已读贤。
科名排甲第，觐省杏坛边。

60. 贾客词

空囊空委路，贾客贾居奇。
不可轻回首，人间道法移。

61. 塞下曲

敕勒川前水，黄河万里行。
耕耘成汉地，牧场作胡营。

62. 春夜二首

之一：
已别杜陵归，逢春雁北飞。
应闻花草间，是是复非非。
之二：
早早子规啼，迟迟宿鸟栖。
违心违所意，北路北朝西。

63. 郪中感怀

去去来来见，家家业业闻。
成则成不久，败已败云分。

64. 晓登迎春阁

三江逝水两江明，万井成都一井荣。
未栉凭栏凭所望，枝枝叶叶晓莺鸣。

65. 白鬓

红颜红不在，白鬓白头明。
世上知如此，人间独自情。

66. 送卢使君赴夔

楼高万井斜，水急一江花。
莫向巴山问，心连蜀楚衙。

67. 望月

望月寒宫影，寻山玉兔行。
嫦娥应自在，左右缺园明。

68. 古意

十五见箫郎，三生有故乡。
留心留日月，守夜守空床。

69. 寄刘沧

一尉龙门令，三生半第名。
蕴灵沧字鲁，孔子作门生。

70. 长洲怀古

吴王在此运河修，遍水皆注自不流。
日月沓来惊草木，回头且见五湖舟。

71. 经炀帝行宫

江湖一片好头颅，玉女三千有念奴。
六国秦皇求不死，天堂水岸建江都。

72. 春日游嘉陵江

巴州一片杜鹃花，一水千明百里斜。
栈道嘉陵明月峡，还思故道洛阳家。

73. 秋日山斋书怀

清风入户月明明，树顶蝉吟夜未倾。
且是重阳重又暖，秋鸣不可不三更。

74. 晚秋洛阳客舍

洛水平分两岸沙，关河陆塞一乡家。
隋朝古陌铜驼柳，石氏荒原金谷花。

75. 深秋喜友人至

归鸿日上落衡阳，漠北霜中叶已黄。
月色寒凉寒雪夜，灯前故友故炎凉。

76. 秋日望两阳

一路行人半旅情，三秋落叶九州平。
山西不尽山东望，莫以黄河作界生。

77. 郸都怀古

秦淮二水石头城，虎踞三山牧笛声。
建郸无情吴越见，西陵有主月空明。

78. 题龙门僧房

一指浮生半梦中，千年古刹六根同。
龙门不远僧房问，静室开关石屋空。

79. 秋夕山斋即事

衡门四处满苍苔，木叶三秋去不回。
只许烽风飘不定，落落居心义未开。

80. 江行书事

莫以三闾不自哀，长沙一巷久徘徊。
姑苏九陌连城水，大禹门前细雨来。

81. 过铸鼎原

六国兴亡五百朝，苍茫岁月有渡桥。
莫见中原黄帝鼎，千年故事一云消。

82. 秋日寓怀（自述马来西亚）

海过南洋四季休，云来雨骤一倾流。
红花木槿朝朝暮，赤道天光日日头。

83. 江城晚望

望尽江城一路余，行穷暮色半儒书。
潼头不销青牛入，九曲黄河白鸟居。

84. 宿苍溪馆

闭馆听猿不可愁，江流一月到长洲。
巴山夜雨苍溪馆，白帝瞿塘向楚流。

85. 题王母庙

武帝无名不是仙，王母有庙列云天。
层城普渡人间岸，子女香莲半亩田。

86. 留别复本修古二上

复复修修本古今，钟钟鼓鼓作知音。
天天地地风云里，暮暮朝朝日月荫。

87. 边思

受降城中问单于，桑者水上见扶苏。
同根本是何征战，牧马耕田胜有无。

88. 登龙门敬善寺阁

步上龙门少室烟，春光不尽满秦川，
陶唐有业中原水，大禹留名万亩田。

89. 题王校书山斋

雪满空庭鹤未归，清风回避月开扉。
寒光已近明灯暗，不必相承独自晖。

90. 浙江晚渡怀古

秋风渡口一波平，半遇潮声半岸瀛。
草色连江船入蒲，平分碧色两边横。

91. 及第后宴曲江

及第排名步曲江，新春鸂鶒已成双。
青衣十载郎中间，进士原因向国邦。

92. 秋日山寺怀友人

一寺天光半寺春，三江水色五湖瀛。
相思不见经年隔，独处无须过日人。

93. 八月十五日夜玩月

渭水天无承洛水波，空明水宇断银河。
蒹葭水渍潮水落，月色江天水路歌。

94. 晚春宿僧院

磬语轻轻已出家，钟声处处夕阳沙。
微微一点寒灯在，古寺三更月色斜。

95. 怀汶阳兄弟

兄兄弟弟忆汶阳，海海天天半故乡。
几处关河留足迹，经年望远向西霜。

96. 题天宫寺阁

天宫寺阁禹门邻，暮敛西阳贝阙春。
雨歇云消天下净，钟声磬语入三秦。

97. 游上方石窟寺

一寺禅香处处闻，三光草木久不分。
空空色色绕心在，鼓鼓钟钟白日曛。

98. 怀江南友人

不绝音书已绝尘，逢中别后又经春。
吴门水月姑苏雨，一线潮头六合濒。

99. 题敬亭山庙

古木森森一敬亭，寒原处处半丹青。
三江入海潮声在，石庙山灵见渭泾。

100. 经麻姑山

麻姑已去带仙丹，不见青娥有玉峦。
震泽秋江云雨近，陵阳晚树客神坛。

101. 对残春

细雨霏霏半作云，荷塘静静一珠群。
萋萋草木微微色，郁郁波平水月勤。

102. 过沧浪峡

沧沧浪浪峡江开，水水云云白帝回。
濑濑滩滩湾渚岸，山山岭岭峙峰来。

103. 经过建业

金陵建业一吴家，北魏南朝半帝嗟。
鸟去人空城已破，兴兴废废夕阳斜。

104. 赠道者

名名姓姓隐天台，道道真真卖药来。
有病人间人不主，梅花开尽杏花开。

105. 题马太尉华山庄

三庭柳絮半新春，一迳杨花两地人。
物外幽心幽自取，泉中带雾带清濒。

106. 秋日夜怀

阴阳本是半分明，八月中秋一气清。
少室思归思不尽，潇湘夜雨夜难平。

107. 题巫山庙

十二峰峦作庙门，巫山细雨有云根。
高唐楚客寻神女，水落天高好子孙。

108. 题吴宫苑

西施木渎上吴宫，曲舞声中别样红。
记取夫差勾践志，春秋五霸五湖东。

109. 旅馆书怀（巴布亚新几内亚国　小农之家子）

已过南洋赤道边，兄弟弟弟已无全。
思情不尽黄泉近，不叹平生忆种田。

110. 题天台隐者

天台隐者月明城，雨歇云浮寺国清。
足见樵渔求自力，衡门野色见枯荣。

111. 洛阳月夜书怀

寒门古巷上阳宫，夕照黄昏剩女红。
远雁二边身带雪，梨花一片白南东。

112. 江行夜泊

孤舟夜泊近衡阳，产雁滩洲作故乡。
明年水暖重回顾，他乡也是我家乡。

113. 赠颙顼山人

浩气含真日月晖，三皇五帝玉玄微。
清风少室人间静，鹤府天机济世扉。

114. 长安冬夜书情

独望群星点点明，银河两岸数难清。
人间事事人间问，一介书生一介丁。

115. 经古行宫

黄昏半在古行宫，夕照千川半水红。
往事如烟如野草，年年有雨有云中。

116. 秋日登醴泉县楼

独得蝉声暗自鸣，孤身向北雁飞行。
年年岁岁知南北，去去来来各去程。

117. 春日旅游

月上倾临近水楼，山中直木自春秋。
秦川草色茵茵碧，楚塞花香处处幽。

118. 送友人下第归吴

自主年华自立名，吴门不锁已知情。
寒窗十载皆寒食，乞火清明及第行。

119. 访友人郊居

已有蝉声别夏初，登原过水访相如。
郊区草木应常绿，自古文章只读书。

120. 匡城寻薛闵秀才不遇

一别空思故步封，三年往事忆音容。
书生只有书生客，独在匡城问鼓钟。

121. 与僧话旧

空林古刹石磬声，月在关河雁在鸣。
即便相逢相别去，禅房一夜一心明。

122. 寄远

西园叶落半惊秋，北陌风流一水洲。
紫塞关河飞雁远，衡阳不到不回头。

123. 长安逢故人（寄苏州故人何晓春）

上国风光已满巾，中庸共渡过红尘。
姑苏莫问垂杨柳，白雪寒冬的晓春。

124. 下第东归途中书事

狭路相逢一纸文，龙门独跃半文君。
知章不止知音见，自得天机白日曛。

125. 经龙门废寺

龙门废寺石台中，水色天光照旧同。
鸟尽僧游寻故迹，平生独步望长空。

126. 下第后怀旧居

历事三生八戒空，成功一半不成功。
书生已始书生路，不过龙门不此穷。

127. 经无可旧居兼伤贾岛

寒窗独守寺空城，古刹钟声远近鸣。
贾岛无心无可去，巴山夜雨夜阴晴。

128. 赠隐者

隐者樵渔隐者生，空山日月不空明。
千山草木枯荣见，不向京都不问名。

129. 题书斋（古今诗述）

四壁书香四壁城，书生一世作书生。
唐朝二十天明治，五万唐诗读写盟。

130. 题秦女楼

翠落香销半女楼，箫终曲尽一千秋。
蓬莱有路王母在，五百神仙客此游。

131. 题桃源处士山居留寄

茅芦只在白云深，处士衡门自古今。
只向桃源开洞口，秦时月色汉时荫。

132. 宿题天坛观

寂寞玄珠四象中，天坛晓色两仪同。
蓬莱岛上衡门问，但向人间颂雅风。

133. 洛神怨

子建东归洛水情，凌波四海宓妃名。
兄兄弟弟非兄弟，帝帝王王是扎倾。

134. 龙门留别道友

羽翼方成雁未还，龙门废寺半天关。
衡阳太守闻青海，道友知心半列班。

135. 题四皓庙

风风雨雨近千年，草草花花一大千。
汉楚鸿沟分界处，何须四皓帝王迁。

136. 大运河

一路长堤绿带黄，三吴不忘问隋炀。
江都已到余杭水，世上天堂日月长。

137. 望未央宫

川源西望未央宫，上国秦砖汉瓦红。
草色苍苍云起落，楼台寂寂渭流空。

138. 秋日过昭陵

英雄不可过昭陵，古寺钟声守一僧。
夕照回光东岭木，深山石径有孤灯。

139. 夏日登慈恩寺

夏日慈恩一寺隆，深荫古殿半清风。
高悬匾额如来座，敬仰中堂坐大雄。

140. 宿题金山寺

江潮一片海门烟，白日三秋逝水怜。
隔岸金山杨柳树，春秋木落不经年。

141. 送友人游蜀

雪雪云云半蜀山，巴巴楚楚剑门关。
瞿塘峡口嘉陵水，栈道陈仓去可还。

142. 题郑中丞东溪

不醉英雄一世稀，中丞即事半相依。
三光日色当天立，两省天机是帝畿。

143. 代友悼姬

永绝香微一曲歌，凌波洛水两情河。
箫郎瑟瑟琴琴望，谢女联衲冷锦罗。

144. 夏日登西林白上人楼

西林白日上人楼，紫阁香烟宝界修。
永意重门禅净土，层台俯视尽春秋。

145. 江楼月夜闻笛

蒲口兼葭雨后疏，南童竹笛月当初。
青牛已去潼关路，一曲逍遥关不如。

146. 送友人下第东归

漠漠杨杨处处飞，幽幽柳絮去来微。
书生十载龙门路，不达三明不可归。

147. 从郑郎中高州游东潭

不酒平生已自奇，郎中历史帝王知。
中书已是平章事，草木天云各所司。

148. 罢华原尉上座主尚书（自述）

自度平生事不休，耕耘白首律诗楼。
人归所去前行路，水到平滩几处流。

149. 雨后游南门寺

雨后南门寺竹明，云前紫阁润新声。
珍珠欲滴流溪色，石室楼台草木荣。

150. 题古寺

更深雪厚竹枝低，宿鸟寒巢似欲啼。
古寺清香钟鼓继，人间彼此问东西。

151. 晚秋野望

野菊无分日夜开，寒霜有雪独黄魁。
归途不见前行迹，足下纷纷玉色催。

152. 秋月望上阳宫

黄昏带月上阳宫，半染枫林半紫红。
朽朽荣荣荣朽朽，空空色色色空空。

153. 谈心

序：

丁酉年春分，与杨灵兄北京新太仓素直馆，素朴为本色，直心是道场。

诗：

素直长灵老地方，和风巧手藕丝乡。
如来自在心经在，一世丞相一世光。

154. 入关留别主人

人来人渭邑，雁去雁门关。
野渡风生早，黄河十八湾。

155. 留别山中友人

石涧川流深，千年独木林。
天机留自度，月色是知音。

156. 春晚旅次有怀

半出关河缘野平，三春草木晚生荣。
江南柳岸黄莺早，已见天津水色明。

157. 与重幽上人话旧

云沉树末水空流，去别来逢共异州，咫尺天涯天道近，高山虎踞虎溪头。

158. 月夜闻鹤唳　思乡

风轻微月水，鹤泪满心情。
随羽辽天阔，飞天玉宇行。

159. 过北邙山

黄埃散漫北邙山，断路折碑禁苑颜。
野草荒冢根木土，春风已过雁门关。

160. 咸阳怀古

二世咸阳尽，三秦渭水明。
长城长万里，运水运河荣。

161. 送友人罢举赴蓟门从事

知人知已见，见路见黄昏。
罢举凌云望，桑干过蓟门。

162. 看榜日

楚漏初停晓，兰台列榜开。
青去天子去，广陌曲江才。

163. 送李休秀才归岭中

猿声惊落叶，汉水楚天骄。
故国重阳日，秋花应未凋。

164. 寓居寄友人

嵩峰嵩谷木，洛水洛阳楼。
夕照南原色，蝉鸣北国秋。

165. 和友人忆洞庭旧居

记取潇湘客，还闻沅水流。
无平千里目，不尽洞庭舟。

166. 汶阳客舍

雁到衡阳日已多，人寻古道过黄河。
思乡每读登楼赋，对月常吟叩角歌。

167. 留别崔澔秀才昆仲

汶阳水色满江萋，半向寒虫半在洲。
日照蝉鸣无尽噪，川分远岳有清流。

168. 经曲阜城

阙里坑灰夹壁宽，秦皇汉武有儒冠。
三千弟子标青史，一半书生问杏坛。

169. 晚归山居

寥寥荒野色，落落寺僧归。
只在清灯下，心经自独依。

170. 送元叙上人归上党

中兴中社去，上党上人归。
净浥征云路，飞鸿向故飞。

171. 秋日旅途即事

渡口留寒水，停舟望逝流。
明晨明日色，隔岸圣青楼。

172. 早行

三星初上宇，一路已移行。
杨杨柳柳树，暮暮朝朝荣。

173. 寄李频

南陵主簿秘书郎，守海无阿以直肠。
父老留祠昭后世，黎山寺庙久文昌。

174. 句

江波浮日月，草木待阴晴。

175. 湘口送友人

一柱撑天在海南，三湘沅水洞庭涵。
风光已见留去梦，欲暮梅花满楚岚。

176. 鄂州头陀寺上方

西江帆一片，汉水客三声。
鄂渚僧相问，头陀古道行。

177. 寄远

约定三秋百日逢，重阳一暮半无踪。
黄昏夕照天涯近，不落天山已警钟。

178. 题张司马别墅

荒丘荒草盛，野水野洲芜。
已是无人处，天然自在苏。

179. 长安寄事

平生一少年，历事半人天。
步步朝前去，阳关过酒泉。

180. 汉上逢同年崔八

汉上同年见，去中共酒离。
前行前不止，跬步跬知移。

181. 送相公

序：

一月一日蒙替本官，不得随例，入阙感怀献送相公。

诗：

俗吏无辜向自身，耕天本是一辛人。
含香已入星郎位，自古儒书始问秦。

182. 春闺怨

一曲相思到白头，三春柳色满神州。
黄莺处处鸣啼久，日色空明半水流。

183. 送边将

一将雁门关，三军敕勒还。
荒原荒草牧，苦战苦阴山。

184. 太和公主还宫

去去已和平，来来尚不荣。
征征还战战，帝帝又王名。
莫道边疆界，当然彼此争。

185. 将赴黔州先寄本府中丞

黔州未赴寄中丞，古刹当然有寺僧。
近近天行天远远，钟钟鼓鼓寺灯灯。

186. 和友人下第北游感怀

为儒为致仕，下第下初春。
紫陌边城近，青门隔岁秦。

187. 乐游园春望

又是五陵春，何言半渭人。
雄图雄霸业，未尽未央秦。

188. 黄雀行

高仓处处有网罗，玉宇空空食不多。
死死生生求一举，来来去去有干戈。

189. 长安寓居寄柏侍郎

书书信信一知今，来来去去半古今。
秦秦楚楚非二世，儿儿女女是弦琴。

190. 春日思归

三春去后又三春，一路秦川半路秦。
蜀道思归从楚道，潇湘水色洞庭人。

191. 朔中即事

一箭幽州到酒泉，三军战死独朝天。
单于李陵同苏武，汉使妻儿朔远边。

192. 感怀献门下相公

无须选射诗，有道豫章时。
娄女邻昆比，龙钟寒草期。

193. 赠长城庾将军

长城南北见，白骨去来闻。
战战边疆改，和和意气分。

王侯公主问，尚武亦攻文。

194. 浙东献郑大夫

苍梧竹泪二妃流，大禹东行一海修。
万水千山归所去，三生半世上虞留。

195. 镜湖夜泊有怀（东晋太守马臻所筑）

广水遥平一玉堤，年丰利物半东西。
农耕惠守星津筑，自此江南柳叶低。

196. 宣州献从叔大夫

贤明领上一宣州，远瞩高瞻半九流。
本是农桑民是本，公卿日月逝江楼。

197. 贺同年翰林从叔舍人知制书

御诏明三省，天书第九重。
精英精制书，一世一生荣。

198. 吴门别主人

吴门别主人，楚水向荆门。
早晚同明月，阴晴共树根。

199. 自黔中归新安

天台天目问，北阙北戎参。
一路东方去，江流大海涵。

200. 奉和郑熏相公七松亭

相公自植七松亭，木作莲峰槿作屏。
浐水潮回沙石净，朝阳日上丹青。

201. 及第后还家过岘岭

书名只在曲江边，跬步何言半亩田。
孔府儒门传国学，诗词格律自先贤。

202. 春日旅社

昆仑自接一天山，九曲黄河十八湾。
未识东西南北路，无言进退暮朝还。

203. 过长江伤贾岛

长江闻杜宇，贾岛去何期。
有客重寻至，无人再约时。

204. 自遣

千流千放海，百汇百成溪。
但本源泉水，当然只向低。

205. 寄曹邺（桓仁故乡）

东山作枕头，五女送江流。
八卦县城问，三生故土留。

206. 述怀

春秋隔百天，史历继千年。
草木阴晴见，人生日月贤。

207. 客洛酬刘驾

相迎相送客，洛水洛神歌。
不罢前行步，难停逝去波。

208. 题钓台障子

严滩一钓台，障子半常开。
但愿鱼儿戏，家君待再来。

209. 题阳山顾炼师草堂

阳山顾炼师，草药作仙迟。
上步无人见，回身自不知。

210. 闻金吾伎唱梁州

金吾伎女唱梁州，列御皇宫戍凤楼。
大漠黄云成海市，京都紫陌问王侯。

211. 游蜀回简友人

去到漏天边，回来似旧泉。
还应因闰月，隔日始经年。

212. 赠泾州王侍御

泾州王侍御，一水色长安。
永道京都近，春光满杏坛。

213. 留别山家

闲门自易在山家，二月梅香带雪花。
静静清清桃李色，春春夏夏向桑麻。

214. 过嵩阴隐者

少室嵩阴下，登封豫洛东。
黄河无隐者，浊浪已排空。

215. 夏日宿秘书姚监宅

夏日清风树，池塘水月明。
虫鸣虫自在，一步一停声。

216. 送人游吴

建业一钟山，昆陵半浒关。
金陵金紫气，五渎五湖湾。

217. 东渭桥晚眺

渭水入黄河，潼关唱九歌。
长安长自力，一路一风波。

218. 送延陵韦少府

季子延陵一古踪，仙山石水半泉封。
应留异木和溪水，少府三年治下容。

219. 淮南送友去沧州（隋炀帝大运河永济渠）

风风雪雪一沧州，楚楚淮淮半北流。
永济渠头帆不落，河间板渚北东舟。

220. 夏日题螯厔友人书斋

黄河流水去，太白雪峰来。
五夏清风近，三秋暖日回。
书房书万卷，读写读千梅。

221. 送友人往振武

笼中笼不止，逐日逐明楼。
自可知风向，无须问去留。

222. 关元遂上人归钱塘

钱塘归海口，六合向天堂。
此世三情界，他生一上方。

223. 贻友人喻坦之

从容心自切，空忙意由荒。
山中山不语，木下木林光。

224. 寻山

上有灵芝草，中含玉石崖。
耕人三亩田，自力米粮柴。

225. 赋得长城斑竹杖

长城斑竹杖，意气带余根。

十代苍梧老，三生有泪痕。

226. 送德清喻明府

牧政以斯文，湖田水月分。
诗思随百绝，绝句已超群。

227. 送薛能少府任螯厔

差别昆明岸，迎观太白峰。
从容仙境里，忘却帝王封。

228. 送许寿下第归不山

共是龙门客，同行故步还。
天机天不得，隔岁隔春颜。

229. 冬夜酬范秘书

累日无闲事，经年有著书。
成诗三万日，立句九州居。
日月经年继，耕耘已步虚。
春秋春又至，七十七年余。

230. 南游过湘汉即事寄友人

巴山冰雪水，楚泽火去瀛。
一月三湘岸，千花四野明。
嘉陵明月峡，栈道有猿鸣。

231. 汉上送人西归

汉上西归梦，心中北陆情。
衡阳青海见，那里是归行。

232. 蜀中逢友人

役役行行去，山山水水来。
巴州巴夜雨，夏口夏江开。

233. 寄范评事（自学所生）

坐坐行行正，烟烟雨雨斜。
时时无止止，客客有家家。

234. 送陆肱尉江夏

泽国春风早，江天落日迟。
县人期待见，水鸟已先知。

235. 送许浑侍御赴润州

落月向潮头，辰星带水流。
金陵分二水，建业合千楼。

日月三春雨，家山半润州。

236. 喜友人厉图南及第

相忧相喜色，独步独图南。
共日同天理，春风夏雨甘。
儒儒儒所在，厉路万家淦。

237. 送友人下第归越

飞鸿南北见，下第去来寻。
只以人长久，何言独木林。

238. 寄友人

三思三智慧，一别一枯荣。
步步知深浅，时时问弟兄。

239. 及第后归

及第何言下第行，臣妻不顾买臣名。
龙门一水三千鲤，弟子家临半浙情。

240. 秋夜对月寄凤翔范书记

秋风明月色，落叶不还家。
独忆君心近，重阳问菊花。
茱萸兄弟见，九日向檐斜。

241. 送孙明秀才往潘州访韦卿

岭外一潘州，天涯半海头。
韦卿知所意，客寄向君楼。

242. 八月十五夜对月

且向婵娟问，何须后羿求。
寒宫寒已见，玉树玉人忧。
寂寂重回首，寥寥已白头。

243. 送友人下第归宛陵

同为沧海粟，共是九州人。
夏雨池塘水，秋风扫片尘。
冬春重始岁，日月复四新。

244. 过巫峡

一峡猿啼久，三巴逝水长。
扬扬扬自得，落落落瞿塘。
滟滪曾相阻，襄王宋玉章。

245. 送友人往太原

北望雁门关，南行汉寿山。
飞鸿飞不尽，隔岁隔家颜。

246. 旅怀

长安长路去，短驿短行身。
短短长长见，来来去去频。

247. 初离黔中泊江上

桂桂青青水，莲莲蕙蕙塘。
青衣青步履，白雪白云乡。
远岭涂林木，清波满夕阳。

248. 送裴御史去湖南

平芜天共阔，积泽水云空。
鼓瑟湘灵问，湖南御史公。
千年曾屈子，万里夕阳红。
贾谊长沙赋，关门鸟道中。

249. 送姚部先生赴汝州辟

定鼎偃戈午，行明百姓天。
桑麻人自力，日月水泉田。

250. 黔中酬同院韦判官

平生同所合，偶遇共途分。
白社青袍问，王城绝城君。
阳关三叠曲，古道九州闻。
羌笛折杨柳，梅花落里云。

251. 和范秘书襄阳旧游

羊公垂泪后，岘首落花前。
鹤步逍遥久，襄阳有雨泉。

252. 秋色山中思归寄友人

萧条秋正起，已见是云泉。
木叶飘扬起，风潮满岭烟。

253. 自黔中东归旅少淮上

三千年故事，八百里黔吴。
互互相询问，孤孤独独儒。

254. 江夏春感旧

泽国风流水，汀洲彩锦花。

修身修所意，养性养人家。

255. 眉州别李使君

眉州李使君，合木是离分。
若以成林计，平生有互勤。

256. 送许堂及第归宣州

高科终自许，及第已宣州。
所致逢公道，前瞻八水流。

257. 黔中罢职将泛江东

罢职黔中去，行程越上回。
江东舟水阔，不问晋人才。

258. 长安书事寄所知

江湖终一日，拜别始三生。
帝里无名姓，人中有客情。

259. 酬姚覃

相招相别去，一咱一萧条。
万里应难尽，千年已不遥。

260. 春日郦州赠裴居言

佐幕三思客，行身一帝居。
山情知草木，水色向樵渔。
送足平生路，当然自主书。

261. 送于生入蜀

栈道陈仓路，巴山夜雨勤。
都城花似锦，剑阁雨如云。

262. 吴儿越女

不是阿拉不是奴，似情百越似三吴。
儿儿女女侬意在，半见婵娟半见儒。

263. 送许棠归泾县作尉

作尉已青袍，泾县两列旄。
人齐人拜邑，举事举辛劳。

264. 友人话别

临行常回顾，话别总千亲。
返性应回首，寻途恐误人。

265. 山居

滴滴山中水，悠悠石上流。
常年常不止，不问不回头。

266. 寄范郎中

知音知自己，问道问天涯。
二月梅花岭，三春草木华。

267. 书怀 自述

七十南洋去，沧州北国家。
无期无是有，向路向天涯。

268. 越中行

越水钱塘岸，芳洲夏禹桥。
天台天姥寺，回顾回明霄。
白鹿萧山问，盐官沥海遥。
杭州杭六合，雁荡雁山饶。

269. 春日南游寄浙东许同年

时时应驻步，处处可停船。
十里钱塘路，三生草木泉。

270. 明州江亭夜别段秀才

霹雳孤灯灭，兼葭独雨来。
离亭离岸影，一水一徘徊。

271. 临岐留别相知

欲别愿人留，临行问系舟。
相知相别意，一曲一心收。

272. 鄂渚湖上即事

沧州沧海近，白日白云遥。
潢武通天路，如今亦未桥。

273. 辞夏口崔尚书

就业常难受，依仁已来年。
春江春浪起，水泛水流船。

274. 过四皓庙

四皓龙楼客，三秦渭水皃。
无中无似有，有里有如无。
一庙桃源外，千年孔府儒。

275. 送友人之扬州

一别长安路，千程泗汴流。
三吴天下水，半国运河舟。

276. 秦原早望

三生三自足，一岁一开花。
已为秦原路，何言你我他。

277. 陕下怀归

日暮无来客，天寒有去鸿。
怀归怀白雪，一色一长空。

278. 送徐处士归江南

青山青水外，白日白云中。
处士江南岸，诗人塞北鸿。

279. 郧州留别王从事

三生三再见，一日一年同。
易易难难得，逢逢别别中。

280. 长安夜怀

青衣三故邑，白发一秦生。
晓向姑苏水，情寄木渎明。

281. 冬夜山中寻友

僧人山雪夜，古寺点明灯。
叶落霜雕木，炉香磬语凝。

282. 送刘山人归洞庭

天光满洞庭，水色岳阳青。
再入云山界，潇湘二女灵。
苍梧以此问，竹泪可分庭。

283. 古意

香非已窦滔，锦字是章毫。
白马何方步，青楼咫尺涛。

284. 避暑

陶公借柳荫，避暑弃弦琴。
白雪非南北，阳春是此音。

285. 送吴秘书归杭州

不必问临邛，为官自阔封。
相如相可道，互达互从容。

286. 中秋对月

分秋分一夜，合月合三更。
向背阴阳界，阴晴各自明。

287. 八月上峡

瞿塘官渡口，百里过西陵。
峡峡江流急，滩滩水位升。
梅花应满树，渚草尚含冰。

288. 送狄明府赴九江

关中寒食雨，赣上九江烟。
步上滕王阁，云中逝去船。
相知相问询，独得独明悬。

289. 关东逢薛能

交心如此处，会面似无言。
苦学潼关道，群芳逐日繁。

290. 陕下投姚谏议

进退耕耘事，阴晴日月从。
长安长路远，渭水渭河踪。

291. 富春赠孙璐

兰溪建德富春江，六合萧山笕水窗。
已作钱塘留下锁，杭州自是越家邦。

292. 送友人游蜀

蓉城一武侯，八阵半江流。
剑阁巴州雨，高唐一峡头。

293. 夏日螯屋郊居寄姚少府

蝉由初伏噪，客向晚凉求。
古木浓荫在，清泉石上流。

294. 送胡休处士归湘江

一见湘江水，三秋岳麓山。
苍梧天地叶，竹泪二妃颜。

295. 峡州送清流上人归浙西

风涛千里去，客路半乘舟。
且向天台寺，安禅上石楼。

296. 送僧入天台

一锡天台路，千波浙水城。

随缘随自己，觉慧觉方明。

297. 回山后寄范鄼先生

春云飞雁去，夏雨百花开。
再到秋分后，冬寒树树梅。

298. 长安送友人东归

海浪潮浮日，朝霞彩落云。
青门人去后，白社别归君。

299. 深秋过源宗上人房

微寒生夜半，积雨过三更。
度讲安禅社，相留鹤雁明。

300. 秋日登山阁

渺渺红尘远，苍苍古木稠。
云平烟雨阔，水色没江流。

301. 秋宿慈恩寺遂上人院

帝里求名早，空门见性迟。
终南山色入，阙北客诗时。

302. 题栖霞寺庆上人院

日以雀巢邻，心经逐水亲。
凭空凭色寺，入境入天津。

303. 送友人入蜀

蜀道蚕丛问，鱼凫杜宇来。
临邛行乐去，直可白头回。

304. 赠同官苏明府

居衙无讼事，隐几有虫鸣。
薄领王分事，临门自去程。

305. 送历图南往荆州觐伯

自古鸟鱼乡，如今水泽光。
荆湘云雨近，草木不升堂。

306. 山中夜坐

夜鸟惊难定，秋霜带早寒。
山中谁独坐，月下望云端。

307. 送台州唐兴陈明府

瀑布当公署，悬泉作百疏。

台州天下隅，吏术有还无。

308.夏日过友人檀溪别业（自述过襄樊）

马跃檀溪过，天闻夏日分。
开户开汉水，别业别荆君。

309.自江上入关（渭水过潼关而入黄河）

一意沧州寄，三帆渭邑求。
黄河黄水岸，万里万波流。

310.冬夜

序：
冬夜和范秘书宿省中作（自述一九八六年精英由来）
诗：
制书文中客，精英世上留。
平章平所历，自述自春秋。

311.送友人游太原

一色汾河水，三光入晋祠。
蝉停蝉不语，日照日无期。
以此观天地，桑干问客时。

312.江上居寄山中客

山前山后问，隔岭隔溪流。
月上惊猿去，江中见独舟。

313.送张郎中赴睦州

水入富春西，云浮白日低。
钱塘钱在此，六合六州齐。

314.送鄂渚韦尚书赴镇

夏口作吴头，都城逝上游。
明皇明蜀雨，执宪执民忧。

315.送崔侍御书记赴山北座主尚书招辟

幕意丘门北，天机爽谷南。
旌旗分列去，觉室含神参。

316.入朝过雪

朝天朝白雪，问漏问阳春。

瑞气三更见，梅花一树邻。

317.勉力

日月曾同照，阴晴可共行。
公心公所见，勉力勉前程。

318.郊居寄友人

蛩声非自得，已是旅人闻。
别意重回顾，离怀始向君。

319.送陆肱归吴兴

震泽洞庭山，吴兴一水颜。
三秦三雪素，五色五湖湾。

320.暮秋重过山僧院

安禅逢小暑，抱觉入初秋。
静室闻玄理，良宵客白头。

321.送新安少府

南江风水月，北国雪林霜。
少府新安牧，幽兰故独芳。

322.送人归吴

帝里应相识，山中已近邻。
归吴书信往，莫醉守金身。

323.送姚评事

从戎儒服却，罢战紫绯分。
始以桑麻论，中书两省闻。

324.题栖云寺立上人院

是法先生有，修行历劫无。
何人传印钵，五祖坐云殊。

325.黔中罢职过峡州题田使君北楼

巴中初去日，月下使君留。
罢职归东道，重温上北楼。
瞿塘三峡始，栈道一江流。
好自从戎尽，桑田尚自由。

326.江上送从兄群玉校书东游

一上文山而止杨，弘文馆幕校书郎。
逍遥阁吏惊才子，旷逸江湖作故乡。

327.宛陵东峰亭与友人话别

楚水到三吴，姑苏半五湖。
东峰亭话别，日月共前途。

328.华山寻隐者

华山寻隐者，贝叶著天书。
自以潭泉水，无知有酒余。

329.之任建安绿溪亭偶作

入境听蚕务，随溪水木临。
逢人逢叶采，养茧养桑林。
一岁当春计，三秋硕果吟。

330.游四明山刘樊二真人祠题山下孙氏居

自得安禅近，心经日月田。
平生平所欲，久事久源泉。

331.和太学赵鸿博士归蔡中

文才高及第，博士久声名。
太守贤民举，诗词享太平。

332.送寿昌曹明府

未见严陵濑，谁知不钓情。
心通为政贵，仕达纵枯荣。

333.哭贾岛

秦川秦水在，贾岛贾诗休。
再以三千首，垂成四十州。

334.送薛能赴镇徐方

山河天设险，礼乐牧分忧。
日月乾坤致，江河草木洲。

335.送凤翔范书记

西京无暑气，北陆有清秋。
隐者樵渔去，高人竞自由。

336.岐山逢陕下故人

二陕分长路，三秦合九州。
岐山岐水在，别梦别情幽。

337.送友人陆肱往太原

猃狁方为寇，嫖姚已用忧。

边疆边雪厚，并晋并州侯。

338. 赠李将军

阴山飞将在，李广酒泉休。

卫子夫人在，嫖姚正武侯。

339. 寻华阳隐者

华阳寻隐者，几案作天书。

孔隙留光柱，林间待月余。

340. 送友人喻坦之归睦州

山花含雨湿，直木带云明。

彼此归心在，前途各独行。

天台天目隔，晋越晋人声。

341. 长安即事

秦人相识少，洛水独凌期。

子建真曹子，何吟七步诗。

342. 送友人游塞北

朔漠秋风早，边疆草木穷。

枯荣应岁岁，此彼已空空。

乐府河湟岸，诗人日月风。

343. 陕府上姚中丞

不话钱塘郡，盐官八月潮。

关东关不住，大漠大沙遥。

344. 送供奉喻炼师归天目山

得道深山里，承恩御驾前。

何须求供奉，老在白云边。

345. 题荐福寺僧栖白上人院

空门才子见，得道有诗闻。

坐爱乔松院，倾听世外君。

346. 寄曹植

当心一客观，问世半衣寒。

本是同根生，何言共税难。

分农分土地，合政合天安。

347. 送太学吴康仁及第南归

首领春闱选，精英太学城。

天机天子策，帝业帝王明。

348. 陕州题河上序

岸夹洪流色，亭开独鸟惊。

沙明云带雨，草盛渚含瀛。

349. 自述 一九九〇年

郎中半白头，月下一幽州。

地铁通天下，华人特使留。

（邹）家华高速坐，阿尔斯通游。

国产十年后，先行百亿酬。

苏联曾老莫（斯科），港澳已春秋。

法国巴黎铁，京城百里修。

当今行世界，地上地中流。

市政应依旧，交通顺便优。

350. 地铁外交

序：

大国首都必有四百公里地铁和轻轨。时北京只有四十公里。邹家华率中国政府地铁外交代表团向密特朗总统递交国书，改善中法关系，并会阿尔斯通谈调整铁路，十年国产化，中国高铁之父矣。

诗：

塞纳河边特使行，巴黎铁塔树精英。

卢浮宫里千年叙，中华地铁十载成。

351. 留题姚氏山斋

已见栖林趣，还闻济世才。

山斋藏秀木，日色豫章来。

352. 长安书怀投知己 自述

自学雕虫技，吟诗日月行。

耕耘天地寸，咫尺树精英。

改革三agg始，中书制书名。

心悬沧海粟，力尽北京城。

业始中南海，人随首辅明。

中华由特使，地铁古今荣。

七十巴新客，园区别钓赢。

依因非不忝，谒至律平生。

353. 送姚侍御充渭北掌书记

南山北漠半烽烟，抚绥篇安一战边。

伐顿休兵昨策虏，藩秦自渭豸冠悬。

354. 长安书情投知己

序：

一九八七年中央编委起草文官制度，知官不知己。

诗：

自得人生半世眠，辛辛苦苦一人田。

耕耘日月经时记，策立文官不比肩。

七十南洋曾跬步，书成信息半生前。

回头莫许郎中客，格律诗词十万篇。

355. 府试丹浦非乐战

江山径处古，社稷可人年。

已定三边界，无疆一日悬。

轩辕何政治，大禹牧云烟。

四海民生计，千波逐逝天。

和生民所望，战得太平传。

武卫文攻策，长城汴水研。

天堂应此道，济世法儒贤。

制书经纶主，沧桑万井田。

356. 府试风雨闻鸡

风风雨雨有鸡鸣，鼓鼓钟钟序世情。

玉漏朝阳朝鸲鹭，南山北阙北天明。

书生自古多辛苦，咫尺天涯一柱撑。

刺股悬梁寻九陌，闻啼起舞未三更。

357. 府试观兰亭图

兰亭一曲觞，被袗半文章。

序作兰亭会，鹅池日月光。

群贤应毕至，诸友寄书香。

且向江南饮，天台见石梁。

358. 府试老人星见

乾坤年少事，日月老人星。

吕尚重丝问，文王不钓汀。

荣斋听鼓案，渭水直钓翎。

世上人间历，心中路上泾。

359. 省试振鹭

渭水万波澜，泾流半玉滩。

应闻鸣白羽，举目见青丹。

赤首朝天望，青云挂凤冠。

由来鸳鹭侣，济济列千官。

360. 寄辛明府

半在樵渔一在都，三生道法两生无。
钩钩纲纲凭鱼至，暮暮朝朝自作儒。

361. 苑中题友人林亭

井邑多繁噪，林亭少雀留。
风流风不止，水影水清流。
莫以溪泉色，当知直木修。

362. 投京兆府试官任文学先生

吟诗天地问，处世暮朝迟。
取舍知由已，穷通可自持。
无为无不治，有诺有心思、

363. 宋少府东溪泛舟

东溪莫泛舟，逝水已西流。
曲曲折折见，浮浮落落愁。

364. 闻北虏入灵州二首

之一：
一入灵州路，三军饮马歌。
长城南北见，白骨问干戈。
之二：
已向灵州战，何闻渭水澜。
行军从朔漠，走马出长安。

365. 送友人下第归感怀

下第无名及第名，书生自在自书生。
龙门狭路龙门路，再上春闱再上行。

366. 赠桂林友人

岁岁长亭柳，年年采一枝。
如今高树见，叶短不折时。

367. 长安感怀

何时何及第，不可不知书。
自古耕田亩，文章直钓鱼。

368. 题长孙桐树

一木龙门侧，三秦凤影中。
皇城皇帝业，凤辇凤梧桐。

369. 渡汉江

半世回家路，三生向背行。
临乡临客问，故土故人情。

370. 嵩山夜还

嵩山月夜还，少室未开关。
未约何知晓，禅房面壁颜。

371. 暮秋宿清源上人院

证道方离法，安禅不主空。
山房应觉慧，宿夜学西东。

372. 赠立规上人

坐井观天见，浮云四不邻。
青天青不尽，总体总成春。

373. 苏州寒食日送人归觐

姑苏寒食雨，甪直捣青团。
木渎黄花尽，江湖百草丹。

374. 即席送许　之曹南省兄

姑苏两壁洞庭山，五月酸梅浒潋关。
卖剑为赊吴市酒，生公点石虎丘颜。

375. 送罗著作两浙按狱

圜圄应空四十州，科条使任一权酬。
公卿自盗成天路，弟子儒书半不留。

376. 下第后屏居书怀寄张侍御

削足方成适履成，汾流有色亦流明。
乡书未第天书见，只可前行不止行。

377. 答韩中丞容不饮酒

老大方成十万诗，中丞不劝一杯迟。
丝丝竹竹弦弦管，不借芳容借苦思。

378. 句

知寻千万句，用尽一生心。

第九函　第七册

1. 冬至后西湖泛舟看断冰偶成长句

珊瑚玉碎满湖英，列断冰层大理明。
洞洞纹纹封渗水，涟漪互砾逐舟横。

2. 阳羡春歌

石岸梅花落里声，长箫短笛女儿情。
眉间独树红妆志，白日清溪隔岸明。

3. 游天柱观

听钟不止上灵观，洞口溪流自半寒。
石上碑文经载纪，云中暮色带金冠。

4. 酬刘谷除夜见寄

子夜钟声一岁分，黄昏已落半禅云。
三更灯竹连年灯，九陌晨风自向君。

5. 茶山贡焙歌

姑苏一味碧螺春，二月明前细雨邻。
小小芽芽初出秀，云烟温温五湖粼。
黄山自翠毛峰雾，少女胸前采叶均。
一两千枚方见贡，王程六千向君臣。
金台曲舞清香品，意气风发不效颦。
吏役茶农先自许，刹青二日见咸秦。
皇城博士弘文馆，禁苑新茗笔墨沦。
白雪阳春闻煮羽，梅花落里望天津。

6. 夏日登信州北楼

高楼长远望，百里是灵山。
谷鸟空鸣树，蝉声已入关。

7. 元日作

元元日日半春荣，第第门门一竹声。
客馆公堂皆止政，童翁老少始重行。

8. 酬刘谷立春日吏隐亭见寄

不隐应知吏隐亭，樵渔自在向官情。
官官场场明明折，日日行行月月行。

9. 宿怜上人房

经函夜宿上人房，自得怜心作豫章。
一世劳身劳不止，三生旧路旧书香。

10. 园居

暮雨秋风一秀园，轻霜桔柚半经年。
扬雄宅里观云雨，谢守田中白雪天。

11. 中元夜

江南水寺一中元，塞北长城半古桓。
汉武秦皇由此见，隋炀汴水近轩辕。

12. 赠羽林将军

虬须倒竖羽林郎，玉立甘泉侍武皇。
一代三朝三射虎，千呼万唤万天香。

13. 送人之岭南

关山一路古交州，岭下三川自在流。
独木成林根万许，梅花不尽雪千楼。

14. 晚泊淞江驿

晚泊淞江近五湖，吴门木渎柳千株。
红蓼水驿唯亭水，半向余杭有念奴。

15. 江亭春霁

江亭近近路遥遥，细雨悠悠碧玉桥。
蜀客春烟春柳色，黄黄绿绿半风潮。

16. 早秋书怀

高枝一日半无蝉，宋玉三秋两地船。
七发枚乘枚举止，钟声古寺早经年。

17. 为妻作生日寄意

一日夫妻百日恩，同生共处不同根。
相依独立分庭久，不是无容不是婚。

18. 重阳日宁浙东诸从事

重阳九日菊花开，不酒平生向酒来。
自以三杯倾肚里，知君醉上望乡台。

19. 和湖州杜员外冬至折苹洲见忆

湖州北望洞庭山，苜里南峰镇夏颜。
见忆吴江吴水岸，苏杭运水运河还。

20. 上裴晋公

龙龙马马一精神，国国忧忧半晋秦。
暮暮朝朝重日月，天天地地见经纶。

21. 钱塘青山李隐居西斋

何言隐者隐终身，雨雨云云各向秦。
四皓商山同楚汉，声名利禄去来人。

22. 友人造越路过桐庐寄题江驿

桐庐半色富春江，一入钱塘越海邦。
水水山山应有独，莼鲈脍萃自无双。

23. 送刘谷

吴江月在小桥村，碧玉云烟半入阴。
一世清名清自己，三年旧忆满黄昏。

24. 七夕

岁岁重逢喜鹊台，年年一度过河来。
为何独我平生见，织女牛郎去不回。

25. 秦处士移家富春发樟亭怀寄

知君已上富春亭，且向钱塘问海青。
白首桐庐回顾望，绯衣处士筧桥宁。

26. 故洛阳城

征征战战久争鸣，汉汉秦秦已欠生。
欲见民情无故老，长生百岁有和平。

27. 紫极宫上元斋次呈诸道流

诸道同流紫极宫，玄虚共步上元公。
真灵尚武修身处，此地梅花别样红。

28. 立春一日江村偶兴

野店一株梅，官人半自催。
各种行所主，不见不徘徊。

29. 立秋后自京归家

张翰八月一回家，白雪红梅半腊花。
老去人生何所去，江流一路浪中沙。

30. 奉陪裴相公重阳日游安乐池亭

北阙元勋客，南山老履星。
重阳重日月，九脉九宫庭。
一步相公路，三台有渭泾。
中书门下省，阁老才丹青。

31. 洲河馆

山山水水有樵渔，事事人人见独书。
万籁千川行止处，进学野路治当初。

32. 春日题山家

倾巢已见诸蜂喧，晓燕衔泥向木繁。
草碧花明应未晚，生公闭谷已无言。

33. 江亭晚望

自爱儒家太史书，无闻四野有樵渔。
王侯自古求兴废，自主人间自有余。

34. 长安夜访澈上人

夜访长安一上人，关西木落半秋春。
霜凝紫阁听僧磬，自以深思有晋秦。

35. 送圆鉴上人游天台

天台海寺半闻潮，万亩波涛一岸消。
涨涨难平难落落，高高近起近遥遥。

36. 送僧之台州

不觉灵溪两岸沙，何闻古寺二月花。
群芳未得春风唤，不在台州半在家。

37. 伤贾岛无可

京师一路客诗乡，满箧新词未向阳。
苦路难终行未止，闭阶不废雪堆墙。

38. 孔雀

三春孔雀自开屏，七彩云南百羽翎。
似锦繁花繁似尾，方圆玉柱托油瓶。

39. 秋晓寄题陆勋校书义兴禅居时淮南从事

萧萧索索晚来愁，寺寺僧僧石点头。
木木林林相继续，山山水水自春秋。

40. 酬王舍人雪中见寄

一日封门雪，三更舍不开。
琼瑶无足迹，二尺厚云台。

41. 蝉

明明蝉翼薄，羽羽自然开。
舞女千姿色，无形一体裁。

42. 自水口入茶山

水口入茶山，红妆化绿颜。
齐腰齐露雾，采女采云间。

43. 重游天台

不上天台路，无闻水石奇。
梁潭相映色，草木互吟诗。

44. 山行

山行山带雨，石径石含云。
雾雾烟烟湿，花花草草裙。

45. 上元日寄湖杭二从事

幽幽明古寺，处处上元灯。
谢守笙歌在，陶公弃柳兴。

46. 寒食野望

清明寒食节，乞火读书声。
莫以商山问，何须晋耳盟。

47. 清明日题一公禅堂

山头兰若近，逝水一溪遥。
莫向清明问，生公不过桥。

48. 七夕寄张氏兄弟

七夕月无明，三星早有行。
牛郎牛不语，织女织河平。

49. 春晚与诸同舍出城迎座主侍郎

常栽梅柳树，不锁杏园春。
日近东风雨，桃花色五津。

50. 张郎中宅戏赠二首

之一：
一曲阳关半薄妆，三杯玉盏五湖觞。
歌声未尽刘郎醉，不却霓裳早上床。
之二：
谢首青娥重玉颜，陶公五柳弃弦头。
荷塘月色清风许，一片芙蓉出水湾。

51. 醉送

一醉作刘郎，千杯已不香。
双波留已住，独步已荒唐。

52. 晓井　寄李白静夜思

井架一方床，寒宫半月光，
天高天水见，一忆一思乡。

53. 阳关三叠

渭城朝雨浥轻尘，客色青青柳色新。
劝君更进一杯酒，西出阳关无故人。
皇城晓雨浥轻尘，客舍青青柳色新。
劝尽阳关千里酒，沙鸣处处一斯人。

54. 静夜思

床前明月光，疑是地上霜，
举头望明月，低头思故乡。
床前半月光，地上一层霜，

举目寒莺望，低头故梦乡。

55. 登岳阳楼

昔闻洞庭水，今上岳阳楼，
吴楚东南坼，乾坤日夜浮。
亲朋无一字，老病有孤舟。
戎马关山北，凭轩涕泗流。
曾闻云梦泽，今上岳阳楼，
楚楚吴吴见，天天地地浮。
亲朋无一字，老病有孤舟。
战马关山北，潇湘涕泗流。

56. 南池

碧玉一南池，芙蓉半北枝。
初临天下水，再度小桥时。

57. 偶作

酒市旗亭见，荒花野草闻。
吟诗吟所学，作事作知君。

58. 画鼓

画鼓见方圆，闻声上下弦。
离明离日月，怯别怯云天。

59. 燕蓊花

一色燕蓊花，千层扑地华。
黄心黄瓣玉，不到念奴家。

60. 邵博士溪亭

溪亭一阵风，博士半天空。
欲望何为欲，穷通不可穷。

61. 小石上见亡友题处

小石断佳句，中庸已来年。
依稀依所见，树顶树秋蝉。

62. 洞灵观流泉

石上洞灵观，泉中水色寒。
三清三世界，一蕙一芝兰。

63. 宿杭州虚白堂　丁酉寒食节

三千六百五十天，书窗乞火十经年。
清明未至今寒食，一味青团半渡船。

64. 寄崔珏

惠政今留在，琪县进士泉。
荆州登第志，已立梦之田。

65. 道林寺

一隅临湘望，三生待日修。
山泉山寺径，岳麓岳阳楼。
扇底红鳞近，移层玉水流。
三乘三继业，一法一天猷。
逝水涟涟溅，青山处处浮。
醍醐常贯顶，贝叶著经留。
览古怀贤事，长吁短叹忧。
无闻知日月，自得十三州。

66. 美人尝茶行

三春细品一春茶，美女如泥半杏花。
百粒精芽初碧玉，心思欲上小桥家。

67. 门前柳

南津南市柳，一路一倾城。
雨水呈新色，惊春早现荣。
门前门后种，野地野山生。
处处时时见，年年岁岁萌。

68. 岳阳楼晚望

乾坤日月水云浮，岳麓潇湘竹泪流。
贾谊长沙王太傅，三闻楚客九歌愁。

69. 哭商隐

世纪星郎李义山，黄河曲曲亦弯弯。
文星独照银河老，步举凌云自去还。

70. 送李判官二首

之一：

离情离苦恼，差别送心难。
逝水何无见，东流不可观。

之二：

不见时难去更难，他生未卜此生单。
留心望帝蚕丛见，杜宇声中夜雨寒。

71. 和友人鸳鸯之什二首

之一：

依依友友复依依，独独无生独独稀。

水水池塘还水水，飞飞不远相飞飞。

之二：

春江水暖两鸳鸯，野宜无双独行扬。
不得平生平所去，何言向背向低昂。

72. 有赠二首

之一：

只道妆成断客肠，丰胸素手白莲香。
波横左右临邛酒，莫道相如不是郎。

之二：

玉里芳香半江寒，云中带雨两波澜。
渭水浮摇琴曲尽，不向瑶琴只向潘。

73. 和人听歌

之一：

气吐幽兰入洞房，声闻独秀向刘郎。
阳春白雪梅花落，羌笛沙鸣共柳杨。

之二：

百斛明珠一日酬，三生故步半春秋。
杨杨柳柳隋炀路，竹竹枝枝蜀道愁。

74. 水晶枕

水水晶晶万世明，光光影影一精英。
天山北海龙宫色，玉宇蓬莱作枕城。

75. 席间咏琴客

知音自古难，不足董庭兰。
次律成音五，琴弦共七弹。

76. 句

玉树寒冬半简妆，梅心暖意一繁香。

77. 徒相逢

江边半野花，只可一人家。
采得三春赏，无言九陌斜。

78. 杂诫

无疆无帝主，有诫有方圆。
刺史扬州牧，西施木渎妍。

79. 捕鱼谣

天官天子祝，百姓百年生。
少小冯唐问，夫妻木渎盟。

夫差勾践战，子胥范蠡情。
御史沧桑向，皇家济世行。

80. 四怨三愁五情诗　十二首并序

序：

内外夫妻守，情情性性成。
愁心愁不定，郁得郁生萌。

之一：怨一

佳人自似花，嫁娶别如家。
只得青铜镜，夫君大漠沙。

之二：怨二

庭花秋结子，木槿暮朝红。
不令成双处，何言一独风。

之三：怨三

三山三水路，一树一株藤。
径径根根问，僧僧寺寺陵。

之四：怨四

暮暮朝朝问，推推就就行。
农夫农所务，妇女妇无成。

之五：愁一

青丝年少去，白发老来行。
不可回头度，当共日月流。

之六：愁二

草草虫虫世，人人事事城。
朝来朝自继，暮去暮还明。

之七：愁三

临口临逝水，对月对寒宫。
独得私心欲，何言不达穷。

之八：情一

嫁狗应随狗，从夫就夫夫。
青牛知嫩草，老树附飞凫。

之九：情二

木渎西施色，阿娇入汉宫。
昭阳长短经，百岁去来空。

之十：情三

不作三春女，知情半不真。
桃花开满树，不是酿心人。

之十一：情四

槟榔皆直木，越上越无萌。
尽是红黄子，都都串串心。

之十二：情五
野雀寻饥物，官仓密过多。
生生何死死，网网亦罗罗。

81. 寄刘驾

邻墙夜发一枝花，半色芳香半蔓斜。
欲得庭柱扶得力，春风未入主人家。

82. 风人体

夜夜如机织，声声似叹期。
穿梭穿左右，垒线垒绸丝。
念念思思密，情情意意持。
空床空怕待，不雨不云时。

83. 杏园即席上同年

前行岐路上，久步不相逢。
十载同年读，三生帝业容。
飞鸣飞不止，学士曲江封。

84. 恃宠

恃宠当君主，天皇好色花。
人间无妇女，世上独夫家。
箭射幽州虎，阴山霍卫华。
山河山不转，草木草生芽。

85. 题女郎庙

人间半女郎，世上一儿乡。
不在寒宫里，孤身小小娘。

86. 四望楼

常闻飞燕女，不得子规啼。
弄玉秦楼上，相如蜀韵低。
临流临所顾，不解不东西。

87. 筑城三首

之一：
妾有芙蓉质，郎无四野心。
长城应不筑，战士享家荫。
之二：
交兵交战事，筑郭筑城池。
武武文文论，家家国国辞。
之三：
莫以公私见，何言你我他。

人多多是国，士少士非家。

88. 奉命齐州推呈毕寄本府尚书

齐州推事毕，寄府尚书郎。
越鸟栖无定，孤飞觅太仓。
州民言刺史，蠹物甚虫蝗。
执法如非目，重门铁锁荒。
文书堆土厚，帐簿作蛛床。
狱卒呈昏睡，青牛似瘦羊。
三山余旧草，五斗忍时粮。
白日空城色，红霞夕照光。
鬓须霜发老，奸吏冤人狂。
曲木当承栋，艰贞不作梁。
公心公上柱，济世济进学。
北上长安路，西归过洛阳。

89. 北国闲思

凌云多下雨，独木忆群根。
少小前途路，翁怜是子孙。

90. 战城南

阵阵兵兵策，弓弓箭箭书。
生平生已少，白骨白多余。

91. 自退

阴晴晴下雨，进退退思园。
小女邻家问，男儿共远天。

92. 早起

早早经天晚晚余，年年岁岁两生书。
朝朝暮暮耕耘处，去去来来再世如。

93. 古相送

七夕天河望，三生日月旁。
王母知织女，汉武问牛郎。

94. 甲第

开门花影见，闭户草香闻。
阴山飞将在，李广酒泉君。

95. 望不来

临流望不来，逝水去无回。
织女牛郎问，天桥喜鹊催。

96. 官仓鼠

官仓官鼠大，一载一天肥。
不惧天皇印，摇摇自不归。

97. 题濮庙

钟声濠濮涧，日色赴沧流。
不似江青上，群峰水上舟。

98. 偶题

白玉先生在，青牛道士来。
潼关泾渭水，汇聚一河开。

99. 登岳阳楼有怀寄座主相公

步上岳阳楼，云回渭水秋。
相公应独寄，满目洞庭舟。

100. 去不返

寒宫寒玉树，一影一徘徊。
缺缺圆圆去，弦弦侧侧来。
知君如此去，妾待由心回。
月月常相望，孤孤叶不开。

101. 出关

青牛不避人，白石望三秦，
自古官冠久，公卿误所身。

102. 将赴天平职书怀寄翰林从兄

天平书所寄，赴职志云归。
不学官仓鼠，无为饱食肥。
三秋知硕果，九月望鸿飞。

103. 贺雪寄本府尚书

雨雪经时顺，阴晴令节行。
农夫农所望，尚府尚书荣。

104. 寄嵩阳道人

千仙含紫气，十易对长生。
险尽真元在，三山木直荣。

105. 送进士第归南海

年中上国一春闻，月下长安半自归。
不似衡阳青海问，龙门鲤跃作鸿飞。

106. 送历图南下第归澧州

澧水长流细，君山竹木昂。
湘灵时鼓瑟，舜在洞庭乡。
十二门前过，三千弟子梁。
潮生潮落处，岸退岸方扬。

107. 思不见

路上相思树，江中妇客船。
男儿多不见，妾女少难全。

108. 贵宅

三门三进退，两院两厅堂。
苑草迎新旭，庭花溢满香。
书房书几案，四宝四文章。
岁岁含朝暮，年年纳低昂。

109. 下第寄知己

梦里潇湘月，云中汉寿乡。
汨罗知楚客，柳色洞庭扬。
贾谊长沙赋，枚乘七发章。
行行当此去，处处以文昌。

110. 吴宫宴

春风来又去，夏雨又连秋。
白雪经冬素，红梅已白头。
吴宫吴越宴，五霸五神州。
记取夫差剑，方知子胥仇。

111. 长相思

相思日月长，送别各低昂。
妾女羞容泪，儿郎作柳杨。
胸巾曾记取，内有青丝藏。
月照应闻意，嫦娥已自伤。

112. 长城下

一到长城下，三军白骨乡。
千年千战场，一世一生长。
燕雀终身小，天空自在翔。
男儿男不得，妾女妾思郎。

113. 成名后献恩门

三门三进退，一路一人生。
十载春闱考，千章国学名。
前行前不止，后顾后方荣。
守志朝天去，行身向帝城。

114. 赠道师

举世皆知一道师，人生八十半相辞。
乡音鹤语终相近，只取声名不取姿。

115. 入关

衡门无路去，不可有秦来。
学尽天机术，难敌四皓才。

116. 听刘尊师弹琴

弹琴绘画品茶情，对月吟诗向岳行。
俯仰临流临草木，上下问世问阴晴。

117. 题山居

扫叶茗茶百里泉，心闲水月一当然。
清清净净山居静，草草花花半亩田。

118. 关试前送进士姚潜下第归南阳

南阳一卧龙，北蜀半青松。
六公岐山客，三生帝业封。
衡门衡水色，二月二相逢。

119. 浐川寄进士刘驾

故故乡乡客，家家国国身。
龙门知进士，礼部寄秋春。
但见秦川路，还闻渭水津。
长安长日月，魏阙魏人邻。

120. 翠至渚宫寄座主相公　自叙生平

平生孤独路，读学北京城。
向背家乡去，榆关内外情。
诗书文革尽，进士误知名。
十载工农去，三春日月明。
清华钢铁院，十月到鞍迎。
德译中英日，成文电脑生。
从零从创业，举步举精英。
苦苦辛辛笔，千千万万行。
天天千字格，岁岁不停盟。
冶矿交通部，中南海里荣。
皇城知制书，地铁中法盟。
下海姑苏问，从商易吏缨。
南洋南再远，北国北人倾。
自立银行事，当今世界衡。
源渊源走本，积垒积今赢。
子女夫妻见，如斯各布丁。

121. 早秋宿田舍

流萤田舍暗，犊子有微声。
自是轻霜下，寒光尚冷清。

122. 旅次岳阳寄京中亲故

步上岳阳楼，云回汉寿留。
长沙留贾赋，楚泽洞庭舟。

123. 题舒乡

不泛洞庭舟，还随九派流。
舒乡舒水月，不醉不方休。

124. 碧寻宴上有寻知己

半壁三杯独自倾，五音但作七弦声。
桃花宴上寻知己，一曲弦中一曲情。

125. 从天平节度使游平流园

一路行来不到山，千流逝水已留颜。
青山两岸峰林色，独鸟孤飞有去还。

126. 故人寄茶

江中流里取，井上水茗茶。
雨露成云雾，初新碧玉芽。
沉浮三上下，守闭半开花。
炭火寻常守，壶倾见紫砂。

127. 东武吟

黄金台上望，拜将帝中书。
不似仓中鼠，还如虎豹居。
邯郸由女步，垓下大军余。

128. 蓟北门行

晓日蓟门红，江东唱大风。
英雄如此见，尽在有无中。

129. 金井怨

孤寻天上月，独见井中形。

取水男儿去，司家小女丁。

130. 姑苏台

姑苏台上问，不见范蠡来。
木渎西施女，灵严子胥回。

131. 夜坐有怀

桑田应是本，役赋寄余粮。
余粮余不足，是本是青黄。

132. 寄监察从兄

文章由字句，邺桂土传根。
弟弟兄兄见，母母父父恩。
同行天地界，共处暮朝门。
九陌三光了，知年万岁孙。

133. 乐府体

结子房房嫩，开花处处根。
含珠圆润露，带雨夕阳昏。

134. 弃妇

弃妇弃人肠，回头回故乡。
男儿男女见，结子结方扬。

135. 偶怀

闭目行程简，开心草木田。
人轻人自由，事重事源泉。

136. 文宗陵

万岁唐陶志，千年舜禹心。
文宗陵墓地，草木作知音。
竹泪苍梧见，湘灵自古今。

137. 读李斯传

五马分身处，三秦逐客书。
王朝谁指鹿，小篆以文如。
六国曾兴法，千章九鼎余。
欺明欺暗见，自辱自当初。

138. 代罗诮使君

闻君一路向罗敷，妾女千姿对丈夫。
别去刘郎刘作客，无情不似有情奴。

139. 怨歌行

男儿一丈夫，女子半家奴。
只恨长城战，难为汴水都。

140. 南征怨

东西南北战，上下暮朝征。
不得夫妻宿，芙蓉结子盟。

141. 和潘安仁金谷集

太守龙媒色，香风二月花。
绿珠歌舞尽，不在石崇家。

142. 不可见

草草花花妾，贫贫贱贱夫。
同居同日月，共食共扶苏。
不忘身心寄，还寻有是无。

143. 秦后作

居心居易处，立帐立当车。
牧者荒原草，耕人自种花。
中原中土木，四野四邻家。
各自安生活，常呈自勉衙。
秦川秦养马，汉血汉桑麻。
苟且边疆界，形成各不赊。
长城南北望，近远有琵琶。
彼此和时少，由来你我他。

144. 薄命妾

薄命凄凄恻，红颜处处行。
刘郎多意见，谢女少情明。

145. 放歌行

山山有竹枝，水水女儿词。
一首随流去，三春隔岸知。

146. 江西送人

送妾江西问，四流向背来。
弯弯湾积水，渚渚芷兰开。
举步相思苦，刘郎谢女回。

147. 始皇陵下作

斯文六国度量衡，九鼎中原共轨行。
筑得长城分内外，人间自此主军营。

148. 洛原西望

秦川养马一川秦，渭水如今有渭津。
望尽阳关西大沙，风尘未断又风尘。

149. 赵城怀古

学步邯郸一赵城，鸣珂不避五侯惊。
秦娥淡出千金笑，玉树春花半相倾。

150. 对酒

爱酒非知命，吟诗是达情。
江山观日月，社稷问民生。
未可昏庸醉，清流不饮名。

151. 庭草

草草根根浅，庭庭色色青。
年年云雨下，处处有生灵。

152. 过白启墓

白起一长平，咸阳半墓平。
英雄常战死，自古已留名。

153. 代班姬

掌上轻身舞，宫中玳瑁行。
昭阳团扇落，著史汉姬名。
买得千金赋，藏娇一夜情。
羊车天子路，妒女月空城。

154. 续幽愤

序：
嵇康吕安连罪赋此诗，邺纪李御史甘死封之事。
诗：
死死生生序，幽幽愤愤平。
嵇康甘去赋，谢罪吕安名。
御史公天宪，汨罗楚客情。
连汾方见晋，自度太行鸣。

155. 古词

古古今今事，年年岁岁花。
男儿男是路，女子女人家。

156. 和谢豫章以宋公戏马台送孔令谢病
三杯谢豫章，一曲问炎凉。
暮雨佳人酒，情人不醉狂。

157. 送进士李殷下第游汾河
下第问汾河，龙门唱九歌，
太行山上雪，古木吕梁多。

158. 相思极
三年不见一鱼书，妾意君心半不余。
再嫁重婚曾不问，相思旧事作当初。

159. 代谢玄晖新亭送范零陵
代谢新陈路，零陵岳麓城。
玄晖玄道法，范越范蠡行。

160. 山中效陶
文王始得七弦琴，角羽宫商徵五音。
但见渊明凭所弃，情中鼓木是英钦。

161. 城南野居寄知己
车行有两轮，举步可行程。
不见何方向，回头向背生。

162. 古莫买妾行
已见石崇家，千金一径斜，
官人官所欲，未识绿珠花。

163. 雾后作
双双乳燕向林飞，郁郁云烟已作晖。
黄昏未尽层林暮，子虚乌有是回归。

164. 田家郊陶
姑姑叔叔一农家，菜菜糠糠半豆瓜。
苦苦辛辛行足下，春风细雨腊梅花。

165. 寄贾驰行赵
闻君吟燕赵，自得蓟天遥。
易水应流尽，荆轲匕首消。

166. 送曾德迈归宁宜春
山山水水有清晖，府府州州见是非。
渭水宜春宁已过，兰关瀰岚老莱衣。

167. 寄阳朔友人
千株千桂树，一水一阳开。
但向漓江岸，山歌隔岭来。

168. 题广福岩
香沉广福岩，色积老松杉。
寺鼓钟声纳，天经地义函。

169. 送友人入塞
白日多商照，青山牧马回。
呼和多浩特，坯救大河开。

170. 送郑谷归宜春
欲渡洞庭波，宜春唱九歌。
苍梧元语泪，郑谷过汨罗。

171. 老圃堂
欺人何太甚，老圃已群香。
白雪梅花早，东风已入堂。

172. 登芜城
芜城观不尽，一望过千年。
废废兴兴地，成成败败迁。
今来今古问，已往已云烟。

173. 沧浪峡
沧沧浪浪一山开，水水风风半峡来。
涌涌洶洶争早下，平平淡淡作天台。

174. 鸿
垓下鸿门宴，鸿沟楚汉分。
鸿飞鸿去尽，作霸作鸿云。

175. 南陂远望
南陂南日照，北国北辽阳。
独有田家事，孤情自望乡。

176. 宿玉箫宫
入宿玉箫宫，听松古殿风。
桃花红几遍，水月石桥空。

177. 晚眺徐州延福寺
徐州延福寺，羽鹤立云天。
片水芳茵岸，群鸥逐泊船。

178. 宿甘棠馆
月在甘棠馆，云沉古寺门。
寒光寒桂子，一落一乾坤。

179. 第茅山高拾遗忆山中杂题五首
之一：山泉一
山泉不尽一桃花，曲水难留半逝华。
净土茅山非道士，修行自得是仙家。
之二：巢鹤二
云天一鹤向巢归，古道三清问是非。
不到茅山何不到，春晖草木有春晖。
之三：胡山三
一步天机一步封，三清日月五音丰。
玄玄自得虚虚得，始见茅山老祖宗。
之四：小楼四
衔泥垒筑已山青，半入茅山意已宁。
自是修身应养性，春秋可读太玄经。
之五：山邻五
郎官柱史一山邻，半在玄虚半在真。
道士三清修已见，青牛潼关自秋春。

180. 送道士
三清道士不樵渔，五味修行自苦余。
不向朝廷求赐与，方圆不二一心居。

181. 宿山馆
夜宿孤山孤，霜明独月华。
秋风初不语，落叶未还家。

182. 入浮山石
一入浮山石，千泉碧草茵。
花香花朴淑，水色水迷津。
有雨扣荷叶，无风仍是春。

183. 送人归故园
岁岁鸡鸣起，年年日月新。
耕耘田亩者，不笑读书人。

184. 得越中书
别草离离色，还乡处处居。
云天三世界，水月一封书。

185. 长安怀古

二世扶苏一子秦，三军六郡半秋春。
东都太傅西京去，不隔萧墙问五津。

186. 哭彭先生

谷口溪声去，书生陋巷来。
人间多少客，世事几徘徊。
独有彭君逝，相思久不开。

187. 和顾非熊先生题茅山处士闲居

茅山处士不闲居，进士非熊七十余。
士子王孙非是客，终生一士只观书。

188. 秋墅

秋风半掩扉，落叶一面归。
不得寻根去，邻家有隔闱。

189. 过王右丞书堂二首

之一：
一笔江河七字间，千川草木半书颜。
三光日色婵娟月，万仞山峰白玉环。
之二：
飞禽走兽绕天山，虎踞龙盘望竹斑。
鼓瑟湘灵湘水岸，黄河远上玉门关。

190. 孤雁

轻啼未止自奄哀，独望长天一字回。
不到衡阳孤雁在，徘徊夕照故声来。

191. 赠隐者

远远一樵声，遥遥半帝城。
人间知四皓，世上可三鸣。

192. 早春怀薛公裕

入洛闻孙楚，游吴向陆机。
人生多向背，故事少心扉。

193. 村月

后店无雕木，前村有隐林，
江流江逝月，落照落花深。

194. 早春

白雪梅花树，春江野水鸭。
相分相合处，碧色碧草芽。

195. 送友人游吴

吴江沧浪水，铁锁挂盘门。
点石生公在，千年百姓孙。

196. 赠别

赠别留言处，情长柳短心。
扬扬君子路，步步向鸣禽。

197. 经故人旧居

道士千年道，仙丹百岁仙。
应知应逝去，不叹不云烟。

198. 随边使过五原

星车边漠北，逐鹿五原西，
雁落胡杨木，沙鸣海市低。

199. 春怀寄秣陵故友

三山向秣陵，二水萍丹青。
故友新春寄，阳台旧羽翎。

200. 宋州月夜感怀

秋风飞雁尽，朔漠雪山深。
宋府随天地，官人任鹊寻。

201. 吴宫

经商一范蠡，木淡五湖低。
綄女耶溪水，飞鸿择木栖。

202. 春游望仙台

耕耘不避秦，日月只秋春。
收收还播播，果果亦因因。

203. 圣女祠

曹娥江上问，玉兔月中闻。
圣女成王母，天宫作玉君。

204. 宿范水

歌声半采莲，碧叶一云烟。
夕照芙蓉色，空船向岸边。

205. 送顾隐校书归钱塘

钱塘自以富春江，八月潮头上国邦。
子胥千军宣楚斗，盐官一日唱秦腔。

206. 题云阳高少府

隐者无成达者来，山川有路水川开。
儒儒俗俗平生度，不见瑶台见楚才。

207. 早春山行

未到雁门关，衡阳已北还。
排空人一字，落地向河湾。

208. 宿友生林居因怀贾区

经湘斑竹泪，过楚大夫心。
独国三闾士，苍梧济世荫。

209. 赠卖松人

且与千家暖，成言万户心。
年年枝节见，处处木成林。

210. 友人南游不回，因而有寄

南游南未止，北问北乡心。
遁吏巡臣事，王差个越临。
何言天子路，步步自应寻。

211. 送鄮县董明府之任

一任悬明镜，三生客驿亲。
当官当远近，向背向秋春。

212. 山上树

土沃肥肥树，林森直直生。
山风呼啸过，暴雨洗云平。

213. 长信宫二首

之一：
三宫三美色，一女一裙裾。
扫叶秋风替，班姬著史书。
之二：
羊车何处去，暮色夕阳来。
六院三宫女，千心一夜开。

214. 洛阳道

隋唐十代洛阳城，六院三宫一世情。

已是东都成太子，浮云上下满皇城。

215. 东门路

白日东门路，红尘草木丛。
名声名不尽，利益利无穷。

216. 江楼春望

江流不尽问江楼，落日还明远日休。
付水同行西土地，闻君共度北春秋。

217. 洛中晴望

荒园金谷色，西浥上阳晴。
九脉风尘净，千波渭水明。
凌云天远去，一望古人情。

218. 西归

楚楚吴吴路，湘湘蜀蜀行。
秦川分水岭，渭邑渭泾城。
自此西归去，潼关老子名。
悠悠天下道，步步已元玄。

219. 南游

穷秋多日雨，落叶满云天。
一到江南岸，三湘桔柚田。

220. 南游有感

南游重到处，不是故时人。
白悉尼花树，红桃绿草新。

221. 夜泊湘江

湘江阮水洞庭湖，汉寿君山半月吴。
夜泊长沙闻贾子，汨罗一望屈原孤。

222. 客中

高唐唱竹枝，楚水女儿迟。
作石寻夫望，江流逐逝期。

223. 夜寻僧不遇

山房已闭关，石径过深山。
夜暗明灯忆，禅音久自还。

224. 别故人

十载无名一布衣，三年有路半相依。
人生患得前行路，别道分岐退步归。

225. 赠王隐者山居

石室无尘面壁人，分飞有鸟各秋春。
华山一路潼关望，只见青牛不见秦。

226. 寄北客

月月弦弦十二圆，南南北北一千天。
三边自古辽东水，六郡如今尽种田。

227. 寄友人

此去红尘路，西行白雪城。
天山天子问，一友一心情。

228. 夜与故人别

秦川秦八百，渭水渭三千。
养马周王令，听箫弄玉怜。
夫闻凰凤后，不在穆公前。

229. 访道者不遇

是是非非问，玄玄道道寻。
三清三自遇，九陌九州音。

230. 过侯王故第

一处旧朱门，三朝有子孙。
门当侯户对，逝事已黄昏。

231. 孤云

洛浦高林少，嵩山直木群。
孤云天外去，独步向秋分。

232. 远水

因知人易老，莫信有仙缘。
塔塔林林立，僧僧寺寺宣。
青牛今已去，道士自归天。
记得秦皇岛，何言汉武筵。

233. 咏蝉

江头声自起，树顶远鸣喧。
但以秋分界，阴晴各半言。

234. 感情

相思年少富，互别老年歌。
立世当知短，平生能几何。

235. 早春日山居寄城郭知己

江流水暖带凉荫，雨落云浮有野禽。
秀岫临川临易变，川原草木草先寻。

236. 劝酒

仁君无劝酒，醒醉有难行。
不作迷魂路，清思向背明。

237. 感怀

步向青门外，心留赤土中。
家乡家所纪，故友故人风。

238. 友人亭松

止止行行路，松松柳柳亭。
相逢相虽处，向背向丹青。

239. 游中梁山

僻地梁山翠，乔林白石明。
殷勤猿左右，远近鹤随行。
几步回思望，疑云四面生。

240. 寻山

水阔方难尽，云平已入湾。
巢由应在此，四皓悔绵山。

241. 宿江口

一夜半芦花，三秋百里衙。
江流江口岸，泊渚泊风沙。

242. 秋夜达萧关

年前成塞客，此夜宿萧关。
只寄忙闲月，婵娟守玉关。

243. 过百牢关贻舟中者

蜀国无平地，秦川有峭山。
舟中三峡口，自度百牢关。
不作高唐梦，江陵一日还。

244. 客中览镜

何当临一镜，白发近三生。
进退由朝暮，升迁可辱荣。
长安长路远，渭水渭泾平。
碌碌非名利，家家是国情。

245. 斜谷道
风流斜谷道，石几壁林多。
骤雨无先计，浮云有旧窝。

246. 长安逢隐者
长安逢隐者，渭水见东流。
北阙常询问，南山总国忧。
江山由日月，社稷在尽头。
若是知如此，何非笏冕修。

247. 与僧话旧
三生三有路，一步一无忧。
寺寺空空见，僧僧色色修。

248. 赠王道士
渊明五柳弃琴弦，斗米三升对雨烟。
击木千音千语叙，先生一世一书田。

249. 匣中琴
丝丝帛帛匣中琴，去去来来月下音。
叶叶公公龙所好，蛇蛇足足似如今。

250. 过洛阳城
古往今来问洛阳，文攻武卫自周商。
三公六院公卿客，一世秦皇半未央。

251. 望月
行程行路驿，望月望家乡。
举首低头见，书生在草堂。

252. 王将军宅夜听歌
一曲梅花落，千声杨柳斜。
阳关三叠唱，玉树后庭花。

253. 长信宫
九曲黄河水，千年久不平。
惟有东去路，已改归时声。

254. 高楼
月色高楼影，人声独不留。
江流江已逝，曲尽曲还愁。

255. 感古
波波九折行，路路半阴晴。

汉武王母会，秦皇岛外情。

256. 赠王道士
三清三玉洞，道士道花房。
策返周天子，酬还鹤羽乡。
蓬莱蓬水月，九陌九重阳。

257. 古思
春华儿女态，夏草雨云亲。
秋风先到晋，白雪素冬秦。

258. 猎客
渭水长安路，三皇五帝乡。
轩辕尝百药，炼石女娲梁。
射虎阴山箭，单于朔漠杨。
中原弃牧草，敕勒满牛羊。
本是分生居，何言合界疆。
平民经一战，举国寄千伤。
记取公孙女，昭君蜀国娘。
琵琶恩怨解，汉氏汉胡长。

259. 送进士苗纵归紫逻山居
山居生二志，陌巷有三鸣。
木直乔林许，河湾岸水荣。
猿啼惊夜月，叶落向根情。
进士儒书学，翰林草木萌。

260. 卖花者
长安处处满鲜花，少女欣欣半忘家。
白雪红梅桃李杏，蔷薇百合牡丹华。
玫瑰芍药芙蓉水，蕙芷芝兰野菊霞，
且见耕耘千万籽，唐朝二十帝王娃。

261. 弹琴
宫商角徵羽，自古七弦琴。
十易文王卦，依依配五音。
双波流览顾，十指柱经心。
拨挑弹拊抚，周郎不误寻。

262. 古边卒思归
十载辽阳卒，三生九战争。
家中荒土地，米稻半无耕。
自得长城筑，南南北北征。

人人先卫国，子子此边营。
梦梦思归里，天天无故行。
婚时生一女，直此已知荣。
进出门档问，阴晴草木萌。
输心输日月，小得小声情。

263. 美刘太保
太保江湖见，吴门鲁仲连。
夫差闻子胥，浣女玉纱怜。

264. 蚕女
男儿征战去，小女养蚕桑。
茧茧丝丝尽，缫缫细细长。
梭梭明月织，线线绕机梁。
只愿邻家子，无婚我作娘。

265. 效陶彭泽
陶公弃七弦，以木击音田。
自本求原始，平生问酒泉。

266. 锄草怨
野草家禾见，同生共长成。
人为人所易，世界世枯荣。
本是天然在，应当各所萌。
相承相辅就，互助互苍生。

267. 山中晚兴寄裴侍御
学子三光就，人生一路行。
提携前举步，劝酒莫相倾。
直木乔林里，河弯积水城。
山深泉石净，巷陌老书生。

268. 筑台
魏国筑高台，佳人曲舞来。
齐娥千百态，楚伎细腰回。
百岁人生尽，千年石已灰。
金银皆去，日月仍徘徊。

269. 丁酉春雨
雨水清明谷雨天，兰花绿叶柳杨前。
和风已自江南岸，北国迎春处处妍。

270. 道中早发　自述
迟迟方入定，早早已先行。

日日多时日，耕耕复读耕。
平生如此见，两倍作人生。

271. 沧浪峡

两壁樱花一峡开，千波碧流半云来。
高潮急涌争先下，逝水中流自不回。

272. 感萤

青萤一点光，万万聚书房，
滴滴东流水，波涛作海洋。

273. 自渭南晚次华州

一路向华州，三生逐渭流。
黄河知所以，共去海东头。

274. 近别

咫尺无相见，天涯有素书。
邻家邻四壁，近别近樵渔。

275. 江上秋夕

不向茂陵行，何言读学生。
秋江烽日落，一望一心情。

276. 送归客

不尽官亭路，难寻野渡程。
相连相断续，独步独心盟。

277. 东门晚望

一雁不离群，三声有日分。
衡阳青海岸，岁月两嘶闻。

278. 上巳日曲江有感

曲水书生见，秦川养马田。
青春年少举，渭邑老先贤。

279. 宿寿安甘棠馆

步入甘棠馆，情留古洛阳。
相如相似处，不得不思乡。
水色东窗照，云光北路长。
青山青草木，厚土厚鱼梁。

280. 送友人下第东游

世有山川立，人无日月流。
成功成所就，立志立心忧。

且向江东去，余杭水月舟。
天台天姥谷，有问有云浮。

281. 山斋会别

平陵同去路，共约洞庭期。
隔岁荷衣雨，芙蓉结子时。

282. 晓过伊水寄龙门僧

大小人前大小乘，香山积后郁香凝。
龙门寺里龙门客，渭邑城中泊邑僧。

283. 送孔恂入洛

人行洛水阳，暮入读书乡。
早见闻鸡舞，留明过客觞。
渔歌应尽处，对月可倾肠。

284. 观郊礼

曲曲歌歌唱，钟钟鼓鼓鸣，
人人心所向，处处尚枯荣。

285. 宫怨

望月清宫冷，行身故殿楼。
花开花落去，御水御沟流。

286. 南徐夕眺

行吟天暮色，驻步夕阳情。
岸影留难住，浮明去不声。

287. 题清上人

古院开松色，房门有蕙香。
谁怜沧浪水，不避濯缨凉。

288. 涂中寄薛中裕

石径深山路，乔林直木乡。
涂中径步进，驿上梦低昂。

289. 白马津阻雨

雨雨云云白马津，空空色色自经纶。
西行不止东行止，雁塔慈恩作故人。

290. 秋日怀储嗣宗

单于台上望，牧草碧中来。
塞雁行南北，乡思向日回。

291. 夜听李山人弹琴

山人挂月自弹琴，鼓瑟湘灵竹泪深。
意尽情来情意在，婵娟静影作知音。

292. 隐者

隐者松间路，行人石径深。
同山同自去，共世共知音。

293. 登河中鹳鹊楼

暮色鹳鹊楼，黄河逝水流。
三门三峡阻，一路一春秋。

294. 漾陂晚望

云山云雾道，水国水家乡。
一叶残阳钓，三生旧梦长。

295. 寄徐商

徐商新郑擢，进士尚书章，
一同平章事，襄州节度郎。

296. 贺襄阳副使节判同加章绶

紫紫朱朱服，章章绶绶邻，
群芳群色色，一度一年春。

297. 句

浮萍何聚集，碧叶几深根。

298. 高璩

莹之渤海人，进士帝王津。
中书平章事，佐政侍郎秦。

299. 和薛逢赠别

剑外巴山第一流，尊前别路数三秋。
笙歌管曲征黄去，晓角钟声自在留。

300. 句

步路量心迹，吟诗墨尚萌。

301. 寄高湘

（和李尚书命伎钱崔侍御）

渚钱袁宏一谢安，秦川渭水半波澜。
阳春白雪天津雨，落花落里惜春残。

302. 句

弟弟兄兄见，朝朝野野闻。

303. 寄崔安潜

一镇仙芝半世名，西川节度一川萌。
登科进士功劳在，太子东都太傅情。

304. 报何泽

五十年前及第名，三千弟子一身荣。
功劳只向朝廷宪，日日辛勤逐夜生。

305. 题文翁石室

文翁石室一仪踪，影入深山半玉容。
汉柏秦松青自在，禅心磬语递晨钟。

306. 愤惋诗三首

之一：

浅水游鱼影已明，银钗合股未分清。
金杯倒置难收水，玉女青楼自有情。

之二：

梧桐叶落凤求凰，玉树寒宫雪雨霜。
磊石长城胡汉战，男儿妾女不同乡。

之三：

琴琴瑟瑟以音弦，献媚行娇已自怜。
买笑楼前花已谢，嫦娥月下色空妍。

307. 动作

平生初学字，左右笔成人。
一始无终继，三思有晋秦。

308. 茶诗

人居草木中，日月水明同。
井上知泉下，中流取艺工。

309. 霍总

（郡楼望九华歌）

山山水水九华峰，雨雨云云一玉容。
郁郁青青林木碧，兄兄弟弟各雕龙。

310. 塞下曲

六郡千章豫，三军一武威。
今今何古古，是是又非非。

311. 关山月

万里关山月，千年草木菲。
民心民所食，帝业帝王威。

312. 骢马

八尽青骢马，秦川汗血雄。
天行千里驹，玉宇万家龙。

313. 雉朝飞

雉雉朝朝飞，年年岁岁晖。
齐人齐比目，彩羽彩虹归。
自在兴安岭，情留五女扉。
桓仁思故土，子夜祝除微。

314. 木芙蓉

木本芙蓉树，朝开暮谢红。
朝阳无早晚，闭目有颜终。
蕊蕊心中卷，开开日上风。
舒舒重卷卷，实实复空空。

315. 采莲女

小女采莲蓬，初尝结子丰。
荷塘荷百叶，一藕一深宫。

316. 别僧

耿介独轮车，茅山自读书。
熏香离俗去，物象别相如。

317. 早春残雪

轻风带白兰，玉碎问袁安。
零落依桂色，积淑李桃宽。
谢女飞微瓣，处处梨花团。
冰消冰未化，暖意暖经澜。

318. 柳枝词咏篙水溅伎衣

云云雨雨柳枝词，水水茶茶溅湿姿。
凸显双峰惊四座，巴山夜雨向情期。

319. 献淮南帅

三军一柳营，八阵半官兵。
但见淮南帅，无须玉碎倾。

320. 月

人人同望见，处处共经天。
十五分前后，时时有缺圆。

321. 霜

蝉鸣未尽已天凉，落叶飞空半不扬。
薄翼声轻应不远，重阳过后雪加霜。

322. 露

花心一露珠，叶叶半扶苏。
碧玉含天意，群芳各别芜。

323. 云

浮浮不定沉沉移，处处无形有色期。
水是成因成雨果，朝朝暮暮暮朝时。

324. 游东观山

木秀东观木，林深白草间，
凭君多指教，那里是人寰。

325. 掷卢作

八尺台盘赌，三生掷弃人。
天机天不与，厚土厚秋春。

326. 戏酒伎

醉眼从伊醉，身姿酒醺身。
芳香非豆蔻，曲态是沉沦。

327. 郑綮

昭宗礼部一侍郎，进士书生半故乡。
及第龙门先自主，中书门下事平章。

328. 老僧

老衲僧房老，钟声子夜钟。
寒山寒叶落，拾得拾毒龙。

329. 题卢州郡斋

九陌一书生，三光半郡明。
清斋清四壁，节令节千萌。

330. 别郡后寄席中三兰

不渡淮泚水，何寻隔岸人。
凭生凭所望，任觉任经纶。

331. 观山献徐尚书

焚书不尽半坑灰，二世无言指鹿催。
逐客何言同轨去，秦皇岛外去还回。

332. 旅羁

高楼曲舞有绮筵，咫尺江流见逝船。
烛光彩照霓虹酒，何人醒醉作诗怜。

333. 书客

只有知光客，书声不断稀。
无情无所致，有意有相依。

334. 梅

枝枝无叶展，处处有寒心。
影影香浮动，冬冬本性深。
抬头阳入暖，俯首雪霜侵。
一夜梨花色，三冬有岁音。

335. 寄高骈

秦州刺史一司徒，渤海燕公大使辜。
太尉行营都护统，平章事节理中书。

336. 言怀

一世平戎策，三生拜将坛。
君符君所向，帝业帝疆残。
铁甲寒衣雪，金绒箭马盘。
恩深恩赐报，不胜不回官。

337. 寄鄘杜李遂良处士

小隐无家国，深山有亩田。
求温求饱毕，仰首仰闻天。
读学儒生始，忧民济世悬。
秦川秦养马，戍守戍君边。

338. 和王昭符进士赠洞庭赵先生

羽客君山北，汨罗万子南。
先生先问水，进士洞庭涵。
月下鱼龙舞，云中角豸湛。

339. 依韶奉酬李池

不问颜回陋巷居，廉颇完璧待相如。
封侯塞雪经霜箭，百战身经夜读书。

340. 留别彰德军从事范校书自述

无金寄与弟兄邻，有意同知共度春。
独步归乡寻旧忆，孤身不已满风尘。

341. 途次内黄马病寄僧舍呈诸友人

长途次内黄，帝喾顼颛王。
马静官闲客，人间有暖凉。
飞天应自在，足地见沧桑。
只以平生见，秦川养马乡。

342. 渭川秋望寄右军王特进

长川连日月，碧草逐阴晴。
远望天河水，流来地始明。

343. 南海神祠

南疆南海外，北国北山中。
一日征南将，三边受降雄。

344. 送春

春来春去送，夏雨夏荷塘。
玉立婷婷色，芙蓉处处香。

345. 海翻

海浪翻山涌，人潮卷巨澜。
鱼龙分不静，士子合难安。

346. 筇竹杖寄僧

山行山不止，寺寄寺无容。
九节僧游杖，轻敲子夜钟。

347. 遣兴

把盏非兴酒，持竿是问鱼。
相惊相慰去，一得一天书。

348. 叹征人

漠北一征人，江南半梦邻。
三边三苦战，九陌九年犟。

349. 湘妃庙

苍梧应治水，不在二妃家。
竹泪曾无止，潇湘满水花。

350. 赴安南却赴台司

莫以天山马，今来海角迟。
安南安定日，再赴再台司。

351. 闺怨

悲欢何不得，胜败已先知。
北北南南战，夫夫妇妇迟。

352. 马嵬驿

何言皇上语，已举玉颜倾。
已赋长生殿，华清已不清。

353. 宴犒蕃军有感

更奏凉州曲，还闻蜀国情。
开元天宝尽，战马战车行。

354. 寓怀

一去关山路，无回灞水桥。
阳关阳漠远，受降受城遥。

355. 步虚词

道士清溪径，云空羽鹤行。
玄玄玄易十，步步步虚明。

356. 赠歌者二首

之一：
酒满三杯曲，情怀一半歌。
听人多有意，唱女少思磨。
之二：
三声沙漠尽，一曲唱伊州。
不断阳关路，思君早点头。

357. 入蜀

入蜀巴山雨，临川白帝云。
瞿塘三峡始，楚鄂一江闻。

358. 边城听角

边城听角近，故国忆时遥。
陇水胡杨木，伊州碧女娇。

359. 蜀路感怀

只见黄河水，平原改道流。
湾湾成富土，处处有贫愁。

蜀路临川问，春天不是秋。

360. 山亭夏日

夏雨初晴色，蔷薇已满香。

楼台楼水月，夜半夜心肠。

361. 遣兴

先生自得作浮云，独往成层亦是群。

世事茫茫行乐去，人生不及一分文。

362. 残春遗兴

摩诃池上醉，上苑水中新。

但向荷塘望，芙蓉彩色邻。

363. 春日招宾

对月折花瓣，临流付水波。

吟诗吟所见，一曲一人歌。

364. 过天威径

路过天威径，人径地刹星。

豺狼坑尽却，战士久零丁。

365. 对花呈幕中

满树海棠花，枝枝发小芽。

朝天朝自立，向雨向天涯。

366. 寄题罗浮别业

性染尘埃近，罗浮别业遥。

居心居所异，一水一临潮。

367. 塞上曲二首

之一：

三年边戍断，一日尽归魂。

百里飞天去，千年一树根。

之二：

陇上征夫问，幽中汉将军。

同情同怕遇，独寄独思君。

368. 广陵宴次戏简幕宾

花枝折不断，曲舞侍难分。

宴次由衷来，鸣金一将军。

369. 安南送曹别敕归朝

征南已五秋，问北过三楼。

万里朝天向，千声大地舟。

370. 对雪

飞花常入户，落甲已分均。

半存梨花树，千扬草木身。

371. 访隐者不遇

寻山寻水去，隐者隐无踪。

只以樵渔自，何言满岭松。

372. 赴西川途经虢县作

西川途半尽，北陆过三秦。

独步明皇虢，殷勤旧将邻。

373. 锦城写望

人家多少锦，蜀国去来春。

水雾临城满，烟波落匝津。

374. 太公庙

苦苦辛辛路，鱼鱼钓钓津。

无私无欲者，一世一秋春。

375. 边方春兴

青山青草色，杜宇杜鹃红。

内外榆关问，阴晴雨雾中。

376. 塞上寄家兄　自述

五女弟兄家，三边草木花。

浑江浑水岸，八卦八裂裟。

377. 写怀二首

之一：

渔竿钓日消，坐石待阴晴。

且见波澜色，沧流总不平。

之二：

高高一酒旗，水水半帝畿。

但以长安绕，无须上苑依。

378. 池上送春

不向钓中钓，惊波水上闻。

观鱼无自在，伺食忘形群。

379. 南征叙怀

万里驱兵将，三生守国门。

南征风不定，北国赐慈恩。

380. 风筝

风筝风不定，一线一飞空。

远远无穷望，时时有欲终。

381. 平流园席上

水水幽幽色，轻轻小杏香。

平流园席上，不醉不轻狂。

382. 闻河中王铎加都统

谁知子晋问，不尽凤凰箫。

弄玉秦楼上，生公向子遥。

383. 句

何人不取西施句，一朵鲜花万古开。

第九函　第八册

1. 青楼曲

一路青楼曲，三春子女情。
啼莺啼不死，大道大夫行。

2. 塞下曲

黄沙披甲卧，紫塞带屯行。
战鼓燕山响，阴山李广名。

3. 山村晓思

莫以蓑衣短，常闻细雨长。
鲅鱼三月跳，误以岸沙乡。

4. 马嵬驿

生儿生女问，马见马嵬坡。
力士杨家宰，华清有舞多。

5. 苦辛吟

苦苦辛辛织，田田亩亩耕。
皇家多税赋，子女有书盟。

6. 野蚕

茧茧蚕蚕困，桑桑叶叶城。
同同同所束，共语共生平。
不与人间比，由然自在情。

7. 秦原览古

指鹿谁人问，秦源二世行。
扶苏扶不已，楚汉楚人英。

8. 古宴曲

雉扇蓬莱合，重门紫陌开。
身轻飞燕舞，语重史班媒。

9. 南越谣

巨浪南洋海，狂风北国船。
干戈收陆贾，玉帛画师缘。
汉祚江山固，秦宣九鼎干。
儿童儿女见，继世继前川。

10. 述己叹

三生幽并子，一箭取功勋。
述已成人长，如辛力合分。

11. 辽阳行

半向空闺丹满床，千声梦唤女儿堂。
三边不在辽阳在，一女思夫十载长。

12. 旅馆秋思

黄花秋路早，旅馆客思深。
问道前程去，思乡故土心。

13. 长城

磊石分南北，秦皇目的何。
汨罗留水住，几代楚人歌。

14. 田翁叹

二代富家郎，三生一故乡。
相思相不已，独作独担当。

15. 沙场夜

交河沙场夜，月色满凉州。
甲战干戈尽，刀弓弃野休。
三年成白骨，十载作风流。

16. 里中女

但见池鱼小，无闻海水深。
原来非一类，不必是知音。
里巷机杼女，华堂野鸣禽。

17. 寒食

清明寒食近，谷雨野花香。
四面柔条绿，三边草木妆。
农夫耕土地，织女换衣裳。
立夏荷田色，轻风入柳杨。

18. 边游录戍卒言

二十下卢龙，三边问防沙。

平生功业立，读学客儒家。
彼此中军令，输赢易十夸。
无知天下成，最宜种桑麻。

19. 古征战

燕赵多豪杰，荆轲少士容。
何图穷匕首，历步界边封。
女女儿儿论，和和战战重。

20. 山村叟

古鉴山村叟，驱牛半亩田。
桑蚕成暖壳，夏雨满荷莲。

21. 经馆娃宫

耶溪纱浣女，国变馆娃宫。
木渎西施舞，夫差霸主空。
经商经自己，范贾范蠡风。

22. 戎客南归

北别黄榆塞，南归白帝乡。
瞿塘三峡水，蜀客九回肠。
五十夫妻梦，浑身箭戟伤。
儿孙相见老，不忍父母傍。

23. 村居宴起

村居村宴起，客舍客堂关。
地载千桑叶，天承万户山。
何言疑远处，有经路应攀。

24. 感怀

清清沧浪水，可以濯冠缨。
远远高山木，无疑草木荣。
东堂明月色，采集万流萤。
易易能能易，书生是一生。

25. 金谷感怀

晋国知骄子，公侯问石崇。
绿珠空自去，金谷已清空。

26. 恨从军

已嫁从军子，长城任大风。
相思相不及，卫国卫何衷。

27. 烧金曲

日月青楼曲，阳春白雪歌。
男儿男不止，女子女娇娥。
已是年年舞，何言处处过。

28. 越溪女

越国耶溪女，西施暮浣纱。
春秋成五霸，日月楚人家。
子胥三闾问，夫差一馆娃。

29. 戍卒伤春

戍卒当春日，鳞伤遍体尝。
黄龙曾一战，受降久无光。
至此留边北，何须忆故乡。

30. 巫山高

孔府三千士，巫山十二峰。
朝云朝不止，暮雨暮难封。

31. 拟古风

甲第满长安，东都太子单。
周秦谁演易，半在洛阳残。

32. 赠太行开路者

望尽太行山，汾河纵晋颜。
君心应不止，万里九河湾。

33. 织素谣

苦力贫家女，穿梭织锦绸。
*丝丝*由茧出，匹匹不风流。

34. 富农诗

勤耕当俭朴，积粟富农家。
忍忍年华度，饥饥蔽叶遮。
终生终所致，土地土桑麻。

35. 早发

寒宫寒月照，早发早前程。
日日多延晚，三生已五生。

36. 季夏逢朝客

浐水桃桃李李红，芙蓉杜曲半荷风。
绮罗玉带桥头色，日暖长安有马鸣。

37. 陇头水

秦川自陇头，水色向中州。
朔漠三边界，长安一月留。

38. 古别离二首

之一：

不望青楼女，声声唱别离。
歌歌曾不尽，去去过相思。
只有良家子，昂昂白马嘶。

之二：

妾本西家女，相邻北巷郎。
门当还户对，自幼作新娘。
不要封侯去，婵娟独上床。

39. 拟古意

白玉花颜色，倾城上国家。
良媒生所意，十六正荣华。
本是春风雨，农夫种豆瓜。

40. 陇头吟

一水陇头吟，三边自古今。
征人多眼泪，妾女织夫心。

41. 思归引

不得思归引，长城草木深。
风高惊白骨，雨骤洗人心。
汉武秦皇问，如何做古今。

42. 秦富人

远远清流水，遥遥彼此人。
相关相及者，日见日秋春。
陌巷颜回问，巢由野山津。

43. 宫怨

妪妪翁翁见，儿儿女女猜。
红颜红所意，白马白龙媒。
夕照羊车去，藏娇日色回。
文君弦外顾，宋玉赋高台。
暮暮朝朝历，人人事事催。

群芳群律令，独木独成才。
不余陈皇后，昭阳舞扇开。
班姬班女著，一世一冬梅。

44. 登越王楼即事

转岸孤舟急，衔山落照明。
越王楼上望，镇海锁涛声。

45. 对花

花开花落去，草盛草枯来。
岁岁当如此，年年日月回。

46. 及第后寄梁烛处士

十载读诗书，三生向鲁如。
折人折桂方，立志立当初。

47. 春诗

岭上梅花早，云中雨色新。
梅花梅带引，诸秀诸红尘。

48. 和王侍中谒张恶子庙

一箭传唐主，三声问恶人。
千川都护守，万里自天津。

49. 成才

教取芳菲树，花开草木津。
躬身刘二世，尽瘁蜀相臣。

50. 句

吾家耕九陌，学子赋千秋。

51. 策试夜潜纪长句于都堂西南隅

博带都堂向隅开，升平雅颂半龙媒。
三条烛尽南宫策，一举成明作楚才。

52. 诏放云南子弟还国

八载咸通第一人，千章独被数三秦。
铜梁汉土成兄弟，玉垒鸾轩铁柱邻。

53. 中秋夜思郑延美有作

中秋中夜月，十五十圆盈。
弦弦应达此，处处共寒明。

54. 清晓卷帘

晓晓清清净，帘帘密密沉。
花光先入户，有露作甘霖。

55. 巴陵

巴陵云梦泽，赤壁洞庭舟。
楚楚湘湘容，长江汉水流。
洪湖多少雨，望尽岳阳楼。

56. 榆溪道上

涧底榆溪水，岩前翠绿黄。
山云山雨露，石布石苔萋。
已是无人迹，斜阳影不齐。

57. 新岭临眺寄连总进士

镇势遥临海，山峰近入云。
心胸开阔处，眺望渭城君。

58. 幽轩

幽轩含半涧，腑背纳三山。
白鹭穿云去，青天总不关。

59. 社日春居

社日鹅湖酒，开扉醒醉来。
农家农自力，对地对天才。

60. 吊孟昌图

昌图一水已成名，屈子三湘举目清。
蜀蜀吴吴连不断，杜鹃不作异同声。

61. 婕妤怨

恩恩宠宠半成仇，谤谤谗谗一不休。
白玉堂中团扇舞，昭阳月下扫风流。

62. 陇头吟

陇水经年流，征人陇上头。
秦川秦不止，渭邑渭人忧。

63. 关山月

无堪少妇独登楼，铁甲关山戍未休。
汉月当空飞将去，只以长城守陇头。

64. 雨雪曲

雨雪纷纷满陇头，边声处处向中州。
阴山不尽黄河水，万里中华共日流。

65. 行路难

一路前行半路歌，千川万谷九江河。
条条路路分歧见，达达无终去去多。

66. 折杨柳

紫陌折杨柳，金堤束带罗。
春风春不止，一曲一姬歌。
岁岁谁如此，年年度此河。

67. 咏酒

三年已是一千夫，半醉平生到酒泉。
日日无心日日饮，神仙已是不神仙。

68. 白马

白马龙媒种，天山一路雄。
三边三独立，一世一天空。

69. 句

征途三世界，守备一英雄。

70. 中秋月

岁岁中秋月，年年不缺盈。
光华从不尽，玉树后庭明。

71. 琴

五尺山河入土心，文王自作七弦音。
琴琴自以声声曲，唱遍青楼唱古今。

72. 句

心容天地界，影照古今人。

73. 九日卫使君筵上作

满眼黄花酒泛香，孤闻九日过重阳。
千门万户茱萸草，百里山川白鸟翔。

74. 劝酒

劝酒无知醉，知人有去来。
留形留不得，一影一徘徊。

75. 感事

花开花落去，雁去雁归来。
岁岁应如此，生生似不回。

76. 重归宜春经过萍川题梵林寺

松罗一梵林，雨路半僧心。
再向官春去，重归故土荫。

77. 重归宜春偶成寄朝中知己

青罗夹岸入袁溪，赤竹成丛密叶低。
稻谷流黄波浪起，鹧鸪问客久轻啼。
泥牛不起闻黄犬，绩纷无停静雀鸡。
拙学趋时闲态久，农家一岁国高低。

78. 及第后作

高金榜上姓名题，以此人间有不低。
自得忧心忧不已，平生业迹建东西。

79. 袁皓

守蜀仓郎治皓田，称名处士碧池天。
宜春进士图书使，著作颇丰对集贤。

80. 寄岳阳严使君

东归过岳阳，得意蕊珠香。
暮雨朝云问，襄王宋玉肠。

81. 公乘亿

公乘亿字寿咸通，进士龙门魏国公。
节度彦祺从事授，郎官一世作诗翁。

82. 赋得郎官上应列宿

北极文昌著，南宫晓拜郎。
天光天子近，印佩印金梁。
纬结三台侧，经连四辅傍。
冯唐应不老，列宿象殷商。

83. 春风扇微和

春风扇布一微和，细雨良田半国歌。
凤阙龙吟天下象，花红草碧水粼波。
杨杨柳柳红尘色，陌陌阡阡紫气多。
但见农家耕土地，荣华万里稻粱禾。

84. 赋得秋菊有佳色

黄花千瓣色，四野半秋华。
遍选茱萸草，重阳九日瓜。
渊明彭泽令，五柳弃弦家。
木渎江津渚，西施作馆娃。

85. 赋得临江迟来客

南鱼北雁各知家，草碧花明日影斜。
赋得临江迟来客，闻风逝水到天涯。

86. 句

落第无名及第名，青衣有志作平生。

87. 王季文

池阳一季文，异遇半神君。
飞化九仙术，龙门九陌曛。

88. 九华山谣

神仙半在九华山，及第三生半异还。
万里天云寻石磴，千年玉体作开关。
书郎谢职王宗素，莲花直立结蓬湾。
丹崖瀑水飞泉落，不到瑶台列天班。

89. 青出蓝

地态春秋水，天经日月明。
芝兰芝蕙草，造化造枯荣。

90. 题青龙精舍

青龙精舍木，白日八仙身。
但载年华去，何承岁月尘。

91. 感事

击石生燃火，敷肤可动心。
朱门朱者赤，见日见根荫。

92. 李拯

煜僭制书伪，翰林学士名。
文当文不举，武败武临兵。

93. 退朝望终南山

朝朝代代一南山，吏吏官官半御颜。
武就文成真伪事，晴明晦朔渭河湾。

94. 和陆鲁望白菊

白白黄黄紫菊开，金金玉玉素颜来。
瑶媒作伴风流色，只见徐妃带意裁。

95. 送羊振文先生往桂阳归觐

君家祖德苦惟清，学士文昌继世明。
半在书香荣冠士，三迁不恨作精英。

96. 月中桂树

桂树人间望，寒宫世俗闻。
嫦娥同玉兔，后羿日从君。

97. 书边事

三边叶落九边城，一世朝廷半廷声。
战战和和征不定，宁宁戍戍战争平。

98. 远归别墅

归心半望邻，别墅一河津。
不识园篱草，谁知几日春。

99. 题友人屋

一经分邻里，三春不逐秦。
闲门闲日影，静水静波濒。

100. 赠同游

共采繁花色，同寻静水洼。
明明沉日月，隐隐见光华。

101. 送人出塞

塞外多风雪，寒中少客乡。
征鸿东北望，落叶满衡阳。

102. 寻僧元皎因赠

寺影连松路，山形落石门。
相逢相不语，独得独慈恩。

103. 下第后蒙侍郎示意指于新先生宣恩感谢

书生及第一龙门，八句诗文半御恩。
只以心思藏日月，人间几处可王孙。

104. 夜泊渭津

江湖曲处有濒津，日月行中见夏春。
不远长安长路远，何须一望一无邻。

105. 晚夏逢友人

晚夏荷莲色满塘，风轻雨细好思乡。
战友共枕谁无子，长安渭水友人庄。

106. 秋中夜坐

惊禽背月飞，别客向心归。
爽气荷衣冷，空庭未闭扉。

107. 旅伤春游

鸟倦江村路，花残夏雨云。
风流风不定，日影日纷纭。

108. 得远书

日下一书来，心中半意开。
殷勤关照处，谪宦上天台。

109. 赠同席

后到意先归，情深欲简微。
琴弦音不断，笨鸟早应飞。

110. 赠供奉僧玄观

不得曹溪法，玄观供奉僧。
朝廷朝日月，一念一明灯。

111. 送琴客

夜静骚人语，商音别鹤鸣。
宫徵旁角羽，五色五音平。

112. 别谪者

八月三湘雨，千年半古今。
行人行不尽，别道别君音。

113. 行思

人间无辍业，世上有耕耘。
字字文昌客，诗诗主客分。

114. 感怀题从舅宅

序：
寄母从润花兄。二舅家居马圈子，我属马。
诗：
马圈三生马，亲娘一舅亲。
平生农二子，远宅自无邻。
铅矿桓仁路，离程已记尘。
风霜风雪去，寄此寄吾人。

115. 与友会

相交相不隐，有会有心明。
树顶蝉声起，无邻独自情。

116. 心春游侣

草密清潭碧，林多有暗香。
莺啼无所顾，野鸟有亲妆。

117. 寄栖白上人

半隐山泉里，三生水月中。
琴书诗画意，自力养无穷。

118. 送人游边

无边无所谓，有界有增容。
以此萧关望，王孙几代踪。

119. 送人入新罗使

新罗先日晓，故国晚霞明。
立册星赖越，金涛四海荣。
春宵生紫气，使节渡前程。

120. 咏铁马鞭并引

序：
贞观四载尉迟恭，铁马鞭垂汴水中。
节度曹华凭得献，圣代无双复望东。
诗：
汉血经天不必鞭，秦川养马有余田。
江山自以行千里，日月双明照万年。

121. 送友人

举步何知道路期，儒行未得十先知。
人间不遗无名利，陌上难闻有别离。

122. 南潭

南潭掩古苔，北渚杜鹃花。
一片红光照，三杯向早梅。

123. 秋夜作

秋风近杜陵，上国远云凝。
不守林泉路，何言水月僧。
荷叶三更雨，古寺一明灯。

124. 客恨

直木风多小雪余，兵戈不定帝城居。
行吟酒醒王孙路，客恨难鸣夜半书。

125. 三月尽日

花繁三月尽，草感一川荣。

势力无长短，生机有弟兄。

126. 绿珠咏

芳华金谷落，玉树绿珠倾。
一笑孙家子，三春百草明。

127. 杜邮馆

惩降兴戈一杜邮，功名只在半边州。
无知不作英雄退，只见江波逝水流。

128. 赠别

逝水江流去，风波不见回。
君心留此路，别道再无催。

129. 闷书

归心应不远，客路总相遥。
碧玉姑苏岸，江湖百小桥。

130. 伤春

一夜风和雨，三更露沾花。
珍珠含玉蕊，满地纳新华。

131. 登临洮望关

临洮一望到萧关，满目荒沙半目山。
妇女知边多土地，男儿狩猎过河湾。

132. 寄彭泽

陶公彭泽令，五柳半生田。
不向琴音问，知心可弃弦。

133. 细腰宫

醒醉细腰宫，琴笛管临风。
秦兵临楚女，不见一英雄。

134. 瑶台

不待荆王去，瑶台一处游。
香魂香不在，有雨有春秋。

135. 吴坂

伯乐称奇骨，秦川养马骝。
惊天千里去，向背十三州。

136. 箕山

箕山净世尘，季令有秋春。

薄世多风雨，人间少客秦。

137. 息国

息国兴亡去，夫人独存来。
何非曾不笑，一勇一奴回。

138. 梁寺

立国南朝寺，台城一梵宫。
高僧高自得，一卧一天空。

139. 南阳

南阳三顾问，诸葛半荆州。
八阵岐山去，千军付蜀侯。

140. 杞梁墓

万里长城石，千年白骨堆。
邻家嫱妃见，处处役难催。

141. 夷门

轩车不报关，晋鄙士回难。
已作秦师勇，阴山浊水湾。

142. 汴河

隋炀经二世，汴水过江都。
若以楼船问，长城只拒胡。

143. 燕台

招贤自古上燕台，蓟草如今已盛开，
寂寞无人无所见，秋秦夏去夏池雷。

144. 聊城

以箭仲连求，田单火烧牛。
儒人儒所计，有战有深谋。

145. 易水

易水无声久不平，空磨匕首志何成。
应知逐鹿中原战，未得青史半烈名。

146. 密县

济猛宽严治，恩威杖令单。
飞蝗飞不进，不灵故县官。

147. 升仙桥

升仙桥上望，白首路中寻。

云中云是雾，欲里欲难沈。

148. 破陈

白刃陈家破，红颜玉树花。
含情含恨水，逝去逝无涯。

149. 白头吟

枯上青丝少，心中历事多。
全轻罗带意，不独马卿何。

150. 短歌吟

不见武陵溪，何言鸟自啼。
桃源秦汉问，贵贱向东西。

151. 晋河

逝水晋河流，扬帆过客舟。
烟消成岸影，草盛作沧州。

152. 干将墓

姑苏干将墓，铸剑世间闻。
一闪三千界，飞扬五百文。

153. 金台

三春金谷雨，九夏石崇云。
绿绿珠珠问，晋晋秦秦寻。

154. 三闾庙

十步三闾庙，千年半楚潮。
离骚渔父问，一水九歌消。

155. 西河

西河河伯婆，宰牧以巫酬。
直至如今见，无神不鬼忧。

156. 严陵台

只钓严滩水，何寻水逝名。
公卿公怨恨，宠辱宠人行。

157. 淮阴

尽得漂母食，还言一饭成。
贤愚分别久，不是利名情。

158. 鸡鸣曲

自有冯生计，三更早起文。

鸡鸣知己晚，隔日夜闻君。

159. 采桑妇

作茧层城着，求丝妇采桑。
春心春不住，此物此情伤。

160. 渔父

乌江渔父问，一诺向江东。
只与风云涌，无言楚汉宫。

161. 越女

姑苏台上馆，木渎水中娃。
十灵灵岩寺，三吴越女花。

162. 望思台

成奸成宠辱，一望一思台。
蓦路巫蛊事，无因向背来。

163. 比干墓

国破忠臣见，人危志士闻。
微山微子问，比目比干文。

164. 郢中

巴山巴水下，楚客楚辞中。
宋玉离骚见，汨罗屈子闻。

165. 北海

何须苏武问，十九年华终。
李陵三军尽，不作半生雄。

166. 招屈亭

半见招屈子已终，汨罗水逝只朝荣。
三闾溺处怀王问，一楚江山九鼎中。

167. 屈祠

人间只是有公平，世上民声作俗情。
社稷江山谁所事，王侯日月自阴晴。

168. 铜雀台

水逝台空雀，长歌短袖逢。
英雄寻不见，有始却无终。

169. 斑竹词

三湘三色水，九陌九嶷山。

一竹千年泪，湘灵已不还。

170. 题李太尉平泉庄

水水泉泉曲，庄庄木木荣。
人间多少事，尽在去来盟。

171. 战城南

城南城北战，路外路中兵。
一掠成空巷，书生入柳营。

172. 延平津

风云向九州，日月背王侯。
战事天津近，龙城紫气忧。

173. 项亭

不负拔山名，何言一霸情。
鸿沟分楚汉，垓下合王声。

174. 乌江

项羽乌江城，虞姬一剑红。
英雄如此是，不始似王终。

175. 绿珠

不必绿珠寻，花光落影荫。
还流金谷水，未了石崇心。

176. 升仙桥

升仙桥上望，四顾半云中。
不见前行路，危心四伏空。
相如何得意，司马已题穷。

177. 隋柳

一代隋炀柳，三秦汴水头。
江都江两岸，运命运河流。
永泽山阳渎，余杭四十州。
天堂天不语，地载地春秋。

178. 杨柳

一曲折杨柳，三呼灞水楼。
分离分不定，去路去人忧。

179. 桐江

重荣光武汉臣兴，利禄官名再继承。
不向江山向自得，桐江一钓作严陵。

180. 招隐

剑剑书书学，招招隐隐名。
心心何意意，利利复荣荣。

181. 陈宫

玉树后庭花，陈宫曲舞斜。
隋炀经一战，不可帝王家。

182. 樊将军庙

梦汉半分明，秦皇二世兵。
梦将军一力，日月瞩三英。

183. 东海

岛上秦皇拜，云中海水扬。
何人徐福问，远近是扶桑。

184. 昭君

琵琶一曲净胡尘，汉画三宫素面新。
自得阴山敕勒草，东南塞北女儿身。

185. 五湖

吴江半望洞庭山，只见东西一水颜。
镇夏南方同里岸，灵岩胥口五湖湾。

186. 渑池

北赵称高尚，西秦向丰饶。
渑池渑色影，击缶击天桥。

187. 函谷关

雄关函谷锁，漫道向秦川。
子夜开门去，朝阳已紫烟。

188. 咏酒二首

之一：
家兴一国荣，百事万夫英。
独有无名酒，何言醒醉行。
之二：
平生清醒路，历世忌无心，
只劝醺心酒，三杯误事情。

189. 长城

半在长城半在山，秦秦汉汉作雄关。
隋炀汴水连天下，水水山山逐世颜。

190. 过洞庭湖

已过洞庭湖，何须汴水吴。
隋炀杨柳岸，百业到江都。

191. 仓颉台

台前仓颉字，迹后有书生。
以此儒家法，朝朝见玉英。

192. 登渭南县楼

渭水满波澜，南山极目观。
秦川风月化，紫气向长安。

193. 送李频之南陵主簿

主簿南陵阳，县衙是故乡。
闲云公署落，钓影坐池塘。

194. 写怀

平生为路客，历事作人心。
老少应相近，童翁作古今。

195. 过中条山

异岳中条路，灵山晋魏踪。
云沉多作雨，鼓噪是雷钟。

196. 早发洛中

晓暗初沉月，三星自在高。
河明潮欲起，洛水已成涛。

197. 汝州郡楼望崇山

群山不可与岩峣，万仞四空落水潮。
鸟别云离风不语，人心近处客程遥。

198. 将归江南留别友人

春来春又去，旧国旧秦衣。
战战离寄后，兄兄弟弟稀。
江南江北望，独去独无依。

199. 塞外书事

塞外雪霜寒，云中木叶峦。
三边三自主，九陌九书安。
共度经朝暮，同知问波澜。
人生人所事，不欲不相残。

200. 日暮江上

孤帆广岸一峰遥，碧玉江村半小桥。
北渡钟声渔父问，南行雨树鸟惊潮。

201. 客行

不可怨途穷，前行向路中。
由心由跬步，可达可天空。

202. 送李员外知杨子州留务

帝命知留守，王程送眼前。
杨鸣杨子去，一种一经年。

203. 春暮途次华山下

独出长安别壮丹，孤身渭水望波澜。
无途在道华山下，狭狭弯弯直直宽。

204. 旅次滑台投献陆侍御

飞鸿已到雁门关，自别衡阳过洛湾。
却背秦天朝楚望，滑台隐豸向巴山。

205. 重归江南

书生归故里，客旅似他乡。
向背何分异，居留日月长。

206. 寄黔南李校书

半着戎装冷，三巴过蜀河。
黔南黔水岸，野雉野鸭多。
雨细从容客，惊心沧溟波。
悠悠天下路，处处有离歌。

207. 东归留辞沈侍郎

沧江成逝水，紫阁别来秋。
已是龙钟客，依门望暮楼。

208. 题开明里友人居

开明里外是田家，井水深泉异国花。
碧玉红尘红女子，歌歌舞舞入人家。

209. 遣怀

不恨作书生，无愁十地行。
为人民服务，草木共枯荣。

210. 送龙州樊使君

地远龙州路，邛人近俗亲。

青林溪泽土，白鸟作巢邻。
独药知名采，孤家作健身。

211. 寄螯匡薛能少府

螯匡多云水，县衙纳岭山。
樵声渔父问，一钓有池湾。

212. 送李左丞巡边

巡边巡朔漠，左辖左萧关。
牧草单于帐，琵琶羌笛还。

213. 青山馆

水隔青山馆，云浮草木花。
林齐峰顶峙，隐士谢诗家。

214. 雁门关野望

野望雁门关，滹沱近代湾。
普贤天下士，已上五台山。

215. 五原书事

一代和平路，三生草木蒿。
如何非战卒，所持是弓刀。

216. 夏州道中

蝉鸣高树顶，广漠夏州情。
九陌江流水，三吴楚蜀名。
乡兵无智勇，处处假和平。

217. 留别故人

殊图孤立本，独树客经年。
共计前行路，同为后顾田。

218. 塞下二首

之一：
安西百里一阳关，大漠千丘万仞山。
海市三元天宇阔，沙鸣九曲月牙湾。
之二：
长城内外一云天，战战和和帝业篇。
牧牧田田胡汉地，民民子子史如烟。

219. 题张乔升平故里　自述

一路前行去，三生自主人。
孤身孤业迹，独见独寻亲。

220. 题郑拾遗南斋

拾遗南斋远，书香北渭邻。
明君丹陛见，独树曲江人。

221. 寄睦州陆郎中

去国多行路，怀乡少梦心。
郎中郎所骛，远道远知音。

222. 投徐端公

无谋无策献，有意有情投。
共得江山路，同程日月舟。

223. 出塞门

暴雨声来瀑布流，荒沙电落速移丘。
戎兵不守长城暗，涓邑秦川半九州。

224. 新年呈友

月月曾相似，年年各不同。
晨来窥古镜，暮去见童翁。

225. 银州北书事

银州书北事，古往已来今。
莫以边疆界，因疑有战心。

226. 寄赵能卿

弟弟兄兄见，君君子子期。
吟诗吟所以，去道去云时。

227. 送从弟归泉州

一路泉州路，三秦渭水风。
南山南雅颂，此去此精工。

228. 经故杨太尉旧居

垂功杨太尉，汉信仰高风。
古迹留文化，行人望故雄。

229. 东归次采石江

逝水经牛渚，归东采石江。
乡思乡更远，一步一无双。

230. 陇上书事

户户连溪水，家家接隐居。
关山由此度，陇上可樵渔。

231. 陈情献江西李长侍五首　自述

之一：
五十二三年，辽东到北京。
先行成学子，毕业冶金城。
进士郎中客，中南海里行。
忠心忠祖国，立志立诗名。
之二：
步步营营垒，诗诗处处瑛。
年年如一日，十万首书成。
之三：
历历千辛苦，营营万里行。
唐人唐世界，五万五千声。
之四：
三千年历史，八百里秦川。
汉武秦皇路，隋炀汴水船。
之五：
千年千央短，一世一生长。
路路书香里，诗诗跬步扬。

232. 经八合坂

三泉流下谷，八合坂中峰。
险壑初观势，穷通似不踪。
天空应仰俯，栈道已松重。
步步经心去，幽幽石落钟。

233. 送友人北游

北出关山过晋当，南闻永济渭河云。
飞鸿暂向山阴落，万里千年只合群。

234. 曲江三月三日

春花应折尽，上国已芳尘。
夏雨池塘水，轻风四向新。

235. 登凌歊台

水断吴门路，天临梦泽云。
凌歊台上望，满目六朝文。

236. 赠栖白上人

闲身闲不住，日暮日朝书。
寺寺僧僧见，诗诗字字余。

237. 野步

吟音应自赏，野步不难遥。

十里回头路，三江月上潮。

238. 过湍沟谷

谷底鸣流水，林端宿鸟啼。

东阳初上木，石径只朝西。

239. 送友人游蜀

巴山巴水色，剑道剑门关。

褒谷砧声起，嘉陵月峡湾。

艰难行路尽，蜀楚到湘还。

240. 题秦州城

秦州城外路，渭水谷中风。

且以长安望，何言八达通。

241. 寄敬亭山清越上人

南朝多少寺，隐士敬亭山。

谢朓邻家近，秋诗白雪颜。

242. 秋江霁望

落木秋江意，离人渭水情。

同行同所异，各自各枯荣。

243. 陇州旅中书事寄李中丞

伏尽清秋旷，秦川陇上云。

长安长所事，领袖领仁君。

244. 秋日归旧山

一路蝉声近，三秋故水遥。

归山归旧去，上国上云霄。

245. 下黄耳盘

部落连云里，黄盘接雾中。

参天多直木，自古有飞熊。

246. 旅怀　自述

平生南北路，四海去来家。

大马南洋草，巴新雨国花。

丹青丹所记，七彩七天涯。

247. 题金山寺

水问金山寺，钟惊北国僧。

南朝如此是，北国五陵灯。

248. 送王侍御赴宣城

隐隐宣城水，幽幽谢朓山。

甘霖春不尽，白雪日天关。

249. 题汗湖二首

之一：

不似曲江头，相如陇坻舟。

平湖平日月，水色水春秋。

之二：

陇首华十里，湖边草半楼。

荒芜荒所茂，一钓一空州。

250. 宿青山馆

李白亭中谢朓诗，青山月下有闲时。

栖兔去后得回顾，夜梦寻思复所思。

251. 宿同州厉评事旧业寄华下

从戎从远戍，守一守方圆。

渭水樵渔客，长安日月田。

252. 闻蝉

闻蝉又似去年声，树顶无同隔岁荣。

朓望随风扬又止，清鸣落叶过边城。

253. 寄华阴刘拾遗

人人自古路条条，日日无同步步消。

彼此前程前各异，相邻却见却相遥。

254. 送王侍御赴宣城

豸载东南郡，驱车谢守门。

曾闻金谷路，不记石崇昆。

255. 春日鸟延道中

不可逐飞鸿，春秋向背风。

衡阳青海宿，岁月始无终。

256. 冬抄归陵阳别业五首　自述

之一：

平生老树根，七十木成林。

学子读书渡，关东创业荫。

之二：

桓仁桓步履，故土故人心。

七十年前路，如今不见寻。

之三：

吟诗成十万，学路已三春。

草木繁荣见，文章日月秦。

之四：

半在衡门外，三生士宦中。

学子郎中客，中书制书终。

之五：

三边三世界，五色五湖舟。

创业从零始，由心自在收。

257. 忆江南

楚楚秦秦一岭分，山山水水半天云。

朝朝暮暮精工致，去去来来事心君。

258. 隗嚣宫晚望

碛鸟多依石，胡云少满天。

伊兰西顾尽，敕勒北河边。

259. 失题

宣城万里一长城，塞上千年半塞兵。

自古人间多战乱，如今侍御作和平。

260. 送裴拾遗宰下邽

下邽桑麻地，中庸日月田。

廷因成谏议，受谪敬先贤。

玉陛仙山近，县斋养马川。

261. 送前汝州李侍御罢归宣城

豸豸冠冠谢朓城，雪雪诗诗女儿情。

近日嘉荣成故客，侍御宣州作去英。

262. 江上行

戍影临孤浦，潮痕古岸边。

东源归未得，荏苒过江天。

263. 登山

信步由心去，知身任力还。

高山低水见，独峙顶泉湾。

264. 哭宣城元征君

此去地须顾，人知有问天。
征君征日月，以剑以书全。

265. 寄建州姚员外

乡遥辞剑外，独身向天空。
仕官升迁路，官途进退中。

266. 送厉校书从事观翔

未到九成宫，丞相一事隆。
秋高鸿翼见，水月净关中。

267. 春夜同厉文学先生会宿

共月明湖望，同花夜约欣。
春光无限好，水色有天津。

268. 长安书怀

长安天下路，渭水雨中云。
白发青春远，平生苦作勤。

269. 过故洛城

故洛牡丹船，新都已上皇。
河声河不断，九鼎九州梁。
石塽田园野，池城草木荒。
重回重顾问，再举再书香。

270. 寄文山贾处士

不以秦汉间，何言社稷情。
文山多少隐，尽是去来名。

271. 下第东归留别郑侍御

下第东归去，寻吴故水来。
穷书穷日尽，再学再文才。

272. 送元遂上人归吴中

落发王畿着紫衣，禅音古刹忆相依。
天涯远远皇城近，咫尺吴中水月矶。

273. 赠天台僧

鼓蠡涵月色，浙水纳香凝。
但向天台去，云游古寺僧。
禅心留隐语，善意寄孤灯。

274. 冬夜与友人会宿

冬冰冬雪夜，会友会人心。
各路平生见，群情自古今。
琴声琴不止，问世问知音。
一曲梅花落，三更白雪吟。

275. 泗上早发

独起闻鸡舞，孤身刺骨行。
长河长岸草，一岁一枯荣。

276. 赠志空上人

了了心中志，空空寺上僧。
禅音南祖释，面壁北人乘。

277. 边城晚望

漠漠孤城独独行，空空晚望夕阳明。
川风荡荡无穷水，磙石重重叠石层。

278. 汴上暮秋

汴水一长堤，余杭半陆低。
隋炀杨柳岸，泗沚泗淮黄。

279. 春日言怀

东风独到问幽人，绿柳成行雨后新。
草色如茵春色近，闺房只见女儿身。

280. 奉天寒食书事

晋晋无烟火，秦秦有乞名。
奉天寒食节，苦尽读书生。

281. 长安寓居

贫时知故友，济世向书雄。
四皓樵渔客，三秦一始终。

282. 写怀

别别离离客，忧忧济济人。
书生书所事，路道路秋春。
暮暮朝朝奋，生生世世臻。

283. 白菊

白菊如霜雪，青松似叶枝。
林雕林所见，隔岁隔新期。

284. 中秋夜对月

十五中天月，空经上下弦。
圆圆还缺缺，隐隐亦全全。

285. 陪郓州张员外宴白雪楼

江风带雨白雪楼，落日分晖玉阁头。
一望天涯帆未尽，千波泛色十三洲。

286. 和巷侍御题兴善寺松

五寺松林半寻风。三光善待一光功，
天然自得真心在，有始如来有始终。

287. 题郑侍郎岩隐

居官达处厌公卿，问世行中隐姓名。
散逸文心真守一，雕龙进退自枯荣。
清修海石分湖路，向月池塘独落吸。
紫阁中书中省见，风声雨夜雨云平。

288. 宿灵山兰若

江心天一半，道路已三千。
夕照回光短，云平靠岸船。
灵山兰若静，阁雨寺香泉。

289. 亲仁里双鹭

双来双去忙，日暮日朝飞。
只在新仁里，知吾久事归。

290. 成纪书事二首

之一：
东吴远远问西秦，一国幽幽向五津。
洛水清清流日月，伊兰处处净胡尘。
之二：
荏苒无穷白首翁，田园有界半亩丰。
孤城月落开元尽，四野荒田古道空。

291. 秦中遇友人

南南北北过春秋，事事人人问九流。
暮暮朝朝行不止，成成败败自无休。

292. 过分水岭

渭水黄河汉水长，秦川一岭楚川扬。
东流不止分南北，入海始作万国洋。

293. 讲德陈情上淮南李仆射八首

之一：

新规旧则制华夷，佐圣贤文仆射笄。

历战梁城梁自立，经朝晓暮晓天霓。

之二：

朝时朔漠暮时秦，一代江山一代人。

比德由无成侣社，潮流不见广陵春。

之三：

十纪诗成不一名，三生已作白头英。

丹霄到老天涯远，不可偷闲总自惊。

之四：

不把公卿一字书，天涯海角半心余。

巴新大马南洋去，莫以云天自作居。

之五：

平生一种到巴新，七十三生别故人。

不以郎官天下见，精英处处纪秋春。

之六：

丹霄不在桂枝归，白首难平万里飞。

赤道巴新重创业，诗人只此一生微。

之七：

楚玉如成汴玉分，王朝不似帝朝君。

乾坤若此以龙门界，锦鲤三春各带云。

之八：

一度春闱领榜名，三明进士向苍生。

戎装但得江山静，教化高同草木荣。

294. 送杜仓曹往沧州觐叔常侍

别带秦川雨，离行魏水风。

鸿来云落下，日照海西东。

295. 雕阴道中作

一去绥州北，三边半结冰。

雕阴途道碛，固迹垒城磴。

再访昭君墓，重闻太子陵。

296. 献独孤尚书

白首依前白首秦，红颜照旧帝颜新。

登龙已过三生路，苦役年年半日春。

297. 将过单于

石碛连天堡戍稀，蕃邦野帐望天机。

随身战器应常持，不解戎衣不独依。

298. 贞女祠

云云雨雨不相关，独独孤孤两面山。

咽咽渚渚灵泉水，贞贞女女半人间。

299. 宿华山

华山一路半仙留，异境千峰四十州。

石石溪溪川谷墼，松松鹤鹤满嵩丘。

300. 送张员外西川从事　自述

不以为郎不入朝，金章豸角挂琼瑶。

巴新大马园区事，首辅嘉招一路桥。

301. 题慈恩寺元遂上人院

近在皇宫近在朝，慈恩寺塔入云霄。

河源润泽公卿待，不守樵渔独木桥。

302. 留别从弟郴

俱值太平时，同行客路知。

分离分几久，不别不思迟。

303. 寻山

陌岭常闻虎，随溪古刹钟。

幽禽幽自得，异类异人踪。

304. 送徐侍御充南诏判官

通庭传圣旨，邢城化戎情。

地僻山川峻，人稀日月明。

江流清到底，草木碧繁荣。

佩印回期绶，功劳主客成。

305. 送省玄上人归江东

江东一路久安禅，释律三吴近越天。

不锁毒龙留石偈，长安日照作儒贤。

306. 送刘校书游东鲁

赵魏阳光旭，龟蒙海雾潮。

东邦游不止，北陆雅听遥。

内阁谁趋步，荒丘草木凋。

307. 送金吾侍御奉使日东

孤山迎返照，积水映天行。

作使还乡去，金章玉佩怀。

308. 题甘露寺

丹霄丹槛色，寺鼓寺钟鸣。

泽广连云梦，云祥北固城。

金山甘露水，法海渡人生。

再顾三吴蜀，重思一魏营。

309. 送防州邬员外

东南一政声，太守半殊荣。

万水精明肃，千溪路马行。

防州防物化，一业一相倾。

310. 陪友人夏夜对月

末伏中宵月，寒光付叶霜。

秋深蝉已静，水净闪萤藏。

311. 送从弟筹任告成尉

地古多明鉴，灵溪少养鱼。

从戎从社稷，告任告诗书。

312. 秋日陪陆校书游玉泉

共探泉源玉，同寻细水生。

涓涓流不尽，石石阻无成。

沫滞潭花岸，珠连洛鸟鸣。

川山川谷色，远见远溪明。

313. 冬夜怀真里友人会宿

帝里山阴会，吟诗作画盟。

明星寒月色，古韵付今情。

314. 过穆陵关

日过穆陵关，云沉两岸山。

荒芜无守吏，落雁已归湾。

315. 江上遇友人

花开一杏圈，别路半长天。

阙下催程远，云中滞雨悬。

如今江上遇，隔岁可同船。

316. 忆宛陵旧居

江青江水色，旧忆旧陵阳。

板路板桥故，人踪人迹荒。

317. 题闻琴馆

化俗闻琴馆，留芳驿社堂。

明城明左传，绿水绿绮扬。

318. 宣城送进士郑徽赴举

水国宣城路，秦川渭邑城。
长安长是客，学子学无情。
所去无归序，应来有旧行。

319. 题李昌符丰乐幽居　自述

诗家依阙下，枣树向空中。
菊菊兰兰养，骚人颂雅风。
东城东海岸，北巷北人翁。
自是农天子，应名格律工。

320. 青山晚望

三山摇落叶，四海涌潮头，
夕照红霞水，余辉远岭丘。

321. 寄江上弟妹　自述

书生书未得，去路去难归。
弟妹何想见，途程各自飞。

322. 言怀　自述

事事自关心，忧忧向古今。
时时无废历，刻刻有知音。
创业从零始，各种独自寻。
诗词连日月，格律逐甘霖。

323. 汴河

长安板渚涿州头，泗沘山阳汴水流。
木渎余杭余水色，江南运命运河舟。

324. 旅中送人归九华

无因随鹿去，有道送人归。
九九华华去，山山处处微。
三生三世界，一步一开扉。

325. 送友人归江南

江南惊暮鼓，北陆问晨钟。
上国身无主，西安客有容。

326. 邵谒

翁源人少吏，令怒读悬梁。
古古今今愤，儒儒释释扬。

327. 句

当空明月色，望水有深渊。

328. 洞庭湖

江天一色洞庭湖，竹泪三湘鼓瑟急。
日尽溪烟花扑面，渔人唱罢女儿奴。

329. 放歌行

灵龟不似鱼，吏令未知书。
楚国三闾去，汨罗一水居。

330. 长安寒食

长安寒食节，介子在绵山。
晋耳应知火，清明可问还。

331. 贞女墓

如今坟墓上，有土只无花。
持节操心死，坚贞作女娃。

332. 自叹

春蚕丝已尽，结茧待待缫时。
造物何如此，形身自不知。

333. 送徐群宰望江

知书富贵不知耕，劣质琴弦怪异声。
五柳陶潜应弃木，三湘竹泪二妃情。

334. 秋夕　自述

但得农夫见，耕耘日月天。
时时辛苦致，处处作琴弦。

335. 战城南

秦皇征战鼓，汉武共长城。
战士轻生死，公卿误甲兵。
功勋飞将去，忘记李陵鸣。

336. 送友人江行

水水流流逝，波波浪浪重。
东流东不止，带色带明踪。

337. 下第有感

下第无名秩，知书有序成。
青云青水色，逝日逝天盟。

338. 论政

战战和和论，田田税税征。
孙弘开阁闭，丙吉问牛名。
内阁公卿绪，天官两省名。
中庸中所道，独树独精英。

339. 览孟东野集

诗成留作古，剑断有锋芒。
意哲归人去，夫沦久独香。

340. 赠郑殷处士

知音先已死，汉水入长江。
鹤去良工独，鱼沉比目双。
颜回何不禄，子路自家邦。

341. 古乐府

谁知今夜月，已照几多人。
乐府曾今古，音琴可晋秦。
车轮知所向，造化造其邻。

342. 经安容先生旧居

羽化曾留名，安容已足踪。
明泉明月在，几度几云封。
岁岁桃花发，年年阔叶松。

343. 望行人　自述

一路行踪万路中，三生故异九生同。
人人处处何相似，独独孤孤自始终。
步步程程应所向，心心意意可西东。
同同有见非同见，共共无穷是共空。

344. 岁丰

岁岁丰丰望，年年俭俭明。
华人华所食，节度节其荣。

345. 金谷园怀古

金谷园中有绿珠，荒花野草石崇无。
骄骄奢奢骋容女，不作英雄不作奴。

346. 春日有感

贫人言不拙，富者事贪婪，
但见春桑女，丝丝不问茧。

347. 学仙词

秘诀无营术，神仙玉石成。
丹炉丹所寄，祖炼祖龙名。

348. 伎女

何知金谷路，不学坠楼荣。
造化山河水，琅玕日月平。
青山青不止，玉树玉难成。

349. 寒女行

成丝蚕茧养，织锦夜穿梭。
素女天河望，牛郎喜鹊多。

350. 览镜

朝临朝白发，暮照暮容多。
共在方圆里，同行日月河。

351. 轻薄行

薄薄衣裳短，轻轻透玉英。
红颜红似水，淑女淑肤明。
一曲公卿误，三湘竹泪情。

352. 苦别离

十五为君子，生儿一岁多。
长城倾倒后，二岁唱笙歌。
塞外风水继，辽东草木莎。
云中云不定，陌上陌阡科。
白骨男儿问，青丝变白婆。
应知寒女子，不学嫦娥。

353. 览张骞传

寻河不得源，采药问胡蕃。
一路西行去，千川草木繁。
异域同日月，进退是轩辕。

354. 白头吟

日月不偷闲，乾坤自列班。
邙山多草木，白首去远还。

355. 瞽者叹

有目无天地，无声有去来。
朝朝还暮暮，见见复猜猜。

356. 送从弟长安下第南归觐亲

上第无情下第情，兄兄弟弟父母声。
应知近处恩慈在，以此平生草木荣。

357. 少年行

报仇何须剑，回恩不用兵。
韩彭年少见，辅国丈夫行。

358. 汉宫井

班姬一汉宫，十丈辘轳空。
只照身前井，文章自不穷。

359. 紫阁峰

太白山河近，秦川草木遥。
周时知养马，汗血向天骄。

360. 显茂楼

渭水秦川显茂楼，浮云草树渚沧州。
繁华翠碧群芳色，古月今琴一半悠。

361. 送李员外频之建州

不上武夷峰，休栖草木容。
为郎为日月，化切化雕龙。

362. 送许棠先辈归宣州

字字声声合埙篪，诗诗律律格音知。
太白当涂曾不酒，宣州谢首谪仙迟。

363. 穷冬太学

白雪梅花色，穷冬太学生。
匡庐匡瀑布，有望有流明。

364. 陪郑诚郎中假日省中寓直

假日郎中许，从容信步情。
中书门下路，寓直守王城。
独宪高庭照，群司诸印明。
茶香茶品探，上下上浮荣。

365. 寄何绍余

芙蓉苑北曲江明，远望终南草木荣。
魏阙贤门闲尚契，秦川养马故声鸣。

366. 下第寄欧阳瓒

下第欧阳一路奇，干戈起处半先知。

江宁莫作金陵石，僻道方成十万诗。

367. 送谢石先生归宣州

一送谢宣州，三冬白雪楼。
听莺听泽水，造物造春秋。

368. 送人宰浦城

作宰应无俸，行官可有英。
高悬明镜照，俯察见民情。

369. 省试腊后望春宫

莺前听不语，腊后望春宫。
省试皇都色，书生玉宇空。

370. 寄省中知己

知人知己见，共路共思闻。
白雪阳春曲，心邻始是君。

371. 朱坡

渐觉溪田秀，秦都总不同。
王家天子路，陌上纳春风。

372. 酬陈樵见寄

不可闲眠久，何言失意奇。
陈樵陈所隐，不竞不亲为。

373. 华清宫

华清宫里水，处处是温泉。
不以明皇见，骊山太子田。

374. 终南山

终南山顶雪，夏日向长安。
魏阙朝天净，金銮日月冠。

375. 歌风台

江东唱大风，楚汉各英雄。
社稷江山问，民心是始终。

376. 送人归日东

东方应日立，本土有和僧。
造化经文久，扶桑有色兴。

377. 寓兴

英雄归厚土，日月问闲人。
百岁何知己，千年几世民。

378. 少年行

自古少年行，青春十载名。
歌钟歌不止，塞上塞民兵。

379. 塞上还答友人

人生只问边，上国有桑田。
牧草牛羊野，耕耘汉魏泉。
相同相异见，日暮日朝天。

380. 哭栖白供奉

供奉才难得，吟诗不厌贫。
黄泉无远近，不有有秋春。

381. 送升道靖恭相公分司

星沉关锁冷，晓色驿灯寒。
已见分司路，长亭古道宽。
何承由此望，意气在云端。

382. 关下早行

白首早应行，黄河自有声。
人明人不断，积日积生平。

383. 曲江

草碧曲江边，人居木壳船。
妖姬云雾里，柳絮逐歌旋。

384. 长安遣怀

醉醉平生醒醒名，官官宦宦有阴晴。
青龙寺里三门上，佛佛方兴道道荣。

385. 送僧游太白峰

太白云深处，终南雪顶端。
同样奇异见，共得不戴寒。

386. 哭造微禅师

禅师一造微，白塔半陈晖。
莫以秦皇鸟，神仙去不归。

387. 献同年孔郎中

同年共事孔郎中，问遍江东唱大风。
桂帝关居衣未暖，精英所向路无穷。

388. 闻雁

潇湘羽翼雁门关，半以春秋半去还。
一字横空天上语，人形首尾宿河湾。

389. 送惠补阙

严滩不钓去官心，入竹沧州有古今。
寄迹樵渔何自立，东门得禄几西林。

390. 苦雨

断断无声续续声，云云雨雨两相平。
霪霖陋巷沟坑水，碧玉泥泞积滞情。

391. 长安寄事

暮鼓晨钟永泽堤，长城白骨各东西。
山山水水文化异，古古今今百世笄。

392. 和周繇校书先生省中寓直

中书真吏隐，不必更严栖。
击案垂钓处，文王吕尚题。

393. 和友人贼后

江山曾未静，鸟兽去何归。
四野桑榆尽，三光有是非。

394. 翰林作

特赐王庭及第身，江波渐远老来人。
相如不得昭阳赋，半寄弦音半在春。

395. 待漏院吟

春莺已上万年枝，玉漏倾平不恐迟。
待漏趋鸾皇帝笏，阶墀蹁步已先知。

396. 慧山寺肄业送怀坦上人

高山流水去，汉水白云开。
夏口闻黄鹤，知音玉石台。
清怀无羁东，百草嵩华催。
永日离襟短，孤帆别后来。

397. 读惠山若冰师集因题故院三首

之一：
莫道声容远，常吟白雪诗。
冰层冰可净，故院故人师。
之二：
异境高人意，同怀日月诗。
佳人佳句得，一刹一生时。

之三：
一隐半开扉，三生两世微。
朝阳朝不止，暮色暮云飞。

398. 白咏豆花

玳瑁玲珑色，斑犀璞玉华，
天光天未照，夕彩夕云霞。

399. 自惠山至吴下寄酬南徐从事

独步常州苑，孤吟锡惠诗。
江南江水色，上国上忧迟。

400. 中秋夜戏酬顾道流

一月嫦娥半月空，婵娟不锁问仙翁，
寒宫玉树人间望，后羿无闻桂影丛。

401. 欧阳澥　咏燕上主司郑愚

翩翩乳燕画堂开，古古今今几去回。
独独双双飞不尽，春秋社日向谁来。

402. 句

之一：
落日思年少，朝阳问道先。
之二：
童翁何共济，老少各同家。

403. 雪诗

大雪兆丰年，春梅色百川。
农夫桑亩润，四海玉皇宣。
只略民间见，祥云化雨田。

404. 赠伎命洛真

新章见洛真，玉影向秦春。
已得横波顾，何须不伎人。

405. 郑仁表

仙哥天水客，一曲太清明。
流霞潜谑谈，不尽玉肌情。

406. 句

木直一华山，黄河十八湾。

407. 句

文章世界先生路，阅阅人间一柱天。

408. 杜甫同谷茅茨

工部栖迟去，邻家厌世贫。

青山连谷雨，白社逐秋春。

旦见孤云落，无闻杜甫沦。

409. 栗亭　鸿刻石同谷曰，工部题栗亭十韵，不复旦

杜甫栗亭诗，碑文已不知。

悠悠无载纪，落落有何时。

410. 泥功山

立石泥功证，天然诡怪形。

人情人所在，不可不丹青。

411. 昆明池织女石

昆明池上石，织女立中名。

脉脉神情意，盈盈锦帛轻。

粼波机促响，水色彩霞荣。

只以人间寄，牛郎自不行。

412. 绝句

大璞无瑕玉，中庸有长盟。

江山江不止，社稷社人生。

第九函　第九册

1. 皮日休

伪署黄巢学士名，襄阳性傲鹿门情。

长安进士咸通第，不辨人间有福生。

2. 补周礼九夏系文

夏者大之名，重歌九叠声。

钟师金所掌，注曰郑康明。

郑卫窃窕独，呜呼鲁颂荣。

何亡何续集，以补以今情。

3. 王夏之歌者王出入之奏也

皎皎行官吏，爣丽金銮天。

舒明千四野，上下如王田。

列列龙旗语，贞明比洒泉。

徽徽征入阙，色色几观年。

4. 肆夏之歌者尸出入之所也

仪仪青庙路，象象服丝弦。

送送迎迎曲，神神敬敬仙。

5. 昭夏之歌者牲出入之所奏也

郁郁半其鸣，轻轻一所牲。

全乘全不与，九夏九阼荣。

6. 纳夏之歌若四方宾客来之所奏也

无麟无不絷，有约有维名。

筊乐知宾至，愉情答德萌。

7. 章夏之歌者臣有功之所奏也

锡锡鈇鈇杖，臣臣虎虎王。

瓒烘征钺泮，封疆帝业昌。

8. 齐夏之歌者夫人祭之所奏也

内以夫人馈，中行葇足梁。

衡从衡左右，侧侧亦长长。

9. 族夏之歌者族人之所奏也

供源谁所誉，九族汇汪洋。

石磊群峰主，江河夏而湟。

10. 械夏之歌者宾即出之所奏也

存狭嘉宾约，为之礼酒尝。

音琴钟磬继，节雅倾天祥。

11. 骜夏之歌者公出入之所奏也

衮衮其衣出，桓公珏玉章。

三孤成国福，二伯是皇汤。

12. 三羞诗三首　并序

序：

射策肥陵退，都门岁日休。

留私和自己，泣语得颜羞。

之一：

败败成成一士名，兴兴废废半枯荣。

生生世世何崇辱，曲曲分道所盟。

宪宪章章由曲府，方方寸寸可丹青。

冠冠冕冕邻天子，豸豸墀墀近君缨。

之二：

许舍征兵哭，呜呼奉诏行。

连年连战事，子女子无生。

之三：

南荒不泽吏难兵，未可中原夏辱名。

七尺男儿交趾去，三年故事又重生。

齐民租赁以征戎，魏土荒凉任弃耕。

十载天涯无永定，南安渭水几枯荣。

13. 灾二首

之一：

一片蝗虫萎，千村一扫光。

淮阡淮陌断，一灾一天荒。

之二：

路满饥民断草根，穷荒食子夺慈恩。
如何有术从司牧，历能空赢任弃村。
不近官仓谁道士，农家利禄父母吞。
明公恤帛粮衣见，四十男儿作鬼魂。

14. 七爱诗

房谋杜断太尉真，谢守桃源五柳纯。
太白卢征元德秀，东都太子傅居春。

15. 房杜二相国（玄龄如晦）

房谋杜断半贞观，贱贱贫贫一品冠，
万古清风今古纪，和平战乱久维安。

16. 李太尉

太尉中原十万兵，王畿战取一皇城，
功高盖世勋仁德，墨子临天气七秦。

17. 卢征君

已似巢由隐自身，嵩山草木共秋春。
何言李广真飞将，只有人生半事秦。

18. 元鲁山

清名只似伯夷人，半在冠官半离秦。
取得逍遥天子路，幽幽净净自亲邻。
穷年布履芝兰采，一极乡米指日珍。
月上琴弦琴自语，云归水色水津濑。

19. 李翰林白

太白青莲一世名，神仙饮酒半相倾。
芙蓉国色清平调，捞月当涂醒醉生。

20. 白太傅

经纶乃器一诗生，六艺苏杭尚守耕。
太傅东都居易赋，西湖竹篱白堤名。
珍珠不在浔阳水，野火春风岁又生。
处处应鸣司吏制，声声不尽已声声。

21. 正乐府十篇

自古天承乐府诗，无须格律韵音知。
休戚与共人情事，管钥同声共埙篪。
闻周礼教太师职，魏晋陈梁侈丽时。
以是观之成玉字，宣于咏颂正于辞。

22. 卒妻怨

河湟三卒去无归，战战和和久是非。
岁岁飞鸿飞不尽，年年妇妇未相依。
妻妻妾妾凭空望，妇妇夫夫各自微。
半亩田桑辛苦种，三生老女靠门扉。

23. 橡媪叹

一霸封疆自立王，三边守柱战争狂。
长城白骨堆无尽，十亩田园九亩荒。
狡吏贪官收税赋，空仓食橡作儿粮。
榛芜子散经天采，岁未青黄不见肠。

24. 贪官怨

贪官已弃故人乡，读学无知弟子伤。
出自农家农已忘，暴敛横征自断肠。
积滞金银成粪土，私心垒欲对炎凉。
闻天一火倾家产，半是黄金半是殃。

25. 农父谣

农家父父母母辛，日日桑田苦苦人。
一户从征从十士，三边助战助君臣。
江淮自古多粮米，岁岁兵丁将帅陈。
子尽荒芜疑断后，应无续继已无邻。

26. 路臣恨

一路行尘半驿居，三朝旧制五朝余。
儒生不尽田园尽，战事难明弟子书。
但见长城分内外，千年白骨已无誉。
农夫道义冠官苦，独步人间总不如。

27. 贱贡士

何新何贡品，不见不知文。
物以稀为贵，人思自苦勤。

28. 颂夷臣

夷臣识汉文，善举认仁君。
互学方为上，相和可日曛。

29. 惜义鸟

义鸟不问家，何分你我他。
应巢应所哺，受捕受同权。
共死同生类，无知有见挞。

30. 哀陇民

秦川不养民，陇水奉天津。
戍卒多无命，贫家早断邻。
长城移更远，白骨已无亲。
古以皇家界，今何牧战巡。

31. 诮虚器

襄阳檠器制，库露诮虚真。
古以乔林直，今无巧诈纯。

32. 奉献致政裴秘监

本胤何征半士情，高冠色冕一难平。
江西玉季陶潜酒，月伎逍遥谢守名。
白首钟陵溪钓去，方舟魏阙不维行。
苍生驷马车悬见，百视终南以誓盟。

33. 秋夜有怀

穷秋已入冬，故物半成封。
梦里忧人泣，惊来上国宗。
功名成立晚，日月自天容。
出门前程路，回头觅旧重。
文家梁楚客，济世学青松。

34. 喜鹊

登高喜鹊枝，共民独栖迟，
七夕天河去，三生织女知。

35. 蚊子

隐隐藏身处，声声暮色行。
其音应细细，以害损生生。

36. 鹿门夏日

夏日鹿门山，襄阳汉水湾。
南屏观岘首，北树问天颜。
自有垂碑见，羊公已不还。

37. 贫居秋日

贫居秋日末，落叶已飞扬。
独独端端学，篇篇卷卷香。
邻家邻织女，有意有低昂。

38. 偶书

读学颜回巷，行身子路频。

知贫皆努力，以富必无仁。

39. 读书

学学半相如，声声一读书，
儒生儒日日，子曰子趋趋。

40. 皮日休 引

之一：
鲁望读襄阳，征言五百章。
宋文曾所纪，孟子浩然乡。
之二：
汉水南荆一楚天，庐罗鄢郢半幽然。
峰奇巘绝班班造，屈直乔林处处连。
隐卓隆中师表见，东吴借蜀魏当年。
房陵一柱圆穹势，砾琇玄虚牧政田。
幸狩中兴泾渭论，求舜闻尧骤斯贤。
檀溪一跃成天地，易爻玄才组绣边。
孟子期文当玉宇，甘平受辱牛衣怜。
三如百觚明灵鉴，九脉千篇以史悬。

41. 二游诗

序：
自造优游万卷书，吴门守世半相如。
林泉典史经文略，鲁望相闻际子居。
诗：
唐诗百万半朝田，著作三千弟子传。
一国江山南北月，星辰九陌半和年。
隋炀选士文优择，水调歌头汴柳船。
墨帛扶苏仓颉字，凌波洛逐建安贤。
黄河远上青云里，鹳雀楼中夕照悬。
日暮乡关何处是，知音夏口鹿门天。
襄阳撼岳明皇问，八月湖平孟浩然。
已近南阳苏岭色，枫桥夜泊草堂前。
安西二使凉州去，蜀道难行乐府篇。
少府三秦城阙辅，登高白鸟五津宣。
秦滩夜泊金陵梦，放雨乌衣巷口娟。
得月为嫘夫子陆，翩翩野貐作余婵。
平原巾帼驱牛马，拔帜江湖五湖边。
不惜囊钱应换酒，金龟一醉慰青莲。
明堂化首齐驱让，制书先生词韵研。
宰着婳修风雅颂，儿童五岁咏方圆。

42. 吴中苦雨因书寄鲁望

三吴自比海低惊，雨里云中沪渎鸣。
水怪鲸鲨鱼鳌蟹，王程帝命路相倾。
天台不可天河界，越水应平自在平。
不必东流东入海，池沼作网五湖明。
钱塘八月潮头举，六合三秋向日荣。
古寺通幽花木色，禅房夜话客心清。
咸阳月下东楼望，锦瑟无端有泪生。
赤壁周郎曹孟德，乌衣巷口滁州行。
隋宫望岳商山早，受降城闻上苑情。
岁暮南山春野尽，齐山九日雁飞横。
云烟沆瀣宣城北，降虏君臣万阵衡。
鹿柴春江花月夜，秦淮水泊石头城。
葡萄美酒胡姬劝，白雪阳春下里婴。
晚次金山曾北固，长安渭水万波倾。
终南别业知闺怨，九日蓝田塞上兵。
诸子襄阳登岘首，秋登魏万共精英。
黄河九曲由军戍，早雁归飞北南盟。
近眺华阴华夏志，云阳馆外凤凰声。
峥嵘赤角云西去，玉露雕伤太守宏。
竹竹枝枝杨柳曲，相思不得久思萌。
琴台不逐江流去，黄鹤楼中白鹤更。
暮落南山青海暗，无题烛炬见阴晴。
行经五岳嵩阳府，岁岁离离草木菁。
贾至临朝宫步举，平明春帚自耘耕。

43. 初夏即事寄鲁望

廨宇桐荫旷远情，春云夏雨久阴晴。
薜垣已作干城架，陋室临渊壑谷生。
羽鹤同飞同自在，羲皇共语共精英。
肥城倒履应闻左，古酒倾心绿蚁情。

44. 二游诗・徐诗

著姓为东莞，方州凛冽清。
宣毫宣纸帛，塞笔塞秦名。
莫以扶苏见，何言二世名。
楼船楼所议，运水运河平。
夏雨三吴洁，秋云半宇晴。
钱塘潮不尽，宦得五湖情。
苦力辛勤致，参卿列士盟。
通侯通印鉴，万步万家城。
廨宇分纭旷，玄微木草萌。
孤高孤奕代，独树独相倾。
苟昧斯文伐，乡皋谷镃英。
良筹良善学，杜宇杜鹃鸣。

45. 小桂

寒宫多桂子，后羿少人情。
八月花香见，三生百子萌。
嫦娥应已悔，玉树冷清清。

46. 二游诗・任诗

一宅林泉静，三生玉宇宁。
终身离嚣杂，佐浩近零丁。
性散无乡党，情真有渭泾。
红莲红净水，白鹤白云屏。
古木乔林直，溪流逐水灵。
茅庐茅草厚，石径石方亭。
步步烟霞里，阶阶草秀青。
宋冠闲不整，布履布衣丁。
不第闾阖路，无言井市庭。
猿眠猿不语，鸟宿鸟栖翎。
暮以东山望，朝来谢守瓴。
人生人自得，历世历余馨。

47. 追和虎丘寺清远道士诗

之一：
鬼鬼神神几有无，心心意意自扶苏。
真真伪伪何分别，实实虚虚在所图。
鲁圣春秋春已始，齐书日月日知儒。
贤贤拙拙经天地，隐隐明明作丈夫。
之二：
子路先生问鬼神，生公点石虎丘春。
无无有有无中有，信信疑疑疑信真。
世世人人心得意，今今古古念叮亲。
应知助我成天目，可望民间有正轮。

48. 追和幽独君诗次韵

老树少凌空，横荫左右隆。
头冠封顶色，羽翼逐年丰。

49. 奉和鲁望读《阴符经》见寄

阴符正卷自伊祈，日月精融已玉玑。

四百言中天地咒，颛顼委白帝王依。
光明舜察传衡禹，九伯天玄什器稀。
夏族刑人玄自十，天皇五帝着王衣。
青青紫紫春秋继，圣圣贤贤日月机。
政政刑刑分所定，奸奸直直逐绯衣。
轩辕社稷江山立，桀纣姬公树帜旗。
觉悟菩贤儒佛道，文殊智慧帝王畿。

50. 初夏游楞伽精舍

千寻山有水，绝顶峙无梁。
顿可风云起，时倾草木装。
春云应不一，夏雨久经常。
但以从精舍，居心任志匡。

51. 公斋四咏 小松

婆娑三尺足，节律一清明。
植树幽州岭，龙鳞表面生。
经年成翠岭，历雪作精英。

52. 新竹

江南唱竹枝，塞北信天词。
有泪流无得，扣声似得期。
男儿邻水去，女子越山知。

53. 鹤屏

如行方丈路，翘足四方寻。
引讯观云势，临流向水深。

54. 奉酬崔璐进士见寄次韵

伊人由所见，进士可图殊。
岁谬匡心在，文章策令符。
篇篇应练历，句句选珍珠。
力士三声唤，明皇一念奴。

55. 太湖诗

放形不可在襄阳，万里蓝关已别乡。
汉水休戚辞渭色，东游逝日太华梁。
穷嵩北岳扬州岸，北固姑苏寄曲肠。
震泽祈灵图异迹，江湖二十述成章。

56. 初入太湖

鼋头渚水太湖舟，马迹山光夹浦洲。
震泽松陵同里岸，吴江木渎女儿楼。

东山镇夏金庭色，苎里穿隆胥口忧。
半在姑苏无锡渡，湖州草木洞庭头。

57. 晚次神景宫

夜半包山一扁舟，攒空万仞半层流。
峰峰壑壑风云里，海海烟烟鼎气歙。
晓色喷波红尚黑，霞光一隙十三州。
钟声已起琴音响，不是丝弦是鸟啾。

58. 入林屋洞

百里幽塘日月精，千年石洞度微生。
灵神昳昳三清侣，放旷金堂万物萌。
玉座天然如匠凿，丹琼璃露似含倾。
云英守一东吴禹，在此真经夏已成。

59. 雨中游包山精舍

人行界外只闻天，寺寄云中几间年。
彩碧常藤垂石玉，松门不掩野花田。
云封雨雾山溪响，水逐群峰涧谷弦。
老衲胡麻三餐饭，来来去去觉心禅。

60. 游茅公坛

两水相从合一流，千山互立峙三休。
毛公以此思天地，石经南山不尽头。
日月精华精所注，神仙洞府未春秋。
祥烟四溢江山客，一亩心田觉自由。

61. 三宿神景宫

朝阳一片满包山，露滴芭蕉似玉潜。
磬语无终三宿历，流泉有石半成湾。
阶墀竹径含云现，自怡幽人不闭关。
夏夕金观奇影落，留心寄意度仙还。

62. 以毛公泉一瓶献上谏议因寄

得道刘根四百年，公泉一勺半乱仙。
红燃玉石雌雄炼，白素三光向背川。
不隐经天文武火，炎凉问地雨云烟。
玄虚渡岸人间愿，谏议亲征一瓶泉。

63. 缥缈峰

缥缥缈缈洞庭西，水水湖湖水月低。
镇夏金庭峰互对，东山苎里石公堤。
华阳顶戴吴宫间，嫒嫒云风隐约齐。

道侣天光应见寄，灵岩紫气虎丘黉。

64. 桃花坞

桃花不在武陵溪，碧玉藓坞鸟不啼。
自有闲禽精舍问，红颜绿色各高低。

65. 明月湾

明明月月水湖湾，静静清清步等闲。
翡翠岩峰三两钓，清泉石砌一半还。

66. 练渎（吴王所开）

练渎西施半在吴，夫差治水一姑苏。
连江水网秦淮岸，力士应呼一念奴。

67. 投龙潭（在龟山）

龟山在瀑一龙潭，气扑云光半海涵。
山阙珠母成水月，生犀石怪卷风戡。
龙巢溢澈逢蛟室，介府枫人比梓参。
百里波平泓日色，三吴赤鲤逸仙谙。

68. 孤园寺（梁散骑常侍吴猛宅）

孤园寺里一清萌，白芷洲中半素衾。
贝布香凝兰蕙草，清萌羽鹤待鸣禽。

69. 上贞观

山间石径盘，独峙上贞观，
启洞天钧录，齐心造化丹。
严陵滩餐钓，谢守雪中桓。
霸阵灵官纪，微和紫气坛。
虹桥虹水岸，直木直云端。
道士三清殿，儒家佩豸冠。
松林根阻路，叶祖以汉漫。
羽客由天意，禅音意界宽。

70. 销夏湾

处处太湖湾，幽幽四壁山。
姑苏无锡岸，夹浦义皋间。
销夏天池水，清风苎里关。
红莲红白色，翠羽翠青环。

71. 包山祠

古砌岩堂静，云深竹掩篁。
禅房香积雨，薜荔注池溏。

白日云端隔，青山草木乡。
吴门吴水色，永定永封疆。

72. 圣姑庙

序：

大姑山，晋王彪二女相次殁，有灵，因而庙焉。

诗：

古庙洛神灵，姑山晋女庭。
人间多少怨，尽是暮朝形。
月下机杼织，云中倏尔丁。
留情何处是，寄意望长亭。

73. 太湖石（出鼋头渚）

孔孔无明洞洞生，虚虚叠叠磊城口。
生鏻萼跗龙珠挂，鬼斧神工虺蜴倾。
网纠珊瑚成虎状，沙须羽翼鸟鹏缨。
公卿独见王侯象，一石万载百纯名。

74. 崦里（龟山下有良田二十顷）

自古东吴税赋成，千年万岁系红缨。
良田已是秦淮岸，雪月风花二十瀛。

75. 石板（在石公山前）

镇夏石公山，空疑苜里颜。
吴妃吴碧玉，小女小桥还。
月取夫人问，云从雨水湾。
江湖江不远，一板一天关。

76. 奉和鲁望渔具十五咏

拉拉拖拖一网行，渔渔蟹蟹半成城。
空空洞洞分相度，雨雨云云自结盟。

77. 罩

一罩静求鱼，无须侍自舒。
前程无阻挡，后退有从居。

78. 罶

埂埂流流水，沟沟细细渠。
行则行不易，逆止逆穷鱼。

79. 钓筒

筒中可自由，尺寸不须游。

弟弟兄兄问，来来去去休。

80. 钓车

短短长长线，车车钓钓钩，
波平波不静，有水有鱼篓。

81. 渔梁

渔梁分向背，顺逆可阴晴。
已借天然水，应承过石瀛。

82. 叉鱼

叉鱼叉迅速，有目有聪明。
一一从心去，清清任水行。

83. 射鱼

一产朝鱼射，千波逐浪行。
人为人自得，食作食相倾。

84. 鸣榔

尽日明榔响，惊鱼四处藏。
钩叉鸥鹭等，只向故人乡。

85. 沪

之一：

竹竹栅栅格，通宜去不难。
求鱼求顺逆，沪止沪行舛。

之二：

游鱼知向暖，互聚上盘温。
不可栖心处，何言鼎镬魂。

86. 种鱼

半亩种鱼塘，千斤作米粮，
干干涸涸取，物类互相扬。

87. 药鱼

游鱼不上钩，撒药自强求。
竭泽曾无水，生生死死酬。

88. 舴艋

舴艋江湖上，求鱼虾蜢头。
无知无有欲，一钓一藏钩。

89. 笭箵

笭笭箵箵务，放放堤堤收。

虾虾和蚬蚬，小小有鱼留。

90. 添渔具诗

鲁望之鱼十五篇，江天一日鲁分弦。
风云雨露山河水，海国池塘日月田。

91. 鱼庵

庵中方丈枕，水上去来闻。
钓具应知器，天空望日瞩。

92. 钓矶

严陵一钓矶，白芷半依稀。
已是无心见，无须有意归。

93. 蓑衣

一领蓑衣旧，千波逐日新。
风云风雨骤，日色日烟津。

94. 樵担

登时不易下时难，一担临肩两担宽。
后后前前分世界，量量步步合盘桓。

95. 背篷

向背无难去，阴晴有不同。
防风防雨雾，蔽日蔽云空。

96. 樵溪

樵溪流不尽，一斧一声余。
涧鹿闻君意，山禽不读书。

97. 樵家

樵家樵木取，太古太人闻。
夙世生涯在，清泉向故君。

98. 樵叟

千山千水色，一叟一人生。
但以樵声至，人间有客鸣。

99. 樵子

凭小凭所务，靠水靠其容。
养子由然在，闻卿帝业封。

100. 樵径

一径通山里，三生踏石行。

常年由此去，数载可成程。

101. 樵斧

三声三谷语，一斧一山鸣。
互响相传去，林深直木荣。

102. 箬笠

箬笠方圆见，江湖日月回。
年年应彼此，处处可无催。

103. 樵风

人间自古一樵风，隐者巢由半不同。
自食生涯生自力，皇宫四皓汉西东。

104. 樵火

生生活活火中明，野野家家日上情。
石石泉泉泉水食，温温暖暖此身荣。

105. 樵歌

樵歌一曲远声扬，叠荡千音向四方。
太古由来无管奏，山禽野兽有思乡。

106. 酒中十一咏

之一：
进退无成一酒成，升迁有道半枯荣。
樵渔隐者冠官路，醒醉休吩有死生。
之二：酒星
人间一酒星，世事半长亭。
路路难无进，天天醉有宁。
之三：酒泉
人人问酒泉，事事向长天，
玉液羲皇始，金沙旷野悬。
之四：酒菊
筭节初如织，香糟复似筛。
三清三净化，五味五蕴回。
之五：酒床
空疑一杜康，绿蚁半炎凉。
醒醉谁天下，何言见帝王。
之六：酒楼
酒醉不斯文，颠狂莫问君。
无知无耳目，末了未风云。
之七：酒旗
青青旗帜阔，数数尺余长。

往往来来客，无须醒醉香。
之八：酒樽
琥珀醍醐酒，樽杯醒醉量，
人情人不足，一饮一倾肠。
之九：酒城
为城知酒酿，作户可承香。
俗俗庸庸过，文文化化觞。
之十：酒乡
天王一酒乡，地主半堂皇。
但在人间外，无言太上皇。
之十一：酒炉
酒谱东皋子，相如小火炉。
君知君子意，一醉一疏忽。

107. 茶坞

山云如缕细，露水似甘泉。
雾雾烟烟里，峰峰岭岭悬。
朝来阳慢许，暮色夕霞全。
小女胸前采，晨明取叶甜。

108. 奉和添酒六咏

之一：酒池
天让酒一地，太白醉三诗。
侍奉翰林醉，杨家力士迟。
之二：酒龙
蚴蟉铜醆铸，鳞鳝角豸窥。
香消花不落，俯仰满承司。
之三：酒甕
三光三岁月，一甕一封疆。
莫以方圆论，当心有短长。
之四：酒船
饮饮情情付，行行乐乐尝。
无知无所以，一醉一黄粱。
之五：酒籯
刀弓分两列，半向饪樽扬。
象鼎高才就，闲优自品尝。
之六：酒杯
有酒两三杯，长城一半回。
英雄当不醉，士卒已相催。

109. 茶中杂咏

序：
草木之中一半人，姬公雅上两三春。
时时令令求珍水，器器茗茗煮火淳。
陆季歌吟肝胆照，司农教化雨烟津。
方方册册周由补，杜预参军自净身。
之一：茶人
采女衣香透，司人雨露珍。
旗枪分小叶，晾炒自柔春。
之二：茶笋
临岩依洞见，老树有先春，
少遇琼英笋，司农旷野循。
之三：茶籯
筐篓随晨付，带露附烟华。
小女胸前积，新芽背后花。
之四：茶舍
君君子子品茗茶，赋赋吟吟曲曲娃。
雅雅文文儒儒会，琴琴画画作君家。
之五：茶灶
林泉荷叶觉，水木灶禅闻。
炒以茗成就，杀青正色曛。
之六：茶焙
茶田茶所异，品位品难同。
产地名堂独，时芽发酵中。
之七：茶鼎
卷卷舒舒置，形形状状呈。
龙床龙不语，一展一香凝。
之八：茶瓯
品器茶瓯异，旗枪色不同。
熏焙青尚存，发酵老身丰。
之九：煮茶
发酵香茶煮，刹青炒叶新。
三浮三落下，一品一元春。

110. 石榴歌

嫁与春风陌室层，萧娘玉刻满精英。
黄黄外在红红内，子子心中粒粒成。

111. 石窗

大隐四明山，天台半石颜。
余姚溪口岸，雪窦鄞江湾。

112. 潺湲洞

潺湲洞水潺潺，鹤鹤云云寺半关。
只有神仙方入定，临流面壁始童颜。

113. 云南

雁到云南落，川流岭北寻。
儿童应似古，老汉寄山禽。
鹿鹤分天田，泉林合野荫。

114. 云北

不得入金庭，芝兰半玉形。
天空云碧碧，水色自青青。
卷卷舒舒壁，扬扬仰仰屏。

115. 鹿亭

再直姑苏苑，江湖陆季还。
三春同里岸，两立洞庭山。

116. 樊榭

主客成仙对，松杉汉魏和。
齐人齐鲁问，鹤药鹤云多。

117. 过云

苍涯云起落，玉女隔人声。
鹿迹林深见，明经四达荣。

118. 青棍子

野果秋中熟，神仙玉脑圆。
衔来由白鹤，落下可川泉。

119. 五觊诗

昆陵处士魏君名，不琢穷居鲁望情。
进退全宜恭惠辱。鲈鱼蟹脚钓菀荣。
江南震泽淞吴水，百越三吴耳目明。
五泻天台华顶杖，桐庐一砚五湖澄。
诃樽感酒姑苏醉，涩口乌龙白雪行。
管管箫箫分雅觊，琴琴瑟瑟合时声。
罛头渚外云烟重，马迹山中儿月晴。
木渎灵岩同里岸，东西两壁洞庭瀛。

120. 鞠侯

重岩一鞠侯，列木半萝洲。
印绶青云色，封泉白石头。

121. 寒食

一粒青团子，三春乞火时。
清明清学士，故土故乡思。

122. 五泻舟

青钱五泻舟，七彩半云楼。
一水姑苏泽，三吴碧玉述。

123. 华顶杖

金庭苩里峰，胥口渡村容。
濯足观澜静，芝华顶杖宗。

124. 太湖砚

千层莲玉叶，百态杜鹃花。
五寸藏云洞，三吴储墨涯。

125. 乌龙养和

乌龙养寿和，数尺木荆柯。
节节幽幽色，烟烟雨雨多。

126. 初冬章上人院

僧寒僧不语，士冷士风残。
白雪初冬见，红梅腊月冠。
阳春相续序，律令在云端。

127. 早春病中书事寄鲁望

两目分泾渭，三吴鲁望观。
天云天雨日，病药病身安。
案静书方事，书香耳目宽。

128. 又寄次前韵

两耳听天地，千音任杏坛。
三春三夏雨，一病一心宽。
不酒斯文赋，由情渭水澜。

129. 秋晚留题鲁望郊居二首

之一：
秋风黄犬去，落叶白鹇来。
莫以蝉声尽，刘桢竹树猜。
之二：
姑苏同里外，碧玉小桥中。
木渎西施女，夫差娃馆宫。

130. 诃陵樽

一片鲎鱼壳，三吴碧玉多。
诃陵樽里酒，紫贝五湖波。

131. 临顿

之一：
暗隐归山计，明村买读书。
临山临顿水，五色五湖居。
之二：
绿槿黄茅色，支公谢守来。
茗茶泉下水，品味雾中台。
之三：
丝丝成茧茧，叶叶着蚕蚕。
壳壳方圆困，虫虫岁月函。
之四：
人幽人静僻，鹤独鹤飞天。
鼓瑟弹琴问，鱼游落叶悬。
之五：
生公生石月，夕约夕谭微。
寺鼓山门路，江村不掩扉。
之六：
十载乌纱读，三生五百车。
书香书不止，学问学天涯。
之七：
白帻胡麻刘，红冠鹤发留。
鱼竿鱼不钓，束带束心游。
之八：
无门无一事，有路有三生。
病作包山客，玄机镇泽萌。
之九：
三元三世界，五色五湖洲。
百亩荷塘月，千波碧玉游。
之十：
吴中多水城，月上运河舟。
但以隋炀问，天堂与此流。

132. 游栖霞寺

二水三山半酒楼，台城日照六朝休。
金陵十里栖霞寺，武帝千年忘国忧。

133. 旅舍除夜

闻钟闻灯竹，守岁守除年。

旅舍灯光挑，明途续月弦。

134. 鲁望

序：

鲁望示广文先生吴门二章，情格高散可醒俗态，因追想山中风度，次韵属和存于诗篇，鲁望之命也。

诗：

之一：

已见先生道，还知刘广文。

鸥飞成队结，鹤舞独无群。

作伴山中隐，知音月下闻。

之二：

溪流清白石，宇宙纳青云，

大隐知鱼市，休身草木熏。

天然天所意，地主地其闻。

135. 虎丘寺

序：

虎丘寺殿前有古杉，一本形状丑怪，图之不近况，百卉竞媚若妒若媚。唯此，杉死抱奇节，俨然闻然，不知雨露之可生也，风霜之瘁也，乃造化者方外之才乎？遂赋一首，言以见志。

诗：

花花木木半无齐，叶叶枝枝一帜稽。

状状心心朝日月，形形色色各高低。

风风雨雨尧容古，态态姿姿舜势夔。

虎虎龙龙成瓜节，根根末末始昌黎。

姑苏碧玉兰衫短，土鸳虬身晋魏夋。

劲质蛟鳞平寸许，皱皮夏胝杜柯脐。

三寻黑稍包封著，一柱香兜似竹箧。

九族苍苍观蠹木，千年历历数疮痍。

鱼禾草下分虞伯，自度春秋六合题。

进退江湖天下去，人间彼此守秘笋。

黄天荡里群雄见，木渎吴中问范蠡。

鹤立玄云斗寺老，生公点石释经霓。

136. 新秋言怀寄鲁望

一叶新秋落，三茅涧谷清。

千林层渐暗，五柳弃渊明。

故宅书香近，平郊石径横。

藤丝牵织女，竹叶缀时英。

世择甘微步，公途进退行。

青云舒卷去，白日去来萌。

拙性身名记，良心混涌成。

幽幽知易爻，落落六经精。

幼桂成香树，新松向直茎。

泉流泉积注，一水一相倾。

律令春秋继，人天晋魏荣。

阳关三叠曲，九陌五湖情。

137. 丁酉清明

一路人生一路行，乌鸦喜鹊半争鸣。

清明谷雨成时令，玉宇天光自纵横。

138. 奉和鲁望秋日遣怀次韵

向背维时问，春秋草木纤。

荣枯朝日月，律象萎萌尖。

笔砚经年日，衣巾带露沾。

江村同里忆，碧玉小桥淹。

139. 江南舒情寄秘阁韦校书贻之商洛宋先辈

嘉声四载调庭帆，赵台三生牧笛喃。

雨后姑苏同里富，加产未可见陈咸。

龙宣书诏祈黄帝，凤尾潇湘着白衫。

石磊成峰寻上下，君衔自向虎头岩。

140. 忆洞庭观步十韵

鼓瑟湘灵久，苍梧竹泪长。

朝朝英女问，暮暮问娥皇。

雁落衡阳渚，云浮阮水乡。

波波尧舜水，泛泛洞庭光。

上戍荆门色，中流草尾塘。

淹花时簇簇，屹石围荒荒。

暑雨连阴晦，江村鸟无藏。

君山云梦泽，赤壁陆溪梁。

蒲圻临江驿，螺山燕子翔。

洪湖黄盖阔，诸葛一周郎。

141. 谏议已罢郡将归以六韵赐示因伫酬献

解印无衡制，归恩有白头。

春风春泽润，夏雨夏沧州。

隔岸谁观火，扬帆逐水舟。

黄扉黄异日，佐理佐春秋。

但照秋波净，冬云自在流。

登程无止处，向背有沉浮。

142. 过云居院玄福上人旧居

再到云居地，重寻竹影田。

临窗窥四壁，案几寄千禅。

石耳新生笋，山花附旧泉。

邻僧邻野老，品味品茶鲜。

143. 陪江西裴公游襄州延庆寺

山深处处草茅堂，古刹幽幽古木香。

不歇征轮征旧路，吟诗野鸟野花扬。

144. 西塞山泊渔家

东西两塞一渔家，向背三川十里花。

杏李桃梨均结果，榆杨柳竹满天涯。

145. 襄州春游

猖狂莫道一祢衡，过往人间半姓名。

岘尾羊公碑泪尽，岑牟但得故诗倾。

146. 送从弟皮崇归复州

襄阳日月共吴天，草木沧州一岁年。

独有兄兄弟弟别，家门远远竟陵烟。

147. 题潼关兰若

潼关兰若静，老子哲人禅。

一道玄元里，如来作去贤。

何须三尺剑，不必半心田。

已见黄河水，东流万里天。

148. 襄阳闲居与友生夜会

不语刘歆会，何言谢守诗。

渊明藏五柳，四皓寄千侯。

149. 宏词下第感恩献兵部侍郎

分明仙籍伍，上下第门尝。

画虎玄元致，儒书弟子香。

如何如易爻，节令节时光。

季布千金诺，刘弘一笔梁。

150. 秋晚自洞庭湖别业寄穆秀才

一叶洞庭湖，三秋大小姑。
鄱阳成姐妹，别业向江都。
野菊重阳色，啼猿待晚图。

151. 华山李炼师所居

华山李炼师，玉石不分时。
古往麻姑问，今来帝业期。
莲峰蓬子继，紫气紫天知。

152. 习池晨起

朝阳满习池，翡翠理连枝。
舍日芙蓉放，高唐玉女时。

153. 襄州汉阳王故宅

襄州故宅汉阳王，不得终身似霍光。
野雉分庭他主就，荒台瓦砾对雕梁。

154. 伤卢献秀才

一卷新诗半袖中，三生旧赋九州穷。
黄泉有路神仙去，少小中年未老翁。

155. 南阳

昆阳半数一南阳，白鸟千云九陌翔。
三百年来争霸业，丘墟瓦砾作书香。

156. 陈先辈故居

桂桂杉杉一里余，杨杨柳柳半门墟。
襄阳岘首碑垂泪，汉水莲塘竹角鱼。

157. 李处士郊居

清溪处士一郊居，水竹难分半石墟。
处处幽花名字少，刘桢不却万诗余。

158. 送令孤补阙归朝

文如玉宇气如虹，补阙天香御阙红。
左掖平章知两省，朝衣对漏八南宫。

159. 洛中寒食二首

之一：

清明寒食节，乞火读书生。
洛鸟青云里，嵩云上苑盟。

之二：

人生人自祖，事业事由宗。
介子绵山去，何言晋耳封。
清明寒食节，祭邦记先容。

160. 登第后寒食杏园有宴因寄录事宋垂文同年

三元一甲半龙宗，故步重来故步封。
不禁青娥何不禁，芙蓉苑里满芙蓉。

161. 秋晚访李处士所居

汉水门前碧，襄阳处士居。
书香书阁久，一醉一闲余。

162. 奉和鲁望寒夜访寂上人次韵

清清净净上人琴，咏咏吟吟作古今。
磬磬钟钟多觉慧，除君尽有利名心。

163. 江南道中怀茅山广文南阳博士三首

之一：

博士南阳半草堂，书章叶见一羲皇。
陶潜见社无妨醉，稿守谭经有石床。

之二：

华阳八日半成仙，老树千根百岁田。
伴侣观幽应俯仰，岩明度世见清泉。

之三：

一卧清潭半陪君，千岩独峙百峰云。
群山诸海神仙问，五色香烟教内文。

164. 奉和鲁望早春雪中作吴体见寄

东吴白雪作琼花，北陆阳春小杏家。
莫在墙头南北望，春云带露暮朝芽。

165. 吴中言情寄鲁望

伧夫不可问吴乡，碧玉知文半士肠。
子胥台前闻楚客，夫差渎水作鱼梁。

166. 行次野梅

探探寻寻访访梅，香香郁郁影徘徊。
应闻古树多形态，不见东风不见媒。

167. 扬州看辛黄花

一半辛黄一半花，三重素羽五重华。
丛丛忆态芳芳色，小女私藏小女家。

168. 暇日独处寄鲁望

未步先知算鹤粮，经年莫计数天光。
金微野客书香几，雪月风花向帝王。

169. 屧步访鲁望不遇

徐吟到陆家，鲁望浪淘沙。
独步回程去，无心四面花。

170. 开元寺客省早景即事

开地寺里望支公，客省云中间叶红。
未到重阳重菊色，先风九月九山空。

171. 奉和鲁望独夜有怀吴体见寄

长洲一月满东吴，戴笠三清过五湖。
拙政园中谁进退，沧沧浪浪问江都。

172. 病中有人惠海蟹转寄鲁望

八足筐中八蟹盘，三烽脚痒一秋滩。
扬澄水色昆山岸，半待时鲜半弃冠。

173. 病中美景颇阻追游因寄鲁望

日得天随子，云成甫里诗。
苏湖行三郡，拾遗住千迟。
薏苡鸡斗米，芭蕉滴雨时。
销沉钩取病，枕上寄相知。

174. 鲁望以花翁之什见招因次韵酬之

花翁鲁望陆龟蒙，白雪春梅杏李风。
木槿桃梨莲菊色，鸳鸯馆里有游红。
姑苏月色长洲北，夏雨荷塘木渎洋。
雨露云烟锄不尽，西施已到五湖东。

175. 病中庭际海石榴花盛发感而有寄

一夜春风解绽囊，三吴月色石榴煌。
花翁立步神痴往，不可无情问陆郎。

176. 早春以橘子寄鲁望

枝枝果果洞庭烟，橘橘妍妍个个鲜。
记取周公虞伯玉，寒苞寄上身身边。

177. 病中书情寄上崔谏议

自认人间有渭泾，何时世上向神灵。
殷勤莫怪求医切，耳目聪明不可停。

178. 病孔雀

孔雀声声问乃翁，烟花处处向云空。
开屏不得春先色，已见山樱正放红。

179. 奉和鲁望上元日道室焚修

玉籍求天拜首难，金坛万籁问仙官。
明真上下寻知己，藻井玄宫向影端。

180. 闻鲁望游颜家林园病中有寄

半把花枝嗅宿香，三春细柳已千行。
颜家水月林园色，九曲清泉问陆郎。

181. 奉酬鲁望惜春见寄

春来春去尽，夏雨夏云沉。
水映荷花色，池塘落野禽。
姑苏同里岸，运命运河金。

182. 奉和鲁望春雨即事次韵

幽人久病探花稀，暖水尤寒着江衣。
洗净园林烟未了，华阳雨露经开扉。

183. 鲁望春日多寻野景日休抱疾杜门因有是寄

案几乌纱以病司，幽心不断未相期。
知君慢步淞江岸，采取樱花寄一枝。

184. 鲁望以躬掇野蔬兼示雅什用以酬谢

蓟菜春烟鼠耳香，劳君采掇寄盈筐。
何言老友如春日，不是仙人不可尝。

185. 卧病感春寄鲁望

襄阳病子向姑苏，甫里淞流共五湖。
以药销容皮已倦，琼花忆发满江都。

186. 奉和鲁望徐方平后闻赦次韵

金鸡紫书远芳村，涿鹿销垂顿雪魂。
未遣幽安初问郡，同君共老抱慈恩。

187. 奉酬鲁望见答鱼笺之什

轻如薄翼却鲛工，白獭冰蚕羽络穷。
玉脂毫端河伯诏，鱼龙贝笺透天宫。

188. 病后春思

春思一梦似浮云，百态千姿已自芬。
莫以梅花蕾似雪，红樱已谢石榴裙。

189. 偶成小酌招鲁望不至以诗为解因次韵酬之

轻筵醉侣到渔阳，碧玉吴娃短舞裳。
得意忘形君未至，莺啼鹤舞两低昂。

190. 以纱巾寄鲁望因而有作

良人别样替三粲，黑白相间小女郎。
自以头巾周武帝，男儿去处不回乡。

191. 临顿宅将有归于之日鲁望以诗见贶因抒怀酬之

素结纱巾共老林，清泉古木作知音。
声声不尽流幽径，不读回文有古今。

192. 奉和鲁望谢惠巨鱼之半

一水淞江接五湖，春鱼四尺跃三吴。
龙鳞拨刺榆钱落，不似渔翁半我厨。

193. 馆娃宫怀古

一水西施一水吴，江湖水渎接江湖。
姑苏水面低于海，记取夫差制水都。

194. 以紫石砚寄鲁望兼酬见赠

七眼龙池紫沼明，三重凤尾墨研轻。
白芷骚人应重探，一笔千钧作玉瑛。

195. 奉和鲁望同游北禅院

石径通幽半悟明，山光慧觉五湖平。
如来静坐莲花界，赐以心经作一生。

196. 孙发百篇将游天台请诗赠行因以送之

百首天台大丈夫，荆家紫府子戎都。
因逢二老如相问，一路三思已过吴。

197. 奉和鲁望蔷薇次韵

以刺蔷薇以刺陈，层层叠叠陆郎擎。
丛丛艳艳窥邻望，剪取云霞作化身。

198. 闻开元寺开笋园寄章上人

开元寺水鹿犀纹，玉笋连根土突分。
烟沉地裂争先见，雨后天晴石上云。

199. 开元寺佛钵诗

之一：
佛钵本昆城，干陀卫已明。
千年传下去，闻屈汉华荣。

之二：
释法青云帝石名，提罗拘律钵君盟。
僧尼沪渎曾相取，玉色冰姿佛像生。

200. 夏首病愈因招鲁望

已约莼羹鲁望君，龟蒙夏首共诗文。
疰愈已是身轻快，雨雨烟烟增是云。

201. 奉和鲁望新夏江郊闲泛

四象风轻一叶舟，千波碧玉半红楼。
东郊泛水惊三夏，点点沙禽问五侯。

202. 奉和鲁望四月十五日道室书事

静启心经读九行，金根贝叶似三光。
莲花境内如来座，气净云中作石梁。

203. 奉和鲁望看压新醅

松花醅酿压，椀撇项刘平。
酒后知醇正，樽前有底名。

204. 登初阳楼寄怀北平郎中

初阳楼上寄郎中，水色云前晓日红。
不觉鸳鸯曾入睡，吴王旧梦北平空。

205. 夏初访鲁望偶题小斋

石径芳荫一陆家，龟蒙度宿半山花。

精灵社日姑苏酒，鲁望夫君共日斜。

206. 所居首夏水木尤清适然有作

之一：

水木尤清夏日明，红莲碧叶玉珠盟。
波平浪静云烟落，枕卷翻书梦不成。

之二：

八十人生半自然，三秦养马一周川。
支公读道金根解，只谓今朝百里泉。

207. 怀华阳润卿博士三首

之一：

玄虚自古一华阳，博士如今半润肠。
石玉仙方经火炼，征贤气诀问良常。

之二：

人间刀圭试仁君，洞府虚皇世忘分。
白璞心中瑕是玉，青琼石上绿苔文。

之三：

华阳馆主一陶君，隐者无心半石文。
舜禄何须天下问，丹砂白石逐日曛。

208. 访重元寺

带露含烟一谷川，峰回水绕半云田。
灵芝白芷雕胡祖，夏草冬虫净酒泉。

209. 鲁望以竹夹膝见寄因次韵酬谢

一柱衡阳一柱踪，圆于锡杖客于龙。
夏雨初晴沉滞绿，湘风竹影水芙蓉。

210. 夏景无事因怀章来二上人二首

之一：

不遇高僧自不回，曾因夏景上人来。
幽人已得天台杖，露雨酸梅酒一杯。

之二：

古木苍苍入草堂，风琴曲谱奏华章。
烟归药畦红莲色，计日方朔有远香。

211. 寄琼州杨舍人二首

之一：

撑天一柱在天涯，海角千潮豆蔻花。
别业无心成玉树，王程有路炼丹砂。

之二：

清风清月色，白鹭白莲塘。
一尺蓑衣短，三寻细线长。

212. 鲁望以轮钩相示顷怀高致因作二篇

之一：

络纬蟏蛸草木茑，高人秀士钓矶平。
樵渔斧角轮钩示，高人秀士钓矶平。

之二：

蓑衣斗笠一溪翁，细线无钩逐水穷。
七里滩中眠不尽，三生月下如闻空。

213. 吴中书事寄汉南裴尚书

白鸟群飞欲上潮，青梅一粒半云霄。
逍遥不得天街路，碧玉姑苏过小桥。

214. 夏景冲澹偶然作

顶戴乌纱帽，胸怀日月明。
茗炉焙玉叶，郡守寄诗家。

215. 送李明府之任海南

海角五羊城，天涯百浪生。
临潮临远目，一望一官情。

216. 寄题罗浮轩辕先生所居

罗浮四百九峰茵，已问征君一知音。
问道无须三五遍，求官自有葛洪心。

217. 宿报恩寺水阁

独立双峰一岭开，幽人已自望天台。
婆娑竹木慈恩寺，不见支公玉影来。

218. 醉中偶作呈鲁望

涧谷溪云满，情差宿月来。
三更差所见，一水对天开。

219. 寄滑州李副使员外

一间单于一是非，鸿鹄律令北南飞。
军前莫奏刀弓箭，日夕鸣金铁甲归。

220. 伤史拱山人

山人已去误襄阳，扫尽黄泉却焚香。
一缄封书应隔岁，终身不再到柴桑。

221. 吴中言怀寄南海二同年

东南海客二同年，曲岸分飞半共天。
汐落潮头帆莫动，溪钟木鼓望前川。

222. 奉和鲁望白鸥诗

白白飞鸥一海诗，蓝蓝涌浪半天迟。
轻轻羽翼潮头点，落落随涛俯仰时。

223. 奉和鲁望怀杨台文杨鼎文二秀才

羊县一现各经春，二秀三秦独积濑。
自以青翰分次序，严滩钓水列天津。

224. 友人以人参见惠因以诗谢之

益寿延年一道家，涵云纳液半天华。
人参岭对分南北，串串山光串串花。

225. 伤进士严子重诗

之一：

严恽七字一诗工，鲁望三生半共同。
不向花前杯酒举，春光冉冉色西东。
吴兴已尽千年序，冷落谁人彼此穷。
日日常明文者去，江湖有志始无终。

之二：

生前七字一诗精，殁后三吴半不名。
但见文章文曲夜，春秋五色五湖英。
丹丹桂桂姑苏水，白白萍萍木渎瀛。
进士柔媚余美化，丰都夜半几留行。

226. 奉和鲁望早秋吴体次韵

一翼排空望大鹏，三吴次体问诗僧。
寒山夜半钟声过，拾得观天玉香凝。

227. 奉和鲁望秋赋有期次韵

一载江湖半岁闲，三吴济野胥门关。
无须扫叶秋风至，有数琼枝自不攀。

228. 奉和鲁望病中秋怀次韵

才高一病半天嫌，易爻千思百日瞻。
静里吟诗吟竹影，心中有约有宽严。

229. 新秋即事三首

之一：

三秦顾恺之，一品半咸阳。

活虎生龙见，今来古往乡。

之二：

不笑高阳客，何言璞玉乡。

芝图求乞待，汴水运河扬。

之三：

木槿知朝暮，红黄日月忙。

当心当所见，在意在其良。

230. 南阳润卿将归雷平因而有赠

山中闻道士，月下独樵渔。

一隐天机卜，三清紫府书。

231. 访寂上人不遇

空消洗钵泉，寂寂不闻禅。

百签由其取，三生不来年。

232. 戏赠日休奉和

序：

顾道士亡弟子以束帛乞铭于余，鲁望因赋戏赠，日休奉和。

之一：

高师却炼形，弟子乞芳铭。

鹤去云飞尽，天空寄朽灵。

之二：

八十余年一镜岩，三千水乳半云帆。

观音滴液垂天地，吏计仙都种柏杉。

233. 南阳广文欲于荆襄卜居因而有赠

醒醉千杯已半缸，荆襄只是读书窗。

青精地脉胡麻米，不近淞江近汉江。

234. 寄昆陵魏处士朴

谁游七里滩，不可一钩竿。

草密云沉渚，方圆不是官。

235. 初冬偶作寄南阳润卿

南阳一润卿，白雪半精瑛。

一醉梅花落，三冬玉水平。

236. 冬晓章上人院

山堂冬雪厚，石鼎白云深，

琥珀冰霜洁，松扉鹿鹤吟。

237. 寄题镜岩周尊师所居

仙都洞府镜岩台，一炷真香不食陪。

牧守周公曾一度，三千日后似无猜。

238. 秋夕文宴得遥字

秋风一路遥，落叶半如潮。

不得重阳日，金庭带雪飘。

239. 寒夜文宴得泉字

一瓶惠山泉，三吴渎水天。

江南低海岸，已见运河船。

240. 送周禅师

序：

庚寅岁十一月，新罗弘惠上人与本国同书请日休为灵鹫山周禅师碑，将还以诗送之。

诗：

越海碑铭已万金，惊涛骇浪有千音。

无言自谓东途水，不望辰韩泪满襟。

241. 送润卿博士还华阳

博士华阳一润卿，文章似锦半书成。

逍遥不尽逍遥苦，食食衣衣自力生。

242. 寒日书斋即事二首

之一：

玉宇天空似草堂，移时寂历有天章。

群芳日月殷勤正，独学星辰进退罡。

之二：

贫贫贱贱半虚荣，雨雨云云一弟兄。

利利名名名利尽，终终始始平平。

243. 腊后送内大德从勖游天台

琼楼玉室一金庭，石树萧山半影形。

日月天台曾讲散，江山大德是丹青。

244. 寄题玉霄峰叶涵象尊师所居

上上玉霄峰，元元始祖宗，

松山仙气洞，鹤鹿共师封。

245. 奉知鲁望寄南阳广文次韵

南阳自是故人乡，八会初开七真堂。

九陌仙人何所见，三清道语剩思量。

246. 题支山南峰僧

不下南峰不计年，林音鹤鹿已参禅。

樵渔自立樵渔客，受戒池鱼受戒眠。

247. 有感

事事一生涯，人人二月花。

春秋相继续，草木作桑麻。

248. 送董少卿游茅山

茅山十里半丹砂，廷封三台一世涯。

井水随峰高万仞，空坛八戒作仙家。

249. 酬鲁望见迎绿蜀次韵

金风一路作裁刀，野草松林各减高。

怪石难平青玉案，纤华不欠赤霜袍。

250. 寄怀南阳润卿

南阳不远鹿门裹，药钵修行上草堂。

有欲难承天子路，无钱不可买湖光。

251. 鲁望悯承吉

序：

鲁望悯承吉之孤，为诗序，邀予属和，欲予道振其孤而利之。噫，承吉之困身后乎，鲁望高子因与承吉生前孰若哉，未有已困而能振人者，抑为之辞用塞良友。

诗：

先生隔世问烟霞，一箧诗篇半豆瓜。

日月无承朝暮去，文章自此作生涯。

252. 寄润卿博士

茅君隔岁上天台，半闭柴扉半不开。

不在华阳终卧去，浮云北去复南来。

253. 奉和鲁望白菊

琅华点点纳寒烟，白菊丝丝挂羽弦。

弄玉箫声秦晋色，冯妃镂玉艳形妍。

254. 华亭鹤闻之旧

序：

华亭鹤闻之旧矣，及来吴中，以钱半千得一只养之，殆经岁不幸为饮啄所误，经夕而卒。悼之不已，遂继以诗。南阳泣卿博士，浙东德师侍御，昆陵魏不琢处士，东吴陆鲁望秀才，及厚于予者悉寄之，请垂见和。

诗：

昨夜星辰昨夜鸣，苍苔卒印卒双清。
无言隔日云霄外，不向溪泉作别声。

255. 伤开元观顾道士

粒粒金丹已不余，悠悠日色故心居。
神仙一道神仙见，俗子庸夫可读书。

256. 醉中即席赠润卿博士

一醉方知有八仙，三生只向几千年。
茅山博士天台见，谢守方余自在田。

257. 遣侍密欢，因成四韵

序：

偶留杨振文先生及一二文友小饮，日休以眼病初平不敢饮酒，遣侍密欢，因成四韵。

诗：

初平一眼明，醒醉半群英。
笛管笙箫曲，霓裳羽舞情。
僧虔多密烛，客伴到天明。
瑟鼓何相问，琴声已似莺。

258. 奉送浙东德师侍御罢府西归

罢府西归百里天，行程北陆一王田。
天台自有金庭月，不尽樵风送海船。

259. 送羊振文先辈往桂阳归觐

一命丹墀下桂阳，三生竹影问侯王。
韩诗父母常相祝，彼此回归是故乡。

260. 褚家林亭

林亭只对馆娃宫，木渎西施舞色红。
且以灵岩山上望，如今古刹满隋风。

261. 送圆载上人归日本国

讲殿心经着衲衣，如来贝叶作禅扉。
青莲结子蓬山路，日立家山始自归。

262. 重送

万里云涛一海东，三经普渡半精虹。
亶州日立龙藏汉，浙水天中主客空。

263. 秋江晓望

汉水秋风扫，云波逐逝情。
长流长不尽，一浪一重生。

264. 鸳鸯二首

之一：

金沙处处共栖痕，玉水纹纹两合恩。
自是佳人应附与，无声彼此作王孙。

之二：

细箆雕丝费功夫，眉清目秀过江都。
三千碧玉隋炀色，只以明皇作念奴。

265. 伤小女

一岁九泉深，千声半古今。
三生三月过，一望一伤心。

266. 润卿遗青饲饭兼之一绝聊用答谢

五味分香粟，三元饲饭名，
仙卿仙米谢，答润答云情。
紫茎由蒸煮，耕耘日月明。
津田津广泽，一子一年生。

267. 闲夜酒醒

酒醒三更早，吟诗半夜迟。
山高孤月挂，独宿未心思。

268. 和鲁望风人诗三首

之一：

春蚕春不久，一茧一长丝。
驻笔书离意，凭心鲁望知。

之二：

镂石径刀刻，长亭十里余。
骚人离别意，不可久深居。

之三：

秋声江上起，落叶水中流。
逝水多波浪，云天有去舟。

269. 古函关

破落古函关，王城扼以闲。
朝来朝所去，暮望暮难还。

270. 聪明泉

聪明泉上水，玉液净中天。
见此思贤客，逢时念自然。

271. 史处士

处士山期早，清泉石上迟。
流应流不止，细沙细长知。

272. 芳草渡

古柳垂江岸，新舟待渡人。
群芳群草色，一岁一秦春。

273. 古宫词三首

之一：

宫花开半夜，闭目待三更。
有意凭明月，婵娟是玉瑛。

之二：

三春三草木，一夜一发芽。
日日参差见，萌萌大小花。

之三：

月上景阳宫，云浮蔽夜空。
人来人去后，不得不颜红。

274. 浮萍

园园嫩嫩一浮萍，薄薄浮浮半玉灵。
片片相连相碧玉，移移易易零丁。

275. 松江早春

淞江自五湖，沪水色三吴。
访探梅花月，春香大小姑。

276. 女坟湖（即吴王葬女之所）

已是三吴女，何寻一水天。
谁娇谁自己，一路一黄泉。

277. 泰伯庙

泰伯周王去，江山日月来。

千年千易变，一世一香梅。

278. 宿木兰院

一鹤常居宿，三清一木兰。

明辰明日路，一觉一心宽。

279. 重题蔷薇

刺刺针针色，浓浓艳艳丛。

深深红不止，浅浅素成风。

280. 春夕酒醒

已罢蛮奴醉，还闻曲舞声。

珊瑚珠玉酒，醺酥翠香情。

281. 胥门闲泛

青姑虚夏步，子胥故门行。

欲把苓花问，三吴一楚情。

282. 重台莲花

重台处处一莲花，水水清清半净洼。

不见娥皇英女泪，珍珠泪下二妃家。

283. 春日陪崔谏议樱桃园宴

樱桃园上宴，曲榭水中红。

子子皆生果，科科岁月丰。

284. 白莲

玉水浮明半浪沧，沉香素影净荷塘。

天云半落呈金粉，静婉临波对额黄。

285. 重题后池

玉立婷婷一细腰，池塘处处半妖娇。

风平影定天成水，且见红莲入碧霄。

286. 庭中初植松桂鲁望偶题奉和次韵，转四支韵

毵毵垂绿发，细细理连枝。

暮暮朝朝见，欣欣上上时。

287. 鲁望戏题书印囊奉和次韵

方圆一寸余，咫尺半离居。

石石金金刻，天天地地书。

288. 馆娃宫怀古五绝

之一：

生公石点头，玉影剑池留。

木渎西施越，灵岩古寺幽。

之二：

西施过太湖，木渎问姑苏。

水水吴吴越，儿儿女女求。

之三：

越越吴吴战，成成败败休。

西施残烛弃，木渎已无舟。

之四：

濑上西施色，吴中木渎舟。

春秋成五霸，日月作千忧。

之五：

西施何处去，不见太湖舟。

木渎疑无路，吴中一女流。

289. 虎丘寺西小溪闲泛三绝

之一：

鼓子花明色，桃枝白石盟。

天台溪水照，古寺虎丘名。

之二：

白羽临溪岸，青山对水清。

光明由日月，翠郁以花荣。

之三：

不是桃源里，还疑故布衣。

秦人秦俗在，汉客汉时栖。

290. 天竺寺八月十五日夜桂子

桂子香香落，寒宫处处幽。

嫦娥何不舍，寄与世中秋。

291. 钓侣二章

之一：

一钓千波本不平，三吴半水五湖声。

莼鲈八月时鲜脍，只作神仙自弃名。

之二：

严滩一扁舟，岸渚半无流。

一钓随云影，千艭逐逝休。

292. 寄同年韦校书

玉顶终南雪，金銮上掖湾。

昆明池岸草，水月上皇颜。

293. 初冬偶作

雪雪霜霜月，松松鹤鹤年。

红炉谁醒醉，一酒到天边。

294. 奉和再招

入暮应来已夜深，荒明烛炬半分荫。

寒杯酒冷情思久，命笔空城对月吟。

295. 更次来韵寄鲁望

酒债天天记，人情日日来。

何知何醒醉，自在自徘徊。

296. 重玄寺双矮桧

扑地重玄寺，枝垂矮桧烟。

难陀天竺路，一对狻猊眠。

297. 奉酬鲁望醉中戏赠

锡惠姑苏路，江湖十八湾。

三吴同里水，两岸洞庭山。

298. 皋桥

几案隐中间，梁鸿自读书。

皋桥通水雾，渚芷似当初。

299. 军事院霜菊盛开因书一绝寄上谏议

霜凝千点玉，药扫一山梁。

九日重阳宴，黄花有色香。

300. 悼鹤

已见孤僧去，何闻故鹤鸣。

辽东飞不去，故国只由生。

301. 醉中先起李谷戏赠走笔奉酬

一醉三生路，千呼百唤休。

金杯金不见，玉液玉人羞。

302. 奉和鲁望招润卿博士辞以道侣将至之作

灵真修炼士，不缀俗功夫。

此莫安妃在，王弘自持图。

303. 醉中寄卢望一壶并一绝

青州一酒杯，鲁望半龙媒。

解喝壶中问，相知醉里来。

304. 酒病偶作

人辛人不止，酒病酒难停。

世上分南北，人间有渭泾。

305. 润卿鲁望寒夜见访各惜其志遂成一绝

为交一半亲，处世一相邻。

举步华阳路，行程计志秦。

306. 奉和鲁望玩金玉戏赠

不在溪边睡，还鸣子夜楼。

离群离不得，共翼共秦楼。

307. 友人许惠酒以诗征之

野客萧然访，霜明白菊花。

重阳重见淑，九月九人家。

308. 寒夜文宴润卿有期不至

已降月夫人，空闻半夜邻。

相看相不厌，独望独思秦。

309. 友人许惠酒以诗征之

千年千古迹，一酒一人家。

不仅诗人见，何言草木花。

310. 汴河怀古二首

之一：

万里江南一水天，千川百汇半流烟。

隋炀已去江都在，运运河河满满船。

之二：

万里三吴水，千年一运河。

隋炀留此路，胜似望嫦娥。

311. 寄题天台国清寺齐梁体

天台一国清，古寺半松明。

瀑布齐梁体，争流到海平。

312. 咏蟹

江江海海已知名，水水田田可寄生。

八脚尖尖行所欲，无珠有眼自横行。

313. 金钱花

金钱花是药，草木本非明。

不用呈颜色，贫书已可卿。

314. 惠山听松庵

锡惠山中一寺香，姑苏月下五湖泱。

林庵处处莲花水，桂子声声上石床。

315. 杂体诗

舜曲成周礼，司诗是太师。

诗风言志取，乐府永歌辞。

协律延年李，元丰汉武时。

群臣文教许，帝诏柏梁知。

节水潜龙姓，梁王驾骊斯。

连文联句起，晋郡始兴仪。

反复回文见，崇七静泊迟。

南朝如此寺，北国建安兹。

沈约弦边剜，昭明赋短词。

吴均强韵令，庾信竟陵持。

鸟鸟虫虫姓，仪仪卦卦奇。

韩文公论古，鲁望自维之。

316. 苦雨杂言寄鲁望

一是唯知带酒钱，三生几案有书渊。

吴中十日涔涔雨，苦雨姑苏久若烟。

317. 奉和鲁望齐梁怨别次韵

独立芙蓉一碧若，婷婷自得半池泊。

红烟不尽鸳鸯在，鲁望齐梁问渭洛。

318. 奉和鲁望晓起回文

晓起回文北向东，江湖夜雨映天红。

图梅借此应移日，海上云中一阵风。

319. 奉酬鲁望夏日四声四首

之一（平声）：

一片芙蓉色，千波碧水红。

婷婷应玉立，独望天空。

之二（平上声）：

隐隐飞凫鸟，行行止止晚。

天天如此见，处处相依沼。

之三（平去声）：

人生一半路，四顾千层雾。

暮暮朝朝步，来来去去故。

之四（平入声）：

步步寻寻觅，先先后后历。

山深山草木，雨水雨虹霓。

320. 醒闻桧

枝枝叶叶一佳人，简简繁繁半入春。

暮暮朝朝常自举，兴兴旺旺已经纶。

321. 苦雨中又作四声诗寄鲁望

之一（平声）：

苦雨江湖上，姑苏草木泉。

鸬鹚群不落，只入半云烟。

之二（平去声）：

一夜幽幽梦，三更处处空。

栖凤栖不定，宿鸟宿成风。

之三（平入声）：

阡阡成陌陌，润润亦泽泽。

只见江南柳，姑苏十尺帛。

之四（平上声）：

不惹群芳妒，梅花自在古。

江村由碧玉，七步小桥雨。

322. 叠韵山中吟

山中吟巨浪，涧下水难状。

不可观流去，潮来日色涨。

323. 双声溪上思

溪流云激荡，谷石阻声吭。

涧涧声声满，水水天天亮。

324. 奉和鲁望叠韵吴宫词二首

之一：

水渎吴宫色，西施越女声。

情情情不定，曲曲曲难明。

之二：

夫差连渎渎，水水遍吴吴。

泽润江南色，春秋日月苏。

325. 晚秋吟

东皋烟雨少，暮日稻禾多。

刈割秋收实，归情社日歌。

326. 好诗景

女子半开门，香云一子孙。
风流知少妇，不必问侯门。

327. 寺钟暝

禽栖濠濮涧，日落岭悬钟。
远近应相照，高低各有容。

328. 砌思步

日下少夷峰，云浮砒辟封。
田田心事尽，切切向芙蓉。

329. 奉和鲁望药名离合夏日即事三首

之一：
路上车前子，云中白芷身。
蓑衣荷仲夏，鲁望细参人。
之二：
天台瑶草碧，贝叶久经霜。
绝顶灵芝采，回身玉杜芳。
之三：
桂子含茸耳，松花纳葛床。
黄莲黄菊采，女色女儿香。

330. 怀锡山药名离合二首

之一：
远远一灵芝，兰兰半水池。
幽幽芳已杜，仲仲夏当时。

之二：
婷婷一女白，芷芷半浮开。
切切桂中松，茸茸采自来。

331. 怀鹿门县名离合二首

之一：
日暮心怀鹿，门前水泊云。
襄阳文笔砚，尾竹有芳芬。
之二：
贝叶秋闻桂，溪流十里香。
江淹云一半，渚石两三梁。

332. 奉和鲁望寒日古人名一绝

一字珍珍一句荣，千章切切万家城。
先生格律由沈宋，庾信诗词自主名。

333. 胥口即事六言二首

之一：
碧玉浮浮落落，波光渺渺沉沉。
绿叶圆圆薄薄，红花处处临临。
舴艋风风雨雨，鸳鸯古古今今。
之二：
岛屿云云雨雨，清风细细轻轻。
水雾迷迷散散，烟云暗暗明明。
白鹭飞飞落落，青鸥送送迎迎。

334. 夜会问答十

之一：
君家何处是，小女不知行。

一路长亭外，三生草木英。
之二：
姑苏姑拙政，鲁望鲁齐名。
凤凤凰凰见，鸥鸥鹭鹭情。
之三：
金杯金绿蚁，玉女玉葡萄。
曲曲黄河水，潼关处处涛。
之四：
知音知所问，共会共枯荣。
已见姑苏市，襄阳汉水城。
之五：
莲花莲子水，碧叶碧荷莲。
笔砚由心下，青云日月中。
之六：
溪前溪后岸，桂去桂来香。
九月重阳望，三秋日月昂。
之七：
琴棋书画笔，晋魏北南朝。
不尽齐梁叹，无言对小桥。
之八：
舟帆一太湖，汴水半江都。
俱说头颅好，隋炀世俗吴。
之九：
吴江同里水，木渎虎丘蒿。
一曲梅花落，三声下里高。
之十：
襄阳一鹿门，汉水半云根。
逸少诗词寄，龟蒙日月恩。

第九函　第十册

1. 陆龟蒙

拙政园中水日枫，苏州鲁望陆龟蒙。

淞江退隐天随子，不第元方不及穷。

2. 读襄阳耆旧传因作诗五百言寄皮袭美

汉水雄山老，高人古至名。

离骚离楚客，九辨九思荣。

宋玉高唐虹，屈原放逐行。

三胡三寂寞，二习二茂生。

缅问齐梁事，情怀咀豆萌。

崇丘垣苟孟，股掌五侯争。

大爱皮夫子，袭袭美美倾。

南阳潜伏志，济蜀卧龙城。

射策高堂目，青云缚虎赢。

推宏酬范致，圭窦岫吴盟。

学古知今往，闻风见雨紫。

陈诗风采付，曲籍论纵横。

羿谷归来把，逞戈物象平。

驱为文雁侣，骦厩远长征。

邂逅知君子，宫商角羽鸣。

终生文致远，易道以儒旌。

3. 袭美先生

序：

袭美先生以龟蒙所献五百言，即蒙见和复示荣唱。

诗：

河图八卦孕，古范九畴分。

次筑经纬织，自古纵横文。

简简繁繁论，先先后后君。

丞相秦论久，指鹿共衣裙。

小篆车同轨，量衡统一斤。

中兴文景致，汉武业业勋。

汴水隋炀治，杨杨柳柳芸。

苏杭由泽润，富贵运河殷。

洞野江湖滴，天堂日月勤。

江南风水月，浙北以吴群。

四象人谣曲，双仪独对闻。

齐梁由以本，魏晋可青云。

内史书成败，功名隔代曛。

襄中锥自取，日上抵家耘。

后主亡隋去，贞观十八军。

开元天宝继，李杜意纷纷。

摘韵吟风雅，含情比致欣。

三千成弟子，五万首芳芬。

岷尾襄阳望，开扉格律昕。

吴江鱼自赴，苦雨钓苏芹。

六籍空销病，三皇伯弟郇。

青梅连放湿，霍月太湖雯。

惑补书陴史，瓯巇缺砌垠。

临流沧浪足，挽袖自氤氲。

4. 奉酬袭美先辈吴中苦雨一百韵

意绪微生拙，灵天百经宣。

唐臣求所达，奕世制方圆。

稷禹垂青肃，机书贻厥悬。

其问忠厚祖，有志良弓虔。

守节谊梁耳，顽佞不挂田。

三皇尧舜禹，五帝树青莲。

契阔桐江岸，孤云斗笠船。

吴门明大雅，越水会稽烟。

射策文章第，春卿垒石泉。

霜戈征伐历，待旦理巡边。

少壮先驱逐，中庸识陌阡。

兵民农国本，尺寸始源渊。

事谒贞观继，身承弃耆贤。

姑苏芳芯问，牧野渔樵边。

隐几明皇路，鸿蒙簪首篇。

襄阳连汉水，紫桑鹿门川。

辁辌何牢帜，蛟龙相邂旋。

蚩尤争日月，子胥楚人悫。

瀑练垂空落，深潭泛浪涎。

甘霖成四象，草木碧纤纤。

粟粟仓仓见，书书字字筌。

耕耘知日月，著作可峰巅。

贾谊长沙赋，汨罗屈子怜。

宫商角徵羽，顿挫七音弦。

5. 奉酬袭美先辈初夏见寄次韵

袭美襄阳宅，姑苏鲁望城。

门前烟水织，积雨雾云萌。

夏口知音近，琴台有遗声。

灵岩山寺老，不尽太湖情。

一径余程远，三窗纳卷盟。

幽篁幽化匠，海浪海鲛生。

见寄皮夫子，还闻甫里鸣。

江苏江润泽，玉节玉精英。

6. 补沈恭子诗

同游清远去，共姓一程中。

道士沈恭子，以行作谥衷。

7. 奉和袭美二游诗　徐诗

坑灰已冷四书全，经史尝闻子集篇。

万卷徐修秦汉苟，萧何政读籍图研。

延熹太学中庸社，革命生民教化宣。

国萃玄虚沈约改，清言御府范云编。

伊唐受命君臣见，后主亡隋望陌阡。

且向江都流水去，苏杭始见运河船。

雄才已见头颅叙，百世天堂自此前。

色色情情应彼此，今今古古是先贤。

8. 奉和袭美二游诗　任诗

吴门音韵继，任晦续诗情。

百草留圆碧，群芳拙政明。

姑苏修竹色，怪石太湖城。

孔洞含天地，千章纳润荣。

封疆应隔守，立吏可民生。

自古良朝税，如今逐日英。
生公曾点石，谢女寄寒倾。
白雪阳春见，人间有纵横。

9. 次追和清远道士诗韵

之一：

清清远远一汗漫，柏柏松松半寺寒。
道士三清飞独鸟，书生九脉望云端。
修文断臂�宫见，戴颙支公误久叹。
切切知知三界外，江江水水万波澜。

之二：

逍遥君子路，旷达弟兄名。
桂影荒泉逐，幽林揽物情。
山峰曾独峙，涧谷已惊鸣。
绝境玄虚处，临川跬步行。

10. 读阴符经寄鹿门子

阴符经后世，朗颂鹿门前。
造化经衔地，机关可卫天。
龙蛇盘欲起，隐行甲兵田。
死死生生误，根根本本怜。
成汤周武见，二世弃黄田。
了了无无了，圆圆缺缺圆。

11. 奉和袭美初夏游楞伽精舍次韵

吴都振泽水汀洲，袭美襄阳夏口楼。
极乐三千三世界，琉璃五百五千流。
华池万象生灵度，造化尘机世俗修。
暮鼓晨钟相继续，心经静境自沉浮。

12. 奉积袭美公斋三咏次韵

之一（小松）：

青青一小松，自立半鳞龙。
独向长空举，成林伴鼓钟。

之二（小桂）：

小桂不须长，三年自向阳。
秋风秋已得，自得自然香。

之三（新竹）：

节节空空势，青青劲劲生。
婆娑留玉城，郁色作天英。

13. 雨中游包山精舍

岩开一径分，绝俗半真君。
雨里包山路，云中雾海群。
烟霞精舍客，柏殿共竿熏。
得以三清志，青莲禹远芬。

14. 奉和袭美酬前进士崔潞盛制见寄因赠至一百四十言

孔府颜回一圣书，文公雅韵半荷锄。
东皋积翠堆云雨，雾霾荆榛哲剪除。
必见贤人贤世举，何须一钓一竿鱼。
琼琚已报知桃李，不朽芙蕖有水余。

15. 初入太湖

东西一对洞庭山，五水波明大浦湾。
苴里金庭雷四起，姑苏胥口陆家关。
鼋头渚草湖州岸，木渎灵岩马迹颜。
雪堰梅园无锡惠，神仙在此不归还。

16. 晓次神景宫

水满帆高已满弓，嫦娥后羿问寒宫。
清波玉影婵娟色，耳目精神十里空。
辅弼轻云南北夹，咸池晓次望西东。
香母碧玉姑苏夏，十里梅花五里风。

17. 入林屋洞

人间十洞九知名，天后真君以此萌。
林屋居中逢左右，白芝在此紫泉行。
灵封寂静元君近，玉珏仙家幻月明。
水石空空沉海底，波波浪浪太湖生。

18. 鹤屏

独立金鸡足，排云展翼飞。
天空留故迹，落羽入屏归。

19. 毛公坛

古有韩终道术名，刘公教授凤凰生。
三层素羽驱鳞甲，四角翔螭向兽鸣。
白鹿无人岑寂境，毛公有志以坛明。
芝茎绿紫凌沧及，未以虚空作鹤瀛。

20. 三宿神景宫

岩居幽绝色，洞宿隐灵宫。
石径层层叠，松杉处处蓬。
千峰相接碧，万壑互连通。
倒映华池静，澄明始见空。

21. 以毛公泉献大谏清河公

毛公赐遗一流泉，大谏清河半望天。
羽化荒坛应隐若，冰霜雪挂可封山。

22. 缥缈峰

金庭镇夏石公山，缥缈峰中一岛颜。
独峙东邻高苫里，姑苏半在太湖湾。

23. 桃花坞

自是天随了，桃花满汉坞。
华阳华水色，葛岭葛洪图。
问绝秦时树，听来越鸟吴。
窥天窥洞穴，日暮日江苏。

24. 明月湾

一月太湖湾，三更独自颜。
嫦娥应所望，后羿已无还。
玉树寒宫影，私心不等闲。
灵岩山上寺，隔日馆娃蛮。

25. 练渎

吴王练渎半兵船，坐似冯夷一越天。
绝岛平川波未了，青枫有泪士民怜。

26. 投龙潭

龙潭一日半天光，富泽三吴九陌梁。
雨顺风调民所望，良田水苑久闻香。
秦秦汉汉曾先后，二世无苑久闻匡。
税赋江东天子库，和平稻米始成乡。

27. 孤园寺

西天远远一浮屠，水曲岩幽半越吴。
武帝梁家从释子，台城一路到姑苏。
孤园寺里心经在，四壁金刚一念儒。
道士知天玄所辨，归修性欲锁江都。

28. 上真观

神游羽化一风余，佩服三清半国书。
俗状尘冠相亚，芝园复息上真居。

29. 销夏湾

独岛环天望，孤身对白鸥。
消忧消夏水，五色五湖舟。
古岸连湾曲，高萝挂树头。
云峰云自落，簜笛簜风流。

30. 包山祠

包山寺里殿，静境麓中君。
步上通灵界，从仙向白云。
真君真教化，鼓乐鼓纷纭。
以此三清继，烟霞自古闻。

31. 圣姑庙

缈缈洞庭山，幽幽圣庙还。
明明盘古道，曲曲太湖湾。
岛屿连波涌，河津胥口关。
汀洲萍伏岸，碧玉小桥颜。

32. 太湖石

万石太湖沉，千年值百金。
相逢相不见，互问互听音。
孔孔形形错，奇奇状状深。
庭中庭外植，雨落雨声琴。

33. 崦里二首

之一：
百户藏崦里，千年一井天。
川前流水近，雨后自成泉。
岛外环深海，云中处处烟。
桃源秦汉问，五帝作神仙。
之二：
干戈横不得，玉帛可相闻。
两岸江南米，三光塞上君。

34. 杂讽九首

之一：
红蚕生命在，白茧已成丝。
后羿或弓箭，嫦娥玉带垂。

绞绡湘楚见，锦泉越吴知。
柳树隋堤水，江都客女辞。
之二：
人生易短不知长，石板波痕久滞霜。
造化无功无彼此，羲皇有教今炎凉。
山屏足履历沧迹，草木庚辰日月堂。
广阔江湖序次落，石公前知石公梁。
之三：
贱贱贫贫世，君君子子闻。
南方丁水土，北陆木天云。
之四：
格律声调在，音音韵韵生。
文诗书自古，绝句字成城。
之五：
窥天窥地见，问世问人情。
史历无全史，明书不尽明。
之六：
有檗青青色，无情处处行。
长亭长路远，短见短时明。
之七：
世上无征战，人间有太平。
三皇尧舜禹，五帝夏周城。
俗勇犀兵至，商家利可衡。
长林长直木，远水远山明。
之八：
鼓鼓钟钟响，笙笙磬磬鸣。
琴琴和瑟瑟，苦苦亦营营。
之九：
朝为壮士歌，暮作望乡荷。
击筑秦王殿，长安渭水波。
英雄无所顾，草木有其多。

35. 美人

佳人别鹤弹，一曲未回观。
俯仰皆不是，徘徊久若安。

36. 感事

巧舌如簧箭，鲛函似将共。
君闻君耳目，达客达枯荣。

37. 素丝

色色由丝染，形形以布成。

青青难再素，步步不回程。

38. 次幽独君韵二首

之一：
灵山应不尽，独岭可再攀。
自觉高天远，西关锁大山。
之二：
白草临风问，红霞向日空。
朝闻朝日晓，暮送暮时风。

39. 赠远

道路两头分，终端半吾君。
相逢非你我，独望是浮云。

40. 惜花

花开花落去，隔岁来年来。
子子孙孙见，轮轮复复回。

41. 别离

无言大丈夫，有泪不轻儒。
别路东西望，仁人彼此奴。

42. 村夜二篇

之一：
一夜孤村半熄灯，三更独月一行僧。
秋毫不解枯荣律，叶叶枝枝露水凝。
之二：
丝丝竹竹一文章，瑟瑟琴琴半柳杨。
贱贱贫贫相似近，贤贤达达互如良。
田田野野桑榆事，古古今今历史乡。
俭俭勤勤家业别，儿儿女女共书堂。

43. 记事

五谷丰登见，三秋日月扬。
淞江连海沪，水色太湖乡。
只作天随子，无言甬直塘。
吴兴同里岸，震泽共周庄。
碧玉灵岩寺，澄湖月浦光。
钱塘潮水落，雨雾满苏杭。
但以头颅好，楼船沿柳杨。
千年由此去，百里是天堂。
故语姑苏女，常言甫里肠。
应知水渎国，不可忘隋炀。

44. 孤雁

八月高飞雁，三秋一字翔。
排空人所见，逐夜向衡阳。
落落栖栖渚，警警惕惕塘。
雌雄分不得，老少共家乡。
绝塞寒霜雪，江南草木凉。
春秋南北翼，彼此去来量。
地厚山河水，天高玉宇仓。
姑苏修拙政，甫里太湖乡。

45. 南泾渔父

南泾渔父问，北垞过山樵。
一斧惊虫鸟，三纲两纲鹤。
江流村落背，僻地岭峰遥。
莫以人情誉，求生苦力消。
儒书儒子集，史册史径雕。
泽泽川川水，朝兴暮退潮。
颜回居陋巷，孟母择昭苗。
凤凤凰凰曲，秦楼弄玉箫。

46. 引泉诗

上善斯文若水明，川流逝逐已凌清。
山光草木阳泉落，碧玉江青自纵横。
溅溅苍寒分已浅，深深涌动汇方成。
形形状状由天地，点点源源势聚瀛。

47. 纪梦游甘露寺

北固山前玉带流，钟声古刹向云楼。
凌波峭壁孙刘记，浊浪金陵问石头。
半壁河山南北望，全江万里去来舟。
人间逐鹿从今古，社稷重游是九州。

48. 鸣雁行

大雁飞人字，排空注一鸣。
相思相比翼，共宿共栖情。

49. 短歌行

匕首图穷见，荆轲一诺盟。
秦王秦未尽，易水易无成。

50. 挟瑟歌

鼓瑟湘灵问，苍梧竹泪流。

无情应似水，不尽二妃愁。

51. 婕妤歌

掌上轻身舞，宫中楚细腰。
窈窕应日日，扫叶自萧萧。

52. 江南曲

水是江南秀，山成草木荣。
春莺啼不住，泽渎泛清明。

53. 渔具诗

罟眔罾罭罩竹渔，筌筒笱罩独箪余。
游游箸箸神梀窂，网网绳绳误水居。

54. 网

网网目目绳，掷掷拉拉凭。
拖泥还带水，白鹭待鱼鹰。

55. 罩

左手提园眔，潜鳞已不行。
轻遥舟子取，不见大鱼惊。

56. 罨

细草编鱼网，螺蛳复蚬虾。
随舟由顺手，小烹可人家。

57. 钓筒

筒中是活鱼，水里半囚居。
一钓三垂静，千波七色虚。

58. 钓车

长长一钓轮，悠悠半渚津。
严滩严睡去，渭水渭川秦。

59. 鱼梁

以石筑鱼梁，前行入口狂。
无须思后退，举首作亡羊。

60. 叉鱼

一火先明烛，三叉对准鱼。
游鳞游已止，一瞬一玄虚。

61. 射鱼

水水鱼鱼见，弓弓箭箭行。

三边三世界，一月一弦成。

62. 鸣榔

暮色鸣金止，惊弓鸟乱飞。
榔声驱远近，只待有鱼归。

63. 沪

潮来潮去水，沪石沪堤沙。
以此观鱼跃，留鳞作岸虾。

64. 吴人今谓之丛

草木丛丛捆，松松软软城。
游鱼虾蚬入，不可不思行。

65. 种鱼

开池引欲鳞，可入难回巡。
是我非归属，天然自在身。

66. 药鱼

毒药求鱼者，知人莫误身。
游鳞游止后，食者食其珍。

67. 舴艋

小小中流水，轻轻舴艋舟。
求鱼求左右，近者近鳞游。

68. 笭箵

笭箵腰间带，垂鱼自在回。
蓑衣风雨里，细雨不须催。

69. 奉和袭美添渔具五篇　渔庵

啸傲江湖上，渔庵草木中。
游来游不去，自得自无空。

70. 钓矶

云根一钓矶，仰望半无依。
但向闲云问，游鳞自不稀。

71. 蓑衣

小雨满蓑衣，珍珠玉点稀。
圆圆凭斗笠，缩缩独相依。

72. 箬笠

箬笠圆圆大，周身处处低。

滩头滩尾坐，一顶一天齐。

73. 背篷

江湖一背篷，啸傲半吴东。
浦晚乌江上，沧桑唱大风。

74. 樵人十咏

序：
环中谓我一先生，自古渔樵两世名。
袭美襄阳鲁望客，重吟上国有纵横。

之一：樵溪
山高涧水深，曲折入空林。
石叠溪泉阻，声声作古今。

之二：樵家
以木樵家宿，从林取炎华。
依山依所食，靠水靠山花。

之三：樵子
步带山词唱，归程望暮扉。
林家柴木炭，世客子回归。

之四：樵径
一径行行去，千山处处来。
樵声樵客见，一曲一人回。

之五：樵斧
樵人一斧声，激荡半回鸣。
淬砺丁丁火，锋铦刃刃惊。

之六：樵担
三光三木树，一担一樵柴。
捆捆丛丛背，襟襟衲衲怀。

之七：樵风
从中半山风，云中一太空。
林前应不问，绝顶可由衷。

之八：樵火
一火分生熟，三生合九成。
樵人樵九合，九陌九人情。

之九：樵歌
鲁望天随子，襄阳袭美情。
樵歌今已唱，郢楚入郢城。

之十：樵叟
胼胝山中子，凋鬓月下隆。
烟霞凭地起，草木按年丰。

75. 奉和袭美酒中十七咏

之一：酒星
人间一酒星，世上半零丁。
阮籍嵇康见，知章太白铭。

之二：酒床
洒酿一床生，溪边半石明。
重流重日下，自得自方成。

之三：酒垆
锦上当垆酒，相如作沽人。
文君红烛照，点滴共秋春。

之四：酒楼
远近酒楼香，高低沽客尝。
三杯三醒醉，一曲一离筋。

之五：酒旗
三亭三酒星，一店一旗扬。
短短长长竖，宽宽窄窄乡。

之六：酒樽
自古樽樽酒，如今令令缸。
黄金何白石，独客自成双。

之七：酒城
无非造酒城，有是作留名。
太白应知彼，嵇康可此荣。

之八：酒乡
谁知一酒乡，世上半天光。
醒醉难分舍，阴晴可柳杨。

之九：
万斛千杯沼，天高地厚临。
如今应古问，此物是甘霖。

之十：酒龙
一饮自成龙，三皇直木松。
千年千酒客，万世万疆封。

之十一：酒泉
敦煌一酒泉，汉武半王天。
霍卫分皇赐，凉州饮此悬。

之十二：酒篘
不待盎中满，还闻酒味倾。
汪汪成篘器，坐坐以香名。

之十三：酒瓮
可养清凉酎，常闻玉液香。
糇糇暖暖储，酵酵醴醴尝。

之十四：酒船
江湖饮酒船，日月暮朝边。
湎湎沉沉去，浮浮落落天。

之十五：酒鎗
还鎗应射虎，点击对潜龙。
器质怀醇籍，飞筋锁寸封。

之十六：酒杯
不饮三杯酒，孤行一世余。
清身清自许，不浊不虚书。

之十七：添酒
襄阳一鹿门，鲁望半江村。
楚水东吴至，嵇康阮籍根。

76. 奉和袭美茶具十咏

之一：茶具
雾雾云云岭，烟烟露露重。
阳阳朝暮碧，矮矮齐齐客。

之二：茶人
女赋天灵秀，辰明露水浓。
怀中藏玉笈，手上采芽封。

之三：茶笋
子孕和天气，萌芽对宇生。
丛丛茶树仔，一笱一枯荣。

之四：茶籝
茶籝可杀青，铺就自凉灵。
野老山娃织，方圆大小形。

之五：茶舍
一品清茶舍，三春始碧螺。
东西山色好，细历洞庭多。

之六：茶灶
酵酵青青类，蒸蒸煮煮成。
盈盈无满满，若若有倾倾。

之七：茶焙
次第天随子，无焙自在匀。
东西山上采，碧玉碧螺春。

之八：茶鼎
一鼎藏茶叶，三近两万枚。
沉浮三次第，好水自逢魁。

之九：茶瓯
展展平平铺，芽芽叶叶形。
朝天盖地色，珪璧玉姿灵。

之十：煮茶

酵酶清泉煮，温情雪水工。
徐徐方火火，久久味浓浓。

77. 置酒行

不是英雄置酒行，人间不识有前程。
唯唯醒醉无自在，诺诺平生不得明。

78. 江湖散人歌

江湖自有散人歌，读学无成作木柯。
性性情情成败见，驱驱惰惰望黄河。
行行止止由恒力，负负辜辜少以多。
进退山林求隐道，樵樵自力影婆娑。

79. 寄韦校书

江湖散士不成名，一进三亭百里行。
后退还闻天下望，盘门胥口自纵横。
妨眉屈膝巢由向，野径山云太古情。
沪罩鲈鱼苑蟹脍，离居佩陆故人盟。
桑田未宁妻儿别，铁甲冰河士子惊。
缋昼蟠龙螭日月，凌烟阁上立精英。
兴师动众风雨骤，陨石临空一夜惊。
往首平庸平所事，心心意意几形明。

80. 五歌

古者谣诗见，云云自是歌。
声声由自在，曲曲似江河。

81. 放牛

仰首吴牛角，江鸥向背观。
天空天远近，日暮日秋寒。

82. 水鸟

水鸟相依水，山禽自靠山。
原来同一类，本末共千湾。

83. 刈获

春耕早稻一秋丰，二穗如今四穗隆。
苦刈辛勤吴水泽，农夫社日已无穷。
牛羊满窗肥猪囤，醒醉知家烛炬红。
步步相趋相自力，年年刈获有西东。

84. 雨夜

屋似孤舟泊小湾，蓑衣自着漏时颜。
灯前雨雾虫高壁，结社云平久不还。

85. 食鱼

三春渚草鳜鱼肥，一跃湖沙鱼未归。
半尺身姿应不小，英江小子可相飞。

86. 丁隐君歌

之一：

老子庄周养善生，翰芝管笛隐君名。
夫妻互助耕耘世，自力修身以内成。

之二：

翰之丁氏字，隐者入钱塘。
逋客曾相问，樵渔自力尝。
夫和夫妇顺，自立自炎凉。
圭窦分文致，春秋事老庄。
青萝衣半卷，稻米麦三光。
兽寇风云外，龙蛟海故乡。
心平七十少，力就百千粱。
不见何时老，终情作柳杨。

87. 紫溪翁歌

一酒栖栖半曲歌，三声未了两声和。
溪翁不逐溪流紫，不辱无荣甫里多。

88. 赓歌

贵贵无平贱贱平，贫贫有度辱还荣。
琴琴读学书书志，古古今今事事萌。

89. 鹤媒歌

鹤鹤媒媒两鸟歌，翎翎羽羽一天河。
鸣鸣喈喈南塘去，网网罗罗雀雀何。

90. 庆丰宅古井行

之一：

齐荆互庆丰，聚族共吴风。
老井因其事，经图见朽空。

之二：

春秋左传记齐津，市废城荒历汉秦。
旧曲儒疆宣父始，今歌一并示吴人。

91. 小鸡山樵人歌

之一：

胥口小鸡山，龟蒙束供攀。
樵畎樵斧减，利禄利无闲。

之二：

斧斧薪薪断，攀攀路路悬。
廉廉知政治，食食自当天。

92. 吴俞儿歌舞

之一：剑俞

一剑俞儿舞，三歌北斗城。
同心同不得，一世一生平。

之二：矛俞

矛俞分向背，利害身心明。
风头旋合索，勃彗有浮荣。

之三：弩俞

俞儿一弩弓，射猎半苍空。
勇者知其胜，雄师一始终。

93. 句曲山朝真词二首

序：

道士朝真请，神仙有至来。
华阳深一洞，旦旦塞无猜。

之一：迎真

迎真花自色，抱简自凝神。
磬语当司命，灵章醒世人。

之二：送真

朝真千弟子，凤髻一神仙。
以此巡天去，销沉万象田。

94. 战秋词

八月钱塘一线潮，三秋澈浦半云霄。
杭州极望连天海，列岛群星逐浪消。
散富春江富水色，方州虎节误渔樵。
天机小昊天随子，编茅宿惠玉人娇。

95. 祝牛宫辞

之一：

十月耕牛赋，冬来入半春。
农夫农世界，土地土官人。

之二：

饮食农家二亩田，耕耘谷雨半云烟。

风调雨顺由衷祝，四序牛羊五味年。

96. 迎潮送潮辞

甫里姑苏水，淞江浦潋潮。
屯流屯积液，晦望暮朝津。
哲理应人悟，农家碧玉桥。

97. 迎潮

朝来丰泽岸，滞纳百家田。
水润耕耘好，秋收大小船。

98. 问吴宫辞

之一：

家乡甫里故吴宫，不是夫差别馆东。
百里长洲清水月，谁人只记此名空。

之二：

吴宫自古有佳人，水泽如今四序春。
女女儿儿吴越会，依依伯伯暮朝津。
鸳鸯足见扶苏渚，社日谁知醒醉身。
十里红莲难斗米，三生碧玉小桥邻。

99. 送潮

暮去沪鱼虾，风流入百家。
船湾船满市，沽酒沽人华。

100. 萤诗

夜夜不孤灯，秋秋自互凝。
群群经史集，独独五陵征。

101. 蝉

薄薄翼难消，高高欲唱遥。
长亭学子望，一路有秋潮。

102. 秋热

三秋回热浪，一夏储炎城。
万物皆相序，千年彼此行。

103. 村中晚望

晚望柴门外，江村日照中。
斜阳斜影远，一女一衣红。

104. 石窗

两目石窗明，三光四海清。

天台天仰望，大隐大思行。

105. 过云

作伴一程云，临溪半不分。
衣衫全湿尽，且待日芳醺。

106. 四明山诗

谢遗风尘道士名，南雷大隐四明清。
神仙岳事山光早，洞穴临泉上浦行。
雪窦慈溪溪口路，余姚以目石窗明。
宁波镇海舟山岛，奉化天台两溢晴。

107. 云南

云南一入溪，雪窦半山低。
大隐宁波海，曹娥北越啼。

108. 鹿亭

预植鹿亭岩，溪烟温布衫。
泉香流五色，叶落似千帆。

109. 樊榭

不可临樊榭，风云扑面来。
溪烟连湿雾，两目久难开。

110. 潺湲洞

潺潺洞口湲湲水，浊浊清清一路流。
曲曲声声琴似语，人生似此永无头。

111. 鞠侯

封侯已在四明山，问鞠何时一御颜。
石下寒泉流不断，涓涓九曲自成湾。

112. 五泻舟

桐川五泻舟，大隐一溪流。
不见天随子，应闻袭美留。

113. 青苗子

绿石成层守，青林四面临。
深潭沉玉宇，草岸满峰荫。

114. 华顶杖

天梁三足立，一杖半春秋。
跬步山川路，江河不必忧。

115. 太湖砚

寒潭一半烟，弟子三千川。
不尽江湖水，文章日月田。

116. 乌龙养和

乌龙自养和，道法已知多。
遄客相兼得，何须世外歌。

117. 诃陵尊

玳瑁昆仑酒，先生醒醉门。
尊前须不可，已意问乾坤。

118. 奉酬袭美早春病中书事

应知前进苦，不计病容生。
岁岁枯荣至，年年去来行。

119. 又酬次韵

从来思远去，且夕步行程。
静里中庸客，长亭大学生。

120. 奉酬袭美晚秋见题二首

之一：

步在五湖边，行思砚首泉。
襄阳流不尽，直到入吴田。

之二：

吴僧传药味，楚客问樵渔。
鲁望姑苏寄，襄阳袭美书。

121. 奉和袭美初冬章上人院

香茶取水远山泉，品味新茗悟觉禅。
已见旗枪初欲展，明前雨水碧螺鲜。

122. 袭美见题郊居十首因次韵酬之以申荣谢

之一：

晓旦陶弦弃，黄昏谢药清。
居闲求静卧，易卜待人生。

之二：

病树前头问，临山雨后行。
清新清湿气，百草百思萌。

之三：

不得新秋计，无声菊色情。

重阳重日月，正反正分明。

之四：

全无养拙路，只有短长程。

跬步行行去，诗歌处处情。

之五：

路路玄关设，人人暮旦行。

长城分界定，汴水逐船盈。

之六：

水泽桑麻富，山奇鸟兽声。

江吴江楚接，鲁望洞庭情。

之七：

禹穴风流市，姑苏历史城。

青萝冠草色，白石对枯荣。

之八：

就远买云瀛，樵渔半日行。

三思三十里，一路一方明。

之九：

旷野青芜路，荒溪四面横。

王孙王子去，露水露芹生。

之十：

且向林泉种，秋收米粟盈。

樵渔由自力，进退可人生。

123. 和张广文贲旅泊吴门次韵十二文

能取高秋一片云，无成水调半成文。

灵音始得由天籁，斗笠蓑衣白日曛。

124. 又次前韵酬广文

古径香消向里芹，平台落叶自斯文。

玄虚石洞重阳路，半在分明半在云。

125. 送延陵张宰

默颂三真路，高吟十字诗。

之官之薄禄，与己与民司。

126. 送人罢官归茅山

薄俸无修养，贫官不可贪。

茅山茅草屋，水泽水深潭。

127. 中秋夜寄友生

岁岁中秋一月圆，人人目尽半寒天。

嫦娥有待阴晴日，后羿无声桂影悬。

128. 奉和袭美古杉三十韵

木遗孤芳一古杉，奇形怪状半云帆。

龙鳞虎节斑斑色，簇簇针针莽苍岩。

獬豸窥空博士，蚩尤阵蠢勇森严。

熊罴祖纳苻坚将，缺列蟠桃玉石嵌。

129. 立春日

隔岁花开落，今年正此时。

相同相异问，老少老人知。

130. 奉和袭美新秋言怀三十韵次韵上平三肴

旧友怀三益，关山阻二崤。

荣枯朝向背，远近旷荒郊。

大隐樵渔士，中庸厌累巢。

扬雄图镜酒，阮籍著辞爻。

律历穷飞朔，程经莫逆交。

梁园寻绝洞，籁逸蕙弦匏。

彼此重阳向，方圆代阻教。

禅言知事理，鹤印劝人茅。

131. 和袭美江南书情

序：

和袭美江南书情二十韵，寄秘阁韦校书，赆之商洛宋先辈垂文二同年，次韵十五成。

诗：

一月随泉绕古杉，三年旧志五湖帆。

如鱼似水寻禅意，许朓稽康代凤衔。

石玉松篁猿独树，同年结伴共云岩。

仙蕴岸影雕文竹，旧隐幽沼水天函。

132. 忆袭美洞庭观步奉和次韵十五韵

岳阳斑竹五湖湾，湘灵鼓瑟竹泪关。

寒山拾得长沙寺，洞庭水色洞庭山。

133. 自和次前韵

命是曾相背，才非世可客。

前程前是路，后顾后非从。

腊月梅花色，春初白雪冬。

134. 江墅言怀

一病三思过，千书百念重。

文章儒鲁望，袭美客吴踪。

夕照长洲色，黄昏别墅冬。

寒风冰碴水，举首未相逢。

135. 秋日遗怀十六韵寄道侣十四盐

有路求真隐，无媒举孝廉。

雄词成今古，落日海云潜。

鹤羽随风怯，灵方道侣谦。

三生文字阔，一笔紫毫尖。

136. 京口与友生话别

羊昙羊唱曲，马援马路宽。

历自尧阶数，书因禹穴观。

樵渔赏利禄，束检竹窗寒。

老聃光和至，颜回陋巷安。

松门穿戴寺，国计客云端。

品味茶泉远，寻思静月坛。

悲秋同是客，跬步共汗漫。

积虑成思著，虎节序青丹。

137. 丹阳道中寄友生

锦鲤冲风跃，村娃学束归。

家家鱼拾得，女女晒心扉。

石兽稀思客，幽微作是非。

舟帆连海际，岸渚友生晖。

138. 寄茅山何道士

茅山何道士，玉鸟买溪田。

紫燕长巢冢，青龟已上莲。

同吟相违别，共道隔今年。

术法仙丹中，心明古篆荃。

139. 江南秋怀寄华阳山人

一夜归心梦，含毫故国情。

逢山思欲隐，过水见鱼行。

历夏荷塘满，悲秋络纬鸣。

持竿应不钓，石径可纵横。

处士东林卧，衣裾博士情。

先生南郭问，蹇野卜兰英。

鼓箧知豪侠，金籯炼药营。
炉香丹鼎篚，只达谓身名。
谢守溪山履，张翰八月盟。
莼鲈乡味脍，草木已祢衡。
励石磨怀远，琼瑕见辟瑛。
桑田从吏治，帝业问公卿。
白雪天山北，冰天锁请缨。
仁师仁子去，自主自平生。
扩土由天子，封疆宿北征。
才当曹斗怯，稚珪莫前宏。
晚树参差比，奇峰隐约瀛。
渔翁荷斗笠，秀尽力朝蘅。
鹤舞留轩影，猿啼细远惊。
凝神琼纻白，石跖惠丁更。
远近行由迹，阴晴有草菁。
刘桢宗炳过，杜曲斗输赢。
互釜鸣榔扣，泓澄碧叶荣。
湘灵应鼓瑟，竹泪可长鲸。

140. 送宣武从事越中按狱

水国难驱坐，江城易晓行。
高悬明镜处，役吏寄私情。
自古牢头使，如今久载横。
宣城宣武治，谢守谢君名。

141. 江南冬至和人怀洛下

江南冬至日，洛下雪方浓。
腊末梅花落，群芳杜宇踪。
平湖媒草色，水鸟已相从。
朔漠闻君问，昆仑十万松。

142. 谨和谏议罢郡叙怀六韵

人生一世一心扉，万里长城几去归。
莫以秦皇南北界，汴水隋炀日月晖。

143. 二遗诗

之一：
东阳百里诸名山，石枕材琴赵李闲。
磅礴神仙文理石，蝉联耳目不啻还。
之二：
石枕材琴所化松，金华怪秀永康龙。
东阳自有名山教，秀气天柯耳目从。

144. 鸡鶒

之一：
震泽鸂鶒水鸟生，孤丹逸性五湖鸣。
囚笼向背从无就，劈地开天自在行。
之二：
鸂鶒鹉鹉两身名，稻谷沧洲半误轻。
各得排空天地异，江湖共与白鸥情。

145. 闲书

病学高僧坐，书生万里行。
羲皇天下教，部曲小篁荣。

146. 新秋月夕客有自远相寻者作吴体二首以赠

之一：
波光渺渺月清明，独鹤扬扬跷首行。
羽檄云门云已落，杉篁古寺古僧情。
之二：
三吴夜雨半云烟，百越晨明一客船。
汴水流中杨柳岸，隋炀已向五湖眠。

147. 独夜

孤吟孤不就，独坐独难行。
石径从云满，三更任鸟鸣。

148. 寄吴融

梧桐一夜问西风，叶落三更半宇空。
不必归根由此去，琴声鹤语各西东。

149. 中秋待月

圆圆缺缺一寒轮，晦晦弦弦半故邻。
已是中秋明月至，秋秋早晚似春春。

150. 重忆白菊

重阳白菊一寒芳，素粉长柳半晓妆。
夕照晨光扬俯见，朝明暮暗有微霜。

151. 别墅怀归

怀归已是一居心，去向难言半古今。
水国姑苏原是梦，丝丝竹竹五弦琴。

152. 寄淮南郑宝书记

应徐得力五丁驱，记史翰才一墨孤。
秘检班书留笺奏，隋炀泽国二酉儒。

153. 小雪后书事

小雪频频大雪中，邻家问药古稀翁。
枫汀麦陇凝南北，不说明年是稔丰 。

154. 寒夜同袭美访北禅院寂上人

禅房声寂寂，月殿静沉沉。
夜访东林子，生公点石心。
寒枝栖鸟影，古堞坐无音。
白石成天意，青云野鹤吟。

155. 和袭美江南道中怀茅山广文南阳博士三首次韵

之一：
轻帆一夕阳，屹石七真堂。
雪满霞烟色，开封洞府皇。
之二：
林间泉下水，木中石前梁。
组绶垂三品，仙台次四堂。
之三：
降雪玄云色，临春野草香。
梅花梅未落，杜宇杜鹃忙。

156. 早春雪中作吴体寄袭美

当化作秀一飘然，玉色邻风半塞天。
有暖无寒天意在，何人见此不神仙。

157. 奉和袭美吴中言情见寄次韵

姑苏白雪是依乡，袭美阳春问柳杨。
左传留芳齐鲁客，兰亭曲水越吴觞。

158. 和袭美扬州看黄花次韵

辛荑花木秀，淑气满园香。
乱蕊成云吐，争红作嫁妆。

159. 奉和袭美行次野梅次韵

白雪梅花落，阳春下里香。
高山流水色，袭美去来量。

160. 奉和袭美暇日独处见寄

谢府知书半豫章，儒生读学九悬梁。
玄虚八十一家率，史记三千百世王。

161. 奉和袭美见访不遇

扬雄酒瘾蠄蛦香，谢朓吟诗白雪杨。
袭美江边鲁望问，莼鲈八月故人肠。

162. 奉和袭美开元寺客省早景即事次韵

禅家辨正九流中，小品殷源半世空。
水榭临空贝叶雪，冪羃日月映天红。

163. 独夜有怀因作吴体寄袭美

书田读学半姑苏，水泽江南一舅姑。
事缓人绵非不举，刀锋利刃误良图。

164. 阊阖城北有卖花翁讨春之士往往造焉，因招袭美

舟轻水曲一花翁，五亩云田百树红。
十里香风招客至，生涯处处雨烟中。

165. 奉和袭美病中庭际海石榴花盛发见寄次韵

一树石榴花，三春半育芽。
秋天秋先子，紫府紫人家。

166. 袭美以春橘见惠兼之雅篇因次韵酬谢

春来一橘鲜，自带九秋烟。
白帝良浆液，甘泉汉苑筵。

167. 奉和袭美书情寄上崔谏议次韵

谏议书斋墨，贤良雨露工。
书怀闻幌底，石刻见题红。

168. 奉酬袭美病中见寄

逢花逢月色，隔水隔云桥。
拾蕙汀边望，玄言雨里消。
三春明眼力，九陌落江潮。

169. 奉和袭美病孔雀

袭美轻吟孔雀鸣，芳丛豆蔻已争荣。
相怜共病经时日，可伴鹧鸪有旧情。

170. 上元日道室梦修寄袭美

灵官一日三清，玉刺千香问半明。
佩绶兰珊排凤节，龙书未笔世分荣。

171. 正月十五惜春寄袭美

三分春早色，一雪半梅香。
酒病扬头问，机谋拙政粱。

172. 偶掇野蔬寄袭美有作

春鲜半寸青，野蓟一吴丁。
偶掇姑苏色，幽寻嫩甲灵。

173. 春雨即事寄袭美

小谢轻埃老谢晖，鳞飞白雪絮棉飞。
城边水岸无须钓，雨色烟云戴笠归。

174. 奉和袭美抱疾杜门见寄次韵

一半江花未满枝，三春碧玉小桥时。
朝吟汉水襄阳岸，暮得姑苏鲁望诗。

175. 袭美病中闻余游颜家园见寄次韵酬之

风华一蕙香，日水半交光。
羯末宣城谢，兰芝满草塘。

176. 奉和袭美卧病感春见寄次韵

春寒带病去南城，草色青青小叶荣。
石径高僧谁自语，原来袭美已身轻。

177. 徐方平后闻赦因寄袭美

海内初传一世风，秦恩盛道去来终。
英才不作龙蛇蛰，以此何言作彼翁。

178. 酬惠纱巾

序：
袭美以纱巾见惠，继以雅音，因次韵酬谢。
诗：
薄似蝉纶透夕阳，生寒赠罱翼新霜。
芙蓉自透真人冕，惠继玄宗雅君房。

179. 次和袭美病后春思

酒向愚人药向君，前由跬步后由闻。
开扉一望千行路，闭目三里万里云。

180. 袭美以公斋小宴见招因代书寄之

小酌公斋愈病肠，依方煎药守炎凉。
维规持样三朝日，疾步当扬已不妨。

181. 京口

谁怜宋帝运筹谋，古渡江流见去舟。
举目关山京口望，春潮欲上过沙洲。

182. 润州送人往长洲

长洲水色润州头，泽国三吴已不休。
莫以江花桃李目，由君品籍运河舟。

183. 润州江口送人谒池阳卫郎中

侯门不约旧书生，旷野难从故雉鸣。
二水三山分别见，金陵月色石头城。

184. 袭美以巨鱼之半见分以酬谢

全全半半一方圆，合合分分半地天。
友友朋朋成彼此，思思念念可坤乾。

185. 袭美以鱼笺见寄因谢成篇

鱼书鱼笺薄，一字一千钧。
只以居心者，阳春白雪邻。

186. 闻袭美有亲迎之期因以寄贺

自以梁鸿比，当言谢守期。
阳春和白雪，已续箫声辞。

187. 奉和袭美馆娃宫怀古次韵

灵岩寺外旧宫钗，木渎流中越女偕。
草碧何言谁伍子，吴王五霸一夫差。

188. 同袭美游北禅院

岸帻披巾入竹房，先生坐定草玄堂。
禅心慧觉清如水，远岫林泉挂钵囊。

189. 袭美以紫石砚见赠以诗迎之

一砚深潭半墨乡，三池九眠半飞扬。
毫端玉宇弘南北，北斗文星满书章。

190. 和袭美送孙发百篇游天台

百咏难消一念平，千川涧水半明清。
天台石外悬梁处，隐姓埋名问纵横。

191. 蔷薇

贫家自不贫，十步九丛春。
欲刺青天锷，留心只向秦。

192. 奉和袭美闻开元寺开笋园寄章上人

袭美开元寺，襄阳一故乡。
姑苏吴越地，鲁望半家肠。
共寄双林垤，孤情独柳杨。

193. 奉和袭美开元寺佛钵诗

袭美开元佛钵诗，江南六祖以禅知。
人间顿悟成先觉，鲁望应闻大度时。

194. 酬袭美夏首病愈见招次韵

蕙带闻沈约，雨叶是垣衣。
夏首应痊愈，同吟不忘机。

195. 新夏东郊闲泛有怀袭美

知音夏口五湖乡，一半蚕眠已白头。
鲁望应怀袭美念，姑苏水色自襄阳。

196. 四月十五日道室书事寄袭美

只觅闲时旧竹床，问天问地自朝阳。
清清静静书斋望，石石夏夏叩九章。

197. 看压新醅寄怀袭美

压尽新醅酒，怀香古液灵。
糟床成虎涧，两绶已清冷。

198. 奉和袭美登初阳楼寄怀北平郎中

云浮气象已归天，日暖香花扑地烟。
水月笙歌军垒着，郎中已见紫衣悬。

199. 奉和夏初袭美见访题小斋次韵春韵

农家半四邻，杂树一三春。
叶叶枝枝见，天天地地申。

200. 奉和袭美所居首夏水木尤清，适然有作次韵东韵

半是鱼虾一鹭风，三重水月半渔翁。
千波夏木成形碧，万叶临川一逝空。

201. 奉和袭美题达上人药园二首

之一：

一水流沙半水泥，千川谷涧百川西。
分分合合江河逐，药药园园鸟雀栖。

之二：

依依草木各高低，共度阴晴共不齐。
药药仙人衣钵去，幽幽水月自东西。

202. 奉和袭美怀华阳润卿博士三首

之一：

一度真宫半隐居，千川涧谷一流余。
眉间入静三辰影，雨后通灵五岳书。

之二：

不问神仙问葛洪，玄尘散服入灵宫。
溪泉入静无声响，一涧川流半谷风。

之三：

月挂中峰半问天，溪流万里九源泉。
三清自是归回水，若见茅司命我仙。

203. 以竹夹膝寄赠袭美

隐约筼筜竹夹宫，玲珑透彻隔城空。
临池月色天光染，足见青青亦见红。

204. 奉和袭美夏景无事因怀章来二上人次韵十四寒

之一：

自是青青书自兰，渊明五柳向严滩。
高阳鹿鹤东林影，折取梅花问杏坛。

之二：

高僧自坐正高冠，月印禅房半月残。
病后方知天下路，风云处处久云端。

205. 三篇复抒酬答

序：

顷自桐江得一钓车，以袭美乐烟波之思，因出以为玩。

诗：

取自桐江一钓车，旋钩袭美半烟波。
蓑衣向背朝阳半，暮暮朝朝不过河。

之二：

烟波一线自浮沉，钓侣千情向野禽。
草迭花丛群芳渚，山歌取乐周知音。

之三：

云深石静一闲眠，脆缫高情半故川。
莫教君为功业喜，三篇赋蕙制方圆。

206. 奉和袭美吴中书事寄汉南裴尚书

吴中一水自前朝，故事三光已不消。
月在红楼红影舞，姑苏女色女儿娇。

207. 奉和袭美夏景冲澹偶作次韵二首

之一：

鸟雀无声半入花，音琴有序一诗家。
无弦有节陶公曲，浪静风平庚信华。

之二：

平池曲岸象山头，碧水黄昏逐九流。
莫向长沙寻贾谊，潇湘不尽洞庭舟。

208. 奉和袭美送李明府之任南海

择尽南枝已白头，应输紫贝未吴钩。
方圆海口天涯路，好爵琳侯过九州。

209. 奉和曲美寄题罗浮轩辕先生所居

至道风经一沧州，丹青穴风半始休。
浮山远近沉浮望，日月同明草木留。

210. 奉和袭美寄琼州杨舍人

鹏鸟寻巢九十南，珠官吏俸两三甘。
芭蕉一叶千声雨，海角天涯有水涵。

211. 奉和袭美宿报恩寺水阁

半步禅庭一慧生，三更月色两清明。
初成道场天和地，会意青莲有磬鸣。

212. 奉和袭美醉中偶作见寄次韵

杯中玉影一金钗，月下红楼半女阶。
步步谭玄侵罔象，形形忘态谢诗斋。

213. 与长清兄

七十年来一故乡，三千贝叶半低昂。

京城八卦同朝暮，跬步思凝共柳杨。

世上行程非止退，人间正道是沧桑。

心过五女爷娘路，月下桓仁久楚梁。

214. 奉和袭美寄滑州李副使员外

半展旌旗束战袍，三军凯甲上将韬。

平徐夜渡准南岸，破胆功勋踣故壕。

215. 奉和袭美吴中言怀寄南海二同年

一度凌风半赤霄，三吴碧女五湖遥。

君闻海上渔歌断，但向空台问汉朝。

216. 奉和袭美伤史拱山人

天长独木已成林，地久风云积水深。

史学浮图兼善术，孤贞置岘老猿音。

217. 白鸥诗并序

之一：

荒山野水一林泉，浅岛深潭半废船。

出没鲸鲵成隐怪，翔沉羽族白鸥田。

之二：

只向溪头见积沙，无闻木尾老猿家。

成群结队由所养，水水山山任草虾。

三十载，一桑麻，无无有有自繁华。

听其放纵成天地，主仆方圆半豆瓜。

218. 怀杨台文杨鼎文二秀才

崇兰晓角小山堂，白练轻舸逐水光。

不钓湖光山色好，蓑衣不蔽郡中郎。

219. 奉和袭美谢友人惠人参

五叶成花一鹿头，千根供养半春秋。

山深隐约成天地，野旷山灵品第优。

220. 和袭美诗序

序：

严子重以诗游于名胜间旧矣，余晚于江南相遇甚乐，不幸且没，袭美作诗序而吊之。其名真不朽矣，又何戚其死哉，余因息悲而为之和。

诗：

来来去去自春秋，暮暮朝朝不尽头。

访访游游诗句在，生生死死过沧州。

221. 算山

东风一火半周郎，赤壁三军两死伤。

诸葛空城司马策，曹操小道羽名扬。

222. 寄茅山何威仪二首

之一：

汉代神仙已出家，灵云洞府卧朝霞。

芝兰五陌千甘露，大小三峰半九华。

之二：

鹿鹤茅山拜节筵，仙曹洞府羽霞生。

山高路隐烟云雨，水薤洲寒萃羽城。

223. 早秋吴体寄袭美

古树荒庭立，秋蝉独自鸣。

愁肠愁不尽，望弟望仁兄。

224. 病中秋忆怀袭美

三思三自得，一病一枯荣。

广异疏孤径，偏求独步行。

休赊钱旧酒，取药误平生。

225. 秋赋有期因寄袭美

云无定止水无心，士有行程客有吟。

贝叶临风何所向，山高野阔未根寻。

226. 和袭美新秋即事次韵三首

之一：

洗药清流五味辛，龟占卜易一经纶。

康康病病成朝暮，止止行行问汉秦。

之二：

闲中自古一兴亡，日上如今九陌扬。

岸草洲碑曾石问，鼋头渚石五湖梁。

之三：

一路江行一叶舟，三山二水半沧州。

金陵不忘秦淮记，指鹿丞相向石头。

227. 和袭美赠南阳润卿将归雷平

市隐山林野有泉，云沉雨落满池烟。

南阳诸葛雷平见，醪客相如玉笈宣。

228. 顾道士亡弟子奉束帛乞铭于袭美因赋戏赠

三清道士亡，弟子乞铭当。

妙力神仙客，抽毫作柳杨。

当维文子帛，不力向班扬。

不仅新留笛，削锋顿首荒。

229. 和访寂上人不遇

芭蕉玉叶一层霜，石岸荒林半不扬。

素几禅房宗炳社，浮图只在上人房。

230. 秋夕文章（得成字）

梁王坐上客辞成，隔岸湖中有玉瑛。

笔会题诗题燕句，秋云一片作枯荣。

231. 南阳广文欲于荆襄卜居，袭美有赠，代酬次韵

鹤庙烟霞府，神仙隐约乡。

云居云起落，其叶贝经章。

232. 和袭美寄毗陵魏处士作

墨沼成天路，芳菲作鹭情。

韩康应卖药，地主可交情。

233. 和袭美初冬偶作寄南阳润卿次韵

日上初冬白雪红，寒中冷气满天空。

何当阳春顺滑水，且以飞雪向洛公。

234. 和袭美寄题镜岩周尊师所居

半壁逍遥一病闲，三吴古刹五湖湾。

功夫自是禅房烛，已信斯磨月伴关。

235. 寒夜文宴得惊字

平生一梦惊，砚墨半文成。

雁落汀洲晚，秋冬白雪生。

三湘三已，五味五湖平。

236. 送润卿还华阳

一去轻舟回，千波逐浪开。

霜坛沉瀣积，腊雪满窗台。

237. 和袭美寒日书斋即事三首每篇各用一韵

之一：

薏苡当天食，泉溪作饮堂。

山幽山木茂，水清水流芳。

之二：

星津槎八月，可学一千砂。

隐士仙经记，真图锡末华。

之三：

玄虚方丈讲，寤寐上人书。

洞府樵声响，茅山客步余。

238. 和袭美为新罗弘惠上人撰灵鹫山周禅师碑送归诗

一帛到东瀛，三吴向玉瑛。

君今居别去，不问也人情。

239. 和袭美腊后送内大德从勖游天台

天台天下望，浙水浙江来。

大海东流汇，桃红玉树开。

240. 和袭美题支山南峰僧次韵

霜眉已及肩，自说海栖年。

李广初飞将，支山木石泉。

南峰南北卧，向地向天眠。

241. 袭美将以绿罽为赠因成韵

世上何人识羽袍，人中几度履珠毫。

陈王七步留兄弟，胜似凌步洛水涛。

242. 和袭美寄题玉霄峰叶涵象尊师所居

天台高万仞，玉砌一千峰。

只有云中见，无须海上踪。

243. 送董少卿游茅山

羽节朝朱阙，仙翁作玉宫。

三清三界里，一世一天空。

244. 和袭美寄怀南阳润卿

相逢不绝尘，互别各怀春。

寄忆南阳客，玄黄紫府津。

245. 南阳广文博士还雷平后寄

白羽衣裳短，青毛节雪长。

微微春色暖，处处色含芳。

246. 和过张祜处士丹阳故居

之一：

元和承吉祜，六义建安风。

水石罗浮笋，南朝遗士工。

文才琴瑟曲，孔翠鹄鹭红。

不善察田事，留诗著作隆。

之二：

丹阳祜旧居，水石以才余。

已是邻家径，何人读此书。

247. 和袭美寄广文先生

直取姜巴一路云，东卿世府半天纁。

玄峰白帝三元会，石道真君九锡文。

248. 和袭美先辈悼鹤

一夜吭音半不鸣，千龄玉宇羽天缨。

芝田已待青衣客，古堞晴空故影明。

249. 幽居有白菊一丛因而成咏呈知己

只是延英一种材，琼瑶玉树九丛开。

经霜带悉尼花色，但得陶公五柳杯。

250. 归雁

欲去衡阳以翼高，身藏羽带雁门蒿。

栖栖逐逐三湘水，只见栏边翡翠毛。

251. 和袭美醉中即席赠润卿博士次韵（一先韵）

只是虚王掌上仙，三清羽鹤月中年。

丹田守一闲吟少，只记山歌不问泉。

252. 送浙东德师侍御罢府西归

一路荒凉问酒泉，三秦古木自经天。

芙蓉散尽西归去，百里黄花贝叶田。

253. 送羊振文先辈往桂阳归觐

先生风雅颂，博士桂阳归。

郢路文昌赋，荆门义帝衣。

白阁行吟苦，青田鹤价稀。

254. 袭美留振文宴，龟蒙抱病不赴，猥示唱和因次韵酬谢

黄昏反照明，向远独高荣。

只是如鸿伎，寒鸦似自惊。

255. 和袭美重送圆戴上人归日本国

阳乌回海上，日本在云中。

魏阙南山望，禅房上苑东。

田衣垂乐土，石磬鼓钟同。

256. 和袭美褚家林亭

天天迎玉宇，暮暮送余霞。

白鹭飞波谷，青亭玉影斜。

257. 和袭美伤开元观顾道士

白简多应素，朱陵少赤红。

山中名宰在，世上一清风。

258. 王先辈草堂

汉代东方朔，秦皇令李斯。

同车同轨道，一统一文司。

品秩春秋易，泉溪日月治。

长城长万里，汴水汴梁羲。

259. 伤越

自古清溪好，轻纱浣女颜。

玉师吴越客，访戴会稽山。

步步天台路，鹅鹅曲水还。

兰亭由集序，父子瘦肥间。

260. 新定陪太守一百五夜南馆玩月

浦溆藏花影，波摇带山梁。

南楼南水色，玉影玉人香。

261. 中元夜寄道侣二首

之一：

月静三更道侣明，云浮一水半波情。

霜凝竹叶流阡脉，露落枝尖点滴声。

之二：

一步三清半步虚，千山万水五湖余。
中元独枕流萤少，蚕破心田一梦书。

262. 寄怀华阳道士

华阳道士五芝生，独与蜉蝣一瞬荣。
紫阁风云风不定，珠宫隐约隐时名。
灵霄禹穴迎萧史，羽节秦楼弄玉情。
近圃栽花香自落，遥观玉宇鹊桥平。

263. 人日代客子（是日立春）

春人春日立，彩女彩桑长，
不得双重胜，金钗独获香。

264. 筑城词二首

之一：

万杵千培土，砖砖石石梁。
修修重筑筑，正正复方方。

之二：

四角观军事，三声鼓阵鸣。
城池城石垒，万箭万人鸣。

265. 古意

君心知远近，妾意向枯荣。
愿作双轮驾，同行共海盟。

266. 春晓

小草知春晓，山花向日红。
心中藏种子，月后望长空。

267. 杂兴

暮暮朝朝见，桃桃李李红。
溪边多子粒，夏后果秋丰。

268. 雁

秋来春去见，一字一人飞。
岁岁重南北，年年两自归。

269. 寄远

黄昏应寄远，落日有余情。
暮鼓由僧寺，晨钟向弟兄。

270. 庭前

庭前生野草，雨后自枯荣。

独独长空望，幽幽对地盟。

271. 洞房怨

潇潇风雨夜，怨怨洞房生。
酷役长城北，温馨短梦情。

272. 江行

帆扬三巨幅，橹正一江风。
两岸浮纹浸，千波落日空。

273. 巫峡

巫山十二峰，白帝一芙蓉。
玉影随江下，猿声一峡踪。

274. 归路

归程归路短，一念一思长。
急切偏难过，倾心盗故肠。

275. 南塘曲

妾饮东湖水，君居北巷乡。
同朝同暮去，共语共南塘。

276. 黄金二首

之一：

首饰黄金制，衣裳佩玉鸣。
冠官冠上色，凤辇凤凰明。

之二：

上国黄金数，中庸帝业珍。
天朝王所以，帝库帝都钧。

277. 夕阳

远山半夕阳，渡口一苍黄。
渭水如何色，长安是故乡。

278. 残雪

绝顶雪无残，风云霜有寒。
冰封冰世界，接地接天端。

279. 古态

新妆古态修，旧酒今瓶酬。
独妾金钗立，唯君九凤头。

280. 大堤

隋炀一大堤，丘玉半东西。

汴水江都色，天堂柳叶低。

281. 金陵道

台城杨柳叶，岁岁自枯荣。
不问南朝路，曾当建邺城。

282. 离骚

未了汨罗去，招魂楚客原。
谁知千丽句，不及一谗言。

283. 对酒

酒市同平坐，琴姬共醉人。
何知商贾富，不是道家贫。

284. 寄南岳客乞灵芜香

步上祝融峰，灵香有反宗。
云根魂自取，乞岳问天封。

285. 山阳燕中郊乐录

日日淮云雨，回回总是情。
江南江水岸，一度一心萌。

286. 偶作

春风杨柳岸，雪月李桃花。
自以王昌问，何须入宋家。

287. 有示

客在山中采，人由苦里抡。
无情金玉石，不报主人恩。

288. 秋思三首

之一：

一叶苦寻根，三秋着去恩。
霜风何不见，远近是乾坤。

之二：

瓜洲西去远，北固近时名。
两两何相似，幽幽异共情。

之三：

秦淮秦是水，汉武汉非唐。
不问千年去，何须万里墙。

289. 早春

冷暖无分定，阴晴有互行。
云烟云不住，柳叶柳先明。

290. 怀仙三首

之一：

弄玉秦楼上，箫声耳目中。

云房云不止，穆肃穆公翁。

之二：

一女三分秀，千山万水情。

三清三世界，八戒八仙成。

之三：

羽翼云英薄，神灵彼此明。

原因心上物，结果信中情。

291. 芙蓉

鲍照闲吟色，三间处世情。

亭亭皆玉立，楚楚故人盟。

292. 春思

春来春又去，岁度岁旌旐。

历治繁应简，浮生趣是劳。

293. 风人诗四首

之一：

一麦成家子粒分，三秋果实作仁君。

春来雨水荷莲夏，储俭农家雪雨云。

之二：

苦苦辛辛半入春，秦秦晋晋两天津。

朝朝暮暮秋冬夏，一度枯荣一代人。

之三：

四渎丹青色，三江草木津。

灵芝天山雪，日月早咸秦。

之四：

征途征不尽，战事战风云。

久在长城上，无依独不群。

294. 乐府杂咏六首

之一：双吹管

长长短短作浮筠，对对双双彼此邻。

凤凤凰凰明月夜，声声曲曲弄经纶。

之二：东飞凫

书裁三尺锦，寄载一飞凫。

胫短双空翼，半日到姑苏。

之三：花成子

碧玉花成子，春风夏日秋。

芙蓉莲并蒂，不似但同由。

之四：月成弦

缺缺圆圆度，朝朝暮暮行。

弦张弦闭去，月暗月明更。

之五：孤独怨

三边孤独怨，一世半心田。

苦役长城战，交河到酒泉。

之六：金吾子

不嫁金吾子，何言举事轻。

胡姬胡女色，一夜一云情。

295. 子夜四时歌

之一：春

佳人心不定，碧玉小桥头。

但送东流水，红鳞逆水游。

之二：夏

芙蓉已满塘，夏雨半秋凉。

已见莲蓬重，须知日月长。

之三：秋

络纬轻声唱，流萤久逝光。

婵娟天下问，后羿误寒凉。

之四：冬

南天知冷暖，北籁见阴阳。

腊月梅花色，芳菲白雪妆。

296. 大子夜歌二首

之一：

歌谣千百曲，子夜去来情。

隔日邻家女，为何有叹声？

之二：

清商清自己，角羽角边城。

子夜难由去，三更易楚惊。

297. 子夜警歌二首

之一：

绿蚁雕炉夜，葡萄碧玉情。

胡姬胡曲舞，子玉子时更。

之二：

忮爱如??束，倾情似去弦。

惊弓惊夜鸟，复落复栖眠。

298. 子夜变歌三首

之一：

负负盈盈意，欢欢快快情。

寒宫寒自己，以缺以圆行。

之二：

朝来朝不尽，暮去暮还生。

只以人情事，无言治事平。

之三：

日月误依愁，徘徊有春秋。

参差相互寄，左右尽江流。

299. 江南曲五首

之一：

鱼游鱼戏水，渚浅渚洲荣。

潋滟凌波闪，鸊鹈自主鸣。

之二：

鱼沉鱼又去，水泛水侵洲。

一面阳光镜，千波静里浮。

之三：

鱼鳞鱼锦色，草碧草含羞。

已是经年许，天天互点头。

之四：

鱼情鱼左右，草影草沉浮。

本是同天地，当然共九州。

之五：

鱼生鱼也自，草朽草荣生。

物性常相克，人情互助成。

300. 陌上桑

春风已满玉姑娘，碧玉丰姿陌上桑。

贝叶蚕床蚕有语，婵娟夜色女儿香。

301. 自遣诗三十首

之一：

震泽农田自遣关，姑苏拙政洞庭山。

兴怀性使思分序，别业心中月亮湾。

之二：

又别旧山村，重闻小子孙。

人间人继续，世序世乾坤。

之三：

鸡鸣第一声，别路两三程。

雨雾分淮辨，江南水自情。

之四：
多情多感受，少语少思盟。
且见陈王赋，凌波宓女情。
之五：
甫里先生步，姑苏酒市寻。
长洲长拙政，五色五湖深。
之六：
老桧成双木，新萌作独门。
开关开自在，自踱自儿孙。
之七：
苦药三春采，真人一姓名。
花间藏紫气，水上付新荣。
之八：
步步人间路，行行世上思。
年年春色早，处处雪梅迟。
之九：
北海徐刘辈，书囊便是家。
秋泉秋叶落，一日一烟霞。
之十：
水似双波目，云如独细腰。
溪田花甸色，碧玉小桥娇。
之十一：
三吴三碧玉，一水一群鹅。
逸少成书画，书房泛壁波。
之十二：
老叟迢迢梦，男儿处处歌。
庄生庄子问，姓氏姓名多。
之十三：
白雪阳春近，梅花腊月香。
无端无止境，宰怪宰钱塘。
之十四：
十尺游溪落，三吴一水乡。
花翁花自语，有钓有天梁。
之十五：
纷纷残照落，翼翼古木扬。
次第寻巢晚，何知不忆乡。
之十六：
自有相思泪，寒宫独影长。
婵娟天下女，莫以月明光。
之十七：
溪云作主人，奉养客家身。

莫以君臣见，何当不入春。
之十八：
一日五湖中，三吴两山东。
姑苏无锡岸，甫里洞庭空。
之十九：
花开花落语，宋玉宋家辞。
月淡星繁夜，甫里金庭知。
之二十：
蓬山访洛公，碧玉小桥翁。
草岸鼋头渚，湖边木渎风。
之二十一：
小隐五湖东，中庸一水空。
姑苏千载继，草木一江翁。
之二十二：
水国姑苏岸，天光甫里翁。
南朝南北魏，运命运河中。
之二十三：
春寒春向暖，腊雪腊梅先。
不必东风问，江村已始眠。
之二十四：
有水先荣草，无云见雨行。
江村江碧玉，小女小家情。
之二十五：
鸳鸯正自由，草木满长洲。
一派江村色，三吴一叶舟。
之二十六：
越爱风流客，吴知楚鄂流。
花明花似玉，水色水春秋。
之二十七：
荆王辛苦致，已见楚纤腰。
只近吴姬舞，何须学柳条。
之二十八：
不见入时无，吴江色古都。
隋炀杨柳岸，玉帛作春吴。
之二十九：
侯家梁晋去，汴水运河来。
但以民生计，严冬有腊梅。
之三十：
一夜春风至，三吴草木开。
千年先付税，万户已天台。

302. 别墅怀归
洒潮百里余，别墅半家书。
只有蓬山路，何须不晒鱼。

303. 野井
无花无美女，有井有源泉。
未必芳菲问，江流日月船。

304. 南征
丞相南定界，一箭北开疆。
有路良图见，无旗种柳杨。

305. 北渡
鸬鹚一阵声，水国半潮平。
北渡南人问，江东塞外荣。

306. 夜泊咏栖鸿
栖鸿栖半定，夜泊夜三更。
北北南南翼，年年岁岁行。
衡阳青海岸，一字一人情。

307. 早行
前行半问津，后顾几秋春。
草木枯荣见，平生进退尘。

308. 木兰堂
日色木兰堂，花光一半香。
扬帆舟不止，远去望乡肠。

309. 和袭美松江早春
松江一早春，甫里半渔人。
柳下船风起，云中白鹭频。

310. 和袭美女坟湖（即吴王葬女之所）
袭美同寻觅，吴王葬女湖。
回塘回水色，至此至鸳孤。

311. 和袭美春夕陪崔谏议樱桃园宴
佳人芳树下，碧玉远溪中。
水月樱桃色，鸥莺半落空。

312. 和袭美泰伯庙二首

之一：

人间有让王，泰伯水吴乡。

可见江苏国，城荒德不荒。

之二：

伐纣兴周一代光，兄兄弟弟半文王。

从来父子争天下，此去江山作柳杨。

313. 和袭美木兰院次韵古今诗

迢迢一苦吟，处处半经心。

日日诗词纪，年年草木深。

314. 和袭美重题蔷薇

蔷薇狼藉厚，艳色散芳芬。

满院红花雨，春风不问君。

315. 和袭美春夕酒醒

醒醉黄公酒，江湖日月多。

汨罗听楚客，甫里尽渔歌。

316. 重台莲花

重台叠叠一莲花，玉立幽幽半佛家。

水国芰荷红尊色，吴王已教去天涯。

317. 浮萍

铺铺展展半浮萍，岸岸池池一色青。

叶叶根根相互动，游游曳曳满洲汀。

318. 白莲

瑶池一白莲，世上半香妍。

皓洁人间色，风清月素然。

319. 和袭美重题后池

浴雁一微波，浮鸥半不歌。

陈王应独见，洛水已先科。

320. 和胥门闲泛

南塘一故人，甫里半相邻。

水泛姑苏色，人情子胥亲。

321. 袭美初植松桂偶题

冉冉轩荫润，泠泠细水吟。

声声松桂雨，处处竹篁深。

322. 和袭美馆娃宫怀古五绝

之一：

一万水犀珠，三千洛女图。

夫差西子舞，汴水到江都。

之二：

木渎西施色，姑苏越女吴。

歌笙娃馆色，曲舞范蠡孤。

之三：

半入太湖中，三吴两国情。

和平儿女客，战士去来征。

之四：

吴王修水渎，越主练军台。

五霸春秋尽，千年故客来。

之五：

精灵一伯劳，古渡半波涛。

此水春秋在，前潮后浪高。

323. 和袭美虎丘寺西小溪闲泛三绝

之一：

相思枝一树，碧玉客三吴。

俱是花人色，西溪鸟语刍。

之二：

水水不相如，花花自独居。

成城成月色，野旷野樵渔。

之三：

狂歌可采薇，驻步莫开扉。

小女私窥久，门前有是非。

324. 和袭美天竺寺八月十五夜桂子

天台天竺寺，桂子桂林秋。

不忍寒宫望，婵娟已白头。

325. 戏题袭美书印囊

鹊鹊龟龟石，书书印印囊。

封侯封笔砚，爱水爱文昌。

326. 和袭美钓侣二章

之一：

垂钓同逝水，钓侣共涛波。

蟹螯兼葭草，诗词一日歌。

之二：

雨后沙虚岸，村前古树多。

鱼梁鱼不近，结网结襟坷。

327. 和袭美寄同年韦校书

风烟一故都，妙括半才无。

寄与芸香客，江南地理图。

328. 和袭美初冬偶作

一树满榆钱，三春半暖天。

严冬曾记取，白雪作新泉。

329. 袭美醉中寄一壶并一约走笔次韵奉酬

红螺一两杯，绿蚁去来回。

醒醉衣痕在，诗词曲赋催。

330. 再和次韵

白鹤阶前来，红鸥水上回。

诗人应已醉，鸟语共徘徊。

331. 和袭美重玄寺双矮桧

重玄双矮桧，独寺一城门。

北固瓜洲望，江流有逝痕。

332. 醉中戏赋袭美

病里金杯酒，云中玉液瓶。

人呼人不去，一醉一丹青。

333. 润卿遣青泽饭兼之一绝聊用答谢

金仙香积食，玉斧镜中精。

骨録曾相见，应闻遣润卿。

334. 文宴招润卿博士辞以道侣将至一绝寄之

驾鹤知仙客，行云草木青。

人间成小兆，水月似无形。

335. 再招

道侣玄虚客，文交草木情。

三清三已至，五水五湖明。

336. 玩金鸂鶒戏赠袭美

不向溪边泊，浮云渚浪乡。
金鸂鶒金宿，羽翼羽鸳鸯。

337. 子规一首

玲珑明月色，草木已无穷。
杜宇三更血，山榴一夜红。

338. 寄题天台国清寺齐梁体

半夜溪流水，天台巨石梁。
楼高明月近，竹影散花香。

339. 奉和谏议酬先辈霜菊

白菊一霜华，红枫半素纱。
西风先似此，落叶未归家。

340. 和袭美咏皋桥

皋桥一断虹，架木半天空。
未必非梁孟，无人是伯通。

341. 和袭美悼鹤

行程还未尽，结伴已长生。
独去孤云落，黄昏半不明。

342. 和醉中袭美先起次韵

一滴相思泪，三吴水自西。
东流东不止，到海到云霓。

343. 和袭美酒病偶作次韵

微风微折醒，酒病酒人生。
以病先平已，从容客已倾。

344. 忆白菊

影似白窗纱，云留在故家。
相思明月色，稚子寄秋花。

345. 和同润卿寒夜访袭美各惜其志次韵

飘然飘洒路，古道古人邻。
禹穴人间志，羲皇世上人。

346. 和袭美寒夜文宴润卿有期不至

轻云玉漏终，细雨叶寒穷。

已是荒阶见，松斋独酒雄。

347. 移石盆

潋滟龙泓水，寒深玉宇宣。
云端云自入，影落影浮天。

348. 石竹花咏

南朝石竹花，北国帝王家。
不是金钱客，台城一寺衙。

349. 和袭美友人许惠酒以诗征之

一酒半当炉，三吴色五湖。
君心应似我，醒醉作诗夫。

350. 闻圆载上人挟儒书泊释典归日本国更作一绝以送

泊释儒书典，光凌渤澥声。
风流三藏教，道场一风清。

351. 闲吟

竹影三更暗，孤灯一支明。
寒江吟不住，绝句向晨英。

352. 秘色越器

峰光吴水色，秘器越窑开。
翠羽浮沉致，江流散夺杯。

353. 景阳宫井

古堞吴姬井，陈朝后主情。
江山随此去，日月久阴晴。

354. 江南二首

之一：
八月莼鲈脍，三秋蟹脚横。
钱塘潮水阔，六合易枯荣。
之二：
二月梅花落，千声流水舒。
红颜三洗净，白纻一行书。

355. 溪思雨中

骚人终日酒，病客始知书。
细雨经田野，桑麻润泽余。

356. 江城夜泊

漏箭移寒水，寒宫夜泊船。
婵娟应不顾，竹笛久无眠。

357. 宫人斜

宫中一画师，塞外半先知。
不必昭君问，阴山日月时。

358. 送过客

若得杨玄保，江东太守归。
衡阳秋雁去，一字北南飞。

359. 上清

对月仙妃问，闻天玉露寻。
新簧笙一曲，鹤鹿舞三禽。

360. 汉宫词

绝顶招灵阁，霓旌曲柏梁。
台中台上月，玉女玉宫妆。

361. 秋荷

玉露秋荷雨，知音草木苍。
如烟如水色，一夜一清香。

362. 有别二首

之一：
不可听莺曲，无言作水流。
人生人聚散，作事作春秋。
之二：
不可听莺曲，无言作水流。
人生人聚散，作事作春秋。

363. 病中见思

竹井霜明月，龙书一鼎寒。
幽人幽晓望，病酒病思安。

364. 送友人之湖上

故友一渔舟，清溪半曲流。
无竿无所望，置钓置书邮。

365. 寒日逢僧

如何深山里，待月晓鸣钟。
锡杖神房路，闲云故意封。

366. 冬柳

冬梅冬柳色，各异各心怀。
白雪知芳树，阳春始自偕。

367. 寄友人

石岸寒光水，清流语太玄。
先生三界外，客在五湖边。

368. 岛树

岛树风波久，盘根日月长。
同行同各异，共济共沧桑。

369. 头陀僧

自作苦行僧，山深一泊灯。
猿啼同守夜，鹿卧共思凝。

370. 赠老僧二首

之一：

老衲禅房夜，游僧古刹钟。
灯前霜木叶，寺后卧青龙。

之二：

千山千草木，一鸟一归巢。
供衲家乡绿，曲屈老居茅。

371. 忆山泉

一夜流声细，三光白线长。
荷衣应解下，岸石已成床。

372. 白芙蓉

清清彻彻白芙蓉，楚楚亭亭玉立封。
水水波波相映色，杨杨柳柳作云龙。

373. 严光钓台

一渚严光钓，三竿半水滩。
何当何所以，几望几波澜。

374. 读陈拾遗集

一水东流去，三吴向楚情。
无言声蜀水，不得问祢衡。

375. 新秋杂题六首

之一：眠

一夜风云雨，三吴木渎舟。
身行同里岸，梦在五湖游。

之二：行

寻云过虎丘，向佛五湖秋。
拾得寒山寺，生公石点头。

之三：倚

一曲谁同坐，三吴有雨烟。
江村江竹影，白鹭白舟船。

之四：吟

湖吟一首诗，水泛半波辞。
石岸千光影，枇杷满树枝。

之五：食

半在姑苏乞火迟，三春细雨五湖诗。
清明只食青团子，忆取先生奉祖时。

之六：坐

一石无同坐，三吴有雨云。
烟中烟化露，月下月芳芬。

376. 送琴客之建康

南朝南国访，北陆北秦闻。
建康金陵客，琴声只向君。

377. 闺怨

白袷行人远，红花上翠楼。
春风春色在，夏雨夏荷舟。

378. 丁香

解印丁香结，殷勤醒醉身。
繁枝繁叶茂，叠累叠花邻。

379. 种蒲

杜若溪流渚，蒲荷寄郁香。
停舟帆落下，暂作水家乡。

380. 范蠡

越越吴吴客，和和战战君。
商人商贾问，五色五湖云。

381. 山僧二首

之一：

山僧一日经，古木半无形。
自以修身性，当然见渭泾。

之二：

瀑布声前立，悬泉落后鸣。

深潭深水色，久漱久成英。

382. 上云乐

笑客承甘露，求仙阮肇难。
寒宫谁捣药，白兔已姗姗。

383. 吴宫怀古

一径长洲短，三吴水路长。
夫差勾践问，八月上钱塘。

384. 新沙

不尽五湖沙，潮来半浪花。
三千年后见，五百里人家。

385. 邺宫词二首

之一：

魏武平生志，台城古寺英。
金陵金入土，石敢石头城。

之二：

花房香十里，水殿泛千年。
靓女樱桃色，纶中紫玉悬。

386. 古别离

左手仙人掌，云中百鸟期。
栖栖行不止，别别复离离。

387. 高道士

峨嵋高道士，傲骨玉皇书。
借取东方朔，蓬莱紫气居。

388. 蔬食

建邺天天品，姑苏日日鲜。
江南江水淑，古寺古人田。

389. 寄远

一片梨花雨，三吴小杏烟。
邻家初拾取，玉女小桥前。

390. 山中僧

三山一翠微，二水半鸥飞。
俱是秦淮岸，谁言帝业归。

391. 洞宫秋夕

寂寞洞宫仙，秋霜贝叶天。

南溪泉细细，石岸水涓涓。

392. 连昌宫词二首

之一：门

连昌宫外路，凤阙月前门。

细草金铺地，微风碧雨痕。

之二：阶

草没红枫叶，苔封垒翠阶。

年年依寂寞，处处付参差。

393. 怀宛陵旧游

忆取宛陵游，重温旧石头。

分溪分岸渚，一日一春秋。

394. 松石小景图

石晓云根在，山知草木留。

溪流先后游，客主帝王侯。

395. 钓车

一线经轮寄，三吴掷钓钩。

幽人须不伴，醒醉已无休。

396. 漉酒巾

靖节高风志，风流漉酒巾。

偏宜寻冻醪，访戴向苏秦。

397. 华阳巾

华阳日照空，古寺木中峰。

一炷香风杳，千莲碧玉踪。

398. 方响

王母天子问，汉帝玉衣丁。

拂坐兰香殿，千杯四象屏。

399. 白鹭

白鹭水云媒，红鳞自去来。

江鸥无奈等，渚岸有藓苔。

400. 溪行

两岸溪风近，三吴雨雾遥。

江南江水泛，一路一溪桥。

401. 太湖叟

久在江湖上，长行日月中。

姑苏同里见，木渎洞庭东。

402. 答友人

是是非非问，来来去去闻。

荆卿雄骨尽，燕市太湖云。

403. 偶作

酒信花期近，流莺病绪遥。

知音知所遇，碧玉碧村桥。

404. 春思二首

之一：

竹外花烟路，云中雨露湾。

东西相对立，不尽洞庭山。

之二：

步步江湖上，行行草木中。

姑苏同里北，越所洞庭东。

405. 访僧不遇

去去东林路，回回生公闻。

禅房香气在，锡杖寄僧君。

406. 谢山泉

决决山泉水，泱泱玉石湾。

留僧留不住，洞口洞庭山。

407. 洞宫夕

华阳观上步，道士玉中身。

月午山空静，云杉桂子珍。

408. 峡客行

一峡江流半峡云，千花两岸百花芬。

高唐有客谁行雨，不向巴山问楚君。

409. 江边

两岸潮头立，千舟进退行。

风云前后继，日月去来明。

410. 帘

脉脉秋烟雨，帘帘隔院花。

应知如此是，必得女儿家。

411. 玉龙子

奇工碾玉英，细羽巧雕成。

只向君心寄，纤情以妾生。

412. 照夜白

秦川一穆王，渭水半周昌。

养马成天下，如飞战场扬。

413. 舞马

四百龙孙步，三军利剑明。

神兵神速贵，一鼓一先缨。

414. 杂伎

拜象知犀角，分仪向太平。

江山由此见，社稷可精英。

415. 雪衣女

花开春梦短，雪女夜思长。

自嫩红香处，无羞自在量。

416. 绣岭宫

绣岭残花色，行宫结子成。

浓荫闲不住，小女已思情。

417. 汤泉

香流香细浪，暖殿暖汤泉。

已解云衣浴，芙蓉出水莲。

418. 题杜秀才水亭

早景荆溪水，黄昏照榭亭。

天云天夕照，秀色秀才屏。

419. 翠碧

翠碧藏云雨，红襟纳野花。

分香分别寄，一色一人家。

420. 水国诗

江南江润土，水泽水斯民。

碧玉姑苏女，男儿糯语亲。

421. 井上梧

一战鸳鸯少，三吴鹩鹭飞。

长城南北见，汴水运河归。

422. 门前路

远近门前路，阴晴雨后花。

年年开落见，处处去来华。

423. 彼农二章

之一：

农家一柳杨，土地半天章。

税赋三吴久，桑田十地昌。

淳风淳世界，存厥存齐梁。

八月盐官望，三秋六合乡。

之二：

谁言孟子王无罪，禹贡桑田上下催。

遗穗芜成非子粒，农夫四季苦徘徊。

春来一粒秋收获，夏雨稠谋白雪梅。

受与微邦丰毕敛，书生孔府问坑灰。

424. 奉酬袭美苦雨见寄

苦雨松篁茂，浮云渚浦邻。

江南烟霭国，润泽土成津。

子美交加厦，知章镜水春。

行程行所欲，不战不耕人。

谢守甘霖赋，陈王洛渭秦。

文成原上草，纸贵帝城鳞。

玉女投壶笑，书生寂寞辛。

高歌高破印，状举状元尘。

抱困荒田阔，横眠有故因。

夫维夫子路，子守子唯亲。

六合沧桑易，三光日月钧。

皇家皇地地，赤足赤斯民。

促织秋声落，流萤夏末频。

松江松沪浦，五越五湖滨。

羽翼长飞力，仙鲸海渤珍。

双仪非主仆，四象是经纶。

唐·周昉

簪花仕女图

读写全唐诗五万首

第十函

第十函 第一册

1. 张贲

张贲字润卿,进士广文成。

自以南阳第,茅山始隐名。

2. 旅泊吴门

之一:

龟蒙袭美一吴门,白鹭群鸥半水村。

已脍纯鲈当酒市,何言上帝不慈恩。

之二:

清秋文落帽,子夏任荷声。

鲁望龟蒙谢,离群醉润卿。

3. 酬袭美先见寄倒来韵

茅峰半白云,袭美一斯文。

笔砚江湖寄,沧桑日月曛。

诗书曾是客,未见紫阳君。

4. 奉职袭美醉中即席见赠次韵

莫认孝廉船,谁知博士天。

羊车羊俗韵,柳叶柳随年。

5. 奉和袭美褚家林亭

林亭林木密,震泽震云泉。

俱是江湖水,山翁日月田。

6. 奉和袭美伤开元观顾道士

真灵空返玉,道士紫微歌。

敛解多琴曲,泉流逐逝波。

7. 和理望白菊

白菊姑苏北,红枫拙政南。

风霜留岁迹,草木女华甘。

8. 奉和袭美先辈悼鹤

鹤在半云中,丹毫一玉空。

池塘冢已立,独见悼衰翁。

9. 偶约道流终乖文会答皮陆

无何迁侣访,有道约流终。

紫府丹台会,文星近客星。

10. 和袭美寒夜见访

不渡吴江水,应闻木渎风。

夫差勾践忆,五霸已成空。

11. 和袭美醉中先起次韵

桃源一路迷,五柳半高低。

止止流流水,秦秦汉汉溪。

12. 和皮陆酒病偶作

冰明皮陆唱,酒病二贤听。

宿解怜金玉,陈平可再宁。

13. 送浙东德师侍御罢府西归

日暮送君归,江东柳絮飞。

孤云浮独影,两两不相依。

14. 以青饭分送袭美鲁望因成一绝

袭美襄阳鲁望吴,姑苏汴水运河图。

青青团饭华阳绪,伴侣琼瑶共五胡。

15. 丁酉年北京牡丹花会

之一:

白玉洛阳红,乌龙捧盛空。

丹炉迎日色,豆绿素云风。

赵粉昆山夜,杨妃醉酒衷。

桃花霜雨润,旭日墨皇宫。

之二:

珊瑚半海光,彩绘一春堂。

叶里藏珠蕊,姚黄向皇梁。

朱砂当掌案,国色作天香。

剪翼文公许,飞霞垒碧杨。

之三:

差容紫重楼,翠幕旭阳洲。

隐玉枝玉软,玲珑白雪侯。

温香温景韵,锦绣锦盘球。

紫戏金容粉,迎春白鹤修。

之四:

丝魁藕自连,赛玉剪绒眠。

警幻成仙子,罗春雨后泉。

芙蓉三色立,鲁紫一荷莲。

日本东升阁,金阳美国天。

之五:

大叶白红霞,晴雯扇羽纱。

双红楼上见,独墨岛中花。

八代千春日,扶桑海国涯。

天衣狮子座,墨紫粉娥华。

之六:

红云飞片片,白凤落丹霞。

玉帝金间紫,吴疏越馆娃。

王妃公主色,日本太阳花。

国色天香客,人间你我他。

之七:

阳光直落满黄花,不觉春光入我家。

半入煤山群玉色,东城处处牡丹娃。

16. 玩金鹨鹅和陆鲁望

翠羽长空翼,红襟厚土邻。

群鸥群白色,一倩一沉鳞。

17. 悼鹤和袭美

孤飞不靠群,独去慰先君。

白羽留三片,青衣忆半云。

18. 览皮先辈感制因作十韵以寄用伸款仰

与国祯符杰,为人广记殊。

星辰精气在,俊迈李桃图。

鲁仲由文杵，相如可问儒。

黄枢金体赋，上帝步虚吴。

19. 浙东罢府西归酬别张广文皮先辈陆秀才

浪迹吴侬语，寻芳浙水青。

文星分不尽，曲水绕兰亭。

直可西归去，常闻北渭泾。

20. 和皮日休悼鹤（二首）

之一：

云邻云卷去，鹤影鹤形来。

一忆留天下，三光返顾开。

清鸣常久在，独步见乡媒。

之二：

庭前闭羽衣，月下不相依。

鹤氅留形影，书章独不稀。

21. 醉中袭美先月中归

袭美归前月，琼浆玉闺齐。

听听唯绝句，不可醉如泥。

22. 奉酬皮先辈霜菊见赠

白菊一层霜，黄花半自扬。

同秋同世界，共济共炎凉。

23. 偶叙所怀

序：

蒙恩除替，将还京洛，偶叙所怀，因成六韵，呈军事院诸公，郡中一二秀才。

诗：

苏州刺史故清河，郡印常忧唱九歌。

代解朝衣分牧政，还京渭邑散骑多。

24. 和皮日休悼鹤

之一：

羽化魂灵在，风林竹影摇。

留神留忆迹，一意一云霄。

之二：

宋玉经秋赋，裴相已乐天。

长空留一影，鹤唳启忆泉。

25. 羊昭业 皮袭美见留小燕次韵

吴春少遇晴，越水半开明。

泽国芳花众，啼莺四面鸣。

26. 送羊振文（昭业）归觐桂阳

已挂云帆去，吴风掉向西。

悬鱼庭内秀，薜荔树下栖。

驭鹤门前望，芝兰水处堤。

湘峰留玉影，彩服动容齐。

27. 送圆载上人

一世经师去，三生载上人。

舟平鲸不语，恐惧误行身。

渴鹿寻泉切，磬喧动自频。

还乡应独在，汉互筑秦春。

28. 和袭美伤道士

空留华表约，不在五云中。

九转丹炉道，三清泰岳宫。

29. 过张祜处士丹阳故居

抚抱之仁在，黄泉已不生。

光阴由子女，乞食待阴晴。

处士前朝尽，霜髦遗故情。

先姬曾可叙，百岁各枯荣。

30. 竹马

曾骑竹马拜先生，处士文斋白日明。

一代英名尤自去，书房已去故人声。

如今主仆从新制，易换门庭作辟情。

百岁无须思旧豫，何须此处旧居萌。

31. 奉和陆鲁望白菊

白菊寒宫作舞裙，梁王雪色问天君。

疑风卷玉翻瑶浪，半似琼妃半似云。

32. 和袭美索女人酒

一醉到天涯，三杯小谢家。

无端谁有酒，共赏尽余除。

33. 文燕润卿不至

孤飞孤羽驾，独去独来鸣。

魏阙双成舞，南山共醉名。

34. 记司空图

耐辱知非子，河中表圣图。

司空司制书，避世避枢儒。

不食全忠礼，中书舍下符。

林泉僧自顾，卒可不趋夫。

35. 塞上

万里长城去，千年汴水来。

秦皇秦已尽，汉武汉家回。

独见天常路，隋炀泗汭开。

36. 寄永嘉崔道融

楠溪流白石，水泽永嘉情。

寺鼓由潮暗，风帆任日明。

37. 上方

清神今白首，避世已非真。

历治三生晚，行吟一字珍。

38. 华上

遇灾尧汤数，丰收舜禹闻。

江山天下事，社稷日中君。

39. 僧舍贻友

僧人僧舍老，鹤舞鹤无辞。

避世何其避，欺人已自欺。

40. 下方

细事当棋奕，微思对策行。

人生人不解，客舍客知明。

41. 华下送文浦

蓟乱华阴隐，郊居断利名。

人间人有误，世荡世无清。

42. 自诫

何其座石铭，对策乃三灵。

察察昏昏外，中中有渭泾。

官官民不举，隐隐世丁宁。

辱辱崇崇见，兰兰白白青。

43. 效陈拾遗子昂感遇（二首）

之一：

续继开来事，今今古古行。

人知人所见，历事历枯荣。

之二：

不可无为是所为，何言有道自思垂。

苍梧禹穴东流水，老子潼关向日葵。

44. 效陈拾遗子昂

水水江南色，连连泽洪流。

隋炀杨柳岸，汉武武人头。

45. 感时

好鸟饥时恶，仁禽迫不啼。

人人言语善，处处可东西。

46. 秋思

风波摇荡见，草木已秋思。

不必寻根去，山林贝叶期。

47. 早春

秋初似早春，绿里未黄尘。

已是曾先见，枯荣未阿匀。

48. 上陌梯寺怀旧僧（二首）

之一：

鸣金一木鱼，主寺半僧居。

百岁还依旧，三生对旧书。

之二：

塔影阴泉脉，云根鹤客乡。

西南西路远，一帝一僧梁。

49. 寄怀元秀上人

修修名禄利，草草食渔樵。

涌涌潮头水，落落自然消。

50. 次韵和秀上人游南五台

清河抱五台，牧马已千回。

振锡传深谷，宣经旧寺才。

中峰中砌偃，内殿内苍苔。

鹿鹤无非语，无光自在开。

51. 赠圆昉公

天王让紫衣，蜀客昉公稀。

不受灵墀步，延香古刹依。

52. 赠信美寺岑上人

步迹湘南寺，心从老锡缘。

灯寒灯所照，客少客钟喧。

气食江船远，纱笼碧水泉。

青莲青永日，信美信方禅。

53. 江行二首

之一：

水阔分吴野，流长望楚田。

江行江不止，逝水逝帆船。

之二：

日带潮声响，云推独鸟寒。

惊天惊石岛，有阻有波澜。

54. 长安赠王注

正下颁贤诏，多君不避行。

儒生儒客少，历世历身名。

55. 赠步寄李员外

诗家有望上郎中，制书中书已世空。

不尽人生人不尽，英雄世上世英雄。

56. 寄郑人规

有侣郑人规，无踪寄小戎。

清才清水岸，彩制彩衣风。

57. 寄考功王员外

白鸟当飞就，青衣有自成。

留诗高韵赋，一志不声名。

58. 杂言短歌行

炼补青天石，何须九转功。

仙丹仙玉问，一世一人空。

59. 陈疾

一日江涛半日潮，三吴碧玉五湖桥。

残阳只照乡关远，世路无机日月遥。

60. 浙上（二首）

之一：

秦风楚雨过湘云，浙上郎阳府地君。

且避干戈田渐广，常闻草木久芳芬。

之二：

北望乡关近帝京，秦川野草半无荣。

长城战火连天起，直到潇湘不夜城。

61. 山中

一步苍苔半足深，千林古木百溪荫。

逃难只向无人处，始觉天机敬佛心。

62. 寄赠诗僧秀公

归山已老上东林，雅道重吟下古浔。

所见龙潭龙不在，天光寄取寄鸣禽。

63. 重阳日访元秀上人

九日重阳九日天，黄花白菊酒花泉。

高僧仰望禅音在，独木成林百岁田。

64. 丁未岁归王官谷

战事家山近，京都落鼓鼙。

中原烽火路，遁入武陵溪。

岁度王官谷，荒冢草木低。

65. 书怀

无弦琴不问，有病客情鸣。

五柳陶公纪，三光宋玉耕。

66. 退栖

官索为无能，中条自有声。

良言支遁忆，不断许由情。

67. 五十　古今诗

五十年来七十耕，诗词格律以诗盟。

乾隆四万康熙载，以佩文斋守韵声。

求日月，自枯荣，丹青一片半平生。

中南海里知书记，十万心机后世名。

68. 新岁对写真　古今诗

三生璞玉自雕华，两世金鱼上云霞。

十万诗词三万日，千人格律一人家。

69. 华下

华阴之下见，白鸟背残阳。

夏景承云露，成书养退堂。

70. 重阳山居

诗人不可恨难穷，战事猖狂四望空。
九月重阳高不望，山光肃气满秋风。

71. 争名　古今诗

不可争名一世成，诗词十万半耕耘。
阴晴日月乾坤事，社稷江山久不平。

72. 光启四年春戊申

乱后王官谷，书前二月花。
天机天不语，待鹤待僧家。

73. 丁巳重阳　古今诗

重阳自得自登临，探得黄花作古今。
七十耕耘知日月，声名已达实徽音。

74. 喜王驾小仪重阳相访

重阳相访问，九月只天晴。
向背分明见，飞鸿一字成。

75. 酬张芬赦后见寄

朝明五色书，紫阙一生余。
建水风云过，琼瑶日月居。
诗清除网束，影正杜陵虚。
直木经天地，阳春已自如。

76. 上元放二雉

一去不惊飞，三元始自归。
山林原所养，野雉向春晖。

77. 中秋

八月一中秋，方圆半九流。
弦弦经此日，度度几应筹。

78. 偶题

一曲梅花落，三春草满园。
寒冬寒白雪，玉影玉芳田。

79. 闲步

暮后曾闲步，桥前断木空。
残阳残照尽，鸟去鸟西东。

80. 春中

渚岸繁花色，春莺淑女情。

秦楼箫已去，弄玉穆公生。

81. 独望

独望一南塘，黄花半不香。
群芳皆去尽，肃日故家乡。

82. 杂题

一枕闻莺断，三春白鹭啼。
鱼鳞鱼影现，不待不心迷。

83. 漫题（三首）

之一：
白首他乡客，红枫落叶声。
归根归不得，一叶一风情。
之二：
乱后乡音老，人前白首翁。
寻春青已晚，早叶已随风。
之三：
醒醉无须酒，阴晴有客鸣。
人生人所欲，一步一相倾。

84. 河上（二首）

之一：
括上一牛羊，河中半水光。
潼关应改向，渭水入东黄。
之二：
万里中原路，三清过九乡。
黄河黄土地，一水一炎凉。

85. 早朝

玉漏三更晚，天墀一步多。
朝臣朝日色，上国上田禾。

86. 即事（二首）

之一：
黄河贵德清，万里九流明。
一鹤凌空去，三思待步行。
之二：
自古征奇策，如今重视人。
群芬争斗艳，百草共秋春。

87. 永夜

永夜疑无日，长天似有星。

应知应不见，是以是非宁。

88. 秦关

虎虎狼狼野，形形胜胜宫。
秦关秦国破，汉将汉陵空。

89. 渡江

同僧共渡江，白鹭赤鸥双。
莫以人间问，吴门半韵窗。

90. 退居漫题（七首）

之一：
春莺莫细听，有曲待诗经。
只以知时序，花明草木青。
之二：
三春三草木，一字一新生。
绝句相裁取，长言互对成。
之三：
岁岁年年见，花花草草寻。
相同相异问，有木有森林。
之四：
事事无身外，行行有步中。
前程前所望，不止不凭空。
之五：
不胜微官问，无言且自行。
同时同序令，物象物思成。
之六：
青云无定止，白鹤有居行。
直木须群立，成林百岁盟。
之七：
诗家一品工，努力半经隆。
不以消条论，司勋颂雅风。

91. 即事（九首）

之一：
宿雨川原润，晨风草木新。
耕耘耕不止，去路去来人。
之二：
年年思隐退，岁岁步前程。
莫以思随务，何言日月明。
之三：
日月常恒久，阴晴各不同。

人生人所历，事务事精工。

之四：

独望天云里，孤行跬步中。

人生人不止，对路对长空。

之五：

落叶寻根去，秋风问地来。

飘飘飞已远，落落自难猜。

之六：

客旅常惊梦，家栖复问遥。

人生人不止，一路一天桥。

之七：

暮鼓惊回首，晨钟启路程。

禅音禅觉慧，领悟领人生。

之八：

相承相继续，独立独思明。

佛祖如来教，三清老子城。

之九：

信仰在心中，精诚向宇空。

何须求报答，处世是人雄。

92. 松滋渡（二首）

之一：

步上松滋渡，头回楚豫闻。

丰年丰谷物，赋税赋诗曛。

之二：

楚渡乡思近，鹧鸪独自啼。

茫茫归路远，进进始知西。

93. 华清宫

日月江山在，皇城实业兴。

华清宫外路，不见贵妃征。

94. 牛头寺

步上半头寺，心经座右铭。

南山山顶雪，魏阙阙关屏。

95. 感时上卢相

羽卫皇威肃，人臣帝业兴。

封禅安国步，始待御香凝。

96. 乱后（三首）

之一：

乱后家先理，饥中末不医。

群安群宿静，独院独其司。

之二：

乱后蝉先响，鸣前树顶登。

重兴重治理，久战久芜兴。

之三：

乱后芜荒草，村边百待行。

农夫田地上，妻妇助家耕。

97. 秋景

贝叶先离树，飘然已觉空。

扬扬何得意，落落不由衷。

98. 避乱

避乱入山中，求和问莽虫。

强人强所预，弱势弱方穷。

99. 长亭

长亭来去见，主客不分行。

归心曾似箭，去路已如成。

100. 邠西杏花（二首）

之一：

小路杏花红，路途以客衷。

多情多不语，一鸟一惊空。

之二：

薄腻分红脉，香浓散玉英。

含苞含欲望，待放待情生。

101. 独坐　自吟

带雨编茅屋，家安补祖居。

篱边篱织院，木杖木成书。

102. 借居

山行自借居，不可问樵渔。

草木繁荣客，心田自读书。

103. 重阳

白菊重阳淑，青山草木虚。

风轻风肃肃，一叶一舒舒。

104. 偶书（五首）

之一：

一寺三钟鼓，千砖万互屠。

云乡沉后独，鹤影塔前孤。

之二：洋川

一水由山色，千波凭木青。

东流东曲岸，泊渚泊洼萍。

之三：

蜀伎轻身舞，吴娃细语侬。

千情千不寄，百态百人踪。

之四：

独步荒郊暮，沉思远近忧。

微官微日月，指点指时休。

之五：

诽谤无诚见，欺心有罪端。

名人名易困，有契有盟难。

105. 杂题（九首）

之一：

三春三见柳，一病一知身。

四象成天地，双仪作汉秦。

之二：

中书门下省，制书御中丞。

永夜青灯伴，山行古刹僧。

之三：

且以田中望，秋收场上粮。

年中年子粒，岁后岁沧桑。

之四：

老子潼关著，春秋溢史香。

儒家儒子弟，道士道虚梁。

之五：

驿路通南北，长亭向楚湘。

衡阳青海岸，何处觅家乡。

之六：

白雪南山顶，青钟北阙宫。

寻春寻草木，拜表拜天空。

之七：

独木不成林，群鸣有鸟音。

荒原繁草木，积水见深浔。

之八：

独木已成林，群根左右荫。

千丝成万缕，百岁作深沉。

之九：

汐汐潮潮水，头头尾尾华。

渔家渔所望，浪涌浪淘沙。

106. 古乐府

一叶西风晚，三秋北树鸣。
连枝连树在，一岁一枯荣。

107. 休休亭

无休无止境，不病不知行。
顿足劳劳去，长亭处处情。

108. 漫书（二首）

之一：

剩遇逢花问，不知冒雨寻。
心中藏露水，叶下有其琛。

之二：

小鸟有佳音，逢春作慢吟。
群芳群不语，诸色诸连襟。

109. 岁尽（二首）

之一：

灯竹经天早，嬉戏灯烛河。
年终联对少，岁尽夕阳多。

之二：

一字连天地，双声韵脚歌。
文深文左右，句断句莲荷。

110. 牡丹

曾闻一牡丹，武后半天坛。
岁末深宫里，神仙独送冠。

111. 乱后

乱后心芜定，明前意有宽。
书声书已读，种种种汉漫。

112. 春山

处处春山草，时进有序恩。
枝枝兼叶叶，茂茂自根根。

113. 乐府

三边同乐府，一马共扬长。
玉宇飞天下，琵琶反弹乡。

114. 乱前上卢相

不以卢相问，何当上下狂。

兵骄兵不战，受辱受家乡。

115. 司空图有感

沧州画鲁连，一阁东凌烟。
国事功臣在，家兴子弟然。

116. 歌

梨园一教坊，孔府半书香。
国国家国治，方方正正扬。

117. 偈

人僧我亦僧，客路客由兴。
后主先生问，前师古刹僧。

118. 鹏

夏口听鹏语，祢衡待鼓声。
春莺应已少，已是百花明。

119. 白菊杂书（四首）

之一：

白菊重阳色，青山绿尚匀。
秋中秋老虎，一叶一如春。

之二：

四面云屏色，千山白菊花。
丛明丛碧玉，独占独秋华。

之三：

仆妾争先采，录芳已寄容，
秋阳秋日暖，白菊白岩松。

之四：

白菊黄花发，重阳小女家。
南朝留品秩，北国作冰洼。

120. 漫题

乱里年年别，山中处处离。
何须何避世，以主以奴期。

121. 率题

醉里藏香经，行中对苦身。
佳音由远望，蔽日可知秦。

122. 碉户

碉户芳烟水，春林百草花。
滑坡泥石下，牲畜未回家。

123. 故乡杏花

小杏隔墙红，中春已止风。
花招花展意，寄酒寄长空。

124. 华下（二首）

之一：

风残一落花，艳色半人家。
隔夜无明许，开心有寸华。

之一：

已是黄昏雨，轻身作客家。
红颜红不久，隔日来年华。

125. 梦中

蓬瀛一梦中，晤会半成空。
不醒沉沉去，无须处处衷。

126. 榜下　古今诗

七十功名客，三千弟子身。
诗词留日月，草木待秋春。

127. 涔阳渡

楚客涔阳渡，湘人岳麓地。
衡阳青海岸，一字雁飞鸣。

128. 偶作

索得身归去，无闻乱世来。
清风清苦日，一冶一心开。

129. 寓居有感（三首）

之一：

世路几忠贞，残年遗早春。
东封沾庆赐，不记老臣身。

之二：

不放残年故，还闻制书文。
生涯生水路，一曲一飞云。

之三：

一度深山隐，三生故日明。
伤情伤自己，乱世乱精英。

130. 淮西

三山安海浪，二水润金陵。
九鼎淮西将，千军四皓丞。

131. 河湟有感

九曲河湟岸，三边晋汉人。

同言同语见，共事共非秦。

132. 自南乡北归

还避江边雁，回归北陆寒。

家乡家故久，一忆一波澜。

133. 青龙师安上人

上国新衔吏，昭陵故老臣。

青龙师友意，一柱病中身。

134. 山中

凡鸟喧无静，山禽对木吟。

秋深秋叶净，厚土厚人心。

135. 有感（二首）

之一：

经纶一是非，宇宙半天机。

甲第何人意，留侯去不归。

之二：

古古今今异，来来去去同。

人人成败见，事事可精工。

136. 闲夜（二首）

之一：

道侣下闲棋，邻家不赋诗。

同怜同月色，共酒共无知。

之二：

一夜闲身处，三生道驿行。

中途中隐蔽，后世后诗情。

137. 雨中

三吴三旧忆，一雨一云烟。

不向江湖问，姑苏草木悬。

138. 送道者（二首）

之一：

道者西天洞，今居第几峰。

相招须指引，阮肇误人踪。

之二：

入学殷勤致，开山日月明。

深林人不至，直木客精英。

139. 重阳阻雨

山家菊不开，阻雨暮中来。

客以茱萸草，相思两地猜。

140. 省试

省试书生路，龙门弟子途。

官途官未了，忆取忆坑儒。

141. 有赠

无诗无酒去，有意有情来。

陋巷颜回在，桃源五柳才。

142. 证因亭

证证前前世，因因果果亭。

偏重今所去，不得不思灵。

143. 顷年陪恩地赴甘棠之召感动留题

去去青衿在，来来绛帐空。

甘棠召感动，未展剑从公。

144. 九月八日

不必登高望，何言九日花。

重阳寻桂子，一粒不贫家。

145. 敷溪桥院有感

溪桥敷水岸，院落角花丰。

有色留知友，无人自不红。

146. 寺阁

揽镜离兵匪，苍髯别旧容。

郎中知制书，二部侍郎封。

莫以深山问，知非子似松。

全忠朱礼部，耐辱几思龙。

147. 武陵路

桃源在武陵，汉水向宫征。

五七琴弦问，三千弟子应。

148. 南北史感遇（十首）

之一：

黄金侯印铸，不可买娥眉。

猛将碑文在，江山敦见危。

之二：

频封万户侯，不顾一家忧。

齿冷中原士，身明上国舟。

之三：

紫禁黄金许，秦淮泗沚行。

江流东海岸，不打石头城。

之四：

金陵胭脂井，玉树后庭花。

不听佳人曲，应闻日月斜。

之五：

玉树陈宫殿，倾城误国家。

兵民兵不见，一望一回涯。

之六：

千金千色曲，万户万人家。

不可汀山误，应闻社稷华。

之七：

年年桃李发，处处作人家。

海上无琼岛，云中有百花。

之八：

断取一枝红，新词半始终。

佳人空自好，且掷任春风。

之九：

百草景阳楼，群芳锦绣洲。

佳人玄武畔，艳色不知羞。

之十：

乱后人间色，春中百草油。

秦川秦水好，渭水渭天游。

149. 狂题（二首）

之一：

一酒望云天，三生问旧年。

英才英不举，隐者隐耕田。

之二：

步上凌烟阁，人闻创业贤。

青衣青隐士，白首白云天。

150. 红茶花

红茶花里秀，一色半天涯。

漫漫山妆里，丛丛玉树华。

151. 秋燕

燕子春秋见，人前背向飞。

春来秋又去，背北向南归。

152. 见后雁有感

一字飞天见，人行对地吟。

天高人一一，地厚冰深深。

153. 移桃栽

三年桃结果，一树莫移栽。

独见临官路，流莺不自催。

154. 忆中条

中条山上客，见叶落中来。

白菊流萤照，秋风带月开。

155. 乐府

隔岸牡丹研，帘垂不去回。

妆台明镜影，再入父母催。

156. 放龟（二首）

之一：

天灵天自在，地主地常生。

事事由人致，时时有太平。

之二：

世外千年寿，人中百岁情。

灵龟灵所教，缓步缓思行。

157. 灯花（三首）

之一：

一点灯花落，三更五尺明。

新冠新彩服，以镜以心荣。

之二：

剪得灯花落，明时姐妹情。

同心同守柱，各得各所行。

之三：

不剪灯花落，当闻数一更，无知无所在，

自以自然情。

158. 偶题（三首）

之一：

水上千般色，楼前百树红。

多情应似我，驿路可西东。

之二：

风荷摇不止，水影漾池光。

不必倾壶饮，芙蓉已半塘。

之三：

一信辽阳去，三春七色来。

无人眠中梦，有谊草花开。

159. 华下对菊

八月清香菊，重阳九日杯。

当须寻桂子，不教肃风催。

160. 与都统参谋书有感

但须昭陵望，凌烟永日垂。

臣心应所与，弱羽向东窥。

161. 漫题

无名无宦逸，有道有书情。

酒酒琴琴曲，诗诗赋赋成。

162. 商山（二首）

之一：

一路清溪水，三山草木云。

英台英继世，国史国思君。

之二：

不说开元事，何知孟浩然。

无非明主弃，撼岳已成篇。

163. 与伏牛长老偈（二首）

之一：

远近菩提树，繁枝舞节开。

心经心所大，一意一如来。

之二：

不见玄虚客，何闻帝子书。

真如真不得，假使假龙居。

164. 客中重九

楚老相逢问，湘妃竹泪流。

重阳重所忆，九日洞庭舟。

165. 柳（二首）

之一：

两岸隋炀柳，三顺渎水流。

头颅当自好，玉帛运河舟。

之二：

柳柳隋炀岸，春春自早黄。

梅花梅白雪，二月二舒香。

166. 光启丁未别山

琴书半草堂，字画一文章。

只向邻僧问，陶公几柳杨。

167. 石楠

吹去寒云远，迎来贝叶残。

偷闲偷未了，石意石楠观。

168. 力疾马上走笔

一路重阳菊，三秋马上催。

长空当永日，去处不知回。

169. 华阴县楼

一望丹霄远，三秦渭水遥。

华阴县志载，万里涨河潮。

170. 南至（四首）

之一：

白雪梅花色，寒冬腊月荣。

群芳应不解，独报早春情。

之二：

不厌早梅多，还寒有几何。

严冬含白雪，傲影独婆娑。

之三：

腊月梅花雪，春情暖气风。

群芳藏不举，独影着香红。

之四：

后叶先花影，初春腊末香。

昂扬谁左右，独占一天光。

171. 莲峰前轩

世上莲峰见，人间主仆生。

如来如所路，自在自枯荣。

172. 步虚

阿母教步虚，三元向一书。

蓬莱多少见，白鹤去来居。

173. 剑器

男儿求羽翼，女子爱军装。

剑嚣朝天舞，公孙一大娘。

174. 乙丑人日

今朝人日彩，圣赐女儿乡。
不料偷生性，何言五味香。

175. 携仙录（九首）

之一：
渭北秋风起，残阳一半山。
云烟应吹散，始见叶归寒。

之二：
一片碧螺春，三清洞顶人。
观棋来去见，阮肇可相邻。

之三：
次事应须易，谋酬可相修。
清谭清妙理，浊界浊垂钩。

之四：
可取时分纪，承难跬步求。
功名功所事，帝业帝王侯。

之五：
凡凡仙仙问，方方寸寸寻。
三山何远近，二意已深深。

之六：
一半沧州水，三千日月仙。
蓬莱蓬岛客，玉宇玉生贤。

之七：
不朽神仙路，才销一句诗。
风波三岛岸，老子一心知。

之八：
万里行程道，千年草木仙。
知知狐假虎，问问事专专。

之九：
得作太平人，仙家净化尘。
樵渔应不隐，只可自由身。

176. 赠日本鉴禅师

故国东沧海，扶桑北日家。
禅师知慧觉，夜话向天涯。

177. 浪淘沙

曲曲浪淘沙，莫误人家。金陵月色玉洞花。
万里黄河天上水，处处桑麻。腊月向梅花，
塞北天涯。南天一柱半风华。下里巴人
三叠唱，古寺袈裟。

178. 暮春对柳（二首）

之一：
柳絮杨花乱，花明草碧萌。
生生皆四象，处处自千英。

之二：
已见桑蚕困，还闻白鹭鸣。
三春三月鲤，上岸上阴晴。

179. 戊午三月晦（二首）

之一：
晦朔随年去，阴晴逐日来。
人文人所以，教化教难裁。

之二：
上下弦难尽，乾坤晦朔行。
诗家诗不止，有处有心情。

180. 偶书（五首）

之一：
了了关心事，如如问苦僧。
登高寻不得，远去遇香凝。

之二：
丹青丹所得，觉悟觉相承。
处世如来去，心经大小乘。

之三：
两岸轻舟渡，千波自在兴。
风云应不定，日月已东升。

之四：
的他生问，因因我证应。
贞观贞所记，有志有昭陵。

之五：
万里黄河水，千流百里清。
中原中土地，一曲一成城。

181. 喜山鹊初归（三首）

之一：
问世天机久，经罗隐处飞。
山山闻鹊喜，水水主人归。

之二：
不得分明语，还闻喜鹊音。
珍禽珍所在，一觉一千金。

之三：
两纳行空远，偷仓一雀肥，

知行知所欲，世界世维微。

182. 虞乡北原

泽北虞乡见，河中战火闻。
司空徒所得，制书作文君。

183. 洛中（三首）

之一：
一片青楼月，三更远砧声。
妆台妆半谢，夜寄夜千情。

之二：
一路浮屠远，三生羁旅长。
风霜云雨露，洛沪瀍河湟。

之三：
小燕空巢望，池塘不见鸯。
春秋应不断，草木不求凰。

184. 寓笔

晚见阴晴故，难寻世界遥。
春秋相继续，日月互成潮。

185. 戏题试衫

朝班人敬紫，洞府鹤衣绯。
破例丹青士，成衫日月归。

186. 汴柳半枯因悲柳中隐

莫叹前朝柳，隋炀玉帛情。
商人商贾水，战士战长城。

187. 上方

木落同花落，春秋共入秋。
蝉声庆已了，贝叶已东流。

188. 寄王赞学

闭卷关书本，开山不保身。
张仪秦早问，谢守向风尘。

189. 新节

不似轻鸥落，常如乳燕飞。
青云青色浅，一竹两湘妃。

190. 自河西归山（二首）

之一：
河中一路过河西，此水悠悠彼水低。

不似登山高步步，还循逐叶落东西。

之二：

水阔天空一路消，孤舟独树半前朝。

无知有见成今古，是里还非作未雕。

191. 王官（二首）

之一：

似醉风荷舞，多情水日潮。

池塘池草岸，隐路隐闲桥。

之二：

草碧荷塘雨，云沉白芷烟。

芙蓉知玉立，小女隐身船。

192. 贺翰林侍郎（二首）

之一：

太白宣城去，知章向镜湖。

离家离父母，老大老京都。

之二：

玉版金龟酒，诗仙在夜郎。

文星成老大，八十客明皇。

193. 寄王十四舍人

半向莲蓬问，三思弄玉游。

秦公秦穆在，玉女玉箫楼。

194. 纶阁有感

不见蓬瀛路，常闻羽化台。

迟迟应自笑，久久去无回。

195. 狂题（十八首）

之一：

不上艰危路，何言进退身。

貙獜无稳睡，虎豹有风尘。

之二：

戴逵王门近，陶公五柳琴。

桃源秦汉地，汉水久知音。

之三：

不负李陵心，何言将士音。

朝廷司马记，自古以王襟。

之四：

一笔自荒唐，三明以日昌。

经纶经戴逵，谢守谢严光。

之五：

世路常相问，人生不可猜。

知难知彼此，一事一徘徊。

之六：

识字人生误，行身道路奴。

王程王不定，日下日浮屠。

之七：

远岫孤云落，东方复月升。

江山遭废弃，社稷始重兴。

之八：

闲人不爱闲，只觉有无间。

莫以轰霆志，狂风卷出山。

之九：

修文午作郎，老少自猖狂。

倒处何须正，知时助玉皇。

之十：

雨打芭蕉叶，诗成草木乡。

分明分不得，有色有形章。

之十一：

拄杖邻邨去，清明谷雨乡。

今朝今老病，一绝一轻狂。

之十二：

术艺三分阔，才思一酒钱。

来时来未见，去便去当眠。

之十三：

世世婵娟在，时时小女愁。

由她千百度，可已去来忧。

之十四：

忍痛横行去，闻人处事忧。

难平天下路，带病自无求。

之十五：

昨日流莺去，今天贝叶来。

春秋应不止，日月已徘徊。

之十六：

是是非非见，无无有有闻。

人行人所见，处事处其真。

之十七：

吏吏官官护，安安稳稳人。

趋趋无进退，色色有秋春。

之十八：

劫火蓬壶外，鳌头四海中。

家山同此度，隐约共成空。

196. 游仙（二首）

之一：

只向阿母问，无须隔世行。

游仙游所度，共忆共平生。

之二：

雨散云飞尽，儿来父去成。

黄泉何处见，九脉异天行。

197. 漫书（五首）

之一：

一隐乡音异，三生客主同。

秦关秦尚在，望鹤望云空。

之二：

尽日山程远，溪流曲岸长。

求闲求避世，杜绝杜鹃忙。

之三：

野鹤山中望，春莺树上鸣。

其声相似问，水色久无平。

之四：

不胜天机问，闻流逝水情。

中书门下省，制书向民鸣。

之五：

不问生灵故，须知日月寒。

桑麻应自种，草木可求安。

198. 偶诗（五首）

之一：

一叶新红尽，三秋旧色开。

霜沉霜渐重，白雪白林台。

之二：

不可诗家问，无言世事平。

深山深草木，一水一枯荣。

之三：

隐去林泉路，行来草木生。

人间人所望，世事世难名。

之四：

三秋三岭静，一叶一千金。

隐约鸣禽远，无邻直木荫。

之五：

石阻三岭静，林开见隙明。

茅重茅草屋，读已读书情。

199. 杂题（二首）

之一：

秦庭三左祖，汉鼎一毫轻。
羽翼龙楼使，先知魏晋名。

之二：

鸟在枯林里，云沉草影中。
青松成直木，柏寺古诗翁。

200. 光化踏青有感

不是君王意，无言故土音。
垂杨多换柳，未了老臣心。

201. 丑年冬

户外新柞展，蕾中旧岁春。
呼来芳草色，灯竹落红尘。

202. 白菊（三首）

之一：

白菊重阳叙，红枫忆渐明。
身轻应自在，始末已无声。

之二：

俱是西风客，飘然北陆情。
归根常不得，贝叶已枯荣。

之三：

日见繁霜重，风扬贝叶轻。
深秋曾落尽，隔岁复知萌。

203. 扇

一扇承风序，三宫列两班。
天颜由此见，不弃已轻闲。

204. 修史亭（三首）

之一：

一叟山前望，层林雨后青。
山河谁得意，社稷以强铭。

之二：

七十知温存，三朝问始终。
胡非胡草木，汉是汉家雄。

之三：

谁人问李陵，将士不呼应。
独战平生尽，留身主客冰。

205. 寄同舍邝礼安

丁匡四月二十六日共坐于清华园荷轩。

荷塘月色半清华，白雪阳春二月花。
唤取群芳杨柳色，精英一路到天涯。

206. 雁

人人一一半飞天，北北南南一水泉。
向背衡阳青海去，春秋两地久思圆。

207. 力疾山下吴邨看杏花（二十首）

之一：

雨后新鲜气，川前处处红。
蟠桃知小杏，不可共东风。

之二：

不画凌烟阁，阁形以色殊。
微才微所欲，晓月晓天苏。

之三：

对比梨花色，香邻过客姝。
人知颜似玉，独立小桥孤。

之四：

折来小杏红，插入玉瓶中。
苦苦无成果，何如一阵风。

之五：

却笑雕花客，修行自色倾。
闾阖应不问，隔岸可无声。

之六：

只向少年芳，无心妨意狂。
年年当似此，岁岁女儿墙。

之七：

素素白衣衫，红红女下凡。
婵娟天上照，玉色总须函。

之八：

不向天边望，身旁小杏红。
经风经雨夜，结果结秋丰。

之九：

李李桃桃杏，花花子子成。
人间人所望，四象四时成。

之十：

不似李夫人，何言四季春。
朝朝连代代，败败逐臣臣。

之十一：

艳艳芳芳色，红红白白花。
青青黄果子，味味女儿家。

之十二：

花开花落去，结果结心来。
子子棵棵粒，年年岁岁开。

之十三：

小杏天天长，红黄半半香。
多颜多色见，一路一轻狂。

之十四：

有色藏枝叶，无形待日光。
从花三个月，品位自先尝。

之十五：

一道昌龄故，三言杜甫新。
成都成色艳，出寒出墙尘。

之十六：

自古收心欲，如今纵杏花。
当知颜色好，楚楚入人家。

之十七：

已是潘郎爱，何言弄玉愁。
秦楼秦穆子，养马养春秋。

之十八：

一片分千树，三春逐万红。
同桃同李色，共鸟共英风。

之十九：

独见小杏花，姿身由纵华。
轻飞轻自舞，结子结吾家。

之二十：

昨日梅花落，今辰小杏开。
相承相继续，四象四时裁。

208. 少仪

昨日登班级，今朝向柏台。
微才微所见，夺得夺纸来。

209. 重阳（四首）

之一：

但以重阳见，西风已四方。
茱萸先自贵，百草不张扬。

之二：

红林经九月，白菊十天香。

莫以严霜近，还应向柳杨。

之三：

不问篱边草，还闻巷里声。

黄花黄土地，故土故人情。

之四：

白菊重阳淑，黄花九月潮。

春秋相易取，日月互逍遥。

210. 长命缕

处处他乡路，依依古木台。

长知长命缕，短见短人才。

211. 柏东

易得机心问，难来过事知。

相逢相别去，柏桧柏松猜。

212. 歌者（十二首）

之一：

塞北风霜雪，江南祓襖声。

弦琴丝竹曲，鼓瑟侣人情。

之二：

深宫云雨露，玉树后庭花。

唱者乾坤在，歌人日月华。

之三：

十斛明珠弃，三生闻越家。

霓裳衣羽舞，选美到天涯。

之四：

弟子梨园曲，胡旋节度歌。

公孙应剑舞，取众念奴多。

之五：

一曲对听人，三声向老臣。

秦川秦养马，渭女渭斯邻。

之六：

五柳先生唱，陶公弃七弦。

何声何所曲，一句一香莲。

之七：

处处笙歌去，幽幽旧曲来。

连情连醒醉，逐酒逐金杯。

之八：

自古难求乐，如今曲舞来。

歌人歌不尽，酒者酒泉台。

之九：

八水长安绕，三春渭水华。

京都多曲舞，四野有歌家。

之十：

九九重阳曲，三三弄玉歌。

箫声箫不止，凤女凤凰多。

之十一：

诸葛空城曲，周郎赤壁歌。

知人知进退，让路让斯和。

之十二：

易水三千筑，黄河十八湾。

春风天下去，自过玉门关。

213. 题裴晋公华岳庙题名

大队赴淮西，中原息鼓鼙。

分明裴晋子，自此带军题。

214. 杨柳枝寿杯词（十八首）

之一：

乐府翻来曲，风流草木情。

人间声此际，世上只歌行。

之二：

女女儿儿望，离离别别情。

垂荫杨柳寿，曲曲带歌鸣。

之三：

越女西施见，吴儿木渎情。

天平山上舞，柳下馆娃明。

之四：

处处台城柳，幽幽白下杨。

金陵金不换，石玉石头墙。

之五：

滟滪东流水，轻舟一叶颜。

寻情寻妇道，望水望夫还。

之六：

楚国荆门玉，吴舟水渎金。

声声传上下，处处有知音。

之七：

桃源秦汉女，世外有春秋。

莫以香风送，应来共渚洲。

何言同里水，不以竹枝羞。

之八：

水里鸳鸯戏，云中落凤凰。

人间成对比，世上共炎凉。

之九：

雨雨云云水，杨杨柳柳枝。

相邻相互问，独树独心司。

之十：

草草花花色，云云雨雨时。

男儿男所问，女子女依时。

之十一：

乐乐行行事，芳芳雅雅诗。

尘丝尘不定，故曲故人司。

之十二：

四面轻舟水，三春草木山。

乡根千里远，浪击一潮湾。

之十三：

柳絮杨花近，梅花白雪遥。

留心留所遇，侍事侍天桥。

之十四：

顶顶根根茂，枝枝叶叶依。

行行还止止，密密亦稀稀。

之十五：

岁岁行帆去，年年引胜游。

经商经日月，剩女剩春秋。

之十六：

暮暮朝朝误，孤孤独独留。

同行同感受，共渡共沧州。

之十七：

已近清明日，春芳满九州。

回思回旧日，自去自难留。

之十八：

圣者年年乐，才微处处忧。

南山南渭水，北阙北门楼。

215. 山鹊

本是好毛衣，无寻自不依。

颜颜从色密，羽羽可啼稀。

216. 李居士

只在五峰前，应灵一线天。

无云空万里，有鹤问千年。

217. 杏花

解笑春风外，从情日月中。
红颜红结子，隔道隔人虫。

218. 白菊（三首）

之一：

白菊三秋见，红枫一岭霜。
形形应独傲，色色已轻飏。

之二：

白菊层层白，黄花叠叠黄。
丝丝长短色，处处暮朝霜。

之三：

白菊身形淑，重阳草木香。
年年凭所见，处处自低昂。

219. 听雨

雨雨听声落，云云向竹浮。
红颜应不语，小女上红楼。

220. 杨柳枝（二首）

之一：

五柳陶家簌，三春子女吟。
花开花不已，结子结人心。

之二：

隔岸黄鹂怯，邻家小女衷。
同年同月下，共度共情中。

221. 漫书

漫漫书书读，花花草草萌。
知时知世界，达得达人情。

222. 修史亭（二首）

之一：

长安一水到余杭，永济渠流泗汭乡。
柳柳杨杨皇锦帛，修来史册记隋炀。

之二：

江南永济运河船，半向苏杭半向天。
只记江都儿女色，头颜好处可丝弦。

223. 杂题（二首）

之一：

棋中棋局计，世上世丝牵。
任铸千钧印，磻溪一缕悬。

之二：

气象明窗见，风云日月观。
娥眉虞海水，野鹤问斑烂。

224. 题休休亭，又名耐辱居士歌

咄咄休休路，休休咄咄亭。
居人居耐辱，处事处丹青。
莫莫休休客，休休莫莫铭。
知非知是子，本性本心灵。

225. 冯燕歌

魏义知冯燕，幽州并少年。
滑台雠避客，纵马耀桑田。
恰以莺花月，当闻赵百娟。
高楼情女袄，误向酒家眠。
别见红妆露，重温腑下鲜。
朱门谁不妒，紫户却云烟。
倒柄方知刃，迟疑作短鞭。
人人皆冷暖，处处尽方圆。
指令分飞异，官衙授主宣。
新斯仇仇债，役吏墨行宣。
贾士凭金帛，相公任意全。
倾财倾德顾，收获收心怜。
白马从客去，侯卿自以贤。
君无君所固，解缚作思迁。
彼此云中见，河东上下弦。
黄河千万里，觉悟已相传。

226. 寄薛起居

不破功夫问，常衔意气高。
条条歧路见，水水自波涛。

227. 月下留丹灶

之一：

泗水司空记，王官别业铭。
真仙真子迹，积稔积人灵。
逸迹藏舍含，蹈楹李岫宁。
君孙灵气寄，志以作丹青。

之二：

丹灶留月下，羽化作灵中。
睹象分仪测，图犀有实空。
香人香异物，旧侣旧天宫。

以迹稀瑶俱，闻迷误始终。

228. 元日

三元由此日，九陌共同宗。
以变曾无变，新容旧有容。

229. 洛阳咏古

武后大明宫，高宗志未穷。
东都东太子，一阙一朝隆。
石勒童年魏，王夷大智崇。
年终当以令，岁末洛阳红。

230. 诗品二十五则

之一：雄浑

大用雄浑积，心思慎密扬。
环中环外抱，象实象虚张。

之二：冲淡

暗暗明明淡，形形色色冲。
微机微所致，妙默妙其倾。

之三：纤秾

采采纤纤性，浓浓淡淡情。
流莺春自在，落叶有蝉鸣。

之四：沉着

落日云沉着，黄昏远树明。
孤鸿思不得，独步别心情。

之五：高古

古寺钟声老，高人雅颂风。
诗经诗乐府，一曲一精工。

之六：典雅

梨园留子弟，曲舞忆玄宗。
阮肇山中路，嵇康步上封。

之七：洗炼

洗炼成精致，雕微自淄空。
空潭空已落，玉宇玉人穷。

之八：劲健

劲健如空向，形神似峡风。
江流云雨泻，草木鹤惊鸿。

之九：绮丽

旭日云霞彩，黄昏落照红。
花儿明镜水，草色雨方隆。

之十：自然

如来一自然，佛祖半方圆。

慧觉天机注，禅思地理泉。

之十一：含蓄

水水山山实，含含蓄蓄虚。

沉浮如积满，聚散似诗书。

之十二：豪放

不禁观花色，何言弱女形。

身中身外物，望远望叮咛。

之十三：精神

有骨梅花雪，群芳继续来。

春风春不尽，夏雨夏青苔。

之十四：缜密

想后思前继，房谋杜断行。

天章天地与，造化造枯荣。

之十五：疏野

本性真情在，儒书教化成。

归真归所以，向野向人平。

之十六：清奇

自自然然叙，修修正正云。

清奇清所以，带意带斯文。

之十七：委曲

委曲羊肠道，磅砣岁月行。

林中多直木，草木有阴晴。

之十八：实境

取实含虚见，樵渔隐约行。

严滩严不钓，谢守谢风情。

之十九：悲慨

风林不互催，壮士久徘徊。

一诺江湖去，三吴处处梅。

之二十：形容

云烟半五湖，雨露一三吴。

山山重水水，傲傲独孤孤。

之二十一：超谐

且以神灵与，微和道契生。

清风明月色，远近见心情。

之二十二：旷达

相来相去路，百岁百人河。

旷达应无限，愈分何有多。

之二十三：流动

水纳千波影，山容万木柯。

虚流虚动久，止若止莘萝。

之二十四：句

一块花院闭，月影过墙开。

之二十四：句

只以诗词七十三（丁酉），形容日月半春茧。

231. 送边上从事

三边塞外近天涯，九陌云中满雪花。

走马男儿行不尽，昭君汉界舞琵琶。

232. 送洛阳崔员外

嵩山洛水半观图，塞诏边庭一鼎孤。

晨城内外英雄早，汉血秦川五陵儒。

233. 送人尉黔中

曲水盘山石径斜，青林白鸟俸丹砂。

三川四季云雨色，峡涧黔中采物华。

234. 送宇文虞

此别何闻一半春，归途不胜五湖濒。

山深日落明光少，野店寒门久忆秦。

235. 题东林寺虎掊泉

通幽胜致一灵泉，虎涧溪流半石三。

遁者逾真山脉断，松荫竹构近云仙。

236. 登甘露寺

南朝殿锁一僧鸣，北固江开一水明。

峭壁山头甘露寺，金陵月下有钟声。

237. 甘露寺东轩

山从平地起，水自远泉流。

老树根深露，轻烟满寺楼。

东吴三国志，蜀魏两分酬。

赤壁周郎火，东风诸葛求。

238. 甘露北轩

曹操北岸已连营，百万雄师水陆兵。

若以东风知火阵，周郎诸葛自无成。

239. 咏萤

闪闪萤光现，飞飞玉水边。

轻风流处处，熠熠亦悬悬。

240. 望海

苍茫泛泛一云天，万里涛涛半海田。

四顾无涯天水远，三生有欲可思渊。

241. 送杨环校书归广南

天南一路半波涛，万木千山九脉毫。

已着绯衣云署泊，槟榔树挂玉人桃。

242. 经故宅有感　古今诗

老去南洋雨露除，图书故宅客人家。

空门面对长征路，旧地重来以叹嗟。

243. 送入蕃使

猎猎旌旗过大荒，幽幽岁月问炎黄。

滹沱岸北逻逊镇，平沙落日满塞凉。

244. 白石潭秋霁作

日落秋霁白石潭，天公半入半峰岚。

深深不得深何许，远远钟声远寺庵。

245. 题金陵栖霞寺赠月公

金陵一寺作栖霞，绝顶危屏满石花。

隐隐悬泉藏落落，云云雨雨白莲家。

246. 嘲段成式

衔杯不可作宁如，莫谓儒生不读书。

自以窥情知所谓，谁疑曲谱未入庐。

247. 送江州薛尚书

匡庐影匝万千峰，鼓角楼台一半踪。

鸟道云林波浪水，烟消雨散虎符封。

248. 津头望白水

白水一津头，红霞半九州。

黄昏曾务远，岸泛已横流。

249. 公子行

隐隐酒旗中，幽幽与客同。

无从公子路，有约玉楼空。

250. 看牡丹赠段成式

初疑如少女，复得似潘郎。

已见逢知己，何言悦色香。

251. 以人参遗段成式

人形参上品，老岁着精英。
地地天天气，云云雨雨情。

252. 和段成式

之一：

粉署裁诗句，回簪着黛章。
仙丹仙子送，御酒御人香。

之二：

夜宴芝兰屋，琴声玉树花。
筵映流彩色，存想作仙家。

253. 杂兴

西叶无须目蔽成，双珠不可耳闻鸣。
茫茫大海云帆济，处处山河日月明。

254. 杂怨

之一：

已在绮罗半自香，何闻战火一渔阳。
中门不闭男儿志，守妾良人淑女肠。

之二：

妾守罗巾泗，君行塞外冰。
红尘红所见，久梦久无应。

255. 行路难

门前事两辙，彼此已千轮。
所向同人事，斯文共去尘。

256. 大垂手

云中飞燕舞，掌上自身轻。
不在藏娇屋，随风已去英。

257. 空城雀

一只空城雀，三春苦翼饥。
官仓应不满，束网可天机。

258. 胡无人行

立节男儿义，咸阳受降城。
飞身生羽翼，剑斫作平生。
不读春秋史，驱行不要名。
无胡人所去，草木已枯荣。

259. 咏田家

田家云雨盼，四季守禾奴。
化作光明烛，心中一泪珠。

260. 燕台（二首）

之一：

黄金台上拜，乐毅士中华。
至此英雄见，常言十地花。

之一：

华章华已尽，燕灭燕台空。
草草花花野，荒荒落落平。

261. 古兴

子贵唐虞政，民生土地耕。
勤劳应致富，节俭可殊荣。

262. 勤酒（二首）

之一：

白日无形定，人生道路多。
艰难求醒醉，事业作磋砣。

之二：

别别离离见，逢逢散散歌。
英雄当举步，不可醉青娥。

263. 饮酒乐

饮酒何非乐，今生已见歌。
江流江不止，处世处莲荷。

264. 公子行（二首）

之一：

汉代多公子，周朝少子孙。
如今谁父子，二代子天恩。

之二：

小杏出墙头，桃花满九州。
酸甜皆入味，五柳弃弦流。

265. 短歌　古今诗

七十人生路，三千弟子歌。
诗词今古律，十万首先河。
败败成成少，辛辛苦苦多。
耕耘勤土地，字句影婆娑。

266. 过比干墓

殷干腐骨问天恩，自古贤愚不二门。
饿虎应当无食子，中原一水有王孙。

267. 住京寄同志

孔府三千子，京城十二街。
贤愚分贵贱，进退见名牌。
始始终终是，荣荣辱辱差。
三生三自主，一日一心怀。

268. 赠农

劝尔仓中粟，耕耘土下萌。
闻君闻苦力，得见得丰盈。
日日辛劳辅，年年赋税成。
农夫天子路，粒粒帝王声。

269. 客有追叹后时者作诗勉之

荆山美玉璞雕精。炼石惊天填海平。
大厦成层弧互继，年年岁岁始初成。

270. 访嵩阳道士不遇

九鼎中原客，三生五岳游。
嵩阳闻道士，一粒作丹丘。

271. 早发邺北经古城

耕井荒草没，莫问古城名。
今人无不作，处处有人生。

272. 题贾氏林泉

无声作一声，有木近林荣。
种竹连泉岸，樵渔隐才盟。
修钱荒野治，备乐退时耕。
不在相逢处，红尘独步行。

273. 送友人归江南

孤舟上国离，下第望书窥，
一步皇州路，三生不可生。

274. 秋夕

日往无重复，辰来有不同。
年年经变易，岁岁各西东。

275. 哭刘驾博士

闭户久无开，浮云已近来。

谁同夫子步，不共一诗台。

276. 公子家

花园一小禾，不似半莘萝。
莫以三闾问，汨罗有九歌。

277. 田家（二首）

之一：

官仓修已得，父子未成尝。
子粒颗颗数，青黄不接粮。

之二：

锄禾当日午，剪草作官粮。
粒粒知辛苦，年年断青黄。

278. 杂怨

良人来去怨，妇妾暮朝孤。
有泪湘妃竹，苍梧是丈夫。

279. 乌夜啼

孤鸟独不栖，众鸟已归啼。
妾妾应宜晚，夫夫误在西。

280. 起夜来

相思起夜来，独向问嫦娥。
后羿应知道，寒宫玉影多。

281. 古别离

嫁狗应随狗，如今未共依。
知君明月里，望妾亡星稀。

282. 长安道

一道分方向，三生只步前。
低头行不尽，问路去秦川。

283. 游子行

一咱成游子，三生作客身。
书生书不尽，驿站驿风尘。

284. 闻人说海北事有感

海北兵灰劫，村中虎豹眠。
蒿莱街巷满，隔水岸前川。
一隔藏孤老，三春不种田。

285. 顾云有感

池州一顾云，及第半修文。
五子分章叙，三朝实录君。

286. 华清池

华清水色一池塘，子弟梨园半天光。
有道留芳今古事，无须久丽问霓裳。

287. 天威行

天高海阔一江山，玉宇神威半镇颂。
部落蛮夷疆土远，金蛇入国问河湾。
西川万里楼船界，北漠三边列战班。
战士山灵知大漠，春风已到玉门关。

288. 筑城篇

铁瓮装砂筑石城，神龟出指匠心生。
西川百里周市郭，桂水三潮泛役名。
吏吏夫夫同合力，辛辛苦苦作精英。
岸巉壁立虹江锦，始是中华子弟情。

289. 苏君厅观韩干马障歌

一匹韩干马，三朝不战争。
秦川秦汉血，伯乐伯人情。
杜甫诗歌赋，凌烟六印明。
丹青曹霸曲，有笔有纵横。
日日行千里，年年向宇鸣。
苏君厅壁上，傲骨自留名。
六幅屏风彩，双缰驻太平。
青鬃知进取，老得识途程。

290. 苔歌

林深雨晦夏生苔。碧玉成茸久日开。
步步难成天水岸，荫荫石径自相催。
经年绿色铺敷地，历古兴岩织锦媒。
万载沧桑留旧迹，蓬莱路上去还来。

291. 池阳醉歌赠匡庐处士姚严杰

池阳太守九华山，醒醉匡庐处士颜。
帖雪繁英花许许，溪流曲曲作湾湾。
龙潭虎穴文锋起，笔墨梁王示卷颁。
笺笺开元多造化，书香子弟玉门关。
兴亡国家家史，轴轶芳浓岭蕊颜。

代出江山传后继，经纶子集诸生还。
东林寺外西林磬，九脉三清五脉蛮。
事事分明分别辨，人人鄙琐去来攀。

292. 咏柳（二首）

之一：

带璐含烟汴水垂，先黄后绿有千姿。
隋炀玉帛曾相易，且寄男儿柳叶眉。

之二：

代守农家作木扉，风流日色待鸿归。
江河四顾春光绿，草木三春自翠微。

293. 宴边将

横笛三边一曲终，长城立马半成雄。
池州进士黄巢弃，战场谁闻老将声。

294. 郓州即事

一水清流去不还，三吴问楚剑门关。
孤城远近巴人唱，白雪阳春在蜀山。

295. 送宾贡金夷吾奉使归日本

渡海蓬莱一水边，还家学汉半随年。
流年泊岸经华润，日本东瀛作远船。

296. 华山

半见华山一毒龙，云端草木是青松。
前湫夜雨成潭积，后世天机故步封。

297. 滕王阁

九脉滕王阁，三秋一水明。
孤城孤日月，独望独江英。
雁落衡阳渚，云浮牯岭横。
鄱阳湖上色，蒋巷瑞洪荣。

298. 寄处士梁烛

已渡巴山水，方回楚郓颜。
行歌风月好，莫老锦城关。

299. 送许棠下第游蜀

白帝巴山峡，瞿塘滟滪滩。
襄王官渡去，宋玉楚辞澜。

300. 题终南山白鹤观

南山白鹤观，北阙鸳墀坛。

空云仙境里，去暑却云端。

应知寻谢女，再饮敬亭泉。

因由因果静，雨可雨云深。

301. 赠边将

翻师平碎叶，掠地取交河。
胆气惊风雨，临风拔剑歌。
边疆边界石，老去老人多。

302. 吊建州李员外

已落桐江月，空行建水船。
人间人不在，世上世迁员。
郡日常相望，僧游已向天。

303. 送徐棠及第归宣州

下第无名及第名，宣州水月谢宣城。
文章守旧书生读，雅调终行故里荣。

304. 送庞百篇之任青阳县尉

都堂一试独超群，品秩三台自白云。
圣圣相闻知制书，青门桧柏直人君。

305. 曲江春

岁岁曲江春，年年有旧人。
花开花落去，水逝水来新。

306. 秦原春望

秦原春望尽，渭水色天津。
岁月无穷了，年华有泪尘。
咸阳争楚汉，项羽垓下人。
简以鸿沟定，刘邦四皓臣。

307. 游华山云际寺

华山云际寺，宿鸟向禅林。
直木中峰老，清流净古今。

308. 送棋待诏朴球归新罗

地近新罗岛，云遥汉鼎津。
相承相继处，互补互殷邻。

309. 送郑谷先辈赴汝州辟命

曾闻何汝水，已尽曲江游。
依门秦甸问，向背郑君逑。

310. 赠敬亭清越上人

海上随缘去，归来七十年。

311. 题灵山寺

玉阁灵山寺，禅扉六祖门。
修行修白石，问世问王孙。
四面闲云舍，三秋古道村。
千山千草语，万里万黄昏。

312. 吊栖白上人

日日逝波水，迟迟送故人。
流程终别去，隔岸不相邻。

313. 北山书事

黄河多九曲，漠北有三湾。
老将知天水，元戎忆雁关。

314. 长安书事

一送出长安，千行路不宽。
前人曾沿此，后继亦孤单。

315. 送郑侍御赴汴州辟命

谏署从官佐，旌戎远汴州。
梁园莺早起，谷口过河楼。

316. 吊造微上人

白塔收真骨，青山遗故钟。
香烟相继续，至化故人封。

317. 泾隐岩旧居

夜半邻人静，三更月色明。
青山霜已久，旧隐不知情。

318. 再题敬亭清越上人山房

重来访惠休，已过十年头。
背岭千松老，空山一磬秋。
长吟应俗尽，短叹已无居。
静坐山房月，闻猿石径幽。

319. 浮汴东归

汴水归东泗，浮云向背淮。
隋炀杨柳岸，绿野运河谐。

320. 雨中宿僧院

寺院千灯照，径楼百度心。

321. 江行至沙浦

三湘一洞庭，九脉半丹青。
浦口潮波起，江行逐月汀。

322. 送友人归江南

云晴一九华，日落半千家。
岛上江南草，吟中寄彩霞。

323. 刘补阙自九华山拜官因以寄献

山僧云一片，补阙拜千华。
宿馆流分寄，登车远近花。

324. 岳阳即事

不上岳阳楼，何闻竹泪流。
苍梧苍水阔，二月二妃愁。

325. 题兴善寺们道深院

古古今今见，僧僧道道闻。
儒知儒所本，理致理同君。

326. 送龙门令刘沧

令宰龙门客，行云作雨人。
长河经晋魏，绶印可咸秦。

327. 送友人往宜春

杨花应处处，柳絮可纷纷。
白雪阳春客，无寒不愿邻。

328. 书边事

青冢堆塞外，白日落梁州。
莫问征人忆，蓄情五十秋。

329. 送僧雅觉归东海

雅觉归东海，扶桑日本洲。
关中多少寺，月下去来游。
影落无痕路，身行有汉修。

330. 和薛监察题兴善寺古松

寺愿依宗旨，僧闻就范钟。
人心深佛道，本汉满青松。

431

331. 听琴

听琴听世界，一弄一音弦。

五柳陶公弃，三生半亩田。

332. 送友人游蜀

友以知音见，巴山楚水连。

瞿塘官渡望，汉赋蜀琴弦。

333. 闻仰山祖师往曹溪因同

禅师松外路，白鹤月中林。

四海千峰理，玄真草径深。

334. 兰溪夜坐

兰溪一草堂，月色半留香。

静坐三更露，观心十地光。

335. 题郑侍御蓝田别业

水色蓝田墅，高楼见杜陵。

云沉云入镜，鸟语鸟窥灯。

336. 送友人进士许棠

进士归路近，离乡积岁年。

中书门下省，一步半心田。

337. 秘省伴直

秘省吟禽晚，寒宫桂影深。

残薪留火细，滴漏待辰临。

338. 宿昭应

魏阙开元子，南山白雪冠。

长安长路远，渭水渭河滩。

339. 送陆处士

处士樽前问，江湖客后歌。

灵严小上路，木渎馆娃何。

340. 送韩处士归少室山

步历千岑路，心经少室灯。

松林松自语，一寺一昭陵。

341. 赠初上人

空门无俯首，古寺有心经。

白雪曹溪水，阳春尽日萍。

342. 送新罗僧

有病求缘晚，无思向觉行。

新罗僧问汉，读学始知明。

343. 题山僧院

日落山僧院，云浮古刹门。

禅房初闲目，石火客王孙。

344. 书梅福殿壁（二首）

之一：

羽化梅真迹，须臾万古灵。

西山云已落，白鹤字丹青。

之二：

自古歌长生，如今已不成。

经纶经所在，梦里梦仙生。

345. 荆楚道中

前程应不尽，跬步可殊荣。

不得无何可，平生有自平。

346. 送南陵尉李频

再作南陵尉，何言一苦僧。

天涯淮馆月，考足一孤灯。

347. 将归江淮书

紫陌江淮日，沧州独去时。

东风花雨落，正是女儿期。

348. 沿汉东归

北去寻秦塞，南来过汉川。

云衔钟鼓寺，壁绝暮朝烟。

349. 送蜀客

剑阁凌空立，巴山蜀客留。

瞿塘官渡水，楚国向吴头。

350. 泉州寄陈力夫、肖丽云、郑逢时

黄金海岸半泉州，四顾台湾一九流。

已是逢时逢峡水，丽云始寄始王侯。

南南北北曾分治，国国家家共共忧。

记取江山成社稷，春秋列国已春秋。

351. 塞上　古今诗

桓仁辽水边，五女抱湾田。

逝水浑江岸，春来满杜鹃。

352. 送友人归袁州

登科才子去，扫榻友人来。

袁江袁水落，浦月浦光开。

353. 赠别李山人

泊泊舟舟近，沙沙月月亲。

山人山已远，水渚水相邻。

354. 思宜春寄友人

瀑水秋思落，孤灯对水悬。

舟横舟自泊，待侣待难眠。

355. 江行夜雨

江行江雨夜，木落木舟船。

自以成飘泊，渔邻久不眠。

356. 赠仰大师

俯仰小光久，枯荣草木衡。

林泉林水月，井邑井天平。

357. 江南逢洛下友人

洛下秦川水，淮中故侣邻。

逢时逢绝句，一语一秋春。

358. 东湖赠僧子兰

吏吏官官问，名名利利寻。

人生无止了，世事有林森。

359. 隐岩陪郑少师夜坐

一夜无心序，三更有夜灯。

星河星渐隐，作去作游僧。

360. 送三传赴长城尉

且付箬尉，何闻汴水舟。

天机天所易，历史历春秋。

361. 鼓浪屿寄郑成功

之一：

白鹭海沧湾，黄岩永定山。

成功由此去，鼓浪屿边还。

之二：

初溪一土楼，永定半圆丘。

十座阴晴舍，三泉一半流。

之三：

处处温泉水，悠悠瀑布流。

翰林飞白鹭，德化夏门楼。

之四：

围头半海滩，扑面一波澜。

汐退潮风远，凌空碧静蓝。

之五：

仰望碧蓝天，泉州海石田。

台湾知马祖，白鹭厦门船。

362. 送李道士归南岳

道士归南岳，玄虚扫月行。

和云和氏璧，过雨过湘情。

363. 延福里秋怀

九陌终年路，三更古道行。

前人前不止，后步后人生。

364. 题玄哲禅师影堂

禅师禅视化，净念净风尘。

石院求真处，云岩草木邻。

365. 登慈恩寺塔

人人今往见，事事去来同。

但以心经见，空空色色空。

366. 送友人东归

一夏子规啼，三春白鹭栖。

江湖多少水，日月去来低。

送友东归去，秦川十日西。

367. 送僧鸾归蜀宁亲

剑阁宁亲远，长安夏雨新。

知音天子路，旧迹蜀归邻。

368. 送人归江南

未有安亲计，无为去国情。

贪人无定绪，水泊有前程。

369. 将离江上作

白水天边碧，青衣树下悬。

离江离泊渚，蜀国蜀人田。

370. 别李参军

共是五湖人，同寻一路秦。

渔家应可宿，野店误知春。

371. 送睦州张参军

一岭分南北，三湘有暮朝。

参军君子路，远近见逍遥。

372. 赠棋僧侣

天机分两阵，胜负路无遥。

不可轻驱使，思谋有略潮。

373. 题湖上友人居

观潮观汐亭，见水见天遥。

不可樵渔客，风云自不消。

374. 送友人归宣州

新花藏路岸，逝水绕乡流。

送友宣州去，蝉吟谢守楼。

375. 题古观

不隔六朝人，年年一夏春。

松留千载鹤，利寄五陵尘。

376. 送友人及第归江南

江南才子少，水上雨云多。

隔岸隔苍梧，潮声潮几何。

377. 送朴充侍御归海东

天涯经二纪，海角历千潮。

涨落江洋阔，风云日月消。

秦皇东所望，汉武北征辽。

俱是河山客，蓬莱不见桥。

378. 吊前水部贾员外

离时群木落，别路一花开。

魏阙长谋久，吴山独自来。

379. 题小松

质本青松小，龙鳞未见多。

年年枝叶茂，岁岁似前科。

380. 寄中岳�颛顼先生

自是页面瑞，神仙已可邻。

儿孙身却老，日月数天频。

381. 送沈先辈尉昭应

才华诗不废，佐治宰时分。

有雨云先致，无芳日早曛。

382. 送友人游湖南

鼓瑟湘灵久，相思竹泪深。

苍梧天下计，举步世中心。

383. 江上送友人南游

江流成逝水，木叶似行舟。

去去来来问，行行止止忧。

384. 江南别友人

晦夜分灯照，明辰鼓角休。

江楼寒月落，岛寺作行舟。

385. 商山道中

云峰云不定，木叶木经风。

势力相争取，来来去去终。

386. 吴江旅次

东西对立洞庭山，日月姑苏碧玉颜。

古木渔家千雨雾，淞江月色五湖湾。

387. 寄南中友人

相思相梦生，互是互离行。

又问三湘月，何闻五岳情。

388. 寄绩溪陈明府

古邑猿声里，空城野草中。

人间人厌战，世上世和终。

389. 试月中桂

上下弦边缺，方圆晦朔无。

寒宫寒玉树，独影独姑孤。

390. 游歙州兴唐寺

山桥通绝涧，谷水似天台。

落照连天影，流泉逐暮来。

钟声应不断，鸟落可栖回。

391. 题诠律师院

律院纱灯照，松林石井生。
风云成雨落，点滴逐川行。
不以钟声断，溪泉继院情。

392. 金山寺空上人院

老在金山寺，僧言北固潮。
无心明月色，有意夜云霄。
草木形云顶，风光上石桥。

393. 题广信寺

北敞灵溪水，南开日月林。
明村沙鸟岸，野径石云深。
远远啼猿住，遥遥忆故音。

394. 兴善寺贝多树

成荫兴善寺，积雨贝多桥。
劫火应毫末，终南可玉霄。
悬灯明不尽，带月逐江潮。

395. 华山

卓杰三峰势，高奇五岳工。
撑天凭一柱，列界任千空。
远近东西始，阴晴彼此终。
方圆由日月，进取可贫穷。

396. 送何道士归山

道士归山去，神仙日月成。
玄虚天水色，绝粒本清瀛。

397. 城东寓居寄知己

不必道身名，东林有隐情。
匡庐连岳麓，落日洞庭明。
草木闲门外，阴晴带雨生。

398. 再写边事

一片沙西塞，三边布帐篷。
胡人胡草牧，汉客汉粮丰。
自以干戈老，何言久太平。

399. 游边感怀（二首）

之一：
渭水泾流近，辽阳战士家。

和平和不久，塞外塞边花。
岁岁应相见，年年你我他。
之二：
无家是有家，有家且无家。
十载三边战，平生你我他。

400. 蝉

岁岁蝉鸣此，年年客日行。
秋声秋所致，旅次旅人情。

401. 无题

小雨轻尘邑，中流两岸分。
源泉长有止，草木自成芸。
傲岸应孤立，形身可不群。
阴晴成势力，日月积芳芬。

402. 江上逢进士许棠

晓月江流去，青山逝水留。
龙门龙不语，进士进春秋。

403. 送河西从事

结束河西战，从耕漠北田。
安边安日月，水近水沙连。
汉客胡人帐，秦皇汉武天。

404. 河湟旧卒

河湟河内外，渍石渍春秋。
水浅长流去，行程问陇头。

405. 促织

促促弄梭声，幽幽向月情。
贫家多藉此，不可少秋鸣。

406. 猿

长安明月色，蜀国水流声。
栈道猿啼住，陈仓一半鸣。

407. 寄荐福寺栖白大师

不见师名寺，还闻荐福音。
听来吟绝句，白玉大师琴。

408. 越中赠别

月在镜湖边，西陵渡口船。
秋风吹两岸，落叶自飞天。

409. 寄清越上人

大道山僧迹，白云向远生，
莲花曾记忆，六礼一山空。

410. 宿齐山僧舍

一夜经书读，三生隔世多。
烟萝曾隔若，六祖以禅歌。

411. 春日游曲江

日暖鸳鸯水，春明草木科。
兼葭杨柳岸，渚岸泛涟波。

412. 渔家

千星千点水，一处一芦花。
泛泛渔家泊，悠悠一两家。

413. 送人及第归海东

及第江东路，龙门洛下关。
归心归不止，觐省觐时颜。

414. 题河中鹳雀楼

云中鹳雀楼，步上白帆舟。
一望黄河水，千年直下流。

415. 宿洛都门

三秦泾渭水，一夜半都门。
只待秋砧响，长城有子孙。

416. 对月（二首）

之一：
同知千万里，共度去来人。
桂影婆娑见，寒宫彼此邻。
之二：
缺缺圆圆见，盈盈淡淡分。
同明同四海，共照共千云。

417. 赠友人

自得安贫道，何言势利心。
了了相如赋，悠悠五柳琴。

418. 笛

一笛迎风雨，三牛顺野田。
童翁由自取，日暮背朝天。

419. 渔者

渔舟渔者睡，逝水逝云流。

不待游鳞见，何言书苇洲。

420. 宿潺湲亭

月在沉云里，风流逝水中。

潺湲亭外雨，玉影叶枝空。

421. 台城

齐梁陈宋魏，雉堞景阳宫。

草皮台城路，人寻六国空。

422. 寄山僧

古寺凭钟鼓，山僧向日眠。

人心应自治，老旧可归天。

423. 题上元许棠所任王昌龄厅

洛水问东都，寒江夜入吴。

昌龄王所任，酒肆对诗孤。

424. 自诮

抱璞图良玉，相如完璧臣。

临危临不惧，处世处经纶。

425. 赠河南诗文

令族河南友，吟诗笔下春。

云中行日月，洛下忆何人。

426. 寄维扬故人

柳叶三千碧，东风一半春。

河边杨柳岸，汴水小桥津。

427. 孤云

卷卷舒舒去，浮浮落落来。

无心无定止，有雨有徘徊。

428. 咏棋子赠奕僧

方圆三界势，黑白两军兵。

八阵曾先见，千谋一念生。

429. 谷口作

谷阔无源水，云深有异人。

昆仑交映口，采药以秋春。

430. 寄弟

战后行人问，春中及第声。

云居云自在，一弟一兄情。

431. 春日有怀

一水汾阳色，三春洛下秦。

寻花寻色望，问草问天津。

432. 鹭鸶障子

傲立烟波水，飞行束带波。

晴中如雪素，翼上有嫦娥。

433. 甘露寺僧房

寺里僧房外，门前露水中。

僧房僧不语，月色月西东。

北国金山近，东吴古刹空。

三江三国去，六水六朝风。

434. 宿江叟岛居

竹里江船宿，烟中雨露开。

分潮分岸渚，合水合流来。

435. 江村

江村江水岸，小雨小桥台。

碧玉姑苏色，渔家渚汕回。

436. 赠进士顾云

碧水浮云去，青门楚客行。

潮平潮不止，钓叟钓舟平。

437. 赠头陀僧

世路皆虚幻，空门属寂寥。

头陀僧不语，汐落汐成潮。

438. 寻阳村舍

寻阳村舍雨，夜泊水中云。

寒更灯火暗，苇叶雾难分。

439. 江楼作

南耕天下废，早晚罢王师。

雪燕风尘邑，干戈莫太迟。

440. 回鸾阁写望

写望回鸾阁，诗吟庙塞遥。

秦川秦已去，渭水渭高潮。

441. 题宣州开元寺

竹里谢公亭，苔中草色青。

空山回雁过，古寺六朝灵。

旧迹如烟在，江流逝水冷。

宣州多鼓角，达理始零丁。

442. 题友人草堂

卜隐由生计，樵渔可友人。

琴书三亩水，草木半天津。

443. 七松亭

一望七松亭，三秦半草萍。

闲云闲不住，一色一丹青。

444. 题友人林斋

问友林斋静，闻天雨露听。

茶香泉下水，竹影木心灵。

445. 经宣城元员外山居

石室空山闭，猿啼古木开。

无人仙隐处，有水客心回。

446. 经九华山费征君故居

不过九华山，征君一世还。

荒林溪未止，晚照满云间。

447. 题贾岛吟诗台

不复吟人在，还闻故客留。

长江天外去，暮鸟云中求。

草没荒丘在，台空不可修。

448. 游南岳

山岩仙境里，水涧谷溪中。

易老泉声远，闻声四壁空。

449. 寻桃源

花明秦汉路，草色武陵溪。

世上迷途客，人间向流堤。

450. 青鸟泉

净籁烟霞色，丹霄玉水空。

山河曾不变，日月始无终。

451. 望巫山

巫山云雨继，白帝暮朝来。

一水扬长见，三巴宋玉回。

452. 省中偶作

顿悟禅房路，行身石径开。

郎曹凭自勉，不约学诗来。

453. 秋夕

秋冬秋夏继，雪雨雪冰承。

一日梅花影，千香玉色凝。

454. 山中冬夜

风寒叶落尽，空林鸟宿稀。

闲僧闲鹿饮，一叶一归依。

455. 宿刘温书斋

谁成三国志，不解六朝消。

蟠蟀床头响，离骚楚客遥。

456. 归旧山

林僧闲坐望，饮鹿漫驱尘。

草叶浮沉阔，闻声始未澜。

457. 潭上作

潭深潭日落，竹影竹天云，

叠叠层层见，清清净净分。

458. 杨花落

手捧杨花落，红英萃玉尘。

纤纤腰正细，楚楚面迎春。

舞袖瑶琴扫，拖袖向客邻。

东园桃李色，自顾女儿身。

459. 九华楼晴望

独上南华岳，殷勤再上楼。

重来知几日，记忆九华楼。

460. 终南山

带雪南山顶，含云魏阙宫。

金銮金殿色，玉凤玉凰逢。

461. 哭陈陶

先生曾自得，不向茂陵寻。

素帐从君问，诗吟志再荫。

462. 长门怨

一曲长门怨，千年扫叶闻。

班姬文自古，舞扇客人君。

第十函　第二册

1. 升平词五首

之一：

道士升平客，咸通落第州。

宫楼皇帝舆，圣祚会神州。

泽润江南土，丰收塞北秋。

中兴中使府，不可不回头。

之二：

立位延英路，宣传拜舞声。

应闻非止步，不见是前程。

之三：

处处欢心岁，悠悠帝业成。

江山江逝水，社稷社精英。

之四：

日日歌谣里，天天祝拜中。

王母听汉武，御帝可称雄。

之五：

五帝三皇主，千年万岁成。

文章文豫立，武卫武人明。

2. 洛东兰若归

一衲禅床老，三生半异乡。

丝弦书剑客，月路去苍苍。

3. 仙都即景

石径通幽远，青云落草丝。

仙都仙不在，一柱一撑空。

4. 汉武帝将候西王母下降

水落三清月，霜传五夜钟。

由天青鸟至，见树故人踪。

汉武蟠桃会，王母待御容。

蓬莱仙客向，紫凤最高峰。

5. 汉武帝于宫中宴西王母

佩剑丹泉响，星河武帝边。

长生应不止，万寿可延天。

自以平生见，谁言载世悬。

6. 刘晨阮肇游天台

桃源莫主人，阮肇问刘晨。

玉女天台见，神仙不汉秦。

人间回顾见，万岁一秋春。

7. 刘阮洞中遇仙子

汉汉秦秦客，刘刘阮阮郎。

乾坤经洞水，日月已重光。

祝愿花间子，应知隔界梁。

8. 仙子送刘阮出洞

洞里人间外，云中世后前。

殷勤相劝告，隔辈互须强。

一别经生驻，三清继日长。

9. 仙子洞中有怀刘阮

人间有富有贫穷，世上无须念始终。

阮肇刘晨仙子洞，红尘鹤影两形空。

10. 刘阮再到天台不复见仙子

再到天台访玉真，人间一去半秋春。

仙生不在青苔石，鹤影红尘已隔邻。

11. 织女怀牵牛

金梭织玉愁，永夜向牵牛。

喜鹊云桥舞，年年一渡头。

12. 王远宴麻姑蔡经宅

麻姑同一醉，杏树共三人。

大篆蛇龙舞，中兴问太真。

13. 萼绿华将归九嶷留别许真人

归思自古已无穷，绿草临霞语未终。

鹤影初升三界外，浔阳日落九嶷空。

14. 穆王宴王母于九光流霞馆

东田碧玉花，白马在仙家。

曲女细腰舞，王母命九霞。

15. 紫河张休真

一梦半休真，三清九脉尘。

人生人自取，待世待斯邻。

16. 张硕重寄杜兰香

春风十二楼，日月五千秋。

硕士书香梦，三清几去留。

17. 玉女杜兰香下嫁于张硕

隔断三山远，相邻一水长。

人间天上近，梦里故人乡。

18. 萧史携弄玉上升

弄玉秦楼上，箫声向穆公。

丹台谁四顾，一曲凤凰空。

19. 丁酉五月一日晋江行

海峡三春大陆风，明清两岸郑成功。

金门马祖围头水，梦里华人世代雄。

20. 皇初平将入金华山

洞口一人家，初平日半斜。

溪头连鹤影，有路过京华。

水月烟云地，牛羊巨胜花。

21. 汉武帝思李夫人

汉武李夫人，相思问木真。

冰颜冰似玉，一岁一年春。

22. 送羽人王锡归罗浮

保养罗浮羽，荷霞正顿巾。

依天行带月，邀雨净风尘。

23. 送刘尊师祗诏阙庭（三首）

之一：

叶叶秋风向，枝枝落日轻。

三清三殿许，一玉一丹生。

之二：

访尽三山路，相连一水城。

天颜由此见，剑佩五峰英。

之三：

闲眠碧水堂，信步白云乡。

三清长生殿，五土帝王光。

24. 三年冬大礼（五首）

之一：

初闻入太清，玉帝向精英。

水箭常年漏，冠官已自倾。

之二：

北斗倾尧酒，南风作舜琴。

湘潇湘竹色，二水二妃心。

之三：

太一天坛降，神君紫玉升。

千官千锁定，四律四时凝。

之四：

未昔步虚城，周吕上国声。

三清三左顾，五色五湖明。

之五：

小隐三清界，中庸日月明。

移文成石勒，十代作仙名。

25. 暮春戏赠吴端公

英雄一丈夫，拜执半金吾。

春风深院锁，教调向奚奴。

26. 奉送严大夫再领容府（二首）

之一：

勤心甘百战，上国主三朝。

自顾金銮近，何言霍嫖姚。

之二：

岭表梧州火，澄潭胜荔枝。

珍珠由日月，竹水互相司。

日昭南云落，云沉北陆碑。

桐花弦管落，气概薪无知。

27. 赠南岳冯处士（二首）

之一：

白石溪边坐，风泉水月居。

莺啼深树断，采药道家书。

九脉三光序，三清一步虚。

之二：

洞里烟霞少，山明草木多。

泉声泉不止，白石白砂科。

28. 题子侄书院双松

松林青似古，只收故山烟。

学学三千子，悠悠十八年。

29. 羽林贾中丞　古今诗

四十年中百路辛，三生吏碌半风尘。

边风朔雪辽东子，鼓角榆关蓟草春。

千年万日一经纶，金鱼未解断佳人。

南洋又去巴新国，始是农家作世民。

30. 送康祭酒赴轮台　古今诗

送君一别赴轮台，自以三边作楚才。

以箭犀文开甲缝，楼兰不斩不须回。

31. 南游

半在姑苏碧玉杯，千舟不尽小桥台。

三吴海涨云中去，一曲琴声水上来。

32. 哭陷边许兵马使

败北桑干暮日黄，江南落叶早飞扬。

青天故国春秋易，四象云书记使床。

33. 和周侍御买剑

英雄盖世一吴钩，剑阁巫山半楚流。
静制中原生战略，天机上国月头。

34. 病马五首呈郑校书章三吴十五先辈

之一：
秦川先养马，汉血后春秋。
速度论成败，英雄见白头。
之二：
骥耳何年到，龙云瘦骨华。
腾黄还伏枥，苜蓿向秋花。
之三：
玉骨吴门路，楼兰月色邻。
交河千里足，魏阙万家人。
之四：
秋明白露泉，草色玉霜天。
年光如此见，老少似云烟。

35. 长安客舍叙邵陵旧宴寄永州萧使君（五首）

之一：
一宴千杯少，三更半月风。
楼中丝竹曲，醉后误西东。
之二：
玉树贤侯酒，金尊一剑恩。
梨花城月阙，不醉信陵门。
之三：
舞袖齐娥短，身姿赵女轻。
双鱼狼藉见，独寄客家声。
之四：
月淡桐花素，楼红竹叶青。
歌从琴瑟尽，水调木鱼听。
之五：
痛饮笙歌酒，从书日月明。
三年三世界，一曲一人生。

36. 勖剑

千光千聚集，一剑一泉流。
气恼蛟螭角，司空犯斗牛。

37. 仙都寄景

蟠桃花不老，碧叶翠微宫。
不必王母问，仙都日月中。

38. 望九华寄池阳杜员外

早辞三秀馆，杜宇九华峰。
玉剑青莲色，行春正面逢。

39. 小游仙诗九十八首

之一：
蓬莱山下路，海水玉中空。
瑟瑟商声起，箫箫向穆公。
之二：
明堂元日拜，五帝望天涯。
万树琪花药，千圃自在华。
之三：
碧玉嫦娥在，姑苏小小愁。
壶中天地水，月下九州头。
之四：
神仙何许久，玉立宝山头。
别问黄龙客，逢时白石舟。
之五：
红绡碧玉田，紫气五湖烟。
世上分天地，人间有陌阡。
之六：
甲子初开色，玄洲已水沧。
三清成果继，五彩步虚堂。
之七：
重重宫阙闭，接接月明关。
掉尾黄龙岸，昆仑少女颜。
之八：
玉蕊涂山见，青龙卧鹤归。
韩君韩不去，紫气紫黎微。
之九：
武帝王母客，蓬莱有八仙。
风尘先已净，白玉后生烟。
之十：
朝回寻百辟，玉露向千余。
问道三清殿，垂情一步虚。
之十一：
北斗茅君夜，南宸玉帝邻。

凤曲青龙洞，凰歌白鹿亲。
之十二：
独自天坛雨，嵇康玉简寒。
神仙神已去，客在客云端。
之十三：
不搅惊天犬，何知向白云。
蓬莱琼树叶，一日十年春。
之十四：
神仙神自醉，一酒一三清。
有道玄元始，无心故晦行。
之十五：
白石山中有，丹砂月下无。
泉溪流洞口，日月驻仙都。
之十六：
石磬步虚音，笙歌向古今。
贤人贤所见，上国上人心。
之十七：
不问东方朔，还闻宋玉吟。
人间人所事，世上世当寻。
之十八：
鹤发童颜老，山深洞口情。
丹砂炉石玉，草木雨风荣。
之十九：
渡水穿花去，刘晨阮肇来。
仙都仙客在，一见一徘徊。
之二十：
不问小茅君，东妃着碧裙。
笙歌从一毕，翠羽上千云。
之二十一：
月影悠悠在，犀光处处明。
夫人曾劝酒，暗笑女儿情。
之二十：
玉女花中立，昭玉月下寻。
云天裙带短，九陌雨云深。
之二十三：
赐妾紫衣裳，桃源奉玉皇。
刘郎刘阮见，一去一家乡。
之二十四：
花羞倾玉卮，女笑问安期。
有数神仙客，无云见雨时。

之二十五：
一曲商歌尽，千姿碧玉头。
真妃真女子，玉色玉人舟。
之二十六：
不向刘晨问，何须阮肇闻。
云来云洞口，日去日纷纭。
之二十七：
教示盘囊素，夫人下太虚。
云阳云雨济，一字一天书。
之二十八：
海日夫人邀，青腰侍女行。
天空天色久，五土五翁城。
之二十九：
不信长生语，周王自在生。
汗漫汗世界，玉女玉人荣。
之三十：
衣裙三彩绘，束带五云香。
织帛经纬绣，苏君尽意尝。
之三十一：
桃源桃洞口，五老五峰前。
人间仙境界，世上久书田。
之三十二：
使者玄都向，怀中赤玉符。
木叶乘风去，云烟待有无。
之三十三：
蕙蕙芝芝色，云云雨雨情。
衣巾秦汉见，顶载古今荣。
之三十四：
秦皇和汉武，万寿向千年。
但向王母问，时逾境界迁。
之三十五：
紫羽真母见，红尘问玉京。
三清三宝殿，一世一人情。
之三十六：
羽鹤三清界，祥云一卷书。
先生先不解，八海八仙余。
之三十七：
一宴蟠桃会，三清白鹤宫。
王母王不语，汉武汉家童。
之三十八：
一念离天地，千言向独空。

嫦娥偷药去，后羿望寒宫。
之三十九：
天机天不解，地地道难知。
旸谷先生宴，琼林后主迟。
之四十：
共受初平住，同情草木花，
人间人所见，世外世仙家。
之四十一：
言多应醉外，酒尽玉壶倾。
月色青童问，云中紫阁明。
之四十二：
海树灵墀愿，天云故客心。
期空期所遇，以梦以仙荫。
之四十三：
云中一半花，世上五百麻。
织者机梭在，阿母不在家。
之四十四：
不怪蓬莱主，还寻意上人。
红尘成旧土，日月自相邻。
之四十五：
地上刘晨问，云中阮肇行。
何须乡土去，不作故仙英。
之四十六：
海上瑶池树，天空五彩云。
如无如有在，似是似非闻。
之四十七：
月上蓬莱树，云沉汉武泉。
王母王不在，夜梦夜无全。
之四十八：
白鹤飞天翼，芙蓉碧玉冠。
无期无玉女，有信有江澜。
之四十九：
采女平明事，丹砂契锦囊。
青虬书密诏，受事久书香。
之五十：
太一元君问，金銮璞玉情。
仙家和氏璧，楚客九歌鸣。
之五十一：
碧殿丹轩建，秦砖汉瓦城。
金妃裁龙衮，五彩玉皇荣。

之五十二：
桑田成海水，独木作群林。
不是蓬莱岛，人间自古今。
之五十三：
彩色飞云见，金妃织帛衣。
真王真海上，一日一仙归。
之五十四：
碧海灵童问，祥云玉女行。
相呼相唤望，独步独争荣。
之五十五：
一路蓬莱望，三生故道长。
相思相becomes去，旧梦旧云乡。
之五十六：
玉女安期劝，阮肇八仙乡。
洞口多云闭，刘郎少帝王。
之五十七：
下界笙箫曲，升天日月游。
红鸾休不笑，万寿驻云头。
之五十八：
去望楼台上，四闻瑟管中。
十三层玉塔，五世界长空。
之五十九：
北陆云飞落，西妃少女多。
春思情不限，织女过天河。
之六十：
王母留不得，阮肇去难回。
异梦神仙界，同声不再来。
之六十一：
紫节笙歌曲，红房报玉妃。
瑶花腰细细，洞口雨霏霏。
之六十二：
闻君新领旨，待妾故人来。
此别相逢处，天台梦中多。
之六十三：
一曲梅花落，阳春白雪歌。
无须天上有，只以梦中多。
之六十四：
只种红桃树，千年欲落花。
因因成果果，你你作他他。
之六十五：
白日桑田共，青云海水同。

辽东闲不得，大雪满长空。

之六十六：
白鹤文姬伴，青云敕勒行。
同生同不死，共女人儿荣。

之六十七：
相吟南八景，拜别北千云。
只向蓬莱问，三生不见君。

之六十八：
蓬莱相隔路，百岁一秋春。
世上三清客，人间炼骨人。

之六十九：
碧玉云和曲，瑶琼紫弄明。
寻来刘阮问，见得董双成。

之七十：
东皇知太一，弄玉学箫三。
凤凤凰凰曲，仙仙客客谐。

之七十一：
青林日半斜，白水润千沙。
不以西天界，当然种豆瓜。

之七十二：
星沉月已高，水影逐波涛。
洞口连天地，三清着锦袍。

之七十三：
止止行行去，修修炼炼来。
丹砂由石玉，水水向天开。

之七十四：
一一穷阳数，三三剑树明。
霓裳应半曲，舞女绣裙轻。

之七十五：
玉树扶苏茂，青龙枕水眠。
花前风不定，酒后雨如烟。

之七十六：
玉女紫云霞，钟声入客家。
丹房留瑞气，白石作云花。

之七十七：
羽客昆仑问，天鸡玉宇啼。
三清三弟子，一木一娇妻。

之七十八：
先生闭玉虚，弟子读天书。
束带登高阁，行云诸世余。

之七十九：
儒生留日月，老子作文章。
欲得长生籍，秦皇汉武堂。

之八十：
洞口风流水，长春永道芳。
人间三万日，玉结一生光。

之八十一：
一语青童报，千年玉蕊开。
麻姑沧海水，白鹤落天台。

之八十二：
子见青中卧，君闻玉蕊开。
祥云祥玉宇，白石白山催。

之八十三：
洞口沙溪五百年，韩湘已在八人仙。
三生古迹成今古，八句唐诗洞宾天。

之八十四：
谁知玉帝宫，汉武王母衷。
百岁千年月，三生万古同。

之八十五：
太帝丹轩坐，天宫玉树生。
云衫云不尽，列坐列仙英。

之八十六：
人间天上有，玉帝作仙生。
故事人从此，千年已结情。

之八十七：
太子真娥侣，三清日月行。
人间皆似此，隔世互相明。

之八十八：
洞冷九阳君，云封半古文。
三朝今世语，十代古仙闻。

之八十九：
鱼须一万年，只要汉唐天。
七八仙人语，三千弟子田。

之九十：
沧桑一万年，演变二千天。
改革三朝晚，施生半世贤。

之九十一：
百岁沉沙尽，千年积碛平。
黄河常改道，日月久阴晴。

之九十二：
弄玉未相问，箫声向穆公。

秦楼由此问，引凤作仙宫。

之九十三：
不待王母问，蛾眉已悔成。
当妻穆天子，以将作瑶英。

之九十四：
半在寒宫里，全明月影空。
山山和水水，桂桂复空空。

之九十五：
金书皇碧玉，八素妾扶桑。
一别三千岁，迁居日月长。

之九十六：
八海风凉水，三皇五帝桥。
蛟丝缠玉线，百岁日云消。

之九十七：
元君同日月，锦妾共枯荣。
织女天云绣，银河两岸明。

之九十八：
夫人下北方，绛阙上南堂。
七彩红桃会，偷折寄阮郎。

40. 又游仙诗一绝

曲靖先生十代人，婵娟月色一秋春。
风流不尽还无赖，洞口桃花已作尘。

41. 题五陵洞（五首）

之一：
桃花流水去，洞口五云来。
身前身后见，待世待人催。

之二：
桃花锁洞门，水色入黄昏。
汉汉秦秦子，朝朝暮暮孙。

之三：
桃花入洞中，日照岸溪红。
此水流芳去，应春向草丰。

之四：
桃花秦汉洞，隔世武陵溪。
日月由今古，阴晴各犬鸡。

之五：
桃花开又落，草色碧还红。
汉女秦人问，长城汴水功。

42. 句

王母天子穆，汉武瑶台。
谁知汉武无仙骨，但见秦皇有岛行。

43. 圣政纪颂

之一：

言听政事穆宗情，史吏朝官半自倾。
一木求林求直立，千朝得斧得王名。
三皇五帝贞观纪，汴水长城社稷情。
典籍隋炀成败论，谁言国镜古今明。
凌烟阁上留身姓，水调歌头韵律成。
实录因窥随帝语，江山日月久书荣。
群臣执笔修唐迹，藉以隋则撰圣声。
耳目公庭公正冶，天机地理地疆平。

之二：

旧史隋家一魏征，丘明左传半谦成。
三皇未记兴天地，五帝身行颂法赢。
太史公垂今古叙，修书载纪不相倾。
昭章制书文谋策，武艺边疆勇将名。
事事天天人不尽，皇皇帝帝子孙情。
朝朝暮暮群臣影，吏吏民民几聊生。
著册常闻杨柳树，千林万木取难衡。
黄河九曲弯弯水，始向东流入海行。

44. 宛陵送李明府罢任归江州

居心正务有先贤，罢任归乡草堂前。
士济江州天下路，家贫可用卖诗钱。

45. 清明日与友人游玉粒塘庄

已见尖荷问夕阳，梅花落里已含香。
清明细雨三茶采，满耳蛙声一草塘。

46. 寒食山馆书情

四海前程四海家，三生旧路五生涯。
分明不记还家梦，细雨连声打落花。

47. 病起

人生一病半有神，九陌三光五湖春。
记取姑苏千载税，和平始得客家邻。

48. 鄂渚除夜书怀

落落无成事，悠悠有旧情。

年年除夜继，岁岁到天明。

49. 鄂渚清明日与乡友登头陀山

一近清明半绿春，同怜异土故乡人。
谁知岁岁前程客，不作头陀岭下尘。

50. 蚕妇

早早采新桑，蚕蚕要苦肠。
春春丝不尽，夏夏茧缫堂。
岁岁勤勤去，年年碌碌忙。
心心儿女记，叶叶可盈筐。

51. 题庐山双剑峰

倚天双剑立，独举一天开。
四面环峰问，三光近木来。

52. 云

万象千形尽，双仪八封风。
应成及时雨，籽粒作秋丰。

53. 晓鸡

三更一自啼，子夜半栖栖。
隔壁书生梦，人间不见低。

54. 金钱花

一片金钱一片花，半春处处半春华。
金钱不作金钱用，处处人生处处家。

55. 山中避难作

山头烽火起，野路避难行。
处处悲人间，幽幽月独明。

56. 早春

柳叶初黄绿，梅花落里来。
寒鸭知水暖，不上岸边苔。

57. 鹭鸶

翘足朝天望，求鱼向木来。
年年姿态好，苦苦楚人才。

58. 子规

雨细子规啼，云轻草木齐，
声声应未止，不必问东西。

59. 新安官舍闲坐

蜘蛛结网成，竹笋已抽生。
日色平官舍，人生落后行。

60. 除夜

岁岁经除夜，年年灯竹声。
相思相忆处，独步独行盟。

61. 游鱼

浮藤如线影，古月似弯钩。
莫以惊心去，思夷减慢游。

62. 鹦鹉

凤凤凰凰木，鹦鹦鹉鹉洲。
人间多少问，不可去来求。

63. 偶题（二首）

之一：

露水已成珠，浮云半有无。
天机天自与，地理地江苏。

之二：

汇聚自成湖，源泉可独孤。
江河湖海水，草木月书儒。

64. 惜花

花开花落去，自语自留芽。
隔岁重新色，何须问故家。

65. 洞庭隐

一卧洞庭湖，三生草木苏。
芰荷香里坐，望日影寻孤。
小隐深山迹，中庸不似儒。
文章文不取，武艺武难辜。

66. 古剑池

莲花古剑池，盛色十三枝。
不减芙蓉水，成龙去已迟。

67. 梅花

二月梅花雪，三春百草坪。
相承相继续，物象物方明。

68. 闻蝉

树顶一高声，行为半远情。
秋声秋早语，一岁一相荣。

69. 卖花谣

紫紫红红色，罗罗列列丛。
颜颜香似玉，语语自言中。

70. 子规

空山一两声，驿馆暮朝鸣。
耕耘听不住，蜀国杜鹃荣。

71. 句

三清空世界，一片白莲花。

72. 菊

陶潜知已见，九月自重阳。
玉砌秋风肃，篱边带月霜。

73. 风

自作吹嘘客，何言喜怒分。
寒喧成冷暖，造化作功勋。

74. 月

缺缺圆圆现，无无有有重。
弦弦惊上下，树树影何踪。

75. 秋

夏夏秋秋季，因因果果承。
重阳重日色，结实结相应。

76. 松

木节苍龙势，林风启众才。
孤标三尺雪，独帜近天台。

77. 读汉史

楚汉鸿沟四百年，刘邦项羽一千天。
曹操董卓协天子，二世谁承指鹿传。

78. 上元怀古（二首）

之一：
南朝天子去，日月始无休。
只以风流问，江山已到头。

之二：
秦皇立世固金汤，汉武长城种柳杨。
汴水苏杭修四渎，江都至此忆隋炀。

79. 隋堤柳

处处隋堤柳，年年绿运河。
天堂由此见，胜似唱山歌。

80. 蒲关西道中作

蒲关西道上，舜庙宇香中。
玉气黄河水，中条古木空。
潘年斑白色，万户望飞鸿。

81. 送李秀才入军

绿柳青松共，怀才带意同。
书生平易水，剑业以吴风。

82. 送蕲州裴员外

南宫第一人，北阙数三秦。
五马江山客，千红日月春。

83. 代孔明哭先生

有乐何思蜀，无声且问君。
荆州成帝业，赤壁共吴分。

84. 归省

序：
送职方王郎中吏部刘员外自太原郑相公
幕继奉征书归省署。
诗：
郎中员外客，省署太原公。
次第征书至，兰香俭府同。
朱门莲影路，紫谷玉仙宫。
日近烟霞列，天光扑尧功。

85. 寒食（二首）

之一：
东风带柳斜，细雨万千家。
市井楼台曲，云光二月花。

之二：
拾遗东风止，秋千已不扬。
花开知小女，只以客儿香。

86. 又代孔明哭先生

无分三国志，蜀魏半吴梁。
不唱空城计，何言八阵扬。

87. 贫女

素貌平生净，荆钗织布装。
长安流铅粉，王公儿女伤。

88. 寓怀

暮暮朝朝客，荣荣辱辱身。
贫贫何富富，夏夏继春春。
后以秋风继，因因果果循。

89. 蜀中寓怀

锦水五丁头，风流一蜀州。
重重浮雾雨，木木共春秋。
杜宇声声问，鱼凫处处留。
公孙曾日照，诸葛汉家侯。

90. 下第卧疾卢员外召游曲江

下第曲江游，登船半自羞。
同书同日月，共读共春秋。
炙背青芹许，躬身各白头。

91. 司天台

汉帝苍生问，王母玉砌台。
司天如此见，水镜运河开。

92. 落花

落拓东风弃，红尘化雨开。
初初颜色好，复复岁年来。

93. 赴举别所知

子夜囊书志，三更短剑修。
青衣青所就，赴举赴才忧。

94. 贺邢州卢员外

紫诏金銮殿，分明列象生。
南宫郎署哲，北省谏书成。
晓入鸳行步，春归凤苑萌。
恩波泾渭水，瑞气古今情。

95. 方千隐居

草草花花色，书书剑剑情。
方千方隐迹，水鸟水禽鸣。
不见人踪影，何闻世态倾。
知行知所止，四皓四争盟。

96. 早春微雨

不觉看花晚，风临柳树头。
春光含雨润，湿气作沧州。
但以闲心钓，无心一叶舟。

97. 谒翰林刘学士不遇

洞府横铜锁，翰林学士楼。
书香留不住，定止禁宫头。
已见鸣柯路，还闻上国忧。
沉沉飞碧海，越越落神州。

98. 答刘书记见赠

苦力千篇抽，凝神万象空。
北户云风列，南天日月东。
白雪秦川外，阳春九陌中。

99. 贺友人及第

及第友人名，称官列吏生。
为民为所政，治本治农耕。
九品官无大，三生土有荣。

100. 雨后过华岳庙

雨后经华岳，山前数石阶。
苍生天地阔，事业以心怀。

101. 赠弹琴李处士

一事少知音，三生一架琴。
弦弦连柱柱，曲曲似禽禽。
五十徽天地，宫商角羽寻。
焦桐三师旷，处士作人心。

102. 刘员外寄移菊

九月重阳暖，寒英次第黄。
平芜移菊绿，细叶逐秋香。

103. 南山

雪顶南山云，泉风北水闻。

顽青连钝碧，万载百朝曛。

104. 山中览刘书记新诗

记室新诗寄，山中绿薜萝。
云沉云祖意，古木古科柯。

105. 早秋山中作

鲁黜司寇遇，湘云落草堂。
匡庐秋已至，水色满鄱阳。

106. 赋得寒月寄齐已

月月寒寒色，钟钟磬磬音。
尘埃消祖迹，石玉作禅心。

107. 曲江（二首）

之一：
南山多紫气，渭水少风流。
翠影长安月，天光魏阙楼。
之二：
八水曲江流，三光日月头。
秦川秦养马，汉血汉人忧。

108. 迁居清溪和刘书记见示

锡杖归来晚，流溪去不声。
成潭留月色，种竹鲁儒情。
宠禄留山外，端居自息荣。
村家清净地，祖意可深耕。

109. 阴地关崇徽公主手迹

帝子和番策，男儿一世羞。
当年留织迹，拓土不王侯。

110. 题李员外厅

石砌作云墙，高林向水扬。
芳花芳土地，玉女玉红妆。
采药牛羊路，寻梅草木香。
天机天所赐，地理地厅堂。

111. 山中寄梁判官

六艺金台侣，三才结社回。
山中康乐路，月下有僧来。

112. 禅林寺作寄刘书记

七发松涛里，三生骨肉寒。

天机天欲绝，一地一思安。

113. 山中病后作　雁自语

七十人生问翠微，三千日月十四归。
春来一字衡阳岸，夏去人行朔漠飞。

114. 寄卫别驾

匡庐天竺寺，道侣话东林。
陇首苔花晚，禅师抱绿琴。

115. 遣怀

孤云飞陇首，古道拙天颜。
已入人生路，寻归北邙山。
前程前所望，后继后河湾。
只见东流水，年光不等闲。

116. 酬刘书记一二知己见寄

半坐山中客，三更月下依。
嫦娥应不问，后羿已无归。
不得安贫处，樵渔自力稀。
应如鸿所翼，一字北飞飞。

117. 山中依韵答刘书记见赠

幽居人事少，隐几室虚开。
石上闲云落，花中玉蕊催。
才言才不尽，内外内中来。
木直千叶净，诗成万象回。
层林风静止，满地润青苔。
草色连溪水，春光逐早梅。
渊明从五柳，谢守劝千杯。
古寺僧吟老，流年野径隈。

118. 山中答刘书记

富贵争冠冕，樵渔必自耕。
山中山草木，月下月阴晴。
小子知天地，村翁问古城。
书儒书止水，举步举人生。

119. 项羽庙

为王为虏问，项羽项庄闻。
楚汉鸿沟界，乌江日月分。

120. 春日商山道中作

一迳连前后，三光早晚稀。
商山听四皓，半是似千非。

121. 古今砚

今人泉下水，古石砚中云。
守墨因文起，虚心可究分。

122. 惜花

花花三百日，草草一年成。
子子应因果，根根逐岁生。
重来重又去，日照日阴晴。
彼此相关照，枯荣互不平。

123. 别杨秀才

故国相逢少，乡园旧步多。
开襟开所忆，话别话成河。

124. 自叹拙

一拙三生老，千程半路新。
知成知所遇，达得达人邻。

125. 燕

岁岁同辛苦，年年共筑巢。
春风多得意，白雪少寒交。
整羽庄姜问，回身汉后嘲。
豪家金弹子，旷野碧重茅。

126. 乱后途中

乱世僮欺主，书人一半心。
求和求止水，望远望林荫。

127. 题慈云寺僧院

望里慈云寺，行中殿院门。
烟霞生领土，落叶自归根。
扫路成人字，归心作一村。
禅房禅佛祖，净世净乾坤。

128. 闻子规

杜宇留啼在，惊春蜀国分。
声声流血见，处处子规闻。

129. 送刘将军入关讨贼

一举黄巾战，三军草木风。

长城长讨伐，岁月岁年空。
楚汉分家国，隋唐玄世雄。
朝廷知所立，第一在天功。

130. 兵后寻边（三首）

之一：
战后寻边见，军前草木空。
相生相克尽，百里百贫穷。
之二：
自着长城后，三边内外分。
台台烽火照，阵阵卷风云。
之三：
野草留余烬，荒原见遗灰。
明年春又至，士卒再相催。

131. 沧浪峡

江流沧浪峡，日月故人家。
布谷朝宗夜，留人两岸沙。

132. 公子家（二首）

之一：
皇家几世侯，帝业半沧州。
户对门当老，胡姬赵女留。
麻姑应不至，夏雨误秋收。
白雪无梅影，春风不点头。
之二：
隔世天朝界，轻云细雨蒲。
京城千百里，旷野暮朝情。
不问江山界，何闻社稷倾。
军兵无可见，草木有阴晴。
自食应其力，当然日月行。
春秋相继续，主仆共枯荣。

133. 北京夏初

柳絮已狂飞，飘扬带子归。
树上梨花汤，人间误是非。

134. 山下残夏偶作

夏夏秋秋继，风风雨雨侯。
红莲荷叶碧，积露水珠流。
二伏炎炎至，三光日日酬。
蓬壶初结子，隔岁十三州。

135. 夜吟

促织隔三伏，初声似九钟。
流萤明似火，闪烁客心容。
怯等含毫静，休吟故步封。

136. 代崇徽公主意

社稷妾身安，江山帝业宽。
原来天子路，渭水久波澜。
日共风云在，天同玉宇端。
儿儿知女女，带带系冠冠。

137. 下第献所知（三首）

之一：
本是春秋易，无须草木知。
经纶辛六尺，利禄苦千期。
之二：
书生独木桥，户等作波潮。
欲望穷未止，江洋涌不消。
之一：
武武文文事，天天地地情。
锋铓径十载，道路已千章。

138. 寄太常王少卿

叶落西风问，蝉鸣顶树行。
声声声不尽，退退退还嘤。

139. 游侠儿

易水荆轲语，燕丹了得人。
雄姿惊玉宇，不以暮朝因。

140. 下第出春明门

却向春闱去，何心下第回。
书生书不止，一路一心催。

141. 望思台

著得望思台，君夫去未回。
黄尘成土地，绿草岁年来。

142. 病中答刘书记见赠

一病三生励，千文半意消。
风骚诗不弃，只得与君遥。

143. 早秋山中作

烟岚生涧谷，瀑布挂前川。
但寄山中语，遥遥不到边。

144. 别墅

白雪重茅暖，芙蓉带色纤。
梅花先自影，雨水着冰帘。

145. 柳（十首）

之一：
弱柳一垂条，青颜半不消。
楼边窥未止，只待运河潮。

之二：
春来先不绿，雨水半生黄。
只向东风舞，无须一日狂。

之三：
碧绿已生匀，江流作暖春。
条条垂拂水，日日有新津。

之四：
坝上折枝客，云中送去君。
明年枝又绿，不可再离分。

之五：
柳絮年年飞，离人去去归。
长安多少路，小女暮朝依。

之六：
日日堂前拂，风风雨后扬。
年年先见色，岁岁后无光。

之七：
也有飞墙过，时闻落雨声。
听风由润土，但见邻家倾。

之八：
不是爱花颜，由来百态姿。
春明应自早，落叶去时迟。

之九：
软软柔柔态，生生旺旺时。
云烟云雨色，碧绿碧人思。

之十：
玉帛隋炀赐，余杭润泽田。
天堂多少柳，只拂运河船。

146. 酬刘书记见赠

独见西峰影，孤行两岸波。
舟平三酒色，浪静一渔歌。
不见刘书记，无闻叶落多。

147. 赠徐三十

南宫白日长，北阙锦衣郎。
晓露成珠久，廷花着豫章。
芳香芳百草，直木直千梁。
砌竹朝天子，乘槎列宿光。

148. 牡丹

仙苞香艳异，带露附珠来。
不解相轻薄，红花绿叶陪。
千姿拥百态，独雅伴情开。

149. 赠宿将

和新未尽半雕弓，蜀汉阴山一秀冢。
敕勒牛羊多草木，皇家子女胜群雄。

150. 水仙操

一曲水仙操，三秦鸟兽豪。
琴心应自在，指动伯牙袍。
缓缓冷泠响，丝丝柱柱高。
胡姬留目切，赵女舞葡萄。
角羽成沙场，宫商作尔曹。
焦桐华下斧，散木峰阳刀。
入海移情久，连空逐虎牢。
文王天地界，自作七弦旄。

151. 鸡鸣曲

鸡鸣一曲已三更，大路千条可半行。
步步相思前进去，回回首首故土情。

152. 西门行

路远长亭客，劳禽不择枝。
西门行不尽，北陆驿边迟。

153. 轻薄怨

旦系花骢上小楼，红裙艳舞入春秋。
何须醒醉儿女色，共济同心一扁舟。
由逝水，任东流，鹦鹦鹉鹉以笼囚。
鸳鸯不在鸯鸯在，凤凤凰凰各九州。

154. 长歌行

一路长亭万里行，三生读学半枯荣。

155. 巫山高

巫山巫峡水，楚客楚辞情。
宋玉高唐赋，襄王一梦生。
朝云和暮雨，日月待枯荣。
蜀女应无恙，凭虚巧佞婴。

156. 公无渡河

公无半渡河，妾有一流多。
不可三湘问，汨罗唱九歌。
长沙长未了，建德建千波。
逝水洋洋去，思夫处处磨。

157. 春雨

细细春春雨，浮浮落落云。
天公应许诺，上帝可和曛。
草木庄稼长，阴晴日月分。
农家农土地，一岁一仓勋。

158. 春宫诗

春宫一女半乾坤，战战和和两世痕。
未见琵琶遮面目，阴山不必忆军恩。

159. 石版歌

江流百世太湖深，日月经年裂石霖。
草木成林天地老，龙泉切璞抱贞岑。
风调雨顺云根在，润泽苍洲度古今。
性静膏流成玉宇，乾坤卓立土成金。

160. 富贵曲

小河注入大河流，一路东方半见头。
干涸无源无逝水，湖海有积有沧州。

161. 独鹄吟

成群一字作人田，独守三湘半苇泉。
岁岁衡阳青海岸，南南北北共青天。

162. 煌煌京洛行

十里皇城一路长，三生学子半天梁。
黄龙白甸千乘舆，玉殿金銮万岁王。

京去去，洛煌煌。周公旧迹作文章。
嵩山五岳常居首，草木江湖自存香。

163. 升天行

玉玉皇皇一八仙，云云鹤鹤半三天。
仁仁德德金盘紫，妙妙丹丹处处缘。
凭据案，藉力圆。沧沧海海作桑田。
相思世界相思客，尽以人间五百年。

164. 绯桃花歌

春宫思丽绝，变态向天桃。
月下人形影，花中色却袍。
娴容求物欲，野性纵情操。
但解绯衣客，郎中一玉刀。

165. 短歌行

绿绿红红一季春，亭亭驿驿半行人。
云云雨雨成天地，是是非非作伪真。
知老小，问经纶。花花草草是红尘。
生生死死来来去，女女儿儿处处循。

166. 小松歌

幽人幽凡草，小玄小松情。
自幼龙鳞许，苍山直木生。
精神风雨见，独立暮朝衡。

167. 大雪歌

寒龙常解甲，玉凤少成冰。
只以羲和问，元元素倾凝。
银河银羽落，一片一丝绫。

168. 塘上行

鹤鹤鹄鹄几不分，形形色色已如云。
鸿鸿鹭鹭何居止，落落飞飞各独群。
千里路，一思君。辛辛自古亦勤勤。
衡阳玉宇同青海，子子孙孙北陆勋。

169. 寓意

吕尚何人记，文王一度寻。
由刀曾鼓市，直钓以钩深。

170. 剑喻

百炼成钢剑，千诗作学书。

寒锋寒刺骨，不隐不樵渔。

171. 仓颉台

高台仓颉在，以字作贤留。
姓姓名名记，来来去去求。

172. 荆山

一玉荆山石，三宫佩顶冠。
尤知和氏璧，赵国将相安。

173. 自君亡出矣

君亡君出矣，望镜望归还。
独得相思梦，同心共等闲。

174. 妾薄命

妾命何时薄，人心处处倾。
情情由此致，水水自流明。

175. 君子行

行行君子慎，事事小人争。
莫以多疑见，宽宏已达成。

176. 铜雀台

台空铜雀去，草碧野花来。
举椠曹公伎，漳流自不回。

177. 倢伃怨

以扇芙蓉面，身轻掌上娇。
何须知怨处，处处意情桥。

178. 悲哉行

叶叶一秋霜，风风半纳凉。
归根归不得，有迹有青黄。

179. 携手曲

芳菲长若久，不绝见君恩。
草木由心本，子性自生根。

180. 空城雀

一只空城雀，三生跳跃鸣。
宁寻宁自得，一食一身行。
不问鹏千里，鸿鹄有万程。

181. 放歌行

一夜放歌行，三边久不声。
曾惊身后影，世物只前明。

182. 猛虎行

深山猛虎行，落魄古原声。
仰首朝天啸，张扬伏地鸣。

183. 陇头行

自古陇头行，如今尽是兵。
长安长远道，战士战精英。

184. 关山月

皎皎关山月，幽幽曲笛声。
胡人应入梦，汉子已生情。

185. 览友生古风

知音问伯牙，草木本当家。
耳目钟期共，琴台作彩霞。
高山流水曲，自在落梅花。
夏口寻黄鹤，龟蛇两岸沙。

186. 石版

石版经今古，留踪百世形。
观痕观日月，见瞩见丹青。
只以沧桑记，何言座右铭。

187. 题友生丛竹

以友生丛竹，偏篱作隔情。
青青当所望，节节对天迎。
取木成行杖，柔条几案成。
功能多亦足，客舍足新荣。

188. 江南曲

江南四月暖风迷，日色三吴草木萋。
少女无私成碧玉，男儿窈向小桥西。
孤舟有客归心去，属意唯听独鸟啼。
邀月朦胧何不问，村光苇密有高低。

189. 临川逢陈百年

麻姑山下见，耳目满混沌。
不得元和始，无言日月痕。
春光桃李度，道路有王孙。

190. 寄修睦上人

一去无消息，三生有闭关。
深林泉自远，独木向天颜。

191. 读修睦上人歌篇

李白诗成李贺名，陈陶意尽赵修情。
骚人点点文章在，造化纷纷不羁行。

192. 远公亭牡丹

处处牡丹红，橙黄近远公。
庐山成紫气，艳丽到新丰。

193. 谢僧寄茶

洞庭山上碧螺春，龙井村中小女人。
采药当心先下手，空门立志已清尘。
旗枪未秀初芽露，玉指分尖叶叶频。
布带胸前香气满，人中草木去来新。

194. 送人　古今诗

荆山一玉问良工，白雪三春素羽红。
少觞开行天下路，轩辕立祖帝王宫。
金风结果人行雁，独木成林百岁中。
且以文章曾事业，三边日月作辽雄。

195. 古意论交

管鲍不相交，秦仪六国巢。
同行曾是友，各路以辞爻。

196. 春风

春风三阵雨，剪草半新留。
一切从头怒，先生五柳条。

197. 自愧

不负悬孤礼，还当隐士桥。
书生书所意，老子老人潮。
俎豆心应止，干戈力执消。
缨尘缨已濯，举步举寥寥。

198. 夜吟

锦线穿梭织，经纶继日成。
声声由自己，夜夜可天明。

199. 昭君

蜀女修文德，阴山着汉琴。

琵琶留世上，碛雪女儿心。

200. 秋夕

促织空鸣久，前庭月色明。
秋云三两片，落叶万千声。

201. 秋日与友生言别

利利名名客，途途路路行。
春花春草色，日落日升平。

202. 边城听角

画角戍楼鸣，边城月色清。
金枪云列阵，羽雁向南行。

203. 秋日访同人

已结金兰友，弹琴共水涯。
临流寒涧曲，不尽落梅花。

204. 寄楚琼上人

鸟隔寒林语，泉随夕照流。
疏钟依旧响，暮鼓继春秋。
古寺留天地，禅房有自由。

205. 游寺

离家身自主，访寺客莲宫。
世俗随空尽，禅知野性同。
幽情幽所在，水石水云中。

206. 春日

城墙三面壁，临流一水津。
东风吹不尽，处处草花邻。

207. 论交

富富贫贫易，桃桃李李成。
行当行所立，作事作人生。

208. 秋兴

一叶已归根，三秋记旧恩。
无风如此见，白雪待黄昏。

209. 山居

一架草堂书，三光自不余。
琴弹焦尾曲，石径竹竿如。

210. 遣兴

风轻云淡淡，夕照色红红。
直木鸣蝉晚，枝高曲亦同。

211. 待旦

垓下鸿沟界，吴中养稻禾。
乌骓曾立此，不唱大风歌。

212. 送从兄坤载

语尽情无尽，从兄意有兄。
江山同一路，日月共千程。

213. 惜别

雨细绵绵下，长亭处处开。
条条来去路，楚楚坐行催。

214. 早秋游山寺

净土当然净，高山自在高。
云僧山寺远，四海古波涛。

215. 秋日疾中寄诸同志

赖以斯文客，闲时一疾身。
人稀何古巷，共坐与相邻。

216. 赠山僧

寺寺僧僧共，身身觉觉同。
如来如自主，一岁一心中。

217. 宿隐者居

无闻隐者居，有道向寒余。
石竹泉流水，空荒旷时蔬。

218. 送钱契明尊师归庐山

直见匡庐十二重，回旋古道一千峰。
东林有寺西林木，日上尊师月上钟。

219. 送进士刘松

滔滔皆鲁客，淡淡共风云。
所学何闻取，平生几合分。

220. 赠任肃

玄发难姑息，男儿不上城。
青云青玉宇，日掷日晴平。

221. 题陈正字山居

不待樵渔已待名，为官未得作官清。
乡塘夏水归心老，且以山居向弟兄。

222. 赠来进士鹏

不进玄人道，何言进士程。
灵空灵自与，造化造人萌。

223. 送曹税

一去无期见，三春有草明。
香花同碧玉，再寄小桥情。

224. 赠来鹏

玉宇一来鹏，如来大小乘。
花明花草色，一觉一禅僧。

225. 途中作

莫以攀龙志，无言附凤书。
霜桥留足迹，野店赋相如。

226. 晚秋

叶叶一层霜，枝枝半染黄。
明年先自绿，隔岁再成章。

227. 晓望　古今诗

晓色分天上，晨光逐野行。
书生先自立，进士已身情。
但作诗词客，辛辛苦苦生。
三千应弟子，十万不求名。

228. 寄友生

人人交不变，事事不离群。
缺缺圆圆月，浮浮落落云。
从今成格律，向古作仁君。

229. 江行

三湘流竹泪，九派洞庭涯。
战后和平早，山前钓浪花。
江明千水色，夕照一渔家。

230. 题王氏山居

竹竹松松里，泉泉木木中。
晨闻寻钓石，暮见采芝翁。

231. 送别

长歌终此别，一笑始西东。
自古人生路，如何问始终。

232. 览文僧卷

怪石难为古，奇花已作今。
高山流水去，汉卷有知音。

233. 望仰山忆元泰上人

重阳开古寺，落叶撞晨钟。
九日黄花盛，三秋石径封。

234. 闻泉

曲曲流泉一石惊，幽幽问语半无情。
琴琴瑟瑟非相似，自自然然是此声。

235. 酬郑进士九江新居见寄

一水一山色，九派九嶷风。
进士匡庐目，柴关蹑履空。
清泉横岭出，古木自奇工。
独步听黄鸟，孤心对赤枫。

236. 丁酉春夏

梅花落里见余红，雨水明前采药风。
柳絮杨花行结子，阳春白雪有无中。
年年岁岁经纶客，事事时时各始终。
日日阴晴草木盛，乾坤社稷稻禾丰。

237. 九江和人赠陈生

三秋三自得，九派九江流。
句逸斯文客，文深补意猷。
陈生陈所迹，与世与沧州。

238. 登楼值雨（二首）

之一：
登楼值雨已纷纷，望尽匡庐净浥云。
半纳烟岚流瀑布，千含紫气作衣裙。
之二：
半见浔阳一九江，滕王阁上问行艖。
东林不远西林寺，户岭门峰是国邦。

239. 送赵舒处士归庐山

历代匡庐水，经年牯岭山。

鄱阳湖百里，海会雨千颜。

240. 僧院蔷薇

蔷薇僧院守，净域满东风。
入定清香在，行身一片红。

241. 友生携修睦上人诗见访

向背夕阳红，黄昏远近东。
僧诗僧意在，友岳友诗风。

242. 冬夕喜友生至

乡情来一久，别意去千程。
尚未干戈静，和平住友声。

243. 牡丹

只以尤人物，何言独色工。
江南应不解，北陆照晴空。

244. 送春

一曲梅花落，阳春白雪情。
阳关三叠唱，九日菊花英。

245. 送边将

阴山飞将在，汗血酒泉来。
射虎幽州北，天骄李广回。

246. 春晴

阴阴不断已晴晴，雨雨云云互易生。
句句诗诗吟不定，花花草草各精英。

247. 冬夜与修睦上人宿远公亭寄南岳玄泰禅师

孤灯方丈室，对话祝融僧。
语合同云梦，情同共迹凭。

248. 落花

拾取移书案，重观造化功。
心中香子结，月下待秋风。

249. 寄嵩阳隐者

隐者嵩阳问，三清少室寻。
君之曾避战，我亦九江临。
险道皇城远，英雄独木林。

250. 早蝉

几处鸣蝉早，逢高自在喧。
门前应不定，雨后可移原。
掾树清音远，临秋寄晚言。

251. 酬蕴微

乱世平心见，书生鲁府归。
蕴微从弱小，苦蓟满天飞。

252. 萱草

默默汀萱草，幽幽独举头。
无言开自晚，有色守香留。

253. 访友人不遇

访友寻情旧，观花野径斜。
男儿同步履，小女献新茶。
石阻溪流水，声声自入家。

254. 苔

苔藓十万年，物种一思愆。
淫雨三天湿，重归大自然。

255. 红薇

五色天空彩，三光草木形。
红黄兰紫白，造化自丹青。

256. 别所知

无心无日月，有路有西东。
举步前程在，相思草木中。

257. 小雪

洋洋天下路，自得玉成丘。
已满天涯树，含霜阁角楼。

258. 和修睦上人听猿

东西林寺静，寂静苦猿啼。
不可声声远，禅房月月低。

259. 庭竹

行销三伏影，玉翠万竿齐。
雨雪风云见，丹青志节犀。

260. 早行

上国三千里，中年一半程。
长安长不止，远寺远钟声。

261. 哭所知

当官民是主，作子父母维。
读学朝天去，生平老叶垂。

262. 分题雪斋望庐峰

东林钟鼓厚，白雪满庐峰。
纵纵横横素，无无有有踪。

263. 雪十二韵

六公岐山雪，千川满白莲。
三军披挂素，八阵驻云烟。
草木冰霜伏，林峰玉叶悬。
风来惊不得，四海作桑田。
小鹿衣衫易，狼群向背天。
荒原荒一色，冻石冻双泉。
竹醉弓身问，云浮淑气牵。
含毫含墨迹，纳谷纳深渊。
铺铺平平见，层层落落然。
横横同纵纵，涧涧亦巅巅。
莽莽苍苍阔，清清净净宣。
天公应不断，地主可斯年。

264. 庐山

庐山牯岭汉阳峰，海会东林隘口踪。
下里巴人应照旧，阳春白雪醉芙蓉。
吴门已远三湘隔，楚客汨罗九赋冬。
谢守裁诗裁草木，陶公五柳五湖封。

265. 雁

一一人人见，南南北北飞。
衡阳青海岸，处处自相依。
塞外生儿女，云中四顾归。

266. 谢友生遗端溪砚瓦

砚瓦端溪岸，翰章肇庆泥。
书余清石色，谢欲等悬黎。
利剑昆山玉，贞行负会稽。
泓澄分世界，墨迹合虹霓。
隐隐天机岸，挥挥寸尺西。
同交乘秉珪，近旭必无稽。
水月沧沧合，龙池处处低。

三千毫七寸，五百载双题。

267. 和殷衡推春霖即事

和风推细雨，暖气化稀泥。
草草荷尖露，枝枝玉珠齐。
垂垂方欲滴，闪闪接池低。
欲合还分处，乾坤两辛黄。

268. 题陈将军　别墅

别墅清泉水，天光林木台。
孤身寻叶茂，独见好花开。

269. 湘浦有怀

潇湘无雁子，妇幼有湟源。
日月山根小，东阳渡口垣。

270. 题陈处士山居

处士山居暮，青林曲径溪。
行人行不止，隐者隐高低。
战乱樵渔力，和平社稷题。

271. 和蒋进士秋日

逝水年华去，清波日月流。
男儿功业见，不羁以身谋。

272. 陈正字山居

一叶飞天落，三秋肃穆情。
唯当天地间，举步四方明。

273. 和吴处士题村叟壁　自述四十四韵

自幼西江岸，胶东创业田。
行医三百里，祖父一先贤。
治漏（骨结核）良方济，悬壶积善泉。
修桥还铺路，百亩吕家天。
自食倾其力，同为节俭怜。
辛辛还苦苦，正正复圆圆。
且以劳心共，中农土地宣。
耕耘耕日月，读学读儒篇。
水洑浑江沿，桓仁五女川。
朝鲜朝故国，岁月岁院迁。
八卦城区设，章公樾立县。
民当民国始，忆旧忆清镪。

小学牛群共，初中步陌阡。
高中师塾老，以此作广园。
进士京城路，龙门跳跃研。
中央从政府，国务院中禅。
蛇口专家组，招商局里船。
袁庚同事业，一任仲夷鞭。
粤士潘琪顾，交通部外权，
新华香港路，岛陆互相连。
改革当由此，（第）三（次浪）潮信息缘。
家家成国国，海海作涓涓。
米米粮粮立，前前后后连。
农村农土地，宰治宰人牵。
众志成智智，人人事事渊。
凭心朝暮望，致力去来肩。
老已郎中客，中青不慧然。
行文天地阔，制书帝王巅。
系统工程学，银行作八仙。
南洋无远近，不止忆家边。
子女男儿短，夫妻未上眠。
回头回所望，一路一行前。
十万诗词客，三生格律延。
宗人宗又始，七尺七音弦。
虎迹平原少，龙吟九脉涟。
荷塘明月色，蕨菜古今芊。
少有锄禾志，庄稼数目全，
三千棵半亩，五百市斤焉。
以此成途径，居心作月弦。
圆圆或缺缺，岁岁继年年。
社稷曾何易，江山旧杜鹃。
春来秋去改，曲道几蜿蜒。
夏禹商周继，颛顼五帝传。
江湖知己问，四序子孙愆。

274. 与刘三礼陈孝廉言志

造化无私宰，年华有共贞。
青云常白社，敛翼宋朝秦。

275. 秋日送严湘侍御归京

一路婵娟色，三秋日月光。
如何听角羽，秉珪作宫商。

276. 题王处士山居

处士山居老，生涯日月多。
青云青自得，渡口渡天河。

277. 谢所知

无知是所知，以道作途迟。
战乱轻离别，情重谢古诗。

278. 秋望

天涯回一望，地角阔三边。
雁子生青海，衡阳可共天。

279. 送谭孝廉赴举

好事难中得，和平战里生。
文章知彼此，草木始枯荣。
一日鸿鹄见，三春帝业名。

280. 途中逢友人

阮籍三光序，陶潜五柳城。
途中逢故友，驿上酒杯倾。
共步朝前望，平生一半程。

281. 和人湘中作

日日湘湘水，川川渚渚洲。
苍梧留业迹，竹泪二妃留。

282. 赠陈望尧

邻家烛火过墙来，一照三行半页开。
若问书生天下事，儒家弟子志中才。

283. 宿渔家

水上渔舟一曲歌，云中桂影半天河。
船娘夜织添灯火，女似婵娟月似梭。

284. 旅馆秋夕

生涯乡土远，道路水林长。
世上三更力，尘中半自忙。

285. 悼范摅处士

公卿留姓氏，子弟作孤坟。
处士无长寿，秦皇有祭文。

286. 送人

雨雨云云路，花花草草人。

男儿当自立，玄步玄仪秦。

287. 春暮途中

细雨如尘雾，轻云似草烟。
春来春莫去，夏水夏秦川。
养马周宣至，如今汗血传。
兵家兵不厌，世立世桑干。

288. 题陈正字林亭

正字林亭坐，山光借赋诗。
平原知贱子，璞玉待雕迟。

289. 送从兄入京

五色呈芳土，三光自作媒。
千章随日月，四序自然魁。

290. 秋夕书怀寄所知

流莹夜夜暗中飞，不问何程去又归。
闪闪无常无目的，非非是是还非。

291. 酬进士秦颙若

遇野孤云落，临川逝水流。
平林泉不止，日月著春秋。

292. 山中夜坐寄故里友生　古今诗

相思故里友生情，别路平生十地行。
五女山前流水绕，南洋雨后太阳城。

293. 物情

万类两仪间，三光八卦关。
秦皇秦逐客，汉武汉家班。
是是非非间，成成败败艰。
流莺流日月，野鹤野云山。

294. 金谷园

金谷园中向绿珠，黄金月下石崇无。
人间玉貌藏娇问，世上强权尽数奴。

295. 投所知　古今诗

万里归心一纸书，三年帝业半精余。
招商已始从蛇口，只与潘琪忆旧居。

296. 赠友弟

弟弟兄兄路，波波浪浪湖。
同天同地去，共苦共辛遥。

297. 春日喜逢乡人刘松　古今诗

日日高低比，天天读学闻。
如今如所别，老见老离群。
旧忆皎县老，关东创业勋。
同邻同巷路，共里共乡云。

298. 夏日别余秀才

夏日潇湘雨，浮云岳麓洲。
倾杯倾日月，一别一春秋。

299. 庐陵九日

庐陵千里水，九日菊花山。
夕照重阳色，秋风故国湾。

300. 和人游东林

一入东林寺，三生不问门。
如来如所见，佛祖佛慈恩。
上国荣华梦，观音水石根。
重明重明月，始得始乾坤。

301. 和彭进士秋日游靖居山寺

秋川林尚茂，石径已无尘。
进士山门问，清泉瞩目新。
真真方丈路，祖祖客秋春。
四序当然继，三光已入邻。

302. 和彭进士感怀

一路禅音石径深，三秋夕照向鸣禽。
人生不肯休止，已册心经共步吟。

303. 寄题从兄坤载村居

十步村居社，三年独木荫。
残阳山上色，逝水月中音。
覆卵破巢次，邻家草木深。
天宫天子问，一世一英饮。

304. 送黄宾于赴举

残蝉败柳半思量，赴举成文一草堂。
潇潇一夜秋风肃，三湘一月水中央。

305. 冬日喜逢吴价

梅花白雪女儿妆，读写诗词抽柳杨。
志意何因多事改，前程只可少回肠。

306. 题刘处士居

刘家处士居，半亩五分余。
自食亲耕种，何然胜钓鱼。

307. 送李尊师归临川

世上分南北，人间达至人。
公卿官绶印，学子次先秦。
莫以劳心力，唯图炙背民。

308. 投知

伯乐何妨误，周公五品贤。
相知齐鲁地，互问晋秦田。
四望长安道，千波渭水烟。

309. 吴处士寄香兼劝入道

劳心劳力见，有佛有僧闻。
吏吏官官就，夫夫子子云。
农家耕土地，道子劝香曛。
一世难成就，三生自作君。

310. 草虫

行身孤店月，渡口草招虫。
两别谁无就，三秋一阵风。

311. 咏柳

杨杨成直木，柳柳自垂行。
但以隋炀帛，如今汴水塘。
长安通济去，泗渚至余杭。

312. 寄所知

世上真人隐，山中异木荫。
应闻谁俎豆，十八女儿心。
僻寺奇葩绝，长安古道深。

313. 雪

无私上帝意微微，一字衡阳半不飞。
竹泪苍梧妃独见，人间淑气雪霏霏。

314. 绯桃花

绯衣三四品，学子万千家。

李李桃桃树，因因果果花。

315. 同友人秋日登庾楼

陶公知五柳，六代问庾楼。
九月重阳日，三秋独菊留。

316. 和人咏雪

鳞鳞角角自相倾，树树楼楼已半层。
涧涧川川分不定，纷纷落落满银英。
玉垒轻轻忽跃起，天衣素素裹似无平。
江流独暗朝天去，遗作梅花腊月生。

317. 和友人喜相遇（十首）

之一：
诗词路未专，自愧已多年。
问宝求沙岸，寻贤向玉田。
昭王求骏马，汗血穆秦川。
苦草成编易，初心五七弦。
之二：
揣意摩情去，求心问字来。
襄王云雨客，宋玉赋高台。
之三：
惠子五车修，颜回半巷求。
为儒多自愧，鲁府少沧州。
之四：
竹阁残花酒，云光逝水留。
松窗无落叶，直木有春秋。
之五：
闲吟闲有路，远望远无休。
最惧书生欲，黄粱梦里求。
之六：
景象千般有，玄虚一点无。
丘门应不远，不可小人儒。
之七：
同行同醒睡，共路共阴晴。
上国冠官绶，家乡父母情。
之八：
友朴归真路，身名老少情。
终生终所尽，始得始知明。
之九：
七十为儒老，三生步路尘。
商山谁四皓，五柳半先春。

之十：

一步天门半入春，三光苦充九寻真。

玄珠白首宫商客，角羽风云总是秦。

318. 依韵修睦上人山居（十首）

之一：

是是非非是，宽宽狭狭宽。

寻花寻柳色，上国上人坛。

之二：

日日云泉水，潭潭落照云。

深深深所见，望望望难分。

之三：

病树前头雨，行舟逝水云。

周公周鲁望，吕尚吕姜闻。

之四：

隐者渔樵力，冠官日月闲。

公卿公子客，士子士云还。

之五：

春风春雨闰，夏水夏池宽。

落叶秋霜色，冬梅白雪栏。

之六：

人间偷所见，世上苦登攀。

万里长江水，黄河十八弯。

之七：

孤云不自由，起伏以风流。

日月行踪定，炎凉彼此求。

之八：

凤凤凰凰间，鸯鸯鹭鹭趋。

书生书一世，上国上千儒。

之九：

人间无见历，世上有曾经。

汉武秦皇去，苍梧竹叶青。

之十：

中庸中所立，太易太玄生。

十首山中作，三月寺上明。

319. 同友生春夜闻雨

夜雨纱窗挂，轻风积玉珠。

流时惊点滴，细柳似垂儒。

320. 同友生题僧院杜鹃花

僧房三进院，蜀国杜鹃花。

以血啼无尽，惊春唤万家。

耕耘耕不止，步跬步天涯。

321. 春日题陈正字林亭

泉临题正字，镜揽小池光。

古古今今事，箫声下夕阳。

322. 送河南韦主簿归京

一路京城去，三军志未消。

长安离别久，渭水涨新潮。

323. 喻道

一海秦皇岛，三山汉武踪。

王母原不在，徐福帝王封。

324. 山中

憔憔悴悴已三清，上上真真自一明。

阮阮刘刘曾所在，秦秦汉汉永生行。

325. 同玄昶上人观山榴

冬时朽萎夏时红，结子心中小子丰。

独木成林须百岁，群芳斗艳碧千丛。

326. 别李将军

阴山一箭李将军，射虎英雄自立群。

不互幽州谁好汉，楼兰斩断是功勋。

327. 早鸡

司晨唤四邻，早晚叫秋春。

莫以书生误，家家国国人。

328. 别友

自古相逢少，如今别去多。

长安留日月，汴水作天河。

329. 草檄答南蛮有咏

风云不第一天空，草檄南蛮大理童。

四海中原当界定，何同蜀将武侯功。

330. 寒食都门作

十载邵阳半是家，三生故国一长沙。

清明不到先寒食，只见梅花落里斜。

331. 薄命妾

藏娇金屋里，御赐细罗衣。

日日羊车早，晨晨鸟雀稀。

鸳鸯轻戏水，雨夜凤凰飞。

不必长门望，无情落下晖。

332. 独不见

何人一汉书，世代半无余。

扫叶班班固，相如处处予。

333. 交河塞下曲

塞下交河曲，云中李广心。

阴山飞将在，一箭始知音。

334. 车遥遥

玉枕香残夜半消，晨钟已响渭泾潮。

长安望尽楼兰路，不到交河不见遥。

车轧轧，驿萧萧，胡杨大漠竟无涧。

沙丘只以风移动，野草连天向日骄。

335. 早发潜水驿谒郎中员外

郎中员外谒，月下夜中闻。

以此西行记，秦川大漠分。

荒沙荒草地，满目满风云。

336. 赠渔者

东吴观海市，闽越见蜃楼。

靠水鲛鱼靠，依山草木留。

三山三界外，四海四方舟。

世上千门客，人间万户侯。

337. 自岭下泛鹢到清远峡作

浮鹢清远峡，韶水岭南家。

自黛兼葭色，云端木槿花。

338. 题周瑜将军庙

国步难消借蜀川，东吴北魏汉分田。

周郎赤壁连营火，自古英雄出少年。

339. 乌江

王图王已去，子弟子无来。

不肯乌江渡，虞姬已自回。

340. 章华台

章华台上草，岁月问灵王。
好奢身先死，无为旷野荒。

341. 细腰宫

楚有细腰宫，王无苦战终。
城荒家国尽，草露市民穷。

342. 沙苑

冯翊南边苑，行人北陆回。
高欢成败去，绿柳再无栽。

343. 石城

朱门送莫愁，古郢石城头。
白雪阳春曲，高山水自流。

344. 荆山

荆山曾寄玉，璞石问王侯。
三朝三所见，一世一春秋。

345. 阳台

白帝一三峡，巫山十二峰。
高唐云雨梦，宋玉楚王封。

346. 居延

漠漠寻苏武，雄雄问李陵。
平沙荒野见，帝业史公兴。

347. 沛宫

汉祖干戈净，江东唱大风。
鸿沟分垓下，项羽沛刘公。

348. 金谷园

佳人一绿珠，自坠半崇奴。
洛水流金谷，残阳照有无。

349. 湘川

鼓瑟湘灵竹，苍梧日月心。
娥皇应已问，复有女英音。

350. 夷门

魏国贤才尽，侯嬴夜月魂。
江山朝暮异，草木共夷门。

351. 黄金台

黄金台上草，但记燕昭王。
复礼何人复，乡人不望乡。

352. 夷陵

不御武安君，夷陵一路云。
秦师成败去，焚火帝王分。

353. 汉江

一代汉江湾，三朝楚水颜。
昭王昭鄂郢，宋玉宋巫山。

354. 苍梧

水绕九嶷山，云浮一浒关。
东吴东海岸，洞口洞庭湾。

355. 陈宫

后主陈宫色，前庭玉树花。
风云无井下，一瞬有人家。

356. 南阳

蜀主垂三顾，丞相借半吴。
三分三国策，二主二周瑜。

357. 即墨

田单一火牛，即墨半荒丘。
战国齐燕鲁，春秋百子留。

358. 渭滨

直直子牙钩，刀刀鼓案求。
文王文所见，渭水渭滨猷。

359. 五湖

孰是功臣去，西施木渎来。
江湖多险恶，吕氏范蠡才。

360. 易水

已见荆轲去，图穷匕首来。
秦王秦已得，燕尽燕丹才。

361. 长平

四十万人余，三千弟子书。
长平兵策少，赵卒悔当初。

362. 西园

月满西园夜，金风入未央。
高情公子客，一醉入诗乡。

363. 长沙

一世赋鹏人，三生待五津。
咸秦鲲水岸，羽雁向秋春。

364. 圯桥

张良独有余，圯水似无鱼。
有有无无见，先生一卷书。

365. 铜雀台

魏武蔡文姬，连营火未颖。
台前铜雀舞，去后柳杨丝。

366. 东晋

水月石头城，符坚大小英。
投鞭投土木，见浪见沧横。

367. 吴江

子胥吴江楚，汨罗一大儒。
夫差勾践问，木渎是姑苏。

368. 函谷关

当关函谷锁，老子过关来。
不养三千客，田文一半才。

369. 武关

战国无休战，咸阳有楚囚。
灵均灵所见，武道武关由。

370. 垓下

项羽军垓下，虞姬舞帐中。
江东闻不得，只入未央宫。

371. 郴县

义帝南迁路，西陵北月川。
身亡家国事，已故暮朝天。

372. 东海

秦皇徐福问，玉辇误蓬莱。
二世东巡忘，先皇短寿回。

373. 故宜城

夏禹家门过，秦兵勤伐封。
长渠流不尽，借故宜城龙。

374. 成都

杜宇成都鸟，蚕丛蜀道难。
家家成国国，血血叹峦峦。

375. 檀溪

马跃檀溪水，襄樊草木云。
荆州何不见，蜀帝的卢勋。

376. 青冢

玉貌元应汉，琵琶自曲胡。
青冢青草牧，一世一单于。

377. 李陵台

家乡不忘李陵台，故国兵穷久不来。
独有英雄苏武见，留胡子女客徘徊。

378. 河梁

河梁上下一单于，汉塞阴晴半丈夫。
大节临朝天地外，胡风一阵到江都。

379. 轵道

汉祖西来迫，秦宫指赵高。
应知宗庙委，不借子婴刀。

380. 汉宫

明妃出汉宫，女粉向和戎。
将将兵兵见，成成败败同。

381. 豫让桥

豫让酬恩岁，高名问古今。
行人桥上望，自立国人心。

382. 华亭

月落陆机西，云浮吴水堤。
华亭应可见，越国运河低。

383. 东山

马马龙龙阵，兵兵将将行。
东山东伎曲，谢守谢安情。

384. 杀子谷

谷口扶苏死，丞相指鹿时。
秦皇秦逐客，子弟子高斯。

385. 马陵

独过马陵前，秦川汗血天。
虫书经落叶，记取将军贤。

386. 玉门关

定远玉门关，西戎无数山。
昆仑天下望，立马酒泉湾。

387. 滹沱河

滹沱河里水，永定岸边云。
水水云云合，胡胡汉汉分。
王郎光武业，不记汉功勋。

388. 黄河

九曲黄河水，三湾草木荣。
河源江古道，去向去东营。

389. 凤凰台

一别凤凰台，千声弄玉来。
秦楼箫不止，只向穆公回。

390. 五丈原

英雄五丈原，气短一宣言。
夜半流光落，秋风扫叶喧。
三分天下计，六出半岐垣。

391. 平城

西征汉帝尘，北国议和亲。
已有吹毛剑，无人宰奉春。

392. 汴水

汴水到天堂，长安板渚乡。
通州南北去，泗沚到余杭。

393. 兰台宫

离宫亡国草，宋玉赋兰风。
楚郢何兴废，阴晴几异同。

394. 金牛驿

蜀道五丁修，成都半楚头。

395. 望思台

金井无驿路，惠帝有秦州。

太子临皋去，思台汉武来。
悲风衔落叶，水月照常开。

396. 邯郸

邯郸曾学步，历史继承来。
缛节繁章尽，天民几仲裁。

397. 箕山

寂寂箕山客，许由自古修。
人间人自得，事来事神州。

398. 会稽山

夫差无远虑，越客有先忧。
只向西施女，应回浙水楼。

399. 不周山

帝触不周山，捐生遂世间。
无须凭此感，但见共工颜。

400. 虞坂

一日江湖水，三吴草木田。
虞虞寻伯伯，马马易船船。

401. 秦庭

秦兵出武关，列国两臣班。
纵纵横横论，王王帝帝间。

402. 延平津

延平津下水，落剑已成龙。
一七星潭底，分明帝业封。

403. 瑶池

阿母宴穆王，八骏九州觞。
饮者瑶池醉，回头国已亡。

404. 铜柱

铁柱唐标定，云南大理疆。
中原中逐鹿，四海四方扬。

405. 关西

幽灵杨震至，美誉北邙名。

迹存留人世，关西寄古情。

406. 高阳池

玉节山公持，高阳一水池。
英雄应饮酒，醒醉可无知。

407. 泸水

策略酬三顾，天机任九流。
驱兵泸水岸，孟获七春秋。

408. 细柳营

辕门文帝立，帐令北西征。
以此严兵处，争知细柳营。

409. 叶县

惊龙惊自己，叶土叶公丘。
只好阴晴数，春秋任所流。

410. 杜邮

迁延到陆沈，冤寄杜邮深。
自古何功业，如今作水浔。

411. 柯亭

一夜柯亭月，三更满目星。
名知天下象，物定事中灵。
已记中郎事，身垂世志宁。
何争何日月，只以只丹青。

412. 葛陂

化葛长房欲，登龙已化明。
神仙神所在，顿学顿嵇生。

413. 博浪沙

张良从汉事，秦亡博浪沙。
英雄凭此恨，共寄大风家。

414. 陇西

王元量不力，好笑陇山西。
不见函关锁，何知草木低。

415. 白帝城

托孤白帝城，乐不蜀思情。
莫以荆州借，东吴以女行。

416. 牛渚

温峤南辍棹，万丈下洪流。
渌水犀牛渚，朱衣跃马侯。

417. 朝歌

墨翟长嗟叹，公输短筑鸣。
朝歌朝所望，战国战争横。

418. 谷口

谷口天真水，风流日月情。
龙争同虎斗，诸子百家鸣。

419. 武陵溪

岸口武陵溪，桃花乳叶低。
秦人曾向汉，共筑一长堤。

420. 大泽

龙蛇一祖宗，日月半天容。
大泽青灵在，昆仑白女封。

421. 渑池

完璧相如赵，廉颇战将秦。
渑池天地间，主付是非人。

422. 岘山

晓日羊公望，登临感晋臣。
山前山后泪，岘首岘尾春。

423. 孔府

直木枝枝叶叶精，松根落落盘盘成。
官官吏吏贫贫守，古古今今处处名。

424. 荥阳

汉祖东征路，江东子弟兵。
荥阳荥水战，未以未央名。

425. 长城

一事苦苍生，长城万里横。
匈奴常牧马，二世祸宫倾。

426. 赤壁

火烧连营舰，曹公百万兵。
东风应不语，踏遍蜀吴营。

427. 空城计

诸葛空城计，临师百万兵。
英雄司马见，自退晋留名。

428. 田横墓

曾闻郦食其，薤露草霜知。
且以田横约，岐歌古墓时。

429. 青门

秦皇已去遗千臣，汉武全收故百亲。
独有东陵前太守，青门自以种瓜人。

430. 姑苏台

姑苏台上月，四渎水中财。
草木江湖色，隋炀继续来。

431. 息城

一女息城花，三春楚国家。
夫妻夫已去，掩泪掩妇嗟。

432. 上蔡

上蔡李斯华，丞相指鹿夸。
秦朝经二世，五马客分家。

433. 武昌

江中王浚锁，水上不行舟。
汉口龟蛇镇，青山不见流。

434. 鸿沟

一百年华尽，三千子弟成。
人生经历见，不必钓身名。
项羽三吴记，刘邦回皓行。

435. 褒城

掩宠恃娇客，骊山女色倾。
幽王幽一笑，不得诸侯名。

436. 金陵

紫气金陵在，秦皇北陆闻。
三山凭自立，二水已无分。

437. 洛阳

石勒童年战，天机晋国成。
王夷君甫志，大智不须名。

438. 番禺

岭上半梅花，山中一海涯。
南洋南不尽，北陆北秦家。

439. 汨罗

汨罗一九歌，五日半江河。
不用襄王问，三闾已不多。

440. 彭泽

精英彭泽令，五柳作琴弦。
洞口桃源见，先生半亩田。

441. 涿鹿

涿鹿一蚩尤，轩辕半九州。
丹霞遥映水，带碧慢平流。

442. 洞庭

三湘一洞庭，九脉半丹青。
不见鱼龙舞，苍梧竹叶青。

443. 嶓冢

夏禹嶓冢在，江流引导行。
江山如此道，日月暮朝明。

444. 涂山

大禹涂山宰，安徽六合开。
江东江水渎，去海去无回。

445. 商郊

百草商郊外，千花帝苑中。
殷汤殷桀继，夏禹夏人空。

446. 傅岩

天津一武丁，妇好半神灵。
卜易岩前阵，经营帝业铭。

447. 鉅桥

贤才至武王，继世向商汤。
积粟成天下，风云拒谏亡。

448. 首阳山

斩断首阳山，千年战斗间。
和平应所望，古道始相还。

449. 孟津

立马孟津头，行军见水流。
从戎文武治，以此叱阳候。

450. 流沙

戟乱七雄麻，胸成一竹家。
天光天竺照，解甲解流沙。

451. 邓城

汉口邓侯城，临危绝地生。
根深根错结，百岁百枯荣。

452. 召陵

小白匡周易，召陵楚客茅。
何人思管仲，不在旧京郊。

453. 绵山

绵山作落灰，介子晋朝台。
草碧千山色，花明万户开。

454. 鲁城

阙外鲁公城，云中水月明。
微山湖上客，莫以子房情。

455. 骕骦陂

令尹骕骦坡，唐公不渡河。
因机曾一笑，汉阙静干戈。

456. 夹谷

夹谷临风满，长城解甲歌。
齐人齐鲁问，北陆北黄河。

457. 吴宫

木渎吴宫曲，西施越国娃。
夫差夫已去，五夜五湖花。

458. 摩笄山

驻步摩笄岭，夫人尽处寻。
春莺啼不住，野草色青深。

459. 房陵

房陵明月照，赵国兴亡从。
百草丛台没，王魂似旧容。

460. 濮水

曲曲折折水，行行役役流、
途中龟曳去，濮下感庄周。

461. 柏举

楚楚吴吴国，儿儿女女乡。
子胥何仇恨，归来未断肠。
翻坟还揭墓，不奈挞平王。

462. 望夫山

三江流不住，一水望夫山。
妾发离情久，亡形似去还。

463. 金义岭

岭外湘灵问，山前竹泪多。
云中知织女，鹊下是天河。

464. 云云亭

云云亭上数，木木水中林。
片片层层见，行行役役寻。

465. 阿房宫

阿房宫二世，项羽为三秦。
败败成成易，来来去去尘。

466. 沙丘

沙丘移不定，二世断秦风。
六国纵横见，三闾楚国空。

467. 咸阳

咸阳云已落，水绕望夷宫。
二世朝廷尽，丞相五裂空。

468. 废丘山

章邯曾斩将，水逝废丘山。
只注东流去，何须有去还。

469. 广武山

仓皇无知斗，夺气有师还。
广武山中问，何谋问楚颜。

470. 长安

长安天下路，渭水未央宫。
四皓从新立，千军一女红。

471. 鸿门

项籍鸿门宴，阴陵失路人。
英雄由此见，指日对亡秦。

472. 汉中

汉水苍苍去，将坛草草来。
何须垓下问，只以未央回。

473. 泜水

泜水知韩信，江东一沛公。
临戎临百万，立言立孤雄。

474. 云梦

洪湖云梦泽，汉祖大风歌。
夺志三军外，生擒一将中。

475. 高阳

高阳郦食其，一揖短论知。
下尽齐王见，亡城七十迟。

476. 四皓庙

箕山有几重，四皓客云峰。
不以巢由隐，何言话帝封。

477. 霸陵

月落秦川雪，韩卢逐兔群。
三军惊旧将，不问霸陵君。

478. 昆明池

水战昆明水，天兵八阵师。

云南云不定，铁柱铁疆知。

479. 回中

武武周周妾，唐唐李李夫。
父母同所是，子女异宗刍。

480. 东门

不可东门去，田卢玉管来。
知农知土地，立国立天台。

481. 射熊馆

汉帝荒唐射，田收废拓桑。
熊罴熊出没，子赋子长杨。

482. 昆阳

大敌昆阳败，萧王四面歌。
前朝曾汉楚，项羽沛公多。

483. 七里滩

严陵七里滩，直钓一鱼竿。
吕尚曾如此，何须鼓案叹。

484. 颍川

堓上德星亭，川中草木青。
先贤先自在，不以不身形。

485. 官渡（二首）

之一：
瞿塘官渡口，楚国接巴山。
暮雨朝云色，江明水域宽。

之二：
曹公官渡战，蜀魏有吴和。
一表分三国，千年半汉歌。

486. 江夏

才非黄祖问，玉碎祢衡闻。
汉汉江江见，鹦鹦鹉鹉分。

487. 灞岸

灞岸多杨柳，长安少去留。
因思离乱日，以此问荆州。

488. 濡须桥

不问濡须水，何寻受降桥。
金陵金不少，渡水渡江潮。

489. 豫州

石勒行行去，秦关处处开。
英雄谁不止，寂寂一声来。

490. 八公山

举国苻坚出，排难化累还。
西秦东晋使，战事不平颜。

491. 下第

下第无难上第难，三千弟子一千冠。
群林草木何须数，独木桥中藉此观。

492. 赠薛涛

成都一锦江，玉笺半无双。
逝水依楼在，梅香满蜀邦。

第十函 第三册

1. 寄方干

方干一器字雄飞，始见徐凝格律归。
进士钱塘循太守，姚合视貌陋柴微。
容惊揽卷驿纶之，亢直王龟举谏晖。
自是名儒三百首，皇家赐遗一诗扉。

2. 采莲

约定莲花浴晚塘，芙蓉半隐谢脑妆。
丰平水色波光济，涌涌浮浮不可藏。

3. 寄李频

木落惊霜见，寻根上下分。
飘飘无远近，去去有风云。

4. 东溪别业寄吉州段郎中

别业东溪水，郎中段吉州。
前山含远翠，后岭纳沧州。
碧叶莲荷色，书窗系月留。

5. 怀州客舍

怀州客社沁河声，大路秦川去不明。
月下徘徊何定择，长亭一路太行程。

6. 中路寄喻凫先辈

求名求自己，白首白无归。
不恐人间路，前行有是非。
渭水千波浪，长安一路终。

7. 送赵名府还北

剑鹤江湖上，书文日月中。
东吴东海岸，北陆北云风。

8. 过朱协律故山

地下无余度，云中有遗鸣。
泉流今已远，两岸草花荣。

9. 途中寄刘沆

一路行巴蜀，三湘逝水吴。

因人因所历，已笑已谈无。

10. 送班主簿入谒荆南韦常侍

倒箧唯求志，登舟不笑贫。
波移彭泽月，树没汉陵春。
束手荆南路，天机作近邻。

11. 夏日登灵隐寺后峰

心经灵隐寺，夏日飞来峰。
咫尺天涯见，天堂四面松。

12. 听新蝉寄张昼

细细声声远，频频续续情。
双仪由此序，四象续枯荣。
夏未秋初始，重阳九日鸣。

13. 送喻坦之下第还江东

下第江东上第同，刘邦项羽唱英雄。
人生有志鸿沟界，世上书生一路中。

14. 送姚舒下第游蜀

巫山十二峰，白帝万千容。
草木天空色，阴晴月月踪。
蚕丛开先继，杜宇自啼重。
栈道连流去，峡口水邑洶。

15. 旅次钱塘

钱钱落落一钱塘，渎渎湖湖半水乡。
步步隋炀杨柳岸，长安泗汜渡余杭。

16. 别喻凫

别别离离客，书书信信频。
人生多起伏，道路有秋春。
果果因因见，辛辛苦苦身。
知音知彼此，共度共仪秦。

17. 送相里烛

相知相送去，独步独身回。

前行前自得，向背向文才。

18. 君不来

君来君又去，日落日重升。
读学重无止，知心独玉冰。

19. 将谒商州吕郎中道出楚州留献章中丞

商州一谒吕郎中，楚道中丞献大风。
曲曲江流舟直直，南南北北自东东。

20. 金州客舍

古月砧孤断，金州客舍关。
方闻题壁处，自得一天山。

21. 途中逢孙辂因得李频消息

途中分向背，日上有阴晴。
旧故曾同事，新逢已共鸣。
天涯天自在，海角海舒荣。
往去如烟忆，今来似弟兄。

22. 送从兄郜

流年虚掷叹，道路实途行。
不足三千步，何言一日情。

23. 送许温

中年知远近，少小问西东。
项羽鸿沟界，乌江起大风。
当初分不定，举步逐群雄。

24. 镜中别业（二首）

之一：
镜里旁观别业空，云中日照雨云风。
辛辛苦苦何今古，去去来来始不终。
之二：
落叶随风去，归根静止来。
春秋春不止，日月日方开。

积水成云雾，联林独木栽。
天憷无别业，地主有奇才。

25. 经周处士故居

居时居不定，处士处难平。
已去终须去，无鸣有遗鸣。

26. 赠喻凫

知音知慧觉，有悟有心经。
色色空空尽，生生灭灭灵。
真人真是众，气得所丹青。

27. 早发洞庭

世界无平地，波涛满洞庭。
三湘繁草木，九陌简丁宁。

28. 贻钱塘县路明府　古今诗

自作诗词客，严从格律音。
吟穷三世界，用心一生心。

29. 湖上言事寄长城喻明府

云垂霜落叶，旧忆故时贫。
读学礼无止，长城汴水人。
秦皇还汉武，晋魏亦隋邻。
朔漠无湖渎，苏杭有锦鳞。

30. 涵碧亭（洋州于中丞宰东阳日置）

竹竹高低近，丛丛日月明。
云云烟雨色，节节故枝萌。
造化经天地，枯荣自在生。
东阳东碧玉，北陆北秦情。

31. 除夜

岁尽梅花落，阳春白雪声。
灯光灯渐暗，灯竹灯头更。

32. 赠许掾山人

阴晴因自在，草木已成章。
许掾山人颐，潇湘竹木苍。
长沙长逝水，撼岳撼湖光。
楚尾吴头见，江南江北梁。

33. 赠功成将

一日功成将，三千子弟兵。
军勋由帅立，白骨任无名。

34. 白艾原客

落叶凭空望，残阳任近身。
沧州原路客，日月驿相邻。

35. 朔管

三边同望月，一曲共长天。
万里黄河水，梅花落里弦。
阳关三叠去，蜀女竹枝船。
朔管和烟雪，巴人下里眠。

36. 忆故山　桓仁

远远三边木，凉凉一水泉。
浑江巡五女，八卦易桑田。

37. 冬夜泊僧舍

野寺江东岸，游僧塞北天。
冬春冬白雪，夜泊夜客船。

38. 新秋独夜寄戴叔伦

独卧遥遥忆，行吟处处思。
新秋新落叶，一念一离枝。

39. 送沛县司马丞之任

曾闻一沛公，立足半江东。
项羽三垓念，鸿沟半悟空。

40. 送卢评事东归

东归东路远，北问北秦邻。
野阔江湖水，天低别处尘。

41. 清明日送芮黄还乡

幽幽天下路，苦苦自沾襄。
每每嫌儿女，时时望柳杨。

42. 送崔拾遗出使江东

云飞天杳杳，木落雨潇潇。
万里风谣采，千波月日潮。
江东江海阔，北陆北秦遥。

43. 重阳日送洛阳李丞秦遥

绝句唯情唱，良辰对日吟。
丞相丞土地，洛水洛阳心。

44. 江州送李侍御归东洛

楚月新春暮，淮山故水濒。
田园田富贵，侍御侍东邻。

45. 送郭太祝归江东

乡人离路远，北雁又南飞。
子女同行止，明年共日归。
衡阳青海岸，湘怀故养晖。

46. 送李恬及第后还贝州

及第龙门过贝州，声名少小后风流。
知书达理皇城路，就业儒风变里猷。

47. 收两京后还上都兼访一二亲故

京城千里客，洛邑五陵人。
路转函关晚，烟开上苑秦。
天涯天所在，地角地风尘。
挂业籝金比，诗裁着乡亲。

48. 送汝上王明府之任

移家亲友远，举目佩铜章。
百岁乡闻尽，三生故土梁。
重回重所去，一日一方长。

49. 湖南使院遣情送江夏贺侍郎

雨雨云云路，年年岁岁多。
东南江夏院，侍御侍郎科。
水山千流逝，山来一九歌。
从由吴楚界，遂自洞庭波。

50. 过申州作

死战申州故，身轻井邑留。
儿童知护妇，老子自营仇。
野火刀兵尽，清泉日月流。
无声无响去，一水一江楼。

51. 汝南过访田评事

过访田评事，移家近汉城。

江湖云梦泽，赤日洞庭明。
不可鄱阳问，楼兰已断英。
沙丘沙漠远，故国故云倾。

52. 送道上人游方

浮云谁会意，老子过潼关。
造化经天地，玄虚有去还。
幽幽花草静，落落一千山。
自以莲花数，无言不度闲。

53. 送饶州王司法之任兼寄朱处士

纳萃经天地，含情寄卷书。
虚名虚利禄，实业帝生居。
有欲则心动，无私自有余。

54. 詹硝山居

树下栖心静，山中石径斜。
塘边多野竹，雨后满山花。
处处无尘坐，幽幽有意赊。

55. 晓角

晓角连天月，惊声入戍楼。
霜沉初木叶，梦醒复寒秋。

56. 冬日

岁末梅花落，阳春白雪情。
年年分四象，处处育千生。

57. 残秋送友

叶尽残秋老，风初白雪寒。
如烟飞不定，似雨入衣单。

58. 客行

日落乡心近，身行客路遥。
吴门吴水色，楚雨楚云消。

59. 秋夜

窗闲封月色，竹影入流深。
促织无啼夜，流萤有草荫。

60. 新月

入夜西林挂，三更落后明。
天边朝上照，远影暗中行。

61. 滁上怀周贺

上苑轻离去，中途别道行。
相思相忆处，一信一书成。

62. 寄石滛清越上人

入夜禅声谧，临扆攻气清。
钟声依旧远，旭日九江明。

63. 陈氏水墨山水

水水山山一墨生，浓浓淡淡半苍生。
边边角角成天地，色色空空九陌荣。

64. 陈秀才亭际木兰

当春一木兰，未叶早花冠。
息步观金玉，香来入杏坛。

65. 赠镜公（一作旅次钱塘）

钱塘一镜公，越水半流空。
带木带云去，细雨细天丰。

66. 登云窦僧家

众木随僧老，群芳逐日新。
山家山水净，净寺净无尘。

67. 途中逢进士许巢

进士途中问，巢由日外行。
书生书所事，不达不无精。

68. 赠玛瑙山禅者

苃草藏虫渚，禅师玛瑙山。
云根泉净瓶，直木成林环。
水岸群芳晚，潭深草木颜。

69. 訓故人陈乂都

春书秋方至，夏水结冬冰。
远别相思近，心期独木应。

70. 闰春

霏霏苍苍雨，浮浮落落云。
春回春不止，女见女儿裙。
百木环山色，三光日色曛。
新花新叶碧，不嫁不思君。

71. 方著作画竹

节节苍苍竹，空空立立心。
枝枝连叶叶，影影落浔浔。
管管扬声去，边边一夜音。

72. 题友人山花

日有山花色，云无岭木光。
平明知达影，暮暗向流长。

73. 赠诗怀静

坐夏霉苔雨，经秋日月明。
禅房松柏影，夜话去来情。

74. 赠许陵秀才

山河形正气，日月着宏才。
傲世樵渔客，清明乞火来。

75. 送于丹

于丹于尺寸，至业至心成。
跬步前途近，终终始始行。

76. 送人游日本国

扶桑扶后继，日本日光明。
左界群星共，东夷诸岛横。

77. 东溪言事寄于丹

君心无壮已，自慰有沧州。
日月经升落，江河自去流。

78. 暮发七里滩夜泊严光台下

严光七里滩，一钓半生澜。
有意知天半，无心问水竿。

79. 处州洞溪

洞口扬溪雾，山前瀑布烟。
分声听石玉，合曲误潭泉。

80. 称心寺中岛

岛上乘心寺，云中守古泉。
排空天一柱，落水石千娲。

81. 岁晚苦寒

岁晚经寒苦，灯明问卷书。
晨鸡方欲语，舞剑已多余。

82. 杜鹃花

郢岭杜鹃花，初春带血华。
瞿塘官渡水，蜀客四方家。

83. 山中

山中多野果，月上少渔翁。
自食身其力，农夫客异同。

84. 路支使小池

开源穿石孔，引水过渠注。
过去三泉眼，当时一席家。

85. 清源标公

始始终终是，原原本本非。
源流源不止，岸导岸无归。

86. 题雪窦禅师壁

飞泉书一字，守意会三生。
石坐禅师立，闻天面壁明。

87. 重寄金山寺僧

法海金山寺，风涛北固烟。
僧言僧语近，老衲老公禅。

88. 哭胡珪

去去来来客，名名利利终。
留诗留所悟，有句有无穷。

89. 与清溪赵明府

戒律清规治，求闲逐性难。
林泉应不远，印绶可官安。
步步前趋使，行行后道宽。

90. 送剡县陈永秩满归越

俸禄三年整，途程一月间。
家乡藏镜里，雨水会稽山。
秩满归心晚，留名著旧班。

91. 示乡叟　古今诗

青山低不旧，逝水去无还。
不向当年问，童翁倒列班。
爷娘隔岸望，老态入江湾。

92. 游竹林寺

闻僧真理见，护法戒规成。
守一无分二，清虚有实名。

93. 陆处士别业

禽来山果落，鸟去野花香。
别业经心处，清泉带夕阳。

94. 赠中岳僧

片石当床宿，山珍作米粮。
清泉禅语继，一坐岁月长。

95. 寄普州贾司仓岛

水水山山外，林林石石中。
先生先自得，后世后诗翁。

96. 送镜空上人游江南

促织莲塘夜，飘然羽鹤风。
寒宫湖下筑，独见一僧翁。

97. 新正

年年新正雪，处处旧人春。
故国行踪老，前程跬步频。

98. 夜听步虚

一曲步虚声，三清鼓磬荣。
玄元玄玉宇，老子老天情。

99. 人生三万六千日

日以天相继，年当岁所承。
诗终逾十万，世始客游僧。

100. 题碧溪山禅老

石径神仙老，风云鹤月同。
溪山阶碧玉，竹狄窈禽空。

101. 寒食宿先天寺无可上人房

桧木双扉开，先天独寺台。
禅房留夜语，石径向天回。

102. 中秋月

列野星辰少，中秋月独明。
婵娟应可问，桂影寒宫生。

103. 暮冬书怀呈友人

空吟梁甫句，雪月谢知音。
白阁钟鸣石，沧州渚水禽。

104. 赠江南僧

禅机自沃洲，定印可经楼。
色色空空去，生生灭灭修。

105. 柳

柳下隋堤水，风中左右丝。
折来题绝句，只作运河诗。

106. 送姚合员外赴金州

宰诏从华省，行营自帝州。
巴山江水峡，楚雨到吴头。
白帝托孤问，瞿塘宋玉愁。
襄王神女赋，杜宇向千舟。

107. 送江阴霍明府之任

楚书内不贫，水竹雨中春。
一秩三年见，千家万户钧。

108. 送友及第归渭东（一作送王羽登科后归江东）

南儿无俗友，北雁带荣归。
结子由青海，鸣声一字飞。

109. 山中即事

山中即事情，树下水源生。
碧草凭原野，明花任自荣。

110. 过黄州作

孤城经百战，独木历千疮。
但向人间客，应闻是帝王。

111. 元日

漏尽三元日，声喧一岁先。
屠苏春自立，定齿客桑田。

112. 别从兄郜

从兄从所欲，别道别诗情。
日月三光至，文章一达名。

461

113. 寄江陵王少府

分手频已故，远意几何如。
少府江陵寄，人心两地书。

114. 题睦州乌龙山禅居

乌龙山上月，已去换晨来。
晓旭朝西照，东余玉影催。
禅光应替续，正道始天台。

115. 寄杭州于郎中

白屋公卿议，青云弟子鸣。
高门高户对，小雅小人生。
主宰郎中客，王朝四品荣。
文章应制书，谏奏已思明。

116. 寄灵武胡常侍

为霖安九有，作赋奏三公。
谢德知仁里，文篇序国风。
皇家皇土地，社稷社人丰。

117. 上张舍人

相门三代第，古院一林荫。
所见清廉地，留名见古今。

118. 题慈溪张丞壁

一路兰溪色，三成帝业荫。
维舟承柳岸，向壁问知音。
半面竿洲渚，千鳞对水禽。
相逢相放望，四目四年心。

119. 赠邻居袁明府

隔竹袁明府，邻墙共月明。
听琴分彼此，问语合弦生。

120. 居七十五岁

春莺三二月，柳叶绿初明。
梅花落里声，庭中老枣树。
七十知天下，诗词逐日耕。

121. 孙氏林亭

水木同天下，林亭独一家。
秋枫红胜火，白雪腊梅花。
静镜观荷雨，听莺问日斜。

倾心共坐客，四顾问天涯。

122. 漳州阳亭言事寄于使君

跳跃成常性，江湖作鲤鱼。
龙门应过往，自读帝王书。

123. 别胡中丞

重年朝夜见，共漏水平惊。
羽翼身心长，毫端草木生。
文章由日月，绶印见公卿。
国国家家问，辛辛苦苦营。

124. 游张公洞寄陶校书

步步穿江底，幽幽洞雨天。
神仙求不得，进士校书田。
湿气松萝露，温风杖履迁。
阴阳分未见，只约渡云船。

125. 题睦州郡中千峰榭

一郡千峰榭，三光万里来。
星辰知日月，草木向天台。
已见羊公泪，何闻玉酒杯。

126. 登析城县楼赠蔡明府

白草生青海，青衣上府楼。
三年绯服与，十载半春秋。
碧玉穿村去，红妆入云浮。
阴阳从日月，草木在沧州。

127. 和于中丞登扶风亭

谢守当涂酒，羊公砚首碑。
扶风亭避石，海日照天移。
古寺云山里，流溪碧玉姿。
经天留所见，下界可辛夷。

128. 赠信州高员外

一水抱城流，三春向九州。
莺声啼不住，自带夏云头。
莫以芙蓉影，倾心采女舟。

129. 洛神赋

陈王陈水洛，宓女宓妃神。
赤壁东风火，连营百万钧。

曹操曾举槊，子丕建安春。
不必闻铜雀，凌波赋可人。

130. 漳州于使君罢郡

日月天天共世荣，渔桑处处济苍生。
漳南罢郡如之任，二十四州使府迎。

131. 送弟子伍秀才赴举

太庙相门遭，文成伍秀才。
龙门应一跃，锦鲤上天台。

132. 贻高谠

石上孤松秀，霜中玉结明。
西陵寒晓月，北国鼓鼙鸣。
竹节高朝向，孙相府上卿。
斜阳知远力，正路见宗兄。

133. 题长洲陈明府小亭

吴江木渎月，姑苏拙政云。
夫差句践问，碧玉小桥群。

134. 送朱二十赴涟水

江湖知水阔，驿路见天工。
治宰应安楚，儒生可柳杨。
如来如自在，步月步虚堂。

135. 德政上睦州胡中丞

民声同宇宙，紫气共前川。
上德由相合，中丰五字田。

136. 非唯四韵兼亦双关

五味人间寄，三光世上荣。
山梅酝酒色，作和致兄卿。
采摘经年酿，曹公作杜康。

137. 上杭州姚郎中

一郡书香气，三吴弟子医。
江湖多水色，草木运河姿。
自是天堂郡，天天五绝诗。

138. 送叶秀才赴举兼呈吕少监

离人看北斗，喜鹊上南枝。
已是声声数，台城省省知。

139. 胡中丞早梅

梅花三弄曲，白雪一阳春。
但见梨花色，琴声小雪匀。

140. 自缙云赴郡溪流百里，轻棹一发

龙云登不易，九品上方难。
一叶溪流水，三光逝逐澜。
啼猿惊宿鸟，阻石上方难。
一叶溪流水，沉湾曲岸寒。

141. 牡丹

晓色芳庭早，花屏次第开。
梅花应不落，芍药已先来。
胭脂无深浅，唇红有粉肋。
殷勤常所报，七彩合和催。

142. 观项信水墨

笔下风云起，心中日月东。
江湖江水色，草木草花红。
宿鸟初巢入，生公已念空。
人间知项信，一墨不贫穷。

143. 书桃花坞周处士壁

桃花坞里水，处士壁中云。
静节贤修月，高情白鹤群。
公卿公自在，野草野芳芬。

144. 题桐庐谢逸人江居

市丁为真隐，江湖日月多。
桐庐桐尾木，一水一琴歌。

145. 叙雪寄喻凫（二首）

之一：
树树梨花满，亭亭白雪衣。
何闻山野阔，只有微流稀。
之二：
树树银妆易，枝枝叶叶连。
江山笼统色，草木接苍天。

146. 哭秘书姚少监

文章星海落，谏草论先生。
上国身名在，中庸作正声。

147. 送人宰永泰

先经毛竹岭，永泰宰官衙。
水阔停舟渚，近刺满桐花。

148. 旅次洋州寓居郝氏林亭

不与山乡近，青云落地同。
思量非故里，晓月是新丰。

149. 茅山赠洪拾遗

圣代无多谏，茅山有直林。
桑麻应自取，步履共山禽。

150. 睦州吕郎中郡中环溪亭

环溪亭水过，白鸟向人飞。
处处荷香色，幽幽互相依。

151. 赠华阴隐者

隐者无同隐，行人有异行。
从官从自己，饮食饮平生。

152. 上杭州杜中丞

杭州一半运河舟，孔府三千弟子楼。
一见隋炀杨柳岸，长城汴水共春秋。

153. 赠楚州段郎中

领郡经原始，仙居瀑布声。
晨来多噪鸟，暮去少云平。
但与沧桑客，诗书入水情。

154. 书法华寺上方禅壁

红鸥江岸立，白鸟鹤边啼。
古寺禅房远，先生玉石西。

155. 书吴道隐林亭

隐隐林зы水，幽幽独木居。
遮门留客子，桂叶已惊书。

156. 陪王大夫泛湖

水上鱼龙气，云中草木香。
江湖连玉宇，隐者有身名。

157. 赠会稽张少府

九品龙门一品冠，三朝旧贵两朝澜。
千波渭水千波岸，一任民生一任官。

158. 送郑台处士归绛岩

处士岩栖去，一块顺水来。
河梁多药菌，野食有仙苔。

159. 因话天台胜异仍送罗道士

积翠千层木，流芳一水台。
山梁明月挂，涧谷碧潭开。
瀑布风云起，丛林石上来。
人间应此世，鹤影去还回。

160. 哭喻凫先辈

年年岁岁几徘徊，灭灭明明一烛台。
死死生生何处去，先先后后继来。

161. 有茅斋湖

湖西湖北复，暮落暮朝游。
五色茅斋水，三光直木修。
松声惊四岸，碧玉入清流。
紫砌龙鳞鲤，儒心作小舟。

162. 鉴湖西岛言事

一水如明镜，千波似不流。
粼粼扬柳泛，闪闪暮朝柔。
药酒欺梅雨，中庸废抽头。
荒原荒土地，日月日春秋。

163. 山中言事

老老无行少少行，官官有道去来城。
朝朝至暮时时代，姓姓须名字字名。

164. 赠萧山彭少府　古今诗

吟诗至癖不为名，国学唐诗是萃城。
字字文文平仄韵，精华已向底蕴生。

165. 赠式上人

荷花应落色，桂子已垂情。
一叶随风至，千流已泛清。
禅房留夜话，记取上人名。

166. 赠钱塘湖上唐处士

浊浪惊天涌，轻涛拍岸声。
潮头成一线，汐尾作千鸣。
八月钱塘水，三秋隔岁萌。

明年商贾客，再向运河营。

167. 山中言事　古今诗

日日村家事，山山四季风。
朝朝飞鸟雀，暮暮坐邻翁。
讲读狐仙古，崂山道士宫。
宗宗成族族，忆忆创关东。

168. 题陶详校书阳羡隐居

署里从容客，山中独步情，
樵渔阳羡隐，读学校书生。
白犬经天落，红莺自傲鸣。
官衙官所役，自在自人耕。

169. 秋晚林中寄宾幕

官衙官人厌，独隐独心空。
日日人生路，年年草木风。
何时何彼此，几度几无穷。
直立群峰望，高低各不同。

170. 与乡人鉴休上人别

一树梅花落，千重竹叶青。
乡人乡所望，上得上人苓。

171. 送王霖赴举

自荐主司文，王霖潜异群。
风流骚雅赋，日月苦耕耘。
上苑原生木，南山隐水云。
春前皆瞩目，雨后笋仁君。

172. 思越中旧游寄友

耶溪浣女水红颜，蜀客吴宫木渎湾。
甸外山川无旧国，云中栈道有新关。

173. 陪胡中丞泛湖

仙舟仙乐远，凡界凡稀闻。
梦里蓬莱阁，云中白日分。
秦皇秦已尽，汉武汉家云。
彼此求长寿，枯荣似诸群。

174. 叙雪献员外

谢守常吟雪，梨花一树霜。
陶公从五柳，素裹细腰扬。

碧竹浮银甲，长空织玉妆。
相连天地界，互逐带梅香。

175. 王将军

上略无须守，中军有志昂。
殊功宁国愿，密慎着戎装。
北斗常开口，南宸自豫章。
人生儒道佛，日月暮朝光。

176. 阳亭言事献漳州于使君

重重叠叠一山前，石石林林半雪天。
寺寺钟钟闻远近，漳漳水水见桑田。

177. 海石榴

日色红颜影，天光海石榴。
妍妍从玉女，楚楚满枝头。
结子分庭立，开花合一流。
含含何碧叶，艳艳不须羞。

178. 嘉兴许明府

独立观桃李，重门问故山。
三年逾旧守，十载读书闲。
所顾平生路，何人别去还。

179. 再题路支使南亭

北陆红枫渭水来，南亭竹叶路支开。
三冬白雪留梅影，一色毫端落逸才。

180. 路支使小池

曲曲弯弯径，深深浅浅池。
波波方寸在，路路近遥知。
水水天云映，泓泓草木司。
无风无浪涌，有色有明时。

181. 哭江西处士陈陶

已尽天年命，无言入土中。
黄泉遥不久，故土始还终。
处士巢由奉，樵渔未作翁。
藏书藏自己，遗世遗人空。

182. 越中言事（二首）

之一：
天台天目望，越水越山寻。

六合钱塘寺，三潭印月深。
荷湾竿岸屿，易货运河音。
可见隋炀处，当知作古今。

之二：
湖波轻撼月，秀才色天方。
五霸知勾践，三秋桂子黄。
潜夫春笋雨，故老买臣乡。

183. 题龙瑞观兼呈徐尊师

寻师寻旧路，问雨问新云。
步步观龙瑞，行行向我君。
浮浮非广狭，浅浅是氤氲。

184. 送陈秀才将游雪上便议北归

举步淮边水，行心渭邑情。
风云风雨色，日暮日朝惊。
老少多相似，无同是异声。

185. 送吴彦融赴举

西陵杨柳路，北固雨云堤。
上国隋炀赋，长城汉武声。
文章谁借鉴，日月可东西。

186. 同萧山陈长官县楼登望

东西南北望，彼此去来闻。
酒市淮今古，县楼可雨云。
吟诗吟所见，一世一知君。

187. 送何道者

求仙求自得，问道问逍遥。
古古今今者，来来去去消。
飞鸿生羽翼，渡水有舟桥。
已见秦皇岛，阿母汉武凋。

188. 酬将作于少监

一墨毫端至，三生日月来。
寒窗寒乞火，读学读天台。
积水成潭液，行程作步开。
丝绸丝织络，璞玉璞磨才。

189. 雪中寄殷道士

无无有有到天涯，铺铺平平厚厚纱。
片片倾倾纷纷玉落，层层覆覆作芦花。

190. 宋从事

出众文才酒谪仙，梅花落里李桃田。
何当共醉阳关外，自以风流作少年。

191. 出山寄苏从事

荐荐求求老，方方寸寸心。
天机天所在，野草野林荫。
自可扬长去，无言对古今。

192. 送杭州李员外

一届三年满，千闻百岁篇，
杭州知浙渎，汴水运河船。
不见隋炀帝，当闻拙政园。
天堂谁不见，立步向前川。

193. 赠李支使

班中最少年，月下数人前。
举步青云岭，公卿帝业边。
微门生贵足，弟子孔门宣。
独自书生路，途程日月田。

194. 卢卓山人画水

一水远边际，千波有日生。
风云连不定，玉宇落难平。
浅浅深深势，天天地地情。
沉舟沉未止，载物载枯荣。

195. 废宅

废废兴兴宅，花花草草庭。
池塘流水色，竹木自然青。
只见霉苔石，无声小绿萍。

196. 题宝林山禅院

古井通源水，长亭达远山。
知音禅院老，达意上人还。
五百天罗汉，三千弟子班。

197. 题越州袁秀才林亭

林亭云起落，水月去来行。
草色天台碧，风光润水明。
花开花艳艳，树直树高萌。

198. 题龟山穆上人院

龟山穆上人，百法自修身。
夏水池塘积，秋蝉独院邻。
听音听世界，寺鼓寺音钧。

199. 赠美人（四首）

之一：

朱唇只似小樱桃，百态千姿目待劳。
一曲琵琶弹反调，心胸起伏静波涛。

之二：

梅花白雪两颜娇，曲后尊前一念消。
不觉亲临亲觉远，居心只是上云霄。

之三：

性感心灵柳细腰，轻身漫舞小苗条。
双峰处处呈天地，十指纤纤弄玉潮。

之四：

不是仙人弄玉箫，鬓眉已过凤凰桥。
曲尽琴音余境在，五叠阳关独步遥。

200. 听段处士弹琴

文王已制七条弦，处士人意半地天。
五柳陶公独木奏，知音四海见桑田。

201. 初归镜中寄陈端公

端公隔岸问谁归，不解蓑衣钓雨微。
去岁离家今日间，青云落尽白云飞。

202. 再题龙泉寺上方

龙泉应向海，井水亦随潮。
直到岩头顶，溪流自玉霄。
天公天地共，土木土人骄。

203. 于秀才小池

小小云天水，明明日月情。
藏天藏玉宇，载地载舟行。
激滟同朝暮，风波共灭生。
含涵含七色，纳理纳方平。

204. 叙钱塘异胜

越语绵绵小女情，钟钟鼓鼓寺人声。
潮平八月钱塘岸，试与天公净宇城。

205. 赠中岩王处士

巢由只上苦耕田，四皓宫中议汉天。
读学应和民意念，文才避也东称贤。

206. 初归故里献侯郎中

舜位知无取，儒生隐近山。
樵渔非所愿，积水作河湾。
故里郎中望，皇城去路还。

207. 归睦州中路寄侯郎中

陌巷由朝暮，公卿一尺书。
农夫农子粒，一世一蜗居。

208. 题报恩寺上方

迢迢递递诸峰连，木木林林满涧川。
旷旷空空垂玉宇，朝朝暮暮上方田。

209. 送永嘉王令之任（二首）

之一：

孜孜不苟数流年，曲曲双溪久灌田。
四皓千官王子路，巢由一半作先贤。

之二：

吴风已送运河船，汴水余杭一线天。
不得隋炀思泗沚，扬州少女槐柳弦。

210. 盐官王长官新创瑞隐亭

自古何为隐，遮当不见情。
儒书儒所怨，士子士无平。
以此当天下，樵渔以食盟。

211. 李户曹小伎天得善击越器以成曲章

章章曲曲一人情，地地区区半女声。
越器陶公知五柳，敲敲击击作琴鸣。
丁丁水漏幽幽远，板板惊心处处营。
管管丝丝相似奏，南南北北异同莺。

212. 岁晚言事寄乡中亲友

乡中亲友岁，灯竹已先声。
少小如今是，童翁各见情。

213. 赠孙百篇

三台百首两公卿，半日功夫一日名。

羽翼珠玑今古许，江山社稷暮朝盟。

214. 赠夏侯评事

一路风尘一路尘，三春草木两春茵。
黄河九曲湾湾色，渭水千波处处秦。

215. 题故人废宅（二首）

之一：
鲛鱼一饭自知恩，已过三门满草根。
驻步寻思人彼此，荒村不远是邻村。

之二：
野草荒花已满庭，陈王赵壁寄丹青。
邻村古树何枝叶，古往今来有白萍。

216. 送郑端公

长沙才子滞，绣服过汨罗。
楚郢三吴水，潇湘一九歌。

217. 寄于少监

枫丹白露九秋红，直木丛林半载风。
仆仆风尘三界路，公卿不是一渔翁。

218. 和剡县陈明府登县楼

天台天目望，浙水浙山观。
六合钱塘塔，盐官海日宽。
县楼县主宰，越国越人冠。

219. 项洙处士画水墨钓台

水墨丹青色，风波放钓台。
渔公渔不见，细雨细云催。

220. 赠天台叶尊师

少室山中客，天台月下师。
云峰灵药采，古木养兰芝。
一半平棋局，三生独步司。

221. 寄台州孙从事百篇

志业科名取，沧州秀色栖。
天机应入仕，阮瑀百篇齐。
积水成湖海，梅香作玉泥。
三山因石玉，三水自高低。

222. 送睦州侯郎中赴阙

郎中郎一步，紫禁紫垣风。

十载绯衣久，三生济世隆。

223. 朱秀才庭际蔷薇

合壁成三色，分香入四邻。
鲜妍鲜女见，比态比姿春。

224. 登龙瑞观北岩

岭顶云根在，龙岩四面风。
先人先已去，后顾后无同。
白鸟翻飞去，青云起落空。

225. 送婺州许录事　古今诗

贻笑中年独不依，诗书切切译文稀。
之官不是还乡路，白日堂前着锦衣。

226. 题龙泉寺绝顶

绝顶龙泉寺，风去带雨根。
星河应不近，独峙已黄昏。

227. 赠上虞胡少府百篇

问道三生路，天机一百篇。
求仙求自己，炼岳炼丹田。
二百平声韵，三千弟子研。
晨昏晨已始，吏碌吏经年。

228. 上郑员外

守节忧民愿，贫贫富富听。
甘霖常日月，利禄可丹青。

229. 桐庐江阁

登临至顶自开襟，北望三吴水凑浔。
海日东来天不尽，桐庐立阁是风音。

230. 题澄圣塔院上方

桧桧杉杉老，松松柏柏深。
年长年月久，古寺古人心。
塔院重僧界，空空色色寻。
方知方砌下，鹤影鹤乡音。

231. 僧院小泉井

禹禹风云早，僧泉制度深。
经门穿石裂，比性以师心。

232. 过姚监故居

得以唐虞治，县图角鹤归。
何人传弟子，直木不相依。
举目空庭见，春秋节邻飞。

233. 陪李郎中夜宴

夜宴星郎客，依稀玉漏声。
琵琶千细语，玉竹一丝情。
莫以银杯浅，吟成三自倾。

234. 狂冠后上刘尚书

偃月行军令，平征制寇行。
民声民所正，盖世盖雄名。

235. 尚书新创故楼（二首）

之一：
下马功成见，中军胜敌楼。
笙歌明凯甲，战士火牛收。

之二：
暮鼓鸣金后，收兵将令前。
英雄争第一，上马不盘旋。

236. 赠李郢端公

大雅毫端起，山川跬步行。
清晖灵府注，正气五言精。

237. 送孙百篇游天台

天台一石梁，谷涧半沧桑。
百草群芳色，争明立吉祥。
千官由慧觉，四海见文章。
子集儒经史，江山直木扬。

238. 陆山人画水

流流水不平，定定色难倾。
本以高低就，涵虚日月明。
波涛随所欲，惊心随深情。
世界由潮汐，人间以此生。

239. 郭中山居

城前同水石，郭后共云天。
有以无中见，公卿百姓先。
功名曾籍日，跬步可经年。
十里长亭去，千山万谷田。

240. 雪中寄李知诲判官

村村落落统人家，树树枝枝结雪花。
有有无无行迹灭，倾倾覆覆到天涯。

241. 途中言事寄居远上人

夜半寒山寺，天明震泽村。
夫差勾践问，竹径入黄昏。

242. 雪中寄薛郎中

郎中铺雪路，足下自留踪。
已觉清明气，应当半见松。

243. 题感令新亭

新亭新觉目，智慧知人生。
四面天台阔，三光草木荣。
逍遥由此去，印绶可天平。

244. 赠郑仁规

五笔雄才见，三章立地寻。
风骚何教化，感泽几音琴。

245. 送缙陵王少府赴举

一路分终始，三生各短长。
书香书不尽，步履步方扬。

246. 路入剡中作

西施在此浣溪纱，越女吴宫作馆娃。
五霸春秋谁记取，春风不到范蠡家。

247. 东山瀑布

东山瀑布在云中，水雾经空作大风。
泻泻垂垂天地挂，深潭处处自蒙泷。

248. 水墨松石

狼狼籍籍一功夫，色色空空半望儒。
水墨山川松石色，江山日月是非无。

249. 六言八句寄琳琳美美

爸爸妈妈美美，姑姑奶奶琳琳。
上海京都籍贯，巴黎法国家音。
岁岁年年去去，赢赢处处今今。
老老如如少少，情情似似心心。

250. 献浙东王大夫（二首）

之一：

越越吴吴水，秦秦晋晋山。
天台天水岸，渭邑渭泾颜。
出镇移时俗，分忧治宰还。

之二：

领镇王臣一清名，山河日月半离情。
苦苦耕耘方结果，樵渔不可作公卿。

251. 越州使院竹

凌风飘粉箨，立节自盘根。
尺寸空心势，丛林水日思。
婆娑临世界，独傲向黄昏。

252. 题赠李校书

一井同潮隔，千山共地连。
高情偏似鹤，啸啸不如蝉。
月桂春秋子，闻名校故篇。
书书谐旧理，路路自当然。

253. 送王侍郎浙东入朝

三台三界外，一水一源泉。
苦节三光木，从容一路烟。
千程中国志，万里大罗天。

254. 赠黄处士

苦节成空斗，文星作少微。
渔矶曾不钓，鹤简已相依。
竹叶竹枝色，同根同碧晖。

255. 献王大夫（二首）

之一：

渭水绕皇州，中条客自由。
山川山不止，木直木春秋。
但见楼龙上，群英已白头。

之二：

秋收春播子，教化暮朝勤。
夏见金章水，冬观玉雪云。
江南江北合，岭后岭前分。

256. 赠五牙山人沈修白

变变通通客，玄玄易易人。

丹炉丹石玉，弟子弟兄身。
药物先生介，红尘草木新。

257. 处州献卢员外

教化寰瀛里，玄蔬易辨中。
三清功业继，九道简文翁。

258. 石门瀑布

由天落玉烟，垂流石门前。
喷波流不止，直下作深川。

259. 题仙岩瀑布呈陈明府

落落飞飞水，垂垂叠叠泉。
风调惊不定，雨顺化云烟。
上下天公气，春秋日月田。

260. 赠山阴崔明府

衙门分两处，教化记三边。
水月明花木，山阴石涧泉。
耶溪耶浣女，汉柏汉秦天。
莫以楼船恨，长城白骨田。

261. 山井

水道通潮信，天光对地宣。
隋炀隋水岸，运柳运河船。

262. 偶作

水上垂钩密，门前见雀罗。
行途行不止，学步学山河。

263. 贼退后赠刘将军

吴边吴起镇，鬼谷鬼谋行。
铁把函关锁，黄巾自己倾。
民声民所望，久乱久思平。

264. 感时（三首）

之一：

不觉年华逝，常闻岁月流。
先生先已死，上白上人头。
易变非天理，沧桑是事由。

之二：

暮暮朝朝逝，钟钟鼓鼓闻。
花开花落见，水合水流分。

岁岁人生老，年年白日曛。

书香书子弟，苦节苦耕耘。

之三：

老老方成少少成，中中路上壮青行。

前前未了终终始，半是人生半是名。

265. 牡丹

粉粉红红白白丹，重重叠叠玉花冠。

枝枝叶叶连天地，色色空空暖不寒。

266. 赠进士章碣

纵纵横横织，经经纬纬编。

人间人不止，锦绣锦衣前。

左右穿梭去，高低结线弦。

牛郎牛已老，织女织机悬。

267. 与桐庐郑明府

桐庐明府路，浙水四明山。

八月钱塘海，三秋桂子颜。

耕人春播早，役客玉门关。

268. 谢王大夫奏表

一代坑灰冷，三秦逐客书。

丞相丞所举，指鹿指天余。

269. 送道人归旧岩

岁岁天南海北行，山山草木自枯荣。

翁翁叟叟谁相见，隔隔邻邻废世情。

270. 送钱特卿赴职天台

不见西陵岸，天台玉石梁。

仙溪仙路远，一道一人乡。

海口蓬莱岛，山边日月堂。

271. 题新竹

新枝新叶碧，一竹一身青。

屋后千竿岭，门前半亩庭。

空空心节立，色色以精灵。

272. 哭王大夫

归天名利许，毕世雨云烟。

直性临流去，方圆作逝川。

273. 赠乾素上人

赶忙传弟子，苦节对空缘。

水月公卿色，阴晴草木田。

无踪无恨迹，有路有思前。

鹤唳闻风后，云烟满谷川。

274. 题应天寺上方兼呈谦上人

草木中间世界成，之回曲返草兰生。

路途坐卧应天寺，处理人间以解明。

275. 题法华寺绝顶禅家壁

不二法华门，禅家守一根。

无来无去界，有雨有云魂。

276. 春日

春来春去逝，日落日升陈。

岁岁年年见，人人事事新。

277. 上越州杨岩中丞

十载连枝理，三年独木双。

鸿钧鸿运志，定国定家邦。

凤诏云中树，龙城月下幢。

黄河黄万里，一字一长江。

278. 月

桂子寒宫落，婵娟舞袖扬。

中秋圆已定，草木已经霜。

279. 早春

正气早春来，残寒晓日开。

中华中水色，大泽大龟媒。

鲤跳离原本，云浮别地催。

双仪双物象，独立独徘徊。

280. 除夜

不是少年人，经除复入春。

寒灯明玉漏，画角转年轮。

281. 对花

步步迟迟绕，丛丛叠叠明。

香风香积滞，色染色姿倾。

杜宇流莺问，群芳百草情。

心中心有蕊，叶上叶方明。

282. 题淞江驿

雨落淞江驿，云沉六渎乡。

江江千里水，浦溆五湖光。

283. 思桐庐旧居便送鉴上人

望尽东南路，思归故里人。

春深花未落，草碧上人邻。

雨带寒潮至，云封浙水滨。

284. 送僧归日本

日本僧归路，扶桑四岛邻。

中华中土寺，故国故人春。

治学禅音继，经纶象物真。

285. 宁国寺

云麓宁国寺，雨注问僧人。

独僻孤高顶，遥瞻草木津。

286. 山中寄吴磻十韵

莫是樵渔客，耕夫日月盟。

山中山水净，木下木林城。

岁计春花始，溪鱼小透明。

流莺常不落，俏语已留鸣。

叠石听泉响，松涛作雨声。

云平封湿径，谷涧谷初荣。

子子妻妻问，夫夫妇妇情。

农家农立足，自力自更生。

一路千家水，三波九曲行。

三年应有禄，百里已无名。

287. 嘉兴县内池阁

人间自在一嘉兴，小阁轻风碧玉冰。

以醉相闻知酒暖，闻香独步向云凝。

288. 镜湖西岛言事寄陶校书

渔家三五户，草木万千丛。

润土扶贫雨，桑麻日月丰。

文姬应不力，岛屿镜湖中。

竹笛长箫曲，难凭汉代风。

289. 赠赵崇侍御

婵娟一竹枝，后羿半行迟。

蜀女琵琶曲，瞿塘滟滪知。

江流三峡水，日上望夫时。

290. 叙龙瑞观胜异寄于尊师

不可观龙锁玉关，山山水水是天颜。
山前不尽不湖水，水上还明万仞山。

291. 侯郎中新置西湖

一片荷花笑不言，千波碧叶露珠圆。
芙蓉出水亭亭立，欲滴边缘叶未翻。

292. 许员外新阳别业

兰汀留水色，橘岛驻红颜。
月逐潮流信，云平玉阁间。
流萤残卷照，信手腊梅攀。
暮落渔歌早，三杯不必还。

293. 李侍御上虞别业

别业经心作姓村，朝朝暮暮锁黄昏。
书香继世留明月，只把清风遗子孙。

294. 题悬溜岩隐者居

修篁灌木两交加，白雪阳春二月花。
谷鸟鸣蝉由四象，巢由四皓问桑麻。

295. 山中言事八韵寄李支使

甘瓜寒井浸，子集史经深。
百事垂丝尽，千家落户荫。
求鱼须所见，彩缓可知音。
鼓案文王许，垂竿直钓寻。
成名成所悟，立路立人心。
一半公卿晚，三千弟子箴。
巢由巢自主，阮瑀阮鸣琴。
喜鹊当声至，仁君作古今。

296. 山中言事寄赠苏判官

天机天不定，世事世难平。
隔岸应观火，随风可顺行。
山中多草木，上国有阴晴。
只有成天地，方无醒醉生。

297. 献王大夫

巢由三界外，四皓一宫中。
莫以穷孤傲，扶民富宰隆。

儒生儒教化，世俗世难恭。
国国就成实，家家不悟空。

298. 浅月

临流临水近，细脉细泉生。
共物同潮汐，同浮日月明。

299. 与徐温话别

去去来来不见君，朝朝暮暮问天津。
明年再会同明月，隔岸观船共隔人。

300. 出东阳道中作

东阳昨夜钟，驿梦复重重。
步步前行路，悠悠望远松。

301. 酬孙发

褒贬为官计，丰收是众谣。
人间人一字，五字五行雕。

302. 送乡中故人

三生离故去，七十未知书。
只惜乡中水，垂钩不钓鱼。

303. 思江南

别去望乡情，重来故地行。
人生人不尽，世路世难明。

304. 题宝林寺禅者壁，山名飞来峰

飞来峰上望，别去雨中逢。
色色空空问，虚虚实实封。

305. 过李群玉故居

舜水九嶷山，潇湘一玉还。
英雄留不得，但向二妃颜。

306. 题玉笥山强处士

酒里藏身去，居中只读书。
玄虚玄所致，直木直钩鱼。

307. 君不来（二首）

之一：
树对倾巢鸟，人临远路行。
长亭长驿站，一始一终和。

之二：
问世多遥远，知君不必来。
同行同所的，共步共徘徊。

308. 经旷禅师旧院

禅师禅自在，旷野临殊容。
不以身心务，何言易象逢。

309. 江南闻新曲

自以江南几世生，辞辞曲曲半倾城。
杨杨柳柳年年继，女女郎郎处处情。

310. 经故侯郎中旧居

寂寂寥寥去，兴兴废废来。
神仙神不见，客问客无回。

311. 越中逢孙百篇

山阴一百篇，日月五千年。
字字耕耘纪，水水幽幽泉。

312. 寄谢麟

花圃无草子，一界有园林。
谢得麟诗句，三生一古今。

313. 与长洲陈子美长官

浮沉自问天，左右可逢缘。
长洲长渎水，五色五湖烟。

314. 新安殷明府家乐方响

半在人间半在吴，清溪色影清溪都。
琴弦曲里琴弦在，醒醉壶中醒醉无。

315. 别严明府

别别离离路，家家国国居。
书生书四海，济世济千渠。

316. 送水墨项处士归天台

天台天下望，水墨水中寻。
已见三门海，分元一色深。

317. 赠会稽杨长官

直木乔林际，垂钩不钓鱼。
耘荒应积土，引水直修渠。

318. 赠申长官

四壁天机见，三光土地初。
山深难网雀，水浅不罗鱼。

319. 将归湖上久别陈宰

归人湖上见，宰客水中留。
不是无知己，何言有直钩。

320. 贻亮上人

一水澄明色，千山草木青。
行程行万里，学佛学心经。

321. 贻曦上人

五百天罗汉，三千弟子门。
清修清自己，上下上人根。

322. 书原上鲍处士屋壁

水阔连沧海，天高接海云。
禅心禅一念，处士处三君。

323. 别孙蜀

离情三夜雨，别路两乡思。
蜀越吴云落，闻君浙水辞。

324. 赠江上老人

江中多久饵，水下见钩司。
老者知鱼性，揉兰染钓丝。

325. 赠东溪贫道

渔舟渔岛系，道士道人修。
水石贫溪见，豪家不可求。

326. 咏花

三春三不语，一笑一全开。
姹紫嫣红处，羞羞碧玉来。

327. 路入金州江中作

自古千流水，金州两岸沙。
江中分岛屿，月下泊三家。

328. 夜会郑氏昆季林亭

秋风清肃夜，坐久竹生霜。
月色寒宫落，鸿鸽一字行。

329. 题黄山人庭前孤桂

真真伪伪已难分，事事人人不见君。
八月香风孤桂见，三秋日色少浮云。

330. 送僧南游

三秋千百寺，万里五溪行。
独步孤云里，分身合语声。

331. 惜花

怜花怜水月，惜玉惜金沙。
但以江流问，何言隔岁家。

332. 题天柱观鱼尊师旧院

合合分分去，先先后后来。
浮沉浮不定，上下下徘徊。
暮暮朝朝水，深深浅浅隈。
观鱼观世界，见识见天才。

333. 东阳道中作

清明寒食节，乞火作书生。
步步东阳道，花花草草萌。

334. 题画建溪图

三生高远路，六幅建溪图。
共记曾于此，猿声谷口趋。

335. 蜀中

荳蔻花边唱竹枝，儿儿女女自无时。
鱼凫小道寻情久，杜宇蚕丛蜀客知。

336. 衢州别李秀才

衢州李秀才，一树向天开。
水月应相照，风云日月来。

337. 题君山

昆仑一石自麻姑，半在潇湘半在吴。
阮水相闻来作伴，补天落入洞庭湖。

338. 题严子陵祠（二首）

之一：
莫入子陵滩，无闻草木残。
先生先不钓，汉苑汉家澜。

之二：
严滩严水月，不钓不须还。
日月耕耘致，身名草木间。
高情留此地，直到玉门关。

339. 失题

世上五音中，人前半不空。
声声天地上，处处七弦通。

340. 句

弟子应攀桂，先生已卧云。

341. 寄罗邺

进士余杭客，韦庄奏第身。
书生书所就，步路步天津。

342. 岁仗

藏娇藏屋远，扫叶扫照阳。
自以来飞燕，君王已未央。

343. 牡丹

暖暖温温一牡丹，丛丛落落半波澜。
华华艳艳分颜色，白白红红紫紫冠。

344. 长城

千年垒石半黄昏，万里横垣一子孙。
指路朝堂何是马，秦皇二世已无根。

345. 秋夕寄友人

铜雀台前草木多，漳流水上问黄河。
曹公伎曲应天落，月落星稀可几何。

346. 冬夕江上言事（五首）

之一：
童翁同日色，少壮作衰形。
两两难相似，三三向渭泾。

之二：
剑剑书书路，云云雨雨乡。
前程前未止，一路一方长。

之三：
曲曲折折水，行行止止程。
微言微所欲，步履步无平。

之四：

懒懒勤勤欲，寒寒暖暖明。
疏疏成密密，朽朽致荣荣。

347. 春日宿崇贤里

柳暗崇贤里，花明陌巷中。
先生先自去，后继后身弓。
社稷江山客，阴晴日月风。

348. 征人（二首）

之一：

一角李陵碑，三军竟自窥。
英雄兵已尽，壮士意难为。
战世和平史，胡沙直木司。
朝廷朝虏界，一将一慈悲。

之二：

水水山山在，空空色色思。
心经心所在，拜佛拜人司。

349. 莺

短翼先声曲，东风翅渐长。
三春应已懒，六夏宿荷乡。
何背残阳里，无鸣叹旧妆。

350. 槐花

陌外两铜驼，槐中一路多。
怜香还惜玉，春秋过关河。

351. 自蜀入关

经文连战息，自蜀入关河。
莫以孤云落，秋风撼玉珂。

352. 上阳宫

日落向阳宫，梨园草木空。
婵娟应老去，只遗断肠风。

353. 旧侯家

侯台依旧立，碧水御沟通。
野草繁芜禁，落日照故东。

354. 宿武安山有怀

芜芜花草地，漠漠露华浓。
野店闻鸡犬，吴江水月重。

355. 谒宁祠

宁祠雪已开，降福复云来。
有感精灵在，春风上祭台。

356. 经故洛城

洛水洛城边，千夫一故田。
耕耘耕旧土，陇尾陇头迁。
物象沧桑去，风云草木萱。
秦皇曾汉武，逐鹿过前川。

357. 老将

百战穿金甲，三朝立旭阳。
求和求玉帛，过降过河湟。
但以胡杨见，盘龙奏建章。
天颜天子界，老将老夫扬。

358. 曲江春望

北阙春先到，南山雪半消。
天光依旧照，水色曲江潮。

359. 帝里

东西南北路，远近暮朝人。
世上红尘久，人间市井春。

360. 新安城

新安已可问长城，柳柳杨杨玉帛荣。
磊石何如连读月，隋炀水调运河清。

361. 自遗　古今诗

七十年来一丈夫，三千子弟半诗徒。
朝朝暮暮音平水，古古今今韵魏吴。

362. 流水

隋家水渎运河嘶，八水长安草木春。
带雨连云商价客，红尘柳巷富咸秦。

363. 送张逸人

不去樵渔独一家，红尘绿巷客三赊。
官衙自有方圆定，世子殷勤二月花。

364. 春晚渡河有感

戍垒依稀断，河流逐远空。
轻舟春晚渡，不语老船公。

绿野桃花水，乡思日月东。
归心归不尽，一路一行翁。

365. 春望梁石头城

还兴三国界，不忘六朝尘。
紫禁金陵断，三山二水春。
台城台尚在，石磊石头人。
建邺吴为建，秦淮已去秦。

366. 早发宜陵即事

山村霜月白，古道玉工勤。
客意人行早，清心一旭风。
宜陵宜即事，学子学长空。

367. 鸳鸯

鸳多鸯渐少，凤独玉凰孤。
战事何为役，和平自复苏。
鹦鸣鹦鹉赋，雁以雁丘趋。
且得人间事，应知大丈夫。

368. 春闺

小女半春闺，含羞众目睽。
分明花未放，独教望文奎。

369. 赠东川梓桐县韦德小长官

隔代宽门窄，邻墙竹雨声。
梅花三弄曲，细品绕梁情。
伴有山禽语，孤闻旧日笙。
当朝分首未，十载界相倾。

370. 题水帘洞

层泉流石界，细雨带微风。
叠叠重重落，云云水水空。
涵涵淑玉垂，落落复惊虹。
翠羽连岩色，真珠映彩红。
帘帘洞洞口，气气凌凌中。

371. 野花

山深一野花，艳色半天涯。
自主天伦许，何须到别家。

372. 芦花

似练如霜举，惊风作雪飞。

江城江不足，渚岸渚衣归。

莫以王孙荐，江湖落雁依。

373. 山阳贻友人

山阳半运河，泗汭一隋歌。

水调余杭去，吴州故友多。

374. 长安惜春

半锁楼台半已开，三春柳色两春回。

皇州日落王孙在，绿遍芳明弟子才。

375. 谢友人遗华阳巾

华阳玉帛巾，故友顶冠钧。

日日临行冕，翁翁鹤发新。

376. 早梅

缀雪寒香至，东风尚未生。

素艳含红绽，群芳会意萌。

377. 留题张逸人草堂

画画诗诗一草堂，离离别别半天光。

行程足下官衙外，读尽还须品豫章。

378. 钟陵崔大夫罢镇攀随再经匡庐寺宿

再宿匡庐寺，东林问老僧。

侯门常聚散，古刹以香凝。

暮去钟陵镇，晨来汉寿应。

风云三世界，夜雾一孤灯。

379. 留献彭门郭常侍

一路彭门外，千歧别意中。

空归空不足，尚有尚无同。

忍字当心在，离时又始终。

380. 洛水

洛水绕长安，潼关作渭澜。

黄河南下至，一路向东宽。

381. 闻杜鹃

鸟鸟花花一杜鹃，年年岁岁半争先。

春啼不止春花艳，只望耕耘不望仙。

382. 趁职单于留别阙下知己

翩翩逐建牙，略略净尘沙。

世上和平好，人间十地花。

胡杨胡草木，汉地汉天涯。

旷野牛羊牧，桑田种豆瓜。

383. 落第书怀寄友人

书香已到玉门关，一片孤城万仞山。

去国昭君还是玉，琵琶记曲汉家颜。

384. 鹦鹉咏

羽羽毛毛碧，头头顶顶红。

沧州无所谓，俯首有金笼。

385. 题沧浪峡

云浮沧浪峡，栈道绕山崖。

不可猿啼问，惊流百落差。

386. 白角簟

龙鳞白角簟，玉碎赤云端。

雄尾当三伏，喷波逐九峦。

他时归不得，只向杜陵寒。

387. 汉满

（与溥杰王兄申报桓仁新宾满族自治县，寄新宾县令董仁宽兄于北京。）

相邻相识早，一别一扬长。

地北天南去，同心共故乡。

388. 秋日怀江上友人

雁在芦花月，人行野店桥。

江流江逝水，落叶落根遥。

梦里归乡路，云中故友寥。

389. 题笙

管管参差比，声声孔孔调。

纤纤经玉指，口口气云霄。

一曲天江近，三巡御帝遥。

人间应记取，嫁娶可藏娇。

390. 下第

下第残阳早，青春正道迟。

江边飞好鸟，月下苦相思。

391. 秋晚

残星残月色，晓旭晓云明。

注目天边望，华光瞬息生。

阴阳分两半，世界肃精英。

392. 长安春夕旅怀

花枝招展过，柳叶带春云。

雨细分明雾，书香苦日曛。

无言街上客，只作步行君。

393. 洛阳春望

桥中桥上望，柳后柳前寻。

隔壁楼堂曲，邻家谱叙琴。

梅花三叠唱，李白一诗吟。

洛水云阳暖，王维画古今。

394. 惜春

不是归巢燕，离群竟自飞。

花开花落去，独望独无依。

395. 冬日旅怀

静忆钟声寺，闲思旧日僧。

心经心自主，路在路相承。

古刹香炉早，禅音自在凝。

396. 春夕寄友人时有与歌者南北

三春花半放，九夏水塘宽。

已见芙蓉立，歌人日月潭。

千声千曲尽，一始一终难。

397. 春夜赤水驿旅怀

残灯残烛色，一梦一思乡。

赤水清溪驿，红花碧柳扬。

398. 春山山馆旅怀

春山春水馆，路驿路人家。

壮节流年过，经心问豆瓜。

长亭处处草，五月年年花。

399. 秋夕旅怀

促织声声语，流萤处处行。

丛林丛草暗，一曲一光明。

400. 春过白遥岭

岭上遥遥路，云中步步花。
林端林雪净，雾里雾人家。
两两三三户，桑桑豆豆瓜。
垂钓垂钓者，炙背炙滩沙。

401. 别夜

聚散离情处，升迁进退名。
清风明月夜，古道旧街行。

402. 费拾遗书堂

百草神农本，昙花满草堂。
巢由如此教，舜禹致天光。
十步天机案，千波映地香。

403. 溪上春望

溪流溪不止，逝水逝当潮。
举步前千路，何须问近遥。

404. 献池州庚员外

合道蓬瀛客，池州作姓名。
茅公曾九转，庚信已知声。
玉蔓琪花色，天机对地生。

405. 春风

岁岁东来客，年年每草花。
春风常带雨，润物有声华。

406. 冬日寄献庚员外

一步仙宫路，三冬白雪药。
梅花梅影动，绿蚁绿杯霞。
紫陌琴风韵，红尘日月家。

407. 钓翁

烟波不定居，渚草网游鱼。
吃水江河岸，童翁未了书。

408. 闻友人入越幕因以诗赠

十八女儿红，三千弟子工。
夫差勾践见，顶羽沛公风。

409. 东归

桂玉无门住，山川去路遥。
东归东水岸，北陆北山骄。

望尽长城石，胡沙敕勒消。
阴山阴雪漠，运命运河桥。

410. 览陈丕卷

俎豆曹丕见，燃其一寸灰。
想尽同一字，不解建安魁。

411. 入关

出入潼关路，阴晴渭水城。
王城王帝业，学子学枯荣。
日月天津照，江河逝水明。
高低由此见，进退以身名。

412. 巴南旅社言怀

一水瞿塘峡，三巴向楚家。
江流官渡去，两岸杜鹃花。

413. 登凌歊台

风云三国尽，雨露六朝空。
莫上高台望，山巅有大风。

414. 仆射陂晚望

不忍离人问，朝堂仆射闻。
宰治民生久，含贫自以君。
田园田亩收，国库国家耘。

415. 芳草

重行三界路，不向五侯门。
远近阴晴步，身名父母恩。

416. 秋日留题蒋亭

树顶一蝉鸣，秋初半叶惊。
声声从此去，处处日方明。
马上关河路，车中进退情。

417. 早发

黄河九曲一源清，万里长流半纵横。
直下中原千百渡，风水逐鹿带人情。

418. 雁（二首）

之一：

人形人不易，一字一横飞。
已近衡阳岸，潇湘草木微。

之二：

生当青海岸，北到雁门关。
饮遍三湘水，衡阳五岳山。

419. 萤（二首）

之一：

夜半一流明，三更两地萤。
星光星闪烁，水蓼水光行。

之二：

闪闪流明定，飞飞落落欢。
书窗来问字，聚首夜光寒。

420. 看花

湘身家在楚，客蜀事居吴。
不可平生问，群芳百草芜。

421. 柳絮

相思观柳絮，四处落无知。
只见东风里，飘飘五月迟。

422. 云

霭霭江湖上，浮浮水月中。
无形无定止，有色有行空。

423. 芳草

百草曲江边，群芳渭邑妍。
青楼歌曲早，绿柳运河船。
隐隐相依处，股股半似烟。

424. 出都门

一路出都门，三秦半子孙。
朝行千里目，暮宿万家根。
学子江湖问，农夫日月村。

425. 宫中（二首）

之一：

一望长门路，三宫舞扇人。
皇城皇帝雨，渭水渭流春。

之二：

羯鼓梨园里，霓裳舞曲中。
骊山兵不进，守理国相终。

426. 河湟

河湟南北见，渭水去来闻。
一事农桑教，民心不可分。

427. 闻子规

杜宇两三声，蚕丛一半情。
鱼凫知蜀道，剑阁子规鸣。

428. 望仙

仙人只在一心中，阮肇何方半古风。
莫忘秦皇求海外，瑶台汉武作思宫。

429. 放鹧鸪

春风初展易，白雪尚东西。
二月耕耘备，农家树上啼。

430. 骊山

不远骊山脚，温汤浴水情。
芙蓉藏雾里，玉女彩珠明。
且向先皇问，霓裳羯鼓声。

431. 梅花

岭外梅花雪，云中玉女斜。
疏香分付去，百草已天涯。

432. 鸡冠花

鸡冠花已紫，玉立叶底红。
夏雨含云伴，秋风傲首弓。

433. 汴河

天堂一路运河流，万里长城汉武修。
谁问隋炀杨柳著，只问楼船不问舟。

434. 渡江有感

江河也许是同源，日月分明亦共暄。
锦鲤龙门曾跳跃，千流百汇始方圆。

435. 题终南山僧堂

南山色九衢，北阙纳千儒。
但向僧堂问，禅音落玉枢。

436. 大散岭

中条山上雪，大散岭中飞。
似掌寒衣扑，如云玉带归。

437. 嘉陵江

嘉陵江上路，栈道向巴州。
蜀水东流楚，瞿塘一水流。
猿啼明月峡，壁石作飞舟。

438. 早行

灯前灯后影，早宿早行程。
草木生辰露，珠光尚未明。

439. 黄河晓渡

黄河直下向东流，渭水潼关古渡头。
未了风陵壶口水，三门峡里望飞舟。

440. 温泉

骊山左右是温泉，不尽先皇待玉仙。
十斛珍珠三斗酒，芙蓉出水贵妃妍。

441. 秋怨

长城一丈夫，汴水半娇奴。
苦役连年战，新婚有似无。

442. 叹别

男儿叹尽女儿愁，老子长城小子留。
十载童翁应所异，秋春已断作春秋。

443. 送春

花开花落去，送雨送春归。
百草成深碧，群芳色独晖。
南山融雪水，北阙女相依。

444. 蜡烛

红颜一尺委全身，四照唯心作女人。
只要夫君夫妇意，无分妾念妾逢春。

445. 陈宫

白玉尊前客，陈王月下双。
无闻春阁外，有诺是隋幛。

446. 水帘

悬悬挂挂水精帘，点点珠珠玉细纤。
溅溅垂垂已定，清清淑气淑潜潜。

447. 赏春

春风有岁情，细雨向枯荣。

百草群芳色，千人万物明。

448. 叹平泉

世上一平泉，人间半映天。
应知朝暮水，已见陌阡田。

449. 长安春雨

长安春雨细，渭水慢东流。
淑气潼关锁，昭陵问五侯。

450. 驾蜀回

已到长生殿，霖铃雨夜声。
先皇先自语，太上太真情。
莫以知儿女，人间是此生。

451. 吴王古宫井（二首）

之一：
宫荒留古井，草下见金钗。
是否吴王赐，当年过玉街。
之二：
数尺无波水，长源有汐潮。
青苔荒复旧，四海半云消。

452. 江帆

渡口风帆落，江流日月沉。
官冠应不重，止步未衣禽。

453. 为人感赠

从来歌舞伎，已满洛阳城。
醒醉龙骧曲，阴晴一路行。

454. 春江恨别

春江流去水，落叶似飞舟。
只见东流去，沉浮向到头。

455. 叹流水（二首）

之一：
花开花落去，隔岁来年来。
不见东流水，无情逝未回。
之二：
浅浅深深水，长长短短流。
龙潭龙所在，滴逝滴春秋。

456. 落第东归

还家不易易还家，落第江东西岸沙。
岁岁春风多得意，书香日日到天涯。

457. 镜

夫夫妇妇一人家，后后王王半御花。
妾以姿身成明镜，凌烟阁上著名嘉。

458. 南行

破镜重圆约，同心共意盟。
英雄当此见，一缝作英名。

459. 公子行

止止行行见，南南北北寻。
公卿公历路，学子学音琴。

460. 鹧鸪天

（寄一九六六年北京钢铁学院院长高芸生妻李少璞。北京钢铁学院今易名为北京科技大学。）

五十年来未一鸣，高家学院半芸生。
夫妻本是同文化，旧府如今已易名。
元帅帐，北京城，科学技术泽东行。
中华至此成强国，再寄平生弟子情。

461. 春日偶题城南韦曲

城南韦曲色，锦绣满花香。
莫向侯门望，新娇只可藏。

462. 上东川顾尚书

重义真公子，轻财顾尚书。
东川东日色，继武继文余。

463. 过王浚墓

铁锁沉江底，桑田日月中。
英雄当晋将，草木作花红。

464. 灞上感别

一路常由此，千条别道行。
前人前未止，后者后思营。

465. 春日与友人话别

话别青云望，长尘净不尘。

人烦偏不酒，夜雨落花春。

466. 竹

已碧青青叶，初分细细枝。
空空空节立，一势一天司。

467. 边将

英雄自建勋，塞外有青云。
白骨长城外，黄沙一将军。

468. 巴南旅泊

巴山巴水色，蜀国蜀人心。
杜宇惊春处，瞿塘三峡深。

469. 河上逢友人

八月桂花香，三秋客水凉。
随舟逢友约，隔岁见重阳。

470. 木槿

（纳吉以马国首相任命东海岸六省长顾问，设立亚洲发展银行，行成资源化石油行，买置木槿一树以记之。）

马国（马来西亚）门前唱大风，银行（亚洲发展开发银行）自立已称雄。
三年木槿成文化，不改朝开暮谢红。
君子路，老诗翁，人生七十半鹄鸿。
无私不谓天机事，去来去来有始终。

471. 偶题离亭

一别离亭上，三杯故影中。
人生朝大路，举步向长空。

472. 夏晚望嵩亭有怀

晚望嵩亭满翠微，书官路驿是不非。
终年未必向家归，足见鸿鹄两度飞。

473. 途中寄友人

一曲折杨柳，阳春白雪天。
梅花三弄色，玉树后庭妍。

474. 伤侯第

世世间间合，荣荣辱辱多。
名名兼利利，曲曲自歌歌。

475. 春日过寿安山馆

旧国山泉石，新春草木花。
桃源秦汉水，只忆寿安麻。

476. 吴门再逢方干处士

韵韵在吴门，声声魏子孙。
秦川秦土地，一统一乾坤。
格律诗词客，平水草木恩。

477. 蝉

树顶千鸣噪，秋声百感生。
今年如此是，隔岁复重情。

478. 秋日留别义初上人

南归飞锡杖，北望塞边秋。
一雁关河去，三湘浦苇留。

479. 夏日宿灵岩寺宗公院

独步归云半石梁，孤灯普照一禅房。
灵岩寺里宗公院，静息心猿首白霜。

480. 冬日庙中书事呈栖白上人

开门半掩扉，守舍一心归。
莫惹禅诗句，吟来不是非。

481. 夏日题远公北阁

北阁远公名，溪流石月清。
凉风凉四面，竹影竹千声。

482. 秋蝶二首

之一：
秦楼秦女问，弄玉弄箫声。
凤舞随凰去，知公待穆情。

之二：
桂子栖寒菊，秋香落叶长。
风扬根已远，小蝶自无乡。

483. 省长顾问

赤道巴新日月光，边疆印度太平洋。
金枪鱼国森林兔，油气金铜已远扬。
今日苦，逐年良，园区一半国家梁。
兰山处处咖啡豆，原始丛从作故乡。

484. 秋别

秋风秋叶落，别路别长亭。

柳柳杨杨树，摇摇曳曳青。

485. 共友人看花

不伴问花人，同行自以春。

相怜相静净，一女一清尘。

486. 行次

亭亭长短见，事事利名闻。

二水三山在，秦秦汉汉分。

487. 凤州北楼

山翁醉习池，水色凤州诗。

画画图图里，花花草草知。

488. 赠僧

平生千万里，历世去来情。

死死生生外，朝朝暮暮行。